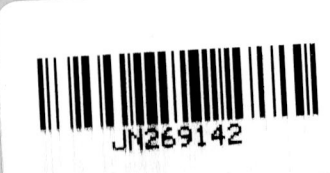

D・H・ロレンス事典

編著
ポール・ポプラウスキー

訳編
木 村 公 一
倉 田 雅 美
宮 瀬 順 子

鷹書房弓プレス

D. H. LAWRENCE: A REFERENCE COMPANION
by Paul Poplawski
Translated from Greenwood Press Edition of *D.H. LAWRENCE: A Reference Companion*, by Paul Poplawski, published in the English language in the USA, 1996.

D. H. LAWRENCE

D. H. Lawrence
Basia Wilamowska, 1995. Pencil and colored chalk.

アンジーに捧ぐ

訳編者はしがき

本事典は、ポール・ポプラウスキー（Paul Poplawski）の編著書 *D. H. Lawrence — A Reference Companion*（Greenwood Press, 1996）の翻訳であるが、日本語版では著者の要請により、日本語版への序や追加資料を新たに加えるとともに、日本のロレンス研究者や一般読者の使用上の便宜を考えて、内容的に関連のある項目をそれぞれ第１部「生涯」、第２部「作品」、第３部「参考書目総覧、参考資料、索引」の３部門に分類して整理し直し、特に参考書目を第３部にまとめて掲載するなど掲載順序を組み替え、原著を大幅に再編集してある。

国の内外を問わず、ロレンス研究はここ数年来、定本であるケンブリッジ版がほぼ出揃ったことも手伝ってか進化を遂げ、実に多様なテーマや方法がそこでは扱われ、また飽くことなく模索されている。だが、ロレンスという世紀の見者を再検証する作業が各人各様に行なわれている中で、これまでの多大な情報を整理し方向づけるための基盤ともなるロレンス事典がそろそろ必要とされていよう。また今日の横断的な研究風土にあって、殊にロレンス文学の根底に宿る「性」や「自然」や「民族」を巡る諸問題が、ジェンダー研究やエコロジーを始め、ポスト・コロニアル文化を含む地域研究や映画研究といった分野でも真摯に取り上げられつつあることを考えれば、このような面にも目配りしたロレンス事典が期待されてもいよう。本事典はまさにこうした時代の要求に応える基本図書の１冊だと言ってよい。ひいては本事典を通じて、今世紀の抱える大いなる共生的世界の創造といった人類課題との接点が今後のロレンス研究の内にも見い出されることを望むとともに、学生諸君や一般読者にとってはこの混迷の時代を生き抜くための知恵を養う上で、ロレンスの計り知れない想像力の神秘に少しでも多く触れて頂ければ訳者にとってこれに勝る喜びはない。

本事典の１つの特色は、ロレンスの生涯や作品を扱った主要な業績を始めとして、社会的、経済的、政治的、地理的、教育的、文化的背景に関する数々の年表や地図、それに個々の学会・研究誌や著名な雑誌から綿密に収集された文献や批評記事といった過去から現在に至る膨大な量の研究資料の掲載にあると言えよう。更には、メディアの時代にあって、ロレンスの作品の映画化に伴う翻案上の問題を含め、ロレンスと映画産業との関わりを論じたナイジェル・モリス（Nigel Morris）の異色的なエッセイとともに、映画史の年表、それにこの分野に関する詳細な関係資料なども追加的に第３部に収めてある。

ところで、第１部「生涯」にみるジョン・ワーゼン（John Worthen）の書き下ろし評伝と評伝史は、主にケンブリッジ版『Ｄ・Ｈ・ロレンス書簡集』（*The Letters of D. H. Lawrence,* I－VIII, Cambridge, 1979－2001）とエドワード・ネールズ（Edward Nehls）の『Ｄ・Ｈ・ロレンス ― 合成的伝記』（*D. H. Lawrence: A Composite Biography,* I－III, Wisconsin, 1957－1959）にその内容の多くを依拠しているが、特にロレンスの幼年時代から英国脱出期までは、これらの基本文献に加え他の膨大な量の資料を駆使して書かれた最初の本格的ロレンス評伝である、ケンブリッジ版評伝（全３巻）の第１巻『若き日のＤ・

H・ロレンス』（*D. H. Lawrence: The Early Years 1885－1912,* Cambridge, 1992）の集約版と見なして差し支えないだろう。殊にロレンスのような作家にとって、その生存に関わるすべての事柄が自己表現に他ならなかったことから、彼を真に理解するにはその生活の細部にまで分け入ることはとりわけ重要である。その意味で、本事典の評伝に物足りなさを感じる読者にとっては、上述の原本に当たられることをお勧めする。第２部には、小説の執筆時期や背景の詳しい情報とともに、格好な解説が与えられている。自然界と文明社会、父性と母性、精神と肉体、権力と愛などといったロレンスに特有の相拮抗する世界に投げ込まれ、破滅や創生への道を歩む作中人物の姿がそこでは生き生きと再現されているばかりか、各作品の孕む思想や象徴を的確に捉え、筋や構成といった形式上の問題点にも気配りしながら全体的にうまくまとめられているので、どの作品から読み始めても読者の興味を充分掻き立ててくれよう。関心を引くのは、それらの解説にワーゼンの影響が散見できることである。『若き日のＤ・Ｈ・ロレンス』はもとより、本事典の評伝でも好んで取り上げられた、天才の気晴らしともいえる物まねへの嗜好に象徴される「ロレンスの喜劇的、諧謔的要素」といった従来の悲劇的、理想主義的ロレンス像に対置する視座が、『ミスター・ヌーン』（*Mr Noon*）や短編「家財」（“Things”）の解説などにも用意され、これまでさほど話題にされることのなかったロレンスの今１つの顔を提供してくれる。

また本事典の特色の１つとして挙げた年表の中でも、評伝や諸作品との相互参照の上で欠かせないのが、ロレンスの旅の暦であろう。ロレンスほどその生涯にあって、世界各地を渡り歩いた作家も少なく、その独自な思想の発展も旅への執着というか愛着を抜きにしては考えられない。深刻な理由で母国に留まれず、また病気治療との関わりで転地を余儀なくされることはあったにせよ、彼の流浪生活にはそれ以上の意味が込められていた。早くからの死の予感とともに、「地の霊」（‘the spirit of place’）といった観念に囚われ、やがては古代の異教世界へと赴くその旅は、終生、「ラーナニム」（‘Rananim’）を始めとするユートピア構想の実現に向けてのものでもあったことが、これらの資料を合わせ読むことで窺い知れよう。もちろん他にも興味深い資料が豊富に揃っている。これらの資料の活用の仕方については、著者の序文に詳しいことからここで再述するつもりはないが、読者にとって、そうした数多くの資料の中から自らの課題の追求に有益なものを選び出し、じっくりと吟味しながらそれらを再構築してゆくといった楽しみの内にこそ最良の活用法が見い出せよう。

ただ１つ原著に関して悔まれる点は、ロレンスの詩と戯曲と様々なエッセイに関する解説が欠けていることである。日本語版でそれらを補おうとも考えたが、特に全詩作品の解説ともなると量的にも質的にも困難な問題が多々生じることが予想されたので、今回は止むを得ず見送ることにした。

編著者のポール・ポプラウスキー氏について少し紹介しておくと、ジョン・ワーゼンの愛弟子でもある氏は、英国のレスター大学、ヴォーン・カレッジ（University of Leicester, Vaughan College）で教鞭をとる傍ら、名実ともにロレンス文学の書誌研究家の第一人者として、ケンブリッジ版ロレンス著作集の刊行に深く関わっている。最近の書誌業績として、ウォレン・ロバーツ（Warren Roberts）の亡き後、ケンブリッジ版『Ｄ・Ｈ・ロレンス―著書目録』（*A Bibliography of D. H. Lawrence*, Cambridge, 2001）を完成に導くとともに、アン・ファーニハフ（Anne Fernihough）編『ケンブリッジ版D・H・ロレンス論集』（*The Cambridge Companion to D. H. Lawrence,* Cambridge, 2001）にも詳しい参考書目を寄稿している。それ以外にも、独創的な視点からロレンスの作品を扱った斬新で刺激的な著書も何冊か出版している。代表的な著書として『D・H・ロレンスの作品にみる創造的欲望と宗教的衝動の鼓動』（*Promptings of Desire Creativity and the Religion's Impulse in the works of D. H. Lawrence,* Cambridge, 1993）や、『D・H・ロレンスの「セント・モア」にみる言語と芸術と現実—文体上の研究』（*Language, Art and Reality in D. H. Lawrence's 'St. Mawr' : A Stylistic Study,* Edwin Mellen Press, 1996）があるが、更に一方で、『ジェイン・オースティン事典』（*A Jane Austen Encyclopedia,* Greenwood Press, 1998）を出版していることからもその文学的関心の広さに敬服されよう。

原著の訳出にあたっては、主に第1部「生涯」と第2部の詩を木村、第2部の長編小説と中・短編小説を倉田、第2部の戯曲とその他の作品、第3部の参考資料を宮瀬がそれぞれ担当しているが、相互に何度も読み合わせを行ない、文体や語彙の統一に努めてきたつもりである。また訳出に際する不明個所の究明にあたっては、ポール・ポプラウスキーとジョン・ワーゼン両氏に直接問い合わせることで、いろいろと重要な示唆や情報を頂いた。両氏には格別に御礼を申し上げる次第である。しかし、言うまでもないが、思いがけぬ思い込みや誤読などにより訳文中にあり得べき誤り、不適当な個所はすべて訳者の責任であり、御叱正をお俟ちする次第である。なお、この企画を立案から完成まで温かく見守って下さった鷹書房弓プレスの寺内由美子氏と、全体にわたり細かく目を通して頂き、語句の統一にご尽力頂いた編集部の香坂幸子氏には深く感謝を申し上げる次第である。更に本事典の作成途上にあって様々な分野の専門家のご意見やご指示を数多く頂戴したことは言うまでもない。個々に名前を列記してはいないが、それらの方々のご厚意にも同じく感謝の意を表したい。最後に本事典の出版にあたって、早稲田大学出版助成金の援助を受けたことを記しておく。

2002年３月

木村公一

日本語版への原著者の序

D・H・ロレンスが20世紀最大の作家の１人であるとする評価は今や世界的にしかと確立している。こうした評価は英語圏でいち早く生まれたのは言うまでもないが、まさに当初から非英語文化圏でも彼の作品が鑑賞され、受容を重ねたことが大事な地固めとなったのである。

ヨーロッパ的観点に立てば、ドイツ語やフランス語やイタリア語への翻訳やそれらの言語による批評作品は非常に重要である。しかし、世界的観点から言えば、少なくともロレンスの諸作品が現れ出した1920年代初頭から、日本の文学世界はロレンスに多大の関心を注いできたことから、英語圏以外で現在ロレンスを最も評価している国はおそらく日本ということになろう。

日本においてロレンスがこのように長年にわたり高く評価されてきたことも併せて考えると、本事典が木村先生のグループと鷹書房弓プレスによって、翻訳されるに価するものとの判断を得たことは本事典の協力者であるジョン・ワーゼン氏やナイジェル・モリス氏共々、大変光栄である。私はまた本事典が英米でことのほか積極的に認められてきたことをとても喜んでいるが、日本でも１冊の有益な研究道具として活用されることを心から願っている。本事典が日本とそれ以外の国々のロレンス研究者との批評的対話の進展にとってばかりか、日本国内にあっても、ロレンス研究が更に発展してゆく上での１つの刺激剤となれば幸いである。

1999年２月５日

ポール・ポプラウスキー（Dr Paul Poplawski, Director of Studies）
レスター大学、ヴォーン・カレッジ
（University of Leicester, Vaughan College）

目　次

第2部　作　　品

第1章　長編小説

第2章　中・短編小説

第3部　参考書目総覧、参考資料、索引 329

序文――本事典の活用法

本事典は、D・H・ロレンスの生涯と作品、それにロレンスに関する数々の批評的業績を扱った、便利で総合的な手引書である。ロレンスに関する詳細な情報を広範囲にわたり収録していることから、おそらく現在にあって入手し得る他のどれにもまして、ロレンス研究者には貴重な参考図書として役立つだけでなく、構成上の工夫から言って、ロレンスについて学び始めた学生や一般読者にもすぐに利用できよう。従って、本事典はロレンスの偉業とその評価を全体としてわかりやすく伝えるために体系的に構成してあるものの、その利用者として、ロレンスの生涯のある時期だけを眼前に思い浮かべる読者、長編小説もしくは中・短編小説のうちの1作にだけ興味を抱く読者、更には作品全体に目を通さずして、すぐにも適切な情報を得たいと望んでいるような「一般読者」を常に想定している。

情報こそ本事典の最大の焦点である。というのも、本事典はそれなりのすぐれた解説や論評を収録してはいるものの、まずは参考図書として仕上がっているからである。単なる情報の提供といった以上の目的が本事典にあるとするなら、それはロレンスの生涯と作品に関する現時点での知識と、今日に至るまでのロレンスに関する論考を総合的に取り上げることで、今後のロレンス研究のための地盤を整えることにあろう。この点で、本事典はこれまでの情報を概観するとともに、今後のロレンス研究のための指針書ともなることを目指している。

本事典の第1部の内容は次の通りである。

第1章　ロレンスの生涯と作品を扱った年表と、ジョン・ワーゼン（John Worthen）によるロレンスの評伝。

第2章　作家であると同時に、個人としてのロレンス像を定着するにあたり、また創作のための主要な題材がどのように採用されたかを知る上での重要な社会的、歴史的背景の様々な側面を扱った2つの年表。すなわち、イングランドとウェールズの国家教育（実際、ロレンスの時代になって生まれた）の発展に関する年表と、様々な社会改革に関連して、石炭採掘や労働運働の重要な発展を跡付けている年表（父親が坑夫でもあったことから、労働者階級の文化の中で育ったロレンスは、労働者の権利獲得のためには彼らを「統合し、教育し、扇動する」必要のあることをつくづく意識していた）。

第3章　ロレンスの生涯にわたる旅の年表と、その生涯と作品に関連した様々な場所を載せた4つの地図。

ジョン・ワーゼンの評伝の各章は、ロレンスの生涯のある特定の時期を扱っている。従って、目次と索引を併用するか、もしくはそれらを個別的にうまく活用することで、評伝の各章と本事典の他の個所を適切に関連付けることが容易にできよう。例えば、評伝のある特定の章を読み終えると、引き続き第2部でそれと関連した作品の項目を調べることで、読者はその時期のロレンスの諸作品について更に多くの情報を得たくなるだろうし、また地図や旅の年表を調べることで、その時期のロレンスの動向を一層明確にしたくなるだろう。

そこで、4つの地図を、ロレンスの評伝との相互参照のためばかりでなく、作品との関連で第2部で言及した様々な場所との相互参照のためにも掲載してある。従って、第2部にあってもその参照が便利なように、それらの地図を第1部の部末に配置してある。

第2部では、ロレンスのほとんどすべての作品（個々の詩と絵画を除く）を個別に取り上げている。それらをジャンル別（長編小説、短編小説、詩、戯曲、その他の作品）に分類し、各ジャンルの作品を年代順に編纂してある。すべての項目は個々の作品の構成と出版に関する情報を扱っている。――（1）初版（2）完結が待たれる学問的権威のあるケンブリッジ版（3）ある項目に関しては重要な数々の刊行版――それと個々の作品を扱った批評作品の詳細な参考書目。更に長編小説と短編小説を個々に扱った項目には、作中人物の素性を盛り込んだ当該作品の解説（何よりもまず作中人物に焦点を当てている）と詳細な作品背景を収録してある。

各作品の参考書目にあって、当該作品を詳しく扱ったすべての研究業績（参考書目96の主要参考書目にも載っている単行本や小冊子を含む）については、筆者、題目、出版年月、それに執筆個所などを漏らさず載せてある。しかし、主要参考書目に載ってはいてもその当該作品をさほど詳しく扱うことなく、それに関する資料を提供しているような単行本については、筆者と出版年のみの表記を参考書目の後に載せてある。作品については下記の（省略例）のように記述してある。

「家財」（“Things”）

執筆時期

1927年5月....

出版状況

『ブックマン』誌（*Bookman*）67号（1928年8月、pp.632－37)....

作品紹介と梗概

本作品の中心人物であるニューイングランド（New England）生まれの理想主義者、「エラスムスとヴァレリーのメルヴィル夫妻」（*Erasmus and Valerie Melville*）の生き方をこの上もなく巧みに風刺することで、理想主義というものを面白く批判している。

作品背景

本作品では、メルヴィル一家が世界のあちこちに移り住む....

参考書目58　「家財」(“Things”) ➡444ページ

長編小説と中編小説を扱った個々の参考書目にあって、次の両期間にわたる批評作品については、筆者と出版年のみで表記してある。それは1979年以前と1980年から1994年までの間に出版された批評作品にも適用している。ある特定の作品に関してそれに先行する批評作品を含め、ごく最近のものまですぐに検索できるチェックリストを読者に提供するためである（かなり以前の批評作品にもついては既に目を通している読者も多いからである)。参考書目96の主要参考書目に掲載された作品がその他の参考書目で再引用される場合、2次的情報といったことから筆者と出版年のみで表記してある。また、同じ参考書目にあって、既出作品の表記については、「引用済み」(“OP. CIT.”) を用いている。

第3部では、ロレンスの作品を探求するにあたって、批評家たちの駆使している形式や方法ばかりか、20世紀を通じて、変わりゆくロレンスの一般的かつ専門的評価を詳細に理解する上での様々な手段をはっきりと提示している。第3部は、ロレンスが作家として執筆を開始した以降に書かれた批評作品を年代順に載せるとともに、(年表5には、すべての単行本と小冊子の縮約リストを、年表6には、エッセイと小論文を載せてある)、ロレンス研究の基本的資料として一般的な参考書目を案内している。また、参考書目88から92では批評方法（精神分析批評、神話的批評、フェミニズム批評など）の違いに応じた7種類の参考書目を掲載してある。更には、参考資料としてロレンスの生涯と作品の映画化を考えるにあたって浮かび上がってくる、ロレンスに対する大衆のイメージといった問題を論じているナイジェル・モリス（Nigel Morris）のエッセイを2編載せてある。映画のような一般的メディアへのロレンス自身の態度に関して、これまでの意見を再検証した後に、モリスは具体的にロレンスの作品の映画化について考察するとともに、おそらくは最も大事なことだが、文学作品の映画化といった問題を分析することでいくつかの原則を体系的に打ち立てている。ロレンスの生涯が映画産業の開花とほとんどその軌を一にしていることから、映画と放映に関するモリスの年表をこの章の後半に追加することによって、これらのエッセイを一層興味深いものにしている。また「ロレンスと映画産業」に関する参考書目95には、ロレンスの映画化作品とそれに関連した批評作品を網羅してある。

私は共同執筆者のジョン・ワーゼンとナイジェル・モリスには、とても感謝している。細心の注意を払って分担した仕事に取り組んで頂いたばかりか、本企画への熱意を失うことなく、本事典が完成するまで惜しみなく援助を与え続けて下さったからである。特にジョンには、本事典の内容にことのほか深く関わって頂き、ナイジェルからはほとんど毎日のように慰めと励ましの言葉を頂戴した。素晴らしい地図を苦労して作って下さったトレヴォー・ハリス（Trevor Harris）にも感謝を捧げたい。

また、本企画の立案者であるグリーンウッド（Greenwood Press）の前編集長のマリリン・ブラウンスタイン（Marilyn Brownstein）と、本企画に変わらぬ熱意を示し、原稿の提出に遅れが生じた場合でも「いつも我慢強く待って」下さった現在の編集者であるジョージ・バトラー（George Butler）にも大変感謝している。

更に、何人もの図書館員の方々、とりわけトリニティ・カレッジ・カーマーゼン（Trinity College Carmarthen)、スウォンジィー・ユニヴァーシティ・カレッジ（Swansea University College)、ノッティンガムシャー州立図書館（Nottinghamshire County

Library）の方々のご助力に対してもお礼を申し述べたい。トリニティ・カレッジ・カーマーゼンは英国図書館への資料調査旅費の援助を始め、他の様々な物質的な面で本事典の執筆を助けて下さった。また、共同執筆者のコンウェイ・デーヴィス（Conway Davies）には、数々の書物を貸して頂いたことや、年表2と3に関していつも喜んで意見を聞かせて下さったことに感謝している。

ダッド（Dad）、ジャン（Jan）、アリーナ（Alina）、ピーター（Peter）らを始め、彼らの家族、特に忘れてはならないエミリー（Emily）やフリーガ（Freiga）といった私の家族にも、「本事典」が出来上がるのをじっと我慢して見守ってくれたことに心からお礼を言いたい。しかし、何といっても最も忍耐力を示してくれたのは、妻のアンジー（Angie）である。彼女は本事典完成へのすべての段階で、考えの及ぶ限り私を支援してくれた。実際、本事典の各部は私達2人の所産なのである。従って、私は心から本事典のすべてをアンジーに捧げたい。

凡　例

1. 本事典の同一節内、並びに同一年表内を通じて、固有名詞（人名・作品題目・出版社名・地名・その他の事項）の原語名を付記するのは、それが初出の場合のみとし、それ以後は原語名表記を省略し、カタカナ表記のみとしてある。ただし、主要な国名についてはカタカナ表記のみとする。
2. 本事典の評伝に頻出する、『書簡集Ⅰ－Ⅶ、pp.－』は、ケンブリッジ版『Ｄ・Ｈ・ロレンス書簡集』（*The Letters of D. H. Lawrence, I－VIII*、Cambridge, 1979－2001）の巻数とその頁数を示している。
3. 本事典の各個所にあって、作品の題名、及び雑誌・新聞名の表記には『　』を用い、著者・作品・出版年などの項目は（　）を用いてまとめて表記してある。
4. 本事典に出て来る固有名詞のカタカナ表記に関しては、基本的には翻訳書の『若き日のＤ・Ｈ・ロレンス』（彩流社、1997）や『Ｄ・Ｈ・ロレンスの生涯』（研究社、1989）の表記に依拠しつつも、『固有名詞英語発音辞典』（三省堂）、『英和大辞典』（研究社）、『英米文学辞典』（研究社）、『英米史辞典』（研究社）、『イギリス文学地名事典』（研究社）、『英国を知る辞典』（研究社）、『ロンドン地名由来事典』（鷹書房弓プレス）などを始め、その他の社会・政治・歴史・地理・映画関係にまで及ぶ各種事典をも参考にしているが、その表記が見当たらない場合にはできるだけ原語に近い表記を心掛けた。特に、索引にみられるように、今回の数多くの表記が人名・地名を問わず、その複雑な読み方への１つの提言となっていれば幸いである。
5. 本事典中の原文イタリック表記に関しては、傍点を付してある。
6. 参考書目１－98までは第３部の参考書目総覧にまとめて掲載した。本文中の➡○○ページは、該当する作品等に関する書目リストが載っているページを示している。
7. 原著にみる明らかな誤植・誤字・脱字などは、翻訳の際に訂正してある。

第1部

生　涯

第１章

ジョン・ワーゼンによるD・H・ロレンス評伝

本章で引用されたロレンスの作品と書簡については、第３部の参考書目98に詳しく載せてある。本章では、ロレンスの作品を正式な題名で表記している場合と略記している場合とがある。書簡に関しては、ケンブリッジ版『D・H・ロレンス書簡集』（*The Letters of D. H. Lawrence*）は、『書簡集』（*Letters*）と略記し、その後に巻数を記してある。ハックスリー（Huxley）版は、『書簡集』（*Letters*）1932年と略記してある。

その他のロレンスに関する参考文献については、筆者と出版年のみで表記するとともにそれらについての詳しい情報を第３部の参考書目１（評伝、回想録、書簡、並びに関係資料）に載せてある。

本章と第３部の参考書目１は、「ワーゼン（Worthen）1991年」（John Worthen, *D. H. Lawrence: The Early Years 1885－1912,* Cambridge: Cambridge University Press, 1991年）と略記された作品に負うところが多い。本章にあって情報が不足している場合には、この作品を参照されるのがよいと思われる。

年表１――D・H・ロレンスの生涯と主要作品

1885年	デイヴィド・ハーバート・リチャーズ・ロレンス（David Herbert Richards Lawrence, 以下、「ロレンス」と略記する）は、坑夫のアーサー・ジョン・ロレンス（Arthur John Lawrence）とエンジン整備工の娘であるリディア・ビアゾル（Lydia Beardsall, 旧姓）の４人目の子供として、ノッティンガムシャー（Nottinghamshire）のイーストウッド（Eastwood）で生まれる。
1891年－1898年	ボーヴェイル公立小学校（Beauvale Board School）に通う。
1898年－1901年	イーストウッド出身者のうちで、州会の設けたノッティンガム・ハイスクール（Nottingham High School）進学奨学金を初めて獲得する。1901年までノッティンガム・ハイスクールに通う。
1901年	ノッティンガム（Nottingham）にあるヘイウッド（Haywood）の経営する外科用衣類製造工場に、事務員として３ヵ月間勤務する。重い肺炎に罹る。
1902年	アンダーウッド（Underwood）にあるハッグズ農場（Haggs Farm）を営むチェインバーズ（Chambers）一家をよく訪れるようになり、ジェシー・チェインバーズ（Jessie Chambers）と交際を始める。
1902年－1905年	イーストウッドにある英国学校（British School）の見習い教員となる。1904年12月に勅定奨学生試験（King's Scholarship exam）を受け、第１等級第１グループで合格する。

1905年－1906年　英国学校で教員免許状のないまま教壇に立つ。初めて詩を書くとともに、小説『リティシア』（*Laetitia*）（後の『白孔雀』（*The White Peacock,* 1911年））に着手する。

1906年－1908年　ノッティンガム・ユニヴァーシティ・カレッジ（Nottingham University College）に入学し、教員の資格が得られる教員養成過程（Normal course）に進む。1908年7月に教員免許状を取得する。また「序曲」（"A Prelude"）を『ノッティンガムシャー・ガーディアン』紙（*Nottinghamshire Guardian*）主催による1907年のクリスマス懸賞短編作品に（ジェシー・チェインバーズの名前で）応募し、1位を獲得する。『リティシア』の第2草稿を書く。

1908年－1911年　クロイドン（Croydon）のデイヴィドソン・ロード・スクール（Davidson Road School）で教壇に立つ。

1909年　フォード・マドックス・ヘファー（Ford Madox Hueffer）と出会う。ヘファーは『イングリッシュ・レヴュー』誌（*English Review*）にロレンスの詩と短編小説を発表し始め、書き改められた『白孔雀』をウィリアム・ハイネマン（William Heinemann）に薦める。ロレンスは『坑夫の金曜日の夜』（*A Collier's Friday Night,* 1934年）と「菊の香」（"Odour of Chrysanthemums", 1911年）の第1草稿を書く。アグネス・ホウルト（Agnes Holt）と親交を結ぶ。

1910年　友人であるクロイドンの学校教師、ヘレン・コーク（Helen Corke）の経験に基づいて、『ジークムント・サーガ』（*The Saga of Siegmund*）（『侵入者』（*The Trespasser*）の第1草稿、1912年）を書く。ジェシー・チェインバーズと関係を持ち始める。『ホルロイド夫人やもめとなる』（*The Widowing of Mrs. Holroyd,* 1914年）の第1草稿を書く。ジェシー・チェインバーズとの関係を終わらせるが、友人であり続ける。『ポール・モレル』（*Paul Morel*）（後の『息子と恋人』（*Sons and Lovers*）, 1913年）を書き始める。12月に母親のリディア・ロレンスが亡くなる。旧友のルイ・バロウズ（Louie Burrows ）と婚約する。

1911年　『ポール・モレル』が完成に至らない。ヘレン・コークに強く引かれる。イーストウッドの薬剤師の妻であるアリス・ダックス（Alice Dax）と関係を持ち始める。ダックワース（Duckworth）の原稿閲読者であるエドワード・ガーネット（Edward Garnett）と会い、創作と出版について忠告を得る。11月にひどい肺炎に罹り、教鞭がとれなくなる。『ジークムント・サーガ』がダックワースに受け入れられる。『ジークムント・サーガ』を『侵入者』という題名に変更する。

1912年　ボーンマス（Bournemouth）で病気が回復する。ルイとの婚約を解消する。イーストウッドに戻る。『ポール・モレル』を書き続ける。3月にノッティンガム・ユニヴァーシティ・カレッジの近代語の教授、アーネスト・ウィークリー（Ernest Weekley）の妻、フリーダ・ウィークリー（Frieda Weekley）と出会う。アリス・ダックスとの関係を絶つ。3月3

日に親戚を訪ねる目的でドイツに出掛け、フリーダとメッツ(Mez)を旅行する。いろいろな波乱(『見よ！僕らはやり抜いた！』(*Look! We Have Come Through!*, 1917年)で多少、回想されている)を経た後、フリーダはロレンスのために夫と子供を捨てる。８月に２人はアルプスを超えてイタリアに向かい、ガルニャーノ(Gargnano)に落ち着く。『息子と恋人』の最終稿をそこで仕上げる。

1913年　『愛の詩集』(*Love Poems*)が出版される。『義理の娘』(*The Daughter-in-Law*, 1965年)と『ハフトン嬢の反逆』(*The Insurrection of Miss Houghton*)の200ページ分(破棄される)を書く。『姉妹』(*The Sisters*)に着手するが、結局、『虹』(*The Rainbow*, 1915年)と『恋する女たち』(*Women in Love*, 1920年)に分裂してしまう。フリーダとサンゴーデンジオ(San Gaudenzio)で数日過ごし、バヴァリア(Bavaria)のイルシェンハウゼン(Irschenhausen)に滞在する。「プロシア士官」("The Prussian Officer")と「肉体の棘」("The Thorn in the Flesh", 1914年)の第１草稿を書く。『息子と恋人』が５月に出版される。６月にフリーダとイングランドに戻り、ジョン・ミドルトン・マリ(John Middleton Murry)とキャサリン・マンスフィールド(Katherine Mansfield)に出会う。９月に２人はイタリア(ラ・スペツィア(La Spezia)近くのフィアスケリーノ(Fiascherino))に戻る。『ホルロイド夫人やもめとなる』を手直しして、『姉妹』の執筆に再び着手する。

1914年　『姉妹』(『結婚指輪』(*The Wedding Ring*)という題名に改める)を再度、書き直す。メシュエン(Methuen)が『結婚指輪』を出版することに決まり、Ｊ・Ｂ・ピンカー(J. B. Pinker)をその代理人として認める。６月にフリーダとイングランドに戻り、1914年７月13日に結婚する。キャサリン・カーズウェル(Catherine Carswell)とサムエル・ソロモノヴィチ・コテリアンスキー(Samuel Solomonovich Koteliansky)に出会う。短編集『プロシア士官』(*The Prussian Officer*, 1914年)を編纂する。戦争が勃発したためにフリーダとイタリアに戻れなくなる。チェッサム(Chesham)で「トマス・ハーディ研究」("Study of Thomas Hardy", 1936年)を書き上げ、その後、『虹』の執筆に取り掛かる。オトライン・モレル(Ottoline Morrell)、シンシア・アスクィス(Cynthia Asquith)、バートランド・ラッセル(Bertrand Russell)、エドワード・モーガン・フォースター(Edward Morgan Forster)らと交際を始める。戦争に対してますます絶望的になり、激しい憤りを感ずるようになる。

1915年　３月にグレタム(Greatham)で『虹』を完成させる。ラッセルとの講演計画を立てる。６月にラッセルと口論する。８月にフリーダとハムステッド(Hampstead)に移る。マリと『シグネチャー』誌(*The Signature*)(３号で廃刊となる)を発刊する。９月に『虹』がメシュエンから出版されるが、10月末にその本の一部分が削除され、11月には起訴されることで発禁処分となる。ドロシー・ブレット(Dorothy Brett)やマーク・ガートラー(Mark Gertler)といった画家たちに出会う。フリーダとイングランドを去って、フロリダ(Florida)に向かう計画を立てるが、2人はそれを中止して、コーンウォール(Cornwall)に移り住む決心をする。

1916年　4月から10月にかけて『恋する女たち』を書く。『イタリアの薄明』(*Twilight in Italy*)と『恋愛詩集』(*Amores*)を出版する。

1917年　『恋する女たち』が出版社から拒否される。その作品を手直しし続ける。アメリカ行きが不可能となる。『古典アメリカ文学研究』(*Studies in Classic American Literature*, 1923年)を書き始める。『見よ！ 僕らはやり抜いた！』を出版する。10月に2人はスパイ容疑でコーンウォールから立ち退かされる。ロンドンで『アーロンの杖』(*Aaron's Rod*, 1922年)に着手する。

1918年　フリーダとバークシャー(Berkshire)のハーミテジ(Hermitage)に移り住む。『新詩集』(*New Poems*)を出版し、『ヨーロッパ史における諸動向』(*Movements in European History*, 1921年)、『一触即発』(*Touch and Go*, 1920年)、『狐』(*The Fox*, 1920年)などを書く。

1919年　重いインフルエンザに罹る。ハーミテジに戻る。『新詩集』を出版する。秋にフリーダはドイツに行き、その後、フィレンツェ(Florence) でロレンスと合流する。2人はピチニスコ(Picinisco)を訪れ、カプリ(Capri) に落ち着く。

1920年　『精神分析と無意識』(*Psychoanalysis and the Unconscious*, 1921年)を書く。フリーダとシチリア(Sicily)のタオルミーナ(Taormina)に移り住む。『ロストガール』(*The Lost Girl*, 1920年)と『ミスター・ヌーン』(*Mr Noon*, 1984年)を完成させ、夏にフィレンツェを訪ねて、『アーロンの杖』を書き進める。ロザリンド・ベインズ(Rosalind Baynes)と関係を持ち、『鳥と獣と花』(*Birds, Beasts, and Flowers*, 1923年)に収められた多くの詩を書く。『恋する女たち』が出版される。

1921年　フリーダとサルデーニャ(Sardinia)を訪れ、『海とサルデーニャ』(*Sea and Sardinia*, 1921年)を書く。アール(Earl) とアクサ(Achsah)のブルースター(Brewster)夫妻に出会う。夏に『アーロンの杖』を仕上げ、その後『無意識の幻想』(*Fantasia of the Unconscious*, 1922年)と『大尉の人形』(*The Captain's Doll*, 1923年)を書く。ヨーロッパを離れ、アメリカへ行く計画を立てる。短編集『イングランドよ、僕のイングランドよ』(*England, My England*, 1922年)を始め、『てんとう虫』(*The Ladybird*)、『狐』、『大尉の人形』などの一群の中編小説を完成させる。

1922年　フリーダとセイロン(Ceylon)に向けて旅立つが、ブルースター夫妻の家に立ち寄ってから、オーストラリアへと向かう。ジョヴァンニ・ヴェルガ(Giovanni Verga)の短編小説を英語に翻訳する。西オーストラリア(Western Australia)でモリー・スキナー(Mollie Skinner)と出会う。シドニー (Sidney) 近くのサーロウル(Thirroul)で『カンガルー』(*Kangaroo*, 1923年)を6ヵ月間で仕上げる。8月から9月にかけて、フリーダと南太平洋の島々を経由して、カリフォルニアへと向かい、その後、ウィター・ビナー(Witter Bynner)とウィラード・ジョンソン(Willard Johnson)に出会う。メイベル・ドッジ（Mabel Dodge)、(後にルーハン(Luhan)と改名)の招きで、ニューメキシコ（New Mexico）のタオス(Taos)に落ち着く。12月にタオスの近くのデルモンテ農場(Del Monte ranch)に移る。『古典アメリカ文学研究』を書き直す。

1923年　『鳥と獣と花』を完成させる。フリーダとメキシコのチャパラ(Chapala)で夏を過ごし、そこで『ケツァルコアトル』(*Quetzalcoatl*)、(『翼ある蛇』(*The Plumed Serpent,* 1926年)の第１草稿)を書く。８月にフリーダはロレンスとの激しい口論の末、ヨーロッパに戻る。ロレンスはアメリカとメキシコを旅行し、モリー・スキナーの「エリス一族」(“The House of Ellis”)を『叢林の少年』(*The Boy in the Bush*, 1924年)という題名に変更して書き直す。12月にイングランドへ戻る。

1924年　カフェ・ロイヤル(Café Royal)で夕食を取る。友人達を、ニューメキシコへ来るように誘う。３月になって、ドロシー・ブレットがロレンスとフリーダの考えを受け入れ、彼らに同行する決心をする。メイベル・ルーハンはロボ(Lobo)(後にカイオア(Kiowa)と改名)農場をフリーダに与える。ロレンスはそのお返しとしてメイベルに『息子と恋人』の原稿を与える。夏の間、ロボ農場で『セント・モア』(*St. Mawr*, 1925年)、「馬で去った女」(“The Woman Who Rode Away”, 1925年)、そして「プリンセス」(“The Princess”, 1925年)などを書く。８月に最初の喀血を見る。９月にロレンスの父親が亡くなる。10月にフリーダやブレットらとメキシコのオアハカ(Oaxaca)に移り、そこで『翼ある蛇』の執筆に再び着手するとともに、『メキシコの朝』(*Mornings in Mexico*, 1927年)の大半を書き上げる。

1925年　『翼ある蛇』を完成させる。２月に病気になり、腸チフスと肺炎を患って、死にそうになる。３月になって、結核に罹っていると診断される。カイオア農場で病状が回復し、『ダビデ』(*David*, 1926年)を書き上げ、『ヤマアラシの死についての諸考察』(*Reflections on the Death of a Porcupine*, 1925年)を編纂する。９月にフリーダとヨーロッパに戻り、イングランドで１ヵ月間過ごすが、その後イタリアのスポトルノ(Spotorno)に移り住む。『太陽』(*Sun*, 1926年)の第１草稿を書く。フリーダはアンジェロ・ラヴァリ(Angelo Ravagli)と出会う。

1926年　『処女とジプシー』(*The Virgin and the Gipsy*, 1930年)を書く。妹のエイダ(Ada)の滞在中にフリーダと激しい口論をする。ブルースター夫妻とブレットを訪れ、ブレットと関係を持つ。フリーダと仲直りして、５月にフィレンツェ近くのミレンダ荘(Villa Mirenda)に移り、晩夏にはイングランドに行く(ロレンスにとってはこれが最後の故国訪問)。10月にイタリアに戻ると、すぐに『チャタレイ夫人の恋人』(*Lady Chatterley's Lover*）第１草稿（1944年)を書き上げ、11月には第２草稿の執筆に取り掛かる。オルダスとマリーアのハックスリー夫妻と親しくなる。絵を描き始める。

1927年　『チャタレイ夫人の恋人』第2草稿(1972年)を書き上げる。アール・ブルースターとエトルリア遺跡(Etruscan sites)を訪れる。『エトルリア遺跡スケッチ』(*Sketches of Etruscan Places*, 1932年)と『逃げた雄鶏』第1部(*The Escaped Cock*, 1928年)を書く。11月にマイケル・アーレン(Michael Arlen)やノーマン・ダグラス(Norman Douglas)と話し合ってから、ピノ・オリオリ(Pino Orioli)と私家版を出版する計画を立て、『チャタレイ夫人の恋人』最終稿(1928年)に着手する。

1928年　『チャタレイ夫人の恋人』を完成させ、フィレンツェで出版の手配をする。英国とアメリカの予約購読者への配送を保証するために、様々な障害と闘う。6月に『逃げた雄鶏』第2部(1929年)を書く。フリーダとスイスのグシュタイク(Gsteig)やポールクロウ島(the island of Port Cros)へ旅行する。その後、南フランスのバンドル(Bandol)に落ち着く。ロレンスは『パンジー』(*Pansies*, 1929年)に収められた詩の多くを書く。『チャタレイ夫人の恋人』の海賊版がヨーロッパとアメリカで出回る。

1929年　普及版『チャタレイ夫人の恋人』(1929年)の出版手配をするために、パリを訪れる。『パンジー』の無削除のタイプ原稿が警察によって差し押さえられる。ロンドンでロレンスの絵画展の会場に警察が踏み込む。フリーダとマリョルカ(Majorca)、フランス、そしてバヴァリアを訪れ、冬にはバンドルに戻る。『いらくさ』(*Nettles*, 1930年)、『アポカリプス』(*Apocalypse*, 1931年)、『最後の詩集』(*Last Poems*, 1932年)などを仕上げる。ブルースター夫妻とハックスリー夫妻に頻繁に会う。

1930年　2月の始めにヴァーンス(Vence)のアド・アストラ・サナトリウム(Ad Astra sanatorium)に入る。3月1日になって、極度に衰弱し、3月2日、日曜日にヴァーンスのロベルモン荘(Villa Robermond)で息を引き取る。3月4日に埋葬される。

1935年　フリーダはアンジェロ・ラヴァリ(当時、カイオア農場でフリーダと暮らしていたが、1950年に2人は結婚する)に手伝ってもらい、ヴァーンスの墓地に埋葬したロレンスの死骸を掘り起こし、火葬に処してから、その灰をカイオア農場に持ち帰る。

1956年　フリーダが亡くなり、カイオア農場に埋葬される。

第１節　若き日のロレンス　1885年－1908年

Ⅰ.

デイヴィド・ハーバート・ロレンス（David Herbert Lawrence, 1885－1930）は、1885年９月11日にノッティンガムシャー（Nottinghamshire）のイーストウッド（Eastwood）にあるヴィクトリア通り（Victoria Street）に今も残っている小さな家で生まれた。イーストウッドは約5000人の住民から成る発展途上の炭鉱村だった。楽に歩いて行ける距離に約10の炭鉱があり、住民のうち大半の男性は坑夫だった（ロレンスの父親と３人の父方の叔父達は皆、坑夫だった）。イーストウッドは炭鉱業による収益のおかげで発展し、栄えていた。ロレンスの生家は、地元の炭鉱会社の中でも最大規模を誇るバーバー・ウォーカー会社（Barber Walker & Co.）の建てたものだった。だが、1880年代中頃までに、炭鉱ブームは終わっていた。それでもイーストウッドは発展を続けていたが、その村に未来があるとすれば、それはやはり炭鉱業にしかなかった。男達の相互依存による団結的な生活から成り立つ共同社会は、ほとんど外に働き口のない妻や、坑夫として14才で働きに出る前にたいていはその仕事に従事している子供達の生活を支えていた。だが、生涯をかけて男女の十全なる結び付きや、人間と自然世界の重要な関わりについて書こうとした１人の男性にとって、それは将来を約束してくれそうに思える環境ではなかった。もっとも、そのような題材は彼の身の回りに到底見つかりそうもなかったが。

ロレンスはアーサー・ロレンス（Arthur Lawrence, 1846－1924）とリディア・ビアゾル（Lydia Beardsall, 1851－1910）の第４子として、イーストウッドで生まれた最初の子供だった。1875年に結婚して以来、２人は居場所を転々とした。坑夫のアーサーは、1870年代の炭鉱ブームの時期には最も稼ぎのよい場所へと家族を連れて行った。彼らはノッティンガムシャーの至る所に生まれた、小さくて不潔な炭鉱村に移り住んだ。だが、1883年にイーストウッドへ移った時、そこは彼らにとって生涯の地となった。彼らの初期の生活史にあって、その移住は１つの転機となったようである。

１つには、２人はそこに落ち着こうとしていた。おそらくアーサー・ロレンスは1912年に引退するまでブリンズリー炭鉱（Brinsley colliery）で働いたのだろう。また１つには、当時、彼らには３人の子供達――ジョージ（George, 1876－1967）、アーネスト（Ernest, 1878－1901）、エミリー（Emily, 1882－1962）――がいて、リディアは自分達の受けなかった教育を子供たちには与え続けたかった。彼らがイーストウッドに移ってきた時、陳列窓のある家を手に入れることで、リディアは小さな衣料店を開き、家計を補ったことはおそらく間違いない。子供を養育するためにもそれが必要だと思ったからである。普段から夫婦仲が悪かったので、もうこれ以上子供はいらないと思っていたことも考えられる。商売を営むことは、まさにリディアにとって独立への企てに他ならなかった。

リディアにとって自己防衛が必要だったことは確かである。ブリンズリーにあって、アーサーの両親――ジョン（John, 1815－1901）とルイーザ（Louisa, 1818－98）――と三男のジョージ（George, 1853－1929）は互いに１マイルとは離れていない所に住んでいた。そこは次男のジェイムズ（James, 1851－80）が３年前に作業中に亡くなった場所だった。

一方、四男のウォルター（Walter, 1856－1904）はそこから100ヤードしか離れていないプリンセス通り（Princes Street）にある別の炭鉱会社の社宅に住んでいた。一家がイーストウッドに移った時、アーサー・ロレンスは身内の集う場所に戻ったことになる。移住の確かな理由の１つは、彼の一族がそこに住んでいたからである。

これに反して、おそらくリディア・ロレンスは攻城に備えて塹壕を掘っているかのような気がしていたことだろう。イーストウッドはロレンスにとって郷里ではあったものの、リディアにとっては寛ぐことも、受け入れてもらえる気配も感じられない、不潔で気に入らない炭鉱村でしかなかった。彼女の家族はもともとノッティンガム出身だったが、彼女はシアネス（Sheerness）で育った。従って、そのケント（Kent）訛りのために、ミッドランドの人達には気取り屋だと思われていたことは間違いない。彼女の祖父はイーストウッドからさほど遠くない所に住んでいたが、他の家族達は皆、12マイルほど離れたノッティンガムに暮らしていた。父親のジョージ・ビアゾル（George Beardsall, 1825－99）はエンジン整備工だったが、1870年にシアネスで仕事中に怪我をしてからずっと働けなくなり、年金生活をしていた。家族はノッティンガムに移り、母親のリディア（Lydia, 1830－1900）は夫のわずかな年金と子供たちの稼ぎによってなんとか生計を立てていた。娘のリディアはもともと教員になりたかったので、本ばかり読んでいて、知的な事柄に関心を抱いていた。だが、家計の困窮によって、他の姉妹達のようにレース糸の引き抜き作業という屈辱的な仕事に従事せざるを得なかった。それはノッティンガムのレース産業が生み出した、体を酷使する家内労働の１つだった。子供達が成長し、結婚してゆくにつれて、ジョージとリディアのビアゾル夫妻の暮らし向きは少し楽になったことはおそらく間違いない。しかし、娘のリディアが1875年に坑夫と結婚したことによって、家族間にはかなりの緊張が生じたようである。あの娘は自分より劣った人と結婚した、と両親は口をそろえて話し合っていたことだろう。だが、リディアにとって貧乏など問題ではなかった。彼女は、両手を使って労働に励む（そのせいで、真っ黒になって帰宅する）１人の男性と好きで結婚したのである。――また、ビアゾル家には、いくつもの工場を保有し、（かつては）上流階級との縁組みもあったというとっておきの言い伝えがあった。その生活のどこを見ても、もはやその片鱗すら窺われないにもかかわらず、彼らは自分達を良家の人間だと見なしていたのである。

アーサー・ロレンスは採炭請負人だった。つまり、自分のチームの監督であるとともに、指定された切羽の作業責任者だったが、リディアと結婚した時、自分が地下で働いていることを隠していたようである。リディアは自分の家族から切り離されたこと、夫への幻滅感、結婚当初の約束にもかかわらず仲間と一緒に酒を飲んで過ごすという男の世界に易々と戻ってしまったことへの腹立ち、そして――自分にとって――馴染みのない村に移り住まねばならなくなり、妻として、また母親としての役割に不満を抱くようになったことなどが重なり、抑圧を感ずるばかりか、激しい怒りを覚えるようにもなった。1885年の早い時期に、再び妊娠しているのに気づいた時はどうしようもなく暗い気持ちになった。ヴィクトリア通りの店を営むのは難しくなった（リディアはおそらく商売には不向きだったのだろう）。それに1885年の９月には子供が生まれ――バート（Bert）と名づけられた――、その子の面倒を見なければならなくなったために、店を開いたことによる自立への試みは失敗に終わることとなった。1887年になって、一家がブリーチ住宅（the Breach）――その住宅は造りはよかったものの、イーストウッドの住宅基準からすれば平凡極まりないものだとの悪名が高かった——の中でも、より大きな社宅に移ってからすぐにまた子供が生まれ、レティス・エイダ（Lettice Ada, 1887－1948）と名づけられた。リディアは別の鎖の輪に繋がれている気がした。

ロレンス一家の子供達はその家庭生活にあって、生活を切り詰め、倹約し、また真剣に教育を受けさせることに最善を尽くそうとする母親への忠誠心と、酔っ払いのろくでなしと日増しにけなされるあまり、（結果として）家庭で蒙った精神的な緊張を晴らすために酒に浸りがちな父親に対する、いささか釈然としない愛情とに引き裂かれることとなった。リディア・ロレンスは意識して子供たちを父親から遠ざけ、決して忘れることも、許すこともできないような（夜中に家から追い出されたといった）結婚当初の様々な出来事を彼らに話した。長男のジョージを除いて、他の子供達は父親をいろいろな点で嫌っていたが、母親に対してはいつまでも変わらぬ愛情を持ち続けた。尊敬されることも、愛されることもなく、一家の家長としての特権も徐々に剥奪されつつある惨めな父親にとって、酒に浸り、癇癪を起こしては家族を疎んじることでそれに立ち向かうしか手はなかった。夜な夜な戸外で酒に浸り、ほろ酔い加減で帰宅しては口論を引き起こすといった生活習慣が、実際、子供達の生活を長きにわたって左右することになったようである。父親の行動や稼ぎの一部を飲酒に費やすことが原因で、母親との間に激しい口論が巻き起こるとともに、子供達の愛情や忠誠心は両親の間で引き裂かれることとなった。バートは父親に根深い憎しみを感じるようになるのにひきかえ、母親には気配りや同情に満ちた愛情を抱くようになった。夜中、幼いポール・モレル（Paul Morel）はベッドの中で、「父を炭坑で死なせてくれますように」（『息子と恋人』（*Sons and Lovers*）、p. 85）と祈りつつ、父親が帰宅するのを待っているが、それは当時のバート・ロレンスその人であったことはおそらく間違いない。

だが、こうした問題は冷静に観察する必要がある。アーサー・ロレンスは（脅かすことはあったかもしれないが）決して家族を見捨てたりはしなかった。飲酒のせいで仕事を休むことなど決してなかったようである。家族が本当に干上がってしまうほど、稼いだ金を酒に注ぎ込むようなこともなかった。そのようなことが仮にあったとしても、彼はめったに暴力を振るわなかった。また彼を酒浸りの人間に過ぎないと見なすのも間違っていよう。結婚に伴って起きる様々な問題は往々にして、夫婦のどちらか一方の振る舞いにのみ、その原因があるわけではないからである。とにかく、リディア・ロレンスは子供達を父親から遠ざけ、彼らに行動の指針を与えるのに一役買ったことだけは確かである。子供達は叔父や父親や学校の多くの同期生達のように、坑夫になろうとは思っていなかった。彼らは絶対禁酒の誓いを立てたことだろう。学校教育を受ける可能性をいろいろと真剣に考えたり、日曜学校や教会へ出掛け、牧師や教師になろうと思ったことだろう。成人しても男が女に威張り散らすのをよしとするような考え方を心よく思わなかっただろうし、できれば中流階級にのし上がろうという野心も抱いたことだろう。もちろんこうした子供達の野心のせいで、父親はますます独りぼっちになり、怒りを爆発させることとなった。だが、結局、ロレンス一家の子供達は、父親よりもむしろビアゾル家をその典型とすることで一致し、やがては成長して母親には果たせなかったようなことをいろいろと行なったり、様々な好機を掴むようになった。

リディア・ロレンスの将来にかけての期待のすべては、子供達の成長、とりわけ息子達が独立して一人前になってくれることだった。文字通りに言っても、比喩的に言っても、彼女は丘の上に家を建てることで尊敬される身分に戻ろうと、いつも前向きの苦しい努力を続けているようだった。1891年にロレンス一家が谷の向こうまで見渡せる張り出し窓のあるウォーカー通り(Walker Street)の家に移った時、その文字通りの引っ越しはなんとか念願に叶ったものだった。そしてその同じ年に、長男のジョージは学校を出て働き出した。だが、リディアのお気に入りは、次男のアーネスト(Ernest)で、子供達の中でも最も成績が良かった(バートは虚弱で学校をよく休んだので、成績は特に良くはなかった)。アーネストは1893年にボーヴェイル公立小学校(Beauvale Board School)を卒業して、すぐに事務員になった。母親の数々の期待はアーネストの立身出世と密接に結び付いていた。ジョージはいつも彼女にとって頭痛の種だった。1895年にジョージは軍に入隊するために家出をしたので、彼女は軍隊から彼を買い戻さねばならなかった。1897年には、子供を孕ませたことから、恋人のエイダ・ウィルソン(Ada Wilson, 1876－1938)と結婚せざるを得なくなった。概して、ジョージは自分の重んじる父親にとても似ているように(母親や他の子供達に)思えたことだろう。一方、アーネストは比較的給料のよい職場を渡り歩き、出世していった。彼は熱心に仕事をしたばかりでなく、大の読書家であり、夜にはよく勉強をしては地元の夜間学校で速記を教え、また速記の個人レッスンもしていた。21才の時に、遂にロンドンで年収120ポンドを稼ぐ仕事に就いた。景気のよかった年でさえ、アーサー・ロレンスにはそれほどの稼ぎはなかったであろうし、普段の稼ぎとなるともっと少なかったであろう。

ロレンス一家の活力は、ジョージやアーネストが家を出る度に変化した。長女のエミリー(Emily)は格別、学業成績は良くなかったが、いつも弟や妹の面倒を見ていた(彼らは姉から聞かされたいろいろな面白い話を決して忘れることはなかった)。彼女は1904年にサム・キング(Sam King, 1880－1965)という地元の男と結婚するまでずっと家に居た。ところで、バートも活躍し始めていた。彼は幼い頃、「弱々しいやつ」(mard-arsed)——女々しいやつ——としていじめられ、男の子よりも女の子の仲間を、ひいてはそのいずれよりも男性中心社会の最大の悪事でもあった書物の世界の方を好んでいた。だが、学業成績はどんどん良くなっていった。7才の時から通っていたボーヴェイル公立小学校の最終学年である1898年に、彼はノッティンガム・ハイスクール(Nottingham High School)進学への奨学金を獲得した。州会はそうした制度を設けることで貧民家庭の子供達を援助していた。ノッティンガム・ハイスクールに進学した坑夫の息子達のうちで、バート・ロレンスは2番目の在籍者に過ぎなかった。遊び回るのが好きな、坑夫志望のイーストウッドの普通の男の子達とはまるで違って、今や彼は高い襟の付いた黒い服を着こなし、本を何冊も小脇に抱えているような極めて変わったタイプの少年になりつつあった。

だが、彼がノッティンガム・ハイスクールで素晴らしい学業成績を収めたのはほんのわずかな時期だけで、2年目は惨憺たる結果で終えることになった。イーストウッドの小学校とは違って中流階級の子弟の通う学校では、自分が陸に上がった河童であるのがわかった。1900年3月に起きた様々な事件も、事態を一層悪化させるのに一役買ったことは間違いない。当時、叔父のウォルター・ロレンス(Walter Lawrence)(イーストウッドから3マイルほど離れたダービーシャー(Derbyshire)州境を少し越えたあたりのイルケストン

(Ilkeston) に住んでいた) が、激しい口論の最中に肉切り包丁を投げつけて息子を殺したかどで逮捕され、ダービーの巡回裁判にかけられた。その話は地元の新聞で派手に取り上げられた。そしてその夏のバート・ロレンスの学業成績は最悪だった。ノッティンガム・ハイスクールでの３年間、ほとんどこれといったことを成すこともなく、とうとう1901年の夏に、彼は16才でそこを去ることになった。(奨学金を獲得したにもかかわらず)、その学校に通っていた数年間にわたって、家族は多大の出費を強いられたのである。

今やいやでもおうでもロレンスは仕事に就かねばならなかった。ノッティンガム・ハイスクールで教育を受けたおかげで、地元の学校の見習い教員になれる資格はあったものの――またその仕事に就けたとしても――、将来のことをあれこれ考えるより、現実に金を稼ぐことの方が何より大事だと思われた。従って、その年の初秋になって、兄のアーネストのように事務員として働き始めた。彼はノッティンガムの外科用衣類製造工場や倉庫での仕事を得たことで、汽車賃はもとより、めっきり体が大きくなったために必要な衣服代を埋め合わせることができた。ずっと小柄な少年だったのにひきかえ、今や痩せてひょろ長い体格になりつつあった。

ロレンスがノッティンガムのヘイウッド商会 (Haywoods) で働いている間に、一家に不幸が起きた。アーネストは依然としてロンドンで働いていて、速記者のルイーザ・「ジプシー」・デニス (Louisa “Gipsy” Dennis) と婚約して間もなかった。彼はウェイクス (Wakes) と呼ばれるノッティンガムシャーの伝統的な10月祭の間、実家で過ごしたが、その後ロンドン南部の下宿へ戻るとすぐに丹毒で倒れた。下宿屋の女主人がイーストウッドにその旨を知らせる電報を打つと、リディア・ロレンスは勇敢にも列車や郊外電車を乗り継ぎ、息子の看護に出掛けた。彼女が下宿へ着いた時、病人は重病に陥っていて意識はなかった。医者達はなすすべもなく (通常、その病気はすぐにも敗血症、高熱、そして肺炎を引き起こした)、アーネストは母親が到着してから１日と経たないうちに亡くなった。

リディアの失望的な人生における様々な災難の中で、この出来事が最悪だったことは間違いない。彼女はその秋、自分の家族にほとんど関心を失っていた。丁度、クリスマス前にバートが病気になった時でも、さほどショックを受けることはなかった。しかし、彼は工場での労働や、(12時間労働と２時間以上をかけての通勤による) 長い１日の緊張状態が続く中で、明らかに母親が自分に関心を寄せてくれないことがわかって体を悪くし、両方の肺に炎症を起こした。リディアはまた息子を失いかけていた。やがてその秋に受けた心の痛手から開放され、バートも健康を回復することで、彼女はこれまで以上に自分の様々な希望や感情をその三男に託すようになった。彼は新たに母親との間にこの上ない親密さを取り戻した。今や、彼は母親の数々の希望や期待――またそれに対して本能的に応え、決して忘れることはなかった母親の愛情――の重荷を背負い込むことになろう。

Ⅱ.

ロレンスが健康を回復した後、自分の内に取り戻したものは――もはや、ヘイウッド商会には戻らなかった――、郷里の田園に対する新たな自覚だった。不潔で醜悪な場所にもかかわらず、イーストウッドはまさに田園風景の中に位置していた。朝になって、アーサー・ロレンスは野原を横切って仕事に行く途中、キノコ集めができたであろうし、また仕事中にも朝に摘んだ草の茎を噛んだりしたことだろう。田園地帯とロレンスとの新たな関わりは、イーストウッドから北へ２マイル行った所にあるハッグズ農場（Haggs farm）への度重なる訪問によって大いに育まれることになった。チェインバーズ（Chambers）一家もロレンス一家と同じイーストウッドの教会に通っていて、アン・チェインバーズ（Ann Chambers, 1859－1937）――イーストウッドでの今１人のよそ者――は、リディア・ロレンスと親交を結んだ。1898年にチェインバーズ一家は農場で暮らすために移って行った。そしてバート・ロレンスはノッティンガム・ハイスクールでの最後の夏に母親と初めてそこを訪れた。当時、その農場への訪問とそこでの生活は、彼の健康回復に大いに役立った。実家とはまるで異なる緊張感や感情の湧出を体験したにせよ、それはロレンスにとって、時には息詰まるほどに道徳的で抑圧された感情の漲る実家の雰囲気に比べ、はるかに耐え易いものではなかったかと思われる。最初、彼はその一家の中でも自分より年下の男の子たちと親しくなり、その後に３才年上の長男、アラン（Alan, 1882－1946）と打ち解け合った。長女のメイ（May, 1883－1955）は青春期でもあり、家族の労苦から逃げ出そうとしていた。だが、次女のジェシー（Jessie, 1887－1944）は初めからロレンスを崇拝していたようである。ジェシーとの交際は発展して、彼の若き日々の生活にあって最も重要な地位を占めるものとなった。

１つには、ジェシーは既に詩や小説にかなり興味を示していた。そしてロレンスは彼女の内に、実家では全くお目にかかれないような積極的な読書仲間や議論の相手を見い出したのである。リディア・ロレンスもいつも本をよく読んでいたが、それは小説に限られていた。時には詩を書くことがあっても、それは彼女にとって他のもっと重大な目的を果たすための多忙な生活における気晴らしに過ぎなかった。だが、ジェシーと、いささか内気だが頭のよい青年にありがちな大の読書家である若いロレンスは、当時、様々な本を貪り読むことで書物の世界を生き抜き、我を忘れてそこに没頭したのである。ロレンスはジェシーとの話し合いの内にこそ、自己を表現できるのがわかった。

その年の春から初夏にかけて、ロレンスは健康を取り戻していった。彼は母方の叔母のネリー（Nellie, 1855－1908）が営むスケグネス（Skegness）の下宿屋で１ヵ月間、静養した。再度、職を探さねばならなかった。数学がよくできたために、地元の豚肉屋で夜間の帳簿付けの仕事を得た。だが、彼はその年の秋に新たな仕事に乗り出すこととなった。イーストウッドにある英国学校の見習い教員になったのである。授業を始める前の１時間、彼は校長のジョージ・ホウルダネス（George Holderness）から指導を受け、その後に、ほんの２、３年前だったら彼のことを女々しい男として嘲ったであろうような坑夫の子供達を教えることになった。だが、見習い教員になることは、（やがては）教員免許状を取得し、今や天職として母親共々認めていた正教員になるための適切なコースだった。その仕事は苦労が多かったが、ロレンスは仕事への一途さと頭のよさでホウルダネスを印象づけた。また見習い教員はある時期、イルケストンの見習い教員養成所で毎週過ごしたが、それが校長にとって頭を痛める問題となった。というのも、その間は優秀な教員が学校にいなくなったからである。そしてロレンスはイルケストンで自分と同じような境遇にいる他の男女のグループに出会った（この期間中も、彼は校長に好印象を与えていた）。例えば、ジェシー・チェインバーズはロレンスがその養成所に通い始めた翌年からそこに来るようになったし、ロレンスの妹のエイダもその年に仲間入りした。

ロレンスは、イルケストンに新しく開設されたその教員養成所に時々通っては精力的に本を読み、またハッグズ農場に出向いてジェシーといろいろな話をしながら2年間にわたるイーストウッドでの見習い教員を務め上げた後に、1904年12月に勅定奨学生試験（King's Scholarship examination）を受けた。今や、彼は花形スターとして世に踊り出た。彼は第1等級第1グループで合格した。彼の名前が地元の新聞に載り、会報誌『教師』（*The Schoolmaster*）は、写真入りの自己紹介と勉強方法を記した記事を彼に求めた。問題はどうやって教員免許状を取得するかということだった。それには正規の学生として大学に通って最終試験に臨むか、それとも時間を惜しんで勉強し、学外試験を受けるかのいずれかの道しかなかった。バート・ロレンスは大学、つまり、ノッティンガム・ユニヴァーシティ・カレッジ（Nottingham University College）へ進学することに決めた。だが、そのためには更に家計に負担がかかることになった。もっとも、ロレンスはそれまで家計を助けたことなどほとんどなかった。そこで彼は大学に進学するまでの1年間、（今回は専任教員として）英国学校で教鞭をとり、50ポンド稼いだ。

Ⅲ.

ロレンスのそれまでの生活にあって、勅定奨学生試験を受けてから1906年9月に大学へ進学するまでが最も重要な時期だった。まず、彼は1905年の春に創作を開始した。それは言うまでもなく、数年にわたって本を読んだり、文学について討論してきたことの結果だった。だが、彼は異常なほどの野心を漲らせて創作を始めたのである。「他の人たちは何と言うだろうか？　僕をばかだと言うだろう。坑夫の息子が詩人だって！」と彼は厳しい口調でジェシー・チェインバーズに語った。彼の始めた創作とは詩だった。「僕は初めて「詩」を2編「作った」.... 日曜日の午後、ほんの少し自意識に囚われていたのを覚えている。1編は『ゲルダーローズ』（*Guelder-roses*）で、もう1編は『センノウ』（*Campions*）だった。若いご婦人方ならもっとうまく書けただろう。少なくとも僕はそう思う。しかし、僕は自分の感情のほとばしりを素晴らしいと思ったし、またミリアム（Miriam）もそう思ってくれた」（ワーゼン（Worthen）1991年、pp. 130－31）。彼が1年間、詩を書き続けたことは間違いない。そして1906年の復活祭に、若き日の最大の実験を開始した。彼は『白孔雀』（*The White Peacock*）の第1草稿である『リティシア』（*Laetitia*）に着手したのである。

だが、1906年の復活祭には他の様々な感情が高ぶりを見せた。ロレンスとジェシーは4年間にわたり、知的にも文学的にも互いを高め合ってきた。彼らは小説を読み合うことから始めて、カーライル（Carlyle）やショーペンハウアー（Schopenhauer）やエマソン（Emerson）らの作品に挑むといった真剣な読書段階へと進んで行った。ロレンスは、日常生活とはかけ離れた事柄に深く関わろうとする農場の娘の要求に応えようとした。ジェシーはロレンスの未熟な作品をすべて読んだばかりでなく、多くの点でそれらを養い、育て上げた。読む度に創造性を求め、愛着を感じることでそれらをしかと我が物にしたのである。彼らは互いに何もかもわかり合おうとする努力を怠らなかったが、他の人達にとって——特にロレンスの母親のリディアを始め、姉妹のエミリーやエイダにとって——、ジェシーとの付き合いははっきりと危険な方向に向かっているように思われた。ロレンスは始終、彼女と散歩や話し合いや読書をしていた。情愛が深く、独占欲の強い母親にとって、息子の大学生活とそれにまつわる様々な事柄に直面していたことから、ジェシーとの交際は創作と同様、全く時間の浪費であるように思えたに違いない。当時、結婚していたエミリーは、弟とジェシーが恋人同士であるのは間違いないと思い、もっと品行方正に振る舞うよう忠告した。エイダでさえも、ジェシーが兄を自分のものにしていることに腹を立てた。ロレンスは家族から最後通告を受け、ジェシーと正式に婚約するか、それとも再々会うのを止めるかのいずれかにしなければならなくなった。付き合いを続けることで、ジェシーが他の男達を知る機会、つまり、結婚の機会を逃すことになるという訳である。

ロレンスは結婚を義務として感じていること、つまり、結婚したいほど愛しているわけではないので、今後、頻繁には会えない旨をぎこちなさそうにジェシーに話した。彼女はとても傷ついた。それというのも、ロレンスに対する感情は数年間にわたって愛情のようなものに育っていたからである。2人は互いに会う回数を減らして、第三者が一緒でなければできるだけ会わないようにした。だが、それはジェシーにとって残酷な仕打ちだった。自分とロレンスは運命共同体だとする、最初に抱いた暗黙の信念が崩れ去ることになったからである。だが、ロレンス一家の人たちは、ジェシーの内に彼を惑わす恐るべき魔力が宿っていると思っていたことは間違いない。

ロレンスはその年の9月に、多少の後悔はあったにせよ、イーストウッドで教師を続けることを断念した。彼は頑丈で厳格な教師であるホウルダネスの高い評価を受け、特に腕白な生徒から身を守ってもらったりもした。しかし、一般的に生徒たちは好意的であるばかりか、ロレンス自身も彼らに好感を抱いていた。だが、彼はノッティンガム・ユニヴァーシティ・カレッジで新たな人生を始めねばならなかった。過去と今1度手を切ることが必要だった。彼は新たなグループの友人たちと知り合いになった。中でもイルケストンの見習い教員養成所で初めて出会ったコスル（Cossall）出身の女性、ルイ・バロウズ（Louie Burrows, 1888－1962）と交際を始めることで新たな知的世界へと入ってゆき、更には社会主義者や自由思想家達ともかなりの時間を費やすようになった。エミリーは、彼が「人の心をもてあそぶタイプで、宗教を馬鹿にしていた」（ワーゼン1991年、p. 178）のを覚えていた。ロレンスはまた創作にかなりの時間を割いた。彼は大学1年目の終わり頃に『白孔雀』の第1草稿を、2年目には第2草稿を書き上げた。この作品がノッティンガムの学生時代の主たる業績だったようである。彼はそこの教員養成課程の授業をばかばかしく感じるとともに、単位取得のためというよりも、教員免許状を手に入れるためだけに勉強している学生を教員たちがえこひいきしているのに気づいた。彼の母親は息子が教員免許状を取得した後に、学位取得過程に移るか、さもなくば学位取得のための勉強をきちんと続けてくれるのをしきりに望んでいたようだが、ロレンスは自分にとって必要なことだけを成し遂げようとしていた。こうしたことがあったにもかかわらず、彼は1908年の最終学年にあって他のどの学生よりも良い成績を残したのである。

だが、後になってロレンスが全く時間を浪費していたと感じるようになったノッティンガムでの2年間にわたる学生生活（ジェシーには学外試験で教員免許状を取得するように熱心に忠告している）も、実際には成長への重要な機会だった。彼は以前にもまして創作に時間を割くようになった。『リティシア』を書き続けたばかりでなく、一所懸命に詩を作ったり、1907年の秋には短編小説にも着手した。これはもともとジェシーと兄のアランが、地元を舞台にした3部門の物語を毎年募集する『ノッティンガムシャー・ガーディアン』紙（*Nottinghamshire Guardian*）主催の懸賞作品に投稿するようにと彼に勧めていたためである。ロレンスはそのすべての部門に投稿する決心をした。彼はジェシーとルイ・バロウズに頼んで、自分の代わりに作品の応募者になってもらった。自分では最も可能性があると思った作品――「ステンドグラスのかけら」（"A Fragment of Stained Glass"）の初期草稿――を応募した。審査の結果、ジェシーの応募した感傷的な作品「序曲」（"A Prelude"）――ハッグズ農場と彼女の家族を扱っている――が、「楽しいクリスマス」部門で1位を獲得し、『ノッティンガムシャー・ガーディアン』紙に掲載された。ジェシーの父親のエドマンド（Edmund, 1863－1946）はロレンスに3ポンドの小切手を与えた。ロレンスは他の残りの2作品（ルイの応募したのは「白いストッキング」（"The White Stocking"）の初期草稿）を書き直すことになったが、同じ頃に少なくとも全く別の作品（「牧師の庭」（"The Vicar's Garden"））を書き上げていた。彼はまたある作品――おそらくエッセイ――を、『デイリー・ニューズ』紙（*Daily News*）に記事を書いているエッセイストで小説家のギルバート・キース・チェスタトン（Gilbert Keith Chesterton, 1874－1936）に郵送したところ、気分の悪いことに、それは送り返されてきたことから、（ジェシーによれば）、「もう2度とこのようなまねはしない」（ワーゼン1991年、p. 191）決心をした。彼が送ったのは、「芸術と個人」（"Art and the Individual"）という題名のエッセイの原稿だったことはほぼ間違いない。それはイーストウッドのウィリー（Willie, 1862－1951）とサリー（Sallie, 1867－1922）のホプキン（Hopkin）夫妻（数年にわたって友人達の面倒を見ていた有名な社会主義者の夫婦）の家で、1908年の春に催されることになっていた討論会の発表原稿である。当時、彼は社会主義をかなり評価していて、大学の社会問題研究会にも参加していた。

更にこの事実によって、青春期のロレンスが母親とその世界の価値観を受け入れていたにもかかわらず、大学という別世界で成長していたのがわかる。大学へは実家から通っていたとはいえ、以前にもまして実家の要求や期待からほど遠いところにずっと身を置いていた。教師になるための訓練を受けていたのに、創作や読書や思索がますます大切なものとなっていった。また彼は教会に反感を持ち始めていた。1908年のある夜のこと、チェインバーズ一家の人たちとハッグズ農場へ歩いて帰る途中、彼が尊師ロバート・レイド（Robert Reid, 1865－1955）のことを激しくけなし始めたので皆が驚いたことがあった。キリスト教に対する現代の反感を巡って、難しい激論を闘わせ（『書簡集』（*Letters*）I、pp. 36－37、pp. 39－41）、ますます自由思想家のようになってゆくロレンスとその友人たちを相手に、一連の説教をイーストウッドの組合教会で行なう決心をレイドがしたのはそのわずか1年前のことだった。ロレンスは大学に入る前からショーペンハウアーやハッケル（Haeckel）やウィリアム・ジェイムズ（William James）の作品を読んでいたが、今やキリスト教団に背を向け、（1人の大学教師の影響下にあって）自らをウィリアム・ジェイムズ派の人間、つまり、無神論者ではなく、不可知論者だと称した。

だが、ロレンスにとって、大学の最終試験後すぐに仕事に就けるかどうかが問題だった。彼の友人の中にはいち早く教職に就いた者もいた（例えば、ルイ・バロウズはおそらくこれまでの学費の支払いのことを考えて、最終試験に合格後すぐにレスター（Leicester）で教師となっていた）。だが、ロレンスはあくまで給料のよい仕事口に執着していて、そのためにはノッティンガムシャーを去る覚悟さえできていた。彼の家族もその考えを支持したのは言うまでもない。その年の夏、彼はハッグズ農場の仕事を手伝ったり、創作や読書をする傍ら就職活動に精を出した。9月末にストックポート（Stockport）で面接を受けたが、結局、仕事には就けなかった。だが、少し経ってからロンドン南部のクロイドン（Croydon）で面接を受け、デイヴィドソン・ロード・ボーイズ・スクール（Davidson Road Boy's School）の助教師として、10月12日から教壇に立てることになった。彼は23才と1ヵ月になっていた。1度だけ作品が公表された駆け出し詩人兼作家として、特別な生活環境とそこで暮らす人たちの世界にどっぷりと浸かり、自分の育った場所を（ある意味では）離れることがないままに、文学や現代思想や芸術や音楽への趣向を持ち続けることから、変わり者で異常な人間として一際目立っていた。だが、ロンドンへの移住は彼の人生を決定づけることとなった。ノッティンガムシャーのこれまでの友人に何度も別れを告げて、ロレンスは10月11日の日曜日にクロイドンへと赴き、その翌日から教鞭を執ったのである。

第2節　ロンドンと最初の出版　1908年－1912年

I.

1908年10月に、ロレンスはクロイドン（Croydon）が全くひどい場所であるのに気づいた。休暇の遠出は別にして、彼は初めて実家を離れ、下宿住まいをした。家族や友人達から遠く離れ、彼らに会える機会などなかった。ロンドン郊外といっても、それまで体験したことのないような、急速に発展しつつあるとても汚い地域の（ひどく荒んだ）学校の正教員となったのである。クロイドンにやって来て2日目に、彼はジェシー・チェインバーズ（Jessie Chambers）に宛てて「恐怖のわめきに似た」（『書簡集』（*Letters*）I、p. 82）手紙を出した。後になって告白しているように、初めて目にする場所とそこでの様々な体験にすっかり面食らったのである。「僕は最初の数週間、愉快に過ごしたことなどなかった。休暇の時でさえも」（『書簡集』I、p. 106）。そして特に（ジョージ・ホウルダネス（George Holderness）のように）自分を庇ってくれようともしない校長のフィリップ・スミス（Philip Smith, 1866－1961）のもとで働かされたこともあって、クロイドンに慣れるにはかなり時間がかかった。ノッティンガムシャー（Nottinghamshire）の坑夫の息子達が、鼻づまりで虚弱なバート・ロレンス（Bert Lawrence）をどれほどいじめたにせよ、イーストウッド（Eastwood）の基準からすればそれほど劣悪な境遇に暮らしていたわけではなかった。ところが今やロレンスは様々な施設の子供や虐げられた貧民家庭の子供達を教えることとなった。懲罰上、耐えがたい問題にいろいろと直面させられた。『虹』（*The Rainbow*）で描かれたアーシュラ（Ursula）の恐るべき教師体験は、クロイドンに移ってから数週間のうちに彼の身に起きた様々な問題におそらく根ざしていたのだろう。そして彼は――アーシュラと同じく――最後には、残忍にも鞭を使うことで問題を解決したようである。

だが、クロイドンでの生活はこれまでに見たこともないような景観をロレンスに提供してくれた。彼は自転車であちこちへ遠出をした。また彼はロンドンへ演劇やオペラを観に出掛け、美術館や古本屋巡りをした。いずれにせよ、彼はクロイドンには知的な刺激などほとんど見い出さなかった。従って、そこではその種の気晴らしができなかった代わりに、創作する時間が持てたのである。クロイドンでの最初の１年間における彼の社交生活とも言えるものは、家主のジョン・ウィリアム・ジョウンズ（John William Jones, 1868－1956）と時々パブに出掛けることだった。夜はきまって採点や創作、またマリー・ジョウンズ（Marie Jones, 1869－1950）夫人が子供達の面倒を見るのを助けてやったりした。彼は少し書き込みのあるノッティンガム・ユニヴァーシティ・カレッジ（Nottingham University College）時代の２冊の大学ノートを、完成した詩や詩の草稿の宝庫とすることで、勉学に励んで学位を取得すべきだとの母親の教えに終止符を打ったのである。1918年遅くには、そのノートに初めて書き付けた何編かの詩の草稿を利用することになった。またクロイドンでの最初の年に『リティシア』（*Laetitia*）を全面的に書き改めた。「その作品があまりにも感傷的なのに驚いた。自分を少々鍛えるためにここで書き直す必要があったんだ。僕はうんざりするほどの恐るべき感傷家だ」（『書簡集』Ⅰ、p. 106）。彼の読書範囲は、シャルル・ボードレール（Charles Baudelaire, 1821－67）やポール・ヴェルレーヌ（Paul Verlaine, 1844－96）といったフランスの詩人達の作品にまで広がった。また幸いにも、好意的な同僚のアーサー・マクラウド（Arthur McLeod, 1885－1956）は読書好きで、かなりの本を所有していた。

　ロレンスの詩がとうとう雑誌に載るようになったのは意義深いことである。彼はコメントを求めて自分の詩をすべてジェシー・チェインバーズに送り続けていたが、1909年６月に、彼女はそのうちの何編かを『イングリッシュ・レヴュー』誌（*English Review*）の編集者であるフォード・マドックス・ヘファー（Ford Madox Hueffer, 1873－1939）のもとに送ったのである。ジェシーとロレンスは1908年の暮れに発刊されたその雑誌がとても気に入っていた。それはすぐにも主要雑誌の仲間入りを果たした。ヘファーはロンドン文壇の中心的存在だった。彼はジョーゼフ・コンラッド（Joseph Conrad, 1857－1924）と共に仕事をした経験があり、ヘンリー・ジェイムズ（Henry James, 1843－1916）と文通したり、W・B・イェイツ（William Butler Yeats, 1865－1939）やH・G・ウェルズ（Herbert George Wells, 1866－1946）、そして（新世代の作家達の中では）エズラ・パウンド（Ezra Pound, 1885－1972）らとも面識があった。ヘファーはロレンスと彼の詩――詩と同様に、彼の育ちに関する様々な事実――に感銘を受けた。『イングリッシュ・レヴュー』誌は、左翼人が共感を寄せる急進的な雑誌として出回っていた。従って、「坑夫の息子である詩人」（"a collier's son a poet"）は願ってもない存在のように思われたことは間違いない。ともかく、1908年の夏の始めにロレンス一家が家族旅行でワイト島（the Isle of Wight）へ出掛けている間に、ヘファーはロレンスの何編かの詩を掲載する旨を手紙でジェシーに知らせたばかりでなく、ロレンス自身にも面会を求めた。もっと適切な言い方をすれば、ヘファーは「ロレンスの送る作品ならどんなものでも喜んで読むつもりでいた」（『書簡集』Ⅰ、p. 138）。ロレンスは1908年から1909年にかけて書き直した結果、継ぎはぎ細工のようになった『リティシア』をすっきりとした作品に仕上げるために、クロイドンに戻るや否や友人達の手助けを求めた。デイヴィドソン・スクールの同僚で、かなり年上のアグネス・メイソン（Agnes Mason, 1871－1950）と、新任の教師で年下のアグネス・ホウルト（Agnes Holt, 1883－1971）の助けを借りた。彼の詩は『イングリッシュ・レヴュー』誌の11月号に掲載された。そしてアグネス・ホウルトはそれらの詩を彼の２冊目の大学ノートにきれいに書き写した。それは彼の成功を祝ってその大学ノートの巻頭を飾るためと、——間違いなく——魅力的で将来性のある若い教師に自分の態度を表明するためだった。次々と事はうまく運び、11月の始めまでにロレンスは彼らの助けを借りて、すっきりとした新たな『リティシア』の原稿をヘファーに渡していた。そして12月中に、彼はヘファーと愛人のヴァイオレット・ハント（Violet Hunt, 1866－1942）の紹介によって、ロンドンの文壇に初めてその姿を現すことになったのである。彼はウェールズを訪れ、イェイツと会い、またパウンドの家に泊まったりしたが、きちんとした場所には履いて行けないようなブーツや学校教師の薄汚い制服を絶えず気にしていた。

ロレンスは一挙に現代の知的な文学サロンの仲間入りを果たした。だが、1909年になって、彼は生涯にわたって抱き続けることになるような不愉快な気分をはっきりと味わっていた。そうした世界に易々と適応することなど到底できなかったのである。「僕は断じて社交的な人間ではない——うんざりだ」（『書簡集』Ⅰ、p. 156）。彼らの虚栄心やその自意識的な芸術上の技巧についてはもとより、自分が彼らとは本質的に異なったタイプの作家であることもよく承知していた。ロレンスは大衆作家になろうとは思わず、また現代作家の仲間に引き込まれたくもなかった。人生の大半を大都会から離れたところで暮らし、仕事をした。そして異端者としての役割に身を投じ、ずっと局外者であり続けた。そのためにロンドンでは文学仲間よりも、精神分析医達の方に親近感を覚えたりした。彼は数人の仲間と付き合う程度で、それ以上に交際の輪を広げようとはしなかった。

だが、ロレンスはヘファーからいろいろと影響を受けていた時期に、炭鉱の共同社会での生い立ちについて書き始めるようになったが、それは偶然の一致ではなかったろう。『坑夫の金曜日の夜』（*A Collier's Friday Night*）を1909年11月末までには完成させ、「菊の香」（"Odour of Chrysanthemums"）の草稿を12月までに仕上げていたし、戯曲『ホルロイド夫人やもめとなる』（*The Widowing of Mrs. Holroyd*）の第1草稿も1910年の早春には書き上げる予定になっていた。これら3作は、ロレンスがよく知り抜いている『残り半分の人たち」——「残り99％の人達と言った方がよかろうが」（ワーゼン（Worthen）1991年、p. 216）——について書いてはどうかというヘファーの提案に応えたものである。ロレンスは後になって、『坑夫の金曜日の夜』を「全く恐ろしいまでに未熟な」作品と述べてはいるが、案内者である語り手の助けなくして、『息子と恋人』（*Sons and Lovers*）にみるような複雑な家庭状況をうまく処理していることから、それは舞台上演に適した素晴らしい作品であり続けている。観客の同情は、母親から息子へ、そして父親へとうまい具合に移ってゆくのである。

だが、ロレンスにとって最も大事なことは、長編小説を書くことだった。創作を一生の仕事にしようと考えていたとすれば、そう思うのは当然だった。12月の中頃に、彼はヘファーの推薦状と一緒に、『リティシア』の原稿を出版者のウィリアム・ハイネマン（William Heinemann, 1863－1920）に手渡した。ハイネマンがそれを受け入れるのにちょうど1ヵ月かかったが、1月半ばになって数々の削除や手直しの依頼と共に、それは送り返されてきた。ロレンスはそれらすべての要求を喜んでのんだ。その年の早春、彼は同僚のアグネス・メイソンを通じて知り合ったクロイドンの小学校教師であるヘレン・コーク（Helen Corke, 1882－1978）に手伝ってもらい、それを手直しした。彼女は前年に体験したぞっとするような苦しみからまだすっかり立ち直ってはいなかった。彼女はワイト島（同時期、偶然にもロレンス一家が滞在していたが、一家の人達とは出会っていない）での５日間にわたる休暇を通じて、自分を誘った音楽教師でバイオリニストでもある30代後半の既婚者、ハーバート・マッカートニー（Herbert Macartney, 1870－1909）と共に、愛、好意、性的反感、賞賛、それに自然世界に対する驚くべき反応などの入り交じった感情を味わっていた。ロンドン南部に戻ってからまもなく、彼女の恋人は自分の家族のもとに帰って２日後に自殺した。ヘレン自身は前年の体験にけりをつけようとしていたし、１つの自己治療として、その亡くなった恋人宛ての長い日記のような手紙を書いていた。彼女はまたその島での５日間、毎日、日記をつけていた。ロレンスは彼女に深く関わるようになり、その様々な体験談に耳を傾けては同情し、それらを分析した。しかし、あくまでその男性の視点からそれらの出来事を眺めているのに気づき、自分の話を作り出すことにした。だが、『リティシア』を手直ししながらこの作業を進めているうちに、彼はうっかりしてその話に必要な名前の１つを『リティシア』の中で使ってしまい、結果的に自らの想像力によって生まれたその新たな物語の活力を裏切ることになってしまった。そこで『リティシア』（『白孔雀』（*The White Peacock*）という題名に変更される）の手直しが終わるとすぐに、今度はヘレン・コークの話に基づく新たな物語を書き始めた。こうしたことから、『白孔雀』を仕上げるまでに実に４年以上もかかったことになる。1910年３月から８月にかけて、彼はその新しい小説に取り組んだ。彼はその作品に『ジークムント・サーガ』（*The Saga of Siegmund*）という題名を付けた。ジークムントとはヘレン・コークが自分の恋人につけたヴァーグナー風の（Wagnerian）名前だった（彼女はその恋人からジークリンデ（Sieglinde）と呼ばれていた）。それはロレンスの気に入った題名であったばかりでなく、様々なモチーフやヴァーグナー風の情況を取り入れた悲劇的な小説にぴったりの題名でもあった。

1909年秋のクロイドンでの様々な体験に引き続き、ヘレン・コークとの仲が少しづつ深まることで、ロレンスは彼女と新たなる関係を打ち立てようという気持ちになったようである。彼は以前にアグネス・ホウルトとの婚約を考えたことがあったが、性的な関係を迫ったところ断られ、彼女から身を引いていた。また１週間かそこら経ってから、彼は1909年のクリスマスに、今度はジェシーに向かって、もうそろそろ恋人同士になるべきだと仄めかして、８年間かそこらにわたる純粋で知的な交際に終止符を打っていた。数年間にわたって、彼のことが好きだったジェシーは後になって、その提案に同意することになった。クロイドンに戻ったロレンスはますますヘレン・コークに魅かれ、（好きでもない女性と結婚する男性の悲劇を扱った）『白孔雀』の最後の手直しが終わると、性的な関係を拒む女性と恋仲にある男性の身に起こることを『ジークムント・サーガ』で取り上げる構想を立てた。その後、よい着想を得たことで『ジークムント・サーガ』の執筆に取り掛かるようになってから、彼は聖霊降臨節の休暇の折りにジェシーと初めて性的な関係を持った。だが、それは最初からうまく行かず、楽しいものとはならなかったようである。ジェシーが後になって、次のように書いている。「困難で煩わしい状況にあって、ロレンスが拘束を嫌うことを私に真剣に言い聞かせたことも手伝い、私たちが肉体的に関係した回数は片手の指を全部使って数えるほどにもなかった」（ワーゼン1991年、p. 251）。ロレンスは『白孔雀』を最終的にいろいろと手直ししてから、『ジークムント・サーガ』に取り組んだが、ジェシーの生活ばかりでなく、自らの生活をも破綻させかねない状態にいることを感じていた。1910年８月になって、その作品を完成させるまでの１週間の内に、彼はジェシーと別れる決心をした。それはおそらくジェシーに対してこれまで行なってきた残酷な仕打ちの中でも最もひどいものだった。

だが、これでロレンスの家族も喜び、安心したことだろう。数ヵ月後に、彼は母親が「ジェシーを嫌っていて、彼女と結婚でもしようものなら、墓の中から蘇って来てそれを阻止しただろう」(『書簡集』I、p. 197) と告白している。ジェシーとの決別を告げられてからわずか2週間後に、母親がレスター (Leicester) で休暇中、進行していた癌で亡くなるのだが、それまで彼は異常とも思えるまでに母親の支配下に置かれていたのである。とうとう母親の警戒が解けたかのようだった。彼もその偶然に驚いたようである。1ヵ月と経たないうちに、彼は自伝的な小説に取り組んでいた。両親の結婚生活の意味と自分の受けた様々な影響をその作品で詳しく扱う予定だった。更に主人公と女性たち、特にジェシー・チェインバーズをモデルとした1人の女性との間に起きたこともいろいろと取り上げるつもりだった。一個の芸術家として、ロレンスは生涯を通じて自分を最も煩わせるものこそ紛れもなく現代の不安の実態であり、苦悩を孕んだ自らの分裂状態こそが主要な小説の中心テーマになりうることを信じて疑わなかった。

その年の秋は、母親が苦しみの増す中、徐々に死にかけていて、ロレンスは (疲れきっていたが) 定期的に週末の見舞いに出掛ける一方で、その小説を書き続けようとしていた。だが、100ページかそこら書いたに過ぎなかった。ジェシーから切り離されて、彼はますます孤独になっていったが、レスター近くに住み、よく母親の面倒を見てくれていた旧友のルイ・バロウズ (Louie Burrows) と以前にも増して会うようになり、安らいだ気持ちになった。知的でも神経質でもなく、また経験にも打ちのめされず、ロレンスのことをよく知らないままにいつも好意的で優しい寛大なルイは、その時期の彼にとって必要な友人だった。彼はルイに次のように語っている。「一緒にいて憩える人が必要だ――おそらくそういう人に僕がどれほど憧れているかということが君にはわからないでしょう」(『書簡集』I、p. 198)。12月の始めに、彼はルイに求婚した。ルイとの結婚は、彼の抱えている様々な問題に対する降って湧いた素晴らしい解答のように思われた。その知らせが母親を慰め、自分に対する母親の恐怖を取り除いてくれると思い、彼は既にルイとの結婚について母親と話し合っていた。リディア (Lydia) は渋々ながらその考えを受け入れた。ルイは直ちに結婚を承諾した。ところで、ルイに求婚する前日、彼は特別に装丁した『白孔雀』の初版を母親に手渡していたが、その後、よい返事をもらってはいなかった (『書簡集』I、p. 194)。というのも、その本の出版によって息子とジェシーの関係が深まるばかりか、息子が適切な専門職に就かなくなるおそれが出てくるとともに、――精神的にも、道徳的にも――自分から離れてゆくのが母親には予想されたからである。

12月9日にリディアは亡くなり、12日に埋葬された。ロレンスは仕事をするためにクロイドンに戻って行った――彼はそこを「サハラ砂漠」(the desert of Sahara) (『書簡集』I、p. 202) だと述べている。だが、今度はルイが励ましてくれるだろうと思って、12月のある日の午後、少し暗くなってから、彼女に手紙を学校から出した。彼はその手紙に次のようなことを書いている。「僕はガスに火を点けています。あなたの豊かな生命で僕を燃え立たせてくれればと思っています」(『書簡集』I、p. 202)。イーストウッドに戻ってみると、家族で過ごすクリスマスは耐え難いほどに陰気な様相を呈していた。ロレンスは妹のエイダ (Ada) と逃げ出して、ブライトン (Brighton) へ向かった。

Ⅱ.

ルイとの婚約を１つの突飛な行為として簡単に片づけてしまうわけにはいかない。それは当時の彼にとってこの上もなく大事なことだった。それは過去を始めとして、母親との陰鬱で感情的な絆、更に（別の点から言えば）ジェシーとの決別をも意味していたのである。もっともロレンスはルイを厳しく非難することで、２人の仲を終わらせてしまったが、――かなり因習的だったルイは、彼の生活に感心できないものを多々見い出していた――彼女への好感とともに、1910年から1911年にかけての冬と春に彼女から受けた支援をずっと忘れることはなかった。それにしても1911年は彼にとってとてもひどい年だった。『白孔雀』はその年の１月に出版された。本来なら大いに喜ぶべきことだが、母親が死にかけていることもあって浮かれ騒ぐことなどとてもできなかった。教師として、また婚約者として果たさねばならない様々な義務と、職業作家を志す以上、この時期の成功を重要視したいとする気持ちとの葛藤はその度合いをますます強めていった。彼は創作や出版を望んでいたが、現実には集中して小説を書くだけの時間の余裕がなかった。フォード・マドックス・ヘファーも『ジークムント・サーガ』についてはよい評価を与えてはくれなかった。とにかく、ヘレン・コークの生活をいろいろと暗示している部分があるために、出版の目途が立たなかったのである。『白孔雀』の発行者であるウィリアム・ハイネマンがうまく事態を収拾してくれたものの、彼もロレンスの２作目に関しては退屈で面白くないと思っていた。従って、ロレンスは1911年の春から初夏にかけて、３作目の小説である『ポール・モレル』（*Paul Morel*）に取り組んだ。それこそどうしても彼の名声を不動のものとしなければならぬ作品だった。だが、それはゆっくりと書き進められ、７月になっても半分ちょっと書き上げただけで、それ以上執筆を続ける気にはならなかった。彼はずっと詩を書いていたし、短編小説も数多く生み出していた。『イングリッシュ・レヴュー』誌はそれらのうちの何編かを掲載し続けた。だが、彼には突破口など見つかりそうもなかった。ヘレン・コークに新たな魅力を感じることは、ルイに対して罪悪感を覚えることに他ならなかった。そうは言っても、ヘレンはベッドを共にすることを拒んだので、彼は罪悪感だけでなく、欲求不満に陥るとともに心も傷ついた。彼はすぐにヘレンとの仲をあきらめ、彼女の提供する知的な生活だけを共有することにした。こうしたことを考えれば、数年間にわたり彼に好意を寄せていた、今はシャイアーブルック（Shirebrook）に住むかつてのイーストウッドの友人である既婚者のアリス・ダックス（Alice Dax, 1878－1959）と関係を持ち始めたのも充分納得がゆくように思われる。だが、彼はめったにアリスに会わなかった（彼女は一度、ロンドンを訪れたようである）。夏になって、彼はルイやエイダと共に休暇で出掛けたが、それも楽しいものとはならなかったようである。しかも秋学期に間に合うように学校に戻ったことから、気分的にもすぐれなかった。その後、１人の良き文学上の助言者――出版社の原稿閲読者であるエドワード・ガーネット（Edward Garnett, 1868－1937）――との新たな接触によって、かろうじて今後の出版の目途が立ったように思われた。だが、10月にジェシーと偶然出会ったことで、彼はまた元の自分に戻り、彼女の意見を求めて『ポール・モレル』の未完原稿をすべて彼女のもとに送った。ロレンスがその小説を過去の軌道にうまく戻せるように、彼女は自分達の青春時代の思い出を書きたいと申し出たのである。

だが、今やロレンスはルイとの付き合いにそこそこ負担を感じたり、罪悪感を掻き立てられたりすることはあっても、安堵を覚えたり、未来を感じ取ったりすることは全くなくなった。その年の秋には、引き続き絶望感に陥り、健康を害したようである。11月になって『ポール・モレル』の続筆を新たに決心したにもかかわらず、気分は晴れなかった。11月下旬には雨に濡れた服を着たままガーネットの家で過ごしたことで、とうとう肺炎に罹って倒れたが、それは母親の死後1年目にあって、そうした絶望感に陥ったことなどによる必然的な結果であるように思われた。

Ⅲ.

ロレンスは重病に陥り、死にそうだった。エイダは彼を看護するためにクロイドンに向かった。ルイは彼の切なる願いによって遠ざかっていた。ほとんど1ヵ月の間、彼は仰向きに寝たまま過ごしたが、12月中旬になってなんとか元気を回復し創作を始めた。ヘレンとジェシーは時々、2人揃って彼を訪れた。ジェシーと会ったことで、彼はハッグズ農場や彼女に別れを告げた際の苦しみを扱った、郷愁に満ちた話を書いた。その話はやがて「春の陰影」(“The Shades of Spring”)という短編小説となって実を結んだ。結局、ルイはクロイドンでのクリスマス・パーティーに参加した。エイダも婚約者のエディ・クラーク(Eddie Clark, 1889－1964)を連れてやって来た。だが、1月初旬、彼は病後の保養のために1ヵ月間ボーンマス(Bouremouth)へ出掛けることにした。多くの人にとって、1ヵ月程度の休暇は気晴らしのために必要とする場合が多々あるが、彼にとっては、今や自分に強制されつつあった職業作家としての道を歩むにあたっての足場を築く上で願ってもない機会だった。教職に戻らないようにとの忠告を彼は受けていた。エドワード・ガーネットは『ジークムント・サーガ』がヘファーやハイネマンの示唆するほどに悪い出来ではないことから、それを整頓して出版可能な作品に仕上げるべきだと述べて、彼を強く励ました。ガーネットはいろいろとメモを用意してくれた。ロレンスは職業作家としての道を歩むための足場を再構築する手助けとなるその原稿を持って、ボーンマスに出掛けた。

1月中は体力をつけるために、よく散歩をしては食を増やしていたが、その間にもロレンスは原稿のかなりの部分を書き直したり、その残りの個所を手直ししたりした。健康回復を願い、職業作家の道を歩もうとする者にとって、こうした努力はおそらく必要だったのであろう(比較的成功を博した『白孔雀』に追い討ちをかけることになる1冊の小説が生まれたことで、原稿閲読者としてガーネットが働いているダックワース(Duckworth)がその作品を引き受けることになった)。たが、ジークムントの悲劇について考えることは、紛れもなくルイとの関係の破綻を意味していた。彼は1月の終わり頃に、ルイとの婚約を解消しようと思っていた。2月の始めにそれが実行され、ルイは非常に悲しむこととなった。彼女はロレンスに他の女性がいるに違いないと思った。もちろん他に女性が1人ならず何人もいたのは確かだった。もっともそのことがルイと別れるための理由とはならなかったが。

1912年2月9日にロレンスはイーストウッドに戻り、全く予想だにしない機会にこれまで恵まれてきた(そして手に入れてきた)のを感じた。1908年に彼は職業作家となるために家を出ていたにもかかわらず、母親の是認していたような月並みな結婚をするところだった。今度は創作によって生きてゆくという人生を新たにスタートさせるために郷里に戻ってきたのである。彼は２人の女性（リディア・ロレンスとルイ・バロウズ）のためによい給料を稼ごうとしたこともあったが、もはや彼女たちの機嫌を取る必要はなくなった。だが、それでも将来の見通しはあまり立っていなかった。彼は外国へ行くことを考えていたが、１年以上も経つのにまだハイネマンに届けていない３冊目の小説である『ポール・モレル』を完成させることの方が先だと思った。

ジェシー・チェインバーズは約束した覚書をいくつも作成していた。そして彼女はロレンスが書き上げたその小説の改稿を一気に読み終えた。父親や姉妹と共に暮らしていたイーストウッドで改稿した『ポール・モレル』を過去の人生を象徴するジェシーに見せることは、彼の生涯にあって１つの転機となった。彼は過去に取り巻かれていたが、初めてそれを現代の風景の中に生かし、幼い頃に両親や自分の身に起きたことを理解しようとしていた。また、ジェシー・チェインバーズとの関わりについては、きわめて懐疑的な気持ちで振り返っていた。彼は小説という舞台を借りて、自分がどれほど自意識の強い無慈悲な気取り屋であったかということだけでなく、ジェシーとも対等な付き合いができずにいたことを明らかにしようとしたのである。彼は必死になってその小説を書き上げたが、ジェシーの方は恐れ、悩み続けることとなった。小説に登場するミリアム（Miriam）共々相手にされなかったのは、ロレンスがいつまでも母親に執着したせいだと彼女は後になって非難するようになった。だが、彼自身にはよくあることだとしても、間違いなく友人たちが驚いたように、その小説を書き上げる決心をしたことは、誰にでも納得のゆく、信頼に足る知的明快さを手に入れる上での１つの躍進だったように思われる。３月末までに、その小説は完成していたが、最後にもう１度手直しされることになった。だが、別の象徴的な事件が起きた。彼は過去から開放されるために執筆を続けていたが、今や自分の未来と関わりのある重要なものを発見した。彼はフリーダ・ウィークリー（Frieda Weekley）と出会ったのである。

第３節　フリーダとの国外脱出　1912年－1914年

Ⅰ.

エマ・マリア・フリーダ・ウィークリー（Emma Maria Frieda Weekley, 1879－1956）はノッティンガム大学の近代言語学教授であるアーネスト・ウィークリー（Ernest Weekley, 1865－1959）の妻で、年令は33才だった。ドイツの下級貴族であるアンナ（Anna, 1851－1930）とフリードリヒ・フォン・リヒトホーフェン（Friedrich von Richthofen, 1845－1915）男爵の娘として、彼女はメッツ（Metz）で育った。父親はそこのプロシア占領軍（Prussian army of occupation）で事務的な仕事をしていた。彼女は19才でウィークリーと結婚し、ノッティンガム（Nottingham）の高級住宅街で教授の妻としての生活を送っていた。ロレンスが以前に彼女を見かけた可能性があるとすれば、それはハイスクール時代、ノッティンガムにある叔父のジョージ（George）の家に昼食を取りに行っていた時分（ジョージは当時、通りを狭んでウィークリー家の向かい側に暮らしていた）か、もしくはウィークリーにフランス語の詩を習っていた頃――若くて美しい教授の妻は当然のことながら彼に注目していただろう――かのいずれかの時期であるように思われる。ウィークリー家には3人の子供がいた。まもなく12才になるモンティー（Monty, 1900－82）、9才のエルザ（Elsa, 1902－85）、それに7才のバービー（Barby, 1904年生まれ）である。

だが、1912年3月（おそらく3日）（ワーゼン（Worthen）1991年、pp. 562－63）、にロレンスはウィークリー家の昼食に招かれた。彼は海外で教職に就くにあたっての指示を得たかった。ドイツには従姉たちが暮らしていたので、晩春に彼らを訪れる予定にしていた。だが、彼とフリーダは昼食前に少し話をしたが、互いに強く引かれているのに気づいた。婚外交渉はフリーダの得意とするところだった。過去6年間にわたる彼女の情事の相手は少なくとも、ドイツに3人、イングランドに1人いたことはよく知られている（彼女は夏になると、自分の家族に会いにドイツに出掛け、長く滞在する習慣があった）。おそらく彼女はロレンスのことを今1人のとても気に入った情事の相手と見なしていたに過ぎず、その情事もいつものように妻として、また母親としての生活を破綻させるものではないと思っていた。だが、ロレンスは全く別の衝撃を受けていた。彼はフリーダと会ってから数日後に、次のような言葉を彼女に書き送っている。「あなたはイングランド中で最も素晴らしい女性だ」（『書簡集』（*Letters*）Ⅰ、p. 376）。その後、8週間にわたって、2人は度々会った。彼らはノッティンガムへ観劇に出掛けたりした。フリーダには子供達を外へ連れ出すという口実があった。彼らはまたジェシー・チェインバーズ（Jessie Chambers）の姉のメイ（May, 1883－1955）とその夫のウィル・ホルブルック（Will Holbrook, 1884－1960）が営む農場も訪れた。だが、2人の様々な差異がとてもはっきりしてきた。ある午後、彼はフリーダとウィークリー家に出掛けた時、女中の留守中、午後のお茶をするのに彼女がガスの火の点け方も知らないのがわかって驚いた。だが、彼女の美しさ、率直さ、風変わりさ、自発性、それに無頓着さなどには魅了されていた。彼女はすぐにも『ポール・モレル』（*Paul Morel*）を読み、個人的体験を作品に生かし切る方法――またノッティンガムの快適な暮らしの中で自らの人生を放棄しているという彼の主張――に深い感銘を受けた。

フリーダと出会ったことの結果として、ロレンスはアリス・ダックス（Alice Dax）との関係を断ち、フリーダとの仲を盛り立てることに専念した。彼は4月にロンドンに出掛けたが、フリーダも一緒だった。エドワード・ガーネット（Edward Garnett）は喜んで、ケント（Kent）の自宅に数日間、不倫の仲の2人を泊めてやった。フリーダはロレンスの言いなりになることにずっと煩わしさを覚え、離婚する旨を夫に告げるべきだとする彼の要請に応えることができないでいた。だが、一緒にドイツへ旅立つことは可能だった。ロレンスは5月にクレンコブ一家（the Krenkows）の従姉達を訪ね、フリーダは自分の家族と会うことになっていた。彼は再度、フリーダに自分とのことを夫に告げるようにと言い張った。だが、またしても彼女にはそれができなかった。もっともドイツへ発つ前に、2人の男性と以前に関係のあったことをウィークリーに話したことで、驚くべき女だという印象を夫に与えてはいたが。彼女は旅立つ前に決まってそうするように、子供達を義理の母親のもとに預けた。そして1912年5月3日の金曜日に、2人は臨港列車に乗るためにロンドンで落ち合った。彼らがメッツに到着したのは、土曜日の午前6時過ぎだった。

だが、今度の旅行は、2人にとって情事を楽しむための最大の機会となるはずだったのに、まるで違った結果になってしまった。3日間にわたり、2人だけで会うことはほとんどなかった。ロレンスはフリーダの母親とその姉妹に少し紹介されただけで、男女間の品行に厳しく世間体を気にする父親には面会を許されなかった。彼は規律のうるさい、良心的なホテルに部屋を見つけたが、思ったより高くついた。フリーダはそこから1マイルほど離れたところにある両親の家に泊まっていた。彼らは日曜日に少し会ったが、月曜日は混雑した街でちらっと視線を交わしただけだった。フリーダの父親はプロシア軍在職50周年の祝賀行事を楽しんでいた。公私にわたる様々な行事が1日中執り行なわれていた。ロレンスは滞在中にメッツとその周辺を探訪したが、フリーダとはほとんど面識のない一訪問者に過ぎない振りをし続けねばならなかった。そのためフリーダにますます憤りを感ずるようになった。火曜日までに、彼はやけくそになっていた。「今となってはもうこれ以上我慢できない。僕にはできない.... 懸命に協力しようとした。だが、僕にはできない.... 断じて不可能だ。この件に関してもうこれ以上、嘘をつきたくないし、いい加減な振る舞いもしたくない。当然のことだが、君にもそうした言動は慎んでもらいたい」(『書簡集』Ⅰ、pp. 392－93)。ウィークリーは妻に男と一緒ではないかという旨の電報を既に打っていただけでなく、フリーダの父親にも妻の行動について語気の荒い手紙を出していた。フリーダは母親や姉妹の忠告に従って、手紙を書くということで夫と折り合おうとした。夫や子供達のもとに戻る機会を模索し始めるようになったのは言うまでもない。彼女の家族は、一文無しの作家のためにウィークリーと離婚し、子供達を見捨てることには何より反対だったのである。

だが、ロレンスはフリーダを愛していたので、彼女に妥協させまいと心に決めていた。7日の火曜日に、彼はウィークリーに宛ててこれまでの事情を説明する手紙を代筆した。彼女が手紙を出さないので、ロレンスは自らウィークリーに手紙を書いたのである。「私はあなたの妻を愛しています。彼女も私を愛しています」(『書簡集』Ⅰ、p. 392)。ウィークリーは金曜日にその手紙を受け取り、すぐに妻に手紙を書いて離婚に同意するかどうかを尋ねた。妻を子供達に2度と会わせまいと彼は考えていた。一方、メッツでは事件が喜劇的に展開していた。水曜日になって、ようやくロレンスとフリーダは一緒に過ごせる時間を見つけ、ぶらついているうちに軍事要塞の立ち入り禁止地区に入ってしまったところ、1人の憲兵の尋問を受け、名前を控えられた。ロレンスはスパイ容疑をかけられた。フリーダの父親は彼を災難から救ってやったことで、彼に面会を求めた。その日の午後、2人は顔を合わせた。男爵がいろいろと疑問を抱いたのは明らかである。メッツを離れるようにとの提案がそれとなくロレンスに示された。彼は列車で80マイル離れたトリール(Trier)まで行ったが、フリーダとはこれまでになく離れ離れになってしまった。だが、今や彼には自分の出した手紙が一路、ウィークリーのもとを目指していることや、もはやフリーダにあとずさりは不可能だということがわかっていた。とにかく、トリールはどの街角にも兵隊のいる要塞都市だったが、メッツよりもはるかに魅力的だった。(金曜日の夜には実家に戻って来るようにと父親に言われていたので)わずか半日だけだったが、フリーダはウィークリーから届いた電報を持ってトリールにいるロレンスを訪ねた。彼女が直接、返事を出したことは間違いなかった。これで遂にフリーダが自分のものになった気がした。ロレンスは土曜日に、ラインラント(Rhineland)にいる従姉達を訪ねることにしていた。彼はヴァルトブレール(Waldbröl)へ向かう途中で、この上もなく素晴らしい愛の詩を1編書き上げてフリーダに送った。それは「ヘネフにて」(“Bei Hennef”)という詩で、その中に次のような文句がある。「僕にはやっとわかった。君に対する僕の愛がここにあることを」(『全詩集』(*Complete Poems*)、p. 203)。

当時、ロレンスの親戚が暮らしていたところは辺鄙な村だった。2週間にわたって、彼はヴァルトブレール周辺を旅行して、何事もなく無事に過ごしていた。その間にドイツ語を覚えたり、『ポール・モレル』の最終稿を仕上げていたが、従姉のハナ・クレンコブ(Hannah Krenkow, 1881年生まれ)からは恋の相手として気に入られつつあった。今後、彼は自分の稼ぎでフリーダを養わねばならなくなった。だが、フリーダは両親にその愚かさを責められ、ウィークリーとの縒りを戻すように忠告を受けるなど、メッツではどれほど窮地に陥っているかを絶えずロレンスに報告しなければならなかった。彼女は救出を訴えていたが、2人にその覚悟がなければこれから行動を共にすることはできないと彼は言い張った。彼はメッツで蒙った感情的な亀裂を不問に処して、今後、自分達を結婚している間柄と見なすことにした。フリーダはどうしようもなくなって、ミュンヘン(Munich)にいる姉のエルゼ・ヤッフェ(Else Jaffe, 1874－1973)のもとに逃れた。結婚生活を放棄し、子供達だけを引き取った生活がどのようなものかをエルゼはよく承知していた。大学教授のエドガー・ヤッフェ(Edgar Yaffe, 1866－1921)との結婚生活を数年にわたり続ける一方で、経済学者のアルフレート・ヴェーバー(Alfred Weber, 1868－1958)との情事を彼女は楽しんでいた。ヨハンナ(Johanna)とマックス・フォン・シュライベルスホーフェン(Max von Schreibershofen, 1864－1944)の結婚を含めて、リヒトホーフェン家の3人の娘達の結婚はことごとく失敗に終わったことになる。フリーダの件はごく最近に起きた一例に過ぎなかった。

5月末にロレンスはとうとうミュンヘンに赴いた。2人はボイエルベルク(Beuerberg)の古い宿屋で幸せに満ちた1週間を過ごし、その後、ヴェーバーの借りていたイッキング(Icking)のフラットに移った。作家としてのわずかな稼ぎで生活しなければならなくなり、8月までそこを無料で借りられたのは有り難いことだった。彼はイッキングのフラットで『ポール・モレル』の最後の手直しを行ない、6月8日に意気揚々とした気持ちでそれをハイネマン(Heinemann)のもとへ郵送した。母親が死にかけていた頃に書き始められたその小説は、ルイとの婚約が失敗に終わったことや、ジェシー・チェインバーズとの別離によって深刻な影響を受けたとはいえ、今や2人の支えとなることは間違いなかった。

ところが悲しいことに、その小説はすぐにハイネマンから送り返されてきた。それはあまりにも公然と性を扱っているばかりか、モレル夫人(Mrs. Morel)が労働者階級の生活を送っているうちに堕落するなどという設定が不自然なうえに、構成的にも不統一な個所があまりにも目立つので、ハイネマンはそれを没にしたのである。だが、ロレンスにとって幸いなことに、エドワード・ガーネットとダックワース(Duckworth)はその没にされた原稿を密かに認めていた。ガーネットはその原稿を読み、ダックワースにそれを受け入れるように勧めるとともに、ロレンスに最後の手直しをするように提案した。ロレンスはそのことにさほど気分を害さなかったようである。今となってはそこにフリーダとの新たな体験を織り込みたかったのだろう。

8月の始めに、2人はヴェーバーのフラットを出なければならなかった。エルゼは彼らに生活費の安いイタリアにいくようにと指示していた——事実、彼らがイングランドに戻る道は閉ざされていた。2人は所持品をすべてトランクに詰めて先に送り、8月5日、月曜日の夜明け前に出発した。それは彼らの生涯の記憶に残る数々の冒険の1つともなった。雨の中を歩いては、また汽車に乗り、いくつもの路傍の十字架の前を通り過ぎて、その日の夕方にバート・テルツ（Bad Tölz）に着いた。2日目は1日掛かりで、バヴァリア（Bavaria）とオーストリアの国境地帯を登った。近道は全く当てにはならなかったものの、気分はとても爽快で、干し草小屋と小さな木造の礼拝堂のどちらに泊まろうかと決めあぐねているうちにとうとう夜になってしまった。ロレンスはロウソクと乾いた木の床のある礼拝堂を想像していた。だが、フリーダは干し草小屋で寝たいと常々思っていたので、2人はそこに泊まることにした。だが、一晩中眠れず、寝返りを打つなどして過ごした。そして朝になってみると、自分達のいる丘の少し高い所では、雨が雪に変わっていた。粗末な朝食を取ってから、5マイルほど歩き、やがて山坂道を登ってゆくと今度は大きな道に出た。そしてその道沿いの宿に部屋を取って、服を乾かし、昼過ぎまで仮眠を取った（ロレンスはそこで旅の話を書き始めた）。降りしきる雨の中、2人は郵便乗合バスに乗り込んで、オーストリアへと国境を越え、深い緑の山岳地帯にあるアーヘンゼー（Achensee）に入った。彼らは乞食のような格好をしていたために、そこのホテルでは断られ、泊めてくれる農家を見つけねばならなかった。木曜日に、彼らはイン渓谷（Inn Valley）の上流15マイルにあるクフシュタイン（Kufstein）の税関にトランクを受け取りに出掛けた。またここでも列車を利用することになった。クフシュタインに着くと、素早くトランクから服を取り出して着替えを済ませ、マイルホーフェン（Mayrhofen）へトランクを送ってから、そこで1泊することにした。マイルホーフェンへは1日掛かりで歩いたり、列車に乗ったりして金曜日の夜には到着した。彼らはそこのホテルに2週間泊まり、その辺りを散策するなどして日々を過ごした。自分達の体力は回復したとロレンスは書いている。

1週間後には、ガーネットの息子のデイヴィド（David, 1892－1981）や彼の友人のハロルド・ホブソン（Harold Hobson, 1891－1974）といったイギリスの友人達が仲間に加わった。結局、トランクはまたボーツェン（Bozen）に送られ、4人はプフィチェルヨッホ峠（Pfitscherjoch Pass）を進んでいった。最初の夜は（野外活動に長けたガーネットの指示のもとに）干し草小屋で寝た。翌日は、ドミニクスヒュッテ（Dominicushütte）の山小屋に泊まったおかげで、3日目にはその峠を越え、その反対側をずっとプフィチェル谷（Pfitscher Valley）へと下って宿屋に入ることができた。この3日間、2人は歩き詰めだったために疲れ切っていた。4日目に、彼らはシュテルツィング（Sterzing）へとゆっくり下って行ったが、ガーネットとホブソンは北に向かうため、列車に乗り遅れないように急ぐこととなった。

その後、事態は楽しいものとはならなかった。シュテルツィングでは退屈な日々を送った。ロレンスは次の峠であるヤウフェン（Jaufen）に辿り着くまでの時間を計算違いしていた。夜になって、冷たい風が肌を刺すうちに2人ともへとへとになったが、またしても険しい山坂道が現れた。2日前にドミニクスヒュッテでホブソンと性的交渉を持った、とフリーダがロレンスに告げたのはその時だった。2人でアルプスを越えて駆け落ちすることで、夫や子供達と別れざるを得なくなったにせよ、他の男性と関係を持ったのを初めて告げたのは、自分がロレンスに拘束される人間ではないことを自他共にはっきりさせるためだったのである。だが、これが彼女にとって最後の過ちというわけではなかった。たとえフリーダを家庭に拘束しようとしても、彼女がそれに従うとは限らないことをロレンスは認めざるを得ないだろう。

2人は山坂道を必死になって登りつめ、とうとう山小屋を見つけた。翌日は1日中、メラン（Meran）に通じる道を下っていると信じながら歩き続けた。だが、実のところ、彼らはシュテルツィングに戻る近道を進んでいて、午後の4時になってやっとそのことに気づいた。金銭的には心細かったが、夜行列車に乗り、ボーツェン（Bozen）に向かった。しかし、彼らはそこがあまり気に入らず、トレント（Trento）を目指した。そしてそこで泊まる所を探そうとしたが、あいにく部屋が汚なかったり、門前払いを食わせられたりした。絶望的になりかかっていたところ（駅のポスターを見ていたら）ガルダ湖（Lake Garda）畔のリーヴァ（Riva）まで下る最終列車に間に合うのがわかり、2人はほっとした。

そこは2人の探していた南の温暖な地域だった。普段より薄汚い格好をしていたにもかかわらず、部屋を借りて、トランクの到着を待つことができたのを考えれば、人前に出られる程度の身なりはしていたのだろう。金銭的に余裕のない状態が続いていたが、やっと——それまでの小説の中で——『侵入者』（*The Trespasser*）の印税として50ポンド送られてきた。ロレンスは再び、『ポール・モレル』に取り組み始めた。それはいつものことながら、生活が落ち着いたことの徴しだった。彼らはリーヴァに2週間だけ滞在した——家賃は少々、高かった。その後、湖をずっと下り、イタリア国境をちょうど越えた辺りにあるガルニャーノ（Gargnano）の隣村に部屋を借りた。彼らはそこに翌年の春まで滞在したようである。また金銭的にもそれほどの長期滞在が可能だったのだろう。今度はフリーダから様々な意見や助言をもらうことで、ロレンスはいつものように創造的活力を駆使して『ポール・モレル』を2ヵ月で書き直し、いわゆる『息子と恋人』（*Sons and Lovers*）へと生まれ変わらせた。その後、彼はしばらく休筆したが、再びペンをとり、3日で『バーバラ争奪戦』（*The Fight for Barbara*）というフリーダとの結婚事情に関する戯曲をなんとか書き上げた。小説の方は11月半ばに完成し、ガーネットのもとに郵送した。かくして、ロレンス自身の過去は言わば背後に追いやられ、2人の未来に資金が投入されたように思われた。その小説は依然としてあまりにも長く、ガーネットは頻りに削除を要求するので——実際、全体の10分の1が削除された——、ロレンスは「すっかりしょげてしまった」（『書簡集』Ⅰ、p. 481）が、とにかくそれを完成させた。

今やロレンスは次のテーマに関心を寄せていた。『侵入者』によってかなりの収入を得たことから、小説執筆が生活を金銭的に潤してくれる最大の賭けであるように思われた。彼は『姉妹』（*The Sisters*）に着手する前に、少なくとも2冊の小説を手掛けていた（そのうちの1冊については、中断する前に既に200ページも書き上げていた）。それにすっかり置き去りにしていた方言を駆使して、最も優れた戯曲とも言える『義理の娘』（*The Daughter-in-Law*）を一気に仕上げてもいた。実際、『姉妹』はフリーダとの体験を取り上げたものだった。それは気軽に易々と書き始められたが、3年経つ内に『虹』（*The Rainbow*）と『恋する女たち』（*Women in Love*）とに分裂してしまった。彼は身近に迫りつつあった結婚という最も大事な問題を扱い始めていた。その小説の第1草稿を仕上げてから、2人はまずドイツ（「プロシア士官」（"The Prussian Officer"）といった素晴らしい短編小説を書くことになる）に向けて出発したが、その後、イングランドに戻ることとなった。フリーダはとにかく子供達に会いたがっていたし、ロレンスも8月に行なわれる妹のエイダの結婚式に参列したかったからである。『息子と恋人』が出版されて3週間後に、彼らはイングランドに戻ったことになるが、その本は立派な書評を勝ち得たという栄光に包まれていた。だが、2人にとって戻るべき家などなかった。ロレンスは結婚もしないままに、ましてや離婚さえしていないフリーダをとても自分の家族に紹介できなかった。ガーネット——この時期の2人を励まさねばならぬほどの責任を感じていた——は、救済に駆けつけ、ケント（Kent）海岸のキングズゲイト（Kingsgate）に貸間を見つけるまで世話をしてやった。ロレンスは過去2年にわたって書き溜めたいくつかの短編小説を手直ししては、タイプで清書した。ガーネットは作家としての彼の生き方に関してはもとより、どの作品をどの出版社から発行すべきかについても忠告を与えた。ロレンスとフリーダがいろいろな友人と初めて出会ったのもこの時期である。1ヵ月前に知り合ったキャサリン・マンスフィールド（Katherine Mansfield, 1888－1923）とジョン・ミドルトン・マリ（John Middleton Murry, 1889－1957）は、ロンドンにあって、やはり結婚もせずして文筆生活を送っていた。彼らが2人を訪れ、4人の間に友情が芽生えた。フリーダは登校途中の自分の子供達を待ち伏せるためにキャサリンの助けを借りた。そしてそれがきっかけとなって、彼女はその翌年、子供達がウィークリーの両親であるチャールズ（Charles, 1834－1918）とアグネス（Agnes, 1840－1926）と一緒に暮らしているチズィック（Chiswick）の家を訪れることになったのである。裁判所の命令は結果的にフリーダを脅かすことになった。法律的には1915年まで子供達とは会えなかった。文学上のパトロンであるエドワード・マーシュ（Edward Marsh, 1872－1953）はマリを通じてロレンスを知るようになり、彼らを（ケントでの休暇の折りに）アスクィス一家（the Asquith family）に紹介した。英国首相の義理の娘であるシンシア・アスクィス（Cynthia Asquith, 1887－1960）は、ロレンスがそれまで出会ったこともないような正真正銘の貴族だった。2人は夫人ととても親しくなった。8月の始めにロレンスは妹の結婚式に——もちろんフリーダを連れないで——参列した。7週間にわたる充実した日々を過ごした後、彼らはイタリアに向かう途中にドイツへ立ち寄った。ロレンスはそこで『姉妹』の第2草稿の最初の100ページを書き上げた。今回のイタリア旅行の行き先は、イタリア北海岸のスペツィア（Spezia）湾で、エルゼの夫のエドガー・ヤッフェ（Edgar Jaffe, 1866－1921）が愛人とよく出掛けていた場所だった。フィアスケリーノ（Fiascherino）という漁村で貸家はすぐに見つかり、彼らにとって海外生活も今年で2年目を迎えることとなった。

Ⅱ.

ロレンスにとって、『姉妹』を書き続ける前にしなければならなかったことは、戯曲『ホルロイド夫人やもめとなる』（*The Widowing of Mrs. Holroyd*）の出版手配だった。ガーネットはその戯曲をアメリカ人の出版業者であるミッチェル・ケナリー（Mitchell Kennerley, 1878－1950）に引き受けさせていた。ロレンスは新たな結婚観に合わせて、その作品をかなり手直しした。「女性——優れた女性——に関して大事なことは、結局のところ、そうした女性を独占することなどできないようだ」（『書簡集』Ⅱ、p. 94）と彼は10月に書いた手紙の中で述べている。つまり、おそらくは女性の自立といった考えが『姉妹』の辿るべき方向をも暗示していて、1913年の秋には、エラ（Ella）とグドルーン・ブラングウェン（Gudrun Brangwen）にみる感情的で性的な結び付きをいろいろと取り上げる必要から、その手直しは複雑で長々としたものになった。1914年の1月に、彼は『姉妹』（『結婚指輪』（*The Wedding Ring*）と改題されたことから、結婚といった視点が確立されつつあったことがそれとなくわかる）の前半を完成させたに過ぎなかったが、それをガーネットに郵送した。ガーネットはいくつかのエピソードが手際よく扱われていないことや、主人公の行動に一貫性が欠けていることでその作品にとても批判的だったが、それでもその「背後には」芸術性が窺えると言明した。2通目の手紙は更に批判的だった。ロレンスはガーネットのいささか恩人ぶった態度やその作品に対するあからさまな反撥を受けつけなかったが、いくつかの批判は認める気になった。その後、すぐにロレンスはそれを書き直したが、その作業は以前にもまして速やかに行なわれ、今度は（自分にとっても）一層満足のゆくものが出来上がった。

だが、今やその小説は、『息子と恋人』出版直後のロレンスが生涯で初めて、数々の出版業者の中でも、特に小説家達に有利な3冊分の出版契約をメシュエン（Methuen）と結ばせていた出版代理人のジェイムズ・ブランド・ピンカー（James Brand Pinker, 1863－1922）に見込まれつつあったことから期待の持てるものとなった。ロレンスは生活の安定を強く願うようになったが、自分の最近の著作に対するガーネットの態度はそれを約束してくれそうになかった。彼は『結婚指輪』の新たな草稿を執筆中にも、それを2部タイプさせていたことから、ガーネットが目を通す以前からその作品を気に入っていたことや、おそらくはダックワース（Duckworth）以外の出版社の手にそれを委ねようと思っていたことがわかるのである。

更に重要なのは、ガーネットがその作品の「構成はぐらついて」いて、「心理描写も劣っている」（『書簡集』Ⅱ、pp. 182－83）と述べて、その新たな草稿に強く不満を示したことである。ロレンスは、ガーネットから援助を受ける道はもうこれで閉ざされたと感じたに違いない。6月末にイングランドに戻った時、メシュエンと同じ付け値をする用意がダックワースになければ、その作品を回収することに決めていた。ダックワースはメシュエンの申し出金額である300ポンドに応じなかっただろうし、またとても応じ切れなかっただろう。従って、彼は1914年6月30日にピンカーと契約を結び、即座に100ポンドの前払いを受け取った（『書簡集』Ⅱ、p. 189, p.211）。その瞬間、ロンドン暮らしの中で、自分が知識人の友人を数多く持つ見込みのある若い作家としてその門出に立っているような気がした。当時、ロレンスとフリーダはマリやキャサリン・マンスフィールドと一軒家を借りていた。その後、まもなくロレンスは、後になってカーズウェル（Carswell, 1879－1946）と呼ばれる評論家兼作家のキャサリン・ジャクソン（Catherine Jackson）やハムステッド（Hampstead）に住むフロイト派の学徒達（Freudians）と知り合いになるとともに、7月の末には、生涯の友人ともなったロシア人の翻訳家、サムエル・ソロモノヴィチ・コテリアンスキー（Samuel Solomonovich Koteliansky, 1882－1955）と初めて出会うことになった。

また7月には『結婚指輪』の作者にとって、象徴的な瞬間が訪れた。フリーダの離婚は4月末に成立していたので、2人は――「左目には神経的な痛みが走り、全く惨めな気持ちで」（『書簡集』Ⅱ、p. 196）―― 1914年7月14日に、ロンドン南部の登記所に結婚届を提出した。2年間にわたる流浪生活に終わりを告げ、2人は気に入った場所で、望むがままの生活が送れるようになった。それはおそらく2人の大好きなイタリアに戻ることを意味していたのである。

その年の夏に起きた様々な変化のせいで、ロレンスとエドワード・ガーネットの仕事上の関係は終わりを迎えていた。もっとも、7月中に手直しして、発刊された時には（ガーネットによって）『プロシア士官』（*The Prussian Officer*）という題が付けられていたことでロレンス自身大いに当惑したとされるその作品――短編集――をダックワースは出版することになったが。だが、それも5ヵ月経ってしまえば別世界の出来事のように思われたことだろう。ロレンスとフリーダの生活を再度、がらりと変えてしまう世界戦争が勃発したのである。

第4節　戦争　1914年－1919年

Ⅰ.

ロレンス夫妻（今となってはそう呼んでも差し支えない）は、1919年までイタリアには戻らなかった。8月の初めにロレンスはコテリアンスキー（Koteliansky）を含む3人の友人とウェストモアランド（Westmorland）を歩き回っていたが、バロー・イン・ファーネス（Barrow-in-Furness）までやって来たところで、宣戦布告を知った。「この戦争は僕には致命的だった」（『書簡集』（*Letters*）Ⅱ、p. 268）と彼は後になって書いている。「それはあらゆる悲しみや希望の脇腹を貫く槍だった」（『書簡集』Ⅱ、p. 268）。イタリアに戻るとか、フリーダと楽しく暮らすとか、または小説を出版するとか――もっともこれらのことは実際、戦争によって左右されたが――といった希望などもはや持てるわけはなかった。いや、もっと意味深長な言い方をすれば、文明の（悲しみと希望を通じての）潜在的発展に対する確信が全く失せてしまったことを確認するしかなかった。1908年以後、「偉大なる行進は、概して正しい方向に進んでいる」（『書簡集』Ⅰ、p. 57）とか、「もしその気になれば、僕はきっとその行進に一役買える」（『書簡集』Ⅰ、p. 57）といったようなことを述べて、彼は「永遠なる進歩」というホイットマン的（Whitmanesque）信念を養っていた。初期の作品は、自らにとって創作というものが人間の最も奥深い欲求に訴えるが故に、1つの「救済法」たり得るという暗黙の仮定に基づいて生み出されていた。早くも1913年に、彼は次のようなことを述べていた。「いいかい、僕は現代の欲求、つまりイギリス人の真に深い欲求に対するある種の解答を内部に用意している」（『書簡集』Ⅰ、p. 511）。また1912年には、イギリス人について腹立たしげに「僕は彼らに自己実現を遂げさせたい」（『書簡集』Ⅰ、p. 424）と述べ、更に1913年には、軽率にも「僕はやつらを――イギリス人を――もっと物分かりのよい人間にしたい」（『書簡集』Ⅰ、p. 544）と語ったように、時折、彼はこうした感情を表明したのであろう。戦争が奪い去ったものは、まさにこうした生き方が可能だとする彼の信念そのものだった。一挙に、一国のエネルギーは野蛮的な抵抗、憎しみ、そして共同体的――個人的ではなく――感情への逆戻りへとその捌け口を求めていった。「自らも少々保持している、偉大なる民族的もしくは人間的意識」（『書簡集』Ⅱ、p. 302）の進歩と発展を信じ、人々に自分の小説を読んでもらうことで、「敏捷で活発な人間になって欲しい」（『書簡集』Ⅱ、p. 302）と願い、彼らにそれまでの様々な人間関係の変更ばかりか、愛情や希望の実現を求めてきた作家は今や全く場違いな感情を味わっていた。

またロレンスにとって、更なる現実的な結果が待ち受けていた。8月になって、メシュエン（Methuen）から『結婚指輪』（*The Wedding Ring*）の原稿が送り返されてきたのである。性的描写の露骨な場面が散見されると抗議され、その表現を抑えるように求められた。とにかく戦争のおかげで出版経費が即座に切り詰められることとなった。彼は6ヵ月以内にその原稿を手直しして提出しなければならなかったが、当てにしていた金の方はそれが出版されてからということになった。今や2人にとって、イタリアの家に戻ることも不可能になり、特にフィアスケリーノ（Fiascherino）での安上がりの、幸せな生活への道は閉ざされた。「私達はこれからどうなるのだろう？」（『書簡集』Ⅱ、p. 206）とロレンスはピンカー（Pinker）に宛てて書いている。2人に可能なことと言えば、ロンドン郊外にできるだけ安い貸間を見つけて、マリ（Murry）やキャサリン・マンスフィールド（Katherine Mansfield）のような友人達の近くで暮らし、時機を待つことだった。

その当時、ロレンスはささやかな企画に取り組んでいた。「現代作家」（'Writers of the Day'）シリーズの1冊として、小説家トマス・ハーディ（Thomas Hardy, 1840－1928）に関する評論を1万5000語程度でまとめる仕事が7月に舞い込んだからである。もっとも当時の彼の精神状態からすれば、それはハーディとは関わりのない「一種の我が魂の告白」（『書簡集』Ⅱ、p. 235）とも言える自らの思想の表明に他ならなかったが、エドワード・マーシュ（Edward Marsh）から結婚祝にもらったハーディ全集が大いに助けとなって、その秋、ロンドンから20マイル離れたチェッサム（Chesham）の小さな田舎家で、ハーディ論を書いて過ごした。だが、その作品はシリーズの1冊として出版されなかった。彼がそれに異議を申し立てなかったかどうかはすこぶる疑問である。だが、その作品のおかげで、『結婚指輪』をメシュエンのために手直しする際に取り上げることになる人間の二面性といったテーマを新たに掴んだのである。

1914年11月から1915年3月にかけての最後の書き直しによって、その小説と共に作家としてのロレンスの人生もすっかり変わってしまった。1つには、その小説が分裂したのである。作中人物の「姉妹」にまつわる資料がどんどん増え、1巻本として扱うにはあまりにも長くなったためである。新しい小説――『虹』（*The Rainbow*）と呼ばれる――は、トム（Tom）とリディア（Lydia）のブラングウェン（Brangwen）祖父母と、ウィル（Will）とアンナ（Anna）のブラングウェン父母の物語、それに姉妹のうちの1人（今度はアーシュラ（Ursula）と呼ばれる）の成就しない初恋を含めて、彼女の若き日々の生活を扱ったものとなった。2冊目は、それに次ぐアーシュラとグドルーン（Gudrun）のブラングウェン姉妹の関係とその最後の成り行き、つまりアーシュラの幸運とグドルーンの不幸な結末をそれぞれ描くことになった。だが、『虹』も今回の手直しで、性的描写が一層あからさまになった。そして1914年の夏になって、メシュエンをこれまで悩ませてきた様々な事態が一層、憂慮すべきものとなった。それはまさに思いもよらぬ結果であったろう。

差し当たりロレンスは新しい小説に取り組むことで、戦争から気をそらすことができただけでも幸せだった。彼はまた以前に肝胆相照らした人達と再び交際を持ち始めていた。デイヴィド・ガーネット（David Garnett）と古くから付き合ってきたおかげで、1914年の冬には、芸術家や作家を始め、その他の知識階級の人達の立派な世話人であるレディー・オトライン・モレル（Ottoline Morrell, 1873－1938）と出会うことになった。そしてオトライン邸での晩餐会で、小説家のエドワード・モーガン・フォースター（Edward Morgan Forster, 1879－1970）や数学者兼哲学者のバートランド・ラッセル（Bertrand Russell, 1872－1970）と知り合いになった。またマーク・ガートラー（Mark Gertler, 1892－1939）やドロシー・ブレット（Dorothy Brett, 1883－1977）といった若い画家達をも知るようになり、彼らと交際を始めた。更にその間、既に戦役に服していたアスクィス氏（Asquith）の夫人のシンシア（Cynthia）は戦争によって様々な圧迫を受けていたにもかかわらず、1913年の出会い以来、ロレンスとの仲は着実に友情へと発展していた。これらの友人達の多くが1915年の春にサセックス（Sussex）にいるロレンスとフリーダに会いにやってきた。２人はチェッサムの田舎家の寒さと湿っぽさに耐え切れず、１月にそこへ移っていたのである。ロレンスはこれらの人達に真面目に応対されていると感じる一方で、フリーダはイギリスの知的社会の中でもより選び抜かれた階層の人達と仲間になり、爵位を有する２人の夫人と友人になれたことに気分をよくしていたようである。最初、バートランド・ラッセルはロレンスにとても感銘を受け、彼を「判断に誤りのない人物」だと見なした。「彼は旧約聖書に出てくるエゼキエル（Ezekiel）のような予言者的存在だ．．．．すべてを見通し、その判断には誤りがない」（「オトライン」（Ottoline）1963 年、 p. 273）。もっとも、彼らは晩夏になって口論し、共同講演の計画（ラッセルは「社会」、ロレンスは「永遠」というテーマでそれぞれ話をする）は実現しなかったが。しかし、1914年の冬と1915年の春のロレンスの手紙は、それまでに書かれた中でも最も素晴らしい手紙のうちに数えられる。それらは人間の意識や社会や自己責任の歴史的進展といった問題をどのように理解し意味付けるかという点に関する、彼の思想上の発展を記録している。つまり、「人間はささやかな生活を送る、取るに足らない個人であるばかりか、自らが人類全体であり、その運命や責任も人類全体のものである」（『書簡集』 II、p. 302）という考えにどのようにして辿り着いたかを、それらの手紙から窺い知ることができるのである。そうした思想は『虹』の核心に宿ることとなった。彼は３月２日にその小説を意気揚々と書き上げた。「その作品を自分の思い通りに作り変えて、確固たるものにした。今やその基部に黄金の壷を提供しよう」（『書簡集』 II、p. 299）。そして彼はすぐに書き直しに取り掛かり、先に書いたハーディ論を領していた新たなる思想をそこに盛り込んだのである。

だが、結局のところ、ロレンスは『虹』を完成させるのに手間取った。タイプ原稿は更なる手直しを必要とし、晩夏になってからの校正でもいろいろを手を加えねばならなかった。彼はその小説を仕上げている間にも、時々、手を休めては自らの思想を他の作品にまで持ち込んだ――どうして男たちはそれほど闘いに夢中になるのかということに関する考えをまとめ上げ、６月に書き上げた短編小説「イングランドよ、僕のイングランドよ」（“England, My England”）の第１草稿がそれである。結婚に失敗した主人公は「愛や人生の創造的側面から身を引いた。．．．．彼は自己満足に浸った。彼は破滅へと通ずる破壊的精神そのものだった」（「イングランドよ、僕のイングランドよ」、p. 225）。ロレンスはこうして戦争や、また戦争を求める精神に根本的な反対を表明したのである。

しかし、人生の淵に立たされているという気持ちから（おそらくそのためにフリーダは子供達に再会しようとする行動を起こしたのだろう）、８月になって、ロレンスとフリーダは友人達との交際の場であるロンドンのハムステッド（Hampstead）へと戻った。『虹』の出版が急がれているということは、最後の前払いがやっと支給されることを意味していた。またロレンスには他の計画があった。1つは、マリと共に編集を担当する小さな雑誌の発行によって、戦争中に堂々と大衆に伝える必要のある事柄を取り上げることだった。今1つは、その雑誌に宣伝した大衆のためのささやかな連続集会を催して、共鳴する人々をそこに大勢引き込もうとすることだった。雑誌や集会を通じて人々と接触し、彼らの考え方を変えるのに尽力すべきだとするのは、作家としての生涯におけるこの時期のロレンスに特有の態度だった。戦争中にもかかわらず、彼は3月に手紙で述べていたように、人々を「敏捷で活発な」(『書簡集』、p. 302) 人間にする自らの能力を依然として信じていたのである。

だが、1915年の秋は結局、ロレンスにとって失敗と災難の連続だった。まず最初に、マリと協力して新旧すべての友人に予約の申し込み用紙を送付していたにもかかわらず、『シグネチャー』誌 (*The Signature*) が借金をせずにはやっていけなくなったことである。始めに予定していた6号はとても出せず、3号止まりになった。従って、ロレンスの新たな思想的作品である「王冠」("The Crown") の3部までが掲載されたに過ぎなかった。市民集会も完全な失敗に終わり、2回開かれたに過ぎなかった。だが、それにもまして『虹』は最悪の打撃を受けた。『虹』はほとんどの書評で酷評され、少なくともその中の2つの書評は発禁を求めていた。公共図書館や本屋からは締め出しをくうことになった。11月の始めには警察が踏み込み、メシュエンから在庫分をすべて押収した。そして1915年11月13日になって、ボウ通り (Bow Street) の警察裁判所の判事達は「1857年の猥褻出版物発禁法」(Obscene Publications Act of 1857) により『虹』の告発を受理した。メシュエンはその告発に対して抗弁できず、その代わりに「その本の出版は遺憾である」(『虹』 1) 旨を表明した。その本の断裁が命じられた。ロレンスはただ傍観者として座ったまま、自ら誇りとしていた本が職業作家としての名声や生活力とともに失せてゆくのを見守るしかなかった。その件は、オトライン・モレルの夫で、下院議員のフィリップ・モレル (Philip Morrell, 1870–1943) によって議会で取り上げられたが、何ら実を結ばなかった。また、(結果として判明したことだが) ロレンスの文学仲間の誰もが検閲制度というものに反対意見を述べただけで、『虹』を弁護しようとはしなかった。マリやキャサリン・マンスフィールドのような親しい友人達でさえその本をとても嫌っていた。

10月の間——『シグネチャー』誌が失敗してから『虹』の発禁処分の命令が下るまで——、ロレンスは外国に旅立とうと考えていた。イギリスの作家が戦争に巻き込まれずに本を出版できる場所として、アメリカ以外には考えられなかった。2人は2ヵ月かけてパスポートを入手しようとしていたばかりか、友人達にフロリダ (Florida) への同行を促し、そこにコロニーのようなものを共に建設しようと盛んに説得していた (『虹』の発禁後にあって、そうした移住は急を要するように思われた)。だが、12月になって、ロレンスがパスポートを入手するにあたり証言するのに列を成さねばならなくなるに及んで、事態は頂点に達した。つまり、当局への呼び出しは軍隊への服務勧告を意味していて、彼には思いも寄らぬことだった。彼はその登録のために国会議事堂 (Parliament) のあるウェストミンスター (Westminster) から橋を渡って、バタシー市政庁舎 (Battersea Town Hall) へ出向いた。「だが、僕は2時間近く待ったけれど、あまりにも腹立たしいのでそこを立ち去った」(『書簡集』 II、p. 474)。アメリカ行きが失敗したことから、2人は次善の策としてロンドンからできるだけ遠く離れたコーンウォール (Cornwall) に住むことにした。マリの友人であるジョン・デーヴィス・ベレスフォード（John Davys Beresford, 1873－1947）は彼らに貸す用意のある田舎家を所有していた。クリスマスにミッドランド（the Midlands）を訪れてから、２人は今後の生活手段や行く末について何も考えないままに、12月30日にコーンウォール北海岸のポースコサン（Porthcothan）に向けて旅立った。だが、ロレンスは「窓を覗き込み、イングランドの彼方を眺めているような」（『書簡集』Ⅱ、p. 491）気持ちだった。「これは新たな人生に向けての僕の最初の旅立ちだった」（『書簡集』Ⅱ、p. 491）。

Ⅱ.

ロレンスは幸運にも更に別の作品を手掛けていて、『虹』が発禁になる前にその出版の手配をしていた。イタリアに関するそのエッセイはかなり手直しされて、『イタリアの薄明』（*Twilight in Italy*）という題名で出版の運びになっていた。そのうちの何編かは1913年にガルダ湖のほとりで書き始められたものだった。彼はそれによって少しは収入を得ることができた。更にダックワース（Duckworth）が１巻本の詩集を出版したがっていたので、1916年の最初の数ヵ月間、彼はユニヴァーシティ・カレッジ（University College）時代の２冊の大学ノートを取り出して、そこに書かれた詩の中から採用できるものを選び出し、それに手を加えた。また短編小説を１つ書き上げたが、それは戦争のことを全く扱ってはいない「博労の娘」（“The Horse-Dealer’s Daughter”）の初期草稿だった。その上、彼は予約購読によって、『虹』の私家版を出す計画を進めていたが、体の具合が悪くなり床に臥している時間が多くなった。

だが、ロレンスとフリーダはコーンウォールがとても気に入っていた。岩や海の光景、そしてイングランドとは全く違った場所に居るという感覚。２人は気の合う友人を招く計画を立てた。１月には何人もの友人が訪れたが、その中に音楽家のフィリップ・ヘセルタイン（Philip Heseltine, 1894－1930）と彼の愛人の「プーマ」（“Puma”、ミニー・チャニング（Minnie Channing、1894年生まれ））、それに人気作家のディクラン・クユムジャン（Dikran Kouyoumdjian, 1895－1956）がいた。だが、ミドルトン・マリやキャサリン・マンスフィールドと共に暮らすという考えが支配的だった。３月の始めに、２人はコーンウォールの最西部にあるゼナー（Zennor）に行き、そこに並んで建っている家を２軒見つけた。それは「丁度、荒野の下、つまり海へと続く石の多い野原を２つか３つ越えたところに」（『書簡集』Ⅱ、p. 563）あったが、彼らは自分達の棲家としてすぐさまそこを借りることにした。家賃はとても安かった。２人は部屋を模様替えして、そこに住み始めた。中古の家具を買い、友人達の訪問を待った。フリーダは彼らに次のような手紙を送っている。「私達は仲間です。深刻な事をいろいろと思い悩むのはもう止めましょう。仲間というのは全く素晴らしい。野に咲くユリのような生き方をしましょう」（『書簡集』Ⅱ、p. 571）。だが、それは叶わぬ夢だった。キャサリンはその場所を嫌い、フリーダといえば、他の３人の文学的会話から締め出されているような気がした。また、ロレンスはマリが圧制的なのに気づくとともに、マリの方も時々、ロレンスが恐ろしいほど苛々しているのがわかった。彼らは６月中頃まで、約８週間をそこで隣人同士として暮らしたに過ぎなかった。

もちろんロレンスにとって、自分が小説家であるが故に、小説家として今後何をしてゆくかといった問題だけが残った。裁判所の判決でさえその事実を変更することはできなかったであろう。営利上の様々な配慮も、社会だとか、彼の関心の的である現代人の意識といったものを再創造し、再解釈してゆこうとする要求に比べればさほど問題とはならなかった。まずは1913年にドイツへ残してきた小説の200ページ分の原稿に立ち戻ろうと思った。もっとも1913年当時、彼にとって『姉妹』(*The Sisters*) を書き上げるのが先で、そのためにその小説は中断していたのである。今やその原稿を立派に生かし切れるだろうかと思った。しかし、その原稿を戦時中のドイツから持ち出すのは不可能だった。そこで1916年４月になって、前年には『姉妹』の一部を基に『虹』を仕上げていたものの、今度はその取り残された部分に時々立ち戻り、７月にかけて、それを基にこの上もない風変わりな作品を生み出すこととなった。それが『恋する女たち』(*Women in Love*) である。マリやキャサリンとの緊張を孕んだ生活、壮大な風景を背景にささやかで取るに足らない人物たちが色鮮やかに動き回るといった感覚、家具を備え付ける際の詳細、産業の中心地である国際都市から離れて別の生き方を探そうとするロレンスの強い欲求、そして社会と戦争への情熱に駆られる（また引き裂かれる）個人に対する彼の悲劇的感覚など――これらすべてがその作品に盛り込まれた。彼は数ヵ月間、その作品に取り掛かりきりだったが、最初の内、その前半を手直ししながらタイプで仕上げていった。そして秋の始めになって、手書きでその作品を完成させた。１月31日に彼は完成した原稿をピンカーに郵送した。「それは全く恐ろしくも素晴らしい小説です。あなたはそれが好きにはなれないでしょうし、また誰もそれを出版しようとは思わないでしょう。でも、出版にからむ事柄は私達の力の及ぶところではないのです」(『書簡集』Ⅱ、p. 669)。彼は引き続きかなりの手直しをして、それをタイプ原稿にした。従って、12月にそのタイプ原稿がいくつかの出版社を巡り始めると、それが本当に完成したものかどうかを問い合わせてくる出版社も出てきたのである。

その原稿はどの出版社にも受け入れられなかった。ロレンスは契約上、最初にそれをメシュエンに渡さなければならなかったが、(当然のことながら) それは拒否された。頼りになるダックワースでさえも、ピンカーがその原稿を委託していた他の２、３の出版社とともにそれを受け入れてはくれなかった。『虹』の作者による新たな小説など出版したところで採算が取れるとは思わなかった。それはまさにロレンスの恐れていたことだった。それは作家としての有り得べき未来に不吉な影を落とすことになった。２つのタイプ原稿のうちの１つが彼の友人達の間に回覧されたことによって、作中人物のハーマイオニ (Hermione) に自らの姿を嗅ぎ付けていたオトライン・モレルとの友情にもピリオドが打たれた。ロレンスは両者の結び付きを必死になって否定したが、協力的で立派な友人を失うことに変わりはなかった。彼は再びアメリカ行きの可能性に目を向けた。「遥か遠方への退却、それが僕にとっての未来だ」(『書簡集』Ⅲ、p. 75)。それはエスター・アンドルーズ (Esther Andrews) とロバート・マウンツィア (Robert Mountsier, 1888－1972) の２人の若いアメリカ人との新たな友情から生まれた１つの夢だった。だが、この計画もまた無に帰した。パスポートの申請が拒否されたのである。彼らはもはやコーンウォールに滞在する道しか残されていなかった。だが、そのおかげでロレンスは先駆的な研究書とも言える『古典アメリカ文学研究』(*Studies in Classic American Literature*) としてやがては集大成されることになるエッセイのうちの何編かを書き始めることで、アメリカの夢を模索し、自らのものとすることができたのである。それらのエッセイは、直接、戦争反対を訴えた「平安の実相」（"The Reality of Peace"）という別の思想的エッセイとともに、不毛な時代の中でも出版社に認められそうなものだった。『イングリッシュ・レヴュー』誌（*English Review*）は、アメリカに関するエッセイとその思想的エッセイの一部を載せるなどして、彼を支援し続けたが、本の出版に関しては渋っていた。庭で野菜を栽培したり、近所の農場の手伝いをしたり、読書をしたり、『恋する女たち』のタイプ原稿に時々、手を加えたりする以外に彼の仕事はほとんどなかった。1917年における出版物は『見よ！僕らはやり抜いた！』（*Look! We Have Come Through!*）と題するささやかな詩集だけで、それはフリーダとの生活をテーマにして、1912年から1917年にかけて書かれた連作詩だったが、全面的に書き直され、首尾一貫したものになっていた。

1917年という年は前年と同じように過ぎて行ったが、ロレンスは１度だけコーンウォールを離れて、ミッドランドに住む親戚に会いに出掛けた。ところで、今や徴兵の可能性がますます身近に迫っていた。1916年６月と翌年６月に行なわれた身体検査で、彼は健康上の理由から兵役免除になったが、地元の人達の中には、ドイツ人妻を持つ風変わりで、戦争反対を唱える人間が身近にいることにはっきりと嫌悪感を示すものもいた。戦時中によく起こるような噂が広まった。彼の棲家の近くの崖下にドイツの潜水艦用のガソリンが貯蔵してあり、当家の煙突の模様が巡視潜水艦にとって１つの合図になっているというのである（大西洋の主要護送艦がその沿海を通行していた）。２人が見張られているのは明らかで、家の中でドイツの歌を歌っているのが立ち聞きされた。１度、警備隊員に呼び止められ、買ったものを調べられた（四角いパンの塊がカメラと間違えられた）。兵役に就かない芸術家風の人間が同じ海岸に住んでいることで、事態は一層悪化した。ヘセルタインは近所に家を持っていたし、音楽家のセシル・グレイ（Cecil Gray, 1895－1951）もまた近くに住んでいた。ロレンスは1915年にラッセルと一国における革命の是非について討論したように、今度はグレイとそのことについて話し合った。また３人は最近になって発見されたヘブリディーズ諸島の民謡（the Hebridean songs）を歌った（これも立ち聞きされていたことは間違いない)。９月のある夜、グレイは海に面する窓から明かりを漏らしているかどで呼び出され、重い罰金を科せられた。当局は遂に腰を上げ、そうした噂がどれほどのものかを突き止めようとした。ある午後、ロレンスとフリーダが外出している間に、彼らの田舎家は探索され、書類が持ち去られた（明らかに暗号のメッセージと判断されたヘブリディーズ諸島の民謡の楽譜もおそらくはその中に混じっていたのだろう)。翌日、２人は軍から退去命令を受け、もはやコーンウォールに住むことはできなくなった。３日以内にそこを立ち去らねばならなかった。

Ⅲ.

コーンウォールから退去させられたことで、ロレンスとフリーダは精神的な打撃を蒙ったばかりでなく、経済的にも悲惨な状態に追い込まれることとなった。コーンウォールの田舎家は家賃が安く、支払いも済ませていたので、他に家を借りる余裕など２人には全くなかった。彼らはロンドンの友人達の世話になるなどして、２ヵ月間いろいろな場所を転々とした。詩人のヒルダ・ドゥーリトル（Hilda Doolittle, 1886－1961）は特に好意的だったし、セシル・グレイの母親もまた彼らに部屋を１つ提供してくれた。詩集『見よ！

僕らはやり抜いた！』は11月の末に出版されたが、それによって新たな人間の絆こそがこの世で最も大切だと思っていたイッキング（Icking）やガルダ湖（Lago di Garda）畔での戦前の日々のことが皮肉にも思い出された。ロレンスは過去への賛辞からばかりでなく、過去は戻って来ないという認識からもその詩集を出版したのである。今や思想家として、また作家として、彼は結婚とか互いの愛情よりも、愛情関係のうちに生起する様々な問題や、今となっては自らこう呼ぶところの「息子を貪り食う母親」から必死になって男性が逃走するといったことに興味を抱くようになった。「女性たるものは男性にある種の優先権を与えるべきものだと思うし、また男性たるものはそうした優先権を手に入れるべきだ」（『書簡集』Ⅲ、p. 302）。フリーダはそれには同意せず、彼を「時代遅れの人間」呼ばわりした。そしてフリーダが自分の論点を証明するかのように、おそらくはグレイと火遊びに走ったのはこの時期のことだった。

だが、1917年の秋のロンドンにあって、このような精神状態にあったロレンスは更に別の小説に着手した。新たに芽生えた考えを現実体験のふるいにかけようとする気持ちがいつも彼にはあったからである。だが、破綻した結婚生活に見切りをつけ、新たな人生を見い出そうとする男を扱った実験的な作品——『アーロンの杖』（*Aaron's Rod*）として結実する——に取り組む時期が間近に迫っていた。友人の家を転々としていては、長編小説など到底書くことはできなかった。２人はとうとう友人である詩人のドリー・ラドフォード（Dolly Radford, 1864－1920）から救いの手を差し伸べられた。彼女は自分の使っていないバークシャー（Berkshire）の田舎家を彼らに貸し与えた。その家は、その後２年間にわたって彼らが長居した２軒の家のうちの１軒だった。この時期のロレンスにとって、新たなる思想書であるとともに、先駆的な文学評論でもあるアメリカに関するエッセイと、『入江』（*Bay*）と題するささやかな詩集を生み出すことだけが頭にあった。小説を書いても、もはや受け入れられなかった。エッセイや詩の出版だけが今の彼に期待できることだった。

1918年２月には既に２人とも金に困っていて、ロレンスが出版代理人に語ったように（『書簡集』Ⅲ、p. 211）、パンやマーガリンを買う小銭すらなかった。ピンカーも他の友人達と同様に金を貸してくれた。またロレンスの妹のエイダは２人のために家を１軒借りてくれたので、彼らは１年間ミッドランドのミドルトン・バイ・ワークスワース（Middleton-by-Wirksworth）に戻って暮らすことになった。５月の始めにそこに移ったが、「迷子になり、追放されたような」感じだった。特に、ロレンスは「トラキア（Thrace）のオヴィディウス（Ovid）のように、奇妙で、惨めな思いを味わっていた」（『書簡集』Ⅲ、p. 242）。だが、彼らはロレンスの家族や昔のイーストウッド（Eastwood）の友人達とよく会うようになり、それまでの数年間で会った回数を上回った。彼はアメリカに関するエッセイを書き上げるとともに、古い大学ノートから詩を集めて１冊のささやかな詩集を作り、『新詩集』（*New Poems*）という誤解を生むような題名を付けた。今回の詩集は、他日、作家としてのロレンスの人生にとってとても重要な存在となる、最も年若い出版代理人マーティン・セッカー（Martin Secker, 1882－1978）のために編纂したものである。だが、人間として、または作家としての将来の見込みに全く変化はなかった。終戦の噂は飛び交うものの、戦争は依然として続いていた。訪問客は絶えなかったが、彼は月日の経つのを感じながら、ますます絶望に陥って行った。「何か変化が必要だ」（『書簡集』Ⅲ、

p. 283）。

まさしく変化が起きた。9月11日にロレンスは33才の誕生日を迎えたが、その日、3度目の身体検査を受けるための召喚状を受け取った。戦争もこの段階に入ると、兵役免除になる者はほとんどいなかった。彼は（「軽い非戦闘業務に就くことになる」）3等級に格付けされた。その決定は彼の気を動転させた。「今日から僕はこれまでとは違った生き方をするのだ。社会や人間どもにずっと我慢してきた。今後の人生は僕のためにある。自分自身の人生を生きよう」（『書簡集』Ⅲ、p. 288）。ロレンスにとっておそらくこの時期こそ、社会とその平安を信じることから、個人としての人生を生きることへとエネルギーを方向転換させて行く過程にあっての絶頂期だったと言えよう。後にわかったことだが、彼は兵役に召集されたことは実のところ1度もなかった。だが、こうした徴兵への最後の企てとコーンウォールからの強制退去は、おそらく彼にとって我慢の限界点だったと言えよう。その後の作家としての人生における創作上の深刻な問題のいくつかは、1918年以降、慎重に自らを委ねることになるそうした独特な孤立状態から生まれるのである。

ロレンスの次の作品は、まさに作家としての人生に伴う様々な問題を取り上げたものだった。1918年11月に、彼は急いで1つの戯曲を書き上げた。『一触即発』（*Touch and Go*）は未刊の『恋する女たち』の資料にいくぶん負っているものの、ミッドランドでの暮らしのせいで、既に以前から見抜いていた当時の産業社会の不安を扱っている。しかし、その戯曲の出版や上演はほとんど不可能であるように思われた。労使の対立という劇的な瞬間があるにもかかわらず、その作品は珍しくロレンスにしては構成の緊密さに多少とも欠けるのである。それは手直しを必要としたが、手を加えたことは1度もなかった。また当時、彼が勇気を奮って金を稼ぐ目的で着手したともいえる作品があるが、それは作家生活を通じて初めてのことだった。それは『ヨーロッパ史における諸動向』（*Movements in European History*）という学童向けの歴史書だった。ある意味で、1918年の早い時期にギボン（Gibbon）の『ローマ帝国衰亡史』（*Decline and Fall of the Roman Empire*）を現代と対比しながら読んだ時に掴んだ考えがその作品にかなり取り入れられることになった。彼は学童向けの歴史書を大事に考え、そのためにかなりの読書もした。だが、作品を仕上げてゆく瞬間の喜びはさておき、そのような仕事を普通は「毒のように」（『書簡集』Ⅲ、p. 322, p. 309）嫌っていた。ロレンスが真剣に取り組んだ作品と言えば、11月に書き上げた短編小説「盲目の男」（“The Blind Man”）と「切符を拝見」（“Tickets Please”）、それに中編小説『狐』（*The Fox*）の第1草稿などであった。すぐにもいくらかの金を稼ぐには、こうした作品を書くしかなかった（『書簡集』Ⅲ、p. 299）。だが、どういうわけかピンカーはそれらの中でも最も出来の悪い「切符を拝見」を採用したのである。

1919年2月になって、絶望的な気持ちが昂じてきたロレンスは「どうしようもないひどい冬」に対処しているうちに、その当時ヨーロッパを襲った流感に臥した。6週間にわたって、ひどい病状が続いた。彼がコテリアンスキーに語ったところによると、医者は2日間、「自分の命を案じてくれた」（『書簡集』Ⅲ、p. 347、p. 337）。友人たちはワインや素晴らしい食べ物を持って彼を見舞ったが、春はまだ訪れる気配もなく、3月下旬だというのにその田舎家の周りには雪が積もっていた（『書簡集』Ⅲ、p. 340）。どう考えても惨めでしかないダービーシャー（Derbyshire）での暮らしも、ほっとしたことに終わりに近づいていた。4月末に、彼は初めて歴史書を完成させ、「僕は自由人だ」（『書簡集』Ⅲ、p.

352）と歓呼した。その後、フリーダとバークシャーにあるドリー・ラドフォードの田舎家へ戻った。彼は作家として出直さねばならなかったが、1919年に出版した作品は『入江』というささやかな詩集１冊だけだった。短編小説ならアメリカの雑誌に載せられるだろうとピンカーは示唆したので、てっきり職業作家になりきったように、ロレンスはその後６週間にわたって、「短編小説でよければ」（『書簡集』Ⅲ、p. 355）、それに没頭することを約束した。続々と短編小説が生み出された。「ファニーとアニー」（“Fannie and Annie”）、「落花生」（“Monkey Nuts”）、「ヘイドリアン」（“Hadrian”）（「触れたのは君の方だ」（“You Touched Me”）という題名で出版される）などがそうである。７月の吉報は、『狐』の出版が決定したことだった。ロレンスの評判は徐々に回復しつつあった。戯曲『一触即発』も別の出版社が引き受けてくれることになった。

とにかく、ロレンスはその後の成功へと繋がる契約を別の出版社と済ませていたので、これ以上ピンカーと付き合ってゆくのが意味のあることかどうかますます疑問に思い始めていた。今まで、金の面で出版代理人によい思いをさせたことが１度もなかったのは確かである。1918年に１度だけ、彼はピンカーと手を切ることを考えたことがあった。だが、1919年の後半になって、特にアメリカ市場でのピンカーのこれまでの行動にますます幻滅を感じるようになった。『恋する女たち』の刊行とともに事態は頂点に達した。1914年以来、アメリカにおけるロレンスの著作の出版元であるベンジャミン・ヒュブシュ（Benjamin Huebsch, 1876－1964）に、ピンカーはその小説のタイプ原稿を送っていなかったことが判明したためである。ロレンスがそのことに気づいたのは、（今度はピンカーの助けを借りずに）その小説を受け入れてくれるようにアメリカの別の出版社であるトマス・セルツァー（Thomas Seltzer, 1875－1943）に依頼した時だった。何はともあれ、『虹』の処遇を巡って、イングランドに対して悔しい思いをしていたことから、アメリカでの出版はことのほか魅力的だった（『書簡集』Ⅲ、p. 391）。９月に、彼はセルツァーのためにその小説を少し手直しし、それに序文を付け加えた。一方、イングランドでは、マーティン・セッカーがその作品に関心を示していた。

夏の間にバークシャーに戻ったロレンスとフリーダは、友人たちの中でも特にロザリンド・ベインズ（Rosalind Baynes, 1891－1973）と親しくなった。彼女は最近、精神分析医である夫のゴドウィン・ベインズ（Godwin Baynes, 1882－1943）と別れたばかりで、やはりイタリアへ行くことを望んでいた。今となっては、２人もこれまでの５年間にわたり、囚われの身と感じてきたイングランドから脱出したくて、うずうずしていた。フリーダはドイツにいる自分の家族に会いたがっていた。1915年に父親が亡くなっていたが、もちろんその時もドイツには戻れなかった。ロレンスはイタリアに戻りたがった。もしそうなれば、実際、ロザリンド・ベインズが以前からよく知っていて、子供達と一緒に住むにふさわしい場所だと思っていたアブルッツィ（Abruzzi）に家を探すことになるだろう。２人はパスポートが手に入る10月まで待たねばならなかったが、フリーダは15日に自分のパスポートを受け取るや否や、イングランドを離れた。ロレンスは「戦争直後の」（フリーダ・ロレンス（Frieda Lawrence）1935年、p. 91）ドイツに行く気になれず、もう１ヵ月間、イングランドに留まり、雑誌社や出版社といろいろ打ち合わせをしていた。とうとう1919年11月14日に彼は船で大陸へ渡った。ドーヴァー（Dover）の白い絶壁を後にするに際しての感慨を、彼は少なくとも２度、小説の中で再現している。小説『ロストガール』

（*The Lost Girl*）の草稿には、イングランドが力強くいつまでもつきまとう様が描かれている。「灰や死体のような色をした絶壁とともに、下り勾配に幾筋かの雪を残して、海の上にせり上がってくるイングランド、細長い灰色の棺のようにゆっくりと沈んでゆくイングランド.... その国は太陽の光を拒み、暗く、いつまでも灰白色で生きている気配はなく、経帷子のように幾筋かの雪を身にまとっていた。それがイングランドだった！」（『ロストガール』、p. 294）。戦争が続いたことから、ロレンスはその残りの人生にあっても、大なり小なりいつもそうであったような慎重な流浪者となったのである。

第５節　流浪生活　1919年－1922年

Ⅰ.

ロレンスはイングランドを離れてヨーロッパ大陸に身を落ち着けたが、そこでも彼は異邦人であり、（再び）貧しい暮らしをすることになった。1912年には手持ちの金が11ポンドあったのに引き替え、今はポケットに９ポンドしか入っていなかった。イングランドを発つ前に予約しておいたこともあって、旅の途中にトリノ（Turin）で２泊した。その家の主人である外交官のウォルター・ベッカー（Walter Becker, 1855－1927）卿は、後になって「旅行鞄のようなものを持った、平凡な身なりの人物」が玄関にやって来たのを覚えていた。もちろん、紳士というのは旅行鞄を持ち運ぶこともなければ、みすぼらしいコートを身につけてもいない。とにかくロレンスは紳士ではなかった。ベッカー卿の記憶によれば、「ロレンスとよく話し合った」（ネールズ（Nehls）1958年、p. 12）。「.... 私たちは友情や同情をしかと感じ合っているようだった」（ネールズ1958年、p. 12）。だが、ロレンスには外国暮らしをしている金満家のイギリス人がさほど同情的でないのはわかっていたし、更に次のようなことも記憶していた。「偽りはないが、半ば人を馬鹿にしたような主張だ。彼は身の安全や預金の収支に気を遣い、権力を求めているが、僕にはいつも自由が必要だ」（『書簡集』（*Letters*）Ⅲ、p. 417）。ベッカー卿は後になって、自宅とそこで交わされた２人の会話が『アーロンの杖』（*Aaron's Rod*）の中で長々と取り上げられていることがわかり、不服を申し立てた。だが、そのような場所にも小説の題材を見つけ出し、ためらうことなくそれを利用するのが小説家としてのロレンスの特徴でもあった。現実の生活の様々な状況や人間に関して必要なことを取り上げ、自分の思うようにそれらを再創造してゆくのが彼のやり方だった。自らの芸術としてどのようなものを生み出せるかということの方が、創作方法に囚われた人達の感受性やまたそれらに対する自らの嗜好などにまして彼には重要だった。かつてフリーダは次のようなことを語っている。「私はロレンスと違って人間というものが好きです」（ビナー（Bynner）1951年、p. 62）。一方、ロレンスは1920年に次のようなことを述べている。「僕は本当のところ人間が好きではない」（『書簡集』Ⅲ、p. 491）。おそらく彼は結果的に「自分の心の秘密」を容赦なく小説に投入する用意があったが、例えば、小説家のコンプトン・マッケンジー（Compton Mackenzie, 1883－1972）の妻のフェイス（Faith Mackenzie, 1888－1960）は、ロレンスに心の秘密を打ち明けたことを後悔していた（ネールズ1959年、p. 35）。

だが、ロレンスは戦前のイタリアにおける様々な場所での生活体験を取り戻そうという気など全くなかった。まずは、2人が5年前に立ち去った場所の近くのラ・スペツィア(La Spezia) で一晩過ごすことになったが、それも彼の乗った列車がたまたまその方面行きだったからである。そこがどのような所か正確には知らなくとも、これまで1度も訪れたことのない場所に行くつもりだった。とにかくフリーダと落ち合うために、フィレンツェ (Florence) で少し滞在することになることだけはわかっていた。結局、フィレンツェでは旧友で威勢のよい小説家兼評論家のノーマン・ダグラス (Norman Douglas, 1868-1952) と会うことになったが、トリノの人たちに比べて、彼の方がはるかに人情に厚かった。また、そこでロレンスはダグラスの友人で、アメリカの二流作家であるモーリス・マグナス (Maurice Magnus, 1876-1920) と出会った。ロレンスの最も優れた散文の1つでもある、モーリスの『外人部隊の思い出』(*Memoirs of the Foreign Legion*) の「序説」(“Introduction”) で、彼自身のことは取り上げられることになった。だが、差し当たり金には不自由をしても、イングランドを脱出して気の合う人達と一緒に過ごせるのがロレンスには楽しかった。イタリアは依然として魅力的な場所だった。特にフィレンツェは彼にとって「ある種の完璧さを備えていた」(『書簡集』Ⅲ、p. 450)。フリーダがフィレンツェに到着した時、ロレンスは朝の4時に彼女を駅で出迎え、すぐにドライブへと連れ出した。「「僕は君に街を見せたいんだ」。私達は幌型の馬車に乗って出掛けた。白っぽくうずくまっているドゥオモ (Duomo) が目に入ったが、霧のように広がる月光の中に、ジョット塔 (Giotto tower) の先端は溶けて見えなかった」(フリーダ・ロレンス (Frieda Lawrence) 1935年、p. 92)。だが、2人はしばらくの間、フィレンツェに滞在しただけだった。その後、彼らはアブルッツィ (Abruzzi) の山々の中でも、最も辺鄙な場所を目指した。そこにはロザリンド・ベインズ (Rosalind Baynes) が以前から住みたいと思っていた家があり、その家の様子を調べるためにそこに滞在する予定だった。

結局のところ、それは普通では考えられない辺鄙な場所への旅だったが、ロレンスはすぐにも書き上げることになる『ロストガール』(*The Lost Girl*) の中で長々とその体験を再現した。何時間にも及ぶ旅の末、すっかり暗くなってから2人は「驚くほど原始的」とも思える家に到着した。生木がパチパチ音を立てている暖炉でジプシー風にすべてを料理しなければならなかった。雄鶏が入ってきたり、門柱に繋がれているロバが戸口の踏み段に糞をたらしたり、いなないたりしている」(『書簡集』Ⅲ、p. 432)。必要とあらば、2人はそうした不便な生活にも我慢できただろう。だが、10日後、丁度クリスマス前に雪に閉じ込められそうになったので、ロレンスはロザリンドに子供達をここに連れてこないようにと厳しい忠告の手紙を送り、自分たちは山をいくつも越えて、コンプトン・マッケンジー――戦前からの知り合い――が、必要な時に部屋を探す約束をしてくれていたカプリ (Capri) へと逃げ出した。

だが、今1つの新たなイタリアが2人を待っていた。今回は国外追放者の居留地、つまり「悪意に満ちた、我慢のならない汚辱の地」(『書簡集』Ⅲ、p. 444) だったにもかかわらず、ロレンスは他のすべての国に対するのと同じような興味を持ってその国を眺めた。「世界はすべて1つの舞台だ」(『書簡集』Ⅲ、p. 447)。だが、フリーダはその国が好きにはなれなかった。確かに創作に適した場所ではなくなっていた。その国の郵便配達ストライキによって、創作が妨げられることにもなったからである。1916年に再度、取り組み、今回また挑戦する気になっていた、1913年に仕上げた200ページに及ぶ未完小説「ハフトン嬢の反逆」("The Insurrection of Houghton")の原稿を手に入れることがそのためにできなくなってしまった。戦争による作品の評判の落ち込みを回復し、自己を立て直すために必死になって創作し、出版へと事を運ぶ必要があった。イギリス人の出版代理人がいなかったので――1919年の暮れにピンカー(Pinker)とは手を切っていた――、ロレンスは『恋する女たち』(*Women in Love*)をイングランドで出版する(それと『虹』(*The Rainbow*)を再版する)ためにセッカー(Secker)と交渉を始めた。ところが、セルツァー(Seltzer)は年内にアメリカで『恋する女たち』の出版を予定していたし、またロバート・マウンツィア(Robert Mountsier)もアメリカにおけるロレンスの未来の出版代理人となることに同意していたのである。

だが、この時期にロレンスがカプリで書き上げたものと言えば、『精神分析と無意識』(*Psychoanalysis and the Unconscious*)の第1草稿だけだった。とうとう『ハフトン嬢の反逆』の原稿が手元に届き、彼は仕事に取り掛かった。しかし、物語の始まる日付や主人公の状況などはその作品から引き継ぐことになったが、いかにもロレンスらしく書き直しては徹底して再考した。2月になって、2人はヨーロッパのずっと南端にまで下り、シチリア(Sicily)のタオルミーナ(Taormina)で真剣に家探しを始めた。ロレンスは街から離れた所にあるフォンターナ・ヴェッキア(Fontana Vecchia)という家を見つけた。それは野原や庭園に囲まれ、イオニア海(Ionian Sea)を望むことができた。1912年の時と同じように、北ヨーロッパの脅威から遠ざかり、2人は遂に「永遠に北ヨーロッパに背を向けて」(『書簡集』Ⅲ、p. 491)、安上がりで快適な生活のできる南ヨーロッパを見い出したのである。そして旅を続ける費用をロレンスが稼げるまで、そこに留まらねばならなかった。だが、そこはまたこよなく愛着を感じさせてくれる場所でもあった。「庭園の中や、ヤギに囲まれた丘の上にいると」(『書簡集』Ⅲ、p. 491)、寛ぎを感じ、彼は「蛇」("Snake")を始めとして、自然世界に関する最も素晴らしい詩のうちの何編かを書いたのである。

春から初夏にかけて、ロレンスは精力的に『ロストガール』に取り組んだが、それは1913年の原稿の改稿だった。それを仕上げるや否や、別の小説『ミスター・ヌーン』(*Mr Noon*)に取り掛かった。その第1部はやはりミッドランド(the Midlands)を舞台としていたが、今回は話を継続的に扱う必要からその題材として、フリーダとの初期の関係を利用した。だが、8年前の喜ばしい夫婦間の協力や愛情も今では極めて意地の悪い当てこすりや冷たい皮肉のやり取りにまで堕するに至ったことを考えれば、小説家として、夫として、また思想家としてのロレンスがその生涯の歩みをかなり進めたことがわかるのである。しかし、彼はそうした状況を越えんとする1つの方法として、他人の体験ばかりか、自らの体験をも利用したのである。それは彼にとって信頼に足るいつもの方法だった。そして先に述べたマグナスの作品の「序説」に即座にこう書き付けている。「僕たちは自覚しなくてはいけない。そうすれば越えてゆけるのだ」(『フェニックス』(*Phoenix*)Ⅱ、p. 358)。1920年から彼はずっと『ミスター・ヌーン』を書き続けていたが、再び『アーロンの杖』にも取り組み始めた。だが、それもなかなか完成には至らなかった。『ロストガール』と合わせて、これら3作は英国社会、結婚、そして愛への幻滅を扱った一種の喜劇3部作とも言えよう。こうした手法は、この時期の詩集『鳥と獣と花』(*Birds, Beasts and Flowers*)にみられるように、「果物」("Fruits")や「亀」("Tortoise")を扱った詩が連作詩で書かれていることと照応しているのは明らかである。

こうした手法の変化が1920年の夏に起きた原因の1つに、フリーダがドイツにいたため、シチリアの夏の暑さを避けて再度、フィレンツェに滞在していたロレンスが、フィレンツェから少し離れた村に移っていたロザリンド・ベインズとしばらくの間、関係を持ったことが挙げられよう。だが、2人の関係は決してロレンスの結婚生活を損なうようなものではなかったようである。それは『アーロンの杖』にみるように、マルチーザ（Marchesa）との関係によってアーロン（Aaron）の結婚感覚が歪められることがないのと同じである。「女たちは今や恋人が欲しいだけなのだ。決して結婚などしない。しかり、僕が何者かと問われれば、1人の夫だと答える。僕は2度と女の情人にはなるまい。僕が生きている限りは」（『アーロンの杖』、p. 266）。だが、その情事は結婚生活における個人の自立性を促したように思われる。その後、彼はロザリンド・ベインズと会うことはなかったようだが、6年後に書かれた『チャタレイ夫人の恋人』（*Lady Chatterley's Lover*）のコンスタンス・チャタレイ（Constance Chatterley）の描写に幾分、彼女の素性と外見が窺えるのである。

ロレンスとフリーダはヴェネツィア（Venice）で落ち合い、10月半ばにシチリアに戻った。まもなく、英国版『恋する女たち』の校正刷りとともに、『ロストガール』が数冊送られてきた。だが、いつものことながらイングランドでの出版に関してはうまく事が運ばなかった。現状では、『ロストガール』が図書館で受け入れられず、セッカーは手直しをいろいろと要求する手紙をロレンスに書き送った。彼は1ヵ所、全面的に書き改めたが、更にセッカーは他に3ヵ所の変更を求めた。その上、セッカーは『恋する女たち』の手直しを求めるとともに、『ロストガール』が図書館で受け入れてもらえないのが本格的に決まれば、その本の印税に関しては75ポンドの前払いしか払えない旨を予告してきた。こうしたことが原因で、イングランドはもとより、一般的に文壇というものに対するいつもの臆病な気持ちが誘発されたことで、ロレンスはその当時取り組んでいた『ミスター・ヌーン』の中で批評家達を次のように攻撃することになった。

> だから、ねえ、その気分の悪くなるような本にもう目をくれるんじゃない。いいかい、ほらほら、泣くんじゃない、いい子だから。
> 僕のように労を惜しまず自分の批評家達をなだめて、その背中を軽く叩いてやる者はいない。だが、悲しいことに、彼らはあれこれ文句を付けるのをおならと同じで抑えられないんだ。（『ミスター・ヌーン』、p. 142）

2人は1920年の冬から1921年の4半期にかけて、その前年のように寛いで安心した生活を送り、ロレンスの方は創作に多大の時間をかけていた。ただ一時期、家探しと紀行文を仕上げる目的もあって、1921年にサルデーニャ（Sardinia）へ出掛けることになった。彼はそこでその本をまとめ上げることができた。それは3月の始めまでに完成し、ヤン・ユタ（Jan Juta、1897年生まれ）という芸術家による挿し絵入りで、1923年に『海とサルデーニャ』（*Sea and Sardinia*）といった題名で出版された。この時点で、彼は出版代理人のカーティス・ブラウン（Curtis Brown, 1866－1945）に、イングランドでの出版に尽力してくれるように依頼する決心をした。新たな創作意欲と自作への関心を抱きながら、自分の作品を取り上げてくれる出版社を見つけ出す仕事をこなすのはあまりにも骨が折れるうえに、そもそも仕事というものを多分に自立精神の表れのようなものと考えていただけに、実際には不都合な点もあったのである。

1921年4月中旬に、ロレンスとフリーダは暑い季節が到来する前に、シチリアを離れて北へと向かった。2人はカプリでアメリカ人のアール（Earl Brewster, 1878－1957）とアクサ（Achsah Brewster, 1878－1945）のブルースター夫妻に出会った。彼らはその後、10年間にわたって2人のよき友人となった。ブルースターが母親を訪問するのに同行したドイツで、ロレンスは急に森の中で仕事がしたくなり、1917年の冬以来、熱心に取り組んできた小説『アーロンの杖』をとうとうそこで完成させた。（差し当たり）それは他のすべての小説と同じように、人間関係や結婚を巡る彼の一時期における結論とも言えるものだった。人は、既婚者であれ、未婚者であれ、個人として独立し、自分より優れていると思える人物に従うべきだと言うのである。それはロレンスがずっと守り続けることになる態度ではなかったものの、当時の信条に他ならなかった。また、そうした考え方はその同じ年の夏のドイツで、精神分析的な視点から書かれた2冊目の評論『無意識の幻想』（*Fantasia of the Unconscious*）の草稿で更に詳しく展開されることになるが、彼がいつも述べているように、それは情熱的な創作体験から育ったものとして、そうした体験の確証であるとともに、何時かはそこから進化を遂げてゆくものでもあった。

ドイツに滞在した後、フリーダはロレンスを連れてオーストリアにいる妹のヨハンナ（Johanna）を訪れた。彼女は子供達を引き取って、再婚の相手である銀行家のエーミール・フォン・クルーク（Emil von Krug, 1870－1944）と一緒に暮らしていた。この訪問は、結婚生活を放棄し、新たな人間関係を打ち立てようとする題材を扱った今一つの中編小説『大尉の人形』（*The Captain's Doll*）の第2部の背景ともなっている。フィレンツェに戻ったロレンスは、「コウモリ」（"Bat"）や「人間とコウモリ」（"Man and Bat"）を含む何編かの詩を書いた。その後、2人はシチリアへと旅立ち、その場所に対する新たな愛情が湧き出るのを感じた。「それにしても、なんと素晴らしいことか！.... 海に向かって、東の空を見渡せる大きな窓、僕はイタリアの何処よりもそれが好きだ」（『書簡集』Ⅳ、p. 90）。だが、ヨーロッパは依然としてロレンスを悩まし続けていた。「僕の心と魂はヨーロッパに居ては粉砕されてしまう。」例えば、6月に『恋する女たち』を発刊した英国の出版社セッカーはフィリップ・ヘセルタイン（Philip Heseltine）の中傷行為の脅威に降伏し、小説中のハリデイ（Halliday）やプサム嬢（the Pussum）に関する描写の変更を彼に要求してきた。言われるがままに渋々、手を加えた後でやっとその小説は売りに出されることになった。だが、そうした事情によって、イングランドで小説を書いてもうまく行かないという彼の偏見は一層強まった。今や、彼はアメリカにその生活の場を求める気になった（『書簡集』Ⅳ、p. 114）。アメリカが自分の未来の場所であるのを再度、確信した。ヨーロッパに対する望みは失せ、すっかり嫌気がさした（『書簡集』Ⅳ、p. 141）。1921年の秋から冬にかけて、彼はアメリカで暮らす場所に関していろいろ問い合わせたが、ニューメキシコ（New Mexico）のタオス（Taos）を勧めているアメリカ社交界の世話人兼芸術家達のパトロンであるメイベル・ドッジ・スターン（Mabel Dodge Sterne, 1879－1962）から1通の手紙が届いたことで、とうとう決心がついた。とにかく、最初、そこに出掛けようと思った。

だが、アメリカに自らを委ねること――6、7年間にわたって、ロレンスが行なおうとしていたこと――は、思うほど楽ではなかった。彼はアメリカという国は野蛮で好きになれないとの感情を普段から強く抱いていた。タオスには芸術家たちの植民地があった。「至る所に悪が蔓延っている。でも、僕は出掛けてみたい――挑戦してみたい」（『書簡集』Ⅳ、p. 151）。1921年から1922年にかけての冬の間、彼はタオスにするか、それとも友人のブルースター夫妻の後を追って、セイロン（Ceylon）に出掛けるかを決め兼ねていた。アールは仏教寺院で勉強していることだろう。彼はとうとう両地方へ出掛けることによって、ジレンマを解決した。つまり、最初にセイロンへ行き、それからアメリカに渡ることにしたのである。

ロレンスはヨーロッパを離れることの重大性と共にその苦しみをとても意識していた（『書簡集』Ⅳ、p. 191）。ヨーロッパを離れることは、ある意味で数々の重要な事柄、つまり社会の進展とか、特に社会に対して何がしかの重大な差異性を作家として示すことができるといったことへの確信を最終的に放棄するに等しかった。「でも、僕は出掛けたい。」彼は仕上げることのできる短編小説をすべててきぱきと完成させ、カーティス・ブラウン（Curtis Brown）に郵送した。こうした突発的な作業から、『無意識の幻想』の最終稿を始め、短編集『イングランドよ、僕のイングランドよ』（*England, My England*）、そして『狐』（*The Fox*）、『てんとう虫』（*The Ladybird*）、『大尉の人形』などの一群の中編小説が生まれたのである。

ロレンスは旅立つにあたり、ヨーロッパでの仕事をすべて片づけた。36才と6ヵ月の彼はまあまあ成功した作家になってはいたが、文壇には全く幻滅を感じていて、これまでずっと描いてきたヨーロッパ以外の場所での体験をしきりに求めていた。彼にとって、創作とは場所に対する感覚、つまり、ある特定の場所が自分にもたらしてくれるものやそこでの暮らしぶり、更にはその場所とそこで暮らす人間の生活との象徴的な関わりなどといったことに対する感覚と必然的に結び付いていた。ロレンスは旅をするのが目的ではなく、創作するために、つまり、1人の作家として充実した暮らしのできる場所を探すためにヨーロッパを去ろうとしていた。だが、彼はまた自分の暮らしたいと思う場所、自分の複雑な性質や欲求に応じた生き方のできる場所が見つかるかどうかを確かめてもみたかった。1922年2月26日に、彼はフリーダと共にヨーロッパからセイロンへ向けて出航した。それは2人にとって、紛れもなく象徴的とも言える移動だったのである。

第6節　世界（セイロン、オーストラリア、アメリカ、メキシコ、ヨーロッパ、アメリカ）を巡り、帰国　1922年－1924年

Ⅰ.

だが、セイロン（Ceylon）への旅とセイロンという国は、ロレンスのその後の創作にあってほとんど何の役割も果たさなかった。ロレンスとフリーダは旅が好きだった。旅の途上で書かれた手紙の中で、最も素晴らしい手紙の1つにエジプトからスエズ運河（Suez Canal）にかけての船旅を扱ったものがある（『書簡集』（*Letters*）Ⅳ、pp. 208－12）。2人は船中で何人かのオーストラリア人と知り合いになったが、職業作家としてのロレンスは仕事に熱中して、今回はイタリア作家のジョヴァンニ・ヴェルガ（Giovanni Verga,

1840－1922）の短編小説『マストロ＝ドン・ジェスアルド』（*Mastro-Don Gesualdo*）の翻訳をして過ごした。セイロンに着くや否や、2人はペラヘラ（Pera-Hera）の祭りを見物した。折りしも、英国皇太子のエドワード（Edward Prince of Wales, 1894－1972）がカンディ（Kandy）を訪れていて、夜には踊り子や族長や象の行列が行なわれた。それは何時までも記憶に残る素晴らしい行事だった。ロレンスはその夜のことを「象」（“Elephant”）という詩を始めとして、数多くの手紙の中で描いている。

だが、カンディは「見物するには素晴らしい」場所だったが、ロレンスとフリーダは「火のガラス鐘のような、頭上の牢獄のような恐るべき太陽」（『書簡集』Ⅳ、p. 214, p. 227）や、絶えざる不安に打ちのめされた。ブルースター夫妻（the Brewsters）のバンガローは森のすぐ近くにあったが、ロレンスはあいにくそこを「密集した熱帯林の息苦しさ」（『書簡集』Ⅳ、p. 225）と「鳥やその他のいろいろな生き物が立てる恐るべき音」（『書簡集』Ⅳ、p. 225）に満ちた場所だと述べている。2人はよく眠れず、ブルースター夫妻は親切にあれこれ面倒を見てくれたが、ずっと居心地が悪く、場違いな感じを抱いていた（『書簡集』Ⅳ、p. 216）。また彼は早くに風邪を引き、セイロンに滞在中、ずっと体の具合が悪かった。このようなことがあったために彼の様々な反応が偏見に満ちたものとなったことは確かである。「僕は色の黒い愚かな国民や、彼らが何億と群れ集うことや、吐き気を催させるような小さな仏教寺院などが好きになれなかった」。彼はヴェルガの短編小説の翻訳をどんどん進めていたが、（詩作を別にすれば）それは創造的な仕事と言えるものではなく、新たな場所におけるきわめて異常とも思える作業だった。「セイロンで仕事をしようなどとは思わない」（『書簡集』Ⅳ、p. 221, p. 217）と彼は述べている。かくしてセイロンは、旅をしながら金を稼いでいるロレンスにとって、高い旅費を払って逗留する場所でなかったことだけは確かである。6週間だけ滞在した後に2人は別の場所へと移って行った――だが、アメリカに向けてではなかった。2人は最初、オーストラリアへ向かった。それというのも、特にこれといった期待はしていなかったにもかかわらず、コロンボ（Colombo）に向かう船上で知り合った知人の招待に応じるためだった。「いったん出発したからには、旅を続けるべきだろう」（『書簡集』Ⅳ、p. 220）。今や、とも綱を解かれたロレンスは気の赴くままに旅をすることになった。

1922年5月4日に、2人はパース（Perth）に上陸したが、次のシドニー（Sydney）行きの船に乗るまでの2週間ばかりを西オーストラリア（Western Australia）で過ごした。セイロンから来たこともあり、晩秋のオーストラリアの佇まいにかなりの安らぎを感じたが、友人のもてなしには少々圧倒された。「素晴らしく澄んだ空気と爽やかで高い空」（『書簡集』Ⅳ、p. 235）。西オーストラリアで最も素晴らしい光景は叢林だった。それは「神々しくて果てしなく、何の物音もせず、静寂そのもので.... どこか夢に似たところがあって、未だに昼間を知らないでいる黄昏の森」（『書簡集』Ⅳ、p. 238）だった。セイロンの騒々しい森とこれほど対照的な場所も珍しかったであろう。ロレンスにとって最も大事なことは、作家のモリー・スキナー（Mollie Skinner, 1878－1955）に会うことだった。翌年、彼が『叢林の少年』（*The Boy in the Bush*）という題名で仕上げることになる元々の原稿は彼女の書いたものだった。

ロレンスとフリーダは切符の都合でシドニーまで行ったが、5月18日にはそこを離れた。フリーダがどこか他の場所に何ヵ月間か滞在したがっているようだったので、ロレンスは創作に適した素晴らしい場所かどうかを確かめる目的で、ニューサウスウェールズ（New South Wales）へ出掛けることにした。シドニーで暮らすにはあまりにも物価が高過ぎたのだ。彼らは海岸線を40マイルほど下り、サーロウル（Thirroul）に行き、「太平洋に面した庭のある」（『書簡集』Ⅳ、p. 253）バンガローを1ヵ月間借りた。知り合いは誰もおらず、イタリアで暮らしていた時の隣人とは違って、ここの隣人は打ち解けようともしなかったので、それが却って彼らを気楽な気分にさせた。予感はしていたものの、ロレンスは小説に着手すると、昼間に少し休みを取るだけで、6週間にわたって1日に3000語以上も書き続けた。セイロンは確かに素晴らしい場所ではあったが、創作には全く適さなかった。2人はオーストラリアにあまり期待をかけていなかったものの、この地でロレンスはがむしゃらに創作に励んだ。

『カンガルー』（*Kangaroo*）は結局のところ、旅の途上における一ヨーロッパ人の成長記録である。ロレンスの関心の的となるのは、いつもヨーロッパ人の遭遇する問題だった（社会がどのように変わり得るか、その支配者は誰か、そして個人はその結婚生活にあってどのようにして自分というものを失わずにいられるかといった問題などである）。そして、わかりやすく理解できるように図式的な文脈でそれらを探求したのである。社会主義は政治的にみて権威主義に、そして愛は個人の孤立ということにそれぞれ対置されよう。そうした問題は他の小説にみると同じように、作り事として生き延びる（そして壊される）ことになろう。作中人物のカンガルー（Kangaroo）こと、弁護士のベン・クーリー（Ben Cooley）は愛の思想の代弁者ではあっても、ボール紙で出来上がったような架空の人間などではない。リチャード・ラヴァト・サマーズ（Richard Lovatt Somers）への彼の様々な訴え掛けや感激性、それに爽やかな弁舌などは、生涯のある時期にあってそうしたものに深く関与した者――や作家――だけが創り上げる（または壊す）ことのできるものである。まさにそうした意味で、ロレンスは自分でもよく承知していた犠牲を払って、自らの過去に起きた様々な問題を再度取り上げては、また退けていた。やがて主人公のサマーズは、過去というものは「腐敗した肉体に過ぎず.... 僕ら自身を始め、言語や愛や意味を混乱させ、枯死させる」（『カンガルー』、p. 333）だけだという気持ちを抱くようになる。これは1人の作家にとって、かなり気の滅入るような結論ではある。イタリアで目撃した社会主義者や国粋主義者、またイーストウッド（Eastwood）時代から表明してきた社会主義に関する様々な思想などが作品の中で再現され、人の心に付きまとうオーストラリアという新旧入り交じった世界にそれらが配置されることで、あらゆる争点がより明確化したように思われる。サマーズとハリエット（Harriett）の結婚生活は、『アーロンの杖』（*Aaron's Rod*）でのタニー（Tanny）とリリー（Lilly）のそれに比べて愛情によって保証されているわけではない。愛情や主権争いや友情などの可能性の内にあって、それは絶えず流動的に存在しているのである。

『カンガルー』という作品を通じて、小人物のサマーズはあらゆる方向に引き裂かれるが、最後には――愛情や結婚生活や人間そのものに根を置く昔ながらの考えとともに、過去に対する様々な要求を主張するにもかかわらず――結婚生活を送る中にも個人主義の孤独な立場に立って、一体、人間とは何かという重要な観点から未開世界への信仰を打ち出すようになる。オーストラリアはこのような考え方を身につけるに絶好の場所だった。「人間世界とは無縁の青く滑らかなオーストラリアの空。書き記されたことなどないといった青白い雰囲気のオーストラリア。まさに白紙状態だ。その世界は1枚の新しい葉だ.... 何の印もなく、何の記録もない」(『カンガルー』、p. 332)。ロレンスにとって、オーストラリアは魅力的な場所だった。「好戦的な精神が残存していなければ、僕はそこに留まったことだろう」(『書簡集』Ⅳ、p. 275)。

オーストラリアにあってロレンスは物を考えたり、観察したり、また執筆したりすること意外にほとんど何もしなかったようである。だが、その小説は現実に1つの達成であるとともに、その国に対する重要な現代的理解の1つとも言えよう。しかし、その作品の完成の目途が立つや否や、2人はその地を去るために切符を買った。彼は原稿を仕上げると、アメリカの出版代理人であるマウンツィア(Mountsier)にそれを郵送した。フリーダの43才の誕生日である1922年8月11日に、彼らはサンフランシスコ(San Francisco)に向けて出航した。ロレンスが北アメリカの産業中心地区になかなか辿り着けないほどにいろいろな仕事を手掛けていたせよ、もはやこれ以上アメリカ行を延ばすわけにはいかなかったのだろう。

Ⅱ.

ロレンスとフリーダはアメリカへ行く途中、太平洋の多くの島々ばかりでなく、ニュージーランド(New Zealand)にも少し立ち寄った。そして1922年9月4日にサンフランシスコへ上陸した。ロレンスにとって、その街は騒々しく物価も高かった。2人は列車でまずサンタフェ(Santa Fe)まで行って、そこからラミー(Lamy)連絡駅へと向かった。その連絡駅で、2人はメイベル・スターン(Mabel Sterne)の出迎えを受け、車でタオス(Taos)へと連れて行かれ、レンガ造りの新しい家を紹介された。

今や、ロレンスはこれまでずっと頭の中で考えてきたアメリカを真に体験できることとなった。誰もが彼にはことのほか親切だった。サンタフェでは詩人のウィター・ビナー(Witter Bynner, 1881－1968)やジャーナリストのウィラード・ジョンソン(Willard Johnson, 1897－1968)と出会った。タオスでロレンスとフリーダは大いに好感の持てる2人のデンマーク人の画家、カイ・ゴーッツェ(Kai Götzsche、1886年生まれ)とクヌド・メリル(Knud Merrild, 1894－1954)に出会った。メイベル・スターンの恋人、トニー・ルーハン(Tony Luhan、1963年死亡)はインディアンで、一緒に暮らすにはとても気難しい人物だったが、メイベルは新たな来客に愉快な時間を過ごしてもらおうといろいろもてなしてくれた。他のどの場所にもまして、そこは喩えようもなく素晴らしかった。ロレンスは6年後に書き上げることになるニューメキシコ(New Mexico)についてのエッセイでその場所を実によく評価している。「僕はこれまでの海外生活での最大の体験がニューメキシコだったと思う.... サンタフェの砂漠の空高くに、朝日が誇り高くきらきら輝くのを見た瞬間、何かが僕の魂の中で静かに立ち上がったので、それに耳を傾けた。」「砂漠という偉大な誇りに足る世界で」暮らしている人は、「そこがどれほど素晴らしく、また日光の力がどれほど純粋で、申し分のないものかを痛いほどによくわかっていることだろう」(『フェニックス』(*Phoenix*)、pp. 142－43)とも彼は書いている。そこは彼にとってまさに新たなる世界であり、タオスやそこの指定居住地に住むアメリカインディアン(Red Indians)にみる古代世界の宗教儀式を始めとして、タオス到着後わずか3日目にメイベルに案内されたアリゾナ(Arizona)のインディアン・ダンスなども初めて目にしたのである。

ロレンスは残していた仕事をやっと続けられるようになった。彼は『カンガルー』に新たな1章を付け加え、全体を手直しするとともに何編かの詩やエッセイ、それにニューメキシコに関する雑文を書いた。だが最も重要なこととして、彼はアメリカ文学について以前に書き上げたエッセイを再び取り上げ、特に北米人の筆致を思わせるこれまでにない力強い文体で徹底的に手直し始めたのである。それはアメリカというものを相手取った最初の仕事だった。それはアメリカとの新たなる関わりの徴しだった。イーストウッド時代の旧友であるサリー・ホプキン（Sallie Hopkin）が亡くなったことで痛切にイングランドのことが頭に浮かんだが、それにしても彼が最初にそのエッセイを執筆していた国は遥か遠くに退いたように思われた。サリーの死を聞かされた時、彼は愛情に満ちた感動的な手紙を彼女のもとに送った（『書簡集』Ⅳ、p. 327）。そして母親の死とサリー・ホプキンの死を結び付けて書いた、「イングランドは僕にとって死に満ちているようだ」というその手紙の最後の文句をヒントにして、1編の詩「西方に呼び出された幽霊」（"Spirits Summoned West"）を生んだのである。

だが、メイベルとのタオスでの生活にはそれなりの不都合なこともあった。アメリカの高地の砂漠にはいろいろな蛇が棲息していた。ロレンスをニューメキシコへ誘った後に、メイベルは自分のことについて何か書いてもらいたがったり、自分の小説に関して忠告を欲しがったり、また彼のことを自慢したがったり、何時間も話をしたがったり、ひいては自分の様々なプランや考えを認めてもらいたがったりした。彼は6週間後に、自分の出版代理人に次のように告白している。「何時までもメイベル・スターンの言いなりになって、ここに居続けることは耐えられない。」2人はタオスを出て、まさに自立した生活の営めそうな近隣のロボ山（Lobo mountain）の農場に移ることで問題を解決した（『書簡集』Ⅳ、p. 330、p. 333）。その農場の仲間として、2人のデンマーク人の画家と一緒に（冬場に標高8000フィートの農場では是非とも必要な仲間である）、春まで過ごした。ロレンスはそこで再び仕事に励んだ。アメリカに関するエッセイの手直しを終え、最後に「ロボ」（"Lobo"）と誇らしく書き付けた。また、ヴェルガの翻訳を多少なりとも訂正したり、詩も数多く作り、それらをまとめては手直ししたりした。それらの詩は、1923年に『鳥と獣と花』（*Birds, Beasts and Flowers*）という題名の詩集に収められて出版されることになった。アメリカの出版者であるセルツァー（Seltzer）とマウンツィアが12月になって訪れてきた。マウンツィアはタオスに滞在し続けていたが、ロレンスとの関係はますます緊張を孕んだものとなっていった。マウンツィアは『アーロンの杖』を好まなかったし、『カンガルー』にも気乗りではなかった。ロレンスとしては特に北アメリカでの出版と収入に関して、セルツァーの方に多く依存してきたことから、マウンツィアは出版代理人としてやっかいな存在になった。彼はとうとう1923年2月にマウンツィアとの関わりを断ち、アメリカでの仕事を（英国での仕事と同様に）カーティス・ブラウン出版代理店（Curtis Brown agency）に委ねることにした。

アメリカでの最初の6ヵ月も終わりに差し掛かった春頃になって、ロレンスはメキシコへ行く決心をした。彼はアメリカで小説を書くことをずっと考えていたが、（メイベルの小説の手助けが不首尾に終わったことは別として）これといった良い考えが浮かんだわけではなかった。小説の舞台は必然的にアメリカからメキシコへと移ることになった。2人は3月にメキシコへ旅をした。そしてメキシコで、以前からそこへ行くようにと勧めていたビナーとジョンソンに出会った。メキシコ市（Mexico City）に1ヵ月滞在した後、いろいろと辺鄙な場所を訪れた一行はチャパラ（Chapala）へと移った。その前にチャパラへ1人で出掛けていたロレンスは、そこが皆にとって暮らすのに最適の場所だとして、他の3人に電報を打っていた。「チャパラは天国だ。夕方の汽車で来たれ」（『書簡集』Ⅳ、p. 435)。ガルダ湖畔で『息子と恋人』（*Sons and Lovers*）を書き上げたように、彼はこのチャパラ湖畔で1冊の小説に取り組むことができた。フィアスケリーノ（Fiascherino）の海の近くで『姉妹』（*The Sisters*）を、コーンウォール（Cornwall）の海を見下ろす絶壁の平原で『恋する女たち』（*Women in Love*）を、タオルミーナ（Taormina）の海を見渡しながら『ロストガール』（*The Lost Girl*）と『ミスター・ヌーン』（*Mr Noon*）を、そしてオーストラリアの海の近くで『カンガルー』をそれぞれ書き上げた時のように、見晴らしの良い高台で暮らし、創作に励むといった習慣を生涯にわたって保持したのである（ワーゼン（Worthen）1991年、p. 460)。当時、手掛けていた小説は『ケツァルコアトル』（*Quetzalcoatl*）と呼ばれる『翼ある蛇』（*The Plumed Serpent*）の第1草稿だった。「この作品は僕の他のどの小説にもまして興味深く、重要であるように思える。これはアメリカを扱った僕の本当の小説だ」（『書簡集』Ⅳ、p. 457)。それは本物の幻想小説とも言えるもので、その中でメキシコを訪ねる1人の英国女性が直接、新たな社会組織の設立と関連のある宗教革命を体験する。それはつまるところキリスト教的文脈を逃れ、それに取って代わる未開人の信仰体系とも言える古代メキシコ宗教の復活を扱っている。従って、その小説は『カンガルー』という作品が到達した個人と社会に対する絶望的状況に応えようとしたものだと言えよう。小説を書くにあたってロレンスに特徴的なことは、それ以前の小説で扱った問題が再び取り上げられることだった。だが、彼は自分の書いているものが第1草稿に過ぎないことも心得ていた。手掛けている小説を出版する前に書き直さねばならなくなったのは、1914年来のことだった。しかし、彼は今やそうした贅沢を楽しむことができた。セルツァーは次々と本を出版して、（1914年以来初めて）かなりの収益を得ていたことから、手直しや再考にかなりの時間を割くという贅沢がロレンスには許されたのである。

Ⅲ.

ロレンスがチャパラで『ケツァルコアトル』を仕上げたのは6月末のことである。やっと一息つくことができた。彼はフリーダと共にアメリカに再入国し、ニューヨーク（New York）まで時間をかけて旅をした。ニューヨークではセルツァーがヨーロッパに戻るまでの2人の棲家を見つけてくれていた（ロレンスは校正にしっかり目を通すことができた)。2人ともやがてはタオスの農場に戻りたがったが、標高のある所でもう一冬過ごす気には到底なれなかった。フリーダは2年近くもドイツにいる家族と会っていなかったこともあって、実家に戻りたがっていた。息子のモンティー（Monty）と娘のエルザ（Elsa）はともに21才になっていたので、母親に会う決心はついていたのだろう。ミドルトン・マリ（Middleton Murry）もイングランドで新たな雑誌（『アデルフィ』（*Adelphi*））を発刊していて、ロレンスの寄稿と援助を必要としていた。

だが、船に乗る2週間前にロレンスはその出航を見合わせた。2人は相手を負傷させるほどの激しい喧嘩をし、とうとう個別の行動をとる結果になったからである。つまり、フリーダはロンドンへ（そしてその後、ドイツへ）行くことになり、ロレンスの方はシカゴ（Chicago）からウェストコースト（West Coast）へとアメリカを縦断し、最後にはメキシコに落ち着くこととなった。彼はフリーダがドイツに戻りたがっていることや、「ウィークリーの子供たちを.... 追いかけようとしていること（「自分には耐えられない」と感じていた）」で、彼女をことごとく責め立てたようである。そのような事態に立ち至ったことで、彼も「イングランドや郷里や友人達」のことはもとより、こよなく愛したフォンターナ・ヴェッキア（Fontana Vecchia）のことすらも考える気にならなかったのだろう。彼は「自分達の愛した旧世界」（今やこのように過去形で表現されるようになった）と「自分には何の意味もない」新世界との間で引き裂かれた感じだった。リチャード・ラヴァト・サマーズが置かれていた状況はまさに現実のものとなった。ヨーロッパに戻るというだけでは事態の解決にはならなかった。

ロレンスにとって、数ヵ月に及ぶかなり悲惨な旅が続いた。そのうちのある時期、デンマーク人の画家達と再び一緒になった。ある点で、彼は「生存の淵をさ迷っているかのような」（『書簡集』Ⅳ、p. 507）気がしていた。何よりフリーダには何時にでも戻って来て欲しかった。だが、彼女は戻って来なかった。（2人の関係について次の思索段階に移ることで）ロレンスがうまく書き上げた作品は、オーストラリアを舞台にしたモリー・スキナーの小説を書き改めたものだった。彼は徐々に原作を『叢林の少年』へと改作し、様々な絆や義務を拒み、自分の思う通りの生き方をすることで、独自の道を歩もうとする主人公を描き出した。ジャック（Jack）は結婚するものの、妻が2人必要とあれば、それらを所有すべきだと感じているし、妻の方は「彼ならやりかねないと思っているので、心の片隅でサソリのように彼のことを憎んでいる」（『叢林の少年』、p. 334）。ジャックはまた自分が何人もの妻や家畜や土地を所有する族長のような存在に変貌する幻想を抱く。モリー・スキナーは改作に驚き、傷ついたが、当時のロレンスにとって、それは本当に書きたかったことであり、自分の考えを推し進める上で是非とも必要なことだったのである。

結局、ロレンスは11月をメキシコでカイ・ゴーッツェと過ごすことで、その小説を仕上げるとともに、自分の結婚生活も終わりに近いという気持ちを抱いていた。彼はフリーダに手紙を書き、「君が望むなら、定期的に収入が入るように手配しよう」（『書簡集』Ⅳ、p. 529）と申し出た。だが、フリーダは他の友人達と同じように、彼に戻ってくるようにと言い続けた。何ヵ月間にもわたる1人旅もあまり満足の行くものではないようだった。3ヵ月近くにわたって1人旅をした後、彼は気乗りしないまま11月21日にイングランドへ戻って行った。「僕が思うに、それは果てしなく、勝目のない闘いにおける次の行動だった」（『書簡集』Ⅳ、p. 541）。彼は創作と生活に必死に取り組むことを人生の原則としていた。だが、今度は2人でまた旅が続けられるかどうかを確かめたかった。過去との絆を断ち切ることなど簡単にできるわけはなかった。とにかく彼はゴーッツェとヴェラクルス（Vera Cruz）から出航することにした。未完の小説「飛魚」（“The Flying-Fish”）の中に、船首から飛魚やイルカを眺めるという航海中の体験が再現されている。彼が迅速に動き回る魚に見たものは、未開世界の魅惑的な活動力に他ならなかった。

この上ない喜びだ——人間はこうした喜びを失くしてしまった。いや、それを達成したことなど一度もなかったのだ。この世の最もすぐれた運動家達でさえ、それらの魚の前では木の上の梟だ。人間の連帯的な愛も、海の中で調和を保ちながらくるくると動き回るイルカにとっては何の意味もない。それらの魚の喜びを知るのは素晴らしいことだろう。深い海の生活は私達のそれより勝っている。そこにはこの上ない連帯感と喜びがある。私達はそれを手に入れることができないでいるのだ——（『セント・モア』（*St. Mawr*）、pp. 221－22）

Ⅳ.

イングランドほどそれまで暮らしてきた国々と対照的な国はなかったであろう。4年ぶりに戻ったロレンスの最初の反応は「ロンドンを忌み嫌い、憎悪し、まるで罠にかかった動物のような気持ちだった」（『書簡集』Ⅳ、p. 542）。彼は風邪を引き、寝込むことになった。「僕はもうこれ以上この国にいたくない。前世の死者に混じって生きているような気がする」（『書簡集』Ⅳ、p. 545）。彼はマリの『アデルフィ』誌に数編のエッセイ（マリにとってはあまりにも痛烈なものに思えた「帰国することについて」（“On Coming Home”）と題する辛辣なエッセイを含む）を書き送り、新年の数日間、郷里であるミッドランド（the Midlands）の家族に会いに出掛けた。だが、それも無事済ませるや否や、夏にはタオスの農場に戻る計画を立てた。今度は永遠にイングランドを離れることになるという強い気持ちが彼にはあった。だが、イングランドを離れるとすれば、誰か同行してくれる人が必要だった。10年間にわたってあれこれ考え、やっと自分の居場所を見つけ出したことを人々に訴える時期が来ていた。稼ぎは少なくとも、充実した生活を送っている人達と一緒に暮らそうと考えていた。とりわけ、嫌悪を催す産業世界からかけ離れた場所で暮らすことになろう。従って、ロンドン時代の友人達であるキャサリン・カーズウェル（Catherine Carswell）とその夫のドナルド・カーズウェル（Donald Carswell, 1882－1940）、メアリー・カナン（Mary Cannan, 1867－1950）、マリ、コテリアンスキー（Koteliansky）、それに2人の画家、ドロシー・ブレット（Drothy Brett）とマーク・ガートラー（Mark Gertler）らをカフェ・ロイヤル（Café Royal）の夕食会に招いて、ニューメキシコで一緒に暮らせる者がいるかどうかを尋ねた。いろいろと言い訳や理由が述べられた。ドロシー・ブレットだけが、それに賛成した。マリはロレンスへの友情や愛情をよく口にし、参加したい旨を述べたが、それは本心ではなかった。実のところマリがドロシー・ブレットとの関係（ロレンスはそのことに気づかなかった）を清算したことを知ったフリーダは、ロレンスがイングランドに戻って来る前にマリを招いて、自分の恋人になってくれるように求めていた。マリが4人一組のグループを作るのに反対したのは、そうした深い感情的な理由によるものだった。彼は5月に再婚するつもりでいたのだろう。コテリアンスキーはロレンスに愛と賞賛の言葉を投げ掛けたが、何かを言い終える度にグラスを叩き割った。だが、彼は今や自分の郷里となったロンドンを離れる気などしなかっただろう。ロレンスは悪酔いして、飲んだものをテーブルクロスの上に戻した。夕食会は完全な失敗に終わった。だが結果的に、ブレットがロレンスやフリーダと一緒に農場に戻ることになろうとは、おそらく誰にも予想がつかなかった。ブレットはこれまでマリに捧げていた愛情をロレンスに向けることになるのだが、彼女は驚くほど自立した女性で、絵も描けば、タイプも打ち、（ロレンスの望んだように）フリーダの話し相手になるばかりか、ロレンス夫妻の引き立て役としても振る舞ったようである。耳の聞こえないこと（「トビー」（“Toby”）と呼ばれる補聴器を付けていた）が、彼女にとって決して不便とはならなかった。2人は彼女が本当に耳が悪いのかどうかを確かめたかったことだろう。

ロレンスとフリーダはロンドンで新年を過ごした。フリーダの母親に会いに2人でドイツへ出掛ける前に、ロレンスは雑誌の記事を書いたり、短編小説に取り組み始めていた——マリは「ジミーと追いつめられた女」（“Jimmy and the Desperate Woman”）、「最後の笑い」（“The Last Laugh”）、「国境線」（“The Border Line”）などで滑稽な人物として描かれることになった。2人はまたパリに少し滞在したが、ロレンスはそこで「若い社会主義者達（*Young Socialists*）の奇妙な一団」と一緒に、古い価値観の打倒と破壊のための新たなる運動に関するきわめて予言的なエッセイ「ドイツからの手紙」（“Letter from Germany”）を書いた。ドイツは「中世ヨーロッパの幽霊の方へ疾走している」（『フェニックス』（*Phoenix*）、pp. 109－10）国だった。ドロシー・ブレットと彼女の絵の道具を引き取るためにロンドンへ少し立ち寄ってから、1924年3月5日に、皆でアメリカへ向けて出航した。

数ヵ月にわたり何の音沙汰もない状態が続いていたことから、ロレンスは気を揉み始めていたが、ニューヨークではトマス・セルツァーが2人を出迎え、いつものように親切に応対してくれた。だが、彼の会社が深刻な危機に陥っているのは隠せなかった。事実、アメリカでのロレンスの印税の大半を踏み倒したまますぐにも倒産しそうな気配だった。しかし、それはまだ数ヵ月先のことだった。2週間にわたって、雪の日と晴れた日が交互に続いた後で、2人は列車に乗って南へ行き、タオスのメイベルのもとで再度暮らすことになった。とにかく今回はブレットが一緒なので人間関係に変化が生じた。ロレンスは「インディアンと娯楽」（“Indians and Entertainment”）や「発芽のコーン・ダンス」（“The Dance of the Sprouting Corn”）といったエッセイに取り組んだ。2作ともとても重要なインディアン文化を扱うのが狙いで、結局は小説で取り上げたくなるようなテーマを真剣に論じていた。

だが、今回は比較的平穏な日々が少し続いた後に、メイベル——前年にトニー（Tony）と結婚していたことから、今ではメイベル・ルーハン（Mabel Luhan）と名乗っていた——は、ロレンス達が以前にデンマーク人達と一緒に住んでいたデルモンテ（Del Monte）農場から更に2マイルほど登った所にあるロボ山（Lobo）の農場をフリーダに与えたので、彼らはそこに戻る計画を立て始めた。贈り物を強要されるのが嫌いなロレンスはメイベルに何かお返しをすることに決め、『息子と恋人』の原稿を送ってくれるようにとヨーロッパに手紙を書いた。そしてその原稿をお礼としてメイベルに与えた。それは2人が受け取ったものに比べてはるかに価値のある返礼だった。建物に関しては、住めるように多少なりとも手を入れてから、彼らは夏を過ごすために3つの小屋のあるその農場へ5月5日に移って行った。ロレンス夫妻が1つの小屋を専有し、ブレットはすぐ近くにある小さな方の小屋を使うことになった。

この農場のおかげで、ロレンスは（少しの間であれ）これまでになく創造的で、充実した夏が送れたことだろう。そこで、彼の農場生活に目をやり、そこでの孤立した生活から小説がどのように生まれたのかを次章の前半で少々考察してみよう。

第7節　農場生活とメキシコへの帰還　1924年－1925年

Ⅰ.

5月から6月にかけての5週間にわたり、農場を修復し、再建する仕事が続いた。3つの大きな小屋が修復され、煙突が日干し煉瓦で建て直された。結局、それらの小屋は元通りに修復され、屋根も葺き換えられた。ロレンスは3人のインディアン労働者と1人のメキシコ人大工と一緒に働いた。困難で辛い仕事をロレンスと彼らのどちらが多く手掛けたかについては、両者の間に全く差はなかった。ある暑い日に古いネズミの巣を取り去るために、誰かが口と鼻に濡れたハンカチを当てたまま母屋のブリキ屋根の裏を這い回らねばならなくなった。それをやってのけたのはロレンスだった。ブレット（Brett）にしても、「驚くべきことに、自らきつい仕事を手掛けたのである」（フリーダ・ロレンス（Frieda Lawrence）1935年、p. 137）。メイベル（Mabel）とトニー（Tony）は時々、農場にやって来てはインディアンのように丘の斜面に大きなテントを張って寝た。夜になると皆で食事をし、インディアンたちは唄を歌い、翌日の仕事の計画を立てた。家を再建中、ロレンスは「アメリカのパン神」（"Pan in America"）というエッセイを書き上げたように思われるが、実際にはほとんど何も書いてはいなかった。今やブレットが新たに加わり、人間関係が複雑になったこともあって、ロレンス夫妻とメイベルの間には依然として緊張が続いているようだった。だが、5月中はほとんど口論する暇もなく、日々の仕事に励んだり、数回旅に出掛けたに過ぎなかった。馬でタオスに戻る途中で、メイベルとトニーは皆をアロヨセコ（Arroyo Seco）の洞穴に連れて行った。その翌月、ロレンスはそこを「馬で去った女」（"The Woman Who Rode Away"）の舞台として利用したのである。

だが、1度に7ヵ月以上も滞在したことのない国で、（結局のところ）1924年の夏とその翌年にそれぞれ5ヵ月間過ごすためだけに古びた農場を5週間もかけて再建している間、ロレンスは一体何をしていたのだろう？　彼は職業作家だったが、自分の本はそれほど売れるわけでもなかったので、――次々と創作しては――続々と出版せざるを得なかった。それにしても、その農場はとても辺鄙な所にあって、おまけに冬ともなると、住めるようなところではなかっただろう。

だが、ロレンスとフリーダにとって、自分達の棲家を遂に手に入れたことはこの上もない喜びだった。フリーダは1922年5月にオーストラリアで暮らした時から、農場やそれと似たような場所にずっと住みたがっていたし、ロレンスも1902年から1908年にかけてのハッグズ農場（Haggs farm）での若き日々のことを思い出していた。その農場（最初はロボ（Lobo）で、後になってカイオア（Kiowa）と呼ばれた）にあって、彼らは初めて好きな生き方ができた。他人の恩義を受けたり、家賃を払ったり、借りている家の管理をする必要などなくなった。彼は私有財産を持つことには日頃から強く反対していた。だが、今や2人は1912年以来、訪れてきたすべての場所の中でも最も辺鄙な場所でそれを手に入れたのである。彼はこの地で未知への挑戦として、新たに開拓し、征服してゆかねばならない仕事に打ち込むこととなった。

そこはこれまでになく気が滅入るほどにひどく住み辛い所だったが、最高に素晴らしい場所であることに変わりはなかった。「幸福であることをもはや語る必要はない.... だが、僕は周囲に広大な未開地を所有していたい」(『書簡集』(*Letters*) V、p. 47)。ロレンスはキャサリン・カーズウェル(Catherine Carswell)に手紙を書いたり、マリ(Murry)にもずっと早い時期にそこでの生活がどれほど辛くて、我慢できないものかを知らせていた。どんなものでもそのままにしておくと、動物(特にネズミ)が噛み切って食べてしまい、ひいては人間の棲家をも侵食しかねなかった。例えば、留守にする時、家具などはロープで天井から釣り下げねばならなかった。ネズミは夜になると、「カバのように」(『セント・モア』(*St. Mawr*)、p. 148)、屋根の上で飛び跳ねた。黒いネズミが台所になだれ込んできた。毎日の生活は厳しく、水は泉から汲んでこなければならなかった(翌年、やっとパイプを施設することでその手間が省けるようになった)。また馬を飼育し、木を斧で叩き割らねばならなかった。夕方ともなると、2マイル下った所にあるホーク一家(the Hawk family)のデルモンテ農場(Del Monte ranch)まで馬に乗って行き、ミルクや郵便(時にはバターや卵)をもらって、暗くなる前に戻った。大きな修復工事は終わっていたが、いろいろな棚や食器棚を作ったり、パンを焼いたり、更には馬を捕らえるといった辛い肉体労働が残っていた(『書簡集』V、p. 75)。フリーダは編み物や料理をしたり、バターを作ったり、(1925年には)鶏を飼ったりした。動物はよく病気になった。「ネズミの糞が散らばっていて、野生生物にみる毛を逆立てての格闘は止む気配がなかった」(『セント・モア』、p. 150)。日常必需品をいろいろと供給してくれる最も身近な店は17マイルも下った所にあり、そこまで行くのに半日もかかった。

だが、2人の居場所はことのほか素晴らしかった。「その光景は神々の世界のように何の汚点もなく、淡々としていた。旋回する偉大な光景は豪奢で、人間に干渉されることなく自らの生命を生きていた」(『セント・モア』、p. 146)とロレンスは書いている。1000フィート足下には、砂漠や水晶のようなプエブロ(pueblo)族の集落が見下ろせたし、30マイル離れた所にはリオグランデ・キャニオン(Rio Grande Canyon)の蛇行する道とその彼方の「外海に突き出た氷山のような遠方の山脈」が眺望できた。彼はドイツに居る義理の母親に宛てて次のように書いている。ここでは「野生的で荒々しいもの」(『書簡集』V、p. 63)を感じる。「.... それが本当のアメリカだ。白人達のアメリカなんかではない」(『書簡集』V、p. 63)。他の国とは異なる人間世界を垣間見させてくれたメキシコとはまた違って、カイオア農場は単なる美しさというものを越えた、ほとんど天然のままの自然と共存する生活を彼に提供したのである。「地の霊という点から、ここには絶対に 壊れることのない野性的なものがある」(『書簡集』V、p. 47)。そこは人間がその生活にあって本当に必要とするもの、つまり「先住民の資質」(『書簡集』V、p. 75)に対する強烈な感覚をいつも彼にもたらしてくれた。イングランドを舞台にして始まり、その農場の再現で幕を閉じる『セント・モア』(*St. Mawr*)という短編小説にあって彼が賞賛したのは、まさにこうした他には見られぬ農場の特質だった。彼は6月から8月にかけての夏の間にその作品を書き上げた。それは北アメリカを扱った2作目の短編小説だった。例えば、作中人物のルー(Lou)が初めて「青いバルサム樹、円い丘、そして険しく切り立った山腹」といった背景のある農場を目にする時、その作品が場所に対する彼自身の感情のようなものを表現しているのが何度となく理解できるのである。「一瞬、彼女の心は躍り、そこに引きつけられた.... 彼女は深紅色や金色に輝く開墾地を眺め渡した.... これが場所というものだわと彼女は自分に言い聞かせた」(『セント・モア』、p. 140)。他の何にもまして、カイオアは「日々、周囲の丘や木々」(『書簡集』Ⅴ、p. 79) と共生する機会を提供してくれた。壮観な眺めを人間生活の内にできるだけ取り込もうとするのは、場所というものに対して誰もが抱く1つの理想に他ならない。人間というものは、闘い、働き、疲れ、そして「それらの野生的なロッキー山脈 (Rockies) を背景にして生きるように」(『書簡集』Ⅴ、p. 148)、常に自然の懐の内にあって、単純で気ままな生活を必要としてきたのだろう。

ロレンスはアロヨセコを訪れて以来、おそらく3週間にわたり着想を練ることで、北米人を扱った短編小説である「馬で去った女」とともに、『セント・モア』を書き上げることを予告していた。彼は大急ぎで「馬で去った女」を仕上げ、6月末にタオスのメイベル・ルーハン (Mabel Luhan) に見せた。それらは北米人を扱った最初の2作品だった。驚くべきことに、アメリカに対する危機感、つまりアメリカに対する20世紀の白人意識の崩壊に関して、別の意識への挑戦こそが現代の男女の取り組み得る、また取り組むべき問題だということを両作品ともはっきり示そうとしている。「馬で去った女」は、軽率にもインディアンに会うことを決断し、盲目的に自らを彼らに供する1人の白人女性を描いている。その作品はメイベルとプエブロ・インディアンのトニーとの結婚に際して、ロレンスの感じたことを伝えている。トニーが自分のとった行動のためにプエブロ族から排斥されるのに引き換え、その話に出てくる女性はインディアンの生け贄に供されるのである。その作品はまさにロレンスの感じたように、白人文明に対するインディアンの反感、つまり彼らが白人文明をどれほど憎み、できることならその壊滅をさえ望んでいることをはっきりと示している。だが、彼らのおかげでロレンスは白色人種に欠けているものを思い起こすことができた。しかし、その作品での両文化の対立の扱い方に関して言えば、『セント・モア』と同じく、全く釈然としないものが感じられるのである。

7月にエドワード・モーガン・フォースター (Edward Morgan Forster) から『インドへの道』(*A Passage to India*) を送られたことで、ロレンスは自分以外にも、ヨーロッパ生まれの作中人物達を異国の世界になんとか直面させようと目論んでいる作家のいることがわかった (『書簡集』Ⅴ、p. 77)。だが、今は静かな日々を送ることができた。そして『セント・モア』は夏の間ずっと書き続けられ、とうとう8月の半ば頃に完成した。彼はすっかり疲れ果てたが、それを「とても素晴らしい作品」(“a corker”) (『書簡集』Ⅴ、p. 91) だと断言した。

だが、8月初旬に不安な瞬間が訪れた。数ヵ月にわたって、ロレンスは健康に暮らしていたが、その農場は標高8600フィートの所にあり、風邪を引いたことも手伝って、8月2日頃に喀血した。(18ヵ月後に自分でも認めたように) 彼は実際、気管支からの出血に苦しんでいた。フリーダが医者を農場に呼んだことに彼は腹を立てたが、医者の診断によればそれはちょっとした気管支障害だということで、芥子で簡単な手当てが施された。この処置は少しの間効き目があったようである。だが、おそらくその喀血はいろいろな点で人生最後の5年間を左右することになる結核の最初の徴候だったのだろう。

ロレンスは差し当たり『セント・モア』を数日で仕上げたが、メイベルやトニーと一緒に (ブレットは参加していない) サンタフェ (Santa Fe) を始め、ホピ・インディアンのスネーク・ダンス (Hopi Indian’s Snake Dance) の見物にホテヴィラ (Hotevilla) を訪れるだけの元気は残っていた。スネーク・ダンスについて書かれた彼の様々な反応は2つの作品の中で見事に描き出されている。そのうちの1編はダンスを見てから4日間で書かれた「スネーク・ダンスから帰ったばかりで — 疲れ果てて 」（"Just Back from the Snake Dance— Tired Out"）と題するもので、メイベル・ルーハンをすっかりうんざりさせることになった――「このように描かれる位なら、彼をスネーク・ダンスに連れていかなかったものを」（ルーハン（Luhan）、1934年、p. 268）――が、そのダンスは実際、白人向けのささやかな見世物となっているのである。「南西部はアメリカの白人にとって素晴らしい遊園地である」（『書簡集』、1932年、p. 609）。今1編は、そのダンスを見てから8日間で書き上げられた「ホピ・スネーク・ダンス」（"The Hopi Snake Dance"）と題するもので、アメリカに関するロレンスのすべての作品の中で最も深みのあるものの1つである。ロレンスにみる嘲笑的で、風刺的かつ思想的な側面をこれら2編のエッセイほどよく示しているものはないだろう。

ロレンスとフリーダは冬の間その農場を去ることにしたので、そこで過ごすのは残り1ヵ月となった。ロレンスは『ケツァルコアトル』（*Quetzalcoatl*）の最終稿を書き上げるためにメキシコへ戻ることを前から考えていた。それから突然、予想だにしていなかったニュースがイングランドから飛び込んできた。父親がロレンスの39才の誕生日の前日、78才で急死したのである。1910年の秋を通じて母親が死の床に横たわっていたのをはっきりと思い浮かべながら、「半ば死に掛っている状態でいる位ならいっそ死んだ方がましだ」と彼は姉のエミリー（Emily）に宛てて手紙を出していた。「だが、死は人の気持ちを動転させる。奇妙な断絶を生むのだ」（『書簡集』Ⅴ、p. 124）。彼は3週間後に書いたマリへの手紙の中で、死というものを秋の到来と結び付けて、更に哀しみを帯びた調子で次のように述べている。「今、ここはとても美しい。山上のアスペンの木々は黄金の羊毛のようだ.... 僕の父親が9月10日に亡くなったことは伝えましたか.... 秋になると辺りが一斉に色づくために、いつも嫌な気分になるのです」（『書簡集』Ⅴ、p. 143）。辺りを一斉に色づかせる秋はまた彼の頭の中では、母親が死の床に横たわっていた1910年の秋と結び付いていた。

ロレンスはその年の夏の主要な作品群を完成させるために、かなり重要な短編小説を1編書き上げた。それは「プリンセス」（"The Princess"）という題名の作品で、アメリカ南西部の探訪に出掛けた1人の白人女性が、そこでの体験に際して持ち前の気の弱さに激しく挑もうとする様子を描いている。もっともその主人公がいかなる意味においてもブレットをモデルとしていないにせよ、彼女と知り会わなかったならばその作品は生まれなかったであろう。

ロレンスはその年の夏を創作から比較的遠ざかっていた季節として振り返っているが、少々不気味なことに、多くの点で異常なまでに創造的だった。彼は1913年以来ずっと問い掛けてきた問題に見事に答えたのである。少なくとも、その年の夏は自分が暮らすに相応しい場所を発見した。だが、今やそこを離れる時が来たのである。10月11日に、彼はブレットやフリーダと一緒にタオスに行き、10月23日までにメキシコ市（Mexico City）に入っていた。

Ⅱ.

ロレンスが『ケツァルコアトル』を書き直すためにメキシコに滞在する必要を感じたのは重要である。『カンガルー』（*Kangaroo*）の新たな最終章や『叢林の少年』（*The Boy in the Bush*）のある個所を書き上げるにあたってオーストラリアに滞在する必要など感じなかったし、また現にイングランド以外の場所で、『息子と恋人』（*Sons and Lovers*）、『ロストガール』（*The Lost Girl*）、『アーロンの杖』（*Aaron's Rod*）、『ミスター・ヌーン』（*Mr Noon*）などを仕上げてきたのである。だが、『翼ある蛇』（*The Plumed Serpent*）には――今やそうなるように――特にある種の社会的雰囲気や格好の作中人物たちが投入される予定だった。そのためにメキシコを日々、直に体験する必要があったのである。だが、彼はチャパラには戻らなかった。何処か観光化していない、もっと自然な場所が必要だと彼は述べている（『書簡集』Ⅴ、p. 163）。結局、イギリスの副領事が、弟――牧師のエドワード・リカーズ（Edward Rickards, 1879－1941）――の居住地でもある、「申し分のない気候」の「とても素晴らしい街」だとして勧めてくれたオアハカ（Oaxaca）が理想的な場所のように思われた。メキシコ市に2週間滞在した後、ロレンスはフリーダやブレットと共に南へ向かった。ホテルで少し過ごしてから、ロレンス夫妻はリカーズ牧師の家に移った。ブレットの方は近くのホテルに滞在することとなった。

ロレンスは11月19日に再び小説の執筆に取り掛かった。作中人物のケイト・レズリー（Kate Leslie）の経歴として利用するために、彼は夏の間に3人の白人女性の主人公たちが登場する小説を3編書いていた。1923年当時にあって、彼の住んでいた場所（チャパラ（Chapala）よりもはるかに鄙びていた）は、チャパラに比べて政治情勢がはるかに不安定なように思われた。彼は政治的・宗教的革命や変革に関する作品に取り組んでいた。生活と仕事の場としてのアメリカにはこの上ない不安を覚えていたが、新たな社会へのヴィジョンを掴む機会をメキシコが提供してくれることに気づいた。『メキシコの朝』（*Mornings in Mexico*）の核心部ともなるオアハカの生活についてのエッセイを4編仕上げるために、彼は12月半ばに1度休養を取っただけで、11月半ばから1月末にかけてこつこつと仕事を続けた。着想を得てからその小説を仕上げるまでに随分と骨が折れたし気が向かないことも多かった。その小説に取り掛かる前に、彼は「この極めて悪意に満ちた大陸の振動に苛々させられて」、「アメリカ大陸に少々嫌気が差していた」（『書簡集』Ⅴ、p. 174、p. 170）と述べている。オアハカは気候や植物の点から見て、ほとんど熱帯といってもよく、いろいろな点でセイロン（Ceylon）を思い出し、不愉快な気分になった（『書簡集』Ⅴ、p. 192）にもかかわらず、彼は懸命に仕事を続けた。「彼は家で仕事をし、疲れ果ててしまう」（フリーダ・ロレンス1935年、p. 140）。その小説は相当に膨らみ、『ケツァルコアトル』のほぼ2倍の分量になった。「それは素晴らしいことだが、自分でも少々驚いてしまう」（『書簡集』Ⅴ、p. 196）と彼は述べている。ロレンスは「馬で去った女」のような話でそれとなく示された自分の曖昧な感情の論理にけりをつけようとしていた。例えば、『ケツァルコアトル』にみる囚人達の死刑執行の場面は、それまでに描かれた中でも最も不快な場面の1つである。彼がそれによって恐れられたのも当然だろう。彼はマクベスの台詞を引用して、1人の友人に次のように述べている。「俺は男たるに相応しいことなら何でもやってのける、と誰かが言ったように、そうした場面の創造は僕に相応しいことだ」(『書簡集』V、p. 199)。更に困ったことに、フリーダがとうとうブレットに嫌気を覚えるようになった。ブレットは「毎日やって来た。私たちの生活にどんどん入り込んでくるように思い、私はそれに腹を立てた」(フリーダ・ロレンス1935年、p. 140)。フリーダはロレンスにその話をすると、2人はそのことで口論となった。ロレンスに「嫉妬深いばか者だと言われた」(フリーダ・ロレンス1935年、p. 140)。だが、事態はますます緊張を孕むに至った。とうとう彼はブレットに出て行くように言った。彼女はその言葉に従い、残りの10日間をかけてその小説の仕上げに専念しているロレンスを残したまま、ホーク一家のデルモンテ農場へと戻って行った。

ロレンスは執筆を中断するとすぐに憔悴して病気になったが、それは偶然の一致などであったはずはない。その発病は創作に伴う熱狂的な興奮とそれへの全面的な没頭、ひいてはフリーダとの口論による精神的重圧などによって遅れたのだろう。彼は1月29日にその作品を完成した。その1週間後、腸チフス、マラリア、ひいてはインフルエンザに罹ってほとんど死にそうになった。これが結核を併発させたのだろう。それから地震が起きた。彼はホテルに移されたが、2月末にはフリーダと共にメキシコに入って、1923年にゴーッツェ(Götzsche)と試みたようなヴェラクルス(Vera Cruz)からヨーロッパに向けての船旅を計画した。だが、病気がぶり返し、あと1ヵ月間位は遠出が不可能になった。その間、医者はロレンスが結核に罹っていることをはっきりと告げ、彼を農場に連れ戻すようにとフリーダに忠告した。せいぜいあと1年か2年の命だというのである。

この2度目の病気に陥っている間に、ロレンスは未完の小説「飛魚」("The Flying-Fish")に着手し、フリーダに最初の数ページを口述筆記させた(これは作家としてのロレンスの生涯にあって珍しいことだが、是非とも必要なことだったに違いない)。その作品は、メキシコで主人公が病気に陥っている場面から始まるが、1923年のゴーッツェとの船旅に基づく資料を利用している。それは人間を取り巻く「より偉大なる日」("greater day")への感覚を見事に生み出している。だが、またそこにはイングランドへの帰郷意識が付きまとっている。彼が自分の小説でミッドランド(the Midlands)を取り上げたのは久し振りのことだった。しかし、今や、ゲシン・デイ(Gethin Day)のように「彼は全く心の底から苦しんでいた。普段から心はひび割れ、日によってはとても耐え難い状態になることもあった。故国こそまさに自分の落ち着く先だと思った」(『セント・モア』、p. 210)。

だが、ヨーロッパへの2人の帰還計画は、農場に戻ることを医者が頻りに勧めたことによってことごとく無に帰してしまった。従って、彼らは夏の終わりまでその旅を延期することにした。ロレンスは3月一杯をかけて徐々に健康を取り戻してゆき、3月末には再び北の方へ向かった。しかし、2人はエルパソ(El Paso)の国境でひどい目に会った。というのも、アメリカ人の医者が(おそらくはロレンスに結核の症候を見つけたことで)、独断で合衆国への入国を拒否したからである。結局、彼らは入国を許されたが、ロレンスの方はそこでの滞在を6ヵ月しか認められなかった(ネールズ(Nehls)1959年、p. 150)。そこで必死になってサンタフェに行き、1924年に知り合った女優のアイダ・ロー(Ida Rauh, 1877−1970)の世話になったが、4月の始めになって、ブレットの待っていたデルモンテ農場へと戻ることにした。

2人が期待していたのはイングランドへの帰還ではなかった。ロレンスの身体は依然としてかなり衰弱していたが、彼らはできるだけ早く自分達のカイオア農場に戻るために、最後の２マイルに及ぶ山坂道を登って行った（今回、ブレットはデルモンテ農場に残してきた）。ロレンスは睡眠を充分取ることで体力を回復し始めた。彼らが必死になってそこに戻ったのも、その場所に潜む神秘的な回復力を信ずる気持ちに大いに依る所があったのだろう。病気回復期の人間にとって、農場というものが適切な場所であるはずはない。だが、しばらくして２人はトリニダード（Trinidad）とラフィーナ（Ruffina）という若いインディアンと知り合いになり、彼らの面倒を見てやった。フリーダは、そのうち「ここの「料理長」だわ」（『書簡集』Ⅴ、p. 233）と言いながら、普段より家事に精を出していた。

そして驚くべきことに、ロレンスは健康を取り戻した。彼らしく創作を開始することで健康の回復を祝った。アイダ・ローとの約束を果たすためにも、数ヵ月にわたって下手にいじりまわしてきた戯曲をとうとう完成させた。それは『ダビデ』（*David*）という題名の戯曲で、ノアの洪水以前の意識や宗教的自己の崩壊から出発する現代人を描いたものだった。ロレンス自身――デイヴィド・ハーバート――は、しっかりとした考えを持つ知的なデイヴィドであると同時に、ずっと古い世界を代表する人物、ソール（Saul）でもあった。このソールこそ、ロレンスの初期の思想を特色づけていた人間の進歩や発展を体現する人物に替わる神話的人物として、神話や伝説の助けを借りて次々と生み出される作品の中で再創造されつつあった、かなり古い世界を代表する作中人物に他ならなかった。

５月初旬までに、その戯曲は出来上がっていた。農場での生活も元通りに続いた。昨年と変わったことと言えば、流水施設を苦心して作り、野原に水を引いたことと、６月の始めに、フリーダが面倒を見ることになった鶏と、更にロレンスが世話をすることになった牝牛のスーザン（Susan）を飼ったことだった。そのおかげで２人は毎日デルモンテ農場にミルクをもらいに出掛ける必要もなくなった。その農場にはブレットが住み続け、ロレンスの原稿をタイプで清書してくれてもいた。もっとも当時、彼は牝牛を追い回して乳を搾るのにかなりの時間を費やしていた。訪問客はほとんどなく、メイベルとも昨年に比べて会う機会が少なかった。だが、フリーダの甥でドイツ人のフリーデル・ヤッフェ（Friedel Jaffe、1903年生まれ）が訪ねてきて、２、３ヵ月滞在し、毎日の雑用を手伝ったり、アイダ・ローもやって来て、ロレンスが『ダビデ』を最後まで大声で朗読するのに耳を傾けたりした。彼は1915年にかなり手直しした「王冠」（“The Crown”）の草稿を含むいくつかの古い資料を使って１冊のエッセイ集を編纂し、それに『ヤマアラシの死についての諸考察』（*Reflections on the Death of a Porcupine*）という題名を付けた。ブレットはタイプで清書をし終えると、時々、２人を訪ねてきた。フリーダはずっと彼女に敵意を抱いていたので、『翼ある蛇』のタイプ原稿は郵送されてきた。ロレンスはそれをメキシコの記念作品と見なすことなど到底できなかった（『書簡集』Ⅴ、p. 254）。だが、それを読み返して訂正した時、最後には『侵入者』（*The Trepasser*）や『恋する女たち』（*Women in Love*）といった作品に感じたと同じような気持ちになった。それは他のどの作品にもまして意義深いものに思われ、それを出版社に渡したくはなくなった（『書簡集』Ⅴ、p. 260）。

何をするともなく数ヵ月が過ぎ去ったが、心の躍ることと言えば、スーザンを捕まえては牛車に仕立て、サン・クリストバル（San Cristobal）まで出掛けることだった。ある時、ロレンスは、1910年に雑誌の編集者のオースティン・ハリソン（Austin Harrison, 1873－1928）がリディア・ロレンス宛ての手紙で述べていたことを思い出した。

> 「彼は40才までに馬車を駆るだろう。」.... コーデュロイのズボンと青いシャツを着て座ったまま、「進め！　アーロン（Aaron）！　アンブロウズ（Ambrose）！」と叫びながら、僕はオースティン・ハリソンの予言を思った....「進め！　アンブロウズ！」、どーん！　牛車が岩に乗り上げ、松葉が僕の顔に刺さった！　40才で牛車を走らせている姿を見てくれ！――全く下手な運転だ！　さあ、ブレーキをかけろ！（『フェニックス』（*Phoenix*）Ⅱ、pp. 260－61）

ロレンスは自分がなれたかもしれないような裕福な職業作家――当然のことながら、小説家のアーノルド・ベネット（Arnold Bennett, 1867－1931）が挙げられる――と、生活費を稼ぎながら自分の好きなことを書き続ける一匹狼の異端者としての自分との間にみる人生の皮肉な巡り合わせをうまく描いている。彼はその農場を去ってすぐの1925年９月11日で40才になっていた。「素晴らしい秋だ。ここを去るのが惜しい」（『書簡集』Ⅴ、p. 296)。だが、６ヵ月しか滞在は許されなかった。彼はフリーダと一緒にデンヴァー（Denver）経由でニューヨーク（New York）に向かい、９月21日までにはヨーロッパ行きの「リゾリュート号」（“SS Resolute”）に乗り込んでいた。

その船旅は、２人が1922年にセイロンへ旅立った時のように象徴的なものだった。アメリカでの彼らの冒険は終わった。ロレンスは前々からアメリカに行きたがっていた。彼はアメリカについていろいろと書き、創作を通じてアメリカに暮らすことの意味を掘り下げるとともに、一風変わった居場所を見つけ出してもいた。だが、そのためにかなりの犠牲を強いられたのである。しかも病気に陥ったことで、おそらく以前のようにアメリカで好きな暮らしができなくなったのだろう。結局、40才でヨーロッパに戻ることになり、死ぬまでそこを離れなかった。彼は２度とアメリカの地を目にすることはなかったのである。

第８節　再度、ヨーロッパへ　1925年－1928年

Ⅰ.

ロレンスとフリーダがヨーロッパに帰還した理由は、1923年の場合とはまるで違っていた。前回は、フリーダがドイツの自分の家族に会いたがっていたので、ロレンスは彼女をミッドランド（the Midlands）へ連れてゆく気にならず、ほんの数日間に１人でそこに出掛けていた。今度、合衆国を離れる羽目になって、２人共にヨーロッパへ戻りたい気持ちは強かった。そして「未来なき中にも失われることのない」母国の「魅力」に引かれていたロレンスにとって、その帰還先はイングランドしかなかった（『書簡集』（*Letters*）Ⅴ、p. 312)。彼は父親が亡くなって以来、帰国していなかったので、自分の姉妹にも会いたかった。フリーダの末娘のバービー（Barby）も今では21才になっていて、母親との再会を望んでいた。ロンドンのホテルに１週間滞在した後、２人は自分達を訪ねてきたバービーとミッドランドで２週間近く過ごした。その後、またロンドンに戻って１週間過ごしてから、フリーダの母親に会いに旅立つことになった。だが、イングランドもミッドランドもすっかり彼の気を滅入らせた。彼はノッティンガム（Nottingham）に着くや否や、風邪を引

いて寝込んでしまい、その場所柄とか気候について不平ばかりこぼしていた（『書簡集』Ⅴ、p. 316）。フリーダが子供達に会えるように１ヵ月かそこら滞在するという元の計画も急に変更し、南の方に出掛けることにした。つまり、最初はドイツに行き、それからイタリアに下ることになった。マーティン・セッカー（Martin Secker）の妻のリーナ（Rina, 1896－1969）がスポトルノ（Spotorno）で家族と暮らしていたので、そこが２人の目指す場所となった。だが、ミッドランドを立つ前に天気が回復したので、彼らは少しその地方を見て回った。しかし、それも辛いことだった。「イングランドはまさに時間のかかる葬式のように僕をうんざりさせる」（『書簡集』Ⅴ、p. 322）。当時、彼の書いていたのは何編かの書評だけだった。

２人はバーデン・バーデン（Baden-Baden）に２週間滞在し、そこでロレンスは書評を２編書き上げ、フリーダの方は髪型を流行の断髪にした。だが、彼はスポトルノに移ってきて幸せだった。そこに着いて３日以内に、２人はベルナルダ荘（Villa Bernarda）を４ヵ月間の契約で借りた。村の上手に立つと、またしても「永遠なる地中海」の素晴らしい眺めが見渡せた（『書簡集』Ⅴ、p. 337）。そこはアメリカを離れて初めて書いた３つの物語のうちの１作――事実、オアハカ（Oaxaca）で『翼ある蛇』（*The Plumed Serpent*）を仕上げて以来の最初の短編小説――の舞台となった。３つの作品とは、1923年から1924年にかけてマリに対抗して書いた３つの短編小説の最後を飾る「微笑」（“Smile”）とシンシア・アスクィス（Cynthia Asquith）のために書いた依頼作品の幽霊箪（『陽気な幽霊』（*Glad Ghosts*））、それに『太陽』（*Sun*）だが、最後の作品はスポトルノを舞台とし、神経を病んだ母親が、グレーのスーツを着た夫がやって来るまで子供と一緒に日光浴をしながら暮らしているというものである。実際、セッカーの妻である神経質なリーナが１才６ヵ月の息子とともに、イングランドからやって来る出版社を経営する夫を待っていた。ロレンスは『太陽』で、シチリア（Sicily）のフォンターナ・ヴェッキア（Fontana Vecchia）の状況を再創造する上でそうした事実を利用するとともに、他の作品にみるように、人間とそれを取り巻く宇宙との関わりを探求しているが、結果的には更に素晴らしい両者の創造的な結び付きを描いている。ある意味で、執筆に際して眼前の状況を細大漏らさず描き取るというのは異常なことであるように思われる（マーティン（Martin）だったか、モーリス（Maurice）だったかが12月初旬に訪れ、ロレンスは12日にその原稿をタイプしてもらうために郵送した）が、それは彼のいつものやり方だった。太陽体験の話を生み出したことにより、晩年の創作世界を通じて、人間と太陽と宇宙の関係といったテーマが何度も繰り返し扱われることとなった。それは『逃げた雄鶏』（*The Escaped Cock*）、『エトルリア遺跡スケッチ』（*Sketches of Etruscan Places*）、『チャタレイ夫人の恋人』（*Lady Chatterley's Lover*）、『アポカリプス』（*Apocalypse*）などの作品に明らかである。

今１つの重要な出来事は地主との出会いだった。イタリアのベルサリエリ（Bersalieri）に住む士官である制服姿のアンジェロ・ラヴァリ（Angelo Ravagli, 1891－1976）は堂々とした陽気な既婚者で、普段はとても現実的な男だった。彼がまもなく除隊することをフリーダは確信していた。２人は親しくなり、その後４年間にわたって時々、関係を持った。ラヴァリはロレンスから英語を学んだり、煙突を取り付けるのを手伝ったりした。後になって、ロレンスはフリーダに次のようなことを述べている。「カイオア農場（Kiowa ranch）に彼が居てくれたら、役に立っただろうに」（ネールズ（Nehls）1959年、p. 18）。

1931年にアンジェロ・ラヴァリは妻と家族を残して、フリーダと共にその農場に戻り、1956年に彼女が死ぬまで一緒に暮らした。

差し当たり言えることは、ラヴァリとの関係もフリーダが生涯にわたり経験した情事の1つに過ぎなかった。ロレンスが2人の関係について知っていたのは間違いない――1912年にホブソン（Hobson）とのことを打ち明けたり、また1917年にはグレイ（Gray）とのことを共に話題にしていたように、フリーダは今度もラヴァリとの関係を話したようである。彼女が数々の情事に走ったとしても、ロレンスへの依存心はもとより、自分を始め、世の中の人達に対して誰よりもずば抜けた理解力を示す、その異常な男性であるロレンスへの根っからの信頼が崩れることなど全くなかった。2人の生活における最もひどい口論も、フリーダの情事（もしくはそのような件に関して言えば、ロレンスの情事）についてのことではなく、それ以外の人達、つまり彼が自分達の生活に参入させようとしていた人達を巡って行なわれたのである。それらはオトライン（Ottoline）夫人やメイベル（Mabel）やブレット（Brett）、また――別の時期には――妹のエイダ（Ada）やフリーダの娘達、ひいては（時々）2人のうちのどちらかが、自分達にとって敵対する相手だと見なした人達などである。彼らの寝台を少しの間占領した者ではなく、2人の生活空間に侵入した者こそ問題だった。フリーダはロレンスの友人を嫌う傾向にあった。というのも、彼らと一緒だと（特に気を引かねばならぬほどの選ばれた客だったので）、自分は無視されたか、それとも軽視されたと感じたからである。実際、彼女は自分の情事に対してロレンスが感じる以上に、彼の友人関係には嫉妬を覚えたようである。だが、当時の彼女には不安になるだけの理由があった。一人前の作家として、彼は経済的に独立していて、何処にあっても好き勝手な生活が送れたからである。おそらく別の女性のためでなくとも、その気になれば、フリーダとさえ別れることができたであろう。1923年の夏にそれが起こりかけたように、自分の道を歩むためにそれが可能であったろう。だが、彼女の方は自分でも指摘したように、まさに現実的な理由からロレンスとは別れられなかった。「私はどうやって生きて行けばよいのかしら？　生活費を稼ぐ方法など教わったためしがない....私は無力だ。囚われの身でいたい」（ビナー（Bynner）1951年、p. 62）。いずれにしても肝心なことは、彼女もまたロレンスと別れたくはなかったのである。「私は囚われの身でいたい。私たちは互いに愛し合っている」（ビナー1951年、p. 62）。フリーダがロレンスを愛していたのは確かだが、彼自身は妻の情事に関する限り、互いの反目のせいばかりではなく、様々な考え方や人間関係にあっていつも好き放題なことをやってきたことの代価とおそらくは見なしていたのだろう。これは彼にとってまさに重要で有益な考え方だった。フリーダはこのことをよく承知していた。彼女はビナーに次のように語っている。「彼は私の言葉を引き合いに出す。そうすることで自分自身の言葉に挑戦しているのです。そして本の中では、私にとことんそうさせています.... 私が役に立つのが彼にはわかっている。自分の様々な考え方に反対させるのです。そのために私を叱りさえします」（ビナー1951年、p. 62）。

アンジェロ・ラヴァリとの関係も2人にとって何ら大した問題ではなかった。ただ、ロレンスが不満を示していたフリーダの子供達こそ、妹のエイダと同じく大きな障害となったのである。バービーは1925年から1926年にかけて、2人の居場所からごく近いアラシオ（Alassio）に滞在していたので、皆でよく会った。そのために2人はよく口論をし、（バービーによれば）フリーダはロレンスにこのようなことを言っていた。「さあ、これであの娘と２人きりになれるわ。あなたには遠慮してもらって、私達に干渉しないで欲しい」（ネールズ1959年、p. 21）。ロレンスとフリーダ、そして２人の複雑にして親密な世界（また２人に必要な生活空間）に割り込んでくるものは誰であれ彼らの口論の的となることが多かった。

続いてエルザ・ウィークリー（Elsa Weekley）がやって来たことで、少しの間、事態は以前より落ち着いた。そしてバービーは次のようなことを覚えていた。「私と違って、姉は口論が大嫌いです。ベルナルダ（Bernarda）荘で、姉は母のフリーダにロレンスとの口論のことで説教をし、ある口論の後でロレンスが珍しく.... 目に涙を浮かべているのを目撃したことに触れていた」（ネールズ1959年、p. 26）。ロレンスはバービーとエルザに２人の育ちや、特に彼女達の父親やエセックス（Essex）に住む牧師である父親の弟、また彼女達の伯母や祖母について話をした。彼らの間で交わされた話は、ロレンスがまもなく取り組むことになる短編小説『処女とジプシー』（*The Virgin and the Gipsy*）の直接の資料となった。この創作にあって、彼は（メイベル・ルーハン（Mabel Luhan）に見られるような）女性の強い意志に対する激しい憎しみと、ウィークリー家の女性達の現実生活の状況やミッドランドを最近見て回った観察結果とを結び付ける機会を得た。その物語は、1925年10月に自ら目撃した風景のうちの何ヵ所かを織り込んでいる。だが、その作品を完成させたものの、それがバービーやエルザはもとより彼女達の父親の気持ちをも傷つけることになると思い、結局、出版を見合わせた（ロレンスの死後、フリーダはそのことで気に病む必要がなくなったので、すぐにそれを出版した）。

母親としての新たな役割を担ったフリーダは、早春にロレンスの戯曲『ダビデ』（*David*）をドイツ語に翻訳したことで、一家における作家的地位をしばらくの間手に入れた（『書簡集』Ⅴ、p. 388）。だが、２月の始めにロレンスは２度目の喀血を起こした。今回の出血は農場の時よりもひどく（『書簡集』Ⅴ、p. 390）、次に迎える最悪の病状期への不吉な前触れだった。妹のエイダは１人の友人を連れて外国の兄夫婦の家に滞在しようとしていたので、フリーダは娘達を近くのホテルに住まわせた。天気はひどく、誰もが苛々していたようである。ロレンスは「全く気が滅入った」ので、しばらく１人で何処かへ逃避する必要があると公言した。２人の間に更に「ひと悶着」起きたために、フリーダはホテルに泊まりに行った（『書簡集』Ⅴ、p. 394、p. 401）。書簡にみるこうした出まかせの言葉から、その諍いの真剣さと激しさが窺えるのである。ロレンスはエイダと一緒にニース（Nice）とモンテカルロ（Monte Carlo）へ出掛けた。そしてエイダが１人で帰った後、彼はスポトルノに戻らず、カプリ（Capri）にいたブルースター夫妻（the Brewsters）とブレットに会いに出掛けた。実際、これでまたロレンスとフリーダは互いにもう２度と会うことがないように思えた。この危機の時点にあって（いささか不愉快で、不首尾に終わったが）、彼がブレットと再び関係を持ったのも偶然ではなかった（ブレット（Brett）1974年、Ⅱ－Ⅳ）。しかし、そこから何かが生まれてくるわけではなかった。

１ヵ月ほどして、フリーダはロレンスに手紙を書いて、自分達は「もっとうまくやってゆくべきで」、いつまでも突っ張り合っているべきではないと示唆した（『書簡集』Ⅴ、p. 406）。フリーダの娘達が母親にしかるべき忠告を与えていたのである。ロレンス夫妻の真剣な口論はいつも決まって他人の介入（もしくは脅威）によって引き起こされていた。２

人だけの殻に閉じこもる生き方を少し控えていれば、「他人」を敵・味方に区別するようなこともなくなり、さほど波乱も巻き起こらなかったであろう。

だが、それが少なくとも2人で行なおうとしていたことだった。ロレンスは7週間後にスポトルノに戻ってみると、フリーダが再会できて喜んでいるのがわかった。もっとも彼は依然として腹の虫が治まらないことを白状したが（『書簡集』V、pp. 413－14）。スポトルノでしばらく一緒に暮らしてから（住宅の賃貸期間はほとんど終わりかけていた）、皆でフィレンツェ（Florence）へ小旅行をした。その後、フリーダの娘達はロンドンに帰ったので、2人は何処かに棲家を探さねばならなかった。ロレンスはトスカーナ（Tuscany）に決めて、すぐに古い別荘を見つけ出し、そこの屋根裏部屋をとても安く借りた。アメリカ行きを決める瞬間が訪れてはまた去って行った。実際、デルモンテ農場（Del Monte ranch）の自分の小屋に戻っていたブレットは移民許可の申請に成功していたので、ロレンスもすぐにアメリカに戻ってくるように強く望んでいたのである。だが、彼はアメリカには行かないことに決めた。それは重要な瞬間だった。実際、アメリカに永住しようなどという気にはなれなかった。というのも、渡米したとしても、以前のように6ヵ月の滞在許可しかもらえず、また旅を続けねばならなくなるのはほぼ間違いないからである。とにかく、今のような衰弱した状態ではとても簡単に挑めそうもない大掛かりな旅だった。デルモンテ農場を維持するすること自体、予期し得ない努力を要するように思われた（『書簡集』V、p. 429）。彼は意識的に自分の体力を保持し始めていたので、そうした決定を下したのも当然だった。彼はアメリカに行く気など毛頭なく、徐々に外の世界にはうんざりしかかっていた。「僕にとって、外の世界ではなく、内なる世界が大事だ」（『書簡集』V、p. 437）。彼がこのようなことを書いたのも、おそらく自分の健康状態を強く意識していたからでもあった。その農場の管理には闘争的な「緊張感」ばかりか、持てる以上の体力が必要とされた。ところが健康に関しては問題があり、1925年にエルパソ（El Paso）で合衆国への再入国が拒否されたという口外できない経験もあった。従って、屈辱的なことだが、今回も実際に入国が拒否されるという可能性は残っていた。しかし、晩年を通じて、彼が作家として取り組むことになる作品の前兆とも言うべき、「外の世界ではなく、内なる世界」がまたこの時期に立ち現れたのである。

Ⅱ.

ミレンダ荘（Villa Mirenda）はフィレンツェから10マイルのところにあって、もちろんロレンスがそれまで住んだすべての家と同じように、今度もアルノ渓谷（the valley of the Arno）を見下ろせる丘の上に建っていた（『書簡集』V、p. 448）。英国人の家族であるウィルキンソン一家（the Wilkinsons）が近くに暮らしていた。またその別荘は農村社会の中心に位置していたので、ロレンス夫妻は近所の人たちと親しくなった。これは紛れもなく他人ともっと密に接して暮らそうとする決心に依るものだった（『書簡集』V、p. 406）。農場と違って、ミレンダ荘の管理には責任がないばかりか、そこを借りたことで、ジュリア・ピニ（Giulia Pini）という地元の女性が家政婦として、「いろいろ世話を焼いてくれた」（ネールズ1959年、p. 59）。ミレンダ荘はまさに2年以上にわたってロレンス夫妻の基地となったのであろう。

たが、2人の居場所はいつも「基地」や「仮宿」であって、いわゆる自宅ではなかった。

家具の設備が悪くても、それに金をかけることはしなかった。しかも、留守にすることが多かった。彼らはそこで丁度、2ヵ月間過ごしたが、その間に（フィレンツェでおそらく出会っていた）英国貴族のジョージ（George, 1860－1943）卿とレディー・アイダ・シットウェル（Ida Sitwell）をフィレンツェ郊外の城に1度訪ねたきりだった。今やロレンスは本来の仕事に戻り、フリーダによる『ダビデ』の独語訳をタイプしては手直ししたり、フィレンツェに関するエッセイを書いたり、またコンプトン・マッケンジー（Compton Mackenzie）の妻のフェイス（Faith, 1888－1960）と3月にカプリで交わした対話に触発されて、2編の作品を仕上げていた（『書簡集』V、p. 403)。『二羽の青い鳥』（"Two Blue Birds"）は軽妙な小品に過ぎず、「島を愛した男」（"The Man Who Loved Islands"）は傑作の部類に入る作品である。後者は世間から孤立して、出来れば1人で暮らそうとするロレンス自身のような気性の持ち主を深く悲劇的に考察している。またロレンスはエトルリア人（Etruscans）に関する作品を企画していて、そのための基本図書を数多く読んでいた（それには春から取り組んでいた)。

6月末にかけて気候が暖かくなってきたので、7月12日にロレンスとフリーダはバーデン・バーデンに向けて発ち、そこで2週間過ごした。ロレンスはステージ・ソサエティー（Stage Society）が上演の続行を予定していた戯曲『ダビデ』のリハーサルに何度か立ち会いたかったのに対し、フリーダの方は自分の子供達と会いたがっていた。彼はその後すぐにスコットランド（Scotland）を訪れた。その目的は、1921年にシチリアで肖像画を描いてもらい、その後の春にカプリでも再会した知人のミリセント・ベヴァリッジ（Millicent Beveridge, 1871－1955）を訪問するためだった。フリーダなら、ロレンスが「こうしたイギリス人の独身女性に弱いことを」承知しているので、「ロレンツォー（Lorenzo）のかつての女達の1人」という風な言い方をしたことは間違いないだろう（ネールズ1959年、p. 278)。

スコットランドから帰る途中で、ロレンスはリンカンシャー（Lincolnshire）の海岸に遊びに来ていた姉妹を訪ねた。ミッドランドの海岸から少し離れた場所に滞在したことによって、結果的に予期しない楽しみを手に入れることができた。彼は1901年にこの辺りを初めて訪れた時のことを思い出し、再度、寛いだ気持ちになり、自分が周囲の大地と触れ合っているのを感じた（『書簡集』V、p. 522、 p. 534)。彼は1週間ばかり姉妹と一緒に過ごしてから、フリーダと合流した。その後、『ダビデ』の上演に際してステージ・ソサエティーが2人の企画を取り上げてくれるのを待ちながら、彼らはそこでもう2週間滞在したが、その間、ロレンスは1人でリプリー（Ripley）に住んでいる妹のエイダを訪ねた。だが、彼はこの地で打ち続く坑夫ストライキの及ぼす影響に意気消沈した。そしてこの件に関しては、後になって「ベストウッドへの帰還」（"Return to Bestwood"）というエッセイで取り上げることになった。2人はロンドンに戻ったが、その戯曲の上演が依然として延期されていたためにそれを待っていても無駄だった。従って、担当のディレクターと昼食を取った後、ブドウの収穫に間に合うように急いでミレンダ荘へ戻って行った。それは楽しかったものの、いささか高くつく退屈な旅行だった。セルツァー（Seltzer）がアメリカで調達してくれた金を使い果たしたことや、ここ2年以上にわたって執筆力がかなり落ちていた（1923年4月以来、新たに小説は1編も生んでいなかったが、『翼ある蛇』を仕上げたことで、他の小説に取り組む意欲がなくなっていたのは確かである）ことから、自分にはもはや小説は書けないと感じていた。10月18日に、彼は義理の姉のエルゼ（Else）にそのことを語っている（『書簡集』V、p. 559）。それにもかかわらず、寛ぎの場所であるとともに、作品の背景でもあるイングランドに対する新たな気持ちで、彼は10月22日頃に１つの中編小説に着手した。これが全く予期せぬ結果を生むこととなった。というのも、その作品が『チャタレイ夫人の恋人』（*Lady Chatterley's Lover*）に生まれ変わることになったからである。

Ⅲ.

『チャタレイ夫人の恋人』という小説は、1926年10月からその第３草稿が出版される1928年の夏までずっとロレンスの関心を占めたようである。いや、彼の関心はもう少し先まで続いたのだろう。というのも、1929年の春に、彼は何より普及版の出版手配をするためにパリにまで出掛けることになったからである。その作品は彼の作家人生を変えるとともに、これまでとは全く違った評判を生むことにもなった。数多くの作品を書き上げながら、特に世間の注目を引いてもいなかった彼は、その後の６年間にわたって何よりも『チャタレイ夫人の恋人』の作者ということで騒がれるようになった。その作品のおかげで、これまで以上に金を稼ぐこともできた。それは結果的に彼にとって金の入用な時期、つまり、体力的にもいろいろと作品が書けなくなっていたばかりか、病気のために医者やサナトリウム治療が必要となり、またフリーダも彼の稼ぎがなければ生活できなくなっていた時期に生み出されたのである。

その作品はそれまでの３年間にわたって書かれたような少し長めの短編小説を目指して着手されたが、それは『セント・モア』（*St. Mawr*）と同じく約９万5000語から成る作品にまで膨らんだ。その作品は未刊の『処女とジプシー』と共通する考え方を孕んでいた。中産階級もしくは上流階級の女性が１人の部外者、つまり得体の知れない労働者階級出身の男性との関係を通じて新たな生命に目覚めるというものだった。それでも、両者の結婚問題を回避している『処女とジプシー』や『チャタレイ夫人の恋人』の第１草稿には階級の軋轢というものが窺えるが、第３草稿を書き上げる頃までに（猟番の性格に多少とも同調することで）、ロレンスは両者の結婚を認め得るまでの理想主義者になっていた。

とにかく、その作品は執筆中に大幅に変わっていった。執筆後２年経って、階級を扱った短編小説から「性」を問題とする長編小説へと発展させた動機の１つを、ロレンスは作家のブリジット・パットモア（Brigit Patmore, 1882－1965）に示唆している。彼はパットモアに、「すべてを償ってくれるようなものを自分の生活で所有していると思っているだけで、実際にはそれを手に入れていないとわかった時....」（ネールズ1959年、p. 258）の悲しさを語っている。「２年前、僕にはそのことがわかった」（ネールズ1959年、p. 258）。他の何にもまして、人間の性欲を扱う作家としての評判を得るのに大いに役立ったその小説は、つまるところ性的欲望へと昇華してゆく肉体という、生命への奥深い郷愁を常に感じている１人の男性によって書かれたのである。彼はまたそれに関して数多くの詩を書いている。例えば、「すべての悲劇が終わる後で」（“After all the tragedies are over”）という詩では、潮が引いてゆく浜辺のわびしさが、欲望の失せてゆく男の空しさを暗示している（『全詩集』（*Complete Poems*）、p. 509）。

いずれにせよ、ロレンスにとって創作を続けるしか他に道はなかった。その小説の第１

草稿をおそらく11月遅くに仕上げてから、第２草稿に取り掛かった。そしてその第２草稿で、彼は初めて性という問題を扱うことになった。そのため更に多くの時間を必要とした。1927年３月の始めになっても、彼は依然としてその作品に取り組んでいた。ミレンダ荘で初めて過ごしたその冬の今１つの仕事は絵を描くことだった。彼は子供の頃によくいろいろな絵の模写をしていたが、生涯にわたって模写は続けるとともに、時々、オリジナルの絵も描いた。1926年11月にマリーア・ハックスリー（Maria Huxley, 1898－1955）――ロレンスは彼女とその夫のオルダス・ハックスリー（Aldous Huxley, 1894－1963）にロンドンで夏に出会ったが、秋になってイタリアで終生の友情を誓った――は、彼に４枚の白地のカンバスを贈った。彼はいろいろな絵――今回はすべてオリジナルの絵――を描き始めた。その多くは男女の性的世界を描いたものだった。偶然にも『チャタレイ夫人の恋人』の第１草稿を仕上げるとともに、彼は半裸の園丁とそれを見て驚いている修道女達を描いた『ボッカッチョ物語』（Boccaccio Story）をも完成させた。人を唖然とさせるような一連のイメージを、さほど技巧を凝らすことなく、きわめて象徴的で奇妙なほどに力強いタッチで生み出したのである。

1927年の春に、ロレンスは『チャタレイ夫人の恋人』の第２草稿を書き上げた――「全くひどい言葉遣いだ」（『書簡集』Ｖ、p. 655）――ものの、それを完璧なものにするのにどういう処置を施せばよいのか皆目、見当がつかなかった。現状ではとても出版できそうもないので、そのままにして置くしかなかった。だが、彼はとても出版を望んでいた。ミレンダ荘の安い家賃も稼ぎの悪さを補ってはくれなかった。冬の間、彼はその第２草稿と、それに加えて何編かの書評や詩を書いていたが、春になって第２草稿を書き上げてから、少なくとも１つの短編小説「愛らしい女」（“The Lovely Lady”）を仕上げ、その後、エトルリア人（Etruscans）に関する作品の構想を再び練った。このことにより、『翼ある蛇』にみる不愉快な泥沼的状況に陥ることのない方法で、20世紀の人々の心に訴え掛けてくる古代文明への関心を持ち続けることができたのだろう。その冬、彼は特に体調が悪かったので、４月になってアール・ブルースター（Earl Brewster）と一緒にエトルリア遺跡(Etruscan sites) を巡った。そしてその後３ヵ月にわたって、エトルリア人に関する数多くのエッセイを書き上げ、そのうちの何編かは雑誌に掲載された。だが、彼は遂にその作品を完成させることはなく、死後、未完の遺稿として出版されることになった。それでも、その作品の完成に必要な研究や様々な写真の入手にあたってかなりの時間と体力を費やした。現代世界が失ったいくつかの規範を示唆してくれると思われる原始社会の再創造にあたって、彼は数年来、探しあぐねていた機会をやっと手に入れたのである。彼はそのテーマをある程度まで『翼ある蛇』や、その作品の完成後すぐに書き上げた未完の戯曲『ノアの洪水』（*Noah's Flood*）で扱ったばかりか、『ダビデ』は長々と取り上げてもいた。だが、今度はそれまでにない最大の機会だった。彼はその作品を広く世の中の人達に送り届けたかったので、 セッカーに次のようなことを述べている。「僕はその作品――いろいろと挿し絵を載せるので、少々高くつくことになるかもしれない――を、できるだけ誰もが親しめるようなものにしたい」（『書簡集』Ⅵ、p. 93）。

だが、ロレンスが同じ考えのもとに着手した別の重要な作品は、この段階では「逃げた雄鶏」という題名の短編小説だった。『チャタレイ夫人の恋人』が性の禁制を破ったように、この作品も宗教上の禁制を侵犯することになった。というのも、それは復活後のイエスを神の子供として、また説教者や治癒者として、ひいては（聖書的な意味で）昇天する聖人として描いているのではなく、肉体生活への復帰者として扱っているからである。それは社会とか他者との結び付きではなく、肉体の驚くべき異常な活性状態との個人的な関わりの意味を探求している今１つの作品だった。従って、その目的は日常の心理的世界を生きるだけでなく、ゲシン・デイ（Gethin Day）のように、「より偉大なる日」（“Greater Day”）といったワーズワース（Wordsworth）の「生動する宇宙」（“active universe”）にも似た世界への強烈な感覚を掴み取ることだった。

とにかくロレンスはその作品を公表することができた。もっともそのことで掲載誌『フォーラム』（*Forum*）は誹謗されたが。初夏を通じて、彼は短いエッセイを始めとして、メイベル・ルーハン、画家のドラ・カーリントン（Dora Carrington, 1893－1932）、ブルースター夫妻といった人達をモデルにした「そんなものに用はない」（“None of That”）や、「家財」（“Things”）を書き上げるのに忙しかった。だが、（数日間、気分はすぐれなかったものの）７月11日になって、彼は気管支から３度目の出血を起こした。それはこれまでの中で最もひどいものだった。両足で立てるようになるまで３週間かそこらかかった。今や転地療養が必要なのは明らかだった。気候も暑くなり始め、ミレンダ荘での生活は不快なものになろうとしていた。快適な旅ができるうちに、２人はオーストリアのフィラハ（Villach）に向かい、そこに住むヨハンナ（Johanna）の家に厄介になった。「僕はこの涼しい場所にいると別人のような気がする」、「生きて動き回れるのは何と有り難いことか」（『書簡集』Ⅵ、p. 119、p. 120）。彼はヴェルガの翻訳を更に進める以外にほとんど創作には手を染めなかったが、翻訳は創作に集中できないような気分の時にいつもそれに取って代わる仕事のように思われた。２人はオーストリアを発ってから旅を続け、かねてから計画していたようにバヴァリア（Bavaria）へ戻った後に、イルシェンハウゼン（Irschenhausen）にあるエルゼ（Else）の（かつてはエドガー・ヤッフェ（Edgar Jaffe）の）持ち家に滞在することとなった。そこは1913年に２人が住み、ロレンスが「プロシア士官」（“The Prussian Officer”）を書き上げた場所で、彼がいつも好んで住むような小さな木造の家だった。「その家の裏には森があり、幅の広い谷の向こうに緑の濃い山並みが見える。」「僕はここが大好きだ――時間が存在せず、何の事件も起こらない――ただ、日が照り、秋の心地よい温かさがある。日陰に入ると冷んやりする」（『書簡集』Ⅳ、p. 154、p. 139）。とにかく、彼は翻訳以外にほとんど手を染めなかった。「僕は仕事をしていない時が楽しい。僕はあまりにも働き過ぎた」（『書簡集』Ⅳ、p. 151）。２人は落ち着いた幸せな社会生活を送り、1912年に世話になったイッキング（Icking）の家主を含め、いろいろな友人達の訪問を受けた。そしてロレンスはかなり元気になってきたので、詩人で医者のハンス・カロッサ（Hans Carossa, 1878－1956）に診断してもらうことにした。結核治療の専門医であるハンスは、後日、１人の友人に次のように語っている。「あのような肺を持った人間なら普通はとっくに死んでいただろう。本物の芸術家の運命など予測できるものではない。普通の人間にはない様々な力が彼には備わっているのだ」（「ネールズ」1959年、p. 160）。

いろいろな意味で、ロレンスはバヴァリアに滞在したかったのであろうが、フリーダがイタリアに戻りたがっていた。そこで２人はバーデン・バーデン経由で旅立ったが、ロレンスは途中で吸入治療を１度受けた。ミレンダ荘でロレンスは２つの企画に取り掛かっていた。それは新たな短編集と詩集の出版であって、セッカーがそれを請け負いたがっていたので、「それらをタイプし、編纂して仕上げることが必要だった」(『書簡集』Ⅵ、p. 195)。だが、書籍販売業者のギュセッペ・「ピーノ」・オリオリ（Guiseppe “Pino” Oriori, 1884－1942）やノーマン・ダグラス（Norman Douglas)、それに人気のある大衆作家のマイケル・アーレン（Michael Arlen（本名はディクラン・クユムジャン、(Dikran Kouyoumdjian)）らとフィレンツェで話し合った後、つまるところ、少し危険は伴うにせよ、『チャタレイ夫人の恋人』を出版する方法が１つあることに彼は気づいた。それはフィレンツェで私家版を出版し、自分で販売することだった。その企画は彼をやる気で一杯にさせた。おそらくそのために数年間は無理にせよ、数ヵ月ほど彼の寿命が延びたと言っても過言ではない。最初の仕事はその小説を書き直すことだった。彼のように健康を害した人間にとって、それはまさに驚くべき功績だと言ってよい。1927年11月下旬から1928年１月初旬にかけて、約６週間にわたり、毎日4000語も書いた。イングランドにおける階級の壁やその国の未来の無さを扱った小説から、驚くべきことに猟番がコンスタンス・チャタレイ（Constance Chatterley）の未来の良き伴侶となる可能性を描いたものへと、彼は変更を企てたのである。あからさまな性描写に変わりはなかった（実際には少し露骨になった）が、新しく書き直されたその小説は堂々とその無法さを主張することで、これまでにないような明快さと力強さを孕むようになった。そのためにクリフォード（Clifford）がさほど同情を誘わない作中人物となったことである。『セント・モア』のリコ（Rico）のように、彼は痛烈な皮肉やいやみをいろいろと浴びせ掛けられることになった。だが、その小説は１つの模範的な調子を帯びるようになった。つまり、どのように人生を生き、人を愛するかということをそれは伝えていた。

Ⅳ.

ロレンスは『チャタレイ夫人の恋人』を完成させると、それを出版して自分で販売するという魅力的な仕事に取り掛かった。その小説の性描写が露骨なために、１人のタイピストは契約を取り消していたものの、別のタイピストによってそれはタイプ原稿に仕上げられつつあった。原稿を書き上げる度にロンドンに郵送しなくてはならず、それが仕上げられて手元に戻って来るまでにはかなり時間が掛かるように思われた。マリーア・ハックスリーにも手を貸してもらった。活版屋と製本屋を探すだけでなく、チラシを刷って配布しなければならなかった。「D・H・ロレンスの新作。無削除版。『チャタレイ夫人の恋人』(LADY CHATTERLEY'S LOVER）こと『ジョン・トマスとレディー・ジェイン』(JOHN THOMAS AND LADY JANE)。限定1000部。著者のサインと連番入り。正価２ポンド（アメリカ向け500部、正価10ドル)。1928年５月15日発行予定。」ロレンスは英語など全くわからない活版屋に、その作品の内容を話した方がよいと思った。すると活版屋はにっこりして、「でも、毎日やってることですから！」と言った。そこは小さな活版所だった。１度にその本の前半の活字をどうにか組むことができた。それは印刷され、校正に回された。結局、1200部印刷された（販売用に1000部で、200部が予備に取り置きされた)。それからまた活字が組まれ、同じように残り半分が印刷された。予約注文が入り始めた。これでロレンスがその企画に失敗せずに済むであろうことは確実となった。

だが、特注による手製の印刷紙の入荷が遅れたので、その分印刷には時間が掛かった。

発行予定日になっても、その本はまだ活版屋の手元にあった。6月28日になって、ロレンスは初めてそれを手にしたが、あいにく彼はフィレンツェの夏の暑さを逃れて、スイス山中に滞在していた。予約注文を受けて、本を配送するのはオリオリに任されていた。

その本の出版をスイスで待っている間、ロレンスは――自分でも異常と思えるやり方で――既に完成し、公表していた『逃げた雄鶏』という作品に見合う補強作品として、その第2部を書き上げた。主人公の「死んだ男」は、今や「より偉大なる日」(Greater Day)の内に生きんとする自らの使命を放棄するばかりでなく、初めて女性と関係を結ぶのである。キリストは、完璧な復活を遂げ、性的欲望のうちに大いなる父として生き生きと蘇るオシリス神(Osiris)である。「それは素晴らしい作品だと思う.... ともかく僕はそれを手放したくない」(『書簡集』Ⅵ、p. 469)と彼は述べている。彼自身、体が弱っていて、回復はもはや不可能だろうといった気持ちを、今やこの作品は多分に反映している。彼は病というものを精神状態に対応するものとして考える傾向があった。「そういうわけで僕はまた病気になった。どれほど気力で跳ね除けようとも、痛みや苦しみは染み込んでくる」(『書簡集』Ⅵ、p. 409)。だが、小説家というものは普通の人には入り込めないような世界を生み出すことができる。1925年に、彼は小説の創作について次のように述べていた。「僕は作中人物とともにこの上もなく情熱的に生きることができる。創作したり、記録したりする体験こそが人生そのものであり、世間の人達が生活と呼んでいる卑俗な事柄に比べてはるかに素晴らしいものである」(『書簡集』Ⅴ、p. 293)。

第9節　晩年　1928年－1930年

Ⅰ.

1928年6月に、ロレンスは是非とも訪問したいと言ってくる1人のアメリカの知人に宛てて、自分とフリーダの現状を次のように述べている。「僕は今や42才だ。健康状態がとても悪い。それに忍耐力などまるで持ち合わせていない妻が一緒だ.... 健康がすぐれず、金もなく、迷っている」(『書簡集』(*Letters*) Ⅵ、p. 419)。実際、現状を少しでも打開してくれるものがあるとすれば、それは金だった。英国版による作品数がここ数年、めっきり減っていた――過去3年間に出版した散文作品といえば、1926年の『ダビデ』(*David*)と1927年の『メキシコの朝』(*Mornings in Mexico*)と1928年の『馬で去った女』(*The Woman Who Rode Away*)であり、それらの印税だけではほとんど生活費の足しにならなかった――にもかかわらず、『チャタレイ夫人の恋人』(*Lady Chatterley's Lover*)はこれまで以上の収入を彼にもたらしたようである。その作品のおかげで、彼は家を一軒所有することができたし、また話題となるような記事を大衆新聞や雑誌に載せて人を喜ばせることもできた。このような記事は午前中に仕上げることができた上に、深刻な長編小説を出版するより実入りのよいのがわかって、いささか楽しみな仕事となった。結果的にみれば、――困ったことだが――『チャタレイ夫人の恋人』の海賊版が次々と現れたにせよ、彼は死ぬまでの2年間、好きなように仕事をし、好きな時に好きな場所のホテルに泊まり、しかも病気の治療費さえ払えたことから、金銭的にはさほど辛い思いをせずに済んだのである。

だが、1928年6月初旬にあっても、ロレンスは『チャタレイ夫人の恋人』がどれほどの成功を博しているかということに気づかなかった。差し当たり夏を過ごすにあたって、（農場に居た時のように）安上がりで爽快な気分を味わえるほどの標高がある手頃な場所に出掛ける計画を立てた。第1条件として、2人の住める場所は彼の健康状態に掛かっているといってもよかった。それでもいろいろと問題はあった。スイスのあるホテルで追い出しをくわされる羽目になった。「というのも、僕が咳をしているからだった。咳をしている人間は泊めないと言われた」（『書簡集』Ⅵ、p. 428）。結局、2人はグシュタート（Gstaad）近くのグシュタイク（Gsteig）の村に行き着き、小さな田舎家に入った。「4000フィートもの高さだ、いや、もっと高いだろう――上層の世界だ、とても素晴らしい――より偉大なる日（Greater Day）の雰囲気が少し漂っている」（『書簡集』Ⅵ、p. 452）と、彼はかつて「飛魚」（“The Flying-Fish”）を読み聞かせたことのあるブルースター夫妻（the Brewsters）に手紙で述べている。だが、近くの山々がそそり立っているために、その田舎家の付近をうろつくことしかできなかった。それでも彼は健康によいと思ってそこで3ヵ月間過ごした。彼はずっと絵を描いていた。実際、絵画展を開くことも考えていた。そればかりか、書店や警察や関税などの圧力が日ごとに強まる中で、エッセイや書評や短編小説（「青いモカシン」（“The Blue Moccasins”））などの執筆はもとより、『チャタレイ夫人の恋人』が多くの人に無事に行き渡るように手紙をいくつも書いて最善を尽くしていたのである。

8月末にロレンスの姉のエミリー（Emily）と姪のマーガレット（Margaret, 1909年生まれ）が泊まりにやって来たが、彼にとって身内に会うのは、1926年にイングランドへ戻った時以来のことだった。今回に限って、彼女らの訪問もロレンスとフリーダの間にほとんど緊張を引き起こさなかったようである。言ってみれば、エミリーはエイダ（Ada）ほど独占欲がないという風にフリーダは判断したのだろうし、ロレンス自身も自分の身内との間に生じていた距離感に驚かざるを得なかったからである。姉や姪が「自分の活動的な人生」（『書簡集』Ⅵ、p. 533）からどれほど離れたところにいるかを彼は感じた。「. . . . だから僕は『チャタレイ夫人の恋人』を一家の秘密として隠さねばならない」（『書簡集』Ⅵ、p. 533）。スイスで夏を過ごした後、2人はバーデン・バーデン（Baden-Baden）に出掛け、そこに10日間滞在した。その間、彼らはミレンダ荘（Villa Mirenda）には戻らないことにした。バーデン・バーデンでは楽しく過ごしていたが、それでもフラット住まいだったので、階下には人の迷惑になるような連中が住んでいた。2人にはもっと広い棲家が必要だった。フィレンツェ（Florence）に移り住めば、特に頼りとしていたアールとアクサのブルースター夫妻（Earl and Achsah Brewster）とはかなり離れて暮らすことになる。かと言って、ミレンダ荘はまた最近の恐ろしい喀血の記憶と結び付いていた。フリーダは1人で自分達の家財の荷造りをするためにミレンダ荘に戻って行ったが、アンジェロ・ラヴァリ（Angelo Ravagli）と少し時間を過ごす機会はあったようである。ロレンスはトゥーロン（Toulon）までやって来て、ポールクロウ島（the island of Port Cros）へ一緒に渡るためにフリーダを待っていた。実は、リチャード・オールディントン（Richard Aldington）と彼の愛人のアラベラ・ヨーク（Arabella Yorke, 1892年生まれ）、更に――後で判明したように――彼の新たな愛人のブリジット・パットモア（Brigit Patmore）らが、全く見事な風景を新たに眺望できる島の先端の借家に招待してくれていたのである。2人は島に渡り、特にロレンスはその場所やそこの住人が気に入ったものの、身体の状態からして無理なことはできず、遠出の時や、泳ぎに行く時などは他の人達に同行できなかった。フリーダはイタリアから風邪を持ち帰っていたので、ロレンスはすぐそれに感染した。彼は午前中の大半、床に就きながら仕事をした。「パンセ」（“Pensées”）という新たな風刺詩集に取り組み始めていた。それはやがて『パンジー』（*Pansies*）という題名の詩集として完成されることになった。「彼はとても幸せで、その『パンジー』を誇りにしていた。彼は出来上がったばかりの詩をよく読み上げていた」（ネールズ（Nehls）1959年、p. 274）。また彼はルネサンス期の作家であるラスカ（Lasca）の『マネンテ博士の物語』（*The Story of Dr. Manente*）をイタリア語から翻訳していた。

Ⅱ.

ある意味でロレンスは死ぬまでの18ヵ月間、体の慢性的衰弱で苦しんでいた――だが、いずれにしてもそのことを重要視するのは間違っていよう。たとえその病気から逃れられないにしても、自分の生存にとってそれはあまり意味のないもの、つまり、自分に「添えられ」、「付着した」ものであるかのように見なして、彼は懸命に生きたのである。「この病気は実際、自分のものではないように思う。――自分の内ではすこぶる爽快で、問題はないという気がする」（『書簡集』Ⅶ、p. 546）。病気には罹らないと強く信じていたこともあって、こういう考え方が生まれたのである。イーストウッド（Eastwood）時代の友人、ガートルード・クーパー（Gertrude Cooper, 1885－1942）が1926年にサナトリウムに入った後で、次のようなことをロレンスに忠告していた。「大事なのは、生きようとする勇気を持つことだ。生きようとする勇気を持ち、しっかりと生きることだ」（『書簡集』Ⅴ、p. 545）。ロレンスには誇りと独立心があったので、病気に取り込まれるのを極度に嫌った。「彼は病気だということを認めるのが大嫌いだった」（ネールズ1959年、p. 206）と、ロレンスが日中にも休みを取らねばならなくなった時期に、フィレンツェを訪れた一人の訪問客が述べている。だが、彼がそうした態度を取ったのも、病気であることが常にフリーダとの関係にあって1つの特別な問題ともなったからである。フリーダは看護人として失格だったとよく言われている（ハックスリー夫妻はロレンスが最後の病に陥っていた1930年に訪れ、特にショックを受けている）が、一般的な見方からすればそれは間違ってはいない。だが、ロレンスが実際、病気になって意気消沈していると、フリーダは全く驚くべきやり方で彼を元気づけ、奮起させたのである。彼女のこうした才能に注目した人は少なからずいる（ヒルトン（Hilton）1993年、pp. 53－54）し、また彼女は意識的にそうした治療を施していたのである。「私は彼を奮起させ、私の活力の投与を断固受け入れさせようとした。彼はそれに屈しようとはしなかった」（クロッチ（Crotch）1975年、p. 7）。彼女が自分でも認めていたように、実際に困った点は、「ロレンツォー（Lorenzo）が病気になると、私が生き生きするので、それが彼には気に食わない」（ビナー（Bynner）1951年、p. 61）ことだった。彼女の輝かしい活力は、ロレンスにとって生々しい非難のようなものとして受け取られたのであろうが、1929年から1930年にかけての冬に、彼はフリーダの娘のバービー（Barby）に次のように語っている。「君の母親は僕が死を宿していることに不快を感じている」（ネールズ1959年、p. 428）。彼はフリーダが（たまにではあるが）何時病気になったかを、必ず手紙に書き留めていたし、また彼が病気になると、両者間の緊張がきまって高まる傾向にあった。1919年の春にインフルエンザに罹ってから、この上もなく下品な罵倒を１度フリーダから受けたことを彼は書き留めている。「僕は身体が回復するまでひどい目に遭わされ続けたくはない。彼女は実際、悪魔だ。彼女とは２度と会いたくない気がする.... というのも、それは本当だからだ。僕はずっと彼女に苛められて来たんだ」（『書簡集』Ⅲ、p. 337）。彼が病気になると、フリーダはきまって楽々と優勢に立った。彼にはそれが耐えられなかったのである。彼が晩年になって、重病に陥ったこと、もしくは（一般的な意味で）病人になったことを認めたくない理由の１つがそこにあったのは確かである。その点で、フリーダとの間にある種の共犯関係のようなものが成立していたと言えよう。例えば、彼の死が近づくにつれて、フリーダは実際、「彼が自分の健康についてぶつぶつ不平を言うのを聞いたことがない」（フリーダ・ロレンス（Frieda Lawrence）1961年、p. 11）と述べている。彼は病床にあっても仕事をし、創作を続けた。「枕をいくつも使って身体を支え、ひざを立てた状態でその上に書き物台を置いて執筆した」（ヒルトン1993年、p. 53）。彼の友人達は皆で示し合わせて、彼が実際には病気ではないという幻想を作り上げた。ブリジット・パットモアの記憶によれば、1928年の秋のポールクロウ島にあって、「何かしら変だと示唆するのはルール違反だった」（ネールズ1959年、p. 255）。また彼は自分で病気の身体を看護するために、かなり勇敢な行動を取ってもいたのである。「彼は何が身体のためによいか、また何が必要かを、誤ることのない本能でしかと承知していた。さもなければ、とっくの昔に死んでいたでしょう」（フリーダ・ロレンス1935年、p. 271）。

この件に関してすぐに別の見方が浮かんでこよう。オルダス・ハックスリーの苦悶に満ちた一通の手紙によれば、結核に罹っている事実に目をつむったり、適切な医者に相談するのをロレンスが嫌ったのは、まさに彼自身が無責任だったからだと判断されている（『書簡集』Ⅶ、p. 9）。だが、ハックスリーはその治療の可能性に関してかなり楽観視していたのは間違いない。しかし、少なくともロレンスを診断した１人の専門医であるハンス・カロッサ（Hans Carossa）が、早くも1927年に「実際、どんな治療を施しても彼を救うことはできない」（ネールズ1959年、p. 160）と確信していた事実はよく知られている。また、とても知的な女性であるフリーダの姉のエルゼ・ヤッフェ（Else Jaffe）は次のような信念を持っていた。「ロレンスと私の妹は彼の病気にしかと冷静に対処している。誰もが自らの教訓に従って生き、そして死ぬのです」（ネールズ1959年、p. 426）。ロレンスは幼年時代から、治療中の結核患者にどのようなことが起きるかをよく承知していた。数ヵ月間にわたりサナトリウムに拘束され、おそらくは外科手術（ガートルード・クーパーは1926年に片肺を切除していた）を受けることになるが、それも現実には何の効果もなく、回復することのないままに、徐々に衰亡してゆくだけだということを。ロレンスは自分だけはそのような目に遭わないようにしていた。それが結果的に身体を恐ろしく衰弱させることになったとしても、自分の好きなように仕事をして残りの人生を送るつもりだった。1929年12月になって、「別の見方をすれば、僕は病気なんかではない」と彼は思い込んでいた（『書簡集』Ⅶ、p. 595）。彼は病人自身の態度や感情が重要なことを知っていたし、病気であることがとてもくやしいと言い張っていた。「肉体にはそれなりの不思議な意志が宿っていて、それ自体のくやしさを癒すのだ」（『書簡集』Ⅶ、p. 623）。そして時々、生き生きとした気分になって創作に励んだ。1927年から1928年にかけての冬に『チャタレイ夫人の恋人』を完成させたことは奇跡と言ってもよかった。健康の回復がもはや不可能であるにしろ、フリーダとの積極的な関わりを通じて自己責任の立場を貫き、自分を見失わずにいることこそ、自らを医者の手に委ねるよりも、彼にとってははるかに大事なことだった。実際、接触してはならない相手は医者だったのである。

Ⅲ.

ポールクロウ島を去ったロレンス夫妻にとって、今後2人が実際に暮らしたいと思う場所についていろいろと考えを巡らすのに、差し当たり地中海沿岸で冬を過ごすのが最適であるように思われた。しかし、ロレンスが病気である限り、それは現実には答えの出ない問題だった。実のところ、フリーダは農場に戻りたかったのだろうが、そこまで出掛けて、おそらくは6ヵ月後に引き返すことなど彼には到底できなかった。いずれにしても、「ロボ（Lobo）と別れることは、若々しさや素晴らしい自由を失うことにも等しい」（『書簡集』Ⅶ、p. 288）。2人はその計画を断念したくはなかった。だが、バンドル（Bandol）はこじんまりとした、気候の穏やかな魅力ある場所だった。オテル・ボー・リヴァージュ（Hôtel Beau-Rivage）は素敵で、料理も美味しく、ロレンスはここでなら『パンジー』に収める詩や、ある程度満足できる収入をもたらしてくれる新聞記事を一時的に書けると判断した。そして、彼の健康が悪化する様子は全く見られなかったので、いつものように2人はそこに滞在した。2週間の滞在予定が5ヵ月間に延びてしまった。

今のところロレンスには、セッカー（Secker）が1929年の秋に「D・H・ロレンスの作品」（“Lawrence book”）として出版を予定していた未刊のエトルリア（Etruscan）に関するもの以外、これといった執筆計画はなかった。従って、イタリアに戻ってその作品を完成させることは可能だった。だが、友人達が次々とバンドルへ泊まりにやって来た。ウェールズ人（Welsh）の若い作家であるリース・デーヴィス（Rhys Davies, 1903－78）を始め、ロレンスの妹のエイダも訪ねて来た。しかし、今回は何の騒動も反撥も起こらなかった。数週間が過ぎ去った。「ここはいつも日が照っていて、とても素晴らしい。住民も皆素敵だ。どうして人間は更なる悪事をそんなに急いで求めるのだろう！」（『書簡集』Ⅶ、p. 41）。たとえセッカーがロレンスの新作を出版したがっていたとはいえ、『チャタレイ夫人の恋人』の印税のおかげで、彼はその件に関して頭を悩ませる必要はなかった。ただ問題は、いつものようにフリーダが自分の住む場所を欲しがっていたことだった。ホテルに滞在中、ロレンスと違って彼女には何もすることがなかった。2人は2年間ほどスペインへ行く考えを持っていたので、春になると、まずマリョルカ（Majorca）へ出掛ける決心をした。だが、その前にロレンスはパリに出向いて、海賊版よりも安い値段で『チャタレイ夫人の恋人』を販売するために、その普及版の出版手配をしたかった。彼はパリで、自分の泊まっていたホテルの近くに住んでいたハックスリー夫妻の家で1週間ほど過ごすことができた。そのためにその企画が進め易くなった。フリーダとはパリで合流した。普及版の出版手配が終わった後で、2人はマリョルカに向けて旅立ち、そこで比較的幸せに2ヵ月間を送ることになった。

マリョルカはロレンスにシチリア（Sicily）を思い出させたが、「タオルミーナ（Taormina）ほど素晴らしくはなかった。しかし、かなり静かなところだった。僕の知っている限り、これほど静かなところはないが、いささかうんざりさせるようだ。だが、僕はここが好きだし、健康のためにもよいことは確かだ」(『書簡集』Ⅶ、pp. 253－54)。マリョルカに滞在中、大した仕事ができる自信はなかったが、『チャタレイ夫人の恋人』の無削除版が成功したことによって、彼が既に次の企画を考えていたことは間違いない。それはセッカーが夏に(多くの詩を削除することで)その削除版としての刊行を考えていた詩集『パンジー』を、今度は無削除版で出版することだった。そのタイプ原稿が今年の1月にロンドン警察の手によって押収されたことから、彼は以前にも増してその詩集を大衆の眼前に差し出す決心を固めたのである。ロンドンの出版者である友人のチャールズ・ラー(Charles Lahr, 1885－1971)はかねがね『パンジー』の無削除版に関心を抱いていた。ロレンスはまた「ポルノグラフィと猥褻」("Pornography and Obscenity")と題する検閲制度に関する2冊目のエッセイを仕上げる(今年の始め頃、普及版『チャタレイ夫人の恋人』の短い序説を書いて、この検閲制度に関する問題を取り上げていた)とともに、『パンジー』の創作線上にいろいろな詩を作り続けていた。だが、当時の生活にあっておそらく彼をこの上もなく興奮させたものは、画集の刊行だった。それは夏のロンドンで行なわれた絵画展開催とその時期を同じくしていた。

6月半ばになり徐々に暑くなってきたので、ロレンスとフリーダはマリョルカを離れたが、フリーダは絵画展を観るためにイングランドに向かい、ロレンスの方はイタリアのハックスリー夫妻の家に泊めてもらった後に、フィレンツェのオリオリ(Oriori)の家に厄介になった。そこで再び彼は重病に陥った。だが、フリーダがロンドンに滞在中、(ロレンスの絵が展示してある)ウォレン・ギャラリー(Warren gallery)は警察の手入を受け、陰毛らしきものが描かれている13枚の絵が押収された。それらの絵の焼却を巡って、ボウ通り(Bow Street)の警察裁判所で訴訟が行なわれた。イングランドでは2度と展示しないという約束で、それらの絵は焼却を免れた。だが、その一件によって、ロレンスは新たな怒りを覚えることとなった。彼はそのことについてこれまでとは違った一連の詩(今回は『いらくさ』(*Nettles*)——刺のある植物——という題名の詩集)を書いた。ロレンスが病気になったことを聞きつけたフリーダはイタリアに戻って来た。だが、2、3日経ってから、2人はフリーダの母親の77才の誕生日を祝うためにバーデン・バーデンへと旅立った。

ロレンスにとって、これまでのバーデン・バーデンへの訪問は楽しいものだった。だが、日増しに衰弱し、病気も進行していたことから、新たな精神的緊張が生まれた。男爵夫人は鼻持ちならず、気候も身体に悪く、更にはぞっとするほどいやな場所である上に休暇で遊びに来ている連中にも不快を覚えることになった。それにかなりの標高にあるプレティグ診療客用ホテル(Kurhaus Plättig)に滞在したのがよくなかった。「僕の身体のためにはよさそうだが、実際、ここは大嫌いだ」(『書簡集』Ⅶ、p. 393)。バーデン・バーデンに戻ることで事態は以前よりよくなったものの、彼はそこに留まる気にはならなかった。2人は1927年の秋には何とかしてバヴァリア(Bavaria)に戻りたかった。ロレンスはそこにいると身体の調子がとてもよかったのである。彼らは8月末から山間のロタッハ・アム・テゲルンゼー(Rottach-am-Tegernsee)に泊まりに来るようにとのドイツ人医師マックス・モール(Max Mohr, 1891－1944)の招待を受け入れた。だが、残念なことにロレンスはその高所が身体に悪いことに気づいた。そこで受けた医者の忠告も全く効き目がなかった。1人の医者は彼に「規定食と少しの休息を取り続ければ、2、3週間できっとよくなる」(『書簡集』Ⅶ、p. 466)と言った。また別の医者は砒素と燐を彼に処方した。ロレンス夫妻は再び南方へ、おそらくはイタリアへ戻る決心をした。「実際、動き回るのはうんざりだ。どこかに棲家を持ちたいものだ」(『書簡集』Ⅶ、pp. 473－74)。前年、バンドルにいた時、身体の調子が比較的よかったのを覚えていた。これまでの人生にあって、彼は1度立ち去った場所を再訪するのは気が進まず、初めての場所に出掛けるのをよしとしてきたが、今回は2人でバンドルに戻り、以前泊まったホテルで2、3日過ごしてから別荘を1軒借りることにした。かくして——特にフリーダはほっとしたのだが——1年以上にもわたって真に寛げる棲家を得たのはこれが初めてだった。

Ⅳ.

ロレンスはそれまでの数ヵ月間、主として『パンジー』や『いらくさ』に収める詩を更に何編か作っていた(実際、小説を書きたい気持ちはありながらも、小説には全く手を染めていなかった)。だが、バンドルに戻ってからは詩を書き続けた——『最後の詩集』(*Last Poems*)に収められた大半の詩はバンドルでの2度目の滞在中に書かれているし、また『いらくさ』を出版する準備もしている——が、他に雑誌記事を2編ばかり書いたり、普及版『チャタレイ夫人の恋人』の序説を『『チャタレイ夫人の恋人』について』(*A Propos of "Lady Chatterley's Lover"*)という題名のエッセイに改作するなどして、再び創作に集中し始めた。1924年初頭にロレンスが初めて出会った芸術家で占星術師のフレデリック・カーター(Frederick Carter, 1883－1967)が、原始宗教的な象徴主義に関する本を書いていて、ロレンスはその本の単なる序説を書く約束だったにもかかわらず、気がついてみると、それを自分なりの作品に創り変えていた。彼はカーターの本の内容とは独立した序説を書いて、それを首尾一貫したものに仕上げたのである。エトルリアに関するエッセイで描いた古代世界、つまり、「キリスト教以前の天国」の幻想に対するかつての興奮を新たに覚えながら、10月後半から12月末にかけてそれを書き続けた。彼の願望は、現代人の体験のうちに欠けていると思われるこうした「古代の異教的幻想」を生み出すことにあった。つまり、その作品によって、古代世界との精神的な関わりを現代人の内に回復させたかったのだろう。

> 実際、僕の個人主義は1つの幻想である。僕は大いなる全体の1部であり、そこから逃れることなどできない。だが、僕は様々な関わりを否定し、壊すことで1個の断片と化すことも可能である。その時、僕は惨めな人間となる。
>
> 僕らにとって必要なことは、僕らの誤った人為的な関係を壊すことである.... そして宇宙や太陽や地球を始めとして、人間や国家や家族などとの生き生きとした有機的な関わりを再び打ち立てることである。太陽と共に始めよ、そうすればその他のことは徐々に、徐々に生起してゆくだろう。(『アポカリプス』(*Apocalypse*)、p. 149)

ロレンスはこの一節をバンドルの太陽のもと、少しばかりの散歩に適した海岸地帯で書き上げた。12月の始めになると、これまで見たこともなかったような花がいろいろと咲き始めた。だが、彼はベッドで過ごす時間がますます多くなっていった。そして結核治療の専門医である英国人のアンドルー・モーランド(Andrew Morland, 1896－1957)——ガートラー（Gertler）とコテリアンスキー（Koteliansky）によってロレンスを診断するように言われていた――から、サナトリウムに入るようにとの忠告を受けた。その忠告を聞き入れなかった彼は２ヵ月間、仕事を中断して誰とも会わず、ベッドで静かに休養を取ることを強要された。

ロレンスはそれに従ったが、以前にもまして気分がすぐれなかった。「天気がよく、アーモンドの木々も花盛りだが、僕は見に行くことができない」（『書簡集』Ⅶ、p. 633）。仕事の禁止は今回の診察における最も厳しい――しかも最も有害な――処置だった。実際、ロレンスは少し仕事を続けていたようである。アクサ・ブルースターは２月の始めに、「彼がベッドで上体を起こして、身の回りにゲラ刷りを積み上げ、『いらくさ』を校正しているところを目にした」（ブルースターとブルースター（Brewster and Brewster）1934年、p. 310）。だが、快方へ向かう兆しは全く見られなかった。彼は絶望し、サナトリウムへ入ることに同意した。1930年２月６日、彼はヴァーンス（Vence）にあるアド・アストラ（Ad Astra）という不吉な名前のサナトリウムに入った。それは結果的に死の始まりだった。

V.

モリー・スキナー（Mollie Skinner）の弟のジャック（Jack）（『叢林の少年』（*The Boy in the Bush*）の生みの親の１人）は1925年に44才で亡くなっていた。そのことを耳にした時――自分が結核に罹っていることを知ってから２、３ヵ月後、――ロレンスはモリーに同情を寄せる手紙を送り、その中でジャックの充実した人生を祝うとともに、次のようなことを述べている。「人が充実した生を生きたのなら、死は悲しむべきことではない」（『書簡集』Ｖ、pp. 292－93）。『最後の詩集』（*Last Poems*）所収の「貯えるものなど何もない」（“Nothing to Save”）のような詩から、死ぬまでの数ヵ月間、ほとんど病気と死に、自らを譲り渡しながら。だが、どこか自らの内に「静寂さそのものとも言える小さな核心」があって、そこは依然として驚くほど生き生きとしている（『全詩集』（*Complete Poems*）p. 658）と感じていたロレンスにとって、死がどのような意味を持っていたかが多少ともわかるのである。それはまさに生きることの意味に他ならなかった。「どうかそんなに僕の気を滅入らせないで下さい。これほどひどい屈辱感を味わったことがないのです」（『書簡集』Ⅶ、p. 398）と叫んでいたにもかかわらず、バーデン・バーデンで前年、フリーダの母親に見て取ったように、死を恐れ、生にしがみつく生き方には到底耐えられなかった。彼は自分を卑しめることに我慢ならなかった。一瞬一瞬を精一杯に生きたかったのだろう。１人の友人が次のようなことを述べている。「彼は自らの生活と作品を病的な状態、つまり、いかなる不健全な憤懣からも解放しようとした。彼は敗北を認めたくなかった。死のように堅固な（*fort comme la mort*）、もしくは生のように逞しい人間であろうとした。彼は真の人間として生き、そして死んだのである」（ショーエンベルナー（Schoenberner）1946年、p. 290）。例えば、夫が愛人と心中を遂げたカレス・クロズビー（Caresse Crosby）に、ロレンスは同情に満ちた次のような忠告を与えている。「すぐに立ち直ろうとしてはいけません――少し愚かでも、しばらくはその衝撃に身を任せていた方がよいと思います.... 仕事をするのが一番です。ある種の無感覚、慈悲に満ちた麻痺状態が必要なのです。それはあまりにも不幸な出来事でした――それは正道を踏み外した行為でした」(『書簡集』Ⅶ、p. 634)。

ロレンスは、1930年1月にメイベル・ルーハン(Mabel Luhan)に与えたまさに驚くべき忠告に自ら従おうとしていた。「横になって静かにしていなさい。そうすれば徐々に肉体が蘇り、遂には意志の拘束から解放されるでしょう」(『書簡集』Ⅶ、p. 625)。だが、病状が進行し過ぎていたために、1925年の春に農場で体験したようなことは2度と起こるはずがなかった。アド・アストラに入ってから体重は減り続け、これまでになくひどい病状に陥った。彼はこの上ない惨めな気持ちを味わっていた。だが、彼らしい態度が打ち出された。いつものように行動することに決め、彼はサナトリウムを退院した。再度、気に入った場所に家を借り、自分に納得のゆくやり方で生き(もしくは死に)たかったのだろう。フリーダはヴァーンスにロベルモン荘(Villa Robermond)を見つけ、看護婦を1人雇った。3月1日の土曜日に、彼はタクシーでその新しく借りた家に運ばれた。日曜日はいつものように、「朝起きて、顔を洗い、歯を磨いた」(ネールズ1959年、p. 435)。昼食を取り、ベッドで上半身を起こしたままコロンブス(Columbus)の伝記を読んだ。だが、午後になって、ひどく苦しみ出し、モルヒネを欲しがった。モルヒネを処方してくれる医者は見つかったものの、その夜、フリーダ、バービー、そしてマリーア・ハックスリーらに看取られてロレンスは亡くなった。フリーダは数週間にわたって、死にゆくロレンスの姿を書き留めているが、それはとても簡明で、彼女の書いたものの中でも最も感動的な作品である。それに匹敵するものなどめったに現れないだろう。その最後の個所を引用するに止めよう。

> それから、私たちはロレンスを愛する数人の仲間と一緒に、まるで小鳥を埋めるようにあっさりと彼を葬りました。彼らと共に墓穴に花を投げ入れ、たくさんのミモザを棺の上に置いている最中に、私の口に上った言葉と言えば、「さよなら、ロレンツォー(Lorenzo)」だけでした。
>
> すると、棺に土を掛けている間に日が射して来て、その小さな墓を照らしました。それは彼の大好きな地中海を見渡せるヴァーンスの小さな共同墓地にあります。(フリーダ・ロレンス1935年、p. 276)

第10節　ロレンスの評伝　1885年－1993年

Ⅰ.

信頼に足るロレンスの評伝を書き上げることの難しさは、例えば、彼が外見的にどのような印象を与えてきたかを振り返ってみるだけでも明らかとなろう。そのようなことは大した問題ではないように思えるが、実はそうでないことを実際の体験が教えてくれるのである。1929年6月にマリョルカ(Majorca)でロレンスが描いた自画像と、その同じ月に撮られた2枚のスタジオ写真を見比べるだけでも充分である。その写真には、青白く細長い顔立ちをして、ほとんど存在感を感じさせない優しく物静かな男性が写っている。また、彼はあまりにも痩せていたために襟やネクタイが垂れ下っている。自画像の方は、顔幅が広く、とても怒ったような顔をして、何かを見据えるような荒々しい目付きをしている。

その同じ襟とネクタイは身体にうまくフィットしている。ロレンスは自画像の方が「基本的に自分に似ている」（『書簡集』（*Letters*）Ⅶ、p. 333）と述べている。「だが、僕の妻はそう思ってはいないようだ――自分には納得できないというのがその最大の理由である」（『書簡集』Ⅶ、p. 333）。果たしてどちらが「実物」のロレンスに似ているのだろうか。それは「実物」をどのように解釈するかに掛かっていると言えよう。

たとえロレンスのことをよく知っている人達によって書かれた回想録に限ったところで、そこには異常とも思える誤差が見られるのである。1908年にロレンスと出会ったクロイドン（Croydon）の小学校校長は、彼が「くしゃくしゃの黒い髪」（ネールズ（Nehls）1957年、p. 85）をしていたのを覚えていた。また少なくともロレンスの若い頃の友人は、彼が「黒い髪をしていた」（ワーゼン（Worthen）1991年、p. 95）と述べている。1909年に初めてロレンスと出会ったヘレン・コーク（Helen Corke）は、彼が「金髪」だったのを覚えていたのに引き替え、1909年の後半にロレンスと初めて知り合ったフォード・マドックス・ヘファー（Ford Madox Hueffer）やヴァイオレット・ハント（Violet Hunt）は、彼の髪が「きらきらした黄褐色」や「黄金色」（ネールズ1957年、p. 95、p. 111、p. 127）だったのをそれぞれ記憶していた。1917年にエスター・アンドルーズ（Esther Andrews）は、ロレンスが「灰色の髪」をしていたと述べている一方で、バークシャー（Berkshire）の友人であるセシリー・ランバート（Cecily Lambert）はその翌年、彼が「ねずみ色がかった金髪」（ネールズ1957年、p. 416、p. 463）だったのに気づいた。1923年にドロシー・ブレット（Dorothy Brett）は、ロレンスが「黒みがかった金髪」（ネールズ1958年、p. 304）をしているのに気づき、その３年後にモンタギュー・ウィークリー（Montague Weekley）は、彼が「薄茶色の髪をしている」（ネールズ1957年、p. 161）と思った。だが、1912年にロレンスと出会ったデイヴィド・ガーネット（David Garnett）は、彼の髪が「赤みがかったあざやかな黒色」だったのを覚えていた。キャサリン・カーズウェル（Catherine Carswell）は、1914年にロレンスの髪が「鈍いとび色」をしていたのを覚えていたし、また1914年にロレンスと出会ったリチャード・オールディントン（Richard Aldington）は、彼の髪が「鮮紅色」（ネールズ1957年、p. 173、p. 227、p. 236）だったのを記憶していた。作家のダグラス・ゴールドリング（Douglas Goldring, 1887－1960）は、ロレンスの「顔に撫で下ろした赤みがかった巻毛」しか覚えていなかったのに、1915年にオトライン・モレル（Ottoline Morrell）は、彼の頭に「赤毛がふさふさしていた」のを記憶していた。だが、1914年にロレンスと初めて出会い、1920年に再会したコンプトン・マッケンジー（Compton Mackenzie）は、彼が「ウェーブのある赤みがかった髪」（ネールズ1957年、p. 271、p. 490、p. 248）をしていると思ったし、1921年にレベッカ・ウェスト（Rebecca West, 1892－1983）は、彼の髪が「光沢のある淡い赤毛」（ネールズ1958年、p. 63）だったと述べている。ロレンス自身はかつて自分の髪が「特に変わった色をしているわけではない」と話していた（『フェニックス』（*Phoenix*）Ⅱ、p. 310）が、ある時、君のような赤毛の人はきっと気が短いのだろうと誰かに言われた時、その相手に「僕の髪は赤色ではない。以前は黄金色だったが、今は褐色だ。僕の顎鬚は赤色と言えるだろうが、髪は金色がかった褐色だ！」（ブルースターとブルースター（Brewster and Brewster）1934年、pp. 266－67）と答えている。

おそらくロレンスの髪は年とともにますます褐色になっていったのだろう。彼は１度も髪を染めたことがなかった。もっとも、髪を染めていると思った人も中にはいた。「ある日モーリス・マグナス（Maurice Magnus）が食事中に僕に言った。「君の髪は何て美しいんだ。そんな美しい色をして！　何を使って髪を染めているの？」（『フェニックス』Ⅱ、p. 310）。ところで、こうした様々な描写にあって、誰もが自分の見つけたいものをロレンスの内に探し出そうとしているのが見て取れよう。いずれの場合にも、それが男性であれ、女性であれ、ロレンスを描写している当人の反応の強烈さや重要さが実際には述べられているのである。髪の色合いにこれほどの差があること自体、ロレンスが如何に驚くべき風変わりな人間だと思われていたかがわかるとともに、様々な回想録を書くことで、彼を理解することの素晴らしさが多少とも伝わるのをこれらの作者達は確信していたことが暗に理解できるのである。ロレンスの髪を赤毛だと見なした人達は、特に彼のことをある種の異端者だとか、おそらくは短気で下品な労働者階級の男だと考える傾向があった。まさにこの点で、彼は多くの人を驚かせたのである。「彼はどの労働者仲間にも見られるように、小柄でひょろひょろしていて、いつも他の男達を笑わせていた」し、「あなたも知っているように、3等車の隅に座っているような.... そういったタイプの労働者だった」（ネールズ1957年、p. 173、p. 217）。「その門のところに立っている男が、赤みがかった顎鬚をした強健な船員と裏口にいる雑役夫との中間的な存在であるような気が私にはした」（ネールズ1958年、p. 133）。ロレンスの髪が見事な赤毛だったのを覚えていたのは、往々にして中産階級もしくは上流階級の人達であり、彼らは彼の髪の色よりも、（誰もが赤色だと認めた）顎鬚の色に強い印象を受けたのは明らかである。

疑う余地のないように思える事柄にも意見の一致が見られないとすれば、ロレンスの人となりについて全体的に共通した理解が得られなくとも別に驚くには当たらない。ウィリー・ホプキン（Willie Hopkin）の娘のイーニッド・ヒルトン（Enid Hilton, 1896－1991）によれば、ロレンスは「親切で、冗談好きな男」（ヒルトン（Hilton）1993年、p. 65）だった。またデイヴィド・ガーネットは、彼が「勇気があり威勢もよく、止むことのないしつこい嘲りによって皆を喜ばせていた」（ネールズ1957年、p. 177）のを決して忘れなかった。それとは対照的にアメリカの詩人、ジーン・アンターメイヤー（Jean Untermeyer, 1886－1970）は、「自分には扱い兼ねるような傲慢な男に圧倒させられた」（ネールズ1959年、p. 104）のに対し、ウィリアム・ジェラーディ（William Gerhardi, 1895－1977）は次のように述べている。「ロレンスには余計な言動とともに不器用でぐずなところがあった。彼のユーモアはどことなく拍子抜けしていた。ユーモアの下手な人によく見られるように、彼は冗談のセンスを多分に持っていることを誇りにしていた」（ジェラーディ（Gerhardi）1931年、pp. 228－29）。ノーマン・ダグラス（Norman Douglas）にとって、ロレンスは「心が疲れ、苦しんでいたので」、「沈着冷静には見えなかった。ユーモアなんかこれっぽっちもなかった」（ネールズ1958年、p. 14）。だが、トマス・セルツァー（Thomas Seltzer）は実際、ロレンスに「異常とも言える落ち着き」を認めている（ネールズ1958年、p. 210）し、アール・ブルースター（Earl Brewster）も、どれほど「ロレンスと一緒にいる時間が.... 楽しく自由であった」（ネールズ1959年、p. 135）かを覚えていた。キャサリン・カーズウェルは、ロレンスのことを「全く魅力的な男」（カーズウェル1923年、p. 213）と思っていたが、アメリカの作家、カールトン・ビールズ（Carleton Beals、1893年生まれ）は、「たいていの人――不断に自由を求める神経症的な女性たちを別にすれば

――と同じように、僕は個人的に彼のことをすぐに嫌いになった」（ネールズ1958年、p. 288）と述べている。エスター・アンドルーズは、ロレンスのことを「付き合ってみると、この世の誰よりも優しく親切な人」だと述べ、ドリー・ラドフォード（Dollie Radford）も、彼のことを「あまりにも素朴で親切な優しい男」（ネールズ1957年、p. 417、p. 292）だと評している。他方、ウィター・ビナー（Witta Bynner）は、ロレンスが「メフィストフェレス（Mephistopheles）よろしく仮面を被った悪童」（ビナー（Bynner）1951年、p. 2）だと思っていたし、セシル・グレイ（Cecil Gray）は、彼が「恋人であれ、友人であれ、または他のどんな役割にあっても.... 惨めな失敗者でしかなかった」（ネールズ1957年、p. 437）ことを記している。またフェイス・コンプトン・マッケンジー（Faith Compton Mackenzie）も、「ロレンスは自分を賞賛してくれる人達の心を傷つけた。いかなる天才も愛を持って接してくれる人達の心にそのような悪意を植え付けることなどしないだろう」（マッケンジー（Mackenzie）1940年、p. 35）と述べている。

それでは一体、評伝作者には何ができるのだろうか？　どれが実物のロレンスなのだろうか？　或いは――正確に言えば――ある特定の観察者の要求や欲望によって微妙に脚色され、果てしなく再生され続けるロレンスとは異なる実物のロレンスなど果たして存在するのだろうか？　いずれにせよ、評伝作者が独力で、上述したような多種多様な見解をうまくまとめ上げることなどとてもできるものではない。そこで、1950年代後半に出版されたエドワード・ネールズ（Edward Nehls）の『D・H・ロレンス―合成的伝記』（*D. H. Lawrence: A Composite Biography*）全3巻は、ロレンスの評伝というものを書く上での極めて当を得た方法を提供してくれる。ネールズは互いに矛盾する細々とした記事を取捨選択することなどしなかった。それらの記事をそのまま提供して、自分の注釈は各巻末に施すに止めたのである。1950年代のその他の評伝――1950年に出版された、リチャード・オールディントンの『天才だが、...』（*Portrait of a Genius, But...*）やハリー・T・ムア（Harry T. Moore）の2冊の評伝、それに『D・H・ロレンスの生涯と作品』（*The Life and Works of D. H. Lawrence*, 1951年）と『知性の真髄』（*The Intelligent Heart*, 1955年）など――は、ロレンスの評伝を研究する今日の学生にとって、当時の流行的な方法を知る上で興味をそそるものであるのにひきかえ、ネールズの『D・H・ロレンス―合成的伝記』が完成後、40年近く経った今なお生彩を失わないのは、まさにそうした事情によるのである。

Ⅱ.

だが、どうしてロレンスの様々な評伝にそのような事実の食い違いが起きることになったのかという疑問は残るのである。今日、入手し得るロレンスの評伝の大半が1930年代の始めに書かれ、次々と意義深くも出版された。しかし、上述の回想録の大半がロレンスの生存中にではなく、1930年から1950年代にかけて書かれたのである。1924年のハーバート・J・セリマン（Herbert J. Seligmann）の『D・H・ロレンス――アメリカ人の解釈』（*D. H. Lawrence, An American Interpretation*）や1927年のオールディントンの小冊子、それに1930年のスティーヴン・ポッター（Stephen Potter）の作品などを皮切りにして、様々な作品批評が彼の亡くなる時期にかけて現れ始めた。ロレンスの死後、13ヵ月しか経ていない1931年4月に発刊されたマリ（Murry）の『女性の息子』（*Son of Women*）――

1930年９月に出版契約が行なわれる――は、一応、評論としての体裁を保ちつつも、ロレンスの精神的側面を扱った評伝だった。それはロレンスの作品にではなく、彼の人格に非を見い出そうとするのを目的としていた。（この点から言えば、1930年に発刊されたレベッカ・ウェストの小冊子こそ、紛れもなく評伝的な作品と呼べるものであろう。）

1932年の初めに、本格的な評伝とも言える作品がいくつか現れ始めた。その最初の評伝はエイダ・ロレンス（Ada Lawrence）の『若きロレンツォー』（*Young Lorenzo*）で、1932年１月にフィレンツェ（Florence）で出版されたが（イングランドでの出版は11月）、ロレンスの家族と彼の幼年時代の生活に関する短い回想録とともに、その生涯を通じて受け取った彼の手紙や葉書の内容を盛り込んだものだった。1932年２月にメイベル・ルーハン（Mabel Luhan）の『タオスのロレンツォー』（*Lorenzo in Taos*）が発刊された。この評伝は、ロレンスがアメリカ南西部で３期にわたって過ごした内の、1922年から1923年にかけての期間と1924年を通じての滞在期間との２期にわたる生活を扱っている。1922年６月にキャサリン・カーズウェルの『野蛮な巡礼』（*The Savage Pilgrimage*）が出版されたが、それは1931年に出版された『ニュー・アデルフィ』誌（*New Adelphi*）にマリが公表したロレンスの回想録に対する応答のようなものであるとともに、自分のテーマに関して現実で得た知識、つまり、外界の資料を基に書き上げた最初の完璧な評伝とも言えるものだった。だが、その作品での自分の扱われ方に関して、マリは幾度となく抗議をもちかけ、法廷に訴えるとまで脅かしたことから、それはとうとう回収される羽目になった。その作品は1932年12月に別の出版社から再発行されることとなった。また、フレデリック・カーター（Frederick Carter）の『Ｄ・Ｈ・ロレンスと神秘的な肉体』（*D. H. Lawrence and the Body Mystical*）とアナイス・ニン（Anaïs Nin）の『Ｄ・Ｈ・ロレンス――素人の研究』（*D. H. Lawrence : An Unprofessional Study*）が、同年に発刊された（両作品ともに評伝と言えるものではない）。だが、何と言っても最も意義深い業績はハックスリー（Huxley）の編纂によるロレンスの『書簡集』（*Letters*）で、やはり同年の９月末に発刊された。1933年１月になると、『野蛮な巡礼』の再刊後に、マリ自身の手に成る『Ｄ・Ｈ・ロレンス回想』（*Reminiscences of D. H. Lawrence*）が現れたが、それはキャサリン・カーズウェルの伝記への返答とも言えるものだった。それは1913年から1924年にかけてのロレンスとの交友期間を扱っているとともに、数年にわたってマリの書いたロレンスの作品論もまとめて掲載していた。1933年の後半にドロシー・ブレットの『ロレンスとブレット―ある友情』（*Lawrence and Brett: A Friendship*）が世に出たが、それは（1915年と、1923年から1926年にかけての）２人の交友期間だけを（再度）扱ったものだった。その同じ年に、ヘレン・コークの『ロレンスとアポカリプス』（*Lawrence and Apocalypse*）とホレイス・グレゴリーの『アポカリプスの巡礼者』（*Pilgrim of the Apocalypse*）が出版されたが、どう見ても評伝とは考えられないような作品だった。次いで主要な伝記が３冊立て続けに現れた。アールとアクサのブルースター夫妻（Earl and Achsah Brewster）の『Ｄ・Ｈ・ロレンス―回想録と書簡』（*D. H. Lawrence, Reminiscences and Correspondence*）が1934年２月に、フリーダ・ロレンス（Frieda Lawrence）の『私ではなく、風が...』（*"Not I, But the Wind..."*）が1934年７月（イングランドでは1935年に出版）に、そしてジェシー・チェインバーズ（Jessie Chambers）の『Ｄ・Ｈ・ロレンス―私記』（*D. H. Lawrence: A Personal Record*）が1935年５月にそれぞれ出版された。ブルースター夫妻の数々の回想録は全体にうまくまとまっていて、評判が高く、論争を呼ぶようなものでは決してなく、1921年から1930年にかけてのロレンスを描いていた。フリーダの評伝は1912年から1930年までのロレンスの生活を扱い、ジェシー・チェインバーズの『Ｄ・Ｈ・ロレンス―私記』は1912年までの若き日のロレンスを取り上げていた。

こうした系列の評伝にあって、その最初と最後を飾る評伝――エイダ・ロレンスとジェシー・チェインバーズの作品――は、1920年以前のロレンスの生活を主として描いていた。キャサリン・カーズウェルやマリでさえも、第１次大戦の始まる少し前からロレンスと知り合いになっていた。それらの伝記にあって、何よりもロレンスは口論好きで、独占欲の強い愛すべき女性たちと世界を放浪する男として描かれている。また、カーズウェル、マリ、ルーハン、ブレット、そしてチェインバーズらによる評伝が程度の差こそあれ、ロレンスを再び自分のものにしようとする試みだったのは明らかである。つまり、他の友人（もしくは配偶者）にはよくのみ込めなかったことも正しく理解していた親しい友人達によって書かれた評伝だった。実際、フリーダの評伝が世に出た時にも、そこにはロレンスを再び自分のものにせんがために、彼を少々偶像化しようとする意向が窺えた。またこの評伝にはロレンスが現実で体験した苦しみを和らげようとする傾向も見受けられた。1930年秋のロレンスの生活に関して異った見方をフリーダがしているのを聞き及んだ友人が、『私ではなく、風が...』の作者は「私の知っているフリーダではなく.... 生まれ変わった別人に違いない」（クロッチ（Crotch）1975年、p. 6）とさえ述べている。

広範囲にわたる気まぐれな旅行の仕方からもわかるように、友人や情事の相手や恋人たちの誰にも忠誠を尽くし切れないロレンスも、彼らとの交際にあってはその感情の虜になっていたように思われるというのが、これらの一連の回想録にみる結論だと言えよう。ロレンスをよく知っている人達にとって、このような評伝が次々と出現する――ロレンスに関する真相を誰もが躍起になって提供しようとしている――ことは、この上もなく恥ずべき、苦痛に満ちたことだった。ロレンスはそれをどれほど嫌ったことだろう！　だが、それがロレンスを判断する基準となったのである。フェイス・コンプトン・マッケンジーは1940年になって、1930年代に出版された評伝に関して次のように総括している。「ロレンスが自分に夢中の一群の女性達に取り囲まれるのをよしとしたのも当然だった。それは天才の気晴らしである。彼女達のおどけた仕草が爽快な感じを与えてくれるのだ。また、彼の死後、数多くの回想録で取り上げられることとなった彼の時折の癇癪にしても、刺激的なことにその価値が認められるようになった」（マッケンジー1940年、pp. 32－33）。

こうした評伝作者達によって描き出される感情的で優柔不断な人間の背後に、極めて頑固で個人的なことに執着するとともに、孤独で独立心のある、毅然とした態度のすぐれて知的な男性が隠れ住んでいるなどといった考えは受け入れ難いものである。全体的な論調として、ロレンスがなかなか友人のできない気弱で、決断力のない感情的な男性であるとともに、自らの本能の犠牲者だといった評価が下されている。1930年代の最後を飾る重大な作品は、1939年に出版されたウィリアム・ヨーク・ティンダル（William York Tindall）の『Ｄ・Ｈ・ロレンスと雌牛、スーザン』（*D. H. Lawrence and Susan His Cow*）であり、主に「ロレンスの漠然とした超絶主義と内的混乱」（ティンダル（Tindall）1939年、p. 205）といった問題を意義深く取り上げながら、その作品の孕む諷刺による破壊性を強調するために以前からの混乱した人間の肖像というものを利用している。

1930年代に書かれた評伝は今日でもある程度通用するものの、1959年と1960年にアメリカとイングランドで出版された『チャタレイ夫人の恋人』（*Lady Chatterley's Lover*）を取り巻く世評は、肉体経験に関する本能的真実の創造にどうしようもなく取り付かれ、それ以外の事柄を決して考えようとも、理解しようともしない男性としてのイメージをロレンスのうちに確認しようとするものだった。1974年遅くに現れ、その再刊によって題名も変更されたハリー・T・ムアの『愛の司祭』（*The Priest of Love*）は、自らの様々な感情に基づき１つの宗教を生み出した男性としてロレンスを位置づけている。また、1990年に発刊されたジェフリー・メイヤーズ（Jeffrey Meyers）の評伝『D・H・ロレンス』（*D. H. Lawrence*）は、新たな資料を充分に活用することもなく、ロレンスを自らの本能の命令に盲目的に従う男性として描き出すことに終始している。例えば、『恋する女たち』（*Women in Love*）の解説を取り上げても、その小説を作者の肛門性交への嗜好から生まれたものとして解釈しているに過ぎない（メイヤーズ（Meyers）1990年、pp. 216－21）。ケンブリッジ版評伝の第１巻『若き日のD・H・ロレンス— 1885－1912』（*D. H. Lawrence: The Early Years 1885－1912*）は、あくまで知的な生き方をした男性として、ロレンスを今日にあって新たに評価し直そうとする試みであるように思われる。その作品にあって、ロレンスは意外なほど思索的で、冷静な判断力を有するばかりか、自己反省にも富んだ個人として描かれていて、本能や肉体への彼の関心にしても、理屈っぽく、精神的になり過ぎないための抑止力としてのそれらの機能に幾分向けられていたことが述べられている。

Ⅲ.

ところで、1930年代に出版されたロレンスの評伝が、ハックスリーの編纂による最初のロレンス書簡集をその拠り所としていたわけではなかった。それにしても、ハックスリーがその書簡集の解説で他の評伝と同様、ロレンスについて自分なりの観方を述べていたとは言え、その書簡集は、ロレンスが当時の様々な回想録や評伝で描き出された人間像とは現実にどれほどかけ離れた存在であったかを知る機会をロレンスの好きな人達に提供したのである。（ロレンスは生まれながらにして並外れた碩学であり、直観的に何が真実で正しいかをいつも的確に判断できたばかりでなく、決して自分の作品を手直ししたりはせず、その都度書き直したことにハックスリーは注目した。）だが、少なくともその書簡集はロレンスの生の言葉を伝えているし、それらの言葉は時にすさまじくはあっても、うっとりするほどに繊細で思いやりに満ち、分別や機知に富んでいる。

というのも、それは収集した書簡をある程度、ハックスリー自ら検閲しなければならなかったからである。ロレンスの知人や、彼が手紙で言及した人達の中には当時、現存している人が多かった。従って、その書簡集に収められたロレンスの手紙は、自分に優しく理解を示してくれた人達に宛てたものが目立って多く、その点で、極度に感情を抑制して書いたものが一般的に取り上げられている。手紙の相手に対して、実際にどのような気持ちを抱いていたにせよ、現存する手紙と自然の感情を綴った回想録の間にごく希にではあれ、食い違いが見られることから、ロレンスの手紙には多分に相手を立て（もしくは二枚舌で）、思いやる（もしくは偽善的な）気持ちが含まれているのが理解されよう。このような例は、検閲されないままに公表されたその後の手紙において一層明らかである。またそのことによって、ロレンスがどれほど感情を抑制して手紙を書いていたかがわかるのである。書簡は単なる才能の発露ではない。それはある特定の人に対して、その人の知りたがっている事柄を伝える信書のようなものであって、注意深く慎重に書かれるべきものである。そうした執筆姿勢が要求されるのは言うまでもないことだろう。書簡は大作家にとって１個の作品に他ならない。書簡はその背後の書き手を明かしてくれるものだという風に単純に考えてはいけない。それにはもっと複雑な手続きが必要とされるのである。

Ⅳ.

ロレンスのこうした作家的習性と、彼に関する数々の現存する奇妙な解説とを結び付ける何かがあるとすれば、それは言うまでもなく、彼がいつも極めて異なった方法で異なった人達を相手に自己を表現してきたという事実である。1921年にヤン・ユタ（Jan Juta）は、ロレンスを描写するのは不可能だということに気づいていた。彼を描きにくいのではなくて、「ロレンスの有する様々な顔の中で最も傑出したものが何であるかを決められなかった」からだ。ユタが続けて述べているように、「私を何度となく面食らわせたのはそうした彼の複雑さ」だった（ネールズ1958年、p. 85）。そのようなロレンスに固有の複雑さや矛盾はもとより、その生活と創作にあって、彼が多少なりとも一介の役者であるとともに物まねの名人でもあったことを合わせて考えてみる必要がある。物まねのうまさには定評がある。例えば、デイヴィド・ガーネット（David Garnett）は次のように述べている。

> ロレンスは私の知人の中でも唯１人、物まねに秀でていた。彼には「物まねで人をからかう」才能があり、人の声や仕草を正確に再現できた。イェイツとかパウンドに１度、客間で30分ほど会ったことがあるとか言って、彼は直ちに物まねでイェイツやパウンドを目の前に再現してみせた。（ガーネット（Garnett） 1953年 、p. 245）

ロレンスは生涯を通じて人々の物まねを演じただけでなく、気の利いた、時には複雑な喜劇的衝撃を友人に与えたりした。そのような事例が評伝上の記録に残っている。彼は1927年遅くにも、聖書の詩編を読み上げる際の単純な調べに合わせて、W・B・イェイツ（W. B. Yeats）の詩を朗唱するフローレンス・ファー（Florence Farr）の物まねを一席興じている（ネールズ1959年、p. 138)。 そのファーの朗唱をガーネットは1912年に既に聞いていたし、ロレンスもおそらく1909年に初めてそれを目撃し、またその物まねもしていたのである。

だが、物まねにしろ、ジェスチャーゲームにしろ、「ロレンスがからかいの対象としたのはたいてい自分自身だった」ことにデイヴィド・ガーネットは気づいていた。

> 彼は容赦なく、次々と自分の物まねをした。１つの物語を語りながら、彼は文学上の名士の保護を受けている恥ずかしがりやで間抜けなロレンス、下宿屋の女将を喜ばせている愛嬌のいいロレンス、また下らないことでフリーダと口論をしながら不機嫌になって哀れな声で愚痴をこぼしているロレンスのばかげた物まねを演じた。彼の演技にはチャーリー・チャップリン（Charlie Chaplin）のそれに優るところもあったが、チャップリンの演技ほど辛辣でドライではなかった。（ガーネット1953年、p. 245）

ロレンスは自分のうちに様々な人間が隠れ住んでいるのをよく知っていた。ある程度――たいていは手紙で――、いつまでも相手の記憶に残るような自分というものを演出した。言ってみれば、彼はノーマン・ダグラスに面と向かった時と、キャサリン・カーズウェルに対した時とでは全くの別人だった。従って、両人の作品では、ロレンスに対する見方が異なっている部分がある。

また、ロレンスの社交性に富んだ魅力ある姿は、様々な回想録よりも彼の書簡にありありと窺える。というのも、彼は往々にして手紙のうちに自己というものをさらけ出したからである。フリーダもそのことをよく承知していて、ウィター・ビナーに次のように語っている。

> 私はロレンス以上に人好きだが、彼は自分以上には私に人好きになってもらいたくないと思っている。彼は他人のためにいろいろと面倒を見てやる。素晴らしいことだ。彼はいろんな点で優しいからだ。実際に自分の好きでない人たちに宛てて面白い手紙を書くのである。それは私にはできそうもないことだ。（ビナー1951年、p. 62）

ロレンスはきちっとした友人関係を作り上げたが、交際を避けたいと思った人達とも文通は続けたようである。特に、1920年代の中頃と後半にあって、ドロシー・ブレットやメイベル・ルーハンと長期にわたり文通したことでも明らかである。ロレンスが時々、故意に（またおそらくは必要があって）他人に共感を覚えようとしているのが見て取れるが、それを彼は手紙を書くことで果たしてきたし、またそのために彼の手紙は魅力的なものにもなっているのである。だが、こうした気持ちはある程度、彼が現実に抱いたいささか冷酷な感情を補っているという風にも理解できよう。ロレンスの手紙から、途方もない魅力的な考えを汲み取ることは可能である。手紙の多くが、様々な時期にあって彼と親交のあった人達が蒙ったばかりか、彼と出会ったほとんどの人が報告してもいるような怒りや苦しみを再現しているわけではない。手紙の方が、面と向かった際の発言よりもいつも調子が穏やかだと言ってよいだろう。もっとも、普段から角の立たない言い方しか受け付けないキャサリン・カーズウェルのような傷つきやすい人達と会った場合には言葉を慎んだであろうが。

だが、ロレンスの多彩な人間関係にあって、その基調とする荒々しさは書簡にも窺われる。先にも引用したように（『書簡集』、Ⅲ、p. 337）、1919年にインフルエンザに罹った後に書かれたフリーダに関する手紙はその一例であり、1920年にはキャサリン・マンスフィールド（Katherine Mansfield）やマリに宛ててひどい調子の手紙を書いているが、そのうちの一通の（マリに宛てた）手紙が現存している。マリの編集する『アセナム』誌（*The Athenaeum*）に寄稿した記事が何編か送り返され、腹を立てたのである。「君が「それらの記事を嫌う」のは当然だ.... だが、実のところ、君は薄汚い蛆虫に過ぎないし、それに相応しいやり方をしている」（『書簡集』Ⅲ、pp. 467－68）。また同じ時期に、キャサリンのことを考えるとマリの採ったそうした態度が思い出されて、（彼女の記憶によれば）マリ宛ての手紙とよく似た次のようなひどい調子の手紙を彼女に送っている。「僕は君を呪っている。君は肺病を口実に自分のことばかり考えているので僕は頭に来る....

イタリア人が君と関わりを持ちたくなかったのも当然だ」(『書簡集』、Ⅲ、p. 470)。これらの手紙に、おそらくロレンスが実際に怒った時の言葉や口調を聞く思いがする。フリーダの記憶によれば、「彼は一般的な制約に囚われることは全くなかった。それが人々を面食らわせたのである」(フリーダ・ロレンス (Frieda Lawrence) 1961年、p. 12)。多くの人々の話によれば、特にフリーダに対してはいつも腹を立てると、とても考えられないような辛辣で意地悪なことをいろいろと発言したようである。晩年になってフリーダが、ロレンスのことをこの上もなく知的で、優しく理解に富んだ人物として捉え直そうと努力していたにもかかわらず、「彼はとてもいやな気性をしていた」(フリーダ・ロレンス1961年、p. 12) し、また「不機嫌で、決して人に謝ることはなかった」(ビナー1951年、p. 62) と告白せざるを得なくなった。

一般的に言って、ロレンスが実際よりはるかに思いやりのある人間だったことが彼の書簡を通じて徐々に明らかにされてゆくにつれて、フリーダに関することでコテリアンスキー (Koteliansky) に、また自分達自身に関することでマリ夫妻に、どうしてそんなにひどい手紙を送ることになったのかを解明する手掛かりがおそらく得られよう。自分のよく知っている人達に対してかんかんに腹を立てると、少しの間、抑制がきかなかった。概して、おそらくはそれが健全な態度だとも言える、相手に面と向かって話している時よりも、手紙もしくは他の何かを執筆している時の方が自分をよく抑制できたのである (自己抑制ではなく、自己鍛練というものを信じていると彼は述べたことがある)。だが、フリーダやマリ夫妻宛ての上述した3通の手紙の内に、ロレンスとの生々しい生活の様子が窺えることから、マリ夫妻が彼の手紙に寛容だった理由だとか、彼がフリーダとどのような生活を送り続けたかといったことなども少し明らかになろう。ロレンスの友人達は彼のそうした言葉や調子を理解していた。それは誰か他の人達の言葉や調子ほどには断固として容赦のないものではなかった。彼は人に恨みを抱いたりはしなかった。彼は人を許したり、また許されたりするにあたって、きちっとけじめをつけたのである。

いずれにしても、ロレンスが日常生活にあって相手をひどくおこらせるようなことをした証拠はいくらでもある。つまり、自分に向けてするほどではないにしても、他人に質問攻めをしたり、何かと要求したり、容赦がなかったり、反駁したりした。実際、彼がとても辛い目に遭ってきたのは言うまでもない。もちろん病気には最も悩まされた。晩年、彼は腹立たしく次のように述べていた。「僕は生まれて2週間経った時からずっと気管支炎を患っている」(ワーゼン (Worthen) 1991年、p. 6)。だが、それほどの病人だったにもかかわらず、彼は自分を驚くほど辛い目に追い込んだのである。また彼は様々な質問を発し続けた。最も初期の頃の回想の1つに、勤務先の学校長のものがある。「若いバート (Bert) はよく質問することで知られていた――彼はいつも理由を知りたがっていた」(ネールズ1957年、p. 74)。フリーダはロレンスの作品について意見が衝突した時のことを次のように記憶していた。「彼は理由を聞きたいと言って私を困らせた。私にはいつもその理由がわかっているわけではなかったが、彼は譲らなかった。私はしつこく食い下がられるのが嫌いだった」(フリーダ・ロレンス1961年、p. 12)。質問しては探究し、理屈の上で納得したいというのがロレンスの強い欲求だった。そのために彼は異常なほどの要求を突き付けたり、時にはこの上ない独断に陥ったりした。フリーダは次のようなことを告白している。「ロレンスは一緒にいて寛げる人ではなかった.... 心の中であれこれと悩んでいた。「あなたは苦しみにとりつかれている」と私はよく言ったものだ。だが、いったん、ある問題が気になり出すと、とことんその答えにこだわったのである」（フリーダ・ロレンス1961年、p. 133）。別の友人は、ある特別な問題について、「彼が何事につけてもそうするように、とことん挑戦した」ことや、「いつも自分の考えに反目するという感覚を身に付けていた」（ネールズ1958年、p. 316、p. 318）ことを述べている。

当時のロレンスにとって、自分と正反対の人間を受け入れるのはごく当たり前のことだったし、それは意識的な選択でもあった。彼はフリーダを配偶者として選んだことについてある時次のように述べていた。「彼女は僕の結婚相手として考えられるただ1人の女性だ。というのも、僕には正反対の人間が必要だからだ――闘うべき相手が。」それとは対照的に、彼にはジェシー・チェインバーズと結婚できないのがわかっていた。「それは致命的な一歩になっていただろう。ほとんどすべてを自分のやり方で済ませるようなとても安易な生活を送っていたことだろう」（ネールズ1957年、p. 71）。だが、あえて正反対の生き方をする人間を好むという習慣のせいで、日々疲れ果てることになる。「ロレンツォーは自分の体調が悪い時に私が浮き浮きしていると、腹を立てるし、自分の気分がとてもよい時に、私がうんざりしていると、それに耐えられない」（ビナー1951年、p. 61）。フリーダは自分でも「ロレンスと一緒に暮らせる女が果たして他にいるかどうか.... 私自身も彼と一緒に暮らしてゆけるかどうか」（ビナー1951年、p. 62）疑問に思う時があった。

だが、ロレンスは単純な自立生活を営むことはなく、時には人に魅せられることはあっても、たいていはこれといった敵対者のいる生活習慣を確立していたために、他人と比べてはるかに多くの謎が評伝を通じて浮かび上がってくる。従って、読者はロレンスとその思想に関して矛盾した様々な側面に直面させられることになる。評伝作者というものは、それらを解決するのではなく、明確にすることをこそ心掛けるべきである。対立を好む気質を有するが故に、ロレンスは肉体的にも休まらない根無し草のごとき生き方をしたのであろう。フリーダは1923年にチャパラ（Chapala）でそのことについて次のように述べていた。「彼はこの場所とここで暮らす人達が好きだ。でもどこか他にもっとよい場所や人達がいると思っている。それがいつも頭にあることだ。私はそうでないことを祈っているのだが。ああ（*Ach*）、どれほど私はこうした放浪を止めて、どこかに落ち着きたいと思っていることか。私は自分の棲家が欲しい」（ビナー1951年、p. 63）。ロレンスが死ぬまで、フリーダはそれを実現できなかった。不器用で、対立を好み、様々な問題に懸命に取り組んではまた疑問を呈し続けるが、「それがいつも頭にあること」なので、彼は決して満足を覚えることはなかった。素晴らしい場所を見つけていたにもかかわらず、旅をし続けるのが、人間として、また作家として、まさにロレンス的なやり方だった。彼はかつて「自分の放浪癖を説明するのに、遠い場所を訪れ、そこに住んで自分を再創造せんとする憧れがあまりにも強いことをその理由として挙げている」（ネールズ1958年、p. 134）。彼の創作自体が言うまでもなく対立という観念に根差していた。彼はかつてある友人に次のように述べている。「もし世の中に嘘が数多く存在しなければ.... 僕は創作などしていなかっただろう」（ネールズ1959年、p. 293）。

フリーダはロレンスのこうした側面を全面的に受け入れた唯一人の人間だった。もっともそのために彼女は時々生活にとても困ることになったが。だが、1925年に2人が辿り着いた地の果ての1つであるオアハカ（Oaxaca）で重体に陥ったロレンスはフリーダに次のように語っている。「よく覚えておいて欲しい――何が起ころうと、君以外に何１つ大事なものはないんだ」（フリーダ・ロレンス1961年、pp. 11－12)。そして1930年に死に瀕していた彼は、フリーダに――今１度、口論をした後で――「気にしちゃいけないよ。君も知っているように、僕は君だけが必要なんだ。だが、時々僕のうちに何かもっと力強いものが存在するんだ」（ネールズ1959年、p. 442）と話した。フリーダこそロレンスが絶対的にこの世で関わりを持った唯１人の人間だった。「時々、２人は憎しみ合った」（クロッチ1975年、p. 6）が、フリーダとの生活こそ、「それまでに知った、もしくはこれから知ることになる人生の中で最高のもの」（『書簡集』Ⅰ、p. 553）であるのが彼には1913年の時点でわかっていた。フランスの画家であるエドガー・ドガ（Edgar Dégas, 1834－1917）によれば、人は自分の人生が生み出す作品を愛し、それを所有することも可能だが、どうやら心は１つしか持っていないらしい。ロレンスはあまりにも矛盾した人間だったが故に、このドガの言葉は当てはまらないようである。44年間にわたって、彼は普通では考えられない人生を、愛を、そしてそうした人生の生み出す作品を見事に扱いこなしたのである。

参考書目１　評伝、回想録、書簡、並びに関係資料➡331ページ

第2章

社会的背景——教育、石炭採掘、改革

年表 2——イングランドとウェールズにおける1926年までの国家教育の発達史

1846年　見習い教員制度の導入。ケイ(Kay)とシャトルワース(Shuttleworth)の立案した教員養成計画が、教育審議委員会(Committee of Council on Education)で取り上げられる。13才から18才までの5年間にわたる見習い教員としての勤務契約をした男女教員に給料が支払われる。助成金が教員を養成する学校に与えられ、見習い教員は毎年、政府視学官(Her Majesty's inspectors)によってその実力が試される。見習い教員は毎週、授業時間の前後いずれかに7時間半の教育指導を受け、毎日5時間半にわたって授業を行なうことが義務付けられる。見習い期間が終わると、見習い教員は勅定奨学金(Queen's Scholarships)を獲得するための試験を教員養成カレッジで受けることになる。不合格者は優先的に地位の低い文官になることができる。助成金が毎年、元見習い教員の養成のために教員養成カレッジに与えられる。3年間にわたる教員養成課程を修了すると、教員免許状が与えられる。教員養成課程を修了した教員は政府から給与以外に特別補助金が支給されるとともに、少なくとも15年間教員として勤務した者には年金も支給される。(1861年までに1万3871名の見習い教員がいた。)

1851年　ロンドンのハイド・パーク(Hyde Park)にある水晶宮(Crystal Palace)で大博覧会(Great Exhibition)(世界中の製造物や発明品が展示される)が催され、応用科学の分野で、英国が技術上の指導的立場を失いつつあり、他の国々に比べて多少なりとも遅れをとっている事が明らかとなる。結果的に、製造技術の発達とその利用を促進するために、労働者の技術指導と科学教育の発展の必要性が説かれるようになる。

1858年　王立委員会(Royal Commission)は中産階級のための国立女子中等学校の設立を勧告する。

1867年　大学教育公開講座の開設。

1868年　オックスフォード大学がどの学寮にも属さない学生の在籍を認める(「特定の学僚に属していない」("unattached")学生が認可宿舎に住む)。

1870年　フォースターの教育法(Forster's Education Act)により、5才から13才までの子供に、読み、書き、算数を習得させる初等教育制度の基礎が築かれる。(更にいくつかの法令——1876年、1880年、それに最も注目に値する1891年の法令——が制定される。その後、無料化に基づく初等義務

教育制度が発足し、広く行き渡る。一般的にみて、このフォースターの法令は初等義務教育制度の設立に向けての重要な転機となった。）この法令のもとに、直接選挙で選出された当該地方の学務委員会は地方税を学校予算に充用することを決定する。

全国（初等学校）教員組合（National Union of (Elementary) Teachers）が結成される。

1871年　大学審査法（University Tests Act）により、オックスフォード、ケンブリッジ両大学の入試科目から宗教の試験が省かれる。非国教徒（Nonconformists）が英国国教徒（Anglicans）と同じ条件で両大学への入学を許可される。大学教育を受ける機会があらゆる宗派の男性に与えられる。

1876年　初等教育法（サンドン）（Elementary Education Act (Sandon)）が制定される――無料化制度と特に初等義務教育制度が一層充実する。雇用最低年令が10才に決まり、両親は子供に義務教育を受けさせることになる。（これらの規定は1880年の教育法によって強化され、事実上、すべての子供に初等教育が義務づけられる。）

スコットランドのエディンバラ（Edinburgh）、セント・アンドルーズ（St. Andrew's）両大学に教育学講座が開設される。

1877年　中等学校の女性教員を養成する最初の教員養成カレッジとして、マリーア・グレイ教員養成カレッジ（Maria Grey Training College）がロンドン郊外のブロンズベリー（Brondesbury）に設立される。（当時、男性の中等学校教員は既に十分な訓練を積んでいると見なされていたことから、少なくとも1890年代まで、中等教育の専門的指導が女性運動の１つの目標ともなる。）

1880年　５才から10才までの子供に初等教育が義務づけられる。規則的な登校に当局がかなりの努力を払う。登校しない子供の両親には罰金が課せられ、補導措置が学校評議会の視察委員によってとられるようになる。補導費用が継続的にかかるのが問題だったが、登校率は1880年代から1890年代にかけて上昇し、事実上、1900年までに11才以下のすべての子供が規則的に登校するようになる。

ロンドン大学が女性に学位を授与する。ロンドンにリージェント・ストリート・ポリテクニック（Regent Street Polytechnic, London）が開校する。

1884年　中央工科カレッジ（Central Technical College）がシティ・アンド・ギルド協会（City and Guilds of London Institute）によって設立される。

見習い教員養成所が設立される。見習い教員は学校で半日授業をして、残りの半日は養成所で研修を受けることになる。（1902年以後、見習い教員は特定の養成所で研修を受けることが少なくなり、見習い期間が終了する前に中等学校に勤務するのが一般的となる。それらの養成所の多くが後に中等学校になる。）

1888年　地方行政法（Local Government Act）により、州会と特別市会（County

and County Borough Councils)が生まれ、それらが地方教育局(Local Education Authorities)の母体となる。今日に至るまで英国の国家教育を普及させる主力機関となる。

1889年　大学に年間資金が初めて給付される。王立委員会はロンドン大学に教員養成機関、並びに審査機関を置くべきだとの提案を承認する。

1890年　「昼間教員養成カレッジ」("University Day Training Colleges")の設立によって、有望な初等学校教員が昼間に教員養成の訓練を受けながら、学位取得を目指して勉学に励めるようになる。

1891年　自由教育法(Free Education Act)により、規定の出席率を満たす公立初等学校の3才から15才までの生徒1人当たりに、従来の授業料に代わる特別補助金10シリングが支給されることで、(完全に行き渡らないにしても)事実上、初等教育は無料化される。

1893年　就学法(School Attendance Act)により、卒業年令、並びに雇用最低年令が11才に引き上げられる。

ウェールズ大学(University of Wales)が設立される。

1895年　王立中等教育委員会(Royal Commission on Secondary Education)は中央教育局に中等教育の指導を勧告する。

1899年　1893年の教育法(Education Act of 1893)により、卒業年令が11才から12才に引き上げられる。

教育盟約法(Board of Education Act)により、王立中等教育委員会の要請が実行に移される(1895年)。

オックスフォード大学ラスキン・カレッジ(Ruskin College)が開設される――社会人から成るカレッジで、初期には社会主義の思想や政策の発展に大きく寄与した。

1902年　バルフォア教育法(Balfour Education Act)が発令される。地方自治体の監督下にあって教育政策を考えるために、州会内部の地方教育局(Local Education Authorities)が学務委員会に取って代わる。すべての公立初等学校、並びに英国学校や非国教徒の有志立学校のほとんどが「州立学校」("provided school")として地方教育局(LEAs)の直接の監督下に置かれる。地方教育局は地方税を充用するとともに、特定の宗派に基づく「非州立の」("nonprovided")学校をも部分的に統括する。英国の中等教育制度が確立し、初等教育から分立することになるが、無料化が全員に行き渡るわけではない。(無料化に基づく中等義務教育制度が確立するのは、1944年のバトラー教育法(Butler Act of 1944)の発令によってである。)

1903年　社会人教育協会(Workers' Educational Association, WEA)がアルバート・マンズブリッジ(Albert Mansbridge)によって設立され、大学教員の指導の下に、大学と同じような研究の機会が男女労働者に提供される。協会は国の教育制度の重要な一部を成す成人教育の発展を助長することになる。

1904年　教育(地方局不履行)法(Education (Local Authorities' Default) Act)により、地方局は私立中等学校に助成金を供出することになる。

初等学校規定(Elementary School Code)には、労働者階級の教育を支える新たな基本的理念が述べられている(産業界の要請に基づく教育というよりも、子供の育成そのものに重点が置かれる)。

1905年　教育(給食)法(Education (Provision of Meals) Act)により、地方教育局は「食料不足のために公立初等学校の教育が充分に受けられない」子供達に食料を配給する。

初等教育を修了した生徒に対して「昼間専門学校」("day technical classes")への進学補助金が与えられる。

1906年　労働組合会議(Trades Union Congress)は、中等教育を「16才まで全日制のすべての生徒」に受けさせることを提案する。

政府は非宗派教員養成カレッジの新設予算の4分の3を地方教育局の助成金に依存するように勧告する。地方教育局の助成金によって22の教員養成カレッジが設立される。

1907年　教育(行政)法(Education (Administrative) Act)により、地方教育局は公立初等学校における生徒の健康管理に関する様々な職務を果たすようになる。「無料化」("Free-place")制度が発足する――助成金を受けているすべての中等学校の生徒の25%は少なくとも学費免除生としての特典を得ることが可能になる。これらの生徒は公立初等学校での少なくとも2年間の在籍経歴を必要とする。

大学を含むすべての教育施設にあって、教育の能率達成基準を設けるべきだとする一般の要請に応えて教員登録委員会(Teachers' Registration Council)が設立される。教育機関が認可リストに登録されるようになる。

王立憲章(Royal Charter)によって、帝国工科カレッジ(Imperial College of Science and Technology)が設立される。

将来、教師を目指す中等学校生徒は、17才もしくは18才まで「給費生」("bursars")として在籍できるばかりか、その後、教員養成カレッジに進学することも、「教育実習生」("student teachers")として初等学校で半日授業を持ち、残りの半日を中等学校で勉学を続けることも可能となる。

1908年　ビネー(Binet)とシモン(Simon)は人間の知力が後天的なものではなく、遺伝によるものだと考え、それを科学的に裏づける一つの手段として、子供の知能の測定尺度を考案する。

1909年　全国の労働者を支部レベルで教育するために、闘志溢れる労働者階級の人達の教育施設として中央労働カレッジ(Central Labour College)の創立運動が起こる。

1910年　教育(雇用選択)法(Education (Choice of Employment) Act)により、地方教育局は学校卒業者の就職指導を行なうようになる。

1911年　助成金を支給されている大学では教員志望者の在籍が認められ、特典が与えられる。4年間にわたる教員養成制度が導入される――学費を免除された教員志望者は最初の3年間を学位取得の勉強に費やし、4年目の大半を教員養成の訓練に割くことになる。

1913年　短期専門学校(Junior Technical Schools)が設立され、13才から2、3年間にわたるコースが開設される。

1914年　レイチェル・マクミラン(Rachel McMillan)がデトフォード(Deptford)に、保育所の教員養成を目的としてレイチェル・マクミラン・カレッジ(Rachel McMillan College)を開校する。

有資格補助教員の平均給与として、男性教員で129ポンド、女性教員で96ポンド支給される。

1915年　地方都市婦人会(Women's Institutes)が開設され、文化的、娯楽的科目がいろいろと設置される。

1917年　中等学校審査委員会(Secondary Schools Examination Council)が設置される。教育省(Board of Education)議長のハーバート・フィッシャー(Herbert Fisher)は国庫金(Exchequer)の増額出資分を教員の給与出費に充用する。

1918年　フィッシャーの教育法(Fisher Education Act)により、次の諸政策が認可され、現代教育の普及にあたっての基礎が築かれる。

――初等学校教育の無料化。

――公立保育所の設立。

――昼間、及び夜間の成人教育施設や体育施設の供給。

――12才以下の子供の雇用禁止。

――12才以上の子供の雇用に関する厳格な規定。

――中等教育、並びに継続教育における健康診断の実施。

――全日制における義務教育年令が15才まで引き上げられる。

――昼間補習学校の設立によって、学校卒業者の学費が無料化されるとともに、年間320時間の出席が義務づけられる。

1919年　バーナム委員会(Burnham Committee)が設置され、初等学校教員の給与を全国一律にすることが決められる。

大学助成金委員会（University Grants Committee）が設置され、国庫からの助成金を各大学に割り当て、分配することが決められる。

中等教育を目指す子供達の選抜に統一テストが、ヨークシャー(Yorkshire) のブラッドフォード教育局(Bradford Education Authority)によって初めて実施される。

1920年　オックスフォード大学が女性に学位を授与する。

様々な奨学金制度が生まれ、助成金を受けている中等グラマースクールの生徒が大学や高等教育機関へ進学する機会が多くなる(中等学校での試験結果によって判定される)。

1921年　労働カレッジ全国協議会(National Council of Labour Colleges)が設置され、労働カレッジ設立に向けて全国統一運動を起こる。

1926年　教員養成のための合同調査委員会(Joint Examining Boards)が設立され

る。

ハドウ報告書(The Hadow Report)の勧告により、初等・中等教育の再編成が行なわれることになる。11才で進学に際しての選択肢が与えられる——「学究的なグラマースクールに進学するか、それとも実際の活動に一層役に立つモダンスクールに進学するか」のいずれかだが、後者への進学者は13才で短期専門学校へ移籍することもできる。口頭試験と筆記試験によってそのコースが決定される。

年表 3——英国における1930年までの石炭採掘、労働運動、並びに社会改革

1530年頃－1700年　囲い込み運動(Enclosure movement)により、石炭採掘が盛んに行なわれるようになる。宗教改革(Reformation)と1529年頃から起きたヘンリー８世による修道院解散(Henry VIII's Dissolution of the Monasteries)によって、小農家や教会が資産である鉱山を次々に譲渡したためである。囲い込み運動は様々な場所で1875年頃まで続いた。

1601年　救貧法(Poor Relief Act)により、各教区は貧民の扶養を義務づけられる。また大規模な社会福祉制度が生まれるものの、あまり効果がない。

1620年　銅、錫、鉛などを溶解する燃料として、コークスが最適だとされる。

1679年　人身保護法(Habeas Corpus Act)により、抑留や監禁に対する政府の権限が弱まる。

1689年　権利章典(Bill of Rights)により、君主国の様々な権力が制限され、議会主権制が確立されるとともに、法的にも基本的な民主的権利が数多く取り入れられる。

1700年　需要は比較的少ないとは言え、イングランドがヨーロッパ最大の石炭産出国かつ石炭消費国となる。石炭の産業的利用がこの頃から盛んになる。

1705年　トマス・ニューカメンの「消防」ポンプ(Thomas Newcomen's "fire" engine)が造られ、更に大規模な石炭採掘が可能となる。

1709年　エイブラハム・ダービー(Abraham Darby)がシュロップシャー(Shropshire)のコールブルックデイル溶鉱炉(Coalbrookdale Furnace)で、コークスを燃料にして鉄を製錬するのに成功する。

1750年代　コークスを燃料にして鉄を製錬する方法が英国中に広まる。

1751年　サンキー・ブルック運河(Sankey Brook Canal)——英国で最初の近代的な運河——がランカシャー(Lancashire)に建設される。

1761年　ブリッジウォーター運河(Bridgewater Canal)がランカシャーに建設される。ジェイムズ・ブリンドリー(James Brindley)の建設したその運河によって、ワーズリー(Worsley)のブリッジウォーター公爵(Duke of Bridgewater)所有のいくつもの炭鉱と、18マイル離れたマンチェスター(Manchester)とが結ばれる。そのためマンチェスターでは石炭価格が半値になるとともに、石炭輸送、並びに一般的には産業用のための運河建設に一層の拍車が掛かる。鉄道が主流になる1840年頃まで、 英国中

に運河が建設され続ける。

1775年　ノッティンガムシャー(Nottinghamshire)とダービーシャー(Derbyshire)の国境地帯（イーストウッド(Eastwood)の所在地）のエレウォッシュ渓谷(Erewash Valley)に沿って、約14ヵ所に及ぶ小さな炭鉱が存在する。

1801年－1901年　炭鉱業がその地域の主要産業となるにつれて、イーストウッドの人口は735人から4815人にまで膨れ上がる。半世紀にみる急激な人口増加は、市場拡大とともに運河やその後の鉄道の発展によってもたらされる販売競争の激化によって生じた。エレウォッシュ渓谷流域での石炭売上げ高は1803年から1849年にかけて169%、1849年から1869年にかけて442%増え、1869年まで毎年、200万トンに及ぶ石炭が産出される。イーストウッド地域の主たる炭鉱所有者であるバーバー・ウォーカー会社（Barber, Walker and Co.)の石炭産出高は、1850年代で年間15万トンだったが、1890年代には100万トンを越える。(ロレンスの父親(1846－1924)は坑夫としての生活――7才で働き始める――の大半をその会社所有のブリンズリー炭鉱(Brinsley pit)で過ごす)。1851年には、イーストウッドで暮らす10才以上の男性の20%近くが坑夫となる。この数は1900年代までに約2倍になる。

1811年－1812年　ノッティンガムシャーとヨークシャー(Yorkshire)で、合理化反対闘争の暴動が起こる(機械を叩き壊したかどで死刑者が出る)。

1815年　坑夫用の安全灯(Safety Lamp、ハンフリー・デーヴィー(Humphry Davy, 1778－1829)卿による発明)が作られる。穀物法(Corn Law)により、小麦の値段が釣り上がり、地主たちが利益を得る――結果的にパンの値段が上がり、庶民の生活は苦しくなる。

1816年－1817年　経済不況とともに、低賃金、工場施設の劣悪な状態、失業の増加、重税、そして穀物法などへの反撥から労働者階級の人達による改革への過激な世論喚起活動が起きる。1816年のスパー・フィールズ改革集会(Spa Fields Reform Meetings)や1817年のブランケティア(Blanketeers)の行進、それに他の様々な騒動によって、1817年の人身保護条例の留保を含む政府の抑圧的政策が次々と生まれる。

1819年　ピータールー虐殺(Peterloo massacre)が起こる。マンチェスターやセントピーター広場(St. Peter's Field)での議会改革集会が軍隊によって妨害され、2人の女性と1人の子供を含む11名が殺され、他に400名が重傷を負う。

紡績工場での幼年労働時間が1日12時間とされる。

1824年　国務大臣のロバート・ピール(Robert Peel)によって刑法典が改正されることで、死刑によって罰すべき犯罪者の数が激減するとともに、多くの監獄施設が改良される。

団結(結社)禁止法(Combination Acts)――給料、並びに労働条件改善に向けての労働者の団結運動を禁止する1799年に発令された法令――の撤廃によって、労働組合が合法化される。労働組合によるストライキが急速に増えることから、1825年に修正法(Amending Act)が発令され、組合活動が再び規制されるとともに、ストライキも防止されることとなる。

1825年　ストックトン(Stockton)からダーリントン(Darlington)までの鉄道が開通する——蒸気機関車がこの国有路線で運行される(もっとも、蒸気機関車はすべての軌道で用いられたわけではないが)。

1830年　リバプール(Liverpool)からマンチェスターまでの鉄道が開通する——蒸気機関車のみがこの国有路線で運行される。これを機に、英国中で鉄道が急速に開通してゆく(1830年当時で69マイルに及ぶ軌道が敷設されていたが、1850年までに6621マイルにまで延長される)。

1832年　第1次選挙法改正法(Great Reform Act)により、選挙権が拡大する。真の民主主義の実現にはまだ時間がかかる——有権者は20万人増加したに過ぎず、6人の成人男子のうち5人までが依然として選挙権を有しない——が、その法令のおかげで、地主階級の権力が弱体化し、更なる改革への道が用意されたことから、その実現に向かって一歩前進したと言えよう(1835年、1867年、1884年、1918年、1928年の項を参照。)

1832年－1833年　英国でコレラが初めて発生する。

1833年　工場法(Factory Act)が制定される。この種の法令としては今までになく効力があった。9才以下の子供の労働が禁じられる。昼間の義務教育を受けている9才から13才までの子供には、週48時間労働、18才以下の若者には、週69時間労働が禁じられる。その法律が遵守されるように工場視察員が雇われる。

1834年　改正救貧法(Poor Law Amendment Act)が制定される。

ロバート・オーエン(Robert Owen)が大規模な全国労働組合大連合(Grand National Consolidated Trades Union, GNCTU)を結成し、50万の労働者に対して、資本主義に取って代わる新たな共同社会の成立という究極的な理想を教え込む(指導者の中には、第一段階としてゼネストを組織したものもいる)。政府はこの組織の発展を警戒することで、「トルパドルの犠牲者たち」("Tolpuddle Martyrs")という事件を引き起こす。つまり、ドーセット(Dorset)のトルパドルで6人の男性が、(全国労働組合大連合の加盟団体である)農業労働者共済組合(Friendly Society of Agricultural Labourers)の地方部会を組織するにあたって、密かに宣誓したかどで起訴される。非合法とは言え、そうした宣誓は当時のすべての労働組合では普通に行なわれていた。6人全員が有罪となり、オーストラリアの罪人コロニーへの7年間にわたる流刑判決が下る。こうしたことから、全国労働組合大連合の活動が終息する。

1835年　都市自治体改正法(Municipal Corporations Reform Act)により、地方都市政治が合理化される。

1836年　ロンドン労働者協会(London Working Men's Association)が設立され、チャーティスト運動(Chartist movement)が起こる。

1837年　誕生、結婚、死に際して届け出が義務づけられる。正確な統計に基づき、今後の公衆衛生基準が設けられる。出生証明書の発行により、工場法、並びに教育法が一層厳正に適用されるようになる。

1838年　国会改革に向けてチャーティスト運動が「人民憲章」(“People's Charter”)を提唱する。それはすべての成人男子の選挙権、秘密投票、年１回の選挙、国会議員(Members of Parliament, MPs)になるための財産資格制の廃止、国会議員の報酬、選挙地区間の平等性などを要求する。人民憲章達成のための団体請願をするにあたっての国民「代表者会議」(“convention”)が1839年に設立される。長期にわたって政治的動乱を捲き起こしたことで、人民憲章は遂に国会で取り上げられ、圧倒的多数で廃止される。その結果、かなりの社会的不安が起こり、チャーティスト運動は激烈な政治行動、指導上の混乱、そして中産階級の人達の反撥などによって、1840年に終息する。

1839年　反穀物法同盟(Anti-Corn Law League)が結成される。

1840年　１ペニー郵便制(Penny Post)の導入により、誰もが安い値段で郵便を利用できるようになる。

鉱山幼年労働委員会(Commission on Child Labour in the Mines)が発足する。劣悪な状況下における長時間労働についての反省から、1842年に鉱山法(Mines Act of 1842)が制定され、10才以下の男子労働とすべての女子労働が禁止される。(例えば、委員会の調査によれば、５才の子供達がダービーシャーの鉱山で１日平均14時間も働かされていた。)

1842年　鉱山法(Mines Act)が制定される――女子の地下労働、並びに10才以下の男子労働が禁止される。採炭請負人制度が廃止される。政府から視察員が派遣される。

最初の公衆衛生法(Public Health Act)が制定される。

1844年　工場法(Factory Act)により、女子の労働時間が１日12時間に短縮され、工場での幼年労働者の拘束時間が１日９時間から８時間に、そしてその労働時間が１日９時間から６時間半に短縮される。

最初の協同組合(Co-operative Society)が「ロッチデールの先駆者たち」(“Rochdale Pioneers”)によって、ロッチデールで発足し、成功を収める。

1845年　アイルランドのジャガイモ飢饉(Irish Potato Famine)が発生する。アイルランドで大規模な食料不足と飢饉が起こり、イングランド、スコットランド、そしてウェールズへの移民者が増える。

1846年　穀物法が廃止される。

1848年　公衆衛生法(Public Health Act)により、保健局(Board of Health)が設立され、都市生活の劣悪な状態が明らかにされる。

1850年－1855年　ロンドンに運び込まれる石炭総トン数が以前の20倍に達する。

1850年　グレイ工場法(Grey's Factory Act)により、織物工場の従業員労働時間が１日10時間半となる。

炭鉱視察法(Coal Mines Inspection Act)が制定される。

1851年　王立鉱山学校(Royal School of Mines)が設立され、視察官が養成される。

機械工組合連合(Amalgamated Society of Engineers)が設立される。労働組合運動史における転回点となる最初の全国的な(*national*)組合で、全国規模での賃上げと労働条件改善に向けて雇用者との交渉が行なわれる。

シェフィールド婦人政治団体(Sheffield Women's Political Associations)が婦人参政権を求めて国会に嘆願書を提出する。

協同組合が公認される。

1855年　鉱山法により、各炭鉱の安全基準として「一般規則」(“General Rules”)と「特別規則」(“Special Rules”)が設けられる。

女性委員会が既婚女性財産法案(Married Women's Property Bill)の成立を求めて国会に嘆願書を提出する。女性委員会が改造され、婦人雇用協会(Society for the Employment of Women)として発足する(協会誌『イギリス婦人ジャーナル』(*Englishwoman's Journal*)が発刊される)。

新聞の印紙税が廃止される。

1855年－1913年　この時期の石炭産出高が以前の4倍を超える。英国での1人当たり石炭消費量が1900年までに4トン以上となる。これは1914年まで世界の最高記録であり続ける。1870年から1913年にかけて、世界市場で取り引きされる石炭の3分の2近くが英国で産出される。南ウェールズがその主要産出地域であるとともに、輸出地域である(特に、蒸気船輸送による石炭供給が重要視される)。1913年には、2億8700万トンの石炭が産出される。

1857年－1882年　既婚女性財産法(Married Women's Property Acts)により、結婚生活における女性の諸権利が認められるようになる。

1858年　国会議員になるための財産資格制が撤廃される。

1860年　鉱山法により、読み書き能力証明書を有する10才から12才までの男子だけが地下労働を許可される。

1861年　新聞税(「情報税」(“tax on knowledge”))が撤廃される。

1863年　協同卸売組合(Co-operative Wholesale Society)が設立される。

1864年　切羽での石炭切り出し用の最初の電動鎖のこが作られるが、その利用状況は石炭層の規模と状態によって異なる。ミッドランド(the Midlands)では、1913年までにわずか4.5%の石炭がその機械で切り出されたに過ぎない。

1866年　ジョン・スチュアート・ミル(John Stuart Mill)やヘンリー・フォーシット(Henry Fawcett)を含む婦人陳情委員会(Women's Petition Committee)は成人男女の公民権を求めて、国会に嘆願書を提出する——婦人参政権を求める団結運動が起こる。

1867年　第2次選挙法改正法(Second Parliamentary Reform Act)により、すべての都市生活者に選挙権が与えられたことで、有権者数が2倍になる。結果的に数多くの労働者が投票権を得る。

婦人陳情委員会が婦人参政権全国団体ロンドン支部(London National

Society for Women's Suffrage）に取って代わられるとともに、類似した団体がマンチェスターを始めとして、他の場所にも設置される。

1868年　最初の労働組合会議（Trades Union Congress, TUC）が労働組合の一般的政策を考えるために開かれる。調停が紛争解決の一手段として適用されるようになる。1871年の労働組合法（Trade Union Act of 1871）の考案中に、労働組合会議は国会議員にその影響力を及ぼす。

1869年　ジョン・スチュアート・ミルの『女性の隷属について』（*On the Subjection of Women*）が発刊される。女性の諸権利について古典的な解説を与えているが、世界的規模での女性運動の展開に向けて大いに影響を与える。

1870年－1878年　婦人参政権獲得のための非閣僚議院法案（Private members' bills）が（1899年と1901年を除く）1884年から毎年、議会にかけられる。1870年、1884年、1897年、1904年、1908年にそれぞれ過半数の票を得るが、法律化されずに終わる。

1871年　労働組合法（Trade Union Act）により、組合は合法化され、資産を保持できるとともに、法廷の保護も受けられるようになる。だが、刑法改正法（Criminal Law Amendment Act）により、ストライキを組織したり、ピケを張ったりすると起訴される。

1872年　秘密投票が投票所での公開選挙に代わって導入される。選挙時に付きものの贈収賄行為を取り締まるのが主な目的である。最初の未熟練労働者の組合――農業労働者組合（Agricultural Labourers Union）――が、農場主を相手取って賃上げに成功する。だが、1874年から1875年にかけての農業不振によって組合活動が終息する。労働組合（Trade Union）の圧力により、炭鉱規制法（Coal Mines Regulation Act）が制定され、一般規則が数多く生まれる。鉱山経営者たちに適任証明書が必要とされる。鉱山視察団（Mines Inspectorate）の権限が強まる。

1874年　工場法により、（月曜日から金曜日まで）１日10時間労働、土曜日は６時間労働となる。

女性から成る労働組合、婦人保護共済同盟（Women's Protective and Provident League）がエマ・パターソン（Emma Paterson）、チャールズ・キングズリー（Charles Kingsley）、ハリエット・マーティノー（Harriet Martineau）らを始めとする人達によって設立される。1876年に労働組合会議（TUC）に加盟する。

1875年　共同謀議、並びに財産保護法（Conspiracy and Protection of Property Act）により、「スト破りの見張り」（"peaceful picketing"）が合法化され、一個人にとって合法とされる行為はどのストライキ参加労働者にも認められるようになる。このことにより、ストライキをするにあたっての労働組合の結束力が一層強まる。

農業大不振の最初の兆しが現れる。

1880年　民主連合（Democratic Federation）がＨ・Ｍ・ハインドマン（H. M.

Hyndman)によって結成される(そのメンバーの1人であるウィリアム・モリス(William Morris)は社会主義者同盟(Socialist League)を結成するためすぐに離党する)。

1881年　電灯が初めてスコットランドのハミルトン(Hamilton)にあるアーノック炭鉱(Earnock Colliery)で使用される。

1883年　婦人協同組合(Women's Co-operative Guild)が結成される。主として都市部の労働者階級の女性たちによって様々な改革を始め、実際の場での自己改善が目指されるようになる。それは協同組合、女権拡張論者、それに様々な労働運動から成り立つ。(『息子と恋人』(*Sons and Lovers*)に登場するモレル夫人のように、ロレンスの母親は地元の協同組合の会員として活躍した。)

1884年　第3次選挙法改正法(Third Parliamentary Reform Act)により、地方に住むすべての世帯主に選挙権が与えられ、議席の再配分が行なわれることで、選挙区が一層拡大する。

フェビアン協会(Fabian Society)が設立される(ハーバート・ジョージ・ウェルズ(Herbert George Wells)、ジョージ・バーナード・ショー(George Bernard Shaw)、それにウェッブ夫妻(the Webbs)などの著名人が参加する)。

民主連合(Democratic Federation)がマルクス社会主義系の組合を取り込むことにより、社会民主連合(Social Democratic Federation)として再結成される。

1886年－1887年　ロンドンで失業者デモが勃発する。

1888年　地方行政法(Local Government Act)により、州会が選出されるとともに、地方自治が合理化され、民主化される。

1888年－1889年　ストライキやデモが頻発する。1888年には500件ものストライキが起こる。最大規模のものは1889年のロンドン港湾労働 働者によるストライキ。

港湾労働者は1時間につき最低額として6ペンス(港湾労働者の6ペンス("dockers' tanner"))、並びに1回の労働時間として4時間を越えないことを要求する。

国内を始めとして、オーストラリアやヨーロッパ諸国からの援助金によって、雇用者打倒が叫ばれる。ストライキによって、労働問題に対する大衆の関心が呼び覚まされ、未熟練労働者組合の発展が捉進される。

1889年　パリで最初の国際炭鉱労働者会議が開かれ、1890年にはベルギーのジョリモント(Jolimont)で2回目の会議が開催される。1日の労働時間が8時間を超えないことが満場一致で決められる。この決議を支持して国際ストライキが計画される。

英国炭鉱労働者連合(Miner's Federation of Great Britain)が結成される。

女性を含むすべての労働組合の連合として、婦人労働組合連盟(Women's Trade Union League)が結成される。

婦人公民権連盟(Women's Franchise League)が結成される。

1890年－1900年　路面電車が開通する。

1891年　当時の労働者にとって最も人気のある新聞「ザ・クラリオン」("The Clarion")がロバート・ブラッチフォード(Robert Blatchford)によって発刊される。

全国店員組合(National Union of Shop Assistants)が結成される。

1892年　スコットランドの炭鉱労働者たちの指導者であるケア・ハーディ(Keir Hardie)を含むスコットランド労働党所属の３人の議員候補者が国会議員に選ばれる。

商店視察委員が劣悪な労働条件を発見する――例えば、１週間に85時間も働く店員(たいていは女子)が見つかる(1911年の項も参照)。

チャールズ・ブース(Charles Booth)の先駆的な調書『ロンドン市民の生活と労働』(*Life and Labour of the People in London*)が発刊される。この調書によって、ロンドンの人口の35%が貧困生活を送っているのがわかる。Ｂ・Ｓ・ラウントリー(B. S. Rowntree)の後期作品『貧困―都市生活の研究』(*Poverty: A Study of Town Life*, 1901)では、ヨーク(York)についても類似した比率が示されている。この２冊は社会改革を促進する上で影響力を与える。

1893年　独立労働党(Independent Labour Party)が結成され、初代党首にケア・ハーディが選出される。

炭鉱所有者による10%の賃金削減によって、15週間にわたり坑夫が炭鉱を閉鎖する――２名の坑夫が治安を守るために出動した兵士に殺害される。

1897年　技術者組合(Engineering Union)の30週間にわたるストライキが失敗に終わる。

婦人参政権団体全国連合(National Union of Women's Suffrage Societies)に16の参政権団体が加入する(1909年までに70の団体、1913年までに400の団体が加入する)。

1900年　議会内に１つの卓越した労働者の組織体を結成するために、労働者代表委員会(Labour Representative Committee)が組織され、独立労働党のＪ・ラムジー・マクドナルド(J. Ramsay MacDonald)が書記に選出される(1906年に労働党(Labour Party)となる)。労働組合(この時期までの組合員数は約200万人)は、議会内に１つの卓越した労働者の組織体の結成を目指す議員候補者に資金を調達するため、組合員１人につき年間１ペニー徴収することを決議する。

1903年　婦人参政権運動の共闘部として、婦人社会政治連合(Women's Social and Political Union, WSPU)が発足する。

1905年　婦人参政権論を唱える婦人が世論を喚起するために活動を始める。

1906年　26名の独立労働党議員が初めて下院議員に当選する。労働党が結成される。

婦人労働連盟(Women's Labour League)が労働党の1支部として結成される。

全国反搾取労働連盟(National Anti-Sweating League)が結成され、「搾取」(“sweated”)労働——主として、婦人達による服の仕立てやレース作りなどの家内労働——条件改善に向けて活動する。政府の圧力が掛かり、1908年に議会特別委員会(Parliamentary Select Committee)で視察報告が行なわれるとともに、1909年には賃金局法(Trade Boards Act of 1909)が発令され、労賃局(Wage Boards)の設置により、最低賃金額が決められる。

1908年　老齢年金制度(Old Age Pensions)が自由党政府(Liberal government)によって導入される。全収入が週8シリング以下であれば、70才以上の老人は週5シリングの年金が受けられる。

炭鉱規制法により、地下労働時間が1日8時間となる。

1909年　職業安定局が設立され、適職を探すのに役立つ。

1910年　炭鉱事故のせいで、全国死者の絶対数は減少しない。1870年代では、年間の死者が1000名だったのに対し、1910年では1100名に増えている。

イングランド全土にあって、東部ミッドランド(East Midlands)での死亡率がおそらくは最も高い。採炭中の事故死亡率は、他のすべての職業に比べて4倍から5倍に達する。

南ウェールズ(South Wales)で坑夫ストライキが起こる。内務大臣のウィンストン・チャーチル(Winston Churchill)が、予想される暴動鎮圧のためにトニーパンディ(Tonypandy)に軍隊を派遣し、任務に当たった軍司令官が述べたように、「不必要にも」(“needlessly”)100名の負傷者と1名の死者を出す。

6月から11月にかけて、イーストウッドで炭鉱ストライキが起こる。

議会の任期が7年から5年に短縮される。

1911年　議員の年収を400ポンドとすることが議会で決議される(チャーティスト運動の最初の要求項目の1つ)。成人男子はその個人的収入の如何にかかわらず議員になることが可能となる。

国民保険法(National Insurance Act)により、労働者が病院で治療を受けた場合に、その治療費と薬代が無料になるとともに、休職中は毎週手当が支給される——もっとも家族にまでは保証が行き渡らない。またその法令により、建設工事、並びに造船関係の労働者は失業手当が受けられる。

坑夫が労働人口の7％を占める。

商店法(Shops Act)が制定され、商店員に週60時間労働と半日の休暇が認められる。

ロンドンで婦人参政権論を唱える婦人達の暴動が起こる。

ロンドン港湾労働者のストライキが起こる。

大規模な鉄道ストライキにより、英国全体の機能がほとんど麻痺する。

1912年　100万人以上の男性を含む全国的規模の抗夫ストライキが１ヵ月以上にわたって続き、最低賃金額を全国一律にすることが公式に認められる。

『デイリー・ヘラルド』紙（*Daily Herald*）や「日刊労働者」（"The Labour Daily Newspaper"）が発刊される。

婦人参政権法案（Women's Franchise Bill）が下院で否決される。

1913年　労働組合法により、労働組合は組合員の特別投票によって承認が得られた場合、もしくは組合員による寄付額が減少した場合、政治目的のための経費を計上できるようになる。これにより、労働組合は労働党発展のために継続的な支援が行なえることとなる。

坑夫、鉄道員、運搬労働者らによる三者同盟（Triple Alliance）が結成されることで、将来、ヨーロッパでの最強の労働組合となる気配を示す。

シルヴィア・パンクハースト（Sylvia Pankhurst）が労働者階級婦人参政権論者ロンドン東部連合（East London Federation for Working Class Suffragettes）を結成する――婦人社会政治連合（WSPU）の政策、並びに上流階級の支配下に置かれていることへの反撥が生じる。

1914年　６月28日、第１次世界大戦（First World War）が勃発する。

1915年　国土防衛法（Realm Act）が制定される。

1916年　連合王国（U.K.）での石炭総産出量とその配分については、政府の決定に委ねられる（平和時には、その決定権は政府には存しない）。

クライド川岸（Clydeside）で軍需労働者のストライキが起こる。

労働党会議（Labour Party Conference）で徴兵制度に反対の決議が行なわれる。

徴兵制度が導入される。

政府は国土防衛法のもとに、南ウェールズの炭鉱地帯をストライキの頻発を理由に専有する。

1917年　ロシア革命（Russian Revolution）が起こる（３月）。

生活協同組合会議（Co-Operative Congress）で生活協同組合党（Co-Operative Party）の結成が決議される（1918年に１人の党員が国会議員に当選する）。最初は非公式に、後には公式に労働党と同盟が組まれる。

1918年　第１次世界大戦が終結する。

第４次選挙法改正法案（Fourth Parliamentary Reform Bill）により、21才以上の男性と30才以上の女性（地方税納付者、もしくはその妻）に選挙権が与えられる。

労働組合員数が830万人に達する。

労働党が新たな社会主義機構を取り入れ、地方選挙区に党の下部組織を作るために再編成される。特に、婦人労働党員数が激増する（1924年までにその数は15万人に達し、党員の過半数を占めることが予想される）。

1919年　ナンシー・アストー（Nancy Astor）が最初の連合王国女性議員となる。

1919年から1920年にかけて、1000件を上回るストライキが起こり、石炭産業が最大の痛手を受ける。

サンキー石炭委員会(Sankey Coal Commission)の設置により、1日の地下労働時間を7時間に制限する石炭法(Coal Act)が生まれる(1926年には再び、1日8時間労働となる)。

1920年　失業保険法(Unemployment Insurance Act)により、農場労働者と家事使用人を除くすべての雇い人に年間250ポンドが支給される。

労働組合の支援により、ロンドン港湾労働者が対ソビエト用の武器を搭載したジョリー・ジョージ(Jolly George)号への乗り込みを拒否する。これにより、英国はロシア革命への干渉をすべて取り止める。

英国共産党(Communist Party of Great Britain)が結成される(労働党との連帯要求が1921年から数年間にわたって却下され、1924年から労働党の個人党員は英国共産党員となることが禁じられる)。

1921年　経済不況が起こる。世界市場での実質的な貿易不振により、200万人に近い失業者が生まれる。失業が広範囲にわたり続くために——第2次世界大戦(Second World War)の勃発時期まで不規則的に続くことになる——、雇用者側は賃金削減と労働時間の増加を要求する。一方、労働組合側はそれらを食い止めるために労働条件改善運動を中止せざるを得なくなる。

1922年　労働組合の三者同盟は「暗黒の金曜日」(“Black Friday”、4月15日)に決裂する。当日、鉄道員と運搬労働者が土壇場で、賃下げ案に反対する坑夫ストライキの支援ストを拒否する。数ヵ月に及ぶ炭鉱閉鎖の後、坑夫側が敗北する。

英国における失業者の数は200万人に達する。

総選挙(General Election)の後、労働党は初めて正式な反対党となる。

1923年　元店員で店員組合(Shop Worker's Union)の書記補佐役マーガレット・ボンドフィールド(Margaret Bondfield)が労働組合会議(TUC)の一般総会(General Council)議長に選出される。

1924年　ラムジー・マクドナルド率いる英国労働党内閣が初めて短命に終わる。

マーガレット・ボンドフィールドが女性として初めて副大臣になる(1929年の労働党政府でも女性として初めて入閣を果たす)。

ロンドン路面電車のストライキが起こる。

1925年　新たな年金法(Pensions Act)により、健康保険要綱が全国的に見直され、65才で老齢年金が受けられるようになる。

幼児保護法(Guardianship of Infant Act)により、自分の子供を保護する権利が婦人に等しく与えられる。

1926年　ゼネスト(General Strike)が起こる——1日でも多く働かせ、わずかな賃金しか支払わない雇用者側の要求と対決する坑夫の支援にすべての英国産業界の労働者が召集される。「休む日は1日もなく、賃金は1ペニーも支払われない」(坑夫のスローガン)。ストライキは9日間続くが、失敗に終わる。坑夫側は更に6ヵ月ストライキを続けるが、結局、長時間労働(地下労働8時間交替制が復活する)と以前よりも低い賃金勧告を受け入れざるを得なくなる。

1927年　労働争議、並びに労働組合法(Trade Dispute and Trade Union Act)により、政府は「ゼネスト」を違法と見なし、公務員労働組合(Civil Service Trade Union)を労働組合会議(TUC)から独立させ、1913年の労働組合法(Trade Union Act of 1913)を破棄する。

1928年　英国女性の最低選挙年令が30才から21才に引き下げられる。

1929年　総選挙は労働党の勝利に終わる。

1930年　炭鉱法(Coal Mines Act)により、地下労働時間が1日7時間半に短縮される。

年表 2と3を書くにあたっての資料➡351ページ

第3章

地理的背景――旅と場所

年表 4――D・H・ロレンスの旅の年表

ロレンスの生涯と著作はもとより、数々の書簡にまで及ぶ長年の研究により、――特に、ケンブリッジ版テキストの刊行企画がスタートして以来――現在ではロレンスの生涯にわたる行動を（特に、後半の15年間に関しては、その日々の行動までも）極めて正確に跡づけることが可能となったように思われる。8冊に及ぶケンブリッジ版D・H・ロレンス書簡集（The eight Cambridge volumes of Lawrence's letters）は、この種の詳細な資料の中でもおそらく最大のものである。書簡自体はもとより、各巻に掲載された年表、解説、注釈などにも詳細な情報が詰まっているのは言うまでもない。数多くのロレンスの評伝に加えて（ケンブリッジ版D・H・ロレンス書簡集の細目に関しては、参考書目1を参照）、2次的資料とも言える何冊かの作品がロレンスの旅に関して完璧とも言える情報を提供してくれる。特に、次の4冊は重点的かつ網羅的にロレンスの旅を扱っているばかりか、数々の情報を体系的に載せている点でもすぐれている。

ムア、ハリー・T（Moore, Harry T.）『局留め郵便―ロレンスの旅の暦』（*Post Restante : A Lawrence Travel Calendar*）、ロサンジェルス、バークレー：カリフォルニア大学出版局（Los Angeles and Berkeley : University of California Press、1956年）。（以下の作品に比べて詳細さの点で劣るにせよ、依然として役に立ち、記載事項も正確である。）

セイガー、キース（Sagar, Keith）『D・H・ロレンス―作品の暦』（*DHL : A Calendar of His Works*）、マンチェスター：マンチェスター大学出版局（Manchester : Manchester University Press、1979年）。（主要見出し語への頭注――ロレンスの作品を配置するにあたって――は、ロレンスの特定時期の居場所を詳細に記している。これらの頭注は以下の年表の項目の基盤となっている。）

――――「ロレンスの旅の暦」（"A Lawrence Travel Calendar"）、キース・セイガー編纂『D・H・ロレンス―ハンドブック』（*A DHL Handbook*）、マンチェスター：マンチェスター大学出版局（Manchester : Manchester University Press、1982年、pp.229－38）。（この作品にみる旅の暦は、本章に収録された他の作品のものに比べてまとまりがよいばかりでなく、この上もなく詳細で、簡潔な年表の中では今のところもっとも正確であると言えよう。依然としてとても信頼できるものである。)

プレストン、ピーター(Preston, Peter)『D・H・ロレンス―年表』(*A DHL Chronology*)、ベイシングストーク、ロンドン：マクミラン、ニューヨーク：セント・マーティン出版社（Basingstoke and London : Macmillan ; New York : St. Martin's Press、1994年)。(ケンブリッジ版D・H・ロレンス書簡集に依拠したこの作品は、現在のところロレンスの旅の情報に関して最も完璧で斬新かつ正確な情報を提供している。)

ロレンスを研究する学生やロレンスの専門家にとって、上述の諸作品とケンブリッジ版D・H・ロレンス書簡集は言うまでもなく貴重な情報源である。だが、おそらく1982年に出版されたキース・セイガー編纂『D・H・ロレンス―ハンドブック』所収の「ロレンスの旅の暦」を除けば、その他の旅の暦はあまりに詳細で入り組んでもいるので、ロレンス研究家でない者やロレンスの旅に関してそのあらましだけを知りたい一般読者にとってすぐには役立たないであろう。従って、以下の年表については、一般的な情報としてロレンスの専門家にとっても役に立つ程度には細かく仕上げてあるものの、何よりそうした一般読者のことを考えて、ロレンスの旅を概観するに止めた。例えば、取るに足らない旅については省略し、所在地についても、時々それに短い解説を加えているに過ぎない。主要年表を調べる前に旅の情報をすぐに得たい人のために、簡略年表ではロレンスが生涯にわたって移動した場所だけを列挙してある。(以下の年表に収録した場所のほとんどが本章の末尾の地図に載っている。)

簡略年表

1885年－1908年	イーストウッド(Eastwood)。
1908年－1911年	クロイドン(Croydon)。
1912年1月－1912年5月	クロイドン――ボーンマス(Bournemouth)――イーストウッド。
1912年5月－1913年6月	ドイツ――イタリア。
1913年6月－1913年8月	イングランド、ケント(Kent)――ロンドン――イーストウッド。
1913年8月－1914年6月	ドイツ――スイス――イタリア。
1914年6月－1915年12月	イングランド、ロンドン――バッキンガムシャー(Buckinghamshire)のチェッサム(Chesham)――サセックス(Sussex)のグレタム(Greatham)。
1915年12月－1917年10月	コーンウォール(Cornwall)。
1917年10月－1919年11月	ロンドン――バークシャー(Berkshire)のハーミテジ(Hermitage)――ダービーシャー(Derbyshire)のミドルトン・バイ・ワークスワース(Middleton-by-Wirksworth)。

1919年11月－1921年 4 月	イタリア――シチリア(Sicily)のタオルミーナ(Taormina)(1921年 1 月にサルデーニャ(Sardinia)を訪れる)。
1921年 4 月－1921年 9 月	ドイツ――オーストリア――イタリア。
1921年 9 月－1922年 2 月	シチリアのタオルミーナ。
1922年 3 月－1922年 8 月	セイロン(Ceylon)――オーストラリア。
1922年 9 月－1923年11月	アメリカ合衆国――メキシコ。
1923年12月－1924年 2 月	ロンドン――パリ――ドイツのバーデン・バーデン(Baden-Baden)。
1924年 3 月－1925年 9 月	アメリカ合衆国――メキシコ。
1925年10月－1925年11月	イングランド――ドイツ。
1925年11月－1928年 6 月	イタリア――(ドイツ、イングランド、スコットランド、スイスなどを訪れる)。
1928年 6 月－1928年 9 月	フランス――スイス――ドイツ。
1928年10月－1929年 6 月	フランスのバンドル(Bandol)――バレアレス諸島(Balearic Islands)のマリョルカ(Mallorca)。
1929年 6 月－1929年 9 月	イタリア――ドイツ。
1929年10月－1930年 3 月	フランス、バンドル――ヴァーンス(Vence)

主要年表

1885年－1887年	イングランド、ノッティンガムシャー(Nottinghamshire)のイーストウッド(Eastwood)、ヴィクトリア通り(Victoria Street)8 番地 a で生まれ、そこに住む。
1887年－1891年	イーストウッドのブリーチ(Breach)、ガーデン・ロード(Garden Road)57番地(後に28番地に変更)に住む。
1891年－1905年	イーストウッドのウォーカー通り (Walker Street) 3 番地(現 8 番地)に住む。
1905年－1908年	イーストウッドのリン・クロフト(Lynn Croft)97番地に住む。
1908年10月－1911年 9 月	サリー(Surrey)のクロイドン(Croydon)、コルワース・ロード(Colworth Road)12番地に下宿し、デイヴィドソン・ロード・ボーイズ・スクール(Davidson Road Boy's School)で教鞭をとる。イーストウッドで休暇の大半を過ごす。ルイ・バロウズ(Louie Burrows)の実家があるレスターシャー(Leicestershire)のクォーン(Quorn)をよく訪れる。
1911年 9 月－1912年 1 月	クロイドンのコルワース・ロード16番地に下宿する。
1912年 1 月－1912年 2 月	ドーセット(Dorset)のボーンマス(Bournemouth)で病後の静養をする。
1912年 2 月－1912年 5 月	主にイーストウッドで過ごす(何度か旅行をするが、そのうちの 2 回はケント(Kent)のイーデンブリッジ(Edenbridge)にあるサーン荘(the Cearne)を訪れる)。

1912年5月	ドイツ、メッツ(Metz、現在はフランス領土)――トリール(Trier)――ヴァルトブレール(Waldbröl)――ボイエルベルク(Beuerberg)などを巡る。
1912年6月－1912年8月	主にドイツのバヴァリア(Bavaria)のミュンヘン(Munich)近くにあるイッキング(Icking)で過ごす。
1912年8月－1912年9月	イッキングからマイルホーフェン(Mayrhofen)、シュテルツィング(Sterzing)、ボルツァーノ(Bolzano)、トレント(Trento)、リーヴァ(Riva)――当時、これらの場所はすべてオーストリア領土――などを経て、イタリアのガルダ湖(Lake Garda)にあるガルニャーノ(Gargnano)に至る。
1912年9月－1913年3月	イタリアのガルニャーノにあるヴィラ・イジー(Villa Igea)で過ごす。
1913年4月－1913年6月	主にドイツのミュンヘン近くのイルシェンハウゼン(Irschenhausen)で過ごす。
1913年6月－1913年8月	イングランドで過ごす。主にケントのイーデンブリッジにあるサーン荘と、同じくケントのブロードステアーズ(Broardstairs)、パーシー・アヴェニュー(Percy Avenue)28番地のライリー・ハウス(Riley House)で過ごし、ロンドンとイーストウッドを時々訪れる。
1913年8月－1913年9月	ドイツのミュンヘン近くのイルシェンハウゼンで過ごす。
1913年9月	コンスタンツ(Constance)からチューリッヒ(Zurich)やルツェルン(Lucerne)を経て、スイスを横断し、イタリアのコモ(Como)、ミラノ(Milan)、そしてレリーチ(Lerici)へと至る。
1913年10月－1914年6月	イタリアのヴィリーノ・エトーレ・ガムブロズィエール(Villino Ettore Gambrosier)、レリーチ・ペル・フィアスケリーノ(Lerici per Fiascherino)、ゴルフォ・デラ・スペツィア(Golfo della Spezia)などで過ごす。
1914年6月	スイスやドイツを経て、ロンドンに至る。
1914年6月－1914年7月	主にロンドンのサウスケンジントン(South Kensington)、セルウッド・テラス(Selwood Terrace)9番地で暮らす。
1914年8月－1915年1月	イングランドのバッキンガムシャー(Buckinghamshire)のチェッサム(Chesham)近くにあるトライアングル荘(The Triangle)で過ごす。
1915年1月－1915年7月	主にサセックス(Sussex)のプルバラ(Pulborough)近くにあるグレタム(Greatham)で過ごす。
1915年8月－1915年12月	主にロンドンのハムステッド(Hampstead)にあるヴェイル・オブ・ヒース(Vale-of-Heath)、バイロン・ヴィラ(Byron Villas)1番地に住む。
1915年12月－1916年2月	コーンウォール(Cornwall)のパドストウ(Padstow)近くのセント・メリン(St. Merryn)にあるポースコサン(Porthcothan)で

	過ごす。
1916年2月	コーンウォールのゼナー（Zennor）にあるザ・ティナーズ・アームズ（The Tinner's Arms）で過ごす。
1916年2月－1917年10月	コーンウォールのゼナーにあるハイアー・トレガーゼン（Higher Tregerthen）で過ごす。
1917年10月－1917年11月	ロンドンのメクレンバラ・スクエア（Mecklenburgh Square）44番地に住む。
1917年12月	ロンドンのアールズ・コート・スクエア（Earl's Court Square）13番地b――バークシャー（Berkshire）のニューベリー（Newbury）近くのハーミテジ（Hermitage）にあるチャペル・ファーム・コテッジ（Chapel Farm Cottage）――ダービーシャー（Derbyshire）のリプリー（Ripley）などで過ごす。
1918年1月－1918年4月	バークシャーのハーミテジにあるチャペル・ファーム・コテッジで過ごす。
1918年5月－1918年8月	ダービーシャーのミドルトン・バイ・ワークスワース（Middleton-by-Wirksworth）にあるマウンテン・コテッジ（Mountain Cottage）で過ごす。
1918年8月	ロンドン――エセックス（Essex）のマーシー（Mersea）――バークシャーのハーミテジ――ディーンの森（Forest of Dean）にあるアパー・リドブルック（Upper Lydbrook）などで過ごす。
1918年9月－1918年10月	ダービーシャーのミドルトン・バイ・ワークスワースにあるマウンテン・コテッジで過ごす。
1918年10月－1918年11月	ロンドンのハムステッド――バークシャーのハーミテジなどで過ごす。
1918年11月－1919年4月	主にダービーシャーのミドルトン・バイ・ワークスワースにあるマウンテン・コテッジで過ごす。（1919年2月15日から3月17日まで、インフルエンザに罹ってダービーシャーのリプリーに住む妹の家で過ごす。）
1919年4月－1919年7月	バークシャーのハーミテジにあるチャペル・ファーム・コテッジで過ごす。
1919年7月－1919年8月	バークシャーのパングボーン（Pangbourne）にあるマートル・コテッジ（Myrtle Cottage）で過ごす。
1919年8月－1919年9月	バークシャーのニューベリー近くのグリムズベリー・ファーム（Grimsbury Farm）で過ごす。
1919年9月－1919年11月	主にバークシャーのハーミテジにあるチャペル・ファーム・コテッジで過ごす。
1919年11月	ロンドンとパリを経て、イタリアに行き、トリノ（Turin）――レリーチ――フィレンツェ（Florence）などを巡る。
1919年12月	イタリア、フィレンツェ――ローマ――ピチニスコ（Picinisco）――カプリ（Capri）などを巡る。

1920年1月－1920年2月	主にカプリのパラッツォ・フェラーロ(Palazzo Ferraro)で過ごし、その後シチリア(Sicily)に行く。
1920年3月－1920年7月	主にシチリアのタオルミーナ(Taormina)にある自宅のフォンターナ・ヴェッキア(Fontana Vecchia)で1922年2月まで過ごす。(1920年5月17日から28日までマルタ(Malta)を旅行する。)
1920年8月－1920年10月	イタリア、モンテカッシーノ(Montecassino)――ローマ――フィレンツェ――ミラノ――コモ湖(Lake Como)、イセオ湖(Lake Iseo)、ガルダ湖――ヴェローナ(Verona)――ヴェネツィア(Venice)――フィレンツェ――ヴェネツィアなどを巡る。
1920年10月－1921年4月	主にシチリアのタオルミーナにあるフォンターナ・ヴェッキアで過ごす。(1月5日から13日にかけて、サルデーニャ(Sardinia)、カリアリ(Caliari)――マンダス(Mandas)――ソルゴノ(Sorgono)――ヌオロ(Nuoro)――テラノヴァ(Terranova)などを訪れる。)
1921年4月	パレルモ(Palermo)、カプリ、ローマ、フィレンツェ、スイスなどを経て、ドイツのバーデン・バーデン(Baden-Baden)に至る。
1921年4月－1921年7月	ドイツのバーデン・バーデンのエーベルシュタインブルク(Ebersteinburg)にあるホテル・クローネ(Hotel Krone)で過ごし、その後、スイスのコンスタンツ(Constance)を経て、オーストリアのツェル・アム・ゼー(Zell-am-See)に至る。
1921年7月－1921年8月	オーストリアのツェル・アム・ゼーのトゥーメルスバッハ(Thumersbach)にある ヴィラ・アルペンゼー(Villa Alpensee)で過ごす。
1921年8月－1921年9月	イタリアのフィレンツェで過ごす。
1921年9月－1922年2月	シチリアのタオルミーナにあるフォンターナ・ヴェッキアで過ごす。2月から3月にかけて、セイロン(Ceylon)(現在のスリランカ(Sri Lanka))に行く。
1922年3月－1922年4月	アルナリー(Ardnaree)、レイク・ヴュー・エステイト(Lake View Estate)、カンディ(Kandy)、セイロンなどで過ごす。4月から5月にかけて、オーストラリア(Australia)に行く。
1922年5月	オーストラリア、フリマントル(Fremantle)――パース(Perth)――「リースディール」("Leithdale")――ダーリントン(Darlington)――シドニー(Sidney)――ニューサウスウェールズ(New South Wales)のサーロウル(Thirroul)にある「ワイワーク」("Wye Wurk")などで過ごす。
1922年6月－1922年8月	ニューサウスウェールズのサーロウルにある「ワイワーク」で過ごす。1922年8月から9月にかけて、ニュージーランド(New Zealand)のウェリントン(Wellington)、クック諸島(Cook Islands)のララトンガ(Raratonga)、タヒチ(Tahiti)のパ

	ペエテ(Papeete)などを経て、アメリカ合衆国に行く。
1922年9月	アメリカ合衆国、サンフランシスコ(San Francisco)――ラミー(Lamy)――サンタフェ(Santa Fe)――ニューメキシコ(New Mexico)のタオス(Taos)などを巡る。
1922年10月－1922年11月	ニューメキシコのタオスで過ごす。
1922年12月－1923年3月	ニューメキシコのタオスから17マイルほど登った所に位置する、ロッキー山脈(Rocky Mountains)の麓の丘陵地帯ケスタ(Questa)にあるデルモンテ農場(Del Monte Ranch)で過ごす。
1923年3月－1923年4月	主にメキシコ市(Mexico City)のホテル・モンテカルロ(Hotel Monte Carlo)に滞在。
1923年5月－1923年7月	メキシコのチャパラ(Chapala)、カレザラゴザ(Calle Zaragoza)4番地に住む。7月9日から19日にかけて、ラレド(Laredo)、サンアントニオ(San Antonio)、ニューオーリンズ(New Orleans)、ワシントン・D・C(Washington, District of Columbia)などを経て、ニューヨーク(New York)に行く。
1923年7月－1923年8月	ニュージャージー(New Jersey)のモリス平原(Morris Plains)、ユニオンヒル(Union Hill)にある「バーキンデル」("Birkindele")――トマス・セルツァー(Thomas Seltzer)所有の田舎家――で過ごす。
1923年8月	バッファロー(Buffalo)からシカゴ(Chicago)やオマハ(Omaha)を経て、ロサンジェルス(Los Angeles)に至る。
1923年9月	カリフォルニア(California)のサンタモニカ(Santa Monica)と(12日から25日まで)ロサンジェルスで過ごし、その後、パームスプリングズ(Perm Springs)を経て、メキシコのグアイマス(Guaymas)にあるソノラ(Sonora)に至る。
1923年10月	メキシコ、ナヴァホア(Navajoa)、ソノラ――ミナスヌエヴァス(Minas Nuevas)、アラモ(Alamo)、ソノラ――マサトラン(Mazatlan)、シナロア(Sinaloa)――テピク(Tepic)、ナヤリット(Nayarit)などで過ごす。イストラン(Ixtlan)、ラ・ケマダ(La Quemada)、エツァラン(Etzalan)などを経て、グアダラハラ(Guadalajara)に至る。
1923年11月	グアダラハラのガルシア・ホテル(Garcia Hotel)に滞在。17日から22日にかけて、メキシコ市(Mexico City)とヴェラクルス(Vera Cruz)に行く。22日から12月12日にかけて、イングランドのプリマス(Plymouth)に行く。
1923年12月－1924年1月	主にロンドンのハムステッド、ヒース通り(Heath Street)110番地で過ごす。(12月31日から1月3日にかけて、ノッティンガムとダービーに住む家族を訪ねる。3日から5日にかけて、シュロップシャー(Shropshire)のポンツベリー(Pontesbury)に住むフレデリック・カーター(Frederick Carter)を訪ねる。)

1924年1月－1924年2月	パリのモンパルナス通り(Boulevard Montparnasse)にあるヴェルサイユ・オテル(Hôtel de Versailles)に(2月6日までと、21日から25日にかけて)に滞在。2月6日から20日にかけて、ドイツのバーデン・バーデンにあるルートヴィヒ・ヴィルヘルムシュティフト(Ludwig-Wilhelmstift)で過ごす。
1924年2月－1924年3月	ロンドンのペルメル(Pall Mall)にあるガーランド・ホテル(Garland's Hotel)に滞在。
1924年3月	(5日から11日にかけて)船でサウサンプトン(Southampton)からニューヨークに行く。(18日から22日にかけて)シカゴとサンタフェを経て、タオスに行く。
1924年3月－1924年5月	ニューメキシコのタオスで過ごす。
1924年5月－1924年10月	デルモンテ農場から2マイルほど離れた所にあり、タオスよりも高所に位置するケスタのロボ農場(Lobo ranch)で主に過ごす。(8日にロボ農場は「カイオア」("Kiowa")と名称を変更する。8月14日から23日にかけて、ホピ族(Hopi)の部落を訪れる。)
1924年10月	(16日から23日にかけて)サンタフェとエルパソ(El Paso)を経て、メキシコ市に行く。
1924年10月－1924年11月	メキシコのオアハカ(Oaxaca)にあるホテル・フランシアス(Hotel Francias)に滞在。
1924年11月－1925年2月	メキシコのオアハカ、ピノスアレス通り(Avenida Pino Suarez)43番地に住む。
1925年2月－1925年3月	重体に陥り、オアハカのホテル・フランシアスに担ぎ込まれる。その後、メキシコ市のインペリアル・ホテル(Imperial Hotel)に移る。(3月25日から31日にかけて)、ニューメキシコのケスタにあるデルモンテ農場に戻る。
1925年4月－1925年9月	ニューメキシコのケスタにあるカイオア農場で 過ごす。
1925年9月	ニューヨーク市で過ごす。(21日から30日にかけて)、イングランド のサウサンプトンに向けて出航する。
1925年10月	ロンドンのペルメルにあるガーランド・ホテルに滞在。ロンドン——バッキンガムシャー——ノッティンガム——ダービーシャーのリプ リー——ロンドンなどを巡る。月末にストラスブール(Strasbourg)を経て、ドイツのバーデン・バーデンに至る。
1925年11月	ルートヴィヒ・ヴィルヘルムシュティフトで過ごす。バーデン・バー デン——スイスのルツェルン近くのカスターニエンバウム(Kastanienbaum)——イタリアのスポトルノ(Spotorno)などで過ごす。
1925年11月－1926年4月	主にイタリアのスポトルノにあるベルナルダ荘(Villa Bernarda)で過ごす。(1926年2月22日から4月3日にかけて、モンテカルロ(Monte Carlo)やフランスのニース(Nice)を訪れ、その後、 イタリアの各地——ヴェンティミリア(Ventimiglia)、

	ローマ、カプリ、ラヴェロ(Ravello)、ローマ、アッシージ(Assissi)、ペルージア(Perugia)、フィレンツェ、ラヴェンナ(Ravenna)など――を巡る。)
1926年4月－1926年5月	イタリアのフィレンツェにあるルチェシ荘(Pensione Lucchesi)で過ごす。
1926年5月－1928年6月	主にフィレンツェ近くのスカンディッチ(Scandicci)のサンパオロ・モスチアーノ(San Paolo Mosciano)にあるミレンダ荘(Villa Mirenda)で過ごす。(1926年7月13日から9月28日にかけて、ドイツのバーデン・バーデン――ロンドンのチェルシー(Chelsea)――スコットランドのインヴァネス(Inverness)〈8月16日から18日にかけて、フォート・ウィリアム(Fort William)、マレイグ(Mallaig)、スカイ島(the Isle of Skye)などを巡る〉――リンカンシャー(Lincolnshire)のメイブルソープ(Mablethorpe)とサットン・オン・シー(Sutton-on-Sea)――ロンドンのハムステッドなどで過ごす。1927年の4月6日から11日にかけて、エトルリア遺跡(Etruscan sites)を訪れる。1927年8月5日から10月18日にかけて、オーストリアのフィラハ(Villach)――ドイツのイルシェンハウゼンとバーデン・バーデンで過ごす。1928年1月21日から3月6日にかけて、スイスのヴォー(Vaud)にあるレ・ディアブラレ(Les Diablerets)のシャトー・ボー・シト(Château Beau Site)で過ごす。)
1928年6月	イタリア、ピサ(Pisa)――ジェノア(Genoa)――トリノ。フランスのシャンベリ(Chambéry)――エクス・レ・バン(Aix-les-Bains)――グルノーブル(Grenoble)などを巡る。
1928年6月－1928年7月	スイス、シェブレ・スール・ヴェヴィ(Chexbres-sur-Vevey)のグランド・ホテル(Grand Hotel)――グシュタート(Gstaad)のホテル・ナショナル(Hotel National)などに滞在。
1928年7月－1928年9月	スイスのベルン(Bern)のグシュタート付近のグシュタイク(Gsteig)にあるケッセルマッテ(Kesselmatte)で過ごす。
1928年9月	ドイツのバーデン・バーデンのリヒテンサール(Lichtenthal)にあるホテル・レーヴェン(Hotel Löwen)に滞在。
1928年10月－1929年3月	南フランス(ヴァール(Var))、ル・ラヴァンドウ(Le Lavendou)のグランド・オテル(Grand Hôtel)――ポールクロウ島(Ile de Port-Cros)のラ・ヴィジィ(La Vigie)――バンドル(Bandol)のオテル・ボー・リヴァージュ(Hôtel Beau Rivage)などで過ごす。
1929年3月－1929年4月	主にパリのヴェルサイユ・オテルに滞在。4月7日から16日にかけて、オルレアン(Orleans)、リヨン(Lyons)、カルカソンヌ(Carcassonne)、ペルピニャン(Perpignan)、バルセローナ(Barcelona)などを経て、マリョルカ(Mallorca)に行く。
1929年4月－1929年6月	スペインのバレアレス諸島 (Balearic Islands) のマリョルカに

あるパルマ・デ・マリョルカ(Palma de Mallorca)で過ごす。6月18日から22日にかけて、イタリアのルッカ(Lucca)に行く。

1929年6月－1929年7月　イタリアのルッカにあるフォルテ・デイ・マルミ(Forte dei Marmi)やフィレンツェなどで過ごす。

1929年7月－1929年9月　ドイツ、バーデン・バーデンのリヒテンサール――ビュール(Bühl)付近のプレティグ療養客用ホテル(Kurhaus Plättig)――ミュンヘン近くのロタッハ・アム・テゲルンゼー(Rottach-am-Tegernsee)などで過ごす。18日から23日にかけて、ミュンヘンとマルセーユ(Marseilles)を経て、南フランスのバンドルに行く。

1929年10月－1930年2月　フランスのヴァールのバンドルにあるボー・ソレイユ荘(Villa Beau Soleil)で過ごす。

1930年2月6日－1930年3月1日　フランスのアルプ・マリティーム(Alpes-Maritimes)のヴァーンス(Vence)にあるアド・アストラ・サナトリウム(Ad Astra Sanatorium)で過ごす。

1930年3月1日－1930年3月2日　ヴァーンスのロベルモン荘(Villa Robermond)で過ごす。

地図——ロレンスの生涯と作品に関連のある場所

以下の地図は、本事典で扱ったロレンスの生涯や作品に密接に関連のあるほとんどすべての場所を載せている。「所在」（“locations”）という語は、本節では重要な意味を有している。何より位置づけをその旨とするこれらの地図は、地元や周辺地域、そして国の内外における様々な場所の位置（*positions*）を明確に記しているからである。つまり、これらの地図は、そこに記載された場所の地形的性質とかその規模について、またその社会的、経済的、政治的重要性についてほとんど何も示してはいない（もっとも、活字サイズから国や州と都市や町や村などとの区別は明らかで、最初の2つの地図に見るように、大文字表記と小文字表記を使い分けることで大雑把に区別しているが）。以下の地図はいずれも過去のものではなく、そこに示された国境や境界はすべて現在においても通用している。特に、このことは地図3を参照する場合に重要である。というのも、ヨーロッパの国境の中には、ロレンスの生存中に大幅に変更されたとは言え、その後にまた変更を重ねたものがあるからである。（フランスとドイツ間、またオーストリアとイタリア間の国境の変更はロレンスの旅行体験の理解に直接関わってくる問題である。ロレンスが生きた当時の国境については、ケンブリッジ版『D・H・ロレンス書簡集』（*The Letters of D. H. Lawrence*）に掲載されている地図が参考になる。）

以下の地図にその場所が載っていないにもかかわらず、本事典の他の個所でそれに言及している場合には、一般的にその付近の場所を明記し、大雑把に位置づけている（例えば、タオス［Taos、地図に掲載］近くのケスタ［Questa、地図に不掲載］という風に）。他方、地図に載せたすべての場所がロレンスと関連があるとは限らない（もっとも、大半の場所は関連があるが）。ロレンスの訪れたことのない場所については、一般的にそれらの方向や正確な位置関係を示す目的で載せているに過ぎない（例えば、ロレンスは地図2や3に載っているアイルランドやカーディフ（Cardiff）、それに東ヨーロッパの国々を1度も訪れていない）。

以下の地図は特に本事典の第1部や第2部の記載事項との相互参照による利用をそのねらいとしているが、読者自身がロレンスの生涯を空間的に構築したり、ロレンスの創造的想像力の地理的、文化的源泉への示唆に富む洞察を行なうにあたり、それらを興味深く有益に活用することもできよう。ロレンスが自ら名づけた「地の霊」（“the spirit of place”）というものに囚われ続けていたことはよく知られている。だが、これらの地図を合わせ見ることで、そうした彼の囚われが——比較的短い生涯を通じて——驚くほど広範囲に及ぶ規則的な移動と、この世に自らの精神の棲家を絶えず打ち建てんとする異常なほどの強烈な意志によってどれほど助長されていたかが明瞭に理解されよう。

Eastwood and the Midlands
SHEFFIELD
Tideswell
Renishaw
Barlborough
WORKSOP
Staveley
CHESTERFIELD
Bolsover
Chatsworth
Bakewell
Haddon Hall
WARSOP
North
Wingfield
DERBYSHIRE
Clay Cross
Hardwick Hall
Teversal
MANSFIELD
Eakring
MATLOCK
Bonsall
Via Gellia
Cromford
Ible
Middleton
WIRKSWORTH
South Wingfield
Whatstandwell
Crich
ALFRETON
NOTTINGHAMSHIRE
LINCOLNSHIRE
Annesley Woodhouse
Newstead Abbey
Selston
SOUTHWELL
Annesley Hall
Pentrich
Underwood
Haggs Farm
New Brinsley
Ambergate
RIPLEY
Lamb Close House
Brinsley
Hucknall
Beauvale Priory
Eastwood
Hall
BELPER
Langley Mill
Heanor
Moorgreen
Greasley
Watnall
Eastwood
Kimberley
Nuthall
Bulwell
Shipley
Cossall
Strelley
ILKESTON
NOTTINGHAM
DERBY
0
miles
10
0
km
10

Britain
Key to Counties
1 North Yorkshire
2 West Yorkshire
3 South Yorkshire
4 Derbyshire
5 Nottinghamshire
6 Lincolnshire
7 Oxfordshire
8 Wiltshire
9 Berkshire
12 Hampshire
11 West Sussex
12 East Sussex
13 Kent
14 Cornwall
Hebrides or Western Isles
Isle of Skye
INVERNESS
MALLAIG
FORT WILLIAM
SCOTLAND
EDINBURGH
North Sea
IRELAND
Irish Sea
Robin Hood's Bay
SCARBOROUGH
Flamborough
BARROW
LANCASTER
YORK
BLACKPOOL
LEEDS
DONCASTER
Theddlethorpe
Mablethorpe
Sutton on Sea
Skegness
PRESTATYN
SHEFFIELD
Renishaw
LINCOLN
Middleton
Ripley
Ilkeston
Eastwood
DERBY
NOTTINGHAM
SHREWSBURY
Pontesbury
Quorn
LEICESTER
YARMOUTH
ENGLAND
CAMBRIDGE
WALES
Upper Lydbrook
Forest of Dean
OXFORD
Chesham
Garsington
Pangbourne
Hampstead
CARDIFF
Hermitage
LONDON
NEWBURY
Ewell
CROYDON
PURLEY
Edenbridge
DOVER
FOLKESTONE
SOUTHAMPTON
Pulborough
BRIGHTON
BOURNEMOUTH
Littlehampton
FRANCE
Padstow
BODMIN
Porthcothan
Redruth
TRURO
Tregerthen
Zennor
Lands End
Penzance
Isles of Scilly
SHANKLIN
Freshwater
Isle of Wight
English Channel
Channel Islands
0 miles 50
0 km 80

DENMARK
Baltic Sea
North Sea
Eastwood
ENGLAND
London
Croydon
NETHERLANDS
Berlin
Warsaw
POLAND
Ostend
Calais
Brussels
English Channel
BELGIUM
Cologne
Waldbröl
Bonn
GERMANY
Koblenz
Frankfurt
Trier
Prague
Paris
LUXEMBOURG
Metz
CZECH REPUBLIC
Orléans
Strasbourg
Baden-Baden
Munich
Irschenhausen
Icking
Beuerberg
Vienna
SLOVAKIA
Constance
AUSTRIA
Basel
Zurich
Mayrhofen
Zell-am-See
Thumersbach
Budapest
FRANCE
Bern
Lucerne
Innsbruck
Sterzing &
Brenner Pass
ROMANIA
Vevey
SWITZERLAND
Geneva
Gstaad
Les Diablerets
Bolzano
Aix-les-Bains
Lyons
Riva
Trento
SLOVENIA
Chambéry
Como
Gargnano
Lake Garda
Venice
CROATIA
Grenoble
Milan
Turin
BOSNIA &
HERCEGOVINA
YUGOSLAVIA
Spotorno
Genoa
Aix-en-Provence
Vence
Lerici
Fiascherino
Forte dei Marmi
Nice
Carcassonne
Marseille
Florence
Scandicci
Bandol
Port Cros
Volterra
Perpignan
Adriatic Sea
ITALY
SPAIN
Vulci
Tarquinia
Cerveteri
Rome
Corsica
Barcelona
ALBANIA
Picinisco
Terranova
Naples
Minorca
Capri
Nuoro
Sorgono
Palma
Sardinia
Mallorca
Cagliari
Mediterranean Sea
Trapani
Palermo
Taormina
Sicily
Syracuse
0
miles
500
MALTA
0
km
500

Europe

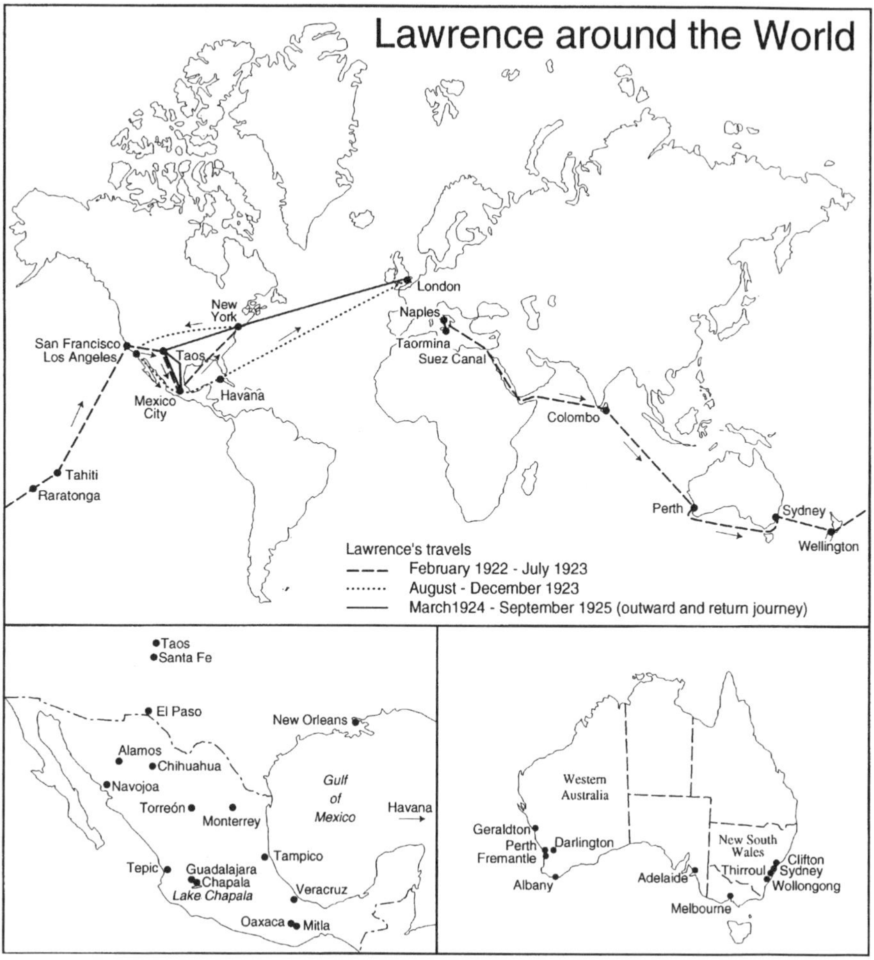
Lawrence around the World
London
New York
Naples
San Francisco
Los Angeles
Taos
Taormina
Suez Canal
Havana
Mexico City
Colombo
Tahiti
Raratonga
Perth
Sydney
Wellington
Lawrence's travels
February 1922 - July 1923
August - December 1923
March1924 - September 1925 (outward and return journey)
Taos
Santa Fe
El Paso
New Orleans
Alamos
Chihuahua
Navojoa
Gulf of Mexico
Torreón
Monterrey
Havana
Tampico
Tepic
Guadalajara
Chapala
Lake Chapala
Veracruz
Oaxaca
Mitla
Western Australia
Geraldton
Perth
Fremantle
Darlington
Albany
New South Wales
Clifton
Thirroul
Sydney
Wollongong
Adelaide
Melbourne

第 2 部

作　　品

第１章

長編小説

参考書目２　長編小説に関する一般的な批評作品➡352ページ

第11節　『白孔雀』(*The White Peacock*)

執筆時期

1906年のイースターから1910年９月にかけて書かれる。
草稿：1.「リティシア」第１草稿（“Laetitia” I）が1906年のイースターから1907年６月にかけて書かれる。2.「リティシア」第２草稿（“Laetitia” II）が1907年７月から1908年４月にかけて書かれる。3.「ネザミア」第１草稿（“Nethermere” I）が1908年８月から1909年11月にかけて書かれる。4.「ネザミア」第２草稿（“Nethermere” II）が1910年１月から４月にかけて書かれる。『白孔雀』という題名で1910年８月と９月に改稿され、12月にイギリスでの出版のために再改稿される。

出版状況

1. 1911年１月19日にニューヨークのデュフィールド（Duffield）及び20日にロンドンのハイネマン（Heinemann）から出版される。
2. 1983年にアンドルー・ロバートソン（Andrew Robertson）の編纂によりケンブリッジのケンブリッジ大学出版局（Cambridge University Press）から出版される。
3. 本節の参考書目のムア（Moore）1966年及びワーゼン（Worthen）1982年の項を参照のこと。

作品紹介と梗概

主要な登場人物：レティス（Lettice）（レティ（Lettie））・ビアゾル（Beardsall）、ジョージ・サクストン（George Saxton）、レズリー・テンペスト（Leslie Tempest）、シリル・ビアゾル（Cyril Beardsall）、エミリー・サクストン（Emily Saxton）、フランク・アナブル（Frank Annable）。

　シリル・ビアゾルは物語の若き１人称の語り手である。登場人物としての彼の描写は不十分であり、その存在感も薄い。彼が自分の本性を意識的に自問したり、また疎外感や喪失感を抱いていることで、物語は物悲しく哀愁に満ちた雰囲気を持つものとなっている。

彼と妹のレティはネザミア（Nethermere）で上品な中産階級の教育を受けてきた。兄妹は教養もあり、自分の意見もはっきりと言い、芸術や自然に対して敏感である。しかし、やがて２人は日常生活に対する失望感を抱き始め、物語の結末では異性に対する愛において充足感を感じられなくなる。シリルはエミリー・サクストンに求愛もできず、結局、エミリーは別の男性と結婚してしまう。俗物主義を気取る傾向にあるレティは、農夫の息子ジョージ・サクストンに対して情熱的かつ肉体的に魅了されているが、自らそれを打ち消そうとする。そして、社会的に見て望ましいレズリー・テンペストと結婚し、快適ではあるが決まり切った伝統的な家庭生活を送ることになる。

ジョージ・サクストンは父親の農業を手伝っている。日焼けした強靭な身体を持ち、動物のような本能的生命力に溢れている。その働き振りは自然のリズムと調和したものである。当初、魅了されているレティにとって彼は無教養で鈍感で粗野ですらあるように思える。しかし、物語が進行するにつれて、シリルとの友情やレティに対する愛情を通して、彼は洗練された感受性を身につけていく。レティに拒否された彼は、次に感性の鋭いメグ（Meg）との関係を始める。彼女は宿屋ラム・イン（Ram Inn）の経営者の娘で、やがて２人は結婚することになる。当初、２人は充足した夫婦生活を送るが、やがてジョージはレティを失ったことを後悔するようになり、結婚生活は急速に悪化していく。生命力を失った彼は酒浸りになり、最後は放蕩状態に陥る。

エミリー・サクストンはジョージの妹で教師をしている。彼女はシリルの恋人であった。兄同様、感情が豊かで本能的であるが、兄よりは洗練されている。どこか自信がなく生真面目な彼女は、シリルには目にいつも憂いを湛え、物思いに沈んだ物悲しそうなラファエロ前派の女性に思える。しかし、物語の始まりから10年後、つまり作品の結末近くでシリルが彼女に再会すると、自信に溢れた彼女は以前よりずっと自由で安らかになっている。彼女は元兵士で今は農夫のトム・レンショー（Tom Renshaw）と婚約し、やがて結婚することになる。

レズリー・テンペストは地元の富裕な炭鉱主一族の洗練された子息である。（この一族はイーストウッド（Eastwood）のラムクロス・ハウス（Lambclose House）に住んでいた実在のバーバー一族（Barber）をほぼモデルにしている。テンペスト・ワーロール＆カンパニー（Tempest, Warrall and Co.）はバーバー・ウォーカー会社（Barber, Walker and Co.）をモデルにしている。）レティに対する彼の多少気取った求愛は、ジョージが登場するや危うくなる。そして、レズリーとレティの間には溝があったにもかかわらず、結局２人は結婚する。

フランク・アナブルはネザミア領地の森番で、初期のロレンスの作品に登場する肉体の自然な生命及び本能について語る粗野な代弁者である。社会的に優位なクリスタベル夫人（Lady Chrystabel）との結婚に破れた彼は、文化や文明に関するものすべてを憎悪する。（昔、彼はケンブリッジ大学の学生で、卒業後、聖職者となる。）今、彼は再婚した女性と手に負えない子供達――ビリー（Billy）、ジャック（Jack）、サム（Sam）、セアラ・アン（Sarah Anne）と共に森で孤立した生活を送っている。土地の人々は彼を「森の悪魔」と呼び嫌悪している。しかし、彼の生命力と「素晴らしい肉体」に引かれたシリルは味方となり、彼に手を貸す。２人は教会の中庭で会い、墓石に止まった白孔雀を目撃する（第２部第２章）。その数日後、彼が石切り場で死亡したことをシリルは知る。偶然の落石による事故死のようであるが、地元民のある種の復讐による殺人という声も聞こえる。彼の葬儀は自然の喜びに満ちた儀式という視点から描写されている。

その他の登場人物

ビアゾル夫人（Mrs. Beardsall）はシリルとレティの母親である。父親のフランク・ビアゾル（Mr. Frank Beardsall）は子供達が幼い頃に家出をするが、後に、変装し、偽名（フレンチ・カーリン（French Carlin））を使い、疲れ果てた姿でほんの少しであるが物語に再登場する（第1部第4章）。そして、間もなくメイ夫人（Mrs. May）の陰気な下宿「ユー・コテッジ」（"Yew Cottage"）で死亡する。レベッカ（Rebecca）はビアゾル家の家政婦である。

サクストン（Mr. Saxton）は一家の長で、大柄で気立ての良い陽気な農夫である。サクストン夫人（Mrs. Saxton）は小柄で口調が穏やかな心優しい女性である。夫妻の幼い子供達は12才のモリー（Mollie）と幼児のデイヴィド（David）である。（サクストン一家は多分にジェシー・チェインバーズ（Jessie Chambers）の家族をモデルにしている。チェインバーズ一家は幼いロレンスの親しい友人であった。本書の第1部第1章の第1節及び第2節を参照のこと。また、一家の詳細については『息子と恋人』（*Sons and Lovers*）の作品紹介のレイヴァーズ一家（Leivers）を参照のこと。）アニー（Annie）は一家の家政婦である。

マリー・テンペスト（Marie Tempest）はレズリーの妹で、小綺麗で「魅力的な娘」であり、温厚で真面目である。ヒルダ・スレイター（Hilda Slaighter）はお喋りな独身女性で、ビアゾル一家の知り合いである。アリス・ゴール（Alice Gall）はビアゾル一家とサクストン一家の友人で、村人の間では人気者である。しかし、しばしば彼女の行動は常軌を逸することがある。根は正直な彼女はやがて敬虔なパーシヴァル・チャールズ（Percival Charles）と結婚する。トム・メイヒュー（Tom Mayhew）は破産した博労一家の息子で、ジョージは結婚が破綻し始めた頃、よくこの一家のところへ酒を飲んだり賭博をしに出掛ける。モード・メイヒュー（Maud Mayhew）はトムの姉妹である。宿屋ラム・インのメグの祖母。アーサー・レンショー（Arthur Renshaw）はエミリーと結婚することになるトム・レンショーの兄弟である。

レティの21才の誕生会（第1部第9章）の招待客は、歌手でレティの大学時代の友人ウィル・バンクロフト（Will Bancroft）、科学者トム・スミス（Tom Smith）、マディー・ホーウィット（Madie Howitt）などである。ストレリー（Strelley）の干し草畑で憩うレズリー・テンペストの優雅な結婚式（第1部第9章）の招待客たちは、花婿レズリーの付添人フレディー・クレスウェル（Freddy Cresswell）、アグネス・ダーリー（Agnes D'Arey）、ルイス・デニーズ（Louis Denys）、ヒルダ・セコンド（Hilda Seconde）などである。

作品背景

ロレンスの故郷であるノッティンガムシャー（Nottinghamshire）の田園地帯やイーストウッド（物語では「エバーウィッチ」（"Eberwich"））界隈が舞台である。ロレンスは「我が心の故郷」と呼んだ。中心となる土地は、イーストウッドの北にあるアンダーウッド（Underwood）（「セルスビー」（“Selsby”））のチェインバーズ一家の住まいハッグズ農場（Haggs farm）界隈である。一家はサクストン一家として登場し、ストレリー・ミル農場（Strelley Mill farm）へ引っ越すことになる。ストレリー・ミル農場はハッグズ農場の東にあるフェリー・ミル農場（Felley Mill farm）をモデルにしている。「ネザミア」はムアグリーン貯水池（Moorgreen Reservoir）、「ハイクロース」（“Highclose”）はラムクロス・ハウス（Lambclose House）、「ザ・ホール」（“The Hall”）はアニズリー・ホール（Annesley Hall）、「アビー」（“The Abbey”）はボーヴェイル領地（Beauvale Priory）、また「ウッドサイド」（“Woodside”）はボーヴェイル・ロッジ（Beauvale Lodge）をそれぞれモデルにしている。また、「グレイミード」（“Graymeed”）はイーストウッドの東にある「グリーズリー」（“Greasley”）をモデルにしている。このようにノッティンガムとその周辺が詳細に描かれている。第3部でシリルが引っ越す「ノアウッド」（“Norwood”）はロンドン南部の郊外で、おそらくロレンスが1908年10月から1912年1月まで暮らしたクロイドン（Croydon）をモデルにしているのだろう。ロンドン中心部は第3部第5章で詳細に描写されている。そこでサクストンとシリルは会い、レティ、レズリー・テンペストと共にハムステッド（Hampstead）で食事をする。

参考書目3『白孔雀』（*The White Peacock*）➔355ページ

第12節　『侵入者』（*The Trespasser*）

執筆時期

1910年3月から1912年2月にかけて書かれ、1912年4月に改稿される。
草稿：1.「ジークムント・サーガ」（“The Saga of Siegmund”）が1910年3月から8月にかけて書かれる。2.『侵入者』という題名で1911年12月30日から1912年2月にかけて書かれる。

出版状況

1. 1912年5月にロンドンのダックワース（Duckworth）及びニューヨークのケナリー（Kennerley）から出版される。
2. 1981年にエリザベス・マンスフィールド（Elizabeth Mansfield）の編纂によりケンブリッジのケンブリッジ大学出版局（Cambridge University Press）から出版される。
3. 本節の参考書目のターナー（Turner）1994年の項を参照のこと。

作品紹介と梗概

主要な登場人物：ヘレナ・ヴァーデン（Helena Verden）、ジークムント・マクナイア

(Siegmund MacNair)、セシル・バーン (Cecil Byrne)。

ジークムント・マクナイアは音楽教師で、ロンドン管弦楽団のヴァイオリン奏者である。妻ベアトリス (Beatrice) との間にはフランク (Frank)、ヴェラ (Vera)、アイリーン (Irene)、マージョリー (Marjory)、グエン (Gwen) という5人の子供がいる。しかし、結婚生活で満たされない彼は、生徒の1人であるヘレナ・ヴァーデンと関係を始める。物語の中心は、ワイト島 (Isle of Wight) で過ごす2人の一週間の休暇である。ところが、この休暇は満足できるものとは言えない。ヘレナはジークムントの肉体的な情熱に応じ切れないのを知っていて、明らかに情熱が口元で果てる、つまりキスで終わってしまう「夢見る女性」達の中の1人なのである。一方、ジークムントはヘレナといると生命力が増大するのを経験する。それは一瞬ではあるが情熱的なエクスタシーであり、彼は以前のありふれた日常生活、また愛情の無い結婚生活へ戻ることができなくなる。家に帰った彼は将来に絶望し、ヘレナに対する愛情と家族に対する義務感との板挟みになり、その重圧ゆえに首つり自殺をする。妻ベアトリスは驚愕するが、子供達のために、また「死者の告発」から自己を防衛するために、この事件そのものの衝撃をあえて受け入れようとしない。彼女は自分の感情を抑制し、夫のことは考えないようにし、彼の記憶を素早く消し去ろうとする。一方、ヘレナはジークムントの想い出にとりつかれ、ワイト島での2人の恋物語の経験から逃れることができず、また逃れたいとも思わないのである。彼を失ったことで彼女は侘しさに捕らわれ、まるで自分も死んだかのように感じ、ある種の精神的な行き詰まり状態に陥る。物語は2月に始まり、その半年前に2人はワイト島へ旅行しているのだが、結末を迎える7月になっても尚、ヘレナの友人で恋人気取りのセシル・バーンは、こうした病的な精神的拘束を受けた彼女を救ってやろうとする。こうした拘束状態は、ワイト島での彼女の日焼けが異様なまま褪せないでいることに象徴される。

(主人公ヘレナはヘレン・コーク (Helen Corke, 1882－1978) をモデルにしている。彼女はロレンスが1908年10月から1911年11月までクロイドン (Croydon) で教鞭をとっていた時に親しくなった教師である。物語は多分に彼女とハーバート・ボールドウィン・マッカートニー (Herbert Baldwin Macartney, 1870－1909) との情事に基づいている。彼はコヴェント・ガーデン管弦楽団 (Covent Garden Orchestra) のヴァイオリン奏者で、ヘレン・コークの音楽教師でもあった。ロレンスはヘレン・コークの書いた「フレッシュウォーター日記」(“Freshwater Diary”) にある情事の記述を読んで本作品を書く契機としたのである。「フレッシュウォーター日記」はケンブリッジ版D・H・ロレンス作品集及び1994年のペンギン版に収録されるとともに、彼女の著書『幼い頃に』(*In Our Infancy*) の補遺としても掲載されている。)

その他の登場人物

ルイーザ (Louisa) とオリーヴ (Olive) はヘレナの友人である。カーティス夫人 (Mrs. Curtiss) はワイト島の行楽客用コテッジの女主人である。ハンプソン (Hampson) はジークムントの昔の音楽仲間で、ワイト島で偶然に出会う (第13章)。2人は愛や人生について語り、ハンプソンは不思議なことにジークムントの深い感情を言葉で代弁しているようである。後にジークムントはヘレナに、ハンプソンは自分の「ある種の分身」

(Doppelgänger) であると説明する。オールポート (Mr. Allport)、ホリデー (Mr. Holiday)、マックワーター (Mr. MacWhirter) らはジークムントの死後にベアトリスが営む下宿の間借り人達である。ヴァーデン夫妻 (Mr. and Mrs. Verden) はヘレナの両親で、ウォルトン夫妻 (Mr. and Mrs. Walton) はベアトリスの両親である。

作品背景

主要な舞台はワイト島のフレッシュウォーター (Freshwater) 界隈で、ロンドンとその郊外も一部舞台となっている。(ジークムントはウィンブルドン (Wimbledon)、またヘレナはクロイドンに住む。ともにロンドン南部である。物語の結末でジークムントの妻ベアトリスと子供達はロンドン北部のハイゲイト (Highgate) へ引っ越す。) ワイト島への旅行の後、ヘレナはしばらく2人の女友達とコーンウォール (Cornwall) のティンタジェル (Tintagel) へ旅行する。第29章の前半の舞台である。

参考書目4『侵入者』(*The Trespasser*) ➡357ページ

第13節　『息子と恋人』(*Sons and Lovers*)

執筆時期

1910年10月から1912年11月にかけて書かれ、1913年2月と3月に改稿される。
草稿:「ポール・モレル」("Paul Morel") という題名で、1. 1910年10月と11月に書かれる。2. 1911年3月から7月にかけて書かれる。3. 1911年11月から1912年6月にかけて書かれる。4.『息子と恋人』という題名で1912年7月から11月にかけて書かれる。

出版状況

1. 1913年5月にロンドンのダックワース (Duckworth) から、また9月にニューヨークのケナリー (Kennerley) から出版される。
2. 1992年にカールとヘレン・バロン (Carl and Helen Baron) の編纂によりケンブリッジのケンブリッジ大学出版局 (Cambridge University Press) から出版される。
3. 1977年に『D・H・ロレンス「息子と恋人」:原稿の複写』(*DHL: "Sons and Lovers": A Facsimile of the Manuscript*) がマーク・ショーラー (Mark Schorer) の編纂によりバークレー、ロサンジェルスおよびロンドンのカリフォルニア大学出版局 (University of California Press) から出版される。本節の参考書目のバロンとバロン (Baron and Baron) 1994年、ダリー (Daly) 1994年、セイガー (Sagar) 1981年及びトロッター (Trotter) 1995年の項を参照のこと。

作品紹介と梗概

主要な登場人物：ウォルターとガートルード・モレル（Walter and Gertrude Morel）、ポール・モレル（Paul Morel）、ミリアム・レイヴァーズ（Miriam Leivers）、クララ・ドウズ（Clara Dawes）。

ポール・モレルの幼年期から25才位までの知的、情緒的、性的形成過程が詳細に辿られ、彼自身が物語の中心となる。こうした彼の性格形成は、物語の流れの中で家族の他の人達（とりわけ両親との生活及び関係）や労働者階級、またノッティンガムシャー（Nottinghamshire）の炭鉱村の自然環境などと深い関係を持っている。物語の最初の3分の1では、この炭鉱村やその周辺、またモレル夫妻の新婚生活や日常生活などが写実的に描かれ、焦点が当てられている。

若い時のウォルター・モレルは美男子で健康的、生命力に満ちていて陽気であった。その明るい性格やダンスが上手なことから村の人気者であった。（ガートルードと結婚する前、彼は5年間ダンス教室を開いていた。）一方、ガートルードは厳格で高潔な清教徒ジョージ・カパード（George Copperad）に育てられ（彼は由緒あるレース工場を営む一家出身の技師である）、ウォルターの自然で温かみのある振る舞いや生気漲る肉体、また「鋭い感性や情熱的な生命力」に魅了される（彼女が23才でウォルターが27才の時である）。ウォルターが炭鉱で働き始めたのは10才の時であり、従って彼は通常の教育をほとんど受けていない。一方、ガートルードは優れた教育を受けていて、何よりも宗教や哲学、政治といった知的な話題についての会話が好きである。当初互いに感じていた肉体的情熱が冷めると、彼女は2人の間に「素晴らしい情愛」が存在しないことに気づく。更に、緊迫した夫婦関係や切迫した家計状況などから、彼女は自分より格下の男と結婚したと考えるようになる。また、ウォルターの呑気で自然な振る舞いには場あたり的な無責任が見て取れ、それは炭鉱での監督に対する嘲笑的な態度として現れる。（その結果、彼は石炭の良く取れる「採掘場」を失うことになる。）しかし、更に打撃だったのは彼が再び飲酒を始めたことと（以前、しばらくは絶対禁酒主義者だった）、妻や子供達に対して益々機嫌が悪く、いばり散らすようになったことである。最初は妻と、後には息子達と大喧嘩をするようになった。その結果、妻はウォルターを「見放し」、「ある種の恋人代わりとして」先ず長男ウィリアム（William）を、次にウィリアムが早世した後は次男ポールを独占的に「所有」した。彼女は子供達の人生が夫の人生よりも優れたものになるように努め、教育と専門技術を身に付けて彼らが労働者階級から抜け出せるように計る。こうして必然的に息子達は父親に反発するようになり、家庭内には緊張感が増し、父親は家に居ながらにして孤立感を味わうのだった。物語は多分に夫と葛藤する妻ガートルードの立場に立っているように見えるが、彼女が子供達を巧みに、利己的に利用したり、また夫に対して頑固で厳格な道徳的態度で接している（「妻は夫に対して狂信的となった」）のが理解されるにつれて、夫婦両成敗であるという作者の意図が読み取れてくる。夫婦間や父子間に新たな親交の瞬間も訪れるが、物語が進行し、中心テーマが不幸な家族ドラマからポール・モレルの幼年期の経験や精神的模索へ移行するにつれて、こうした瞬間も少なくなる。

ポール・モレルは繊細で病弱な少年であった。兄の死の直後、16才だった彼自身も死に直面し、以後、母親との絆を強めていく。母親は彼の人生を支配するほどの影響力を持つようになる。物語は、彼が他の女性達と関係を持つようになり、また、その後母親と離れたところで自立した生活をしなければならなくなった成長期の彼に必然的に生じる問題に焦点が当てられる。彼の学校での成績は良く、絵画の才能も伸び、やがて、将来は画家になろうと決心する。しかし、14才で学校を終えた彼はノッティンガム（Nottingham）のジョーダン医療器具工場（ジョーダン商会）（Jordan's Surgical Appliance Factory）に事務員として就職し、物語の結末まで働くことになる。

物語で母子関係とは別に語られるのは、ポールとミリアム・レイヴァーズとの関係である。ポールは16才の時に初めてミリアムに会い、２人は互いに絵画や文学、また思想などを通じて興味が一致したことから引かれ合う。２人の親交はロマンチックなものとなり、恋人同志となる。しかし、２人の完全な肉体関係への進展は緊張を孕んだものとなる。ポールは堂々とミリアムとの肉体関係を持てないようである。母親に対する強い忠誠心故に彼はミリアムに魂と肉体を与えることができないのである。また、ミリアムを尊敬するが故に（当初は）魂不在の肉体を彼女に与えることができない。一方、性的に抑圧されているミリアムはどうしても婚前の肉体関係を躊躇する。結局、ポールは無理やり彼女と関係を持ち、ミリアムは彼の欲望の「犠牲」となる。この経験からミリアムとは性的に合わないことを確信した彼は無情にも即座に２人の関係を終わらせる。そして、ポールはクララ・ドウズとの深まり行く関係の中に身を投じることになる。クララはジョーダン商会の同僚で、年上の既婚女性である。彼女といると彼は魂の抑制に縛られることは無くなり、情熱的な肉体関係を通して生き生きとした満ち足りた性を体感できるのである。しかし、２人の関係もクララが夫と和解して終わりとなる。物語の最後で母親が他界すると、ポールは孤独で惨めになり、この宇宙の中で「広大な夜の恐怖」におそわれ、再び道標を失う。また、「彼自身の中核に虚無を感じた」彼は自分の内面的な意味をも喪失する。しかし、こうした問題の完全な解決には至らないにせよ、３人の女性達との重要な関係の中で彼は紛れもなく進歩を遂げ、いくつかの発見をしたのである。こうして彼は、夜の闇から町の明かり（及び生命）へと向かう。つまり、究極的に彼は自分が「無ではない」ことを知るのである。

ミリアム・レイヴァーズはポールの少年時代の親友であり心の友であり、後に短期間ではあるが恋人ともなる。一家は農場を営んでいるが、彼女は絶えず高尚でロマンチックな人生を送ることを思い描いている。彼女は芸術や文学、またポールとの関係の中で得た新たな思想や感性により退屈でありふれた日常生活から逃れることができた。非常に繊細で理想主義的で精神的であるとともに、明らかに性的に抑圧されているミリアムに多少なりとも影響を与えたのは母親のピューリタン的な態度である。そんな彼女も美しく性的魅力を持つ女性となり、肉体的存在としての彼を受容できない無性の「尼僧」と決めつけたポールの自己防衛的試みを暴くことになる。後に、彼女は教師として自立することで野心を達成する。

クララ・ドウズは自信に満ちた素直な女性で、蹄鉄工で乱暴な夫バクスター・ドウズ（Baxter Dawes）と別居したばかりである。ポールが初めて会った時の彼女は婦人参政権運動に熱心であった。ミリアムが小柄で浅黒く、内気な性格をしていて精神的でロマンチックなのに対し、クララは大柄で金髪、周囲に構わず自己主張をし、現実的である。また、ミリアムがポールの芸術家魂に訴えたのに対して、官能的で性的抑圧の無いクララは彼の肉体的欲望をそそったのである。

当初、バクスター・ドウズはほとんど長所の見当たらない無愛想で攻撃的な男として描かれるが、後にポールと妙な共感に満ちた関係を持ち始める。そこで、彼の優しい繊細な性格が見えてくる。彼はポールとは正反対の人間で、無教育な労働者として多々ウォルター・モレルと同類の人物として描かれている。従って、ポールとバクスターの取っ組み合いの後に生まれる友情は、ポールと父親が和解したことの象徴でもある。また、ポールがクララにバクスターとの縒りを戻させるのも、父親こそ母親の真の恋人であることを示そうとする行為だと理解できよう。

その他の登場人物

ウィリアムはモレル家の長男で、母親の結婚生活がうまく行かなくなるにつれて彼女の人生における誇りと喜びとなる。快活で俊敏、人気者で頭脳明晰、しかも勤勉な彼は、就職するやまたたく間に「出世」する。先ず、ベストウッド生活協同組合（Bestwood Co-Operative Society）の事務職員となり（そのかたわら勉強を続け、また自宅で家庭教師をする）、次にノッティンガムに職を得、更に20才になった時、ロンドンの法律事務所で高給職を得る。しかし、この頃から彼は仕事や勉強に励み過ぎ、社会生活で背伸びをするようになり、出会った「派手な」仲間達とも交際するようになり、そして恋に落ちる。美人だが軽薄な「淑女」ルイーザ・リリー・デニーズ・ウェスターン（Louisa Lily Denys Western）、人呼んで「ジプシー」（“Gipsy”）と婚約する。無知で虚栄心が強く、気取り屋の彼女は、すぐに彼の神経にさわることとなる。彼は休暇に彼女を２度ロンドンから実家に連れて行ったが、彼女はモレル一家を見下すような「女王ぶった」態度で接する。ある意味でウィリアムは彼女を憎むようになり、彼女とは正反対の母親に彼女の不満をぶつける。しかし、彼は彼女を必要としていて、婚約を破棄することができない。仕事とリリーに苦しみ、疲労困憊した彼は肺炎と難病の丹毒に罹り、23才で他界する。死後３ヵ月以内にリリーは自分のことを忘れるだろうという彼の予言は的中する。

モレル家の長女でポールの５才年上のアニー（Annie）は幼い彼の遊び相手であり保護者役である。後に地元の寄宿学校の教師となり、レオナード（Leonard）と結婚してシェフィールド（Sheffield）へ移り住む。ポールと共に瀕死の母親を介護し、協力してモルヒネを余分に与え、母親を苦痛から救う。

モレル家の末息子アーサー（Arthur）だけが父親との積極的な関係を持つが、それは彼自身が父親ゆずりの元気で無頓着で荒い気性を有していたからだろう。彼は甘やかされた怒りっぽい子供で、激しやすく、落ち着きが無く、向こう見ずである。その良い例として、衝動的に入隊し、後に後悔する一件がある。また、軽薄でなまめかしい恋人ベアトリーチェ・ウィルド（Beatrice Wyld）を悩ませることになる。彼女と結婚した後、安定した彼は落ち着いて自分の家族の世話に明け暮れる。

ジョン・フィールド（John Field）はガートルードの初恋の相手で、大学教育を受けた裕福な商人の息子である。彼が与えた聖書を彼女は生涯持ち続ける。父親が破産すると、彼は教師になる。そして、ガートルードにとっては悔しく幻滅すべきことに、彼は明らかに財産目当てに下宿の女主人と結婚する。ヒートン氏（Mr. Heaton）は地元の組合教会の牧師で、よくモレル家にやって来ては夫人と話をする。カーク夫人（Mrs. Kirk）はモレル家の隣人で、ポール誕生の時に手伝う。バウアー夫人（Mrs. Bower）は仕切りたがり屋の隣人で、同じくモレル家の子供達の誕生の時に手伝う。ダーキン夫人（Mrs. Dakin）はモレル家と同じスカーギル通り（Scargill Street）の住人である。ビリー・ピリンズ（Billy Pillins）（またはフィリップス（Philips））、エディー・ダーキン（Eddie Dakin）、アリス（Alice）、エミー・リム（Emmie Limb）らはスカーギル通りのモレル家の子供達の友人である。ウィリアムはアルフレッド・アンソニー（Alfred Anthony）と言い合いをして彼の服の襟を引きちぎる。母親のアンソニー夫人（Mrs. Anthony）はモレル夫人の所へやって来て、ウィリアムの行動を非難する。ジェイムソン先生（Dr. Jameson）は病に伏したモレル夫人を看る医師である。

レイヴァーズ一家：レイヴァーズ夫妻（Mr. and Mrs. Leivers）、アガサ（Agatha）（ミリアムの姉で教師）、エドガー（Edgar）（ミリアムの兄でポールの親友。ポールが初めてウィリー農場（Willey farm）へ行った時、彼は18才であった）、ジェフリー（Geoffrey）、モーリス（Maurice）、ヒューバート（Hubert）（レイヴァーズ一家は1898年から1946年までハッグズ農場（Haggs farm）を賃借していたチェインバーズ一家（Chambers family）をモデルにしている。夫人はセアラ・アン・チェインバーズ（Sarah Ann Chambers）で主人はエドマンド・チェインバーズ（Edmund Chambers）である。子供達はアラン・オーブリー（Alan Aubrey, 1859－1937）、ミュリエル・メイ・チェインバーズ・ホルブルック（Muriel May Chambers Holbrook, 1883－1955）、ジェシー（Jessie, 1887－1944）、ヒューバート（Hubert, 1888－？）、バーナード（Bernard, 1890－？）、モリー（Mollie, 1896－？）、ジョナサン・デイヴィド（Jonathan David, 1898－1970）である。物語には6人の子供達が登場し、モリーに当たる子供は登場しない。しかし、モレル夫人はある場面でレイヴァーズ家には7人の子供がいると言っている。（p.149））

アルフレッド・チャールズワース（Alfred Charlesworth）は炭鉱の監督で、ウォルターは彼を馬鹿にしている。そこでウォルターに恨みを抱いた彼は、坑内の悪質な「採掘場」しか与えない。ジェリー・パーディー（Jerry Purdy）は第1章でウォルターが一緒にノッティンガムへ遊びに行く友人である。ブライスワイト氏（Mr. Braithwaite）は炭鉱の経理責任者で、補佐役のウィンターボトム氏（Mr. Winterbottom）と坑夫達に賃金を支払う。イズラエル・バーカー（Israel Barker）はウォルターの坑夫仲間である。ビル・ホッジキソン（Bill Hodgkisson）はウォルターの友人で、物語の初めに彼はウェイクス・フェアー（Wakes Fair）で買ったココナツをあげる。

トマス・ジョーダン（Thomas Jordan）はポールが事務員として働く工場の経営者である。パプルワース氏（Mr. Pappleworth）はジョーダン商会のポールの上司である。コニー（Connie）、ポリー（Polly）、エマ（Emma）、ファニー（Fanny）らは工場の機械工である。ルイ・トラヴァース（Louie Travers）はバクスター・ドウズの愛人であり、メリング氏（Mr. Melling）はジョーダン商会の老事務員である。

ラドフォード夫人（Mrs. Radford）はクララの母親で、60才だが厳格な女性でレース作りの仕事を家で「汗水たらして」している。

ニュートン（Newton）先生は教師で、母親が他界する直前にポールと聖霊降臨節にブラックプール（Blackpool）へ出掛ける。ポールの友人として、美術学校のジェソップ

(Jessop) や大学の化学実習助手スワイン (Swain) も登場する (第11章)。

作品背景

『息子と恋人』は半自叙伝の小説で、舞台もロレンスの故郷イーストウッド (Eastwood) (作品中ではベストウッド (Bestwood)) 及びノッティンガムシャーの炭鉱村がモデルとなっている。ダービーシャー (Derbyshire) とリンカンシャー (Lincolnshire) の一部も描かれている。モレル一家やその住まいは、明らかにロレンス一家とその住居をモデルにしている。ヴィクトリア通り (Victoria Street) 8 a (1883年－1887年)、ガーデン・ロード (Garden Road) 28、ブリーチ住宅 (Breach) (1887年－1891年) (作品中の「ボトムズ」(Bottoms))、ウォーカー通り (Walker Street) 3 (1891年－1905年) (作品中の「スカーギル通り」)、リン・クロフト (Lynn Croft) 97 (1905年－1911年) などである。一家はウィリアムの死の直後、スカーギル通りに近い家に引っ越す (第7章を参照のこと)。アンダーウッド (Underwood) のチェインバーズ一家のハッグズ農場は、その界隈と共に「ウィリー農場」("Willey Farm") として登場する。『白孔雀』(*The White Peacock*) と同様、「ネザミア」("Nethermere") はムアグリーン貯水池 (Moorgreen Reservoir) をモデルにしている。物語で描かれるいくつかの炭鉱は当時の実際の炭鉱と同一であることが容易にわかる。(例えば、「ベガリー」("Beggarlee") はブリンズリー炭鉱 (Brinsley pit)、「ミントン」("Minton") はムアグリーン炭鉱 (Moor Green colliery) である。) 物語に出てくる実在した地名について言えば、「オールダスリー」("Aldersley") はアニズリー (Annesley)、「ケストン」("Keston") はキンバリー (Kimberley)、「レスリー・ブリッジ」("Lethley Bridge") はラングリー・ミル (Langley Mill)、また「シェプストーン」("Shepstone") はシプリー (Shipley) である。その他、ノッティンガムシャーやダービーシャー内の実在した地名は、この2州を始めリプリー (Ripley)、ヒーナー (Heanor)、イルケストン (Ilkeston)、サウスウェル (Southwell)、クライチ (Crich)、ワッツタンドウェル (Whatstandwell)、アンバーゲイト (Ambergate) などである。また、わずかに登場するワイト島 (Isle of Wight) やロンドンをはじめ、シェフィールド (Sheffield)、リンカン (Lincoln)、またリンカンシャー (Lincolnshire) の海岸町スケグネス (Skegness) やメイブルソープ (Mablethorpe)、テドロソープ (Teddlethorpe) も出てくる。

参考書目5『息子と恋人』(*Sons and Lovers*) ➡358ページ

第14節　『虹』(*The Rainbow*)

執筆時期

1913年3月から1915年1月にかけて書かれ、3月から8月にかけて改稿される。

草稿：1. 1913年3月から6月にかけて「姉妹」("The Sisters") という題名で書かれる。

2. 1913年8月から1914年1月にかけて「姉妹」という題名で書かれる。3. 1914年2月と3月に「結婚指輪」（"The Wedding Ring"）という題名で書かれる。4. 1914年11月から1915年3月にかけて『虹』という題名で書かれる。第3草稿と第4草稿が書かれた時期にロレンスは『プロシア士官』（*The Prussian Officer*）に収録される作品を改稿・編集し、また「トマス・ハーディ研究」（"Study of Thomas Hardy"）を執筆している。こうした仕事は『虹』を仕上げるのに多大な影響を与えたと思われる。1915年7月と8月に校正が行なわれる。

出版状況

1. 1915年9月にロンドンのメシュエン（Methuen）及び11月にニューヨークのヒュブシュ（Huebsch）から出版される。
2. 1989年にマーク・キンケッド＝ウィークス（Mark Kinkead-Weekes）の編纂によりケンブリッジのケンブリッジ大学出版局（Cambridge University Press）から出版される。
3. 本節の参考書目のファーニハフ（Fernihough）1995年、ヘウィット（Hewitt）1993年及びワーゼン（Worthen）1981年の項を参照のこと。

作品紹介と梗概

主要な登場人物：トムとリディア・ブラングウェン（Tom and Lydia Brangwen）、ウィルとアンナ・ブラングウェン（Will and Anna Brangwen）、アーシュラ・ブラングウェン（Ursula Brangwen）、アントン・スクレベンスキー（Anton Skrebensky）。

物語はアーシュラ・ブラングウェンの探求心に満ちた意識が現代的な追求心へと発展する過程を辿るものだが、表面上はある一族に関する伝統的な大河小説のようである。読み進めるにつれて本作品の主題である性的心理へと、また古きイングランドの農民の慣習を辿ることでブラングウェン一族の歴史へと、更に産業革命の興隆や20世紀初頭の近代社会へと読者は誘われる。物語の別の言葉で表現すると、読者は「農民の激しく盲目的な夫婦生活から、それを越えた意識の世界」に至るまでの変遷を体験する。

先ず、ミッドランド（Midlands）の農民一家の何世紀にもわたる生活が語られる。主な時代設定は「おおよそ1840年頃」である。次にトム・ブラングウェンの幼年期及び青年期が語られる。彼はマーシュ（Marsh）農場の家督を継ぎ、ポーランドから亡命したリディア・レンスキー（Lydia Lensky）と結婚する。彼は28才でリディアは34才だった。（1867年のことである。）物語では2人の結婚生活が詳細に語られる。それは言葉では言い表せないほどに感情的また心理的に複雑なもので、愛情から憎悪へ、更に憎悪から愛情へと揺れ動くものである。トムがリディアに引かれたのは、完全に彼女の中の「他者性」故にであるが、結婚生活においてはこの「他者性」が彼女と一体になろうとする感情を遮るものになると彼は考える。しかも、それは彼女が単にポーランド人だからではなく、彼よりも意見をはっきりと言い、教養があるからである。こうした互いの葛藤を通して、また、ある意味でその葛藤故に2人は最終的に「別なる存在の世界」へと入って行く。その世界で2人は愛の「完璧な確証」を得る。雲の柱と火の柱が出会うように（「出エジプト記」

(“Exodus”) 第13章を参照のこと)、２人は完璧なアーチを完成させ、その下で完全に保護された娘アンナが戯れる。

次に、物語の中心はアンナ・ブラングウェンへと移行する。(彼女はリディアの娘で、知的なポーランド人の革命家ポール・レンスキー (Paul Lensky) と結婚するが、彼はポーランドを去った後ロンドンで死亡する。) 先ず彼女の幼年期や青春期が語られる。やがて、彼女は又従兄弟でトムの兄弟であるアルフレッド (Alfred) の息子ウィル・ブラングウェンに求婚され、結婚する。２人の親世代と同様に彼らの結婚生活の歴史が語られる。２人は共にある程度のバランスと安定性を獲得する。しかし、ウィルとアンナに交互に起こる愛情と葛藤、また無意識の「未知なる闘争」は、トムとリディアの間に起こったもの以上に激しく破壊的である。ブラングウェン家の先代においては、それぞれが互いに異なる存在であることを認識することは結婚における互いの充足を示すものであったが、ウィルとアンナにおいてはより閉塞感に満ちたもので、彼らはそれが２人の関係固有の限界であることを認め、更なる充足を求めてそれぞれの道を進む。(アンナは子づくりへ、ウィルは仕事における「目的ある活動」へ向かう。) ２人の闘争の中心は、宗教及び宗教的経験に対するそれぞれの態度の相違や、それらがいかに互いの態度に影響を与えるかということにあった。端的に言えば、ウィルはキリスト教的神秘主義者で、永遠とか不滅とか絶対とかという既成概念の中に精神的充足を求める人間であり、一方アンナは、はかない自然界や肉体の持つ自然な生命に対する「異教的な」崇拝心を持っていた。リンカン大聖堂 (Lincoln Cathedral) を訪れた時 (第７章)、アンナはウィルの関心を、教会が絶対であると装うことで隠蔽してきた世俗的なものすべてを要求しているように見える狡猾な顔の彫刻に向けさせる。こうして伝統的かつ抽象的なキリスト教に対する彼の「恍惚や忘我」及び「盲目的な情熱」を殺ぐことに成功する。アンナはウィルの生命の重要な部分を破壊し、「人間存在としての彼の限界」を彼自身に気づかせるのである。しかし、彼のこうした限界故に２人の関係が更に発展する可能性がアンナには閉ざされることになる。こうした閉塞状態でウィルは彼の「生き生きとした幻想」を喪失し、アンナは「勝者」であることの満足感を得るに過ぎない。

次に物語は、ウィルとアンナの長女アーシュラ・ブラングウェンの人生と彼女の自己理解及び自己充足への追求へと移行する。アーシュラは幼い頃から自分自身の人生をどのように形成し、内容のあるものにするかは自己責任によるものであるという意識を持っているが、それを両親から受け継いだものだということも認識している。そして、彼女の人生模様の背後にあり、また彼女の人生を満たしてきた問題は、「いかにして自分自身になるのか」、いかにして不確定で不確実な「何者かであって何者でもない」自分自身から独自の自己を創造し、それを実現するのかという問題である。物語では、アーシュラが感化されたキリスト教という宗教の慣習を問う経験が語られる。また、若き女性として性を追求する彼女が描かれる。先ず、若い兵士アントン・スクレベンスキーとの関係である。次に、彼女の教師で同性愛者であるウィニフレッド・インガー (Winifred Inger) と関係を持つ。(後にウィニフレッド・インガーはアーシュラのトム・ブラングウェン叔父さん (*Uncle Tom Brangwen*) (トムとリディアの息子) と結婚する。この叔父はウィニフレッドと「腐敗した苦楽」を分かち合うような男で、機械の崇拝者である。) また、理想主義的な批評家としてアーシュラは工業社会を批判する。(こうした社会は、ウィギストン

(Wiggiston) の特色のない人々やトム叔父さんの機械化された炭鉱を通して鮮明に描写されている。) 教育実習生としてアーシュラは荒れた大規模学校の「男性社会」で自分の道を追求する。また、彼女は学位を目指す大学生となる。そして22才になった彼女は、南アフリカでの従軍を終えて帰国したアントン・スクレベンスキーと再び関係を持つ。

アーシュラはアントンと婚約するが、すぐに彼の内面的な空虚さや弱さを知る。彼は社会的役割を放棄した個人として生きたり、自己責任を持った個人として自己主張することができないようである。実際、アーシュラにとって彼の人生は自己犠牲から成り立っていて、既成の観念的な慣習、つまり軍隊、国家、社会、職務、奉仕などに捧げられているように思える。リンカンシャー (Lincolnshire) の海岸で月の出ている夜、彼と愛し合う彼女は、いつものように自分の内面の深奥にある自己認識へと駆り立てられるが、結局、彼の魂が「その力強い波動の中に彼女を包み込むことができない」ことに気づく。その翌日、彼女は彼との婚約を破棄し、彼の元を去る。その後、アーシュラの知らない間に彼は上司である大佐の娘と結婚してインドへ赴任する。やがて、アーシュラは妊娠していることに気づき、人生に多くを求め過ぎた (つまり、自分のためだけに「不可能なことを求めた」) 傲慢と自尊に対する罪の意識を持つ。結局、彼女はアントンに手紙を書き、結婚を申し出る。しかし、その返事を待つ間に彼女は家の近くで何頭かの馬と出会い、この経験から精神的な衝撃を受ける。そして病に倒れた彼女は、本来の完全なる自己充足への探求を放棄してはならないことを認識する。流産した彼女は、新たなる自信に満ちた自己再生を経験する。それはアントンや過去の「非現実的な」世界とは全く異なる、新たな実在であるように思える。その後、彼女は彼の結婚を知り、自分自身を「無益」であると決めつけなかったことを喜ぶ。彼女は自分自身が理想とする男性を造り出せないこと、また「永遠」から自分に訪れる「神によって創造された」男性を待たなければならないことに気づくのである。病から立ち直った彼女は社会に対しても新たなイメージを心に描く。それは虹のような世界で、古い工業社会の秩序を納めた棺の如き貝殻を壊す「新たなる発芽」及び「新たなる成長」を約束する世界である。

その他の登場人物

その他のブラングウェン家の人々：物語の冒頭 (1840年代) で登場するブラングウェン家の家長アルフレッド (Alfred, Sr.)。トムの兄弟でウィルの父親のアルフレッド2世 (Alfred, Jr.)。彼はノッティンガム (Nottingham) のレース工場の製図工となり、化学者の娘と結婚する。後に彼はトム・ブラングウェンに影響を及ぼすことになる優雅で教養のあるフォーブス夫人 (Mrs. Forbes) を愛人にする。家長アルフレッドの三男フランク (Frank) は後に肉屋になる。アリス (Alice) とエフィー (Effie) はアルフレッドとトムの姉妹である。グドルーン (Gudrun)、テレサ (Theresa)、キャサリン (Catherine)、ビリー (Billy)、カサンドラ (Cassandra)、ロザリンド (Rosalind)、ドーラ (Dora) はアーシュラと同様にウィルとアンナの子供達である。(9番目の子供はジフテリアで他界する。) トムの息子フレッド (Fred) はマーシュ農場を継ぎ、ローラ (Laura) と結婚する。

フランクストン博士 (Dr. Frankstone) はアーシュラの大学の唯物論主義者の科学教師である。生命は物質的かつ化学的な活動に過ぎないという彼女の言動から、博士はあたかもメアリー・シェリー（Mary Shelley）の医者であるかのように思われる。もっとも、博士の言動は生命を神聖で測り知れない神秘であるとするアーシュラの見解を促進するだけなのだが。グレイ先生（Miss Grey）はアーシュラのグラマースクールの校長である。ハービー先生（Mr. Harby）はアーシュラが教鞭をとることになるブリンズリー通り（Brinsley Street）の聖フィリップ校（St. Philips）の権威主義的な校長である。ヴァイオレット・ハービー（Violet Harby）は彼の娘でアーシュラの同僚である。ブラント先生（Mr. Brunt）とマギー・ショフィールド先生（Maggie Schofield）も聖フィリップ校のアーシュラの同僚である。アンソニー・ショフィールド（Anthony Schofield）はマギー・ショフィールド先生の兄弟である。ショフィールド一家は農業や管理人、森番や庭師などをやりながら荒廃したベルコート・ホール（Belcote Hall）に住んでいる。26才のアンソニーは長男で、市場向け農場の経営者である。一時期、彼はアーシュラに求愛し、やがて求婚するが拒否される。婦人参政権論者のドロシー・ラッセル（Dorothy Russell）はアーシュラの学友で、婦人社会政治同盟の活発な組員である。スクレベンスキー男爵（Baron Skrebensky）はポーランド人の亡命者で、ヨークシャー（Yorkshire）の牧師である。スクレベンスキー男爵夫人は気高いポーランド人女性で、40才になった頃死亡する。３年後、男爵はミリセント・モード・ペアース（Millicent Maud Pearse）と再婚する。２人の息子のうち１人がアントン・スクレベンスキーである。ティリー（Tilly）はマーシュ農場の家政婦である。ウィギントン氏（Mr. Wigginton）はダービー（Derby）にある宿屋ジョージ・イン（George Inn）の主人である。コーツ先生（Miss Coates）はコセシー（Cossethay）の学校でアンナを担当する先生である。ハーディ夫人（Mrs. Hardy）はコセシーの近くにあるシェリー・ホール（Shelly Hall）の地主夫人である。ウィリアム・ベントレー候（Lord William Bentley）はハーディ夫人の友人で地元の下院議員である。ジェニー（Jennie）はウィルがノッティンガムの演芸場で知り合う女性である（第８章）。ラヴァシード氏（Mr. Loverseed）はコセシーの牧師である。クレム（Clem）、ビリー（Billy）、ウォルター（Walter）、エディー・アンソニー・フィリップス（Eddie Anthony Phillips）（ピリンズ（Pillins））らはアーシュラ姉妹の幼友達である。ステイプルズ（Staples）、ライト（Wright）、ヒル（Hill）らは聖フィリップ校でアーシュラが担当するクラスの生徒達である。ヴァーノン・ウィリアムズ（Vernon Williams）はアーシュラが鞭で打つ生徒である。ウィリアムズ夫人（Mrs. Williams）はヴァーノンの母親である。

作品背景

物語の中心舞台である「コセシー」はノッティンガムシャー（Nottinghamshire）とダービーシャー（Berbyshire）の州境にあるコスル（Cossall）をモデルにしている。コスルはイルケストン（Ilkeston）の東１マイルほど、またイーストウッド（Eastwood）（作品中では「ベルドヴァー」（“Beldover”））の南３マイルほどの所に位置している。「エレウォッシュ運河」（“Erewash Canal”）の脇にあるブラングウェン一家の住まいであるマーシュ農場は、運河の土手とコサル湿地帯の古いノッティンガム運河のほとりに実在した家をモデルにしている。ウィルとアンナが居を構える教会の隣りの住居はコスルのチャーチ・コテッジ（Church Cottage）をモデルにしている。そこは1910年12月３日から1912年２月４日までの間ロレンスが婚約していたルイ・バロウズ（Louie Burrows, 1888－1962）の実家である。彼女はアーシュラ・ブラングウェンのモデルの１人でもある。（概してブラングウェン家の第２、第３世代の人達の外面的な詳細はバロウズ一家の人々をモデルにしている。）第14章で語られるマギー・ショフィールド一家の住居の前に立つ「ベルコート・ホール」はアニズリー・ホール（Annesley Hall）をモデルにしているようである。同じく、第14章でウィル・ブラングウェン一家が転居する「ウィリーグリーン」（“Willey Green”）はムアグリーン（Moorgreen）をモデルにしていて、ともにイーストウッドの北西に位置している。イルケストンを始めノッティンガムシャーとダービーシャーの多くの土地が実名で出てくる。例えば、ノッティンガム、ダービー（Derby）、マトロック（Matlock）、ベークウェル（Bakewell）、アンバーゲイト（Ambergate）、ワークスワース（Wirksworth）、サウスウェル（Southwell）、ソーリー（Sawley）などである。もちろん、リンカンと大聖堂は第７章（「大聖堂」（“The Cathedral”））を特色のある章にしている。第15章の終わりに開かれるパーティーはリンカンシャーの海岸の家で行なわれる。同じく第15章の前半でアーシュラとスクレベンスキーはオックスフォード（Oxford）近くのカントリー・ハウスで開かれるパーティーに出席する。また、２人はサセックス丘陵（Sussex Downs）にあるアーシュラの学友ドロシー・ラッセルの家に泊まる。（その家はロレンスが本作品を書き終える1915年１月から８月にかけて住んでいたサセックス州（Sussex）、プルバラ（Pulborough）のグレタム（Greatham）近くにあるヴィオラ・メイノール（Viola Meynall）の家をモデルにしている。）後にアーシュラとスクレベンスキーはロンドン、パリ、ルーアン（Rouen）へイースターの休暇旅行へ出る。次に物語の舞台はロンドンへ移り、アーシュラはロンドン大学での学位取得のための最終試験に臨む。第12章でアーシュラはウィニフレッド・インガーと共にトム・ブラングウェン叔父さん（彼は大きな「新しい」炭鉱の管理者である）を訪ねる。ヨークシャーの「ウィギストン」（“Wiggiston”）はドンカスター（Doncaster）近くのベントリー（Bentley）をモデルにしているようである。ベントリーはイーストウッドの北48マイルの所に位置している。イーストウッドの炭鉱会社バーバー・ウォーカー会社（Barber, Walker and Co.）は1906年から1908年にかけてベントリーで新たな鉱山を掘っている。

参考書目６『虹』（*The Rainbow*）➡366ページ

第15節　『恋する女たち』（*Women in Love*）

執筆時期

1913年３月から1921年10月にかけて書かれる。『恋する女たち』と『虹』（*The Rainbow*）の構成は密接に連結している。というのも、当初、両作品ともに「姉妹」（“The Sisters”）と題する作品構想から発展したからである。1915年１月初旬、ロレンスが１つの小説を２作品に分けようと決断する以前、「姉妹」には３つの完全な草稿があった。草稿：1. 1913

年３月から６月にかけて書かれる「姉妹」。2. 1913年８月から1914年１月にかけて書かれる「姉妹」。3. 1914年２月から５月にかけて書かれる「結婚指輪」（"The Wedding Ring"）である。更に1914年11月から1915年３月にかけて『虹』、1916年４月から６月にかけて「姉妹３」（"The Sisters III"）、1916年７月から1917年１月にかけて、また1917年３月から1919年９月にかけて『恋する女たち』が書かれる。最初のアメリカでの出版用の校正は1920年８月から10月にかけて行なわれる。一方、セッカー（Secker）からの出版用の改稿等は1921年６月の出版に合わせて同年２月まで行なわれる。この版に関してロレンスは、1921年11月の第２刷の出版に向けて同年９月と10月に修正を加えなければならなかった。というのも登場人物であるホリデイ（Halliday）及び「プサム」（"Pussum"）（後にミネット（Minette）に変更される）・ダーリントン（Darrington）の描写が自分たち夫妻を中傷しているとしてフィリップ・ヘセルタイン（Philip Heseltine）（ピーター・ワロック（Peter Warlock））が訴訟を起こすと脅迫してきたからである。本作品の原著がどのように推移・変化したかは非常に複雑なので、詳細を知るにはケンブリッジ版の序論を参考にすると良いだろう。

「『恋する女たち』の序文」（"Foreword to *Women in Love*"）は1919年９月12日に書かれ、1920年の秋にセルツァー（Seltzer）の宣伝用パンフレットとして世に出る。「『恋する女たち』の前書き」（"Prologue to *Women in Love*"）と「結婚式」（"The Wedding"）の２つの章は後に遺棄されるが、草稿段階の1916年４月から６月にかけて（おそらく４月に）書かれ、その時期には本作品の冒頭の２章になる予定だったのだろう。それぞれ1963年と1964年に出版される。（本節の参考書目のフォード（Ford）の項を参照のこと。）またケンブリッジ版の補遺２として掲載されている（pp. 487－518）。

出版状況

1. 1920年11月９日に予約申し込み者限定の私家版としてニューヨークで出版される。1921年６月10日にロンドンのセッカーから出版される。
2. 1987年にデイヴィド・ファーマー（David Farmer）、リンデス・ヴェイジー（Lindeth Vasey）及びジョン・ワーゼン（John Worthen）の編纂によりケンブリッジのケンブリッジ大学出版局（Cambridge University Press）から出版される。
3. 本節の参考書目のロス（Ross）1982年及びウィリアムズ（Williams）（「序説」、1993年）の項を参照のこと。

作品紹介と梗概

主要な登場人物：ルパート・バーキン（Rupert Birkin）、アーシュラ・ブラングウェン（Ursula Brangwen）、グドルーン・ブラングウェン（Gudrun Brangwen）、ジェラルド・クライチ（Gerald Crich）。

『恋する女たち』では作品中の出来事が連続して起こるというよりも劇的な場面設定が対照・比較という原則のもとに展開する。そして何よりも４人の主人公達の複雑な関係が綿密に辿られる。

一見したところ『虹』のアーシュラ・ブラングウェンと同一人物に見える本物語のアーシュラは（多少その個性は違っているのだが）、グラマースクールで教鞭をとる26才の女性教師である。彼女はバーキンの恋人となり、やがて結婚する。彼女の「非常に美しい」妹グドルーンは25才で、最近、美術学校を終え、姉と同じ学校で教えている。自信に満ち、指導力のある教師としての彼女の服装はいつも派手で、彼女の履く色鮮やかなストッキングは煤けたベルドヴァー（Beldover）の炭鉱町ではかなり目立つ（『虹』の最後でブラングウェン一家はベルドヴァーに転居することになっている）。ルパート・バーキンは非常に率直で独立心のある視学官で、私的収入があることから自立している。グドルーンの恋人ジェラルド・クライチは30才位の美男子でスポーツマンであり、色白で金髪である。彼は裕福な炭鉱主の息子で炭鉱経営の責任者である。仕事においては精力的で要求も高く、効率的な生産を目指すという脅迫観念に囚われている。その一方で内面は脆く、自らの人生に対する精神的な意味については何の感情も持っていない。グドルーンとの関係がつまずいたのは多分に彼の内面的な弱さによるものである。彼は彼女との充足を求めるよりも自分がどのような人間かを確認したかったのである。

このように４人の主人公とその関係を辿ることには大きな意味が２つある。１つは彼らの会話と劇的な接触を通して男女関係及び男と男の関係の形態と原則を分析することである。もう１つはこの分析を通して現代の工業社会を批判することである（第１次世界大戦という時代背景はこうした批判を行なうのに適切なものとなっている。それはまさにロレンスが本作品の序文で述べている通りである。「大戦の悲惨さは、当然、登場人物に反映されている」）。また本作品は２つの主要な思想によって構成されていると考えられる。１つは「星の均衡」という創造的な人間関係についての思想であり、もう１つは破壊的な「崩壊の流れ」という思想である。ルパート・バーキンは物語の中心的な「意識」を提供しているが、この２つの思想は彼によって明確に語られる。

ルパート・バーキンは、愛や人間関係や社会の特質について伝統に囚われない考えを持っている。現代の工業社会に幻滅し、人類に絶望している彼ではあるが、決して冷笑家になることはなく、生命力豊かな男であり続ける。彼は他者との均衡ある関係の中に個人の充足が得られる可能性があることを信じ、こうした関係の樹立こそが社会を救済する唯一の望みであると考えている。彼は「星の均衡」という思想を主張する。それは、２人の恋人が２つの星のように両極に位置しながらも互いに均衡の取れた関係を保つというものである。２人は完全に自由で、それぞれ個を守り、独自の「完全なる個」を達成し、互いに充足した状態の中で永続的に結合している。「完全なる均衡状態の中にある２つの固有な存在」である。バーキンのもう１つの思想は「崩壊の流れ」と「創造の流れ」という言葉で表現される。人類は有機的に完全な形で創造的に発展する一方、人類の生命は均衡を欠き、断片的、機械的になり、崩壊や破滅を辿る過程が人類の歴史では繰り返されている、というのである。バーキンにとって現代の世界は後者であり、とりわけ精神と肉体、また抽象的で合理的な理解方法と直接的で感覚的な経験との間にはどうにもならない溝がある。現代では個人も文化全般も、この溝によって生じた不均衡に苦悩していて、どちらか一方の方法でしか物事を経験できず、決して完全に「すべてを知る」ことはできない。褐色の南方民族は純粋に精神的でない感覚的な経験を通して「完全なる存在」から破滅への過程を辿っている一方、北方の白色民族は「氷のような破壊的な知識や雪のように抽象的な壊滅のもつ神秘」を経験しているようにバーキンには思える。また、読者は本作品の登場人物やその関係の中に様々な抽象と官能の置換を見る。最も顕著なのは物語の冒頭に出てくるバーキンとハーマイオニ・ロディス（Hermione Roddice）との関係である。ハーマイオニは上流社会のある準男爵の娘で、その完璧なまでに知的な性質ゆえに堕落した女性である。（彼女は「観念的な文化の媒体」で、本来、強固で不毛な抽象的知性の化身である。）一方、ジェラルドとグドルーンの関係は純粋に官能的なものの域を越えることはない。この両極端はともに破滅的なものとなる。ハーマイオニは文鎮でバーキンの頭をもう少しで砕くところだし、物語の最後でジェラルドはグドルーンの首を締めようとし、やがてアルプスの雪山へ入り自殺するのである。

しかし、本作品ではジェラルドとグドルーンの関係が示しているように、対立する抽象と官能が図式的に語られているだけではない。ジェラルドの限界は生命ある領域における感性が欠如していることにあり、彼は「北方の悪鬼」なのである。（とりわけ彼のヴァイキングのような風貌がである。）また、慈悲深いキリスト教精神及び家父長的精神で炭鉱経営をしている父親トマス・クライチ（Thomas Crich）から炭鉱を引き継いだ時、ジェラルドは社会及び人間に与える影響を考慮せずに、ただ最大の効率を上げるという即物的な原則に基づいた新たな体制を敷く。こうして彼は「無数の車輪と歯車と車軸」で出来た、まさにある種の機械と称される。同じくグドルーンの官能の崩壊は、それ自身、抽象的で自意識的な面を持っている。例えば、ジェラルドとの純粋に肉体的次元での経験が得られる可能性が潰えた時、彼女は究極の「生き物」である小人のようなドイツ人の彫刻家レルケ（Herr Loerke）とともに「自らの自我」を奮い立たせる。レルケは「頽廃の川に潜むネズミ」であり、「果てしない人類の魔性に満ちた崩壊」の中に潜む存在である。最初、グドルーンとレルケは崇高で知的な議論を（3カ国語で）交わし狂喜する。その議論の中で、芸術が完全に生命的なものから離脱すること（極端な「芸術のための芸術」）を主張するとともに世界の崩壊を「冷笑しながら想像」するのである。

また、バーキンと彼の思想も議論の的となる。アーシュラがしばしば強く異議を唱えるからである。例えば、彼女がバーキンに、彼の言う星の均衡とは彼女が彼と対等の存在になるのではなく、彼を取り巻く「衛星」になることではないのかと問う。彼女はしばしば冷笑するように彼の「サルヴァトール・ムンディ（Salvator Mundi）の接触」に言及し、彼の説教調の発言を批判する。（アーシュラは、彼がバーキンと男対男の関係を進めたい願望があることを正当化することにも懐疑的である。）しかし、この思想が充満した言葉数の多い小説において現代の読者を最も陽気にさせるものは、その本質からして（また、彼がそれを自認しているが故に）、非合理的で言語表現が不可能な大いなる願望及び感情を言語化し合理化しようとするバーキンの自己矛盾に対して、アーシュラがとりわけ懐疑的になっているということである。彼女は「単なる言語による威圧」を疑い、言語は意味内容を伝達するための「表現方法に過ぎない」と考えている。そこで、彼女はバーキンを批判し、知的過多になった病める現代社会の原因を究明しようとする本小説自体の言語的試みに対話形式で参画している。アーシュラは言語の本質や重要性に注目し、本作品の複雑ではあるが重要なテーマのみならず、20世紀の主要な哲学的関心事の1つである問題に読者の注意を向かわせている。また、彼女はバーキンとの関係が単なる仕事にのみ込まれないように用心している。結局、2人は「完結した関係」に至り、「2人でいて自由な」

存在になることができた。2人は辞職し、結婚し、北米大陸へと「移住」する。オーストリアのチロル（Tyrol）でジェラルドとグドルーンの関係が破綻したのに比べて、新天地で2人の関係がうまく行ったことが明らかにされる。

その他の登場人物

アンナとウィル・ブラングウェン（Anna and Will Brangwen）は『虹』と同様にアーシュラとグドルーンの両親である。ただし本作品では頻繁には登場しない。夫妻には他にドーラ（Dora）、ロザリンド（Rosalind）、ビリー（Billy）などの子供達がいる。パーマー（Palmer）はしばらくの間グドルーンの友人でもある紳士的な電気技師である。彼はアーシュラが好きなようだが、グドルーンと関係を持ち始める。冷淡的で人間味が無く、利己的で「実に女好き」な男性である。

クライチ家の人々とその関係者：クリスティアナ・クライチ夫人（Mrs. Christiana Crich）はジェラルドの母親で、時には狂気じみた風変わりな女性である。夫のクライチ氏とは相反する関係にある。というのも、クライチ氏の努力的な博愛主義に反するような非民主的な考えを夫人は持っている。夫妻には他にバジル（Basil）、ローラ（Laura）、ロティ（Lottie）、ダイアナ（Diana）（湖上のパーティーの日、湖で溺死する）、それにウィニフレッド（Winifred）という子供達がいる。第1章でローラはラプトン（Lupton）と結婚する。マドモアゼル（Mademoiselle）はウィニフレッドの家庭教師である。マーシャル（Marshall）はロティの夫である。カーク夫人（Mrs. Kirk）はクライチ家の元子守係である。アーシュラとグドルーンはウィリーグリーン（Willey Green）のカーク夫人の家を訪ね、蜂蜜を買ったり、夫人がジェラルドのお尻をつねった話などを聞く。

ジュリアス・ホリデイ（Julius Halliday）は裕福で放縦な若い芸術家で、ロンドンでボヘミア人気取りの生活をしている。彼はバーキンの知り合いで、画家のモデルをしているプサム（ケンブリッジ版が出版される以前の英語版では「ミネット」）・ダーリントンと深い関係になる。彼女は舌足らずの喋り方をする退屈な女性で、ジュリアスと関係を持ち妊娠したため、ジュリアスは彼女を田舎へやろうとする。ところが、不意に戻って来て、その後ジュリアスのアパートでジェラルドと肉体関係を持つ。ハサン（Hasan）はジュリアスの召使である。マキシム・リビドニコフ（Maxim Libidnikov）はジュリアスとプサムのロシア人の友人である。

アレクサンダー・ロディス（Alexander Roddice）はハーマイオニの独身の兄弟で、議会の自由党員である。フロイライン・メルツ（Fräulein März）はハーマイオニの秘書である。ブレッダルビー（Breadalby）の来客達：著名な社会学者ジョシュア・メールソン卿（Sir Joshua Malleson）（ケンブリッジ版が出版される以前の英語版では「マッセソン」（"Mattheson"））、コンテッサ・パレストラ（Contessa Palestra）、また美容健康の熱狂者であるブラッドリー（Miss. Bradley）などである。

ライトナー（Leitner）はレルケの友人で恋人でもある。

作品背景

第28章までの舞台はロレンスの故郷であるミッドランド（Midlands）のイーストウッド（Eastwood）（物語では「ベルドヴァー」）界隈である。「ウィリーグリーン」（“Willey Green”）はムアグリーン（Moorgreen）、また「ウィリーウォーター」（“Willey Water”）はムアグリーン貯水池（Moorgreen Reservoir）をモデルにしている。クライチ一家はイーストウッドの炭鉱バーバー・ウォーカー会社（Barber, Walker and Co.）の所有者であるバーバー一族（Barbers）をモデルにしている。また「ショートランズ」（“Shortlands”）はバーバー一族の屋敷であるラムクロス・ハウス（Lambclose House）をモデルにしている。ハーマイオニ・ロディスの住居「ブレッダルビー」（“Breadalby”）は具体的にはダービーシャー（Derbyshire）のケドルストーン・ホール（Kedlestone Hall）をモデルにしているように見えるが、物語の舞台はオックスフォードシャー（Oxfordshire）にあるオトライン・モレル夫人（Lady Ottoline Morrell）所有のガーシントンマナー（Garsington Manor）（ロレンスは1915年 6 月に訪れている）のようである。ノッティンガム（Notthingham）の北に位置するワークソップ（Worksop）とサウスウェル（Southwell）は第23章でバーキンとアーシュラが自動車旅行をする場面で登場する。また、第 6 章と第 7 章の舞台はロンドンである。第28章（舞台はロンドン）以降、場面はヨーロッパへ移行する。バーキンとアーシュラはドーヴァー（Dover）、オステンド（Ostend）、ブリュッセル（Brussels）、ルクセンブルク（Luxembourg）、メッツ（Metz）、バーゼル（Basel）、チューリッヒ（Zurich）などを経由してインスブルック（Innsbruck）へ行き、更に「ホーヘンハウゼン」（“Hohenhausen”）（ロレンスが1912年の 8 月に滞在したオーストリアのチロルにあるマイルホーフェン（Mayrhofen）をモデルにしている）の山の避暑地へと行く。

参考書目 7 『恋する女たち』（*Women in Love*）➡376ページ

第16節　『ロストガール』（*The Lost Girl*）

執筆時期

1912年12月から1920年10月にかけて書かれる。草稿：1．1912年12月から1913年 1 月にかけて「エルザ・カルヴァウェル」（“Elsa Culverwell”）という題名で書かれる。（20頁まで書き進んだところで断筆される。）2．1913年 1 月から 3 月にかけて「ハフトン嬢の反逆」（“The Insurrection of Miss Houghton”）という題名で書かれる。3．1920年 2 月から 5 月にかけて『ロストガール』という題名で書かれ、 6 月と 8 月に改稿及び修正が行なわれる。

出版状況

1. 1920年11月25日にロンドンのセッカー（Secker）から出版される。1921年1月28日にニューヨークのセルツァー（Seltzer）から出版される。
2. 1981年にジョン・ワーゼン（John Worthen）の編纂によりケンブリッジのケンブリッジ大学出版局（Cambridge University Press）から出版される。

作品紹介と梗概

主要な登場人物：アルヴァイナ・ハフトン（Alvina Houghton）、チッチョ（Ciccio）（フランセスコ・マラスカ（Francesco Marasca））、ジェイムズ・ハフトン（James Houghton）。

アルヴァイナ・ハフトンはミッドランド（Midlands）の炭鉱町ウッドハウス（Woodhouse）の裕福な商人の娘である。彼女が本作品の題名である「ロストガール」で、物語では彼女の23才から32才まで（1906年から1915年）の人生を辿ることになる。ただし、その中心は最後の2年間に集中している。物語の最初でアルヴァイナは、ウッドハウスの「未婚のオールドミス達の仲間入りを運命」づけられる「ロストガール」として登場するが、やがて故郷の町ウッドハウス特有の狭量な慣習や中産階級の教育に反逆した彼女は、物語の最後では変貌した「ロストガール」となる。家庭教師のミス・フロスト（Miss Frost）が希望し、また意図した上流階級人の生活に対する彼女の最初の反逆は、あるオーストラリア人の医師と衝動的に婚約し、オーストラリアへ行くことであった。結局、これは説得されて実現しないが、次に彼女は衝動的に助産婦になる決断をし、6ヵ月間イスリントン（Islington）で養成を受けることになる。そこで彼女は貧民街の困窮や貧困を目にするとともに、若い医者達の情熱的な手練手管をかわさなければならなくなる。助産婦の資格を取り、多少とも世間を知った女性としてウッドハウスに戻った彼女だが、地元には彼女の仕事にお金を払う人がいないことを知り、しばらくの間、助産婦の仕事は中断されることになる。一時期、南アフリカ出身のアルバート・ウィザム（Albert Witham）との結婚を望むが、それも彼のお金と旅ができることが目当てであった。しかし、彼女がこの「ありきたり」の運命を辿らなかったのは、冷血とも言える「非人間性」が彼にあったからである。更に彼女には平凡でない運命が待っていた。30才になった彼女は、父親の仕事である映画とショーの興行に没頭し、呼び物としてピアノの伴奏をする。これがきっかけで父親の死後、ナッチャ・キー・タワラ座（Natcha-Kee-Tawara）と関わりを持つようになる。とりわけ彼女は浅黒く官能的なイタリア人の座員チッチョに強く引かれる。彼は彼女の肉体と潜在的自我を目覚めさせてくれるようだが、他の求愛者に対してと同様、彼女の意識的で理性的な自我は彼を拒否し、単なる低俗で愚鈍な男と見なす。彼女は一座を離れ、次にランカスター（Lancaster）で助産婦になろうとする。ランカスターで一時期ある裕福な老医師と婚約するが、それを破棄してチッチョと結婚し、イタリアの「ペスコカラシオ」（"Pescocalascio"）という人里離れた山間の村へ行く。物語は、チッチョが軍隊へ招集され、妊娠したアルヴァイナが1人で出産するところで終わる。彼女は見知らぬ「破壊的な」アブルッツィ（Abruzzi）という土地で「ロストガール」となるのである。

物語全体を通しての焦点は、主としてアルヴァイナに当てられているが、前半ではウッドハウスの人々の生活、とりわけアルヴァイナの父親ジェイムズ・ハフトンの起業家としての様々な試みが描かれる。若く優雅で洒落男ではあるが、気まぐれで詩趣に富んだ気質のジェイムズ・ハフトンは、28才で一族の繁盛していた繊維商を受け継ぐ。やがて、彼はそれをある種の「叙情的な店」、つまり自宅のマンチェスター・ハウス（Manchester House）を新しい空想に満ちた商店に変える（取り扱う商品は「マンチェスター綿製品」と言った）。あいにくその製品は庶民的な炭鉱村では需要が無く、無理な安売りを続けた後、店は徐々に、だが確実に衰退していく。商売の衰退とともに妻のクラリス・ハフトン（Clariss Houghton）が病に倒れ、衰弱する。夫人は孤独な病人となり、やがて他界する。アルヴァイナは25才であった。やがて、ジェイムズ・ハフトンは「創造の世界」で更に奇想天外なことを思いつき、もはや彼の商売は地元の人々にとって冗談とも言えるものとなる。結局、彼は店の一部を売却する羽目になり、閉店も多くなる。そこで、ミス・ピネガー（Miss Pinnegar）の提案により、より一般的で売れ筋の商品を扱う経営方針に変える。しかし、彼の起業家としての情熱は揺らぐことはなく、やがて一時期ではあるが、クロンダイク（Klondyke）煉瓦工場での煉瓦造りや、スロットル＝ハペニー（Throttle-Ha'penny）炭鉱の開業に合わせて採炭業にも乗り出す。しかし、ことごとく失敗に終わり、懲り懲りした彼はしばらく失望した日々を送る。気乗りしないままにアイススケート場を始めたり、マンチェスター・ハウスをホテルにすることも考える。だが約３年後、彼は更に大きな仕事を試みる準備をする。映画とショーを興行するハフトン娯楽館（Houghton's Pleasure Palace）（通称、ハフトン・エンデヴァー（Houghton's Endeavor））の開館である。しばらく収入は安定するが、やがて、いつもの通り衰退し始める。この最後の試みに憔悴した彼は病に倒れ、他界する。アルヴァイナに残されたものは、父親の負債を返済すべく一家の財産を処分する仕事だけであった。

その他の登場人物

ミス・フロスト（Miss Frost）はアルヴァイナが25才になるまでの保護者役で、気高く、影響力のある家庭教師である。彼女は「率直でユーモアがあり、多少、生真面目」な女性で、アルヴァイナは彼女の影響を受けて過ごす。彼女はジェイムズ・ハフトンの商業上の空想に強く反対し、マンチェスター・ハウスの威信を堅持することが自分の義務だと考える。事業が失敗に終わった後も無給で館に残る。炭鉱村の子供達に音楽を教え、その稼ぎは館の収入として役立つ。保険会社の代理人とのかりそめの遅い恋に落ちた後、54才で死亡する。同年、一家の魂であるアルヴァイナの母親も他界する。アルヴァイナが25才の時である。アレクサンダー・グレアム（Alexander Graham）は医学の学位を取るために勉強しているオーストラリア人で、帰国するまでの数ヵ月間、ウッドハウスの老いたフォーダム博士（Dr. Fordham）の元で実習している。小柄な浅黒い男性で、アルヴァイナは彼に対して矛盾する感情を抱く。彼が自分より劣った信用できない男性で、「不愉快」ですらあるという皆の意見に理性では同意するものの、実際には彼が魅力的だと思うのである。２人は婚約するが（アルヴァイナが23才の時である）、ミス・フロストや両親の圧力に屈してか、結局、予定していたオーストラリア行きを断念する（第２章）。

ミス・ピネガーはマンチェスター・ハウスで働く女性達の監督をする住込みの女性であ

る。背が低く小太りで、そっけなく、明らかに「淑女」ではない。彼女は心ならずもアルヴァイナやミス・フロスト、またクラリス・ハフトンに耐えている。しかし現実的な女性で、商売も抜け目が無く、ジェイムズ・ハフトンには幸いしたが、彼の商店経営に影響力を持つようになる。また彼女はミス・フロストと同様、ハフトン一族に対する忠誠といった点では誠実で無私な女性である。ミス・フロストの死後、マンチェスター・ハウスの精神の守り役として多くを引き継ぐ。

キャシー・オールソップ（Cassie Allsop）はマンチェスター・ハウスをホテルに改築するのを請け負う建築業者の42才になる娘である。アルヴァイナにホテル計画に伴う金銭的な負担増加を忠告する。アルヴァイナは自分を暗に「未婚のオールドミス」の仲間入りをさせようとしているオールソップに困惑する（第5章）。

ロティ（Lottie）は社会的に向上心のある、多少、狡猾な35才の女性である。夫のアーサー・ウィザム（Arthur Witham）は配管工で、弟のアルバート・ウィザム（Albert Witham）とアルヴァイナを結婚させようとする。アルバートは32才で、オックスフォード大学で学位を取るために南アフリカから一時帰国している。ジェイムズ・ハフトンやミス・ピネガーから求婚者として認められてはいるが、アルヴァイナにとっては全く魅力の無い男性で、彼の求愛を断固、拒絶する（第5章）。

流れ者のメイ氏（Mr. May）はアメリカ風ミュージックホールの代理人で、ハフトン・エンデヴァーの支配人になる。太っていて赤ら顔、まるで小さい駒鳥のように元気で、実に天真爛漫だが、商売にかけてはまさに「生来の悪徳者」である。妻子を捨てたようだが、これみよがしに彼らを援助しているような口振りで話しをする。

マダム・ロシャール（Madame Rochard）はナッチャ・キー・タワラ座の座長である。一座にはチッチョを始めスイス系フランス人のルイ（Louis）やスイス系ドイツ人のマックス（Max）、またフランス人でチッチョの親友ジェフリー（Geoffrey）がいる。

ミッチェル医師（Dr. Mitchel）はランカスターでアルヴァイナが婚約することになる54才の富裕な独身者である。仰々しい、自尊心の高い、気取った男性である。アルヴァイナや患者に対して威張った態度を取る。アルヴァイナに求婚を拒否されたと思うやヒステリックになり、多少、陰険な気性をむき出しにする。アルヴァイナは彼を愛してはいない。実際、恋人としての彼を嫌悪している。だが、立派な相手であり、快適で安定した家庭が約束されるという誘惑に、一時期、アルヴァイナは屈する。だが、心の奥深くで彼と結婚しないことはわかっていて、結局、彼から逃れてスカーバラ（Scarborough）へ行ってしまう。

エフィーとトミー・テューク（Effie and Tommy Tuke）はアルヴァイナがランカスターで助産婦をしていた時の友人である。アルヴァイナは彼らの家に滞在し、エフィーが出産の時、介護する（第12章）。

ヘッドレイ医師（Dr. Headley）、ジェイムズ医師（Dr. James）、ヤング医師（Dr. Young）らはイスリントンの産院の医師で、アルヴァイナを熱烈に崇拝する。3人ともアルヴァイナに熱っぽく接近する。ローリングズ夫人（Mrs. Rollings）はマンチェスター・ハウスで召使として働く未亡人で、ハフトン・エンデヴァーへやって来る芸人達の宿泊を世話する。ナッチャ・キー・タワラ座が初めてやって来た時、彼女が一座の世話をした。ビービー氏（Mr. Beeby）はジェイムズ・ハフトンの死後、彼の債務処理をする弁護士である。ジョゼッペ（Giuseppe）はロンドンに住むチッチョの従兄弟である。レストランの経営者で、ジェマ（Gemma）と結婚している4人の子持である（第13章）。コーラディン（Calladine）はウッドハウス教会（Woodhouse Chapel）の管理人である。パンクラッツィオ（Pancrazio）とジョヴァンニ（Giovanni）はイタリア人のチッチョの叔父である。

作品背景

物語の主要な舞台は「ウッドハウス」の町とその界隈で、ロレンスの故郷イーストウッド（Eastwood）やノッティンガムシャー（Nottinghamshire）、ダービーシャー（Derbyshire）の田園地帯をモデルにしている。ジェイムズ・ハフトンが映画館を建てる「ラムリー」（"Lumley"）はイーストウッドから1マイルの所にあるラングリーミル（Langley Mill）をモデルにしている。「ハザーセッジ」（"Hathersedge"）、「ラプトン」（"Rapton"）、「ナーバラ」（"Knarborough"）はそれぞれヒーナー（Heanor）、リプリー（Ripley）、ノッティンガム（Nottingham）をモデルにしている。アルフレトン（Alfreton）、マンスフィールド（Mansfield）、シェフィールド（Sheffield）、ドンカスター（Doncaster）、リーズ（Leeds）、スカーバラ、ランカスターなどはそれぞれ実名で出てくる。物語の前半でアルヴァイナはロンドンのイスリントンで助産婦になるための講習を受ける。後に、チッチョはアルヴァイナをロンドンのバタシー（Battersea）へ連れて行き、2人は従兄弟のレストランに滞在する。イタリアへ発つ準備をするためである。やがて彼らはジェノア（Genoa）、ピサ（Pisa）、ローマ（Rome）などを経てイタリアのアブルッツィにあるピチニスコ（Picinisco）（「ペスコカラシオ」）へ行き、物語は当地で終わる。

参考書目8『ロストガール』（*The Lost Girl*）➡389ページ

第17節　『ミスター・ヌーン』（*Mr Noon*）

執筆時期

1920年5月7日から1922年10月6日にかけて書かれる。これはロレンスが本作品について書簡などで言及している時期で、この全期間を通して実際に作品を執筆していたわけではない。大部分は1920年11月から1921年2月6日にかけて書かれ、その後、作品にはほとんど手がつけられなかったようである。1922年10月に作品を完成させようとする計画は中止される。何故ロレンスが未完に終わらせたかについては定かでない。

1921年初頭、ロレンスは第1部を単独で出版するために作品をいくつかに分割する予定でいた。そこで同年2月、ロレンスはタイプ原稿を改稿する。しかし、同年末、作品の出版計画は頓挫し、ロレンス生存中に出版されることはなかった。第2部の主要部分のタイプ原稿は出来上がるが、改稿されることはなかった。第1部のタイプ原稿のリボン写し、第2部の未完のタイプ原稿のカーボン紙写し、また第1部と第2部を含む生原稿の5冊のノートは過去50年間、事実上、行方不明であった。それらがオークションにかけられたのは1972年のことである。（最初のタイプ原稿のカーボン紙写しは1934年の第１部の出版の際に使用される。第２部のタイプ原稿のリボン写しは未だ見つかっていない。）

出版状況

1. 『ミスター・ヌーン』の第１部が『当世風の恋人』（*A Modern Lover*）に収録され、1934年10月にロンドンのセッカー（Secker）及びニューヨークのヴァイキング（Viking）から出版される。
2. 『ミスター・ヌーン』の第１部及び第２部（未完）が1984年にリンデス・ヴェイジー（Lindeth Vasey）の編纂によりケンブリッジのケンブリッジ大学出版局（Cambridge University Press）から出版される。

作品紹介と梗概

第１部の主要な登場人物：ギルバート・ヌーン（Gilbert Noon）、パティーとルイ・ゴダード（Patty and Lewie Goddard）、エミー・ボストック（Emmie Bostock）。

ギルバート・ヌーンは26才位で、現在、ヘイズフォール中等実業学校（Haysfall Technical School）の科学の教師である。その学校は彼の故郷ノッティンガムシャー（Nottinghamshire）の工業の町ホエットストーン（Whetstone）から５マイルの所にある。最初、彼は小学校の教師になるが、数学、音楽、科学などで並々ならぬ才能を発揮し、ケンブリッジ大学へ進学する。在学中にことのほか数学の才能が認められた彼は、もし大学に残って更に勉強したならば、特別奨学金を受けられたであろう。しかし、それは彼の低俗な気質には合わず、以前のホエットストーンでの放蕩三昧の生活に戻る。物語の第１部ではギルバートとエミー・ボストックとの感傷的な愛の交換、つまり「愛の戯れ」が語られる。２人がエミーの父親の画策により温室の中で調子に乗せられたり、また後にギルバートが彼女の想像妊娠により教職を辞職する羽目になる経緯などが語られる。こうした出来事を通して狭量な地方の町の人々の生活や道徳感、伝統的な求婚や結婚といった意味の無い偽善、また感傷的な愛についての理想化された観念に対する風刺などが、滑稽に語られる。

パティーとルイ・ゴダードはウッドハウス（Woodhouse）のギルバートの友人である。２人とも社会主義者で、菜食主義者である。パティーは40才の自立した現代女性で、婦人参政権論者である。ルイは45才の自由労働党の構成員である。パティーはギルバートに引かれている。２人で公園を散歩している時、「柔和で、豊満で、不可思議で、男性経験のない女神アフロディテ（*Aphrodite*）」のようなこの40才の女性にギルバートの欲望は掻き立てられる。この時、２人の関係は更に深いものになるかと思いきや、一頭の牛が突進してきて、全て終わってしまう。その後、エミーとの噂が立ち、彼女を通して彼はパティーの魅力や「愛の戯れ」以上に自分の深い願望を知り、これはその後の他の女性との関係の下準備となったようである。それは第２部で語られる、男性経験が豊富なジョアンナ（Johanna）との関係である。プリンス夫人（Mrs. Prince）はゴダード家の家政婦である。

エミー・ボストックは23才の教師である。鉄道員の娘で、若い銀行員のウォルター・ジョージ・ウィッフェン（Walter George Whiffen）と婚約している。わがままで口が悪く、浮気者で、何人もの男性との婚約経験がある。しかし、本質的には常識人で、それは自分が妊娠したかと思うとウォルター・ジョージとの結婚を決めたりすることからも明らかである。エミーの父親アルフ・ボストック（Alf Bostock）はピューリタンで「説教吸飲者」である。ジニー・ボストック（Jinny Bostock）はエミーの呑気な母親である。ボストック一家の他の子供達は「聖アンジェリコ（Fra-Angelico）のような顔をした娘達」や「高い鼻をした息子達」であるが、教会の場面に少し顔を出すだけである。エミーは「神経性の腹痛」と診断され、彼女が家にいることが気に入らない不機嫌な父親に耐えられなくなると、嫁いだ姉のファニー（Fanny）の元へ逃げ出す。姉は教師の夫ハロルド・ワッグスタッフ（Harold Wagstaff）と生まれたばかりの子供の3人でイークラスト（Eakrast）の学校内に住んでいる。

その他の登場人物

アガサ・シャープ（Agatha Sharp）はエミーの相談相手の友人で教師である。彼女には少しではあるが登場するボーイフレンドのフレディー（Freddy）がいる。『ロストガール』（*The Lost Girl*）のアルヴァイナ・ハフトン（Alvina Houghton）がエミーやアガサと共にウッドハウス教会の聖歌隊員として特別出演する。しかし、アルヴァイナはエミーが気に入らず、彼女がアガサに話し掛けたりメモを渡したりすると険しい目で見る。シシー・ジタンズ（Cissie Gittens）も聖歌隊の一員である。教会の牧師ノーマン・「ダディー」・ディクソン（Norman “Daddy” Dixon）はいつもは気立てが良く寛大だが、エミーとアガサが執拗にメモを交換して混乱を引き起こすと聖歌隊の女性達に癇癪を起こす。スレイター夫人（Mrs. Slater）はウォーソップ（Warsop）のウォルターの下宿先の女主人で、いかにもヴィクトリア時代の女性である。ギルバートの父親はホエットストーンに木工所を所有していて、「かなり裕福だがしみったれ」である。ギルバート父子には愛が無いわけではないが、ドイツへ発つ前にギルバートが父親にお金の無心をしても無駄であった。ミニー・ブリテン（Minnie Britten）は郡教育委員会の秘書官である。委員会はエミーとの「犯罪となる肉体関係」についての話を聞くためにギルバートと面談する。ミニー・ブリテンは教育に関する小論文を書いていて、ケンブリッジ大学出身のギルバートを気に入っている。しかし、彼女は委員会の他の「ハサミを持ったロブスター達」から彼を救うことは出来ない。

第2部の主要な登場人物：ギルバート・ヌーン、ジョアンナ・キーリー（Johanna Keighley）。

第2部では、悪業を続けてドイツを放浪するギルバート、人妻ジョアンナ・キーリーとの恋愛の成り行き、2人の「本当の」結婚を承諾させるための彼女の家族との話し合い、そして結果的にアルプスとイタリアへ駆け落ちする2人について語られる。ギルバート自身は第1部とどこか違う人物に見える。第1部の彼はロレンスの若き日の親友ジョージ・ヘンリー・ネヴィル（George Henry Neville, 1886－1959）をモデルにしていると考えられる。一方、第2部のギルバートはロレンス自身をモデルにしていると考えられている。そして、このギルバートは全く新しい環境に身を置き、ある意味で古いイギリス人としての自我から解放されている。巨大で雄大なアルプスに囲まれたイザール渓谷（Isar Valley）に立つ彼は、もはや「イギリス人」ではなかったそうである。こうしたギルバートの変化はテーマとして彼の自我の「再生」を意図したものと見なすことができる。

ジョアンナ・キーリー、旧姓フォン・ヘベニッツ（von Hebenitz）は32才で、イギリス人の大学教官エヴァラード・キーリー博士（Dr. Everard Keighley）と結婚して12年になる。彼らは結婚生活のほとんどをアメリカのボストン（Boston）で過ごし、２人の子供がいる。エヴァラードはジョアンナに対して理想化した愛を抱いていて、彼女を純白の「ユキノハナ」として崇拝している。しかし、彼女は理想的な抽象観念として崇拝されることを拒み、むしろ肉体的な感覚や愛を信じている。そんな彼女には多くの愛人がいて、初めてギルバートに会った夜に彼をベッドに誘う。アルフレッド・クラマー教授（Professor Alfred Kramer）はジョアンナの従兄弟である。年齢は53才、小柄で気難しく、繊細な人物である。第２部の冒頭でギルバートは彼のアパートに住んでいる（ギルバートは教授の世話になって暮らしているようだが、本の執筆の手伝いを多少ともしている）。クラマー教授夫人のルイーズ（Louise）はジョアンナの「学校での姉妹」である。ギルバートとクラマー教授は夫人に会いに、彼女の母親である男爵夫人の家があるスターンバーガジー（Starnbergersee）へ行く。すると、そこへ夫人は愛人ルートヴィッヒ・サートリアス教授（Professor Ludwig Sartorius）と現れる。ロッテ（Lotte）はジョアンナの姉妹である。「美しく超お洒落」で、「売春婦」とおぼしき女性である。フォン・ヘベニッツ男爵夫妻（Baron and Baroness von Hebenitz）はジョアンナの両親である。男爵夫人の愛人達は、先ずアメリカ人の実業家ベリー（Berry）、次にウィーンの精神科医であり哲学者で自由恋愛を提唱し、明らかに麻薬中毒のエバーハード（Eberhard）、そして38才の物悲しそうなプロシアの騎兵隊員ルドルフ・フォン・ドウムリンク（Rudolf von Daumling）などである（実際に物語に登場するのはルドルフだけである）。

テリーとスタンリー（Terry and Stanley）は物語の最後でアルプス越えをするギルバートとジョアンナに短時間だけ加わる若者である。21才のテリーはロンドンの昔からのギルバートの友人である。彼は漸進的なフェビアン協会員で、教養ある植物学者であり、愛想が良い。スタンリーはジョアンナのアメリカ人の知人で、イギリスで教育を受けた技師である。彼はギルバートがテリーと歩いている間にジョアンナに心の内を打ち明け、彼女と肉体関係を持つ。

その他の重要でない登場人物として、クラマー教授の家の女中ジュリー（Julie）、スターンバーガジーの男爵夫人の家でギルバートを魅了する美人の女中マルタ（Marta）、ギルバートが滞在するデッチュ（Detsch）の安宿のスイス人の管理人、トリール（Trier）にあるグリュンヴァルト・ガストハウス（Grunwald Gasthaus）の、若く詮索好きな主人フリッツ（Fritz）などがいる。ジョセフとウルマ・ヘイザーズ（Joseph and Ulma Heysers）はギルバートの友人で、ヴェンズドルフ（Wensdorf）の家に彼を泊める。ブライトガウ夫妻（Frau and Herr Breitgau）は、ギルバートとジョアンナが住んでいたオマーバッハ（Ommerbach）のアパートの下にある商店の経営者夫妻である。

作品背景

第1部の舞台はノッティンガムシャーで、特にイーストウッド（Eastwood）（作品中では「ウッドハウス」）やノッティンガム（Nottingham）（「ナーバラ」（“Knarborough”））、マンスフィールド（Mansfield）の西10マイルの所にあるエークリング（Eakring）（「イークラスト」）、それにマンスフィールドの北西5マイルの所にあるワーソップとその周辺が中心である。ギルバートが教鞭をとる「ヘイズフォール中等実業学校」はマンスフィールドの学校をモデルにしているようである。

第2部で舞台はドイツに移行し、ギルバートは半自叙伝的な人物になる。彼がする経験や旅は、1912年5月から9月にかけてのロレンスのそれを反映している。舞台はバヴァリア（Bavaria）のミュンヘン（Munich）から始まる。ギルバートはクラマー教授とミュンヘンからイザール渓谷のエーベンハウゼン（Ebenhausen）（物語では「オマーハウゼン」（“Ommerhausen”））へ日帰り旅行をする。第16章の舞台はメッツ（Metz）（「デッチュ」）で、ギルバートはジョアンナに会いに行く。そこから彼はトリールへ一人旅をし、更にモーゼル渓谷（Mozel Valley）沿いにコブレンツ（Koblenz）とケルン（Cologne）を経由してヴァルトブレール（Waldbröl）（「ヴェンズドルフ」（“Wensdorf ”））へ向かい、再びミュンヘンへ戻る。そこで彼はジョアンナに再会し、2人はジョアンナの姉妹に会いにヴォルフラーツハウゼン（Wolfratshausen）の山へ登り、次にボイエルベルク（Beuerberg）（「クロスター・シェフトラーン」（“Kloster Schaeftlarn”））で6日間過ごした後、イッキング（Icking）（「オマーバッハ」）へ行く。その後、2人は徒歩でオーストリア・チロル（Austrian Tyrol）を越え、イタリアへ入る。マイルホーフェン（Mayrhofen）（「エッカーズホフェン」）（“Eckershofen”）で旅を終えた2人は様々な挫折を経た後、シュテルツィング（Sterzing）、ボーゼン（Bozen）、トレント（Trento）などを経由してガルダ湖畔（Lago di Garda）のリーヴァ（Riva）へ向かい、そこで物語は終わる。

参考書目9『ミスター・ヌーン』（*Mr Noon*）➡390ページ

第18節　『アーロンの杖』（*Aaron’s Rod*）

執筆時期

1917年10月から1921年11月にかけて書かれる。本作品の完成までには3つの主要な執筆時期（それぞれ作品は断片である）がある。1. 1917年10月、1918年2月と3月及び1919年6月。2. 1920年7月から12月にかけて。3. 1921年5月と6月。また7月と8月及び10月に改稿と修正が行なわれる。1922年1月におそらく多少の変更がなされたのだろう。ロレンスは校正を見なかったようである。

出版状況

1. 1922年4月14日にニューヨークのセルツァー（Seltzer）及び6月にロンドンのセッカー（Secker）から出版される。第14章の一部は『ダイアル』誌（*Dial*）72号に「あるエピソード」（"An Episode"）という題名で掲載される（1922年2月、pp. 143－46）。
2. 1988年にマーラ・カルニンズ（Mara Kalnins）の編纂によりケンブリッジのケンブリッジ大学出版局（Cambridge University Press）から出版される。

作品紹介と梗概

主要な登場人物：アーロン・シッソン（Aaron Sisson）、ロードン・リリー（Rawdon Lily）。

物語ではミッドランド（Midlands）での12年間の結婚生活の後、職と妻子を捨ててロンドンとイタリアで自由奔放な冒険をするアーロン・シッソンについて語られる。当初、アーロンは炭鉱の計量係であり、坑夫組合の書記であった。計量係とは炭鉱主が石炭桶を正確に計量しているかを坑夫の依頼で確認する役である。32才の彼はフルートとピッコロの演奏が堪能な音楽家である。もともと教職課程を修めるが、3年後、炭鉱勤めをすることになった。教育を受けた人物ではあるが、彼自身そのように見られたくないと思っている。母親が他界した際、彼にかなりの金を残す。彼が妻子の元を去ることができたのもこの金があってのことである。そして妻ロティ（Lottie）には世話のかかる3人の子供達、マージョリー（Marjory）とミリセント（Millicent）、そして生後9ヵ月の赤ん坊が残される。妻が家族を捨てた夫を苦々しく思い腹を立てたのはもっともである。彼にしてみても、当初、何故突然に家を出ることになったのかよくわからない。ただ「多少、自由な空間が欲しく.... 自由になりたかった」のである。その後、彼は「結婚生活における愛の強要」から逃れ、自分自身で「完璧な孤立」を見つけるために家庭を捨てたのだと悟る。

ロンドンの、あるオーケストラに職を得た彼はボヘミア人（Bohemian）の芸術家や知識人と仲間になる。彼らの幾人かとはベルドヴァー（Beldover）を去ることになった年のクリスマス・イヴに、炭鉱主アルフレッド・ブリックネル（Alfred Bricknell）の家で会っていた。ロンドンのブリックネルの仲間の中にはこの物語でとりわけ重要な2人の人物がいた。ジョセフィン・フォード（Josephine Ford）とロードン・リリーである。ジョセフィン・フォードは25才の芸術家で、最近アルフレッド・ブリックネルの息子ジム・ブリックネル（Jim Bricknell）との婚約を解消したばかりである。元婚約者もそうであったが、彼女は無力な社会主義者で革命家であり、自分自身の心の空虚さにのみ関心がある女性のようである。ロンドンでアーロンと親しくなり、結局、彼を誘惑することに成功する。しかし、アーロンの心は荒廃する。何故なら、妻の元を去る動機ともなった孤立を求める自己の信念に背くことになると思ったからである。罪悪感と自己嫌悪に陥った彼はひどく絶望し、重病を患う（見た目はインフルエンザであったが）。彼はロードン・リリーの家で介抱され、健康を取り戻す。リリーは小柄で痩せていて浅黒く、鋭い知性を持った作家である。物静かで内気な反面、横柄に自己主張する一面を持っている。彼には「変人で異端者」、「妙な奴」という評判があり、しばしば相手に不愉快な思いをさせる男である。それも、彼のよそよそしい無関心振りや、あけすけな横柄さや意固地のせいである。しかし彼は常に自信に満ち、自己充足しているようである。事実、彼はアーロンが熱望する完全に孤立した男であるように見える。そこで、2人の男は直ちに親近感を抱き、兄弟のように「神秘的に理解」し合うようになる。しかし、アーロンの行動や動機に対する彼自身の理解は半意識的なものであり、一方、リリーはアーロン（及び読者）に彼自身の直感的な感性を明確に伝えているのである。そこでリリーが人間の個と孤立について語る時、それは彼自身の内面の願望と外に向かう探求心をアーロンに明らかにしているのである。リリーが明確にしてくれることで、現代の結婚と結婚生活における女性の支配に対するアーロンの嫌悪感は是正される。しかし、精神的な衝撃を受けた軍人で、戦場の恐怖について語り始めると口の止まらないハーバートソン大尉（Captain Herbertson）を訪ねた後（第10章）、アーロンはリリーが自分を支配したがっているのを察知し、2人の会話に敵対心が漂う。そこで2人は口論となり、その結果リリーはアーロンに家を出て行くように求める。

その年の暮れ、アーロンは妻ロティとの短いとげとげしい再会を果たした後、リリーの誘いに応じてイタリアへ向かう。イタリアで彼はしばらくデル・トーレ侯爵夫人（Marchesa del Torre）の魅力に囚われ、情熱的な関係を持つ。夫人はデル・トーレ侯爵（マンフレディー）（Marchese del Torre (Manfredi)）のアメリカ人の妻である。侯爵は元イタリア軍の騎兵隊将校で、小鬼のような男性である。一方、夫人は40才位のとても優雅で美しい女性で、アーロンに「神秘的で」官能的な力を及ぼす。彼の中に「純粋な欲望」が覚醒したことで、しばらくの間、彼は夫人との関係を通して魂の解放が可能なのを知る。しかし、再び彼は女性との結合という経験から尻込みし、それが「彼自身の中核にある生命を破壊」するのではないかと考える。「自分自身を独占すること」による孤立が必要であるというリリーの言葉を思い出したアーロンは、侯爵夫人との関係を終えることにする。夫人と最後の肉体関係を持った直後、アーロンは現実の破壊を経験する。無政府主義者による爆破がカフェで起こり、彼の生命を支える杖、つまりフルートが壊される。今の彼に残されたものは「彼をリリーに結び付ける一筋の運命」だけであった。今やアーロンは「より偉大なる男」として「高尚な人間」になることを目指し始めたようである。物語は、アーロンが曖昧にではあるが本能的に認識していることをリリーが再度明確にするところで終わる。つまり、リリーは「愛の衝動」が現代文明によって枯渇していること、現代における創造的な衝動とは力の衝動であること、また、その力は暴力的なものではなく、人間の魂の深奥から自然に沸き上がる力であることなどを明確にするのである。

その他の登場人物

ベルドヴァーにあるハウズリー夫人（Mrs. Housely）のロイヤル・オーク酒場（Royal Oak）の客達（第2章）：トム・カーク（Tom Kirk）、ブリューウィット（Brewitt）、シェラディ医師（Dr. Sherardy）（インド人の医者）、そしてボブ爺さん（Old Bob）。

ブリックネルの関係者達（第3章と第6章）：ジム・ブリックネルは炭鉱主アルフレッド・ブリックネルの息子である。38才の元軍人で、社会主義者の彼は愚かにも愛の観念に囚われているようである。彼は誰も自分を愛してくれないが故に「人生を喪失している」と思い、できるだけ多くのパンを食べることでその喪失を防ごうとする。ジュリア・カニンガム（Julia Cunningham）はジム・ブリックネルの妹で、32才の「イギリス美人」である。彫刻家のロバート・カニンガム（Robert Cunningham）と結婚しているが、若い作曲家シリル・スコット（Cyril Scott）との関係ゆえに離婚寸前である。クラリス・ブラウニング（Clariss Browning）は優雅なアイルランド人女性である。ストラサーズ（Struthers）は画家であり、またタニー・リリー（Tanny Lilly）はロードン・リリーの妻で、彼女の片親はノルウェー人である。

フランクス（Franks）の関係者達（第12章）：ウィリアム・フランクス卿（Sir William Franks）はたたきあげの裕福な男で、アーロンはイタリアに着いた時に彼の豪華な別荘に泊まる。レディー・フランクス（Lady Franks）は彼の妻で、アーロンは彼女を見るとヴィクトリア女王を思い出す。大佐（Colonel）は屈強な赤ら顔をした、少年のような勇ましさを持った人物である。少佐（Major）は生真面目なオックスフォード風の男性で、片目に眼帯をしている。彼には背が高く美人だが、ひ弱な妻が付き添っている。アーサー（Arthur）はレディー・フランクスの付き添い女性シビル（Sybil）と結婚していて、言わばウィリアム・フランクス卿の義理の息子のような存在である。

フィレンツェ（Florence）の人達：アンガス・ゲスト（Angus Guest）とフランシス・デッカー（Francis Dekker）は中産階級の上位にいる素人画家で、アーロンがフィレンツェに行く途中で会う。彼らはアーロンにフィレンツェ在住の亡命者達を紹介する。ジェイムズ・アーガイル（James Argyle）は中年の作家で、アンガスとフランシスの友人である。アルジー・コンスタブル（Algy Constable）は裕福だが病弱な老婦人である。ディ・ランティ氏（Signor di Lanti）は老イタリア人で「上品な人物」である。ルイス・ミー（Louis Mee）は75才を越えた裕福な老人で、無邪気な少年のような顔をしている。ウォルター・ローゼン（フレンチ氏）（Walter Rosen（Mr. ffrench））はヴェネツィア（Venice）在住の低俗な老文士である。コリーナ・ウェイド（Corinna Wade）は1870年代の有名な老イギリス人女流作家である。レヴィソン（Levison）は社会主義者で、リリー、アーロン、アーガイルらと熱心に政治について語り合っている時、無政府主義者の爆弾が破裂する（第20章）。

作品背景

物語の舞台はイギリスのミッドランドにある「ベルドヴァー」から始まる。「ベルドヴァー」は明らかにイーストウッド（Eastwood）をモデルにしている。アーロンの住まいはリン・クロフト（Lynn Croft）のロレンス一家（1905－1911）の隣家をモデルにしている。ロレンス一家の番地は97番で、クーパー一家（Cooper）の番地は99番である。アーロンはリンクロフトの家主であるトマス・クーパー（Thomas Cooper, 1855－1918）を多少モデルにしている。アーロンと同様、トマス・クーパーも炭鉱の計量係で、フルートとピッコロを吹いていた（本節の参考書目のリーズ（Rees）1985年の項目を参照）。舞台は次にロンドンの、主にコヴェントガーデン（Covent Garden）に移行する。第８章の舞台はハンプシャー（Hampshire）の家である（ロレンスが1917年12月から1919年11月まで住んでいたバークシャー（Berkshire）のハーミテジ（Hermitage）にあるチャペル・ファーム・コテッジ（Chapel Farm Cottage）をモデルにしている）。第11章でアーロンがしばらくベルドヴァーへ戻った後、舞台はイタリアへ移行する。1919年11月と12月にロレンス自身が行った旅行と平行して、アーロンはトリノ（Turin）（物語では「ノヴァラ」（“Novara”）で、ミラノ（Milan）の西30マイルほどのところに実在する）へ行く。次に、彼はミラノ経由でフィレンツェへ行く。物語の後半の3分の1ほどの舞台である（第16章から第21章）。

参考書目10 『アーロンの杖』（*Aaron's Rod*）➡393ページ

第19節 『カンガルー』（*Kangaroo*）

執筆時期

1922年6月初旬から7月15日にかけて書かれる。新しい結末を含む改稿と修正が同年10月に行なわれ、また1923年1月と2月に再修正が、更に7月に校正が行なわれる。

出版状況

1. 1923年9月13日にロンドンのセッカー（Secker）及び17日にニューヨークのセルツァー（Seltzer）から出版される。この2つの版の結末はそれぞれ異なっていて、セッカー版の結末の方が375語多い。
2. 1994年にブルース・スティール（Bruce Steele）の編纂によりケンブリッジのケンブリッジ大学出版局（Cambridge University Press）から出版される。

作品紹介と梗概

主要な登場人物：リチャード・ラヴァット・サマーズ（Richard Lovatt Somers）、ハリエット・サマーズ（Hariett Somers）、ジャックとヴィクトリア・コールコット（Jack and Victoria Callcott）、ウィリアム・ジェイムズ・トリューヘラ（ジャズ）（William James Trewhella (Jaz)）、ベンジャミン・クーリー（カンガルー）（Benjamin Cooley (Kangaroo)）、ウィリー・ストラサーズ（Willie Struthers）。

リチャード・ラヴァット・サマーズは小柄で顔色が悪く、黒いあご髭を生やした詩人であり随筆家である。妻のハリエットと共にオーストラリアへやって来た彼は、「新しい生活を始めようと希望に胸をふくらませている」。夫妻はヨーロッパに幻滅したのである。シドニー（Sydney）での彼らの隣人はジャックとヴィクトリア・コールコットである。ジャックは軍事力で政権を握ろうとする退役軍人たちの作る半軍事組織の古参の構成員である。（この組織は退役軍人のスポーツ及び社交クラブのディガー・クラブ（Digger Clubs）として表面上は合法団体である。）ジャックはサマーズに組織に入るように誘い、カンガルーとして知られる組織のカリスマ的指導者ベンジャミン・クーリーに彼を会わせに連れて行く。ベンジャミン・クーリーは元将校で、職業は弁護士の40才位の人物である。撫肩でカンガルーのように突き出た腹をしている。彼は全世界的な人類愛という理想に基づくオーストラリアの教会的な体制を提唱する。しかし、彼はこうした体制を万能な指導者に支配される完全な階級制による政治形態で実現させたいと考えている。その指導者はある種の教皇のような存在で、「寛大なる力」をもって統治する。その力は彼の魂の深奥から誘発されて生じる「生命の不可思議で新たな指令」を敏感に予知することで得られるという。このカンガルーの思想は本質的には慈悲深い独裁者のそれである。当初、サマーズはカンガルーの精神の寛大さや温かさ、また明らかに私心のない人類愛に魅了される。更に生命の神聖さ及び神秘性に対して理解のある彼に引きつけられる。しかし、彼はまたカンガルーの観念的な理想主義に懐疑的であり、明確には組織に関わろうとはしない。一方、彼は大きな社会的変革に憧れていて、「他の人間と生き生きとした親交」を結びたいと願っている。そこで、彼はカンガルーの申し出に心から引かれ、彼と妻ハリエットの間に緊張が生まれる。妻は自分だけではサマーズには不十分であるという事実、またサマーズが自らの充足のためには夫婦関係を超えた別の関係を必要としている事実に憤慨する。また彼女はサマーズが自分より優位にいることを主張し正当化するために、新しく発見した男の友情というものを利用していることに大憤慨する。「家長及び主人」という彼のつまらない幻想を是認することができないのである。

ウィリアム・ジェイムズ・トリューヘラ（ジャズ）はジャックの義兄弟で、ディガー・クラブの会員であるが、クラブの実際のイデオロギーというよりも「浮かれ騒ぎがしたいために」クラブに関わっているようである。石炭・木材商工会組合の秘書官をしている彼は、また労働運動にも関わりがあり、サマーズを労働党の党首ウィリー・ストラサーズの所へ連れて行く。ウィリー・ストラサーズはカンガルーと同様にサマーズを労働新聞の編集者として運動に参加するように誘う。またもや労働者階級出身のサマーズはその誘いに興味を持ち、心引かれるが、カンガルーの時と同様に「愛」に関する観念的で理想的な見解に懐疑心を持ち続ける。カンガルーの説く愛は力に基づいていたが、ストラサーズの愛は一般的な善に屈服し犠牲を払うというものである。サマーズにとって、どちらの愛の形態も個人にとっては説得力を持つものではなかった。

労働者の大会で事態は危機を迎える。ディガー・クラブの会員達が「圧力をかけて」演説者のストラサーズを追放し、大会を中断させようとしたのだ。激しい争いになり、サマーズはカンガルーの説く「寛大なる力」の本当の意味を目の当たりにする。サマーズはまた、争いで３人を殺した事実にジャック・コールコットがほくそ笑んでいたことを聞く。カンガルー自身も怪我をし、会いに来たサマーズに愛と忠誠を明確に誓うように求める。しかし、サマーズは以前にもまして実際には暴力であると知った「愛」に関われないと思う。カンガルーは死亡し、サマーズとハリエットはアメリカへ発つことになる。物語はサマーズに突き付けられた政治的選択という「家庭を襲う疫病」の余韻を漂わせて終わる。しかし、彼はオーストラリアを発つ前に、別のことに専心していた。それは、オーストラリアのブッシュが暴露した野生の神秘であり、「非人間的な神々、非人間的な人間存在」というものであった。

その他の登場人物

ブリアン一家（Buryan）はコーンウォール（Cornwall）のサマーズ夫妻の隣人で、ジョン・トマス（John Thomas）、アーサー（Arthur）、ジェイムズ叔父さん（Uncle James）、アン（Ann）とその姉妹で農業を営んでいる（第12章）。サマーズはジョン・トマスの親友となる。

ローズ・トリューヘラ（Rose Trewhella）はジャズの妻で、ジャックの姉妹に当たる。グラディーズ・トリューヘラ（Gladys Trewhella）はローズと彼女の前夫でジャズの亡き兄弟アルフレッド・ジョン・トリューヘラ（Alfred John Trewhella）の娘である。

ダッグ（Dug）はジャック・コールコットの仕事仲間で、物語の冒頭で「変な顔をした奴」を嘲笑するが、それがサマーズである。エヴァンズ氏（Mr. Evans）はウェールズ人で、オーストラリアに来て16年になる（彼は列車内でサマーズに話し掛ける）（第7章）。マンセル氏（Mr. Monsell）は、コーンウォールにサマーズを訪ねる2人のアメリカ人のうちの1人である（第12章）。後にロンドンでスパイとして逮捕される。（ロレンスは1916年のクリスマスに2人のジャーナリストの訪問を受けた。1人はロバート・マウンツィア（Robert Mountsier）で、後にロレンスのアメリカでの代理人となる。もう1人はエスター・アンドルーズ（Esther Andrews）である。）ハティ・レッドバーン夫人（Mrs. Hattie Redburn）はサマーズ夫妻の信頼できる旧友であり、夫妻がコーンウォールを追放された際、ロンドンに宿泊させたり、その後、夫妻にオックスフォードシャー（Oxfordshire）の家を貸したりする。（彼女はドリー・ラドフォード（Dollie Radford）（1864年－1920年）をモデルにしている。ロレンス夫妻は1912年10月にハムステッド（Hampstead）のドリー・ラドフォードの家に滞在している。彼女が実際にロレンス夫妻に貸した家はバークシャー（Berkshire）のハーミテジ（Hermitage）にあるチャペル・ファーム・コテッジ（Chapel Farm Cottage）である。）ジェイムズ・シャープ（James Sharpe）はコーンウォールでのサマーズ夫妻のスコットランド人の隣人である。彼は「芸術家くずれ」で音楽が大好きである。（作曲家で音楽評論家のセシル・グレイ（Cecil Gray, 1895－1951）をモデルにしている。）

作品背景

物語の舞台はニューサウスウェールズ（New South Wales）のサウス・コースト（South Coast）で、主にシドニーとサーロウル（Thirroul）（物語では「マランビンビー」（“Mullumbimby”））界隈である。第12章の「悪夢」（“The Nightmare”）はコーンウォールでサマーズが戦時中に経験したことの回想であり、これは1916年3月から1917年10月にかけてゼナー（Zennor）近くのハイアー・トレガーゼン（Higher Tregerthen）でのロレンスの経験に基づいている（ブリアン一家はトレガーゼンのロレンスの住まいの隣りの農場で働いていたホッキング一家（Hockings）をモデルにしている）。ロレンス夫妻は1915年12月末にはコーンウォールへ移っていた。しかし、物語では彼らの最初の2ヵ月の滞在については省略されている。実名で出てくるコーンウォールの土地はボドミン（Bodmin）、ペンザンス（Penzance）、ツルーロ（Truro）などである。ダービー（Derby）とノッティンガム（Nottingham）も第12章に少し出てくる。

参考書目11『カンガルー』（*Kangaroo*）➔395ページ

第20節　『叢林の少年』（*The Boy in the Bush*）

執筆時期

1923年９月から1924年５月にかけて書かれる。特に1923年９月から11月にかけて、また1924年１月に書かれる。1924年４月と５月に校正が行なわれる。

『叢林の少年』はロレンスとモリー・L・スキナー（Mollie L. Skinner）の共作であり、従って本作品の題名の下には２人の名前が記されている。しかし、出版された作品の執筆に関する２人の正確な責任範囲を確認するのは困難である。というのも、スキナーの生原稿及びタイプ原稿の行方が不明だからである（上に掲げた年月はロレンスが執筆した部分に関するものである）。ロレンスがオーストラリアでモリー・スキナーに会ったのは1922年である。彼はスキナーに、主人公のモデルとして彼女の兄弟を使い西オーストラリア（West Australia）の初期の定住者について小説を書いたらどうかと提案した。スキナーはこの提案を受け入れ、「エリス一族」（“The House of Ellis”）という題名のタイプ原稿を1923年にロレンスに送る。８月にこの作品を読んだロレンスは、それを改作して出版することを申し出る。明らかにスキナーの草稿を綿密に辿った後、ロレンスは広範囲にわたってそれを改稿及び改作し、実際に自らの手で全編を書き直す。そして、この改作版は1924年に出版される。その後、スキナーの生原稿等が失われたので、この改作の正確な内容や程度を客観的に割り出すことは明らかに困難となった。しかし、２人ともその手紙や回想録でこの共作について部分的にではあるが語っているし（往々にして確実性に欠けるが）、また様々な証拠も残っていて、それらは２人の執筆責任について推測したり情報を得たりする助けとなっている。（本作品のケンブリッジ版のポール・エガート（Paul Eggert）による序論には十分に詳しい論証が記されている。本節の多くの参考書目も何らかの形でこの問題に焦点を当てている。）一般的な言い方をするならば、ロレンスの行なった改作は従来想定されていた以上に徹底していたようである。それは文体を更に練り上げただけでなく、筋や登場人物、主題までも根本的に変更したことである。既にわかっていることは、ロレンスがスキナーの原作に新たな結末を加筆したこと（実際、物語の最後の６章は完全にロレンスによって書かれている）、主要な筋を新たに発展させたこと、また驚くには値しないが、物語の多くの興味ある主題を男女の肉体関係や本能の「暗黒の神」、また中産階級的価値観への批判へと据えたことなどである。本作品に見られる執筆への情熱や意欲は確実にロレンスのものであるとは言えないが、ロレンス特有の個性を反映しているのは確かである。

出版状況

1. 1924年８月にロンドンのセッカー（Secker）及び９月にニューヨークのセルツァー（Seltzer）から出版される。
2. 1990年にポール・エガートの編纂によりケンブリッジのケンブリッジ大学出版局（Cambridge University Press）から出版される。
3. 本節の参考書目のムア（Moore）1971年の項を参照のこと。

作品紹介と梗概

主要な登場人物：ジャック・グラント（Jack Grant）。

ロレンスが書いた作品の中で『叢林の少年』はおそらく最もアクションと冒険に満ちた小説であろう。主人公ジャック・グラントに主な焦点は当てられているが、他の脇役達の役割も大きく、その人間関係は必ずしも記憶するのが容易ではない。物語は1882年にある種の移民として西オーストラリアにやって来た18才のジャック・グラントの生涯を辿ることになる。(非行を繰り返した彼はベドフォード（Bedford）の農業大学を放校になる。) やがて、彼はワンドゥー（Wandoo）に住む親戚エリス一家（Ellis family）との農業生活にも慣れる。また、彼はトム・エリス（Tom Ellis）と未開の奥地や北西部で（羊牧場やその他の場所で）様々な経験をする。やがて、22才位で彼は砂金取りの成功者及び裕福な農場主としての地位を確立する。最後に彼は自分を「砂金取りと、紳士としての定住者と盗賊の頭」が混在した人物だと思うようになる。

おそらく物語の語り手と冒頭から起こる一連の事件によって強調されるジャックの性質の最も重要な要素は、社会慣習に抵抗し反発する彼特有の性格だろう。「どう見ても彼は生来の罪人であった。」それは「善良」で紳士的な軍人であった父親グラント将軍（General Grant）ではなく、母親ケイティ・グラント（Katie Grant）（旧姓リード（Reid））の血を受け継いだからだろう。ケイティ・グラントは生まれも育ちも西オーストラリアで、イギリスにいてさえ彼女は「植民地住民」であり続けた。彼女には「陽気な官能」があり、慣習の「柵」に対しては全く無関心であった。彼女の日常の考えは「内面が善である限り」何も問題ではないというものであった。こうした彼女の考え及びその変形であるグラン・エリス（Gran Ellis）の言う「人間の本当の自我はその人の中の神である」という考え方はジャックの信条ともなる。この信条は物語の最後で、彼がモニカ・エリス（Monica Ellis）とメアリー・ラス（Mary Rath）の２人の女性を妻にしようと決める時に顕著なものとなる（また彼はヒルダ・ブレスィントン（Hilda Blessington）を３人目の妻に加えようと考えた)。

その他の登場人物

ワンドゥーのエリス一家：グラン・エリスは一家に「君臨する女神」である。ジェイコブ・エリス（Jacob Ellis）はグランの息子で一家の長である。エリスおばさん（Ma Ellis）はジェイコブの後妻である。トム・エリス（Tom Ellis）はジェイコブの先妻との間の息子（長男）である。トムは一家の中心人物で、ジェイコブの死後、一家の長となる。彼はジャックの親友である。2人で行く2年間に及ぶ北西への旅の間、トムはルーシー・スヌーク（Lucy Snook）と一時凌ぎの結婚式を挙げる（第17章）。彼女は「ハニーサックル」（“Honeysuckle”）というスラム街のバーの女給である。トムはこの結婚式の思い出を一生忘れないことになる。モニカ・エリス（Monica Ellis）はグレイス・エリス（Grace Ellis）（後にアレック・ライス（Alec Rice）と結婚する）の双子の姉妹である。彼女は黄褐色でヒョウのような女性であり、類い希な生命力と女王のような威厳に満ちている。ジャックに本能的に引かれるが、1つは彼の控え目のせいで、もう1つは父親の死後、彼女自身が自分の世界に引き籠もったために、2人は一緒になることができない。やがてジャックはトムとネヴァー・ネヴァー（Never-Never）へ行く。戻って来たジャックは、レッド・エアス（Red Easu）の子供を身籠もったモニカが、エリス一家の友人でクイーンズランド（Queensland）出身の若者パーシー・ピンク＝アイ（Percy Pink-eye）（ハル・ストックリー（Hal Stockley））とオールバニー（Albany）へ行ったことを知る。モニカはパーシーとの間に別の子供をもうけるが、やがてパーシーは彼女を捨ててメルボルン（Melbourne）へ行く。エアスを殺害したジャックはオールバニーへ行き、モニカと結婚した後、金鉱を求めて彼女と北西部へ行く。そこでパーシーの赤ん坊は死亡し、エアスの子供ジェーン（Jane）は元気に育つ。モニカは再びジャックの子供を妊娠する。レニー・エリス（Lennie Ellis）は「生意気」な少年で、乗馬と笑うことと自慢話が大好きで、ガールフレンドを妊娠させたために17才で結婚する。一家のその他の子供達は、双子の兄弟オグ（Og）とマゴッグ（Magog）、ハリー（Harry）、ケイティー（Katie）、エリー（Ellie）である。

ラケット医師（Dr. Racket）はオックスフォード（Oxford）大学出のイギリス人の医者で、レニーの家庭教師であり、しばしばワンドゥーにやって来る。彼はある種の麻薬、おそらくアヘンをやっているようである。ルース・ブロッグ（Ruth Blogg）はグラン・エリスの娘で、夫のブロッグ叔父さん（Uncle Blogg）はメソジスト教会の牧師である。エリス叔母達（Misses Ellis）は未婚で、グラン・エリスの臨終に姿を現す。

ジョージ氏（Mr. George）はオーストラリアへやって来るジャックの後見人に任命された老弁護士である。彼はオーストラリアを去る以前のジャックの母親の知り合いで、ジャックも子供ながらに彼の「力強い植民地の英雄」としての話をたくさん聞いている。しかし、実際の彼は想像していたよりは多少冴えない田舎臭い人であった。しかし、優しく親切で、植民地での生活に関してジャックに忠告を与える。職業柄、ジャックの後見人として物語全編を通して登場する。マチルダ叔母（Aunt Matilda）（ワトソン夫人（Mrs. Watson））はジョージ氏の姉妹で、メアリー・ラスの後見人である。大柄で屈強で、金の首飾りと手にダイヤモンドの指輪をした彼女は人目を引く女性である。しかし、奥地にこだわり、慣習に背く道徳感を持つジャックに対して怒りを覚えた彼女は「ヴィクトリア女王像のような姿」で彼に対応する。メアリー・ラスは浅黒い物静かで自信に満ちた若い女性で、ジャックとすぐに「肉体関係」を持つ。最初、ジャックは彼女を不愉快に思うが、やがて彼女の物悲しい美しさに引かれ、「不思議な盲目の情熱」に掻き立てられる。総督の屋敷でのダンスパーティーで、彼は彼女にボイド・ブレシントン（Boyd Blessington）の求婚を受けずに、彼が一財産を成し、自分で農場経営ができるようになって戻るまで待つように言う。しかし、戻ってきた彼はモニカと結婚する。メアリーは彼の重婚の計画など当てにしなかった。彼からすればメアリーは社会慣習の虜であり、彼女からすればジャックは「本当の悪人」であった。

ジョン・グラント（John Grant）はジャックの母親の姉とメアリー・ラスの父親ジョージ・ラス（George Rath）との間の息子である。従って、彼はジャックの叔父であり、またメアリーの腹違いの兄弟となる。エイモス（Amos）とエマ・ルイス（Emma Lewis）はコーニー・ハッチ農場（Coney Hatch farm）の使用人で、この農場はジャックが引き継ぐことになる。

レッド・エリス（Red Ellis）一族の人々：長男でレッド・エリス一族の「若い荒くれ者達」の頭であるレッド・エアス・エリス（Red Easu Ellis）、ジェイコブ・エリスの双子の兄弟の息子達、エアス、またワンドゥーのエリス一族の隣家の農夫達などで構成される。レッド・エアスは30才位で、初対面でジャックと敵対する。彼はモニカ・エリスを巡ってジャックの激しいライバルとなる。その後、彼は私生児の父親となるが、セアラ・アン（Sarah Ann）と結婚する。彼女は「不快」で低俗な「サソリ」のような女性である。やがて、ジャックは正当防衛でエアスを殺害する。その他のレッドの兄弟達はロス（Ross）、アラン（Alan）、そしてハーバート（Herbert）である（第5章でジャックは事故に遭うハーバートを看護することになる）。

パディーズ・クロッシング（Paddy's Crossing）でのジャンボリーのように陽気な結婚パーティーに出る人達（第13章、第14章）：ダニー・マッキノン（Danny Mackinnon）は花嫁の父親で、パトリック・オ・バーク・トレイシー（Patrick O'Burk Tracy）は花婿である。パディー・オ・バーク・トレイシー（Paddy O'Burk Tracy）は花婿の父親である。プレンディー神父（Father Prendy）は老宣教師である。ロング・アームド・ジェイク（Long-armed Jake）はしばらくジャックがジェイクの娘ディアドレ（Deirdre）を求めて争う男だが、しつこくジャックにつきまとう。その後、ディアドレはジャックを誘惑し、彼は性的に目覚める。

ボイド・ブレシントンは5人の子持ちの37才の男やもめである。彼はメアリー・ラスに求婚する。ヒルダ・ブレシントンはボイドの娘で、ジャック・グラントと彼の慣習に囚われない生き方に引かれる。彼女自身は自立した生き方をしたいと思い、少なくとも慣習に囚われた結婚はしたくないと考えている。とにかく男性には興味がないようである。しかし、一夫多妻になるかも知れないというメアリー・ラスに対するジャックの示唆に囚われた彼女は、物語の最後で彼とモニカに加わって北西部へ行くと言う。

スワロー氏（Mr. Swallow）とベル氏（Mr. Bell）はジョージの友人である。グレイ（Grey）はフレマントル（Fremantle）－オールバニー間を走る馬車便の御者である。喋りっぱなしの彼はジャックを初めてワンドゥーへ連れて行く。ジョシュア・ジェンキンズ（Joshua Jenkins）はヨーク（York）の葬儀屋である。ジミー・ショート（Jimmy Short）はトム・エリスの従兄弟である。

作品背景

物語の舞台は西オーストラリアで、主にフレマントルとパース（Perth）から内陸へ入ったヨーク（York）に近いダーリントン（Darlington）界隈である。ロレンスとフリーダは

1922年5月4日から18日までの2週間、当地のモリー・スキナーの家の離れである「ライスデイル」(“Leithdale”)に滞在した。物語の数個所の舞台は北西部の奥地――「ネヴァー・ネヴァー」――である。そこへの出入り口は海岸沿いのジェラルトン(Geraldton)である。レッド・エアスの子供を身籠もったモニカがパーシー・ピンク＝アイと暮らすことになるオールバニーも舞台となっている。

参考書目12 『叢林の少年』(*The Boy in the Bush*) ➡398ページ

第21節 『翼ある蛇』(*The Plumed Serpent*)(『ケツァルコアトル』(*Quetzalcoatl*))

執筆時期

1923年5月初旬から1925年2月にかけて書かれる。新しい結末を含む改稿と修正が1925年1月に行なわれ、更に10月に再修正と校正が行なわれる。1923年5月と6月に「ケツァルコアトル」の第1草稿が書かれる。1924年11月から1925年2月にかけて第2草稿が書かれる。

出版状況

1. 1926年1月にロンドンのセッカー(Secker)及び2月にニューヨークのクノフ(Knopf)から出版される。
2. 1987年にL・D・クラーク(L. D. Clark)の編纂によりケンブリッジのケンブリッジ大学出版局(Cambridge University Press)から出版される。
3. 1995年にルイス・マルツ(Louis Martz)の編纂により『ケツァルコアトル』という題名でコネチカット(Connecticut)、レディングリッジ(Redding Ridge)のブラック・スワン・ブックス(Black Swan Books)から出版される。本節の参考書目のウォーカー(Walker)(1983年)の項目を参照のこと。

作品紹介と梗概

主要な登場人物：ケイト・レズリー(Kate Leslie)、ドン・ラモン・カラスコ(Don Ramon Carrasco)(ケツァルコアトル)、ドン・シプリアーノ(Don Cipriano)(ヴィエドマ将軍(General Viedma)で後のウィツィロポチトリ(Huitzilopochtli))。

『翼ある蛇』はカリスマ的な人物ドン・ラモン・カラスコと彼の軍副司令官ドン・シプリアーノによって指揮されるメキシコの宗教的革命運動に相反する思いを抱いたまま巻き込まれるケイト・レズリーの物語である。その革命運動の主な目的のひとつは、キリスト教以前（アステカ（Aztec）及びそれ以前）の古代の神々と儀式を復活させ、カトリック教の代わりに古いケツァルコアトルの国教を新たな形で創設しようとするものでる。ケツァルコアトルとは伝説上の神で、半鳥（ケツァル）半蛇（コアトル）の生き物である。こうした創設理由もあって、運動団体の指導者達は古代の神々の名を名乗っている。また彼らはこうした神々の性質を帯びていると思われている。従って、ドン・ラモンはケツァルコアトルになり、ドン・シプリアーノは赤いウィツィロポチトリになる。ケイト・レズリーは40才のアイルランド人の未亡人で、当初、これらの革命家達に引かれる。彼女の他界したばかりの夫ジェイムズ・ジョアキム・レズリー（James Joachim Leslie）もまた熱心な政治指導者であった。彼女は著名な歴史家であり考古学者であるドン・ラモン（富裕な地主でもある）の洗練された高潔さに感銘を受け、またドン・シプリアーノの未知なる生命力に本能的に引かれる。しかし、次第に革命運動に深く関わり、緑の衣をまとったマリンチェ（Malintzi）として神々の神殿に導かれるようになると、ヨーロッパ女性としての彼女の理性的な意識がケツァルコアトルの狂信的な神秘主義を疑問視し、彼女はその背後に隠された野蛮性から身を引くことになる。やがて物語は彼女の不安定な心情を追い、同時に、国境の政治舞台での革命運動の推移を描く。ヴィエドマ将軍としてシプリアーノはメキシコ国軍の西部師団を指揮し、ケツァルコアトル運動を支援するために軍を利用し始める。結局、メキシコの労働党党首であるソクラテス・トマス・モンテス（Socrates Tomas Montes）はケツァルコアトル運動と同盟関係を結ぶことを余儀無くされ、ケツァルコアトルを国教に制定する。支持を受け自信を得たドン・ラモンとシプリアーノは、やがて国の大部分を支配する。しかし、今、ケイトにとってケツァルコアトル運動の隠れた残虐性がより明確になる。先ず、ドン・ラモンがカトリック教会を冒とくする儀式を行なっている間、妻が苦しんだ末に死亡するのを平気で無視するのを彼女は目の当たりにする（第21章）。彼の妻ドーニャ・カルロータ（Dona Carlota）はカトリック教会に対して熱心な忠誠心を持ち続け、夫の革命運動に激しく反対していた。次に、ケイトはシプリアーノが囚人を残虐に処刑するのを恐怖におののきながら見守る。ある者は衛兵に首を折られ、また、ある者はシプリアーノに剣で殺害される（第23章）。しかし、彼女の意識の一部は未だ革命運動と「魔神」シプリアーノが持つ「古代の薄明にかすむ牧神の力」に囚われたままである。何故なら、彼の一部の行動や思想に対して反感を持ちながらも、また彼に服従することは彼女個人の自我の死を意味するものであるとわかっていながらも、ケイトは彼の「デモンの力」が持つ魔力に抵抗できないようであったのだ。そこで、まず彼女は彼の儀式上の神秘の花嫁マリンチェになることに同意し、次に彼との結婚を承諾する。しかし、物語の最後までケツァルコアトルとその化身であるシプリアーノに服従するかどうかで悩む。「彼女は自分自身の中の二元性に気づいていた。」 最終的にシプリアーノに服従するが、「今、必要だからであって、それ以上のものではない」と言い、彼女は自分の決意を正当化する。

その他の登場人物

オーウェン・リース（Owen Rhys）はケイトのアメリカ人の従兄弟である。詩人で社会主義者の彼は、物語の冒頭でケイトと別のアメリカ人の友人バッド・ヴィリアーズ（Bud

Villiers）と共に闘牛場へ行く。この２人のアメリカ人男性は、刺激的な感覚を求める軽薄な人物として描かれている。ヴィリアーズの方がリースよりも軽薄である。

ノリス夫人（Mrs. Norris）は老考古学者で、メキシコのイギリス大使の未亡人である。彼女はメキシコ市（Mexico City）郊外の村に古い家を持っている。第２章の彼女の家で行なわれる茶会に集う客は、短気な老バーラップ判事（Judge Burlap）、童顔で痩せた判事の妻バーラップ夫人、ヘンリー夫妻（Mr. and Mrs. Henry）、また、アメリカ人の陸軍武官のロー少佐（Major Law）などである。

ドーニャ・イザベル（Dona Isabel）はドン・ラモンの叔母である。第３章でケイトが出席するドン・ラモンの家での夕食会で女主人役を務める。この夕食会に出る他の客にはフリオ・トーセイント（Julio Toussaint）がいる。説教好きの老人で、民族の浄化や民族の継承される特質に関して怪しげな理論を展開する。ガルシア（Garcia）は28才位のメキシコの大学教授で社会主義者である。ミラバル（Mirabal）は熱烈な気性を持つ顔色の悪い若者で、ドン・ラモンとケツァルコアトル運動の熱心な従者である。

フアナ（Juana）はサユラ（Sayula）のケイトの家で働く、だらしのない、足の悪いメキシコインディアンの家政婦である。彼女の子供達には、大柄で動きが鈍く、片手間仕事をするジーザス（Jesus）、この異父兄弟よりも洗練されていて誇り高いエセキエル（Ezequiel）（後に彼はケツァルコアトル運動に加わる）、14才の大柄で「野蛮」な娘コンチャ（Concha）、11才で痩せた鳥のような娘マリア（Maria）などがいる。フェリパ（Felipa）はフアナの16才の姪である。フリオ（Julio）はフアナの従兄弟の煉瓦工で、マリア・デル・カルメン（Maria del Carmen）が妻である。ドン・アントニオ（Don Antonio）はサユラのケイトの家の家主である。彼はコルテス騎士団（Knights of Cortes）の協力者で、ケツァルコアトル運動に反対している。

ペドロ（Pedro）とシプリアン（Cyprian）はドン・ラモンの若い息子達である。彼らは父親がケツァルコアトル運動に関わり、母親やカトリック教の信仰に敵対しているのを憤慨している。

28才のテレサ（Teresa）はドン・ラモンの後妻で、ドン・トマス（Don Tomas）の娘である。ドン・トマスは娘テレサが幼い時からのラモンの信頼できる旧友であり支援者である。マーティン（Martin）はドン・ラモンの下僕で、ラモン邸での暗殺未遂で殺害される（第19章）。ダニエル（Daniel）もドン・ラモンの下僕である。パブロ（Pablo）は暗殺未遂の後、ドン・ラモンに仕える兵士であり医師である。ジレルモ（Guillermo）はラモン邸を襲撃する反乱兵士の１人である。マルカ（Maruca）はジレルモの恋人で、暗殺者達がドン・ラモン邸に侵入する手引きをする。後にジレルモとマルカはシプリアーノに処刑される。

作品背景

メキシコが舞台である。最初の４章まではメキシコ市界隈が舞台である。残りの章はチャパラ湖畔（Lake Chapala）のチャパラ（物語では「サユラ湖」（“Lake Sayula”）及び「サユラ」である）が舞台である。チャパラはメキシコ市の北西及びグアダラハラ（Guadalajara）の南に位置している。ロレンスとフリーダは1923年３月23日から４月27日の間、メキシコ市に滞在し、同年5月から7月にかけてチャパラに暮らす。同年9月にカイ・ゴーッツェ（Kai Götzsche）とメキシコに戻り、11月まで国内を旅行する。その後、1924年10月にフリーダと共に再びメキシコへ戻り、1924年11月から1925年2月までオアハカ（Oaxaca）に滞在する。

参考書目13　『翼ある蛇』（*The Plumed Serpent*）（『ケツァルコアトル』（*Quetzalcoatl*））➡399ページ

第22節　『チャタレイ夫人の恋人』（*Lady Chatterley's Lover*）

執筆時期

1926年10月から1928年1月にかけて書かれる。ロレンスは以下の3種類の完成作品を書いている。1. 1926年10月から12月にかけて書かれる『最初のチャタレイ夫人の恋人』（*The First Lady Chatterley's Lover*）。2. 1926年12月から1927年2月にかけて書かれる『ジョン・トマスとレディー・ジェイン』（*John Thomas and Lady Jane*）。3. 1927年12月から1928年1月にかけて書かれる『チャタレイ夫人の恋人』。

本作品が市販本として出版される見込みがないのを知ったロレンスは、1928年2月と3月に削除版の制作に取り組む。しかし、この削除版ですら出版社のセッカー（Secker）とクノフ（Knopf）には受理されなかった。出版社自らが更に大規模な削除を行ない、出版したのは1932年である。1928年7月に私家版として出版することになるタイプ原稿の修正と校正を、ロレンスは同年2月から6月にかけて行なっている。

出版状況

1. a.『チャタレイ夫人の恋人』が1928年7月にフィレンツェ（Florence）で私家版として出版される。無削除の「大衆版」である（「僕とジョリー・ロジャーの小論争」（"My Skirmish with Jolly Roger"）という序文付）。1929年5月にパリで私家版が出版される。最初の公認削除版である。1932年2月にロンドンのセッカー及び9月にニューヨークのアルフレッド・A・クノフ（Alfred A. Knopf）から出版される。最初の公認無削除版である。1959年5月にニューヨークのグローヴ・プレス（Grove Press）及び1960年にハーモンズワース（Harmondsworth）のペンギン（Penguin）から出版される（同年8月16日に12部が警察当局に渡され、10月20日から11月2日にかけて有名な裁判が行なわれる。その結果は検察側の敗訴となり、1960年11月10日に12部は一般販売に回される）。

   b.『最初のチャタレイ夫人の恋人』が1944年にニューヨークのダイアル・プレス（Dial Press）及び1972年にロンドンのハイネマン（Heinemann）、また1973年にハーモンズワースのペンギンから出版される。

c.『ジョン・トマスとレディー・ジェイン』が1972年にロンドンのハイネマン及びニューヨークのヴァイキング（Viking）、また1973年にハーモンズワースのペンギンから出版される。1954年に最初のイタリア語訳版が『「チャタレイ夫人」三草稿の中のチャタレイ夫人第二草稿』（*La Seconda Lady Chatterley in Le Tre"Lady Chatterley"*）としてイタリアのモンダドーリ（Mondadori）から出版される。訳者はカルロ・イッツォー（Carlo Izzo）である。

2. 1993年にマイケル・スクワイアーズ（Michael Squires）の編纂により『『チャタレイ夫人の恋人』（及び）『『チャタレイ夫人の恋人』について』（*Lady Chatterley's Lover* (*and*) *A Propos of "Lady Chatterley's Lover"*）がケンブリッジのケンブリッジ大学出版局（Cambridge University Press）から出版される。
3. 本節の参考書目のスクワイアーズ（Squires）1994年の項を参照のこと。

作品紹介と梗概

主要な登場人物：コンスタンス（コニー）・チャタレイ夫人（Lady Constance (Connie) Chatterley）、クリフォード・チャタレイ卿（Sir Clifford Chatterley）、オリヴァー・メラーズ（Oliver Mellors）。

コニー・チャタレイ（旧姓リード（Reid））は「芸術家と教養ある社会主義者」の両親によって育てられる。父親のマルコム・リード卿（Sir Malcolm Reid）は王立芸術院の著名な会員であり、一方母親は斬新的なフェビアン協会の社会主義者であった。若い時のコニーはヨーロッパ中を自由に旅行し、慣習に囚われない自立した生活を送る。彼女と2才年上の姉ヒルダ（Hilda）はそれぞれ18才位の時に恋愛をする。大戦が始まる前のドイツのドレスデン（Dresden）でのことである。しかし、姉妹にとって性は「スリル」に過ぎず、すぐに消える感覚でしかなかった。大戦勃発と同時に2人は帰国し、しばらくロンドンに暮らす。ロンドンで2人は「育ちの良い、感情的な無秩序」を象徴するケンブリッジ大学の若者達と親しくなる。ヒルダは結婚し、コニーは上流階級の22才のクリフォード・チャタレイと親密になる。彼はケンブリッジ大学を卒業し、ドイツで採炭学を学ぶが、やがて大戦となる。彼が休暇で帰国した1917年に2人は結婚し、1ヵ月の蜜月を過ごす。クリフォードにとって性生活は重要ではなさそうで、コニーも「性を超越した」夫婦の親密さを楽しんでいるようであった。6ヵ月後、クリフォードは瀕死の重傷を負う。しかし、危険な状態にいながらも2年にわたる治療を受けた結果、回復する。ただし、臀部から下にかけては麻痺したままだった。彼の兄ハーバート（Herbert）は1916年に戦死していて、クリフォードは家督のラグビー邸（Wragby Hall）を継承することになる。1918年に父親ジェフリー・チャタレイ卿（Sir Geoffrey Chatterley）が他界し、1920年の秋にコニーとクリフォードはラグビー邸に居を構える。

チャタレイ夫人としてのコニーの生活は、やがて空虚で意味の無いものとなる。病人としてクリフォードは、更に世間から隔絶する。まるで彼の肉体のみならず精神までもが負傷したかのように「虚ろな絶望感が発作のように」彼を襲う。今や彼はコニーにすべてを依存していた。やがて彼は執筆を始めるようになる。しばらくコニーも彼を手助けするのを楽しむ。2人は観念や言葉、書物の世界に生きるようになる。やがて彼は成功した作家として有名になる。昔のケンブリッジ時代の友人や芸術家や知識人が彼を訪れ、コニーが彼らの接待役を務める。そうでなくても彼女の人生は空虚で「実在しない」もののように思われていた。彼女はラグビー邸の中の生命力の欠如からますます不安定になる。昔からいる小間使いから無数にある部屋に至るまで、すべてが古臭く衰弱し、生命力が失せているように思える。とりわけ彼女は「断絶感」に苦しむ。アメリカで一財産を成した若いアイルランド人の劇作家マイクリス（Michaelis）との気まぐれな関係も、「絶望感からくる不安」故に終止符を打つことになる。

27才の頃（1924年）、コニーは森番のメラーズが森の中で裸体を洗っているのを目撃する。彼の裸体を見ることは彼女にとって「幻想的な経験」であり、生命の「暖かく白い炎」が神のように出現したようなものであった。彼女の今まで途絶えていた生命の流れが再び流れ始めたような衝撃であった。この「彼女の子宮の中の幻想的な衝撃」は少しずつではあるが、更に完璧な彼女の「覚醒」の始まりとなる。自然の驚異に対する覚醒であり、彼女自身の自然な肉体的欲望の驚異に対する覚醒である。今やコニーとメラーズは恋人同志となり、自然界と彼ら自身の内面的自我及び優しい彼らの官能とが触れ合う感覚を２人は再発見するのである。

メラーズは優秀なグラマースクールで教育を受け、会社の事務員をやったり、戦時中は将校でもあった。しかし、彼は自分が中産階級の人間であることを拒絶し、故意に労働者階級の暮らしをしたり、しばらく鍛冶屋になって馬の蹄鉄を打ったりして、鍛冶屋であった父親の生き方を真似ていた。そしてクリフォード卿の森番となったのである。従って、彼は知的で文学的な会話をしたり、上品な言葉遣いをすることができたのだが、今や労働者階級特有の無愛想を装ったり、しばしば強いダービーシャー（Derbyshire）訛りを喋るのであった。コニーと同様に彼の人生もまた空虚で断絶したものになっていた。彼は森の中の小屋で自制し孤立した生活を送っていた。大戦を経験し、産業中心主義による自然の略奪や炭鉱などで階級の闘争を見てきた彼は、社会及び政治的な発展を悲観的に見るようになっていた。こうした発展を目指す社会は、彼にとって自己破壊の世界に見えた。そして、教師の娘で文学的で抑圧された女性との関係に始まり、肉体関係は無いが彼にまといつく年配の女性教師との関係、そして最も重要と言える、夫婦生活が強烈で支配的だった別居中の妻ベルサ・クーツ（Bertha Coutts）との関係に至る。精神的打撃を受けた女性達との肉体関係はメラーズに幻滅感を与えただけである。そこで彼は孤独で男女関係の無い生活に身を投じたのである。森が彼にとって世俗から逃れる避難場所となる。しかし、今、コニーがより素晴らしい世界への希望ある可能性を更新してくれた。彼女は上流階級の生活や炭鉱主の夫の持つ利権を放棄するつもりでいた。彼女は「温かい」愛に満ちた関係を求める彼の願望を再燃させた。

今や魅惑的に思える緑の森の中でコニーとメラーズはゆっくりと、数回にわたる密会を重ね、肉体関係の中に「それぞれの優しさに宿る勇気」を獲得する。そしてコニーは妊娠する。２人はそれぞれが離婚して、「クリフォードやベルサの家の人々、炭鉱会社、政府、また、お金だけで生きる人々」から逃れ、農場で暮らせる日を待つ。遂に２人は真に「炎と交わり、存在している」自分自身を実感する。

その他の登場人物

エマ・チャタレイ（Emma Chatterley）はクリフォードの10才年上の姉で、彼がコニーと結婚したため自分は「捨てられ裏切られた」と思う。

アイヴィー・ボルトン（Ivy Bolton）は炭鉱の爆発事故で夫を失った未亡人で、クリフォードの看護婦である。後に彼女は彼にとってある種の母親役を果たすようになる。彼女は地元の坑夫達の社会と深い繋がりを持ち、労働者階級の人々の生活にクリフォードの目を開かせ、再び炭鉱に興味を持つように仕向ける。彼女は次第にクリフォードに対して支配的になる。

クリフォードの知識人や芸術家仲間達：トミー・デュークス（Tommy Dukes）は大戦後も軍に残っている準将軍である。後に彼はメラーズも言うように、小説の持つ絶対的な価値について口にするが、実は自認する「精神に囚われた終身刑囚」であり、「大脳で動く機械」である。チャールズ・メイ（Charles May）は星について執筆するアイルランド人の科学者である。アーノルド・B・ハモンド（Arnold B. Hammond）は作家である。ベリー（Berry）はトミー・デュークスの内気な友人である。２人とも「精神に生命があることを信じている」。

ラグビー邸を訪れる他の人々：レズリー・ウィンター（Leslie Winter）はクリフォードの名付け親で富裕な炭鉱主である。エヴァ・ベナリー夫人（Lady Eva Bennerley）はクリフォードの叔母である。その他にジャックとオリーヴ・ストレンジウェイズ（Jack and Olive Strangeways)、ハリー・ウィンターズロウ（Harry Winterslow）などがいる。

ダンカン・フォーブズ（Duncan Forbes）は芸術家で、コニーの友人であり、彼女の崇拝者である。彼はコニーとヒルダと共にヴェネツィア（Venice）へ行く。彼はコニーが（メラーズの子供を）妊娠したことをクリフォード卿が不快に思わないように、自分が父親である振りをしても構わないと申し出る。

コニー・メラーズ（Connie Mellors）はメラーズとベルサ・クーツの娘である。ベッツ夫人（Mrs. Betts）はラグビー邸の家政婦である。フィールド（Field）はラグビー邸の召使である。フリント夫人（Mrs. Flint）はラグビー屋敷の借地人の妻である。娘はジョセフィン（Josephine）である。リンレー氏（Mr. Linley）はクリフォードの炭鉱の監督である。アシュビー牧師（Reverend Ashby）はテヴァサル（Tevershall）の牧師である。ウィードン夫人（Mrs. Weedon）はアイヴィー・ボルトンの友人である。ミス・ベントレー（Miss Bentley）はウスワイト（Uthwaite）でカフェを経営している。ジョヴァンニ（Giovanni）はヴェネツィアでコニーが乗るゴンドラの船頭で、ダニエル（Daniele）は彼の助手である。

作品背景

イーストウッド（Eastwood)、マンスフィールド（Mansfield)、ワークソップ（Worksop)（すべてノッティンガムシャー（Nottinghamshire))、シェフィールド（Sheffiled）（南ヨークシャー（South Yorkshire))、チェスターフィールド（Chesterfield）（ダービーシャー（Derbyshire)）などが物語の主要な舞台のモデルである。チャタレイ家のラグビー屋敷はラムクロス・ハウス（Lamclose House）とレニショウ・ハウス（Renishaw House）という実在する２つの屋敷をモデルにしているようである。ラムクロス・ハウスはイーストウッドに近いムアグリーン（Moorgreen）にあり、バーバー一族（Barber family）の邸宅である。一族は地元で最も有名な２大炭鉱所有者の１つで、バーバー・ウォーカー会社（Barber, Walker and Co.）の経営者でもある。おそらくこれが物語のチャタレイ一族の炭鉱のモデルであろう。1918年から1931年の間に実在した炭鉱会社の秘書はジョージ・チャタレイ（George Chatterley, 1861－1840）で、彼の娘の１人の名前はコンスタンスであった。ラムクロス・ハウスは『恋する女たち』（*Women in Love*）と『白孔雀』（*The White Peacock*）の舞台のモデルにもなっている。それぞれショートランズ（Shortlands）及びハイクロス（Highclose）として登場する。レニショウ・ハウスはシットウェル一族（Sitwell family）の邸宅であり、北ダービーシャー（North Derbyshire）のエッキントン（Eckington）近くで、チェスターフィールドの北東にある（作品中では「ウスワイト」であるが、チェスターフィールドという地名も出てくる）。ロレンスは本作品の第１版を書く１ヵ月ほど前に当たる1926年９月にそこを訪れている。

「ラグビー」という名称はリンカン（Lincoln）に近い同名の村から採られたものかも知れない。「テヴァサル」はエッキントンとイーストウッドの両方をモデルにしているようである。（「テヴァサル」という地名はマンスフィールドの西部及びハードウィック・ホール（Hardwick Hall）から数マイルの所にあるテヴァサル村（Teversal）から採られている。ハードウィック・ホールは物語では「チャドウィック・ホール」（“Chadwick Hall”）として登場する）。第11章でコニーがラグビー邸を出て「ウスワイト」を往復する道程は以下の通り実在するもののようである。つまり、エッキントンを出て（描写は明らかにイーストウッドをモデルにしている）、ボルソヴァー城（Bolsover Castle）（作品中では「ウォーソップ城」（Warsop Castle））を通過し、ステイヴリー（Stavely）（「スタックス・ゲイト」（“Stacks Gate”））を抜け、チェスターフィールドへ入る。帰途はエッキントンの東４マイルほどの所にあるバールバラ・ホール（Barlborough Hall）（「シップリー・ホール」（“Shipley Hall”））を経由した道程である。（「シップリー・ホール」でコニーはウィンターさん（Squire Winter）に会う。「シップリー・ホール」の描写は、マンスフィールドの北東にあるラフォード・アビー（Rufford Abby）とダービーの南東にあるメルボルン・ホール（Melbourne Hall）の両方をモデルにしている。）

第17章の舞台はほとんどがヴェネツィアである。ヴェネツィアへ行く途中、コニーはロンドンとパリに立ち寄る。第18章で彼女はロンドンに戻り、第19章でしばらくラグビー邸に帰るが、やがて姉ヒルダとスコットランド（Scotland）へ発つ。

参考書目14　『チャタレイ夫人の恋人』（*Lady Chatterley's Lover*）➡403ページ

第2章

中・短編小説

第23節　序説

ロレンスは生涯に3冊の短編集と6編の中・短編小説を収録した3冊の単行本を出版している。また、新聞・雑誌類や個々の単行本に多くの短編小説を掲載している。更に、死後に発表された作品もいくつかある。本章では諸作品を以下の通り8グループに分類する。

『干し草の中の恋とその他の短編』(*Love Among the Haystacks and Other Stories*)
『プロシア士官とその他の短編』(*The Prussian Officer and Other Stories*)
『イングランドよ、僕のイングランドよとその他の短編』(*England, My England and Other Stories*)
『狐、大尉の人形、てんとう虫』(*The Fox, The Captain's Doll, The Ladybird*)(各作品ごとに節で扱う)
『セント・モアとその他の短編』(*St. Mawr and Other Stories*)
『馬で去った女とその他の短編』(*The Woman Who Rode Away and Other Stories*)
『処女とジプシー』(*The Virgin and the Gipsy*)
『逃げた雄鶏とその他の短編』(*The Escaped Cock and Other Stories*)

これは各作品の執筆時期に可能な限り準じた分類である。また、最初の6つの分類とそれぞれの題名はケンブリッジ版D・H・ロレンス著作集(Cambridge Edition of the Works of DHL)のものと同一である。ケンブリッジ版そのものが(未発表もしくは未収録作品が年代順に収められている)、ロレンス生存中に出版された諸作品の分類及び題名に可能な限り準拠しているのである。『処女とジプシー』はロレンスの死後に出版された唯一の重要作品なので、この分類は妥当である。『逃げた雄鶏とその他の短編』にはロレンスが晩年に完成させた諸作品が含まれている。

ほとんどのロレンスの短編小説が今までに様々な版で出版されている(最も有名なものはハイネマン版(Heinemann)とペンギン版(Penguin)である)。また、ケンブリッジ版では未だすべての短編小説は出版されていないので、本節では主要な作品集及び選集についてのみの詳細を記しておく。

『短編小説全集』(*The Complete Short Stories*)1982年にキース・セイガー(Keith Sagar)とメリッサ・パートリッジ(Melissa Partridge)の編纂によりハーモンズワース(Harmondsworth)のペンギンから出版される。
『D・H・ロレンス短編小説全集』(*The Complete Short Stories of DHL*)1955年に全3巻

でロンドンのハイネマンから、また1961年にニューヨークのヴァイキング、コンパス（Vicking, Compass）から出版される。

『D・H・ロレンス短編小説集』（*The Collected Short Stories of DHL*）1974年にロンドンのハイネマンから、また1976年にニューヨークのペンギンから出版される。

『D・H・ロレンス短編小説』（*DHL: Short Stories*）1992年にスティーヴン・ギル（Stephen Gill）の編纂によりロンドンのデント（Dent）から出版される。

『4編の短編小説』（*Four Short Novels*）1965年にニューヨークのヴァイキングから、また1976年にニューヨークのペンギンから出版される。

『フルスコアー：名作20選』（*Full Score : Twenty Tales*）1943年にロンドンの復刻版協会（Reprint Society）から出版される。

『干し草の中の恋とその他の作品』（*Love Among the Haystacks and Other Pieces*）1930年にロンドンのノンサッチ・プレス（Nonesuch Press）から、また1933年にロンドンのセッカー（Secker）及びニューヨークのヴァイキングから出版される。（ケンブリッジ版とは異なる作品集である。）

『干し草の中の恋とその他の短編』（*Love Among the Haystacks and Other Stories*）1960年にハーモンズワースのペンギンから出版される。（前出の版及びケンブリッジ版とは異なる作品集である。）

『愛らしい女とその他の短編』（*The Lovely Lady and Other Stories*）1933年1月にロンドンのセッカー及び2月にニューヨークのヴァイキングから出版される。

『当世風の恋人とその他の短編』（*A Modern Lover and Other Stories*）1934年にロンドンのセッカー及びニューヨークのヴァイキングから出版される。

『煩わしき人生とその他の短編』（*The Mortal Coil and Other Stories*）1971年にキース・セイガーの編纂によりハーモンズワースのペンギンから出版される。

『ポータブルD・H・ロレンス』（*The Portable DHL*）1947年にダイアナ・トリリング（Diana Trilling）の編纂によりニューヨークのヴァイキングから、また1977年にニューヨークのペンギンから出版される。

『プリンセスとその他の短編』（*The Princess and Other Stories*）1971年にキース・セイガーの編纂によりハーモンズワースのペンギンから出版される。

『短編小説選集』（*Selected Short Stories*）1982年にブライアン・フィニー（Brian Finney）の編纂によりハーモンズワース及びニューヨークのペンギンから出版される。

『物語選集』（*Selected Stories*）1963年にロンドンのハイネマンから出版される。

『短編小説』（全2巻）（*The Short Novels*）1956年にロンドンのハイネマンから出版される。

『D・H・ロレンス物語集』（*The Tales of DHL*）1934年にロンドンのセッカーから出版される。

参考書目15　中・短編小説に関する一般的な批評作品➡413ページ

第24節　『干し草の中の恋とその他の短編』
(*Love Among the Haystacks and Other Stories*)

この作品集についての批評作品は比較的少なく、従って個々の作品紹介の後に批評作品一覧を付すのではなく、本節の最後に主要な参考書目を紹介することとする。一般的な批評作品と個々の作品に関する批評作品が概括されるだろう。

執筆時期

作品集

ケンブリッジ版D・H・ロレンス著作集には、ロレンス生存中には出版されなかったか収録されなかった1907年から1913年にかけて書かれた初期のすべての短編小説が収められている。これらの作品の多くは『プロシア士官とその他の短編』(*The Prussian Officer and Other Stories*) の中の作品と共通の原型をもち、同一の2作品がコンパニオン版に入っている。収録作品は「序曲」("A Prelude")、「亀の素描授業」("A Lesson on a Tortoise")、「レスフォードのうさぎ」("Lessford's Rabbits")、「当世風の恋人」("A Modern Lover")、「玉にキズ」("The Fly in the Ointment")、「当世風の魔女」("The Witch à la Mode")、「古きアダム」("The Old Adam")、「干し草の中の恋」("Love Among the Haystacks")、「家庭の坑夫」("The Miner at Home")、「彼女の番」("Her Turn")、「ストライキ手当て」("Strike-Pay")、「デリラとバーカムショー氏」("Delilah and Mr. Bircumshaw")、「一度だけ―!」("Once—!")、「新しきイヴと古きアダム」("New Eve and Old Adam") である。未発表で断片の2作品「二つの学校」("Two Schools") と「バーンズの小説」("Burns Novel") は補遺に収められている。

出版状況

作品集

1. ロレンス生存中には出版されなかった (以下の2のようにケンブリッジ版で初めて出版される)。ただし、1930年 (以下の個々の作品紹介の項を参照) 及び1960年 (ペンギン版 (Penguin)) に同一タイトルのものが出版されているが、本作品集とは違うものなので注意を要する。
2. 1990年にジョン・ワーゼン (John Worthen) の編纂によりケンブリッジのケンブリッジ大学出版局 (Cambridge University Press) から出版される。

個々の作品

「当世風の恋人」「古きアダム」「彼女の番」「ストライキ手当て」「当世風の魔女」「新しきイヴと古きアダム」はロレンスの死後初めて『当世風の恋人』(*A Modern Lover*) (1934年10月にロンドンのセッカー (Secker) 及びニューヨークのヴァイキング (Vicking) から

出版される）に収録される。同じく、「干し草の中の恋」と「一度だけ―！」は『干し草の中の恋とその他の短編』（1930年11月にロンドンのノンサッチ・プレス（Nonesuch Press）から、また1933年にロンドンのセッカーとニューヨークのヴァイキングから出版される）に収録される。また、「序曲」「亀の素描授業」「レスフォードのうさぎ」「当世風の恋人」「デリラとバーカムショー氏」は1968年にロンドンのハイネマン（Heinemann）から出版された『フェニックスII―ウォレン・ロバーツとハリー・T・ムアの共編によるD・H・ロレンスの未収録、未刊の散文とその他の散文』（*Phoenix II: Uncollected, Unpublished and Other Prose Works by DHL, edited by Warren Roberts and Harry T. Moor*）に収録される。

「序曲」（“A Prelude”）

執筆時期

1907年10月と11月に書かれる。当初、ジェシー・チェインバーズ（Jessie Chambers）の名前で発表される。ジェシーは『ノッティンガムシャー・ガーディアン』紙（*Nottinghamshire Guardian*）の1907年クリスマス懸賞短編小説にロレンスに代わって応募したのである。ロレンス最初の出版作品である。

出版状況

『ノッティンガムシャー・ガーディアン』紙（1907年12月7日、p. 17）に掲載される。また1949年に単行本としてサリー（Surrey）のマーリー・プレス、テムズ・ディトン（Merle Press, Thames Ditton）から『D・H・ロレンス作、序曲』（*A Prelude, by DHL*）の題名で出版される。更に『ノッティンガムシャー・ガーディアン』紙（1949年12月10日、p. 9、p. 12）に再掲載される。

作品紹介と梗概

その日はクリスマス・イヴであった。物語の舞台である小さな農場の夫婦が27年間の結婚生活について回顧している。一所懸命に働いてきたが生活するのが精一杯で、前年までが不運続きだったと嘆く。小柄で白髪の妻は窮乏した生活に思いを走らせる。特に3人の息子の将来を思い悩んでいる。重労働に疲れ切っている大柄の長男フレッド（Fred）は25才で気立てがよく、家の農業を手伝っている。次男ヘンリー（Henry）と三男アーサー（Arthur）は地元の炭鉱で働いている。

　ネリー（Nellie）ことエレン・ウィッチャリー（Ellen Wycherley）は、父親の亡き後裕福な大農場ラムズリー・ミル（Ramsley Mill）を継いだ女主人である。父親が牛商いで一財産を成す以前、幼いネリーはフレッドの家族と親しかった。実際、つい最近まで彼女はフレッドの恋人であった。ところが父親の財産を継いだことで、2人の間には階級的な溝が出来、ここ数ヵ月間彼らは会うことがなかった。ヘンリーは自分たちに対するネリーの近頃の態度を、最近あった出来事を例にして語る。通りで馬車の中からネリーはヘンリーを見下ろし、横柄な態度でヒイラギの枝を要求したという。つい最近まで彼女は彼らの家までやって来てヒイラギを欲しいと言っていたのである。

3人の兄弟はネリーの家であるラムズリー・ミルで「村芝居」を演じることになる。伝統的な聖ジョージ（St. George）のクリスマス劇を仮装して無言でやろうというのである。出掛ける前にフレッドはネリーに上げるヒイラギを取りに暗い森へ行く。ところが、ラムズリー・ミルでの兄弟たちの芝居は成功とはいえず、彼らの受けたもてなしは冷ややかなものだった。クリスマスを過ごしに来ていたネリーの友人ブランチ（Branch）は、兄弟達の劇を嘲笑し酷評する。やがてネリーは半クラウン銀貨を彼らに投げてやるが、ミル農場を任されている住込人のプレストン（Preston）が金の無駄使いだと文句を言う。それを聞いて我慢の限度を超えたフレッドは仮装した滑稽な自分の姿も忘れ、憎むべき昔の恋人ネリーの前でただ屈辱感を味わうだけであった。彼は銀貨を拾おうとする弟たちを制止し、迷惑をかけたことを詫びてネリーの家を出る。彼らが去った後、ブランチは笑っているが、ネリーは自分の気取った態度を後悔する。やがて、フレッドが持ってきたたくさん実の付いたヒイラギを手に、プレストンの娘ベティ（Betty）が食器洗い場から部屋に入って来る。するとネリーの後悔の気持ちは更に増し、泣き始める。亡き父親の遺産を継いだことやフレッドとの亀裂を嘆くのである。これから2人で兄弟達を訪ねて償いをしようとブランチが言い出し、ネリーも喜んで同意する。一方、家に帰ったフレッドは納屋に閉じこもり、今夜起こったことを振り返る。フレッドの家に着いた2人は裏手の台所の戸口に近づく。そこでフレッドは彼女たちの会話、とりわけネリーが彼を愛しているという会話を耳にする。2人はフレッドの家を訪ねる口実にクリスマス・キャロルを歌う。次にネリーが愛の歌を歌う。母親が戸を開けて2人を迎え入れようとした時、フレッドが姿を現しネリーを抱きしめる。ブランチは家の中に入る。やがてフレッドとネリーも入る。農家の居心地良い台所に漂うクリスマスの陽気で楽しい雰囲気の中、ネリーは「早くも」くつろいだ気分になり、物語は終わる。

作品背景

舞台はノッティンガム（Nottingham）界隈の2軒の隣接する農場である。明らかにその1軒はアンダーウッド（Underwood）のハッグズ農場（Haggs Farm）をモデルにしている。ハッグズ農場はイーストウッド（Eastwood）の北東2マイルの所にあり、若きロレンスの親友ジェシー・チェインバーズの実家であった。彼女の両親と兄もまた物語に登場する（『息子と恋人』（*Sons and Lovers*）の作品紹介の項を参照）。もう1軒の農場はおそらくハッグズ農場から数マイル東の所にあるフェリー・ミル農場（Felley Mill Farm）をモデルにしたものであろう。

「亀の素描授業」（“A Lesson on a Tortoise”）

執筆時期

1909年の冬に書かれる。ロレンス生存中には出版されなかった。

作品紹介と梗概

この短いスケッチ風の物語は題名の通り亀の素描授業について描かれている。語り手である「先生」(ロレンス自身)がジョーイ(Joey)という名の亀を6組の生徒達の所へ持ってくる。自然観察の授業として亀のスケッチを描かせようというのである。金曜日の最後の授業で、「先生」は週末の楽しい授業として企画したのである。ところが授業が始まるや、いくつかの消しゴムが盗まれてなくなっていることがわかり、「先生」と生徒達との対立が生じる。「先生」は独断的に生徒達を非難するという過ちを犯し、一方、生徒達は不当にも暗に罪を着せられたことで激しい怒りに色めき立つ。とりわけゴードン・ホーム(Gordon Home)の浮浪児達は激しかった。案の定「先生」はまず彼らに非難の矛先を向け、一方、浮浪児達は「いつも俺達に目をつけやがって」という馴染みのセリフを吐き、苛立たしげに反発する。ある生徒の提案で「先生」は生徒全員に紙を配り、それぞれが犯人と思う者の名前を書くように言う。その結果、事件は解決することになる。犯人は「先生」が信頼していた副級長のセガール(Segar)であった。彼は最年長で見た目はちゃんとしていて、主に役者の子供達が住むホームの生徒である。セガールと話しをつけ、彼を副級長から外した「先生」は、疲れきった惨めな気持ちで家路に着く。

作品背景

この物語と次の作品は半自叙伝的なもので、1908年10月から1911年11月までロレンスが教鞭をとっていたクロイドン(Croydon)のデイヴィドソン・ロード・スクール(Davidson Road School)での教員経験に基づいている。1911年11月にロレンスは肺炎を患い、2度と教壇に立つことはなかった。正式に教職を辞したのは1912年2月である。クロイドンには1月までいた。物語の2つのホームとは、クロイドン・ゴードン・ボーイズ・ホーム(Croydon Gordon Boys' Home)と、役者の孤児や非嫡出子のための基金(Actors' Orphanage Fund)によって運営されていたクロイドン・ホーム(Croydon Home)である。

「レスフォードのうさぎ」("Lessford's Rabbits")

執筆時期

1909年の冬に書かれる。ロレンス生存中には出版されなかった。

作品紹介と梗概

物語はレスフォード（Lessford）とハルケット（Halket）という名の冒険心に富んだ２人の少年についての逸話である。レスフォードはこそこそした多少不機嫌だが強健な少年で、貧しい生徒たちに無料で支給される学校給食のパンを盗んだとして、語り手の先生に捕まる。後でわかったことなのだが、彼がパンを盗んだのはハルケットと一緒に育てているうさぎに食べさせ、太らせるためだった。ハルケットはレスフォードほど聡明で不機嫌ではないが、同じくいたずら好きである。彼はうさぎを１匹８ペンスで八百屋に売り、２人でしばしば「エンパイアー座」（“Empire”）に通っていた。このわずかな金もうけ計画の詳細は、物語の最後で明かされる。レスフォードがある日の午後学校へ遅刻し、「うさぎが全部いなくなった！」とがっかりして叫ぶのである。明らかにうさぎは盗まれたのだ。(普段、朝食の管理をしている怖いカロッチ先生（Miss Culloch）について物語では語られているが、実際には登場しない。)

作品背景

「亀の素描授業」の項を参照のこと。舞台は学校の工作室で、そこでは無料の朝食が配給されている。

「当世風の恋人」（“A Modern Lover”）

執筆時期

「高徳の人」（“The Virtuous”）という題名で書かれ、その後書き直されて「当世風の恋人」に改題される。1909年12月末から1910年の春にかけて書かれる。ロレンス生存中には出版されなかった。初版は死後出版の『生涯と手紙－９』（*Life and Letters 9*）（1933年９月－11月、pp. 257－86）に収録される。

作品紹介と梗概

シリル・マーシャム（Cyril Mersham）は26才の若者で、イングランド南部で２年間を過ごした後ミッドランド（Midlands）に戻り、昔の恋人ムリエル（Muriel）のいるクロスレイ・バンク農場（Crossleigh Bank farm）を訪ねる。クリスマスが終わった後で、シリルはムリエルの家族には前もって何も告げずに訪ねる。それと言うのも、彼はこの訪問を昔のような自然で気楽なものにしたいと願っていたからである。ところが到着してみると、昔のような「素晴らしくてあたたかい歓迎」を受けることはなかった。しかも、歓待はされたものの、彼が訪ねてきたことで家の雰囲気は明らかに張り詰めたものになる。軽い食事の後、シリルとムリエルは客間で話しをする。２人の過去の関係に話題が及び、シリルは再び彼女の恋人になりたい旨を仄めかす。昔、２人の関係に終止符を打つことになった原因は彼の方にあった。また、2人の昔の関係は多分に「思索し詩を作ること」が中心だったのだが、これからはもっと肉体関係を重視したものになるだろうとシリルは言う。だがムリエルにはその意味が明確には理解されない。そんな時、トム・ヴィカーズ（Tom Vickers）がやって来る。彼は地元の炭鉱で働く電気技師で、彼が現在の恋人だとムリエルはシリルに告げる。3人は雑談をするが、男達は明らかにムリエルの愛情を得ようと躍起になる。トムは元気で礼儀正しい立派な男だが、どこか会話について行けず、明らかに鋭い（しかし見せかけの）知性を持つシリルの比ではない。そこでシリルは再びムリエルを奪い返したい思いをますます強める。実際、トムが帰った後、ムリエルはシリルを送って行き、彼に対する愛を告白する。喜んだシリルは彼女との肉体関係の話を蒸し返し、はっきりとその意図を伝える。今は経済的な理由で結婚はできないが、だからと言って「自然に」2人の愛情を成就させられないことはないと彼は言う。ムリエルはこれを聞いて身構え、はっきりと異議を唱える。彼女の怖じ気づいた疑い深い反応にシリルは腹を立てる。彼女も彼の態度を非難する（H・T・ムア（1951年、p. 123）も指摘しているように、おそらく彼の名前はマーシャム（Mersham）よりも「メアー・シャム」（“mere sham” = 単なる詐欺師）の方がぴったりだと彼女は考えたに違いない）。2人の別れはその日の夕刻の出会いと同様に張り詰めたものとなる。別れのキスも会話もなくシリルは元気なく別れを告げ、週末に再び故郷を去ることを伝える。ムリエルはさよならも言わなかった。

作品背景

舞台はクロスレイ・バンク農場界隈である。この農場はミッドランドの炭鉱村にあるムリエルとその家族の家という設定である。実際の農場はイーストウッドの北西2マイルの所にあるアンダーウッドのハッグズ農場であり、ムリエルの一家はジェシー・チェインバーズの家族をモデルにしている。（『息子と恋人』の作品紹介の項を参照。）物語は1909年12月から1910年の春にかけて続いたロレンスとジェシー・チェインバーズとの関係をモデルにしたものである。後に書かれる物語「春の陰影」（“The Shades of Spring”）は同一の状況を異なる扱いで描いた作品である。

「玉にキズ」（“The Fly in the Ointment”）

執筆時期

1910年4月に「汚点」（“The Blot”）という題名で書かれる。1912年6月及び1913年6月と7月に「玉にキズ」という題名で改稿される。

出版状況

『ニュー・ステイツマン』誌（New Statesman）（1913年8月16日、pp. 595－97）に掲載される。最初の死後出版はエイダ・ロレンス（Ada Lawrence）とG・スチュワート・ゲルダー（G. Stuart Gelder）の編纂による『若きロレンツォー：若き日のD・H・ロレンス』（*Young Lorenzo: Early Life of DHL*）（1932年1月にフィレンツェ（Florence）のオリオリ（Orioli）から出版される）（pp. 211－30）である。

作品紹介と梗概

物語の語り手はロンドンに住む教師である。その日、教師は恋人のムリエル（Muriel）から花を添えた手紙を受け取る。学校から帰宅した夕方のことで、その花を見た教師は彼女のことや2人で過ごした故郷ミッドランドでの楽しい時を想い出す。昔を想い出すことで学校の仕事で疲れていた彼の気持ちは和む。そして彼はムリエルに返事の手紙を書くことにする。しばらくして台所へ行った彼は、19才くらいの「よれよれで」みすぼらしい若者が何足かの靴を盗もうとしているのを発見し、それを止めようとする。2人は少し口論になるが、彼は若者を帰らせる。しかし、この強盗の困窮した哀れな姿や、こうした罪や貧困の背景を思うと、それはまるで彼の心の「汚点」のようなものに感じられ、恋人と彼女が送ってきた花によって作られた彼の穏やかな気持ちはかき消され、侘しい惨めな気持ちになる。

作品背景

語り手のロンドンの住まいはロンドン南部クロイドンのコルワース通り（Colworth Road）のロレンスの下宿をモデルにしている。ロレンスはデイヴィドソン・ロード・スクールの教師であった1908年10月から1912年1月までの間、コルワース通りのジョウンズ夫妻（Mr. and Mrs. Jones）の下宿に暮らしていた。

「当世風の魔女」（"The Witch à la Mode"）

執筆時期

1911年9月10日までには書き終えられていたであろう。おそらく1911年3月か4月に「親しさ」（"Intimacy"）という題名で下書きされていたと考えられる。1913年7月に「育ちの良い女」（"The White Woman"）という題名で、更に「当世風の魔女」という題名で改稿される。ロレンス生存中には出版されなかった。初版は死後出版の『ロヴァット・ディクソンズ・マガジン』誌（*Lovat Dickson's Magazine*）2号（1934年6月、pp. 697－718）である。

作品紹介と梗概

バーナード・カッツ（Bernard Coutts）はヨーロッパから帰国し、ヨークシャー（Yorkshire）の婚約者を訪ねようとしている。帰途、彼はロンドン南部に立ち寄ることになる。パーリー（Purley）とクロイドンに友人がいるのである。先ず、若くして未亡人となったローラ・ブライスワイト（Mrs. Laura Braithwaite）の家があるパーリーへ行く。彼女の父親クリーヴランド（Mr. Cleveland）も家にいる。やがてバーナードの昔の恋人ウィニフレッド・ヴァーリー（Winifred Varley）と「魅力的」なドイツ人女性シィファート（Miss Syfurt）もやって来て、皆で話しをしたり楽器を演奏したりして夜を過ごす。バーナードと２人の女性は一緒に家を出るが、彼はクロイドンのウィニフレッドの家へ行く。そしてバーナードが帰ろうと情熱的なキスをウィニフレッドにした時、２人の情熱は一気に燃え上がる。しかし、ウィニフレッド特有の自分を抑えようとする感情が彼を怒らせ苛々させる。そこで彼は灯油ランプを蹴飛ばし、ランプは床の上で壊れる。急いでウィニフレッドを部屋から連れ出したバーナードは、彼女の服についた火を消し、床の上で燃える火に厚手の敷物を被せる。指を「火傷し負傷」した彼は夜の闇へと走り去る。

作品背景

舞台はロンドン南部のクロイドンとパーリーである。物語にはロレンスがクロイドンで教師をしていた時に知った場所や人々が登場する。とりわけヘレン・コーク（Helen Cork）（物語の「ウィニフレッド」）やローラ・マッカートニー（Laura MacCartney）（物語の「ブライスワイト」）の家、またヘレン・コークの昔の恋人で『侵入者』（*The Trespasser*）の「ジークムント」（Siegmund）のモデルとなったＨ・Ｂ・マッカートニー（H. B. MacCartney）の妹などである。

「古きアダム」（“The Old Adam”）

執筆時期

1911年６月に書かれ、おそらく同年７月と1913年７月に改稿される。ロレンス生存中には出版されなかった。

作品紹介と梗概

エドワード・セヴァン（Edward Severn）はロンドン郊外のトマス夫妻（Mr. and Mrs. Thomas）の家に下宿している。27才の彼は痩身で背が高く、身のこなしは穏やかで教養もあり、頭の回転も良く、感性も豊かである。しかし、時として内向的で皮肉に満ちた態度をとることがある。ある夜、トマス夫人と彼女の３才の娘メアリー（Mary）と家にいた彼は、メアリーの遊び相手になった後、彼女をベッドに寝かせる手助けをする。やがて雷雨になる。この雷雨はセヴァン（「非常に汚れの無い」男性）とトマス夫人（34才の美人で「成熟した豊満な」女性）との間に通う緊張感のある性的魅惑を象徴している。やがて、トマス氏が仕事を終えて帰宅する。彼は40才で頑強な体格をし、その態度は積極的かつ押しつけがましい。セヴァンと彼はいつもは仲が良いが、時として敵対することもある。

この夜も2人は敵対する。取るに足らない冗談を妻に言った後、トマスは婦人法案（1911年5月、女性の参政権は国会で可決されていたが、未だ制定はされていなかった）に反対意見を述べる。セヴァンはそれに反駁し、議論となる。いつもセヴァンに出し抜かれていると思っている彼故に議論はますます熱を帯びてくる。議論は明らかにセヴァンの勝ちであった。しばらく沈黙があり、セヴァンは寝ようとする。すると、寝る前に、トマスがメイドの衣装トランクを階下に降ろすのを手伝ってくれないかと夫人はセヴァンに頼む（若いメイドのケイト（Kate）はその翌日トマス家を出ることになっていた。彼女は夫人に対して無礼であったのだ）。大きな重いトランクは家の最上階にあり、トマスがトランクの重い前部を支えて2人で階段を降りていく。階下に近づい時、セヴァンの足が滑り、トマスは押し出されて手摺の支柱にぶつかり頭を打つ。セヴァンがわざとやったと思った彼はセヴァンの顔を2発殴りつける。（彼は「スウォンジー（Swansea）の暴れ者達」の中で育ち、若い頃フットボールとボクシングの選手だった。）セヴァンは怒るが、「本能的に殴り合い」をしない彼はトマスに飛びつき、床に押し倒し、頭を階段の縁に押しつけて首を締める。その時メイドが現れ、逆上しているセヴァンの気を静める。自分がしたことに対して惨めになった彼はメイドと共にトマスを介抱し、ベッドに連れて行く。夫人は男達の、とりわけセヴァンの暴挙に困惑し、夫を慰める一方でセヴァンに冷たく当たる。翌日、2人の男達は互いに謝罪し、セヴァンは「私達の本性がこれほど野獣であったとは思わなかった」と言う。彼らはその後も音信が途絶えるまで親友であり続けたという。一方、夫人はその後セヴァンを他人扱いにしたという。（物語の題名は聖書に典拠している。「ロマ書」（“Romans”）第6章第6節を参照。題名は「男根」を意味する俗語でもある。ロレンスはこの語をしばしば精神的・観念的抽象に対して肉体的・「男根」の意識を意味するものとして使用している。）

作品背景

物語はロレンスのクロイドン時代（1908－1912）の経験に基づいている。当時、彼はコルワース通り12番地（後に16番地）のジョウンズ夫妻の家に下宿していた。

「干し草の中の恋」（“Love Among the Haystacks”）

執筆時期

1911年10月と11月に書かれる。1913年7月に改稿され、おそらく1914年7月に再改稿されたのだろう。ロレンス生存中には出版されなかった。

作品紹介と梗概

物語の中心はノッティンガムシャーの農家ウーキー一家（Wookeys）である。主要な登場人物は一家の次男ジェフリー（Jeoffrey）と3男モーリス（Maurice）である。長男ヘンリー（Henry）と彼らの父親ウーキー氏、また2人の使用人ビル（Bill）とジム（Jim）も多少ではあるが登場する。ジェフリーは病的なほど自意識過剰の「大柄で不格好」な22才の若者である。痩身で無頓着で「陽気な」弟モーリスより1才年上である。母親の過保護のせいで兄弟は今まで女性とはほとんど無縁で、こうした現実に「苦悩して」いる。最近、兄弟はポーラ・ジャブロノフスキー（Paula Jablonowsky）に魅了されている。彼女は一家の干し草畑に隣接するグリーズリー牧師館（Greasley Vicarage）にいるポーランド系ドイツ人の健康的な家庭教師である。20才の金髪で碧眼をした「野生の猫のように俊敏」な女性である。物語が始まる日の前日、モーリスは干し草を見張るために畑で眠る。その夜、どうやら彼はポーラに求愛し、2人は深い関係になったようである。というのも、干し草の束が出来上がるのを待ちながら、モーリスはポーラとの関係を兄に吹聴してからかったのである。ジェフリーはかなり嫉妬し、男女の肉体関係で弟が積極的になっているのを知り悔しい思いをする。仕事が始まり、ジェフリーはわざと手の届かない所に干し草を投げて弟の反感を買う。遂に苛々した小競り合いが起こり、ジェフリーは故意に弟を干し草の脇に押しつける。一瞬、弟はひどい怪我をしたか死にさえしたかのようだった。しかし、彼はただ息切れしただけで、すぐに回復する。兄弟の争いを目撃したポーラが駆けつけて仲裁に入る。モーリスが喜んだことに、彼女は彼の頭を膝に乗せて優しく介抱してくれた。「2人が深い関係」なのは今や明白であった。

その後しばらく農作業が続き、やがて休憩を兼ねての夕食となる。その時、いかにも貧相な浮浪者ブレドン（Bredon）がやって来て仕事をやらせて欲しいと言う。長男ヘンリーと父親はそれを断るが、この見るからに不快な男に食事を分け与える。男が食べ終えた時、若い女リディア・ブレドン（Lydia Bredon）が小径から現れて挨拶する。彼女はその男の妻であった。彼女は身綺麗で立派な風格をしている。夫を小径で待っていた彼女は、彼が農夫達に食事を与えられたことに激怒する。彼女は明らかに辛い思いをしてきた女性で、夫を軽蔑していた。彼女がジェフリーと視線を合わせた時、2人の間にはある種の「親近感」が確認されたようである。2人とも世間離れしていたのだ。彼らは彼女にも食事を申し出るが、腹を立てた誇り高い彼女は断り黙って立ち去る。

その後、他の者たちは去り、モーリスは畑に残って表向き干し草作業をするが、実はポーラとの関係を続けたかったのである。月明かりのその夜、ポーラがやって来る。笑いながら2人は野原を走ったり裸馬に乗ったりする。畑に戻ると雨になり、2人は梯子に上って干し草に布を被せる。やがて弟を手伝おうとジェフリーがやって来る。干し草に近づいた彼は何かが落ちる音を聞く。梯子が地面に落ちていて、2人の男女の声が聞こえる。2人もまた何かが落ちる音を聞いていて、それが梯子だと知ったモーリスは、ポーラにそこに居るか、または牧師館に助けを求めに行くかのどちらかだと言う。彼女はそこに居たいと言う。これを聞いたジェフリーは嫉妬と悲しみを抱いて小屋に戻る。その小屋は彼らが畑にいる時に寝たり、農機具や食料をしまっておく小屋である。ジェフリーは干し草のベッドに身を投げ、ポーラや他の女性の気を引こうとして失敗したことを思う。その時、誰かが小屋に入って来る。彼は誰何するが、それは浮浪者の夫を探していた虐げられた妻リディアであった。彼女は雨に濡れ、身体も冷たく、空腹で疲れていた。彼は彼女に食べ物と毛布を与え、快適にしてあげようとする。暗闇の中で話し合っているうちに彼は、無頓着で当てにならない夫に対する彼女の本当の憎しみの感情を知る。寒いと言い続ける彼女を彼は暖めてやり、2人は抱擁して一夜を過ごす。朝になり、彼は彼女に夫の元を去って一緒にカナダへ行こうと言う。彼女もその気になるが、あと2ヵ月かけて考えてみると用心深く答える。それまで地元に住む姉に仕事の世話と身の回りの世話をしてもらえると言う。2人は手紙を書く約束をする。

ジェフリーは外に出て梯子を掛け直す。モーリスがポーラに梯子が掛かっていると言うと、彼女は昨夜彼が嘘をついたのだと思い激怒する。モーリスは梯子を降りるが、彼女は拒んで降りて来ない。干し草のところにやって来たモーリスは兄を発見し、すべてを了解する。兄は誇らしげにリディアのことを弟に話す。そして兄弟は朝食の支度をする。モーリスが火を燃やす小枝を探していると、ポーラが干し草から降りてきて小屋に近づく。そしてジェフリーから梯子についての本当の話を聞く。食事中、ポーラは優しさを込めてモーリスに後悔に似た気持ちを表す。彼は憤慨を装いながらも本質的には彼女に優しく接する。その週の内に2人は婚約したようである。ジェフリーとリディアもお互いに「約束を守った」という。

作品背景

物語に出てくるすべての地名は実在する。季節は秋の収穫時で、グリーズリーの牧師館に隣接する畑はウーキー一家の農場から4マイル離れた所にある（ウーキー一家はチェインバーズ一家をモデルにしている。（『息子と恋人』の作品紹介の項を参照）ハッグズと言う名のチェインバーズ一家の農場はアンダーウッドにあり、イーストウッドの北東及びグリーズリーの北西2マイルの所に位置する。グリーズリーはイーストウッドの東1マイル半の所にある）。アルフレトン（Alfreton）からノッティンガムに続く道路が野原の下を通っている。物語に出てくるその他の地名はブルウェル（Bulwell）、ノッティンガム、クライチ（Crich）、ラングリー・ミル（Langley Mill）、アンバーゲイト（Ambergate）、チェスターフィールド（Chesterfield）などである。

「家庭の坑夫」（“The Miner at Home”）

執筆時期

1912年2月に書かれ、3月に校正が行なわれる。

出版時期

『ネーション』誌（Nation）10号（1912年3月16日、pp. 981－82）に掲載される。最初の死後出版は1936年10月にエドワード・D・マクドナルド（Edward D. McDonald）の編纂によりニューヨークのヴァイキング及びロンドンのハイネマン（1936年11月、pp.775－79）から出版された『フェニックス―D・H・ロレンス遺稿集』（*Phoenix: The Posthumous Papers of DHL*）である。

作品紹介と梗概

１日の仕事を終えて家に帰った坑夫バウアー（Bower）は明らかに何かを考えている。妻のガーティー（Gertie）は子供達の世話や家事に追われた長い１日を終え、疲れている。そんな今、夫も家にいるのだ。３人の子供の中には幼い赤ん坊と６才の太った少年ジャック（Jack）がいる。夕食を終えて風呂に入った後、夫は最低賃金を守るために始まろうとしているストライキの話題に触れる。明らかに夫はストライキに賛成の労働組合支持派である。一方、妻は反対していて、結婚以来３度目のストライキが起こったらどうなるのかと腹立たしげに言う。捲し立てる彼を妻は嘲笑するが、夫は激昂し家を出て行ってしまう。困惑し焦燥した妻は子供達と家に残される。

作品背景

舞台はイーストウッドのバウアー一家の家庭内である。

「彼女の番」（“Her Turn”）

執筆時期

1912年３月に「抗夫の妻の勝ち」（“The Collier’s Wife Scores”）という題名で書かれる。1913年７月に「彼女の番」という題名で改稿され、おそらく８月に校正が行なわれたのだろう。

出版状況

「ストライキ手当て Ｉ、彼女の番」（“Strike Pay I, Her Turn”）という題名で『ウェストミンスター・ガゼット』紙（*Westminster Gazette*）（1913年９月６日、p. 2）及び同日付『サタデー・ウェストミンスター・ガゼット』紙（*Saturday Westminster Gazette*）（p. 9）に掲載される。

作品紹介と梗概

ラドフォード（Radford）はこの１年半で２度目のストライキに入っている抗夫である。現在の夫人は彼の２度目の妻である。概して夫婦仲は良いが、最初のストライキの間、夫人はストライキ手当てをもらうことができなかった。というのも、夫の言うところによれば、夫人が十分なお金を持っていたからである。しかし、今回のストライキで夫人には行動を起こす準備ができていた。夫はまたもや手当てを夫人に分け与えるのを拒んだので、夫人は買い物に出掛け、あり金すべてを使って新しい家庭用品を買ってしまう。当初、夫は腹を立てるが、やがて妻に対する責任感を持つようになり、翌週には「一言も言わずに」お金を渡すのである。

物語に登場するその他の人物は、「ゴールデン・ホーン亭」（“Golden Horn”）の女主人、その息子ウィリー（Willy）に恋しているフレデリック・ピノック（Frederick Pinnock）の娘、「家具・室内装飾業」を営むオールコック（Allcock）、またオールコックの店から品物をラドフォード家に運ぶ運送屋などである。

作品背景

地名は出てこないが物語の舞台はイーストウッドをモデルにしているようである。他の詳細は別として、ストライキや居酒屋や商店は、物語で使われている方言から判断して執筆当時のロレンスの故郷をモデルにしている。ピノックの出身地「ストウニー・フォード」（Stony Ford）はイーストウッドの北西2マイルの所にある小村ストウニーフォード（Stoneyford）のようである。「ブライアン・アンド・ウエントワース」炭鉱（“Bryan and Wentworth”）はイーストウッドに実在したバーバー・ウォーカー会社（Barber, Walker and Co.）をモデルにしている。

「ストライキ手当て」（“Strike-Pay”）

執筆時期

1912年3月に書かれる。1913年7月に改稿され、8月におそらく校正が行なわれたのだろう。

出版状況

1913年9月13日に「ストライキ手当てII、イフレイムズの半ソヴリン貨」（“Strike Pay II, Ephraims's Half-Sovereign”）という題名で『ウェストミンスター・ガゼット』紙（p. 2）及び同日付『サタデー・ウェストミンスター・ガゼット』紙（p. 9）に掲載される。

作品紹介と梗概

物語は労働組合執行委員ベン・タウンゼンド（Ben Townsend）が、ジョゼフ（ジョー）・グルービー（Joseph (Joe) Grooby)、トマス（トム）・セジウィック（Thomas (Tom) Sedgwick)、ジョン・マーフィン（John Merfin）（地元の聖歌隊指揮者)、サム・クーツ（Sam Coutts)、クリス・スミザーリンゲイル（Chris Smitheringale）など多くの坑夫にストライキ手当てを支払う場面から始まる。サム、クリス、ジョン・ワームビー（John Wharmby）の3人は、ノッツ・カウンティー（Notts County）対アストン・ヴィラ（Aston Villa）のフットボールの試合を見ようとノッティンガムまで歩いて行くことにする。3人は新婚のイフレイム・ワームビー（Ephraim Wharmby）に一緒に行くように言う。彼には家でストライキ手当てを待つ妻のモウド（Maud）がいる。ノッティンガムへ行く途中、イフレイムとサムは余興に炭鉱の子馬を何頭か捕まえて乗る。ところがイフレイムは乗り損なって落馬し、ストライキ手当てにもらった半ソヴリン貨をなくしてしまう。その夜遅くイフレイムが帰宅すると、今や独り身で横柄な義母マリオット夫人（Mrs. Marriott）は、彼がストライキ手当てを使ってしまったことや娘を一日中待たせたことで小言を言う。最初、彼は不運だったなどと言い訳を言うが、やがて腹を立て、老いた義母に立ち向かう。すると今まで沈黙していた妻は夫に味方し、彼のために夕食を作ると言い出す。義母は家から飛び出て行く。

作品背景

物語は明らかにイーストウッドをモデルとした「ベストウッド」（"Bestwood"）を舞台に始まる。坑夫達はベストウッドからキンバリー・トップ（Kimberly Top）とブルウェル（Bulwell）を経てノッティンガムまで歩いて行く。

「デリラとバーカムショー氏」（"Delilah and Mr. Bircumshaw"）

執筆時期

1910年1月に書かれ、1912年に改稿される。ロレンス生存中には出版されなかった。ロレンスの死後、『ヴァージニア・クォータリー・レヴュー』誌（*Virginia Quarterly Review*）（1940年春、pp. 257－66）に掲載される。

作品紹介と梗概

エセル・バーカムショー夫人（Mrs. Ethel Bircumshaw）はかつて教師だったが、田舎牧師の息子で銀行員のハリー・バーカムショー（Harry Bircumshaw）と結婚して4年になる。夫人は小柄で才知に富み、褐色の目は生き生きとしている。一方、夫のハリーは大柄で筋肉質だが、その動作は緩慢で生気がない。人生の目的がない彼は本当の自尊心というのもが持てず、妻に対して威張り散らしたり暴君的になったり、また3才になる娘に手を上げたりするのである。それも家庭内で重んじられたいという一心からのことであった。物語は、この不作法なサムソン（Samson）のごときハリー・バーカムショーが妻と彼女の友人ジラット夫人（Mrs. Gillatt）によって力を削ぎとられることへと展開する。以前ハリーはこの多少優れた年配女性ジラット夫人を崇拝していた。婦人達は彼の面前で教会の野外劇での彼の演技を話題にして、「三賢人」の一人を演じた彼の容姿をからかうのである。それを聞いた彼は何も言わず、むっつりとして、妻だけだったら脅したりできるが、「2人の女性だと恐れるのであった」。結局、苛々した彼は部屋を出る。2人の女性は彼が部屋の外で会話を聞いているのを知っていて、彼についてお世辞めいたことを言い、彼の傷ついた誇りを宥めようとする。しかし、不機嫌なまま彼が床につく気配がすると、2人は話し声が聞こえない台所へ行き、ジラット夫人は彼の「粗野な」振る舞いに驚いたと言う。夫人はこれまで彼の世間面である「紳士的」な部分しか見ていなかったのだ。一方、妻のエセルは「この世間知らずで傲慢で鷹揚な女性」の前で夫を馬鹿にできたことに満足する。帰る前にジラット夫人はエセルに夕食を彼に持って行かないように言う。しかし、夫とこれからも生活しなくてはならないことを知っているエセルは、サンドイッチとミルクを寝室に持って行く。夫は眠ている振りをするが、それを承知していることをエセルは仄めかす。そこで「またひとつ錠前が外され彼の力が弱まる」ことになる。その後、妻が眠り込んだことを確信して初めて彼は最後の誇りを投げ捨て、空腹に屈する。ところが妻は夫がまるで「見たこともないような動物」のように夕食を貪るのを見てほくそ笑む。「実に軽蔑したように唇をこわばらせて。」(サムソンとデリラの聖書の物語については「士師記」(“Judges”) 第16章を参照。同一テーマの他の作品としては「サムソンとデリラ」(“Samson and Delilah”) を参照。)

作品背景

物語に出てくる家庭から実際の地域を特定することは難しい。ただし「バーカムショー」という名前はイーストウッドでは珍しくはない。

「一度だけ—!」(“Once– !”)

執筆時期

1912年6月から8月にかけて書かれる。おそらく1913年7月と10月に改稿されたのだろう。ロレンス生存中には出版されなかった。

作品紹介と梗概

無名の語り手は愛人アニータ (Anita) と、この10日間チロル (Tyrol) にいる。彼は幼い頃から彼女のことが好きだったようで、彼女が彼を愛人として受け入れたのはつい最近のことである。アニータはドイツの貴族の娘で、現在は18才の時に結婚した軍人の妻である。しかし夫の彼女に対する扱いはひどいもので、すぐに彼女は愛人を作るようになった。語り手は彼女の31番目の愛人だが、彼は単なる「ポケット判」以上の存在になりたいと思っている。物語の最後で彼女はかつての恋愛では何かが足りなかったと認めるが、それは彼のこうした思いを勇気づけるものであった。2人が寝室で帽子を被ったままの様子——裸体の彼はシルクの帽子を被り、一方、半裸体のアニータは大きな羽毛のついたコンフェクション帽を被っている——が描写されるとともに、物語は主として彼女のドレスデン (Dresden) での若い軍人とのはかない情事について語る。(ロレンスは「山間のチャペル」(“A Chapel among the Mountains”) と「山間の干し草小屋」(“A Hay-Hut among the Mountains”) でアニータという名を妻フリーダから借用し使用している。アニータという登場人物の背景としてフリーダの妹ヨハンナ・フォン・リヒトホーフェン（Johanna von Richthofen, 1882－1971）の生活がある。彼女はベルリン（Berlin）駐在のドイツ人将校と結婚し、彼らの1901年生まれの長女の名前はアニータであった。）

作品背景

舞台はドイツ国内のある家の寝室である。物語の冒頭で記述されている景色からバヴァリア（Bavaria）もしくは特にミュンヘン（Munich）南部のイッキング（Icking）あたりであろう。ロレンスとフリーダは当地に1912年６月から８月まで滞在している。しかし、登場人物はチロルにいるということで、舞台はオーストリア・チロルのマイルホーフェン（Mayrhofen）であることも考えられる。ロレンスとフリーダは1912年８月に滞在している。アニータは結婚後ベルリンに豪華なフラットを所有していて、ドレスデンは彼女が語る情事の舞台である。

「新しきイヴと古きアダム」（“ New Eve and Old Adam”）

執筆時期

1913年５月と６月に「イヴと古きアダム」（“Eve and the Old Adam”）という題名で書かれ、７月及びおそらく1914年７月に「新しきイヴと古きアダム」という題名で改稿される。ロレンス生存中には出版されなかった。

作品紹介と梗概

ピーター・モエスト（Peter Moest）と妻ポーラ（Paula）は結婚１年目を迎え、夫婦関係は難しいものとなっていた。「リチャード」（Richard）と署名のある劇場招待への電報が「モエスト」宛てに届く。即座にピーターは、この電報がポーラの愛人からのものに違いないと早合点する。そこでその夜、彼は１人でホテルに泊まる。翌日、ポーラは電報の本当の出所を知る。つまり、モエストという名の若いドイツ人がたまたま夫妻のフラットの同じブロックに住んでいたのだ。彼はハムステッド（Hampstead）に住むリチャード・モエスト（Richard Moest）という男の従兄弟で、この従兄弟宛ての電報がピーターとポーラのフラットに誤配されたのだ。ポーラは夫に帰宅するように伝言し、帰宅した夫に若いモエストを紹介する。誤解が解けて夫婦はどうにか和解するが、物語は夫婦の離婚という結末で終わる。

作品背景

舞台はロンドンの中心部である。あら筋のほとんどは夫妻のフラット内で進行する。

「二つの学校」（断片）（“Two Schools” – Fragment）

執筆時期

1909年から1910年にかけておそらく書かれたのだろう。ロレンス生存中には出版されなかった。

作品紹介と梗概

スタージェス先生（Mr. Sturgess）は、ハイ・パーク（High Park）の国民学校（National School）の校長である。48才で無口であり、教育者としては昔ながらの「英国的な頑固者タイプ」である。また、誰に対しても礼儀正しいが、地元では極めて愛想が悪い。一方、地元出身のカルヴァウェル先生（Mr. Culverwell）は英国学校（British School）の校長で独身であり、スタージェス先生と「同じタイプ」だが年齢は若く人気もある。だが実際は、社会生活においても教室においても威張り散らすところがある。スタージェス先生の娘ファニー・スタージェス（Miss Fanny Sturgess）は英国学校の補助教員で、それほど有能ではない。カルヴァウェル先生は彼女に魅力を感じているようだが、彼女自身は先生の横柄なやり方に反感を抱いている。未完の最後の箇所で、カルヴァウェル先生は「彼女に自分の良い面を見せようと」心に決める。

作品背景

ハイ・パークの炭鉱村は明らかにロレンスの故郷イーストウッドをモデルにしたものだろう。ハイ・パークという名の炭鉱がイーストウッドに実在した。

「バーンズの小説」（断片の寄せ集め）（“Burns Novel” – Fragments）

執筆時期

明らかに1912年12月に書き始められ、その後断筆される。ロレンス生存中には出版されなかった。

作品紹介と梗概

メアリー・レンショウ（Mary Renshaw）は18才の少女で、物語は彼女が隣人と木切れ集めに出掛けるところから始まる。彼女は遠くで口笛を吹く男に耳を澄ましている。1匹のロバが近くで草を喰んでいる。男の口笛が止むや、彼女は彼が「ビル」（Bill）と呼ぶ声を聞く。おそらくロバを呼んでいるのだろう。彼女は「ここにいるわよ！」と返事をする。

ロバを探しにきたのはジャック（Jack）（もしくはジョン（John）、または数個所でジョック（Jock）・ヘイゼルダイン（Hazeldine））である。おそらくロバート・バーンズ（Robert Burns）の作品に出てくる人物を意図したものだろう。彼は20才の浅黒い軽快な青年で、「生気のある笑み」に満ちた目をしている。彼はメアリーに何処から来たのかと聞く。その後、家族（両親と兄アルフレッド（Alfred））と夕食を済ませた彼はメアリーの家へ歩いて行き、庭の門の所で彼女に求愛する。２人はキスをし、互いの愛を告白する。その後、彼は地元の酒場へ行く。歌を歌いヴァイオリンを弾く彼は、その店で人気があり有名のようである。（この個所で未完となっている。）

作品背景

舞台とされる実際の地名はイーストウッドの北東２マイルの所にあるアンダーウッド界隈である。物語は共有地で始まる。おそらく「フリーズランド」（"Friezeland"）として知られている土地であろう。そこはハッグズ農場から遠くはなく、ジャックが住んでいることになっている（実際、ロレンスの時代にはジェシー・チェインバーズ一家の農場があった）。ジャックはアンダーウッドを通って、北西２マイルの所にあるジャックスデイル（Jacksdale）へ歩いて行く。アルフレトンとセルストン（Selston）の地名も出てくる。

参考書目16　『干し草の中の恋とその他の短編』（*Love Among the Haystacks and Other Stories*）➡415ページ

第25節　『プロシア士官とその他の短編』（*The Prussian Officer and Other Stories*）

執筆時期

作品集

ロレンス最初の作品集である『プロシア士官』（*The Prussian Officer*）に収録された12作品は1907年秋から1913年６月にかけて書かれる。「牧師の娘」（"Daughters of the Vicar"）以外の作品は、それ以前に様々な雑誌に（しばしば異なった題名で）掲載される。全作品は1914年６月、７月、10月に大幅に改稿もしくは書き直されて出版される。（各作品の当初の構成及び詳細な出版状況については個々の作品紹介の項を参照のこと。またケンブリッジ版『プロシア士官』に完全な詳細が記述されている。）作品は「プロシア士官」（"The Prussian Officer"）（「名誉と武器」（"Honour and Arms"））、「肉体の棘」（"The Thorn in the Flesh"）（「並みのブドウ酒」（" Vin Ordinaire"））、「牧師の娘」、（"Daughters of the Vicar"）、「ステンドグラスのかけら」（"A Fragment of Stained Glass"）、「春の陰影」（"The Shades of Spring)（「汚れたバラ」（"The Soiled Rose"））、「次善の人」（"Second-Best"）、「バラ園の影」（"The Shadow in the Rose Garden"）、「ガチョウ市」

(“Goose Fair”)、「白いストッキング」(“The White Stocking”)、「病気の坑夫」(“A Sick Collier”)、「命名式」(“The Christening”)、「菊の香」(“Odour of Chrysanthemums”) である。

出版状況

作品集

1. 1914年11月にロンドンのダックワース (Duckworth) 及び1916年にニューヨークのヒュブシュ (Huebsch) から出版される。
2. 1983年にジョン・ワーゼン (John Worthen) の編纂によりケンブリッジのケンブリッジ大学出版局 (Cambridge University Press) から出版される。

参考書目17 『プロシア士官とその他の短編』(*The Prussian Officer and Other Stories*) に関する一般的な批評作品➡416ページ

「プロシア士官」(“The Prussian Officer”) (「名誉と武器」(“Honour and Arms ”))

執筆時期

1913年5月と6月に書かれ、7月もしくは10月に改稿される。1914年7月に『イングリッシュ・レヴュー』誌 (*English Review*) に掲載のための校正が行なわれる。「名誉と武器」という題名はロレンスが気に入っていたもので、同名の題で2冊の雑誌等に掲載される。ロレンスの当初の助言者でありダックワースの文芸顧問であったエドワード・ガーネット (Edward Garnett) により作品集の校正段階でロレンスの許可なく (彼は大いに困惑した) 改題される。(またガーネットには「プロシア士官」を作品集の題名として使ったことの責任もある。)

出版状況

『イングリッシュ・レヴュー』誌18号 (1914年8月、pp. 24−43) に掲載される。
『メトロポリタン』誌 (*Metropolitan*) 41号 (1914年11月、pp. 12−14) に掲載される。

作品紹介と梗概

心理的象徴性をもった傑作で、物語にはロレンスの他の多くの作品にある本質的な主題が多く見られ、凝縮して扱われている。

題名の士官である大尉 (「ヘル・ハウプトマン」(“Herr Hauptmann”)) は40才で、白髪まじりの太い赤銅色の髪をしていて、「野生味」たっぷりのかたい口髭を生やし、その無情な碧眼には「ひややかな輝き」が窺える。プロシア貴族とポーランド人の女伯爵の息子で、見た目は自信に溢れ権威的である。時として傲慢で横柄だが、内面は神経質で、「硬直し抑制された」性質をしているが、それも感情を意識的に抑えた結果である。もう1人の主人公である将校は、黒髪で褐色の肌をした22才前後の若者で、その黒い眼は興奮すると熱い情熱で燃え上がる。彼の本能は自意識的でない、のんびりとした官能的なものである。また素直で意図的でなく、こうした性格は士官を魅了すると同時に激怒させているようでもある。まさに「自由な若き動物の、盲目的で本能的な自信に満ちた動作」が将校の特性であった。最初、士官と将校の間には職務上の普通の接触しかなかったが、その後、将校が赤ワインのボトルをひっくり返したことから士官は激怒し、2人の間には強い心情的な関係が成立する。やがて、2人は深い無意識的な関係に取り込まれ、そこに生じる愛憎、魅了と反発、他虐と自虐といった矛盾した衝動により必然的に自己崩壊への道を辿る。士官は自分でもわからないまま将校に執着し、彼を放っておけなくなる。一方、将校は士官との深い関係から身を引こうとするが、士官に対する憎悪を抑えることができず、そのため士官は激怒し、将校の心にある種の意識を呼び起こすようになる。将校に恋人がいるのを知った士官は、故意に彼を夜勤に就かせ、恋人と会わせないようにする。士官は将校を罵倒し、些細な言い掛かりをつけて膝や腿を悪意に満ちて蹴り、ひどく傷つけたまま放置する。まさに他虐の極致である。

翌日、灼熱の太陽の下、連隊は長い行進に出る。将校は我慢するが、昨夜受けた傷の痛みに苦しむ。連隊が休憩に入った時、士官は将校に食事を分遣隊から離れた木陰に運ぶように命じる。そこで1日中燻っていた憎悪が遂に爆発し、将校は士官を襲う。ほとんど性的興奮の中で将校は士官の首を締めて殺害する。血が士官の鼻孔から流れ出て、白い目にしたたるのを恐怖に満ちて見ている将校の心は大きな満足感を味わう。その血はまるで2人の男を不可思議な死への踊りへと誘う赤ワインを注ぐかのように流れる。やがて将校は士官の馬を奪い、陽光の降り注ぐ谷を出て暗い森へ入っていく。木の下に横たわる将校は興奮状態の中で意識を失っていく。その後、しばらくよろけながら進むが、現実に対する認識は失せ、2度と明確な意識が戻ることはなかった。やがて遠くで「不思議に光る」冷ややかな山々の景色や、時たま走る閃光に照らされた暗い影が走馬燈のように将校に訪れる。夜になり、嵐となる。文字通り幻想のような雷鳴と稲妻は、彼の興奮状態を表している。翌朝、将校は「降り注ぐ」太陽を浴びて目を覚ます。将校がその目を光る山に、「彼には失われてしまった」山に向けた時、彼は視力を失う。灼熱の太陽の下で横たわる将校を他の兵士が発見する。その夜、将校は視力を回復することなしに死亡する。遺体安置室には敵対する2体の遺体が横たわる。1体は白く硬直した遺体であり、もう1体はしなやかで未だ生命の息吹が迸っている遺体であった。

作品背景

特定の地名は出てこないが、舞台は描写されている風景から南ドイツのロイザッハ（Loisach）かバヴァリア（Bavaria）のイザール渓谷（Isar Valleys）と思われる。当地でロレンスは最初に本作品を書く。1913年4月から6月にかけてロレンスはイルシェンハウゼン（Irschenhausen）に滞在し、またそれ以前の1912年5月から8月にかけて当地に近いボイエルベルク（Beuerberg）とイッキング（Icking）にも滞在している。題名は別として、物語で兵士が着ている軍服は当時のバヴァリア歩兵隊のものである。

参考書目18　「プロシア士官」（“The Prussian Officer”）（「名誉と武器」（“Honour and Arms”）） ➡417ページ

「肉体の棘」（“The Thorn in the Flesh”）（「並みのブドウ酒」（“Vin Ordinaire”））

執筆時期

1913年５月と６月に書かれ、おそらく10月に改稿され、また1914年５月に雑誌に掲載するための校正が行なわれたのだろう。「並みのブドウ酒」という題名で『イングリッシュ・レヴュー』誌に掲載される。ロレンスは作品集に収録するために現行の題名に改題し、また単行本を同じ題名で出版することを提案する（出典は『聖ポールによるコリント人への手紙２』（*St. Paul, 2 Corinthians*）の第12章第７節である。「わたしの身に１つの棘が与えられました。それは、思い上がらないように、わたしを痛めつけるために、サタンから送られた使いです」）。

出版状況

『イングリッシュ・レヴュー』誌17号（1914年６月、pp. 298－315）に掲載される。

作品紹介と梗概

富裕な名門農家出身のバッハマン（Bachmann）は健康的で繊細な育ちの良い若者である。バヴァリア軍の兵卒として従軍し、駐屯地メッツ（Metz）（1870年７月から1871年２月の普仏戦争後、フランスからドイツへ割譲された）に駐屯している。彼には誇りと威厳があるが、ある訓練の日に恐怖に捕われる。高い壁をよじ登る訓練で壁の上に近づいた時、それ以上登れなくなる。失禁し恥ずかしい思いをしている彼を攻撃的なフーバー軍曹（Sergeant Huber）は壁の上に引き上げる。しかし、怒鳴る軍曹を彼は本能的に蹴飛ばすと、軍曹は壁から下の溝に落ちてしまう。狼狽した彼は逃走し、恋人エミリー（Emilie）の住む家へ直行する。彼女は男爵家でメイドとして働いている。すぐに彼は自分の苦境を説明し、その夜の内に国境を越えてフランスへ逃亡する計画を話す。男爵家に拾われ育てられたエミリーは、恋人の出現に当惑し途方に暮れる。そこで家庭教師のフロイライン・イーダ・ヘッセ（Fraulein Ida Hesse）が、暗くなるまでエミリーの部屋に隠れているように助言する。夜になりエミリーが部屋に戻って来る。その夜、２人は愛し合う。彼は自尊心を取り戻し、エミリーも互いの愛を確信する。その後エミリーとイーダは、イーダの恋人で地元の森林で働くフランツ・ブランド（Franz Brand）の所へ行き、バッハマンの逃走用に自転車を用意するように頼む。別れ際、バッハマンは母親宛ての葉書をエミリーに託す。ところが自転車は壊れていて、彼は翌日まで待たなければならなくなる。再びエミリーと一夜をともにした彼は彼女と愛し合い、充足感を味わう。それは社会的権威や義務の要求に屈していた以前の生活から2人を解き放つような充足感であった。しかし翌日、前夜にエミリーが投函した葉書から手掛かりをつかんだ兵士達がやって来て、バッハマンを連行する。表面的な権威にもはや怯えることのない彼は、逮捕後も公然と自負心を主張する。一方、エミリーも脱走兵をかくまったことで逮捕された自分に対する主人の怒りに公然と誇らしく立ち向かう（彼女の主人自身、普仏戦争の退役軍人であった）。脱走兵を引き連れて兵士達が去った後、主人は既成概念を覆す若い男女の真実の愛に本能的に気づく。主人がバッハマンを助けるために何か手立てをするかも知れないという結末で物語は終わる。

作品背景

舞台はメッツの駐屯地及び周辺の田園地帯である。メッツの描写は1912年5月に滞在したロレンス自身の経験に基づいている。ロレンスとフリーダは当地へ行っている。フリーダの両親はメッツの南部モンテニー（Montigny）に住んでいた。父親フリードリヒ・フォン・リヒトホーフェン男爵（Baron Friedrich von Richthofen）はメッツの行政責任者で、男爵とその住居（エミリーの働くフランス風の屋敷）がモデルとなっている。

参考書目19　「肉体の棘」（“The Thorn in the Flesh”）（「並みのブドウ酒」（“Vin Ordinaire”））➡418ページ

「牧師の娘」（“Daughters of the Vicar”）

執筆時期

1911年7月に「2つの結婚」（“Two Marriages”）という題名で書かれ、10月に改稿される。1913年7月に「牧師の娘」という題名で書き直される。1914年7月と10月に更に改稿される。ロレンス生存中には単独では出版されなかった。「2つの結婚」の未完の初期の版は『タイム・アンド・タイド』誌（*Time and Tide*）15号の別冊（1934年3月24日、pp. 393－99）に掲載される。

作品紹介と梗概

アーネスト・リンドレー師（Rev. Ernest Lindley）はイングランド中部の小さな炭鉱村アルダクロス（Aldecross）の辛酸をなめた貧しい牧師である。サフォーク（Suffolk）で農民達から紳士階級の扱いを受けてきた田舎牧師のリンドレー夫妻は、20年前にアルダクロスへやって来た時、坑夫達から同様の扱いを受けることを期待していた。しかし、坑夫やその家族は、牧師の説教や夫妻の社交的な態度やたしなみには用がなかった。夫妻は村の人々からあからさまな軽蔑をもって対処されているか、または無視されているか、そのどちらかだと考えていた。更に悪いことに、夫妻には比較的わずかな俸給しか支給されず、他に個人的な収入もなかった。従って夫妻は地元の商人からとりわけ受けが良いというのでもなかった。夫妻の村人達に対する憤慨は、ゆっくりと、だが確実に激怒や憎悪に変わり、やがて生活環境全般に対する内面的な怒りへと変化していく。見栄を張った優越感に執着しつつ、夫妻は子供達を地元の人々に近づけることはなく、上流階級の価値観でもって家庭内で教育するようになる。

他の子供達についても語られているが、物語の中心は長女メアリー（Mary）と次女ルイーザ（Louisa）である。メアリーが20才でルイーザが19才の時に2人は物語に登場する。メアリーは背が高く優雅だが、その表情には「生来、背が高いこと」を諦めているふしがある。対照的にルイーザは背が低く小太りで、「表情は頑固」そうであり、彼女には「理想とする人より敵視する人の方が多かった」。メアリーは何人かの地元の商人の娘達の家庭教師をし、ルイーザは父親の教区の仕事を手伝ったり坑夫の娘たちにピアノを教えたりしていた。

ある日のこと、教区を巡回していた牧師はデュラント夫妻（Durants）を訪ねる。ジョン・デュラント（John Durant）は粗野で怠慢な老理髪師で、夫人はぶっきらぼうで気難しく、小間物屋を営んでいる。夫人は20才になる最愛の末息子アルフレッド（Alfred）が坑夫の仕事を辞めて海軍へ入隊してしまったことでひどく取り乱している。しかし、牧師はこれが一番良いことだと思っていた。というのも、夫妻の飲酒癖は有名で、これでアルフレッドも両親のごたごたに巻き込まれないだろうと考えたのだ。しかし、夫人は実に気難しい女性で、牧師の考えを口汚くののしった。牧師館に戻ると、彼はこのことを家族に話す。ルイーザはデュラント夫人と同様の反応を示す。彼女はアルフレッドに思いやりの感情を抱いていたのだ。そして、彼がこれほど長い期間にわたって家をあけていることを聞いて動揺する。

3年後、リンドレー牧師は病に倒れ、教区の仕事はオックスフォード大学を出たエドワード・マッシー（Edward Massy）によって一時的に代行されることになる。彼は27才の独身者で独自の収入があった。夫人と娘達は彼の到着を心待ちにしていた。というのも、娘達にとって望ましい結婚相手が今まで現れたことがなかったからである。しかし、彼が到着するや一家には失望感が生じる。マッシーの体格は決して魅力的とは言えず、小柄で脆弱で「12才児の体格と変わらなかった」。また社交上のたしなみも全くといっていいほど欠けていた。「普通の人間関係」を持てない彼は冷淡な理論家で頑固者であり、抽象的な道徳や哲学的な話になると、しばしば冷笑的になるのだった。こうした事実があり、しかも彼のことを「ちょっとした出来損ない」と見なしていたにもかかわらず、夫人は彼を収入ゆえに理想的な義理の息子と考えた。更に、彼のキリスト教徒としての義務感が強まるにつれてメアリーは彼を敬愛することが自分の義務であると考え始める。彼女は彼と一緒に教区を歩き、教区民の言葉にならない批判やルイーザの言葉による批判を浴びる彼を守るようになる。

6ヵ月後、メアリーはマッシーに対する感情的また肉体的嫌悪感にもかかわらず、キリスト教徒としての強い義務感から彼と結婚し、ノーサンプトンシャー（Northamptonshire）

で暮らすことになる。彼女はある種の取り引きをしたのである。物質的な自由を求め、高潔な暮らしへの献身を求めるあまり、自分の肉体と感情を売ったのである。結婚生活で自分自身を「犠牲」にしたことをおぼろげに意識する時もあるが、彼女はこの「取り引き」に執着した。マッシーの「奴隷のような」妻となり、2人の子供をもうけ、「真の存在感」を失った「無機質で目的の無い」実生活へと入っていく。ルイーザは姉に激怒し、「気高い精神性」のために自分の肉体を堕落させた彼女を許すことができない。また、経済的安定のために真の自我を犠牲にすることをメアリーに強いる両親も彼女は許せない。自分は愛情のためだけに結婚するとルイーザは言い張る。物語の後半は主にルイーザがアルフレッド・デュラントへ次第に接近する過程を扱っている。アルフレッドが海軍へ入隊して以降ルイーザが彼に会ったのは、メアリーの結婚式の直前の父親の葬儀の時である。その時、彼女は2人の間の「遠い距離感」を知り落胆する。それは彼が海軍の規律に服従したことや、明らかに2人の階級の違いを彼が強く意識していることから生じる距離感であった。彼は人間としてではなく、抽象観念として彼女を扱った。海軍で10年を過ごし除隊となった彼は実家に戻り、再び炭鉱で働いていた。クリスマスの季節で、メアリー一家はアルダクロスへ戻っていた。ルイーザはマッシーの醸し出す雰囲気に苛立ち、雪の中を散歩に出掛ける。彼女はデュラント夫人を訪ねることにする。すると夫人は凍てついた庭に苦しんでうずくまっている。夫人は野菜を畑から強く引き抜き過ぎて腹部を強打したのだった。ルイーザは夫人を家の中に入れ、医者に伝言を送る。次に、夫人を2階のベッドに寝かせる。やがて来た医者は、ルイーザ夫人には腫瘍があり、いつ息を引き取っても不思議でないと言う。ルイーザは家にとどまり老いた夫人を介抱する。そして仕事から帰宅したアルフレッドに夕食を作る。食事を終えた彼は暖炉の脇で坑夫がよく使う簡易浴槽で入浴する。ルイーザは彼の背中を流すのを手伝う。それまでの彼女はこうした労働者階級の住まいに当惑し、違和感を持ち、またアルフレッドに疎外感を抱いていたが、今、彼の背中に触れていると、こうした疎外感を克服できるのであった。そして、長い間抑えられていたアルフレッドに対する愛が更に強まる。彼女は夫人を介抱するべく家に泊まってもいいと申し出る。そこでアルフレッドはその旨を伝えるために牧師館へ行き、彼女の持ち物をいくらか持ち帰る。彼の感情も動揺していた。母親（いつも彼の心の支えだった）を失うかも知れないという深い悲しみと、ルイーザとの新たな親交に対する興奮した感情が混ざり合っていた。翌日、デュラント夫人は他界する。アルフレッドは茫然自失し、カナダ移住まで考える。夫人の葬儀が終わった1週間後、メアリーの勧めでルイーザはアルフレッドを牧師館へ夕食に招く。しかし、それは失敗に終わる。アルフレッドを快適にしようとルイーザは最善を尽くすが、彼とリンドレー家の人達との間には共有するものが無かったのだ。彼は卑下するような態度で処遇される。そして、カナダ移住を決心するよう勧められるに過ぎなかった。2日後、ルイーザは謝罪しようと彼を訪ねる。そして2人はとりとめのないことをしばらく話す。やがて彼女は彼がカナダへ移住するつもりであること知り、意気消沈する。何も言わない彼を前にルイーザは帽子を取って帰ろうとする。しかし、彼女はまるで「稲妻のように」衝撃的に、挑むように、激しく、一晩家にいてもらいたいかと彼に聞く。言葉の出ない彼は苦しみながらも躊躇した後、情熱的な抱擁という方法でその問いに答える。そして2人の愛は確認される。翌日、彼は牧師館へ行き、2人が結婚するつもりであることを伝える。当初、2人が結婚することにより村での威信が落ちると考えた牧師夫妻は反発するが、やがて結婚に反対することが無意味であることを知り、村から離れた土地で暮らすことを条件に結婚に同意する。移住するつもりでいたアルフレッドには何ら異存はなかった。ルイーザは彼を門まで送り、両親のことを謝罪する。2人はキスをし、すぐに結婚の計画を立てるのであった。

作品背景

物語の舞台は、主にノッティンガムシャー（Nottinghamshire）の「アルダクロス」界隈である。デュラント一家の住まい「クアリー・コテッジ」（“Quarry Cottage”）は、イーストウッド（Eastwood）の北1マイルのブリンズリー炭鉱（Brinsley Colliery）近くのブリンズリーにあるロレンスの祖父の同名のコテッジがモデルとなっている。このことから、他の詳細な部分と同様、物語の主な舞台「アルダクロス」はブリンズリーをモデルにしていることがわかる。「オールド・アルダクロス」（“Old Aldecross”）は同様にオールド・ブリンズリー（Old Brinsley）をモデルにしている。物語の初めに出てくる「グレイミード」（“Greymeed”）はイーストウッドの東にあるグリーズリー（Greasley）であろう。ノッティンガム（Nottingham）も登場する。最後に出てくる「バーフォード」（“Barford”）はノッティンガム郊外のバスフォード（Basford）のようである。マッシーと結婚したメアリーはノーサンプトンシャーに移り住む。

参考書目20　「牧師の娘」（“Daughters of the Vicar”）➡418ページ

「ステンドグラスのかけら」（“A Fragment of Stained Glass”）

執筆時期

1907年の秋に「伝説」（“The Legend”）、「グレスリーアの記録から」（“A Page from the Annals of Gresleia”）、また「ルビー・グラス」（“Ruby Glass”）という題名で書かれる。1911年3月と4月に「窓の穴」（“The Hole of the Window”）という題名で改稿され、後に「ステンドグラスのかけら」となる。1911年7月に『イングリッシュ・レヴュー』誌に掲載のための校正が、また1914年7月と10月に作品集に収録のための校正が行なわれる。

出版状況

『イングリッシュ・レヴュー』誌9号（1911年9月、pp. 242－51）に掲載される。

作品紹介と梗概

「ビューヴェイル」（“Beauvale”）の牧師であり考古学者のコルブラン氏（Mr. Colbran）は、ビューヴェイル修道院（Beauvale Abbey）の窓を悪魔が壊したと僧達が信じていた15

世紀の記録の断片を発見したことを、語り手に告げる。その記録によると、悪魔は僧達を守るために降り立った守護聖人に追い払われたというのである。それは翌日、雪の上に落ちて横たわる聖人像が発見されたことで明らかになったという。その壊された窓ガラスから地面の白い雪にかけて、悪魔の血が滴り落ちていたという。この出来事をわかり易く説明しようと、牧師は地元のある農奴についての物語を書く。この農奴は「ニューソープ・マナー」（"Newthorpe Manor"）で馬を殺したことで鞭打たれ、その復讐に厩舎に放火して逃走する。逃走した彼はまず粉屋の豚小屋に隠れる。そこの娘マーサ（Martha）に求愛していたのだ。娘は彼に食べ物を与え、一緒に逃げることを承知する。逃げた２人は修道院の礼拝堂に行き着く。闇夜と雪の中で、２人はそれが礼拝堂であることに気づかない。そこが妖精の魔法の国だと思った２人は礼拝堂のステンドグラスが放つ光に驚嘆する。農奴は壁をよじ登り、（気づかないまま聖人像の上に立ち）ガラスのかけらを１片取ろうとする。それを引っ張った時、像が足元で崩れ、農奴はガラスのかけらもろとも地面に落ちて怪我をする。牧師によると、そのかけらを持って逃げ出した２人はその後「永遠に幸せに暮らした」そうである。

作品背景

物語のシスターシアン修道院（Cistercian abbey）は、イーストウッド北東のムアグリーン（Mooregreen）に近いカースージアン・ビューヴェイル修道院（Carthusian Beauvale Priory）をモデルにしている。「ビューヴェイル」はイーストウッドの東１マイルほどの所にある「グリーズリー」をモデルにしている。物語で「ビューヴェイル」教区内にあるとされる３つの炭鉱村はイーストウッド、キンバリー（Kimberley）、ワトナール（Watnall）の町に当たる。また３つの炭鉱はハイ・パーク（High Park）、ムアグリーン、ワトナールの炭鉱である。ロレンスは「ニューソープ・マナー」の名をイーストウッドから４分の１マイルの所にあるニューソープ荘園（Newthorpe Grange）から採ったのだろう。

参考書目21　「ステンドグラスのかけら」（"A Fragment of Stained Glass "）
➡418ページ

「春の陰影」（"The Shades of Spring"）（「汚れたバラ」（"The Soiled Rose"））

執筆時期

1911年12月に「疲れた天使」（"The Harassed Angel"）という題名で、また「すべき行ない／すべき唯一の行ない」（"The Right Thing to Do" ／ "The Only Thing to Be Done"）という題名で書かれる。1912年３月に「汚れたバラ」（雑誌掲載はこの題名による）という題名で改稿される。1914年７月に「枯れたバラ」（"The Dead Rose"）という題名で、また同年10月に「春の陰影」という題名で再改稿される。

出版状況

『フォーラム』誌（*Forum*）49号（1913年３月、pp. 324－40）に掲載される。
『ブルー・レヴュー』誌（Blue Review）１号（1913年５月、pp. 6－23）に掲載される。

作品紹介と梗概

帰郷したジョン・アダリー・サイソン（John Adderley Syson）は昔の恋人ヒルダ・ミラーシップ（Hilda Millership）を訪ねる。２人とも29才で、サイソンは既婚、ヒルダは森番アーサー・ピルビーム（Arthur Pilbeam）から求愛されている。ヒルダの家である農場へ行く途中、彼はピルビームと偶然に出会う。ピルビームはサイソンが既婚者であることで安心するが、ヒルダに対する彼の影響力に内心穏やかではない。ヒルダの家族は両親と４人の兄弟で、訪ねてきたサイソンを丁重にではあるが昔ほど温かくは迎えない。ヒルダとサイソンは森を抜けてピルビームの小屋へ向かう。２人は昔話や２人がうまく行かなかった理由などを語り合う。ヒルダはサイソンを森番ピルビームに型通りに紹介し、サイソンは立ち去る。彼が森の脇道を行くと、ヒルダがピルビームに自分はもうサイソンに好意を持っていないと告げているのを耳にする。２人はキスをして、互いの愛を告げる。彼女は今すぐにではないが彼と結婚することに同意する。彼が帰る時、ヒルダが門の脇に居るのをサイソンは目にする。しかし、彼女は帰って行くピルビームではなく田園を眺めている。彼女がその場を離れるまで、サイソンは立ち去ることができないでいる。

作品背景

物語の舞台は「ウィリーウォーター・ファーム」（“Willeywater farm”）やその界隈である。『息子と恋人』（*Sons and Lovers*）や「当世風の恋人」（“A Modern Lover”）、また、その他の作品同様、ロレンスはこの物語でもジェシー・チェインバーズ（Jessie Chambers）とイーストウッドの北東２マイルの所にあるアンダーウッド（Underwood）の彼女の家ハッグズ農場（Haggs farm）をモデルにしている（『息子と恋人』の作品紹介の項を参照）。物語の「ナサル」（“Nutall”）はアンダーウッドをモデルにしている。イーストウッドの南東３マイルの所にナサルという町が実在する。

参考書目22　「春の陰影」（“The Shades of Spring”）（「汚れたバラ」（“The Soiled Rose”））➡418ページ

「次善の人」（“Second-Best”）

執筆時期

1911年８月に書かれる。1912年１月に雑誌掲載のための校正が行なわれる。

出版状況

『イングリッシュ・レヴュー』誌10号（1912年2月、pp. 461－69）に掲載される。

作品紹介と梗概

23才のフランシス（Frances）は14才の妹アン（Anne）と田園地帯の生け垣の脇に座っている。フランシスは疲れていて気分も良くない。それというのも彼女はリヴァプール（Liverpool）から帰郷したばかりで、5年間恋人同志であった「初恋の男」ジミー・バラス（Jimmy Barrass）が他の女性と婚約してしまったのだ。姉妹が話をしていると1匹のモグラが出てきて、アンはそのモグラをつまみ取る。モグラは有害な動物と考えられていたので、彼女はハンカチに包んで家に持ち帰り、父親に殺してもらおうとしたのだ。姉妹にはそれができなかったのである。姉妹の話はジミー・バラスのことになり、フランシスは妹に彼が婚約したことを話す。その時、モグラがハンカチの中から逃げ出し、アンは自分の手でつかまえてモグラをハンカチに戻そうとする。するとモグラは彼女の手を噛み、怒ったアンは姉の杖でモグラを撲殺する。次に姉妹は別の野原へ移動する。そこでトム・スメッドレー（Tom Smedley）に出会う。彼はフランシスより1才年上の屈強な農夫で、かねがね彼女に好意を寄せていて、もしフランシスがその気なら、とうの昔に求婚していた男である。フランシスはと言うと、以前は彼にそれほどの関心は寄せていなかった。しかし今、もし最高の人であるジミーを得られないなら、次善の人であるトムでも構わないのではと思っている。トムは自然で気さくで陽気である。3人で話をしているうちに、トムはアンが殺したモグラに気づく。彼の口調が方言を帯びてくると、そんな話し方は「素敵ではない」とフランシスは不平を言う。おそらくジミーのことを考えていたために思わず俗物的なことを言ってしまったのだろう。実際、彼女はトムがどんな言葉遣いをしようと気にはならないのであった（トムはその気にさえなれば洗練された標準語で話せたのだ）。3人はモグラを殺す必要があったかどうかについてしばらく話をする。トムはモグラは有害だから殺す必要があると言い張る。結局、フランシスも今度モグラを見つけたら殺すかもしれないと言う。2人の目と目が合った時、トムは意気揚々とし、フランシスは微笑む。翌日、フランシスはモグラを見つけて殺す。その夜、訪ねてきたトムにそのモグラを見せた彼女は「無邪気な願望」を込めて笑う。これをきっかけにトムは彼女を散歩に誘うと、彼女は承知する。そんな彼女の声には「抑揚」は無かったが「喜びにときめいて」いた。

作品背景

舞台となっている田園地帯は正確には特定されていないが、イーストウッドの北東16マイルほどの所にあるオラートン（Ollerton）が出てくることから、おそらくロレンスはアンダーウッドのハッグズ農場界隈の良く知っている田園地帯をモデルにしたのだろう。

「バラ園の影」（“The Shadow in the Rose Garden”）

執筆時期

1907年末に「牧師の庭」（“The Vicar's Garden”）という題名で書かれる。おそらく1911年8月と1913年7月に改題された後、改稿されたのだろう。

出版状況

『スマート・セット』誌（*Smart Set*）42号（1914年3月、pp. 71－77）に掲載される。

作品紹介と梗概

炭鉱の電気技師であるフランク（Frank）は妻と休暇に海辺の保養地へやって来る。妻はフランクと結婚する以前に、地元の牧師の息子アーチー（Archie）と婚約するまでの関係だった。彼女は数年前にアーチーがアフリカで従軍中に死亡したものと思っていた。ところが、感傷に浸った彼女が1人で牧師館のバラ園へ行ったところ、信じられないことにアーチーがやって来て彼女の隣に座ったのである。しかし彼は精神錯乱に陥っていて、もはや、彼女のことがわからない。ホテルに戻った彼女にどうかしたのかとフランクは聞く。そこで初めてフランクは妻とアーチーとの関係を知る。妻の過去の愛の激しさを聞いたフランクは明らかに動揺する。しかし、アーチーの現状を聞いて怒りはおさまり、フランクは部屋を出て行く。

作品背景

特定の地名は記述されていないが、バラ園の描写からすると、1907年8月に北ヨークシャー（North Yorkshire）沿岸のロビンフッド・ベイ（Robin Hood's Bay）へジェシー・チェインバーズがロレンス一家と休暇に訪れたバラ園がモデルになっているようである（ケンブリッジ版『プロシア士官とその他の短編』のワーゼンの注（p. 263）を参照）。

参考書目23 「バラ園の影」（“The Shadow in the Rose Garden”）➡419ページ

「ガチョウ市」（“Goose Fair”）

執筆時期

1909年7月から11月にかけて書かれる（ルイ・バロウズ（Louie Burrows）も執筆に加わる）。1910年1月に『イングリッシュ・レヴュー』誌に掲載のための校正時に改稿される。

出版状況

『イングリッシュ・レヴュー』誌4号（1910年2月、pp. 399－408）に掲載される。

作品紹介と梗概

物語はノッティンガムのガチョウ市の初日に家禽市場へ行く貧しい田舎のガチョウ業者の娘の描写で始まる。あるレース工場に置いてある黒焦げになった製品の脇を通り過ぎる彼女は時代の貧困状態に思いを巡らしている。次に物語は町の別の一面である「上流の文化」を身に付けた別のタイプの女性の描写になる。この女性はロイス・サクストン（Lois Saxton）で、大きなレース工場経営者であるサクストン（Mr. Saxton）の娘である。彼女は求婚者のウィル・セルビー（Will Selby）（彼もレース工場経営者の息子である）が夕食にやって来るのを待っている。しかし、彼はやって来たものの父親のレース工場を見張るためすぐに帰らなければならないと言う。不満分子から明らかな放火の脅迫がきているというのだ。その夜遅く、ロイスは家の中の騒動で目を覚ます。セルビーのレース工場が放火されたのだ。父親のサクストンは放火現場へ行き、次に自分の工場が無事か見に行く。ウィルの安否が気にかかるロイスは服を着替えて工場へ行く。父親の姿を見た彼女は慌ただしくウィルの事を聞く。父親は娘の問いを断固として退け、出掛けて来た娘を叱り、工場の老監督サンプソン（Sampson）と帰るように言う。自分と恋人に対する父親のつれない仕打ちに彼女は怒る。そしてサンプソンは帰宅途中、ウィルに放火の容疑がかけられていると彼女に言う（物語の始まりで明らかなように、この時期レース産業は下火で、多くの工場経営者は「故意に」自分の工場に放火して倒産の危機を避けようとしていた）。ウィルのことを思うとロイスは動揺し、その夜一晩中寝ることができない。翌朝、彼女は小間使のルーシー（Lucy）と町へ行き、そこでウィルと兄弟のジャック（Jack）に出会う。2人ともだらしのない格好をし、ウィルの目は黒いあざになっている。後でわかったことは、昨夜ウィルは父親の工場を見張りに行かず、ジャックや何人かの友人と遊びに行ってしまったのだ。彼らは物語の最初に登場するガチョウ業者の娘と知り合いになり、娘をからかったり、彼女のガチョウをいたずらしたりしていたのだ。またウィルはこの娘と何か深い関係になったようであった。結局、娘は他の男たちにガチョウを取り返してくれるように頼むが、彼らは喧嘩を始め、娘がウィルの目に一撃を加えることになったのだ。ロイスは黙ってこの話を聞いていたが、ウィルへの仕返しに彼が放火の疑いをかけられていることを告げる。やがて2人の恋人は互いに反発しながらも並んで歩いて行く。まるで「互いが互いのものであるかのように」。

作品背景

物語に出てくる地名は毎年10月にガチョウ市が開催されるノッティンガム市内に実在する場所である。レース・マーケット（Lace Market）、ハロー・ストーン（Hollow Stone）、ポルトリー（Poultry）などの地名は市の中心部にある。スネントン（Sneinton）は市郊外にある。物語の時代設定は1870年代である。

「白いストッキング」（“The White Stocking”）

執筆時期

1907年の秋に書かれ、1910年1月に書き直される。1911年3月と4月に、また1913年8月に改稿される。

出版状況

『スマート・セット』誌44号（1914年10月、pp. 97－108）に掲載される。

作品紹介と梗概

40才のサム・アダムズ（Sam Adams）は独身のレース工場経営者である。エルジー・ウィストン（Elsie Whiston）と夫テッド・ウィストン（Ted Whiston）は、2年前に結婚する以前からアダムズのレース工場で働いている。結婚後、ヴァレンタインの日にエルジーはアダムズからプレゼントをもらってくる。最初はブローチ、そして2年目には白いストッキングに包んだ真珠のイヤリングである。しかしそのイヤリングは、2年前のクリスマスに彼女がアダムズとダンスをしていた時に落としてしまっていた（ハンカチと思い白いストッキングを持ってきてしまったのだ）。このプレゼントは結局、夫婦対立のきっかけとなり、テッドは妻の口を殴り出血させる。しかし激昂していた夫は我に返り、状況は急速に回復していく。夫はブローチとイヤリングを取るとアダムズに送り返し、妻を抱いて互いの愛を再び確かめる。

作品背景

物語の舞台は地名は出てこないが、レース工場やお城、通り、ロイヤル（Royal）（コーヒー店）などからノッティンガム界隈と特定される。

参考書目24　「白いストッキング」（“The White Stocking”）➡419ページ

「病気の坑夫」（“A Sick Collier”）

執筆時期

1912年3月に書かれる。1913年7月に改稿され、8月と9月に雑誌掲載のための校正が行なわれる。

出版状況

『ニュー・ステイツマン』誌（New Statesman）1号（1913年9月、pp. 722－24）に掲載される。

作品紹介と梗概

物語の題名の坑夫ウィリー・ホースプール（Willie Horsepool）は精力的な働き者で誇り高く、「知性はそれほど無い」が「肉体的な魅力」に満ちた男である。19才の時、20才の物静かで美しく洗練された女性ルーシー（Lucy）と結婚する。最初の1年間、2人は幸せに暮らすが、その後彼は炭鉱事故で怪我をし、膀胱を傷つけてしまう。6週間自宅で妻に介護され、ひどい痛みを伴う発作に見舞われ続ける。しかし時が経ち、医者は彼が回復したのではないかと思い始める。食事も取れるようになり、力も回復したが、痛みは残り、歩行も困難であった。全国的な坑夫のストライキがあり（実際に1912年2月と3月にストライキが行なわれる）、彼は窓辺に座り、通りに群がってビー玉遊びに興じる仲間達と一緒になりたいと思う。彼らの中からフットボールの試合を見にノッティンガムへ行こうという声があがり、それを聞いたウィリーは熱狂し、自分も行くと言い出す。彼をなだめようとする妻に反抗し、「殺してやる」と叫び、傷が痛むのは妻のせいだと責める。妻は隣人エセル・メラー（Ethel Mellor）の助けを求め、なんとか夫を静める。もし炭鉱会社が夫の興奮状態を知ったら傷害補償金の支給が打ち切られるのではないかと案ずる妻の描写で物語は終わる。

作品背景

地名は記述されていないが、舞台であるミッドランド（Midlands）、ノッティンガム界隈の炭鉱町は明らかにイーストウッドである。とりわけスカージル通り（Scargil Street）が出てくることからも明白である。

「命名式」（“The Christening”）

執筆時期

1912年6月に「ケーキの袋」（“A Bag of Cakes”）、また「ケーキを作れ、ケーキを作れ、パン屋さん」（“Pat-a-Cake, Pat-a-Cake, Baker’s Man”）という題名で書かれる。1913年7月に「命名式」という題名で改稿される。

出版状況

『スマート・セット』誌42号（1914年2月、pp. 81－85）に掲載される。

作品紹介と梗概

物語はローボーサム家（Rowbotham family）に生まれた私生児の命名式と、それによって生じる一家の様々な緊張を半ば喜劇風に描いたものである。ヒルダ・ローボーサム（Hilda Rowbotham）は大学を出て地元の英国学校（British School）で教師をしている女性である。30才になろうとしている彼女は小柄で痩身、しかも心臓病でやつれている。「一家の淑女」である彼女は仕事から帰ると恥知らずの妹達に悩む。妹のバーサ・ローボーサム（Bertha Rowbotham）は28才で、その赤ん坊のことを誰よりも気にかけている。彼女は赤ん坊の名付け親である。末娘のエマ・ローボーサム（Emma Rowbotham）が赤ん坊の母親で、その命名式を読者は見ることになる。エマは母親になったことに困惑し憤慨しているようで、我が子に対しては複雑な感情を、また赤ん坊の父親に対しては苦々しい思いを抱いている。ローボーサム氏（Mr. Rowbotham）は一家の長で、元坑夫の身体障害者である。彼は一家の支配者的存在であることから子供達の人生にとっては重圧であり、従って彼にとって子供達は「半人前」でしかなかった。ローボーサム氏が大声で信心深げな祈祷をしたり、反抗的な坑夫の息子ローリー（Laurie）が食器置場で紙袋を破裂させて命名式を中断させたりすると、物語はまさに喜劇の様相を呈してくる。またローリーはエマをだしにしてふざける。破裂させた紙袋は赤ん坊の父親が働いているパン屋の袋で、彼は「ケーキを作れ、ケーキを作れ、パン屋さん」と歌い始めるのである。命名式を執り行ないに来た牧師は、どこか神経質だがぼんやりしているが親切で手際が良い。皮肉にも赤ん坊は老祖父ローボーサム氏に因んでジョセフ・ウィリアム（Joseph William）と命名されることになり、明らかに彼の影響力が持続されることとなる。

（ローボーサム一家はウィンターボトム一家（Winterbottom）をモデルにしている。ウィンターボトム一家は、ロレンス一家が住んでいたイーストウッドのウォーカー通り（Walker Street）３番地（1891－1905）に近いウォーカー通り８番地に実在した（また現存している）ウッドバイン・コテッジ（Woodbine Cottage）に住んでいた。ジョセフ・ウィンターボトム（Joseph Winterbottom）には３人の娘がいて、そのうちの２人は教師であった。ロレンスはジョセフ・ウィンターボトムと言う名前を『息子と恋人』の第４章で（pp. 94－96）、ポール・モレル（Paul Morrel）に父親の賃金を支払う出納係に付けている。ただし、その人物となりはロレンスが子供の時にバーバー・ウォーカー会社（Barber, Walker and Co.）の事務所で父親の賃金を受け取っていた出納係助手のアルフレッド・ウィルド（Alfred Wyld）をモデルにしている。）

作品背景

地名は記述されていないが、物語の舞台となる炭鉱町はヒルダ・ローボーサムが「英国学校」での仕事を終えて帰宅する詳細な描写からするとイーストウッドであろう。ロレンス自身1902年10月から1905年７月まで見習い教員として、また1905年８月から1906年９月まで無資格助教諭としてイーストウッドのアルバート通り（Albert Street）にある英国学校で教えている。主な舞台はローボーサム一家の住まいである「ウッドバイン・コテッジ」である。

参考書目25 「命名式」(“The Christening”) ➔419ページ

「菊の香」(“Odour of Chrysanthemums”)

執筆時期

1909年8月に書かれる。1910年3月、7月及び8月に、また1911年3月と4月に改稿と修正が行なわれる。1911年5月に『イングリッシュ・レヴュー』誌に掲載のための校正が行なわれる。

出版状況

『イングリッシュ・レヴュー』誌8号(1911年6月、pp. 415－33)に掲載される。

作品紹介と梗概

エリザベス・ベイツ(Elizabeth Bates)が物語の中心人物である。彼女は心労で疲れているが断固とした女性で、2人の幼い子供ジョン(John)とアニー(Annie)を育て、きちんとした家庭を守ろうと貧しい生活状況に立ち向かっている。誇り高く、多少とも優越感を持った彼女は、ますます無頓着で金遣いが荒くなる夫ウォルター(Walter)に苛立つようになっている。今や夫は飲酒癖に浸たり(物語の冒頭で機関士であるエリザベスの父親によって語られる)、しばしば仕事を終えてからの帰宅も遅くなっている。その日、夫の帰宅はまたもや遅かった。おそらく酒場に引っかかっているのだろうと妻は腹立たしげに考える。しかし、夫の帰宅が遅くなるにつれて妻と子供達は心配になり、やがて妻の怒りは夫の安否に対する気遣いに変わる。子供達を寝かしつけた後、妻は夫の様子を知ろうと隣人で夫の仕事仲間のジャック・リグレー(Jack Rigley)の家を訪ねる。ジャックは、ウォルターもすぐに後から上がって来るだろうと思い坑内に残したまま他の坑夫仲間と先に出てきてしまった、と不安そうに話す。彼は更に調べてみようと申し出るが、その前にエリザベスを家まで送って行く。1時間ほどしてウォルターの母親である老ベイツ夫人(Mrs. Bates)が取り乱してやって来る。そしてエリザベスが恐れていた知らせを告げる。ウォルターが炭鉱で事故に遭ったというのである。まもなく彼が落盤事故で窒息死したという知らせが届く。彼の遺体は炭鉱の監督マシュー(Matthew)と他の坑夫達によって家に運び込まれ、寝かされ、2人の女によって清められる。物語はこの悲劇に対するエリザベスの内面的な困惑と複雑な反応を詳細に語るところで終わる。

作品背景

物語ではイーストウッド界隈の実際の地名が使われている。ベイツ一家の住まいは、物語でも記述されているイーストウッドの北１マイル及び、アンダーウッドとセルストン炭鉱（Selston Colliery）の南部に位置するブリンズリー鉄道の踏切の脇にある。「牧師の娘」のデュラント一家の住まい同様（本節の冒頭部分を参照）、その住居はロレンスの祖父のもので、後に叔父のものとなるブリンズリーのクアリー・コテッジをモデルにしている。ウォルター・ベイツの死は、1880年２月17日のブリンズリー炭鉱落盤事故で死亡したロレンスの叔父ジェイムズ・ロレンス（James Lawrence, 1851年生まれ）の死をモデルにしている。

参考書目26　「菊の香」（“Odour of Chrysanthemums”）➡420ページ

第26節　『イングランドよ、僕のイングランドよとその他の短編』（*England, My England and Other Stories*）

執筆時期

作品集

1913年７月から1919年７月にかけて書かれる。1921年10月から12月にかけて作品集出版のための改稿並びに修正が行なわれる。1915年から1922年にかけて「サクラ草の径」（“The Primrose Path”）を除く全作品が様々な雑誌に掲載される。（各作品の項を参照。また各作品の詳細な執筆過程についてはケンブリッジ版Ｄ・Ｈ・ロレンス著作集を参照。）作品集に収められているのは「イングランドよ、僕のイングランドよ」（“England, My England”）、「切符を拝見」（“Tickets Please”）、「盲目の男」（The Blind Man”）、「落花生」（“Monkey Nuts”）、「冬の孔雀」（“Wintry Peacock”）、「触れたのは君の方だ」（“You Touched Me”）、「サムソンとデリラ」（“Samson and Delilah”）、「サクラ草の径」、「博労の娘」（“The Horse-Dealer’s Daughter”）、「ファニーとアニー」（“Fanny and Annie”）である。同時期に書かれた「煩わしき人生」（“The Mortal Coil”）、「指貫き」（“The Thimble”）、「アドルフ」（“Adolf”）、「レックス」（“Rex”）の４作品は本作品集には収録されず、またロレンス生存中に作品集に収録されることもなかったが、ケンブリッジ版Ｄ・Ｈ・ロレンス著作集『イングランドよ、僕のイングランドよ』に収録されているので、本節でも取り上げることにする。

出版状況

作品集

1. 1922年10月にニューヨークのセルツァー（Seltzer）及び1924年１月にロンドンのセッカー（Secker）から出版される。
2. 1990年にブルース・スティール（Bruce Steele）の編纂によりケンブリッジのケンブ

リッジ大学出版局（Cambridge University Press）から出版される。

参考書目27　『イングランドよ、僕のイングランドよとその他の短編』（*England, My England and Other Stories*）に関する一般的な批評作品➡421ページ

「イングランドよ、僕のイングランドよ」（“England, My England”）

執筆時期

1915年6月に書かれ、雑誌掲載のための改稿及び校正が行なわれる。ロレンスは1915年8月か9月に『イングリッシュ・レヴュー』誌（*English Review*）に掲載するための再校正を行なっている。しかし『メトロポリタン』誌（*Metropolitan*）に掲載のための校正を彼自身は見なかったようである。

出版状況

『イングリッシュ・レヴュー』誌21号（1915年10月、pp. 238－52）に掲載される。
『メトロポリタン』誌（1917年4月）に掲載される。

作品紹介と梗概

物語の中心人物であるエグバート（Egbert）は1904年にウィニフレッド・マーシャル（Winifred Marshall）と結婚する。彼は21才で彼女は20才であった。彼はイングランド南部の田舎の旧家出身で、彼女は現在は裕福だがもともとは北部の貧しいカトリックの一家出身である。この若い夫婦には、ウィニフレッドの父親ゴッドフリー（Godfrey）からハンプシャー（Hampshire）の一軒家クロッカム・コテッジ（Crockham Cottage）が与えられる。

エグバートは育ちも良く教養もあり、謙虚で、自然に対して心引かれていて、古きイングランドに対して郷愁に満ちた愛着をもっている。とは言っても、それは狂信的な愛国心というものではない。彼は背が高く痩身で、弓の射手のように俊敏である。肌も髪も黄金色に輝き、碧眼で、その身体にはヴァイキングからサクソン族に受け継がれた血統の輝きがほとばしっている。しかし、現実的な面で彼は特異な存在、つまり無力で責任能力が欠如していた。仕事も持たず野心も無く、結婚後は経済的な支援と庇護を義理の父親から受けていた。大半の時間を家の雑事、文学や音楽、とりわけ民芸や風俗習慣の勉強に費やしている。結婚当初、エグバートとウィニフレッドは古き田舎のコテッジで多少なりとも現代社会から隔離された状態で、情熱的な愛に満ちた素朴な生活を送る。そこにはサクソン族の支配する「未開」のイングランド特有の太古の精神が満ちていた。しかし、ジョイス（Joyce）、アナベル（Annabel）、バーバラ（Barbara）という子供達が生まれると、エグバートは母子の親密さから疎外されるようになる。一方ウィニフレッドは、エグバートの無力さや、何に対しても無責任なこと、とりわけ子供達に対する責任感の無さに苛立つ。彼女にとって彼は何の意味もない存在であるように思えた。彼女は夫と自分の父親を比べざるを得なかった。家族の安泰を父親に負っていた彼女は、彼の強い影響力から逃れることができなかったのである。父親ゴッドフリー・マーシャルは北部出身で、適度の財産を持ち、エネルギーに満ちた、たたきあげの男であった。その財産を惜しみ無く娘達や家族に分け与えていた彼は、現実的なことに対してはたくましく、仕事においては強固であり、家庭内のことや文学的な趣味においては感傷的であった。「不思議な威厳ある父性」を持つ「古きイングランド」の父親そのものである。

物語は次のような事件（実際は主要な出来事）で展開していく。エグバートの6才の長女ジョイスが庭で遊んでいる時、彼が不注意にも芝生に放置しておいた小鎌につまずいて転び、足の切断は免れるが、結局、下肢付随になってしまう。ウィニフレッドは決して夫を許す事ができず、今や彼女は子供達とカトリックの信仰に没頭するようになる。ジョイスはロンドンの私立病院で定期的に治療を受けなければならなくなり（治療費は祖父が支払った）、そこでウィニフレッドも他の子供達を連れてロンドンに居を移す。エグバートは1人クロッカムに「無視されて」取り残される。虚しい日常生活は彼を蝕み、やがて苛立ちと無意味さとが彼の肉体を駆け抜け、彼を殺戮する。大戦が勃発すると彼は本能的に反戦する。彼には民族を「単位」として憎悪することができなかった。ドイツの軍国主義とイギリスの産業主義に大差はないと考えるのである。しかし、物語の冒頭では賞賛すべき楽しく無邪気なように思われた彼の性質は、今や自己破滅的な無謀さに満ちたものへと変貌していた。彼は何の抵抗も無いまま虚無に身を任せ、妻子から離脱し、自ら良しとしない大戦に参戦する。自らの本能に反目し、「自身の堕落」を受容する。この明らかな自殺願望とともに物語は象徴的な寓喩、つまり「エグバート」のイングランドに対する苦々しい皮肉に満ちた挽歌の様相を呈してくる。彼が戦場で自らの意思で生命を絶つことには黙示録的イメージがあり、彼のこうした死は、すべての生き生きとしたエネルギーとその方向性を失い崩壊するかのように思われる現代文化の終焉を象徴している。

作品背景

エグバートとウィニフレッドの住居である「クロッカム・コテッジ」は物語ではハンプシャーにあるが、実際はラッカム邸（Rackham House）をモデルにしているようである。ラッカム邸はサセックス州（Sussex）プルバラ（Pulborough）のグレタム（Greatham）にあるメイネル屋敷（Meynell）内の家屋で、パーシヴァルとマデライン・ルーカス夫妻（Perceval and Madeline Lucas）の住居であった。ロレンスとフリーダは1915年1月から8月にかけてヴィオラ・メイネル（Viola Meynell）からこのコテッジを借り受けている。実際、物語の冒頭でハンプシャーという地名を出した直後、ロレンスはサセックス州の中部にある「南丘陵」（"South downs"）について言及している。ゴッドフリー・マーシャルはエグバートとウィニフレッドのロンドンでの住居費を支払っている。ジョイスの事故以降、舞台は主にロンドンに移る。ジョイスはベイカー街（Baker Street）の私立児童病院で治療を受けなければならなくなる。物語はフランダース（Flanders）の戦場で終わる。

参考書目28 「イングランドよ、僕のイングランドよ」(“England, My England”) ➡421ページ

「切符を拝見」(“Tickets Please”)

執筆時期

1918年11月に「ジョン・トマス」(“John Thomas”) という題名で書かれ、おそらく1919年1月に改稿されたのだろう。「ジョン・トマス」という題名は初めて雑誌に掲載される際、編集上の理由から「切符を拝見」に改題される。また次の雑誌に掲載される際には「第十一戒」(“The Eleventh Commandment”) と改題される。ロレンスは作品集に「切符を拝見」という題名を使用することを了解したようではあるが、彼自身このこと及び雑誌掲載の際に部分的に変更されたことを快しと思っていたのかについては明確でない。

出版状況

『ストランド』誌(*Strand*)(1919年4月、pp. 287－93) に掲載される。
『メトロポリタン』誌(1919年8月、pp. 26－28) に掲載される。

作品紹介と梗概

ジョン・トマス・レイナー(John Thomas Raynor)(相応しい命名である) は市電の検査官で、大胆で若い市電の女性車掌達といつも遊び回っている名だたるプレイボーイである。彼は多くのスキャンダル故に、「女たらし」と陰口をたたかれている。アニー・ストーン(Annie Stone)(彼女の名前も相応しい) は車掌の中でもかなり口うるさい女性で、そのとげとげしい口調ゆえにジョン・トマスは決して彼女に近づかない。ところが地元での祭りを共に楽しんだ後、2人は親しい関係になる。実際、アニーはジョンに対して真剣に引かれている自分を意識し始め、2人の関係が単なる「遊び」以上のものに進展することを望む。彼が単なる「夜だけの男」以上の存在になることを望むのである。このことに気づいた彼の情熱は急速に冷めてゆき、彼は彼女との関係を断つ。彼女の苦悩は激しい怒りに変わり、この気取った男に対する復讐を決意する。彼に対して恨みを抱いている女性達(ノラ・パーディー(Nora Purdy)、シシー・ミーキン(Cissy Meakin)、ローラ・シャープ(Laura Sharp)、ポリー・バーキン(Polly Birkin)、エマ・ハウスリー(Emma Houselay)など) の協力を得て、ある晩、ジョンを会社の待合室に誘い込む。そこである種のどんちゃん騒ぎが始まる。女性達は彼に結婚する女性を1人選ぶように迫る。彼がそれを拒むと、女性達の彼に対する罵倒は激しい身体への暴力へと変わり(アニーが中心である)、やがて彼の衣服ははだけ、彼はひどく傷つき出血する。(この部分はエウリピデス(Euripides)の『バッカスの侍女たち』(*The Bacchae*) を多少モデルにしている。熱狂した宴会で女達がペンティウス（Pentheus）を八つ裂きにするのである。）落胆したジョンは1人の女性を選ぶことに同意する。そして「打倒された彼は狡猾にも」自分を最も痛めつけた女性であるアニーを選ぶ。自己嫌悪感に苛まれたアニーは彼とは何の関係も持ちたくないと言う。しかし彼女の内面は更に複雑であった。打撃を受け、苦悩し、「挫折」した彼女は、ジョン・トマス（及び彼という男の存在理由）を痛めつけたことで自分の内面をも傷つけたことに気づく（ここでも『バッカスの侍女たち』に多少類似した部分がある。ペンティウスの母親は自分が息子の手足を切断する行為に加担したことを知る）。

作品背景

物語はミッドランド（Midlands）の「ベストウッド」（"Bestwood"）界隈である。「ベストウッド」はロレンスがしばしば作品でイーストウッド（Eastwood）に代わるものとして使用した地名である。物語に出てくる「イングランドで最も危険な」市電は、1913年8月に開通したイーストウッド内を走るノッティンガム（Nottingham）―リプリー（Ripley）線である。

参考書目29　「切符を拝見」（"Tickets Please"）➡422ページ

「盲目の男」（"The Blind Man"）

執筆時期

1918年11月に書かれる。

出版状況

『イングリッシュ・レヴュー』誌27号（1920年7月、pp. 22－41）に掲載される。
『リヴィング・エイジ』誌（*Living Age*）（1920年8月7日、pp. 358－70）に掲載される。

作品紹介と梗概

イザベル・パーヴィン（Isabel Pervin）は30才のスコットランド人女性で、モーリス・パーヴィン（Maurice Pervin）は29才のイングランド人の男性である。2人は結婚して5年になり、モーリスの農場の正面にある家屋に住んでいる。主にその農場は借地人である隣家のワーンハム（Wernham）一家に任されている。1年前の大戦中、モーリスはフランダース（Flanders）で負傷し、視力を失う。彼らの第1子は幼児の時に死亡するが、現在、イザベルは妊娠している。彼女は文学に対して興味がある女性で、新聞に書評を書いている。一方、モーリスは農作業を楽しむ男である。また同じ趣味を持つ2人は結婚以来、円満に暮らしてきた。しかもモーリスが視力を失って以来、ますます親密な隠遁生活を送ってきたのである。ただしモーリスが激しく意気消沈すると、2人の生活には不穏な空気が流れるのであった。イザベルは旧友のバーティー・リード（Bertie Reid）を家に招待する。独身で教養のある著述家である。以前モーリスとバーティーが会った時、2人は即座に互いを嫌悪した。そこで今回のバーティーの来訪には、2人の和解が意図されている部分もあった。バーティーが到着してまもなく、モーリスは外に出て彼を迎える。夜になり、バーティーがモーリスを探しに行くと、彼は納屋でカブを砕いている。しばらく2人は話をする。やがてモーリスはバーティーに彼の顔がどのようなものなのかはっきりとした感触をつかむために触れても良いかと尋ねる。バーティーは盲人モーリスの差し出す手に尻込みするが、気にしていない振りをする。次にモーリスはバーティーに、傷跡のある自分の眼に触れるように言う。バーティーは嫌悪感を覚えるが、拒否できないようであった。彼がためらいがちに眼に触れていると、モーリスは彼の指を眼孔に強く押しつけ、かすかに揺する。やがてモーリスはバーティーを解放し、今や2人は深い友情の絆で結ばれたと言う。しかしバーティーは盲人の情熱に対して非常に怯え、できるだけ早急に逃げ出そうとモーリスの言いなりになる。イザベルは、バーティーに触れられたことでモーリスが高揚していることを認めながらも、バーティーが望みもせず理解もできないモーリスとの親交に打撃を受けたことを知るのである。

作品背景

パーヴィン夫妻の屋敷（Grange）は物語ではオックスフォード（Oxford）界隈であるが、実際はマンマスシャー（Monmouthshire）、フォレスト・オブ・ディーン（Forest of Dean）のアッパー・リドブルック（Upper Lydbrook）にある牧師館をモデルにしているようである。ロレンスは1918年に当地のキャサリンとドナルド・カーズウェル夫妻（Catherine and Donald Carswell）を訪ねている。イザベルとモーリスはカーズウェル夫妻をモデルにしている。また、バーティー・リードは1915年から1916年にかけてロレンスと短期間の友好があったバートランド・ラッセル（Bertrand Russell, 1872－1970）をモデルにしたのかも知れない。

参考書目30　「盲目の男」（“The Blind Man”）➡422ページ

「落花生」（“Monkey Nuts”）

執筆時期

1919年5月に書かれる。

出版状況

『ソヴリン』誌（*Sovereign*）（1922年8月22日、pp. 229－36）に掲載される。

作品紹介と梗概

物語の時代設定は第1次世界大戦終結の直前である。アルバート（Albert）とジョー（Joe）は前線を離れて現在休暇をとっている兵士で、ある田舎の農家に滞在して収穫や農作業を手伝っている。42才の伍長のアルバートは、軽率だが陽気で、いつも軽妙な冗談を言っている。一方、ジョーは23才の兵卒で、非常に内気で口下手である。ストークス（Miss Stokes）は近くの農場に住む自信に満ちた若い女性援護隊の一員である。（女性援護隊は農作業などをして戦争援助に貢献している。）アルバートと同様に聡明で積極的な彼女は、自分がジョーに強く引かれていることを感じ、大胆に彼に接近する。彼女は会いたい旨の電報をジョーに送る（発信者のサインはM. S. で、後にアルバートは彼女にこのM. S. は何の略かと意地悪にも聞く。彼女は嫌味を込めて「落花生」（「モンキーナッツ」）だと答える。物語の題名はここから出ていて、また物語の落ちにもなっている）。サーカスを見に行った帰りに3人は偶然に出会う。その時ストークスはアルバートに自分のパンクした自転車を貸して彼を帰そうとする。そして自信ありげに自分の腕をジョーの腰に回し、2人で歩いて帰ると言う。この事があって以来、ストークスとジョーは毎晩会うことになる。しかし、ストークスにとってジョーはもともと相応しい相手ではなく、ジョーも彼女に対して困惑し怯えるところがあり、彼女の自己主張の強さに憤慨している。とは言うものの、自信の無いジョーは彼女に対して自立心を持てないでいる。アルバートにはジョーがますます不機嫌でイライラするのがわかる。その原因を知ったアルバートは、次回ストークスとジョーを自分の家で会わせようと手配する。ジョーは了解するが、彼の自主性の無さに失望しているストークスは、はっきりと拒否する。こうして物語の最後の場面でジョーの精神的自立をかけたアルバートとストークスの心理的な攻防戦が展開する。最後にジョーは懇願するストークスに向かい「落花生！」と叫ぶことで、どうやら自立を果たしたようである。

作品背景

舞台がバークシャー（Berkshire）のニューベリー（Newberry）（物語では「ベルベリー」（"Belbury"））であることは明白である。ロレンスは1917年12月から1919年11月にかけてのほとんどの時期を当地のチャペル・ファーム・コテッジ（Chapel Farm Cottage）で過ごしている。ロレンスはその近くでグリムズビー農場（Grimsby farm）を営むセシリー・ランバート（Cecily Lambert）と従姉妹のヴァイオレット・モンク（Violet Monk）と親しくなる。この2人はロレンスが短編小説『狐』（*The Fox*）を書く動機となっている。物語のストークスはおそらくヴァイオレット・モンクをモデルにしているのだろう。

「冬の孔雀」（"Wintry Peacock"）

執筆時期

1919年1月に書かれ、1920年3月及び1921年7月と8月に改稿と修正が行なわれる。

出版状況

『メトロポリタン』誌21号(1921年8月、pp. 21－22、pp. 48－49)に掲載される。
『ザ・ニュー・デカメロンⅢ』誌(*The New Decameron III*)(オックスフォードのバジル・ブラックウェル(Basil Blackwell)より出版される、1922年、pp. 123－46)に掲載される。

作品紹介と梗概

ゴイト(Goyte)の農場を通りかかった無名の語り手は、マギー・ゴイト(Maggie Goyte)に夫アルフレッド・ゴイト(Alfred Goyte)宛てのフランス語の手紙を訳すように頼まれる。伍長代理のアルフレッドはヨーロッパで激しい戦闘に服役していた。しかし足を負傷してイギリスに帰国した彼は、今スコットランド(Scotland)にいて、物語が始まる日に帰宅することになっている。そのフランス語の手紙はエリーゼ(Elise)という名前のベルギー人女性からのもので、フランス語が読めない妻マギーはラブレターではないかと疑っている。語り手は即座に手紙を黙読し、それがラブレターであり、またエリーゼがアルフレッドの子を産んだことを伝える手紙であるのを知る。語り手は子供がエリーゼの母親の子であると言って事実を隠そうとするが、マギーは敏感に真実を推測する。彼女がやっかいな夫を冷静な目で見ているのは明白で、語り手の遠回しの訳に対して笑いながらも反発する。一方、彼女は夫に騙されたベルギー人女性にも同情する。そこへマギーがペットとして飼っている孔雀のジョーイ(Joey)が現れ、彼女はその孔雀を非常に可愛がる。孔雀は彼女が結婚した時に実家から連れて来たものである。翌日、語り手は前夜に大雪が降ったことを知る。その日の午後、彼は谷間で何か動くものを発見し、それがマギーの孔雀であることを知る。孔雀は道に迷い雪の中で孤立していた。語り手は孔雀を探し出し、翌日ゴイトの農場へ返しに行く。アルフレッドは既に帰宅していた(どうやら彼が脅したので孔雀は逃げたようである)。語り手はアルフレッドと彼の老いた両親に紹介される。アルフレッドは帰宅しようとする語り手を追いかけ、妻が手紙を焼いてしまったことを告げ、その手紙の内容を尋ねる。語り手は手紙に書かれていた内容と、彼の妻に伝えた内容を話す。それを聞いてとても喜んだアルフレッドは、自分が孔雀を憎んで撃ったことを語り手に告白する。そして2人の男は笑いながら別れる。

作品背景

物語の「ティブル」(“Tible”)はミドルトン・バイ・ワークスワース(Middleton-by-Wirksworth)のイブル(Ible)の村界隈をモデルにしている。ロレンスは当地のマウンテン・コテッジ(Mountain Cottage)に1918年1月から1919年4月まで滞在している。

参考書目31 「冬の孔雀」(“Wintry Peacock”)➡423ページ

「ヘイドリアン」(“Hadrian”)／「触れたのは君の方だ」(“You Touched Me”)

執筆時期

1919年6月と7月に書かれる。「ヘイドリアン」はロレンスが好んだ最終的な題名で、ケンブリッジ版『イングランドよ、僕のイングランドよ』で使用される。

出版状況

『ランド・アンド・ウォーター』誌（*Land and Water*）3025号（1920年4月29日、pp. 25－29）に掲載される。

作品紹介と梗概

テッド・ロックリー（Ted Rockley）は古い陶器製造工場を営む一家の長で、アルコールによる腎臓病で死の淵にいる。彼の4人娘のうちマチルダ（Matilda）とエミー（Emmie）は未婚で、家を出ている。マチルダは妹のエミーより2才年長で、身のこなしも優雅で教養もある。エミーはこれといった技能も無く、家事に専念しているという。15才の時カナダへ行ってしまったヘイドリアンはテッド・ロックリーの養子である。テッド・ロックリーは女だけの家族に囲まれて暮らすのが嫌になり、6才のヘイドリアンを養子にしたのである。当時マチルダは16才でエミーは14才だった。戦時中、ヘイドリアンはヨーロッパへ派兵され、停戦後、実家の陶器製造工場へ帰って来たのである。彼は21才になっていた。ヘイドリアンとテッド・ロックリーの関係は特別で、ヘイドリアンが帰宅するや、この特別な親子関係が復活する。まもなく父親はマチルダに、自分が死んだらヘイドリアンに鎖のついた金時計と現金100ポンドを相続させるように言う。娘達はヘイドリアンが父親から特別扱いされていることや、彼女達に対するヘイドリアンの陰険で猜疑心に満ちた態度に憤慨している。娘達のこうした憤慨は彼の帰宅で再燃し、彼女達はヘイドリアンが父親の財産を狙っているのではないかと疑う。ある夜、父親のことが心配で落ち着かないマチルダは様子を見に父親の寝室へ行く。しかし、彼女は父親が階下の部屋に移っていることや、2階の部屋を今はヘイドリアンが使っていることを忘れている。彼女はベッドに横たわる男に優しく話し掛け、彼の額と頭を愛撫する。ヘイドリアンが口を開くとマチルダは自分の過ちに気づく。彼女は驚き、まるで彼に触れられて傷ついたかのように部屋から飛び出て行く。彼もまたこのことで大変に困惑したという。まるで彼女のうっかりした優しい仕草が、彼の中の未知なる感情と欲望を覚醒させたかのようであった。その後、ヘイドリアンはテッド・ロックリーにマチルダと結婚したいと言う。彼の申し出を真剣に受け止めたテッド・ロックリーは弁護士のウィットル（Whittle）を呼び、ヘイドリアンとの結婚を条件にマチルダが財産を相続できるように遺言を変更する。ヘイドリアンと結婚したいのかという父親の問いにマチルダはショックを受ける。また、マチルダを始め他の姉妹達も、今まで心配してきた父親のわがままや恥知らずとも思える財産狙いのヘイドリアンに大いに憤慨する。一方ヘイドリアンは、遺産相続のためにマチルダと結婚したいのではないかと言われて驚く。しかし、彼は確かに遺産は欲しいし、遺産がなければ結婚もできないことを知っていた。原則として彼は自分の願望を2つに分けて考えてみた。まず彼は彼女を、次にお金を望んでいた。お金だけを望んでいるのではなかった。彼はこのように合理的に考え、身を引かせようとする姉達の様々な細工にもかかわらず頑固に求婚に執着する。遂にマチルダは彼との結婚に同意するが、彼女の真意は決して語られない。物語の結末は曖昧である。結局、マチルダは彼の抑圧された欲望に応えたのだろうか。彼女は家長制社会の不可避の法律に屈したのだろうか。それとも単に遺産相続のためだけに結婚を決めたのだろうか。

作品背景

物語の陶器製造工場はイーストウッドのリン・クロフト（Lynn Croft）に実在した同名の会社をモデルにしている。ロレンス一家は当地に1905年から1911年にかけて住んでいた。従って「ロウスリー」（“Rawsley ”）はイーストウッドをモデルにしている。ロックリー一家はその陶器製造工場に住んでいたメラー一家（Mellor）をモデルにしている。ロレンスはモード（Maud）とメイベル・メラー（Mabel Mellor）をモデルにして物語のマチルダとエミーを詳細に描写している。

参考書目32 「ヘイドリアン」（“Hadrian”）／「触れたのは君の方だ」（“YouTouched Me”）➡423ページ

「サムソンとデリラ」（“Samson and Delilah”）

執筆時期

1916年11月に「放蕩者の夫」（“The Prodigal Husband”）という題名で書かれる。おそらくロレンスは1917年1月か2月に『イングリッシュ・レヴュー』誌に掲載のための修正と校正を行なったのだろう。

出版状況

『イングリッシュ・レヴュー』誌24号（1917年3月、pp. 209－24）に掲載される。
『ラターン』誌（*Latern*）（1917年6月）に掲載される。

作品紹介と梗概

ナンカーヴィス夫人（Mrs. Nankervis）はコーンウォール（Cornwall）の宿屋「ザ・ティ

ナーズ・レスト」("The Tiners Rest")の女主人である。彼女は16才の娘メリアン(Maryann)と2人暮らしである。宿屋には軍曹と伍長、そして2人の兵卒が滞在している(物語の時代設定は第1次世界大戦が始まった年である)。夕方、ある見知らぬ男が宿屋に到着し、バーに座っている。やがてこの男は、ナンカーヴィス夫人の家出した夫ウィリー・ナンカーヴィス(Willie Nankervis)であることが判明する。アメリカ(ブッテ市(Butte City)が出てくるが、サクラメント(Sacramento)の北の炭鉱町であろう)の炭鉱で16年間働いて帰郷した彼は今、妻に対して改心している。最初、夫人はその男が夫であることを信じようとしない。また、たとえ彼が夫であっても今更なんの権利もないと言う。夫人は兵士達に頼んで、一晩泊めて欲しいという彼を縛り上げて外に放り出してもらう(聖書の物語でデリラに裏切られ、ペリシテ人(Philistines)に引き渡されたサムソンのようである。「士師記」("Judges")第16章を参照)。やがて彼は自分で縄を解いて自由になり、宿屋へ戻って来る。すると、驚いたことに台所の戸口が開いていて、妻が待っている。2人は話し合う。夫人は夫の過去の行動に対して表面上は怒っているが、強烈な肉体的存在としての彼が彼女の感情の奥深くへと入り込んで行く。結局、物語の最後で夫は宿泊を許されることになる。

作品背景

物語の舞台はコーンウォールの南西部である。ペンザンス(Penzance)とセント・ジャスト・イン・ペンウィズ(St. Just-in-Penwith)という実在する地名が出てくる。「ザ・ティナーズ・レスト」はゼナー(Zennor)の「ザ・ティナーズ・アームズ」("The Tinners Arms")をモデルにしている。ロレンスとフリーダは当地に1916年の初頭に滞在し、その後、トレガーゼン(Tregerthen)の家へ移り、1916年3月から1917年10月まで暮らす。

参考書目33 「サムソンとデリラ」("Samson and Delilah") ➡423ページ

「サクラ草の径」("The Primrose Path")

執筆時期

1913年7月末までに書かれる。初版は『イングランドよ、僕のイングランドよ』(1922年)に収録される。

作品紹介と梗概

ダニエル・サトン(Daniel Sutton)は35才で、最近オーストラリアから帰国したところである。彼はミッドランドのある町で小さなタクシー会社を始める。町の鉄道の駅に着いたサトンの甥ダニエル・ベリー(Daniel Berry)は、タクシー乗り場でこの叔父を見かける。2人が前に会ったのはベリーがまだ子供の時だったので、サトンは甥に気づかない。やがて甥に気づいたサトンは彼をタクシーで行き先まで送り、その後自宅での夕食に誘う。こうした2人の会話の中でサトンの人生が次第に明らかになる。とりわけサトンの女性関係が中心に明かされる。彼は18才になるまで犬と鳩に没頭し、それ以外は何もしないことから一家の厄介者と思われていた。その後、結婚した彼はスポーツ新聞関係の職に就く。結婚生活は亭主関白がたたり失敗に終わる。7年後、衝動的に別の女性とオーストラリアへ発ってしまうが、この女性との関係は洋上で破綻したようである。彼女は航行中に出会った別の男と逃げたいために彼に毒を盛ろうとしたとサトンは言う。今、甥のベリーに語るには、21才の女性エレイン・グリーンウェル（Elaine Greenwell）と彼女の母親グリーンウェル夫人（Mrs. Greenwell）と暮らしているという。家へ行く途中、2人は居酒屋「ザ・レイルウェイ・アームズ」（"The Railway Arms"）に寄り一杯やる。その居酒屋にはベリーの叔母にあたるモード（Maud）、つまりサトンの別れた妻が男やもめのジョージ（George）と暮らしている。モードは肺を患い、瀕死寸前である。サトンがモードに会いに2階へ行くと、彼女は自分が死んだら娘ウィニー（Winnie）の面倒を見るように頼む。彼は困惑した様子だったが、そうすることを約束する。その晩、サトンは落ち着かず、家に帰ってもエレインにひどい口のききかたをする。叔父の粗野な振る舞いを見たベリーは、今の生活も彼が怠惰で威張っている限り長くは続かないと考える。（題名は「太った無鉄砲な放蕩者」が歩く「サクラ草の咲いた戯れの径」に由来している。『ハムレット』（*Hamlet*）第1幕第3場を参照。）

作品背景

舞台はミッドランドのある大きな町である。地名は出てこないが、ヴィクトリア駅（Victoria Station）などについて詳しく述べられていることから、その町はノッティンガムであると特定できる。ダニエル・サトンの物語は、主にロレンスの母方の叔父ハーバート・ビアゾル（Herbert Beardsall）（1871年誕生）をモデルにしている。また、ダニエル・ベリーはロレンス自身を虚構化したものであろう。

「博労の娘」（"The Horse-Dealer's Daughter"）

執筆状況

1916年11月から1917年1月にかけて「奇跡」（"The Miracle"）という題名で書かれる。1921年10月に「博労の娘」という題名で改稿される。

出版状況

『イングリッシュ・レヴュー』誌34号（1922年4月、pp. 308-25）に掲載される。

作品紹介と梗概

パーヴィン一家（Pervin）の馬商は衰退していて、一家は数日以内に住まいであるオールドメドウ（Oldmeadow）を出て行かなければならない。ある時期には大盛況であった商いも最近では衰退し、家長のジョー・パーヴィン（Joe Pervin）が他界すると、3人の無力な息子達ジョー（Joe）、フレッド・ヘンリー（Fred Henry）、マルコム（Malcolm）と27才の娘メイベル（Mabel）には多額の借金だけが残される。かくして物語は始まる。33才の長男ジョーは隣家の大農園で家令を務める女性と結婚し、そこで職を得ることになっている。次男と三男がどうするのかは定かでないが、2人ともその日の夜に家を出ることになっている。メイベルは今まで父親と兄弟たちのために家事を行なってきた。ただし彼らと実際には何ら分かち合えるものはなかった。家に十分なお金があった時には彼女もある程度の誇りと自立を維持することができ、持ち前の控え目さや自信故に厳しい世間から身を守ることができた。しかし、最近の貧困生活は彼女にとって大きな屈辱であり、家庭が崩壊寸前となった今、人生も終わりだと痛感している。彼女が14才の時、母親は他界していて、以来母親の思い出を頼りに生きてきた。今、彼女は母親との再会が果たせると感じている。その日の午後、彼女は母親の墓参りに行く。すると教会の隣に住む医師ジャック・ファーガソン（Jack Fergusson）が通りかかり、彼女に軽く挨拶をする。彼は親友であるフレッド・ヘンリーに会いにオールドメドウへ行った帰りで、メイベルの行く末を大変気にしている。墓地で見る彼女の顔はまるで幻のようで、彼はその日の仕事上の心労を忘れる。その日の夕刻、陽が落ちる頃、回診を終えて徒歩で帰宅途中、彼はメイベルがオールドメドウの下手の深い池に向かって下りて行くのを遠くから目にする。彼女は水中に入って行き、池の真ん中まで行くと夕闇の中に消えた。彼は池をめがけて突進し、泳ぐことはできなかったが冷たい水中に飛び込む。池底の危険な泥土と苦闘し、彼自身が溺死しそうになりながらも、なんとか彼女を救助する。応急手当てをした後、彼女を家に運び、服を脱がせて暖め、毛布に包んでやる。事の次第を知った彼女はファーガソンに自分を愛するように言い、一心不乱に彼にキスをし、愛撫する。最初、彼はこうした彼女の本能的な情熱に尻込みするが、次第に圧倒されて心底から彼女に応じる。医師としての抑制された心や表層意識は情熱的なキスをするうちに消滅し、彼は彼女への愛を表明する。物語の終わりで彼は2人がすぐに結婚することになるだろうと言う。死の危機に瀕した2人は内奥の自我の復活を経験するのである。

作品背景

物語に地名は出てこないが、炭坑夫や鉄工の記述、地形的及び状況的な記述などからすると舞台はロレンスの故郷であるイーストウッドをモデルにしている。パーヴィン一家の住居であるオールドメドウはイーストウッドのヒル・トップ・ハウス（Hill Top House）をモデルにしている。また一家はロレンスの友人であるダンカン・ミーキン（Duncan Meakin）一家をモデルにしているようである。彼の父親ジョン・トマス（John Thomas）は博労であり農夫でもあった。この一家はまた『白孔雀』（*The White Peacock*）のメイヒュー一家（Meyhew）のモデルでもある。彼らの住居は「ザ・ホリーズ」（“The Hollies”）

と呼ばれていた。

参考書目34　「博労の娘」（“The Horse-Dealer’s Daughter”） ➡424ページ

「ファニーとアニー」（“Fanny and Annie”）／「最後のわら」（“The Last Straw”）

執筆状況

1919年５月に書かれる。「最後のわら」はロレンスが気に入っていた題名で、ケンブリッジ版D・H・ロレンス著作集『イングランドよ、僕のイングランドよ』で使用される。1921年10月に雑誌掲載のための校正と修正が行なわれる。

出版状況

『ハッチンソンズ・ストーリー・マガジン』誌（*Hutchinson’s Story Magazine*）21号（1921年11月21日、pp. 461－69）に掲載される。

作品紹介と梗概

グロスター（Gloucester）で働く家政婦ファニー（Fanny）は仕事を辞め、薄汚れた工業の町へ帰郷してくる。鋳物工であるハリー・グッドール（Harry Goodall）と結婚するためである。年齢は30才で、美人で感受性も優れ、ことのほか超然とした女性である。彼女は夫として最適だった従兄弟のルター（Luther）に捨てられたのだ。ルターは知的で野心的なコスモポリタンである。そこで彼女は誠実に自分を12年間も待っていてくれた、明らかに冴えない初恋相手の元へ戻ってきたのである。ハリーこそ彼女の「宿命」であった。32才になる彼には野心というものが全くない。屈託のない美男子で、外見とは違い内面は敏感である。ファニーが初めて出会った時、彼は組合教会（Congregational Chapel）の聖歌隊の一員だった。彼は発音のおかしい歌い方をした（特に「へ」の発音ができず、「ヘヴン」を「エヴン」と、また「エンジェルズ」を「ハンジェルズ」と発音した）。しかし彼のテノールは素晴らしかった。ファニーは叔母リズィー（Aunt Lizzie）の家で暮らしている。叔母はお菓子屋を営んでいて、ファニーとハリーの将来を本気で心配していた。というのも叔母自身が「格下の男」と結婚し、それを後悔していたからである。ファニーはハリーの家族を訪ねる。すると、物事をはっきり言うハリーの母親グッドール夫人（Mrs. Goodall）は、今になってファニーを連れ戻すなんて息子は大馬鹿者だと言う。しかし、夫人は内心ファニーが息子のところに戻ってきたことに満足している。夫人はファニーが叔母のケイト（Aunt Kate）から200ポンド相続したことを知っていたのだ。ジニー・グッドール（Jinny Goodall）はきつい物の言い方をするハリーの姉妹で、既に結婚していて近くに住んでいる。彼女はこの場面で登場し、後にグッドール一家の排他性を際立たせる存在となる。ハリーの聖歌隊が属するモーリー・チャペル（Morley Chapel）での収穫祭の礼拝の最中、ニクソン夫人（Mrs. Nixon）という女性が乱入し、礼拝は中断する。夫人はハリーが無責任な「ごろつき」だと怒り人々を前に彼を非難する。夫人の末娘アニー（Annie）がハリーに孕ませられたと非難するのである。礼拝の後、ファニーとエンダビー牧師（Rev. Enderby）はハリーと話し合うが、ハリーはその赤ん坊の父親は他の男である可能性もあると主張する。それは的確な非難に対する曖昧な自己弁護ではあるが、アニーという女性との関係を暗に認める主張でもあった。ファニーはハリーとの婚約を破棄するかに見えたが、２人は一緒に帰宅する。グッドール家の人達はニクソン夫人について悪態をつくが、ファニーはハリーを信じると明言する。ファニーがグロスターにいた間、彼がまんざら女遊びをしなかったわけでもなかったことで彼女のハリーに対する評価はどうやら上がったようである。

作品背景

物語の舞台はイーストウッドをモデルにしたものである。とりわけプリンセス通り（Princess Street）が出てくることからも明白である。これはロレンスが生まれたイーストウッドの通り（ヴィクトリア通り（Victoria Street））に隣接する通りである。ハリーが働く鋳物工場はイーストウッドの南にあるベナリー鉄工場（Bennerley Ironworks）をモデルにしているようである。もっともロレンスは1918年11月付のある手紙の中で、リプリー（Ripley）近くのバタリー（Butterley）貯水池の鉄工場での経験を記している。物語を書く数ヵ月前のことである（『書簡集』Ⅲ（*Letters III*）p. 302 を参照）。「モーリー・チャペル」はイーストウッドの東１マイルほどの所にあるムアグリーン（Moorgreen）の組合教会をモデルにしているようである。

参考書目35　「ファニーとアニー」（“Fanny and Annie”）／「最後のわら」（“The Last Straw”）➡424ページ

「煩わしき人生」（“The Mortal Coil”）

執筆状況

1913年10月と11月に書かれる。1916年10月に書き直され、11月に改稿される。

出版状況

『セヴン・アーツ』誌（Seven Arts）２号（1917年７月、pp. 280－305）に掲載される。

作品紹介と梗概

ヘル・バロン・フォン・フリーデブルク（Herr Baron von Friedeburg）は若い将校で、マルタ・ホーヘネスト（Marta Hohenest）の恋人である。彼はまた賭博が好きで、その賭博で負った借金故に職務を失うことを心配している。マルタとフリーデブルク、それに彼らの友人テレサ（Teresa）とカール・ポードウィルズ（Karl Podewils）の4人はフォーサム（ゴルフの一種）をやるために遠出する。ところが、賭博に夢中になっていたフリーデブルクは遅れてやって来る。友人は2人だけで行ってしまい、マルタは彼に激怒する。また彼が自分の生活はもとより軍の生活にあっても自分の評判だけを案じていることに腹を立てる。彼にとっては彼女との個人的な関係よりも自分の任務や社会的地位の方が重要であることを彼女はしかと理解する。実際彼にとって、人生の意味は軍隊という厳格な組織と、その軍の任務遂行規則に従うことにあった。2人は言い争いをするが、結局、和解し、その夜を2人で過ごす。翌朝、フリーデブルクは早く発ち、郊外での軍事訓練に参加する。彼が行ってしまうとテレサがマルタの部屋にやって来る。ストーヴに火をつけると、テレサはマルタのベッドにもぐり込み、2人は眠る。その日の午後遅く、フリーデブルクが戻ると、警察が家に来ている。どうやらマルタとテレサはストーヴの煙によって中毒死したようである。

作品背景

物語はフリーダの父親フリードリヒ・フォン・リヒトホーフェン男爵（Baron Friedrich von Richthofen, 1845－1915）に関わりのある事件をモデルにしている。舞台はドイツのある土地のようだが、正確な地名は述べられていない。

参考書目36 「煩わしき人生」（“The Mortal Coil”）➡425ページ

「指貫き」（“The Thimble”）

執筆状況

1915年10月に書かれる。

出版状況

『セヴン・アーツ』誌1号（1917年3月、pp. 435－48）に掲載される。

作品紹介と梗概

ヘップバーン夫人（Mrs. Hepburn）は27才の自信に満ちた洗練された美しい女性で、兵士である夫の帰還を待っている。ハネムーンが終わって以来10ヵ月間、夫はフランスの前線にいた。彼は顔を醜く負傷する。夫人も肺炎という身体的疾患を患う。こうしたことから夫人は過去の人生を今までとは違った目で見るようになっていた。特にスコットランド（Scotland）で療養生活をしていた間、彼女は自分の結婚について深く考え、夫のことを表面的にしか理解していなかったことに気づく。メイフェアー（Mayfair）のアパートで夫を迎える準備をしている彼女の二重の思いが読者に伝えられる。1つは、彼女は自分の型通りの美貌に表面的には満足し、それ相応の印象を他人に与えることができる能力を自分が持っていることに満足し辟易もしているという思いである。彼女は自分が「知っている」馴染みのある容貌をした夫に再会することに何のためらいも無い。しかし、表面的な冷静さとは裏腹に、病気を経験した彼女は、朦朧とではあるが自分の目覚めた内面的自我に気づき始めている。実際、それは夫という「未知なる」他者にどう反応すべきかを案じ、不安になっている自我である（しかも今や夫は身体的にも馴染みのない姿になっている）。居間のソファーに座り、夫を待つ彼女がソファーの肘かけとクッションとの隙間にふと手を入れると、ある物が触れる。それは小さな宝石が埋め込んである金の指貫きであった。それには「Z. Z.」という頭文字がモノグラムで、また「1801年10月15日」という日付が刻印されていた。古い指貫きにまつわるロマンチックな過去に思いを巡らすことで、彼女の内面的な自我はなんとなく寛ぐ。そこへ夫が帰宅する。2人のぎこちない会話の中心的な話題は、その指貫きのことであった。それは夫婦の表面上の接点であり、語り手は2人の複雑な意識下での反応を探る。夫の傷についての話題になると、その負傷もまた夫人の病気と同様、彼に自己発見を促す契機となっていた。彼自身の未知なる自我と、妻が実は全くの他者であることに彼も気づいていたのである。夫妻は以前よりも高い次元での愛を復活させる必要性を認める。2人は共に生命を「再生」することに専心する。夫人は今や不要となった指貫きを窓から外に捨てる。

作品背景

ロンドンのメイフェアーはハイド・パーク（Hyde Park）の東に位置する。（ヘップバーン夫妻はレディー・シンシア・アスクィス（Lady Cynthia Asquith, 1887－1960）と夫のハーバート・アスクィス（Herbert Asquith, 1881－1947）をモデルにしているようである。）

「アドルフ」（“Adolf”）

執筆時期

1919年3月に書かれる。

出版状況

『ダイアル』誌（*Dial*）69号（1920年9月、pp. 269－76）に掲載される。

『1921年の新たな形見』(*The New Keepsake for the Year 1921*)(1921年12月にX・M・ボウルスティン(X. M. Boulestin)の編纂によりロンドンとパリのチェルシー・ブック・クラブ(Chelsea Book Club)から出版される)に掲載される(pp. 19－33)。

作品紹介と梗概

物語はロレンスの幼少期の思い出に基づいていて、多少とも虚構化された自伝的な短編である。その思い出とは、ある朝、坑夫の父親が家に連れてきた野生の子兎を育てるというものである。それは一家の子供達がいかに兎に喜びを見い出したか、また死ぬかもしれない動物に愛情を注いではいけないと注意する頑固な母親を無視する子供達の物語である。子供達に世話をされて家中を自由に走り回る兎アドルフは、成長するにつれていたずら三昧の自由を謳歌し始める。とりわけ母親が苛立つことに、食卓にあっては大満足なのである。やがてその兎は手に負えなくなる(とりわけレースのカーテンをレールごと落としてしまう)。やがて野生に帰りたい様子が見えたので父親は森へ戻すことにする。語り手が野生の兎の横暴さとその白い尾の厚顔振りについて瞑想するところで物語は終わる。

作品背景

この自伝的な物語の舞台は地名こそ出てこないがイーストウッドであることは明白である。

参考書目37 「アドルフ」(“Adolf”) ➡425ページ

「レックス」(“Rex”)

執筆時期

1919年３月に書かれる。1920年12月に『ダイアル』誌に掲載のための校正と修正が行なわれる。

出版状況

『ダイアル』誌70号(1921年２月、pp. 169－76)に掲載される。
『ダイアルの作品集』(*Stories from the Dial*)(1924年にニューヨークのダイアル・プレス(Dial Press)及びロンドンのジョナサン・ケイプ(Jonathan Cape)から出版される)に掲載される(pp. 37－52)。

作品紹介と梗概

「アドルフ」と同様、この物語もロレンスの幼少期の思い出に基づいた自伝的な短編である。主なテーマは騒々しいフォックステリア犬についてである。その犬は「ザ・グッド・オーメン」酒場（"The Good Omen"）の主人であり語り手である虚勢を張った叔父から一家に、将来性のある興行用の犬として育てるべく与えられる。一家の子供達に溺愛されるあまり大人達による躾が困難となったレックスは、屋内でも外でも暴れ回る犬である。動物を飼うことを認めない母親とレックスは絶えず互いに警戒態勢をとっている（優勢なのは犬の方であった）。屋外でのレックスは鶏やアヒル、羊などを襲い、近所の人達の脅威ともなっている。しかし母親や父親、近所の人達にとって本当の脅威とはならず、究極的には忠犬であったのは、彼が子供達に対して変わらぬ愛情をもっていたからであり、彼もまた子供達の変わらぬ愛によって育てられたからであった。物語の最後で叔父は犬を取り戻しにやってくるが、そんな叔父にとってレックスは「本当」の犬になりそこねたように思える。つまり子供達がレックスをダメにし、「羊毛よりやわな」犬にしてしまったのである。腹を立てた叔父はレックスを連れて行ってしまうが、必死に抵抗する哀れな犬と、愛する犬が遠ざかるのを通りに立って見詰める子供達の傷心と悲しい涙が対照的である。その後、叔父にひどい扱いを受けたレックスの気性は険悪になり、生命を絶たれたそうである。

作品背景

「アドルフ」と同様、物語の自伝的要素からして舞台はイーストウッドであると考えられる。「ザ・グッド・オーメン」として出てくる酒場はノッティンガムのスネントン（Sneinton）にある「ザ・ロード・ベルパー」（"The Lord Belper"）をモデルにしている。物語の叔父はロレンスの母方の叔父ハーバート・ビアゾル（1871年誕生）をモデルにしている。彼はこの物語の時代背景となった時期に酒場を営んでいた（彼はまた「サクラ草の径」のダニエル・サトンのモデルにもなっている）。

第27節　『狐』（*The Fox*）

執筆時期

1918年11月から1920年９月にかけて、また1921年11月から1923年２月にかけて書かれる。本作品には２種類の版があり、それぞれ出版されている。1918年11月と12月に初版が書かれ、1919年７月に改稿と修正が行なわれ、1920年９月に再修正が行なわれる。1921年11月に結末の異なる第２版が書かれ、11月と12月に改稿と修正が行なわれ、1923年２月に（作品集として出版のための）校正が行なわれる。（本作品の構成がどのように変化したかという創作過程の詳細は参考書目のメイル（Mehl）1992年及びルダーマン（Ruderman）1980年の項を参照のこと。）

出版状況

1. a．初版は『ハッチンソンズ・ストーリー・マガジン』誌（*Hutchinson's Story Magazine*）3号（1920年10月8日、pp. 477－90）に掲載される。
   b．第2版は『ダイアル』誌（Dial）に4回の連載で掲載される。72号（1922年5月、pp. 471－92）。72号（1922年6月、pp. 569－87）。73号（1922年7月、pp. 75－87）。73号（1922年8月、pp. 184－98）。また1923年3月に『てんとう虫：狐：大尉の人形』（*The Ladybird: The Fox: The Captain's Doll*）がロンドンのセッカー（Secker）及び4月に『大尉の人形：3大中編小説』（*The Captain's Doll: Three Novelettes*）がニューヨークのセルツァー（Seltzer）から出版される。
2. 1992年に『狐、大尉の人形、てんとう虫』（*The Fox, The Captain's Doll, The Ladybird*）がディーター・メイル（Dieter Mehl）の編纂によりケンブリッジのケンブリッジ大学出版局（Cambridge University Press）から出版される。

作品紹介と梗概

ジル・バンフォード（Jill Banford）は、親友であり協力者でもあるエレン（ネリー）・マーチ（Ellen（Nellie）March）とベイリー農場（Bailey farm）を経営している。（ジルの父親バンフォード氏（Mr. Banford）はイスリントン（Islington）の富裕な商人で、娘の農場経営の資金を出したのである。）2人の女性は共に年齢が30才ほどである。バンフォードは神経質で繊細、一方、逞しいマーチは大工仕事のような実務が得意で、自分でも「農場での男性」と思っている。農場では狐がニワトリを襲うことがあった。ある晩、マーチが見張りをしていると、狐が彼女の足元に現れる。その狐は心得顔にマーチを見る。彼女はまるで自分の存在の奥深くが射られ、ある種の力を及ぼされ、魔法をかけられたように感じる。その後数ヵ月間、狐を目撃したり狐のことを意識して考えることはなかったが、狐は「呪文」のように彼女の無意識的な心を支配したと言う。ある晩のこと、ヘンリー・グレンフェル（Henry Grenfel）が農場に現れる。彼は20才位の若い兵士で、戦場から戻ったばかりである（時代は終戦を迎えた1918年末である）。ソールズベリー平野（Salisbury Plain）の軍の野営に報告を済ませた後、彼には自由時間があったのである。コーンウォール（Cornwall）で生まれ育った彼は、12才の時にベイリー農場の以前の持ち主である今は亡き祖父と暮らすようになる。しかし15才の時カナダへ逃げ出した彼は今、祖父の死も知らずに農場へ戻って来たのである。最初、バンフォードは彼に用心していたが、すぐに打ち解け、彼を食事に誘う。そして彼は農場での宿泊を許される。ヘンリーを見たマーチはあの狐を思い出し、彼の存在に安心と安らぎを覚える。ヘンリーは農場に落ち着くにつれてマーチに強く引かれていく自分を知り、やがて彼女に求婚する。最初マーチは彼の動機を疑って信用しない。そこで彼との深い関わりを避ける。だが、次第に内面的に彼の影響に屈していく。バンフォードはこの求婚の話を聞くと強く反発し、拒否するようにとマーチを説得する。そしてヘンリーに対する彼女の態度は激しく対立したものになる。一方、マーチはヘンリーが実際に狐を狙撃したり、また彼女自身が狐の夢を見たことで次第に無意識的な影響を受け、彼に対する願望があることを認めて結婚を承諾する。しかし、彼が野営地に戻ると、再度バンフォードの影響下に入ったマーチは心を変える。ヘンリーはこうした趣旨の手紙を彼女から受け取ると、すぐにベリーマン大尉（Captain Berryman）に休暇を求め、許可をもらい農場へ戻る。すると2人の女性とバンフォードの父親が木を切り倒そうとしている。ヘンリーは最後は自分がやると申し出る。ところが、ヘンリーの切った木はバンフォードを直撃し、彼女は死亡する。木を切る直前にヘンリーは彼女に移動するよう注意を促したが、彼は意図的に木がバンフォードの上に倒れるようにしたようである。マーチとヘンリーは結婚し、実現が可能になり次第カナダへ発つ計画を立てる。しかし、2人の間にはある不安が解消されないまま残る。つまり、マーチは理由も分らないままに、自分の生命力が枯渇し死に瀕していると感じながらも、バンフォードとの関係で明確になった自立と自己責任への道を完全には諦め切れない。一方、ヘンリーは彼女が自立精神を放棄し、全面的に彼に身を委ねるまで完全な充足感を味わうことはないのである。

作品背景

物語のベイリー農場は、ロレンスの友人セシリー・ランバート（Cecily Lambert）と彼女の従姉妹ヴァイオレット・モンク（Violet Monk）により経営されていたバークシャー（Berkshire）のニューベリー（Newbury）に近いハーミテジ（Hermitage）のチャペル・ファーム・コテッジ（Chapel Farm Cottage）をモデルにしている。ロレンスは1917年12月から1919年11月にかけてのほとんどを当地で過ごしている。（バンフォードとマーチは部分的にではあるがセシリー・ランバートとヴァイオレット・モンクをモデルにしている。おそらくヘンリーはセシリーの兄弟であるニップ・ランバート（Nip Lambert）をモデルにしたのであろう。参考書目のルダーマン（1984年）の項を参照のこと（p. 60）。ヘンリーの野営地が置かれるソールズベリー平野はハーミテジの西50マイルほどの所にある。「ブリューベリー」（“Blewbury”）は農場から6マイルの所にある市場のある町ニューベリーをモデルにしたものだろう。物語の初めに登場するホワイト・ホース（White Horse）（p. 9）はハーミテジの北西12マイルの所にあるウォンテッジ（Wantage）に近いウフィントン・ヒル（Uffington Hill）のチョーク・ホース遺跡（chalk horse）である。（物語の舞台は「落花生」（“Monkey Nuts”）の舞台に類似している。）

参考書目38　『狐』（*The Fox*）➡425ページ

第28節　『大尉の人形』（*The Captain's Doll*）

執筆時期

1921年10月と11月に書かれ、12月及び1923年2月に改稿と修正が行なわれる。おそらく1913年10月に書かれ1916年10月に書き直された「煩わしき人生」（“The Mortal Coil”）（1917年7月に『セヴン・アーツ』誌（*Seven Arts*）に掲載される）を本作品は多少ではあるが基にしている。

出版状況

1. 1923年3月に『てんとう虫、狐、大尉の人形』(*The Ladybird, The Fox, The Captain's Doll*) がロンドンのセッカー (Secker) 及び4月に『大尉の人形：3大中編小説』(*The Captain's Doll: Three Novelettes*) がニューヨークのセルツァー (Seltzer) から出版される。
2. 1992年に『狐、大尉の人形、てんとう虫』(*The Fox, The Captain's Doll, The Ladybird*) がディーター・メイル (Dieter Mehl) の編纂によりケンブリッジのケンブリッジ大学出版局 (Cambridge University Press) から出版される。

作品紹介と梗概

物語はアレクサンダー・ヘップバーン大尉 (Captain Alexander Hepburn) とハネレ (Hannele) (ヨハナ・ツ・ラセントロウ伯爵夫人) (Countess Johanna zu Rassentlow) との間の気まぐれと心の動揺を辿る恋愛物語である。ヘップバーン大尉は連合軍による占領下ドイツ駐留のスコットランド人の軍人であり、一方、ハネレは友人のミチカ (Mitchika) (アンナマリア・フォン・プリラウ＝カロラス男爵夫人) (Baroness Annamaria von Prielau-Carolath) と共に人形やちょっとした民芸品を製作販売して生計を立てている亡命貴族である。ヘップバーン大尉の17才の妻エヴァンジェリン (Evangeline) は夫の恋愛の噂を聞き、不意にイギリスからやって来て夫が自分のものであることを主張する。現在ハネレがアレック (Alec) (アレクサンダー・ヘップバーン大尉) を「所有」している事実は、彼女が作った彼のマネキン人形によって象徴される。誰もがその人形はアレックにそっくりだと言う。妻エヴァンジェリンは身元を明かさぬまま様子を見にハネレのアトリエへ行き、夫のマネキン人形を目撃する。彼女は人形が夫に酷似していることに驚き、2人の関係がどこまで進展しているのかを知る。その後、ハネレに身元がばれたエヴァンジェリンは人形を買いたいと言い出す。同時に、もし彼女に協力しないならば、ハネレとミチカを政府の好ましからざる人物として国外退去に処すると暗に脅す。しかし、この彼女の脅迫が現実となる前に、ある事故、あるいは事故とおぼしき事件が起こる。エヴァンジェリンがホテルの窓から墜落死するのである。今やアレックはハネレとの関係から身を引き、彼女との心情的な接触をしばらく避けることにする。彼はイギリスに戻り、2人の子供達の将来の手筈を整え、自分は軍の除隊許可を得る。しかし翌年、彼は再度ハネレを探す。彼女の噂を最後に聞いたミュンヘン (Munich) のある店先で、彼は自分のマネキン人形を目撃する。だが彼はその人形に嫌悪感と怒りを覚える。その理由は、ハネレがその人形を販売しようとしていたばかりか、今やその人形は彼に向けられた「意図的な皮肉」に思われたからである。また彼がその人形に憤慨したのは、彼を完全に所有できると見なす女性の閉塞した先入観が表れていると思ったからだという。その人形が再度売られ、それが2本のヒマワリとトーストの上の落とし卵と共に描かれた超現実的な静物画として使われているのを知り、彼の屈辱感は倍増する。彼はその静物画を買い取り、オーストリア・チロル（Austrian Tyrol）のカプラン（Kaprun）へ発つ。そこで、ハネレが当地に住み、ヘル・レジーラングスラート・フォン・ポルディ（Herr Regierungsrat von Poldi）（地元に住む中年の政府高官）と婚約していることを知る。やがて彼はハネレに再会する。2人はカプランの氷河へ行くことにする。物語の最後の長い場面で2人は口論を始める。その口論で、とりわけ愛と結婚について2人は相反する見解を持っていることが判明する。彼の見解は、愛は誤りであり、愛は男女に互いの「人形」を作らせることに繋がり、結婚は尊敬と服従（及び「適切な肉体的感覚」）に基づくべきであるというものである。一方、ハネレは男性が威張るための利己的な理論だとしてこの考えを退け、愛を是認する意見を述べ続ける。結局、彼は求婚するが、彼女が彼を尊敬し服従する（まるでボッカッチョ（Boccaccio）の「我慢強いグリゼルディス（Griseldis）」のように）のが結婚の条件だと言う。そんな条件ならば結婚しないとハネレは拒否し、そうした要求を掲げる彼の自惚れと傲慢を嘲笑う。しかし、彼の言うことが明快ではないにしても、彼女が人形の静物画を燃やすと言い出し、彼の求婚を受けるところで物語は終わる。

作品背景

物語は第1次大戦後の連合軍による占領下ドイツの町で始まる。正確な地名は示されていないが、1918年12月から1926年1月までイギリス軍の支配下にあったケルン（Cologne）が舞台であろう。その後しばらく舞台はミュンヘンに移行し、物語の最終場面でオーストリア・チロルの湖畔の町「カプラン」へ移る。「カプラン」はツェル・アム・ゼー（Zell-am-See）をモデルにしている。ロレンスは当地（トゥーメルスバッハ（Thumersbach）のヴィラ・アルペンゼー（Villa Alpensee））に1921年7月20日から8月25日まで滞在している（カプランという町が近くに実在するが、それは湖畔の町ではない）。

参考書目39 『大尉の人形』（*The Captain's Doll*）➡428ページ

第29節 『てんとう虫』（*The Ladybird*）

執筆時期

1921年11月と12月に書かれる。1922年1月と1923年2月に改稿及び修正が行なわれる。最終的な形は非常に異なるが、本作品は1915年10月に書かれた「指貫き」（"The Thimble"）（1917年3月に『セヴン・アーツ』誌（*Seven Arts*）に掲載される）を基にしている。

出版状況

1. 1923年3月に『てんとう虫、狐、大尉の人形』（*The Ladybird, The Fox, The Captain's Doll*）がロンドンのセッカー（Secker）及び4月に『大尉の人形：3大中編小説』

(*The Captain's Doll: Three Novelettes*)がニューヨークのセルツァー(Seltzer)から出版される。

2. 1992年に『狐、大尉の人形、てんとう虫』(*The Fox, The Captain's Doll, The Ladybird*)がディーター・メイル(Dieter Mehl)の編纂によりケンブリッジのケンブリッジ大学出版局(Cambridge University Press)から出版される。

作品紹介と梗概

かつて社交界で影響力のあったビヴァリッジ夫人(Lady Beveridge)は、1917年という戦時中においてイギリスの寛容と博愛的自由主義の精神が衰退していく姿を象徴している。大戦で息子達や兄弟を失ったにもかかわらず、夫人は敵国の負傷兵が拘留されている病院を慈善訪問し続けている。ある日夫人は、重傷を負ったボヘミア人(Bohemian)で昔からの友人であるヨハン・ディオニス・プサネク伯爵(Count Johann Dionys Psanek)に出会い、驚く。彼は30才代半ばの、小柄で浅黒い、謎めいた人物である。夫人は子供の頃から彼を知っていて、伯爵夫妻も1914年に夫人を訪れたばかりである。その後、夫人は娘のレディ・ダフネ・アプスリー(Lady Daphne Apsley)に伯爵のことを話す。レディ・ダフネも彼のことを知っていたからである。彼女は17才の誕生日に、伯爵家の家紋であるてんとう虫の付いた指貫きを彼からもらったことを覚えていた。現在、ダフネは25才で、病気から回復したばかりである。背の高い美しい女性だが、病気がちで痩せていて、医者達は彼女の肺炎を心配している。東方で行方不明になっている彼女の夫バジル・アプスリー少佐(Major Basil Apsley)はどうやらトルコ(Turkey)で捕虜になっているようである。彼女は今でも自分の死産した子供と、2人の戦死した兄弟のことを嘆き悲しんでいる。彼女にとって人生は暗く絶望的なものであった。しかし、彼女が絶望している本当の理由は、自分の生来的な「激しい活力」の捌け口が見つからないからだという。母親の慈善に対する信条や夫の「尊敬すべき」因習尊重などが、彼女の「向こう見ずな」性質を抑制していたのである。彼女は母親と共にディオニソス伯爵に会いに行く。その後、彼女は伯爵の及ぼす微妙で静かな力故に彼に引かれていくのを知る。次第に彼女の心は、古代の秘密社会を知るディオニソスが暗示する不可思議で深遠な知により生気を与えられ活気づけられていく。その知によれば、この世界は裏と表が逆になっていて、視覚と光と知性という表層的な昼間の世界は、闇と無意識と血の知識という本質的な世界の裏面に過ぎないという。自分の姓である「プサネク」は「無法者」を意味すると伯爵はダフネに言う。彼女の無法で向こう見ずな活力は彼との関係を通して明らかに外に現れ始める。

終戦となり、ダフネは興奮と期待をもって夫の帰りを待つ。しかし、夫は妙に特異でよそよそしく、伯爵の持つ「暗黒の炎」とは明確な対照をなす彼の本質的な「白色の脆弱」を彼女は知る。彼女にとって、傷を負った夫の顔はその傷ついた内面的自我や死相のある青白い彼の自我を表していた。しかし、彼女に対する夫の愛は今まで以上に激しくなる。実際、夫は文字通りダフネにひざまずき、ほとばしる「崇拝欲」で彼女の足にキスをする。そして重要なことなのだが、ひざまずいていた夫が立ち上がる時、彼女は左手だけを差し出して右手は伯爵がくれた指貫きを強く握りしめているのである。夫の崇拝にダフネは再度苛立ち、具合が悪くなる。彼女は自分が「売春をする女神」のような気になり始める。それは、彼女の生気ある魂を燃え上がらせる力のない、脆弱な僧侶によって崇拝される女神である。彼女は再び伯爵に心を向け、夫を連れて彼に会いに行く。夫と伯爵は互いに共通点は無いが、夫は伯爵に引かれる。彼は伯爵が帰還させられる前にダフネが生まれ育ったビヴァリッジ家の館ソールズウェイ（Thoresway）に伯爵を２週間招待する（ソール（Thor）という名がついているのはおそらく偶然ではないだろう。ダフネの激しい活力は軍人であった父方の祖先の恐れを知らぬ血統であったという）。物語の最後で主人公達の三角関係が１つに統合されることになる。つまり、ダフネは別世界に住むデモンの恋人（demon lover）という伯爵の「夜の妻」となり、同時に夫の精神的な恋人である「昼間の妻」になるというものである。伯爵の霊的な歌声によって彼の部屋に誘われたダフネは、てんとう虫の「生命の暗黒の炎」を抱きしめ、冷たく白い表層的な自我から本当の暗黒の自我に宿る無意識の温かい血の漲る状態へと移っていく。祖先から受け継いだ彼女の激しい活力は、「永遠に流れる河のように彼女の内面で」解放される。ダフネの中で本当の願望が再燃するにつれて、彼女に対する夫の不自然な願望は消滅し、夫は彼女に対する愛が性の欠如した観念的なものであることを知る。

物語のその他の登場人物は、ビヴァリッジ卿（伯爵）（Lord（Earl）Beveridge）、バジルの姉妹のプリムローズ・ビンガム夫人（Lady Primrose Bingham）、ダフネのメイドのミリセント（Millicent）（ダフネとバジル・アプスリーはレディ・シンシア・アスクィス（Lady Cynthia Asquith, 1887－1960）と彼女の夫ハーバート・アスクィス（Herbert Asquith, 1881－1947）をモデルにしている。ハーバート・アスクィスもアプスリー少佐と同様、大戦で負傷している。彼は1908年から1916年まで英国首相を務めたハーバート・ヘンリー・アスクィス（Herbert Henry Asquith, 1852－1928）の次男である。ビヴァリッジ一家はレディ・シンシア・アスクィスの両親であるエルコー卿夫妻（Lord and Lady Elcho）をモデルにしている。レディ・シンシアは父親のヒューゴ・チャータリス（Hugo Charteris）が1914年６月にウェミス（Wemyss）の第11代伯爵になった際、称号を得ている。）

作品背景

ダフネの住居はロンドンのハイド・パーク（Hyde Park）に近いメイフェアー（Mayfair）にある。伯爵が治療を受ける軍人病院ハースト・プレイス（Hurst Place）とヴォイニッチ・ホール（Voynich Hall）はロンドン郊外にある。ビヴァリッジ家の館であるソールズウェイは作品中ではレスターシャー（Leicestershire）にあるが、実際はおそらくオックスフォードシャー（Oxfordshire）のレディ・オットライン・モレル（Lady Ottoline Morrell）所有のガーシントンマナー（Garsington Manor）がモデルであろう。ロレンスは当マナーを1915年６月に訪れている。

参考書目40 『てんとう虫』（*The Ladybird*）➡428ページ

第30節　『セント・モアとその他の短編』(*St. Mawr and Other Stories*)

作品集

執筆時期

本題名はケンブリッジ版D・H・ロレンス著作集でのみ使用されている。収録されている短編小説は1922年9月から1925年3月にかけてロレンスが滞在していた合衆国とメキシコで書かれる。本作品集は、『セント・モアとプリンセス』(*St. Mawr Together with The Princess*)(1925年5月にロンドンのセッカー(Secker)から出版される)にロレンス生存中には出版されなかった他の作品「オーヴァートーン」("The Overtone")、「気ままな女」("The Wilful Woman")(この題名は1971年に出版されたペンギン版(Penguin)『プリンセスとその他の短編』(*The Princess and Other Stories*)に収録される際、キース・セイガー(Keith Sager)によって付けられる)と未完の短編小説「飛魚」("The Flying Fish")を追加収録したものである。

出版状況

1983年にブライアン・フィニー(Brian Finney)の編纂によりケンブリッジのケンブリッジ大学出版局(Cambridge University Press)から出版される。

個々の作品

個々の作品紹介では作品集の詳細な出版状況については記述しない。作品集のブライアン・フィニーの序文(pp. xv－xliii)は全作品の一般的批評に関するものとして参照に値する。

「オーヴァートーン」("The Overtone")

執筆時期

執筆時期は定かではない。ブライアン・フィニーの説ではおそらく1924年4月4日から5月5日にかけて書かれ、1925年に改稿が行なわれる(ブライアン・フィニーの編纂によるケンブリッジ版を参照、pp. xxi－xxix)。しかし、マーク・キンケッド＝ウィークス(Mark Kinkead-Weekes)の新説によると、実際にはそれ以前の1913年1月末か2月初旬に書かれたという(マーク・キンケッド＝ウィークスの『D・H・ロレンス・レヴュー』(*The D. H. Lawrence Review*)(近刊)の「「オーヴァートーン」の執筆時期を再推定する」("Re-Dating of 'The Overtone' ")を参照)。

出版状況

ロレンスの生存中には出版されなかった。1933年１月に最初の死後出版としてロンドンのセッカーから出版された『愛らしい女』（*The Lovely Lady*）に収録される。

作品紹介と梗概

物語は偉大なるパン神（God Pan）の死（ロレンスの作品で繰り返されるテーマである）に関する詩的な瞑想を扱っている。３人の主人公達はこのテーマについて、それぞれ独自の見解を述べる（ただしエルザ・ラスケル（Elsa Laskell）が主たる意識の代弁者である）。レンショウ家（Renshaw）での夕食後、レンショウ夫人（Mrs. Renshaw）は客のハンキン夫人（Mrs. Hankin）や若い女性のエルザ・ラスケルと談笑している。夫のウィル・レンショウ（Will Renshaw）は居間で寝そべり、読書をする振りをしている。現在52才の彼は結婚後６ヵ月経ったある日の夜のことを思い出している。その夜、彼は住まいの上手にある丘で満月の下、外気に触れたまま妻を抱きたい衝動に駆られた。しかし、妻は拒否する。おそらく彼女には彼女自身に対する恐れと不信があったのだろう。一方、彼にしてみれば、それ以来その夜は夫婦の肉体関係の終焉の始まりとして強く記憶される。次に読者はレンショウ夫人の意識に入り込み、夫人の言い分を部分的に聖歌の形で聞く。夫人は恐れと不信が夫婦の性的不一致の原因であると感じている。しかし、夫人は自分がこうした感情を抱くのは夫のせいであり、自分には非がないと考えている。そこで夫人は、粗野で感性の無い汚れた愛を求める余り、聖なる愛の神秘から絶えず身を引く夫を責める。次に、家の外でパン神についてエルザ・ラスケルとレンショウ夫妻が話し合う。この話し合いから読者が既に耳にしていることが明確になる。つまり、ウィル・レンショウは単なる堕落した神と化した自称官能的なパン神であり、妻エディス（Edith）はある種の精神的なキリストであり、パン神の死に対して責任がある（道徳的正義や完全無欠さに対しても同様である）。また、エルザ・ラスケルはパン神とキリスト、官能と精神、ニンフ（nymph）と女性、また異教徒とキリスト教徒という２つの衝動の間でバランスを保ちつつ生きる女性であると自ら明言するのである。物語はエルザ・ラスケルがレンショウ夫妻から逃れて嬉しいと思う場面で終わる。

作品背景

物語の舞台であるレンショウ夫妻の住まいを特定する唯一のヒントはソア川（River Soar）に関する言及である。この川はノッティンガムシャー（Nottinghamshire）の南部を流れてレスターシャー（Leicestershire）へ注いでいる。

参考書目41　「オーヴァートーン」（"The Overtone"）➡429ページ

『セント・モア』(*St. Mawr*)

執筆時期

1924年６月から９月にかけて書かれる。草稿：1．1924年６月初旬に書かれる。2．1924年６月末から９月にかけて書かれ、1925年２月と３月に改稿と校正が行なわれる。

出版状況

1925年５月に『セント・モアとプリンセス』がロンドンのセッカー及び６月に『セント・モア』(*St. Mawr*) がニューヨークのクノフ (Knopf) から出版される

作品紹介と梗概

主要な登場人物：ルウ・ウィット (Lou Witt) (カーリントン夫人 (Lady Carrington))、リコ・カーリントン (Rico Carrington) (ヘンリー・カーリントン卿 (Sir Henry Carrington))、ウィット夫人 (Mrs. Witt)、フェニックス (Phoenix) (ジェロニモ・トゥルジージョ (Geronimo Trujillo))、モーガン・ルイス (Morgan Lewis)、セント・モア (St. Mawr)。

ヨーロッパの首都をまたぐ自由な恋愛を経験した後、「非常にお金持ち」の24才のアメリカ人女性ルウ・ウィットはリコ・カーリントンと結婚する。彼は芸術家気取りのオーストラリアの準男爵の息子である。２人はウェストミンスター (Westminster) に落ち着き、リコは社交界の肖像画家になる。ルウの母親ウィット夫人 (彼女はリコが「我慢ならない」) は、召使であるメキシコ・インディアンのフェニックスと共に娘夫婦の家の近くのホテルに泊まり、娘の結婚生活が破局するのを冷笑的な満足感を覚えながら「目撃」しようとする。

セインツベリー氏 (Mr. Saintsbury) はルウの家の裏手にある馬屋の所有者で、彼はルウに堂々とした気性の激しい種馬セント・モアを見せる。彼女はその馬に魅了され、言わば神が出現したかのような経験をする。彼女の魂の中に「太古の知恵」が流れ込む。彼女は自分の平凡な自我を捨て、「別の世界」により深い自我と真実を求めなければならないことに気づく。そこで彼女はセント・モアを買い、同時にウェールズ人 (Welsh) の馬丁モーガン・ルイスに馬の「世話人としての力」を借りることにする。

ウィット夫人はシュロップシャー (Shropshire) に家を借りる。その家からは教会の敷地内が見渡せ、前述したように夫人の冷笑的な態度は葬儀を眺めて楽しんだりしてますます激しくなる。次に地元の牧師夫婦で「愉快なほど世俗的な」ヴァイナー夫妻 (Vyners) が登場する。一方、リコは地元の紳士階級を渡り歩く。またコラバック邸 (Corrabach Hall) の奇怪なマンビー一家 (Manbys) が登場する。ウィット夫人が夕食会を催すと、山羊に似た地元の芸術家カートライト (Cartwright) が偉大なるパン神について議論を始める。その後、ウィット夫人とルウはこの話題を話し合う。２人は現代社会には本当の

「パン神的要素」が欠如していると嘆く。夫人は「パン神的要素」が馬丁のルイスにあると言う。特にルウは、フェニックスや活気ある生命が「その根源から直接」燃えたぎっているセント・モアにそれを感じると言う。

馬に乗って一行は地元の景勝地デヴィルズ・チェアー（Devil's Chair）へ行く。そこで物語の中心的な事件が起こる。突然セント・モアが「暴れ出し」、「敵意」をもって抑えようとしたリコは馬を引きつけるが上から乗られてしまい、あばら骨と足首を骨折する。

助けようとしたルウは馬に乗る。彼女はセント・モアが蛇の死骸に驚いたのを知る。そこで彼女は2つ目の「邪悪に関する見解」を持つに至る。彼女は現代社会の生気ある生命が「逆転」していると考える。この逆転は、表面的に文明を装っているリコの背後にある邪悪とセント・モアにある自然な生命力との対立そのものである。この対立はヴァイナー家やマンビー家の人達がリコのためにセント・モアを去勢しようと決めることで更に大きくなる。しかし、その前にウィット夫人はルイスと共にセント・モアに乗り、オックスフォードシャー（Oxfordshire）へ向かい、セント・モア、ウィット夫人、ルイス、ルウとフェニックスらでアメリカへ行く手筈を整える。ウィット夫人はルイスに求婚するが、夫人の態度に潜む傲慢とわがままを知った彼は強く拒否する。自分の民族の伝統的な信仰を語りながら、ルイスは夫人の持つ現代文明の機械的な合理主義を暗に批判し、彼が自然界の神秘と生命力を素直に信じていることを告げる。ウィット夫人にはそれらに対する本当の感性が無いと言うのである。やがてルウはコラバック邸での表面的なお喋りやフローラ・マンビー（Flora Manby）の軽薄な態度、また回復中のリコに我慢ならなくなる。ロンドンに戻った彼女はアメリカへ発つ最終的な準備をする。過去を振り返る彼女は芸術家のローラ・リドレー子爵（Honourable Laura Ridley）を思い出す。するとこの人物のすべてがルウの神経にさわり、彼女は現代の不毛世界の虚しい生活から逃げ出したい思いに強く駆られる。

しかし、本来の魅力が失せたテキサス（Texas）での生活は、ルウにとってイギリスでの生活同様に人工的で不自然なものであった。セント・モアとルイスをテキサスの牧場に残して彼女はウィット夫人とフェニックスとでニューメキシコ（New Mexico）のロッキー山脈（Rocky）へ行く。そこで、ルウとフェニックスは農場を見に山へ登る。その間ルウは自然の景色が伝える衝撃を吸収し、ある種の神の出現を経験し、真実への探求が最終局面を迎えるのを知る。ラス・シヴァス農場（Las Chivas ranch）を目にしたルウの心はすぐにときめく。ただし、農場の建物には崩壊する不吉な余兆があり、フェニックスもそこに農場としての将来性がないことを機敏に悟る。次にラス・シヴァス農場の叙情的な話が語られる。ある女性が「いまいましく容赦のない」自然に直面し、農場を維持しようとしたが失敗に終わったという。この女性の敗北の話は警告的な意味があるが、いわゆる文明社会にいるルウに欠如していた「自然の中の生活での不思議な闘争心」が彼女の心に蘇る。ルウは農場を買い、それを見せに夫人を連れてくる。ルウは半ば宗教的な言葉で自分を「必要」としている「自然の霊」に忠誠を誓うが、夫人はネズミを指差し、最後の冷笑的な言葉を述べ、農場の物質的な価値やラス・シヴァスという名前が雌山羊であることなどについて話す。物語は相反する2つの余韻を残して終わる。つまり、ルウはロッキー山脈の自然の中に偉大なるパン神を見い出したのだろうか。それともこの裕福で哀れな女性は更なる幻想、つまり真実の曖昧で愚かな影を見たに過ぎないのだろうか。

作品背景

物語の舞台はルウとリコが住むロンドンのウェストミンスター界隈から始まる。次に舞台はシュロップシャーの「コウムズベリー」(“Chomesbury”) に移る。「コウムズベリー」はシュルーズベリー (Shrewsbury) の南西8マイルほどの所にあるポンツベリー (Pontesbury) をモデルにしている。ロレンスは当地のフレデリック・カーター (Frederick Carter) を1924年に訪れている。「デヴィルズ・チェアー」への遠出はロレンスがフレデリック・カーターと行った景勝地スティパーストーンズ (Stiperstones) (海抜1762フィート) から着想を得たようである。そこはポンテスベリーの南西6マイルほどの所にある。(「コウムズベリー」から7マイルの所にある「コラバック邸」はポンテスベリーの東6マイルの所にあるコンドヴァー・ホール (Condover Hall) をモデルにしているのだろう。地名は近くの村キャスル・プルヴァーバッチ (Castle Pulverbatch) から着想を得たのかも知れない。) ウィット夫人とルイスは馬に乗ってオックスフォードシャーへ行き、しばらくロンドンで過ごし、次にアメリカへと移動する。ハヴァナ (Havana) の船上での描写があった後、テキサスの「ゼイン・グレイ」農場 (“Zane Grey” ranch) が舞台となり、やがて物語の最終場面はニューメキシコのロッキー山脈のラス・シヴァス農場となる。この農場はタオス (Taos) から17マイルの所にあるケスタ (Questa) のロレンス一家のロボ農場 (Lobo ranch) をモデルにしている (後にカイオア農場 (Kiowa ranch) と改名される)。ロレンス夫妻はこの農場で物語を書き、1924年5月から10月にかけて、また1925年4月から9月にかけて滞在する (夫妻はまた1922年12月から1923年3月にかけてカイオア農場近くのデルモンテ農場 (Del Monte ranch) に暮らす)。

参考書目42 『セント・モア』(*St. Mawr*) ➡430ページ

「プリンセス」(“The Princess”)

執筆時期

1924年9月と10月に書かれる。1925年4月と5月にセッカーから出版するための校正が行なわれる (ロレンスは『カレンダー』誌 (*Calendar*) に掲載するための校正を見ていないようである)。

出版状況

『カレンダー・オブ・モダン・レターズ』誌 (*Calendar of Modern Letters*) 1号に3分割されて (1925年3月 (pp. 2−22)、1925年4月 (pp. 122−32)、1925年5月 (pp. 226−35)) 掲載される。
1925年5月に『セント・モアとプリンセス』がロンドンのセッカーから出版される。

作品紹介と梗概

コリン・アーカート（Colin Urquhart）は古いスコットランドの一門出身で、自ら王家の血を引いていると言う。そう言う彼を親戚は滑稽に思っている。実際、彼は「多少頭がおかしいだけ」だそうである。美男子で教養があり、魅力的でかなりの財産がある紳士の彼は世界中を旅行し、社交界に出入りするが、何か特別なことをするでもなく、「何者かになる」わけでもなかった。実際、彼は実体のない非現実な存在で、妻は彼の「魅力的な亡霊」と共に生きているという人生観を持つに至り、結婚は3年目にして破綻する。彼は富裕なニューイングランド（New England）出身の女性ハナ・プレスコット（Hannah Prescott）と再婚する。彼女は22才で彼は40才近くになっていた。彼女はひ弱な娘メアリー・ヘンリエッタ（Mary Henrietta）を産み、その後、娘が2才になった時、突然他界する。彼女は娘をドリー（Dollie）と呼び、一方コリンは「僕のプリンセス（王女さま）」と呼んだ。やがて皆が彼女をプリンセスと呼ぶようになる。プリンセスは父親に育てられ、彼から離れられない存在になる。必然的に彼女は父親から多くの気質を受け継ぎ、彼の影響を強く受けることになる。特に父親は娘に、実際に彼女が王家の汚れなきプリンセスであり、父親ともども「古代王家の最後の末裔」であり、従って他の「高貴でない俗人」達に近づいてはならないと教える。また父親は彼女に、いつも他人に優しく丁寧に接しなければならないが、大切なのは王家の末裔である彼女の内面的自我の中心に不変の「緑色の正直なデモン」が存在していることを伝える。そこで幼い彼女は「絶対的な慎み」が必要と考え、他人とは親しくなることが不可能であることを学ぶ。彼女は父親が描き完成させた幼少期の「絵」からそのまま飛び出ただけの存在となるのである。いつも子供っぽく純潔な彼女は、30才になるまで性が欠如した妖精の特性を持ち続ける女性として父親と共に世界中を旅行する。一方、父親は年を取るにつれてますます異常になる。彼は他界するまでの3年間をコネティカット（Connecticut）の自宅で過ごし、若い看護婦で付き添い人のシャーロット・カミンズ（Charlotte Cummins）と結婚する。ドリーが38才になった時、父親は他界する。彼女は目的を失い空虚になり、結婚を考え始めるが、結婚と男性に関して観念的な考えしか持たない彼女にとって結果は知れていた。そこで彼女は旅行することにし、カミンズとニューメキシコへ行き、ロッキー山麓の富裕な人々が泊まる大きな農場に滞在する。そのデル・セロ・ゴルド農場（Ranch del Cerro Gordo）の所有者はウィルキーソン一家（Wilkieson）で、10年前に一家はこの農場をドミンゴ・ロメロ（Domingo Romero）から買ったのである。ドミンゴ・ロメロは古いスペインの一族出身の30才になるメキシコ人で、現在は農場のガイドとして働いている。ドリーは浅黒く強靭で物静かなロメロに興味をもつようになる。彼女は彼の特異な黒く絶望的な目の中に貴族らしい「デモン」の輝きを見たように思い、2人の間には言葉にならない親密さが生まれる。同時にドリーの結婚に関する「固定観念」が後退し始める。彼女は2人の「デモン」が共感するのを認める一方で、2人の社会を気にする表層的自我が結婚など不可能であるとしているのを感じる。毎日ロメロやカミンズ、また時には数人の客と馬に乗って遠出する生活が1ヵ月ほど続いた後、ドリーはロメロに大きな野生動物が見られる場所へ連れて行ってもらえないかと頼む。彼はドリーとカミンズを山中の人里離れた彼所有の小屋へ招きたいと言う。小屋へ行く途中でカミンズの馬が負傷し、彼女は農場へ戻る。そこでドリーとロメロだけで先に進む。日没前に2人は原生林のような樹木に覆われた谷の空地に立つ小屋に着く。ドリーは疲労し意識が薄れていて、精力的で「力が漲る」ロメロに多少不安を持つ。2人は火を起こし食事をして寝る。彼女は寝棚で眠り、ロメロは床の上に寝床を作る。夜間、火が消え、ドリーは寒さに身を震わせて目を覚ます。彼女は暖が欲しくて身が裂ける思いをする。象徴的にそれは「自分自身から解放されたい」彼女の願望であった。他のいかなる人間からも身を守り束縛を受けたくないという彼女の脅迫観念的な願望である。彼女がロメロに声をかけると、彼は暖めて欲しいかと聞く。彼女はそうして欲しいと言うが、彼が抱いた途端にドリーは硬直し、彼の動物のような情熱に怯み、彼の暴行に抗議するかのように心の中で絶叫する。しかし「彼女はそうなることを願っていたのだ。」翌日、彼女はすぐに小屋を発とうと言う。しかし、ロメロは彼との接触を拒否しようとした彼女に侮辱を覚え、彼女が2人の肉体関係を楽しめなかったと言い張るに至り憤慨する。また彼は農場に戻ったら、彼女が他の人達に何と言うか心配する。そこで彼は戻ることを拒否する。彼はドリーが1人で戻れないように彼女の衣服と2人の鞍を小屋の前の池に投げ込む。そして彼女に自分を恋人として受け入れ「させようと」心に決める。彼女もこんなやり方で彼に自分を征服させまいと決意する。実際、彼は繰り返し彼女に暴行を加えるが、彼女の精神は「ダイヤモンドのように強固で完璧」だった。彼はドリーを粉砕できたが、結局、彼女が決して屈服しないことを知り絶望する。4日目に2人はこのままでは死んでしまうと思う。営林署の男達が2人を探しに現れた時、ロメロは不必要にも彼らに銃口を向け、喜んで死を選ぶ。彼が息を引き取った後、ドリーは彼が発狂したと言って事態を説明する。その後、実際に彼女も発狂したようである。しかし、カミンズの助けもあって以前の表面的な自己を取り戻し、再び「完全に純潔な女」に戻る。彼女の目には父親の狂気が漂い始める。結局、彼女は年配の男と結婚し、満足したそうである。

作品背景

物語の主要な舞台はニューメキシコ州タオスに近いサン・クリストバル(San Cristobal)のロッキー山脈である。最初の5分の1ほどではコリンとドリー・アーカートはヨーロッパとアメリカ(インドも言及されている)をせわしなく旅行する。フィレンツェ(Florence)、ローマ、パリ、ロンドン、五大湖(Great Lakes)、カリフォルニア(California)、コネティカットなども登場する。

参考書目43 「プリンセス」(“The Princess”) ➡433ページ

「気ままな女」(断片)(“The Wilful Woman” − Fragment)

執筆時期

1922年9月に書かれる。

出版状況

ロレンス生存中には出版されなかった。最初の死後出版は1971年にキース・セイガーの編纂によりハーモンズワース（Harmondsworth）のペンギン（Penguin）から出版された『プリンセスとその他の短編』に収録される。

作品紹介と梗概

この断片的な物語は、1916年11月にシビル・モンド（Sybil Mond）がニューヨークからカンザスシティー（Kansas City）を経て、ニューメキシコのラミー（Lamy）へ行くまでの旅の後半部分を語っている。40才近い年齢になり、3度の結婚歴のある彼女は今なお「爆発しそうな」エネルギーに満ちている。その上、14才の少女の頑固さを持っている。彼女が乗った列車はラ・フンタ（La Funta）を経てトリニダード（Trinidad）を過ぎたあたりで停車する。遅い列車に苛立ち、怒った彼女は列車を降りて残りの旅を自動車ですると言い張る。そして16才の少年と彼の「乗り潰したドッジ」を賃借りするが、少年はその荒れた土地での道を知らないばかりか自動車にヘッドランプを取り付けるのを忘れている。そこで日が暮れると、彼女は旅を諦めて「ワゴン・マウンド」（“Wagon Mound”）の駅まで戻らなければならなくなる。その駅で「気ままな女」は次の列車が来るまで更に3時間待たなければならない。

「飛魚」（未完）（“The Flying-Fish” – Unfinished）

執筆時期

1925年3月に書かれる。

出版状況

ロレンス生存中には出版されなかった。最初の死後出版は1936年にエドワード・D・マクドナルド（Edward D. McDonald）の編纂によりニューヨークのヴァイキング（Viking）から出版された『フェニックス—D・H・ロレンス遺稿集』（*Phoenix: The Posthumous Papers of DHL*）に収録される。

作品紹介と梗概

ゲシン・デイ（Gethin Day）は40才の退役軍人で、最近、姉のリディア（Lydia）を亡くしたことでデイブルック邸（Daybrook Hall）のデイ家最後の1人になる。昔からデイブルック邸にデイ家の者がいる限り邸宅のある谷に災害は起こらないという予言があり、ゲシンはそこへ戻らなければならないと考える。16世紀にデイブルック邸を建てたギルバート・デイ卿（Sir Gilbert Day）は『デイ家の書』（*Book of Days*）という詩歌、哲学、また象徴についての「一族の秘密の聖典」を著わしている。次にゲシンがイギリス中を旅行するにつれて彼の思考と感情に相反することが語られるようになる。しかし、この未完の物語で最も銘記すべき部分は、メキシコ湾（Gulf of Mexico）の飛魚とネズミイルカの描写である。（その他、ゲシンがハヴァナ（Havana）で一緒に自動車を賃借りした2人のデンマーク人を始め旅行中に出会った様々な旅行者が登場する。）

作品背景

物語はメキシコ南部からメキシコ市（Mexico City）を経由し、ヴェラクルス（Vera Curz）に至るゲシン・デイの列車の旅を語るものである。更に彼は船でメキシコ湾を越え、ハヴァナとキューバ（Cuba）へ行き、大西洋を越えてイギリスへ向かう。ロレンスは1923年11月と12月に同様の旅をメキシコ市からイギリスまで行っている。また彼は1925年2月にメキシコ南部のオアハカ（Oaxaca）からメキシコ市まで旅行している。ミッドランド（Midlands）の「クライチデイル」（"Crichdale"）にあるデイ家先祖代々の「デイブルック邸」の描写はおそらくダービーシャー（Derbyshire）のラスキルデイル（Lathkill Dale）の北部にあるハドンホール（Haddon Hall）をモデルにしたのだろう。

参考書目44　「飛魚」（未完）（"The Flying-Fish"ーUnfinished）**➡433ページ**

第31節　『処女とジプシー』（*The Virgin and the Gipsy*）

執筆時期

1925年末から1926年1月にかけて書かれる。本作品は死後出版されたもので、ロレンスは生存中に出版を予定していなかった。しかし自筆原稿と出版された作品とが違うことから、ロレンスは執筆直後にセッカー（Secker）へ渡すタイプ原稿（現在、所在不明）を改稿したと考えられる。

出版状況

1930年5月にフィレンツェ（Florence）のG・オリオリ（G. Orioli）及び10月にセッカー、更に11月にニューヨークのクノフ（Knopf）から出版される。

作品紹介と梗概

セイウェル家（Saywell）の2人の娘達イヴェット（Yvette）とルシール（Lucille）はスイスでの学校生活を終え、冷ややかで抑圧的な実家である牧師館へ帰ってくる。今でも2人が幼かった頃に「無一文の若者」と駆け落ちした母親の騒動が原因で、憎悪と羨望と道徳的な怒りが家庭内を毒している。大胆で当てにならない母親シンシア（Cynthia）の失踪後、娘達は牧師である父親アーサー・セイウェル（Arthur Saywell）と彼が連れて来た近親者達により「巧みな自己浄化と禁句の支配する雰囲気」の中で育てられる。その中には窮屈で嫉妬深く、信心深そうに自己犠牲的精神を発揮するシシー叔母（Aunt Cissie）、支配的で狡猾な肥満体のおばあさん（「母上」と呼ばれている）、また陰気でこそこそしているフレッド叔父（Uncle Fred）などがいる。（近所には数人のセイウェル家の他の叔母達が住んでいて、ネル叔母（Aunt Nell）、アリス叔母（Aunt Alice）、ルーシー叔母（Aunt Lucy）らが物語の後半、牧師館を訪ねて来る。）

物語の冒頭でルシールは21才でイヴェットは19才である。イヴェットは物語の題名の通り「処女」であり、セイウェル家の異様な年寄り達が登場した後、彼女に焦点が当てられる。「漠然とした」とか「未形成の」と繰り返し表現される彼女の処女としての可能性は、全編を通して一貫して強調される。ただし彼女の曖昧模糊とした性格は、何をするかわからない母親の影響によるものなのである。実際、こうした母親の影響は、彼女が牧師館の排他的な無菌状態を意識したり、牧師館の毒気ある雰囲気に関わるまいとする状況が明確になるにつれて増大する。彼女が浅黒いジプシーの流れるような生命力や彼の自由奔放な生き方に接することで、母親との類似性はますます顕著となり、彼女の中に肉体と内面的自我への秘かな願望が目覚め始める。大方ジプシーはイヴェットの人生の魔除けのような存在である。つまり、彼女自身の「暗黒の」肉体意識の象徴的存在である。そして、彼は物語のクライマックスで彼女の生命に決定的に関わり、彼女の完璧な自我を救うことになる。まず彼女はセイウェル家の不健全な家風を意識的に認識するようになる。これは型破りなイーストウッド少佐（Major Eastwood）やフォウシット夫人（Mrs. Fawcett）との交友の影響が大である。この夫妻は完全に真面目に描写されているというのではないが、彼らのどこか強制された（「フォウシット」とは「強制的に」（“Force-it”）である）、また知的に処理された自然な願望に満ちた生命への真摯な態度は、ロレンスが描く人物達、つまり滑稽でふざけた「擬餌的要素を備えた人物達」のそれと同一である（彼らはロレンス的な真理を口にするが、その通りには生きない人物達である）。例えば、フォウシットという名前には配管という意味合いがあり、フォウシット夫人と牧師館の下水のイメージとが結び付いている。また、機械のような精神構造を持ったイーストウッド少佐の特徴である虚無性と生命力の欠如は、「雪」のイメージを連想させる（少佐は20時間後に雪の中から救出されたことで自分を「復活した」男と主張するが、それは「会話には凍てつくような間があった」という語り手のセリフで中断し、物語では故意に抹殺されている）。しかし、イーストウッド夫妻のおかげでイヴェットは牧師館の致命的な偽善に対して断固たる抵抗を示す。また、物語の筋からも、夫妻との出会いが父親と２度の激しい口論をする動機にもなっている（最初の口論は、彼女がシシー叔母の教会の窓基金のいくらかを運命占いのジプシーの妻に与えてしまったことで起こる）。つまり、父親は道徳的理由と明らかに個人的理由でイーストウッド夫妻を非難するのである。イヴェットとイーストウッド夫妻を攻撃する際、父親は物語のあらゆるレベルで表現されている「言葉巧みな」（“say-well”）社会的慣習の力及び自然な願望や情熱の力との根源的な対立を明確にしている。「母親の真似をするようなら、お前を殺してやる」と言って父親は娘を脅す（もっとも彼はいつも窮鼠のように「恐怖心と怒りと憎悪で」後退りするのだが)。こうした父親の本当の冷笑に、生命に対する「生来の」不信を察知したイヴェットの心は絶望する。そして、彼女はジプシーによって確信を得た生命に対する「生来自由な」信念を父親に対抗して持つ必要があることを知る。

イヴェットは夢と幻想の中でジプシーに引かれるが、彼との肉体的充足を実際には果たすことはできない。彼女の最も深い願望の流れは自然に発散されるしかないのである。この発散は物語の最後で起こる洪水によって象徴される。その洪水は牧師館の中央部を押し流し、「おばあさん」をのみ込み、ジプシーはイヴェット救出に向かう。黙示録的な意味を持つその日の夜、処女とジプシーは損壊を免れた牧師館の一室で裸体のまま抱擁し合って暖をとり、救われた気分になる（そこはイヴェットの部屋で、牧師館の中で唯一生命の暖かさがあり、男根の如くそびえる煙突の背後に位置している)。翌朝、「大空には太陽が輝き」、この世のすべてが浄化され新鮮であった。ジプシーは姿を消すが、イヴェットはその賢明さを容認する。結局、彼女は彼の名前も知らないままであった。「あなたに忠実な下僕ジョー・ボズウェル（Joe Boswell)」と署名された別れのメモを受け取っただけである。

（物語に登場するが言及されないイヴェットとルシールの友人はボブ（Bob)、エラ（Ella)、ロティ・フレムリー（Lottie Framley）である。レオ・ウェザレル（Leo Wetherell）はある場面でイヴェットに求婚する。)

作品背景

物語に出てくる実在する地名や風景の詳細な描写から、「パプルウィック」(“Papplewick”)のモデルとなっている舞台はおそらく北ダービーシャー（north Derbyshire）のクロムフォード（Cromford）界隈であろう（ただしノッティンガムシャー（Nottinghamshire）にも「パプルウィック」という実在する地名がある)。ロレンスはこの界隈のミドルトン・バイ・ワークスワース（Middleton-by-Wirksworth）に1918年５月から1919年２月にかけて住んでいて、明らかにこの土地を熟知していた。また、彼は物語を書くのに先立つ1925年10月に妹のエイダ（Ada）と当地を旅行している。従ってこの旅行が物語の舞台を描写するための直接的な情報源となったことは確かである。もっともこうした情報は実際の創作過程でかなり変質する。アッシュボーン（Ashbourne)、ボンサル（Bonsall)、コドノー（Codnor)、ダーリー（Darley)、タイズウェル（Tideswell）などの地名が出てくる。「アンバーデイル」(“Amberdale”）及び「ウッドリンキン」(“Woodlinkin”）はそれぞれアンバーゲイト（Ambergate）とワークスワース（Wirksworth）であろう。イヴェットと友人達がボンゾール・ヘッド（Bonsall Head）へ自動車で行く途中に鹿園で一休みする「侯爵領」は、ベイクウェル（Bakewell）の東にあるチャッツワース・ハウス（Chatsworth House）を想起させる。セイウェル家の牧師館はロンドンのチズィック（Chiswick）にあるウィークリー（Weekley）一家の住居を一部モデルにしたのだろう。

参考書目45　『処女とジプシー』（*The Virgin and the Gipsy*）➡433ページ

第32節 『馬で去った女とその他の短編』
(*The WomanWho Rode Away and Other Stories*)

執筆時期

作品集

1924年1月から1927年5月にかけて書かれる。1927年10月と11月に作品集を出版するための作品が選定される。1928年1月と2月に校正が行なわれる。

出版状況

1. 1928年5月24日にロンドンのセッカー(Secker)及び25日にニューヨークのクノフ(Knopf)から出版される。
2. 1995年にディーター・メイル(Deter Mehl)とクリスタ・ジャンソーン(Christa Jansohn)の編纂によりケンブリッジのケンブリッジ大学出版局(Cambridge University Press)から出版される(編纂者による序文付である、pp. xxi－lxv.)。

この作品集の中の「そんなものに用はない」(“None of That”)を除いた11作品は以前既に出版されていたものである(詳細は個々の作品紹介の項を参照のこと)。「島を愛した男」(“The Man Who Loved Islands”)はアメリカでの初版本にのみ収録されている(コンプトン・マッケンジー(Compton Mackenzie)は本作品により名誉を傷つけられたと思いイギリスでの出版を阻止する)。収録されている作品は以下の通りである。「二羽の青い鳥」(“Two Blue Birds”)、『太陽』(*Sun*)、「馬で去った女」(“The Woman Who Rode Away”)、「微笑」(“Smile”)、「国境線」(“The Border Line”)、「ジミーと追いつめられた女」(“Jimmy and the Desperate Woman”)、「最後の笑い」(“The Last Laugh”)、「恋して」(“In Love”)、『陽気な幽霊』(*Glad Ghosts*)、「そんなものに用はない」及び「島を愛した男」。ケンブリッジ版には「勝ち馬を予想する少年」(“The Rocking-Horse Winner”)と「愛らしい女」(“The Lovely Lady”)が収録されていて、本節でも取り上げることにする。

個々の作品

1928年出版の作品集に収録されたほとんどの作品は、1927年10月から1928年2月にかけてロレンス自身により改稿されている。このことは以下の作品紹介の項では言及しないが、個々の作品の執筆過程を考える際には重要なので注意を要する。

「二羽の青い鳥」(“Two Blue Birds”)

執筆時期

1926年５月に書かれる。1927年３月に『ダイアル』誌（*Dial*）に掲載のための校正が行なわれる。

出版状況

『ダイアル』誌82号に掲載される（1927年４月、pp. 287－301）。
マキシム・リーバー（Maxim Lieber）とブランチ・コルトン・ウィリアムズ（Blanch Colton Williams）の編纂による『グレイト・ストーリーズ・オブ・オール・ネイションズ』（*Great Stories of All Nations*）（1927年９月にニューヨークのブレンタノーズ（Brentano's）から出版される）に掲載される（pp. 425－38）。

作品紹介と梗概

有名作家であるキャメロン・ジー（Cameron Gee）は人里離れた田舎で執筆活動に専念している。彼には多額の借金があり、ある程度の作品を量産する必要があった。献身的に働く若い秘書レックスオール（Miss Wrexall）が彼の仕事を助けている。彼と妻のジー夫人（Mrs. Gee）は共に40才前で、結婚して12年になるが、この３、４年は別居中である。しかし、今でも互いに「心から引かれている」。夫人は主に南ヨーロッパで過ごし、他の男達との関係も盛んである。とは言うものの夫人は夫に未練があり、自分では認めようとしないが、魅力的で有能なレックスオールを嫉妬しているようである。夫人は自宅に戻るが、夫と秘書との多忙な日常の仕事から締め出された彼女はどこかよそ者のような気がしている。しかもレックスオールは家事一切をするために母親と姉妹を家に連れ込んでいたことから、状況は夫人にとってますます厳しいものになっていた。今やキャメロンには世話をしてくれる魅力的な女性ばかりの代理家族がいるのである。ある春の日のこと、帰宅した夫人はこうした快適過ぎる生活は夫と彼の仕事にとって良くないと考え、なんとかしなければと思案する。ある日の午後、庭で熱心にレックスオールに小説の将来に関する原稿を口述筆記させている夫に、夫人はそっと近づいて行く。その時夫人はレックスオールの足元で一羽の青いシジュウカラが羽ばたいているのに気づく。そして、おそらく夫のために筆記するレックスオールから幸福の青い鳥を連想する。そこへ別の青いシジュウカラがやって来て、二羽の鳥は小競り合いを始める。それに気をそらされキャメロンは鳥を追い払う。彼はレックスオールに鳥のことを話すが、彼女は鳥に気づかなかったと言う。そこへ夫人が現れ、自分は鳥を見たと言い、羽毛を一枚手に取って意味ありげにレックスオールと夫に視線を送る。その目には「狼人間のような奇妙な表情」が現れていた。夫人は夫とレックスオールとの仕事上の関係について辛辣な言葉を吐いた後、その場を立ち去る。レックスオールはキャメロンとの「美しい関係」を夫人によって暗に侮辱されたのである。その後、青い服を着た夫人は庭での午後のお茶にレックスオールを誘う。彼女も青い服を着て部屋から出てくる。先程の青いシジュウカラ同様、２人の女性の間で小競り合いが起こる。キャメロンは折りを見て皮肉のこもった言葉を挟むが、結局、彼は結婚生活故にレックスオールとの関係を損なうつもりはないことを示唆する。そこで夫人は「どんな男も足元に二羽の幸福の青い鳥を羽ばたかせておくことはできない」と言ってその場を去る。

作品背景

物語の主な舞台はイギリスの田舎にあるキャメロン・ジーの家の庭である。しかし実際の場所は特定できない。

参考書目46　「二羽の青い鳥」（"Two Blue Birds"）➡435ページ

『太陽』（*Sun*）

執筆時期

初版は1925年12月に書かれ1926年９月に校正が行なわれる。第２版は1928年４月に書かれ９月に校正が行なわれる。

出版状況

初版

1.　『ニュー・コテリー』誌（*New Coterie*）４号（1926年秋、pp. 60－77）に掲載される。
2.　『太陽』が1926年９月にロンドンのE・アーチャー（E. Archer）から出版される。
3.　1928年に作品集として出版される。

第２版

『太陽』が1928年10月にパリのブラック・サン・プレス（Black Sun Press）から出版される。

作品紹介と梗概

ジュリエット（Juliet）は20代後半の女性で、ニューヨーク在住の40才の実業家モーリス（Maurice）と結婚している。夫妻には幼い息子ジョニー（Johnny）がいる。夫婦関係は非常に危機的になっていて、夫妻はまるで「食い違った２つのエンジンのように互いに粉砕し合っている」。そこで健康を損なっているジュリエットは医者から日光浴療法を勧められる。彼女は夫から逃れられて安堵し、息子、看護婦それに母親とでシチリア（Sicily）へ行く。シチリアには海を見下ろす別荘があり、その庭には広い葡萄畑が続いていた。しかし、娘ジュリエットに苛立った母親は島を後にする。しばらくの間、ジュリエットは都会にいた時と同じように緊張し欲求不満になる。だが、誰もいない海を見下ろす岩場の断崖で裸体のまま日光浴をすることに慣れるに従って、心の緊張は次第に解け、肉体が彼女の周囲の自然界と調和するのを感じるようになる。彼女は太陽の宗教的な神聖さやその力強い生命力に目覚めるのである。実際、彼女が健康とバランスを回復して行く過程は、太陽との性交という形で儀式的かつ官能的に描写されている。また、エデンの園のイメージが神話的で異教的なイメージと重複している。ジュリエットが外界に触れたり、自分の肉体の自然な願望を意識するにつれて、彼女には新たな生命が充満し始める。太陽により官能が目覚めるにつれて、彼女は地元のある1人の農夫に対して本能的な性欲を覚える。ある日、日光浴をした後裸体で帰宅する彼女はこの農夫に対して性欲を覚えるのである。2人は言葉も交わさず、お互いの欲望が満たされることはないが、この農夫はジュリエットの内面から流れ出る性欲を象徴している。また、農夫はジュリエットの夫モーリスと対照的な存在として描かれている。夫は青白い僧侶のように、全く「太陽」が欠如した姿で休暇に別荘にやって来る。後に彼女は夫を「青白い衰弱した都会人」と考え、一方農夫を「別の太陽」、暖かい「太陽のように源初的」な存在と考える。物語は曖昧な結末で終わる。夫は好きなような生活が送れるようにとジュリエットがシチリアに残ることに同意する。しかし、ジュリエットは農夫と実際に関係を持つことができないことを認め、夫との間に別の子供をもうけざるを得ない運命を皮肉にも受け入れる。このように、物語全編を通して夫と都会により表される社会の力や価値観は、太陽と農夫により表される自然の力によって否定されるのだが、結局、前者は致命的な「運命の固定した車輪」の一部として後者より優るように思われるのである。

作品背景

物語はシチリアへ行くジュリエットが夫に別れを告げるハドソン川（Hudson River）で始まる。主要な舞台はシチリアである。海を見下ろすジュリエットの庭付きの家は、シチリアのタオルミーナ（Taormina）のフォンタナ・ヴェッキア（Fontana Vecchia）をモデルにしている。ロレンスは当地に1920年3月から1922年2月まで滞在した。

参考書目47　『太陽』（*Sun*）➡435ページ

「馬で去った女」（“The Woman Who Rode Away”）

執筆時期

1924年6月に書かれ、6月と7月に改稿される。1925年6月（推定）に『ダイアル』誌に掲載のための校正が行なわれる。

出版状況

以下の通り2部に分割して出版される。
『ダイアル』誌79号（1925年7月、pp. 1−20及び8月、pp. 121−36）に掲載される。
『ニュー・クライテリオン』誌（*New Criterion*）3号（1925年7月、pp. 529−42）及び4

号（1926年１月、pp. 95－124）に掲載される。
エドワード・Ｊ・オブライエン（Edward J. O'Brien）の編纂によりニューヨークのオッド、ミード（Odd, Mead）から出版された『1926年ザ・ベスト・ブリティッシュ・ショート・ストーリーズ―アイルランドの作品付』（*The Best British Short Stories of 1926,With an Irish Supplement*）（1926年11月、pp. 161－201）に掲載される。

作品紹介と梗概

レダーマン（Lederman）は中部メキシコの銀山で財を成した男である。本来、彼はオランダ出身で、完全にたたきあげの人物である。現在53才で白髪になりかけているものの、未だ力強く頑強である。彼は今でも物作りをして金を稼ぐといった商売に没頭している。妻と２人の子供達（フレディー（Freddy）とマルガリータ（Margarita））は彼の商売の感傷的な延長に過ぎず、彼の心は今でも独身のままである。彼の妻がこの物語の題名の「女」である。彼女はカリフォルニア（California）のバークレー（Berkeley）出身で、夫より20才も若い金髪で碧眼で色白の女性である。彼女はレダーマン本人よりも彼の冒険に溢れた生き方に引かれて結婚したのである。そして結婚以来10余年が経った今、彼女は生活に退屈し幻滅し、神経が「衰弱」し始めている。更に彼女の人間としての発達は妙に妨げられているかのようである。容姿は別として彼女は未発達の少女のようである。自宅から遥か彼方の未開の丘や山々に住む神秘的なインディアンの話を聞いた時、彼女は「愚かなロマンチシズム」に屈してインディアンを探しに行く「馬鹿げた」計画を立てる。彼女の想像力はとりわけチルチュイ族（Chilchuis）の話で掻き立てられ、その計画の主な目的はこの部族となる。チルチュイ族はすべてのインディアンの中で最も神聖な部族で、モンテズマ（Montezuma）及び古代アステカ（Aztec）や征服される以前のメキシコのトトナック王（Totonac）の子孫と考えられている。彼らは古代の宗教を守り、今でも人間を生け贄にすると言われている。馬に乗った「女」は１人で山へ上って行く。道は寂しく危険であったが、彼女は恐怖心を抱くというよりも妙に意気揚々とした気分であった。しかし、その高揚した気分も目的地に近づくにつれて漠然とした消沈した気持ちに変わる。彼女は「死んだ女」のような気分になる。もはや、自分自身の意志や意図がないかのようであった。突然、彼女は探していたチルチュイ族の３人のインディアンに遭遇する。彼らの顔は浅黒く、目と長い髪は黒かった。質問する彼らに、チルチュイ族に会って「その神について知りたい」旨を彼女は伝える。彼女のこの答えを聞いて彼らは喜んだようであった。そして彼女の馬の手綱を取り、彼女を先導して行く。彼女は彼らのよそよそしい態度に益々無力となり、人格を喪失していくのを感じる。彼らの黒い目には非人間的な輝きがあり、また彼らは女もしくは個人としての彼女には全く何の興味も無いかのようであった。夜になり、キャンプをすることになった時、彼女は自分が彼らに狩られた動物か何かであるように感じる。そしてまたもや自分が死んだような妙に高揚した気分になる。チルチュイ族の村に着いた彼女は、部族の長老達にやって来た目的を聞かれる。多少彼女は彼らの期待するような返事をする。彼女が彼らの神を探しにやって来たのは白人の神にうんざりしたからだと聞いた時、彼女にとって未知なる興奮が彼らの間に沸き起こる。彼らは白人女性を太陽に捧げることで太陽と月に対して力が取り戻せると信じていたのである。その力は白人によって強奪されたものであるという。やがて女を生け贄として捧げる準備が行なわれる。その間、女はすべての意志と自我の認識を失っていく。女はまた自分の死が差し迫っていて抹殺されるのを知る。「育ちの良い白人女性の揺れ動く神経質な意識は、再度、破壊されることになる。」遂に冬至の日、儀式の舞いが行なわれ、太鼓が鳴り響く中、女は干上がった川床沿いに遥か山中まで歩かされる。そこは部族の聖なる洞窟で、凍てついた川の源流である。そこで女は生け贄として捧げられるのである。洞窟の入り口は垂直に凍った氷で覆われている（その氷が川の源水となっている）。洞窟の入り口に連れて行かれた女は生け贄の石台に寝かされ、すべての村人が下の川床から見上げている。その川床は天然の円形劇場になっている。太陽が沈むにつれて子宮のように暗い洞窟の中に陽光が射し始める。やがて太陽が入り口を覆う氷を通して洞窟内に入り、その一番奥にまで陽が射し込む瞬間、ナイフを持った僧が生け贄として女の命を突き刺し、部族のために「力」と「支配力」を奪還することを女は知るのである。

作品背景

物語の舞台は中部メキシコのチワワ州（Chihuahua）のトレオン（Torreon）に近いシエラマドレ（Sierre Madre）の山岳地帯である（ロレンスは1923年10月にメキシコのナヴァホア（Navajoa）に近いミナスヌエヴァス（Minas Nuevas）の銀山を訪れている）。また、ロレンスは物語の詳細を描くにあたり、彼の良く知るタオス（Taos）の高地であるニューメキシコ（New Mexico）の山々の風景やその土地固有の文化を参考にしたようである。とりわけ物語の生け贄の洞窟は1924年５月に訪れたアロヨセコ（Arroyo Seco）の近くにある洞窟をモデルにしたようである。

参考書目48　「馬で去った女」（“The Woman Who Rode Away”）➡435ページ

「微笑」（“Smile”）

執筆時期

1925年11月と12月に書かれる。

出版状況

『ネイション・アンド・アテーネウム』誌（*Nation and Athenaeum*）39号（1926年６月19日、pp. 319－20）に掲載される。
『ニュー・マスィズ』誌（New Masses）（1926年６月、p. 12、14）に掲載される。

作品紹介と梗概

物語はマシュー（Matthew）を中心に展開する。彼は別居中の妻オフェリア（Ophelia）

の臨終に呼ばれる。妻はイタリアのある修道院に籠って暮らしていた。10年の結婚生活の間に12回夫の元を去ってはその都度戻ってきたという。今回は13度目であった。夫が修道院に着いた時、妻は既に死亡していた。彼は修道院長と３人の尼僧に伴われて妻の遺体に面会に行く。妻の厳粛で平静な顔を見た瞬間、思わず彼の顔に微笑が浮かぶ。彼のこの不自然な冷笑は他の尼僧達にも伝わり、彼女達もそれぞれに微笑む。再度夫が妻の「強情な」顔を見た時、彼女は実際に未だ生きていて夫を笑わせようと彼の脇腹を肘で突いたかのようであった。夫は２人の結婚生活が不完全であったことを思い、罪悪感を感じざるを得なくなり、妻のこの挑発に抵抗しようとする。しかし、妻の霊は夫の脇腹を突き続ける。そこで彼は部屋から出たいと思う。彼が部屋を出た後、尼僧達が妻の顔を見たところ、口元が「かすかに皮肉っぽく歪んでいる」のに気づく。修道院長が部屋を出ると、夫は１人で廊下をうろついていた。彼は絶望に満ちた身振りで帽子を置き忘れたことを伝える。「かつて人がこれほどまでに笑えないということはなかった。」(ひどい話だが、この物語はジョン・ミドルトン・マリ (John Middleton Murry) の実際の経験に基づいているようである。彼は1923年、フランスのフォンテンブロー (Fontainebleau) にあるガージィフ・インスティチュート (Gurdjieff Institute) でキャサリン・マンスフィールド (Katherine Mansfield) の臨終に立ち合っている。この物語は本節の以下で扱う３作品と共にロレンスがマリをパロディー化した作品群の１つである。ロレンスとマリは1913年の初対面以来、不穏な関係に陥っていた。２人は1919年から1922年後半及び1923年初頭にかけて完全に絶交状態にあった。その後、関係は回復するが、1923年に再会した時、以前の緊張感が再燃し、新たな緊張が生じた。ロレンスは1923年８月から11月にかけてフリーダ (Frieda) が１人でヨーロッパへ行った時、マリと深い関係に陥ったのではないかと疑っていた。こうしたロレンスの疑念が本作品や他の反マリの物語を書く大きな動機となっている。)

作品背景

主要な舞台はイタリアの「ブルー・シスターズ」(“Blue Sisters”) 修道院である。物語の冒頭でマシューがフランスを通過してイタリアへ入る短い描写がある。

参考書目49 「微笑」(“Smile”) ➡436ページ

「国境線」(“The Border Line”)

執筆時期

1924年２月と３月に書かれる。1928年１月に作品集に収録するために校正を行なうとともにロレンスは全く新たな結末を書く。

出版状況

『ハッチンソンズ・ストーリー・マガジン』誌（*Hutchinson's Story Magazine*）（1924年9月、pp. 153－58、pp. 234－38）に掲載される。
『スマート・セット』誌（*Smart Set*）（1924年9月、pp. 11－25）に掲載される。

作品紹介と梗概

40才のキャサリン・ファーカー（Katherine Farquhar）はドイツのフォン・トッドナウ男爵（von Todtnau）の娘である。スコットランド人の夫アラン・アンストルーサー（Alan Anstruther）を戦争で失って以後、同じくスコットランド人のフィリップ・ファーカー（Philip Farquhar）と1921年に再婚して2年が経つ。彼女は姉妹のマリアンヌ（Marianne）と夫フィリップに会うために、ストラスブール（Strasbourg）経由でバーデン・バーデン（Baden Baden）へ行く途中である。しかし、その旅は彼女にとって精神的な自己発見の旅ともなる。彼女は自分の人生及び夫との関係を再考するのである。その結果、旅は現在の夫フィリップから離れて亡き夫アランへと移行する精神的な旅ともなる。「異教的」なストラスブールの大聖堂でアランの霊が彼女の前に現れる。従って国境の町ストラスブールは生者と死者の境界を象徴するものとなる。バーデン・バーデンでフィリップに会った彼女は彼と結婚したことを屈辱に思う。夫は具合が悪そうで、翌日には彼の症状は更に悪化する。アランらしい男が彼の上に乗り彼を窒息させようとした夢の話を夫はする。その日遅く、2人は古い小洞窟へ湧水を飲みに行く。再びアランが現れ、まもなくフィリップは咳の発作を起こす。2人はホテルに戻るが、フィリップの顎と上着は血に染まっている。医者の診断は小さな血管破裂である。その夜、キャサリンはフィリップを静かに寝かせ、しばらく彼のベッドの脇に座る。反対側にはアランが座っている。夜中にフィリップの呻き声を聞いたキャサリンは、彼がまたもや血を流しているのを発見する。彼はアランがまた自分の上に乗ってきたと言う。翌日の夜、フィリップはキャサリンに助けを求めるが、アランは彼女を押さえつけて阻止する。翌朝、フィリップは息を引き取る。（ロレンスの反マリの物語については前項の「微笑」を参照のこと。物語では大概アランとキャサリンはロレンスとフリーダを、またフィリップはマリをモデルにしているようである。）

作品背景

読者はイギリスを発ち海峡を越えてパリに入り、フランスのマーン地方（Marne）を通ってソワソン（Soissons）へ行き、更にナンシー（Nancy）経由でストラスブールへ入るキャサリン・ファーカーの後を追うことになる。ストラスブルグの大聖堂を訪れた彼女はドイツへ入りライン河（Rhine）を渡り、物語の最終舞台となる北のバーデン・バーデンへ行く。（ロレンスとフリーダは1924年2月に同様の旅をしている。）

参考書目50　「国境線」（“The Border Line”）➡437ページ

「ジミーと追いつめられた女」（"Jimmy and the Desperate Woman"）

執筆時期

1924年２月から４月にかけて書かれる。

出版状況

『クライテリオン』誌（Criterion）３号（1924年10月、pp. 15－42）に掲載される。
エドワード・Ｊ・オブライエンとジョン・カーノス（John Cournos）の編纂によりボストン（Boston）のスモール、メイナード（Small, Maynard）から出版された『1925年ザ・ベスト・ブリティッシュ・ショート・ストーリーズ―アイルランドの作品付』（*The Best British Short Stories of 1925, With an Irish Supplement*）（1925年10月、pp. 88－114）に掲載される。

作品紹介と梗概

35才のジミー・フリス（Jimmy Frith）は格調高い文芸雑誌『コメンテイター』（*Commentator*）の編集者である。妻のクラリッサ（Clarissa）との10年にわたる結婚生活の後、現在は離婚している。彼女は彼のことを、強い女性の保護を必要とする「哀れな小男」で、甘えるため女の胸を必要としている男と表現している。これに怒った彼は、今度は自分の胸で甘える女を探そうと決意する。文学人によくあることだが、彼は「単純で無教養な女性、ダーバヴィル家のテス（Tess of the D'Urbervilles）のような女性」を夢想している。彼の雑誌に詩を投稿してきたヨークシャー（Yorkshire）の女性と文通するようになり、彼はまさに理想とする女性を見つけたと思う。彼女こそ「悲惨な」境遇にいて、英雄「ユリシーズ」（"Ulysses"）の救出を待っているのだ。その女性はエミリー（エミリア）・ピネガー夫人（Mrs. Emily（Emilia）Pinnegar）で、愛人のいる坑夫の夫と不幸な結婚生活を送っている。元教師で31才の彼女には８才の娘ジェーン（Jane）がいる。気性が激しく洗練されていない女性や北部の炭鉱村の人々の自然な素朴さに対するロマンチックな想いを抱いたジミーは、「あの土地の坑夫達は本物だ」などと言って、実際にピネガー夫人を訪ねて彼女の家へ行く。勿論、現実は彼が想像していたのとは違っていた。その炭鉱村は「とてつもなく陰気」なものに思われた。非常に不幸なピネガー夫人は結婚生活を後悔しているように見えるが、気性は激しくもなければ無教養でもなかった。実際、彼女の身のこなしは冷静で抑制されていて、明らかに強く誇り高い女性で、彼女は「不屈」という言葉を幾度となく口にした。彼女といるとジミーは自分の小柄で貧弱なよろよろした「肉体」を意識するのだった。しかし、今こそ彼は自分に課した試練に立ち向かわなければならなかった。そこで、今の夫と別れて自分と結婚し、ロンドンで一緒に住まないかと彼はまるで「賭博師」のように彼女に尋ねる。夫人は現実的なことをいろいろと言った後、その申し出を即座に受け入れる気配を見せる。まるで売買取り引きでもするかのように。

そんな彼女の反応にジミーは当惑する。しかし、彼女は彼にとって「命」であり、もし承諾してくれるなら「実に素晴らしい」と追い打ちをかけるように言い放ち、偽りに満ちたロマンチックな接近を彼は続ける。精力的で激しい彼女の夫ピネガーに会ったジミーは仰天する。その坑夫の本物の肉体はジミーの存在を完全に否定する。妻や結婚生活のこと、文芸雑誌や政治について話すピネガーの自信に満ちた有無を言わさぬ力強い口調は、ジミーの「オックスフォード」特有の優越感を萎縮させる。だが、読者はジミーの「英雄気取り」の振る舞いに皮肉にも安堵するのである。内心ジミーはピネガーの「静かな無意識」の力に対抗できないことを知る。彼は自分の力不足に苛立ち、ピネガー夫人を「救出」する幻想を更に抱き続ける。ピネガーはさして抵抗もせず、妻を厄介払いしたがっているようであった。また彼は妻がジミーのような「おかしな奴」と家を出て行きたがっているのを滑稽に思う。ピネガー夫人とジェーンがロンドンへ来て、ジミーと共に暮らす手筈がすぐに整う。その夜、自らの「冒険」に意気揚々としながらもジミーは強い疑念を抱いて帰宅する。そしてピネガー夫人が考え直してくれることを願いながら、事態を元に戻すことも可能だと伝える手紙を彼女に送る。しかし、明らかに彼女は悲惨な生活から逃れたがっていて、ジミーの元へ引っ越す決意は固かった。従って彼は自ら抱いた文学的幻想の結果として生じた女性と暮らすことを余儀なくされる。顔に「元気のない嘲笑」を浮かべたジミーが鉄道の駅でピネガー夫人とジェーンを迎えるところで物語は終わる。（ロレンスの反マリの物語については本節の「微笑」の項を参照のこと。物語ではジミーはマリをモデルにしていることは明白である。1924年にマリは彼の雑誌『アデルフィ』（*Adelphi*）の投稿者であった若い女性と結婚している。）

作品背景

物語の舞台はジミーのいるロンドンで始まり、炭鉱村の「ミル・ヴァリー」（“Mill Valley”）へ移行する。一見この炭鉱村はヨークシャー（Yorkshire）のシェフィールド（Sheffield）近くにあるが、ロレンスの故郷イーストウッド（Eastwood）の面影がある。

参考書目51　「ジミーと追いつめられた女」（“Jimmy and the Desperate Woman”）➡437ページ

「最後の笑い」（“The Last Laugh”）

執筆時期

1924年1月と2月に、更に2月から4月にかけて書かれる。

出版状況

ブレアー（Blair）の編纂によりロンドンのバジル・ブラックウェル（Basil Blackwell）か

ら出版された『ザ・ニュー・デカメロン』誌（*The New Decameron*）4号（1925年3月、pp. 235－61）に掲載される。
『アインズレーズ』誌（*Ainslee's*）（1926年1月、pp. 55－65）に掲載される。

作品紹介と梗概

ジェイムズ嬢（Miss James）は少し難聴の画家である。マーチバンクス氏（Mr. Marchbanks）は彼女の友人である。ある雪の降り積もった夜、2人はロレンツォー（Lorenzo）の家から出てくる。2人がジェイムズの家に向かって通りを歩いていると、マーチバンクスがどこからか笑い声が聞こえると言う。一方、ジェイムズには動物の笑い声のような妙ないななきを発している「彼」の姿が見える。そこへ若い警官がやって来る。その警官にはマーチバンクスの発する動物のような笑い声しか聞こえない。マーチバンクスはその笑い声が通りの反対側の柵の裏手に広がる樹木や藪の生い茂る森から聞こえてくるのを確信している。そこで3人は確かめに行く。突然ジェイムズは、ヒイラギとニレの木立の間にある男の姿を発見し、「勝ち誇ったように」思う。その男は彼女がいつかは目撃すると思っていた人物である。マーチバンクスと警官にはその男の姿が見えない。しかし、まだ彼の声が聞こえるマーチバンクスはその正体をつきとめに通りへ向かって走る。彼がある家までやって来ると、ひとりの「女」が庭から出て来る。ドアをノックする音がするので出てみると庭に積もった雪の上には人の足跡が全く無いと彼女は言う。しばらくやりとりがあった後、その女は（おそらく売春婦であろう）マーチバンクスを家の中に入れる。ジェイムズと警官には彼が家に入る後ろ姿が見える。そこで2人は通りを更に先へ進む。雪まじりに妙な音や声が渦巻くのを聞いたジェイムズは、「男が戻って来た」と言う。こうして、木立から聞こえる亡霊のような笑い声や妙な人物の出現、またサチュロスやファウヌスのような牧神や森について語られるこの場面で、登場人物達は突然に変貌する。ここで言う「男」とはパン神、つまり地中海沿岸のヤギの神で、彼はキリスト教に挑戦し、世界を再生するために戻って来たことが明白になる。やがて雷鳴と雷光を伴う嵐が発生する。2人がジェイムズの家にやって来ると、近くの教会から妙な騒音が聞こえる。それは人声や音楽、物がぶつかる音や笑い声が「騒々しく混ざり合ったもの」である。不思議なことにジェイムズは、暖かい微風に乗った春を想わせるアーモンドの花の香りを嗅ぐ。2人は家に入り、ジェイムズは2階の寝室へ、また警官は居間へ行って暖をとる。翌朝、アトリエへ行ったジェイムズは自分の絵を見てその滑稽さに大笑いする。その笑い声を聞いた家政婦は自分が呼ばれたのかと思い、いつものようにジェイムズに大声で話し掛けると、ジェイムズは彼女の声がうるさいと言う。どうやら、彼女の難聴は直ってしまったらしい。家政婦はジェイムズに、居間にいる警官が足が動かないと訴えていると伝える。まるで古い皮が突然に剥がれ、「全く新しい青い天空」が現れたかのように世界が全く変わったとジェイムズは思う。これは物語の冒頭で、雪が「新しい世界」を作ったと笑いながら何気なく皮肉を込めて言う牧神のようなロレンツォーの言葉を再度繰り返したものである。ジェイムズは前夜にその声を聞き、その姿を見た「存在」が戻ってきたのだと考える。結局、その「男」は最後に笑ったのである。やがてマーチバンクスが戻って来て、隣の教会が嵐で倒壊したとの新聞の報道を伝える。警官を見に階下へ下りると、彼の左足はまるで動物の足のように奇妙に湾曲している。ジェイムズは再度「小さな絶え間ない笑い声」を聞き、マーチバンクスの方を向くと、彼の顔には苦痛に満ちた笑みが浮かんでいる。彼は狂ったように目をぎょろつかせ、「奇妙な震え声で笑い」、突然床に倒れたかと思うと、まるで雷に打たれたかのように息を引き取る。再度、アーモンドの花の不思議な香りが漂い、物語は終わる。(ロレンスの反マリの物語については本節の「微笑」の項を参照のこと。物語ではマーチバンクスはマリを、またジェイムズはドロシー・ブレット(Hon. Dorothy Brett)をモデルにしている。)

作品背景

物語の主な舞台はロンドンのハムステッド(Hampstead)である。最初の3分の2は屋外の通りが舞台で、残りはジェイムズの自宅及びアトリエである。その通りはおそらくハムステッドのヒース・ストリート(Heath Street)をモデルにしているのだろう。ロレンスは1923年12月14日から1924年1月23日まで当地に滞在した。

参考書目52 「最後の笑い」(“The Last Laugh”) ➡437ページ

「恋して」(“In Love”)

執筆時期

1926年10月に書かれる。1927年4月に『ダイアル』誌に掲載のための校正が行なわれる。

出版状況

『ダイアル』誌83号(1927年11月、pp. 391－404)に掲載される。(ブライアン・フィニー(Brian Finney)による『ノーツ・アンド・クイアリーズ』19号(*Notes and Queries*)の「D・H・ロレンスの未発表短編集」(“The Hitherto Unknown Publication of Some DHL Short Stories”)(1972年2月、pp. 55－56)を参照のこと。)

作品紹介と梗概

ジョー(Joe)とヘスター(Hester)は1ヵ月以内に結婚することになっている。最近、ジョーはウィルトシャー(Wiltshire)で小さな農場を始め、週末にヘスターは行くことになっている。ところが、妹のヘンリエッタ(Henrietta)は姉が何か悩んでいるのを察知する。そこでわかったことは、2人の婚約後、おそらく「恋をしている」人間にとっては相応しい「こと」だと思うような振る舞いをジョーが始めたというのである。つまり、彼はルドルフ・ヴァレンチノ(Rudolf Valentino)のような有名な恋愛映画の俳優をまねて「情熱的」になったり、「いちゃついたり」するというのである(この物語の興味ある逆説的な解釈については、詩集『パンジー』(*Pansies*)の「映画への情熱」(“Film Passion”)を参照のこと)。ヘスターが農場へやって来た最初の晩、ジョーは案の定いちゃつき始める。しかし、ヘスターは彼にピアノを弾くようにと言ってその場をかわす。そして彼が見ていないすきにヘスターは外の夜のなかに飛び出し、木に登って姿を隠す。彼女は2人の関係について考え込む。ジョーは恋をしているというが、実際には自分を愛していないのだと彼女は結論づける。姿を消した彼女をジョーが探すのを諦めて腹立たしげに家の中に入ると彼女も家に入り、彼に不満を直接ぶつける。その時、ヘンリエッタとドナルド(Donald)(ジョーの兄弟)、そしてテディー(Teddy)(ジョーの従兄弟)が自動車に乗り、隣家の友人を訪ねる途中ということでやって来る。ヘンリエッタは姉が将来住む家を見ようと中に入る。家の中でヘスターは妹に、今夜は泊まって行くように勧めるが、彼女がそれを断ったためヘスターも泊まるのは嫌だと言い出す。ヘンリエッタは2人の関係がおかしいことに気づき、説明するよう求める。すると2人ともそれぞれの言い分を主張する。ヘスターは木の上で心に決めたことを繰り返す。ジョーは「恋をしている」振りをしたことを認めるが、それもヘスターの望んだことで、彼女がルドルフ・ヴァレンチノを好きだと思ったからだと説明する。こうして誤解は解け、2人の本当の愛が再確認される。結局、ヘスターはジョーと農場に泊まることになる。

作品背景

主要な舞台は「マークバリー」(“Markbury”)のジョーの農場である。ウィルトシャーの田舎の村である。

『陽気な幽霊』(*Glad Ghosts*)

執筆時期

1925年12月に書かれる。1926年1月に改稿され、6月(推定)に『ダイアル』誌に掲載のための校正が行なわれる。また9月にベン版(Benn)のための校正が行なわれる。

出版状況

以下の通り2部に分割して出版される。

『ダイアル』誌81号(1926年7月、pp. 1−21)及び同号(1926年8月、pp. 123−41)に掲載される。

1926年11月にロンドンのアーネスト・ベン(Ernest Benn)から『陽気な幽霊』が出版される。

作品紹介と梗概

物語は幽霊や性に関するものだが、全体としては喜劇的要素が強い。そこには精神世界対官能の世界という２つの世界の対立構図があり、死の象徴であるサナトス（Thanatos）に対するバッカス（Bacchus）とエロス（Eros）の勝利を調停役及び決定的な要素として陽気に笑い上げる世界がある。正確にはこれは一人称の語り手により展開することになる。マーク・モリエール（Mark Morier）（この名前がフランス語の「リル」（rire）（笑う）を表すと解釈するなら、「更に笑う」という意味になる）は物語の陽気な調停役であり、また明らかに生来、病的なラスキル一家（Lathkill family）（「笑う人を殺す者」と言う意味）を性的に打ち負かす存在である。モリエールとカルロッタ・フェル侯爵夫人（Hon. Carlotta Fell）は同じスワイト（Thwaite）美術学校の卒業生である。それぞれの階級に対する忠誠心は一見異っているが（カルロッタは貴族の娘であり、モリエールは「急進的革命家」である）、２人は親友である。彼らには貴族的な「王国」、つまり「現世の半ば死と化した肉体」内の「敏感な部分」に対する内面的な忠誠心がある。しかし、カルロッタは常に階級の慣習に従って行動する女性で、大戦勃発の直前にラスキル卿（ルーク・ワース（Luke Worth））と結婚する。ラスキル一家は不運な一族として有名である。ラスキル卿は貴族によくある自信家を装っているが、モリエールはまるで亡霊のような自信が欠如した彼の内面的自我に気づいている。彼は浅黒く、美しい黒髪の美男子である。しかし、その表情は虚ろで、目と声には「一抹の狂気」が現れている。戦後、モリエールは再びラスキル卿夫妻に会うが、彼らには双子の男の子が生まれていた。ラスキル卿はますますやつれていて、喉元には戦争で受けた傷がある。一方カルロッタは衰弱していて、以前の美しさを失っているようである。その数年後、モリエールはカルロッタが３人目の子供を産んだことを知る。しかし、しばらくして彼はラスキル一家を襲った不幸を耳にする。夫妻の双子の息子達が交通事故で死亡し、その数週間後には娘も急病で他界したという。不運は一家を徹底的に襲ったようである。夫妻は人との付き合いを避け、ダービーシャー（Derbyshire）のリディングズ（Riddings）にある館で夫の母親ラスキル侯爵夫人（Lady Lathkill）と共に孤独な生活を送ることになる。

その後しばらくして、アフリカから帰国したモリエールは、リディングズから届いた招待に応じる。ラスキル侯爵夫人は精神主義や神秘主義に没頭していて、リディングズの館にはヘイル大佐（Colonel Hale）と妻ドロシー・ヘイル（Dorothy Hale）が滞在していた。モリエールが寝る部屋は一家の「幽霊部屋」である。館には女性の幽霊がいるようで、それが現れると必ず一家に幸運をもたらす合図を送るとされていた。事実、侯爵夫人は霊媒師からモリエールに関するお告げをもらっていて、それによるとモリエールなら幽霊が出て来そうだと言うのである。出て来る幽霊が無料で性行為に及んでくれると知った彼は、その部屋に泊まるのを承諾する。館内には「死のもつ卑猥な勝利感」が感じられ、また死相が漂っているようである。また誰もが小声で話をしている。カルロッタの生命力ですら衰退しているようである。モリエールは彼女が生命力を回復するには「生きている肉体」が必要だと考える。夕食の時間となり、緊張感が張り詰める。しかし、モリエールはその場を盛り上げようと精一杯のことをする。侯爵夫人は「魔女の顔」をしていて、モリエールにはそれが「雪の中で獲物を漁る白テン」のように見える。目元に黄色い皺があり、禿げ頭でピンク色の顔をしたヘイル大佐は60才位で、元気の無い気難しい人物である。また大佐の若々しい妻は近づき難い女性で、額が黒く顔全体は浅黒く、目は黄色みがかった褐色で、まるで「黒い女狐」のようである。彼女は手足に光沢ある黒毛を生やした半野獣として描写されている。ポート酒を飲みながら大佐は他界した先妻ルーシー（Lucy）について長々と話をする。

2人が結婚したのは大佐が20才でルーシーが28才の時で、彼女は絶えず彼の「母親代わり」だった。そして今なお彼女は霊界から彼を支配しているという。また、1年前には大佐が再婚すべきだと言い張り、どんな相手を選ぶべきかの細かい指示まで出したという（その相手が現在のヘイル夫人である）。ところがそれ以後、先妻は2人が結婚生活を遂行するのを妨げ、大佐はどうしていいのかわからないという。侯爵夫人は、それは彼が次に「女性に尽くす」時に経験できる肉体化の前触れではないかと言う。一方、モリエールは彼独自のそっけない言い方で、先妻の霊を脅して地獄へ行くように言えばいいのだと大佐に告げる。これにはさすがのラスキル卿も大声で笑う。その後ダンスが始まり、ラスキル卿は大佐の告白にどこか心打たれたようである。ラスキル卿はヘイル夫人と喜んで踊り、またモリエールはカルロッタと踊る。突如、妙な冷気が部屋に充満する。どうやら亡きルーシーの霊が現れたようである。侯爵夫人はその霊に挨拶する。するとドスンという音が2度聞こえ、掛け布が動いた。やがて大佐は床に着くが、亡きルーシーのことで心穏やかでないのは明白である。軽食をとりながらラスキル卿は、モリエールの生命力が館の死んだような状態を放逐し、彼自身が救われたと言う。彼の「輝く」肉体的生命で他の人々の肉体が死滅し屍化しているのがわかったというのである。亡きルーシーの霊が浮かばれないのは、生前彼女の肉体が十分に生きなかったからであると彼は説明し、自分はそれに気づいたというのである。こう言いながら彼はヘイル夫人の手を自分に向けて叩く。するとカルロッタが泣き出し、ラスキル卿は彼ら夫妻が性的に疎遠となっていて、それぞれが他の誰かと欲望を新たにする必要があり、モリエールはカルロッタと、また彼自身はヘイル夫人と寝るべきだと言い張る。

そこへ未だルーシーとの不和が続く大佐がやって来る。ラスキル卿は大佐に、彼がルーシーを肉体によってではなく観念的にしか愛さなかったこと、また彼女が不穏なのはそれが原因であることを認めさせようとする。今やこの問題に対する純粋に「霊的」な解決方法がないことに気づいた大佐は、パジャマの上着を開けて胸を露わにする。すると亡き妻の霊が大佐の胸に降りてきて休み、やがて彼は落ち着く。侯爵夫人が部屋にやってくるとラスキル卿は夫人に、一家の幽霊の出現に伴うと思われるプラムの花の香りがするので、その幽霊が今歩いているようだと告げる。彼は侯爵夫人に肉体を授けてくれたことに感謝する。部屋を出る際、彼はモリエールに「静かな」幽霊が訪れるのを期待できることを伝える。実際、モリエールはプラムの花の香る恍惚の一夜を過ごし、「それについて」の「完璧な知識」を実体験する。1年後、彼はラスキル卿から1通の手紙を受け取る。それによると、「幽霊から授かった」世継ぎを得たこと、その子が碧眼で黄色い髪をしていて勇ましいこと、それに大佐夫妻にも黒髪の娘が生まれたことなどが書かれていた。

作品背景

物語の舞台はロンドンで始まり、次にダービーシャー（Derbyshire）のミドルトン（Middleton）にあるラスキル家の「リディングズ」領地に移行する。おそらくロレンスが1918年５月から1919年２月まで住んだミドルトンをモデルにしたのだろう。

「そんなものに用はない」（“None of That”）

執筆時期

1927年５月に書かれる。1928年に出版される作品集に収録されるまで未発表であった。

作品紹介と梗概

１人称の無名の語り手がルイス・コルメナレス（Luis Colmenares）を読者に紹介する。ルイスが２人目の語り手として物語の主要部分を語ることになる。彼はヨーロッパで画家として孤独で貧しい暮らしをしているメキシコ人の亡命者である。いつもは無口だが、今の彼は闘牛士クエスタ（Cuesta）について話したがっているようである。彼は数年ぶりにヴェネツィア（Venice）でクエスタに再会したのである。ルイスは「何も見ていないような」黒い目をしていて、その心は「他人を避けている」ようである。１人称の語り手は彼を信用していないようで、しばしば彼の「倒錯した情熱」について言及する。彼は1913年か1914年頃のメキシコについて語る。クエスタは騎馬闘牛士としての名声を謳歌していた。小太りで背が低い粗野な男で、その目は非人間的な黄色味を帯びている。闘牛場での彼には観衆を魅了する天性の魅力があった。闘牛場の外では多くの女性が彼に魅了されていた。

エセル・ケイン（Ethel Cane）は30代半ばの富裕なアメリカ人女性で、多くの点でクエスタと正反対である。知的で教養もあり、金髪で碧眼、色白である。彼女には強力な存在感があり、「凄まじいアメリカ人女性のエネルギー」に満ちている。しかし、それは魅力的なものではなく、むしろ嫌悪感を起こさせるもので、「他人を彼女の意志に屈服させる」ような力である。最近、社会改革に対する情熱を持った彼女は共に歴史の流れを変えられる「素晴らしい時代作りのできる夫」を求めてメキシコへ行く。しかし、メキシコには彼女に支配されるような男性がいないことを知る。一方、多くのメキシコ人男性は彼女を愛人として望むが、彼女は「そんなものに用はない」のである。以前からのエセルの知り合いでメキシコでの彼女の相談役のルイス（Luis）が言うには、エセルは男性との肉体関係を敬遠し「能動的な男性」だけを求めているという。物質世界を支配する想像力、つまり、犯されて苦しもうが、逆に犯して殺人をしようが、こうした精神的衝撃を乗り越える卓越した想像力をエセルは主張しているというのだ。

しかし、エセルは運命的にクエスタに魅了されている自分を知る。彼女は彼の溢れる魅力を知るが、彼が人心のない野獣であると想像することでその魅力に抵抗し、嫌悪しようとする。彼女は自分の人生哲学がことごとく脅かされるのを感じる。つまり、彼女はこの際、肉体を精神の支配下に治めることができそうにないばかりか、想像力が働いていない状態でクエスタに肉体を与えるつもりはないのである。彼にしてみればエセルの「想像力」は自分との肉体関係を遮断する、ある種の障壁でしかない。「彼が彼女を見ようとすると、彼女はまるで目前に鏡を置かれた野犬のように、彼を前に想像力を働かせるのである。」２人とも自らが望む関係の中で互いを捉えることができないのである。とにかくクエスタはエセル自身よりも彼女の金に興味があるようである。そこで彼は口汚い言葉で彼女のことを人に話し、決して１人で彼女を訪ねることはない。そんな彼にエセルはますます苛立ち、精神と肉体の葛藤に困惑する。結局、彼の誘いを受け入れ、ある夜遅く彼の家へ行く。するとクエスタは彼女を闘牛場の仲間に引き渡し強姦させる。その３日後、彼女は死亡する。服毒自殺を計ったのだ。彼女はルイスに曖昧な遺書を残す。「私の言った通りです。さようなら。でも私の誓約は有効です。」彼女は自殺する10日前に書いた遺書の中でクエスタに遺産の半分を残していた。

こうした異常な結末をどのように解釈するかは語り手ルイスの話をどう判断するかにも依る。まるで闘牛のようなクエスタとエセルの闘いを回顧する過程で明白になることは、ルイス自身も２人の闘いに深く関与していて、エセルとの曖昧な関係の中で彼も彼女と闘っていたということである。想像力を自己正当化のために使うとして女性非難をするルイスを諌め、男性にも責任があると１人称の語り手が指摘する時、どうやら想像上の誓約をすることの意味と重要性について読者が問われているのだと言えよう。「あなた自身のことなら想像力によってすべてを純化できる」と語り手がルイスに言うと、彼は「鋭い黒い目」で語り手を見るのである。（ロレンスは実在したメキシコの闘牛士ロドルフォ・ゴアナ（Rodolfo Goana, 1888－1975）をクエスタのモデルにしている。この闘牛士は主催したパーティーで女性が死亡し、そのスキャンダルに関与していた。）

作品背景

物語はヴェネツィアで語られるが主要な舞台はメキシコである。

参考書目53　「そんなものに用はない」（“None of That”）➡437ページ

「島を愛した男」（“The Man Who Loved Islands”）

執筆時期

1926年６月と７月に書かれる。1927年４月に『ダイアル』誌に掲載のための校正が、また７月に『ロンドン・マーキュリー』誌（*London Mercury*）に掲載のための校正が行なわれる。

出版状況

『ダイアル』誌83号（1927年７月、pp. 1－25）に掲載される。
『ロンドン・マーキュリー』誌16号（1927年８月、pp. 370－88）に掲載される。

作品紹介と梗概

お伽話、もしくは寓話に似たこの物語で、ロレンスは他の作品と同様にある種の理想主義に内在する論理を示そうとしている。ここではとりわけ自己中心的な理想主義である。また物語の語り手が述べているように、ロレンスは「自分の個性を満たす」には小さな島で十分であることを示そうとしている。題名の「男」であるカスカート（Cathcart）は自ら作り上げた素晴らしい新世界を完成させたいと思っている。彼は35才の時に初めて2つの島の借地権を購入し、大きい方の島に移り住む。当初、すべてが牧歌的に思われ、彼はその島を愛す。しかし、まもなくしたある夜のこと、彼は時間に関して不思議な気持ちを抱く。島という狭い空間での生活に集中し、空間を移動するものとしての時間を容易に知ることができなくなった彼は、時間の「永遠なる」連続性、つまり無限なる時間を経験する。それはまるで過去が彼の周囲で「無限に生き続け」、「未来が断絶したものではない」という感覚である。彼は夜間に経験したこの過去の世界に関する恐ろしい幻想を払拭しようと現実的なことに心を注ぎ、島を「純粋に完璧で綿密な世界」にしようとする。彼は多少の金を島に使い始める。本島から一連の「島民」を移住させ、多忙だが周到に管理された社会を作り出す。「感謝する」人民に対して彼が「主」となる。ひとたび事がうまく運ぶと、彼は古典に出てくる花の文献を編集しようとすべての時間を注ぐ。しかし、1年が経とうとする頃、島は請求書で一杯になり、彼は資本の多くが使われてしまったことを知る。そこで、以後2年間の経済対策を講じることを余儀無くされる。しかし、2年目の終わりには島に使われた金額は数千ポンドにもなり、労働者の中には離島する者も出始める。3年目に彼は緊縮財政を敷くが効果は無く、あらゆる面で彼の金は「搾取」されているようだった。4年目の下半期には島を売却しようと本島で多くの時間を過ごすが、売値で買う者はいない。結局、損をしてあるホテルに売ることになる。そのホテルは島を「ハネムーンとゴルフ」の場にしたいと考えていた。

次にカスカートは隣にある小さい方の島へ移る。彼はその島へ家政婦とその娘フローラ（Flora）を含む数人だけを連れて行く。しかし、この島は彼にとって世間からの隠れ場になるどころか「1つの世界」にもならない。そこで彼は趣味のように文献の編集に没頭し、フローラに原稿をタイプさせる。この仕事は別として、今の彼は何に対しても悪戦苦闘することはなくなっていた。彼はすべての欲望を失ったかのように感じ、ただ毎日が「幸せに」過ぎて行くのだった。だが彼にはその意味がわからない。そして、束の間の欲望にとらわれた彼はフローラとの短い情熱のない関係に陥る。その後、彼に対する彼女の願望には「意思」が込められる一方、彼女に対する自分の対応は単に機械的なものであることを認識した彼は、重大な過ちを犯したことを知る。彼は挫折し自己軽蔑に苛まれる。島も「汚され台無し」になる。また、彼は「遂に到達したかに思えた貴重な、願望の滅却した時間」の中に自分の居場所を失ったと感じる。しばらくヨーロッパへ行くが、もはや世間に適応することはできなくなっていた。その後、フローラから彼の子を宿したことを告げられる。島に戻った彼はフローラを本島に連れて行き結婚する。島で彼女と共に子供の誕生を待つ彼は2人の将来の生活に必要な経済的準備を整える。そして、最近買ったばかりの3番目の島へ移る。

そこは数エーカーほどの岩でできた無人島で、彼の住める家さえない。そこで彼は自ら小屋を建てて住むことにする。彼は唯一完全な孤独感からくる充足を得る。彼はすべてに対して興味を失い、時間に対する感覚さえ失う。最初の島では無限なる時間という意識を持っていたが、今や時間に対する感覚をすべて喪失する。冬になり、どんよりとした島や海が空しい白雪に変わる時、空間までもが彼にとって非現実的なものになる。彼の心はますます空虚となり、ただ「虚ろに」、白雪と「荒涼とした死んだ海」を見詰めるだけである。完全な孤独感は寂寥感そのものに変わり、降りしきる雨風が「島を愛した男」の死を予感させ、物語は終わる。

作品背景

物語の島の場所に関しての詳細な言及はない。しかし、ロレンスが物語を書く動機の一部となったのはコンプトン・マッケンジー（Compton Mackenzie）の経験を知ったことによる。彼は1920年にチャネル諸島（Channel Islands）のハーム（Herm）島とジェゾウ（Jethou）島を、また1925年にアウター・ヘブリディーズ諸島（Outer Hebrides）のシャイアント諸島（Shiant Islands）を買っている。ロレンスにはヘブリディーズ諸島での滞在経験しかなかったが（物語を最初に執筆した後の1926年８月にスカイ島（Isle of Skye）を訪れたが、チャネル諸島を訪れたことはない）、１番目の島に関する部分で「ゴール人」（"men of Gaul"）とかジャージー牛（Jersey）とか、またほとんどの島民はイングランド南部出身で、カスカートが安らかな気持ちでロンドンへ戻るといった言及から、舞台はチャネル諸島であると考えられる（最初の島々は『侵入者』（*The Tresspasser*）のワイト島（Isle of Wight）の描写に類似している。ロレンスはその島についてよく知っていて、おおまかに言えばチャネル諸島と同じ海域にあるのだろう）。しかし、激しい雪嵐の舞う最後の島に関する描写などはアウター・ヘブリディーズ諸島を想わせる。ロレンスは少なくとも本作品の改稿に心動かされた1926年にスコットランドを訪れたのかも知れない。

参考書目54　「島を愛した男」（"The Man Who Loved Islands"）➡438ページ

「勝ち馬を予想する少年」（"The Rocking-Horse Winner"）

執筆時期

1926年２月に書かれる。

出版状況

『ハーパーズ・バザール』誌（Harper's Bazaar）（1926年７月、p. 96、p. 97、p.122、p. 124、p. 126）に掲載される。
『ザ・ゴースト・ブック：レディ・シンシア・アスクィースの編集による神秘的16新作品集』（*The Ghost Book: Sixteen New Stories of the Uncanny Compiled by Lady Cinthia Asquith*）

(1926年 9 月にロンドンのハッチンソン（Hutchinson）から出版される、pp. 167－88）に掲載される。

作品紹介と梗概

物語の題名となっている「少年」ポール（Paul）はまだ幼く、彼の家には「もっと金が必要だ」という「口には出せない」言葉が取り憑いているようである。一家は何の不自由もなく、ある程度贅沢に暮らしている。母親も申し分のない家庭環境で育ったということである。両親の高級品志向や世間体を保つ必要性から家には十分なお金があるとは思えない。母親ヘスター（Hester）はそれを運のせいにしている。ポールが「運」とは「お金」のことなのかと言うと（彼は「強運者」という言葉を聞いたことがある）、母親は運とは金を生むものだと訂正する。そこでポールは神様のお告げで自分は強運者だと言う。しかし、母親はそれを無視したため彼は腹を立てる。そこで運を得る手掛かりを見つけ、母親の関心を引こうと彼は心に決める。2 人の妹が人形で遊んでいる子供部屋へ入った彼は、しばしば目をぎらぎらと輝かせて夢中で木馬に乗るので、妹達はびっくりする。ある日のこと、母親と叔父のオスカー・クレスウェル（Oscar Cresswell）が部屋に入ってみると、彼は熱中して木馬に乗っている。やがて木馬を止めた彼は「入った」と叫ぶ。叔父が馬の名前を聞くと、馬の名前は毎週異なり、先週はサンソヴィノ（Sansovino）だったと言う。叔父はそれがアスコット競馬（Ascot）の勝馬だと知る。どうやらポールは一家の若い庭師バセット（Bassett）と競馬の話をよくしているようであった。叔父はバセットに会いに行く（バセットは戦地でオスカーの当番兵をしていた男で、左足を負傷している）。どうやらポールとバセットは巧みな競馬の賭け仲間で、主にポールの出す予想で馬券を買っているようであった。どうやって彼が予想するのかはバセットには謎だが、木馬に乗ったポールが「入った」時に予想できることが明白となる。ポールは既に得た賞金の中から多少の金を貯めていて、叔父も喜んで 2 人の賭け仲間に入る。まもなく彼らは多額の賞金を獲得し、ポールは自分の分だけで 1 千ポンドを得る。

ポールは以後 5 年間にわたり毎年 1 千ポンドを母親の誕生日に匿名で送ることを弁護士に依頼するよう叔父に頼む。最初の金を受け取った母親は、借金返済のために 5 千ポンド全額を直ちに受け取れないかと貪欲にも弁護士に頼む。弁護士と叔父からそれを聞いたポールは承諾する。しかしその後、「もっとお金が必要だ」という一家の呟きは激しくなり、まるでその呟き声は狂ったかのようになる。ポールは勉強に追いつこうとする一方、強運の流れを失うまいと神経を磨り減らし疲労する。（今、木馬は家の上階の彼の部屋に移されている。）やがて彼の運も衰退し、金がもうからなくなると、「まるで彼の中で何かが爆発するかのように彼の目は険しくおかしく」なる。彼はすべての望みを次のダービー競馬（Derby）に託す。競馬の 2 日前、パーティーへ行った両親は夜中の 1 時頃帰宅する。息子のことが心配な母親は彼がちゃんと寝ているか見に部屋へ行く。部屋に近づくと、何かを揺するようなせわしない大きな音が聞こえる。ドアを開けると息子は木馬の上で狂ったように興奮し、その目はぎらぎらと輝いていた。叫び声を上げる母親に彼は「マラバー」（“Malabar”）という名前を絶叫し、床に倒れて意識を失う。以後 2 日間、彼の意識は大方失われたままであった。ただ時折「マラバー」と繰り返してはバセットを呼んで欲しいと言う。母親は叔父に「マラバー」の意味を聞くと、それはダービー競馬の馬の名前だと答える。叔父はこれをバセットに伝え、彼らはこの馬に賭ける。3日目、未だ意識の戻らぬポールにバセットは会いたいと言う。彼はポールに、マラバーが14倍で一着に入り、7万ポンド獲得したことを伝える。これを聞いてポールは一瞬、意識を取り戻し、母親に向かって誇らしげに「僕は強運者だ」と繰り返す。その夜、彼は息を引き取る。

作品背景

物語の多くはポールの家の中で起こる。その家は南イングランドの田園地帯にあると曖昧に語られている。おそらくサリー（Surrey）かバークシャー（Berkshire）あたりであろうが、オスカー叔父はポールを気軽にハンプシャー（Hampshire）の彼の家や、ある日の午後にはリッチモンド・パーク（Richmond Park）（ロンドン南西部のリッチモンド・アポン・テムズ（Richmond upon Thames））へ自動車で連れ出している。

参考書目55　「勝ち馬を予想する少年」（“The Rocking-Horse Winner”）
➡439ページ

「愛らしい女」（“The Lovely Lady”）

執筆時期

1927年2月と3月に書かれ、5月に改稿とともに簡約化が行なわれる。

出版状況

『ザ・ブラック・キャップ：シンシア・アスクィスの編集による殺人と怪奇の新物語集』（*The Black Cap: New Stories of Murder and Mystery compiled by Cinthia Asquith*）（1927年10月にロンドンのハッチンソンから出版される、pp. 216－38）に掲載される。
最初の未簡約版はケンブリッジ版の『馬で去った女とその他の短編』に収録される。

作品紹介と梗概

ポーリン・アテンボロー（Pauline Attenborough）が物語の題名の「愛らしい女」である。彼女は72才だが「見事に若々しく」、薄明かりの下では30才でも通用する。ただ彼女が若い印象を保ち続けていられるのは、その驚のような意志力のせいであった。それを知っているのは姪のセシリア（Cecilia）（シス（Ciss））だけである。ポーリンはこの姪を取るに足らない存在と見ていて、彼女の前ではわざわざ上辺だけの魅力を維持しようとは思わない。ポーリンは彼女の皺と意志力を結ぶ「目に見えない針金」を緩め、姪にはやつれ果てて萎んだ本当の姿を見せるのである。セシリアは30才で、両親が他界して以後5年間ポーリンと暮らしている。ポーリンの亡き夫ロナルド（Ronald）の兄弟にあたる父親は貧しい組合教会の牧師だったことから、セシリアは経済面で叔母ポーリンに頼ることになったのである。家にはポーリンの息子ロバート（Robert）も暮らしている。彼は32才の法廷弁護士である。セシリアは彼を愛しているが、彼に殻を破らせることはできないでいる。彼は非常に内気で自信が無く、悪いことに支配的な母親の強い影響下にあった。更にセシリア自身も内気で引っ込み思案で、物事をはっきりさせることができない。ロバートにある問題は、彼が未だに元気の良かった兄ヘンリー（Henry）の影の中で生きているふしがあることだった。ポーリンが溺愛したヘンリーは22才で他界していた。結局ポーリンに邪魔された女優のクラウディア（Claudia）との恋愛の直後のことである。ロバートは見掛けは神経質だが、その奥にはとても情熱的な気質があることをセシリアは確信している。しかし兄のヘンリー同様、母親が彼の情熱を抑制し、彼も生きる機会を逸して死んでしまうのではないかとセシリアは恐れている。

セシリアの部屋は馬車収納庫と厩のある建物の上にあった。ある日の午後、彼女がその建物の屋根の上で日光浴をしているとポーリンの声がどこからともなく聞こえてくる。それは明らかに死んだ息子ヘンリーに話し掛けている声であった。最初、それが幽霊の声だと思ったセシリアは恐怖に震える。しかし、やがてヘンリーの死に対して恐れるポーリンの声に興味を持った彼女は聞き耳を立てる。明らかにポーリンは息子を死へと追いやった罪悪感を口にしている。それを聞いたセシリアは、ポーリンが息子達を病的なまでに掌握しているのではないかと疑念を持つ。また、彼女はポーリンの本音を聞いたように思う。ふと頭上を見ると排水管が目に入り、彼女はことごとく合点がいったのである。つまり、ポーリンは厩のある建物の屋根の下のイチイに囲まれた空き地で、排水管の口の脇に座り日光浴をしているのである。そして、独り言を言う彼女の声が排水管を伝わりセシリアに聞こえたのである。セシリアはまたポーリンが人といると決して落ち着かない理由がわかる。ポーリンは気を緩めることができたり、彼女の秘密が漏れる危険が無い時だけ独り言を言うのであった。こうしたポーリンの言葉を２度目に聞いた時、セシリアはロバートに関する真実を知る。彼女がかねがね疑っていたことである。つまり、ロバートはポーリンと夫ロナルドの子ではなく、ポーリンのイタリア人の愛人「モンシニョール・モーロー」（“Monsignor Mauro”）との子であったのだ。彼はイエズス会の牧師だった（ロバートの顔はイタリア人牧師の顔に似ているという記述が既にある。彼の趣味はメキシコの古い法律に関する記録を調べることで、そのひとつがオアハカ（Oaxaca）の聖ハート修道院（Sacred Heart Convent）の尼僧を誘惑した男の事件を扱ったものだそうである）。このロバートに関する真実を聞いたセシリアは、排水管に向かって話す誘惑にかられる。彼女はヘンリーになりすまし、ポーリンに対してロバートを放っておくように、また彼の結婚を認めるようにと言う。「ヘンリー」が彼を殺したポーリンを責めるのである。ポーリンは沈黙する。その日の午後遅く、ポーリンは彼女の誇りとするすべての意志力を失ったかのようであった。そして、本来のやつれた老女に成り果てる。母親のこの変貌を目にしたロバートの内面は変化する。突如「別人」になったかのようであった。ポーリンは彼にすべてを打ち明ける。セシリアとの結婚を血族故に反対したのは、実は血縁関係がないのだから虚偽であることを明かす。そして「本当の憎悪」を込めた目で若い２人を見て、すぐに結婚するように言い、２人の「情熱的な恋人」を冷笑する。今やポーリンの衰えは末期となり、やがて息を引き取る。しかし、あの世から彼女は最後の悪意に満ちた攻撃をロバートとセシリアに対して行なう。それは彼女自身を「守る」最後の皮肉な努力でもあった。彼女は具体的には骨董品のたぐいだが、主な遺産を「ポーリン・アテンボロー博物館」に寄付してしまったのである。

作品背景

物語の主要な舞台はロンドン郊外の25マイルほどの所に位置する谷間のポーリン・アテンボローの「優雅な」アン女王（Queen Anne）時代の館である。

参考書目56　「愛らしい女」（“The Lovely Lady ”）➔441ページ

第33節　『逃げた雄鶏』とその他の晩年の短編、1926年－1929年
（*The Escaped Cock* and Other Late Stories, 1926－1929）

この節で扱うロレンス晩年の短編小説はロレンス生存中には短編集に収録されたことはなく、またケンブリッジ版としても未だ出版されていない。執筆時期の早いものから掲げると、「マーキュリー」（“Mercury”）、「逃げた雄鶏」（“The Escaped Cock”）（「死んだ男」（“The Man Who Died”））、「家財」（“Things”）、「世間と縁を切った男」（“The Man Who Was Through with the World”）、「不死の男」（“The Undying Man”）、「自伝風の断片」（“Autobiographical Fragment”）／「人生の夢」（“A Dream of Life”）、「ロードンの屋根」（“Rawdon’s Roof”）、「母と娘」（“Mother and Daughter”）及び「青いモカシン」（“The Blue Moccasins”）である。

「家財」、「ロードンの屋根」、「母と娘」及び「青いモカシン」は死後出版となった『愛らしい女』（*The Lovely Lady*）（ロンドンのセッカー（Secker）から1933年１月に、またニューヨークのヴァイキング（Viking）から２月に出版される）に初めて収録される。

「マーキュリー」、「不死の男」及び「自伝風の断片」は死後出版となる『フェニックス―D・H・ロレンス遺稿集』（*Phoenix: The Posthumous Papers of DHL*）（1936年にエドワード・D・マクドナルド（Edward D. McDonald）の編纂によりニューヨークのヴァイキングから出版される）に初めて収録される。

「マーキュリー」（“Mercury”）

執筆時期

1926年７月に書かれる。

出版状況

『アトランティック・マンスリー』誌（*Atlantic Monthly*）139号（1927年2月、pp. 197－200）に掲載される。
『ネイション・アンド・アテーネウム』誌（*Nation and Athenaeum*）（1927年2月5日）に掲載される。

作品紹介と梗概

ロレンスの「最高の叙述的な作品」（ムア（Moore）1951年、p. 282）の1つであるこの物語は、ロープウェイで「メルクール」山（“Merkur” Hill）に登る典型的な日曜日の行楽客と彼らを襲う一瞬の嵐を描写している。嵐の間、行楽客はレストランのヴェランダに避難するが、ある男の歩く白い足が雷鳴と雷光の中を大股で急いで通り過ぎるのが見える。彼のかかとは炎に包まれ、上半身は見えない。大きな雷鳴が鳴り響いた直後に今まで見えていた彼の姿は、突然、消える。嵐がおさまり、人々がロープウェイの乗り場へ行くと、2人の係員が雷に打たれて死んでいる。1人はメルクール山の奉納石の脇に倒れていて、雷に打たれた下半身は裸であった。

作品背景

メルクールはバーデン・バーデン（Baden-Baden）にある山で、物語はそこで書かれる。

『逃げた雄鶏』（*The Escaped Cock*）（『死んだ男』（*The Man Who Died*））

執筆時期

物語の前半は1927年4月に、また後半は6月と7月に書かれる。『逃げた雄鶏』はロレンスがつけた題名であり、初版本はこの題名で出版される。しかし、その後、死後出版となるイギリス版とアメリカ版では無難な『死んだ男』に改題される。1929年に出版されたブラック・サン版（Black Sun）の校正は同年8月に行なわれる。

出版状況

1. 第1部は「逃げた雄鶏」の題名で「フォーラム」誌（*Forum*）79号（1928年2月、pp. 286－96）に掲載される。
2. 『逃げた雄鶏』が1929年9月にパリのブラック・サン・プレス（Black Sun Press）から出版される。
3. 『死んだ男』が1931年にロンドンのセッカー及びニューヨークのクノフ（Knopf）から出版される。

作品紹介と梗概

題名の「男」はある種のキリスト的人物で、自分がキリスト教の天国である精神世界ではなく肉体という現象界に復活したことを知る。最初、男は意識と感覚を取り戻すことに抵抗するが、次第に外界でうねる自然界の生命を感じ、自分の肉体の本能に従う霊感を受けるとともに「逃げた」雄鶏の激しさが示す生きる喜びを知り、悟りを得る。この雄鶏の話が序曲となり、また主な物語と対照をなす。燃えるようなオレンジ色の首と赤いとさかをした誇らしげで挑戦的な雄鶏は、ある農夫が所有していて、逃げないように紐で足を縛られている。しかし、その雄鶏は非常に力強く、「死んだ男」が死の眠りから覚めた瞬間、誇らしげに大きな雄叫びをあげて足の紐を切る。その後、農夫に追われた雄鶏は偶然に「死んだ男」と出会い、男は農夫が鶏を捕まえる手助けをする。農夫の家の小屋に招かれた男は雄鶏の生命力を賞賛し、その鶏を眺めて時を過ごす。農夫の庭に度々やって来た男は、やがて「鶏のとさかと激しい生命の波」を同一視するようになる。男は世間へ再び出て行くことになり、農夫から雄鶏を買い取り、その熱く躍動する生命を「騒然とした現象界」へと解き放つ。

次に、男は美しいイシス（Isis）の巫女との性の儀式を通して官能的な生命を完全に回復する。イシスの巫女は男を、肉体が引き裂かれ世界中へ撒かれたエジプトの異教神オシリス（Osiris）だと思う。男が神殿で巫女により再び完全な存在となる時、キリストの物語の異教的解釈が完了する。男は春の間、毎晩、巫女の神殿を訪れ、やがて巫女は身籠る。そして巫女は、自分の母親が男を裏切りローマ人に売ろうと企んでいることを伝える。今こそ男の肉体は裏切りを受け、「嫉妬と物欲に満ちた些細なもの」に捧げることはできない。巫女の体内に新たな生命の種を撒き、自分が灯した「目に見えない太陽」と「触れ合った」男は追っ手である奴隷達から逃れて小さな船に乗り、再び世間へと出て行く。

作品背景

物語の舞台は一般的な聖書のそれと同一である。

参考書目57　『逃げた雄鶏』（*The Escaped Cock*）（『死んだ男』（*The Man Who Died*））➡442ページ

「家財」（“Things”）

執筆時期

1927年５月に書かれる。1928年９月に『フォートナイトリー・レヴュー』誌（*Fortnightly Review*）に掲載のための改稿が行なわれる。

出版状況

『ブックマン』誌（*Bookman*）67号（1928年８月、pp. 632－37）に掲載される。
『フォートナイトリー・レヴュー』誌（1928年10月）に掲載される。

作品紹介と梗概

本作品の中心人物であるニューイングランド（New England）生まれの理想主義者、「エラスムスとヴァレリーのメルヴィル夫妻」（Erasmus and Valerie Melville）の生き方をこの上もなく巧みに風刺することで、理想主義というものを面白く批判している（この夫妻の名前には意図があり、とりわけ「エラスムス」はルネサンス時代（1466－1536）のオランダの神学者を暗示し、またメルヴィルはオランダ人の血が混じったハーマン・メルヴィル（Herman Melville）を想起させる。更にエラスムスは妻からディック（Dick）と呼ばれ（『モービー・ディック』（*Moby-Dick*））、夫妻の息子はピーター（Peter）（ピエール（Pierre））と呼ばれていて、こうした意図は強いものになっている）。

２人が結婚したのはエラスムスが27才でヴァレリーが25才の時である。２人には職に就かなくても不自由なく暮らせる十分な収入があった。彼らの最初の観念的な信条は、「自由」であった。「産業中心の物質主義に満ちたソドムとゴモラ（Sodom and Gomorrah）の都市」アメリカを脱出した夫妻は、美しい（また金のかからない）土地を求めてまずパリへ行く。そこで夫妻は自由気ままなボヘミア人風の暮らしをし、芸術と絵画を勉強する。夫妻はパリを「徹底的」に知り尽くし、その町に退屈しきった後、大戦勃発とともにイタリアへ移る。そこで「インド思想」に対する興味を満たし、しばらくの間仏教徒（もしくは具神論者）になり、貪欲、苦悩、悲嘆などが全く無い完全な世界を夢見る。やがて、このような世界が現れそうもないことを知った夫妻はインド思想に幻滅し、以前より最も興味のあった物品に目を向ける。それは自宅用にせっせと「家財」を獲得することであった。アンティーク家具や美術工芸品のたぐいである。しかし、「満たされた見事な生活」を12年間送った夫妻は、今までの生活に対する虚しさを無意識に感じ始める。そしてヨーロッパは既に衰退し、また息子のピーターが幼い内に生まれ故郷を見ておいた方が良いという結論を出し、アメリカへの帰国願望を正当化する。

こうして夫妻はトラック数台分の「家財」と共にニューヨークへ戻る。ところが夫妻は経済的な理由から狭いアパートに入るしかないことを知り、すべての家財を直ちに倉庫に保管してしまう。職を得なければならないという考えが夫妻の理想的に生きようとする考えを脅かす。しかし、別の理想を追及することでこの危機を避けることができた。つまり、家財を持たず西部の山へ行き、自然と調和した素朴な生活を送ろうというのである。すぐにこれは大仕事であることがわかるが、彼らの大金持ちの友人がカリフォルニアの海岸にある豪華な家を提供してくれることになり、夫妻は安堵する。夫妻は「新たな魂」の誕生を経験できるかも知れない希望に燃えて引っ越す。しかし、９ヵ月もしない内に太平洋は彼らの理想を粉砕する。夫妻はマサチューセッツ（Massachusetts）の妻の両親を訪ねる。そこでエラスムスの求職という重圧が増す。息子を祖母に預けた後、夫妻は再度ヨーロッパへ行き、「金のかからない」パリでの生活を送る。あいにく既にパリは金のかかる町になっていて、今度こそ夫妻はヨーロッパが「完全な失敗」であることを知る。更に妻は倉庫に眠る貴重な「家財」を切望し始める一方、エラスムスは両親の助力でクリーヴランド大学（Cleveland University）に教員としての職を得る。「窮地に追い込まれた鼠」のように夫はその教職に就く。しかし、ひとたび大学での快適な生活を始めた夫妻は伝統的で物質的に満たされた生活に満足できないことを知る。事実、夫妻は彼らの本領を知るのである。このニューイングランド人夫妻は現代の厳しいクリーヴランドの外に出され、アンティークの「家財」の中に閉じ込められ包囲され、まさにソドムとゴモラの町という「籠の中」で無事に落ち着き、楽しく暮らすという設定で物語は終わる。しかし、こうした状況に対して夫妻の表面的自我は絶えず尻込みするのである。まず、生命に対する情熱的な関わりを拒否し、とりつかれたように物品を蓄積することに執着したメルヴィル夫妻の抽象観念に対する強い欲求は、結局、彼らの抑圧された物質主義への容赦の無い回帰へと向かったのである。

作品背景

本作品では、メルヴィル一家が世界中のあちこちに移り住む。それは以下の通りである。ニューヘーヴン（New Haven）、パリ、フィレンツェ（Florence）、ニューヨーク、アメリカ西部の山々、カリフォルニア沿岸、マサチューセッツ、再びパリ、最後にクリーヴランドである。

参考書目58　「家財」（“Things”）➡444ページ

「世間と縁を切った男」（未完）（“The Man Who Was Through with the World” − Unfinished）

執筆時期

1927年５月に書かれる。

出版状況

ロレンスの生存中には出版されなかった。初版は『エッセイズ・イン・クリティシズム』誌（*Essays in Criticism*）９号（1959年７月、pp. 213−21）に掲載される。

作品紹介と梗概

物語の題名となっている男の名前はヘンリー（Henry）である。彼は世間と人々に幻滅し、山腹に多少の荒地を買い、隠遁者として暮らすことになる（「島を愛した男」（“The Man Who Loved Islands）のカスカート（Cathcart）にどこか似ている）。当初、彼は「神」に献身しようとするが、少なくとも伝統的な宗教やその神に関する概念の枠組み内では彼自身の聖なるものに対する明確な感性が欠如していることをすぐに知る。「彼はぴんと張ったワイヤーに眉毛でぶら下がろうとする曲芸師のような気になる。」しかし、しばらくして太陽の下に裸体で横たわり（『太陽』（Sun）のジュリエット（Juliet）のように）自然界に慣れ親しみ、「汚染された人々」から身を浄化するようになるにつれて、別の聖なるものの根源が現れてくるようであった。このような思想が更に展開する前に草稿は終わる。ヘンリーが意図した運命の成り行きは不明のままである。それはカスカートの、それともジュリエットの、もしくはこの２人の運命とは全く違ったものなのであろうか。

作品背景

明確な舞台は特定されてないが、ロレンスはフィレンツェに近いスカンディッチ（Scandicci）のミレンダ荘（Villa Mirenda）に滞在中に本作品を書いている。地元には隠遁者だった聖ユーサビオ（San Eusabio）の聖域があり、ロレンスが物語を書く動機になったのかも知れない。

「不死の男」（未完）（“The Undying Man” – Unfinished）

執筆時期

1927年10月に書かれる。この未完の物語はロレンスの友人Ｓ・Ｓ・コテリアンスキー（S. S. Koteliansky）から送られた２つの物語の内の１つを基にしている。その２つの物語はコテリアンスキーの母親によって記録され、彼がイディッシュ語（Yiddish）から英訳したものである。現在のものは、本来「マイモニデズとアリストテレス」（“Maimonides and Aristotle”）という題名であった。

出版状況

ロレンスの生存中には出版されなかった。初版は1936年にエドワード・Ｄ・マクドナルドの編纂によりニューヨークのヴァイキングから出版された『フェニックス―Ｄ・Ｈ・ロレンス遺稿集』に収録される。

作品紹介と梗概

ラビ・モーゼズ・マイモニデス（Rabbi Moses Maimonides）とギリシャ人のキリスト教徒アリストテレス（Aristotle）はともに学者で、２人で絶えず共同研究をしている。彼らは様々な実験をした後、不滅の人間を作り出す方法を発見したと考える。人間の小さな血管を取り出し、それをある植物や薬草に移植すると、その血管はやがて成長して人間になるという。しかも、その人間は誕生したものではないので決して死滅しないという。２人は実際にこの不死の人間を作ることにする。くじ引きをした結果、アリストテレスが血管を提供する。つまり、この実験のために自らの生命を犠牲にすることになる。しかし、その前に彼はとにかく自分の血管が成長するのを邪魔しないようにマイモニデスに誓約させる。マイモニデスは、部屋の瓶の中でアリストテレスの血管が成長し赤く輝き始めると怖くなる。更に血管が成長を続けるにつれて、キリスト教徒のアリストテレスが永遠に生存し、ユダヤ人にとっての唯一神の如く不滅になるのではないかと、マイモニデスのユダヤ人としての良心が苦悩し始める。マイモニデスはこの不死の男が人々の目の前で本当の神の地位を奪うのではないかと恐れるのである。ここで草稿は終わる。

作品背景

物語の舞台はスペインの何処かの土地である。

参考書目59　「不死の男」（未完）（"The Undying Man"ーUnfinished）➔444ページ

「自伝風の断片」（"Autobiographical Fragment"）／「人生の夢」（未完）（"A Dream of Life"－Unfinished）

執筆時期

1927年10月に書かれる。

出版状況

ロレンスの生存中には出版されなかった。初版は1936年にエドワード・D・マクドナルドの編纂によりニューヨークのヴァイキングから出版された『フェニックス―D・H・ロレンス遺稿集』に収録される。
1971年にキース・セイガー（Keith Sager）の編纂によりハーモンズワース（Hermondsworth）のペンギン（Penguin）から出版された『プリンセスとその他の短編』（*The Princess and Other Stories*）に収録される。小説色を鮮明にするためにキース・セイガーは短編集に収録する際、題名を「人生の夢」と改題する。

作品紹介と梗概

実際の物語は自叙伝と虚構が混在したもので、全編を通して１人称の語り手によって語られる。物語は1927年に帰郷した語り手が幼年時代を過ごした炭鉱村の印象を自伝風に語るところから始まり、やがて虚構の幻想へと発展する。語り手は10月のある日に眠りに落ち、千年後に魔法のように目覚め、故郷の醜い炭鉱村がネスラップ（Nethrupp）と呼ばれる理想郷に変貌しているのを知る。そこではすべてが黄金の色調を帯び、調和がとれている。人々の衣服や暮らしはエジプト（Egyptian）もしくはエトルリア（Etruscan）のそれのように古代の農業中心の共同体をしのばせる。町は優雅で調和がとれていて、温厚で笑いの絶えない人々のこの共同体は肉体的かつ精神的な幸福感を放っているかのようである。人々は1日の終わりに共に歌を歌い、踊りを踊り、やがて入浴し、食事を取り、休む。語り手が共同体の長老もしくは指導者の1人らしき男の元へ連れて行かれ、彼がどれほどの間眠っていて蝶のように再生したのかを再確認するところで草稿は未完のまま終わる。

作品背景

ノッティンガムシャー（Nottinghamshire）とダービーシャー（Derbyshire）の州境にある炭鉱村「ニューソープ」（"Newthorpe"）は明らかにロレンスの故郷イーストウッド（Eastwood）をモデルにしている。語り手は1927年10月に眠りに落ち、千年後の2927年に目覚める。

『ロードンの屋根』（*Rawdon's Roof*）

執筆時期

1927年11月に書かれ、1928年11月に改稿されて長くなる。

出版状況

1929年3月にロンドンのエルキン・マシューズ・アンド・マロット（Elkin Mathews and Marrot）から出版されたウォバーン・ブックス（Woburn Books）第7巻に収録される。より一般的な版は1933年に出版された『愛らしい女』に収録されるが、これはロレンスが1929年版用に改稿したものを無視している。しかし、その版は1928年11月版とすべてが合致しているわけではない。従って物語の信頼できる版についてはケンブリッジ版D・H・ロレンス著作集の出版を待たなければならない。

作品紹介と梗概

1人称の語り手であるジョー・ブラッドリー（Joe Bradley）が隣人のロードン（Rawdon）を紹介する。ロードンは自分の家の「屋根の下に」決して2度と女性を泊まらせないことを宣誓している。彼は妻と別居中で、現在、執事のジョー・ホーケン（Joe Hawken）と借家に暮らしている。ホーケンは生き生きとした顔付きの35才の男で、戦後、当時少佐だったロードンと共に帰国したのである。ロードンの誓約を聞いた語り手は、彼と人妻ジャネット・ドラモンド（Janet Drummond）との謎めいた関係にますます困惑する。彼女は夫アレック（Alec）と2人の幼い娘とで近くに住んでいる。アレックはよく借金をして、滅多に家にいない。どうやら彼女は夫よりもロードンを愛しているようである。しかし、語り手や他の傍観者にとって不思議なことは、彼らは毎日会っているのに、2人とも誰にも自分達の関係を一言も語らないことである。まるで「すべてが静まり返っている」のだ。11月のある夜のこと、不意にジャネットがロードンの家を訪ねてくる。非常に緊張したロードンは、語り手に家に留まって自分を助けるように頼む。まるでジャネットがやって来た意図を察知したかのように。事実、彼女はその夜の夫の虐待のことや、夫の元を去って愛するロードンの所へ来る決心がついたことなどをうっかり口にする。その夜、彼女はロードンの「屋根の下に」保護されたかったのだ。しかし、誓約を守る決意をしている彼はそれはできないと言い訳をする。どうやら彼はジャネットと決定的な関わりを持つ気はないようである。彼女はそんな彼の態度に苛立ち、愛想もなく家を飛び出す。ロードンは明かりを手にとり、おどおどしながら彼女の後について家まで送る。1人になった語り手が客用の寝室を調べてみると、その夜ホーケンが自分の女を引き込んだようであった。ジャネットはホーケンに関する皮肉な言葉を吐いていたことから、その皮肉な言葉の意味がはっきりとしたのである。翌日、ロードンはチュニス（Tunis）へ発ち、ドラモンド一家も引っ越す。「ロードンの屋根」は変わらないままであった。

作品背景

物語の舞台はロードンの家の内部である。小さな田舎町らしい場所以外に舞台の立地を明確に示すものは無い。

「母と娘」（“Mother and Daughter”）

執筆時期

1928年5月に書かれ、1929年2月に校正が行なわれる。

出版状況

『ニュー・クライテリオン』誌（*New Criterion*）8号（1929年4月、pp. 394－419）に掲載される。

作品紹介と梗概

物語の冒頭で30才の上級公務員ヴァージニア・ボドイン（Virginia Bodoin）が登場する。母親のレイチェル・ボドイン（Rachel Bodoin）は60才ほどで、「激しい生命力」と「不思議なほどに強い力」を持っている。母と娘はまるで男と女が同居するように暮らしているが、以前には度々別居することがあった。母親のレイチェルは男性に対して支配的で敵意が強い。この気質を娘も引き継ぎ、4年間婚約していた恋人ヘンリー・ルボック

(Henry Lubbock) との関係が破綻したのもどうやらこれが主な原因のようである。恋人がヴァージニアの元を去ったのは、彼を「押し潰し」「貪ろうとする」レイチェルや、同様のことをするように娘に勧める魔女のようなレイチェルの影響力に耐えられなかったからである。恋人にはヴァージニアも魔女のような存在に映り、「強靭な爪を持った魔女」である母親の共犯者なのである。しかし、ヴァージニアは母親と全く同じというわけでもなく、同居を始めた娘が独自の生き方をすると、母と娘の間に緊張感が生まれる。例えば、ヴァージニアの若い同僚で求愛者らしき男アドリアン (Adrian) がその未熟さや脆弱さ故に母親に気に入られた時、ヴァージニアは敵意を漲らせて母親の眼識に背く。やがて、母親はヴァージニアが彼女の性質を受け継いでいるだけでなく、それ以上に父親の血も継いでいることに気づく。母親が夫の脳天に降り下ろした「ハンマー」は今や彼女自身にはね返ってきたのである。相応しいことに、ヴァージニアは父親のような奇怪なアーノルト氏 (Monsieur Arnault) と深い関係になる。氏は60才の老アルメニア人の実業家で、母親は彼を「トルコの楽しみ」と呼んでいる。太っている彼は身体的には不愉快で、まるで「ガマ蛙」のようであり、明らかにヴァージニアへの求婚を頭に入れている。また彼にはヴァージニアが抗することのできない「不思議な力」と存在感があった。明らかに母親は嫌悪感をあらわにするが、ヴァージニアは彼の求婚を承諾する。「家長的で部族的」なのは彼の特質であるようだが、その影響を受けた彼女は母親の支配的で意思力に満ちた「降り下ろされるハンマー」から最後には逃げ出し、その正反対である「ハーレム」へ服従するのである。

作品背景

物語の主要な舞台はロンドン中心部ブルームズベリー (Bloomsbury) 界隈のボドイン母娘のアパートの室内である。

参考書目60 「母と娘」(“Mother and Daughter ”) ➡444ページ

「青いモカシン」(“The Blue Moccasins”)

執筆時期

1928年6月と7月に書かれ、10月に校正が行なわれる。『逃げた雄鶏』と共にロレンスの最後の完結した小説である。

出版状況

『イヴ：ザ・レディーズ・ピクトリアル』誌 (*Eve: The Lady's Pictorial*) 35号 (クリスマス特別号) (*Special Christmas Issue*) (1928年11月22日、p. 24、p. 25、p. 27、p. 70、p. 74) に掲載される。

『プレイン・トーク』誌（*Plain Talk*）4号（1929年2月、pp. 138－48）に掲載される。

作品紹介と梗概

物語はパーシー・バーロウ（Percy Barlow）と年上の女性リーナ・マクラウド（Lina McLeod）の関係の一部始終を辿る。若き日のリーナ・マクラウドは非常に自立した女性であった。母親譲りの収入がある彼女は1人で世界中を旅行して回る。男性を下僕や従者として利用するが、彼女の自立しようとする基本的精神は「男性的なもの」を排除し、「男っ気」なしで生きるということであった。土産でもあり彼女の自立の象徴でもある青いモカシン靴を彼女はニューメキシコ（New Mexico）で買う。45才の時に大戦が勃発し、彼女は田舎にある実家のトワイビット邸（Twybit Hall）へ戻る。やがて彼女は22才の若い銀行員パーシーに引かれる。彼女に対してパーシーは「深い尊敬の念」を抱き、彼女を信頼し、そして彼女に献身する。1916年に彼は徴兵されるが、最初に休暇で帰ってきた時に2人は結婚する。終戦後、彼は27才で帰国するが、リーナは白髪で50才になっていた。しばらくの間2人は共に楽しく暮らす。

ところがパーシーはすぐに地元の人達との交流を求める生活に入ってゆく。かつての独身時代の生活そのものである。彼は銀行の支配人となり、教会の聖歌隊で歌い始める。美男子で愛想の良い彼は町の若い娘達の間で人気者になる。だが、控え目な彼は娘達と遊び回ることなど夢想だにしない。とりわけある女性にとって彼は「ある意味で未だ目覚めていない男」に思える。その女性とは牧師の娘アリス・ハウェルズ（Alice Howells）で、彼女がパーシーを「目覚めさせる」役割を担うことになる。彼女はパーシーと同年齢の戦争未亡人である。パーシーは「半ば修道院のような」トワイビット邸よりも、牧師館の雰囲気の方を快適なものに思う。今や妻リーナは57才でパーシーは34才になり、2人は別々の部屋で寝ていることから夫婦生活は無いようである。リーナは青いモカシンをパーシーの部屋に飾っておいたが、ある日それがなくなっているのに気づく。彼はそのモカシンについて全く知らないと言い張る。最近、彼はクリスマスに上演する演劇『シャグプットの靴』（*The Shoes of Shagput*）の練習をしているので、教会で過ごす時間が多くなっている。クリスマス劇の一般公開の初日となる。リーナは衝動的にパーシーにわからないように劇を観に行くことにする。ムーア人（Moor）役のパーシーは顔を黒く塗っている。女主人公はアリス・ハウェルズで、トルコ風のズボンをはき、銀色のヴェイルを被った天女役の彼女が舞台に現れる。彼女はリーナの青いモカシンを履いている。リーナは激怒する。一方、不服そうな顔をしながらも優越感に浸っているリーナを客席に見たアリスも腹を立てる。そこでアリスは美男子役のパーシーを誘惑する自分の役柄をより派手に演じようとする。第1幕の終わりでアリスはモカシンを蹴飛ばし、「去れ、束縛の靴よ、悲しみの靴よ」と叫ぶ。当然、リーナは怒りと悔しさで顔を赤らめる。次にアリスの誘惑が最高頂に達した時、2人のラヴシーンは更にきわどいものになる。リーナが見ていることを知らないパーシーはアリスの体を自分の体に近づけながら「純粋な欲望に浸る」。遂に耐えられなくなったリーナは立ち上がり部屋を出ようとするが、観客が一杯で容易に出られない。再度座り直すことは更に面目を失うことに等しかった。そこでリーナはそっと舞台に近づき、はっきりとした声で青いモカシンを返すようにとパーシーに頼む。ぼうっとしているパーシーは素直にそれに従う。

幕間にリーナはパーシーの所に行く。そこにはアリスもいるが、リーナは自分を家まで自動車で送るように彼に言う。彼は途中で抜け出して第2幕を遅らせるわけにはいかないだろうと言い張る。芝居を続けるつもりでいるパーシーにリーナは驚くが、彼の気持ちは変わらない。そこで彼は彼女を家まで送るようにと他の人に依頼する。また第2幕でアリスが使えるようにモカシンを置いていくようにリーナに頼む。だがリーナは応じようとしない。しばらくモカシンについてのやりとりがあり、リーナは譲歩することなく教会を出る。リーナに対する鬱積していたパーシーの感情が爆発し、彼女が所有欲の塊であること、利己的であること、彼のことを「良い犬」みたいにペット扱いしていたこと、また、彼のことを情熱を込めて愛したことはなかったことなどを言い放つ。リーナは今や永遠に「彼の内面を凍てつかせた」ようである。アリスはパーシーに今夜は牧師館に泊まった方が良いと提案する。彼はすぐには承知しないが、「心臓は高まり、息を殺した微かな情熱的な笑みが再び彼の目に現れるのであった」。

作品背景

物語の舞台は無名の小さなイギリスの田舎町で、地名などは特定されていない。

参考書目61 「青いモカシン」(“The Blue Moccasins”) ➡444ページ

第3章

詩

本章は2つの節と1つの参考書目から成り立っている（第34節と第35節、それに参考書目63）。第34節はロレンスの一般的詩選集や全詩集、並びにそれらを扱った一般的な批評作品を、また第35節はロレンス自身によって用意され、もしくは企画された個々の詩集、並びにそれらを扱った批評作品を、そして参考書目63は主要な批評作品をそれぞれ掲載してある。本章は次の点で本事典の他の章とは異なっている。本章の構成にあたっては、ロレンスの個々の詩集を扱った批評作品を掲載するよりも、ロレンスの詩を扱った主要な批評作品と、それと相互参照の可能な、筆者と出版年のみの表記による個別の批評作品を提供した方が適切だと考えた。というのも、ロレンスの個々の詩集だけを扱った批評作品は比較的少ない上に、網羅的で内容面でも充実していて役に立つ、ロレンスの詩を扱った批評作品などほとんど存在しないのが実状だからである（「ロックウッド（Lockwood）1987年」はそれらを可能な限り掲載している）。従って、収録が完璧ではない（例えば、すべての書評を掲載していない）にしても、本章ではロレンスの詩を扱った批評作品を最近のものに至るまで検索しやすいように網羅してある。主要な批評作品については、アルファベット順に整理しているのに対し、筆者と出版年のみの表記による個別の批評作品については、その歴史的発展を跡づけるために年代順に掲載してある。

第34節　D・H・ロレンスの詩——ロレンスの詩集と批評作品

執筆時期

ロレンスは最初の詩を1905年の春に書き（「センノウに寄せて」（“To Campions”）と「ゲルダー・ローズに寄せて」（“To Guelder Roses”）がその当時の作品だと後になって回想している）、その後、死に至るまで定期的に詩を作っている（死後に出版された『最後の詩集』（*Last Poems*）を1929年11月に完成させ、1929年12月には『いらくさ』（*Nettles*）の出版準備をし、この世を去る1930年3月2日からさかのぼること1ヵ月も経ない頃にその詩集の校正をしている）。詩集のうち9冊が生前に発刊され、『いらくさ』と『最後の詩集』が死後すぐに出版されている。従って、11冊に及ぶ完璧な詩集が生前に生み出されたことになる（『最後の詩集』を2冊の連作詩集と考えて、「もっとパンジーを」（“More Pansies”）と「最後の詩集」（“Last Poems”）に分ければ、全部で12冊ということになる）——もちろん死後にあっても公表には至らなかった詩や未収録に終わった詩もたくさんある。

現在では、ロレンス詩集の「定本」は『D・H・ロレンス全詩集』（*The Complete Poems of D. H. Lawrence*）である（本節で取り上げる数々の詩集の詳細な出版状況については参考書目を参照）。『D・H・ロレンス全詩集』は、未収録の活字化された詩と原稿段階での詩はもとより、ロレンスの個々の既刊詩集に収められた詩を載せている。それは死後に出版された詩集『火とその他の詩』(*Fire and Other Poems*) に収められた9編の詩(そのうち7編は1940年以前には公表されていなかった) と長編小説『翼ある蛇』(*The Plumed Serpent*) から採られた26編の詩も載せている。1928年以前に書かれた詩については、主として1927年11月から1928年3月にかけてロレンスが編纂した2巻本の『D・H・ロレンス詩選集』(*The Collected Poems of D. H. Lawrence*) から採られている。因みに、その1巻目の「定型詩集」(“Rhyming Poems”) は、主に4冊の代表的な既刊詩集、『愛の詩集』(*Love Poems*, 1913年)、『恋愛詩集』(*Amores*, 1916年)、『新詩集』(*New Poems*, 1918年)、そして『入江』(*Bay*, 1919年) に収められた初期の詩を載せている。2巻目の「自由詩集」(“Unrhyming Poems”) は、主に『見よ！ 僕らはやり抜いた！』(*Look ! We Have Come Through !*, 1917年) と『鳥と獣と花』(*Birds, Beasts and Flowers*, 1923年) に収められた詩を載せている。だが、実際にはほとんどの詩が『D・H・ロレンス詩選集』の編纂に際して大幅に手直しされていることから、それは多くの点で全く新たな詩集と考えて差し支えないであろう。

新たにロレンスの2巻本詩集と2巻本の合注版本は、カロール・フェリア (Carole Ferrier) とクリストファー・ポルニッツ (Christopher Pollnitz) の編纂によるケンブリッジ版D・H・ロレンス著作集に収められる予定である (この詩集のペンギン版はクリストファー・ポルニッツによる編纂を予定しており、また1巻本の『詩選集』(*Selected Poems*) はホリー・レアード (Holly Laird) の編纂によりペンギン版D・H・ロレンス著作集 (Penguin Lawrence Edition) に収められる予定である)。

批評作品の出版状況

既述したように、ロレンス詩集の中で一般的に最も重要な詩集は『D・H・ロレンス詩選集』(1928年) と『D・H・ロレンス全詩集』(1964年) だが、本節の参考書目の前半には、他の詩集も数冊掲載してある。後半には、特にこの2冊の詩集を専門的に扱った批評作品を始めとして、ロレンスの詩を全般的に、もしくは重要な詩だけを扱った批評作品を掲載してある。

参考書目62　ロレンスの詩集と批評作品➡445ページ

第35節　D・H・ロレンスの詩――個々の詩集

ロレンスの詩に関する数々の雑誌の評論や単行本の数章に及ぶ批評記事などでは、ロレンスの個々の詩の分析に焦点が当てられていることから、本節では、各詩集ごとにそれを扱った批評作品を掲載してある。関心の的になる詩として、「ピアノ」(“Piano”)、「魚」(“Fish”)、「バヴァリアのリンドウ」(“Bavarian Gentians”)、「死の船」(“The Ship of Death”) などが挙げられるが、往々にして研究の対象になるのは、おそらく「蛇」(“Snake”) であろう。

『愛の詩集とその他の詩』(*Love Poems and Others*)

執筆時期

1905年春から1911年10月にかけて書かれる（「ヘネフにて」（“Bei Hennef”）だけは 1912年 5 月に書かれる)。1912年10月に校正が行なわれる。

出版状況

1913年 2 月にロンドンのダックワース（Duckworth）及びニューヨークのケナリー（Kennerly）から出版される。

批評作品

パウンド（Pound）1913年、トマス（Thomas）1913年、シェイクスピア（Shakespear）1915年、ミトラ（Mitra）1969年、グーティエレイス（Gutierrez、1973年――「稲妻」（“Lightning”）について)。

『恋愛詩集』(*Amores*)

執筆時期

1905年春（？）から1911年10月にかけて書かれる。1916年 1 月に出版に向けて準備され、5 月に校正が行なわれる。

出版状況

1916年 7 月にロンドンのダックワース及び 9 月にニューヨークのヒュブシュ（Huebsch）から出版される。

批評作品

ティエジャン（Tietjens）1917年、ピトック（Pittock）1965年、アーバー（Arbur）1978年、ノートン（Norton）1979年。「金魚草」（“Snapdragon”）について――ヘルツィンガー（Herzinger）1982年、ヘイウッド（Heywood）1987年、イングラム（Ingram）1990年。

『見よ！ 僕らはやり抜いた！』(*Look ! We Have Come Through !*)

執筆時期

1911年までに完成された詩も少しはあるが、ほとんどの詩が1912年から1917年にかけて書かれる。また、1912年の夏に書き始められた詩も多いが、すべての詩が1917年１月と２月に出版のために書き直され、手直しされる。最後の詩「凍てついた花」("Frost Flowers")は1917年４月に書き上げられたようである。更なる手直しが1917年８月に、また校正が９月に行なわれる。出版に際して、連作詩のうちの２編——「愛される男の歌」("Song of a Man Who Is Loved")と「山間での出会い」("Meeting among the Mountains")——の除外を、チャトー・アンド・ウィンダス（Chatto and Windus）が主張する。ロレンス自身の編纂による1928年版『D・H・ロレンス詩選集』(*The Collected Poems of D. H. Lawrence*)に、連作詩として他の既刊詩集に収められていた３編の詩、「ヘネフにて」、「永久花」("Everlasting Flowers")及び、「目覚め」("Coming Awake")が追加される。

出版状況

1917年12月にロンドンのチャトー・アンド・ウィンダス（Chatto and Windus）から出版される。1918年にニューヨークのヒュブシュから出版される。

批評作品

フレッチャー（Fletcher）1918年、エイキン（Aiken）1919年、ローエル（Lowell）1919年、フリーダ・ロレンス（Frieda Lawrence）1958年、ポッツ（Potts）1967年、ミッチェル（Mitchell）1978年、マーフィン（Murfin）1980年、ヘリック（Herrick）1981年、ルビン（Rubin）1981年、メイヤーズ（Meyers）1982年、ハック（Huq）1984年、ラヴィーンドラン（Raveendran）1985年、アルヴェス（Alves）1986年、グーティエレイス1990年——「新しき天地」("New Heaven and Earth")について。
「やり抜いた男の歌」("Song of a Man Who Has Come Through")について——ホーガン（Hogan）1959年、レヴィ（Levy）1964年、ザンガー（Zanger）1965年、シュタインベルク（Steinberg）1978年。

『新詩集』(*New Poems*)

執筆時期

ほとんどの詩が1911年10月までに書き上げられる。1918年４月から６月にかけて出版のために個々の詩が集められ、手直しされる。同年９月に校正が行なわれる。アメリカ版「現在の詩」（“Poetry of the Present”）の序文が1919年８月に書かれる。

出版状況

1918年10月にロンドンのセッカー（Secker）から出版される。1920年６月にニューヨークのヒュブシュから出版される。

最初、「現在の詩」は『プレイボーイ』誌（*Playboy*）の４号と５号（1919年の秋）に掲載される。また（1919年10月発行の）『ヴォイシズ』誌（*Voices*）に「自由詩と定型詩」（“Verse Free and Unfree”）という題名で掲載され、更に（1920年６月19日発行の）『イヴニング・ポスト・ブック・レヴュー』誌（*Evening Post Book Review*）の p. 1 と p. 13 に掲載される。

批評作品

フレッチャー1920年、スマイルズ（Smailes）1970年６月。

「ピアノ」について——リチャーズ（Richards）1929年、ミラー（Miller）1932年、ブライヒ（Bleich）1967年、リーヴィス（Leavis）1975年、レアード（Laird）1985年－1986年、ルスクル（Lecercle）1993年。

『入江—詩集』（*Bay: A Book of Poems*）

執筆時期

最初の何編かの詩は1911年10月までに書き上げられる。残りの詩はおそらく1917年から1918年にかけて書かれる。1918年４月に出版のために個々の詩が集められ、手直しされる。1919年９月に校正が行なわれる。

出版状況

1919年11月にロンドンのシリル・W・ボーモン（Cyril W. Beaumont）から出版される。

批評作品

クッシュマン（Cushman）1988年、トマス1988年——「オペラの後で」（“After the Opera”）について）。

『亀』（*Tortoises*）

執筆時期

1920年9月に書かれる。

出版状況

1921年12月にニューヨークのセルツァー（Seltzer）から出版される。1923年にロンドンのセッカーから出版された英国版『鳥と獣と花』（*Birds, Beasts and Flowers*）に収録される。

批評作品

セイガー（Sagar）1970年、ブラシア（Brashear）1972年。

『鳥と獣と花』（*Birds, Beasts and Flowers*）

執筆時期

1920年6月から1922年11月にかけて書かれる（「アメリカの鷲」（“The American Eagle”）だけは1923年3月に書かれる）。1923年1月と2月に出版の準備がされる。1923年7月と8月に校正が行なわれる。1929年11月に「挿し絵入り1930年版」の序文が書かれる。

出版状況

1. 1923年10月にニューヨークのセルツァー及び11月にロンドンのセッカーから出版される（『亀』も収録される）。
2. 1930年6月にロンドンのクレセット・プレス（Cresset Press）からブレアー・ヒューズ＝スタントン（Blair Hughes-Stanton）による木版画の挿し絵入り版が出版される。各詩群への序文がはじめて収録される（『フェニックス』（*Phoenix*, 1936年）に「『鳥と獣と花』覚え書き」（“Notes for Birds, Beasts and Flowers”）として再収録される）。

批評作品

エイキン1924年、ボーガン（Bogan）1924年、ヒューズ（Hughes）1924年、ルーカス（Lucas）1924年、ミュアー（Muir）1924年、スクワイアー（Squire）1924年、アンターメイヤー（Untermeyer）1924年、ヘンダーソン（Henderson）1939年、ラジヴァ（Rajiva）1968年、スマイルズ1969年、ブラシア1972年、キャヴィチ（Cavitch）1974年、トレイル（Trail）1979年の秋、ギルバート（Gilbert）1979年と1980年、ヘイウッド1982年、メイヤーズ1982年、パーロフ（Perloff）1985年。

「蛇」について——ダルトン（Dalton）1963年、スミス（Smith）1963年、ミトルマン（Mittleman）1966年、ヤング（Young）1966年、ブラシア1972年、シュトロショーエン（Strohschoen）1977年、エバットソン（Ebattson）1978年、トレイル1979年、タリナーヤ（Tarinayya）1981年、トマス1986年、ヨシノ（Yoshino）1986年、サヴィタ（Savita）1987年。
「魚」について——ランバウム（Langhbaum）1970年、キャヴィチ1974年、ポルニッツ（Pollnitz）1982年、グーティエレイス1985年－1986年。
「ハイビスカスとサルビア」（"Hibiscus and Salvia Flower"）について——ロドウェイ（Rodway）1982年、ポーリン（Paulin）1989年。

『パンジー』（*Pansies*）

執筆時期

1928年11月と12月に書かれる。1929年２月に手直しされ、５月に校正が行なわれる。定本としての無削除版の解説が1928年12月に初めて書かれ（この版は1970年５月に出版される——以下の参考書目のファーマー（Farmer）の項を参照のこと）、1929年１月に書き直される。セッカーの削除版の短い前書きが1929年４月に書かれる（この原稿からもわかるように、刊行版には1929年３月の日付が載っている）。

出版状況

1929年８月にロンドンのＰ・Ｒ・スティーブンセン（P. R. Stephensen）から予約購読者のために出版される。削除版『ロレンス詩集—パンジー』（*Pansies: Poems by DHL*）が1929年７月にロンドンのセッカー及び９月にニューヨークのアルフレッド・Ａ・クノッフ（Alfred A. Knopf）から出版される。

批評作品

チャーチ（Church）1929年、ヴァン・ドレン（Van Doren）1929年、ラーナー（Lerner）1963年、ファーマー1970年、ダファティ（Dougherty）1983年、アントリム（Antrim）1984年、リチャーズ1994年。

『いらくさ』（*Nettles*）

執筆時期

1929年６月から８月にかけて書かれ、12月に出版の準備がされる。1930年２月に校正が行なわれる。

出版状況

1930年3月13日にロンドンのフェイバー・アンド・フェイバー（Faber and Faber）から出版される。

批評作品

リーズ（Rees）1930年。

『最後の詩集』（*Last Poems*）

執筆時期

個々の詩はロレンスの死に際して原稿の形で残っていたものであり、その後、初版詩集の編集者達によって2つの詩集に分けられ、各詩集に「もっとパンジーを」（“More Pansies”）と「最後の詩集」（“Last Poems”）という題名が付けられる。「もっとパンジーを」は1929年5月から9月にかけて、また「最後の詩集」は1929年10月と11月に書かれる。

出版状況

1932年10月にリチャード・オールディントン（Richard Aldington）とギュセッペ・オリオリ（Giuseppe Orioli）の編纂によりフィレンツェ（Florence）のG・オリオリ（G. Orioli）から出版される。1933年3月にニューヨークのヴァイキング（Viking）及び4月にロンドンのセッカーから出版される。1931年9月にロンドンのフェイバー・アンド・フェイバーから出版された『機械の勝利』（*Triumph of the Machine*）を参照のこと（「機械の勝利」が別個に出版され、後に『最後の詩集』に収録される）。1933年11月にロンドンのセッカーから出版された『死の船とその他の詩』（*The Ship of Death and Other Poems*）を参照のこと（『最後の詩集』に基づく選詩集）。1941年5月にロンドンのフェイバー・アンド・フェイバーから出版された『死の船とその他の詩』を参照のこと（『最後の詩集』に基づく詩選集だが、以前の版とは異なっている）。

批評作品

フレンチ（ffrench）1933年、リチャーズ1933年、ハッサル（Hassall）1959年、ヘルトゲン（Höltgen、1962年――「労働者階級と上流階級について」（“Masses and Classes”））、パニチャス（Panichas）1964年、スマイルズ1968年、シポラ（Cipolla）1969年、フー（Fu）1970年、スマイルズ1970年12月、グーティエレイス1971年、カーカム（Kirkham）

1972年、ヤニック（Janik）1975年、メイス（Mace）1979年、イイダ（Iida）1981年、キーリー（Keeley）1982年、ウーラング（Urang）1983年、シャーマ（Sharma）1987年、カツ＝ロイ（Katz-Roy）1992年。

「バヴァリアのリンドウ」について——コックス（Cox）とダイソン（Dyson）1963年、ハーヴィー（Harvey）1966年、セイガー1975年、イングラム1990年、フォーシス（Forsyth）1992年。

「死の船」について——ホニ（Honig）1967年、オレル（Orrell）1971年、クラーク（Clark）1980年、グーティエレイス（Gutierrez）1980年、パーキンソン（Parkinson）1980年、イイダ1981年、セイガー1987年。

参考書目63　ロレンスの詩を扱った主要な批評作品➡446ページ

第４章

戯曲

第36節　D・H・ロレンスの戯曲――一般的な選集・全集と批評作品

執筆時期

最初の戯曲『坑夫の金曜日の夜』（*A Collier's Friday Night*）は1909年11月までに、おそらく11月に書かれる。最後の戯曲『ダビデ』（*David*）は1925年の春に書かれたが、1926年３月の出版のために、1926年の１月に校正されている。戯曲は生前４回しか上演されなかった。そのうちの３回が『ホルロイド夫人やもめとなる』（*The Widowing of Mrs. Holroyd*, 1916年、1920年、1926年）で、あとの１回は『ダビデ』（1927年）である。1960年代にピーター・ギル（Peter Gill）がロンドンの宮廷劇場（Royal Court Theatre）で数度にわたり上演して大評判を得てから、ロレンスの戯曲は優れた作品であるとして演劇界の注目を集め、認められるようになった。以来、定期的に舞台で上演される。

下記の1. a.で取り上げた３つの作品は個々に出版され、生前には出版のために取りまとめられることはなかった。

出版状況

1. a.『D・H・ロレンス戯曲集』（*The Plays of D. H. Lawrence*）が1933年７月にロンドンのセッカー（Secker）から出版される。この戯曲集は既刊の３つの戯曲、『ホルロイド夫人やもめとなる』、『一触即発』（*Touch and Go*）（ロレンス自身のはしがきがついている）、『ダビデ』を収録している。
   b.『D・H・ロレンス全戯曲集』（*The Complete Plays of D. H. Lawrence*）が1965年にロンドンのハイネマン（Heinemann）、及び1966年にニューヨークのヴァイキング（Viking）から出版される。
2. 『D・H・ロレンス戯曲集』ハンス・シュワルツ（Hans Schwarze）とジョン・ワーゼン（John Worthen）の編纂によりケンブリッジのケンブリッジ大学出版局（Cambridge University Press）から出版される。近刊予定。

参考書目64　ロレンスの戯曲――一般的な選集・全集と批評作品➡463ページ

第37節　D・H・ロレンスの戯曲――個々の戯曲

本節で扱う各作品については、初版の出版状況の詳細のみ述べてある。36節で扱われている作品集の詳細については、最初の出版状況が明確でない場合にのみ再述している。参考書目には、前節の一般的批評作品の項目を再度載せてはいないが、大半は個々の作品全体の範囲にわたる論議を含んでいるものと思われる。特に参考書目64のスクラー（Sklar）1975年、1982年、マラーニ（Malani）1982年、ナス（Nath）1979年、そしてピニオン（Pinion）1978年は戯曲作品すべてに関して論評している。

『坑夫の金曜日の夜』（*A Collier's Friday Night* ）

執筆時期

1909年秋、おそらく11月に書かれる。

出版状況

1934年６月に初版がロレンスの死後、ロンドンのセッカー（Secker）から出版される。

参考書目 65 『坑夫の金曜日の夜』（*A Collier's Friday Night*）➡464ページ

『ホルロイド夫人やもめとなる』（*The Widowing of Mrs. Holroyd*）

執筆時期

1910年秋と1913年秋に書かれる。第１草稿が1910年11月までに書き上げられる。1913年８月までは第１稿に手を入れなかった。８月になって出版のために原稿を書き直し、改稿する。1913年10月に校正刷りが出来上がる。

出版状況

1914年４月１日にニューヨークのケナリー（Kennerley）、及び1914年４月にロンドンのダックワース（Duckworth）から出版される。

参考書目 66 『ホルロイド夫人やもめとなる』（*The Windowing of Mrs. Holroyd*）➡465ページ

『回転木馬』(*The Merry-Go-Round*)

執筆時期

1910年11月と12月に書かれる。

出版状況

ロレンスの死後、1941年冬『ヴァージニア・クォータリー・レヴュー』誌（*Virginia Quarterly Review*）17号（クリスマス特別号）pp. 1－44 に掲載される。

参考書目 67　『回転木馬』（*The Merry-Go-Round*）➡465ページ

『結婚した男』(*The Married Man*)

執筆時期

1912年 4 月に書かれる。

出版状況

ロレンスの死後『ヴァージニア・クォーターリー・レヴュー』誌16号（1940年秋、pp. 523－47）に掲載される。

参考書目 68　『結婚した男』（*The Married Man*）➡465ページ

『バーバラ争奪戦』(*The Fight for Barbara*)

執筆時期

1912年10月に書かれる。

出版状況

最近まで、この作品はロレンスの死後、「バーバラを得て」（"Keeping Barbara"）という題名で『アルゴシー』誌（*Argosy*）14号（1933年12月、pp. 68－90）に発表されたと考えられていた。しかし、ケンブリッジ版戯曲集の編集者たちは、この版（1965年の『全戯曲集』のなかで再版されたものであるが）は初版の4分の3しかないことを発見した。従って、完全な作品としてはその初版が今後のケンブリッジ版戯曲集に収録されることになる。

参考書目69　『バーバラ争奪戦』（*The Fight for Barbara*）➡465ページ

『義理の娘』（*The Daughter-in-Law* ）

執筆時期

1913年1月に書かれる。

出版状況

ロレンスの死後、『D・H・ロレンス全戯曲集』に収録される。1965年にロンドンのハイネマン（Heinemann)、及び1966年にニューヨークのヴァイキング（Viking）から出版される。

参考書目70　『義理の娘』（*The Daughter-in-Law*）➡466ページ

『一触即発』（*Touch and Go*）

執筆時期

1918年10月に書かれる。はしがきが1919年6月に書かれる。

出版状況

1920年5月にロンドンのC・W・ダニエル（C. W. Daniel)、及び1920年6月にニューヨークのセルツァー（Seltzer）から出版される。

参考書目71　『一触即発』（*Touch and Go*）➡466ページ

『高度』（未完）（*Altitude*― Unfinished）

執筆時期

1924年6月に書かれる。

出版状況

1. ロレンスの死後、初めて出版される。
   a．第１場のみ『ラーフィング・ホース』誌（*Laughing Horse*）20号（1938年夏、pp. 12－35）に掲載される。
   b．『D・H・ロレンス全戯曲集』に収録される。1965年にロンドンのハイネマン、及び1966年にニューヨークのヴァイキングから出版される。

『ノアの洪水』（未完）（*Noah's Flood*— Unfinished）

執筆時期

1925年２月と３月に書かれる。1926年と1928年の間に最初の２場の改稿が行なわれたが、最も可能性のあるのは1926年と思われる。

出版状況

ロレンスの死後、『フェニックス―D・H・ロレンス遺稿集』（*Phoenix: The Posthumous Papers of DHL*）に収録される。1936年にエドワード D・マクドナルド（Edward D. McDonald）の編纂により、ニューヨークのヴァイキングから出版される。

『ダビデ』（*David*）

執筆時期

1925年３月から５月にかけて書かれる。1926年１月校正刷りが出来上がる。

出版状況

1926年３月にロンドンのセッカー、及び1926年４月にニューヨークのクノフ（Knopf）から出版される。

参考書目 72『ダビデ』（*David*）➡466ページ

第5章

その他の作品

第38節　序説

ロレンスが長編、中編、短編小説を始めとして、何編かの秀逸な詩や戯曲を残したのはよく知られていることだが、それ以外のジャンルでも多くの偉大な作品を生み出している。彼の評判が上がり、20世紀後半になって理解が深まるとともに、学生や、学者達は次第にこれらの作品がロレンスの「本流」の芸術への洞察の豊かな源泉であり、また、それら自体で創造的知性に満ちた作品と呼んでも差し支えないことを発見した。これらの作品の中には、影響力のある専門分野内で常に賞賛を得てきたものもある――例を挙げれば、『古典アメリカ文学研究』(*Studies in Classic American Literature*) などは、比較的最近になって肯定的な評価を得られるようになったロレンス作品もあるなかで、最初に世に出て以来、その分野においての独創性に富んだテキストであるとして引用されてきた作品である。しかしながら、その他に含まれるこまごまとした作品群、そのほとんどが、今ではロレンスの残した全遺産における重要な要素と見なされている。これはおそらく一般的な「テクスチャリティー」の記号論的概念が通用し、正規のジャンル区別や階級制度が段々と疑問視されてくる時期に特有の現象のように思われる。しかし、それはまたロレンスの作品自体における、ある内的な論理的機能のせいなのである。というのは、ロレンスがもしすべての人間の知識と言説の融和した統一――ロレンスが、「完全に知る」(“knowing in full”) と呼ぶところのもの――を信じる、全体論の立場に立つ思想家でないとすれば何者でもないからである。彼はまた自分自身の目的のためには、本質的に異なる範囲の言説をたやすく利用することのできるたいそうな博識家でもあった。

このことにより、もし参照目的のためにだけであったなら、ロレンスの作品を何らかの秩序立った分類に収める必要に迫られた書誌学者に、いろいろな問題が必然的に持ち上がってくるのは言うまでもない。ロレンスの作品を広範囲にわたり、「アート」(“art”) と「その他の作品」(“other works”) という、二進法で分類を行なってきたが、これ自体問題を含んでいると見なされるかもしれない。それを更に分化させることは、なお問題のあることである。というのは、題名から判断すれば問題がなさそうに思える時でさえも、その実、1つの率直なカテゴリーにぴったりと収まる作品などほとんどないからである。こういうわけで、いくつかの明白な分類が簡単に出来そうに見えても (例えば、「紀行」(“travel”) 本とか、「心理学」(“psychology”) に近い内容の本とか)、ロレンスの「その他の作品」にはお互いに (さらに長編小説、詩、そして戯曲に関しても) 共通要素が非常に多いことから、従来のような正規の分類法をどのように駆使しても、個々の作品として、また、ロレンス全体のテキストの一部としての両方で、深刻な読み違いを招いてしまう危険が伴うのである。

しかし、実際、分類はどうしても必要である。従って、手続き上の権限を頂き、本章においては、焦点と参照を明確にするために、いくつかの実用的な分類をあえて行なうことにする。よって、以下の節については以下のような項目で編纂してある。

- 哲学、社会、並びに宗教に関する作品——『ヤマアラシの死についての諸考察とその他のエッセイ』(*Reflections on the Death of a Porcupine and Other Essays*)、『アポカリプスと黙示録についての諸作品』(*Apocalypse and the Writings on Revelation*)
- 心理学的作品——『精神分析と無意識』(*Psychoanalysis and the Unconscious*)、『無意識の幻想』(*Fantasia of the Unconscious*)、「トリガント・バロウの作品『意識に関する社会的基盤』の書評」(“*Review of The Social Basis of Consciousness* by Trigant Burrow)
- 文学、芸術、並びに検閲制度に関する作品——『トマス・ハーディ研究とその他のエッセイ』(*Study of Thomas Hardy and Other Essays*)、『古典アメリカ文学研究』(*Studies in Classic American Literature*)、『『チャタレイ夫人の恋人』について』(*A Propos of “Lady Chatterley's Lover”*)、『ポルノグラフィと猥褻』(*Pornography and Obscenity*)、書評と序説(Reviews and Introductions)
- 翻訳
- 大衆雑誌——『小論集』(*Assorted Articles*)と雑文
- 紀行文——『イタリアの薄明とその他のエッセイ』(*Twilight in Italy and Other Essays*)、『海とサルデーニャ』(*Sea and Sardinia*)、『メキシコの朝』とその他のエッセイ(*Mornings in Mexico* and Other Essays)、『エトルリア遺跡スケッチとその他のイタリアについてのエッセイ』(*Sketches of Etruscan Places and Other Italian Essays*)
- 歴史——『ヨーロッパ史における諸動向』(*Movements in European History*)
- ロレンスの視覚芸術と想像力

これらの抽象的な下位区分において、テキストの中のどれ1つとして他のものと切り離して理解することが不可能なのはこれまで示唆してきた通りである。また、多くの点で、当初の焦点が心理学であろうと、社会的な論評であろうと、性衝動であろうと、それは生命に関する全体的な哲学——もちろん、対話形式で小説や物語、詩、そして戯曲の中に込められる(またそれらの作品から提供される)——の、終始実験的であるとしても、累積的相互関連を作っていく上で絶対に不可欠な要素だと見なすことができる。とにもかくにも、このことにより、本章に見るような項目分けとグループ分けの選択と下位区分の配列が可能となったのである。

ロレンスの「その他の作品」の一般的作品集と選集とは、広範囲にわたるテキストに関連した2、3の一般的な批評作品と共に、本節の参考書目に記載してある。だがロレンスの最も包括的で役に立つ作品集は2巻本の『フェニックス』(*Phoenix*)である。(マクドナルド(McDonald)、ロバーツ(Roberts)、そしてムア(Moore)の項目を参照のこと)。入手可能なこのケンブリッジ版のエッセイ集(後の関連した節で扱っている)は、今のところ他のものより信頼性が高く、詳しい注釈の施されたものであるが、依然として基本的資料であるこの2巻本の作品集だけに見当たる作品も多い。従って、その作品集は以下の各節において頻繁に参照されることから、本節では題名をそのまま挙げてあるが、他節では（『フェニックス』、『フェニックスII』（*Phoenix II*））と略記してある。

参考書目73　ロレンスのノンフィクション——一般的な選集・全集と批評作品➡467ページ

第39節　哲学、社会、並びに宗教に関する作品——『ヤマアラシの死についての諸考察とその他のエッセイ』（*Reflections on the Death of a Porcupine and Other Essays*）、『アポカリプスと黙示録についての諸作品』（*Apocalypse and the Writings on Revelation*）

ロレンスの作品は、完全に文字通りに、終始一貫して哲学的だと言われても全く不思議ではない。ロレンスの評論の中に歴史的規範を辿り、従来の“芸術”の範疇にぴったり収まり切らないロレンスの作品に、なにかもっと高邁なレッテル——「予言」（“prophecy”）とか「教義」（“doctrine”）とかいったレッテル——を貼りたい気持ちになるかもしれない。しかし、この分野の批評作品に見る学識の膨大さとその質の高さは——本節の参考書目74との参考書目92に窺われるように——表面的には特異性を備えていると思われるロレンスが、実はかなり整然と系統だった物の考え方をする人物であるとともに、見識のある、そしてとりわけ、独創的な思想家であって、作家としての生涯を通じて、また自身のあらゆる作品の分野にわたって——創造的で生産的なやりかたで——現代の最も知的な事柄のいくつかと常に格闘してきたのだということが今やはっきりと理解できるのである。いくつかの点で、今やっと読者が思想家であり哲学者としてのロレンスに追いつき始めたのかもしれない。というのは、ロレンスが支持し、実践してきた考え方や理論化の方法が学術的に行き渡り、哲学的に受け入れられるようになったのは比較的ごく最近のことだからである。このことを実感するには、例えば言語の性質に関する批評作品（参考書目93を参照）——確かに20世紀の特徴を顕著にあらわす哲学的問題の１つである——に、最近ロレンスの作品が与えた著しい刺激を見てみるだけでもよい。

ロレンスの作品における最も「純粋」に哲学的な部分は、本節で扱われている２つの作品に窺われる。しかし、ロレンスの作品について既に言われている全体的統一性の問題に加えて、長編の評論「トマス・ハーディ研究」（“Study of Thomas Hardy”）も、特にここで心に留めて置くべきである。便宜上、それを41節で扱っているが、その題名にもかかわらず、この作品は文学批評（作品のごく一部でトマス・ハーディの作品を扱っている）であるのと同様（それ以上ではないとしても）、明らかに哲学を論じた作品なのである。実際、この作品はしばしばロレンスの最も重要な哲学的所説を述べたものと見なされているが、それは１つには、この作品が『虹』（*The Rainbow*）の最終稿においてその中枢的役目を演じたと思われるからである。こういうわけで、ロレンスの哲学を論じる時はいつでもこの評論とこの作品を扱った批評作品とを考慮する必要がある。

『ヤマアラシの死についての諸考察とその他のエッセイ』
(*Reflections on the Death of a Porcupine and Other Essays*)

執筆時期

1925年の作品集に収められたすべてのエッセイ、(すなわち、「尻尾を口に入れた男」(“Him with His Tail in His Mouth)、「力ある者は幸いなるかな」(“Blessed Are the Powerful”)、「愛はかつて一人の少年だった」(“. . . Love Was Once a Little Boy”)、「ヤマアラシの死についての諸考察」(“Reflections on the Death of a Porcupine”)、「貴族精神」(“Aristocracy”) などが1925年の7月、8月に書かれる。「王冠」(“The Crown”) は例外で、1915年の3月から10月の間に書かれ、1925年 (この年に「王冠への覚書」(“Note to the Crown”) が書かれる) に出版にあたって改稿される。1925年5月と6月に「小説」(“The Novel”) が書かれる。この題名のケンブリッジ版に収められた、各々の完成日付の記されたその他のエッセイと小作品は以下の通りである。「恋」(“Love”) と「人生」(“Life”) は1916年7月には既に書かれていたのかもしれないが、おそらく執筆は1917年であろう。「鳥の囀り」(“Whistling of Birds”) がおそらく1917年2月と3月、雑誌に発表するための校正を含めて「平安の実相」(“The Reality of Peace”) が1917年2月と3月にかけて書かれる。「雲」(“Clouds”) が1919年3月に、「民主主義」(“Democracy”) が1919年9月と10月、「国民の教育」(“Education of the People”) が1918年11月と12月、更に延びて1920年6月にそれぞれ書かれる。1923年9月に「適切な研究」(“The Proper Study”) が書かれる。「帰国することについて」(“On Coming Home”)、「宗教的であることについて」(“On Being Religious”)、「書物」(“Books”)、「人間の運命について」(“On Human Destiny”)、「人間であることについて」(“On Being a Man”)、などがすべて1923年10月から1924年1月にかけて書かれる。「ピスガを下る」(“Climbing Down Pisgah”) が1924年9月に書かれる。「復活」(“Resurrection”) が1925年1月に書かれる。「溜まった郵便」(“Accumulated Mail”) が1925年4月に書かれ、9月に校正が行なわれる。断片的な作品 (Fragmentary writings) については1916年2月に「ドストエフスキー」(“Dostoevsky”) が書かれる。「. . . お互いに礼儀正しく . . . 」(“. . . polite to one another. . . ”)、「本当の闘いは起きない . . . 」(“There is no real battle. . . ”)、「恋することについて」(“On Being in Love”) また、「次の段階に進むことについて」(“On Taking the Next Step”) などが1923年後半に書かれる。「人間は本質的に一つの霊魂である . . . 」(“Man is essentially a soul. . . ”) はおそらく1925年1月から3月の間に書かれたと思われる。

出版状況

1　a. i.「王冠」、1部から3部が連続して『シグネチャー』誌 (*Signature*) に掲載される。第1部、1号 (1915年10月4日、pp. 3－14)。第2部、2号 (1915年10月18日、pp. 1－10)。第3部、3号 (1915年11月4日、pp. 1－10)。エッセイ全部が1925年の作品集に収録される。1915年の改訂版が、これらのエッセイを収録したケンブリッジ版の巻末付録として刊行される。
ii.「平安の実相」が『イングリッシュ・レヴュー』誌（*English Review*）に、4部に分けて掲載される。第1部、24号（1917年5月、pp. 415－22、）。第2部、24号（1917年6月、pp. 516－23）。第3部、25号（1917年7月、pp. 24－29）。第4部、25号（1917年8月、pp. 125－32）。
iii.「恋」が『イングリッシュ・レヴュー』誌26号（1918年1月、pp. 29－35）に掲載される。
iv.「人生」が『イングリッシュ・レヴュー』誌26号（1918年2月、pp. 122－26）に掲載される。
v.「鳥の囀り」が『アセナム』誌（*Athenaeum*）、4641号（1919年4月11日 pp. 167－68）に（“グラントルト”（Grantorto）というペンネームで）掲載される。
vi.「民主主義」は、このエッセイの最初の3部、「平均値」（“The Average”）、「主体性」（“Identity”）、「個性」（“Personality”）がそれぞれ『ザ・ワード』誌（*The Word*）（ザ・ヘイグ（The Hague））に、12号（1919年、10月18日、）、13号（1919年10月25日）、14号（1919年12月6日）の3回にわたり掲載される。第4部、「個人主義」（“Individualism”）を含むエッセイ全部が、ロレンスの死後に出版された『フェニックス』（*Phoenix*）（1936年）に収録され出版される。
vii.「適切な研究」が『アデルフィ』誌（*Adelphi*）1号（1923年12月 pp. 584－90）に掲載される。
viii.「宗教的であることについて」が『アデルフィ』誌1号、（1924年2月、pp. 791－99）に掲載される。
ix.「人間の運命について」が『アデルフィ』誌1号（1924年3月、pp. 882－91）に掲載される。『小論集』（*Assorted Articles*）の中に収録される。ロンドンのセッカー（Secker）及びニューヨークのクノフ（Knopf）から1930年4月に出版される。
x.「人間であることについて」が『ヴァニティー・フェア』誌（*Vanity Fair*）22号（1924年6月、pp. 33－34）及び『アデルフィ』誌2号（1924年9月、pp. 298－306）に掲載される。viiiと同じく『評論集』に収録される。
xi.「溜まった郵便」が『ボルゾイ』誌（*The Borzoi 1925: Being a Sort of Record of Ten Years of Publishing*）に掲載される。1925年にニューヨークのクノフから出版される（pp. 119－28）。
xii.「国民の教育」、「書物」、「ピスガを下る」、「復活」などが、ロレンスの死後に出版された『フェニックス』（1936年）に収録される。「帰国することについて」がロレンスの死後に出版された『フェニックスII』（*Phoenix II*）（1968年）に収録される。断片的な作品、「ドストエフスキー」、「...お互いに礼儀正しく...」、「本当の闘いは起きない...」、「恋することについて」、「次の段階に進むことについて」、「人間は本質的に一つの霊魂である...」などがケンブリッジ版の巻末付録として刊行される。
b.『ヤマアラシの死についての諸考察とその他のエッセイ』が1925年12月に、フィラデルフィアのセントー・プレス（Centaur Press）から及び1934年2月にロンドンのセッカーから出版される。

2.　マイケル・ハーバート（Michael Herbert）の編纂により1988年にケンブリッジのケンブリッジ大学出版局（Cambridge University Press）から出版される。

『アポカリプスと黙示録についての諸作品』(*Apocalypse and the Writings on Revelation*)

執筆時期

ケンブリッジ版D・H・ロレンス作品集の当巻はロレンスの最後の主要な作品であるところの、1929年11月と12月に書かれ、1930年1月に改稿された『アポカリプス』（*Apocalypse*）と、その関連した2つのエッセイ、1924年2月に書かれた「ジョン・オマーン博士の作品『黙示録』の書評」（“A Review of *The Book of Revelation* by Dr. John Oman”）と、1930年1月に書かれた「フレデリック・カーターの作品『アポカリプスの悪魔』の序説」（“Introduction to *The Dragon of the Apocalypse* by Frederick Carter”）とを収録している。

出版状況

1.　a．1931年6月に『アポカリプス』が、フィレンツェでオリオリ（Orioli）、1931年11月にニューヨークのヴァイキング（Viking）、及び1932年5月にロンドンのセッカーから出版される。
　b．「ジョン・オマーン博士の作品『黙示録』の書評」（“A Review of *The Book of Revelation* by Dr. John Oman”）が『アデルフィ』誌1号（1924年4月、pp. 1011－13）に掲載される（L・H・デイヴィドソン（L. H. Davidson）というペンネームで）。
　c．「フレデリック・カーターの作品『アポカリプスの悪魔』の序説」（“Introduction to *The Dragon of the Apocalypse* by Frederick Carter”）が『ロンドン・マーキュリー』誌（*London Mercury*）22号（1930年7月、pp. 217－26）に掲載される。
2.　マーラ・カルニンズ（Mara Kalnins）の編纂により、1980年にケンブリッジのケンブリッジ大学出版局から出版される。

参考書目74　哲学、社会、並びに宗教に関する作品――『ヤマアラシの死についての諸考察とその他のエッセイ』（*Refections on the Death of a Porcupine and Other Essays*）、『アポカリプスと黙示録についての諸作品』（*Apocalypse and the Writings on Revelation*）➡469ページ

第40節　心理学的作品——『精神分析と無意識』(*Psychoanalysis and the Unconscious*)、『無意識の幻想』(*Fantasia of the Unconscious*)、「トリガント・バロウの作品『意識に関する社会的基盤』の書評」(“Review of *The Social Basis of Consciousness* by Trigant Burrow”)

ロレンスのすべての作品は根本的にその本質において心理学的であると言えるし、本章で扱われるすべての作品のあちこちに、非常に心理学的な言説を多く見い出すことができるであろうけれども、この節の中で取り上げている3つの作品はとりわけ心理学的事柄について、ロレンスの明白な理論的核心を提供してくれる。

2つの心理学的作品はしばしば、その不明瞭さや思想の述べ方の風変わりなことで批判されるが——そして作品をあるがままに読むのは容易ではないのは確かだが——それでもなお心理と無意識に関して余すことなくロレンスの所説を述べている。更に、多くの批評家がこの2作品のうちにはロレンスの全般的な倫理と生命哲学の中心的な基盤を見い出している。というのも、ロレンスは、概念において究極的に形而上的な（そして理性的なフロイトの論理とは大きく対立する）「原始の無意識」(“pristine unconscious”) という理論をそれらの作品で発展させているからである。これらの理由で、大半の読者には目立っておろそかにされてはいるが、この2つの作品はロレンスの芸術と思想に関する、完璧なまでに広範囲に及ぶ見識の中枢に位置しなければならない。一方、トリガント・バロウ (Trigant Burrow) の作品の書評は読みやすく、ロレンスの思想に多分に窺われる社会的次元をしかと明確にしているばかりか、ロレンスの主張する倫理は本質的にごく個人的な生命倫理であるとしている通俗的な前提を覆している故に、多くの点で、ロレンスの作品理解のためにはやはりきわめて重要なものである。

執筆時期

1920年1月に『精神分析』(*Psychoanalysis*) が書かれる。1921年6月に『無意識の幻想』が書かれ、1921年10月に前書き「いくつかの批評に対する解答」(“An Answer to Some Critics”) を付けて改稿するが、出版には至らない。1927年8月に「トリガント・バロウの作品『意識に関する社会的基盤』の書評」が書かれる。

出版状況

1921年5月に『精神分析と無意識』がニューヨークのセルツァー (Seltzer)、及び1923年7月にロンドンのセッカー (Secker) から出版される。
1922年10月に『無意識の幻想』がニューヨークのセルツァー、及び1923年9月にロンドンのセッカーから出版される。『無意識の幻想』のセッカー版は、セルツァー版に収録した特にアメリカ読者向けのエピローグを含んでいない。
エピローグの載った版以降の刊行の版についてはハリー・T・ムア (Harry T. Moore) の『愛の司祭』(*The Priest of Love*) に収録されている。1974年にカーボンデール

(Carbondale）の南イリノイ大学出版局（Southern Illinois University Press）から出版される。(pp. 337−38)。「トリガント・バロウの作品『意識に関する社会的基盤』の書評」が『ブックマン』誌（Bookman）66号（1927年11月、pp. 314−17）に掲載される。(『フェニックス』(*Phoenix*)（1936年）に収録される。)

参考書目75　心理学的作品――『精神分析と無意識』(*Psychoanalysis and the Unconscious*)、『無意識の幻想』(*Fantasia of the Unconscious*)、「トリガント・バロウの作品『意識に関する社会的基盤』の書評」(“Review of *The Social Basis of Consciousness* by Trigant Burrow”) **➡470ページ**

第41節　文学、芸術、並びに検閲制度に関する作品――『トマス・ハーディ研究とその他のエッセイ』(*Study of Thomas Hardy and Other Essays*)、『古典アメリカ文学研究』(*Studies in Classic American Literature*)、『『チャタレイ夫人の恋人』について』(*A Propos of “Lady Chatterley’s Lover”*)、『ポルノグラフィと猥褻』(*Pornography and Obscenity*)、書評と序説

多くの人々にとって、ロレンスは他の作家、思想家、あるいは他人の書いたものを相手取って直接的で焦点を絞った対話をするとき――ここで扱われている多くの作品で行なっているように――自らの「哲学」を最も生き生きと刺激的なやり方で述べているように思われる。別な言い方をすれば、ロレンスは自分が十分に挑戦的な「発問者」の役割を務め、ことさらに難癖をつけるあまのじゃくを演じるときほど挑発的で愉快なことはないのではあるまいか。この問答の過程を通じてロレンスは、しばしば（常にではないけれども）論議の妥当性と一貫性を守るために何度も自分の考えを繰り返したり、長々と述べるという防衛的文章傾向から自らを開放させるように見える。解説者（注釈者）、論評家、論客という、あたかも注意の焦点が自分自身からはずれているような役割を務めることで、ロレンスは自意識に囚われることなく自由に思想の実験ができると感じているのである。そしてそのような実験の結果として、しばしば高度に巧みな表現――例えば『古典アメリカ文学研究』の不朽の評判を見てもわかるように（この作品自体、現在でもしばしばこの分野の古典と見なされている）――何編かの論評や、猥褻と検閲に関する作品に見られる爽快な議論の盛り上がりが生まれることになった。批評家達によって共通に指摘されることだが、自説にしばしば固執するロレンスの批評的論争法に、最終的に同意しようがしまいが、読者はその文章の気迫と力強さに必ずや感銘を受けてしまう――そして、ついつい読み進んでしまうのである 。

『トマス・ハーディ研究とその他のエッセイ』（*Study of Thomas Hardy and Other Essays*）

この巻はケンブリッジ版D・H・ロレンス作品集に入巻され、「トマス・ハーディ研究」（“Study of Thomas Hardy”）と、1908年から1927年の間に書かれたその他の文学に関するエッセイから成っている。

執筆時期と出版状況

1. a．「トマス・ハーディ研究」が1914年９月から12月にかけて書かれる。このエッセイにロレンスが付けた題名は “Le Gai Savaire” であるが、これは「恋愛詩」（“The Gay Science (or Skill)”）の間違ったフランス語である。初版がロレンスの死後『フェニックス』（*Phoenix*）（1936年）に収録される。第３章は別に、もっと早い時期に「トマス・ハーディの６つの小説と本当の悲劇」（“Six Novels of Thomas Hardy and the Real Tragedy”）という題名で出版される。『ブックコレクターズ・クォータリー』誌（*Book Collector's Quarterly*）５号（1932年１月から３月、pp. 44－61）に掲載される。
b．「芸術と個人」（“Art and the Individual”）が1908年３月に書かれ、1908年５月から９月にかけて改稿される。ロレンスの死後、初めて出版された初期の版はエイダ・ロレンス（Ada Lawrence）とG・スチュアート・ゲルダー（G. Stuart Gelder）の共著『若きロレンツォー―若き日のD・H・ロレンス』（*Young Lorenzo: Early Life of DHL*）で、1932年１月にフィレンツェのオリオリ（Orioli）から出版される。第２版はケンブリッジ版D・H・ロレンス作品集に収録される。
c．「レイチェル・アナンド・テイラー」（“Rachel Annand Taylor”）が1910年10月と11月に書かれる。死後、前述のロレンスとゲルダー（1932年）において収録されるが、英国版（1932年11月にロンドンのセッカー（Secker）から出版）には収録されていない。
d．「小説の未来」（“The Future of the Novel”）が1922年12月から1923年２月にかけて書かれる。多くの編集上の変更を加えて、編集者の付けた題名「小説にとって手術、もしくは爆弾が必要か」（“Surgery for the Novel— Or a Bomb”）で『リテラリー・ダイジェスト・インターナショナル・ブックレヴュー』誌（*Literary Digest International Book Review*）（1923年４月）に掲載される。ケンブリッジ版テキストはロレンスの直筆原稿に基いており、このエッセイの最初の無削除版である。
e．「一英国人と一編集者の口論」（“A Britisher Has a Word with an Editor”）が1923年10月と11月に書かれる。『パームズ』誌（*Palms*）１号（1923年クリスマス号、pp. 153－54）に掲載される。元の題は「一英国人とハリエット・モンローの口論」（“A Britisher Has a Word with Harriett Monroe”）である。この短い１編は、モンローの社説「英国の編集者」（“The Editor in England”）への返答である。『ポエトリー』誌（*Poetry*）23号（1923年10月、pp. 32－45）に掲載される。

f.「芸術と道徳」(“Art and Morality”)が1925年5月と6月に『カレンダー・オブ・モダン・レターズ』誌(*Calendar of Modern Letters*)2号(1925年11月、pp. 171－77)、及び『リビング・エイジ』誌(*Living Age*)(1925年12月26日、pp. 681－85)にも掲載される。

g.「道徳と小説」(“Morality and the Novel”)が1925年5月と6月に書かれ、『カレンダー・オブ・モダン・レター』誌2号(1925年12月、pp. 269－74)、及び『ゴールデン・ブック』誌(*Golden Book*)(1926年2月13日、pp. 248－50)にも掲載される。

h.「小説」(“The Novel”)が1925年5月と6月に書かれ、『ヤマアラシの死についての諸考察とその他のエッセイ』(*Reflections on the Death of a Porcupine and Other Essays*)に収録される。1925年12月にフィラデルフィアのセントー・プレス(Centaur Press)、及び1934年2月にロンドンのセッカーから出版される。

i.「小説が重要とされる理由」(“Why the Novel Matters”)が1925年に書かれる。ロレンスの死後、『フェニックス』(1936年)に収録される。

j.「ジョン・ゴールズワージー」(“John Galsworthy”)が1927年2月に書き上げられ、改稿と修正は1927年3月と8月に行なわれ、『諸作家による批評』誌(*Scrutinies by Various Writers*)に掲載される。エジェル・リックワード(Edgell Rickword)の編纂により1928年3月にロンドンのウィッシャート(Wishart)から出版される。5ページにわたる初期の題名のない原稿は、未完のエッセイとして編集者の付けた題名「個人的意識対社会的意識」(“The Individual Consciousness v. The Social Consciousness”)で『フェニックス』(1936年)に収録され、ケンブリッジ版D・H・ロレンス作品集の付録Ⅳに再収録される。

2. 1985年にブルース・スティール(Bruce Steele)の編纂により、ケンブリッジのケンブリッジ大学出版局(Cambridge University Press)から出版される。

『古典アメリカ文学研究』(*Studies in Classic American Literature*)

執筆時期

初版が1917年8月から1918年6月にかけて書かれる。改稿が1918年8月と9月に行なわれる。雑誌のための校正が1918年10月から1919年6月にかけて行なわれる。さらなる改稿、書き直しが1919年9月と1920年6月と1922年11月と12月に行なわれる。出版のための校正が1923年5月と6月に行なわれる。

出版状況

1. a. i.「地の霊」(“The Spirit of Place”)が『イングリッシュ・レヴュー』誌(*English Review*)27号(1918年11月、pp. 319－31)に掲載される。

ii.「ベンジャミン・フランクリン」(“Benjamin Franklin”)が『イングリッシュ・レヴュー』誌27号(1918年12月、pp. 397－408)に掲載される。

iii.「ヘンリー・セント・ジョン・クレーヴクール」(“Henry St. John Crèvecoeur”)が『イングリッシュ・レヴュー』誌28号(1919年1月、pp. 5−18)に掲載される。(「ヘンリー」(Henry)は、本の出版にあたって「ヘクター」(“Hector”)に変更される。)

iv.「フェニモア・クーパーのアングロ=アメリカン小説」(“Fenimore Cooper's Anglo-American Novels”)が『イングリッシュ・レヴュー』誌28号(1919年2月、pp. 88−99)に掲載される。(出版にあたり本の題名が、「フェニモア・クーパーの白人小説」(“Fenimore Cooper's White Novels”)に変更される。

v.「フェニモア・クーパーのレザーストッキング小説」(“Fenimore Cooper's Leatherstocking Novels”)が『イングリッシュ・レヴュー』誌28号(1919年3月、pp. 204−19)に掲載される。

vi.「エドガー・アラン・ポー」(“Edgar Allan Poe”)が『イングリッシュ・レヴュー』誌28号(1919年4月、pp. 278−91)に掲載される。

vii.「ナサニエル・ホーソーン」(“Nathaniel Hawthorne”)が『イングリッシュ・レヴュー』誌 28号(1919年5月、pp. 404−17)に掲載される。(本として出版される際には「ナサニエル・ホーソーンと『緋文字』」(“Nathaniel Hawthorne and *The Scarlet Letter*”)という題名に変更される。)

viii.「二つの原理」(“The Two Principles”)が『イングリッシュ・レヴュー』誌 28号(1919年6月、pp. 477−89)に掲載される。(作品集には含まれていないが、『象徴的意味』(*The Symbolic Meaning*)として出版される。以下を参照のこと。)

ix.「ホイットマン」(“Whitman”)が『ネイション・アンド・アセナム』誌(*Nation and Athenaeum*)29号(1921年7月23日、pp. 616−18)に掲載される。

b.『古典アメリカ文学研究』が1923年8月にニューヨークのセルツァー(Seltzer)、及び1924年6月にロンドンのセッカーから出版される。4編のエッセイ——「ホーソーンの『ブライズデイル・ロマンス』」(“Hawthorne's *Blithdale Romance*”)、「デイナーの『平水夫の二年間』」(Dana's *Two Years before the Mast*)、「ハーマン・メルヴィルのタイピーとオムー」(“Herman Melville's *Typee and Omoo*”)、「ハーマン・メルヴィルの『白鯨』」(“Herman Melville's *Moby Dick*”)は作品集以前には出版されなかった。

c.『象徴的意味—未収録版『古典アメリカ文学研究』』(*The Symbolic Meaning: The Uncollected Versions of “Studies in Classic American Literature”*)がアーミン・アーノルド(Armin Arnold)の編纂により1962年5月にロンドンのセントー・プレスから出版される。

『『チャタレイ夫人の恋人』について』(*A Propos of “Lady Chatterley's Lover”*)

執筆時期

「僕とジョリー・ロジャーの小論争」(“My Skirmish with Jolly Roger”)という題名で、

1929年4月から1929年10月にかけて書き上げられる。

出版状況

1. a.「僕とジョリー・ロジャーの小論争」が『チャタレイ夫人の恋人』(*Lady Chatterley's Lover*)の序説として1929年5月にパリで私家版が出版される。pp. I－VIII。
   b.『僕とジョリー・ロジャーの小論争』が1929年7月にニューヨークのランダム・ハウス(Random House)から出版される。
   c.『『チャタレイ夫人の恋人』について』が1930年6月にロンドンのマンドレイク・プレス(Mandrake Press)から出版される。
2. 『チャタレイ夫人の恋人［と］『チャタレイ夫人の恋人』について』(*Lady Chatterley's Lover [and] A Propos of "Lady Chatterley's Lover"*)がマイケル・スクワイアーズ(Michael Squires)の編纂により1993年にケンブリッジのケンブリッジ大学出版局から出版される。

『ポルノグラフィと猥褻』(*Pornography and Obscenity*)

執筆時期

1929年4月から1929年9月にかけて書かれる。1929年10月と11月に校正が行なわれる。

出版状況

1. a.『ディス・クォーター』誌(*This Quarter*)2号(1929年7月から9月にかけて、pp. 17－27)に掲載される。
   b.『ザ・クライテリオン・ミセラニー』誌(*the Criterion Miscellany*)5号として掲載され、1929年11月にロンドンのフェイバー・アンド・フェイバー(Faber and Faber)から出版される。(ロレンスとその当時の英国内務大臣ブレントフォード卿(Lord Brentford)は、フェイバー・アンド・フェイバーによる検閲に対してエッセイを提出するために招かれた。ブレントフォード卿のエッセイ「検閲は必要か」("Do We Need a Censor?")は、『ザ・クライテリオン・ミセラニー』誌6号として出版掲載される。)

書評と序説

本節では書かれた順に作品をリストアップし、完成日付と共に最初の出版状況を詳しく述べている。大半の作品は『フェニックス』(1936年)と『フェニックスⅡ』(*Phoenix II*)(1968年)に収録されている。自分の作品にロレンスがつけた序説や前書きはこれらの作品項目の個所に収められているので、本節では繰り返さない。(『息子と恋人』(*Sons and Lovers*)、『恋する女たち』(*Women in Love*)、『アーロンの杖』(*Aaron's Rod*)、『チャタレイ夫人の恋人』、『『チャタレイ夫人の恋人』について』などの小説の項、『見よ！僕らはやり抜いた！』（*Look! We Have Come Through!*）、『新詩集』（*New Poems*）、『鳥と獣と花』（*Birds, Beasts and Flowers*）、『Ｄ・Ｈ・ロレンス詩選集』（*Collected Poems*）、『パンジー』（*Pansies*）などの詩集の項目、戯曲『一触即発』（*Touch and Go*）の項、そして本章の『無意識の幻想』（*Fantasia of the Unconscious*）（39節）、『ヨーロッパ史における諸動向』（*Movements in European History*）（44節）、「王冠」（“The Crown”）（『ヤマアラシの死についての諸考察』（*Reflections on the Death of a Pocupine*）（38節）の項目、「絵画集の序説」（“Introduction to These Paintings”）（45節）の項目を参照のこと。）ロレンスの翻訳への序説はここにリストアップされている。

序説（はしがきと前書きを含む）

1919年 9月。『何事もレオ・シェストフで解決がつく』（*All Things Are Possible by Leo Shestov*）の前書きが書かれる。Ｓ・Ｓ・コテリアンスキー（S.S. Koteliansky）（とロレンス）によって翻訳される（第42節の「翻訳」の項目を参照）。ロンドンのセッカーから1920年に出版される。

1922年 1月にＭ・Ｍ（モーリス・マグナス（Maurice Magnus））の作品『外人部隊の思い出』（*Memoirs of the Foreign Legion*）の序説が書かれる。1924年7月に校正が行なわれる。1924年10月にロンドンのセッカーから及び1925年1月にニューヨークのクノフ（Knopf）から出版される。ノーマン・ダグラス（Norman Douglas）の項も参照のこと。『ＤＨＬとモーリス・マグナス―より良き作法への懇願』（*DHL and Maurice Magnus : A Plea for Better Manners*）が書かれる。1924年にＤ・Ｈ・ロレンスによってフィレンツェで私家版が出版される。「晩年のモーリス・マグナス」（“The Late Mr. Maurice Magnus”）が『ニュー・ステイツマン』誌（*New Statesman*）（1926年2月20日、p. 579）に掲載される。これら両方の作品ともキース・クッシュマン（Keith Cushman）編纂の『思い出』（*Memoirs*）の新版（カリフォルニアのサンタ・ロサ（Santa Rosa）、ブラック・スパロウ・プレス（Black Sparrow Press）、1987年）に、マグナスの「ドレグス―外国部隊での一アメリカ人の経験」（“Dregs : Experiences of an American in the Foreign Legion”）からの抜粋と共に収録される。

1922年 3月にジョヴァンニ・ヴェルガ（Giovanni Verga）の作品『マストロ＝ドン・ジェスアルド』（*Mastro-Don Gesualdo*）の序説が書かれる。1927年5月に第2版が出版される。Ｄ・Ｈ・ロレンスによって翻訳される。1923年10月にニューヨークのセルツァー、及び1925年3月にロンドンのケープ（Cape）から出版される。初版では、短い「自伝的注釈」（“Biographical Note”）が序説として付いている。1928年3月のジョナサン・ケープ（Jonathan Cape）の「トラベラーズ・ライブラリー」（“The Travellers' Library”）版に序説のもっと長い第2版が収録されている。また異なった版が『フェニックス』（1936年）に収録されている。

1922年 3月と4月（あるいは1923年1月）。「ジョヴァンニ・ヴェルガへの覚書」（“A Note on Giovanni Verga”）すなわち、ジョヴァンニ・ヴェルガの作品『シチリア小品』(*Little Novels of Sicily*)の序説が書かれる。D・H・ロレンスによって翻訳される。1925年3月にニューヨークのセルツァー、及び1925年にオックスフォードのブラックウェル(Blackwell)から出版される。セルツァー版の序説は『フェニックスⅡ』(1968年)に再収録され、ブラックウェル版よりも長いものである。

1924年9月。「書物の悪質な側面」("The Bad Side of Books")、すなわち『D・H・ロレンス著者目録作品の参考書目』(*A Bibliography of the Writings of DHL*)の前書きが書かれる。エドワード・D・マクドナルド(Edward D. McDonald)の編纂により1925年6月にフィラデルフィアのセントー・プレスから出版される。

1924年12月。(モリー・スキナー(Mollie Skinner)の作品)「『黒い白鳥』のはしがき」("Preface to *Black Swans*")が書かれる。『フェニックスⅡ』に収録される。

1926年5月。マルタチューリ(Multatuli)(本名はE・D・デッカー(E. D. Dekker))の作品『マックス・ハベラー』(*Max Havelaar*)の序説が書かれる。W・シーベンハール(W. Siebanhaar)によって翻訳される。1927年1月にニューヨーク及びロンドンのクノフから出版される。

1926年10月。「ローザンの公爵」("The Duc de Lauzun")と「善良な人間」("The Good Man")という、公爵の思い出への序説として意図されたエッセイの2つの版は使われることはなく、『フェニックス』に収録される。

1927年9月。ジョヴァンニ・ヴェルガの作品『カヴァレリア・ラスティカーナとその他の短編』(*Cavalleria Rusticana and Other Stories*)の序説が書かれる。1928年にロンドンのケープ、及びニューヨークのダイアル・プレス(Dial Press)から出版される。

1928年1月。グラツィア・デレダ(Grazia Deledda)の作品『母親』(*The Mother*)の序説が書かれる。メアリー・G・スティーグマン(Mary G. Steegman)によって翻訳される。1928年4月にロンドンのケープから出版される。

1928年4月。ハリー・クロズビー(Harry Crosby)の作品『太陽の二輪馬車』(*Chariot of the Sun*)の序説が書かれる。1931年11月にパリのブラック・サン・プレス(Black Sun Press)から出版される。この序説は「詩の混沌」("Chaos in Poetry)として『エクスチェンジズ』誌(Exchanges)(1929年12月)に掲載される。

1929年2月。エドワード・ダールベルグ(Edward Dahlberg)の作品『敗者』(*Bottom Dogs*)の序説が書かれる。1929年11月にロンドンのG・P・パトナムズ・サンズ(G. P. Putnam's Sons)から出版される。

1929年7月。『マネンテ博士の物語—イル・ラスカことA・F・グラツィーニの夕食からの10番目にして最後の物語』(*The Story of Doctor Manente: Being the Tenth and Last Story from the Suppers of A. F. Grazzini Called Il Lasca*)の序説が書かれる。D・H・ロレンスによって翻訳される。1929年3月にフィレンツェのG・オリオリ(G.Orioli)から、及び1930年2月にロンドンのグレイ(Grey)から出版される。

1930年1月。「フレデリック・カーターの作品『アポカリプスの悪魔』の序説」("Introduction to *The Dragon of the Apocalypse* by Frederick Carter")が書かれる。『ロンドン・マーキュリー』誌(*London Mercury*)22号(1930年7月、pp. 217–26)に掲載される。

1930年１月。「F・M・ドストエフスキーの作品『大審問官』の序説」（“Introduction to *The Grand Inquisitor* by F. M. Dostoevsky”）が書かれる。S・S・コテリアンスキー（S. S. Koteliansky）（とD・H・ロレンスの共訳――第42節の「翻訳」の項目を参照。）1930年７月にロンドンのエルキン・マシューズ・アンド・マロット（Elkin Mathews and Marrot）から出版される。

書評

1911年11月。「ジェスロ・ビゼルによる編纂『現代ドイツ詩歌』の書評」（“Review of *Contemporary German Poetry,* edited by Jethro Bithell”）が書かれる。『イングリッシュ・レヴュー』誌９号（1911年11月、pp. 721－24）に掲載され、『エンカウンター』誌（*Encounter*）33号（1969年８月、pp. 3－4）に再度掲載される。

1911年12月。「ジェスロ・ビセルの作品『中世ドイツの抒情詩人』の書評」（“Review of *The Minnesingers* by Jethro Bithell”）が書かれる。『イングリッシュ・レヴュー』誌10号（1912年１月、pp. 374－76）に掲載される。

1911年12月。「H・G・フィードラーによる編纂『オックスフォード版ドイツ詩集』の書評」（“Review of *the Oxford Book of German Verse,* edited by H.G.Fiedler”）が書かれる。『イングリッシュ・レヴュー』誌10号（1912年１月、pp. 373－74）に掲載される。

1913年２月。「ジョージ王朝ルネサンス：『ジョージ王朝詩歌集― 1911－1912』の書評」（“The Georgian Renaissance: A Review of *Georgian Poetry: 1911－1912*”）が書かれる。『リズム』誌（*Rhythm*）２号（1913年３月、pp. 17－20）に掲載される。

1913年５月。「ドイツ人の著作―トマス・マン」（“German Books: Thomas Mann”）が書かれる。『ブルー・レヴュー』誌（*Blue Review*）（1913年７月、pp. 200－6）に掲載される。

1922年10月。「ベン・ヘヒトの作品『病的な幻想』の書評」（“Review of *Fantazius Mallare* by Ben Hecht”）が書かれる。『ラーフィング・ホース』誌（（*Laughing Horse*）４号（1922年）に掲載される。『「ラーフィング・ホース」への手紙』（*Letter to the “Laughing Horse”*）として別に出版される。1936年に私家版が（ヤーバ・ブエナ・プレス（Yerba Buena Press）から）出版される。

1923年２月「模範とすべきアメリカ人」（“Model Americans”）が書かれる。『ダイアル』誌（*Dial*）74号（1923年５月、pp. 503－10）に掲載される。（スチュアート・シャーマン（Stuart Sherman）の作品『アメリカ人』（*Americans*）の書評。）

1923年８月。「ある精神的記録―『現代詩歌集第２版』の書評」（“A Spiritual Record: A Review of *A Second Contemporary Verse Anthology*”）が書かれる。『ニューヨーク・イヴニングポスト・リテラリー・レヴュー』誌（*New York Evening Post Literary Review*）（1923年９月29日）に掲載される。

1924年２月。「ジョン・オマーン博士の作品『黙示録』の書評」（“A Review of *The Book of Revelation* by Dr. John Oman”）が書かれる。『アデルフィ』誌（*Adelphi*）１号（1924年４月、pp. 1011－13）に掲載される。（L・H・デイヴィドソン（L. H.

Davidson）のペンネームで）。

1925年10月。「コルヴォ男爵の作品『第七世皇帝ハドリアヌス』の書評」（“Review of *Hadrian the Seventh* by Baron Corvo”）が書かれる。『アデルフィ』誌 3 号（1925年12月、pp. 502－6）に掲載される。

1925年10月。「マーマデューク・ピクサルの作品『漁師サイド』の書評」（“Review of *Saïd the Fisherman* by Marmaduke Pickthall”）が書かれる。『ニューヨーク・ヘラルド・トリビューン・ブックス』誌（*New York Herald Tribune Books*）（1925年12月27日）、及び『アデルフィ』誌 4 号（1927年 1 月、pp. 436－40）に掲載される。

1925年11月。「J・A・クラウトの作品『酒類製造販売禁止の起源』の書評」（“Review of *Origins of Prohibition* by J. A. Krout”）が書かれる。『ニューヨーク・ヘラルド・トリビューン・ブックス』誌（1926年 1 月31日）に掲載される。

（制作年不明）「アメリカの英雄たち――ウィリアム・カルロス・ウィリアムズの作品『根っからのアメリカ人』の書評」（“American Heroes: A Review of *In the American Grain* by William Carlos Williams”）が書かれる。『ネイション』誌（*Nation*）122号（1926年 4 月14日、pp. 413－14）に掲載される。

1926年（おそらく）4 月。「アイザ・グレンの作品『暴動』の書評」（“Review of *Heat* by Isa Glenn”）が書かれる。『フェニックス』（1936年）に収録される。

1926年 8 月。「H・G・ウェルズの作品『ウィリアム・クリソルドの世界』の書評」（“Review of *The World of William Clissold* by H. G. Wells”）が書かれる。1926年 9 月に校正が行なわれる。『カレンダー』誌（*Calender*）3 号（1926年11月、pp. 30－35、p. 60）に掲載される。

1926年11月。「幻想の岸辺―H・M・トムリンソンの作品『幸運の贈り物』の書評」（“Coast of Illusion: A Review of *Gifts of Fortune* by H. M. Tomlinson”）が書かれる。『ティー・ピーズ・アンド・キャスルズ・ウィークリー』誌（*T. P.'s and Cassell's Weekly*）7 号（1927年 1 月 1 日、pp. 339－40）に掲載される。

1926年12月。「R・B・カニンガム・グレアムの作品『ヴァルディヴィアのペドロ』の書評」（“Review of *Pedro de Valdivia* by R. B. Cunninghame Graham”）が書かれる。『カレンダー』誌 3 号（1927年 1 月、pp. 322－26）に掲載される。

1927年 2 月。「カール・ヴァン・ヴェヒテンの作品『黒人天国』、ウォルター・ホワイトの作品『飛行』、ジョン・ドス・パソスの作品『マンハッタン乗り換え』、アーネスト・ヘミングウェイの作品『われらの時代に』の書評」（“Review of *Nigger Heaven* by Carl Van Vechten, *Flight* by Walter White, *Manhattan Transfer* by John Dos Passos, and *In Our Time* by Ernest Hemingway”）が書かれる。『カレンダー』誌 4 号（1927年 4 月、pp. 17－21、pp. 67－73）に掲載される。

1927年 4 月。「V・V・ロザノフの作品『孤独』の書評」（“Review of *Solitaria* by V. V. Rozanov”）が書かれる。『カレンダー』誌 4 号（1927年 7 月、pp. 164－68）に掲載される。

1927年 5 月。「ウォルター・ウィルキンソンの作品『いかがわしいショー』の書評」（“Review of *Peep Show* by Walter Wilkinson”）が書かれる。『カレンダー』誌 4 号（1927年 7 月、pp. 157－61）に掲載される。

1927年8月。「神経症に関する新たな理論—トリガント・バロウの作品『意識に関する社会的基盤』の書評」(“A New Theory of Neuroses : A Review of *The Social Basis of Consciousness* by Trigant Burrow”)が書かれる。『ブックマン』誌(*Bookman*)66号(1927年11月、pp. 314－17)に掲載される。

1928年7月。「ロバート・バイロンの作品『駐屯地』、クラフ・ウィリアムズ＝エリスの作品『イングランドとタコ』、モーリス・ベアリングの作品『不快な記憶』、W・サマセット・モームの作品『英国の諜報員アシュデン』の書評」(Review of *The Station* by Robert Byron, *England and the Octopus* by Clough Williams-Ellis, *Comfortless Memory* by Maurice Baring, and *Ashenden or the British Agent* by W. Somerset Maugham”)が書かれる。『ヴォーグ』誌(*Vogue*)(1928年7月20日)に掲載される。

1929年11月。「驚くべき一ロシア人—V・V・ロザノフの作品『落ち葉』の書評」(“A Remarkable Russian : A Review of *Fallen Leaves* by V. V. Rozanov”)が書かれる。『エヴリマン』紙(*Everyman*)(1930年1月23日)に掲載される。

1930年2月。「エリック・ギルの作品『芸術の無意味さとその他のエッセイ』の書評」(“Review of *Art Nonsense and Other Essays* by Eric Gill”)が書かれる。『ブックコレクターズ・クォータリー』誌12号(1933年10月－11月、pp. 1－7)に掲載される。

参考書目76　文学、芸術、並びに検閲制度に関する作品——『トマス・ハーディ研究とその他のエッセイ』(*Study of Thomas Hardy and Other Essays*)、『古典アメリカ文学研究』(*Studies in Classic American Literature*)、『『チャタレイ夫人の恋人』について』(*A Propos of “Lady Chatterley’s Lover”*)、『ポルノグラフィと猥褻』(*Pornography and Obscenity*)、書評と序説➡472ページ

第42節　翻訳

1. 『何事もレオ・シェストフで解決がつく』(*All Things Are Possible by Leo Shestov*)は、S・S・コテリアンスキー(S. S. Koteliansky)による原著者の許可を得た翻訳である。D・H・ロレンスによる前書きが付いている。1920年4月にロンドンのセッカー(Secker)から出版される。前書きを書いただけではなく、ロレンスは1919年の8月と9月にコテリアンスキーと共同で翻訳にあたる。1919年12月にロレンスによる校正が行なわれる。
2. 1921年に、ロレンスはコテリアンスキーと共同でイヴァン・ブーニン(Ivan Bunin)の作品「サンフランシスコから来た紳士」(“The Gentleman from San Francisco”)の翻訳を行なう。この翻訳は最初に『ダイアル』誌(*Dial*)72号(1922年1月、pp. 47－68)に掲載される。イヴァン・ブーニンの『サンフランシスコから来た紳士とその他の物語』(*The Gentleman from San Francisco and Other Stories*)に収録される。S・S・コテリアンスキーとレオナード・ウルフ（Leonard Woolf）によって翻訳が行なわれる。1922年 5 月にロンドンのホガース・プレス（Hogarth Press）、及び1923年 1 月にニューヨークのセルツァー（Seltzer）から出版される（pp. 1－40）。（英国版は当初ロレンスを訳者として挙げていなかった。作品はおそらくレオナード・ウルフにより、出版のため更に改稿されたと思われる。

3. ジョヴァンニ・ヴェルガ（Giovanni Verga）の作品『マストロ＝ドン・ジェスアルド』（*Mastro-Don Gesualdo*）がロレンスにより1922年 1 月から 3 月にかけて翻訳され、1923年の 7 月と 8 月に校正が行なわれる。1923年10月にニューヨークのセルツァー、1925年 3 月にロンドンのケープ（Cape）、及び1973年にハモンズワースのペンギン（Penguin）から出版される。（ジョナサン・ケープ（Jonathan Cape）はロレンスによるもっと長い序説をつけた「トラベラーズ・ライブラリー」（“The Travellers' Library”）版を1928年 3 月に出版している。）

4. ジョヴァンニ・ヴェルガの作品『シチリア小品』（*Little Novels of Sicily*）が1922年 3 月と 4 月にロレンスにより翻訳され、1923年 1 月に改稿が行なわれる。1925年 3 月にニューヨークのセルツァー、1925年にオックスフォードのブラックウェル（Blackwell）、及び1928年 3 月にロンドンのセッカーから出版される。アンドルー・ウィルキン（Andrew Wilkin）による序説と用語解説をつけて、1973年にハモンズワースのペンギンから再発行される。3 編がこの作品集に収録される以前に個別に雑誌に掲載される――「聖ヨセフのロバの物語」（“Story of the Saint Joseph's Ass”）は「聖ヨセフのロバ」（“St. Joseph's Ass”）として『アデルフィ』誌（*Adelphi*）1 号（1923年 9 月、pp. 284－97）に、「海を超えて」（“Across the Sea”）は『アデルフィ』誌 1 号（1923年11月、pp. 466－75、pp. 484－94）に、「自由」（“Liberty”）は『アデルフィ』誌 1 号（1924年 5 月、pp. 1051－59）にそれぞれ掲載される。

5. ジョヴァンニ・ヴェルガの作品『カヴァレリア・ラスティカーナとその他の短編』（*Cavalleria Rusticana and Other Stories*）のうちの 4 編が1922年の 8 月と 9 月に翻訳される。これらの作品は改稿され、残りの作品は1927年 7 月から 9 月にかけて翻訳される。1928年 2 月にロンドンのケープ、及びニューヨークのダイアル・プレスから出版される。

6. イル・ラスカ（Il Lasca）の作品『マネンテ博士の物語―イル・ラスカことA・F・グラツィーニの夕食からの10番目にして最後の物語』（*The Story of Doctor Manente: Being the Tenth and Last Story from the Suppers of A. F. Grazzini called Il Lasca*）が1929年11月にフィレンツェのG・オリオリ（G. Orioli）によって出版される。1930年 2 月にロンドンのグレイ（Grey）から出版される。1928年10月と11月に翻訳される。1929年 7 月から 9 月にかけて校正、改稿が行なわれる。序説が1929年 7 月に、注釈は 8 月に書かれる。

7. イル・ラスカの作品『マネンテ博士の物語―イル・ラスカことA・F・グラツィーニの 2 番目の夕食の最初の物語』（*The Story of Doctor Manente : Being the First Story of the Second Supper of A. F. Grazzini called Il Lasca*）（未完）が書かれる。『サンデー・テレグラフ・マガジン』誌（Sunday Telegraph Magazine）265号（1981年10

月25日、pp. 62－79）に掲載される。1929年７月に翻訳され、1981年10月１日にニューヨークのサザビーズ（Sotheby's）のオークションで競売にかけられるまで、手書き原稿は残っていないと思われていた。

8. F・M・ドストエフスキー（F. M. Dostoevsky）の作品『大審問官』（*The Grand Inquisitor*）がＳ・Ｓ・コテリアンスキーによって翻訳され、Ｄ・Ｈ・ロレンスによって序説が書かれる。1930年７月にロンドンのエルキン・マシューズ・アンド・マロット（Elkin Mathews and Marrot）によって出版される。コテリアンスキーは、後にこの翻訳はロレンスとの共著だと述べている。序説は1930年１月に書かれる。

9. マキシム・ゴーリキ（Maxim Gorki）の作品『レオニド・アンドレイエフ回想』（*Reminiscences of Leonid Andreyev*）がキャサリン・マンスフィールド（Katherine Mansfield）とＳ・Ｓ・コテリアンスキーによって翻訳される。ロレンスは1923年８月にコテリアンスキーとマンスフィールドの共訳を手直しする（参考書目77のズタルック（Zytaruk 1970年、pp. 29－30、と1971年参照）。1924年に『アデルフィ』誌及び『ダイアル』誌に次々と掲載される。『アデルフィ』誌の１、９号（1924年２月、pp. 806－20）、１、10号（1924年３月、pp. 892－905）、１、11号（1924年４月、pp. 983－89）に掲載される。『ダイアル』誌（1924年６月の pp. 481－92、1924年７月の pp. 31－43、1924年８月の pp. 105－20）に掲載される。1928年にニューヨークのクロズビー・ゲイジ（Crosby Gaige）から個別に出版される。

参考書目77　翻訳➡476ページ

第43節　大衆雑誌——『小論集』（*Assorted Articles*）と雑文

1928年４月から1929年12月にかけて、ロレンスは28編ほどの短い評論を主に新聞誌上での発表を意図として書いている。彼は死の直前の1929年12月に作品集として出版するためにこれらのうち21編を用意していたが、遂に出版を実現できなかった（『小論集』（*Assorted Articles*）がロンドンのセッカー（Secker）からと、ニューヨークのクノフ（Knopf）から1930年４月に出版される）。これら後期の寄稿用エッセイが本節では書かれた順にリストアップされており、アステリスクの付いたものは『小論集』には載っていないことを示している。このグループに属するであろうと思われるやや初期の頃の３編のエッセイ（リストの中の最初の３編）は含めているが、『小論集』に収録されているずっと初期の２編のエッセイ——「人間であることについて」（"On Being a Man"）と「人間の運命について」（"On Human Destiny"）は、他の個所で扱われているという理由で（38節の『ヤマアラシの死についての諸考察』（*Reflections on the Death of a Porcupine*）参照）省いてある。当該個所における作品の最初に挙げられている題名は作品集の中で使われたものである。

*（おそらく）1926年10月。「ベストウッドへの帰還」（"Return to Bestwood"）が書かれる。『フェニックスⅡ』（*Phoenix II*, 1968年）に収録される。

1927年１月。「自伝風のスケッチ」（"Autobiographical Sketch"）が書かれ、「自己暴露」

（“Myself Revealed”）という題名で『サンデー・ディスパッチ』紙（*Sunday Dispatch*, 1929年2月17日）に掲載される。

*1927年4月。「音楽に惚れて」（“Making Love to Music”）が書かれ、『フェニックス』（*Phoenix*）（1936年）に収録される。

1928年4月（初期の版の書き直しかもしれないが、おそらくこの年のことだろうと思われる）。「「若い娘」が知りたがる」（“The ‘Jeune Fille’ Wants to Know”）が書かれ、「彼女が何故？と問う時」（“When She Asks Why?”）という題名で『イヴニング・ニューズ』紙（*Evening News*）（1928年5月8日）に、また、「世代間の基準打数」（“The Bogey between the Generations”）という題名で『ヴァージニア・クォータリー・レヴュー』誌（*Virginia Quarterly Review*）（1929年1月）に掲載される。

1928年5月。「ローラ・フィリッピン」（“Laura Philippine”）が書かれ、『ティー・ピーズ・アンド・キャスルズ・ウィークリー』誌（*T. P.’s and Cassell’s Weekly*, 1929年）に掲載される。

*1928年5月。「正気で」（“All There”）が書かれ、『フェニックス』（1936年）に収録される。

*1928年5月。「女性が一番の物知りであること」（“That Women Know Best”）が書かれ、「女性がいつも一番の物知りである」（“Women Always Know Best”）という題名で『デイリー・クロニクル』紙（*Daily Chronicle*）（1928年11月29日）に掲載される。別に『女性が一番の物知りであること』（*That Women Know Best*）という題名で、ロイ・スペンサー（Roy Spencer）の編纂により、1994年にカリフォルニア（California）のサンタ・ロサ（Santa Rosa）、ブラック・スパロウ・プレス（Black Sparrow Press）から出版される。

1928年6月。「無頓着」（“Insouciance”）が書かれ、「真面目過ぎる夫人たち」（“Over-Earnest Ladies”）という題名で『イヴニング・ニューズ』紙（1928年7月12日）に掲載される。

1928年6月。「当家の主人」（“Master in His Own House”）が書かれ、『イヴニング・ニューズ』紙（1928年8月2日）に掲載される。

1928年7月。「所有権」（“Ownership”）が書かれ、『小論集』に収録される。

1928年7月。「母系制」（“Matriarchy”）が書かれ、「女性が最高の存在であれば」（“If Women Were Supreme”）という題名で『イヴニング・ニューズ』紙（1928年10月5日）に掲載される。

*1928年7月。「自伝風のスケッチ」が書かれ、『D・H・ロレンス―合成的伝記』（*D. H. Lawrence: A Composite Biography*）第3巻に収録される。エドワード・ネールズ（Edward Nehls）の編纂により、1959年にマディソン（Madison）のウィスコンシン大学出版局（University of Wisconsin Press）から出版される（pp. 232–34）。

1928年8月。「自惚れの強い女と小心者の男」（“Cocksure Women and Hensure Men”）が書かれ、『フォーラム』誌（*Forum*）81号（1929年1月、p. 50）に掲載される。

*1928年8月。「女性はあまりにも自惚れが強い」（“Women Are So Cocksure”）が書かれ、『フェニックス』（1936年）に収録される。

1928年８月。「退屈なロンドン」（“Dull London”）が書かれ、『イヴニング・ニューズ』紙（1928年９月３日）に掲載される。

1928年８月。「人生における讃美歌」（“Hymns in a Man's Life”）が書かれ、『イヴニング・ニューズ』紙（1928年10月13日）に掲載される。

1928年９月。「赤いズボン」（“Red Trousers”）が書かれ、「ああ、新たなる十字軍を求めて」（“Oh! For a New Crusade”）という題名で『イヴニング・ニューズ』紙（1928年９月27日）に掲載される。

1928年10月。「イングランドは依然として男性の国か？」（“Is England Still a Man's Country?”）が書かれ、『デイリー・エクスプレス』紙（Daily Express）（1928年11月29日）に掲載される。

1928年11月。「性対愛らしさ」（“Sex Versus Loveliness”）が書かれ、「締め出しを食った性」（“Sex Locked Out”）という題名で『サンデー・ディスパッチ』紙（1928年11月25日）に掲載される。別に同じ題名でロンドンで私家版が1928年12月に出版される。また、元の題名「セックス・アピール」（“Sex Appeal”）で『ヴァニティー・フェア』誌（*Vanity Fair*）（1929年７月）に掲載される。

1928年11月。「女性は変わるか？」（“Do Women Change?”）が書かれ、「女性は変わらない」（“Women Don't Change”）という題名で『サンデー・ディスパッチ』紙（1929年８月28日）に掲載される。最後の部分が異なる短縮版で『ヴァニティー・フェア』誌（1929年４月）にも掲載される。

1928年11月。「文明に囚われて」（“Enslaved by Civilization”）が書かれ、「よき子供たちの製造工場」（“The Manufacture of Good Little Boys”）という題名で『ヴァニティー・フェア』誌33号（1929年９月、p. 81）に掲載される。

1928年12月。「彼女に手本を与えよ」（“Give Her a Pattern”）が書かれ、「女性に関しての本当の問題」（“The Real Trouble about Women”）という題名で『デイリー・エクスプレス』紙（1929年６月19日）に掲載される。「男のイメージの中の女性」（“Woman in Man's Image”）という題名で『ヴァニティー・フェア』誌（1929年５月）にも掲載される。

*1928年12月。「ニューメキシコ」（“New Mexico”）が書かれ、『サーベイ・グラフィック』誌（*Survey Graphic*）66号（1931年５月１日、pp. 153－55）に掲載される。（次節の『メキシコの朝』とその他のエッセイ」（“*Mornings in Mexico* and Other Essays”）の項目も参照。）

*1929年１月か９月。「ノッティンガムと炭鉱地帯」（“Nottingham and the Mining Countryside”）が書かれ、『ニュー・アデルフィ』誌（*New Adelphi*）３号（1930年６－８月、pp. 255－63）に掲載される。

1929年２月。「怖じけた状態」（“The State of Funk”）が書かれ、『小論集』に収録される。

1929年４月。「絵を描くこと」（“Making Pictures”）が書かれ、『クリエイティヴ・アーツ』誌（Creative Arts）５号（1929年７月、pp. 466－71）に掲載される。

1929年５月。「壁の絵」（“Pictures on the Walls”）が書かれ、「面白味のない壁の絵」（“Dead Pictures on the Wall”）という題名で『ヴァニティー・フェア』誌３号（1929年12月、p. 88、p. 108、p. 140）に掲載される。

1929年 8 月。「復活したキリスト」（“The Risen Lord”）が書かれ、『エヴリマン』紙（*Everyman*）（1929年10月 3 日）に掲載される。

1929年 8 月。「男女共に働くべし」（“Men Must Work and Women As Well”）が書かれ、「男性と女性」（“Men and Women”）という題名で『スター・レヴュー』誌（*Star Review*） 2 号（1929年11月、pp. 614－26）に掲載される。

*1929年10月。「僕らはお互いを必要としている」（“We Need One Another”）が書かれ、『スクライブナーズ・マガジン』誌（*Scribner's Magazine*）87号（1930年 5 月、pp. 479－84）に掲載される。

*1929年10月。「誰も僕を愛してくれない」（“Nobody Loves Me”）が書かれ、『ライフ・アンド・レターズ』誌（*Life and Letters*） 5 号（1930年 7 月、pp. 39－49）に掲載される。

*1929年11月。「本物」（“The Real Thing”）が書かれ、『スクライブナーズ・マガジン』誌87号（1930年 6 月、pp. 587－92）に掲載される。

批評

ロレンスのノンフィクション作品をより一般的に論じる時、多くの批評家がこれらのエッセイについて言及することがあるにもかかわらず、ロレンスの大衆雑誌寄稿に特に批評や意見はほとんど寄せられていない。完璧な参考書目を本節では作成できないが、「人生における讃美歌」と「ノッティンガムと炭鉱地帯」に関しては次のものを参照のこと。

ピント、ヴィヴィアン・ド・ソラ（Pinto, Vivian de Sola）の「ロレンスと非国教徒の讃美歌」（“Lawrence and the Nonconformist Hymns”）が『D・H・ロレンスの雑文』（*A DHL Miscellany*）にハリー・T・ムア（Harry T. Moore）の編纂により収録され、カーボンデールの南イリノイ大学出版局（Southern Illinois University Press）から出版される（1995年、pp. 103－13）。
ホウルダネス、グレアム（Holderness, Graham）の作品『D・H・ロレンス―歴史、思想とフィクション』（*DHL: History, Ideology and Fiction*）がダブリンのギル・アンド・マクミラン（Gill and Macmillan）から出版される（1982年、pp. 32－39）。

第44節　紀行文――『イタリアの薄明とその他のエッセイ』（*Twilight in Italy and Other Essays*）、『海とサルデーニャ』（*Sea and Sardinia*）、『メキシコの朝』とその他のエッセイ（*Mornings in Mexico* and Other Essays）、『エトルリア遺跡スケッチとその他のイタリアについてのエッセイ』（*Sketches of Etruscan Places and Other Italian Essays*）

ロレンスの最も美しい描写が多く見受けられるのが、紀行文やスケッチであるが、これらの作品にはしばしば、他の作品ではもっと長々述べられている思想や理論を充分に包み込んだ哲学的、宗教的な瞑想をも見い出すことができる。紀行文は最も能弁で、しかも寛いだ状態のロレンスを垣間見せ、そこではロレンスの物事についての描写や観察はおしゃべりでもするように新鮮で自然に止めど無く現れ出でてくるように思われる――しかも読者の興味を引く鋭敏な批評的コメントを必ず含んでおり、それはその土地や人物の地域色豊かな詳細から、文化全体を見渡す全般的な分析へと大胆に行きつ戻りつしつつ、語られる人々や土地の雰囲気と魂とに常に超自然的に調和しているのである。ロレンスはその生涯において、多くのスケッチ風エッセイと共に3冊の心血を注いだ紀行文を出版し、また、彼の亡くなった当時にはまだ出版に至らなかったいくつかの紀行文も書いている。しかしながら、ロレンスの紀行文を包括的に研究するならば、これらの作品を始めとして、その他の散在しているエッセイや、彼の実際の旅をしばしば題材にして小説に仕立て直した作品、ひいては、それ自体で小さな旅行談を構成しているロレンスの手紙などにも目を向ける必要があろう。(第1部、第3章も参照のこと。)

参考書目78　ロレンスの旅行と紀行文に関する一般的な批評作品**➡477ページ**

『イタリアの薄明とその他のエッセイ』(*Twilight in Italy and Other Essays*)

この題名のケンブリッジ版にはエッセイの3つの主なグループ――「1912年、ドイツとチロルのエッセイ」(“Essays of Germany and the Tyrol, 1912”)、「1913年、イタリアについてのエッセイと1914年、「銃を携えて」」(“Italian Essays, 1913 and ‘With the Guns’ 1914”)、それに『イタリアの薄明』(*Twilight in Italy*)(『イタリアの日々』(*Italian Days*))が含まれる。ここではまず、『イタリアの薄明』に直接関係しているエッセイを扱い、次にこの巻の中にあるその他のエッセイを扱っている。エッセイはすべて1912年5月から1913年6月にかけてと、再度旅をした1913年8月から1914年6月にかけてのヨーロッパ(主にドイツ、イタリア、オーストリアのチロル、スイス)でのロレンスの経験が基になっている。場所と自伝的背景の完璧な詳細については、特に、参考書目79の中のエガート(Eggert)とワーゼン(Worthen, 1991年b)の項目に挙げてあるものをすべて参照のこと。また、『ミスター・ヌーン』(*Mr Noon*)の第2部、pp. 238－92には、ロレンスの人生のこの時期の半自伝的記述も見受けられる。

『イタリアの薄明』 *Twilight in Italy*

執筆時期

1912年9月と1913年10月にかけて書かれる。1915年7月2日から10月にかけてと、1916年1月と2月に書かれる。

『イタリアの薄明』は1912年9月から1913年10月にかけて起草され、そのうちの何編かは出版されるに至ったエッセイにその起源を持つ。「山間の十字架像」(“The Crucifix across the Mountains"）の初期の版は「チロルのキリスト」（"Christs in the Tyrol"）であり、1912年９月に「チロルのキリスト」（"Christs in the Tirol"）という題名で第１草稿が書かれ、『ウェストミンスター・ガゼット』紙（*Westminster Gazette*）（1913年３月22日）に載せるために改稿される（1912年９月か、1912年から1913年にかけての冬の後半）。（このエッセイは、ケンブリッジ版のエッセイの第１グループのなかに含まれ、その初期の版「チロルのキリスト」は巻末付録の中に収録されている。）「紡ぎ女と修道士」（"The Spinner and the Monks"）、「レモン園」（"The Lemon Gardens"）、「劇場」（"The Theatre"）の３つの章の初期の版は1913年１月から３月にかけて書かれ、「イタリア研究―ガルダ湖のほとりにて」（"Italian Studies: By the Lago di Garda"）という題名で、『イングリッシュ・レヴュー』誌（*English Review*）15号（1913年９月、pp. 202－34）に掲載される。（これらのエッセイはケンブリッジ版ではエッセイの第２グループに含まれる。）「サン・ガウデンツィオ」（"San Gaudenzio"）、「ダンス」（"The Dance"）、「イル・デュロ」（"Il Duro"）と「ジョン」（"John"）などは、すべて1913年４月に着手され、「流浪のイタリア人」（"Italians in Exile"）と「帰還の旅」（"The Return Journey"）は1913年10月に書かれる。これらのスケッチは、すべて1915年７月から10月にかけて大幅に改稿され、より長いものになる。校正は1916年１月と２月に行なわれている。

出版状況

1. 『イタリアの薄明』が1916年６月にロンドンのダックワース（Duckworth）、及び1916年11月にニューヨークのヒュブシュ（Huebsch）から出版される。
2. 『イタリアの薄明とその他のエッセイ』がポール・エガート（Paul Eggert）の編纂により、1994年にケンブリッジのケンブリッジ大学出版局（Cambridge University Press）から出版される。

その他のエッセイ（Other Essays）

執筆時期と出版状況

『ドイツとチロルのエッセイ、1912年』（*Essays of Germany and the Tyrol, 1912*）

「イギリス人とドイツ人」（"The English and the Germans"）（のちにポール・エガートの付けた題名）は1912年５月７日までに書き上げられるが、出版には至らない。「いかにしてスパイは捕らえられたか」（"How a Spy Is Arrested"）と「ドイツのフランス人の息子たち」（"French Sons of Germany"）は、両方ともおそらく1912年５月９日に書かれたようである。前者の「いかにしてスパイは捕らえられたか」は、出版には至らない。後者は「ドイツの印象Ｉ」（"German Impressions I"）という題名で『ウェストミンスター・ガゼット』紙（1912年８月３日）に掲載される。「ラインラントの雹」（"Hail in the Rhineland"）は1912年５月15日と16日に書かれ、「ドイツの印象Ⅱ」（"German Impressions II"）

という題名で『ウェストミンスター・ガゼット』紙（1912年8月9日）と『サタデー・ウェストミンスター・ガゼット』紙（*Saturday Westminster Gazette*）（1912年8月10日）に掲載される。「山間の教会」（"A Chapel among the Mountains"）と「山間の干し草小屋」（"A Hay-Hut among the Mountains"）は1912年8月に書かれ、ロレンスの死後『干し草の中の恋』（*Love among the Haystacks*）という題名で1930年11月にロンドンのノンサッチ・プレス（Nonesuch Press）から出版される。

「銃を携えて」（*"With the Guns"*）

この作品は1913年8月にドイツ（ミュンヘン近くのイルシェンハウゼン）でロレンスが目撃した大砲の訓練が基になっている。英国がドイツに対して宣戦布告した14日後の1914年8月18日に『マンチェスター・ガーディアン』紙（*Manchester Guardian*）のp. 10に、H・D・ロレンスの名で掲載される。カール・バロン（Carl Baron）によって再発見され、『エンカウンター』誌（*Encounter*）33号（1969年8月）に再度掲載される。

参考書目79　『イタリアの薄明とその他のエッセイ』（*Twilight in Italy and Other Essays*）➡479ページ

『海とサルデーニャ』（*Sea and Sardinia*）

執筆時期

1921年2月に書かれる。改稿と修正は1921年3月に行なわれ、下記の出版以前には変更を一切加えていないと思われる。この作品は1921年1月4日から13日にかけて、フリーダ（Frieda）と共にシチリア（Sicily）のタオルミーナ（Taormina）からサルデーニャへと旅をした際の経験に基づいている。

出版状況

1. 「海とサルデーニャ―パレルモまで」（"Sea and Sardinia : As Far As Palermo"）が『ダイアル』誌（*Dial*）71号（1921年10月、pp. 441－51）に掲載される。
   「海とサルデーニャ―カリアリ」（"Sea and Sardinia : Cagliari"）が『ダイアル』誌71号（1921年11月、pp. 583－92）に掲載される。
2. 1921年12月にニューヨークのセルツァー（Seltzer）（ヤン・ユタ（Jan Juta）による8枚のカラー写真が入っている）、及び1923年4月にロンドンのセッカー（Secker）から出版される。

参考書目80　『海とサルデーニャ』（*Sea and Sardinia*）➡480ページ

『メキシコの朝』とその他のエッセイ（*Mornings in Mexico* and Other Essays）

本節では『メキシコの朝』（*Mornings in Mexico*, 1927年）に収録されたエッセイと、1922年9月から1925年9月にかけてのアメリカとメキシコでの経験に触発されて書かれたエッセイを扱っている。この時期のその他のエッセイは、『ヤマアラシの死についての諸考察とその他のエッセイ』（*Reflections on the Death of a Porcupine and Other Essays*）と『トマス・ハーディ研究とその他のエッセイ』（*Study of Thomas Hardy and Other Essays*）のところで扱われている。後者の2編は共に哲学や美学への傾倒がかなり強く、本節で取り上げたエッセイは紀行文の様相がかなり濃いが、ロレンスに関して常に言えるように、やや不連続ではあっても、これらのエッセイを互いに動的に鼓舞しあう連作と見なすことが大切であろう。

『メキシコの朝』（*Mornings in Mexico*）

執筆時期

1924年4月から1925年にかけて書き上げられ、1927年4月に校正される。「インディアンと娯楽」（"Indians and Entertainment"）と「発芽のコーン・ダンス」（"Dance of the Sprouting Corn"）は1924年4月に書かれる。「ホピ・スネーク・ダンス」（"The Hopi Snake Dance"）は1924年8月に書かれる。これら3編のエッセイはアメリカの南西地域を扱っている。メキシコを扱った4編のエッセイが最初の方に収められているが、これらは1924年12月18日から始めて2、3日のうちに相次いで書かれたものである。最後のエッセイ「レモンとわずかな月明かり」（"A Little Moonshine with Lemon"）は1925年11月にイタリアで書かれる。作品集のすべてのエッセイは1927年6月に1冊の単行本にまとめられて出版されるが、それ以前には雑誌に個別に発表された。

出版状況

1. a.「発芽のコーン・ダンス」が『シアター・アーツ・マンスリー』誌（*Theatre Arts Monthly*）8号（1924年7月、pp. 447−57）、及び『アデルフィ』誌（*Adelphi*）2号（1924年8月、pp. 298−315）に掲載される。
   b.「インディアンと娯楽」が『ニューヨーク・タイムズ・マガジン』誌（*New York Times Magazine*）4号（1924年10月26日、p. 3）、及び『アデルフィ』誌 2号（1924年11月24日、pp. 494−507）に掲載される。
   c.「ホピ・スネーク・ダンス」が『シアター・アーツ・マンスリー』誌 8号（1924年12月、pp. 836−60）、及び2部に分けて、『アデルフィ』誌 2号（1925年1月、pp. 685−92と1925年2月、pp. 764−78）に掲載される。短縮版が『リビング・エイジ』

誌（*Living Age*）（1925年4月4日）に掲載される。

d.「コラスミンとオウム」（"Corasmin and the Parrots"）が『アデルフィ』誌 3号（1925年12月、pp. 480－89、pp. 502－6）に掲載される。

e.「市の立つ日」（"Market Day"）が「メキシコでの買い物術」（"The Gentle Art of Marketing in Mexico"）という題名で『トラベル』誌（*Travel*）46号（1926年4月、pp. 7－9、p. 44）、及び「メキシコでの買い物、土曜日」（"Marketing in Mexico, Saturday"）という題名で『ニュー・クライテリオン』誌（*New Criterion*）4号（1926年6月、pp. 467－75）に掲載される。

f.「レモンとわずかな月明かり」が『ラーフィング・ホース』誌（*Laughing Horse*）13号（1926年4月、pp. 1－3）に掲載される。

g.「ウアヤパへの散歩」（"Walk to Huayapa"）が「眠そうなメキシコでの日曜の漫ろ歩き」（"Sunday Stroll in Sleepy Mexico"）という題名で『トラベル』誌48号（1926年11月、pp. 30－35、p. 60）、及び『アデルフィ』誌 4号（1927年3月、pp. 538－54）に掲載される。

h.「召使の少年」（"The Mozo"）が『アデルフィ』誌 4号（1927年2月、pp. 474－87）及び「モンテズマの息子たち」（"Sons of Montezuma"）という題名で『リビング・エイジ』誌（1927年4月1日）に掲載される。

2. 『メキシコの朝』が1927年6月にロンドンのセッカー及び1927年8月にニューヨークのクノフ（Knopf）から出版される。

アメリカとメキシコのその他のエッセイ（主に1922年9月－1925年9月）

本節ではエッセイは書かれた順にその日付を追いながら、最初の出版状況を詳しく述べている。

1920年9月。「アメリカよ、汝自身の声に従え」（"America, Listen to Your Own"）が書かれ、『ニュー・リパブリック』誌（*New Republic*）25号（1920年12月15日、pp. 68－70）に掲載される。

1922年9月。「インディアンと一人のイギリス人」（"Indians and an Englishman"）が書かれ、『ダイアル』誌74号（1923年2月、pp. 144－52）、及び『アデルフィ』誌1号（1923年11月、pp. 484－94）に掲載される。

1922年9月。「タオス」（"Taos"）が書かれ、『ダイアル』誌74号（1923年3月、pp. 251－54、）、及び「タオスにて、一人のイギリス人メキシコを見る」（"At Taos, an Englishman Looks at Mexico"）という題名で『キャスルズ・ウィークリー』（*Cassell's Weekly*）紙（1923年7月11日）に掲載される。

1922年10月。「いく人かのアメリカ人たちと一人のイギリス人」（"Certain Americans and an Englishman"）が書かれ、『ニューヨーク・タイムズ・マガジン』誌（*New York Times Magazine*）4号（12月24日、p. 1）に掲載される。

1923年4月。「合衆国よ、さらば」（"Au Revoir, U.S.A."）が書かれ、『ラーフィング・ホース』誌8号（1923年12月、pp. 1－3）に掲載される。

1924年1月。「拝啓 オールド・ホース――一通のロンドン書簡」（“Dear Old Horse: A London Letter”）が書かれ、『ラーフィング・ホース』誌10号（1926年5月、pp. 3－6）に掲載される。

1924年1月。「パリの手紙」（“Paris Letter”）が書かれ、『ラーフィング・ホース』誌13号（1926年4月、pp. 11－14）に掲載される。

1924年2月。「ドイツからの手紙」（“Letter from Germany”）が書かれ、『ニューステイツマン・アンド・ネイション』誌（*New Statesman and Nation*）（秋の特別号（Autumn Books Supplement））（1934年10月13日、pp. 481－82）に掲載される。

1924年5、6月。「アメリカのパン神」（“Pan in America”）が書かれ、『サウスウェスト・レヴュー』誌（*Southwest Review*）11号（1926年1月、pp. 102－15）に掲載される。初版が1924年5月、第2版が1924年6月に出版される。

1924年8月。「スネーク・ダンスから帰ったばかりで―疲れ果てて」（“Just Back from the Snake Dance—Tired Out”）が書かれ、『ラーフィング・ホース』誌11号（1924年9月、pp. 26－29）に掲載される。「ホピ・スネーク・ダンス」の初期の版である（『メキシコの朝』参照）。

1925年1月。「ルイス・クィンタニラの作品「メキシコを振り返れ」」（“ ‘See Mexico After’ by Luis Quintanilla”）が書かれ、『フェニックス』（*Phoenix*, 1936年）に収録される。

1925年11月。「ヨーロッパ対アメリカ」（“Europe versus America”）が書かれ、『ラーフィング・ホース』誌13号（1926年4月、pp. 6－9）に掲載される。

1928年12月。「ニューメキシコ」（“New Mexico”）が書かれ、『サーベイ・グラフィック』誌（*Survey Graphic*）66号（1931年5月1日）に掲載される。

参考書目81　『メキシコの朝』とその他のエッセイ（*Mornings in Mexico* and Other Essays）➡480ページ

『エトルリア遺跡スケッチとその他のイタリアについてのエッセイ』（*Sketches of Etruscan Places and Other Italian Essays*）

ケンブリッジ版D・H・ロレンス作品集にはロレンスの死後に出版された『エトルリア遺跡』（*Etruscan Places*）と1919年から1927年にかけて書かれたイタリアについてのエッセイが集められている。従って次のように2つに分けてある。

『エトルリア遺跡スケッチ』（*Sketches of Etruscan Places*）

執筆時期

1927年４月から６月にかけて書かれる。これらのエッセイは1927年４月、アール・ブルースター（Earl Brewster）と同行したエトルリアの故地への訪問に基づいている。健康が優れないため、ロレンスは訪れたかったすべての場所へ行くことができず、初めに計画していた12ヵ所のスケッチのうちわずか６編しか書けないという結果に終わる。こういうわけで、完成した６編のエッセイは『エトルリア遺跡』という題名で死後にまとめられるものの、ロレンスが構想していた本は未完のままになる。エッセイのうち４編は個別に、アメリカの『トラベル』誌及び英国の『ワールド・トゥデイ』誌（*World Today*）に掲載される。

出版状況

1. a . i. 「チェルヴェテリ」（“Cerveteri”）が「チェルヴェテリの死者たちの都」（“City of the Dead at Cerveteri”）という題名で『トラベル』誌 50号（1927年11月、pp. 12－16、p. 50）、及び『ワールド・トゥデイ』誌（1928年２月、pp. 280－88）に掲載される。

   ii. 「タルキニア」（“Tarquinia”）が「エトルリア人たちの古代都市」（“Ancient Metropolis of the Etruscans”）という題名で『トラベル』誌 50号（1927年12月、pp. 20－25、p. 55）、及び「エトルリア遺跡スケッチ、タルキニア」（“Sketches of Etruscan Places, Tarquiia”）という題名で『ワールド・トゥデイ』誌（1928年３月、pp. 389－98）に掲載される。

   iii. 「タルキニアの絵のある墓 Ｉ」（“The Painted Tombs of Tarquinia I”）が「タルキニアの絵のある墓」（“Painted Tombs of Tarquinia”）という題名で『トラベル』誌 50号（1928年１月、pp. 28－33、p. 40）、及び「エトルリア遺跡スケッチ、タルキニアの絵のある墓」（“Sketches of Etruscan Places, Painted Tombs of Tarquinia”）という題名で『ワールド・トゥデイ』誌（1928年４月、pp. 552－66）に掲載される。

   iv. 「ヴォルテラ」（“Volterra”）が「風にさらされたヴォルテラの要塞」（“The Wind-Swept Strongholds of Volterra”）という題名で『トラベル』誌50号（1928年２月、pp. 31－35、p. 44）、及び「エトルリア遺跡スケッチ、ヴォルテラ」（“Sketches of Etruscan Places, Volterra”）という題名で『ワールド・トゥデイ』誌（1928年５月、pp. 662－74）に掲載される。

   b. 『エトルリア遺跡』が1932年９月にロンドンのセッカー、及び1932年11月にニューヨークのヴァイキング（Viking）から出版される。

2. 『エトルリア遺跡スケッチとその他のイタリアについてのエッセイ』がシモネッタ・ド・フィリピス（Simonetta de Filippis）の編纂により、1992年にケンブリッジのケンブリッジ大学出版局から出版される。

「イタリアについてのエッセイ、1919年－1927年」（*Italian Essays, 1919－1927*）

ケンブリッジ版の『エトルリア遺跡』に収められたその他のイタリアについてのエッセイの完成年月と初版の出版状況の詳細は以下の通り。

1. 「ダビデ」（“David”）（1919年11月と12月あるいは、1921年4月と5月に書き上げられた可能性もある）は『フェニックス』（1936年）にロレンスの死後収録される。
2. 「街を見下ろして」（“Looking Down on the City”）（1919年11月と12月あるいは、1921年4月と5月に書かれた可能性もある）はケンブリッジ版に収録される。
3. 「ヨーロッパ対アメリカ」（1925年11月に書かれる）は『ラーフィング・ホース』誌13号（1926年4月、pp. 6−9）に掲載される。（1936年に『フェニックス』に収録される。）
4. 「花火」（“Fireworks”）（1926年6月に書かれる）は『ネイション・アンド・アセナム』誌（*Nation and Athenaeum*）41号（1927年4月16日、pp. 47−49）及び『フォーラム』誌（*Forum*）77号（1927年5月、pp. 648−54）に掲載される。（『フェニックス』に「フィレンツェの花火」（“Fireworks in Florence”）という題名で収録される。）
5. 「ナイチンゲール」（“The Nightingale”）（1926年6月に書かれる）は『フォーラム』誌78号（1927年9月、pp. 382−87）に掲載される。削除版は『スペクテイター』誌（*Spectator*）（1927年9月10日、pp. 377−87）に掲載される。
6. 「人間は狩人である」（“Man Is a Hunter”）（1926年10月と11月に書かれる）はロレンスの死後『フェニックス』（1936年）に収録される。
7. 「花咲くトスカーナ」（“Flowery Tuscany”）（1927年2月から4月にかけて書かれる）は3部に分けて『ニュー・クライテリオン』誌6号（1927年10月、pp. 305−10と1927年11月、pp. 403−8と1927年12月、pp. 516−22）に掲載される。
8. 「ドイツ人とイギリス人」（“Germans and English”）（1927年5月に書かれる）はロレンスの死後『フェニックスII』（*Phoenix II*, 1968年）に収録される。
9. 「フィレンツェ博物館」（“The Florence Museum”）（おそらく1927年に書かれる）はケンブリッジ版D・H・ロレンス作品集に収録される。

参考書目82　『エトルリア遺跡スケッチとその他のイタリアについてのエッセイ』（*Sketches of Etruscan Places and Other Italian Essays*）
➡481ページ

第45節　歴史——『ヨーロッパ史における諸動向』（*Movements in European History*）

執筆時期

1918年7月と12月、1919年1月と2月に書かれる。1919年4月と5月に改稿される。1920

年1月に校正が行なわれる。（イタリアの統一に関する）新しい章が書き加えられ、最終校正が1920年11月に行なわれる。1924年9月に新たな1925年版（この時は出版されなかったが）のための「エピローグ」（“Epilogue”）が書かれる。1925年10月と11月に、ロレンスは1926年のアイルランド版のための改訂の要請を不本意ながら承諾する。

出版状況

1. a. 1921年2月にロンドンのオックスフォード大学出版局（Oxford University Press）から出版される（「ロレンス・H・デイヴィソン」（Lawrence H. Davison）のペンネームで）。
   b. 挿し絵入り版（実名で）が1925年5月にロンドンのオックスフォード大学出版局から出版される。
   c. 特にアイルランドの学校用の改訂版が1926年9月に、ダブリンとコークのエデュケーショナルカンパニー・オブ・アイルランド（Educational Company of Ireland）から出版される（更なる付録；(i) 初期地中海域の歴史の解説的スケッチ；(ii) アイルランドとノルマン人；(iii) アイルランドと諸外国、を付け加えて）。
   d. 以前には出版されなかった「エピローグ」のついた新版が1971年にオックスフォードのオックスフォード大学出版局から出版される。
2. フィリップ・クランプトン（Philip Crumpton）の編纂により、1989年にケンブリッジのケンブリッジ大学出版局（Cambridge University Press）から出版される。

参考書目83　歴史——『ヨーロッパ史における諸動向』（*Movements in European History*）➡482ページ

第46節　ロレンスの視覚芸術と想像力

ロレンスは幼い時期から視覚芸術に強い影響を受け、若い頃にはデッサンや絵画を熱心に描いた（しばしば、有名な絵の模写なども手掛けた）ばかりでなく、世界中の主な美術館を訪れたり、現代芸術の重要な展覧会を見に行ったりした。このことが彼自身の文学における美学、芸術全般への視点に根本的に影響を与えたように思われる。しかしおそらく最も注目に値するのは、人生の最後の4年間に彼が独自の絵を描く方向に向かった点であろう。というのは、この視覚作品を成功と呼べるか否かは批評家たちの意見の分かれるところであろうが、紛れもなくその努力に見る真剣さと集中力は、個人的文化的両方の面における事物の関わりについての、可能な限りの表現を芸術のなかに追い求めた1人の人間のたゆまぬ創造力と探求心に満ちたバイタリティーを証明しているからである。マリーア・ハックスリー（Maria Huxley）から贈られた何枚かのカンヴァスに触発され、ロレンスは大いなる情熱と興奮をもって画家の作業に取り掛かった。そして、技術的には長短あるにせよ、また他の視覚芸術一般には及ばないまでも、少なくともロレンスの文学作品を見る上で新たな方法を刺激し続けてくれるような、見る者の心を打ち、時にはぎょっとさせるような絵画イメージを急速に生み出したのである。

ロレンスは1926年11月に主たる絵画作品に着手し、それらの中の25作品は、1929年６月14日からロンドンのウォレン・ギャラリー（Warren Gallery）に展示された。この事件は検閲制度の歴史の中でも、その愚かしさを示す、かなり悪評の高い滑稽な一例なのだが、その展覧会は７月５日に警察当局の手入れを受け、卑猥であるという理由で（1857年８月８日に施行された猥褻物公示条例による告発で）——条例の猥褻基準は陰毛が見えるということで、同じ理由でウィリアム・ブレイク（William Blake）のアダムとイヴの鉛筆デッサンも没収された——13枚の絵が押収されたのである。持ち去られた絵の穴を埋めるために、何枚かの初期の作品を展示して、展覧会は９月まで続いたが、７月５日までに会場には１万２千人の人々が訪れ、何作品かは売れていた。ロレンス自身の文章である「絵画集の序説」（“Introduction to These Paintings”）のついた図録が展覧会と同時に出版されたが、この序説は視覚芸術と美学一般に関するロレンスの主要な意見表明の文の１つだった。これは1929年１月に書かれ、２月に手直しをし、３月に校正された。その後まもなく、視覚芸術に関するエッセイを更に２編書いた。それが「絵を描くこと」（“Making Pictures”）（４月）と「壁の絵」（“Pictures on the Wall”）（５月）である。これら３編のエッセイには、視覚芸術に焦点を絞っての考察がはっきりと表れているが（出版の詳細を記した参考書目84参照）、ロレンスは手紙、エッセイ、旅行のスケッチあるいは小説の中であろうとも、芸術と美学に関するほとんどすべての評論の中で視覚芸術に言及している。特に彼の「視覚的想像力」（“Visual imagination”）を余すところなく論じるには、これら後期のエッセイや絵画を考えるだけでなく、初期のデッサン、絵、芸術を論じた経験（例えば、ジェシー・チェインバーズ（Jessie Chambers）やエイダ・ロレンス（Ada Lawrence）がロレンスの思い出の中で記録しているもの（参考書目84参照）、1972年の「若きバート」（“Young Bert”）展や、1985年の「ロレンス、芸術と芸術家たち」（“Lawrence, Art and Artists”）展——エドワーズ（Edwards）とフィリップス（Phillips）の項目、ノッティンガム城博物館（Nottingham Castle Museum）の項目参照——のカタログにあるものなどである）や、初期のエッセイ「芸術と個人」（“Art and Individual”, 1908年）を考慮する必要があろう。

更に、芸術と芸術家に関するロレンスの何気ない論評、初期の手紙や『白孔雀』（*The White Peacock*）、『息子と恋人』（*Sons and Lovers*）に見られるラファエロ前派（Pre-Raphaelites）に関しての論評、「トマス・ハーディ研究」（“Study of Thomas Hardy”）、と『虹』（*The Rainbow*）の中のルネサンス期の芸術家についてや、『虹』を執筆した同時期に書かれた書簡の中の未来派（the futurists）や印象派（Expressionists）の芸術家についての論評、『恋する女たち』（*Women in Love*）の中に出てくる芸術論、特に未来派モダニスト（the futurist-modernist）のレルケ（Loerke）を含むもの、それから1923年から1925年にかけて書かれた芸術に関する一連のエッセイ（特に「芸術と道徳」（“Art and Morality”））や、小説に扱われているゴッホ（Van Gogh）やセザンヌ（Cezanne）や「物の見方」（“ways of seeing”）を巡っての論評は、1927年８月に書かれたトリガント・バロウ（Trigant Burrow）の作品『意識に関する社会的基盤』（*The Social Basis of Consciousness*）の書評や『エトルリア遺跡スケッチ』（*Sketches of Etruscan Places*）の中の古代エトルリア人の芸術についての関連した論評と同様に考慮するべきである。

参考書目84　ロレンスの視覚芸術と想像力➡482ページ

第3部

参考書目総覧、参考資料、索引

参考書目総覧

参考書目1　評伝、回想録、書簡、並びに関連資料

ケンブリッジ版評伝D・H・ロレンス（Cambridge Biography of D. H. Lawrence）全3巻（以下の第2節に「ワーゼン（Worthen）1991年」を収録してあるので参照）は、これまでに出版されたロレンスの評伝の中でもまさに専門家の手による最も完璧で信頼の置けるものである。このケンブリッジ版評伝は将来にわたり、この分野での基本図書となることは間違いないだろう。だが、1912年までの若き日のロレンスを扱った第1巻が既に出版されているとは言え、たいていの一般読者はロレンスの作品を読むに際しての参考や補足のために、さほど膨大でなく、詳細過ぎることもないロレンスの評伝をおそらくは必要とし続けるだろう。本事典に収められたジョン・ワーゼン（John Worthen）によるロレンスの評伝はまさにこうした要求に充分応えてくれよう（また本章に収められた数多くの評伝に関する詳しい解説として、第1章の最終節を参照のこと）。しかし、以下の参考書目にみる掲載数からもわかるように、更に相当数の資料を追加している。実際、ロレンスに初めて取り組む学生や一般読者（またロレンスの作品を少しかじった人達）にとって、評伝上の資料が圧倒的に多いと思われるに違いない。そこで、ロレンス研究家はもとより一般読者にも役立つように、各分野に関する詳細な資料を次のように5節に区分化することにした。

第1節は、ロレンスの生涯を一般的に扱った評伝を載せてある。それらはロレンスの生涯のある特別な局面や時期ではなく、生涯全体にわたっている。ロレンスの生涯における特別な関心領域も専門的にではなく、一般的に取り上げられている。従って、第2節は「偏った」評伝――ロレンスの生涯のある限られた時期について、もしくは彼の生涯へのある特別な視点から書かれた作品――を載せてある。（上述したように、少しの例外はあるにせよ）本節では単行本と比較的長い評伝的記事の掲載に重点を置いている。第3節は、ロレンスを主として扱ってはいないものの、彼に関する資料を含んだ回想録や評伝や自伝などと共に、比較的短い回想録や評伝的記事を載せてある。第4節は、ロレンスの評伝や回想録を扱った批評作品を始めとして、ロレンス個人には必ずしも詳しく言及していないが、彼の人生を理解する上で欠かせない様々な背景的知識を提供してくれる作品を載せてある。

第5節は、ロレンスの書簡とそれらに関連した業績からなる参考書目を主として載せている。それというのも、書簡はまさに当人の生涯の記録であるが故に、一種の間接的な自伝に他ならないからだし、また様々な刊行版、全集、選集などの類もそれらの出版に伴って必然的に生まれてくる批評的解説や論評とともに、本来的にロレンスの評伝の再構築に一役買っているのは間違いないからである。

このように評伝的資料を広範囲にわたり細分化して掲載するにあたり、1節から3節までの各節の初めにそれぞれ付け加えた短い解説は更なる読書や研究のための手引きともなろう――つまり、ロレンスに初めて取り組む者に莫大な資料の山に分け入る手助けをする

のが主たる目的である。一般的なことを言えば、第2節と第3節に掲載した回想録はその内容から見て極めて主観的なものである。それらはロレンスの生涯の物語に「人間的興味」を付与するものではあるが、たいていの研究者はそこに周辺的価値しか見い出さないだろう（もっとも、それらは逸話的な話として興味深く、楽しませてくれるとともに、洞察に満ちた有益な断片的情報を提供してくれるのは言うまでもないが）。従って、一般読者はロレンスの芸術世界を理解する上で欠かせない評伝上のいかなる知識もそこに見落とす心配などないことから、第2節の大半と第3節には目を向けなくとも差し支えないだろう。

第1節　一般的評伝

本節に掲載した単行本の中でも、ムア（Moore）の2冊目の作品は何度も手直しされているにもかかわらず、今では多少とも古臭さを感じさせるが、依然として詳細にわたる一般的評伝として役立つものである。セイガー（Sagar）の2冊の作品も評伝的な見地からロレンスの作品を解明している点ですぐにも役立とう――1951年に出版されたムアの作品もロレンスの生涯と作品を相互に関連させて体系的に述べていることからやはり便利なものである（シュナイダー（Schneider）の「知的な」評伝――第2節に収録してある――もそうした相互関連をもっぱら扱っていて役に立つ）。オールディントン（Aldington）の作品はロレンスを熟知した人によって書かれた唯一の完璧な評伝といった点で他に類を見ないものである。自分のテーマを主観的に扱っている嫌いは多少あるが、やはりロレンスと親しい他の人達の回想録の多くに見られるようなひどい偏見をほぼ免れている。バージェス（Burgess）とメイヤーズ（Meyers）の評伝は、本節に収録された他のどれにもまして衝撃的で通俗性の濃いものである。そのために正確さや学問的な厳密さに欠ける場合もあるが、それでも役に立ち面白く読むことができる（バージェス――彼自身はすぐれた創造的な作家であるのは言うまでもない――の場合が特にそうである）。全く同情の寄せる余地のないキングズミル（Kingsmill）の評伝は営利目的で書かれたものと言ってもよく、ほとんど価値のないものである。それはほとんど過去の出版物に依存していて、事実上の間違いが多々ある（例えば、『息子と恋人』（*Sons and Lovers*）での大半の出来事が「ロレンスの人生で起きたこと」だとする考えで評伝の第1章は書かれている）。トリース（Trease）の作品は、様々な出来事を部分的に虚構化することによってロレンスの生涯を簡単に綴ったものに過ぎない。

第1節に掲載したいくつかの比較的短い作品――ドレイパー（Draper）、リトルウッド（Littlewood）、ピニオン（Pinion）、サルガード（Salgādo）、ショーラー（Schorer）、ウェスト（West）など――は、すべて信頼性があり、安心して読めるもので、ロレンスの生涯を1章ほどの長さで要約したもの（ドレイパーやリトルウッドの作品）から、小冊子程度にまとめたもの（ショーラーの作品）までである。だが、それらはいずれも少々時代遅れで、実のところ本事典に載せたジョン・ワーゼン（John Worthen）の評伝に取って代わられても不自然ではないように思われる。

最後に、他に類を見ないエドワード・ネールズ（Edward Nehls）の『合成的伝記』（*A Composite Biography*）が収録されている。第1部に掲載した平凡な物語的評伝とは違って、総合的な視点からロレンスの生涯の出来事を体系的に扱っている――むしろ複合的視点と言った方がよく、3巻が極めて広範囲に及ぶ多種多様な資料（既刊、もしくは未刊の回想録、書簡、それにロレンス自身の作品からの引用も含む）から成り立っている。ネールズはまた様々な詳しい資料を提供するとともに、各巻末の詳細な注釈にはロレンスの生涯と様々な寄稿者の背景とに関する広範囲にわたる補足的情報を載せている（本事典のほとんどの参考書目において「D・H・ロレンス」は「ロレンス」と略記してある）。

Aldington, Richard. *Portrait of a Genius, But . . . The Life of DHL.* London: Heinemann, 1950.

Burgess, Anthony. *Flame into Being: The Life and Work of DHL.* London: Heinemann; New York: Arbor House, 1985.

Draper, R. P. *DHL.* New York: Twayne, 1964, pp. 17–29. (Reprinted, London: Macmillan, 1976. See also the biographical section of his *DHL.* London: Routledge and Kegan Paul; New York: Humanities Press, 1969.)

Kingsmill, Hugh (H. K. Lunn). *DHL.* London: Methuen, 1938.

Littlewood, J.C.F. *DHL I: 1885–1914.* Harlow, Essex: Longman, 1976. (Begins with a general biography, pp. 7–14, before concentrating on the period of the title.)

Meyers, Jeffrey. *DHL: A Biography.* New York: Alfred A. Knopf, 1990.

Moore, Harry T. *The Life and Works of DHL.* London: Allen and Unwin; New York: Twayne, 1951. (Revised as *DHL: His Life and Works.* New York: Twayne, 1964.)

———. *The Intelligent Heart: The Story of DHL.* New York: Farrar, Straus, and Young, 1954; London: Heinemann, 1955. (Revised as *The Priest of Love: A Life of DHL.* Carbondale: Southern Illinois University Press; London: Heinemann, 1974. Further revised, Harmondsworth: Penguin, 1976.)

Nehls, Edward, ed. *DHL: A Composite Biography.* 3 vols. Madison: University of Wisconsin Press, 1957, 1958, 1959.

Pinion, F. B. *A DHL Companion: Life, Thought, and Works.* London: Macmillan, 1978; New York: Barnes and Noble, 1979, pp. 1–64.

Sagar, Keith. *DHL: Life into Art.* Harmondsworth: Penguin; New York: Viking, 1985a.

———. *The Life of DHL.* London: Methuen, 1985b.

Salgādo, Gāmini. *A Preface to Lawrence.* London: Longman, 1982, pp. 9–62.

Schorer, Mark. "The Life of DHL." In *DHL [An Anthology].* Edited by Mark Schorer. New York: Dell, 1968, pp. 3–106.

Trease, Geoffrey. *DHL: The Phoenix and the Flame.* London: Macmillan; New York: Viking, 1973.

West, Anthony. *DHL.* London: Barker; Denver: Alan Swallow, 1950.

第2節　ロレンスの生涯における特殊な時期、場所、もしくはテーマに関する主たる評伝と回想録

第1節に収録した評伝とは別に、本節ではその多くがロレンスの生涯のある特定の時期や彼とゆかりのある場所、もしくは結婚生活や著述による収入といった特別な課題、更には特殊な人間関係がもたらす影響などを主に扱っていることから、ロレンスの生涯を一般的な見地から長々と扱っている作品は載せていない。第2節には、ブレット（Brett）1933年、ブルースターとブルースター（Brewster and Brewster）1934年、ビナー（Bynner）1951年、カーズウェル（Carswell）1932年、カーター（Carter）1932年、チェインバーズ（Chambers）1935年、コーク（Corke）1965年、フォスター（Foster）1972年、ヒルトン（Hilton）1993年、ロレンスとゲルダー（Lawrence and Gelder）1932年、ルーハン（Luhan）1932年、メリル（Merrild）1938年、マリ（Murry）1931年と1933年、ネヴィル（Neville）1981年、ウェスト（West）1930年などといったロレンスの友人や知人達による個人的な回想録を収録してある。これらすべての作品はロレンスの生涯と作品に関してすぐれた洞察に満ちた情報をいろいろと提供してくれるが、その多くが批評精神に欠けていて、極めて主観的な視点に立って書かれている。特に、作者側にロレンスとの親交を懐古的に論じようとする気持ちが先立つため、その作品の質を損なっている場合が少し見受けられる（ブレット、ルーハン、マリらの作品がその点でおそらくは最も悪名が高い――1930年代の様々な回想録について詳しく知りたい場合には、第4節に収めたメイヤーズ（Meyers）1981年を参照のこと）。これらの作品の中で、ロレンスの芸術に何より関心を寄せる読者の役に立つものは極めて少ない。ネールズ（Nehls）によって収集され、編纂された資料（前節を参照）を直接参考にした方がはるかに時間を有効に使うことになるだろう。その資料の多くがそれらの作品からの抜粋だからである。

ロレンス研究者にとって最も役立つものと言えば、作家としても芸術家としても、特に『息子と恋人』（*Sons and Lovers*）や『侵入者』（*The Trespasser*）を書き上げた形成期に対してすぐれた洞察力を示したジェシー・チェインバーズ（Jessie Chambers）とヘレン・コーク（Helen Corke）の作品である。実際、いろいろと細部にわたって思い込みが目立つとは言え、1935年に出版されたジェシー・チェインバーズの回想録は、その点から依然として画期的な作品である。それはロレンスの作品――初期の長編小説や短編小説、そして特に詩――に真剣に取り組む学生にとってまさに得るところの多い作品である。

ロレンスとさほど知り合いでない人達によって書かれた本節の他の評伝の中には、上述した何冊かの作品と同じく批評的精神に欠けるものもある――もっとも他の点から考えれば、ロレンスの評伝的スケッチとしては役に立とう。フェイ（Fay）1955年やハーン（Hahn）1975年、また特別な理由で、恥じらいもなく「熱烈な」（“passionate”）評価という副題の付いたミラー（Miller）1980年などが挙げられよう。

ある特定の時期を扱った評伝について言えば、明らかにロレンスの若き日の生活に人気が集中し、それを詳細に扱った9冊の作品が存在している――キャロウ（Callow）1975年、チェインバーズ1935年、コーク1965年、デラヴネ（Delavenay）1969年、ヒルトン1993年、ロレンスとゲルダー1932年、ネヴィル1981年、スペンサー（Spencer）1980年、ワーゼン

(Worthen) 1991年。前に述べたように、これらの作品の中でもワーゼンの評伝は斬新で、学問的にも最も信頼に足るものと言えよう。これに先立つデラヴネの評伝もロレンスの若き日の生活を扱ったものの中で、おそらくは1つの学問的基準となる作品だけに、依然として洞察に満ちた重要で詳細な情報を提供してくれる。これら2冊の評伝を始め、キャロウとスペンサーの評伝（前者は1919年までのロレンスの生活を率直にかつ興味深く読めるように描いており、後者はロレンスの育った環境を知る上で役に立つ）を別にすれば、この範疇に属する他の作品は既に述べたように、主として私的な回想録である。

また当然のことだが、「地の霊」(“the spirit of place”) に対するロレンス自身の飽くなき関心のせいで、広範囲に及ぶ旅行ばかりか、特定の場所での生活を扱った研究書が数多く出版されている。クック (Cooke) 1980年、ムア (Moore) 1956年、プレストン (Preston) 1994年、セイガー (Sagar) 1979年と1982年、スペンサー1980年などの諸作品に見るように、貴重な一般的知識を提供してくれるものから、デーヴィス (Davis) 1989年、ダロッチ (Darroch) 1981年、フェイ1972年、ハマリアン (Hamalian) 1982年、ヒルトン1993年、スティーヴンス (Stevens) 1988年などの広範囲にわたってかなり詳細に論じた専門的な諸作品（すべてが当人の興味に基づいて書かれていることからそれなりには役に立つが、一般読者には必ずしも必要なものではない）に至るまで多種多様である。（ロレンスの好んだ場所に関して一層簡潔に扱った作品は第3節に収録してある。）

以下の諸作品も特定の課題を扱っている。デラニー (Delany) 1979年――戦争時期のロレンス研究。デラヴネ1971年――ロレンスとエドワード・カーペンター (Edward Carpenter) との評判になった関係を扱う。ファインシュタイン (Feinstein) 1993年――ロレンスの愛の生活を取り上げたハーン1975年やマドックス (Maddox) 1994年と同系列にある。ジョウストとサリバン (Joost and Sullivan) 1970年――ロレンスと『ダイアル』誌 (*Dial*) との関わりを扱う。リー (Lea) 1985年――ロレンスとジョン・ミドルトン・マリ (John Middleton Murry) の関係を扱う。ワーゼン1989年――職業作家としてのロレンスの日々の暮らしを詳細に取り上げる。読者はこれらの中から自分の興味に沿って好きな評伝を選べばよいのだが、デラニーやマドックスやワーゼンらの学問的な評伝はロレンスに真剣に取り組む学生にとっての必読書であることに変わりはない。

本節に収録した大半の作品は本格的な評伝か回想録だが、それらよりも短い記事を数編載せているのはそれだけの意味がある（例えば、ある著者が1冊の単行本とともに、それに関連した記事を1編書いているような場合がある）。また、評伝というよりも背景的資料と言って差し支えのない作品もいくつか載せてある（ある特定の著者にとって、背景的資料と評伝の間には緊密な結び付きがあるようだ）。

最後に、当然のことながらフリーダ・ロレンス (Frieda Lawrence) に関する評伝や回想資料も載せてある――バーン (Byrne) 1995年、クロッチ (Crotch) 1975年、グリーン (Green) 1974年、ジャクソン (Jackson) 1994年、ルーカス (Lucas) 1973年、ムアとモンタギュー (Moore and Montague) 1981年、それにフリーダ・ロレンスの項目も参照のこと。

Brett, Dorothy. *Lawrence and Brett: A Friendship.* Philadelphia: Lippincott, 1933. (Reprinted, with additional material: Edited by John Manchester. Santa Fe, N. Mex.: Sunstone, 1974. Covers period 1915–26.)

———. “Autobiography: My Long and Beautiful Journey.” *South Dakota Review* 5 (Summer 1967): 11–71.

Brewster, Earl, and Achsah Brewster. *DHL: Reminiscences and Correspondence.* London: Secker, 1934.

Bynner, Witter. *Journey with Genius: Recollections and Reflections concerning the DHLs.* New York: Day, 1951; London: Nevill, 1953.

———. *Witter Bynner's Photographs of DHL.* Santa Fe, N. Mex.: Great Southwest Books, 1981.

Byrne, Janet. *A Genius for Living: A Biography of Frieda Lawrence.* London: Bloomsbury, 1995.

Callow, Philip. *Son and Lover: The Younger DHL.* London: Bodley Head; New York: Stein and Day, 1975.

Carswell, Catherine. *The Savage Pilgrimage: A Narrative of DHL.* London: Chatto and Windus; New York: Harcourt, Brace, 1932.

Carter, Frederick. *DHL and the Body Mystical.* London: Archer, 1932. (Reprinted, New York: Haskell House, 1972.)

Chambers, Jessie (“E.T.”). *DHL: A Personal Record.* London: Jonathan Cape, 1935; New York: Knight, 1936. (Reprinted, Cambridge: Cambridge University Press, 1980. Second edition—with additional material by J. D. Chambers, May Holbrook [excerpts from a memoir originally in Nehls 1959, op. cit.], Helen Corke, and J. A. Bramley [reprint of 1960 article cited earlier]—London: Cass; New York: Barnes and Noble, 1965.)

———. *The Collected Letters of Jessie Chambers.* Edited by George J. Zytaruk. *DHL Review* 12, nos. 1–2, special double issue (1983).

Chambers, Jonathan David. “Memories of DHL.” *Renaissance and Modern Studies* 16 (1972): 5–17.

Cooke, Sheila M. *DHL and Nottinghamshire, 1885–1910.* Nottingham: Nottinghamshire County Library Service, 1980. (Dossier of photographs, documents, background information, early works.)

Corke, Helen. *Lawrence and Apocalypse.* London: Heinemann, 1933. (Included in Corke 1965, pp. 57–132.)

———. *DHL's “Princess”: A Memory of Jessie Chambers.* London: Thames Ditton, Merle Press, 1951. (Included in Corke 1965.)

———. “DHL As I Saw Him.” *Renaissance and Modern Studies* 4 (1960): 5–13.

———. “Portrait of DHL, 1909–1910.” *Texas Quarterly* 5 (Spring 1962): 168–77. (Included in Corke 1965.)

———. “An Introductory Note: ‘Muriel’ and David.” In Chambers 1965, op. cit., pp. xix–xxiv.

———. *DHL: The Croydon Years.* Austin: University of Texas Press, 1965.

———. “The Dreaming Woman.” *Listener* 80 (25 July 1968): 104–7.

———. “DHL: The Early Stage.” *DHL Review* 4 (Summer 1971): 111–21.

———. *In Our Infancy.* Cambridge: Cambridge University Press, 1975.

Crotch, Martha Gordon. *Memories of Frieda Lawrence.* Edinburgh: Tragara Press, 1975.

Darroch, Robert. *DHL in Australia.* Melbourne: Macmillan, 1981.

Davis, Joseph. *DHL at Thirroul.* Sydney: Collins, 1989.

Delany, Paul. *DHL's Nightmare: The Writer and His Circle in the Years of the Great War.* New York: Basic Books, 1978; Sussex: Harvester, 1979.

Delavenay, Emile. *DHL: L'Homme and La Genèse de son Oeuvre: Les Années de Formation: 1885–1919.* 2 vols. Paris: Libraire C. Klincksieck, 1969. (Shorter English edition, translated by Katherine M. Delavenay, *DHL: The Man and His Work: The Formative Years: 1885–1919.* London: Heinemann; Carbondale: Southern Illinois University Press, 1972.)

———. *DHL and Edward Carpenter: A Study in Edwardian Transition.* London: Heinemann, 1971.

Fay, Eliot. *Lorenzo in Search of the Sun: DHL in Italy, Mexico, and the American Southwest.* New York: Bookman, 1953; London: Vision, 1955.

Feinstein, Elaine. *Lawrence's Women: The Intimate Life of DHL.* London: HarperCollins, 1993.

Foster, Joseph. *DHL in Taos.* Albuquerque: University of New Mexico Press, 1972. (A semifictionalized account; see also Mark Schorer's review, "A Book So Bad It Was Impossible to Put Down." *New York Times Book Review* [16 January 1972].)

Green, Martin. *The von Richthofen Sisters: The Triumphant and the Tragic Modes of Love: Else and Frieda von Richthofen, Otto Gross, Max Weber, and DHL, in the Years 1870–1970.* London: Weidenfeld and Nicolson, 1974.

Hahn, Emily. *Lorenzo; DHL and the Women Who Loved Him.* Philadelphia and New York: Lippincott, 1975.

———. "Lawrence in Taos." In her *Mabel: A Biography of Mabel Dodge Luhan.* Boston: Houghton Mifflin, 1977, pp. 157–218.

Hamalian, Leo. *DHL in Italy.* New York: Tapligen, 1982.

Hilton, Enid Hopkin. *More than One Life: A Nottinghamshire Childhood with DHL.* Stroud, Gloucestershire: Alan Sutton, 1993.

Jackson, Rosie. *Frieda Lawrence.* London: Pandora, 1994.

Joost, Nicholas, and Alvin Sullivan. *DHL and "The Dial."* Carbondale and Edwardsville: Southern Illinois University Press; London and Amsterdam: Feffer and Simons, 1970.

Lavrin, Nora. *DHL: Nottingham Connections.* Nottingham: Astra Press, 1986.

Lawrence, Ada, and G. Stuart Gelder. *The Early Life of DHL Together with Hitherto Unpublished Letters and Articles.* London: Secker, 1932.

Lawrence, Frieda. *"Not I, But the Wind . . . "* Santa Fe, N. Mex.: Rydal Press; New York: Viking, 1934; London: Heinemann, 1935. (Reprinted, Carbondale: Southern Illinois University Press; London: Feffer and Simons, 1974.)

———. *Frieda Lawrence: The Memoirs and Correspondence.* Edited by E. W. Tedlock, Jr. London: Heinemann, 1961; New York: Knopf, 1964.

———. "Introduction." In *Look! We Have Come Through!* by DHL. Dulverton: Ark Press, 1971.

Lea, F. A. *Lawrence and Murry: A Twofold Vision.* London: Brentham Press, 1985.

Lucas, Robert. *Frieda Lawrence: The Story of Frieda von Richthofen and DHL.* Translated from the German original by Geoffrey Skelton. London: Secker and Warburg, 1973; New York: Viking, 1974.

Luhan, Mabel Dodge. *Lorenzo in Taos.* New York: Knopf, 1932; London: Secker, 1933.

Merrild, Knud. *A Poet and Two Painters: A Memoir of DHL.* London: Routledge, 1938. (Reprinted as *With DHL in New Mexico: A Memoir of DHL.* London: Routledge

and Kegan Paul, 1964.)
Murry, John Middleton. *Son of Woman: The Story of DHL.* London: Cape; New York: Cape and Smith, 1931.
———. *Reminiscences of DHL.* London: Cape, 1933.
———. *Between Two Worlds: An Autobiography.* London: Cape, 1935; New York: Julian Messner, 1936, pp. 261–429.
Needham, Margaret. "DHL Remembered, by His Niece Margaret Needham." Tape recording, 1988.
Neville, George. "The Early Days of DHL." *London Mercury* 23 (March 1931): 477–80.
———. *A Memoir of DHL (The Betrayal).* Edited by Carl Baron. Cambridge: Cambridge University Press, 1981. (Introduction by Baron, pp. 1–31, deals with Neville's life and friendship with Lawrence.)
Maddox, Brenda. *The Married Man: A Life of DHL.* London: Sinclair-Stevenson, 1994.
Miller, Henry. *The World of DHL: A Passionate Appreciation.* Edited with an Introduction and Notes by Evelyn J. Hinz and John J. Teunissen. Santa Barbara, Calif.: Capra Press, 1980.
Moore, Harry T. *Poste Restante: A Lawrence Travel Calendar.* Berkeley and Los Angeles: University of California Press, 1956.
Moore, Harry T., and Warren Roberts. *DHL and His World.* New York: Viking; London: Thames and Hudson, 1966.
Moore, Harry T., and Dale B. Montague, eds. *Frieda Lawrence and Her Circle: Letters from, to and about Frieda Lawrence.* London: Macmillan; Hamden, Conn.: Shoe String, 1981.
Page, Norman, ed. *DHL: Interviews and Recollections.* 2 vols. London: Macmillan; Totowa, N.J.: Barnes and Noble, 1981.
Philippron, Guy. *DHL: The Man Struggling for Love, 1885–1912.* Belgium: Centre Permanent de Documentation et de Formation Loveral, 1985.
Preston, Peter. *A DHL Chronology.* London: Macmillan, 1994.
Sagar, Keith. "A Lawrence Travel Calendar." In *A DHL Handbook.* Edited by Keith Sagar. Manchester: Manchester University Press; New York: Barnes and Noble, 1982, pp. 229–38.
———. *DHL: A Calendar of His Works.* Manchester: Manchester University Press, 1979. (This incorporates full details of Lawrence's whereabouts and travels at any particular time.)
Schneider, Daniel J. *The Consciousness of DHL: An Intellectual Biography.* Lawrence: University Press of Kansas, 1986.
Spencer, Roy. *DHL Country: A Portrait of His Early Life and Background with Illustrations, Maps and Guides.* London: Cecil Woolf, 1980.
Stevens, C. J. *Lawrence at Tregerthen.* Troy, N.Y.: Whitston, 1988.
West, Rebecca. *DHL: An Elegy.* London: Secker, 1930.
Worthen, John. *DHL: A Literary Life.* London: Macmillan, 1989.
———. *DHL: The Early Years 1885–1912.* Cambridge: Cambridge University Press, 1991. (First of a three-volume biography, by Worthen, Mark Kinkead-Weekes, and David Ellis, to accompany the Cambridge Edition of the Works and Letters of DHL. Vols. 2 and 3 forthcoming.)

第3節　短い回想録、並びに評伝的記事

本節はロレンスに関する短い回想録や評伝的記事、並びにロレンスのことを主として扱っているのではなく、彼に関する資料を含む回想録や評伝を収録している。それらの中には、ロレンスの生涯とその背景について有用な情報を与えてくれるものもあるが、その大半は極めて主観的な視点から撮られたスナップ写真のようなもので、ある特定の場所と時期におけるロレンス像を提供しているに過ぎない。ロレンスの生涯を通じての重要事項やロレンスの作品を理解するにあたって欠かせない重要な出来事だけを詳しく知りたいと望む人はあえてそれらに目を向ける必要はないだろう。だが、ロレンスの創作活動とともに、作家としての生涯における重要な時期と密接に関わった人達の回想録や評伝は比較的重要である。アスクィス夫妻（the Asquiths）、フォード・マドックス・フォード（Ford Maddox Ford）、デイヴィド・ガーネット（David Garnett）、（それにエドワード・ガーネット（Edward Garnett）――ハイルブルン（Heilbrun）の項目を参照）、オルダス・ハックスリー（Aldous Huxley）、キャサリン・マンスフィールド（Katherine Mansfield）、エドワード・マーシュ（Edward Marsh）、オトライン・モレル（Ottoline Morrell）、ジョン・ミドルトン・マリ（John Middleton Murry）、ブリジット・パットモア（Brigit Patmore）、バートランド・ラッセル（Bertrand Russell）、モリー・スキナー（Mollie Skinner）といった人達の作品がそうである。

Agg, Howard. *A Cypress in Sicily: A Personal Adventure.* Edinburgh: Blackwood, 1967, pp. 34–41 and passim.

Aldington, Richard. *Life for Life's Sake: A Book of Reminiscences.* New York: Viking, 1941, pp. 228–34, 301–9, 329–34 and passim.

Allott, Kenneth, and Miriam Allott. ''DHL and Blanche Jennings.'' *Review of English Literature* 1 (July 1960): 57–76.

Alpers, Antony. *Katherine Mansfield: A Biography.* New York: Knopf, 1953; London: Cape, 1954, pp. 188–226 and passim.

———. *The Life of Katherine Mansfield.* New York: Viking; London: Cape, 1980, passim.

Asquith, Lady Cynthia. ''DHL As I Knew Him.'' *Listener* 42 (15 September 1949): 441–42.

———. ''DHL.'' In her *Remember and Be Glad.* New York: Charles Scribner's Sons, 1952, pp. 133–50.

———. *Diaries: 1915–1918.* London: Hutchinson, 1968.

Asquith, Herbert H. ''A Poet in Revolt.'' In his *Moments of Memory: Recollections and Impressions.* London: Hutchinson, 1937, pp. 182–92.

Atkins, A. R. ''New Lawrences.'' *Cambridge Quarterly* 22, no. 2 (1993): 210–16. (Review essay on Worthen [1991], op. cit. in second section.)

Barr, Barbara. "I Look Back: About Frieda Lawrence." *Twentieth Century* 165 (March 1959): 254–61.

———. "Step-Daughter to Lawrence." *London Magazine* 33 (August–September 1993): 23–33.

———. "Step-Daughter to Lawrence, II." *London Magazine* 33 (October–November 1993): 12–23.

Bedford, Sybille. *Aldous Huxley: A Biography.* Vol. 1, 1894–1939. London: Chatto and Windus, 1973; New York: Knopf, 1974, passim.

Bell, Quentin. *Bloomsbury.* London: Weidenfeld and Nicolson; New York: Basic Books, 1968, pp. 70–78.

Bragg, Melvyn. "Celebrations in the Country of My Heart." *Sunday Times Magazine* (30 December 1984): 28–33.

———. "DHL—The Country of His Heart." In Cooper 1985, op. cit., pp. 39–50.

Bramley, J. A. "DHL and Miriam." *Cornhill Magazine* 1024 (Summer 1960): 241–49.

Brooks, Emily Potter. "DHL: A Day in the Country and a Poem in Autograph." *DHL Review* 9 (Summer 1976): 278–82. (Memoir of a day in 1909; the poem is "Cherry Robbers.")

Carrington, Dora. *Carrington: Letters and Extracts from Her Diaries.* Edited by David Garnett. New York: Holt, Rinehart, and Winston, 1971, passim.

Chambers, Maria Cristina. "Afternoons in Italy with DHL." *Texas Quarterly* 7 (Winter 1964): 114–20.

Clark, L. D. "The Continent of the Afterwards: Lawrence and New Mexico." In Cooper 1985, op. cit., pp. 51–62. (Adapted from Clark 1980.)

Clark, Ronald. *The Huxleys.* New York: McGraw-Hill, 1968, pp. 228–31.

Clark, R. W. *The Life of Bertrand Russell.* London: Jonathan Cape, 1975, pp. 259–76.

Collier, Peter. "The Man Who Died." *Ramparts* 6 (January 1968): 12–14. (Memoir of Lawrence in Taos.)

Conrad, Peter. "Lawrence in New Mexico." In his *Imagining America.* New York: Oxford University Press, 1980, pp. 159–93.

Cooper, Andrew, ed. *DHL: 1885–1930: A Celebration.* Nottingham: DHL Society, 1985. (Centennial issue of *Journal of the DHL Society* containing a variety of relevant items; the main ones are cited separately in this bibliography.)

Crone, Nora. *A Portrait of Katherine Mansfield.* Devon: Stockwell, 1985. ("Meeting with DHL," pp. 128–40.)

Damon, S. Foster. *Amy Lowell, A Chronicle.* Boston and New York: Houghton Mifflin, 1935.

Darroch, Sandra Jobson. *Ottoline.* New York: Coward, McCann, and Geoghegan, 1975; London: Chatto and Windus, 1976, passim.

Davies, Rhys. "DHL in Bandol." *Horizon* 2 (October 1940): 192–208.

———. *Print of a Hare's Foot.* London: Heinemann; New York: Dodd, Mead, 1969, pp. 136–48.

Delavenay, Emile. "DHL and Jessie Chambers: The Traumatic Experiment." *DHL Review* 12 (1979): 305–25.

DHL Review 2 (Spring 1969): "John Middleton Murry Special Number." (seven articles on Murry; see especially, Griffin and Lea [both 1969], op. cit.)

Douglas, Norman. "Chapters from an Autobiography: Memories of DHL, Rupert Brooke, Frank Harris." *American Bookman* 76 (February 1933): 105–13.

———. "Mr. DHL." In his *Looking Back.* London: Chatto and Windus, 1934, pp. 344–56.
Enser, A.G.S. "DHL in Sussex." *Sussex Life* 4 (May 1968): 46–47.
Fabricant, Noah D. "The Lingering Cough of DHL." In his *Thirteen Famous Patients.* Philadelphia: Chilton, 1960, pp. 116–27.
Farjeon, Eleanor. "Springtime with DHL." *London Magazine* 2 (April 1955): 50–57.
Firchow, Peter E. "Rico and Julia: The Hilda Doolittle—DHL Affair Reconsidered." *Journal of Modern Literature* 8 (1980): 51–76.
Ford, Ford Madox. *Return to Yesterday.* London: Gollancz, 1931.
———. "DHL." *American Mercury* 38 (June 1936): 167–79. (Reprinted in his *Portraits from Life.* Boston: Houghton Mifflin, 1937, pp. 70–89.)
———. "DHL." In his *Mightier than the Sword.* London: Allen, 1938, pp. 98–122.
Ford, George. "Jessie Chambers' Last Tape on DHL." *Mosaic* 6 (Spring 1973): 1–12.
Fraser, Grace Lovat. *In the Days of My Youth.* London: Cassell, 1970, pp. 133–52.
Furbank, P. N. *E. M. Forster: A Life.* Vol. 2. London: Secker and Warburg, 1978, pp. 4–13 and passim.
Fussell, Paul. "The Places of DHL." In his *Abroad: British Literary Traveling between the Wars.* New York: Oxford University Press, 1980, pp. 141–64.
Gardiner, R. "Meetings with Lawrence, August 1926, and February 1928." *Letters from Springhead,* 4th series, no. 2 (Christmas 1959): 48–54.
Garnett, David. *The Golden Echo.* London: Chatto and Windus, 1953, passim.
———. *The Flowers of the Forest.* London: Chatto and Windus, 1955, passim.
———. "DHL and Frieda." In his *Great Friends: Portraits of Seventeen Writers.* London: Macmillan, 1979; New York: Atheneum, 1980, pp. 74–93.
Gerhardi, William A. *Memoirs of a Polyglot.* London: Duckworth; New York: Knopf, 1931, pp. 224–29.
Ghiselin, Brewster. "DHL in Bandol: A Memoir." *Western Humanities Review* 12 (Autumn 1958): 293–305.
Goldring, Douglas. *Odd Man Out: The Autobiography of a "Propaganda Novelist."* London: Chapman and Hall, 1935, pp. 249–66 and passim. (Memoir reprinted in his *Life Interests.* London: MacDonald, 1948, pp. 83–108.)
Gosling, Roy. "Orgies and Abortions: Lawrence and 'Place.' " In Cooper 1985, op. cit., pp. 45–50.
Gray, Cecil. *Peter Warlock: A Memoir of Philip Heseltine.* London: Cape, 1934, pp. 85–122.
———. *Musical Chairs, or between Two Stools.* London: Home and Van Thal, 1948, pp. 114–15, 120, 126–42.
Grey, A. "Up the Rough Deserted Pasture . . . The Country of My Heart." *In Britain* 29 (April 1974): 15–18.
Griffin, Ernest G. "The Circular and the Linear: The Middleton Murry—DHL Affair." *DHL Review* 2 (Spring 1969): 76–92.
———. *John Middleton Murry.* New York: Twayne, 1969, pp. 121–40.
Heilbrun, Carolyn G. *The Garnett Family: The History of a Literary Family.* New York: Macmillan, 1961, pp. 142–62 and passim.
Hobman, J. B., ed. *David Eder: Memoirs of a Modern Pioneer.* London: Gollancz, 1945.
Holroyd, Michael. *Lytton Strachey: A Critical Biography.* 2 vols. London: Heinemann, 1968: vol. 1, pp. 126–27; vol. 2, pp 158–64.

Howard, Ann Chambers. ''Memories of Haggs Farm.'' In Cooper 1985, op. cit., pp. 117–20. (By the niece of Jessie Chambers.)

Innes-Smith, B. '' ' . . . like Ovid in Thrace': DHL at Middleton-by-Wirksworth.'' *Derbyshire Life and Countryside* 43 (June 1978): 40–41.

Jarrett, James L. ''DHL and Bertrand Russell.'' In *A DHL Miscellany.* Edited by Harry T. Moore. Carbondale: Southern Illinois University Press, 1959, pp. 168–87.

Juta, Jan. ''Portrait in Shadow: DHL.'' *Columbia Library Columns* 18, no. 3 (1969): 3–16.

Keith, W. J. ''Spirit of Place and *Genius Loci:* DHL and Rolf Gardiner.'' *DHL Review* 7 (Summer 1974): 127–38. (See subsequent exchange between Delavenay and Keith [1974], op. cit. in fourth section.)

Keynes, John Maynard. *Two Memoirs: Dr. Melchoir: A Defeated Enemy, and My Early Beliefs.* London: Hart-Davis, 1949, pp. 78–103.

Lea, F. A. *The Life of John Middleton Murry.* London: Methuen, 1959.

———. ''Murry and Marriage.'' *DHL Review* 2 (Spring 1969): 1–21.

Lesemann, Maurice. ''DHL in New Mexico.'' *Bookman* 59 (1924): 29–32.

Lewis, D., and M. Holloway. ''DHL in Cornwall.'' *Cornish Review* 3 (Autumn 1949): 71–76.

McDonald, Marguerite. ''An Evening with the Lawrences.'' *DHL Review* 5 (1972): 63–66. (By the wife of Edward D. McDonald, Lawrence's first bibliographer.)

McGuffie, Duncan. ''DHL and Nonconformity.'' In Cooper 1985, op. cit., pp. 31–38.

Mackenzie, Compton. ''Memories of DHL.'' In *On Moral Courage.* London: Collins, 1962, pp. 104–19.

———. *My Life and Times: Octave Four.* London: Chatto and Windus, 1965, pp. 224–25 and passim.

———. *My Life and Times: Octave Five.* London: Chatto and Windus, 1966, pp. 164–73.

Mackenzie, Faith Compton. *More Than I Should.* London: Collins, 1940, pp. 32–35.

Mansfield, Katherine. *Journal of Katherine Mansfield.* Edited by John Middleton Murry. London: Constable; New York: Knopf, 1923, passim. (Rev. ed., London: Constable, 1954.)

———. *Katherine Mansfield's Letters to John Middleton Murry.* London: Constable, 1951.

———. *The Collected Letters of Katherine Mansfield: Volume One 1903–1917.* Edited by Vincent O'Sullivan and Margaret Scott. Oxford: Clarendon, 1984, passim.

———. *The Collected Letters of Katherine Mansfield: Volume Two 1918–1919.* Edited by Vincent O'Sullivan and Margaret Scott. Oxford: Clarendon, 1987, passim.

Marsh, Edward. ''DHL.'' In his *A Number of People: A Book of Reminiscences.* London: Heinemann, 1939, pp. 227–34.

Mayer, Elizabeth. ''An Afternoon with DHL.'' In *A DHL Miscellany.* Edited by Harry T. Moore. Carbondale: Southern Illinois University Press, 1959, pp. 141–43.

Meckier, Jerome. *Aldous Huxley: Satire and Structure.* London: Chatto and Windus, 1969, pp. 78–123.

Mehl, Dieter. ''DHL in Waldbröl.'' *Notes and Queries* 31 (March 1984): 78–81.

Meyers, Jeffrey. ''DHL and Katherine Mansfield.'' *London Magazine,* new series, 18 (May 1978a): 32–54.

———. *Katherine Mansfield: A Biography.* London: Hamilton, 1978b, pp. 78–104. (''Friendship with DHL, 1913–1923.'')

Middleton, Victoria. ''Happy Birthday Mrs. Lawrence.'' In Cooper 1985, op. cit., pp. 8–16.

———. ''In the 'Woman's Corner': The World of Lydia Lawrence.'' *Journal of Modern Literature* 13 (1986): 267–88.

Mizener, Arthur. *The Saddest Story: A Biography of Ford Madox Ford.* London: Bodley Head; New York: World, 1971, pp. 168–73 and passim.

Moore, Harry T. ''Introduction: DHL and the 'Censor-Morons.' '' In *Sex, Literature and Censorship: Essays.* Edited by Harry T. Moore. New York: Twayne, 1953, pp. 9–30. (Enlarged, and with revised introduction, London: Heinemann, 1955.)

Morrell, Ottoline. *Ottoline: The Early Memoirs of Lady Ottoline Morrell.* Edited by Robert Gathorne-Hardy. London: Faber and Faber, 1963.

———. *Ottoline at Garsington: Memoirs of Lady Ottoline Morrell 1915–1918.* Edited by Robert Gathorne-Hardy. London: Faber and Faber, 1974.

———. *Lady Ottoline's Album.* London: Michael Joseph, 1976.

Mori, Haruhide, ed. *A Conversation on DHL.* Los Angeles: Friends of the UCLA Library, 1974. (Discussion among L. C. Powell, Frieda Lawrence Ravagli, Aldous Huxley, and Dorothy G. Mitchell, held on 7 March 1952.)

Morrill, Claire. ''Taos Echoes of DHL.'' *Southwest Review* 47 (Spring 1962): 150–56.

———. ''Three Women of Taos: Frieda Lawrence, Mabel Luhan, and Dorothy Brett.'' *South Dakota Review* 2 (Spring 1965): 3–22.

Moynahan, Julian. ''Lawrence and Sicily: The Place of Places.'' *Mosaic: A Journal for the Interdisciplinary Study of Literature* 19 (Spring 1986): 69–84.

Orioli, Giuseppe. *Adventures of a Bookseller.* Florence: Privately printed, 1937; London: Chatto and Windus, 1938.

Owen, F. R., and David Lindley. ''Lawrentian Places.'' *Human World* 11 (May 1973): 39–54. (On the Tyrol and Eastwood.)

Palmer, P. R. ''DHL and the 'Q. B.' in Sardinia.'' *Columbia Library Columns* 18 (November 1968): 3–9.

Panichas, George A. ''The End of the Lamplight.'' *Modern Age* 14 (1970): 65–74. (On DHL in Lady Cynthia Asquith's memoirs.)

Patmore, Brigit. ''Conversations with DHL.'' *London Magazine* 4 (June 1957): 31–45.

———. ''A Memoir of Frieda Lawrence.'' In *A DHL Miscellany.* Edited by Harry T. Moore. Carbondale: Southern Illinois University Press, 1959, pp. 137–40.

Patmore, Derek. ''A Child's Memories of DHL.'' In *A DHL Miscellany.* Edited by Harry T. Moore. Carbondale: Southern Illinois University Press, 1959, pp. 134–36.

———. *DHL and the Dominant Male.* London: Covent Garden, 1970.

Prichard, Katherine S. ''Lawrence in Australia.'' *Meanjin* 9 (1950): 252–59.

Rhys, Ernest. *Everyman Remembers.* London: Dent, 1931, pp. 251–57.

Robinson, Janice S. *H. D.: The Life and Work of an American Poet.* Boston: Houghton Mifflin, 1982, passim. (Pp. 132–41 deal with the period at the end of 1917 when the Lawrences lived in Hilda Doolittle's flat at 44 Mecklenburgh Square, London—she was then married to Richard Aldington—and with her roman à clef, *Bid Me to Live: A Madrigal* [New York: Grove, 1960], which re-creates the Lawrence of that time as ''Rico''; see also the chapter ''DHL Everywhere,'' pp. 286–91.)

Rowse, A. L. *The English Past: Evocations of Persons and Places.* London: Macmillan, 1951, pp. 212–15, 217–37. (''DHL and Nottingham,'' ''DHL at Eastwood.'' Reissued as *Times, Persons, Places.* London: Macmillan, 1965.)

Russell, Bertrand. ''Portraits from Memory III: DHL.'' *Harper's Magazine* 206 (February 1953): 93–95. (From a BBC radio broadcast of 1952.)

———. ''DHL.'' In his *Portraits from Memory and Other Essays.* London: Allen and Unwin; New York: Simon and Schuster, 1956, pp. 104–8.

———. ''Autobiography: 1914–1918.'' *Harper's Magazine* 236 (January 1968a): 31–39.

———. *The Autobiography of Bertrand Russell.* Vol. 2. London: Allen and Unwin, 1968b, pp. 20–24.

Sagar, Keith. ''Lawrence and the Wilkinsons.'' *Review of English Literature* 3 (October 1962): 62–75.

Schoenberner, Franz. *Confessions of a European Intellectual.* New York: Macmillan, 1946, pp. 284–90. (A shorter version of this memoir was published as ''When DHL Was Shocked'' in *Saturday Review of Literature* 29 [23 February 1946]: 18–19.)

Schorer, Mark. ''Two Houses, Two Ways: The Florentine Villas of Lewis and Lawrence, Respectively.'' *New World Writing,* no. 4 (October 1953): 136–54.

———. *Lawrence in the War Years.* Stanford, Calif.: Stanford University, 1968. (fifteen-page pamphlet based on a short talk.)

Sheldon, P. ''DHL and Nottinghamshire.'' *Nottinghamshire Countryside* 12 (October 1950): 12–14.

Sitwell, Edith. ''A Man with Red Hair.'' In her *Taken Care Of: An Autobiography.* London: Hutchinson; New York: Atheneum, 1965, pp. 107–11.

Sitwell, Osbert. ''Portrait of Lawrence.'' In his *Penny Foolish.* London: Macmillan, 1935, pp. 293–97.

Skinner, Mollie L. *The Fifth Sparrow: An Autobiography.* Sydney: Sydney University Press, 1972, pp. 109–18, 121–33, 136–53 and passim.

Spolton, L. ''The Spirit of Place: DHL and the East Midlands.'' *East Midland Geographer* 5, nos. 1–2 (1970): 88–96.

Thody, Philip. *Aldous Huxley.* New York: Scribners, 1973, pp. 33–36 and passim.

Thurber, James. ''My Memories of DHL.'' In his *Let Your Mind Alone! And Other More or Less Inspirational Pieces.* New York: Harper; London: Hamilton, 1937, pp. 103–6. (A parody of Lawrence memoirs: Thurber never met Lawrence. Reprinted in Hoffman and Moore [1953]: 88–90.)

Tolchard, C. ''DHL in Australia.'' *Walkabout* 33 (November 1967): 29–31.

Tytell, John. *Passionate Lives: DHL, F. Scott Fitzgerald, Henry Miller, Dylan Thomas, Sylvia Plath—In Love.* New York: Birch Lane Press, 1991.

Villiers, B. (pseudonym of Willard Johnson). ''DHL in Mexico.'' *Southwest Review* 15 (1930): 425–33.

Wade, John Stevens. ''DHL in Cornwall: An Interview with Stanley Hocking.'' *DHL Review* 6 (Fall 1973): 237–83.

Waterfield, Lina. ''The Fortress of Aulla and DHL.'' In her *Castle in Italy: An Autobiography.* New York: Murray, 1961, pp. 119–43.

Weintraub, S. ''DHL.'' In his *Reggie: A Portrait of Reginald Turner.* New York: Braziler, 1965, pp. 193–205.

Wickham, Anna. ''The Spirit of the Lawrence Women: A Posthumous Memoir.'' *Texas Quarterly* 9 (Fall 1966): 31–50.

Woodeson, J. *Mark Gertler: Biography of a Painter, 1891–1939.* London: Sidgwick and Jackson, 1972, passim.

Worthen, John. ''DHL and Louie Burrows.'' *DHL Review* 4 (Fall 1971): 253–62.

———. ''Short Story and Autobiography: Kinds of Detachment in DHL's Early Fiction.'' *Renaissance and Modern Studies* 29 (1985): 1–15.

———. ''Lawrence and Eastwood.'' In *DHL: Centenary Studies.* Edited by Mara Kalnins. Bristol: Bristol Classical Press, 1986, pp. 1–20.

———. ''New Materials in the Biography of DHL—II: Catalogue of the Papers of Louie Burrows Relating to DHL.'' *DHL Review* 21 (1989): 47–53.

———. ''A Lawrence Biographer in Nottinghamshire.'' In *DHL: The Centre and the Circles.* Edited by Peter Preston. Nottingham: University of Nottingham DHL Centre, 1992, pp. 11–29.

———. ''Orts and Slarts: Two Biographical Pieces on DHL.'' *Review of English Studies* 46, no. 181 (February 1995): 26–40.

———. *Cold Hearts and Coronets: Lawrence, the von Richthofens and the Weekleys.* Nottingham: D. H. Lawrence Centre, 1995. (Worthen's inaugural lecture as Professor of D. H. Lawrence Studies at Nottingham.)

Young, Jessica Brett. *Francis Brett Young: A Biography.* London: Heinemann, 1962, passim.

Zytaruk, George, ed. ''Dorothy Brett's Letters to S. S. Koteliansky.'' *DHL Review* 7 (Fall 1974): 240–74.

第4節　背景に関する資料、並びに評伝や回想録を扱った批評作品

本節は2種類の資料を少しばかり選んで載せてある。作家としてのロレンスの生涯にあって、その背景に関する洞察に満ちた一般的情報を提供してくれる作品（評伝的なことは直接扱っていない）と、評伝や回想録を扱った批評作品を載せてある。（前者に直接関連した追加資料は参考書目88と89に、また後者に関連のある資料は参考書目86にそれぞれ載っているので参照のこと。）

Bennett, Michael. *A Visitor's Guide to Eastwood and the Countryside of DHL.* Nottingham: Nottinghamshire County Library Service, 1979.

Carrier, J. ''DHL: A Literary Causerie.'' *Nottinghamshire Countryside* 16 (October 1954): 3–6.

Christian, Roy. ''Lawrence's Country Revisited: The Erewash Valley.'' *Country Life* 152 (6 July 1972): 19–21.

Cobau, William W. ''A View from Eastwood: Conversations with Mrs. O. L. Hopkin.'' *DHL Review* 9 (Spring 1976): 126–36. (See response by Delavenay [1976], op. cit.)

Coleman, Arthur. *Eastwood through Bygone Ages: A Brief History of the Parish of Eastwood.* Eastwood: Eastwood Historical Society, 1971. (Pp. 107–13 deal specifically with Lawrence.)

Delavenay, Emile. '' 'Making Another Lawrence': Frieda and the Lawrence Legend.'' *DHL Review* 8 (Spring 1975): 80–98. (Review essay on Green [1974], Lucas [1973]—see under second section—and Moore [1974]—see under first section.)

———. ''Sandals and Scholarship.'' *DHL Review* 9 (Fall 1976): 409–17. (Response to Cobau and Sagar [both 1976], op. cit.)

Delavenay, Emile, and W. J. Keith. ''Mr. Rolf Gardiner, 'The English Neo-Nazi': An Exchange.'' *DHL Review* 7 (Fall 1974): 291–94. (Response to Keith [1974]; see under third section.)

Every, G. ''Nottinghamshire Notabilities: DHL.'' *Southwell Review* 2 (June 1951): 12–15.

Fraser, Keith. ''Norman Douglas and DHL: A Sideshow in Modern Memoirs.'' *DHL Review* 9 (Summer 1976): 283–95.

Hardy, George, and Nathaniel Harris. *A DHL Album.* Ashbourne, Derbyshire: Moorland, 1985; New York: Franklin Watts, 1986.

Harris, Nathaniel. *The Lawrences.* London: Dent, 1976.

Hughes, Glyn. ''The Roots of DHL.'' *Illustrated London News* 273 (September 1985): 33–35.

Martin, Adam. ''DHL's Eastwood.'' *Nottingham Topic* (June 1978): 16–18; (July 1978): 10–12; (August 1978): 6–9; (September 1978): 12–13.

———. ''DHL's Eastwood.'' Nottinghamshire: Broxtowe Borough Council, 1980–81. (A useful series of short article-guides in leaflet form providing background information on Lawrence, Eastwood and the surrounding area, and itineraries for walks and tours.)

Meyers, Jeffrey. ''Memoirs of DHL: A Genre of the Thirties.'' *DHL Review* 14 (1981): 1–32.

Pugh, Bridget. *The Country of My Heart: A Local Guide to DHL.* 3d ed. Nottingham: Broxtowe Borough Council, 1991.

Sagar, Keith. ''Lawrence and Frieda: The Alternative Story.'' *DHL Review* 9 (Spring 1976): 117–25. (See response by Delavenay [1976], op. cit.)

Storer, Ronald W. *Some Aspects of Brinsley Colliery and the Lawrence Connection.* Selston, Nottinghamshire: Ronald W. Storer, 1985. (A part of this book appeared also in Cooper [1985], op. cit. in third section as ''Arthur Lawrence: A Day in the Life: 1885,'' pp. 17–30.)

Taylor, J. Clement Phillips. ''Boys of the Beauvale Breed.'' *Eastwood and Kimberley Advertiser* (30 December 1960–17 August 1962). (Series of articles by a contemporary schoolmate of Lawrence's.)

Waldron, Philip J. ''The Education of DHL.'' *Journal of Australasian Universities Language and Literature Association,* no. 24 (November 1965): 239–52.

White, V. ''Frieda and the Lawrence Legend.'' *Southwest Review* 50 (Fall 1965): 388–97.

Widmer, Kingsley. ''Profiling an Erotic Prophet: Recent Lawrence Biographies.'' *Studies in the Novel* 8 (Summer 1976): 234–43.

Zytaruk, George J. ''The Chambers' Memoirs of DHL—Which Chambers?'' *Renaissance and Modern Studies* 17 (1973): 5–37.

第5節　ロレンスの書簡とそれに関連した批評作品

本節は2群から成り、第1群は主要なロレンス書簡集を発行順に載せ、第2群はロレンスのその他の書簡、並びに書簡を扱った批評作品をアルファベット順に載せてある。

主要なロレンス書簡集

The Letters of DHL. Edited by Aldous Huxley. London: Heinemann, 1932. (Introduction by Huxley, pp. ix–xxxiv.)

DHL's Letters to Bertrand Russell. Edited by Harry T. Moore. New York: Gotham Book Mart, 1948. (Introduction by Moore, pp. 1–26.)

DHL: Letters. Selected by Richard Aldington. Harmondsworth: Penguin, 1950. (Introduction by Aldous Huxley, pp. 5–31.)

Eight Letters by DHL to Rachel Annand Taylor. Edited by Majl Ewing. Pasadena, Calif.: Castle Press, 1956. (Foreword by Ewing, pp. 3–5.)

The Selected Letters of DHL. Edited by Diana Trilling. New York: Farrar, Straus, and Cudahy, 1958. (Introduction by Trilling, pp. xi–xxxvii.)

The Collected Letters of DHL. 2 vols. Edited by Harry T. Moore. London: Heinemann; New York: Viking, 1962. (Introduction by Moore, pp. ix–xxvii.)

Lawrence in Love: Letters to Louie Burrows. Edited by James T. Boulton. Nottingham: University of Nottingham, 1968. (Introduction by Boulton, pp. vii–xxviii.)

The Quest for Rananim: DHL's Letters to S. S. Koteliansky, 1914–1930. Edited by George J. Zytaruk. Montreal: McGill-Queens University Press, 1970. (Introduction by Zytaruk, pp. xi–xxxvi.)

Letters from DHL to Martin Secker 1911–1930. Edited by Martin Secker. Bridgefoot, Iver, Bucks, England: Privately published, 1970. (See also Martin Secker's *Letters from a Publisher: Martin Secker to DHL and Others, 1911–1929.* London: Enitharmon Press, 1970. Contains forty letters to or about Lawrence.)

The Centaur Letters. Edited by F. Warren Roberts. Austin: Humanities Research Center, University of Texas, 1970. (Thirty letters to Edward D. McDonald and Harold T. Mason of the Centaur Book Shop, Philadelphia, which published McDonald's bibliography of Lawrence in 1925, as well as Lawrence's *Reflections on the Death of a Porcupine* in the same year.)

Letters to Thomas and Adele Seltzer. Edited by Gerald M. Lacy. Santa Barbara, Calif.: Black Sparrow Press, 1976.

The Letters of DHL, Vol. 1: September 1901–May 1913. Edited by James T. Boulton. Cambridge: Cambridge University Press, 1979. (Introduction by Boulton, pp. 1–20.)

The Letters of DHL, Vol. 2: June 1913–October 1916. Edited by George J. Zytaruk and James T. Boulton. Cambridge: Cambridge University Press, 1982. (Introduction by the editors, pp. 1–18.)

The Letters of DHL, Vol. 3: October 1916–June 1921. Edited by James T. Boulton and Andrew Robertson. Cambridge: Cambridge University Press, 1984. (Introduction by the editors, pp. 1–17.)

The Letters of DHL and Amy Lowell 1914–1925. Edited by Claire Healey and Keith Cushman. Santa Barbara, Calif.: Black Sparrow Press, 1985.

The Letters of DHL, Vol. 4: June 1921–March 1924. Edited by Warren Roberts, James

T. Boulton, and Elizabeth Mansfield. Cambridge: Cambridge University Press, 1987. (Introduction by the editors, pp. 1–21.)

The Letters of DHL, Vol. 5: March 1924–March 1927. Edited by James T. Boulton and Lindeth Vasey. Cambridge: Cambridge University Press, 1989. (Introduction by the editors, pp. 1–14.)

The Letters of DHL, Vol. 6: March 1927–November 1928. Edited by James T. Boulton and Margaret H. Boulton with Gerald Lacy. Cambridge: Cambridge University Press, 1991. (Introduction by the editors, pp. 1–19.)

The Letters of DHL, Vol. 7: November 1928–February 1930. Edited by Keith Sagar and James T. Boulton. Cambridge: Cambridge University Press, 1993. (Introduction by the editors, pp. 1–15.)

The Letters of DHL, Vol. 8: Index. Edited by James T. Boulton. Cambridge: Cambridge University Press, forthcoming.

その他のロレンスの書簡と書簡を扱った批評作品

（ケンブリッジ版『D・H・ロレンス書簡集』（*The Letters of D. H. Lawrence*）、Vol. 1－8、並びにハリー・T・ムア編『D・H・ロレンス書簡集』（*The Collected Letters of D. H. Lawrence*）、2 vols は引用に際して *Cambridge Letters* 1－8, *Collected Letters* [1962] とそれぞれ略記してある。

Arnold, Armin. “The German Letters of DHL.” *Comparative Literature Studies* (University of Maryland) 3 (1966): 285–98.

Beirne, Raymond M. “Lawrence's Night-Letter on Censorship and Obscenity.” *DHL Review* 7 (Fall 1974): 321–22.

Boulton, James T. “The Cambridge University Press Edition of Lawrence's Letters, Part 4.” In Partlow and Moore (1980), op. cit., pp. 223–28.

———. “DHL: Letter-Writer.” *Renaissance and Modern Studies* 29 (1985): 86–100.

———. “DHL as a Letter-Writer.” *Studies in English Language and Literature* 29 (1989): 1–12.

Cazamian, Louis. “DHL and Katherine Mansfield as Letter Writers.” *University of Toronto Quarterly* 3 (April 1934): 286–307.

Cushman, Keith. “DHL and Nancy Henry: Two Unpublished Letters and a Lost Relationship.” *DHL Review* 6 (Spring 1973): 21–32.

———. “DHL in Chapala: An Unpublished Letter to Thomas Seltzer and Its Context.” *DHL Review* 18 (1985–86): 25–31.

Delany, Paul. “Letters of the Artist as a Young Man.” *New York Times Book Review* 9 (September 1979): 3, 44–45. (Review of Cambridge *Letters* 1.)

———, ed. “DHL: Twelve Letters.” *DHL Review* 2 (Fall 1969): 195–209.

Donoghue, Denis. “ ‘Till the Fight Is Finished’: DHL in His Letters.” In *DHL: Novelist, Poet, Prophet.* Edited by Stephen Spender. London: Weidenfeld and Nicolson; New York: Harper and Row, 1973, pp. 197–209.

Ellis, David. “Lawrence as Travelling Correspondent.” *Meridian: The La Trobe University English Review* (Australia) 7 (October 1988a): 175–78. (Review of Cambridge *Letters* 4.)

———. “Lawrence in His Letters.” *Etudes Lawrenciennes* 3 (1988b): 41–49.

Farmer, David. “The Cambridge University Press Edition of *The Letters of DHL:* Sources for the Edition.” In Partlow and Moore (1980), op. cit., pp. 239–41.

Gomme, Andor. “Fortunatus's Purse.” *English,* no. 135 (Autumn 1980): 261–66. (Review of Cambridge *Letters* 1.)

Gordon, Lyndall. ''More Pitting against Than Pitying.'' *Times Literary Supplement* (16 October 1987): 1142. (Review of Cambridge *Letters* 4.)

Gransden, K. W. ''Rananim: DHL's Letters to S. S. Koteliansky.'' *Twentieth Century* 159 (January–June 1955): 22–32.

Henzy, Karl. ''Lawrence and Van Gogh in Their Letters.'' *DHL Review* 24 (Fall 1992a): 145–60.

———. ''[Review of Cambridge *Letters* 7].'' *DHL Review* 24 (Fall 1992b): 271–75.

Iida, Takeo. ''Lawrence's 21 April 1917 Letter to Robert Nichols.'' *DHL Review* 20 (Spring 1988): 69–70.

Irvine, Peter L., and Anne Kiley, eds. ''DHL: Letters to Gordon and Beatrice Campbell.'' *DHL Review* 6 (Spring 1973): 1–20.

———. ''DHL and Frieda Lawrence: Letters to Dorothy Brett.'' *DHL Review* 9 (Spring 1976): 1–116.

Kermode, Frank. ''Lawrence in His Letters.'' *New Statesman and Nation* (23 March 1962): 422–23. (Review of *Collected Letters* [1962].)

Lacy, Gerald M. ''The Case for an Edition of the Letters of DHL.'' In Partlow and Moore (1980), op. cit., pp. 229–33.

Lawrence, D. H. ''Nine Letters (1918–1919) to Katherine Mansfield.'' *New Adelphi* 3 (June–August 1930): 276–85.

———. *Letter to Charles Lahr.* London: Blue Moon Press, 1930.

———. *A Letter from Cornwall.* San Francisco: Yerba Buena Press, 1931. (Letter to J. D. Beresford, 5 January 1916.)

———. ''Briefe an Max Mohr.'' *Neue Rundschau* 44 (April 1933): 527–40. (Published in English as ''The Unpublished Letters of DHL to Max Mohr [I and II].'' *T'ien Hsia Monthly* 1 [August 1935]: 21–36; 1 [September 1935]: 166–79.)

———. ''A Letter from Germany.'' *New Statesman and Nation* (Autumn Books Supplement) (13 October 1934): 481–82.

———. *Letter to the ''Laughing Horse.''* Privately printed [San Francisco: Yerba Buena Press], 1936. (This ''letter,'' actually a review of Ben Hecht's *Fantazius Mallare,* originally appeared in *Laughing Horse,* no. 4 [1922].)

———. ''DHL's Letters to Catherine Carswell.'' *Yale University Library Gazette* 49 (January 1975): 253–60.

Leavis, F. R. '' 'Lawrence Scholarship' and Lawrence.'' *Sewanee Review* 71 (Winter 1963): 25–35. (Critical review of *Collected Letters* [1962]. Reprinted in his *Anna Karenina and Other Essays.* London: Chatto and Windus, 1967, pp. 167–76. See reply by Moore in *Sewanee Review* 71 [Spring 1963]: 347–48.)

Levin, Alexandra L., and Lawrence L. Levin. ''The Seltzers and DHL: A Biographical Narrative.'' In *Letters to Thomas and Adele Seltzer* (1976), pp. 171–201.

MacNiven, Ian S. ''[Review of *The Letters of DHL and Amy Lowell* (1985)].'' *DHL Review* 19 (Spring 1987): 12–14.

Mason, H. A. ''Lawrence in Love.'' *Cambridge Quarterly* 4 (Spring 1969): 181–200. (On Lawrence, 1906–12, and his relationship to Louie Burrows in particular; partly a review of *Letters to Louie Burrows* [1968].)

Moore, Harry T. ''DHL's Letters to Bertrand Russell.'' *Atlantic Monthly* 182 (December 1948): 92–102.

———. ''DHL to Henry Savage: An Introductory Note.'' *Yale Library Gazette* 33 (July 1959): 24–33.

———. ''Some New Volumes of Lawrence's Letters.'' *DHL Review* 4 (Spring 1971):

61–71. (Review essay on three volumes of letters—those to Burrows [1968], Koteliansky [1970], and Secker [1970].)

Munro, Craig. ''The DHL—P. R. Stephensen Letters.'' *Australian Literary Studies* 11 (1984): 291–315.

Owen, Frederick I. ''DHL and Max Mohr: A Late Friendship and Correspondence.'' *DHL Review* 9 (Spring 1976): 137–56.

Panichas, George A. ''DHL: The Hero-Poet as Letter Writer.'' In *The Spirit of DHL: Centenary Studies.* Edited by Gāmini Salgādo and G. K. Das. London: Macmillan; Totowa, N.J.: Barnes and Noble, 1988, pp. 248–65.

———. ''DHL's War Letters.'' *Texas Studies in Literature and Language* 5 (Fall 1963): 398–409.

Partlow, Robert B., Jr., and Harry T. Moore, eds. *DHL: The Man Who Lived.* Carbondale: Southern Illinois University Press, 1980. (''The Textual Edition of Lawrence's Letters,'' pp. 221–43: four essays cited separately, by Boulton, Lacy, Zytaruk, and Farmer.)

Pinto, Vivian de Sola. ''DHL, Letter-Writer and Craftsman in Verse: Some Hitherto Unpublished Material.'' *Renaissance and Modern Studies* 1 (1957): 5–34.

———. ''Lawrence and Frieda.'' *English* 14 (Spring 1963): 135–39. (Partly a review of the *Collected Letters* [1962].)

Pollak, Paulina S. ''The Letters of DHL to Sallie and Willie Hopkin.'' *Journal of Modern Literature* 3 (1973): 24–34.

Putt, S. Gorley. ''A Packet of Bloomsbury Letters: The Forgotten H. O. Meredith.'' *Encounter* 59 (November 1982): 77–84.

Ross, Charles L. ''[Review of Cambridge *Letters* 4].'' *DHL Review* 20 (Fall 1988): 344–46.

Sagar, Keith. ''Three Separate Ways: Unpublished DHL Letters to Francis Brett Young.'' *Review of English Literature* 6 (July 1965): 93–105.

Salgādo, Gāmini. ''[Review of Cambridge *Letters* 2].'' *Modern Language Review* 79 (1984): 169–70.

Schneider, Daniel J. ''[Review of Cambridge *Letters* 3].'' *DHL Review* 17 (1984): 251–56.

Schorer, Mark. ''I Will Send Address: Unpublished Letters of DHL.'' *London Magazine* 3 (February 1956): 44–67.

Spender, Stephen. ''DHL: Letters to S. S. Koteliansky.'' *Encounter* 1 (December 1953): 29–35.

Squires, Michael. ''Two Newly Discovered Letters to DHL.'' *DHL Review* 23 (1991): 31–35.

Storey, Richard. ''Letters of DHL.'' *Notes and Queries* 27 (1980): 531.

Troy, William. ''Review of *The Letters of DHL.*'' *Symposium* 4 (1933): 85–94. (Reprinted as ''DHL as Hero'' in *William Troy: Selected Essays.* Edited by Stanley Edgar Hyman. New Brunswick, N.J.: Rutgers University Press, 1967, pp. 110–19.)

Wilding, Michael. ''DHL in Australia: Some Recently Published Letters.'' *Australian Literary Studies* 9 (1980): 372–77.

Woodman, Leonora. '' 'The Big Old Pagan Vision': The Letters of DHL to Frederick Carter.'' *Library Chronicle of the University of Texas at Austin,* new series, 34 (1986): 38–51.

Zytaruk, George J., ed. "DHL: Letters to Koteliansky." *Malahat Review* 1 (January 1967): 17–40.

———. "The Last Days of DHL: Hitherto Unpublished Letters of Dr. Andrew Morland." *DHL Review* 1 (Spring 1968): 44–50.

———. "Editing Lawrence's Letters: The Strategy of Volume Division." In Partlow and Moore (1980), op. cit., pp. 234–38.

See also Arnold (1963): 61–64; Cowan (1970): 5–8, passim; Gregory (1933): 87–97; Panichas (1964): 62–94.

年表2と3を書くにあたっての資料

Barnard, H. C. *A History of English Education from 1760.* 2d ed. London: University of London Press, 1961.

Bédarida, François. *A Social History of England 1851–1975.* Translated by A. S. Forster. London and New York: Methuen, 1979.

Buxton, Neil K. *The Economic Development of the British Coal Industry from the Industrial Revolution to the Present Day.* London: Batsford Academic, 1978.

Castleden, Rodney. *World History: A Chronological Dictionary of Dates.* London: Parragon, 1994.

Chronicle of the 20th Century. London: Longman, 1988.

Church, Roy. *The History of the British Coal Industry. Volume 3: 1830–1913.* Oxford: Clarendon Press, 1986.

A Dictionary of British History. London: Secker and Warburg, 1981.

Evans, Eric J., ed. *Social Policy 1830–1914: Individualism, Collectivism and the Origins of the Welfare State.* London: Routledge and Kegan Paul, 1978.

Evans, Richard J. *The Feminists: Women's Emancipation Movements in Europe, America and Australasia 1840–1920.* Rev. ed. London and Sydney: Croom Helm; Totowa, N.J.: Barnes and Noble, 1979. (Originally published 1977.)

Griffin, A. R., and C. P. Griffin. "A Social and Economic History of Eastwood and the Nottinghamshire Mining Country." In *A DHL Handbook.* Edited by Keith Sagar. Manchester: Manchester University Press; New York: Barnes and Noble, 1982, pp. 127–63.

Hopkins, Eric. *A Social History of the English Working Classes 1815–1945.* London: Edward Arnold, 1979.

Labour Party. *A Pictorial History of the Labour Party 1900–1975.* London: Labour Party, 1975.

Pelling, Henry. *A History of British Trade Unionism.* Harmondsworth: Penguin, 1963.

Pugh, Martin. *Women and the Women's Movement in Britain 1914–1959.* London: Macmillan, 1992.

Richards, Denis, and J. W. Hunt. *An Illustrated History of Modern Britain 1783–1964.* 2d ed. London: Longmans, Green, 1965.

Simon, Brian. *Studies in the History of Education 1780–1870.* London: Lawrence and Wishart, 1960.

———. *Education and the Labour Movement 1870–1920.* London: Lawrence and Wishart, 1965.

Williams, Neville. *Chronology of the Modern World, 1763 to the Present Time.* Rev. ed. London: Barrie and Rockliff, 1969. (Originally published 1966.)

参考書目２　長編小説に関する一般的な批評作品

以下の一覧表では、ロレンスの全ての長編小説、つまり重要な作品についての批評を掲載する。参照しやすいように、広範な視点から作品を一般的に概観した批評作品と、専門的な分析力を駆使して作品の特質を探求している批評作品とに分類する。

一般的な概観

Beal, Anthony. *DHL.* Edinburgh: Oliver and Boyd; New York: Grove, 1961.

Becker, George J. *DHL.* New York: Ungar, 1980.

Black, Michael. *DHL: The Early Fiction: A Commentary.* London: Macmillan, 1986.

Daleski, H. M. *The Forked Flame: A Study of DHL.* London: Faber, 1965.

Draper, R. P. *DHL.* New York: Twayne, 1964. (English Authors Series. Reprinted, London: Macmillan, 1976.)

———. *DHL.* London: Routledge and Kegan Paul; New York: Humanities Press, 1969. (Profiles in Literature Series.)

Ford, George H. *Double Measure: A Study of the Novels and Stories of DHL.* New York: Holt, Rinehart, and Winston, 1965.

Hobsbaum, Philip. *A Reader's Guide to Lawrence.* London: Thames and Hudson, 1981.

Holderness, Graham. *DHL: Life, Work, and Criticism.* Fredricton, N.B., Canada: York Press, 1988.

Hough, Graham. *The Dark Sun: A Study of DHL.* London: Gerald Duckworth, 1956.
Hyde, G.M. *DHL.* London: Macmillan, 1990.
Kermode, Frank. *Lawrence.* Suffolk: Collins Fontana, 1973.
Leavis, F. R. *DHL: Novelist.* London: Chatto and Windus, 1955.
Moore, Harry T. *The Life and Works of DHL.* London: Allen and Unwin; New York: Twayne, 1951. (Revised as *DHL: His Life and Works.* New York: Twayne, 1964.)
Moynahan, Julian. *The Deed of Life: The Novels and Tales of DHL.* Princeton: Princeton University Press, 1963.
Niven, Alastair. *DHL: The Novels.* Cambridge: Cambridge University Press, 1978.
———. *DHL: The Writer and His Work.* Harlow, Essex: Longman, 1980.
Pinion, F.B. *A DHL Companion: Life, Thought, and Works.* London: Macmillan, 1978; New York: Barnes and Noble, 1979.
Prasad, Madhusudan. *DHL: A Study of His Novels.* Bereilly, India: Prakesh Book Depot, 1980.
Sagar, Keith. *The Art of DHL.* Cambridge: Cambridge University Press, 1966.
Sanders, Scott. *DHL: The World of the Major Novels.* London: Vision, 1973.
Slade, Tony. *DHL.* London: Evans Brothers, 1969.
Stewart, J.I.M. *Eight Modern Writers* (Oxford History of English Literature, vol. 12). Oxford and New York: Oxford University Press, 1963, pp. 484–593. (Reissued as *Writers of the Early Twentieth Century: Hardy to Lawrence.* Oxford and New York: Oxford University Press, 1990.)
Tedlock, E.W., Jr. *DHL: Artist and Rebel: A Study of Lawrence's Fiction.* Albuquerque: University of New Mexico Press, 1963.
Tripathy, Biyot K. *The Major Novels of DHL: An Approach to His Art and Ideas.* Bhubaneshwar: Pothi, 1973.
Vivas, Eliseo. *DHL: The Failure and the Triumph of Art.* London: George Allen and Unwin, 1960.
West, Anthony. *DHL.* London: Barker; Denver: Alan Swallow, 1950.
Worthen, John. *DHL and the Idea of the Novel.* London: Macmillan; Totowa, N.J.: Rowman, 1979.
———. *DHL.* London: Edward Arnold, 1991. (Modern Fiction Series.)
Young, Kenneth. *DHL.* London, New York, Toronto: Longmans, Green, 1952. (Writers and Their Work Series.)
Yudhishtar. *Conflict in the Novels of DHL.* Edinburgh: Oliver and Boyd; New York: Barnes and Noble, 1969.

専門的な分析

Bell, Michael. *DHL: Language and Being.* Cambridge: Cambridge University Press, 1992.
Ben-Ephraim, Gavriel. *The Moon's Dominion: Narrative Dichotomy and Female Dominance in Lawrence's Earlier Novels.* London and Toronto: Associated University Presses, 1981.
Buckley, Margaret, and Brian Buckley. *Challenge and Renewal: Lawrence and the Thematic Novel.* Kenilworth, Warwickshire: Chrysalis Press, 1993.
Cavitch, David. *DHL and the New World.* New York and London: Oxford University Press, 1969.
Clark, L. D. *The Minoan Distance: The Symbolism of Travel in DHL.* Tucson: University of Arizona Press, 1980.

Cowan, James C. *DHL's American Journey: A Study in Literature and Myth.* Cleveland, Ohio, and London: Press of the Case Western Reserve University, 1970.

Dorbad, Leo J. *Sexually Balanced Relationships in the Novels of DHL.* New York: Peter Lang, 1991.

Goodheart, Eugene. *The Utopian Vision of DHL.* Chicago and London: University of Chicago Press, 1963.

Gregory, Horace. *Pilgrim of the Apocalypse: A Critical Study of DHL.* New York: Viking, 1933; London: Secker, 1934. (Revised as *DHL: Pilgrim of the Apocalypse.* New York: Grove, 1957.)

Hochman, Baruch. *Another Ego: The Changing View of Self and Society in the Work of DHL.* Columbia: University of South Carolina Press, 1970.

Holderness, Graham. *DHL: History, Ideology and Fiction.* Dublin: Gill and Macmillan, 1982.

Howe, Marguerite Beede. *The Art of the Self in DHL.* Athens: University of Ohio Press, 1977.

Humma, John B. *Metaphor and Meaning in DHL's Later Novels.* Columbia: University of Missouri Press, 1990.

MacLeod, Sheila. *Lawrence's Men and Women.* London: Heinemann, 1985; London: Grafton Books, 1987.

Miko, Stephen J. *Toward "Women in Love": The Emergence of a Lawrentian Aesthetic.* New Haven, Conn., and London: Yale University Press, 1971.

Nahal, Chaman. *DHL: An Eastern View.* South Brunswick and New York: Barnes, 1970.

Padhi, Bibhu. *DHL: Modes of Fictional Style.* Troy, N.Y.: Whitston, 1989.

Pinkney, Tony. *DHL.* Hemel Hempstead: Harvester Wheatsheaf, 1990. (Published in the United States as *DHL and Modernism.* Iowa City: University of Iowa Press, 1990.)

Prasad, Suman Prabha. *Thomas Hardy and DHL: A Study of the Tragic Vision in Their Novels.* New Delhi, India: Arnold-Heinemann, 1976.

Pritchard, R. E. *DHL: Body of Darkness.* London: Hutchinson University Library, 1971.

Ruderman, Judith. *DHL and the Devouring Mother: The Search for a Patriarchal Ideal of Leadership.* Durham, N.C.: Duke University Press, 1984.

Sagar, Keith. *DHL: Life into Art.* Harmondsworth: Penguin; New York: Viking, 1985.

Scheckner, Peter. *Class, Politics, and the Individual: A Study of the Major Works of DHL.* London and Toronto: Associated University Presses, 1985.

Schneider, Daniel J. *DHL: The Artist as Psychologist.* Lawrence: University Press of Kansas, 1984.

Spilka, Mark. *The Love Ethic of DHL.* London: Dennis Dobson, 1958.

Stoll, John E. *The Novels of DHL: A Search for Integration.* Columbia: University of Missouri Press, 1971.

Storch, Margaret. *Sons and Adversaries: Women in William Blake and DHL.* Knoxville: University of Tennessee Press, 1990.

Templeton, Wayne. *States of Estrangement: The Novels of DHL, 1912–1917.* Troy, N.Y.: Whitston, 1989.

Verhoeven, W. M. *DHL's Duality Concept: Its Development in the Novels of the Early and Major Phase.* Groningen, the Netherlands: Phoenix, 1987.

Weiss, Daniel. *Oedipus in Nottingham: DHL.* Seattle: University of Washington Press, 1962.

参考書目 3 『白孔雀』(*The White Peacock*)

Ben-Ephraim, Gavriel. ''The Pastoral Fallacy: Tale and Teller in DHL's *The White Peacock.*'' *Literary Review* 19 (Summer 1976): 406–31. (Reprinted in Ben-Ephraim [1981]: 31–60.)

Black, Michael. ''A Bit of Both: George Eliot and DHL.'' *Critical Review* (Canberra) 29 (1989): 89–109.

Brown, Christopher. ''As Cyril Likes It: Pastoral Reality and Illusion in *The White Peacock.*'' *Essays in Literature* 6 (1979): 187–93.

Corke, Helen. ''Concerning *The White Peacock.*'' *Texas Quarterly* 2 (Winter 1959): 186–90. (Reprinted in Corke [1965]: 47–55.)

Daleski, H. M. ''Lawrence and George Eliot: The Genesis of *The White Peacock.*'' In *DHL and Tradition.* Edited by Jeffrey Meyers. London: Athlone, 1985, pp. 51–68.

Gajdusek, Robert E. ''A Reading of *The White Peacock.*'' In *A DHL Miscellany.* Edited by Harry T. Moore. Carbondale: Southern Illinois University Press, 1959, pp. 188–203.

———. ''A Reading of 'A Poem of Friendship,' a Chapter in Lawrence's *The White Peacock.*'' *DHL Review* 3 (Spring 1970): 47–62.

Gu, Ming Dong. ''Lawrence's Childhood Traumas and the Problematic Form of *The White Peacock.*'' *DHL Review* 24 (1992): 127–44.

Hinz, Evelyn J. ''Juno and *The White Peacock:* Lawrence's English Epic.'' *DHL Review* 3 (Summer 1970): 115–35.

Keith, W. J. ''DHL's *The White Peacock:* An Essay in Criticism.'' *University of Toronto Quarterly* 37 (April 1968): 230–47.

McCurdy, Harold G. ''Literature and Personality: Analysis of the Novels of DHL.'' *Character and Personality* 8 (March, June 1940): 181–203, 311–22 (182–90).

Mason, H. A. ''DHL and *The White Peacock.*'' *Cambridge Quarterly* 7, no 3 (1977): 216–31.

Miliaras, Barbara Langell. ''Fashion, Art and the Leisure Class in D. H. Lawrence's *The White Peacock.*'' *The Journal of the D. H. Lawrence Society* (1994–95): 67–81.

Modiano, Marko. ''Symbolism, Characterization, and Setting in *The White Peacock,* by DHL.'' *Moderna Sprak* (Stockholm) 77 (1983): 345–52.

Moore, Harry T. ''Introduction.'' *The White Peacock* by DHL. Edited by Harry T. Moore. Carbondale: Southern Illinois University Press, 1966, pp. v–viii.

Morrison, Kristin. ''Lawrence, Beardsley, Wilde: *The White Peacock* and Sexual Ambiguity.'' *Western Humanities Review* 30 (1976): 241–48.

Orr, Christopher. ''DHL and E. M. Forster: From *The White Peacock* to *Maurice.*'' *West Virginia Association of College English Teachers Bulletin* 2 (Fall 1975): 22–28.

Osgerby, J. R. ''Set Books: DHL's *The White Peacock.*'' *Use of English* 13 (Summer 1962): 256–61.

Parker, David. ''*The White Peacock:* Young Lawrence.'' *Meridian: The La Trobe University English Review* (Australia) 7 (1988): 116–28.

Richards, Bernard. ''A Botanical Mistake in Lawrence's *The White Peacock.*'' *Notes and Queries* 36 (June 1989): 202.

Robertson, Andrew. ''Introduction.'' *The White Peacock* by DHL. Edited by Andrew Robertson. Cambridge: Cambridge University Press, 1983, pp. xv–xlix.

Schneider, Daniel J. ''Psychology and Art in *The White Peacock* and *The Trespasser.*''

In *DHL: Modern Critical Views.* Edited by Harold Bloom. New York: Chelsea, 1986, pp. 275–96.

Sepčić, Višnja. ''*The White Peacock* Reconsidered.'' *Studia Romanica et Anglica Zagrabiensia* 38 (December 1974): 105–14.

Sproles, Karyn Z. ''DHL and the Schizoid State: Reading *Sons and Lovers* through *The White Peacock.*'' *Paunch* 63–64 (December 1990): 39–70.

Squires, Michael. ''Lawrence's *The White Peacock:* A Mutation of Pastoral.'' *Texas Studies in Literature and Language* 12 (Summer 1970): 263–83. (Reprinted in Squires [1974]: 174–95.)

Stanford, Raney. ''Thomas Hardy and Lawrence's *The White Peacock.*'' *Modern Fiction Studies* 5 (1959): 19–28.

Storch, Margaret. ''The Lacerated Male: Ambivalent Images of Women in *The White Peacock.*'' *DHL Review* 21 (1989): 17–36.

Utz, Joachim. ''Dante Gabriel Rossetti's 'The Blessed Damozel.' '' *Archiv für das Studium der Neueren Sprachen und Literaturen* 218 (1981): 59–75.

Worthen, John. ''Introduction.'' *The White Peacock* by DHL. Edited by Alan Newton. Harmondsworth: Penguin, 1982, pp. 11–33.

See also (1980–94) Bell (1992): 14–24. Black (1986): 41–77. Burns (1980): 30–35. Ebbatson (1980): 44–60. Hardy and Harris (1985): 138–41. Herzinger (1982): 32–33, 76–86. Holderness (1982): 95–115. Hyde (1990): 21–23. Ingram (1990): 27–34. Kiely (1980): 150–56. Kushigian (1990): 9–33. MacLeod (1985–87): 118–35. Miliaras (1987): 33–93. Milton (1987): 1–18, 22–35, 68–74. Modiano (1987): 51–56. Montgomery (1994): 43–72. Niven (1980): 23–27. Padhi (1989): 11–15, 17–25. Pinkney (1990): 12–27. Poplawski (1993): 55–57. Prasad (1980): 6–21. Robinson (1992): 128–30. Schneider (1984): 111–19. Siegel (1991): 56–65. Simpson (1982): 25–26, 51–53. Storch (1990): 45–64. Suter (1987): 49–57. Verhoeven (1987): 5–27. Worthen (1991a): 7–13. Worthen (1991b): 224–29, passim.

See also (to 1979) Albright (1978): 34–39, 59–63. Alcorn (1977): 78–81. Alldritt (1971): 4–15. Beal (1961): 4–11. Brunsdale (1978): 165–77. Coombes (1973): 62–63. Daleski (1965): 312–15. Draper (1970): 33–43; (1976): 30–33. Ford (1965): 47–55, 57–60. Freeman (1955): 20–29. Hough (1956): 23–34. Inniss (1971): 108–16. Littlewood (1976): 20–27. Meyers (1975): 46–52. Moore (1951): 38–49, passim. Moynahan (1963): 5–12. Murfin (1978): 187–98. Murry (1931): 22–30. Nahal (1970): 55–76. Niven (1978): 1–26. Pinion (1978): 127–34. Prasad (1976): 126–36. Stewart (1963): 487–92. Stoll (1971): 16–41. Tedlock (1963): 40–49. West (1950): 106–111. Worthen (1979): 1–14. Yudhishtar (1969): 58–73.

参考書目 4　『侵入者』（*The Trespasser*）

Atkins, A. R. "Recognising the 'Stranger' in DHL's *The Trespasser.*" *Cambridge Quarterly* 20 (1991): 1–20.

———. "Textual Influences on DHL's 'The Saga of Siegmund.' " *DHL Review* 24 (1992): 7–26 (includes two appendixes from Helen Corke's "The Freshwater Diary," pp. 17–26).

Blissett, William. "DHL, D'Annunzio, Wagner." *Wisconsin Studies in Contemporary Literature* 7 (Winter–Spring 1966): 21–46.

Corke, Helen. *DHL: The Croydon Years.* Austin: University of Texas Press, 1965.

———. "DHL and the Dreaming Woman." *Listener* 80 (25 July 1968): 104–7. (Summary of the transcript of a BBC television interview with Malcolm Muggeridge, July 1967.)

———. "DHL: The Early Stage." *DHL Review* 4 (Summer 1971): 111–21.

———. "The Writing of *The Trespasser.*" *DHL Review* 7 (Fall 1974): 227–39.

———. *In Our Infancy.* Cambridge: Cambridge University Press, 1975.

Digaetani, John Louis. "Situational Myths: Richard Wagner and DHL." In his *Richard Wagner and the Modern British Novel.* Rutherford, N.J.: Fairleigh Dickinson University Press; London: Associated University Presses, 1978, pp. 58–89 (66–77).

Furness, Raymond. "Wagner and Myth." In his *Wagner and Literature.* Manchester: Manchester University Press; New York: St. Martin's Press, 1982, pp. 79–107.

Gurko, Leo. "*The Trespasser:* DHL's Neglected Novel." *College English* 24 (October 1962): 29–35.

Heath, Jane. "Helen Corke and DHL: Sexual Identity and Literary Relations." *Feminist Studies* 11 (Summer 1985): 317–42.

Hinz, Evelyn J. "*The Trespasser:* Lawrence's Wagnerian Tragedy and Divine Comedy." *DHL Review* 4 (Summer 1971): 122–41.

Howarth, Herbert. "DHL from Island to Glacier." *University of Toronto Quarterly* 37 (April 1968): 215–29.

Kestner, Joseph. "The Literary Wagnerism of DHL's *The Trespasser.*" *Modern British Literature* 2 (Fall 1977): 123–38.

Mansfield, Elizabeth. "Introduction." *The Trespasser* by DHL. Edited by Elizabeth Mansfield. Cambridge: Cambridge University Press, 1981, pp. 3–37.

Millett, Robert. "Greater Expectations: DHL's *The Trespasser.*" In *Twenty-Seven to One.* Edited by Bradford D. Broughton. Ogdensburg, N.Y.: Ryan Press, 1970, pp. 125–32.

Nielsen, Inge Padkaer, and Karsten Hvidtfelt Nielsen. "The Modernism of DHL and the Discourses of Decadence: Sexuality and Tradition in *The Trespasser, Fantasia of the Unconscious,* and *Aaron's Rod.*" *Arcadia* 25, no. 3 (1990): 270–86.

Schneider, Daniel J. "Psychology and Art in *The White Peacock* and *The Trespasser.*" In *DHL: Modern Critical Views.* Edited by Harold Bloom. New York: Chelsea, 1986, pp. 275–96.

Sepčić, Višnja. "A Link between DHL's *The Trespasser* and *The Rainbow.*" *Studia Romanica et Anglica,* no. 24 (December 1967): 113–26.

Sharpe, Michael C. "The Genesis of DHL's *The Trespasser.*" *Essays in Criticism* 11 (January 1961): 34–39.

Steele, Bruce. "The Manuscript of DHL's *Saga of Siegmund.*" *Studies in Bibliography*

33 (1980): 193–205.

Trotter, David. ''Edwardian Sex Novels.'' *Critical Quarterly* 31 (1989): 92–106.

Turner, John. ''Introduction.'' *The Trespasser* by DHL. Edited by Elizabeth Mansfield. Harmondsworth: Penguin, 1994, pp. 11–36.

Van der Veen, Berend Klass. *The Development of DHL's Prose Themes, 1906–1915.* Groningen, Netherlands: University of Groningen, 1983.

Wright, Louise. ''Lawrence's *The Trespasser:* Its Debt to Reality.'' *Texas Studies in Literature and Language* 20 (Summer 1978): 230–48.

Zuckerman, Elliott. ''Wagnerizing on the Isle of Wight.'' In his *The First Hundred Years of Wagner's Tristan.* New York and London: Columbia University Press, 1964, pp. 124–27, and passim.

See also (1980–94) Bell (1992): 25–36. Ben-Ephraim (1981): 61–83. Black (1986): 78–110. Ebbatson (1980): 60–66. Herzinger (1982): passim. Hobsbaum (1981): 45–46. Holderness (1982): 116–29. Hyde (1990): 25–30. Kiely (1980): 18–20, 23–29. Niven (1980): 27–32. Pinkney (1990): 54–60. Poplawski (1993): 59–63. Prasad (1980): 21–30. Schneider (1984): 119–32. Simpson (1982): 53–54, 152–54. Suter (1987): 57–59. Templeton (1989): 15–57. Verhoeven (1987): 29–47. Worthen (1991a): 13–18. Worthen (1991b): 253–62, 332–34, passim.

See also (to 1979) Beal (1961): 11–14. Brunsdale (1978): 241–53. Clark (1980): 20–23. Draper (1964): 33–37. Draper (1970): 44–50. Eisenstein (1974): 32–42. Freeman (1955): 30–35. Hough (1956): 34–35. Littlewood (1976): 27–30. Miko (1971): 35–58. Moore (1951): 82–87. Niven (1978): 27–36. Pinion (1978): 134–39. Prasad (1976): 137–46. Stoll (1971): 42–61. Tedlock (1963): 49–54. Worthen (1979): 15–25. Yudishtar (1969): 73–82.

参考書目 5 『息子と恋人』(*Sons and Lovers*)

Adamowski, T. H. ''Intimacy at a Distance: Sexuality and Orality in *Sons and Lovers.*'' *Mosaic* 13, no. 2 (1979): 71–89.

———. ''Play, Creativity and Matricide: The Implications of Lawrence's 'Smashed Doll' Episode.'' *Mosaic* 14, no. 3 (1981a): 81–94.

———. ''The Father of All Things: The Oral and the Oedipal in *Sons and Lovers.*'' *Mosaic* 14, no. 4 (1981b): 69–88.

Alinei, Tamara. ''Three Times Morel: Recurrent Structure in *Sons and Lovers.*'' *Dutch Quarterly Review* 5 (1975): 39–53.

———. ''DHL's Natural Imagery: A Non-Vitalist Reading.'' *Dutch Quarterly Review* 6 (1976): 116–38 (116–31).

Allen, C. N., and K. Curtis. ''A Sociogrammatic Study of Oedipus Complex Formation: DHL's *Sons and Lovers.*'' *Sociometry* 2 (1939): 37–51.

Arcana, Judith. ''I Remember Mama: Mother-Blaming in *Sons and Lovers* Criticism.'' *DHL Review* 21 (Spring 1989): 137–51.

Atkins, A. R. ''The New *Sons and Lovers.*'' *Cambridge Quarterly* 22, no. 4 (1993): 416–21. (On the new Cambridge edition of the novel.)

Balbert, Peter H. ''Forging and Feminism: *Sons and Lovers* and the Phallic Imagination.'' *DHL Review* 11 (Summer 1978): 93–113.

Banerjee, A. ''*Sons and Lovers* and Its Editors.'' *London Magazine* 33 (August–September 1993): 90–95.

Baron, Carl, and Helen Baron. "Introduction." *Sons and Lovers* by DHL. Edited by Carl and Helen Baron. Cambridge: Cambridge University Press, 1992, pp. xxi–lxxxi.
———. "Introduction." *Sons and Lovers* by DHL. Edited by Carl and Helen Baron. Harmondsworth: Penguin, 1994, pp. xv–xli.
Baron, Helen V. "Mrs. Morel Ironing." *Journal of the DHL Society* (1984): 2–12.
———. "Jessie Chambers' Plea for Justice to 'Miriam.' " *Archiv für das Studium der Neueren Sprachen und Literaturen* 222, no. 1 (1985a): 63–84.
———. "*Sons and Lovers:* The Surviving Manuscripts from Three Drafts Dated by Paper Analysis." *Studies in Bibliography* 38 (1985b): 289–328.
———. "Editing *Sons and Lovers.*" *The Journal of the D. H. Lawrence Society* (1994–95): 8–20.
Bazin, Nancy Topping. "The Moment of Revelation in *Martha Quest* and Comparable Moments by Two Modernists." *Modern Fiction Studies* 26 (1980): 87–98. (Lawrence and Joyce.)
Beards, Richard D. "*Sons and Lovers* as Bildungsroman." *College Literature* 1 (Fall 1974): 204–17.
Beebe, Maurice. "Lawrence's Sacred Fount: The Artist Theme of *Sons and Lovers.*" *Texas Studies in Literature and Language* 4 (Winter 1963): 539–52. (Reprinted in his *Ivory Towers and Sacred Founts.* New York: New York University Press, 1964, pp. 101–13. Also in Salgādo [1969], op. cit.)
Benway, Ann M. Baribault. "Oedipus Abroad: Hardy's Clym Yeobright and Lawrence's Paul Morel." *Thomas Hardy Yearbook* 13 (1986): 51–57.
Bergonzi, B. *The Myth of Modernism and Twentieth Century Literature.* Brighton, Sussex: Harvester, 1986, pp. 22–29.
Betsky, Seymour. "Rhythm and Theme: DHL's *Sons and Lovers.*" In *The Achievement of DHL.* Edited by Frederick J. Hoffman and Harry T. Moore. Norman: University of Oklahoma Press, 1953, pp. 131–43.
Black, Michael. *DHL: "Sons and Lovers."* Cambridge: Cambridge University Press, 1992.
Bloom, Harold, ed. *DHL's "Sons and Lovers."* New York: Chelsea House, 1988. (Modern Critical Interpretations. Nine previously published essays.)
Bonds, Diane S. "Miriam, the Narrator, and the Reader of *Sons and Lovers.*" *DHL Review* 14 (1981): 143–55.
Bramley, J. A. "DHL and 'Miriam.' " *Cornhill* 171 (Summer 1960): 241–49.
———. "DHL's Sternest Critic." *Hibbert Journal* 63 (Spring 1965): 109–11.
Brewster, Dorothy, and Angus Burrell. "DHL: *Sons and Lovers.*" In their *Modern Fiction.* New York: Columbia University Press, 1934, pp. 137–54.
Buckley, Jerome H. *Season of Youth: The Bildungsroman from Dickens to Golding.* Cambridge: Harvard University Press, 1974, pp. 204–24.
Burden, Robert. "Libidinal Structure and the Representation of Desire in *Sons and Lovers.*" *Journal of the D. H. Lawrence Society* (1994–95): 21–38.
Burwell, Rose Marie. "Schopenhauer, Hardy and Lawrence: Toward a New Understanding of *Sons and Lovers.*" *Western Humanities Review* 28 (Spring 1974): 105–17.
Butler, Lance St. John. *York Notes on DHL's "Sons and Lovers."* London: Longman, 1980.
Campbell, Elizabeth A. "Metonymy and Character: *Sons and Lovers* and the Metaphys-

ics of Self.'' *DHL Review* 20 (Spring 1988): 221–32.

Cardy, Michael. ''Beyond Documentation: Emile Zola and DHL.'' *Neohelicon* 14, no. 2 (1987): 225–31.

Chatterji, Arindam. ''*Sons and Lovers:* Dynamic Sanity.'' *Panjab University Research Bulletin* 16, no. 2 (October 1985): 3–21.

Daiches, David. *The Novel and the Modern World.* Rev. ed. Chicago: University of Chicago Press, 1960, pp. 143–47.

Daly, Macdonald. ''Introduction.'' *Sons and Lovers.* Edited by Macdonald Daly. London: Dent, 1994, pp. xix–xxx.

D'Avanzo, Mario L. ''On the Naming of Paul Morel and the Ending of *Sons and Lovers.*'' *Southern Review* (Adelaide) 12 (1979): 103–7.

Delany, Paul. ''*Sons and Lovers:* The Morel Marriage as a War of Position.'' *DHL Review* 21 (1989): 153–65.

Delavenay, Emile. ''Lawrence's Major Work.'' In *DHL: The Man Who Lived.* Edited by Robert B. Partlow, Jr., and Harry T. Moore. Carbondale: Southern Illinois University Press, 1980, pp. 139–42.

Dervin, Daniel. ''Play, Creativity and Matricide: The Implications of Lawrence's 'Smashed Doll' Episode.'' *Mosaic* 14, no. 3 (1981): 81–94.

Deva, Som. *A Critical Study of ''Sons and Lovers.''* 2d ed. Beharipur, Bareilly: Literary Publication Bureau, 1969.

Dietz, Susan. ''Miriam.'' *Recovering Literature: A Journal of Contextualist Criticism* 6, no. 3 (1978): 15–22.

DiMaggio, Richard. ''A Note on *Sons and Lovers* and Emerson's 'Experience.' '' *DHL Review* 6 (Summer 1973): 214–16. (See also Wise [1972] op. cit.)

Doheny, John. ''The Novel Is the Book of Life: DHL and a Revised Version of Polymorphous Perversity.'' *Paunch* 26 (April 1966): 40–59.

Doherty, Gerald. ''The Dialectic of Space in DHL's *Sons and Lovers.*'' *Modern Fiction Studies* 39 (Summer 1993): 327–43.

Draper, R. P. *''Sons and Lovers'' by DHL.* London and Basingstoke: Macmillan, 1986. (Macmillan Master Guides series.)

Eagleton, Terry. *Exiles and Emigrés: Studies in Modern Literature.* London: Chatto and Windus; New York: Schocken, 1970, pp. 192–200.

Eggert, Paul. ''Edward Garnett's *Sons and Lovers.*'' *Critical Quarterly* 28, no. 4 (1986): 51–62.

———. ''Opening Up the Text: The Case of *Sons and Lovers.*'' In *Rethinking Lawrence.* Edited by Keith Brown. Milton Keynes and Philadelphia: Open University Press, 1990, pp. 38–52.

Eichrodt, John M. ''Doctrine and Dogma in *Sons and Lovers.*'' *Connecticut Review* 4 (1970): 18–32.

Farr, Judith, ed. *Twentieth Century Interpretations of ''Sons and Lovers'': A Collection of Critical Essays.* Englewood Cliffs, N.J.: Prentice-Hall, 1970.

Fielding, M. L. *Notes on DHL's ''Sons and Lovers.''* London: Methuen, 1975. (Study guide.)

Finney, Brian. *DHL: ''Sons and Lovers.''* Harmondsworth: Penguin, 1990. (Penguin Critical Studies series.)

Fleishman, Avrom. ''The Fictions of Autobiographical Fiction.'' *Genre* 9 (1976): 73–86 (82–86).

———. ''*Sons and Lovers:* A Prophet in the Making.'' In his *Figures of Autobiography: The Language of Self-Writing in Victorian and Modern England.* Berkeley: University of California Press, 1983, pp. 395–410.

Fowler, Roger. *Linguistics and the Novel.* London: Methuen, 1977, pp. 113–22.

Fraiberg, Louis. ''The Unattainable Self: DHL's *Sons and Lovers.*'' In *Twelve Original Essays on Great English Novels.* Edited by Charles Shapiro. Detroit: Wayne State University Press, 1960, pp. 175–201. (Reprinted in Tedlock [1965] op. cit.)

Galbraith, Mary. ''Feeling Moments in the Work of DHL.'' *Paunch* 63–64 (1990): 15–38 (18–23).

Gavin, Adrienne E. ''Miriam's Mirror: Reflections on the Labelling of Miriam Leivers.'' *DHL Review* 24 (Fall 1992): 27–41.

Gilbert, Sandra M. *DHL's ''Sons and Lovers,'' ''The Rainbow,'' ''Women in Love,'' ''The Plumed Serpent.''* New York: Monarch Press, 1965. (Study guide.)

Gillespie, Michael Patrick. ''Lawrence's *Sons and Lovers.*'' *Explicator* 40, no 4 (1982): 36–38.

Gomme, Andor H. ''Jessie Chambers and Miriam Leivers—An Essay on *Sons and Lovers.*'' In *DHL: A Critical Study of the Major Novels and Other Writings.* Edited by Andor H. Gomme. Sussex: Harvester Press; New York: Barnes and Noble, 1978, pp. 30–52.

Gose, Elliott B., Jr. ''An Expense of Spirit.'' *New Mexico Quarterly* 25 (Winter 1955–56): 358–63.

Hampson, Carolyn. ''The Morels and the Gants: Sexual Conflict as a Universal Theme.'' *Thomas Wolfe Review* 8 (Spring 1984): 27–40.

Handley, Graham. *Notes on DHL ''Sons and Lovers.''* Bath: J. Brodie, 1967.

Hanson, Christopher. *Sons and Lovers.* Oxford: Basil Blackwell, 1966. (Notes on English Literature Series.)

Hardy, Barbara. *The Appropriate Form: An Essay on the Novel.* London: Athlone Press, 1964, pp. 135–46.

Hardy, John Edward. *Man in the Modern Novel.* Seattle: University of Washington Press, 1964, pp. 52–66.

Harvey, Geoffrey. *Sons and Lovers.* London: Macmillan; Atlantic Highlands, N.J.: Humanities, 1987. (Critics Debate Series.)

Heywood, Christopher. ''Olive Schreiner's *The Story of an African Farm:* Prototype of Lawrence's Early Novels.'' *English Language Notes* 14 (September 1976): 44–50.

Hillman, Rodney. *DHL, ''Sons and Lovers.''* London: British Council, 1976. (Notes on Literature, no. 161.)

Hilton, Enid. ''Alice Dax: DHL's Clara in *Sons and Lovers.*'' *DHL Review* 22 (Fall 1990): 275–85.

Hinz, Evelyn J. ''*Sons and Lovers:* The Archetypal Dimensions of Lawrence's Oedipal Tragedy.'' *DHL Review* 5 (Spring 1972): 26–53.

Hinz, Evelyn J., and John J. Teunissen. '' 'They Thought of *Sons and Lovers':* DHL and Thomas Wolfe.'' *Southern Quarterly* 29, no. 3 (Spring 1991): 77–89.

Holliday, R. ''The Challenge of Lawrence's Fiction.'' *Journal of the DHL Society* 2 (1979): 7–12.

Idema, James M. ''The Hawk and the Plover: 'The Polarity of Life' in the 'Jungle Aviary' of DHL's Mind in *Sons and Lovers* and *The Rainbow.*'' *Forum* (Houston)

3 (Summer 1961): 11–14.

Jeffries, C. "Metaphor in *Sons and Lovers.*" *Personalist* 29 (July 1948): 287–92.

Joffe, Phil. "*Sons and Lovers:* The Growth of Paul Morel." *CRUX: A Journal on the Teaching of English* 20, no. 3 (1986): 49–62.

Karl, Frederick R., and Marvin Magalaner. *A Reader's Guide to Great Twentieth-Century English Novels.* New York: Noonday; London: Thames and Hudson, 1959, pp. 156–71.

Kay, Wallace G. "Two Printer's Errors in *Sons and Lovers.*" *DHL Review* 19 (Summer 1987): 185–87. (See also Ross [1988] op. cit.)

Kazin, Alfred. "Sons, Lovers and Mothers." *Partisan Review* 29 (Spring 1962): 373–85. (Reprinted as introduction to the novel, New York: Random House, 1962, and in Tedlock [1965], op. cit., pp. 238–50.)

Kern, Stephen. *The Culture of Love: Victorians to Moderns.* Cambridge: Harvard University Press, 1992, pp. 253–56 and passim.

Kuttner, Alfred Booth. "*Sons and Lovers:* A Freudian Appreciation." *Psychoanalytic Review* 3 (July 1916): 295–317. (Reprinted in Tedlock [1965], op. cit., pp. 76–100, and Salgādo [1969], op. cit., pp. 69–94.)

Levy, Nancy R. "Values Education through DHL's *Sons and Lovers.*" *English Journal* 73, no. 6 (1984): 48–50.

Littlewood, J.F.C. "Son and Lover." *Cambridge Quarterly* (Autumn–Winter 1969–70): 323–61.

Longmire, Samual E. "Lawrence's *Sons and Lovers.*" *Explicator* 42, no. 3 (Spring 1984): 2–4.

Martz, Louis L. "Portrait of Miriam: A Study in the Design of *Sons and Lovers.*" In *Imagined Worlds: Essays on Some English Novels and Novelists in Honour of John Butt.* Edited by Maynard Mack and Ian Gregor. London: Methuen, 1968, pp. 343–69. (Reprinted in Jackson and Jackson [1988]: 47–68.)

Maxwell-Mahon, W. D. "A Note on *Sons and Lovers.*" *Crux* 10 (1976): 17–20.

Melchiori, Barbara. " 'Objects in the Powerful Light of Emotion.' " *Ariel* (Leeds) 1 (January 1970): 21–30.

Mitchell, Giles R. "*Sons and Lovers* and the Oedipal Project." *DHL Review* 13 (Fall 1980): 209–19.

Mortland, Donald E. "The Conclusion of *Sons and Lovers:* A Reconsideration." *Studies in the Novel* 3 (Fall 1971): 305–15.

Moseley, Edwin M. *Pseudonyms of Christ in the Modern World: Motifs and Methods.* Pittsburgh: University of Pittsburgh Press, 1963, pp. 69–91.

Moynahan, Julian, ed. *"Sons and Lovers": Text, Background, and Criticism.* New York: Viking Press, 1968.

Muggeridge, Malcolm. "Lawrence's *Sons and Lovers.*" *New Statesman and Nation* 49 (23 April 1955): 581–82.

Murfin, Ross C. *"Sons and Lovers": A Novel of Division and Desire.* Boston: Twayne, 1987.

Nadel, Ira Bruce. "From Fathers and Sons to *Sons and Lovers.*" *Dalhousie Review* 59 (1979): 221–38.

Nash, Thomas. " 'Bleeding at the Roots': The Folklore of Plants in *Sons and Lovers.*" *Kentucky Folklore Record* 27, nos. 1–2 (1981): 20–32.

New, William H. "Character as Symbol: Annie's Role in *Sons and Lovers.*" *DHL Review* 1 (Spring 1968): 31–43.

Newmarch, David. " 'Death of a Young Man in London': Ernest Lawrence and William Morel in *Sons and Lovers.*" *Durham University Journal* 76 (1983): 73–79.

O'Connor, Frank. "DHL: *Sons and Lovers.*" In his *The Mirror in the Roadway.* London: Hamilton, 1955, pp. 270–79.

Padhi, Bibhu. "Man, Nature and Motions of the Spirit: Symbolic Scenes in DHL's *Sons and Lovers.*" *Wascana Review* 19, no. 2 (1984): 53–67.

Pandit, M. L. "The Family Relationship in *Sons and Lovers:* Gertrude and Walter Morel." In *Essays on DHL.* Edited by T. R. Sharma. Meerut, India: Shalabh Book House, 1987, pp. 89–94.

Panken, Shirley. "Some Psychodynamics in *Sons and Lovers:* A New Look at the Oedipal Theme." *Psychoanalytic Review* 61 (1974–75): 571–89.

Pascal, Roy. "The Autobiographical Novel and the Autobiography." *Essays in Criticism* 9 (April 1959): 134–50. (Brontë's *Villette, Sons and Lovers,* and Joyce's *Portrait of the Artist as a Young Man.*)

Perez, Carlos A. "Husbands and Wives, Sons and Lovers, Intimate Conflict in the Fiction of DHL." In *The Aching Hearth: Family Violence in Life and Literature.* Edited by Sara Munson Deats and Lagretta Tallent Lenker. New York: Plenum, 1991, pp. 175–87.

Phillips, Danna. "Lawrence's Understanding of Miriam through Sue." *Recovering Literature* 7, no. 1 (1979): 46–56.

Pinsker, Sanford. " 'Once Again, the Flowers': A Note on *Sons and Lovers.*" *Modern British Literature* 1 (Fall 1976): 91–92.

Pittock, Malcolm. "*Sons and Lovers:* The Price of Betrayal." *Essays in Criticism* 36, no. 3 (1986): 235–54. (Reprinted in Brown [1990]: 120–32.)

Poynter, John S. "Miner and Mineowner at the Time of Lawrence's Setting for *Sons and Lovers.*" *Journal of the DHL Society* 2, no. 3 (1981): 13–23.

Prakesh, Om. *"Sons and Lovers": A Critical Study.* Bareilly: Prakesh Book Depot, 1972.

Prakesh, Ravendra. *DHL: "Sons and Lovers": A Critical Study.* Agra: Lakshmi Narain Agarwal, 1972.

Pratt, Annis. "Women and Nature in Modern Fiction." *Contemporary Literature* 13 (Fall 1972): 481–83.

Pullin, Faith. "Lawrence's Treatment of Women in *Sons and Lovers.*" In *Lawrence and Women.* Edited by Anne Smith. London: Vision, 1978, pp. 49–73.

Raizada, Harish. "Paul Morel: Architect of His Own Tragedy." *Aligarh Journal of English Studies* 10, no. 2 (1985): 122–40.

Reddick, Bryan. "*Sons and Lovers:* The Omniscient Narrator." *Thoth* 7 (Spring 1966): 68–76.

Richards, Bernard. "Lawrence's *Sons and Lovers.*" *Explicator* 46, no. 3 (1988): 32–35.

Ross, Charles L. " 'Let Him Be Killed' or 'Let Him Not Be Killed': A Reply to Wallace G. Kay." *DHL Review* 20 (Spring 1988): 65–68.

Rossman, Charles. "The Gospel according to DHL: Religion in *Sons and Lovers.*" *DHL Review* 3 (Spring 1970): 31–41.

Rothkopf, C. Z. *"Sons and Lovers": A Critical Commentary.* New York: American R.D.M. Corporation, 1969.

Sagar, Keith. "How Edward Garnett Made Lawrence's Novels Fit for Public Consumption." *Times Higher Education Supplement* (11 January 1980): 10.

———. "Introduction." *Sons and Lovers* by DHL. Edited by Keith Sagar. Harmondsworth: Penguin, 1981, pp. 11–28.

Saje, Natasha. "Hamlet, D. H. Lawrence and *Sons and Lovers.*" *Dalhousie Review* 71 (Fall 1991): 334–47.

Salgādo, Gāmini. *DHL: "Sons and Lovers."* London: Edward Arnold, 1966.

———, ed. *DHL: "Sons and Lovers": A Selection of Critical Essays.* London: Macmillan, 1969. (Published in America as *DHL: "Sons and Lovers," A Casebook.* Nashville, Tenn.: Aurora, 1970.)

Saxena, H. S. "A Study of the Facsimile of the Ms. of *Sons and Lovers.*" In *Essays on DHL.* Edited by T. R. Sharma. Meerut, India: Shalabh Book House, 1987, pp. 79–88.

Schapiro, Barbara. "Maternal Bonds and the Boundaries of Self: DHL and Virginia Woolf." *Soundings* 69 (1986): 347–65.

Scherr, Barry J. "The 'Dark Fire of Desire' in DHL's *Sons and Lovers.*" *Recovering Literature: A Journal of Contextualist Criticism* 16 (1988): 37–67.

Schorer, Mark. "Technique as Discovery." *Hudson Review* 1 (Spring 1948): 67–87. (Excerpt reprinted in Tedlock [1965]: 164–69, Salgādo [1969]: 106–11, and Farr [1970]: 97–99, all op. cit.)

———. "Introduction." *DHL: "Sons and Lovers": A Facsimile of the Manuscript.* Edited by Mark Schorer. Berkeley, Los Angeles, London: University of California Press, 1977, pp. 1–9.

Schwartz, Daniel R. "Speaking of Paul Morel: Voice, Unity, and Meaning in *Sons and Lovers.*" *Studies in the Novel* 8 (Fall 1976): 255–77.

Sexton, Mark S. "Lawrence, Garnett and *Sons and Lovers:* An Exploration of Author–Editor Relationship." *Studies in Bibliography: Papers of the Bibliographical Society of the University of Virginia* 43 (1990): 208–22.

Sharma, Shruti. *DHL: "Sons and Lovers": A Critical Study.* Karnal, India: Natraj Publishing House, 1990.

Shaw, Rita Granger. *Notes on DHL's "Sons and Lovers."* Lincoln, Nebr.: Cliff's Notes, 1965. (Study Guide.)

Shealy, Ann. "The Epiphany Theme in Modern Fiction: E. M. Forster's *Howard's End* and DHL's *Sons and Lovers.*" In her *The Passionate Mind.* Philadelphia: Dorrance, 1976, pp. 1–27.

Shrivastava, K. C. "DHL's *Sons and Lovers* as a Proletarian Novel." In *Essays on DHL.* Edited by T. R. Sharma. Meerut, India: Shalabh Book House, 1987, pp. 104–8.

Shrubb, E. P. "Reading *Sons and Lovers.*" *Sydney Studies in English* 6 (1980–81): 87–104.

Sloan, Gary. "An Emersonian Source for the Title *Sons and Lovers.*" *American Notes and Queries* 16 (1978): 160–61.

Smith, G., Jr. "The Doll-Burners: DHL and Louisa Alcott." *Modern Language Quarterly* 19 (March 1958): 28–32.

Spacks, Patricia Meyers. *The Adolescent Idea: Myths of Youth and the Adult Imagination.* New York: Basic Books, 1981, pp. 243–51.

Spector, Judith. "Taking Care of Mom: Erotic Degradation, Dalliances, and Dichotomies in the Works of Just About Everyone." *Sphinx: A Magazine of Literature and Society* 4 (1984): 184–201.

Spilka, Mark. "The Floral Pattern in *Sons and Lovers.*" *New Mexico Quarterly* 25 (Spring 1955): 44–56.

———. "For Mark Schorer with Combative Love: The *Sons and Lovers* Manuscript." *Review* 3 (1981): 129–47. (Rev. version in Balbert and Marcus [1985]: 29–44, and Spilka [1992]: 27–46.)

Sproles, Karyn Z. “Teaching Sons and Teaching Lovers: Using Lawrence in Freshman English.” *DHL Review* 19 (Fall 1987): 330–36.

———. “DHL and the Schizoid State: Reading *Sons and Lovers* through *The White Peacock.*” *Paunch* 63–64 (December 1990): 39–70.

Stoll, John E. *DHL's “Sons and Lovers”: Self-Encounter and the Unknown Self.* Muncie, Ind.: Ball State University, 1968.

Stovel, Nora Foster. “DHL and ‘The Dignity of Death’: Tragic Recognition in ‘Odour of Chrysanthemums,’ *The Widowing of Mrs. Holroyd,* and *Sons and Lovers.*” *DHL Review* 16 (1983): 59–82.

———. “DHL from Playwright to Novelist: ‘Strife in Love’ in *A Collier's Friday Night* and *Sons and Lovers.*” *English Studies in Canada* 13, no. 4 (1987): 451–67.

Taylor, John A. “The Greatness of *Sons and Lovers.*” *Modern Philology* 71 (May 1974): 380–87.

Tedlock, E. W., Jr., ed. *DHL and “Sons and Lovers”: Sources and Criticism.* New York: New York University Press, 1965; London: London University Press, 1966.

Templeton, Wayne. “The Drift towards Life: Paul Morel's Search for a Place.” *DHL Review* 15 (1982): 177–94. (Reprinted in Templeton [1989]: 58–106.)

———. “The *Sons and Lovers* Manuscript.” *Studies in Bibliography* 37 (1984): 234–43.

Tilak, Raghukul. *DHL, “Sons and Lovers.”* New Delhi: Aarti Book Centre, 1968.

Tomlinson, T. B. “Lawrence and Modern Life: *Sons and Lovers, Women in Love.*” *Critical Review* (Melbourne), no. 8 (1965): 3–18.

———. “DHL: *Sons and Lovers, Women in Love.*” In his *The English Middle-Class Novel.* London: Macmillan; New York: Harper and Row, 1976, pp. 185–98.

Tripathy, Akhilesh Kumar. “DHL's *Sons and Lovers* and *A* [*sic*] *Captain's Doll:* A Study in Thematic Link.” In *Essays on DHL.* Edited by T. R. Sharma. Meerut, India: Shalabh Book House, 1987, pp. 95–103.

Trotter, David. “Edwardian Sex Novels.” *Critical Quarterly* 31 (1989): 92–106.

———. “Introduction.” *Sons and Lovers* by DHL. Oxford: Oxford University Press, 1995, pp. vii–xxix.

Unrue, Darlene Harbour. “The Symbolism of Names in *Sons and Lovers.*” *Names* 28 (1980): 131–40.

Van Ghent, Dorothy. “On *Sons and Lovers.*” In her *The English Novel: Form and Function.* New York: Holt, Rinehart, and Winston, 1953, pp. 245–61. (Rev. version in Tedlock [1965]: 170–87, and Salgādo [1969]: 112–29, both op. cit.)

Van Tassel, Daniel E. “The Search for Manhood in DHL's *Sons and Lovers.*” *Costerus* 3 (1972): 197–210.

Vredenburgh, Joseph L. “Further Contributions to a Study of the Incest Object.” *American Imago* 16 (Fall 1959): 263–68. (Miriam and Clara as incest objects.)

Weiss, Daniel. “Oedipus in Nottinghamshire.” *Literature and Psychology* 7 (August 1957): 33–42.

———. *Oedipus in Nottingham: DHL.* Seattle: University of Washington Press, 1962, pp. 3–67 and passim.

———. “DHL's Great Circle: From *Sons and Lovers* to *Lady Chatterley's Lover.*” *Psychoanalytic Review* 50 (Fall 1963): 112–38. (Revision of Ch. 4 of *Oedipus in Nottingham,* preceding ref.)

Whiteley, Patrick J. “The Stable Ego: Psychological Realism in *Sons and Lovers.*” In his *Knowledge and Experimental Realism in Conrad, Lawrence, and Woolf.* Baton Rouge: Louisiana State University Press, 1987, pp. 108–24.

Wickham, Anna. "The Spirit of the Lawrence Women." *Texas Quarterly* 9 (Autumn 1966): 31–50. (Reprinted in *The Writings of Anna Wickham.* Edited by R. D. Smith. London, 1984, pp. 355–72.)

Wilson, Raymond J., III. "Paul Morel and Stephen Dedalus: Rebellion and Reconciliation." *Platte Valley Review* 11 (Spring 1983): 27–33.

Wise, James, N. "Emerson's 'Experience' and *Sons and Lovers.*" *Costerus* 6 (1972): 179–221. (See also DiMaggio [1973] op. cit.)

Wolf, Howard R. "British Fathers and Sons, 1773–1913: From Filial Submissiveness to Creativity." *Psychoanalytic Review* 52 (Summer 1965): 53–70.

Worthen, John. "Lawrence's Autobiographies." In *The Spirit of DHL: Centenary Studies.* Edited by Gāmini Salgādo and G. K. Das. London: Macmillan; Totowa, N.J.: Barnes, 1988, pp. 1–15.

See also (1980–94) Alden (1986): 100–13. Becker (1980): 25–42. Bell (1992): 36–50. Ben-Ephraim (1981): 84–128. Black (1986): 150–87. Bonds (1987): 29–52. Burns (1980): 39–45. Clark (1980): 57–61, 67–69. Dix (1980): 29–34, 84–86. Dorbad (1991): 43–58. Gutierrez (1987): 64, 67–68, passim. Hardy and Harris (1985): passim. Herzinger (1982): passim. Hobsbaum (1981): 46–51. Holderness (1982): 130–58. Hyde (1990): 30–36. Ingram (1990): 20–25, 34–44, 81–85. Kelsey (1991): 71–120. Kiely (1980): 61–64. Kushigian (1990): 35–71. MacLeod (1985/87): 99–105. Miliaras (1987): 95–163. Milton (1987): passim. Modiano (1987): 76–85. Niven (1980): 32–42. Padhi (1989): 95–108, 149–57. Pinkney (1990): 27–51. Poplawski (1993): 55–57. Prasad (1980): 30–56. Robinson (1992): 120–23. Sagar (1985a): 75–101. Salgādo (1982): 99–107. Scheckner (1985): 23–69. Schneider (1984): 132–43. Siegel (1991): passim. Simpson (1982): 26–37. Sklenicka (1991): 36–55, passim. Spilka (1992): 27–46. Storch (1990): 101–7, passim. Suter (1987): 59–69. Verhoeven (1987): 49–95. Worthen (1991a): 21–31. Worthen (1991b): passim.

See also (to 1979) Albright (1978): 78–85, passim. Alcorn (1977): 82–86, passim. Alldritt (1971): 16–42. Beal (1961): 14–21. Bedient (1972): 117–25. Boadella (1956/78): 79–84. Brunsdale (1978): 254–63. Cavitch (1969): 21–29, passim. Daleski (1965): 42–73. Delavenay (1972): passim. Draper (1964): 37–53. Draper (1970): 58–80. Ford (1965): 28–47. Gregory (1933): 17–28. Hochman (1970): 29–35, passim. Hough (1956): 35–53, passim. Howe (1977): 13–15, passim. Littlewood (1976): 31–41. Maes-Jelinek (1970): 25–40. Michaels-Tonks (1976): 78–84. Miko (1971): 59–107. Millett (1970): 245–57. Moore (1951): 78–90, 285–305. Moynahan (1963): 13–31. Murry (1931): 5–22. Nahal (1970): 130–37. Niven (1978): 36–58. Pinion (1978): 139–48. Prasad (1976): 147–62. Pritchard (1971): 32–43. Sagar (1966): 19–36. Sale (1973): 22–39. Sanders (1973): 21–59. Sinzelle (1964): passim. Slade (1970): 39–54, passim. Spilka (1955): 39–89. Stewart (1963): 492–98. Stoll (1971): 62–150. Swigg (1972): 44–57. Tedlock (1963): 54–69. Vivas (1960): 173–99. Worthen (1979): 26–44. Yudhishtar (1969): 82–113.

参考書目 6　『虹』（*The Rainbow*）

Adam, Ian. "Lawrence's Anti-Symbol: The Ending of *The Rainbow.*" *Journal of Narrative Technique* 3 (May 1973): 77–84.

Adamowski, T. H. "*The Rainbow* and 'Otherness.' " *DHL Review* 7 (Spring 1974): 58–77.

Adelman, Gary. *Snow of Fire: Symbolic Meaning in "The Rainbow" and "Women in Love."* New York and London: Garland, 1991, pp. 17–50.

Alinei, Tamara. "Imagery and Meaning in DHL's *The Rainbow.*" *Yearbook of English Studies* 2 (1972): 205–11.

———. "The Beginning of *The Rainbow:* Novel within a Novel?" *Lingua e Stile* (Bologna) 12 (March 1977): 161–66.

Aylwin, A. M. *Notes on DHL's "The Rainbow."* London: Methuen, 1977.

Balbert, Peter. *DHL and the Psychology of Rhythm: The Meaning of Form in "The Rainbow."* The Hague: Mouton, 1974.

———. " 'Logic of the Soul': Prothalamic Pattern in *The Rainbow.*" *Papers on Language and Literature* 29 (1983): 309–25. (Rev. versions in Balbert and Marcus [1985]: 45–66, and Balbert [1989]: 56–84.)

Baldanza, Frank. "DHL's 'Song of Songs.' " *Modern Fiction Studies* 7 (Summer 1961): 106–14.

Bell, Elizabeth S. "Slang Associations of DHL's Image Patterns in *The Rainbow.*" *Modernist Studies* 4 (1982): 77–86.

Berthoud, Jacques. "*The Rainbow* as Experimental Novel." In *DHL: A Critical Study of the Major Novels and Other Writings.* Edited by A. H. Gomme. New York: Barnes and Noble; Sussex: Harvester, 1978, pp. 53–69.

Bi, Bingbin. "The Era and *The Rainbow.*" *Foreign Literary Studies* (China) 30 (1985): 70–75.

Blanchard, Lydia. "Mothers and Daughters in DHL: *The Rainbow* and Selected Shorter Works." In *Lawrence and Women.* Edited by Anne Smith. London: Vision, 1978, pp. 75–100.

Brandabur, A. M. "The Ritual Corn Harvest Scene in *The Rainbow.*" *DHL Review* 6 (Fall 1973): 284–302.

Brookesmith, Peter. "The Future of the Individual: Ursula Brangwen and Kate Millett's *Sexual Politics.*" *Human World* (Swansea) 10 (1973): 42–65.

Brown, Ashley. "Prose into Poetry: DHL's *The Rainbow.*" In *Order in Variety.* Edited by R. W. Crump. Newark: University of Delaware Press, 1991, pp. 133–42.

Brown, Homer O. " 'The Passionate Struggle into Conscious Being': DHL's *The Rainbow.*" *DHL Review* 7 (Fall 1974): 275–90.

Buckley, Margaret, and Brian Buckley. *Challenge and Renewal: Lawrence and the Thematic Novel.* Kenilworth, Warwickshire: Chrysalis Press, 1993, pp. 1–76.

Bunnell, W. S. *Brodie's Notes on DHL's "The Rainbow."* London: Pan Books, 1978. (Rev. ed., London: Macmillan, 1993.)

Burns, Robert. "The Novel as a Metaphysical Statement: Lawrence's *The Rainbow.*" *Southern Review* (Adelaide) 4 (1970): 139–60.

Butler, Gerald J. "Sexual Experience in DHL's *The Rainbow.*" *Recovering Literature* 2 (1973): 1–92.

———. *This Is Carbon: A Defense of DHL's "The Rainbow" against His Admirers.* Seattle: Genitron Press, 1986.

Carter, John. "*The Rainbow* Prosecution." *Times Literary Supplement* (27 February 1969): 216. (See also subsequent correspondence: 17 April, p. 414; 24 April, p. 440; and 4 September, p. 979.)

Chapple, J.A.V. *Documentary and Imaginative Literature 1880–1920.* London: Blandford Press, 1970, pp. 72–79.

Chavis, Geraldine G. ''Ursula Brangwen: Toward Self and Selflessness.'' *Thoth* 12 (1971): 18–28.

Chrisman, Reva Wells. ''Ursula Brangwen in the University: DHL's Rejection of Authority in *The Rainbow.*'' *Kentucky Philological Association Bulletin* (1974): 9–16.

Christensen, Peter G. ''Problems in Characterization in DHL's *The Rainbow.*'' *Journal of the Australasian Universities Language and Literature Association* 77 (May 1992): 78–96.

Clarke, Colin, ed. *DHL: ''The Rainbow'' and ''Women in Love'': A Casebook.* London: Macmillan, 1969; Nashville, Tenn.: Aurora, 1970.

Clements, A. L. ''The Quest for the Self: DHL's *The Rainbow.*'' *Thoth* 3 (Spring 1962): 90–100.

Cockshut, A.O.J. *Man and Woman: A Study of Love and the Novel, 1740–1940.* New York: Oxford University Press, 1978, pp. 152–60.

Core, Deborah. '' 'The Closed Door': Love between Women in the Works of DHL.'' *DHL Review* 11 (Summer 1978): 114–31.

Cross, Barbara. ''Lawrence and the Unbroken Circle.'' *Perspective* 11 (Summer 1959): 81–89.

Cushman, Keith. '' 'I am going through a transition stage': *The Prussian Officer* and *The Rainbow.*'' *DHL Review* 8 (Summer 1975): 176–97.

Daiches, David. *The Novel and the Modern World.* Rev. ed. Chicago: University of Chicago Press, 1960, pp. 152–66.

Davies, Alistair. ''Contexts of Reading: The Reception of DHL's *The Rainbow* and *Women in Love.*'' In *The Theory of Reading.* Edited by Frank Gloversmith. Sussex: Harvester, 1984, pp. 199–222.

Davis, E. ''DHL, *The Rainbow* and *Women in Love.*'' In his *Readings in Modern Fiction.* Cape Town, South Africa: Simondium, 1964, pp. 258–81.

Delany, Paul. ''Lawrence and E. M. Forster: Two Rainbows.'' *DHL Review* 8 (Spring 1975): 54–62.

DeVille, Peter. ''In or Out of the Camp Fire: Lawrence and Jack London's Dogs.'' *Notes and Queries* 38 (1991): 339–41.

DiBattista, Maria. ''Angelic Lawrence: *The Rainbow.*'' In her *First Love: The Affections of Modern Fiction.* Chicago and London: University of Chicago Press, 1991, pp. 113–39.

Diethe, C. ''Expressionism in Lawrence's *The Rainbow* and *Women in Love.*'' In *Gedenkschrift for Victor Poznanski.* Edited by C.A.M. Noble. Bern: Peter Lang, 1981, pp. 147–57.

Ditsky, John M. '' 'Dark, Darker than Fire': Thematic Parallels in Lawrence and Faulkner.'' *Southern Humanities Review* 8 (Fall 1974): 497–505.

Doherty, Gerald. ''White Mythologies: DHL and the Deconstructive Turn.'' *Criticism* 29 (Fall 1987): 477–96.

———. ''The Metaphorical Imperative: From Trope to Narrative in *The Rainbow.*'' *South Central Review* 6 (Spring 1989): 46–62.

Draper, R. P. ''*The Rainbow.*'' *Critical Quarterly* 20 (Autumn 1978): 49–64.

Eagleton, Terry. *Exiles and Emigrés: Studies in Modern Literature.* London: Chatto and Windus; New York: Schocken, 1970, pp. 200–208.

Ebbatson, Roger. "The Opening of *The Rainbow:* Language and Self." *Osmania Journal of English Studies* 21 (1985): 30–38. (Also in Cooper and Hughes [1985]: 72–76.)

Edwards, Duane. *"The Rainbow": A Search for New Life.* Boston: Twayne, 1990.

Efron, Arthur. "Toward a Dialectic of Sensuality and Work." *Paunch* 44–45 (May 1976): 152–70. ("Sex and Work in Marx and *The Rainbow,*" pp. 165–70.)

Eggert, Paul. "The Half-Structured *Rainbow.*" *Critical Review* (Melbourne) 23 (1981): 89–97.

Engelberg, Edward. "Escape from the Circles of Experience: DHL's *The Rainbow* as a Modern *Bildungsroman.*" *PMLA* 78 (March 1963): 103–13.

Fernihough, Anne. "Introduction." *The Rainbow* by DHL. Edited by Mark Kinkead-Weekes. Harmondsworth: Penguin, 1995, pp. xiii–xxxiv.

Ford, George H. "The Eternal Moment: DHL's *The Rainbow* and *Women in Love.*" In *The Study of Time III.* Edited by J. T. Fraser, N. Lawrence, and D. Park. New York: Springer, 1978, pp. 512–36.

Friedman, Alan. *The Turn of the Novel.* New York: Oxford University Press, 1966, pp. 139–51.

Gamache, Lawrence B. "The Making of an Ugly Technocrat: Character and Structure in Lawrence's *The Rainbow.*" *Mosaic* 12 (Autumn 1978): 61–78.

———. "Husband Father: DHL's Use of Character in Structuring a Narrative." *Modernist Studies* 4 (1982): 36–52.

Garrett, Peter K. *Scene and Symbol from George Eliot to James Joyce.* New Haven, Conn.: Yale University Press, 1969, pp. 189–98.

Gibbons, Thomas. " 'Allotropic States' and 'Fiddlebow': DHL's Occult Sources." *Notes and Queries* 35, no. 3 (1988): 338–40.

Gilbert, Sandra M. *DHL's "Sons and Lovers," "The Rainbow," "Women in Love," "The Plumed Serpent."* New York: Monarch Press, 1965. (Study Guide.)

Goldberg, S. L. "*The Rainbow:* Fiddle-Bow and Sand." *Essays in Criticism* 11 (October 1961): 418–34.

Greeves, Richard Lynn. "Ursula's Struggle for Independence." *Collection of Articles and Essays* 20 (1987): 279–81.

Gregor, Ian. "What Kind of Fiction Did Hardy Write?" *Essays in Criticism* 16 (July 1966): 290–308. (*The Rainbow* picks up where *Jude the Obscure* left off.)

Haegert, John. "Lawrence's World Elsewhere: Elegy and History in *The Rainbow.*" *Clio* 15, no. 2 (1986): 115–35.

Harding, Adrian. "Self-Parody and Ethical Satire in *The Rainbow.*" *Etudes Lawrenciennes* 6 (1991): 31–38.

Hayles, Nancy Katherine. "Evasion: The Field of the Unconscious in DHL." In her *The Cosmic Web: Scientific Field Models and Literary Strategies in the Twentieth Century.* Ithaca, N.Y.: Cornell University Press, 1984, pp. 90–95.

Heldt, Lucia Henning. "Lawrence on Love: The Courtship and Marriage of Tom Brangwen and Lydia Lensky." *DHL Review* 8 (Fall 1975): 358–70.

Hewitt, Jan. "Introduction." *The Rainbow* by DHL. London: Dent, 1993, pp. xv–xxvi.

Heywood, Christopher. "Olive Schreiner's *The Story of an African Farm:* Prototype of Lawrence's Early Novels." *English Language Notes* 14 (September 1976): 44–50.

Hildick, Wallace. *Word for Word: A Study of Author's Alterations.* New York: Norton, 1965, pp. 65–69.

Hill, Ordelle G., and Potter Woodbery. “Ursula Brangwen of *The Rainbow:* Christian Saint or Pagan Goddess?” *DHL Review* 4 (Fall 1971): 274–79.

Hinchcliffe, Peter. “*The Rainbow* and *Women in Love:* From George Eliot to Thomas Hardy as Formal Models.” In *DHL's “Women in Love”*: *Contexts and Criticism.* Edited by Michael Ballin. Waterloo, Ontario: Wilfrid Laurier University, 1980, pp. 34–46.

Hinz, Evelyn J. “*The Rainbow:* Ursula's ‘Liberation.’ ” *Contemporary Literature* 17 (Winter 1976): 24–43.

———. “*Ancient Art and Ritual* and *The Rainbow.*” *Dalhousie Review* 58 (1979): 617–37.

Hinz, Evelyn J., and John J. Teunissen. “Odysseus, Ulysses, and Ursula: The Context of Lawrence's *Rainbow.*” In *The Modernists: Studies in a Literary Phenomenon: Essays in Honor of Harry T. Moore.* Rutherford, N.J.: Fairleigh Dickinson University Press, 1987, pp. 171–91.

Hoerner, Dennis. “Ursula, Anton, and the ‘Sons of God’: Armor and Core in *The Rainbow's* Third Generation.” *Paunch* 63–64 (1990): 173–98.

Hortmann, Wilhelm. “The Nail and the Novel: Some Remarks on Style and the Unconscious in *The Rainbow.*” In *Theorie und Praxis im Erzählen des 19. und 20. Jahrhunderts: Studien zur englischen und amerikanischen Literatur zu Ehren von Willi Erzgräber.* Edited by Winfried Herget, Klaus Peter Jochum, and Ingeborg Weber. Tübingen: Narr, 1986, pp. 167–79.

Hughs, Richard. “The Brangwen Inheritance: The Archetype in DHL's *The Rainbow.*” *Greyfriar* 17 (1976): 33–40.

Hyde, Virginia. “Will Brangwen and Paradisal Vision in *The Rainbow* and *Women in Love.*” *DHL Review* 8 (Fall 1975): 346–57.

———. “Toward ‘The Earth's New Architecture’: Triads, Arches, and Angles in *The Rainbow.*” *Modernist Studies* 4 (1982): 7–35.

Idema, James M. “The Hawk and the Plover: ‘The Polarity of Life’ in the ‘Jungle Aviary’ of DHL's Mind in *Sons and Lovers* and *The Rainbow.*” *Forum* (Houston) 3 (Summer 1961): 11–14.

Ingersoll, Earl G. “*The Rainbow's* Winifred Inger.” *DHL Review* 17 (1984): 67–69.

———. “Lawrence's *The Rainbow.*” *Explicator* 47 (1989): 46–50.

Janik, Del Ivan. “A Cumbrian *Rainbow:* Melvyn Bragg's Tallentire Trilogy.” In *DHL's Literary Inheritors.* New York: St. Martin's Press, 1991, pp. 73–88.

Kaplan, Harold J. *The Passive Voice: An Approach to Modern Fiction.* Athens: Ohio University Press, 1966, pp. 169–73, 175–80.

Karl, Frederick R., and Marvin Magalaner. *A Reader's Guide to Great Twentieth-Century English Novels.* New York: Noonday; London: Thames and Hudson, 1959, pp. 171–85.

Kay, Wallace G. “Lawrence and *The Rainbow:* Apollo and Dionysus in Conflict.” *Southern Quarterly* 10 (April 1972): 209–22.

Kennedy, Andrew. “After Not So Strange Gods in *The Rainbow.*” *English Studies* 63 (1982): 220–30.

Kern, Stephen. *The Culture of Love: Victorians to Moderns.* Cambridge: Harvard University Press, 1992, pp. 326–30 and passim.

Kettle, Arnold. “DHL: *The Rainbow.*” In his *An Introduction to the English Novel.* Vol. 2, 2d ed. London: Hutchinson, 1967, pp. 100–120 (1st ed., 1951, pp. 111–34).

Kiberd, Declan. ''DHL: The New Man as Prophet.'' In his *Men and Feminism in Modern Literature.* New York: St. Martin's Press, 1985, pp. 136–67.

Kinkead-Weekes, Mark. ''The Marble and the Statue: The Exploratory Imagination of DHL.'' In *Imagined Worlds: Essays on Some English Novels and Novelists in Honour of John Butt.* Edited by Maynard Mack and Ian Gregor. London: Methuen, 1968, pp. 371–418.

———. ''The Marriage of Opposites in *The Rainbow.*'' In *DHL: Centenary Essays.* Edited by Mara Kalnins. Bristol: Bristol Classical Press, 1986, pp. 21–40.

———. ''Introduction.'' *The Rainbow* by DHL. Edited by Mark Kinkead-Weekes. Cambridge: Cambridge University Press, 1989a, pp. xvii–lxxvi.

———. ''The Sense of History in *The Rainbow.*'' In *DHL in the Modern World.* Edited by Peter Preston and Peter Hoare. London: Macmillan, 1989b, pp. 121–38.

———, ed. *Twentieth Century Interpretations of ''The Rainbow.''* Englewood Cliffs, N.J.: Prentice-Hall, 1971.

Klein, Robert C. ''I, Thou and You in Three Lawrencian Relationships.'' *Paunch,* no. 31 (April 1968): 52–70.

Knapp, James F. ''The Self in Lawrence: Languages of History or Myth.'' In his *Literary Modernism and the Transformation of Work.* Evanston, Ill. Northwestern University Press, 1988, pp. 75–91.

Kondo, Kyoko. ''*The Rainbow* in Focus: A Study of the Form of *The Rainbow* by DHL.'' *Studies in English Literature—Japan* (1985): 53–69.

Kuo, Carol Haseley. ''Lawrence's *The Rainbow.*'' *Explicator* 19 (June 1961), item 70. (On Ursula's connection to St. Ursula.)

Lainoff, Seymour. ''*The Rainbow:* The Shaping of Modern Man.'' *Modern Fiction Studies* 1 (November 1955): 23–27.

Langland, Elizabeth. ''Society as Other in *The Rainbow.*'' In her *Society in the Novel.* Chapel Hill: University of North Carolina Press, 1984, pp. 104–14.

Latta, William. ''Lawrence's Debt to Rudolph, Baron Von Hube.'' *DHL Review* 1 (Spring 1968): 60–62.

Leavis, F. R. ''The Novel as Dramatic Poem (VII): *The Rainbow* I–III.'' *Scrutiny* 18 (Winter 1951–52): 197–210; 18 (June 1952): 273–87; 19 (October 1952): 15–30.

Langbaum, Robert. ''Reconstitution of Self: Lawrence and the Religion of Love.'' In his *Mysteries of Identity: A Theme in Modern Literature.* New York: Oxford University Press, 1977, pp. 251–353.

———. ''Lawrence and Hardy.'' In *DHL and Tradition.* Edited by Jeffrey Meyers. London: Athlone, 1985, pp. 69–90 (passim).

Lenz, William E. ''The 'Organic Connexion' of *The Rainbow* with *Women in Love.*'' *South Atlantic Bulletin* 43 (1978): 5–18.

Lerner, Laurence. *Love and Marriage: Literature and Its Social Context.* New York: St. Martin's Press, 1979, pp. 153–64.

Makolkina, Anna. ''The Dance of Dionysos in H. Khodkevych and DHL.'' *Journal of Ukrainian Studies* 15 (1990): 31–38.

McLaughlin, Ann L. ''The Clenched and Knotted Horses in *The Rainbow.*'' *DHL Review* 13 (1980): 179–86.

Mahalanobis, Shanta. ''Pre-War Feminism in Lawrence's *The Rainbow.*'' *Journal of the Department of English* (Calcutta University) 21 (1986–87): 30–41.

Manicom, David. ''An Approach to the Imagery: A Study of Selected Biblical Analogues in DHL's *The Rainbow.*'' *English Studies in Canada* 11 (December 1985): 474–83.

Martin, Graham. *DHL's ''The Rainbow.''* Milton Keynes: Open University Press, 1971.

Meyers, Jeffrey. ''*The Rainbow* and Fra Angelico.'' *DHL Review* 7 (Summer 1974): 139–55. (Reprinted in Meyers [1975]: 53–64.)

Miliaras, Barbara A. ''The Collapse of Agrarian Order and the Death of Thomas Brangwen in DHL's *The Rainbow.*'' *Etudes Lawrenciennes* 3 (1988): 65–77.

Monell, Siv. ''On the Role of Case, Aspect and Valency in the Narrative Technique of *The Rainbow.*'' In *Papers from the Second Scandinavian Symposium on Syntactic Variation, Stockholm, May 15–16, 1982.* Edited by Sven Jacobson. Stockholm: Almqvist and Wiksell, 1983, pp. 153–68.

Mori, Haruhide. ''Lawrence's Imagistic Development in *The Rainbow* and *Women in Love.*'' *Journal of English Literary History* 31 (December 1964): 460–81.

Mudrick, Marvin. ''The Originality of *The Rainbow.*'' In *A DHL Miscellany.* Edited by Harry T. Moore. Carbondale: Southern Illinois University Press, 1959, pp. 56–82. (Also in *Spectrum* 3 [Winter 1959]: 3–28, and Kinkead-Weekes [1971], op. cit., pp. 11–32.)

Mueller, W. R. ''The Paradisal Quest.'' In his *The Celebration of Life.* New York: Sheed and Ward, 1972, pp. 144–68.

Nabarro, Serry van Mierop. ''Of Time and Timelessness in *The Rainbow.*'' *Journal of the DHL Society* (1984): 31–37.

Nassar, Eugene Paul. ''Stylistic Discontinuity in DHL's *The Rainbow.*'' In his *Essays Critical and Metacritical.* Rutherford, N.J.: Fairleigh Dickinson University Press, 1983, pp. 65–83.

Nixon, Cornelia. ''To Procreate Oneself: Ursula's Horses in *The Rainbow.*'' *English Literary History* 49 (1982): 123–42. (Reprinted in Nixon [1986]: 88–98, 106–12.)

Obler, Paul. ''DHL's World of *The Rainbow.*'' *Drew University Studies,* no. 8 (December 1957): 1–19.

O'Connell, Adelyn. ''The Concept of Person in DHL's *The Rainbow.*'' In *Literature and Religion: Views on DHL.* Edited by Charles A Huttar. Holland, Mich.: Hope College, 1968. (Articles independently paginated from 1.)

Orr, John. ''Lawrence: Passion and Its Dissolution.'' In his *The Making of the Twentieth-Century Novel: Lawrence, Joyce, Faulkner and Beyond.* Basingstoke and London: Macmillan, 1987, pp. 20–43.

Otte, George. ''The Loss of History in the Modern Novel: The Case of *The Rainbow.*'' *Pacific Coast Philology* 16, no. 1 (1981): 67–76.

Padhi, Bibhu. ''Lawrence's Idea of Language.'' *Modernist Studies* 4 (1982): 65–76.

Paul, S. L. ''The Meaning of *The Rainbow.*'' In *Essays on DHL.* Edited by T. R. Sharma. Meerut, India: Shalabh Book House, 1987, pp. 147–52.

Raddatz, Volher. ''Lyrical Elements in DHL's *The Rainbow.*'' *Revue des Langues Vivantes* 40, no. 3 (1974): 235–42.

Raina, M. L. ''The Wheel and the Centre: An Approach to *The Rainbow.*'' *Literary Criterion* (Mysore) 9 (Summer 1970): 41–55.

Robins, Ross. '' 'By this he knew she wept': A Note on Lawrence and Meredith.'' *Review of English Studies* 44 (August 1993): 3889–92.

Rosenzweig, Paul. ''A Defense of the Second Half of *The Rainbow:* Its Structure and Characterization.'' *DHL Review* 13 (1980): 150–60.

———. “The Making of Ursula Brangwen's Identity: The Pattern of the Ritual Scenes in *The Rainbow*.” *University of Mississippi Studies in English* 6 (1988): 206–27.

Ross, C. L. “The Revision of the Second Generation in *The Rainbow*.” *Review of English Studies* 27 (1976): 277–95.

———. “DHL's Use of Greek Tragedy: Euripedes and Ritual.” *DHL Review* 10 (Spring 1977): 1–19.

———. *The Composition of “The Rainbow” and “Women in Love”: A History*. Charlottesville: University Press of Virginia, 1979.

Ross, Michael L. “ ‘More or Less a Sequel’: Continuity and Discontinuity in Lawrence's Brangwensaga.” *DHL Review* 14 (1981): 263–88.

Rossman, Charles. “The Cambridge *Rainbow*.” *DHL Review* 21 (1988): 179–86.

Ruffolo, Lara R. “Lawrence's Borrowed Bird: The Flight of Bede's Sparrow throughout *The Rainbow*.” *Antigonish Review* 53 (1983): 127–32.

Ruthven, K. K. “The Savage God: Conrad and Lawrence.” In *Word in the Desert*. Edited by C. B. Cox and A. E. Dyson. Oxford: Oxford University Press, 1968, pp. 39–54.

Sagar, Keith. “The Genesis of *The Rainbow* and *Women in Love*.” *DHL Review* 1 (Fall 1968): 179–99.

Sale, Roger. “The Narrative Technique of *The Rainbow*.” *Modern Fiction Studies* 5 (Spring 1959): 29–38.

Salgādo, Gāmini. *DHL: “Sea and Sardinia”; “The Rainbow.”* London: British Council, 1969. (Notes on Literature no. 100.)

———. *DHL: “The Rainbow.”* London: British Council, 1976. (Notes on Literature no. 162.)

Scherr, Barry J. “Two Essays on D. H. Lawrence's ‘Darkness’; I: The ‘Fecund Darkness’ of *The Rainbow;* II: The ‘Body of Darkness’ in *Women in Love*.” *Recovering Literature: A Journal of Contextualist Criticism* 18 (1991–92): 8–40.

Schleifer, Ronald. “Lawrence's Rhetoric of Vision: The Ending of *The Rainbow*.” *DHL Review* 13 (Summer 1980): 161–78.

Schnitzer, Deborah. *The Pictorial in Modernist Fiction from Stephen Crane to Ernest Hemingway*. Ann Arbor, Mich. UMI Research Press, 1988, pp. 138–58 (143–57).

Schwarz, Daniel R. “Lawrence's Quest in *The Rainbow*.” *Ariel* 11, no. 3 (1980): 43–66.

Selby, Keith. “DHL's *The Rainbow*.” *Explicator* 46 (1987): 41–43.

Sepčić, Višnja. “A Link between DHL's *The Trespasser* and *The Rainbow*.” *Studia Romanica et Anglica,* no. 24 (December 1967): 113–26.

Sharma, R. S. *“The Rainbow”: A Study of Symbolic Mode in DHL's Primitivism*. Hyderabad, India: Trust, 1981.

Sipple, James B. “Laughter in the Cathedral: Religious Affirmation and Ridicule in the Writings of DHL.” In *The Philosophical Reflection of Man in Literature: Selected Papers from Several Conferences Held by the International Society for Phenomenology and Literature in Cambridge, Massachusetts*. Edited by Anna-Teresa Tymieniecka. Boston: Reidel, 1982, pp. 213–44.

Smith, Frank Glover. *DHL: “The Rainbow.”* London: Edward Arnold, 1971.

Spano, Joseph. “A Study of Ursula and H. M. Daleski's Commentary.” *Paunch,* no. 33 (December 1968): 21–33.

Spear, Hilda D. *York Notes on DHL's “The Rainbow.”* London: Longman, 1991.

Spilka, Mark. ''The Shape of an Arch: A Study of Lawrence's *The Rainbow.*'' *Modern Fiction Studies* 1 (May 1955): 30–38.
Squires, Michael. ''Recurrence as a Narrative Technique in *The Rainbow.*'' *Modern Fiction Studies* 21 (Summer 1975a): 230–36.
———. ''Scenic Construction and Rhetorical Signals in Hardy and Lawrence.'' *DHL Review* 8 (Summer 1975b): 125–46.
Stewart, Jack F. ''Expressionism in *The Rainbow.*'' *Novel* 13 (1979–80): 296–315. (Reprinted in Jackson and Jackson [1988]: 72–92.)
Stoll, John E. ''Common Womb Imagery in Joyce and Lawrence.'' *Ball State University Forum* 11 (Spring 1970): 10–24.
Thickstun, William R. ''*The Rainbow* and the Flood of Consciousness.'' In his *Visionary Closure in the Modern Novel.* New York: St. Martin's Press, 1988, pp. 52–76.
Thomas, Marlin. ''Somewhere under *The Rainbow:* DHL and the Typology of Hermeneutics.'' *Mid-Hudson Language Studies* 6 (1983): 57–65.
Tilak, Raghukul. *DHL, ''The Rainbow.''* New Delhi: Aarti Book Centre, 1971.
Tobin, Patricia Drechsel. ''The Cycle Dance: DHL, *The Rainbow.*'' In her *Time and the Novel: The Genealogical Imperative.* Princeton: Princeton University Press, 1978, pp. 81–106.
Tripathy, B. D. ''*The Rainbow:* Unfamiliar Quest.'' *Aligarh Journal of English Studies* 10, no. 2 (1985): 141–55.
Trotter, David. ''Edwardian Sex Novels.'' *Critical Quarterly* 31 (1989): 92–106.
Twitchell, James. ''Lawrence's Lamias: Predatory Women in *The Rainbow* and *Women in Love.*'' *Studies in the Novel* 11 (1979): 23–42.
Unrue, Darlene H. ''Lawrence's Vision of Evil: The Power-Spirit in *The Rainbow* and *Women in Love.*'' *Dalhousie Review* 55 (Winter 1975–76): 643–54.
Van der Veen, Berend Klass. *The Development of DHL's Prose Themes, 1906–1915.* Groningen, Netherlands: University of Groningen, 1983.
Verleun, Jan. ''The Inadequate Male in DHL's *The Rainbow.*'' *Neophilologus* 72 (January 1988): 116–35.
Wah, Pun Tzoh. ''*The Rainbow* and Lawrence's Vision of a New World.'' *Southeast Asian Review of English* 12–13 (1986): 97–106.
Walsh, William. ''The Writer and the Child.'' In his *The Use of the Imagination: Educational Thought and the Literary Mind.* London: Chatto and Windus, 1959, pp. 163–74. (On Ursula.)
Wasson, R. ''Comedy and History in *The Rainbow.*'' *Modern Fiction Studies* 13 (Winter 1967–68): 465–77.
Whelan, P. T. *DHL: Myth and Metaphysic in ''The Rainbow'' and ''Women in Love.''* Ann Arbor, Mich., and London: UMI Research Press, 1988.
Whiteley, Patrick J. *Knowledge and Experimental Realism in Conrad, Lawrence, and Woolf.* Baton Rouge: Louisiana State University Press, 1987, pp. 86–96, 124–27.
Wilding, Michael. ''*The Rainbow:* 'smashing the great machine.' '' In his *Political Fictions.* Boston: Routledge and Kegan Paul, 1980, pp. 150–91.
Worthen, John. ''Introduction.'' *The Rainbow* by DHL. Edited by John Worthen. Harmondsworth: Penguin, 1981, pp. 11–33.
Wright, Terence. ''Rhythm in the Novel.'' *Modern Language Review* 80 (1985): 1–15.
Wussow, Helen M. ''Lawrence's *The Rainbow.*'' *Explicator* 41 (1982): 44–45.
Young, Richard O. '' 'Where Even the Trees Come and Go': DHL and the Fourth Dimension.'' *DHL Review* 13 (Spring 1980): 30–44.

Zytaruk, George J. ''DHL's *The Rainbow* and Leo Tolstoy's *Anna Karenina:* An Instance of Literary 'Clinamen.' '' *Germano-Slavica* 5 (1987): 197–209.

See also (1980–94) Alden (1986): 114–26. Becker (1980): 43–60. Bell (1992): 51–102, passim. Ben-Ephraim (1981): 129–78. Bonds (1987): 53–75. Burns (1980): 46–71. Clark (1980): 97–105. Dix (1980): 34–40. Dorbad (1991): 59–89. Ebbatson (1982): 76–95. Herzinger (1982): 91–99, passim. Hobsbaum (1981): 52–61. Holderness (1982): 174–89. Hyde (1990): 37–57. Hyde (1992): 73–99, passim. Ingram (1990): 21–24, 98–102, 119–37. Kelsey (1991): 121–40. Kiely (1980): 103–19. Kushigian (1990): 75–150. MacLeod (1985/87): 107–18. Miliaras (1987): 165–228. Milton (1987): 34–51, passim. Modiano (1987): 89–96. Niven (1980): 42–49. Nixon (1986): 88–98, 106–12. Padhi (1989): 108–36. Pinkney (1990): 60–78. Poplawski (1993): 79–114. Prasad (1980): 57–67. Robinson (1992): 8–31. Sagar (1985a): 102–46. Salgādo (1982): 108–21. Scheckner (1985): 23–69. Schneider (1984): 145–69. Siegel (1991): passim. Simpson (1982): 37–42, passim. Sipple (1992): 65–89. Sklenicka (1991): 56–145. Suter (1987): 69–87. Templeton (1989): 107–65. Urang (1983): 11–31. Verhoeven (1987): 97–160. Widmer (1992): 17–21, passim. Williams (1993): 138–47. Worthen (1991a): 43–49.

See also (to 1979) Albright (1978): 84–88, passim. Alldritt (1971): 45–138. Beal (1961): 23–40. Bedient (1972): 124–35. Boadella (1956/78): 84–90, passim. Cavitch (1969): 37–57. Clarke (1969): 45–69. Daleski (1965): 74–125. Delany (1978): passim. Delavenay (1971): 27–33, 132–35, passim. Delavenay (1972): 344–85. Draper (1964): 54–75. Draper (1970): 84–109. Ford (1965): 115–68. Goodheart (1963): 25–31, 115–20, passim. Gregory (1933): 34–43. Hochman (1970): 35–44. Hough (1956): 54–67, passim. Howe (1977): 28–51. Inniss (1971): 118–36. Jarrett-Kerr (1951): 19–28. Kermode (1973): 40–49. Leavis (1955): 28–31, 96–145. Leavis (1976): 122–46. Maes-Jelinek (1970): 40–51, passim. Miko (1971): 108–85. Miles (1969): 34–36, passim. Millett (1970): 257–62. Moore (1951): 134–44. Moynahan (1963): 42–72. Murfin (1978): 198–207. Murry (1931): 59–75. Nahal (1970): 137–73, passim. Nin (1932): 14–19, 26–28, passim. Niven (1978): 59–113. Pinion (1978): 148–63. Prasad (1976): 163–89. Pritchard (1971): 66–78, passim. Sagar (1966): 41–72. Sale (1973): 52–76. Sanders (1973): 60–93. Slade (1970): 55–67. Spilka (1955): 93–120. Stewart (1963): 498–510. Stoll (1971): 106–50. Swigg (1972): 81–131. Tedlock (1963): 86–96. Vivas (1960): 201–23. Worthen (1979): 45–82. Yudhishtar (1969): 113–57.

参考書目 7 『恋する女たち』(*Women in Love*)

Adamowski, T. H. ''Being Perfect: Lawrence, Sartre, and *Women in Love.'' Critical Inquiry* 2 (Winter 1975): 345–68.

Adelman, Gary. *Snow of Fire: Symbolic Meaning in ''The Rainbow'' and ''Women in Love.''* New York and London: Garland, 1991.

Ansari, A. ''*Women in Love:* Search for Integrated Being.'' *Aligarh Journal of English Studies* 10 (1985): 156–77.

Balbert, Peter. ''Ursula Brangwen and 'The Essential Criticism': The Female Corrective in *Women in Love.'' Studies in the Novel* 17 (1985): 267–85.

Ballin, Michael, ed. *DHL's ''Women in Love'': Contexts and Criticism.* Waterloo, Ontario: Wilfrid Laurier University, 1980. (Seven essays cited separately.)

———. ''DHL's Esotericism: William Blake in Lawrence's *Women in Love.* In Ballin (1980) op. cit., pp. 70–87.

Barber, David S. ''Can a Radical Interpretation of *Women in Love* Be Adequate?'' *DHL Review* 3 (Summer 1970): 168–74. (Response to Briscoe and Vicinus [1970] op. cit.)

———. ''Community in *Women in Love.'' Novel* 5 (Fall 1971): 32–41.

Bassoff, Bruce. ''Mimetic Desire in *Women in Love.''* In his *The Secret Sharers: Studies in Contemporary Fictions.* New York: AMS, 1983, pp. 125–33.

Bayley, John. *The Uses of Division: Unity and Disharmony in Literature.* New York: Viking, 1976, pp. 25–42.

Becket, Fiona. '' 'Star-Equilibrium' and the Language of Love in *Women in Love.'' Etudes Lawrenciennes* 11 (1995): 85–106.

Beker, Miroslav. '' 'The Crown,' 'The Reality of Peace,' and *Women in Love.'' DHL Review* 2 (Fall 1969): 254–64.

Bersani, Leo. ''Lawrentian Stillness.'' *Yale Review* 65 (October 1975): 38–60. (Also in his *A Future for Astyanax: Character and Desire in Literature.* Boston and Toronto: Little, Brown, 1976, pp. 156–85.)

Bertocci, Angelo P. ''Symbolism in *Women in Love.''* In *A DHL Miscellany.* Edited by Harry T. Moore. Carbondale: Southern Illinois University Press, 1959, pp. 83–102.

Bickerton, Derek. ''The Language of *Women in Love.'' Review of English Studies* (Leeds) 8 (April 1967): 56–67.

Blanchard, Lydia. ''The 'Real Quartet' of *Women in Love:* Lawrence on Brothers and Sisters.'' In *DHL: The Man Who Lived.* Edited by Robert B. Partlow, Jr., and Harry T. Moore. Carbondale: Southern Illinois University Press, 1980, pp. 199–206.

———. ''*Women in Love:* Mourning Becomes Narcissism.'' *Mosaic* 15 (1982): 105–18.

Bloom, Harold, ed. *DHL's ''Women in Love.''* New York: Chelsea House, 1988. (Eight previously published essays.)

Bonds, Diane S. ''Going into the Abyss: Literalization in *Women in Love.'' Essays in Literature* 8 (1981): 189–202. (Revised as Ch. 4 of Bonds [1987]: 77–91.)

Bradshaw, Graham. '' 'Lapsing Out' in *Women in Love.'' English* 32 (1983): 17–32.

Branda, Eldon S. “Textual Changes in *Women in Love.*” *Texas Studies in Language and Literature* 6 (Autumn 1964): 306–21.

Briscoe, Mary Louise, and Martha Vicinus. “Lawrence among the Radicals: MMLA, 1969: An Exchange.” *DHL Review* 3 (Spring 1970): 63–69. (On a workshop, “Radical Approaches to Literature: DHL's *Women in Love,*” held at the Midwest Modern Language Association, 1969. See also under Barber [1970] op. cit.)

Brown, Julia Prewitt. “Jane Austen's England.” *Persuasions: Journal of the Jane Austen Society of North America* 10 (1988): 53–58.

Buckley, Margaret, and Brian Buckley. *Challenge and Renewal: Lawrence and the Thematic Novel.* Kenilworth, Warwickshire: Chrysalis Press, 1993, pp. 1–76.

Burgan, Mary. “Androgynous Fatherhood in *Ulysses* and *Women in Love.*” *Modern Language Quarterly* 44 (June 1983): 178–97.

Cain, William E. “Lawrence's ‘Purely Destructive’ Art in *Women in Love.*” *South Carolina Review* 13 (1980): 38–47.

Chamberlain, Robert L. “Pussum, Minette, and the Afro-Nordic Symbol in Lawrence's *Women in Love.*” *PMLA* 78 (September 1963): 407–16.

Clark, L. D. “Lawrence, *Women in Love:* The Contravened Knot.” In *Approaches to the Twentieth Century Novel.* Edited by John Unterecker. New York: Crowell, 1965, pp. 51–78.

Clarke, Bruce. “Birkin in Love: Corrupt Sublimity in DHL's Representation of Soul.” *Thought: A Review of Culture and Idea* 59 (1984): 449–61.

Clarke, Colin. “ ‘Living Disintegration’: A Scene from *Women in Love* Reinterpreted.” In Clarke (1969), pp. 219–34. (The scene is “Moony.”)

———, ed. *DHL: “The Rainbow” and “Women in Love”: A Casebook.* London: Macmillan, 1969; Nashville, Tenn.: Aurora, 1970. (Essays previously published, except for the above item by Clarke.)

Clayton, Jay. *Romantic Vision and the Novel.* Cambridge: Cambridge University Press, 1987, pp. 175–94.

Coates, Paul. “The Dialectics of Enlightenment: *Elective Affinities* and *Women in Love.*” In his *The Realist Fantasy: Fiction and Reality since “Clarissa.”* London: Macmillan, 1983, pp. 88–96.

Cockshut, A.O.J. *Man and Woman: A Study of Love and the Novel 1740–1940.* New York: Oxford University Press, 1978, pp. 152–60.

Cohan, Steven. *Violation and Repair in the English Novel: The Paradigm of Experience from Richardson to Woolf.* Detroit, Mich.: Wayne State University Press, 1986, pp. 187–95.

Collins, Joseph. *The Doctor Looks at Literature: Psychological Studies of Life and Letters.* New York: Doran; London: Allen and Unwin, 1923, pp. 276–84.

Cooney, Seamus. “The First Edition of Lawrence's Foreword to *Women in Love.*” *Library Chronicle* (University of Texas), new series, no. 7 (Spring 1974): 71–79.

Cooper, Annabel. “Lawrence's *Women in Love.*” *Meridian: The La Trobe University English Review* (Australia) 7, no. 2 (1988): 179–84. (Review essay on the Cambridge *Women in Love.*)

Craig, David. “Fiction and the Rising Industrial Classes.” *Essays in Criticism* 17 (January 1967): 64–74.

———. “Lawrence and Democracy.” In his *The Real Foundations: Literature and Social Change.* London: Chatto and Windus, 1973; New York: Oxford University Press, 1974, pp. 143–67. (Mainly on “The Industrial Magnate” chapter.)

Daiches, David. *The Novel and the Modern World.* Rev. ed. Chicago: University of Chicago Press, 1960, pp. 166–71.

Davies, Alistair. ''Contexts of Reading: The Reception of DHL's *The Rainbow* and *Women in Love.*'' In *The Theory of Reading.* Edited by Frank Gloversmith. Sussex: Harvester, 1984, pp. 199–222.

Davis, E. ''DHL, *The Rainbow* and *Women in Love.*'' In his *Readings in Modern Fiction.* Cape Town, South Africa: Simondium, 1964, pp. 258–81.

Davis, Herbert. ''*Women in Love:* A Corrected Typescript.'' *University of Toronto Quarterly* 27 (October 1957): 34–53.

Davis, William A. ''Mountains, Metaphors, and Other Entanglements: Sexual Representation in the Prologue to *Women in Love.*'' *DHL Review* 22 (Spring 1990): 69–76.

Delany, Paul, ed. ''Halliday's Progress: Letters of Philip Heseltine, 1915–21.'' *DHL Review* 13 (1980): 119–33.

DeVille, Peter. ''The City and the New Ego: Lawrence and Lewis.'' *Quaderno* 2 (1987): 129–42.

DiBattista, Maria. ''*Women in Love:* DHL's Judgement Book.'' In *DHL: A Centenary Consideration.* Edited by Peter Balbert and Philip L. Marcus. Ithaca, N.Y., and London: Cornell University Press, 1985, pp. 67–90. (Also in her *First Love: The Affections of Modern Fiction.* Chicago and London: University of Chicago Press, 1991, pp. 141–64.)

Diethe, C. ''Expressionism in Lawrence's *The Rainbow* and *Women in Love.*'' In *Gedenkschrift for Victor Poznanski.* Edited by C.A.M. Noble. Bern: Peter Lang, 1981, pp. 147–57.

Dillon, Martin C. ''Love in *Women in Love:* A Phenomenological Analysis.'' *Philosophy and Literature* 2 (Fall 1978): 190–208.

Doherty, Gerald. ''The Salvator Mundi Touch: Messianic Typology in DHL's *Women in Love.*'' *Ariel* 13, no. 3 (1982): 53–71.

———. ''The Darkest Source: DHL; Tantric Yoga, and *Women in Love.*'' *Essays in Literature* 11 (1984): 211–22.

———. ''White Mythologies: DHL and the Deconstructive Turn.'' *Criticism* 29 (Fall 1987): 477–96.

———. ''The Art of Leaping: Metaphor Unbound in DHL's *Women in Love.*'' *Style* 26 (Spring 1992): 50–65.

Donaldson, George. '' 'Men in Love'? DHL, Rupert Birkin and Gerald Crich.'' In *DHL: Centenary Essays.* Edited by Mara Kalnins. Bristol: Bristol Classical Press, 1986, pp. 41–68.

Drain, Richard. ''*Women in Love.*'' In *DHL: A Critical Study of the Major Novels.* Edited by A. H. Gomme. Sussex: Harvester; New York: Barnes and Noble, 1978, pp. 70–93.

Draper, R. P. ''Review of DHL's *Women in Love* edited by David Farmer, Lindeth Vasey, and John Worthen.'' *DHL Review* 20 (Fall 1988): 337–39.

Drew, Elizabeth. *The Novel: A Modern Guide to Fifteen English Masterpieces.* New York: Norton, 1963, pp. 208–23.

Eagleton, Terry. *Exiles and Emigrés: Studies in Modern Literature.* London: Chatto and Windus; New York: Schocken, 1970, pp. 208–14 and passim.

Eastman, Donald R. ''Myth and Fate in the Characters of *Women in Love.*'' *DHL Review* 9 (Summer 1976): 177–93.

Ege, Ufuk. *Fusion of Philosophy with Fiction in DHL's "Women in Love."* Lancaster: Lancaster University Central Print Unit, 1990. (Pamphlet, ten pages.)

Eggert, Paul. "The Reviewing of the Cambridge Edition of *Women in Love.*" *DHL Review* 20 (Fall 1988): 297–303. (See also, in the same journal, "From Paul Eggert [Laurentiana]," 22 (1990): 209–46; and related items under Ross [1990] op. cit.)

Eldred, Janet M. "Plot and Subplot in *Women in Love.*" *Journal of Narrative Technique* 20 (Fall 1990): 284–95.

Erlich, Richard D. "Catastrophism and Coition: Universal and Individual Development in *Women in Love.*" *Texas Studies in Language and Literature* 9 (Spring 1967): 117–28.

Farber, Lauren. "An Assemblage of Christians and Heathens: An Exploration into DHL's Sources for *Women in Love.*" *Cresset* 40 (September–October 1977): 10–14.

Farmer, David. "*Women in Love:* A Textual History and Premise for a Critical Edition." In *Editing British and American Literature, 1880–1920.* Edited by Eric Domville. New York: Garland, 1976, pp. 77–92.

Farmer, David, Lindeth Vasey, and John Worthen. "Introduction." *Women in Love* by DHL. Edited by David Farmer, Lindeth Vasey, and John Worthen. Cambridge: Cambridge University Press, 1987, pp. xix–lxi.

Fleishman, Avrom. "Lawrence and Bakhtin: Where Pluralism Ends and Dialogism Begins." In *Rethinking Lawrence.* Edited by Keith Brown. Milton Keynes and Philadelphia: Open University Press, 1990, pp. 109–19 (113–16).

Ford, George H. "Shelley or Schiller? A Note on DHL at Work." *Texas Studies in Literature and Language* 4 (Summer 1962): 154–56.

———. "An Introductory Note to DHL's Prologue to *Women in Love.*" *Texas Quarterly* 6 (Spring 1963): 92–97. (Previously unpublished "Prologue" follows, pp. 98–111.)

———. " 'The Wedding' Chapter of DHL's *Women in Love.*" *Texas Studies in Literature and Language* 6 (Summer 1964): 134–47. (An early version of the opening of the novel.)

———. "The Eternal Moment: DHL's *The Rainbow* and *Women in Love.*" In *The Study of Time III.* Edited by J. T. Fraser, N. Lawrence, and D. Park. New York: Springer, 1978, pp. 512–36.

French, A. L. " 'The Whole Pulse of Social England': *Women in Love.*" *Critical Review* (Melbourne) 21 (1979): 57–71.

Friedman, Alan. *The Turn of the Novel.* New York: Oxford University Press, 1966, pp. 152–59.

Galbraith, Mary. "Feeling Moments in the Work of DHL." *Paunch* 63–64 (1990): 15–38 (27–38).

Garrett, Peter K. *Scene and Symbol from George Eliot to James Joyce.* New Haven, Conn.: Yale University Press, 1969, pp. 198–213.

Gerber, Stephen. "Character, Language and Experience in 'Water Party.' " *Paunch* 36–37 (April 1973): 3–29.

Gilbert, Sandra M. *DHL's "Sons and Lovers," "The Rainbow," "Women in Love," "The Plumed Serpent."* New York: Monarch Press, 1965.

Gill, Stephen. "Lawrence and Gerald Crich." *Essays in Criticism* 27 (July 1977): 231–47.

Gillie, Christopher. *Character in English Literature.* New York: Barnes and Noble, 1965, pp. 187–202.

Goonetilleke, D.C.R.A. *Developing Countries in British Fiction.* London and Basingstoke: Macmillan; Totowa, N.J.: Rowman and Littlefield, 1977, pp. 39–40, 171–73 and passim.

Gordon, David J. ''*Women in Love* and the Lawrencean Aesthetic.'' In Miko (1969), op. cit., pp. 50–60.

———. ''Sex and Language in DHL.'' *Twentieth Century Literature* 27 (1981): 362–75 (364–69).

Gordon, Lyndall. ''More Pitting against than Pitying.'' *Times Literary Supplement* (16 October 1987): 1142. (Review of Cambridge *Women in Love.*)

Gorton, Mark. ''Some Say in Ice: The Apocalyptic Fear of *Women in Love.*'' *Foundation* 28 (1983): 56–60.

Gray, Ronald. ''English Resistance to German Literature from Coleridge to DHL.'' In his *The German Tradition in Literature 1871–1945.* Cambridge: Cambridge University Press, 1965, pp. 327–54. (Mainly on *Women in Love.*)

Gregor, Ian. ''Towards a Christian Literary Criticism.'' *Month* 33 (April 1965): 239–49. (Compares the novel with Iris Murdoch's *A Severed Head.*)

Grimes, Linda S. ''Lawrence's *Women in Love.*'' *Explicator* 46, no. 2 (1988): 24–27.

Haegert, John W. ''DHL and the Ways of Eros.'' *DHL Review* 11 (Fall 1978): 199–233 (219–31).

Hall, William F. ''The Image of the Wolf in Chapter 30 of DHL's *Women in Love.*'' *DHL Review* 2 (Fall 1969): 272–74.

Hardy, Barbara. *The Appropriate Form: An Essay on the Novel.* London: Athlone Press, 1964, pp. 146–61.

Harper, Howard M., Jr. ''*Fantasia* and the Psychodynamics of *Women in Love.*'' *The Classic British Novel.* Edited by Howard M. Harper, Jr., and Charles Edge. Athens: University of Georgia Press, 1972, pp. 202–19.

Hayles, Nancy Katherine. ''The Ambivalent Approach: DHL and the New Physics.'' *Mosaic* 15 (September 1982): 89–108.

———. ''Evasion: The Field of the Unconscious in DHL.'' In her *The Cosmic Web: Scientific Field Models and Literary Strategies in the Twentieth Century.* Ithaca, N.Y.: Cornell University Press, 1984, pp. 85–110 (*Women in Love,* pp. 96–102).

Heywood, Christopher. ''Olive Schreiner's *The Story of an African Farm:* Prototype of Lawrence's Early Novels.'' *English Language Notes* 14 (September 1976): 44–50.

———. ''The Image of Africa in *Women in Love.*'' *DHL: The Journal of the DHL Society* 4 (1986): 13–21.

Hibbard, George. ''Places and People in the Writings of DHL.'' In Ballin (1980), op. cit., pp. 1–16.

Hinchcliffe, Peter. ''*The Rainbow* and *Women in Love:* From George Eliot to Thomas Hardy as Formal Models.'' In Ballin (1980), op. cit., pp. 34–46.

Hinz, Evelyn J., and John J. Teunissen. ''*Women in Love* and the Myth of Eros and Psyche.'' In *DHL: The Man Who Lived.* Edited by Robert B. Partlow, Jr., and Harry T. Moore. Carbondale: Southern Illinois University Press, 1980, pp. 207–20.

Holderness, Graham. *Women in Love.* Milton Keynes and Philadelphia: Open University Press, 1986. (Open Guides to Literature Series.)

Humma, John B. "Lawrence in Another Light: *Women in Love* and Existentialism." *Studies in the Novel* 24 (Winter 1992): 392–409.

Hyde, Virginia. "Will Brangwen and Paradisal Vision in *The Rainbow* and *Women in Love.*" *DHL Review* 8 (Fall 1975): 346–57.

———. "Architectural Monuments: Centers of Worship in *Women in Love.*" *Mosaic* 17, no. 4 (1984): 73–92.

Ingersoll, Earl G. "The Failure of Bloodbrotherhood in Melville's *Moby-Dick* and Lawrence's *Women in Love.*" *Midwest Quarterly* 30 (1989): 458–77.

———. "Lawrence in the Tyrol: Psychic Geography in *Women in Love* and *Mr Noon.*" *Forum for Modern Language Studies* 26 (1990): 1–12.

———. "Staging the Gaze in DHL's *Women in Love.*" *Studies in the Novel* 26, no. 2 (Fall 1994): 268–80.

Jacobson, Dan. "*Women in Love* and the Death of the Will." *Grand Street* 7 (1987): 130–39.

Jacobson, Sibyl. "The Paradox of Fulfillment: A Discussion of *Women in Love.*" *Journal of Narrative Technique* 3 (January 1973): 53–65.

Jacquin, Bernard. "Mark Rampion: A Huxleyan Avatar of DHL." *Etudes Lawrenciennes* 7 (1992): 119–27. (Considers Huxley's *Point Counter Point* and its Rampion-version of Lawrence as inspired largely by *Women in Love* and Rupert Birkin.)

Journet, Debra. "Symbol and Allegory in *Women in Love.*" *South Atlantic Review* 49, no. 2 (1984): 42–60.

Kane, Richard. "From Loins of Darkness to Loins of Pork: Body Imagery in Lawrence, Eliot, and Joyce." *Recovering Literature: A Journal of Contextualist Criticism* 17 (1989–90): 5–18.

Karl, Frederick R., and Marvin Magalaner. *A Reader's Guide to Great Twentieth-Century English Novels.* New York: Noonday; London: Thames and Hudson, 1959, pp. 186–97.

Kay, Wallace G. "*Women in Love* and *The Man Who Died:* Resolving Apollo and Dionysus." *Southern Quarterly* 10 (July 1972): 325–39. (See also his "Lawrence and *The Rainbow:* Apollo and Dionysus in Conflict." *Southern Quarterly* 10 [April 1972]: 209–22.)

Keith, W. J. "Another Way of Looking: Lawrence and the Rural." In Ballin (1980), op. cit., pp. 17–33.

Kern, Stephen. *The Culture of Love: Victorians to Moderns.* Cambridge: Harvard University Press, 1992, pp. 48–49, 247–48, and passim.

Kestner, Joseph. "Sculptural Character in Lawrence's *Women in Love.*" *Modern Fiction Studies* 21 (1975–76): 543–53.

Kiberd, Declan. "DHL: The New Man as Prophet." In his *Men and Feminism in Modern Literature.* New York: St. Martin's Press, 1985, pp. 136–67.

Kiely, Robert. "Accident and Purpose: 'Bad Form' in Lawrence's Fiction." In *DHL: A Centenary Consideration.* Edited by Peter Balbert and Phillip L. Marcus. Ithaca, N.Y., and London: Cornell University Press, 1985, pp. 91–107.

Kim, Sung Ryol. "The Vampire Lust in DHL." *Studies in the Novel* 25, no. 4 (Winter 1993): 436–48.

Kinkead-Weekes, Mark. "The Marble and the Statue: The Exploratory Imagination of DHL." In *Imagined Worlds: Essays on Some English Novels and Novelists in Honour of John Butt.* Edited by Maynard Mack and Ian Gregor. London: Methuen, 1968, pp. 371–418.

———. "Eros and Metaphor: Sexual Relationship in the Fiction of DHL." *Twentieth Century Studies* 1 (November 1969): 3–19 (11–14). (Reprinted in Smith [1978]: 111–14. Mainly on the "Moony" chapter.)

———. "DHL and the Dance." *DHL: The Journal of the DHL Society* (1992–93): 44–62 (54–56).

Klawitter, George. "Impressionist Characterization in *Women in Love.*" *University of Dayton Review* 17, no. 3 (1985–86): 49–55.

Knapp, James F. "The Self in Lawrence: Languages of History or Myth." In his *Literary Modernism and the Transformation of Work.* Evanston, Ill.: Northwestern University Press, 1988, pp. 75–91.

Knight, G. Wilson. "Lawrence, Joyce and Powys." *Essays in Criticism* 11 (October 1961): 403–17.

Krieger, Murray. *The Tragic Vision: Variations on a Theme in Literary Interpretation.* New York: Holt, Rinehart, and Winston, 1960, pp. 37–49 and passim.

Kumar, P. Shiv. "Live and Let Die: Qualified Misanthropy in *Women in Love.*" *Osmania Journal of English Studies* 21 (1985): 39–52.

Langbaum, Robert. "Reconstitution of Self: Lawrence and the Religion of Love." In his *Mysteries of Identity: A Theme in Modern Literature.* New York: Oxford University Press, 1977, pp. 251–353.

———. "Lawrence and Hardy." In *DHL and Tradition.* Edited by Jeffrey Meyers. London: Athlone, 1985, pp. 69–90 (passim).

Langman, F. H. "*Women in Love.*" *Essays in Criticism* 17 (April 1967): 183–206.

Leavis, F. R. "The Novel as Dramatic Poem (V): *Women in Love* (I–III)." *Scrutiny* 17 (Autumn 1950): 203–20; 17 (March 1951): 318–30; 18 (June 1951): 18–31.

Lee, Robin. "Darkness and 'A Heavy Gold Glamour': Lawrence's *Women in Love.*" *Theoria* 42 (1974): 57–64.

Lenz, William E. "The 'Organic Connexion' of *The Rainbow* with *Women in Love.*" *South Atlantic Bulletin* 43 (1978): 5–18.

Levenson, Michael. " 'The Passion of Opposition' in *Women in Love:* None, One, Two, Few, Many." *Modern Language Studies* 17 (Spring 1987): 22–36.

Levy, Eric P. "Lawrence's Psychology of Void and Center in *Women in Love.*" *DHL Review* 23 (Spring 1991): 5–19.

Little, Judy. "Imagining Marriage." In *Portraits of Marriage in Literature.* Macomber, Ill.: Essays in Literature, 1984, pp. 171–84.

Lodge, David. "Metaphor and Metonymy in Modern Fiction." *Critical Quarterly* 17 (Spring 1975): 75–93 (86–88).

Lucente, Gregory L. "*Women in Love* and *The Man Who Died:* From Realism to the Mythopoeia of Passion and Rebirth." In his *The Narrative of Realism and Myth: Verga, Lawrence, Faulkner, Pavese.* Baltimore: Johns Hopkins University Press, 1981, pp. 107–23.

MacKillop, Ian. "*Women in Love,* Class War and School Inspectors." In *DHL: New Studies.* Edited by Christopher Heywood. London: Macmillan; New York: St. Martin's Press, 1987, pp. 46–58.

McLean, Celia. "The Entropic Artist: Loerke's Theories of Art in *Women in Love.*" *DHL Review* 20 (Fall 1988): 275–86.

Mann, F. Maureen. "On Reading *Women in Love* in Light of Brontë's *Shirley.*" In Ballin (1980), op. cit., pp. 47–69.

Martin, W. R. " 'Freedom Together' in DHL's *Women in Love*." *English Studies in Africa* (Johannesburg) 8 (September 1965): 111–20.
Matsudaira, Youko. "Hermione Roddice in *Women in Love*." *Shoin Literary Review* 18 (1984): 1–18.
Meyers, Jeffrey. "DHL, Katherine Mansfield and *Women in Love*." *London Magazine* 18, no. 2 (1978): 32–54.
Miko, Stephen J. *Toward "Women in Love": The Emergence of a Lawrentian Aesthetic*. New Haven, Conn., and London: Yale University Press, 1971.
———, ed. *Twentieth Century Interpretations of "Women in Love."* Englewood Cliffs, N.J.: Prentice-Hall, 1969. (Previously published essays by Ford, Friedman, Moynahan, Spilka, and Vivas, with other material and one previously unpublished essay by Gordon [1969], op. cit.)
Miles, Thomas H. "Birkin's Electro-Mystical Body of Reality: DHL's Use of Kundalini." *DHL Review* 9 (Summer 1976): 194–212.
Mills, Howard W. "Stylistic Revision of *Women in Love*." *Etudes Lawrencienne* 3 (1988): 99–108.
Molam, Rosemary. "Lawrence's Use of Symbolism in *Women in Love*." *Opus,* 2d series, 4 (1979): 31–34.
Moody, H.L.B. "African Sculpture Symbols in a Novel by DHL." *Ibadan* 26 (1969): 73–77.
Mori, Haruhide. "Lawrence's Imagistic Development in *The Rainbow* and *Women in Love*." *Journal of English Literary History* 31 (December 1964): 460–81.
Morris, Inez R. "African Sculpture Symbols in *Women in Love*." *Publications of the Mississippi Philological Association* 1 (1982): 8–17. (Reprinted in *DHL Review* 16 [1983]: 25–43; and in *College Language Association Journal* 28 [1985]: 263–80.)
Mudrick, Marvin. *The Man in the Machine*. New York: Horizon Press, 1977, pp. 25–27, 44–48.
New, Peter G. *Fiction and Purpose in "Utopia," "Rasselas," "The Mill on the Floss" and "Women in Love."* London: Macmillan; New York: St. Martin's Press, 1985, pp. 231–302.
Nichols, Marianna da Vinci. "Reining the Imaginary Horse." *International Journal of Symbology* 8 (1977): 47–64.
Oates, Joyce Carol. "Lawrence's Götterdämmerung: The Tragic Vision of *Women in Love*." *Critical Inquiry* 4 (Spring 1978): 559–78. (Reprinted in her *Contraries: Essays*. New York: Oxford University Press, 1981, pp. 141–70.)
O'Hara, Daniel. "The Power of Nothing in *Women in Love*." *Bucknell Review* 28, no. 2 (1983): 151–64. (Reprinted in Widdowson [1992]: 146–59.)
Orr, John. "Lawrence: Passion and Its Dissolution." In his *The Making of the Twentieth-Century Novel: Lawrence, Joyce, Faulkner and Beyond*. Basingstoke and London: Macmillan, 1987, pp. 20–43.
Ort, Daniel. "Lawrence's *Women in Love*." *Explicator* 27 (January 1969): item 38. (On Gudrun's dance before the sterile cattle.)
Paccaud-Huguet, Josiane. *"Women in Love": de la tentation perverse à l'écriture*. Grenoble: Ellug, 1991.
———. "Narrative as a Symbolic Act: The Historicity of Lawrence's Modernity." *Etudes Lawrenciennes* 9 (1993): 75–94. (Mainly on *Women in Love*.)
Padhi, Bibhu. "Lawrence's Idea of Language." *Modernist Studies* 4 (1982): 65–76.

Parker, David. ''Into the Ideological Unknown: *Women in Love.*'' *Critical Review* 30 (1990): 3–24.

Perkins, Wendy. ''Reading Lawrence's Frames: Chapter Division in *Women in Love.*'' *DHL Review* 24 (Fall 1992): 229–46.

Pichardie, Jean-Paul. ''*Women in Love:* Structures.'' *Etudes Lawrenciennes* 4 (1989): 7–19.

Pitre, David. ''The Mystical Lawrence: Rupert Birkin's Taoist Quest.'' *Studies in Mystical Literature* 3 (1983): 43–64.

Pluto, Anne Elezabeth. ''Blutbrüderschaft.'' *Paunch* 63–64 (1990): 85–118 (89–97).

Pollak, Paulina S. ''Anti-Semitism in the Works of DHL: Search for and Rejection of the Faith.'' *Literature and Psychology* 32 (1986): 19–29.

Preston, Peter. '' 'Under the Same Banner'?: DHL and Catherine Carswell's *Open the Door!*'' *Etudes Lawrenciennes* 9 (1993): 111–26. (Considers the the degree of affinity between *Women in Love* and Carswell's novel.)

Price, Martin. ''Lawrence: Levels of Consciousness.'' In his *Forms of Life: Character and Moral Imagination in the Novel.* New Haven, Conn., and London: Yale University Press, 1983, pp. 267–94 (267–72, 282–94).

Pritchard, William H. *Seeing through Everything: English Writers 1918–1940.* London: Faber and Faber, 1977, pp. 73–78 and passim.

Procopiow, Norma. ''The Narrator's Stratagem in *Women in Love.*'' *College Literature* 5 (Spring 1978): 114–24.

Procter, Margaret. ''Possibilities of Completion: The Endings of *A Passage to India* and *Women in Love.*'' *English Literature in Transition* 34, no. 3 (1991): 261–80.

Rachman, Shalom. ''Art and Value in DHL's *Women in Love.*'' *DHL Review* 5 (Spring 1972): 1–25.

Radrum, Alan. ''Philosophical Implications in Lawrence's *Women in Love.*'' *Dalhousie Review* 51 (Summer 1971): 240–50.

Ragussis, Michael. ''DHL: The New Vocabulary of *Women in Love:* Speech and Art Speech.'' In his *The Subterfuge of Art: Language and the Romantic Tradition.* Baltimore and London: Johns Hopkins University Press, 1978, pp. 172–225.

Raskin, Jonah. *The Mythology of Imperialism: Rudyard Kipling, Joseph Conrad, E. M. Forster, DHL and Joyce Cary.* New York: Random House, 1971, pp. 200–203, 252–56.

Reddick, Bryan D. ''Point of View and Narrative Tone in *Women in Love:* The Portrayal of Interpsychic Space.'' *DHL Review* 7 (Summer 1974): 156–71.

———. ''Tension at the Heart of *Women in Love.*'' *English Literature in Transition* 19 (1976): 73–86.

Remsbury, John. ''*Women in Love* as a Novel of Change.'' *DHL Review* 6 (Summer 1973): 149–72.

Roberts, Neil. ''Lawrence's Tragic Lovers: The Story and the Tale in *Women in Love.*'' In *DHL: New Studies.* Edited by Christopher Heywood. London: Macmillan; New York: St. Martin's Press, 1987, pp. 34–45.

Robson, W. W. ''DHL and *Women in Love.*'' In *The Pelican Guide to English Literature, Volume 7: The Modern Age.* 3d ed. Edited by Boris Ford. Harmondsworth: Penguin, 1973, pp. 298–318.

Romanski, Philippe. '' 'Europe Is a Lost Name': Entropy in the First Two Chapters of *Women in Love.*'' *Etudes Lawrenciennes* 9 (1993): 51–60.

Ross, Charles L. ''A Problem of Textual Transmission in the Typescripts of *Women in Love.*'' *The Library,* series 5, 29 (1974): 197–205.

———. ''The Composition of *Women in Love:* A History, 1913–1916.'' *DHL Review* 8 (Summer 1975): 198–212.

———. *The Composition of ''The Rainbow'' and ''Women in Love'': A History.* Charlottesville: University Press of Virginia, 1979.

———. ''Homoerotic Feeling in *Women in Love:* Lawrence's 'Struggle for Verbal Consciousness' in the Manuscripts.'' In *DHL: The Man Who Lived.* Edited by Robert B. Partlow, Jr., and Harry T. Moore. Carbondale: Southern Illinois University Press, 1980, pp. 168–82.

———. ''Introduction.'' *Women in Love* by DHL. Edited by Charles L. Ross. Harmondsworth: Penguin, 1982, pp. 13–48.

———. ''The Cambridge Lawrence.'' *Essays in Criticism* 38 (1988): 342–51.

———. ''Editorial Principles in the Penguin and Cambridge Editions of *Women in Love:* A Reply to Paul Eggert.'' *DHL Review* 21 (1989): 223–26.

———. ''Rejoinder: The Cambridge *Women in Love* Again.'' *Essays in Criticism* 40 (1990): 95–97. (See also preceding two items by Ross and Worthen and Vasey [1989], Eggert [1988], Rossman [1989], and Eggert [1990] all op. cit.)

———. ''*Women in Love'': A Novel of Mythic Realism.* Boston: Twayne, 1991.

Ross, Charles L., and George J. Zytaruk. ''*Goats and Compasses* and/or *Women in Love:* An Exchange.'' *DHL Review* 6 (Spring 1973): 33–46. (See Zytaruk [1971] and Sagar [1973] op. cit.)

Rossman, Charles. ''DHL, Women, and *Women in Love.*'' *Cahiers Victoriens et Edouardiens,* no. 8 (1979): 93–115.

———. ''A Metacommentary on the Rhetoric of Reviewing the Reviewers: Paul Eggert on the New Editions of *Ulysses* and *Women in Love.*'' *DHL Review* 21 (1989): 219–22.

Rowley, Stephen. ''The Death of Our Phallic Being: Melville's *Moby Dick* as a Warning Which Leads to *Women in Love.*'' *Etudes Lawrenciennes* 7 (1992): 93–105.

Sabin, Margery. *The Dialect of the Tribe: Speech and Community in Modern Fiction.* Oxford: Oxford University Press, 1987, pp. 106–38.

Sagar, Keith. ''The Genesis of *The Rainbow* and *Women in Love.*'' *DHL Review* 1 (Fall 1968): 179–99.

———. ''*Goats and Compasses* and *Women in Love* Again.'' *DHL Review* 6 (Fall 1973): 303–8. (See Zytaruk [1971] and Ross [1973], op. cit.)

Salgādo, Gāmini. ''Taking a Nail for a Walk: On Reading *Women in Love.*'' In *The Modern English Novel: The Reader, The Writer, and The Work.* Edited by Gabriel Josipovici. London: Open Books, 1976; New York: Barnes and Noble, 1977, pp. 95–112.

Scherr, Barry J. ''Lawrence, Keats, and *Tender Is the Night:* Loss of Self and 'Love Battle' Motifs.'' *Recovering Literature* 14 (1986): 7–17.

———. ''Lawrence's 'Dark Flood': A Platonic Interpretation of 'Excurse.' '' *Paunch* 63–64 (1990): 209–46.

———. ''Two Essays on D. H. Lawrence's 'Darkness'; I: The 'Fecund Darkness' of *The Rainbow;* II: The 'Body of Darkness' in *Women in Love.*'' *Recovering Literature: A Journal of Contextualist Criticism* 18 (1991–92): 8–40.

Schneider, Daniel J. ''The Laws of Action and Reaction in *Women in Love.*'' *DHL Review* 14 (1981): 238–62.

Schorer, Mark. ''*Women in Love* and Death.'' *Hudson Review* 6 (Spring 1953): 34–47. (Reprinted in Hoffman and Moore [1953]: 163–77; in Spilka [1963]: 50–60; and in Schorer's *The World We Imagine*. New York: Farrar, Straus, and Giroux, 1968, pp. 107–21.)

Schwartz, Daniel R. '' 'I Was the World in Which I Walked': The Transformation of the British Novel.'' *University of Toronto Quarterly* 51 (1982): 279–97.

Scott, James F. '' 'Continental': The Germanic Dimension of *Women in Love*.'' *Literature in Wissenschaft und Unterricht* (Kiel) 12 (1979): 117–34.

Sepčić, Višnja. ''Notes on the Structure of *Women in Love*.'' *Studia Romanica et Anglica Zagrabiensia* 21–22 (1966): 289–304.

———. ''*Women in Love* and Expressionism.'' *Studia Romanica et Anglica Zagrabiensia* 26 (1981): 397–443; 27 (1982): 2–64.

Sharma, Radhe Shyam. ''The Symbol as Archetype: A Study of Symbolic Mode in DHL's *Women in Love*.'' *Osmania Journal of English Studies* (Hyderabad) 8, no. 2 (1971): 31–53. (See also his ''Towards a Definition of Modern Literary Primitivism.'' *Osmania Journal of English Studies* 14, no. 1 [1978]: 23–28.)

Singh, Vishnudat. ''*Women in Love:* A Textual Note.'' *Notes and Queries* 17 (December 1970): 466.

Smailes, T. A. ''The Mythical Bases of *Women in Love*.'' *DHL Review* 1 (Summer 1968): 129–36.

———. ''Plato's 'Great Lie of Ideals': Function in *Women in Love*.'' In *Generous Converse: English Essays in Memory of Edward Davis*. Edited by Brian Green. Cape Town: Oxford University Press, 1980, pp. 133–35.

Solecki, Sam. ''*Women in Love* and Ideology.'' In Ballin (1980), op. cit., pp. 88–107.

Spanier, Sandra Whipple. ''Two Foursomes in *The Blithedale Romance* and *Women in Love*.'' *Comparative Literature Studies* 16 (1979): 58–69.

Spilka, Mark. ''Star-Equilibrium in *Women in Love*.'' *College English* 17 (November 1955): 79–83.

———. ''Lawrence Up-Tight, or the Anal Phase Once Over.'' *Novel: A Forum on Fiction* 4 (Spring 1971): 252–67.

Spilka, Mark, with Colin Clarke, George Ford, and Frank Kermode. ''Critical Exchange: On 'Lawrence Up-Tight': Four Tail-Pieces.'' *Novel: A Forum on Fiction* 5 (Fall 1971): 54–70.

Stewart, Garrett. ''Lawrence, 'Being,' and the Allotropic Style.'' *Novel* 9 (1975–76): 217–42.

Stewart, Jack F. ''Primitivism in *Women in Love*.'' *DHL Review* 13 (Spring 1980a): 45–62.

———. ''Rhetoric and Image in Lawrence's 'Moony.' '' *Studies in the Humanities* 8 (1980b): 33–37.

———. ''Dialectics of Knowing in *Women in Love*.'' *Twentieth Century Literature* 37 (Spring 1991): 59–75.

Stoll, John E. ''Common Womb Imagery in Joyce and Lawrence.'' *Ball State University Forum* 11 (Spring 1970): 10–24.

Stroupe, John H. ''Ruskin, Lawrence and Gothic Naturalism.'' *Forum* 11 (Spring 1970): 3–9. (The influence of Ruskin's ''The Nature of Gothic.'')

Swift, John N. ''Repetition, Consummation, and 'This Eternal Unrelief.' '' In *The Challenge of DHL*. Edited by Michael Squires and Keith Cushman. Madison: University of Wisconsin Press, 1990, pp. 121–28.

Tatar, Maria Magdalene. *Spellbound: Studies in Mesmerism and Literature.* Princeton: Princeton University Press, 1978, pp. 243–55.

Thompson, Leslie M. ''A Lawrence-Huxley Parallel: *Women in Love* and *Point Counterpoint.*'' *Notes and Queries* 15 (February 1968): 58–59.

Tomlinson, T. B. ''Lawrence and Modern Life: *Sons and Lovers, Women in Love.*'' *Critical Review* (Melbourne), no. 8 (1965): 3–18.

———. ''DHL: *Sons and Lovers, Women in Love.*'' In his *The English Middle-Class Novel.* London: Macmillan; New York: Harper and Row, 1976, pp. 185–98.

Torgovnick, Marianna. ''Pictorial Elements in *Women in Love:* The Uses of Insinuation and Visual Rhyme.'' *Contemporary Literature* 21 (1980): 420–34.

———. ''Closure and the Shape of Fictions: The Example of *Women in Love.*'' In *The Study of Time IV.* Edited by J. T. Fraser. New York: Springer, 1981, pp. 147–58.

———. ''Encoding the Taboo in *Women in Love.*'' In her *The Visual Arts, Pictorialism, and the Novel: James, Lawrence, and Woolf.* Princeton: Princeton University Press, 1985, pp. 192–213.

Tristram, Philippa. ''Eros and Death (Lawrence, Freud, and Women).'' In *Lawrence and Women.* Edited by Anne Smith. London: Vision; New York: Barnes and Noble, 1978, pp. 136–55 (142–50).

Trotter, David. ''Modernism and Empire: Reading *The Waste Land.*'' *Critical Quarterly* 28 (Spring–Summer 1986): 143–53. (Discusses *Women in Love.*)

Tuck, Susan. ''Electricity Is God Now: DHL and O'Neill.'' *Eugene O'Neill Newsletter* 5, no. 2 (1981): 10–15.

Twitchell, James. ''Lawrence's Lamias: Predatory Women in *The Rainbow* and *Women in Love.*'' *Studies in the Novel* 11 (1979): 23–42.

Unrue, Darlene H. ''Lawrence's Vision of Evil: The Power-Spirit in *The Rainbow* and *Women in Love.*'' *Dalhousie Review* 55 (Winter 1975–76): 643–54.

Vitoux, Pierre. ''The Chapter 'Excurse' in *Women in Love:* Its Genesis and the Critical Problem.'' *Texas Studies in Literature and Language* 17 (Winter 1976): 821–36.

———. ''*Women in Love:* From Typescripts into Print.'' *Texas Studies in Literature and Language* 23 (1981): 577–93.

Waller, Gary F. ''The 'Open Act': DHL and the Prophetic Deferral of Meaning.'' In Ballin (1980), op. cit., pp. 108–26.

Walsh, Sylvia. ''*Women in Love.*'' *Soundings* 65 (1982): 352–68.

Weinstein, Philip M. '' 'The Trembling Instability' of *Women in Love.*'' In his *The Semantics of Desire: Changing Models of Identity from Dickens to Joyce.* Princeton: Princeton University Press, 1984, pp. 204–24.

Whelan, P. T. *DHL: Myth and Metaphysic in ''The Rainbow'' and ''Women in Love.''* Ann Arbor, Mich., and London: UMI Research Press, 1988.

Whiteley, Patrick J. *Knowledge and Experimental Realism in Conrad, Lawrence, and Woolf.* Baton Rouge: Louisiana State University Press, 1987, pp. 89–108, 124–43.

Williams, Linda Ruth. ''Introduction.'' *Women in Love* by DHL. London: Dent, 1993, pp. xxi–xxxv.

Williams, Raymond. ''Tolstoy, Lawrence, and Tragedy.'' *Kenyon Review* 25 (Autumn 1963): 633–50. (Reprinted as ''Social and Personal Tragedy: Tolstoy and Lawrence'' in his *Modern Tragedy.* London: Chatto and Windus; Stanford, Calif.: Stanford University Press, 1966, pp. 121–38.)

Worthen, John. ''Sanity, Madness and *Women in Love.*'' *Trivium* 10 (May 1975): 125–36.

———. ''Reading *Women in Love.*'' *DHL: The Journal of the DHL Society* 4 (1986): 5–12.

———. ''The Restoration of *Women in Love.*'' In *DHL in the Modern World.* Edited by Peter Preston and Peter Hoare. London: Macmillan, 1989, pp. 7–26.

———, and Lindeth Vasey. ''Rejoinder: The Cambridge *Women in Love.*'' *Essays in Criticism* 39 (1989): 176–84. (See Ross [1990] op. cit. for related items.)

Wright, Anne. *Literature of Crisis, 1910–1922: ''Howard's End,'' ''Heartbreak House,'' ''Women in Love'' and ''The Wasteland.''* London: Macmillan; New York: St. Martin's Press, 1984, pp. 113–57.

Yetman, Michael G. ''The Failure of the Un-Romantic Imagination in *Women in Love.*'' *Mosaic* 9 (Spring 1976): 83–96.

Zapf, Herbert. ''Taylorism in DHL's *Women in Love.*'' *DHL Review* 15 (1982): 129–39.

Zhao, Yonghui. ''A Fire Burning on Ice: On Lawrence and His 'Women in Love.' '' *Foreign Literary Studies* (China) 37, no. 3 (1987): 32–36.

Zytaruk, George J. ''What Happened to DHL's *Goats and Compasses?*'' *DHL Review* 4 (Fall 1971): 280–86. (This lost philosophical work as a possible early version of the novel. On this, see also Ross and Zytaruk [1973] and Sagar [1973] op. cit.)

See also (1980–94) Becker (1980): 61–78. Bell (1992): 97–132, passim. Ben-Ephraim (1981): 179–240. Bonds (1987): 77–109. Burns (1980): 71–100. Clark (1980): 145–79. Cowan (1990): 60–70. Dix (1980): 41–43, 71–73, 97–100. Dorbad (1991): 89–112. Ebbatson (1982): 96–112. Fernihough (1993): 25–29, 49–54, 145–53, passim. Fjagesund (1991): 31–42, passim. Hardy and Harris (1985): 140–43, passim. Hobsbaum (1981): 60–71. Holderness (1982): 174–76, 190–219. Hostettler (1985): 41–61, 117–36. Hyde (1990): 58–75. Hyde (1992): 101–18, passim. Ingram (1990): 61–65, 109–18. Kelsey (1991): 141–80. Kiely (1980): 156–68. MacLeod (1985/87): 43–57, 118–36. Mensch (1991): 71–118, passim. Miliaras (1987): 229–91. Milton (1987): 148–56, passim. Modiano (1987): 96–107. Montgomery (1994): 111–31, passim. Niven (1980): 49–56. Nixon (1986): passim. Padhi (1989): 131–46, 163–85. Pinkney (1990): 79–99. Prasad (1980): 67–76. Robinson (1992): 99–105. Sagar (1985a): 147–93. Scheckner (1985): 23–69. Schneider (1984): 171–90. Siegel (1991): passim. Sipple (1992): 91–114. Sklenicka (1991): 146–53. Spilka (1992): 59–65, 100–109, 147–51. Storch (1990): 97–130. Suter (1987): 87–98. Templeton (1989): 166–305. Urang (1983): 33–67. Verhoeven (1987): 161–216. Widmer (1992): 21–28, 45–48, passim. Williams (1993): 48–57, 79–94, passim. Worthen (1991a): 50–56.

See also (to 1979) Albright (1978): 84–90, passim. Alcorn (1977): 93–100, passim. Alldritt (1971): 162–218. Beal (1961): 41–58. Bedient (1972): 137–47. Boadella (1956/78): 90–94, passim. Cavitch (1969): 60–77, passim. Clarke (1969): 70–110, passim. Cornwell (1962): 215–19, passim. Daleski (1965): 126–87. Delany (1978): passim. Delavenay (1971): 89–97, 100–110, passim. Draper (1964): 76–87. Draper (1970): 157–72. Eisenstein (1974): 51–55, passim. Ford (1965): 160–222. Goodheart (1963): 120–28, passim. Gregory (1933): 43–50. Hochman (1970): 36–44, 101–17, passim. Hough (1956): 72–90, passim. Howe (1977): 52–78. Inniss (1971): 137–58. Jarrett-Kerr (1951): 28–37.

Kermode (1973): 53–78. Leavis (1955): 146–96. Leavis (1976): 62–91. Lerner (1967): 191–205. Maes-Jelinek (1970): 51–66, passim. Miles (1969): 14–22, 36–39, passim. Millett (1970): 262–69. Moore (1951): 157–67. Moynahan (1963): 72–91. Murry (1933): 218–27. Nahal (1970): 140–48, passim. Nin (1932): 97–112. Niven (1978): 59–113. Panichas (1964): 151–79. Pinion (1978): 163–77. Potter (1930): 60–68. Prasad (1976): 190–209. Pritchard (1971): 85–106, passim. Sagar (1966): 78–98. Sale (1973): 79–105. Sanders (1973): 94–135. Seligmann (1924): 8–15. Slade (1970): 67–78, passim. Spilka (1955): 121–73. Stewart (1963): 510–34. Stoll (1971): 151–97. Swigg (1972): 132–86, passim. Tedlock (1963): 96–106. Tenenbaum (1978): 82–103. Vivas (1960): 225–72. Worthen (1979): 83–104. Yudhishtar (1969): 160–200.

参考書目8　『ロストガール』(*The Lost Girl*)

Cowan, James C. "Lawrence and the Movies: *The Lost Girl* and After." In his *DHL and the Trembling Balance.* University Park: Pennsylvania State University Press, 1990, pp. 95–114 (96–101).

Delbaere-Garant, J. "The Call of the South." *Revue des Langues Vivantes* (1963): 336–57.

Gurko, Leo. "*The Lost Girl:* DHL as a 'Dickens of the Midlands.' " *PMLA* 78 (December 1963): 601–5.

Fowler, Roger. "*The Lost Girl:* Discourse and Focalization." In *Rethinking Lawrence.* Edited by Keith Brown. Milton Keynes and Philadelphia: Open University Press, 1990, pp. 53–66.

Hafley, J. "*The Lost Girl*—Lawrence Really Real." *Arizona Quarterly* 10 (1954): 312–22.

Herring, Phillip. "Caliban in Nottingham: DHL's *The Lost Girl.*" *Mosaic* 12 (1979): 9–19.

Heywood, Christopher. "DHL's *The Lost Girl* and Its Antecedents by George Moore and Arnold Bennett." *English Studies* 47, no. 2 (1966): 131–34.

Ruderman, Judith. "Rekindling the 'Father-Spark': Lawrence's Ideal of Leadership in *The Lost Girl* and *The Plumed Serpent.*" *DHL Review* 13 (Fall 1980): 239–59.

Russell, John. "DHL: *The Lost Girl, Kangaroo.*" In his *Style in Modern British Fiction: Studies in Joyce, Lawrence, Forster, Lewis and Green.* Baltimore: Johns Hopkins University Press, 1975, pp. 43–88.

Stovel, Nora Foster. " 'A Great Kick at Misery': Lawrence's and Drabble's Rebellion against the Fatalism of Bennett." In *DHL's Literary Inheritors.* Edited by Keith Cushman and Dennis Jackson. New York: St. Martin's Press; London: Macmillan, 1991, pp. 131–54. (Discusses *The Lost Girl, Anna of the Five Towns,* and Margaret Drabble's *Jerusalem the Golden.*)

Wiener, Gary A. "Lawrence's 'Little Girl Lost.' " *DHL Review* 19 (Fall 1987): 243–53.

Worthen, John. "Introduction." *The Lost Girl* by DHL. Edited by John Worthen. Cambridge: Cambridge University Press, 1981, pp. xvii–liv.

See also (1980–94) Becker (1980): 97–101. Bell (1992): 136–69. Clark (1980): 214–22. Cowan (1990): 96–101. Dix (1980): 43–46. Hardy and Harris (1985): 67–77, passim. Hobsbaum (1981): 72–75. Hostettler (1985): 136–41. Hyde (1990): 76–88. Kiely (1980): 209–12. MacLeod (1985/87): 105–7. Meyers (1982): 94–104. Niven (1980): 56–60. Prasad (1980): 67–76. Ruderman (1984): 37–47, passim. Siegel (1991): passim. Simpson (1982): 73–78. Suter (1987): 99–101. Widmer (1992): 28–30. Williams (1993): 11–13. Worthen (1991a): 57–62.

See also (to 1979) Albright (1978): 62–67. Beal (1961): 59–64. Draper (1964): 89–92. Eisenstein (1974): 43–76. Freeman (1955): 117–20. Hough (1956): 90–103, passim. Jarrett-Kerr (1951): 41–45. Kermode (1973): 102–4. Moynahan (1963): 117–40. Murry (1931): 125–33. Murry (1933): 214–18. Niven (1978): 114–32. Pinion (1978): 177–82. Pritchard (1971): 129–32. Rees (1958): 73–88. Sagar (1966): 36–38, 114–15. Tedlock (1963): 132–42. Worthen (1979): 105–17. Yudhishtar (1969): 200–212.

参考書目 9　『ミスター・ヌーン』(*Mr Noon*)

Balbert, Peter. "Silver Spoon to Devil's Fork: Diana Trilling and the Sexual Ethics of *Mr. Noon.*" *DHL Review* 20 (Summer 1988): 237–50.

Bell, Michael. "Review of *Mr. Noon* by DHL." *Modern Language Review* 83 (1988): 176–77.

Black, Michael. "DHL and Gilbert Noon." *London Review of Books* (4–17 October 1984): 10, 12.

———. "Gilbert Noon, DHL, and the Gentle Reader." *DHL Review* 20 (Summer 1988): 153–78.

Blanchard, Lydia. "Review of *Mr. Noon* by DHL." *DHL Review* 17 (Summer 1984): 153–59.

———. "DHL and His 'Gentle Reader': The New Audience of *Mr. Noon.*" *DHL Review* 20 (Summer 1988a): 223–35.

———. " 'Reading Out' a 'New Novel': Lawrence's Experiments with Story and Discourse in *Mr. Noon.*" In *Critical Essays on DHL.* Edited by Dennis Jackson and Fleda Brown Jackson. Boston: G. K. Hall, 1988b, pp. 110–18.

"Briefly Noted." *New Yorker* (28 January 1985): 97. (Review.)

Carey, John. "Lawrence at War." *Sunday Times* (2 December 1984): 43. (Review.)

Christensen, Peter G. "*Mr. Noon:* Some Problems in a New Text." *Studies in the Novel* 18 (Winter 1986): 414–26.

Condren, Edward. [On *Mr. Noon*]. *Los Angeles Times/The Book Review* (4 November 1984): 3, 11. (Review.)

Delany, Paul. "*Mr. Noon* and Modern Paganism." *DHL Review* 20 (Summer 1988): 251–61.

Dodsworth, Martin. "Lawrence, Sex and Class." *English* 24 (1985): 69–80. (Review essay.)

Eggert, Paul. "DHL and His Audience: The Case of *Mr. Noon.*" *Southern Review: Literary and Interdisciplinary Essays* 18 (1985): 298–307.

Einersen, Dorrit. "*Mr. Noon:* DHL's Newly Published Picaresque Romance." *Angles on the English Speaking World* (Copenhagen University) 1 (Autumn 1986): 2–6.

———. "Life and Fiction in DHL's *Mr. Noon* and the Novel's Place within the Lawrence Canon." *Orbis Litterarum: International Review of Literary Studies* (Denmark) 42, no. 2 (1987): 97–117.

Fenton, James. "Bing, Bang, Bump Factions." *London Times* (13 September 1984): 13. (Review.)

Ferreira, Maria Aline. "*Mr. Noon:* The Reader in the Text." *DHL Review* 20 (Summer 1988): 209–21.

Fuller, Cynthia. "Cracking the Womb: DHL's *Mr. Noon.*" *Stand Magazine* 26, no. 4 (Autumn 1985): 25–30.

Gray, Paul. "Men and Women in Love." *Time* (15 October 1984): 101. (Review.)

Gross, John. ''Books of the Times.'' *New York Times* (24 October 1984): 24. (Review.)
Haltrecht, Monty. ''Fight and Flight.'' *Times Educational Supplement* (21 September 1984): 36. (Review.)
Hawtree, Christopher. ''The Crawling Snail.'' *Spectator* (15 September 1984): 30–31. (Review.)
Heilbut, Anthony. ''All Mixed Up.'' *Nation* (9 February 1985): 152–55. (Review.)
Holbrook, David. ''Sons and Mothers: DHL and *Mr. Noon.*'' *Encounter* 70, no. 3 (March 1988): 44–54.
Hough, Graham. ''From Spooning to the Real Thing.'' *Times Literary Supplement* (14 September 1984): 1028. (Review.)
Ingersoll, Earl. ''The Pursuit of 'True Marriage': DHL's *Mr. Noon* and *Lady Chatterley's Lover.*'' *Studies in the Humanities* 14 (1987): 32–45.
———. ''The Progress towards Marriage in DHL's *Mr. Noon.*'' *Dutch Quarterly Review* 19 (1989): 294–306.
———. ''DHL's *Mr. Noon* as a Postmodern Text.'' *Modern Language Review* 85 (1990a): 304–9.
———. ''Lawrence in the Tyrol: Psychic Geography in *Women in Love* and *Mr. Noon.*'' *Forum for Modern Language Studies* 26 (1990b): 1–12.
———. ''The Theme of Friendship and the Genesis of DHL's *Mr. Noon.*'' *Durham University Journal* 83 (1991): 69–74.
Ingoldby, Grace. ''Fall Out.'' *New Statesman* (14 September 1984): 32. (Review.)
Jackson, Dennis, and Lydia Blanchard, eds. *DHL Review* 20 (Summer 1988a). (''Special Issue: *Mr. Noon.*'')
———. ''*Mr. Noon*'s Critical Reception 1984–1988.'' *DHL Review* 20 (Summer 1988): 133–52.
Lawrence, D. H. ''*Mr. Noon:* The Lost Novel.'' *Times* (28 July 1984): 8. (Extract, with two short accompanying items, ''A Novel Lost and Found'' and brief ''Who's Who in *Mr. Noon.*'')
Lodge, David. ''Comedy of Eros.'' *New Republic* (10 December 1984): 96–100. (Review.)
———. ''Lawrence, Dostoevsky, Bakhtin: DHL and Dialogic Fiction.'' *Renaissance and Modern Studies* 29 (1985): 16–32. (Reprinted in his *After Bakhtin.* London and New York: Routledge, 1990, pp. 57–74, and in Brown [1990]: 92–108.)
Meyers, Jeffrey. ''Lawrence's *Mr. Noon.*'' *Modern Fiction Studies* 31 (1985): 710–15.
''*Mr. Noon.*'' *Publishers Weekly* (21 September 1984): 89. (Review.)
Mittleman, Leslie B. ''*Mr. Noon.*'' *Magill's Literary Annual.* Vol. 2. Englewood Cliffs, N.J.: Salem Press, 1985, pp. 619–23.
Neville, George. *A Memoir of DHL.* Edited by Carl Baron. Cambridge: Cambridge University Press, 1981.
''The New Novel by DHL: *Mr. Noon.*'' *Books and Bookmen* (September 1984): 19–21. (Review and extract.)
Niven, Alastair. [On *Mr. Noon*]. *British Book News* (October 1984): 618. (Review.)
Oates, Quentin. ''Critics Crowner: *Mr. Noon,* by DHL.'' *Bookseller* (22 September 1984): 1359–60. (Review.)
Parker, Peter. [On *Mr. Noon*]. *London Magazine,* new series, 24, no. 7 (October 1984): 107–10. (Review.)
Poole, Michael. ''Noon's Day.'' *Listener* (13 September 1984): 24. (Review.)

Preston, Peter. ''Lawrence and *Mr. Noon.*'' In *DHL 1885–1930: A Celebration.* Edited by Andrew Cooper and Glyn Hughes. Nottingham: DHL Society, 1985, pp. 77–88. (Special issue of the *Journal of the DHL Society.*)

———. ''*Mr. Noon* and Lawrence's Quarrel with Tolstoy.'' *Etudes Lawrencienne* 3 (1988): 109–23.

Pritchett, V. S. ''His Angry Way.'' *New York Review of Books* (25 October 1984): 18. (Review.)

Sicker, Philip. ''Surgery for the Novel: Lawrence's *Mr. Noon* and the 'Gentle Reader.' '' *DHL Review* 20 (Summer 1988): 191–207.

Trilling, Diana. ''Lawrence in Love.'' *New York Times Book Review* (16 December 1984): 3, 24–25. (Review.)

Tucker, M. [On *Mr. Noon*]. *Choice* (March 1985): 990. (Review.)

Vasey, Lindeth. ''Introduction.'' *Mr. Noon* by DHL. Edited by Lindeth Vasey. Cambridge: Cambridge University Press, 1984, pp. xix–xli.

Vasey, Lindeth, and John Worthen. ''*Mr. Noon*/Mr. Noon.'' *DHL Review* 20 (Summer 1988): 179–89.

Walker, Ronald G. ''Lawrence's *Mr. Noon.*'' *English Literature in Transition* 28, no. 4 (1985): 425–29.

Weinstein, Philip M. ''Just-Discovered Work by DHL.'' *Philadelphia Inquirer* (16 December 1984): 5. (Review.)

Williams, Raymond. ''Feeling the Draft.'' *Guardian* (13 September 1984): 20. (Review.)

See also Bell (1992): 135–36. Hyde (1990): 86–91. MacLeod (1985/87): 212–23. Pinion (1978): 249–50. Worthen (1979): 119–20, 127–29. Worthen (1991a): 62–67.

参考書目10 『アーロンの杖』(*Aaron's Rod*)

Aronson, Alex. ‘‘DHL’s Anti-Wagnerian Novel *Aaron’s Rod.*’’ In his *Music and the Novel: A Study in Twentieth Century Fiction.* Totowa, N.J.: Rowman and Littlefield, 1980, pp. 96–98.

Baker, Paul G. ‘‘Profile of an Anti-Hero: Aaron Sisson Reconsidered.’’ *DHL Review* 10 (Summer 1977): 182–92.

———. *A Reassessment of DHL’s ‘‘Aaron’s Rod.’’* Ann Arbor, Mich. UMI Research Press, 1983.

Barr, William R. ‘‘*Aaron’s Rod* as DHL’s Picaresque Novel.’’ *DHL Review* 9 (Summer 1976): 213–25.

Burnett, Gary. ‘‘H. D. and Lawrence: Two Allusions.’’ *H. D. Newsletter* 1 (Spring 1987): 32–35.

Canby, Henry Siedel. *Definitions: Essays in Contemporary Criticism.* 2d series. New York: Harcourt, 1924, pp. 117–20.

Cunliffe, J. W. *English Literature in the Twentieth Century.* New York: Macmillan, 1933, 219–22.

Garcia, Leroy. ‘‘The Quest for Paradise in the Novels of DHL.’’ *DHL Review* 3 (Summer 1970): 93–114.

Hoffmann, C. G., and A. C. Hoffmann. ‘‘Re-Echoes of the Jazz Age: Archetypal Women in the Novels of 1922.’’ *Journal of Modern Literature* 7 (1979): 62–86. (Includes *Aaron’s Rod.*)

Hyde, Virginia. ‘‘*Aaron’s Rod:* DHL’s Revisionist Typology.’’ *Mosaic* 20 (1987): 111–26.

Kalnins, Mara. ‘‘Introduction.’’ *Aaron’s Rod* by DHL. Edited by Mara Kalnins. Cambridge: Cambridge University Press, 1988, pp. xvii–xliv.

Macy, John. *The Critical Game.* New York: Boni and Liveright, 1922, pp. 331–34.

Miller, Henry. *Notes on ‘‘Aaron’s Rod’’ and Other Notes on Lawrence from the Paris Notebooks.* Edited by Seamus Cooney. Santa Barbara, Calif.: Black Sparrow Press, 1980.

Myers, Neil. ‘‘Lawrence and the War.’’ *Criticism* 4 (Winter 1962): 44–58.

Nielsen, Inge Padkaer, and Karsten Hvidtfelt Nielsen. ‘‘The Modernism of DHL and the Discourses of Decadence: Sexuality and Tradition in *The Trespasser, Fantasia of the Unconscious,* and *Aaron’s Rod.*’’ *Arcadia 25,* no. 3 (1990): 270–86.

Orr, Christopher. ‘‘Lawrence after the Deluge: The Political Ambiguity of *Aaron’s Rod.*’’ *West Virginia Association of College English Teachers Bulletin* 1 (Fall 1974): 1–14.

Parker, Hershel. ‘‘Review of DHL’s *Aaron’s Rod* edited by Mara Kalnins.’’ *DHL Review* 20 (1988): 339–41.

Pluto, Anne Elezabeth. ‘‘Blutbrüderschaft.’’ *Paunch* 63–64 (1990): 85–118 (98–102).

Rees, Tony. ‘‘Willie Hopkin and Joseph Birkin: Local Models for Lawrence’s Fiction.’’ In *Lawrence and the Real England.* Edited by Donald Measham. Matlock, Derbyshire: Arc and Throttle Press, 1985, pp. 63–66.

Schneider, Daniel J. ‘‘ ‘Strange Wisdom’: Leo Frobenius and DHL.’’ *DHL Review* 16 (1983): 183–93.

Scott, Nathan A. *Rehearsals of Discomposure: Alienation and Reconciliation in Modern Literature.* London: John Lehmann, 1952, pp. 164–67.

Tristram, Philippa. ‘‘Eros and Death (Lawrence, Freud and Women).’’ In *Lawrence and*

Women. Edited by Anne Smith. London: Vision; Totowa, N.J.: Barnes and Noble, 1978, pp. 136–55 (150–55).

See also (1980–94) Becker (1980): 101–4. Bell (1992): 139–46. Clark (1980): 224–34. Dix (1980): 111–17. Dorbad (1991): 115–19. Hobsbaum (1981): 75–77. Humma (1990): 7–15. Hyde (1990): 92–97. Hyde (1992): 119–41, passim. Kiely (1980): 66–68. Mensch (1991): 119–70. Meyers (1982): 112–16. Mohanty (1993): 29–32, 54–58, 92–96. Pinkney (1990): 106–23. Prasad (1980): 85–94. Ruderman (1984): 90–103. Scheckner (1985): 89–136. Schneider (1984): 194–210. Simpson (1982): 105–18 and passim. Suter (1987): 101–5. Worthen (1991a): 67–74.

See also (to 1979) Alcorn (1977): 100–105. Alldritt (1971): 221–240. Beal (1961): 64–69. Bedient (1972): 162–65. Cavitch (1969): 108–15. Daiches (1960): 173–76. Daleski (1965): 188–213. Eisenstein (1974): 77–86. Gregory (1933): 51–59. Hough (1956): 90–103, passim. Howe (1977): 79–91. Jarrett-Kerr (1951): 46–50. Kermode (1973): 81–86. Leavis (1955): 30–44, 47–50. Meyers (1977): 149–55. Millett (1970): 269–80. Moore (1951): 194–98. Moynahan (1963): 95–101. Murry (1931): 180–204. Murry (1933): 230–35. Nahal (1970): 173–82. Niven (1978): 133–42. Panichas (1964): 41–44. Pinion (1978): 182–89. Potter (1930): 71–78. Pritchard (1971): 113–19. Sagar (1966): 102–14. Stewart (1963): 536–42. Stoll (1971): 198–201. Tedlock (1963): 142–54. Vivas (1960): 21–36. Worthen (1979): 118–35. Yudhishtar (1969): 210–32.

参考書目11 『カンガルー』(*Kangaroo*)

Alexander, John. ‘‘DHL’s *Kangaroo:* Fantasy, Fact or Fiction.’’ *Meanjin* 24 (1965): 179–95.

Anantha Murthy, U. R. ‘‘DHL’s *Kangaroo* as an Australian Novel.’’ *ACLALS Bulletin* (Mysore, India) 4 (1976): 43–49.

Atkinson, Curtis. ‘‘Was There Fact in DHL’s *Kangaroo?*’’ *Meanjin* 29 (September 1965): 358–59.

Bentley, Eric R. *A Century of Hero-Worship.* Philadelphia: Lippincott, 1944, pp. 234–39.

Bradbrook, M. C. *Literature in Action: Studies in Continental and Commonwealth Society.* London: Chatto and Windus, 1972, pp. 133–35.

Cross, Gustav. ‘‘Little Magazines in Australia.’’ *Review of English Literature* 5 (October 1964): 20–28. (Lawrence’s use of the *Bulletin.*)

Dalton, Jack P. ‘‘A Note on DHL.’’ *Papers of the Bibliographic Society of America* 61 (Third Quarter 1967): 269.

Darroch, Robert. ‘‘The Mystery of *Kangaroo* and the Secret Army.’’ *Australian* (15 May 1976).

———. ‘‘So Many of the Best People Join Secret Armies.’’ *Australian* (15 January 1977): 21, 76.

———. *DHL in Australia.* Melbourne: Macmillan, 1981.

———. ‘‘Lawrence in Australia: The Plot Thickens as the Clues Emerge.’’ *Bulletin* (20 May 1986): 82–85.

———. ‘‘The Man Who Was Kangaroo.’’ *Quadrant* (September 1987): 56–60.

———. ‘‘More on Lawrence in Australia.’’ *DHL Review* 20 (1988): 39–60.

Davis, Joseph. *DHL at Thirroul.* Sydney: Collins, 1989. (See especially pp. 183–99 for a discussion of the critical reputation of the novel.)

Draper, Ronald P. ‘‘Authority and the Individual: A Study of DHL’s *Kangaroo.*’’ *Critical Quarterly* 1 (Autumn 1959): 208–15. (Also, in shortened form, in his *DHL.* New York: Twayne, 1964, pp. 96–101 [reissued, 1976].)

Eggert, Paul. ‘‘Lawrence, the Secret Army and the West Australian Connexion.’’ *Westerly* 26 (1982): 122–26.

Ellis, David. ‘‘Lawrence in Australia: The Darroch Controversy.’’ *DHL Review* 21 (1989): 167–74.

Foster, John Burt, Jr. ‘‘Dostoevsky versus Nietzsche in Modernist Fiction: Lawrence’s *Kangaroo* and Malraux’s *La Condition Humaine.*’’ *Stanford Literature Review* 2 (1985): 47–83.

Friederich, Werner P. *Australia in Western Imaginative Prose Writings 1600–1960.* Chapel Hill: University of North Carolina Press, 1967, pp. 226–33.

Garcia, Reloy. ‘‘The Quest for Paradise in the Novels of DHL.’’ *DHL Review* 33 (Summer 1970): 93–114 (106–9).

Goonetilleke, D.C.R.A. ‘‘DHL: Primitivism?’’ In his *Developing Countries in British Fiction.* London and Basingstoke: Macmillan; Totowa, N.J.: Rowman and Littlefield, 1977, pp. 170–98 (171, 185–86, 193).

Gurko, Leo. "*Kangaroo:* DHL in Transit." *Modern Fiction Studies* 10 (Winter 1964–45): 349–58.

Haegert, John W. "Brothers and Lovers: DHL and the Theme of Friendship." *Southern Review* 8 (March 1975): 39–50.

Heuzenroeder, John. "DHL's Australia." *Australian Literary Studies* (University of Tasmania) 4 (October 1970): 319–33.

Hogan, Robert. "The Amorous Whale: A Study in the Symbolism of DHL." *Modern Fiction Studies* 5 (Spring 1959): 39–46.

Hope, A. D. "DHL's *Kangaroo:* How It Looks to an Australian." In *The Australian Experience: Critical Essays on Australian Novels.* Edited by W. S. Ramson. Canberra: Australian National University, 1974, pp. 157–73.

Humma, John B. "Of Bits, Beasts and Bush: The Interior Wilderness in DHL's *Kangaroo.*" *South Atlantic Review* 51 (1986): 83–100. (Reprinted as Ch. 4 of Humma [1990]: 29–44.)

Jarvis, F. P. "A Textual Comparison of the First British and American Editions of DHL's *Kangaroo.*" *Papers of the Bibliographical Society of America* (Fourth Quarter, 1965): 400–424.

Lee, Robert. "DHL and the Australian Ethos." *Southerly* 33 (1973): 144–51.

Lowe, John. "Judas in for the Spree? The Role of Jaz in *Kangaroo.*" *DHL: The Journal of the DHL Society* 4 (1986): 30–34.

McCormick, John. *Catastrophe and Imagination: An Interpretation of the Recent English and American Novel.* London and New York: Longman, Green, 1957, 244–48.

Martin, Murray S. "*Kangaroo* Revisited." *DHL Review* 18 (1985–86): 201–15.

Maud, Ralph. "The Politics in *Kangaroo.*" *Southerly* 17 (1956): 67–71.

Moore, Andrew. "The Historian as Detective: Pursing the Darroch Thesis and DHL's Secret Army." *Overland* 113 (December 1988): 39–44.

Morgan, Patrick. "Hard Work and Idle Dissipation: The Dual Australian Personality." *Meanjin* 41 (April 1982): 130–37.

———. "Getting Away from It All." *Kunapipi* 5, no. 1 (1983): 73–87.

Peek, Andrew. "Captain Ahab, Moby Dick and a Critical Note on DHL's *Kangaroo.*" *Journal of the DHL Society* 2 (1979a): 4–7.

———. "The Sydney *Bulletin* and DHL's *Kangaroo.*" *Notes and Queries* 26 (1979b): 337–38.

———. "Tim Burstall's *Kangaroo.*" *Westerly* 25 (1980): 39–42. (On the flm version.)

———. "The Sydney *Bulletin, Moby Dick* and the Allusiveness of *Kangaroo.*" In *DHL: New Studies.* Edited by Christopher Heywood. London: Macmillan; New York: St. Martin's Press, 1987, pp. 84–89.

Pluto, Anne Elezabeth. "Blutbrüderschaft." *Paunch* 63–64 (1990): 85–118 (102–7).

Pollak, Paulina S. "Anti-Semitism in the Works of DHL: Search for and Rejection of the Faith." *Literature and Psychology* 32 (1986): 19–29.

Riemer, A. P. "Jumping to Conclusions about the Right-Wing Army of *Kangaroo.*" *Sydney Morning Herald* (9 December 1989): 72. (Review of Davis [1989] op. cit.)

Ross, Harris. "*Kangaroo:* Australian Filmmakers Watching Lawrence Watching Australia." *DHL Review* 19 (Spring 1987): 93–101.

Russell, John. "DHL: *The Lost Girl, Kangaroo.*" In his *Style in Modern British Fiction:*

Studies in Joyce, Lawrence, Forster, Lewis and Green. Baltimore: Johns Hopkins University Press, 1975, pp. 43–88.

St. John, Edward. “DHL and Australia's Secret Army.” *Quadrant* 26 (June 1982): 53–57.

Samuels, Marilyn Schauer. “Water, Ships and the Sea: Unifying Symbols in Lawrence's *Kangaroo.*” *University Review* (Kansas City) 37 (October 1970): 46–57.

Schneider, Daniel J. “Psychology and Art in Lawrence's *Kangaroo.*” *DHL Review* 14 (1981): 156–71.

Sepčić, Višnja. “The Category of Landscape in DHL's *Kangaroo.*” *Studia Romanica et Anglica,* nos. 27–28 (July–December 1969): 129–52.

Singh, Vishnudat. “Lawrence's Use of ‘Pecker.’ ” *Papers of the Bibliographical Society of America* 64 (1970): 355.

Steele, Bruce. “*Kangaroo:* Fact and Fiction.” *Meridian* 10 (May 1991): 19–34.

———. “Introduction.” *Kangaroo* by DHL. Edited by Bruce Steele. Cambridge: Cambridge University Press, 1994, pp. xvii–lvi.

Stevens, C. J. *Lawrence at Tregerthen.* Troy, N.Y.: Whitston, 1988.

Tolchard, C. “DHL in Australia.” *Walkabout* 33 (November 1967): 29–31.

Van Herk, Aritha. “CrowB(e)ars and Kangaroos of the Future: The Post-Colonial Ga(s)p.” *World Literature Written in English* 30 (Autumn 1990): 42–54. (Discusses *Kangaroo* along with three works by Faulkner, David Ireland, and Robert Kroetsch.)

Vohra, S. K. “*Kangaroo:* Search for Viable Alternatives.” In *Essays on DHL.* Edited by T. R. Sharma. Meerut, India: Shalabh Book House, 1987, pp. 109–15.

Wade, John Stevens. “DHL in Cornwall: An Interview with Stanley Hocking.” *DHL Review* 6 (1973): 237–83.

Watson-Williams, Helen. “Land into Literature: The Western Australian Bush Seen by Some Early Writers and DHL.” *Westerly* 25 (1980): 59–72.

Wilding, Michael. ‘A New Show’ ”: The Politics of *Kangaroo.*” *Southerly* 30 (1969): 20–40. (See also “*Kangaroo:* ‘A New Show’ ” in his *Political Fictions.* Boston: Routledge and Kegan Paul, 1980, pp. 150–91.)

———. “Between Scylla and Charybdis: *Kangaroo* and the Form of the Political Novel.” *Australian Literary Studies* (University of Tasmania) 4 (October 1970): 334–48.

Zwicky, Fay. “Speeches and Silences.” *Quadrant* 27 (May 1983): 40–46.

See also (1980–94) Bell (1992): 146–61, passim. Clark (1980): 258–65. Delany (1978): passim. Dorbad (1991): 119–23. Hobsbaum (1981): 78–80. Humma (1990): 29–44. Hyde (1990): 15–17, 97–99. MacLeod (1985/87): 63–75. Mensch (1991): 171–206. Meyers (1982): 116–23. Mohanty (1993): 33–39, 58–68, 96–99. Padhi (1989): 31–36. Pinkney (1990): 112–23. Prasad (1980): 94–112. Ruderman (1984): 104–14, passim. Scheckner (1985): 89–136. Schneider (1984): 90–94, 210–23. Siegel (1991): passim. Simpson (1982): 108–15, passim. Suter (1987): 110–15. Worthen (1991): 78–84, passim.

See also (to 1979) Alldritt (1971): 221–40. Beal (1961): 69–77. Cavitch (1969): 132–35. Eisenstein (1974): 87–113. Freeman (1955): 158–76. Harrison (1966): 181–84. Hochman (1970): 180–83. Hough (1956): 103–17, passim. Howe (1977): 92–105. Inniss (1971): 163–68. Jarrett-Kerr (1951): 59–66. Kermode (1973): 105–9. Leavis (1955): 44–

47, 52–56, 64–67. Maes-Jelinek (1970): 72–81. Millett (1970): 280–83. Moore (1951): 211–20, passim. Moynahan (1963): 101–7. Murry (1931): 218–39. Nahal (1970): 117–25. Nin (1932): 59–66, 116–29. Niven (1978): 143–65. Panichas (1964): 84–88. Pinion (1978): 189–95. Potter (1930): 79–86. Pritchard (1971): 150–54. Sagar (1966): 131–37. Slade (1970): 82–87. Stewart (1963): 542–50. Stoll (1971): 201–10. Tedlock (1963): 161–66. Vivas (1960): 37–63. West (1950): 124–27. Worthen (1979): 136–51. Yudishtar (1969): 232–50.

参考書目12 『叢林の少年』(*The Boy in the Bush*)

Bartlett, Norman. "Mollie Skinner and *The Boy in the Bush.*" *Quadrant* 28 (July–August 1984): 73–75.

Eggert, Paul. "Introduction." *The Boy in the Bush* by DHL. Cambridge: Cambridge University Press, 1990, pp. xxi–1xiii.

———. "Document or Process as the Site of Authority: Establishing Chronology of Revision in Competing Typescripts of Lawrence's *The Boy in the Bush.*" *Studies in Bibliography* 44 (1991): 364–76.

Faulkner, Thomas C. "Review Essay on DHL and M. L. Skinner, *The Boy in the Bush.* Edited by Paul Eggert. Cambridge: Cambridge University Press, 1990." *DHL Review* 23 (Summer–Fall 1991): 205–9.

Gay, Harriet. "Mollie Skinner: DHL Australian Catalyst." *Biography* 3 (1980): 331–47.

Heuzenroeder, John. "DHL's Australia." *Australian Literary Studies* (University of Tasmania) 4 (October 1970): 319–33.

Moore, Harry T. "Preface." *The Boy in the Bush* by DHL and M. L. Skinner. Carbondale and Edwardsville: Southern Illinois University Press; London and Amsterdam: Feffer and Simons, 1971, pp. vii–xxviii.

Porter, Peter. "Collaborations." *New Statesman* (16 November 1973): 741–42.

Prichard, Katherine Susannah. "Lawrence in Australia." *Meanjin* 9 (Summer 1950): 252–59. (Reprinted in Nehls [1957–59], vol. 2, pp. 274–78.)

Rees, Marjorie. "Mollie Skinner and DHL." *Westerly* 1 (March 1964): 41–49.

Rossman, Charles. "*The Boy in the Bush* in the Lawrence Canon." In *DHL: The Man Who Lived.* Edited by Robert B. Partlow, Jr., and Harry T. Moore. Carbondale: Southern Illinois University Press, 1980, pp. 185–94.

Skinner, Mollie L. "DHL and *The Boy in the Bush.*" *Meanjin* 9 (Summer 1950): 260–63. (Reprinted in Nehls [1957–59], vol. 2, pp. 271–74.)

———. "Correspondence: DHL." *Southerly* 13 (1952): 233–35.

———. *The Fifth Sparrow: An Autobiography.* Sydney: Sydney University Press, 1972; London: Angus and Robertson, 1973, pp. 138–44.

Stacy, Paul H. "Lawrence and Movies: A Postscript." *Literature/Film Quarterly* 2 (Winter 1974): 93–95. (Comments on the novel's filmlike style.)

Watson-Williams, Helen. "Land into Literature: The Western Australian Bush Seen by Some Early Writers and DHL." *Westerly* 25 (1980): 59–72.

See also (1980–94) Clark (1980): 293–99. Hyde (1992): 174–77, passim. Ruderman (1984): 115–26, passim. Suter (1987): 105–10. Worthen (1991a): 84–86.

See also (to 1979) Draper (1970): 232–42. Ford (1965): 65–66. Hobsbaum (1981): 80–81. Kermode (1973): 110–12. Moore (1951): 209–11. Murry (1931): 240–47. Sagar (1966): 137–41. Tedlock (1963): 167–70.

参考書目13 『翼ある蛇』(*The Plumed Serpent*)(『ケツァルコアトル』(*Quetzalcoatl*))

Apter, T. E. ''Let's Hear What the Male Chauvinist Is Saying: *The Plumed Serpent.*'' In *Lawrence and Women.* Edited by Anne Smith. Totowa, N.J.: Barnes and Noble; London: Vision, 1978, pp. 156–77.

Baldwin, Alice. ''The Structure of the Coatl Symbol in *The Plumed Serpent.*'' *Style* 5 (Spring 1971): 138–50.

Ballin, Michael. ''Lewis Spence and the Myth of Quetzalcoatl in DHL's *The Plumed Serpent.*'' *DHL Review* 13 (Spring 1980): 63–78.

Baron, C. E. ''Forster on Lawrence.'' In *E. M. Forster: A Human Exploration/Centenary Essays.* Edited by G. K. Das and John Beer. New York: New York University Press, 1979, pp. 186–95.

Beckley, Betty. ''Finding Meaning in Style: A Computerized Statistical Approach to the Linguistic Analysis of Form.'' *SECOL Review: Southeastern Conference on Linguistics* 9 (Summer 1985): 143–60.

Brotherston, J. G. ''Revolution and the Ancient Literature of Mexico, for DHL and Antonin Artaud.'' *Twentieth Century Literature* 18 (July 1972): 181–89.

Christensen, Peter G. ''The 'Dark Gods' and Modern Society: *Maiden Castle* and *The Plumed Serpent.*'' In *In the Spirit of Powys: New Essays.* Lewisburg, Pa.: Bucknell University Press; London: Associated University Presses, 1990, pp. 157–79.

———. ''Katherine Ann Porter's 'Flowering Judas' and DHL's *The Plumed Serpent:* Contradicting Visions of Women in the Mexican Revolution.'' *South Atlantic Review* 56 (1991): 35–46.

Clark, L. D. ''The Habitat of *The Plumed Serpent.*'' *Texas Quarterly* 5 (Spring 1962): 162–67.

———. *Dark Night of the Body: DHL's ''The Plumed Serpent.''* Austin: University of Texas Press, 1964.

———. ''The Symbolic Structure of *The Plumed Serpent.*'' *Tulane Studies in English* 14 (1965): 75–96.

———. ''DHL and the American Indian.'' *DHL Review* 9 (Fall 1976a): 305–72 (350–51, 361–69).

———. ''The Making of a Novel: The Search for the Definitive Text of DHL's *The Plumed Serpent.*'' In *Voices from the Southwest.* Edited by Donald C. Dickinson, W. David Laird, and Margaret F. Maxwell. Flagstaff, Ariz. Northland, 1976b, pp. 113–30.

———. ''Introduction.'' *The Plumed Serpent (Quetzalcoatl)* by DHL. Edited by L. D. Clark. Cambridge: Cambridge University Press, 1987, pp. xvii–xlvii.

———. ''Reading Lawrence's American Novel: *The Plumed Serpent.*'' In *Critical Essays on DHL.* Edited by Dennis Jackson and Fleda Brown Jackson. Boston: G. K. Hall, 1988, pp. 118–28.

Clarke, Bruce. ''The Eye and the Soul: A Moment of Clairvoyance in *The Plumed Serpent.*'' *Southern Review* 19 (1983): 289–301.

Cowan, James C. ''The Symbolic Structure of *The Plumed Serpent.*'' *Tulane Studies in English* 14 (1965): 75–96.

Doherty, Gerald. ''The Throes of Aphrodite: The Sexual Dimension in DHL's *The Plumed Serpent.*'' *Studies in the Humanities* 12 (1985): 67–78.

Edwards, Duane. ''Erich Neumann and the Shadow Problem in *The Plumed Serpent.*'' *DHL Review* 23 (1991): 129–41.

Eliot, T. S. ''Le roman anglais contemporain.'' *La Nouvelle Revue Française* 28 (1 May 1927): 669–75.

———. *After Strange Gods: A Primer of Modern Heresy.* London: Faber and Faber, 1934.

Galea, Ileana. ''DHL: The Value of Myth.'' *Cahiers Roumains d'Etudes Litteraires* 3 (1987): 72–78.

Garcia, Reloy. ''The Quest for Paradise in the Novels of DHL.'' *DHL Review* 3 (Summer 1970): 93–114.

Gilbert, Sandra M. *DHL's ''Sons and Lovers,'' ''The Rainbow,'' ''Women in Love,'' ''The Plumed Serpent.''* New York: Monarch Press, 1965. (Study Guide.)

Glicksberg, Charles I. ''Myth in Lawrence's Fiction.'' In his *Modern Literary Perspectivism.* Dallas: Southern Methodist University, 1970, pp. 139–48 (144–46).

Goonetilleke, D.C.R.A. ''DHL: Primitivism?'' In his *Developing Countries in British Fiction.* London and Basingstoke: Macmillan; Totowa, N.J.: Rowman and Littlefield, 1977, pp. 170–98 (*The Plumed Serpent,* 184–93).

Harbison, Robert. *Deliberate Regression.* New York: Knopf, 1980, pp. 193–98.

Harris, Janice. ''The Moulting of *The Plumed Serpent:* A Study of the Relationship between the Novel and Three Contemporary Tales.'' *Modern Language Quarterly* 39 (June 1978): 154–68.

Humma, John B. ''The Imagery of *The Plumed Serpent:* The Going Under of Organicism.'' *DHL Review* 15 (1982): 197–218. (Reprinted in Humma [1990]: 62–76.)

Jones, Keith. ''Two Morning Stars.'' *Western Review* 17 (Autumn 1952): 15–25.

Kessler, Jascha. ''Descent in Darkness: The Myth of *The Plumed Serpent.*'' In *A DHL Miscellany.* Edited by Harry T. Moore. Carbondale: Southern Illinois University Press, 1959, pp. 239–61.

———. ''DHL's Primitivism.'' *Texas Studies in Literature and Language* 5 (1964): 467–88.

Lewis, Wyndham. ''Paleface; or, 'Love? What ho! Smelling Strangeness.' '' *The Enemy* 2 (September 1927): 3–112. (Expanded as *Paleface: The Philosophy of the ''Melting Pot.''* London: Chatto and Windus, 1929.)

Linebarger, Jim, and Lad Kirsten. ''[Dylan] Thomas's 'Shall Gods Be Said to Thump the Clouds.' '' *Explicator* 48 (Spring 1990): 212–16.

Lok, Chua Cheng. ''The European Participant and the Third-World Revolution: André Malraux's *Les Conquerants* and DHL's *The Plumed Serpent.*'' In *Discharging the Canon: Cross-Cultural Readings in Literature.* Edited by Peter Hyland. Singapore: Singapore University Press, 1986, pp. 101–11.

MacDonald, Robert H. '' 'The Two Principles': A Theory of the Sexual and Psychological Symbolism of DHL's Later Fiction.'' *DHL Review* 11 (Summer 1978): 132–55.

Martz, Louis L. ''*Quetzalcoatl:* The Early Version of *The Plumed Serpent.*'' *DHL Review* 22 (Fall 1990): 286–98.

———. ''Introduction'' to *Quetzalcoatl* by DHL. Edited by Louis Martz. Redding Ridge, Conn.: Black Swan Books, 1995.

Mayers, Ozzie. ''The Child as Jungian Hero in DHL's *The Plumed Serpent.*'' *Journal of Evolutionary Psychology* 8 (1987): 306–17.

Meyers, Jeffrey. ''*The Plumed Serpent* and the Mexican Revolution.'' *Journal of Modern Literature* 4 (September 1974): 55–72.

Michener, Richard L. ''Apocalyptic Mexico: *The Plumed Serpent* and *The Power and the Glory.*'' *University Review* (Kansas) 34 (June 1968): 313–16.

Moore, Harry T. ''*The Plumed Serpent:* Vision and Language.'' In *DHL: A Collection of Critical Essays.* Edited by Mark Spilka. Englewood Cliffs, N.J.: Prentice-Hall, 1963, pp. 61–71.

Parmenter, Ross. ''How *The Plumed Serpent* Was Changed in Oaxaca.'' In his *Lawrence in Oaxaca: A Quest for the Novelist in Mexico.* Salt Lake City: Smith, 1984, pp. 273–315.

Powell, Lawrence Clark. ''Southwest Classics Reread: *The Plumed Serpent* by DHL.'' *Westways* 63, no. 11 (November 1971): 18–20, 46–49. (Reprinted as ''*The Plumed Serpent*'' in his *Southwest Classics.* Los Angeles: Ward Ritchie Press, 1974, pp. 81–92.)

Prasad, Kameshwar. ''Evil in DHL's *The Plumed Serpent:* The Collapse of Vision and Art.'' In *Modern Studies and Other Essays in Honour of Dr. R. K. Sinha.* Edited by R. C. Prasad and A. K. Sharma. New Delhi: Vikas, 1987, pp. 49–59.

Ramey, Frederick. ''Words in the Service of Silence: Preverbal Language in Lawrence's *The Plumed Serpent.*'' *Modern Fiction Studies* 27 (Winter 1981–82): 613–21.

Ruderman, Judith G. ''Rekindling the 'Father-Spark': Lawrence's Ideal of Leadership in *The Lost Girl* and *The Plumed Serpent.*'' *DHL Review* 13 (Fall 1980): 239–59.

Rudnick, Lois P. ''DHL's New World Heroine: Mabel Dodge Luhan.'' *DHL Review* 14 (Spring 1981): 85–111.

Sicker, Philip. ''Lawrence's Auto da fe: *The Grand Inquisitor* in *The Plumed Serpent.*'' *Comparative Literature Studies* 29 (1992): 417–40.

Sommers, Joseph. *After the Storm: Landmarks of the Modern Mexican Novel.* Albuquerque: University of New Mexico Press, 1968, pp. 128–32. (The influence of the novel on Carlos Fuentes.)

Talbot, Lynn K. ''Did Baroja Influence Lawrence? A Reading of *César o Nada* and *The Plumed Serpent.*'' *DHL Review* 22 (Spring 1990): 39–51.

Tindall, William York. *DHL and Susan His Cow.* New York: Columbia University Press, 1939, pp. 113–18, passim. (Section reprinted in Hoffman and Moore [1953]: 178–84.)

Veitch, Douglas W. ''DHL's Elusive Mexico.'' In his *Lawrence, Greene and Lowry: The Fictional Landscape of Mexico.* Waterloo, Ontario: Wilfrid Laurier University Press, 1978, pp. 14–57.

Vickery, John B. ''*The Plumed Serpent* and the Eternal Paradox.'' *Criticism* 5 (Spring 1963): 119–34.

———. ''*The Plumed Serpent* and the Reviving God.'' *Journal of Modern Literature* 2 (November 1972): 505–32.

———. *Myths and Texts: Strategies of Incorporation and Displacement.* Baton Rouge: Louisiana State University Press, 1983, pp. 104–31.

Walker, Ronald G. *Infernal Paradise: Mexico and the Modern English Novel.* Berkeley, Los Angeles, and London: University of California Press, 1978, pp. 28–104 (''*The Plumed Serpent:* Lawrence's Mexican Nightmare,'' pp. 79–104).

———. ''Introduction.'' *The Plumed Serpent* by DHL. Edited by Ronald G. Walker. Harmondsworth: Penguin, 1983, 7–33.

Waters, Frank. ''Quetzalcoatl Versus DHL's *Plumed Serpent.*'' *Western American Literature* 3 (1968): 103–13.

Woodcock, George. ''Mexico and the English Novelist.'' *Western Review* 21 (Fall 1956):

21–32. (Lawrence, Huxley, and Greene.)

Woodman, Leonora. ''DHL and the Hermetic Tradition.'' *Cauda Pavonis: Studies in Hermeticism* 8 (Fall 1989): 1–6.

See also (1980–94) Becker (1980): 107–12. Bell (1992): 165–207. Buckley and Buckley (1993): 24–25, 69–74. Clark (1980): 288–92, 321–32. Cowan (1990): 178–211. Dix (1980): 46–49, 64–66. Dorbad (1991): 123–27. Fay (1953): passim. Fjagesund (1991): 129–44. Hobsbaum (1981): 81–82. Humma (1990): 62–76. Hyde (1990): 100–103. Hyde (1992): 177–95, passim. Kiely (1980): 212–21. MacLeod (1985/87): 85–91, 146–56. Mensch (1991): 207–52. Meyers (1982): 124–29. Mohanty (1993): 40–43, 99–110. Montgomery (1994): 194–97, 199–207. Niven (1980): 69–74. Padhi (1989): 196–200. Pinkney (1990): 147–62. Prasad (1980): 112–14. Robinson (1992): 125–27. Ruderman (1984): 142–53. Scheckner (1985): 89–136. Schneider (1984): 225–37. Siegel (1991): passim. Simpson (1982): 113–17, passim. Spilka (1992): 215–19, 225–30, passim. Storch (1990): 157–78. Suter (1987): 115–22. Urang (1983): 69–92. Widmer (1992): 58–60. Williams (1993): 36–43, 75–79. Worthen (1991a): 90–99.

See also (to 1979) Albright (1978): 67–71. Alldritt (1971): 221–40. Beal (1961): 77–83. Bedient (1972): 147–53, 168–70. Boadella (1956/78): 114–18. Cavitch (1969): 182–89, passim. Clarke (1969): 143–47. Cowan (1970): 99–121, passim. Daleski (1965): 213–57. Draper (1964): 103–9. Draper (1970): 263–71. Freeman (1955): 177–88. Goodheart (1963): 140–46. Gregory (1933): 60–76. Harrison (1966): 184–86, passim. Hochman (1970): 230–54. Hough (1956): 118–48, passim. Howe (1977): 105–32. Inniss (1971): 176–88. Jarrett-Kerr (1951): 67–77. John (1974): 259–75. Kermode (1973): 113–18. Leavis (1955): 65–69. Leavis (1976): 34–61. Lerner (1967): 172–80. Maes-Jelinek (1970): 81–87. Miles (1969): 22–24, 43–48, 58–59. Millett (1970): 283–85. Moore (1951): 232–39. Moynahan (1963): 107–11, passim. Murry (1931): 282–302. Murry (1933): 252–56. Nahal (1970): 218–23, passim. Niven (1978): 166–74. Pinion (1978): 195–205. Potter (1930): 87–92. Pritchard (1971): 171–77, passim. Sagar (1966): 159–68. Sanders (1973): 136–71. Slade (1970): 87–88, passim. Spilka (1955): 205–19. Stewart (1963): 551–59. Stoll (1971): 210–22. Vivas (1960): 65–91, passim. West (1950): 127–31. Worthen (1979): 152–67. Yudhishtar (1969): 250–66.

参考書目14 『チャタレイ夫人の恋人』（*Lady Chatterley's Lover*）

映画化された本作品に関する批評作品については参考資料「大衆のイメージ――ロレンスと映画産業」の参考書目95に掲載してあるので、以下では省略する。（第41節の『『チャタレイ夫人の恋人』について』（*A Propos of “Lady Chatterley's Lover”*）及び『ポルノグラフィと猥褻』（*Pornography and Obscenity*）の項目を参照。）

Adamowski, T. H. “The Natural Flowering of Life: The Ego, Sex, and Existentialism.” In Squires and Jackson (1985), op. cit., pp. 36–57.

Adams, Elsie B. “A ‘Lawrentian’ Novel by Bernard Shaw.” *DHL Review* 2 (Fall 1969): 245–53. (Shaw's *Cashel Byron's Profession* as anticipation of *Lady Chatterley's Lover.*)

Ansari, Iqbal A. “*Lady Chatterley's Lover:* Pattern of Contrast and Conflict.” *Aligarh Journal of English Studies* 10 (1985): 178–87.

Balakian, Nona. “The Prophetic Vogue of the Anti-Heroine.” *Southwest Review* 47 (Spring 1962): 134–41.

Balbert, Peter. “The Loving of Lady Chatterley: DHL and the Phallic Imagination.” In *DHL: The Man Who Died.* Edited by Robert B. Partlow, Jr., and Harry T. Moore. Carbondale: Southern Illinois University Press, 1980, pp. 143–58.

———. “From *Lady Chatterley's Lover* to *The Deer Park:* Lawrence, Mailer, and the Dialectic of Erotic Risk.” *Studies in the Novel* 22 (1990): 67–81.

Baruch, Elaine Hoffman. “The Feminine Bildungsroman: Education through Marriage.” *Massachusetts Review* 22 (1981): 335–57 (353–56).

Battye, Louis. “The Chatterley Syndrome.” In *Stigma: The Experience of Disability.* Edited by P. Hunt. London: Chapman, 1966, pp. 1–16.

Bedient, Calvin. ''The Radicalism of *Lady Chatterley's Lover.*'' *Hudson Review* 19 (Autumn 1966): 407–16.

Ben-Ephraim, Gavriel. ''The Achievement of Balance in *Lady Chatterley's Lover.*'' In Squires and Jackson (1985), op. cit., pp. 136–57.

Bevan, D. G. ''The Sensual and the Cerebral: The Mating of DHL and André Malraux.'' *Canadian Review of Comparative Literature* 9 (1982): 200–207.

Black, Michael. ''Sexuality in Literature: *Lady Chatterley's Lover.*'' In his *The Literature of Fidelity.* London: Chatto and Windus; New York: Barnes and Noble: 1975, pp. 169–211.

Blanchard, Lydia. ''Women Look at *Lady Chatterley's Lover:* Feminine Views of the Novel.'' *DHL Review* 11 (Fall 1978): 246–59.

———. ''Lawrence, Foucault, and the Language of Sexuality.'' In Squires and Jackson (1985), op. cit., pp. 17–35.

Bowen, Zack. ''*Lady Chatterley's Lover* and *Ulysses.*'' In Squires and Jackson (1985), op. cit., pp. 116–35.

Bowlby, Rachel. '' 'But She Would Learn Something from Lady Chatterley': The Obscene Side of the Canon.'' In *Decolonizing Tradition: New Views of Twentieth-Century ''British'' Literary Canons.* Edited by Karen R. Lawrence. Urbana: University of Illinois Press, 1992, pp. 113–35.

Britton, Derek. ''Henry Moat, Lady Ida Sitwell, and *John Thomas and Lady Jane.*'' *DHL Review* 15 (1982): 69–76.

———. *Lady Chatterley's Lover: The Making of the Novel.* London: Unwin Hyman, 1988.

Brophy, Brigid. ''The British Museum and Solitary Vice.'' *London Magazine* 2 (March 1963): 55–58. (Also in her *Don't Never Forget.* New York: Holt, Rinehart, and Winston, 1967, pp. 101–5.)

Brophy, Brigid, Michael Levey, and Charles Osborne. *Fifty Works of English and American Literature We Could Do Without.* New York: Stein and Day, 1968, pp. 133–34.

Brown, Richard. '' 'Perhaps She Had Not Told Him All the Story . . . ': Observations on the Topic of Adultery in Some Modern Fiction.'' In *Joyce, Modernity, and Its Mediation.* Edited by Christine van Boheemen. Amsterdam: Rodopi, 1989, pp. 99–111.

Buckley, William K. *Senses' Tender: Recovering the Novel for the Reader.* New York: Lang, 1989.

Burns, Wayne. ''*Lady Chatterley's Lover: A Pilgrim's Progress* for Our Time.'' *Paunch,* no. 26 (April 1966): 16–33.

Caffrey, Raymond. ''*Lady Chatterley's Lover:* The Grove Press Publication of the Unexpurgated Text.'' *Courier* 20 (Spring 1985): 49–79.

Campion, Sidney R. ''A Suppressed Masterpiece.'' *John O'London's* 2 (12 May 1960): 562.

Charney, Maurice. ''Sexuality and the Life Force: *Lady Chatterley's Lover* and *Tropic of Cancer.*'' In his *Sexual Fiction.* New York: Methuen, 1981, pp. 93–112.

Chen, Yi. ''Deceptive Equivalence or Expressive Identity? The Chinese Translation of *Lady Chatterley's Lover.*'' *The Journal of the D. H. Lawrence Society* (1994–95): 47–66.

Clausson, Nils. ''*Lady Chatterley's Lover* and the Condition-of-England Novel.'' *English Studies in Canada* 8 (1982): 296–310.

Coetzee, J. M. ''The Taint of the Pornographic: Defending (against) *Lady Chatterley's Lover.*'' *Mosaic* 21 (1988): 1–11.
Conquest, Robert. ''*Lady Chatterley's Lover* in the Light of Durfian Psychology.'' *New Statesman* (22 and 29 December 1978): 863–64.
Cowan, James C. ''Lawrence, Joyce, and the Epiphanies of *Lady Chatterley's Lover.*'' In Squires and Jackson (1985), op. cit., pp. 91–115. (Reprinted in Cowan [1990]: 212–36.)
Cox, C. B. et al. ''Symposium: Pornography and Obscenity.'' *Critical Quarterly* 3 (Summer 1961): 99–122. (Views from St. John-Stevas, Davie, Jarrett-Kerr, and Lewis, cited separately.)
Craig, G. Armour. ''DHL on Thinghood and Selfhood.'' *Massachusetts Review* 1 (October 1959): 56–60.
Croft, B. ''Is This Lady Chatterley's Village?'' *Derbyshire Life* (July 1967): 26–27, 42.
Cunningham, J. S. ''Lady Chatterley's Husband.'' *Literary Half-Yearly* 3 (July 1962): 20–27.
Cushman, Keith. ''*The Virgin and the Gipsy* and the Lady and the Gamekeeper.'' In Squires and Jackson (1985), op. cit., pp. 154–69.
Davie, Donald. ''Literature and Morality.'' In Cox (1961), op. cit., pp. 109–13.
Davies, Rosemary Reeves. ''The Eighth Love Scene: The Real Climax of *Lady Chatterley's Lover.*'' *DHL Review* 15 (1982): 167–76.
Doheny, John. ''Lady Chatterley and Her Lover.'' *West Coast Review* 8 (1974): 51–56. (On *John Thomas and Lady Jane.*)
Doherty, Gerald. ''Connie and the Chakras: Yogic Patterns in DHL's *Lady Chatterley's Lover.*'' *DHL Review* 13 (1980): 79–93.
Dollimore, Jonathan. ''The Challenge of Sexuality.'' In *Society and Literature 1945–1970.* Edited by Alan Sinfield. London: Methuen, 1983, pp. 51–85 (52–61). (The importance of the novel and the trial for modern constructions of ''sexuality.'')
Donald, D. R. ''The First and Final Versions of *Lady Chatterley's Lover.*'' *Theoria,* no. 22 (1964): 85–97.
Durrell, Lawrence. ''Preface.'' *Lady Chatterley's Lover* by DHL. New York: Bantam Books, 1968, pp. vii–xi.
Ebbatson, J. R. ''Thomas Hardy and Lady Chatterley.'' *Ariel* 8 (1977): 85–95.
Edwards, Duane. ''Mr. Mellors' Lover: A Study of *Lady Chatterley.*'' *Southern Humanities Review* 19 (1985): 117–31.
Efron, Arthur. ''Lady Chatterley's Lecher?'' *Paunch,* no. 26 (April 1966).
———. '' 'The Way Our Sympathy Flows and Recoils': Lawrence's Last Theory of the Novel.'' *Paunch* 63–64 (1990): 71–84.
Fjagesund, Peter. ''DHL, Knut Hamsun and Pan.'' *English Studies* (Netherlands) 72, no. 5 (October 1991): 421–25.
Friedland, Ronald. ''Introduction.'' *Lady Chatterley's Lover* by DHL. New York: Bantam Books, 1968, pp. xiii–xxiv.
Gertzman, Jay A. *A Descriptive Bibliography of ''Lady Chatterley's Lover'': With Essays toward a Publishing History of the Novel.* Westport, Conn.: Greenwood, 1989.
———. ''Legitimizing *Lady Chatterley's Lover:* The Grove Press Strategy, 1959.'' *Paunch* 63–64 (1990): 1–14.
———. ''Erotic Novel, Liberal Lawyer, and 'Censor-Moron': 'Sex for Its Own Sake' and Some Literary Censorship Adjudications of the 1930s.'' *DHL Review* 24 (1992): 217–27.

Gill, Richard. *Happy Rural Seat: The English Country House and the Literary Imagination* New Haven, Conn.: Yale University Press, 1972, pp. 151–55.

Gill, Stephen. ''The Composite World: Two Versions of *Lady Chatterley's Lover.*'' *Essays in Criticism* 21 (October 1971): 347–64.

Gordon, David J. ''Sex and Language in DHL.'' *Twentieth Century Literature* 27 (1981): 362–75 (369–72).

Gregor, Ian, and Brian Nicholas. ''The Novel as Prophecy: *Lady Chatterley's Lover.*'' In their *The Moral and the Story.* London: Faber and Faber, 1962, pp. 217–48.

Gutierrez, Donald. ''The Hylozoistic Vision of *Lady Chatterley's Lover.*'' *North America Mentor Magazine* 19 (1981): 25–34.

———. '' 'The Impossible Notation': The Sodomy Scene in *Lady Chatterley's Lover.*'' *Sphinx: A Magazine of Literature and Society* 4 (1982); 109–25. (Reprinted in his *The Maze in the Mind and the World: Labyrinths in Modern Literature.* Troy, N.Y.: Whitston, 1985, pp. 55–74.)

Haegert, John W. ''DHL and the Ways of Eros.'' *DHL Review* 11 (Fall 1978): 199–233 (201–18).

Hall, Roland. ''DHL and A. N. Whitehead.'' *Notes and Queries* 9 (May 1962): 188.

Hall, Stuart. ''*Lady Chatterley's Lover:* The Novel and Its Relationship to Lawrence's Work.'' *New Left Review,* no. 6 (November–December 1960): 32–35.

Harding, D. W. ''Lawrence's Evils.'' *Spectator* (11 November 1960): 735–36. (Review.)

Hardy, Barbara. *The Appropriate Form: An Essay on the Novel.* London: Athlone Press, 1964, pp. 162–72.

Hartogue, Renatus. ''Intercourse with Lady Chatterley.'' *Four Letter Word Games: The Psychology of Obscenity.* New York: M. Evans/Delacorte Press, 1967, pp. 11–24.

Henry, G. B. Mck. ''Carrying On: *Lady Chatterley's Lover.*'' *Critical Review* (Melbourne) 10 (1967): 46–62. (Also in Andrews [1971]: 89–104.)

Higdon, David Leon. ''*John Thomas and Lady Jane:* 'The Line of Fulfillment.' '' In his *Time and English Fiction.* Totowa, N.J.: Rowman and Littlefield, 1977, pp. 23–29.

———. ''Bertha Coutts and Bertha Mason: A Speculative Note.'' *DHL Review* (Fall 1978): 294–96. (See also his *Shadows of the Past in Contemporary British Fiction.* Athens: University of Georgia Press, 1984, pp. 30, 101–3.)

Hinz, Evelyn J. ''Pornography, Novel, Mythic Narrative: The Three Versions of *Lady Chatterley's Lover.*'' *Modernist Studies* 3 (1979): 35–47.

Hinz, Evelyn J., and John J. Teunissen. ''War, Love, and Industrialism: The Ares/Aphrodite/Hephaestus Complex in *Lady Chatterley's Lover.*'' In Squires and Jackson (1985), op. cit., pp. 197–221.

Hoerner, Dennis. ''Connie Chatterley: A Case of Spontaneous Therapy.'' *Energy and Character: Journal of Bioenergetic Research* 12 (1981): 48–55.

Hoyt, C. A. ''DHL: The Courage of Human Contact.'' *English Record* 14 (April 1964): 8–15.

Humma, John B. ''The Interpenetrating Metaphor: Nature and Myth in *Lady Chatterley's Lover.*'' *PMLA* 98 (1983): 77–86. (Reprinted in Humma [1990]: 85–99.)

Hyde, H. Montgomery, ed. *The ''Lady Chatterley's Lover'' Trial: Regina v. Penguin Books Limited.* London: Bodley Head, 1990. (Verbatim transcript, with an introduction by Hyde.)

Ingersoll, Earl. "The Pursuit of 'True Marriage': DHL's *Mr. Noon* and *Lady Chatterley's Lover.*" *Studies in the Humanities* 14 (1987): 32–45.

———. "*Lady Chatterley's Lover:* 'The Bastard Offspring of This Signifying Concatenation.' " *Studies in Psychoanalytic Theory* 1 (1992): 59–65.

Jackson, Dennis. "The 'Old Pagan Vision': Myth and Ritual in *Lady Chatterley's Lover.*" *DHL Review* 11 (Fall 1978): 260–71. (Expanded version in Jackson and Jackson [1988]: 128–44.)

———. "Lady Chatterley's Color." *Interpretations* 15 (1983): 39–52.

———. "Literary Allusions in *Lady Chatterley's Lover.*" In Squires and Jackson (1985), op. cit., pp. 170–96.

———. "*Lady Chatterley's Lover:* Lawrence's Response to *Ulysses?*" *Philological Quarterly* 66 (1987): 410–16.

———. "Chapter Making in *Lady Chatterley's Lover.*" *Texas Studies in Literature and Language* 35 (Fall 1993): 363–83.

Jarrett-Kerr, Martin. "A Christian View." In Cox (1961), op. cit., pp. 113–18.

Jewinski, Ed. "The Phallus in DHL and Jacques Lacan." *DHL Review* 21 (1989): 7–24.

Jones, Bernard. "The Three Ladies Chatterley." *Books and Bookmen* 19 (March 1974): 46–50. (Review essay on the three versions.)

Journet, Debra. "Patrick White and DHL: Sexuality and the Wilderness in *A Fringe of Leaves* and *Lady Chatterley's Lover.*" *South Central Review* 5 (1988): 62–71.

Kain, Richard M. "*Lady Chatterley's Lover.*" *London Times Literary Supplement* 8 (January 1970): 34.

Kauffman, Stanley. "Lady Chatterley at Last." *New Republic* (25 May 1959): 13–16.

Kazin, Alfred. "Lady Chatterley in America." *Atlantic Monthly* 204 (July 1959): 34–36. (Also in his *Contemporaries.* Boston: Little, Brown, 1962, pp. 105–12.)

Kermode, Frank. "Everybody's Read Chatterley." *Listener* 95 (8 January 1976): 27.

Kern, Stephen. *The Culture of Love: Victorians to Moderns.* Cambridge: Harvard University Press, 1992, passim.

Kernan, Alvin. "*Lady Chatterley* and 'Mere Chatter about Shelley': The University Asked to Define Literature." In his *The Death of Literature.* New Haven, Conn.: Yale University Press, 1990, pp. 32–59.

Kim, Dong-son. "DHL: *Lady Chatterley's Lover:* Phallic Tenderness vs. Industrialism." *Phoenix* (Seoul) 23 (1981): 101–19.

King, Debra W. "Just Can't Find the Words: How Expression Is Achieved." *Philosophy and Rhetoric* 24, no. 1 (1991): 54–72.

King, Dixie. "The Influence of Forster's *Maurice* on *Lady Chatterley's Lover.*" *Contemporary Literature* 23 (1982): 65–82.

Kinkead-Weekes, Mark. "Eros and Metaphor: Sexual Relationship in the Fiction of DHL." *Twentieth Century Studies* 1 (November 1969): 3–19. (Reprinted in Smith [1978]: 101–21.)

Klein, Robert C. "I, Thou and You in Three Lawrencian Relationships." *Paunch,* no. 31 (April 1968): 52–70.

Knight, G. Wilson. "Lawrence, Joyce and Powys." *Essays in Criticism* 11 (1961): 403–17. (Also in his *Neglected Powers.* London: Routledge; New York: Barnes and Noble, 1971, pp. 142–55. See also ensuing debate in *Essays in Criticism:* John Peter, "The Bottom of the Well," 12 [April 1962]: 226–27. John Peter, "Lady Chatterley Again," 12 [October 1962]: 445–47. William Empson, "Lady Chatterley Again,'' 13 [April 1963]: 202–5. John Peter, 13 [July 1963]: 301–2 [with rejoinder by John Sparrow, 303].)

Knoepflmacher, U. C. ''The Rival Ladies: Mrs. Ward's *Lady Connie* and Lawrence's *Lady Chatterley's Lover.*'' *Victorian Studies* 4 (Winter 1960): 141–58.

Lauter, Paul. ''Lady Chatterley with Love and Money.'' *New Leader* 42 (31 August 1959): 23–24.

Lawrence, Frieda. ''Foreword.'' In *The First Lady Chatterley* by DHL. New York: Dial Press, 1944, pp. v–xiii. (Also in the Heinemann [1972] and Penguin [1973] editions.)

Lerner, Laurence. *Love and Marriage: Literature and Its Social Context.* New York: St. Martin's Press, 1979, pp. 153–64.

Levine, George. ''Epilogue: Lawrence, *Frankenstein,* and the Reversal of Realism.'' In his *The Realistic Imagination: English Fiction from ''Frankenstein'' to ''Lady Chatterley.''* Chicago: University of Chicago Press, 1981, pp. 317–28 (323–28).

Lewis, C. S. ''Four-Letter Words.'' In Cox (1961), op. cit., pp. 118–22.

McCurdy, Harold G. ''Literature and Personality: Analysis of the Novels of DHL.'' *Character and Personality* 8 (March, June 1940): 181–203, 311–322 (191–97).

McDowell, Frederick P. W. '' 'Moments of Emergence and of a New Splendour': DHL and E. M. Forster in Their Fiction.'' In Squires and Jackson (1985), op. cit., pp. 58–90.

McIntosh, Angus, and M.A.K. Halliday. ''A Four-Letter Word in *Lady Chatterley's Lover.*'' In their *Patterns of Language: Papers in General, Descriptive, and Applied Linguistics.* London: Longman, 1966; Bloomington: Indiana University Press, 1967, pp. 151–64.

MacLeish, Archibald. ''Preface: Letter from Archibald MacLeish.'' *Lady Chatterley's Lover* by DHL. New York: Grove Press, 1959, pp. v–vii.

Malcolm, Donald. ''Books: The Prophet and the Poet.'' *New Yorker* 35 (12 September 1959): 193–94, 196–98. (Review.)

Malraux, André. ''Preface to the French translation of *Lady Chatterley's Lover.*'' *Criterion* 12 (1933): 215–19.

———. ''DHL and Eroticism.'' In *From the N.R.F.: An Image of the Twentieth Century from the Pages of the Nouvelle Revue Française.* New York: Farrar, Straus, and Cudahy, 1958, pp. 194–98. (Originally published as ''DHL et l'éroticisme: à propos de *L'Amant de Lady Chatterley*'' in *La Nouvelle Revue Française* 38 [January 1932]: 136–40.)

Mandel, Jerome. ''Medieval Romance and *Lady Chatterley's Lover.*'' *DHL Review* 10 (Spring 1977): 20–33.

Mandel, Oscar. ''Ignorance and Privacy.'' *American Scholar* 29 (Autumn 1960): 509–19. (See also J. Giles, ''Reply to Mandels's 'Ignorance and Privacy.' '' *American Scholar* 30 ((Summer 1961): 454.)

Marcuse, Ludwig. *Obscene: The History of an Indignation.* Translated by Karen Gershon. London: MacGibbon and Kee, 1965, pp. 215–54.

Martin, Graham. '' 'History' and 'Myth' in DHL's Chatterley Novels.'' In *The British Working-Class Novel in the Twentieth Century.* Edited by Jeremy Hawthorn. London: Edward Arnold, 1984, pp. 63–76.

Martin, W. R. ''GBS, DHL, and TEL: Mainly *Lady Chatterley* and *Too True.*'' *Shaw: The Annual of Shaw Studies* 4 (1984): 107–12.

Martin, W. R., and Warren U. Ober. "Lawrence and Hemingway: The Cancelled Great Words." *Arizona Quarterly* 41 (1985): 357–61.

Martz, Louis L. "The Second Lady Chatterley." In *The Spirit of DHL: Centenary Studies.* Edited by Gāmini Salgādo and G. K. Das. London: Macmillan; Totowa, N.J.: Barnes and Noble, 1988, pp. 206–24.

Maxwell, J. C. "*Lady Chatterley's Lover:* A Correction." *Notes and Queries* 8 (March 1961): 110. (See also M. T. Tudsbery, "Reply to Maxwell's '*Lady Chatterley's Lover:* A Correction.' " *Notes and Queries* 8 [1961]: 149.)

Moore, Harry T. "Love as a Serious and Sacred Theme." *New York Times Book Review* (Section 7) (3 May 1959): 5. (Reprinted as "*Lady Chatterley's Lover* as Romance" in Moore [1959]: 262–64.

———. "Afterword: *Lady Chatterley's Lover:* The Novel as Ritual." In *Lady Chatterley's Lover* by DHL. New York: Signet, 1962, pp. 285–99.

———. "John Thomas and Lady Jane." *New York Times Book Review* (27 August 1972): 7. (Review.)

Muir, Kenneth. "The Three Lady Chatterleys." *Literary Half-Yearly* 2 (January 1961): 18–25.

Munro, Craig. "*Lady Chatterley* in London: The Secret Third Edition." In Squires and Jackson (1985), op. cit., pp. 222–35.

Newton, Frances J. "Venice, Pope, T. S. Eliot and DHL." *Notes and Queries* 5 (March 1958): 119–20.

Nimitz, Cheryl. "Lawrence and Kundera—'Disturbing.' " *Recovering Literature* 17 (1989–90): 43–51.

Ober, William B. "Lady Chatterley's *What?*" *Academy of Medicine of New Jersey Bulletin* 15 (March 1969): 41–65. (Reprinted in his *Boswell's Clap and Other Essays: Medical Analyses of Literary Men's Afflictions.* Carbondale: Southern Illinois University Press, 1979, pp. 89–117.)

Parker, David. "Lawrence and Lady Chatterley: The Teller and the Tale." *Critical Review* (Australia) 20 (1978): 21–41.

Pearce, T. M. "The Unpublished *Lady Chatterley's Lover.*" *New Mexico Quarterly* 8 (1938): 171–79.

Peters, Joan D. "The Living and the Dead: Lawrence's Theory of the Novel and the Structure of *Lady Chatterley's Lover.*" *DHL Review* 20 (Spring 1988): 2–20.

Polhemus, Robert M. "The Prophet of Love and the Resurrection of the Body: DHL's *Lady Chatterley's Lover* (1928)." In his *Erotic Faith: Being in Love from Jane Austen to DHL.* Chicago: University of Chicago Press, 1990, pp. 279–306.

Pollinger, Gerald J. "*Lady Chatterley's Lover:* A View from Lawrence's Literary Executor." In Squires and Jackson (1985), op. cit., pp. 236–41.

Porter, Katherine Anne. "A Wreath for the Gamekeeper." *Shenandoah* 11 (Autumn 1959): 3–12. (Also in *Encounter* 14 [February 1960]: 69–77. See reply by Richard Aldington, "A Wreath for Lawrence?" *Encounter* 14 [April 1960]: 51–54.)

Purdy, Strother B. "On the Psychology of Erotic Literature." *Literature and Psychology* 20 (1970): 23–29.

Quennell, Peter. "The Later Period of DHL." In *Scrutinies II.* Edited by Edgell Rickword. London: Wishart, 1931, pp. 126–29.

Radford, F. L. "The Educative Sequel: *Lady Chatterley's Second Husband* and *Mrs. Warren's Daughter.*" *Shaw Review* 23 (1980): 57–62.

Ramadoss, Haripriya. "The Creative Evolution of *Lady Chatterley's Lover:* A Study of

Some Key Changes in the Novel.'' *Dutch Quarterly Review of Anglo-American Letters* 15, no. 1 (1985): 25–35.

Rascoe, Burton. *Prometheans: Ancient and Modern.* New York: Putnam's, 1933, pp. 233–37.

Rees, Richard. ''Miss Jessel and Lady Chatterley.'' In his *For Love or Money: Studies in Personality and Essence.* Carbondale: Southern Illinois University Press, 1961, pp. 115–24.

Rembar, Charles. *The End of Obscenity: The Trials of Lady Chatterley, Tropic of Cancer, and Fanny Hill.* New York: Random House, 1968, pp. 59–160. (On 1959 trial.)

Resina, Joan Ramon. ''The Word and the Deed in *Lady Chatterley's Lover.*'' *Forum for Modern Language Studies* 23 (1987): 351–65.

Rolph, C. H. (pseudonym of C. R. Hewitt), ed. *The Trial of Lady Chatterley: Regina v. Penguin Books Limited: The Transcript of the Trial.* Harmondsworth: Penguin, 1961. (Reprinted, with a new foreword by Geoffrey Robinson, 1990.)

Ross, Michael L. '' 'Carrying on the Human Heritage': From *Lady Chatterley's Lover* to *Nineteen Eighty-Four.*'' *DHL Review* 17 (1984): 5–28.

Rowley, Stephen. ''The Sight-Touch Metaphor in *Lady Chatterley's Lover.*'' *Etudes Lawrenciennes* 3 (1988): 179–88.

Rudikoff, Sonya. ''DHL and Our Life Today: Re-reading *Lady Chatterley's Lover.*'' *Commentary* 28 (November 1959): 408–13.

St. John-Stevas, Norman. ''The English Morality Laws.'' In Cox (1961), op. cit., pp. 103–9.

Sanders, Scott R. ''Lady Chatterley's Loving and the Annihilation Impulse.'' In Squires and Jackson (1985), op. cit., pp. 1–16.

Sarvan, Charles, and Liebetraut Sarvan. ''*God's Stepchildren* [Sarah Gertrude Millin] and *Lady Chatterley's Lover:* Failure and Triumph.'' *Journal of Commonwealth Literature* 14 (1979): 53–57.

Schorer, Mark. ''On *Lady Chatterley's Lover.*'' *Evergreen Review* 1 (1957): 149–78. (Reprinted as ''Introduction'' to the 1959 Grove Press edition of the novel, pp. ix–xxxix; in *''A Propos of Lady Chatterley's Lover'' and Other Essays* by DHL. Harmondsworth: Penguin, 1961, pp. 127–57; and in Schorer's *The World We Imagine.* New York: Farrar, Straus, and Giroux, 1968, pp. 122–46.)

Schotz, Myra Glazer. ''For the Sexes: Blake's Hermaphrodite in *Lady Chatterley's Lover.*'' *Bucknell Review* 24 (1978): 17–26.

Sepčić, Višnja. ''The Dialogue of *Lady Chatterley's Lover.*'' *Studia Romanica et Anglica Zagrebiensia,* nos. 29–32 (1970–71): 461–80.

Sheerin, Daniel J. ''John Thomas and the King of Glory: Two Analogues to DHL's Use of Psalm 24:7 in Chapter 14 of *Lady Chatterley's Lover.*'' *DHL Review* 11 (Fall 1978): 297–300.

Shonfield, Andrew. ''Lawrence's Other Censor.'' *Encounter* 17 (September 1961): 63–64.

Sparrow, John. ''Regina v. Penguin Books Ltd: An Undisclosed Element in the Case.'' *Encounter* 18 (February 1962): 35–43. (The undisclosed element referred to is buggery. See rebuttal by Colin MacInnes, *Encounter* 18 [March 1962]: 63–65, 94–96. See also letters in *Encounter* 18 [April 1962]: 93–95; ''Regina vs. Sparrow.'' *Encounter* 18 [May 1962]: 91–94; and Sparrow's ''After Thoughts on Regina v. Penguin Books Ltd.'' *Encounter* 18 [June 1962]: 83–88.)

Spilka, Mark. ''Lawrence Up-Tight, or the Anal Phase Once Over.'' *Novel: A Forum on Fiction* 4 (Spring 1971): 252–67.

———. ''Critical Exchange: On 'Lawrence Up-Tight': Four Tail-Pieces.'' *Novel: A Forum on Fiction* 5 (Fall 1971): 54–70. (With Colin Clarke, George Ford, and Frank Kermode.)

———. ''On Lawrence's Hostility to Wilful Women: The Chatterley Solution.'' In *Lawrence and Women.* Edited by Anne Smith. London: Vision; Totowa, N.J.: Barnes and Noble, 1978, pp. 189–211. (Reprinted in Spilka [1992]: 147–70.)

———. ''Lawrence versus Peeperkorn on Abdication; or What Happens to a Pagan Vitalist When the Juice Runs Out?'' In *DHL: The Man Who Died.* Edited by Robert B. Partlow, Jr., and Harry T. Moore. Carbondale: Southern Illinois University Press, 1980, pp. 105–20. (Also in Spilka [1992]: 70–95.)

———. ''Lawrence and the Clitoris.'' In *The Challenge of DHL.* Edited by Michael Squires and Keith Cushman. Madison: University of Wisconsin Press, 1990, 176–86. (Reprinted in Spilka [1992]: 171–90.)

Sproles, Karen Z. ''DHL and the Pre-Raphaelites: Love among the Ruins.'' *DHL Review* 22 (Fall 1990): 290–305.

Squires, Michael. ''Pastoral Patterns and Pastoral Variants in *Lady Chatterley's Lover.*'' *English Literary History* 34 (1972): 129–46. (Reprinted in Squires [1974]: 196–212.)

———. ''New Light on the Gamekeeper in *Lady Chatterley's Lover.*'' *DHL Review* 11 (Fall 1978): 234–45.

———. ''Editing *Lady Chatterley's Lover.*'' In *DHL: The Man Who Died.* Edited by Robert B. Partlow, Jr., and Harry T. Moore. Carbondale: Southern Illinois University Press, 1980, pp. 62–70.

———. *The Creation of ''Lady Chatterley's Lover.''* Baltimore: Johns Hopkins University Press, 1983.

———. ''Introduction.'' *Lady Chatterley's Lover [and] A Propos of ''Lady Chatterley's Lover''* by DHL. Edited by Michael Squires. Cambridge: Cambridge University Press, 1993, pp. xvii–lx.

———. ''Introduction.'' *Lady Chatterley's Lover [and] A Propos of ''Lady Chatterley's Lover''* by DHL. Edited by Michael Squires. Harmondsworth: Penguin, 1994, pp. xiii–xxxii.

Squires, Michael, and Dennis Jackson, eds. *DHL's ''Lady'': A New Look at ''Lady Chatterley's Lover.''* Athens: University of Georgia Press, 1985.

Stanley, F. R. ''The Artist as Pornographer (The Evaluation of DHL's Genius).'' *Literary Half-Yearly* 4 (January 1963): 14–27.

Strickland, G. R. ''The First *Lady Chatterley's Lover.*'' *Encounter* 36 (January 1971): 44–52. (Reprinted in Gomme [1978]: 159–74.)

Sullivan, J. P. ''Lady Chatterley in Rome.'' *Pacific Coast Philology* 15 (1980): 53–62.

Swift, Jennifer. ''The Body and Transcendence of Two Wastelands; *Lady Chatterley's Lover* and *The Waste Land.*'' *Paunch* 63–64 (1990): 141–71.

Taube, Myron. ''Fanny and the Lady: The Treatment of Sex in *Fanny Hill* and *Lady Chatterley's Lover.*'' *Lock Haven Review,* no. 15 (1974): 37–40.

Teunissen, John J. ''The Serial Collaboration of DHL and Walker Percy.'' *Southern Humanities Review* 21 (1987): 101–15.

Tibbets, Robert A. ''Addendum to Roberts: Another Piracy of *Lady Chatterley's Lover.*'' *Serif* 11 (1974): 58.

Tripathy, Biyot Kesh. "*Lady Chatterley's Lover:* A Trembling Balance." *Bulletin of the Department of English* (Calcutta) 7 (1971–72): 75–89.

Verduin, Kathleen. "Lady Chatterley and *The Secret Garden:* Lawrence's Homage to Mrs. Hodgson Burnett." *DHL Review* 17 (1984): 61–66.

Voelker, Joseph C. "The Spirit of No-Place: Elements of the Classical Ironic Utopia in DHL's *Lady Chatterley's Lover.*" *Modern Fiction Studies* 25 (Summer 1979): 223–39.

Way, Brian. "Sex and Language: Obscene Words in DHL and Henry Miller." *New Left Review,* no. 27 (September–October 1964): 66–80.

Weinstein, Philip M. "Choosing between the Quick and the Dead: Three Versions of *Lady Chatterley's Lover.*" In his *The Semantics of Desire: Changing Models of Identity from Dickens to Joyce.* Princeton: Princeton University Press, 1984, pp. 224–51.

Weiss, Daniel. "DHL's Great Circle: From *Sons and Lovers* to *Lady Chatterley's Lover.*" *Psychoanalytic Review* 50 (Fall 1963): 112–38. (Revision of Ch. 4 of his *Oedipus in Nottingham: DHL.* Seattle: University of Washington Press, 1962.)

Welch, Colin. "Black Magic, White Lies." *Encounter* 16 (February 1961): 75–79. (Review of Rolph [1961], op. cit. See also reply by Rebecca West et al., " 'Chatterley,' the Witnesses, and the Law." *Encounter* 16 [March 1961]: 52–56; and letters by Welch and E. L. Mascall, *Encounter* 16 [April 1961]: 85.)

Welker, Robert H. "Advocate for Eros: Notes on DHL." *American Scholar* 30 (Spring 1961): 191–202.

Whelan, P. T., Mary Herron, Julia Marlowe, and Calvin Trowbridge. "Apollo and Lady Chatterley." *Notes and Queries* 31 (1984): 518–19.

Whitehouse, Carol Sue. "DHL's 'The First Lady Chatterley': Conservation Treatment of a Twentieth-Century Bound Manuscript." *Library Chronicle of the University of Texas* 44–45 (1989): 40–55.

Widmer, Kingsley. "The Pertinence of Modern Pastoral: The Three Versions of *Lady Chatterley's Lover.*" *Studies in the Novel* 5 (1973): 298–313. (Rewritten as "Problems of Desire in *Lady Chatterley's Lover*" in Widmer [1992]: 70–99.)

Wilson, Colin. "Literature and Pornography." In *The Sexual Dimension in Literature.* Edited by Alan Bold. London: Vision; Totowa, N.J.: Barnes and Noble, 1982, pp. 202–19.

Yoshida, Tetsuo. "The Broken Balance and the Negative Victory in *Lady Chatterley's Lover.*" *Studies in English Literature* (Kyushu, Japan) 24 (1974): 117–29.

See also (1980–94) Balbert (1989): 133–87. Becker (1980): 79–92. Bell (1992): 208–25. Buckley and Buckley (1993): 24–25, 69–74. Burns (1980): 101–11. Clark (1980): 361–77. Cowan (1990): 212–36, 74–81. Dervin (1984): 138–47. Dix (1980): 49–53. Dorbad (1991): 129–39. Fjagesund (1991): 146–58. Hardy and Harris (1985): 144–47. Hobsbaum (1981): 82–86. Holderness (1982): 223–27. Hostettler (1985): 150–66. Humma (1990): 85–99. Hyde (1990): 104–13. MacLeod (1985/87): 178–90, 223–49. Meyers (1982): 156–64. Niven (1980): 69–74. Pinkney (1990): 134–47. Prasad (1980): 115–25. Robinson (1992): 106–16. Ruderman (1984): 159–64, passim. Scheckner (1985): 137–70. Schneider (1984): 237–43. Simpson (1982): 130–40, passim. Spilka (1992): 9–13, 63–95, 147–90, passim. Squires (1974): 196–212, passim. Storch (1990): 179–90. Suter (1987): 122–24. Urang (1983): 93–121. Widmer (1992): 70–99, 132–44, 195–206, passim. Williams (1993): 96–100, 102–11. Worthen (1991a): 100–101, 110–20.

See also (to 1979) Beal (1961): 84–97. Bedient (1972): 172–82. Boadella (1956/78): 119–31. Cavitch (1969): 194–201. Clarke (1969): 136–43. Daleski (1965): 258–311. Draper (1964): 109–18. Freeman (1955): 215–23. Gregory (1933): 77–88. Hochman (1970): 221–28. Holbrook (1965): 192–333. Hough (1956): 148–66, passim. Howe (1977): 133–40. Inniss (1971): 163–68. Jarrett-Kerr (1951): 77–89. Kermode (1973): 131–43. Maes-Jelinek (1970): 87–95. Miles (1969): 26–31, 51–53. Millett (1970): 237–45. Moore (1951): 258–69. Moynahan (1963): 117–20, 140–72. Murry (1931): 339–49. Murry (1933): 269–76. Nahal (1970): 267–78. Nin (1932): 141–46, passim. Niven (1978): 175–86. Pinion (1978): 205–17. Prasad (1976): 210–23. Pritchard (1971): 189–95. Sagar (1966): 179–98. Sanders (1973): 172–205. Slade (1970): 88–94. Spilka (1955): 177–204. Stewart (1963): 560–66. Stoll (1971): 223–50. Tedlock (1963): 20–27, 277–316. Vivas (1960): 119–51. West (1950): 131–34. Worthen (1979): 168–82. Yudhishtar (1960): 266–87, 298–301.

参考書目15　中・短編小説に関する一般的な批評作品

以下ではロレンスの一連の短編小説に関して主に書かれた批評作品を列挙する。これらの批評作品は、２、３の作品を除いてそれぞれの分類及び個々の作品解説では省略する。

Allen, Walter. *The Short Story in English.* Oxford: Clarendon Press, 1981, pp. 99–109.

Amon, Frank. "DHL and the Short Story." In *The Achievement of DHL.* Edited by Frederick J. Hoffman and Harry T. Moore. Norman: University of Oklahoma Press, 1953, pp. 222–34.

Ashworth, Clive. *Notes on DHL's Poems and Stories.* London: Methuen, 1981.

Bates, H. E. "Lawrence and the Writers of Today." In his *The Modern Short Story: A Critical Survey.* London and New York: Nelson, 1941, pp. 194–213.

Black, Michael. *DHL: The Early Fiction: A Commentary.* London: Macmillan, 1986, pp. 111–49, 188–256.

Blanchard, Lydia. "DHL." In *Critical Survey of Short Fiction.* Vol. 5. Edited by Frank N. Magill. Englewood Cliffs, N.J.: Salem Press, 1981, pp. 1788–94.

———. "Lawrence on the Firing Line: Changes in Form of the Post-War Short Fiction." *DHL Review* 16 (1983): 235–46.

Brunsdale, Mitzi M. *The German Effect on DHL and His Works, 1885–1912.* Berne: Peter Lang, 1978.

Cowan, James C. *DHL and the Trembling Balance.* University Park: Pennsylvania State University Press, 1990.

Cox, James. "Pollyanalytics and Pedagogy: Teaching Lawrence's Short Stories." *DHL Review* 8 (Spring 1975): 74–77.

Cushman, Keith. *DHL at Work: The Emergence of the "Prussian Officer" Stories.* Sussex: Harvester, 1978a.

———. "The Young Lawrence and the Short Story." *Modern British Literature* 3 (1978b): 101–12.

Doherty, Gerald. "The Third Encounter: Paradigms of Courtship in DHL's Shorter Fiction." *DHL Review* 17 (1984): 135–51. ("The White Stocking," "The Daughters of the Vicar," *The Fox, The Virgin and the Gipsy.*)

Draper, R. P. "Satire as a Form of Sympathy: DHL as a Satirist." In *Renaissance and Modern Essays Presented to Vivian de Sola Pinto in Celebration of His Seventieth Birthday.* Edited by G. R. Hibbard. London: Routledge and Kegan Paul, 1966,

pp. 189–97.
Engel, Monroe. "The Continuity of Lawrence's Short Novels." *Hudson Review* 11 (Summer 1958): 201–9. (Reprinted in Spilka [1963]: 93–100.)
Finney, Brian. "Introduction." *DHL: Selected Short Stories.* Edited by Brian Finney. Harmondsworth and New York: Penguin, 1982, pp. 11–31.
Ford, George H. *Double Measure: A Study of the Novels and Stories of DHL.* New York: Holt, Rinehart, and Winston, 1965.
Garcia, Reloy, and James Karabatsos, eds. *A Concordance to the Short Fiction of DHL.* Lincoln: University of Nebraska Press, 1972.
Harris, Janice Hubbard. "Insight and Experiment in DHL's Early Short Fiction." *Philological Quarterly* 55 (1976): 418–35.
———. *The Short Fiction of DHL.* New Brunswick, N.J.: Rutgers University Press, 1984.
Hirsch, Gordon D. "The Laurentian Double: Images of DHL in the Stories." *DHL Review* 10 (Fall 1977): 270–76.
Hobsbaum, Philip. *A Reader's Guide to DHL.* London: Thames and Hudson, 1981, pp. 23–41, 104–30.
Joost, Nicholas, and Alvin Sullivan. *DHL and "The Dial."* Carbondale and Edwardsville: Southern Illinois University Press; London and Amsterdam: Feffer and Simons, 1970.
Kim, Jungmai. *Themes and Techniques in the Novellas of DHL.* Seoul, Korea: Hanshin, 1986.
Krishnamurthi, M. G. *DHL: Tale as Medium.* Mysore: Rao and Raghavan, 1970.
Laird, Holly. "The Short Fiction of DHL." *Papers on Language and Literature* 24 (1988): 103–8.
Lakshmi, Vijaya. "Dialectic of Consciousness in the Short Fiction of DHL." In *Essays on DHL.* Edited by T. R. Sharma. Meerut: Shalabh Book House, 1987, pp. 125–33.
Leavis, F. R. *DHL: Novelist.* London: Chatto and Windus, 1955.
Modiano, Marko. *Domestic Disharmony and Industrialization in DHL's Early Fiction.* Uppsala, Sweden: Uppsala University, 1987.
Moore, Harry T. *The Life and Works of DHL.* London: Allen and Unwin; New York: Twayne, 1951. (Revised as *DHL: His Life and Works.* New York: Twayne, 1964.)
Moynahan, Julian. *The Deed of Life: The Novels and Tales of DHL.* Princeton: Princeton University Press, 1963.
Mizener, Arthur, "DHL." *Handbook to "Modern Short Stories: The Uses of Imagination."* New York: Norton, 1967, pp. 93–106.
O'Connor, Frank. *The Lonely Voice: A Study of the Short Story.* Cleveland: World, 1963, pp. 147–55.
Padhi, Bibhu. *DHL: Modes of Fictional Style.* Troy, N.Y.: Whitston, 1989.
Piccolo, Anthony. "Ritual Strategy: Concealed Form in the Short Stories of DHL." *Mid-Hudson Language Studies* 2 (1979): 88–99.
Pinion, F. B. *A DHL Companion: Life, Thought, and Works.* London: Macmillan, 1978; New York: Barnes and Noble, 1979, pp. 218–48.
Poynter, John S. "The Early Short Stories of Lawrence." In *DHL: The Man Who Lived.* Edited by Robert B. Partlow, Jr., and Harry T. Moore. Carbondale: Southern Illinois University Press, 1980, pp. 39–41.
Robinson, Jeremy. *The Passion of DHL.* Kidderminster, England: Crescent Moon, 1992,

pp. 60–72.

Rose, Shirley. "Physical Trauma in DHL's Short Fiction." *Contemporary Literature* 16 (Winter 1975): 73–83.

Sagar, Keith, and Melissa Partridge. "Introduction." *The Complete Short Novels of DHL.* Edited by Keith Sagar and Melissa Partridge. Harmondsworth: Penguin, 1982, pp. 11–45.

Scott, James F. "DHL's *Germania:* Ethnic Psychology and Cultural Crisis in the Shorter Fiction." *DHL Review* 10 (1977): 142–64.

Sharma, Susheel Kumar. "Antifeminism in DHL's Short Stories." In *Essays on DHL.* Edited by T. R. Sharma. Meerut, India: Shalabh Book House, 1987, pp. 139–46.

Shaw, Valerie. *The Short Story: A Critical Introduction.* London and New York: Longman, 1983, passim.

Tedlock, E. W., Jr. *DHL: Artist and Rebel: A Study of Lawrence's Fiction.* Albuquerque: University of New Mexico Press, 1963.

Thornton, Weldon. "DHL." In *The English Short Story, 1880–1945: A Critical History.* Edited by Joseph M. Flora. Boston: Twayne, 1985, pp. 39–56.

———. *D. H. Lawrence: A Study of the Short Fiction.* New York: Twayne, 1993.

Trebisz, Małgorzata. *The Novella in England at the Turn of the XIX and XX Centuries: H. James, J. Conrad, DHL.* Wrocław, Poland: Wydawnictwo Uniwersytetu Wrocławskiego, 1992. ("DHL's Novellas," pp. 53–64: *The Fox, St. Mawr, The Man Who Died.*)

Van Spanckeren, Kathryn. "Lawrence and the Use of Story." *DHL Review* 18 (1985–86): 291–300.

Vickery, J. B. "Myth and Ritual in the Shorter Fiction of DHL." *Modern Fiction Studies* 5 (Spring 1959): 65–82. (Reprinted in revised form in his *The Literary Impact of the Golden Bough.* Princeton: Princeton University Press, 1973, pp. 294–325.)

Viinikka, Anja. *From Persephone to Pan: DHL's Mythopoeic Vision of the Integrated Personality.* Turku, Finland: Turun Yliopisto Julkaisuja, 1988.

West, Anthony. "The Short Stories." In *The Achievement of DHL.* Edited by Frederick J. Hoffman and Harry T. Moore. Norman: University of Oklahoma Press, 1953, pp. 216–21.

Widmer, Kingsley. *The Art of Perversity: DHL's Shorter Fictions.* Seattle: University of Washington Press, 1962.

Worthen, John. "Short Story and Autobiography: Kinds of Detachment in DHL's Early Fiction." *Renaissance and Modern Studies* 29 (1985): 1–15.

参考書目16　『干し草の中の恋とその他の短編』(*Love Among the Haystacks and Other Stories*)

一般的な批評作品

Greenhalgh, Michael John. *Lawrence's Uncollected Stories, 1907–13: A Critical Commentary.* Ruislip: M. J. Greenhalgh, 1988.

Worthen, John. "Introduction." *Love Among the Haystacks and Other Stories.* Edited by John Worthen. Cambridge: Cambridge University Press, 1990, pp. xix–xlix.

個々の作品に関する批評作品

「玉にキズ」"The Fly in the Ointment"

Cushman, Keith. "A Note on Lawrence's 'The Fly in the Ointment.' " *English Language Notes* 15 (1977): 47–51.

「干し草の中の恋」“Love Among the Haystacks”

Draper, R. P. “The Sense of Reality in the Work of DHL.” *Revue des Langues Vivantes* 33 (1967): 461–70 (464–66).

Gross, Theodore, and Norman Kelvin. *An Introduction to Literature: Fiction.* New York: Random House, 1967, pp. 205–10.

Holloway, John. *Narrative and Structure.* Cambridge: Cambridge University Press, 1979, pp. 57–62, 67–73.

Padhi, Bibhu. “ ‘Love Among the Haystacks’: Lawrence’s Neglected Story.” *Osmania Journal of English Studies* 21 (1985): 71–81.

Vause, L. Mikel. “The Death Instinct Reflected in DHL’s ‘Love Among the Haystacks.’ ” *Journal of Evolutionary Psychology* 9 (1988): 187–89.

Wilson, Colin. *The Strength to Dream.* Boston: Houghton Mifflin, 1962, pp. 185–86.

「当世風の恋人」“A Modern Lover”

Sagar, Keith. “ ‘The Best I Have Known’: DHL’s ‘A Modern Lover’ and ‘The Shades of Spring.’ ” *Studies in Short Fiction* 4 (Winter 1967): 143–51.

See also Holderness (1982): 16–18.

「新しいイヴと古きアダム」“New Eve and Old Adam”

See Delavenay (1972): 151–52, 190–92. Schneider (1986): 110–12.

「古きアダム」“The Old Adam”

Cushman, Keith. “Domestic Life in the Suburbs: Lawrence, the Joneses, and ‘The Old Adam.’ ” *DHL Review* 16 (1983): 221–34.

See also Weiss (1962): 84–88.

「当世風の魔女」“The Witch à la Mode”

Digaetani, John Louis. *Richard Wagner and the Modern British Novel.* Rutherford, N.J.: Fairleigh Dickinson University Press; London: Associated University Presses, 1978, pp. 64–65.

参考書目17　『プロシア士官とその他の短編』（*The Prussian Officer and Other Stories*）に関する一般的な批評作品

Crick, Brian. *The Story of the “Prussian Officer” Revisions: Littlewood Amongst the Lawrence Scholars.* Retford, Nottinghamshire: Brynmill Press, 1983.

Cushman, Keith. “ ‘I am going through a transition stage’: *The Prussian Officer* and *The Rainbow.*” *DHL Review* 8 (Summer 1975): 176–97.

———. *DHL at Work: The Emergence of the “Prussian Officer” Stories.* Sussex: Harvester, 1978.

Finney, Brian H. “DHL’s Progress to Maturity: From Holograph Manuscript to Final Publication of *The Prussian Officer and Other Stories.*” *Studies in Bibliography* 28 (1975): 321–32.

———. “Introduction.” *The Prussian Officer and Other Stories* by DHL. Edited by John Worthen. Harmondsworth: Penguin, 1995, pp. xiii–xxxiii.

Grmelová, Anna. “Thematic and Structural Diversification of DHL’s Short Story in the Wake of World War I.” *Litteraria Pragensia: Studies in Literature and Culture* 2, no. 4 (1992): 58–69.

Littlewood, J.C.F. “DHL’s Early Tales.” *Cambridge Quarterly* 1 (Spring 1966): 107–24.

Worthen, John. “Introduction.” *The Prussian Officer and Other Stories* by DHL. Edited by John Worthen. Cambridge: Cambridge University Press, 1983, pp. xix–li.

See also Pritchard (1971): 60–66.

出版状況

個々の作品

1914年6月、7月、10月に作品集出版のための改稿や校正が行なわれているが、これについては個々の作品紹介の項目では省略する。しかし、各作品が全面的に変更されたことは留意する必要がある。作品が雑誌等に掲載される際、いつ校正が行なわれたのか明確な記録が必ずしもあるわけではないが、ロレンス自身が校正刷りを見ていない作品も2、3ある。しかし通常は出版に先立って校正は行なわれている。

参考書目18 「プロシア士官」(“The Prussian Officer”)(「名誉と武器」(“Honour and Arms”))

Adelman, Gary. “Beyond the Pleasure Principle: An Analysis of DHL’s ‘The Prussian Officer.’ ” *Studies in Short Fiction* 1 (Fall 1963): 8–15.

Anderson, Walter E. “ ‘The Prussian Officer’: Lawrence’s Version of the Fall of Man Legend.” *Essays in Literature* 12 (Fall 1985): 215–23.

Cushman, Keith. “The Making of ‘The Prussian Officer’: A Correction.” *DHL Review* 4 (Fall 1971): 263–73.

Dataller, Roger. “Mr. Lawrence and Mrs. Woolf.” *Essays in Criticism* 8 (January 1958): 48–59 (50–53).

Davies, Rosemary Reeves. “From Heat to Radiance: The Language of ‘The Prussian Officer.’ ” *Studies in Short Fiction* 21 (1984): 269–71.

Englander, Ann. “ ‘The Prussian Officer’: The Self Divided.” *Sewanee Review* 71 (October–December 1963): 605–19.

Haegert, John W. “DHL and the Aesthetics of Transgression.” *Modern Philology* 88 (1990): 2–25.

Howard, Daniel F. “ ‘The Prussian Officer.’ ” In his *A Manual to Accompany the Modern Tradition: An Anthology of Short Stories.* Boston: Little, Brown, 1968, pp. 10–11.

Humma, John B. “Melville’s *Billy Budd* and Lawrence’s ‘The Prussian Officer’: Old Adam and New.” *Essays in Literature* (Western Illinois University) 1 (1974): 83–88.

Kaplan, Harold. *The Passive Voice: An Approach to Modern Fiction.* Athens: Ohio University Press, 1966, pp. 163–67.

Scherr, Barry. “ ‘The Prussian Officer’: A Lawrentian Allegory.” *Recovering Literature* 17 (1989–90): 33–42.

Stewart, Jack. “Expressionism in ‘The Prussian Officer.’ ” *DHL Review* 18 (1985–86): 275–89.

Widmer, Kingsley. “DHL and the Art of Nihilism.” *Kenyon Review* 20 (1958): 604–16 (604–10).

Wilson, Colin. *The Strength to Dream.* Boston: Houghton Mifflin, 1962, pp. 183–84.

See also Draper (1964): 123–24. Panichas (1964): 75–78. Pritchard (1971): 64–65. Sale (1973): 44–47 and passim. Weiss (1962): 91–93, 95–97.

参考書目19 「肉体の棘」（“The Thorn in the Flesh”）（「並みのブドウ酒」（“Vin Ordinaire”））

Cowan, James C. ‘‘Phobia and Psychological Development in DHL’s ‘The Thorn in the Flesh.’ ’’ In *The Modernists: Studies in a Literary Phenomenon: Essays in Honor of Harry T. Moore.* Edited by Lawrence B. Gamache and Ian S. MacNiven. London and Toronto: Associated University Presses, 1987, pp. 163–70. (Reprinted in Cowan [1990]: 156–66.)

Cushman, Keith. ‘‘DHL at Work: ‘Vin Ordinaire’ into ‘The Thorn in the Flesh.’ ’’ *Journal of Modern Literature 5* (February 1976): 46–58. (Revised and reprinted in Cushman [1978]: 167–69, 173–89.)

Dataller, Roger. ‘‘Mr. Lawrence and Mrs. Woolf.’’ *Essays in Criticism* 8 (January 1958): 48–59 (53–58).

See also Hyde (1992): 50–53. Worthen (1991a): 34–41.

参考書目20 「牧師の娘」（“Daughters of the Vicar”）

Earl, G. A. ‘‘Correspondence.’’ *Cambridge Quarterly* 1 (Summer 1966): 273–75.

Kalnins, Mara. ‘‘DHL’s ‘Two Marriages’ and ‘Daughters of the Vicar.’ ’’ *Ariel* 7 (January 1976): 32–49.

Leavis, F. R. ‘‘Lawrence and Class: ‘The Daughters of the Vicar.’ ’’ *Sewanee Review* 62 (1954): 535–62. (Reprinted in Leavis [1955]: 73–95, 100–107.)

Littlewood, J.C.F. *DHL I: 1885–1914.* Harlow, Essex: Longman, 1976, pp. 45–49.

Sabin, Margery. ‘‘The Life of English Idiom, the Laws of French Cliché.’’ Part I. *Raritan 1,* no. 2 (1981): 70–89.

Travis, Leigh. ‘‘DHL: The Blood-Conscious Artist.’’ *American Imago* 25 (Summer 1968): 163–90 (177–82).

See also Draper (1964): 122–23. Green (1974): 25–27. Littlewood (1976): 45–49. Pritchard (1972): 60–62. Slade (1970): 101–3. Stewart (1963): 567–68. Vivas (1960): 165–67. Weiss (1962): 88–92.

参考書目21 「ステンドグラスのかけら」（“A Fragment of Stained Glass”）

Bassein, Beth Ann. *Women and Death: Linkages in Western Thought and Literature.* Westport, Conn.: Greenwood Press, 1984, pp. 155–57.

Cushman, Keith. ‘‘The Making of DHL’s ‘The White Stocking.’ ’’ *Studies in Short Fiction* 10 (Winter 1973): 51–65. (Reprinted in Cushman [1978]: 148–66.)

参考書目22 「春の陰影」（“The Shades of Spring”）（「汚れたバラ」（“The Soiled Rose”））

Appleman, Philip. ‘‘One of DHL’s ‘Autobiographical Characters.’ ’’ *Modern Fiction Studies* 2 (Winter 1956–57): 237–38.

Cushman, Keith. ‘‘Lawrence’s Use of Hardy in ‘The Shades of Spring.’ ’’ *Studies in Short Fiction* 9 (Fall 1972): 402–4.

Davis, Robert Gorham. *Instructor’s Manual for ‘‘Ten Modern Masters: An Anthology of the Short Story.’’* New York: Harcourt, Brace, and World, 1953, pp. 49–50.

Delavenay, Emile. “DHL and Sacher-Masoch.” *DHL Review* 6 (Summer 1973): 119–48 (131–36, 138–42).

Simonson, Harold P. *Instructor's Manual to Accompany “Trio: A Book of Stories, Plays, and Poems.”* New York: Harper and Row, 1965, pp. 5–6.

See also Weiss (1962): 80–84.

参考書目23 「バラ園の影」(“The Shadow in the Rose Garden”)

Barrows, Herbert. *Suggestions for Teaching “15 Stories.”* Boston: Heath, 1950, pp. 19–31.

Chua, Cheng Lok. “Lawrence's ‘The Shadow in the Rose Garden.’ ” *Explicator* 1 (1978): 23–24.

Cushman, Keith. “DHL at Work: ‘The Shadow in the Rose Garden.’ ” *DHL Review* 8 (Spring 1975): 31–46.

Eliot, T. S. *After Strange Gods.* London: Faber, 1934, pp. 36–37.

Martz, Louis L. *The Poem of the Mind.* New York: Oxford University Press, 1966, pp. 111–13.

Rideout, Walter B. *Instructor's Manual for “The Experience of Prose.”* New York: Crowell, 1960, pp. 21–22.

Sale, William, James Hall, and Martin Steinmann. *Critical Discussions for Teachers Using “Short Stories: Tradition and Direction.”* Norfolk: New Directions, 1949, pp. 28–30.

Seidl, Frances. “Lawrence's ‘The Shadow in the Rose Garden.’ ” *Explicator* 32 (October 1973): Item 9.

Spender, Stephen. *The Destructive Element: A Study of Modern Writers and Beliefs.* London: Cape, 1935; Boston: Houghton Mifflin, 1936, pp. 168–69.

参考書目24 「白いストッキング」(“The White Stocking”)

Bassein, Beth Ann. *Women and Death: Linkages in Western Thought and Literature.* Westport, Conn.: Greenwood Press, 1984, pp. 155–57.

Cushman, Keith. “The Making of DHL's ‘The White Stocking.’ ” *Studies in Short Fiction* 10 (Winter 1973): 51–65. (Reprinted in Cushman [1978]: 148–66.)

参考書目25 「命名式」(“The Christening”)

Baldeshwiler, Eileen. “The Lyric Short Story: The Sketch of a History.” *Studies in Short Fiction* 6 (Summer 1969): 443–53.

Cushman, Keith. “ ‘A Bastard Begot’: The Origins of DHL's ‘The Christening.’ ” *Modern Philology* 70 (November 1972): 146–48. (Reprinted in revised form in Cushman [1978]: 216–23.)

See also Delavenay (1972): 186–87. Weiss (1962): 77–79.

参考書目26 「菊の香」("Odour of Chrysanthemums")

Barry, Peter. ''Stylistics and the Logic of Intuition; or, How Not to Pick a Chrysanthemum.'' *Critical Quarterly* 27 (Winter 1985): 51–58. (Critique of Nash [1982], op. cit.)

Boulton, James, T. ''DHL's 'Odour of Chrysanthemums': An Early Version.'' *Renaissance and Modern Studies* 13 (1969): 5–11.

Cushman, Keith. ''DHL at Work: The Making of 'Odour of Chrysanthemums.' '' *Journal of Modern Literature* 2 (Winter 1971–72): 367–92. (Reprinted in Cushman [1978]: 47–76.)

Donoghue, Denis. ''Action Is Eloquence.'' *Lugano Review* 1, nos. 3–4 (1965): 147–54. (Reprinted in his *The Ordinary Universe: Soundings in Modern Literature.* New York: Macmillan, 1968, pp. 169–79.)

Ford, Ford Madox. ''DHL.'' In his *Portraits from Life.* Boston: Houghton Mifflin, 1937, pp. 70–89 (70–75).

Gettman, Royal A., and Bruce Harkness. *Teacher's Manual for ''A Book of Short Stories.''* New York: Rinehart, 1955, pp. 18–21.

Havighurst, Walter. *Instructor's Manual for ''Masters of the Modern Short Story.''* New York: Harcourt, Brace, 1955a, pp. 25–27.

———. ''Symbolism and the Student.'' *College English* 16 (1955b): 433–34.

Hildick, Wallace. *Word for Word: A Study of Author's Alterations.* New York: Norton, 1965, pp. 63–65.

Hodges, Karen. ''Language and Litter-ature: Style as Process.'' *SECOL Review: Southeastern Conference on Linguistics* 6, no. 2 (1982): 98–109.

Hudspeth, Robert N. ''Lawrence's 'Odour of Chrysanthemums': Isolation and Paradox.'' *Studies in Short Fiction* 6 (1969): 630–36.

Jenkins, Stephen. ''The Relevance of DHL Today: A Study of 'Odour of Chrysanthemums.' '' *DHL: The Journal of the DHL Society* 2, no. 1 (1979): 15–16.

Kalnins, Mara. ''DHL's 'Odour of Chrysanthemums': The Three Endings.'' *Studies in Short Fiction* 13 (1976): 471–79.

Littlewood, J.C.F. ''DHL's Early Tales.'' *Cambridge Quarterly* (Spring 1966): 107–24 (119–24).

McCabe, T. H. ''The Otherness of DHL's 'Odour of Chrysanthemums.' '' *DHL Review* 19 (Spring 1987): 149–56.

McGinnis, Wayne D. ''Lawrence's 'Odour of Chrysanthemums' and Blake.'' *Research Studies* (Washington State University) 44 (1976): 251–52.

Nash, Walter. ''On a Passage from Lawrence's 'Odour of Chrysanthemums.' '' In *Language and Literature: An Introductory Reader in Stylistics.* Edited by Ronald Carter. London: George Allen and Unwin, 1982, pp. 101–20.

Schulz, Volker. ''DHL's Early Masterpiece of Short Fiction: 'Odour of Chrysanthemums.' '' *Studies in Short Fiction* 28 (Summer 1991): 363–96.

Stovel, Nora Foster. ''DHL and 'The Dignity of Death': Tragic Recognition in 'Odour of Chrysanthemums,' *The Widowing of Mrs. Holroyd,* and *Sons and Lovers.*'' *DHL Review* 16 (1983): 59–82.

Wulff, Ute-Christel. ''Hebel, Hofmannsthal and Lawrence's 'Odour of Chrysanthemums.' '' *DHL Review* 20 (Fall 1988): 287–96.

See also Draper (1964): 120–22. Littlewood (1976): 15–20. Pritchard (1971): 62–64. Sagar (1966): 14–15. Salgādo (1982): 125–29. Slade (1970): 98–101.

参考書目27 『イングランドよ、僕のイングランドよとその他の短編』(*England, My England and Other Stories*)に関する一般的な批評作品

Cushman, Keith. ''The Achievement of *England, My England and Other Stories.*'' In *DHL: The Man Who Lived.* Edited by Robert B. Partlow, Jr., and Harry T. Moore. Carbondale: Southern Illinois University Press, 1980, pp. 27–38.

Mackenzie, D. Kenneth M. ''Ennui and Energy in *England, My England.*'' In *DHL: A Critical Study of the Major Novels and Other Writings.* Edited by Andor Gomme. Sussex: Harvester Press; New York: Barnes and Noble, 1978, pp. 120–41.

Smith, Duane. ''*England, My England* as Fragmentary Novel.'' *DHL Review* 24 (Fall 1992): 247–55.

Steele, Bruce. ''Introduction.'' *England, My England and Other Stories.* Edited by Bruce Steele. Cambridge: Cambridge University Press, 1990, pp. xvii–li.

Thornton, Weldon. [Review of Cambridge edition of *England, My England.*] *DHL Review* 22 (Fall 1990): 321–25.

See also Draper (1970): 188–90.

出版状況

個々の作品

既述したように全作品が出版のために1921年10月から12月にかけて改稿される。その詳細については個々の作品紹介の際には省略するが、作品が変化し完成する過程を考える場合には注意すべき点である。とりわけ作品集に収められた作品とそれ以前に出版された雑誌等の掲載作品とはかなり異なるものであることを認識する必要がある。しかも多くの作品は2種類の雑誌等にそれぞれ異なった形で掲載されている。雑誌等に掲載するための正確な校正の日付は必ずしも記録に残っていない。おそらく一般的には出版される1ヵ月前に校正が行なわれたものと考えられる。ただしロレンスが校正を全く行なわなかったと思われる1、2の作品がある。

参考書目28 「イングランドよ、僕のイングランドよ」(“England, My England”)

Goodman, Charlotte. ''Henry James, DHL, and the Victimized Child.'' *Modern Language Studies* 10 (1979–80): 43–51.

Lee, Brian S. ''The Marital Conclusions of Tennyson's 'Maud' and Lawrence's 'England, My England.' '' *University of Cape Town Studies in English* 12 (1982): 19–37.

Lodge, David. *The Modes of Modern Writing.* London: Arnold; Ithaca, N.Y.: Cornell, 1977, pp. 164–76.

Lucas, Barbara. ''Apropos of 'England, My England.' '' *Twentieth Century* 169 (March 1961): 288–93.

Ross, Charles L. ''DHL and World War I or History and the 'Forms of Reality': The Case of 'England, My England.' '' In *Franklin Pierce Studies in Literature.* Edited by James F. Maybury and Marjorie A. Zerbel. Rindge, N.H.: Franklin Pierce College, 1982, pp. 11–21.

Rossman, Charles. ''Myth and Misunderstanding DHL.'' *Bucknell Review* 22 (Fall 1976): 81–101 (83–90).

Tarinayya, M. ''Lawrence's 'England, My England': An Analysis.'' *Journal of the School of Languages* 7 (Winter 1980–81): 70–83.

Thornton, Weldon. '' 'The Flower or the Fruit': A Reading of DHL's 'England, My England.' '' *DHL Review* 16 (1983): 247–58.

See also Clarke (1969): 116–20. Delavenay (1972): 431–34. Draper (1964): 129–30. Herzinger (1982): 75–76, 158–71, 186–87. Hough (1956): 172–73. Ingram (1990): 76–80. Leavis (1955): 265–68. Mohanty (1993): 43–46. Pinkney (1990): 51–53. Pritchard (1971): 106–8. Ruderman (1984): 71–89.

参考書目29 「切符を拝見」("Tickets Please")

Breen, Judith Puchner. ''DHL, World War I and the Battle between the Sexes: A Reading of 'The Blind Man' and 'Tickets, Please.' '' *Women's Studies* 13 (1986): 63–74.

Brooks, Cleanth, and Robert P. Warren. *Understanding Fiction.* 2d ed. New York: Appleton-Century-Croft, 1959, pp. 221–22.

Kegel-Brinkgreve, E. ''The Dionysian Tramline.'' *Dutch Quarterly Review* 5 (1975): 180–94.

Lainoff, Seymour. ''The Wartime Setting of Lawrence's 'Tickets, Please.' '' *Studies in Short Fiction* 7 (Fall 1970): 649–51.

Ross, Woodburn O., and A. Dayle Wallace, eds. *Short Stories in Context.* New York: American Book, 1953, pp. 355–59.

Ryan, Kiernan. ''The Revenge of the Women: Lawrence's 'Tickets, Please.' '' *Literature and History* 7 (1981): 210–22.

Trilling, Lionel. *The Experience of Literature.* New York: Holt, Rinehart, and Winston, 1967, pp. 672–74.

Wheeler, Richard P. '' 'Cunning in his overthrow': Lawrence's Art in 'Tickets, Please.' '' *DHL Review* 10 (Fall 1977): 242–50.

Wiehe, R. E. ''Lawrence's 'Tickets, Please.' '' *Explicator* 20 (October 1961): Item 12.

Wood, Paul A. ''Up at the Front: A Teacher's Learning Experience with Lawrence's Sexual Politics.'' *DHL Review* 20 (Spring 1988): 71–77.

See also Simpson (1982): 67–69, passim. Slade (1970): 103–5.

参考書目30 「盲目の男」("The Blind Man")

Abolin, Nancy. ''Lawrence's 'The Blind Man': The Reality of Touch.'' In *A DHL Miscellany.* Edited by Harry T. Moore. Carbondale Southern Illinois University Press, 1959, pp. 215–30.

Baldeshwiler, Eileen. ''The Lyric Short Story: The Sketch of a History.'' *Studies in Short Fiction* 6 (Summer 1969): 443–53.

Breen, Judith Puchner. ''DHL, World War I and the Battle between the Sexes: A Reading of 'The Blind Man' and 'Tickets, Please.' '' *Women's Studies* 13 (1986): 63–74.

Cluysenaar, Anne. *Introduction to Literary Stylistics; A Discussion of Dominant Structures in Verse and Prose.* London: Batsford, 1976, pp. 92–99. (A stylistic analysis of ''The Blind Man.'')

Cushman, Keith. ''Blind, Intertextual Love: 'The Blind Man' and Raymond Carver's 'Cathedral.' '' In *DHL's Literary Inheritors.* Edited by Keith Cushman and Dennis Jackson. London: Macmillan; New York: St. Martin's Press, 1991, pp. 155–66.

Delany, Paul. “Who Was ‘The Blind Man’?” *English Studies in Canada* 9 (March 1983): 92–99.

———. “ ‘We Shall Know Each Other Now’: Message and Code in DHL’s ‘The Blind Man.’ ” *Contemporary Literature* 26 (1985): 26–39.

Engel, Monroe. “Knowing More Than One Imagines: Imagining More Than One Knows.” *Agni* 31–32 (1990): 165–76. (Relates Raymond Carver’s ‘Cathedral’ to ‘The Blind Man.’)

Fadiman, Regina. “The Poet as Choreographer: Lawrence’s ‘The Blind Man.’ ” *Journal of Narrative Technique* 2 (January 1972): 60–67.

Frakes, James R., and Isadore Traschen. *Short Fiction: A Critical Anthology.* 2d ed. Englewood Cliffs, N.J.: Prentice-Hall, 1969, pp. 163–67.

Levin, Gerald. “ ‘The Blind Man.’ ” In his *The Short Story: An Inductive Approach.* New York: Harcourt, Brace, and World, 1967, pp. 296–98.

Marks, W. S., III. “The Psychology of Regression in DHL’s ‘The Blind Man.’ ” *Literature and Psychology* 17 (Winter 1967): 177–92.

Ross, Michael L. “The Mythology of Friendship: DHL, Bertrand Russell, and ‘The Blind Man.’ ” In *English Literature and British Philosophy: A Collection of Essays.* Edited by S. P. Rosenbaum. Chicago: University of Chicago Press, 1971, pp. 285–315.

Vowles, Richard B. “Lawrence’s ‘The Blind Man.’ ” *Explicator* 11 (December 1952): Item 14.

Warschausky, Sidney. “ ‘The Blind Man’ and ‘The Rocking-Horse Winner.’ ” In *Insight II: Analyses of British Literature.* Edited by John V. Hagopian and Martin Dolch. Frankfort: Hirschgraben-Verlag, 1964, pp. 221–33.

West, Ray B., Jr. “The Use of Point of View and Authority in ‘The Blind Man.’ ” In his *Reading the Short Story.* New York: Crowell, 1968, pp. 105–17.

Wheeler, Richard P. “Intimacy and Irony in ‘The Blind Man.’ ” *DHL Review* 9 (Summer 1976): 236–53.

See also Delavenay (1972): 435–37. Spilka (1955): 25–29, 151–53. Williams (1993): 31–36, 119–22.

参考書目31 「冬の孔雀」(“Wintry Peacock”)

Hall, James B., and Joseph Langland. *The Short Story.* New York: Macmillan, 1956, pp. 250–51.

Widmer, Kingsley. “Birds of Passion and Birds of Marriage in DHL.” *University of Kansas City Review* 25 (Fall 1958): 73–79.

参考書目32 「ヘイドリアン」(“Hadrian”)／「触れたのは君の方だ」(“You Touched Me”)

See Draper (1964): 124. Hough (1956): 173–74. Leavis (1955): 252–56. Lerner (1967): 206–8. Ruderman (1984): 81–83.

参考書目33 「サムソンとデリラ」(“Samson and Delilah”)

See Hyde (1992): 65–68. Tedlock (1963): 108–9. Widmer (1962): 148–49.

参考書目34 「博労の娘」(“The Horse-Dealer’s Daughter”)

Brooks, Cleanth, John Purser, and Robert P. Warren, eds. *An Approach to Literature.* 3d ed. New York: Appleton-Century-Crofts, 1952, pp. 186–88.

Douglas, Kenneth. ‘‘Masterpieces of Symbolism and the Modern School.’’ In *World Masterpieces II.* Edited by Maynard Mack et al. New York: Norton, 1956, p. 2118.

Faustino, Daniel. ‘‘Psychic Rebirth and Christian Imagery in DHL’s ‘The Horse Dealer’s Daughter.’ ’’ *Journal of Evolutionary Psychology* 9 (1989): 105–8.

Gullason, Thomas A. ‘‘Revelation and Evolution: A Neglected Dimension of the Short Story.’’ *Studies in Short Fiction* 10 (Fall 1973): 347–56 (348–52).

Junkins, Donald. ‘‘DHL’s ‘The Horse Dealer’s Daughter.’ ’’ *Studies in Short Fiction* 6 (Winter 1969): 210–13.

McCabe, Thomas H. ‘‘Rhythm as Form in Lawrence: ‘The Horse Dealer’s Daughter.’ ’’ *PMLA* 87 (January 1972): 64–68.

Meyers, Jeffrey. ‘‘DHL and Tradition: ‘The Horse Dealer’s Daughter.’ ’’ *Studies in Short Fiction* 26 (1989): 346–51.

O’Faolain, Sean, ed. *Short Stories: A Study of Pleasure.* Boston: Little, Brown, 1961, pp. 461–64.

Phillips, Steven R. ‘‘The Double Pattern of DHL’s ‘The Horse Dealer’s Daughter.’ ’’ *Studies in Short Fiction* 10 (Winter 1973): 94–97.

———. ‘‘The Monomyth and Literary Criticism.’’ *College Literature* 2 (Winter 1975): 1–16 (7–11).

Rehder, Jessie. *The Story at Work.* New York: Odyssey Press, 1963, pp. 240–41.

Ryals, Clyde de L. ‘‘DHL’s ‘The Horse Dealer’s Daughter’: An Interpretation.’’ *Literature and Psychology* 12 (Spring 1962): 39–43.

San Juan, E., Jr. ‘‘Textual Production in DHL’s ‘The Horse Dealer’s Daughter.’ ’’ *DLSU Graduate Journal* 12 (1987): 223–30.

Schneider, Raymond. ‘‘The Visible Metaphor.’’ *Communications Education* 25 (1976): 121–26.

Schorer, Mark, ed. *The Story: A Critical Anthology.* New York: Prentice-Hall, 1950, pp. 326–29.

Stewart, Jack F. ‘‘Eros and Thanatos in Lawrence’s ‘The Horse Dealer’s Daughter.’ ’’ *Studies in the Humanities* 12 (1985): 11–19.

See also Draper (1964): 124–25. Leavis (1955): 247–52.

参考書目35 「ファニーとアニー」(“Fanny and Annie”)／「最後のわら」(“The Last Straw”)

Leavis, F. R. ‘‘Lawrence and Class.’’ *Sewanee Review* 62 (1954): 535–62 (552–56). (Reprinted in Leavis [1955]: 95–100.)

Modiano, Marko. ‘‘ ‘Fanny and Annie’ and the War.’’ *Durham University Journal* 83 (1991): 69–74.

Secor, Robert. ‘‘Language and Movement in ‘Fanny and Annie.’ ’’ *Studies in Short Fiction* 6 (Summer 1969): 395–400.

参考書目36 「煩わしき人生」("The Mortal Coil")

Peer, Willie van. ''Toward a Pragmatic Theory of Connexity: An Analysis of the Use of the Conjunction 'and' from a Functional Perspective.'' In *Text Connexity, Text Coherence: Aspects, Methods, Results.* Edited by Emel Sozer. Hamburg: Buske, 1985, pp. 363–80.

参考書目37 「アドルフ」("Adolf")

Marks, W. S. ''DHL and His Rabbit Adolf: Three Symbolic Permutations.'' *Criticism* 10 (1968): 200–216.

参考書目38 『狐』(*The Fox*)

Bergler, Edmund. ''DHL's *The Fox* and the Psychoanalytic Theory on Lesbianism.'' *Journal of Nervous and Mental Disease* 126 (May 1958): 488–91. (Reprinted in Moore [1959]: 49–55.)

Boren, James L. ''Commitment and Futility in *The Fox.*'' *University Review* (Kansas City) 31 (June 1965): 301–4.

Brayfield, Peg. ''Lawrence's 'Male and Female Principles' and the Symbolism of *The Fox.*'' *Mosaic* 4, no. 3 (1971): 41–65.

Brown, Christopher. ''The Eyes Have It: Vision in *The Fox.*'' *Wascana Review* 15, no. 2 (1980): 61–68.

Core, Deborah. '' 'The Closed Door': Love between Women in the Works of DHL.'' *DHL Review* 11 (Summer 1978): 114–31.

Daleski, H. M. ''Aphrodite of the Foam and *The Ladybird* Tales.'' In *DHL: A Critical Study of the Major Novels and Other Writings.* Edited by Andor Gomme. Sussex: Harvester Press; New York: Barnes and Noble, 1978, pp. 142–58. (Reprinted in his *Unities: Studies in the English Novel.* Athens: University of Georgia Press, 1985, 211–24.)

Davis, Patricia C. ''Chicken Queen's Delight: DHL's *The Fox.*'' *Modern Fiction Studies* 19 (Winter 1973–74): 565–71. (On homoerotic aspects of Henry Grenfel.)

Devlin, Albert J. ''The 'Strange and Fiery' Course of *The Fox:* DHL's Aesthetic of Composition and Revision.'' In *The Spirit of DHL: Centenary Studies.* Edited by Gāmini Salgādo and G. K. Das. London: Macmillan, 1988, pp. 75–91.

Doherty, Gerald. ''The Third Encounter: Paradigms of Courtship in DHL's Shorter Fiction.'' *DHL Review* 17 (1984): 135–51.

Draper, R. P. ''The Defeat of Feminism: DHL's *The Fox* and ''The Woman Who Rode Away.'' *Studies in Short Fiction* 3 (1966): 186–98.

Ellis, David. "Introduction." *The Fox, The Captain's Doll, The Ladybird* by DHL. Edited by Dieter Mehl. Harmondsworth: Penguin, 1994, pp. xiii–xxx.

Faderman, Lillian. "Lesbian Magazine Fiction in the Early Twentieth Century." *Journal of Popular Culture* 11 (1978): 800–817. (Includes discussion of *The Fox.*)

Finney, Brian. "The Hitherto Unknown Publication of Some DHL Short Stories." *Notes and Queries* 19 (February 1972): 55–56.

Fulmer, Bryan O. "The Significance of the Death of the Fox in DHL's *The Fox.*" *Studies in Short Fiction* 5 (Spring 1968): 275–82.

Gardner, John, and Lewis Dunlap, eds. *The Forms of Fiction.* New York: Random House, 1962, pp. 521–24.

Gilbert, Sandra M. "Costumes of the Mind: Transvestism as Metaphor in Modern Literature." *Critical Inquiry* 7 (1980): 391–417. (Includes discussion of *The Fox.* Reprinted in *Writing and Sexual Difference.* Edited by Elizabeth Abel. Hemel Hempstead: Harvester, 1982.)

Good, Jan. "Toward a Resolution of Gender Identity Confusion: The Relationship of Henry and March in *The Fox.*" *DHL Review* 18 (1985–86): 217–27.

Granofsky, Ronald. "A Second Caveat: DHL's *The Fox.*" *English Studies in Canada* 15, no. 1 (1988): 49–63.

Gregor, Ian. "*The Fox:* A Caveat." *Essays in Criticism* 9 (January 1959): 10–21. (See also reply by H. Coombes, *Essays in Criticism* 9 [October 1959]: 451–53.)

Greiff, Louis K. "Bittersweet Dreaming in Lawrence's 'The Fox': A Freudian Perspective." *Studies in Short Fiction* 20 (1983): 7–16.

Gurko, Leo. "DHL's Greatest Collection of Short Stories: What Holds It Together." *Modern Fiction Studies* 18 (Summer 1972): 173–82.

Jones, Lawrence. "Physiognomy and the Sensual Will in *The Ladybird* and *The Fox.*" *DHL Review* 13 (1980): 1–29.

Levin, Gerald. "The Symbolism of Lawrence's *The Fox.*" *CLA Journal* 11 (December 1967): 135–44.

Mackenzie, Kenneth. *The Fox.* Milton Keynes: Open University, 1973.

Matterson, Stephen. "Another Source for Henry? DHL's *The Fox.*" *ANQ: A Quarterly Journal of Short Articles, Notes and Reviews* 5 (January 1992): 23–25.

Mehl, Dieter. "Introduction." *The Fox, The Captain's Doll, The Ladybird* by DHL. Edited by Dieter Mehl. Cambridge: Cambridge University Press, 1992, pp. xvii–xlvii.

Miller, Hillis. "DHL: The Fox and the Perspective Glass." *Harvard Advocate* 136 (December 1952): 14–16, 26–28.

Neider, Charles. *Short Novels of the Masters.* New York: Rinehart, 1948, pp. 40–44.

Nelson, Jane A. "The Familial Isotopy in *The Fox.*" In *The Challenge of DHL.* Edited by Michael Squires and Keith Cushman. Madison: University of Wisconsin Press, 1990, pp. 129–42.

Osborn, Marijane. "Complexities of Gender and Genre in Lawrence's *The Fox.*" *Essays in Literature* 19 (Spring 1992): 84–97.

Renner, Stanley. "Sexuality and the Unconscious: Psychosexual Drama and Conflict in *The Fox.*" *DHL Review* 21 (1989): 245–73.

Ross, Michael L. "Ladies and Foxes: DHL, David Garnett, and the Female of the Species." *DHL Review* 18 (1985–86): 229–38.

Rossi, Patrizio. "Lawrence's Two Foxes: A Comparison of the Texts." *Essays in Criticism* 22 (July 1972): 265–78.

Ruderman, Judith G. ''*The Fox* and the 'Devouring Mother.' '' *DHL Review* 10 (Fall 1977): 251–69.

———. ''Lawrence's *The Fox* and Verga's 'The She-Wolf': Variations on the Theme of the 'Devouring Mother.' '' *Modern Language Notes* 94 (1979): 153–65.

———. ''Prototypes for Lawrence's *The Fox.*'' *Journal of Modern Literature* 8 (1980a): 77–98.

———. ''Tracking Lawrence's *Fox:* An Account of Its Composition, Evolution, and Publication.'' *Studies in Bibliography* 33 (1980b): 206–21.

———. ''The New Adam and Eve in Lawrence's *The Fox* and Other Works.'' *Southern Humanities Review* 17 (1983): 225–36.

Shields, E. F. ''Broken Vision in Lawrence's *The Fox.*'' *Studies in Short Fiction* 9 (Fall 1972): 353–63.

Singh, A. K. ''War and Lawrence: A Study of His Short Story *The Fox.*'' In *Essays on DHL.* Edited by T. R. Sharma. Meerut, India: Shalabh Book House, 1987, pp. 134–38.

Sinzelle, Claude. ''Skinning the Fox: A Masochist's Delight.'' In *DHL in the Modern World.* Edited by Peter Preston and Peter Hoare. London: Macmillan, 1989, pp. 161–79.

Springer, Mary Doyle. *Forms of the Modern Novella.* Chicago and London: University of Chicago Press, 1976, 30–32.

Stewart, Jack F. ''Totem and Symbol in *The Fox* and *St. Mawr.*'' *Studies in the Humanities* 16 (December 1989): 84–98.

Volkenfeld, Suzanne. '' 'The Sleeping Beauty' Retold: DHL's *The Fox.*'' *Studies in Short Fiction* 14 (Fall 1977): 345–53.

Whelan, P. T. ''The Hunting Metaphor in *The Fox* and Other Works.'' *DHL Review* 21 (1989): 275–90.

See also Daleski (1965): 151–56. Draper (1964): 125–26. Draper (1970): 191–96. Goodheart (1963): 51–56. Holderness (1982): 166–74. Hough (1956): 176–77. Inniss (1971): 159–63. Leavis (1955): 256–65. Miles (1969): 39–41. Moynahan (1963): 196–209. Pritchard (1971): 140–41. Ruderman (1984): 48–70, passim. Sagar (1966): 116–17. Siegel (1991): passim. Simpson (1982): 70–73. Slade (1970): 108–10. Trebisz (1992): 54–58.

参考書目39 『大尉の人形』(*The Captain's Doll*)

Bordinat, Philips. ''The Poetic Image in DHL's *The Captain's Doll.*'' *West Virginia University Bulletin: Philological Papers* 19 (July 1972): 45–49.

Daleski, H. M. ''Aphrodite of the Foam and *The Ladybird* Tales.'' In *DHL: A Critical Study of the Major Novels and Other Writings.* Edited by Andor Gomme. Sussex: Harvester Press; New York: Barnes and Noble, 1978, pp. 142–58. (Reprinted in his *Unities: Studies in the English Novel.* Athens: University of Georgia Press, 1985, pp. 211–24.)

Dawson, Eugene W. ''Love among the Mannikins: *The Captain's Doll.*'' *DHL Review* 1 (Summer 1968): 137–48.

Doherty, Gerald. ''A 'Very Funny' Story: Figural Play in DHL's *The Captain's Doll.*'' *DHL Review* 18 (1985–86): 5–17.

Ellis, David. ''Introduction.'' *The Fox, The Captain's Doll, The Ladybird* by DHL. Edited by Dieter Mehl. Harmondsworth: Penguin, 1994, pp. xiii–xxx.

Gurko, Leo. ''DHL's Greatest Collection of Short Stories: What Holds It Together.'' *Modern Fiction Studies* 18 (Summer 1972): 173–82.

McDowell, Frederick P. W. '' 'The Individual in His Pure Singleness': Theme and Symbol in *The Captain's Doll.*'' In *The Challenge of DHL.* Edited by Michael Squires and Keith Cushman. Madison: University of Wisconsin Press, 1990, pp. 143–58.

Martin, W. R. ''Hannele's 'Surrender': A Misreading of *The Captain's Doll.*'' *DHL Review* 18 (1985–86): 19–23.

Mehl, Dieter. ''Introduction.'' *The Fox, The Captain's Doll, The Ladybird* by DHL. Edited by Dieter Mehl. Cambridge: Cambridge University Press, 1992, pp. xvii–xlvii.

Mellown, Elgin W. ''*The Captain's Doll:* Its Origins and Literary Allusions.'' *DHL Review* 9 (Summer 1976): 226–35.

Spilka, Mark. ''Repossessing *The Captain's Doll.*'' In his *Renewing the Normative DHL: A Personal Progress.* Columbia: University of Missouri Press, 1992, pp. 248–75.

Tripathy, Akhilesh Kumar. ''DHL's *Sons and Lovers* and *A* [*sic*] *Captain's Doll:* A Study in Thematic Link.'' In *Essays on DHL.* Edited by T. R. Sharma. Meerut, India: Shalabh Book House, 1987, pp. 95–103.

See also Beal (1961): 100–101. Daleski (1965): 156–58. Draper (1964): 127–29. Draper (1970): 191–96. Goodheart (1963): 134–36. Hough (1956): 177–79. Leavis (1955): 50–53, 197–224. Leavis (1976): 92–121. Panichas (1964): 109–11. Pritchard (1971): 141–43. Ruderman (1984): 60–61, passim. Slade (1970): 106–8. Stewart (1963): 571–77.

参考書目40 『てんとう虫』(*The Ladybird*)

Cowan, James C. ''DHL's Dualism: The Apollonian-Dionysian Polarity and *The Ladybird.*'' In *Forms of Modern Fiction.* Edited by A. W. Friedman. Austin and London: University of Texas Press, 1975, pp. 75–99.

Daalder, Joost. ''Background and Significance of DHL's *The Ladybird.*'' *DHL Review* 15 (Spring 1982): 107–28.

Daleski, H. M. ''Aphrodite of the Foam and *The Ladybird* Tales.'' In *DHL: A Critical Study of the Major Novels and Other Writings.* Edited by Andor Gomme. Sussex: Harvester Press; New York: Barnes and Noble, 1978, pp. 142–58. (Reprinted in his *Unities: Studies in the English Novel.* Athens: University of Georgia Press, 1985, pp. 211–24.)

Davies, Rosemary Reeves. "The Mother as Destroyer: Psychic Division in the Writings of DHL." *DHL Review* 13 (1980): 220–38.
Denny, N.V.E. *"The Ladybird." Theoria* 11 (October 1958): 17–28.
Ellis, David. "Introduction." *The Fox, The Captain's Doll, The Ladybird* by DHL. Edited by Dieter Mehl. Harmondsworth: Penguin, 1994, pp. xiii–xxx.
Finney, Brian. "Two Missing Pages from 'The Ladybird.' " *Review of English Studies* 24 (May 1973): 191–92.
Gilbert, Sandra M. "Potent Griselda: 'The Ladybird' and the Great Mother." In *DHL: A Centenary Consideration.* Edited by Peter Balbert and Phillip L. Marcus. Ithaca, N.Y., and London: Cornell University Press, 1985, pp. 130–61.
Gurko, Leo. "DHL's Greatest Collection of Short Stories: What Holds It Together." *Modern Fiction Studies* 18 (Summer 1972): 173–82.
Humma, John B. "*The Ladybird* and the Enabling Image." *DHL Review* 17 (1984): 219–32. (Reprinted in Humma [1990]: 16–28.)
Jones, Lawrence. "Physiognomy and the Sensual Will in *The Ladybird* and *The Fox.*" *DHL Review* 13 (1980): 1–29.
Mason, R. "Persephone and the Ladybird: A Note on DHL." *London Review* 2 (Autumn 1967): 42–49.
Mehl, Dieter. "Introduction." *The Fox, The Captain's Doll, The Ladybird* by DHL. Edited by Dieter Mehl. Cambridge: Cambridge University Press, 1992, pp. xvii–xlvii.
Scott, James F. "Thimble into Ladybird: Nietzsche, Frobenius, and Bachofen in the Later Works of DHL." *Arcadia* 13 (1978): 161–76.
Steven, Laurence. "From Thimble to Ladybird: DHL's Widening Vision?" *DHL Review* 18 (1985–86): 239–53.

See also Clarke (1969): 113–15. Daleski (1965): 143–50. Draper (1970): 191–96. Hough (1956): 175–76. Hyde (1992): 223–25, passim. Leavis (1955): 56–64. Miles (1969): 41–43. Ruderman (1984): 71–89. Siegel (1991): passim. Williams (1993): 117–21. Worthen (1991a): 76–78.

参考書目41 「オーヴァートーン」("The Overtone")

Merivale, Patricia. "DHL and the Modern Pan Myth." *Texas Studies in Literature and Language* 6 (Fall 1964): 297–305. (Reprinted as Ch. 6 of her *Pan the Goat-God: His Myth in Modern Times.* Cambridge: Harvard University Press, 1969, pp. 194–219 [213–15].)
Neumarkt, Paul. "Pan and Christ: An Analysis of the *Hieros Gamos* Concept in DHL's Short Story 'The Overtone.' " *Dos Continentes* 9–10 (1971–72): 27–48.
Viinikka, Anja. *From Persephone to Pan: DHL's Mythopoeic Vision of the Integrated Personality.* Turku, Finland: Turun Yliopisto Julkaisuja, 1988, pp. 160–73.

参考書目42 『セント・モア』(*St. Mawr*)

Barker, Anne Darling. ''The Fairy Tale and *St. Mawr.*'' *Forum for Modern Language Studies* 20 (1984): 76–83.

Blanchard, Lydia. ''Mothers and Daughters in DHL: *The Rainbow* and Selected Shorter Works.'' In *Lawrence and Women.* Edited by Anne Smith. London: Vision, 1978, pp. 75–100 (91–96).

Bodenheimer, Rosemarie. ''*St. Mawr, A Passage to India,* and the Question of Influence.'' *DHL Review* 13 (Summer 1980): 134–49.

Brown, Keith. ''Welsh Red Indians: DHL and *St. Mawr.*'' *Essays in Criticism* 32 (April 1982): 158–79. (Reprinted in Brown [1990]: 23–37.)

Clark, L. D. ''DHL as a Southwestern Author.'' *Phoenix* 23 (1981): 17–21.

Craig, David, Mark Roberts, and T. W. Thomas. ''Mr. Liddell and Dr. Leavis.'' *Essays in Criticism* 5 (January 1955): 64–80.

Doherty, Gerald. ''The Greatest Show on Earth: DHL's *St. Mawr* and Antonin Artaud's Theatre of Cruelty.'' *DHL Review* 22 (Spring 1990): 5–21.

Engel, Monroe. ''The Continuity of Lawrence's Short Novels.'' *Hudson Review* 11 (Summer 1958): 201–9 (206–8).

Fleishman, Avrom. ''He Do the Polis in Different Voices: Lawrence's Later Style.'' In *DHL: A Centenary Consideration.* Edited by Peter Balbert and Phillip L. Marcus. Ithaca, N.Y., and London: Cornell University Press, 1985, pp. 162–79.

Garcia, Reloy, and James Karabatsos, eds. *A Concordance to the Short Fiction of DHL.* Lincoln: University of Nebraska Press, 1972. (Part 2: The Short Novels, pp. 291–474.)

Gidley, Mark. ''Antipodes: DHL's *St. Mawr.*'' *Ariel* 5 (January 1974): 25–41.

Giles, Steve. ''Marxism and Form: DHL, *St. Mawr.*'' In *Literary Theory at Work: Three Texts.* Edited by Douglas Tallack. London: Batsford, 1987, pp. 49–66.

Goonetilleke, D.C.R.A. *Developing Countries in British Fiction.* London and Basingstoke: Macmillan; Totowa, N.J.: Rowman and Littlefield, 1977, pp. 170–98 (174–79 and passim).

Haegert, John. ''Lawrence's *St. Mawr* and the De-Creation of America.'' *Criticism* 34 (Winter 1992): 75–98.

Halperin, Irving. ''Unity in *St. Mawr.*'' *South Dakota Review* 4 (Summer 1966): 58–60.

Harris, Janice Hubbard. ''The Moulting of *The Plumed Serpent:* A Study of the Relationship between the Novel and Three Contemporary Tales.'' *Modern Language Quarterly* 39 (June 1978): 154–68.

Highet, Gilbert. *People, Places, and Books.* New York: Oxford University Press, 1953, pp. 39–41.

Irwin, W. R. ''The Survival of Pan.'' *PMLA* 76 (June 1961): 159–67.

James, Stuart B. ''Western American Space and the Human Imagination.'' *Western Humanities Review* 24 (Spring 1970): 147–55.

Kaplan, Harold. *The Passive Voice: An Approach to Modern Fiction.* Athens: Ohio University Press, 1966, pp. 183–85.

Leavis, F. R. ''The Novel as Dramatic Poem (LV): *St. Mawr.*'' *Scrutiny* 17 (Spring 1950): 38–53. (Reprinted in Leavis [1955]: 51–53, 225–45.)

Levy, Michele Frucht. ''DHL and Dostoevsky: The Thirst for Risk and the Thirst for Life.'' *Modern Fiction Studies* 33 (1987): 281–88.

Liddell, Robert. "Lawrence and Dr. Leavis: The Case of *St. Mawr.*" *Essays in Criticism* 4 (July 1954): 321–27.

McDowell, Frederick P. W. " 'Pioneering into the Wilderness of Unopened Life': Lou Witt in America." In *The Spirit of DHL: Centenary Studies.* Edited by Gamini Salgado and G. K. Das. London: Macmillan, 1988, pp. 92–105.

Merivale, Patricia. "DHL and the Modern Pan Myth." *Texas Studies in Literature and Language* 6 (Fall 1964): 297–305. (Reprinted as Ch. 6 of her *Pan the Goat-God: His Myth in Modern Times.* Cambridge: Harvard University Press, 1969, pp. 194–219.)

Millard, Elaine. "Feminism II: Reading as a Woman: DHL, *St. Mawr.*" In *Literary Theory at Work: Three Texts.* Edited by Douglas Tallack. London: Batsford, 1987, pp. 133–57.

Moynahan, Julian. "Lawrence, Woman, and the Celtic Fringe." In *Lawrence and Women.* Edited by Anne Smith. London: Vision, 1978, pp 122–35 (131–34).

Murry, John Middleton. *Love, Freedom, and Society.* London: Cape, 1957, pp. 24–28, 34–38.

Norris, Margot. *Beasts of the Modern Imagination: Darwin, Nietzsche, Kafka, Ernst, and Lawrence.* Baltimore: Johns Hopkins University Press, 1985, pp. 170–94.

Padhi, Bibhu. "Lawrence, *St. Mawr,* and Irony." *South Dakota Review* 21 (1983): 5–13.

Poirier, Richard. *A World Elsewhere: The Place of Style in American Literature.* London: Chatto and Windus, 1967, pp. 40–49.

Poole, Roger. "Psychoanalytic Theory: DHL, *St. Mawr.*" In *Literary Theory at Work: Three Texts.* Edited by Douglas Tallack. London: Batsford, 1987, pp. 89–113.

Poplawski, Paul. "Language, Art, and Reality: A Stylistic Study of DHL's *St. Mawr.*" Ph.D. diss., University of Wales, 1989.

Pritchard, William H. *Seeing through Everything: English Writers 1918–1940.* London: Faber and Faber, 1977, pp. 82–86.

Ragussis, Michael. "The False Myth of *St. Mawr:* Lawrence and the Subterfuge of Art." *Papers on Language and Literature* 11 (Spring 1975): 186–96.

Raina, M. L. "A Forster Parallel in Lawrence's *St. Mawr.*" *Notes and Queries* 211 (March 1966): 96–97.

Rama Moorthy, Polanki. "*St. Mawr:* The Third Eye." *Aligarh Journal of English Studies* 10, no 2 (1985): 188–204.

Renner, Stanley. "The Lawrentian Power and Logic of *Equus.*" In *DHL's Literary Inheritors.* Edited by Keith Cushman and Dennis Jackson. London: Macmillan, 1991, pp. 31–45. (Influence of *St. Mawr* on Peter Shaffer's play.)

Rudnick, Lois P. "DHL's New World Heroine: Mabel Dodge Luhan." *DHL Review* 14 (Spring 1981): 85–111.

Sabin, Margery. *The Dialect of the Tribe: Speech and Community in Modern Fiction.* Oxford: Oxford University Press, 1987, pp. 162–78.

Scheff, Doris. "Interpreting 'Eyes' in DHL's *St. Mawr.*" *American Notes and Queries* 19 (1980): 48–51.

Scholtes, M. "*St. Mawr:* Between Degeneration and Regeneration." *Dutch Quarterly Review* 5 (1975): 253–69.

Smith, Bob L. "DHL's *St. Mawr:* Transposition of Myth." *Arizona Quarterly* 24 (Fall 1968): 197–208.

Stewart, Jack F. ''Totem and Symbol in *The Fox* and *St. Mawr.*'' *Studies in the Humanities* 16 (December 1989): 84–98.

Tallman, Warren. ''Forest, Glacier, and Flood. The Moon. *St. Mawr:* A Canvas for Lawrence's Novellas.'' *Open Letter,* 3d series, no 6 (Winter 1976–77): 75–92.

Tanner, Tony. ''DHL in America.'' In *DHL: Novelist, Poet, Prophet.* Edited by Stephen Spender. London: Weidenfeld and Nicolson, 1973, pp. 170–96.

Vickery, J. B. ''Myth and Ritual in the Shorter Fiction of DHL.'' *Modern Fiction Studies* 5 (Spring 1959): 65–82. (Reprinted in revised form in his *The Literary Impact of the Golden Bough.* Princeton: Princeton University Press, 1973, pp. 294–325.)

Vivas, Eliseo. ''Mr. Leavis on DHL.'' *Sewanee Review* 65 (1957): 126–27.

Wasserman, Jerry. ''*St. Mawr* and the Search for Community.'' *Mosaic* 5 (Winter 1972): 113–23.

Wicker, Brian. *The Story-Shaped World; Fiction and Metaphysics: Some Variations on a Theme.* Notre Dame, Ind.: University of Notre Dame, 1975, pp. 124–29 and passim.

Wilde, Alan. ''The Illusion of *St. Mawr:* Technique and Vision in DHL's Novel.'' *PMLA* 79 (March 1964): 164–70.

Winn, Harbour. ''Parallel Inward Journeys: *A Passage to India* and *St. Mawr.*'' *English Language Notes* 31 (December 1993): 62–66.

See also (1980–94) Clark (1980): 311–16. Harris (1984): 189–202. Hobsbaum (1981): 111–14. Humma (1990): 45–61. Ingram (1990): 103–9. MacLeod (1985/87): 157–71. Ruderman (1984): 127–41. Sagar (1985a): 246–77. Storch (1990): 123–30. Trebisz (1992): 59–62. Viinikka (1988): 173–207.

See also (to 1979) Beal (1961): 100–101. Cavitch (1969): 151–63. Cowan (1970): 81–96. Draper (1964): 131–35. Draper (1970): 250–57. Goodheart (1963): 56–62. Hough (1956): 179–86, passim. John (1974): 278–86. Kermode (1973): 111–14. Lerner (1967): 185–91. Moore (1951): 225–28. Rees (1958): 118–19. Sagar (1966): 151–59. Stewart (1963): 568–71. Tedlock (1963): 176–79. Vivas (1960): 151–65. Widmer (1961): 66–75.

参考書目43 「プリンセス」(“The Princess”)

Cowan, James C. “DHL’s ‘The Princess’ as Ironic Romance.” *Studies in Short Fiction* 4 (Spring 1967): 245–51.

Goonetilleke, D.C.R.A. *Developing Countries in British Fiction.* London and Basingstoke: Macmillan; Totowa, N.J.: Rowman and Littlefield, 1977, pp. 179–81 and passim.

MacDonald, Robert H. “Images of Negative Union: The Symbolic World of DHL’s ‘The Princess.’ ” *Studies in Short Fiction* 16 (1979): 269–93.

Padhi, Bibhu. “Lawrence’s Ironic Fables and How They Matter.” *Interpretations* 15, no. 1 (1983): 53–59.

Rossman, Charles. “Myth and Misunderstanding DHL.” *Bucknell Review* 22 (Fall 1976): 81–101 (93–96).

Smalley, Barbara M. “Lawrence’s ‘The Princess’ and Horney’s ‘Idealized Self.’ ” In *Third Force Psychology and the Study of Literature.* Edited by Bernard J. Paris. Rutherford, N.J.: Fairleigh Dickinson University Press, 1986, pp. 179–90.

Tanner, Tony. “DHL in America.” In *DHL: Novelist, Poet, Prophet.* Edited by Stephen Spender. London: Weidenfeld and Nicolson, 1973, pp. 170–96 (193–95).

Travis, Leigh. “DHL: The Blood-Conscious Artist.” *American Imago* 25 (Summer 1968): 163–90 (174–77).

Weiner, S. Ronald. “Irony and Symbolism in ‘The Princess.’ ” In *A DHL Miscellany.* Edited by Harry T. Moore. Carbondale: Southern Illinois University Press, 1959, pp. 221–38.

Widmer, Kingsley. “Lawrence and the Fall of Modern Woman.” *Modern Fiction Studies* 5 (Spring 1959): 47–56 (51–55).

See also Albright (1978): 38–39. Cavitch (1969): 170–73. Clark (1980): 317–21. Cowan (1970): 64–70. Draper (1964): 130. Hough (1956): 179–80. Nin (1932): 139–40.

参考書目44 「飛魚」(未完) (“The Flying-Fish”— Unfinished)

See Cavitch (1969): 189–93. Cowan (1970): 128–37 and passim. Sagar (1966): 206–10.

参考書目45 『処女とジプシー』(*The Virgin and the Gipsy*)

Balbert, Peter. “Scorched Ego, the Novel, and the Beast: Patterns of Fourth Dimensionality in *The Virgin and the Gipsy.*” *Papers on Language and Literature* 29 (Fall 1993): 395–416.

Craig, David. “Shakespeare, Lawrence, and Sexual Freedom.” In his *The Real Foundations: Literature and Social Change.* London; Chatto and Windus, 1973, pp. 17–38.

Crowder, Ashby Bland, and Lynn O'Malley Crowder. "Mythic Intent in DHL's *The Virgin and the Gipsy*." *South Atlantic Review* 49 (1984): 61–66.

Cushman, Keith. "*The Virgin and the Gipsy* and the Lady and the Gamekeeper." In *DHL's "Lady": A New Look at "Lady Chatterley's Lover."* Edited by Michael Squires and Dennis Jackson. Athens: University of Georgia Press, 1985, pp. 154–69.

Doherty, Gerald. "The Third Encounter: Paradigms of Courtship in DHL's Shorter Fiction." *DHL Review* 17 (1984): 135–51.

Gutierrez, Donald. "Lawrence's *The Virgin and the Gipsy* as Ironic Comedy." *English Quarterly* (Waterloo, Ontario) 5 (Winter 1972–73): 61–69. (Reprinted in Gutierrez [1980]: 55–67.)

Guttenberg, Barnett. "Realism and Romance in Lawrence's *The Virgin and the Gipsy*." *Studies in Short Fiction* 17 (1980): 99–103.

Lally, M. M. "*The Virgin and the Gipsy:* Rewriting the Pain." In *Aging and Gender in Literature: Studies in Creativity.* Edited by Anne M. Wyatt-Brown and Janice Rossen. Charlottesville: University Press of Virginia, 1993, pp. 121–37.

Meyers, Jeffrey. " 'The Voice of Water': Lawrence's *The Virgin and the Gipsy*." *English Miscellany* 21 (1970): 199–207.

Penrith, Mary. "Some Structural Patterns in *The Virgin and the Gipsy*." *University of Cape Town Studies in English* 6 (1976): 46–52.

Pollak, Paulina S. "Anti-Semitism in the Works of DHL: Search for and Rejection of the Faith." *Literature and Psychology* 32 (1986): 19–29.

Reed, John R. *Victorian Conventions.* Athens: Ohio University Press, 1975. (Ch. 14, "Gypsies," pp. 362–400; *The Virgin and the Gipsy,* p. 397.)

Reilly, Edward C. "A Note about Two Toads." *Notes on Contemporary Literature* 14 (1984): 7–8.

Siegel, Carol. "Floods of Female Desire in Lawrence and Eudora Welty." In *DHL's Literary Inheritors.* New York: St. Martin's Press; London: Macmillan, 1991, pp. 109–30. (Also incorporated into Siegel [1991]: 166–84.)

Springer, Mary Doyle. *Forms of the Modern Novella.* Chicago and London: University of Chicago Press, 1976, pp. 142–49.

Turner, John. "Purity and Danger in DHL's *The Virgin and the Gipsy*." In *DHL: Centenary Essays.* Edited by Mara Kalnins. Bristol: Bristol Classical Press, 1986, pp. 139–71.

Vickery, J. B. "Myth and Ritual in the Shorter Fiction of DHL." *Modern Fiction Studies* 5 (Spring 1959): 65–82. (Reprinted in revised form in his *The Literary Impact of the Golden Bough.* Princeton: Princeton University Press, 1973, pp. 294–325.)

Watson, Garry. " 'The Fact, and the Crucial Significance, of Desire': Lawrence's *The Virgin and the Gipsy*." *English* 34 (Summer 1985): 131–56.

Yanada, Noriyuki. "*The Virgin and the Gipsy:* Four Realms and Narrative Modes." *Language and Culture* 20 (1991): 121–46.

See also Clark (1980): 348–51. Draper (1964): 141–44. Hobsbaum (1981): 115–18. Hough (1956): 188–89. Humma (1990): 77–84. Krishnamurthi (1979): 94–114. Leavis (1955): 288–95. Moynahan (1963): 209–18. Murry (1931): 391. Pritchard (1971): 184–86. Ruderman (1984): 154–58. Slade (1970): 110–12. Tedlock (1963): 206–8. Widmer (1961): 178–87.

参考書目46 「二羽の青い鳥」("Two Blue Birds")

Grace, William J. *Response to Literature.* New York: McGraw-Hill, 1965, pp. 146–48.

Howard, Daniel F. *A Manual to Accompany the Modern Tradition.* Boston: Little, Brown, 1968, pp. 11–12.

Widmer, Kingsley. ''Birds of Passion and Birds of Marriage in DHL.'' *University of Kansas City Review* 25 (Fall 1958): 73–79.

参考書目47 『太陽』(*Sun*)

Clark, L. D. ''Lawrence's 'Maya' Drawing for 'Sun.' '' *DHL Review* 15 (1982): 141–46.

Piccolo, Anthony. ''Sun and Sex in the Last Stories of DHL.'' In *HELIOS: From Myth to Solar Energy.* Edited by M. E. Grenander. Albany: Institute for Humanistic Studies, State University of New York, 1978, pp. 166–74.

Ross, Michael L. ''Lawrence's Second 'Sun.' '' *DHL Review* 8 (1975): 1–18, 373–74.

Wain, John. ''The Teaching of DHL.'' *Twentieth-Century Literature* 157 (May 1955): 464–65.

Widmer, Kingsley. ''The Sacred Sun in Modern Literature.'' *Humanist* (Antioch) 19 (1959): 368–72.

See also Meyers (1982): 153–56. Sagar (1966): 173–75. Spilka (1955): 41–42.

参考書目48 「馬で去った女」("The Woman Who Rode Away")

Balbert, Peter. ''Snake's Eye and Obsidian Knife: Art, Ideology and 'The Woman Who Rode Away.' '' *DHL Review* 18 (Summer 1985–86): 255–73. (Reprinted in Balbert [1989]: 109–32.)

Berce, Sanda. ''The Sun-Myth: A Parable of Modern Civilization.'' *Studia University Babes-Bolyai* 33, no. 1 (1988): 56–63.

Dekker, George. ''Lilies That Fester.'' *New Left Review* 28 (November–December 1964): 75–84.

Dexter, Martin. ''DHL and Pueblo Religion: An Inquiry into Accuracy.'' *Arizona Quarterly* 9 (Fall 1953): 219–34.

Draper, R. P. ''The Defeat of Feminism: DHL's *The Fox* and 'The Woman Who Rode Away.' '' *Studies in Short Fiction* 3 (1966): 186–98.

Duryea, Polly. ''Rainwitch Ritual in Cather, Lawrence, and Momaday, and Others.'' *Journal of Ethnic Studies* 18 (Summer 1990): 59–75.

Eisenstein, Samuel A. ''DHL's 'The Woman Who Rode Away.' '' *Kyushu American Literature* (Fukuoka, Japan) 9 (1966): 1–18.

Galea, Ileana. ''DHL: The Value of Myth.'' *Cahiers Roumains d'Etudes Litteraires* 3 (1987): 72–78.

Goonetilleke, D.C.R.A. ''DHL: Primitivism?'' In his *Developing Countries in British Fiction.* London and Basingstoke: Macmillan; Totowa, N.J.: Rowman and Littlefield, 1977, pp. 170–98 (181–84 and passim).

Kinkead-Weekes, Mark. ''The Gringo Senora Who Rode Away.'' *DHL Review* 22 (Fall 1990): 251–65.

Krishnamurthy, M. G. ''DHL's 'The Woman Who Rode Away.' '' *Literary Criterion*

(India) 4 (Summer 1960): 40–49.

Moore, Harry T. “DHL.” *Times Literary Supplement* (19 December 1963): 1038.

Padhi, Bibhu. “ ‘The Woman Who Rode Away’ and Lawrence’s Vision of the New World.” *University of Dayton Review* 17 (Winter 1985–86): 57–61.

Rossman, Charles. “Myth and Misunderstanding DHL.” *Bucknell Review* 22 (Fall 1976): 81–101 (97–101).

Rudnick, Lois P. “DHL’s New World Heroine: Mabel Dodge Luhan.” *DHL Review* 14 (Spring 1981): 85–111.

Springer, Mary Doyle. *Forms of the Modern Novella.* Chicago and London: University of Chicago Press, 1976, pp. 25–32 and passim.

Steven, Laurence. “ ‘The Woman Who Rode Away’: DHL’s Cul-de-Sac.” *English Studies in Canada* 10 (1984): 209–20.

Tanner, Tony. “DHL in America.” In *DHL: Novelist, Poet, Prophet.* Edited by Stephen Spender. London: Weidenfeld and Nicolson, 1973, pp. 170–96 (192–93).

Travis, Leigh. “DHL: The Blood-Conscious Artist.” *American Imago* 25 (Summer 1968): 163–90 (166–74).

Wasserstrom, William. “Phoenix on Turtle Island: DHL in Henry Adams’ America.” *Georgia Review* 32 (Spring 1978): 172–97.

Wicker, Brian. “Lawrence and the Unseen Presences.” In his *The Story-Shaped World: Fiction and Metaphysics: Some Variations on a Theme.* Notre Dame, Ind.: University of Notre Dame, 1975, pp. 120–33 (127–29).

Widmer, Kingsley. “The Primitive Aesthetic: DHL.” *Journal of Aesthetics and Art Criticism* 17 (1959): 348–49.

See also (1980–94) Clark (1980): 309–11. Hostettler (1985): 141–50. MacLeod (1985/87): 139–47. Mohanty (1993): 110–18. Pinkney (1990): 165–67. Ruderman (1984): 127–41. Worthen (1991a): 86–89.

See also (to 1979) Albright (1978): 62–69. Cavitch (1969): 163–69. Clark (1964): 39–41. Cowan (1970): 70–78. Draper (1964): 135–39. Eisenstein (1974): 114–25. Goodheart (1963): 133–34. Hough (1956): 138–46. John (1974): 275–78. Leavis (1955): 273–75. Millett (1970): 285–92. Pritchard (1971): 162–64. Slade (1970): 110–12. Stewart (1963): 577–80.

参考書目49 「微笑」(“Smile”)

Finney, Brian. “The Hitherto Unknown Publication of Some DHL Short Stories.” *Notes and Queries* 19 (February 1972): 55–56.

See also Cowan (1970): 50–52.

参考書目50　「国境線」(“The Border Line”)

Gutierrez, Donald. “Getting Even with John Middleton Murry.” *Interpretations* 15, no. 1 (1983): 31–38.

Hudspeth, Robert N. “Duality as Theme and Technique in DHL’s ‘The Border Line.’ ” *Studies in Short Fiction* 4 (1966): 51–56.

Peek, Andrew. “Edgar Allan Poe’s ‘Ligeia,’ Hermione Roddice and ‘The Border Line’: Common Romantic Contexts and a Source of Correspondence in the Fiction of Poe and Lawrence.” *Journal of the DHL Society* 2, no. 2 (1980): 4–8.

See also Clark (1980): 300–302. Cowan (1970): 52–55. Hahn (1975): 284–85. Hyde (1992): 53–56. West (1950): 99–105.

参考書目51　「ジミーと追いつめられた女」(“Jimmy and the Desperate Woman”)

Gutierrez, Donald. “Getting Even with John Middleton Murry.” *Interpretations* 15, no. 1 (1983): 31–38.

See also Cowan (1970): 55–58.

参考書目52　「最後の笑い」(“The Last Laugh”)

Baim, Joseph. “The Second Coming of Pan: A Note on DHL’s ‘The Last Laugh.’ ” *Studies in Short Fiction* 6 (Fall 1968): 98–100.

Ghatak, T. “ ‘The Last Laugh’: A Possible View of Lawrence’s Short Story.” *Parnassus* (Indian Institute of Technology, Kharagpur) 3 (July 1976): 9–14.

Gutierrez, Donald. “Getting Even with John Middleton Murry.” *Interpretations* 15, no. 1 (1983): 31–38.

Merivale, Patricia. “DHL and the Modern Pan Myth.” *Texas Studies in Literature and Language* 6 (Fall 1964): 297–305. (Reprinted in her *Pan the Goat-God: His Myth in Modern Times.* Cambridge: Harvard University Press, 1969, pp. 194–219.)

See also Cowan (1970): 58–61.

参考書目53　「そんなものに用はない」(“None of That”)

Rudnick, Lois P. “DHL’s New World Heroine: Mabel Dodge Luhan.” *DHL Review* 14 (Spring 1981): 85–111.

Widmer, Kingsley. “Lawrence and the Fall of Modern Woman.” *Modern Fiction Studies* 5 (Spring 1959): 47–56 (49–51).

See also MacLeod (1985/87): 137–38. Rees (1958): 68–69.

参考書目54 「島を愛した男」(“The Man Who Loved Islands”)

Doherty, Gerald. “The Art of Survival: Narrating the Nonnarratable in DHL’s ‘The Man Who Loved Islands.’ ” *DHL Review* 24 (Fall 1992): 117–26.

Harris, Lynn E. “The Island as a Mental Image of Withdrawal, Used in a Literary Work, DHL’s ‘The Man Who Loved Islands.’ ” In *Imagery II.* Edited by David G. Russell, David F. Marks, and John T. E. Richardson. Dunedin, New Zealand: Human Performance Associates, 1986, pp. 178–81.

Karl, Frederick R. “Lawrence’s ‘The Man Who Loved Islands’: The Crusoe Who Failed.” In *A DHL Miscellany.* Edited by Harry T. Moore. Carbondale: Southern Illinois University Press, 1959, pp. 265–79.

Kearney, Martin. “Spirit, Place and Psyche: Integral Integration in DHL’s ‘The Man Who Loved Islands.’ ” *English Studies* 69, no. 2 (April 1988): 158–62.

Kendle, Burton S. “DHL: The Man Who Misunderstood Gulliver.” *English Language Notes* 2 (1964): 42–46.

Link, Viktor. “DHL’s ‘The Man Who Loved Islands’ in Light of Compton Mackenzie’s Memoirs.” *DHL Review* 15 (1982): 77–86.

Moynahan, Julian. “Lawrence’s ‘The Man Who Loved Islands’: A Modern Fable.” *Modern Fiction Studies* 5 (Spring 1959): 57–64. (Reprinted in Moynahan [1963]: 185–96.)

Padhi, Bibhu. “Lawrence’s Ironic Fables and How They Matter.” *Interpretations* 15, no. 1 (1983): 53–59.

Squires, Michael. “Teaching a Story Rhetorically: An Approach to a Short Story by DHL.” *College Composition and Communication* 24 (May 1973): 150–56.

Toyokuni, Takashi. “A Modern Man Obsessed by Time: A Note on ‘The Man Who Loved Islands.’ ” *DHL Review* 7 (Spring 1974): 78–82.

Turner, John F. “The Capacity to Be Alone and Its Failure in DHL’s ‘The Man Who Loved Islands.’ ” *DHL Review* 16 (1983): 259–89.

Widmer, Kingsley. “DHL and the Art of Nihilism.” *Kenyon Review* 20 (1958): 604–16 (610–15).

Willbern, David. “Malice in Paradise: Isolation and Projection in ‘The Man Who Loved Islands.’ ” *DHL Review* 10 (Fall 1977): 223–41.

Wilson, Colin. *The Strength to Dream.* Boston: Houghton Mifflin, 1962, pp. 184–85.

See also Clark (1980): 356–59. Draper (1964): 140–41. Nahal (1970): 255–56 and passim.

参考書目55 「勝ち馬を予想する少年」(“The Rocking-Horse Winner”)

映画化された本作品を主に扱った批評作品については参考書目95に掲載してあるので、以下では省略する。

Amon, Frank. ‘‘DHL and the Short Story.’’ In *The Achievement of DHL.* Edited by Frederick J. Hoffman and Harry T. Moore. Norman: University of Oklahoma Press, 1953, pp. 222–34. (Reprinted in Consolo [1969], op. cit., pp. 84–94.)

Barrett, Gerald R., and Thomas L. Erskine, eds. *From Fiction to Film: DHL's ‘‘The Rocking-Horse Winner.’’* Encino and Belmont, Calif.: Dickenson, 1974. (Casebook containing the text of the story, Anthony Pelissier's film script for the 1949 movie, and previously published criticism of the story by Lamson et al., San Juan, Snodgrass [all op. cit.], as well as three articles by Becker, Mellen, and Smith on the film [see Bibliography 95 on ‘‘Lawrence and Film’’].)

Beauchamp, Gorman. ‘‘Lawrence's ‘The Rocking-Horse Winner.’ ’’ *Explicator* 41 (January 1973): 32.

Benenson, Ben. *‘‘The Rocking-Horse Winner’’ Adapted for Stage.* London: Macmillan Education, 1990.

Burroughs, William D. ‘‘No Defense for ‘The Rocking-Horse Winner.’ ’’ *College English* 24 (1963): 323. (Reprinted in Consolo [1969], op. cit., pp. 55–56.)

Consolo, Dominic P., ed. *DHL: ‘‘The Rocking-Horse Winner.’’* Columbus, Ohio: Charles E. Merrill, 1969. (Text of story with fourteen previously published essays, cited separately here, by Amon, Burroughs, Davis, Gordon and Tate, Hepburn, Lamson et al., Lawrence, Marks, Martin, Moore, O'Connor, Tedlock, Snodgrass, Widmer, and one new essay by Frederick W. Turner, also cited separately here. ‘‘Introduction’’ by Consolo, pp. 1–5.)

Cowan, S. A. ‘‘Lawrence's ‘The Rocking-Horse Winner.’ ’’ *Explicator* 27 (October 1968): Item 9.

Davies, Rosemary Reeves. ‘‘ ‘The Rocking-Horse Winner’ Again: A Correction.’’ *Studies in Short Fiction* 18 (1981): 320–22. (Challenges Turner's suggestion [1967], op. cit., that the story is based on the family of Sir Charles Brooke.)

———. ‘‘Lawrence, Lady Cynthia Asquith, and ‘The Rocking-Horse Winner.’ ’’ *Studies in Short Fiction* 20 (1983): 121–26.

Davis, Robert Gorham. *Instructor's Manual for ‘‘Ten Modern Masters: An Anthology of the Short Story.’’* New York: Harcourt, Brace, and World, 1953, p. 50. (Reprinted as ‘‘Observations on ‘The Rocking-Horse Winner’ ’’ in Consolo [1969], op. cit., pp. 41–42.)

Draper, R. P. ‘‘DHL on Mother-Love.’’ *Essays in Criticism* 8 (July 1958): 285–89.

Emmett, V. J., Jr. ‘‘Structural Irony in DHL's ‘The Rocking-Horse Winner.’ ’’ *Connecticut Review* 5 (April 1972): 5–10.

Finney, Brian. ‘‘The Hitherto Unknown Publication of Some DHL Short Stories.’’ *Notes and Queries* 19 (February 1972): 55–56.

Fitz, L. T. ‘‘ ‘The Rocking-Horse Winner’ and *The Golden Bough.*’’ *Studies in Short Fiction* 11 (Spring 1974): 199–200.

Fraiberg, Selma. ‘‘Two Modern Incest Heroes.’’ *Partisan Review* 28 (1961): 646–61.

Goldberg, Michael K. ‘‘Lawrence's ‘The Rocking-Horse Winner’: A Dickensian Fable.’’ *Modern Fiction Studies* 15 (Winter 1969–70): 525–36.

———. ''Dickens and Lawrence: More on Rocking-Horses.'' *Modern Fiction Studies* 27 (Winter 1971–72): 574–75.

Goodman, Charlotte. ''Henry James, DHL, and the Victimized Child.'' *Modern Language Studies* 10 (1979–80): 43–51.

Gordon, Carolyn, and Allen Tate. *The House of Fiction.* New York: Scribner's Sons, 1950, pp. 348–51. (2d ed., 1960, pp. 227–30. Reprinted as ''Commentary on 'The Rocking-Horse Winner' '' in Consolo [1969], op. cit., pp. 37–40.)

Hepburn, James G. ''Disarming and Uncanny Visions: Freud's 'The Uncanny' with Regard to Form and Content in Stories by Sherwood Anderson and DHL.'' *Literature and Psychology* 9 (Winter 1959): 9–12. (Reprinted in Consolo [1969], op. cit., pp. 60–68.)

Holland, Norman. *The Dynamics of Literary Response.* New York: Oxford University Press, 1968, pp. 255–58.

Humma, John B. ''Pan and 'The Rocking-Horse Winner.' '' *Essays in Literature* (Macomber, Ill.) 5 (1978): 53–60.

Ingrasci, Hugh J. ''Names as Symbolic Crowns Unifying Lawrence's 'The Rocking-Horse Winner.' '' In *Festschrift in Honor of Virgil J. Vogel.* Edited by Edward Callary. DeKalb: Illinois Name Society (Papers of N. Central Names Institute), 1985, pp. 1–22.

Isaacs, Neil D. ''The Autoerotic Metaphor in Joyce, Sterne, Lawrence, Stevens and Whitman.'' *Literature and Psychology* 15 (Spring 1965): 92–106.

Junkins, Donald. '' 'The Rocking-Horse Winner': A Modern Myth.'' *Studies in Short Fiction* 2 (Fall 1964): 87–89.

Koban, Charles. ''Allegory and the Death of the Heart in 'The Rocking-Horse Winner.' '' *Studies in Short Fiction* 15 (Fall 1978): 391–96.

Lamson, Roy, Hallett Smith, Hugh Maclean, and Wallace W. Douglas. *The Critical Reader.* New York: Norton, 1949, pp. 416–21. (Rev. ed., 1962, pp. 542–47. Reprinted as ''A Critical Analysis'' in Consolo [1969], op. cit., pp. 47–51.)

Lawrence, Robert G. ''Further Notes on DHL's Rocking-Horse.'' *College English* 24 (1963): 324. (Reprinted in Consolo [1969], op. cit., pp. 57.)

Lesser, M. X., and John N. Morris. *Teacher's Manual to Accompany ''Modern Short Stories: The Fiction of Experience.''* New York: McGraw-Hill, 1964, p. 7.

Ludwig, Jack B., and W. Richard Poirier. *Instructor's Manual to Accompany ''Stories: British and American.''* Boston: Houghton Mifflin, 1953, pp. 27–28.

McDermott, John V. ''Faith and Love: Twin Forces in 'The Rocking-Horse Winner.' '' *Notes on Contemporary Literature* 18, no. 1 (1988): 6–8.

Marks, W. S., III. ''The Psychology of the Uncanny in Lawrence's 'The Rocking-Horse Winner.' '' *Modern Fiction Studies* 11 (Winter 1965–66): 381–92. (Reprinted in Consolo [1969], op. cit., pp. 71–83.)

Martin, W. R. ''Fancy or Imagination? 'The Rocking-Horse Winner.' '' *College English* 24 (1962): 64–65. (Reprinted in Consolo [1969], op. cit., pp. 52–54.)

Moore, Harry T. ''Some Notes on 'The Rocking-Horse Winner.' '' In Consolo (1969), op. cit., pp. 23–25. (Reprinted from Moore [1951]: 277–79.)

O'Connor, Frank. *The Lonely Voice: A Study of the Short Story.* Cleveland and New York: World, 1963, pp. 153–55. (Reprinted as ''Poe and 'The Rocking-Horse Winner' '' in Consolo [1969], op. cit., pp. 58–59.)

Padhi, Bibhu. ''Lawrence's Ironic Fables and How They Matter.'' *Interpretations* 15, no. 1 (1983): 53–59.

Rohrberger, Mary. *Hawthorne and the Modern Short Story: A Study in Genre.* The Hague: Mouton, 1966, pp. 74–80.

San Juan, E., Jr. “Theme versus Imitation: DHL's ‘The Rocking-Horse Winner.’ ” *DHL Review* 3 (Summer 1970): 136–40.

Scott, James B. “The Norton Distortion: A Dangerous Typo in ‘The Rocking-Horse Winner.’ ” *DHL Review* 21 (Spring 1989): 175–77.

Singleton, Ralph H. *Instructor's Manual for “Two and Twenty: A Collection of Short Stories.”* New York: St. Martin's Press, 1962, pp. 12–13.

Snodgrass, William DeWitt. “A Rocking-Horse: The Symbol, the Pattern, the Way to Live.” *Hudson Review* 11 (Summer 1958): 191–200. (Reprinted in his *Radical Pursuit: Critical Essays and Lectures.* New York: Harper and Row, 1975; in Spilka [1963]: 117–26; and in Consolo [1969], op. cit., pp. 26–36.)

Steinmann, Martin, and Gerald Willen, eds. *Literature for Writing.* Belmont, Calif.: Wadsworth, 1963, pp. 209–10.

Tedlock, E. W., Jr. “Values and ‘The Rocking-Horse Winner.’ ” In Consolo (1969), op. cit., pp. 69–70. (Reprinted from Tedlock [1963]: 209–10.)

Turner, Frederick W., III. “Prancing in to a Purpose: Myths, Horses, and True Selfhood in Lawrence's ‘The Rocking-Horse Winner.’ ” In Consolo (1969), op. cit., pp. 95–106.

Turner, G. R. “Princess on a Rocking Horse.” *Studies in Short Fiction* 5 (Fall 1967): 72.

Turner, John F. “The Perversion of Play in DHL's ‘The Rocking-Horse Winner.’ ” *DHL Review* 15 (1982): 249–70.

Warschausky, Sidney. “ ‘The Blind Man’ and ‘The Rocking-Horse Winner.’ ” In *Insight II: Analyses of British Literature.* Edited by John V. Hagopian and Martin Dolch. Frankfort: Hirschgraben-Verlag, 1964, pp. 221–33.

Watkins, Daniel P. “Labor and Religion in DHL's ‘The Rocking-Horse Winner.’ ” *Studies in Short Fiction* 24 (1987): 295–301.

Widmer, Kingsley. “The Triumph of the Middleclass Matriarch.” In Consolo (1969), op. cit., pp. 43–44. (Reprinted from Widmer [1962]: 92–95.)

Wilson, K. “DHL's ‘The Rocking-Horse Winner’: Parable and Structure.” *English Studies in Canada* 13, no. 4 (1987): 438–50.

See also Draper (1964): 141. Hough (1956): 188. Rees (1958): 94. Sklenicka (1991): 156–59.

参考書目56 「愛らしい女」(“The Lovely Lady”)

Finney, Brian H. “A Newly Discovered Text of DHL's ‘The Lovely Lady.’ ” *Yale University Library Gazette* 49 (January 1975): 245–52.

Jones, William M. “Growth of a Symbol.” *University of Kansas City Review* 26 (1959): 68–73.

See also MacLeod (1985/87): 173–75. Nahal (1970): 87–89.

参考書目57　『逃げた雄鶏』（*The Escaped Cock*）（『死んだ男』（*The Man Who Died*））

Butler, Gerald J. “*The Man Who Died* and Lawrence’s Final Attitude towards Tragedy.” *Recovering Literature* 6, no. 3 (1977): 1–14.

Cavitch, David. “Solipsism and Death in DHL’s Late Works.” *Massachusetts Review* 7 (Summer 1966): 495–508 (501–5).

Cowan, James C. “The Function of Allusions and Symbols in DHL’s *The Man Who Died*.” *American Imago* 17 (Summer 1960): 241–53. (Reprinted in Cowan [1990]: 237–53.)

Fiderer, Gerald. “DHL’s *The Man Who Died:* The Phallic Christ.” *American Imago* 25 (Spring 1968): 91–96.

Goodheart, Eugene. “Lawrence and Christ.” *Partisan Review* 31 (Winter 1964): 42–59.

Harris, Janice H. “The Many Faces of Lazarus: *The Man Who Died* and Its Context.” *DHL Review* 16 (1983): 291–311.

Hays, Peter L. *The Limping Hero: Grotesques in Literature.* New York: New York University Press, 1971, pp. 35–38.

Hendrick, George. “Jesus and the Osiris-Isis Myth: Lawrence’s *The Man Who Died* and Williams’ *The Night of the Iguana*.” *Anglia* (Tübingen) 84 (1966): 398–406.

Highet, Gilbert. *People, Places, and Books.* New York: Oxford University Press, 1953, pp. 41–42.

Hinz, Evelyn J., and John J. Teunissen. “Savior and Cock: Allusion and Icon in Lawrence’s *The Man Who Died*.” *Journal of Modern Literature* 5 (April 1976): 279–96.

Kaplan, Harold. *The Passive Voice: An Approach to Modern Fiction.* Athens: Ohio University Press, 1966, pp. 182–83.

Krook, Dorothea. “Messianic Humanism: DHL’ş *The Man Who Died*.” In her *Three Traditions of Moral Thought.* Cambridge: Cambridge University Press, 1959, pp. 255–92.

Kunkel, Francis L. “Lawrence’s *The Man Who Died:* The Heavenly Cock.” In his *Passion and the Passion: Sex and Religion in Modern Literature.* Philadelphia: Westminster Press, 1975, pp. 37–57.

Lacy, Gerald M. “Commentary.” In *The Escaped Cock* by DHL. Edited by Gerald M. Lacy. Los Angeles: Black Sparrow Press, 1973, pp. 121–70.

Larsen, Elizabeth. “Lawrence’s *The Man Who Died*.” *Explicator* 40, no. 4 (1982): 38–40.

Ledoux, Larry V. “Christ and Isis: The Function of the Dying and the Reviving God in *The Man Who Died*.” *DHL Review* 5 (Summer 1972): 132–48.

Lucente, Gregory L. “*Women in Love* and *The Man Who Died:* From Realism to the Mythopoeia of Passion and Rebirth.” In his *The Narrative of Realism and Myth: Verga, Lawrence, Faulkner, Pavese.* Baltimore: Johns Hopkins University Press, 1981, pp. 107–23.

MacDonald, Robert H. “The Union of Fire and Water: An Examination of the Imagery of *The Man Who Died*.” *DHL Review* 10 (Spring 1977): 34–51.

Martin, Dexter. “The Beauty of Blasphemy: Suggestions for Handling *The Escaped Cock*.” *DHL News and Notes* (February 1960).

Miller, Milton. “Definitions by Comparison: Chaucer, Lawrence, and Joyce.” *Essays in Criticism* 3 (1953): 369–81 (374–77).

Murry, John Middleton. *"The Escaped Cock." Criterion* 10 (1930): 183–88.
Panichas, George A. "DHL's Concept of the Risen Lord." *Christian Scholar* 47 (Spring 1964): 56–65.
Perl, Jeffrey M. *The Tradition of Return: The Implicit History of Modern Literature.* Princeton: Princeton University Press, 1984.
Piccolo, Anthony. "Sun and Sex in the Last Stories of DHL." In *HELIOS: From Myth to Solar Energy.* Edited by M. E. Grenander. Albany: Institute for Humanistic Studies, State University of New York, 1978, pp. 166–74.
Rakhi. "*The Man Who Died:* A Jungian Interpretation." In *Essays on DHL.* Edited by T. R. Sharma. Meerut: Shalabh Book House, 1987, pp. 116–24.
Steinhauer, H. "Eros and Psyche: A Nietzschean Motif in Anglo-American Literature." *Modern Language Notes* 64 (April 1949): 217–28 (223–25).
Teunissen, John J. "The Serial Collaboration of DHL and Walker Percy." *Southern Humanities Review* 21 (1987): 101–15.
Thompson, Leslie M. "The Christ Who Didn't Die: Analogues to DHL's *The Man Who Died.*" *DHL Review* 8 (Spring 1975): 19–30.
Travis, Leigh. "DHL: The Blood-Conscious Artist." *American Imago* 25 (Summer 1968): 163–90 (182–85).
Troy, Mark. "'. . . a Wild Bit of Egyptology': Isis and *The Escaped Cock* of DHL." *Studia Neophilologica* 58 (1986): 215–24.
Viinikka, Anja. "*The Man Who Died*: D.H. Lawrence's Phallic Vision of the Restored Body." *The Journal of the D. H. Lawrence Society* (1994–95): 39–46.
Wicker, Brian. "Lawrence and the Unseen Presences." In his *The Story-Shaped World: Fiction and Metaphysics: Some Variations on a Theme.* Notre Dame, Ind.: University of Notre Dame, 1975, pp. 120–33.
Ziolkowski, Theodore. *Varieties of Literary Thematics.* Princeton: Princeton University Press, 1983, pp. 166–67.

See also (1980–94) Clark (1980): 397–405. Humma (1990): 100–109. Hyde (1992): 207–31, passim. Meyers (1982): 164–68. Mohanty (1993): 68–74. Robinson (1992): 117–19. Sagar (1985a): 278–323. Salgādo (1982): 129–33. Sklenicka (1991): 169–72. Trebisz (1992): 62–64. Worthen (1991a): 118–20.

See also (to 1979) Albright (1978): passim. Brunsdale (1978): Cavitch (1969): 201–4. Cowan (1970): passim. Draper (1964): 144–48. Eisenstein (1974): 126–48. Freeman (1960): 208–9. Goodheart (1963): 149–60. Hochman (1970): passim. Hough (1956): 246–52. Kermode (1973): 149–51. Murry (1931): 349–60. Murry (1957): 77–78, 103–4, 119–21. Nahal (1970): 216–35. Panichas (1964): 128–35. Pritchard (1971): 195–97. Sagar (1966): 216–25. Slade (1970): 112–13. Spilka (1955): 219–31. Stewart (1963): 580–82. Weiss (1962): 106–8. Zytaruk (1971): 134–43, 158–68.

参考書目58 「家財」(“Things”)

Cushman, Keith. “The Serious Comedy of ‘Things.’ ” *Etudes Lawrenciennes* 6 (1991): 83–94.

Ludwig, Jack B., and W. Richard Poirier. *Instructor's Manual to Accompany “Stories: British and American.”* Boston: Houghton Mifflin, 1953, pp. 27–28.

Preston, John. “Narrative Procedure and Structure in a Short Story by DHL.” *Journal of English Language and Literature* (Korea) 29 (1983): 251–56.

See also Draper (1969): 25–28.

参考書目59 「不死の男」(未完)(“The Undying Man”— Unfinished)

Zytaruk, George J. “ ‘The Undying Man’: DHL's Yiddish Story.” *DHL Review* 4 (Spring 1971): 20–27.

参考書目60 「母と娘」(“Mother and Daughter”)

Blanchard, Lydia. “Mothers and Daughters in DHL: *The Rainbow* and Selected Shorter Works.” In *Lawrence and Women.* Edited by Anne Smith. London: Vision, 1978, pp. 75–100 (95–97).

Felheim, Marvin, Franklin Newman, and William Steinhoff. *Study Aids for Teachers for “Modern Short Stories.”* New York: Oxford University Press, 1951, pp. 27–29.

Meyers, Jeffrey. “Katherine Mansfield, Gurdjieff, and Lawrence's ‘Mother and Daughter.’ ” *Twentieth Century Literature* 22 (December 1976): 444–53.

See also Macleod (1985/87): 175–77.

参考書目61 「青いモカシン」(“The Blue Moccasins”)

Finney, Brian. “The Hitherto Unknown Publication of Some DHL Short Stories.” *Notes and Queries* 19 (February 1972): 55–56.

Widmer, Kingsley. “Birds of Passion and Birds of Marriage in DHL.” *University of Kansas City Review* 25 (Fall 1958): 73–79.

参考書目62　ロレンスの詩集と批評作品

ロレンスの詩集

The Collected Poems of DHL. 2 vols. London: Secker, September 1928. New York: Jonathan Cape and Harrison Smith, July 1929.

DHL: Selected Poems. London: Secker, May 1934.

DHL: Poems. 2 vols. London and Toronto: Heinemann, April 1939.

Fire and Other Poems. San Francisco, Calif.: Grabhorn Press, November 1940.

DHL: Selected Poems. Edited by James Reeves. London: Heinemann, 1951.

DHL: The Complete Poems. 3 vols. London: Heinemann, 1957.

The Complete Poems of DHL. Collected and edited, in 2 volumes; by Vivian de Sola Pinto and Warren Roberts. London: Heinemann; New York: Viking, 1964; rev. ed., London: Heinemann, 1967; further rev., London: Heinemann, 1972. Reissued in one volume, with corrections and additions, New York: Viking Compass, 1971; and New York and Harmondsworth: Penguin, 1977. (This work should not be confused with the earlier collection previously cited, *DHL: The Complete Poems.*)

DHL: Selected Poems. Edited by Keith Sagar. Harmondsworth: Penguin, 1972.

批評作品

本章の解説で述べたように、本節でも筆者と出版年のみを表記している。本節に載せた批評作品の詳細については参考書目63を参照のこと。

単行本

Gregory (1933), Kenmare (1951), Garcia and Karabatsos (1970), Marshall (1970), Smailes (1970), Gilbert (1972), Oates (1973), Roberts (1982), Vries-Mason (1982), Murfin (1983), Mandell (1984), Davey (1985), Mackey (1986), Lockwood (1987), Laird (1988), Banerjee (1990).

エッセイ、批評記事、短評

Aldington (1926), Hughes (1931), Untermeyer (1933), Powell (1934), Blackmur (1935), Spender (1936), Southworth (1940), Kenmare (1943), Savage (1944 and 1945), Davis (1946), Rexroth (1947), Glicksberg (1948), Moore (1951), Spender (1953), Salgādo (1955), Fisher (1956), Hough (1956), Grigson (1958), Bloom (1959), Thwaite (1959), Miller, Shapiro, and Slote (1960), Rosenthal (1960), Pinto (Spring 1961), Strickland (1961), Alvarez (1962), Auden (1963), Stewart (1963), Draper (1964), Rich (1965), Sagar (1966), Smailes (1968), Youngblood (1968), Spender (1970), Draper (1970; reviews), Inniss (1971), Sagar (1972), Bair (1973), Janik (1973), Lucie-Smith (1973), Solomon (1973), Vickery (1974), Nahal (1975), Perkins (1976), Jennings (1976), Browne (1978), Jones (1978), Pinion (1978), Rama Moorthy (1978), Mace (1979), Presley (1979), Ashworth (1981), Mitgutsch (1981), Anderson (1982), Brunsdale (1982), Gutierrez (1982), Salgādo (1982), Gilbert (1983), Poole (1984), Rodway (1985), Sagar (1985), Vanson (1985), Chace (1987), Draper (1987), Mace (1988), Hagen (1990), Pollnitz (1990), Sagar (1992).

『D・H・ロレンス詩選集』（*The Collected Poems of DHL*）について
Untermeyer (1929), Bartlett (1951), Asahi (1975), Laird (1988).

『D・H・ロレンス全詩集』（*The Complete Poems of DHL*）について
Enright (1964), Rexroth (1964), Salgādo (1965), Oates (1972).

参考書目63　ロレンスの詩を扱った主要な批評作品

本事典の他の個所と同じく、初出作品の引用については略記していないが、参考書目96に掲載された作品の再引用については、筆者と出版年のみで表記してある。それと関連して、以下の省略記号はロレンスの個々の詩集名を示している。

Love Poems and Others: *LPO*
Amores: *A*
Look! We Have Come Through!: *LWHCT*
New Poems: *NP*
Bay: *B*
Tortoises: *T*
Birds, Beasts and Flowers: *BBF*
The Collected Poems of D. H. Lawrence: *CP*
Pansies: *P*
Nettles: *N*
Last Poems: *LP*

Aiken, Conrad. “The Melodic Line.” *Dial* 67 (August 1919): 97–100. (*LWHCT*)

———. *Skepticisms: Notes on Contemporary Poetry.* New York: Knopf, 1919, pp. 91–104.

———. “Disintegration in Modern Poetry.” *Dial* 76 (June 1924): 535–40. (Review of *BBF*)

———. *A Reviewer's ABC: Collected Criticism of Conrad Aiken from 1916 to the Present.* Edited by Rufus A. Blanshard. New York: Meridian Books, 1958, pp. 256–68.

Aldington, Richard. “DHL as Poet.” *Saturday Review of Literature* 2 (1 May 1926): pp. 749–50.

Alvarez, A. “DHL: The Single State of Man.” In his *The Shaping Spirit: Studies in Modern English and American Poets.* London: Chatto and Windus; New York: Scribner's (as *Stewards of Excellence*), 1958, pp. 140–61. (Reprinted in Moore 1959: 342–59 and Spender 1973: 210–24.)

———. “The New Poetry or Beyond the Gentility Principle.” In *The New Poetry.* Edited by A. Alvarez. Harmondsworth: Penguin, 1962, pp. 21–32.

Alves, Leonard. “*Look! We Have Come Through!:* DHL the Poet.” *English Literature and Language* 23 (1986): 69–89.

Anderson, Emily Ann. *English Poetry 1900–1950: A Guide to Information Sources.* Detroit: Gale Research, 1982, pp. 155–70.

Antrim, Thomas M. “Lawrence's Wild Garden.” *DHL Review* 17 (1984): 173–78. (*P*)

Arbur, Rosemarie. “ ‘Lilacs’ and ‘Sorrow’: Whitman's Effect on the Early Poems of DHL.” *Walt Whitman Review* 24 (1978): 17–21. (“Sorrow,” *A*)

Asahi, Chiseki. “ ‘Jets of Sunlight.’ ” *Studies of Sonoda Women's College* (Japan) 9 (December 1974).

———. “Factors of Romanticism in DHL's ‘Rhyming Poems.’ ” *Studies of Sonoda Women's College* (Japan) 10 (December 1975).

Ashworth, Clive. *Notes on DHL's Poems and Stories.* London: Methuen, 1981.

Auden, W. H. “Some Notes on DHL.” *Nation* (26 April 1947): 482–84.

———. *The Dyer's Hand and Other Essays.* London: Faber, 1963, pp. 277–95.

Bahlke, George W. “Lawrence and Auden: The Pilgrim and the Citizen.” In *The Challenge of DHL.* Edited by Michael Squires and Keith Cushman. Madison: University of Wisconsin Press, 1990, pp. 211–27.

Bair, Hebe. "Lawrence as Poet." *DHL Review* 6 (Fall 1973): 313–25.

Baker, James R. "Lawrence as Prophetic Poet." *Journal of Modern Literature* 3 (July 1974): 1219–38.

Baker, William E. *Syntax in English Poetry, 1870–1930.* Berkeley: University of California Press, 1967, passim.

Banerjee, Amitava. *DHL's Poetry: Demon Liberated: A Collection of Primary and Secondary Source Material.* London: Macmillan, 1990.

———. "The 'Marriage Poems' by Lawrence and Lowell." *Kobe College Studies* 38 (March 1993): 15–36.

Barnes, T. R. "Introduction." In *DHL: Selected Poetry and Prose.* Edited by T. R. Barnes. London: Heinemann, 1957, pp. vii–xv.

Bartlett, Phyllis. "Lawrence's *Collected Poems*: The Demon Takes Over." *PMLA* 66 (September 1951a): 583–93.

———. *Poems in Process.* New York: Oxford University Press, 1951b, pp. 181–83, 203–4.

Bayley, John. "Lawrence and Hardy: The One and the Many." *Phoenix* 23 (1982): 5–9.

Bickley, Francis. "Some Tendencies in Contemporary Poetry." In *New Paths.* Edited by C. W. Beaumont and M.T.H. Sadler. London: Beaumont, 1918, pp. 1–6.

Blackmur, R. P. "DHL and Expressive Form." In his *The Double Agent.* New York: Arrow, 1935, pp. 103–20. (Reprinted in his *Language as Gesture.* New York: Harcourt, Brace, 1952, pp. 286–300.)

Bleich, David. "The Determination of Literary Value." *Literature and Psychology* 17 (1967): 19–30. ("Piano," *NP:* response to Richards [1929], op. cit.)

Bloom, Harold. "Lawrence, Blackmur, Eliot, and the Tortoise." In *A DHL Miscellany.* Edited by Harry T. Moore. Carbondale: Southern Illinois University Press, 1959, pp. 360–69.

Bogan, Louise. "Review of *Birds, Beasts and Flowers.*" *New Republic* 39 (9 July 1924).

———. "Review of *Selected Poems* [1947]." *New Yorker* 24 (20 March 1948): 110–14. (Reprinted, as "The Poet Lawrence," in her *Selected Criticism: Prose and Poetry.* New York: Noonday, 1955; London: Peter Owen, 1958, 346–49; and, as "DHL," in *A Poet's Alphabet: Reflections on the Literary Art and Vocation.* Edited by Robert Phelps and Ruth Limmer. New York: McGraw-Hill, 1970, pp. 276–82.)

Bonds, Diane S. "Joyce Carol Oates: Testing the Lawrentian Hypothesis." In *The Challenge of DHL.* Edited by Michael Squires and Keith Cushman. Madison: University of Wisconsin Press, 1990, pp. 167–87.

Brandes, Rand. "Behind the Bestiaries: The Poetry of Lawrence and Ted Hughes." In *The Challenge of DHL.* Edited by Michael Squires and Keith Cushman. Madison: University of Wisconsin Press, 1990, pp. 248–67.

Brashear, Lucy M. "Lawrence's Companion Poems: 'Snake' and *Tortoises.*" *DHL Review* 5 (Spring 1972): 54–62. (*BBF; T*)

Browne, Michael Dennis. "Gods beyond My God: The Poetry of DHL." *Aspen Anthology,* no. 5 (1978): 17–52.

Brunsdale, Mitzi M. *The German Effect on DHL and His Works, 1985–1912.* Berne: Peter Lang, 1978, pp. 50–81, 145–49, 177–85, 192–94.

———. "DHL." In *Critical Survey of Poetry.* Vol. 4. Edited by Frank N. Magill. Englewood Cliffs, N.J.: Salem Press, 1982, pp. 1677–78.

Bump, Jerome. ''Stevens and Lawrence: The Poetry of Nature and the Spirit of the Age.'' *Southern Review* 18 (1982): 44–61.

Cavitch, David. *DHL and the New World.* New York and London: Oxford University Press, 1969, pp. 209–18.

———. ''Merging—With Fish and Others.'' *DHL Review* 7 (Summer 1974): 172–78. (''Fish,'' *BBF*)

Cecil, David. ''Lawrence in His Poems.'' *Spectator* (4 August 1933): 163.

Chace, William M. ''Lawrence and English Poetry.'' In *The Legacy of DHL.* Edited by Jeffrey Meyers. London: Macmillan, 1987, pp. 54–80.

Church, Richard. ''Three Established Poets.'' *Spectator* (3 August 1929): 164–65. (*P*)

Cipolla, Elizabeth. ''The *Last Poems* of DHL.'' *DHL Review* 2 (Summer 1969): 103–19.

Clare, John. ''Form in Vers Libre.'' *English* 27 (1978): 450–70. (Concentrates on Eliot, Pound, and Lawrence.)

Clark, L. D. *Dark Night of the Body: DHL's ''The Plumed Serpent.''* Austin: University of Texas Press, 1964.

———. *The Minoan Distance: The Symbolism of Travel in DHL.* Tucson: University of Arizona Press, 1980, pp. 412–14. (''The Ship of Death,'' *LP*)

Clarke, Bruce. ''The Melancholy Serpent: Body and Landscape in Lawrence and William Carlos Williams.'' In *The Challenge of DHL.* Edited by Michael Squires and Keith Cushman. Madison: University of Wisconsin Press, 1990, pp. 188–210.

Cox, C. B., and A. E. Dyson. ''DHL: 'Bavarian Gentians.' '' In their *Modern Poetry: Studies in Practical Criticism.* London: Edward Arnold, 1963, pp. 66–71.

Cushman, Keith. ''*Bay:* The Noncombatant as War Poet.'' In *The Spirit of DHL: Centenary Studies.* Edited by Gāmini Salgādo and G. K. Das. London: Macmillan; New York: Barnes, 1988, pp. 181–98.

Daiches, David. *Poetry and the Modern World.* Chicago: University of Chicago Press, 1940, pp. 35, 51–53, 82–84.

Dalton, Robert O. '' 'Snake': A Moment of Consciousness.'' *Brigham Young University Studies* 4 (Spring–Summer 1962): 243–53. (*BBF*)

Davey, Charles. *DHL: A Living Poet.* London: Brentham Press, 1985.

Davie, Donald. ''On Sincerity: From Wordsworth to Ginsberg.'' *Encounter* 31, no. 4 (1968): 61–66.

———. ''A Doggy Demos: Hardy and Lawrence.'' In his *Thomas Hardy and British Poetry.* London: Routledge and Kegan Paul; New York: Oxford University Press, 1973, pp. 130–51.

Davies, W. Eugene. ''The Poetry of Mary Webb: An Invitation.'' *English Literature in Transition* 11, no. 2 (1968): 95–101. (Comparisons with Lawrence.)

Davis, E. *The Poetry of DHL.* [Cape Town, South Africa]: UNISA Study Notes, 1956. (Fifty-five-page pamphlet.)

Davis, Herbert. ''The Poetic Genius of DHL.'' In *The New Spirit.* Edited by E. W. Martin. London: Dennis Dobson, 1946, pp. 58–65.

Deutsch, Babette. ''The Burden of Mystery: Criticism of Lawrence's Poetry.'' In her *This Modern Poetry.* London: Faber, 1936, pp. 200–224.

DeVille, Peter. ''Stylistic Observations on the Use and Appreciation of Poetry in EFL with Particular Reference to DHL.'' *Quaderno* 1 (1987): 151–75.

Dietrich, Carol E. '' 'The Raw and the Cooked': The Role of Fruit in Modern Poetry.'' *Mosaic* 24 (1991): 127–44.

Dougherty, Jay. " 'Vein of Fire': Relationships among Lawrence's *Pansies.*" *DHL Review* 16 (1983): 165–81.

Draper, R. P. *DHL.* New York: Twayne, 1964, pp. 149–60.

———. "Form and Tone in the Poetry of DHL." *English Studies* 49 (December 1968): 498–508.

———. "DHL: Tragedy as Creative Crisis." In his *Lyric Tragedy.* London: Macmillan, 1985, pp. 144–61.

———. "The Poetry of DHL." In *DHL: New Studies.* Edited by Christopher Heywood. London: Macmillan; New York: St. Martin's Press, 1987, pp. 16–33.

———, ed. *DHL: The Critical Heritage.* London: Routledge and Kegan Paul, 1970, pp. 177–83 (*A*); 224–31 (*BBF*); 121–31, 137–40 (*LWHCT*); 51–57, 224–27 (*LPO*); 306–14 (*P*); 299–305 (*CP*).

Easthope, Malcolm. *Students' Guide to "Choice of Poets": Wordsworth, Blake, Lawrence, Graves, Frost.* Singapore: Graham Brash, 1986.

Ebbatson, J. R. "A Source for Lawrence's 'Snake.' " *Journal of the DHL Society* 1, no. 3 (1978): 33. (*BBF*)

Eisenstein, Samuel A. *Boarding the Ship of Death: DHL's Quester Heroes.* The Hague: Mouton, 1974, pp. 149–58.

Ellmann, Richard. "Lawrence and His Demon." *New Mexico Quarterly* 22 (Winter 1952): 385–93. (Reprinted as "Barbed Wire and Coming Through" in Hoffman and Moore [1953]: 253–67.)

Enright, D. J. "A Haste for Wisdom." *New Statesman* (30 October 1964): 653–54. (Review of the *The Complete Poems.*)

———. *Conspirators and Poets.* London: Chatto and Windus, 1966, pp. 95–101.

Fairchild, Hoxie Neale. In his *Religious Trends in English Poetry.* Vol. 5. New York: Columbia University Press, 1962, pp. 276–84.

———. In his *Religious Trends in English Poetry.* Vol. 6. New York: Columbia University Press, 1968, passim.

Farmer, David, ed. "An Unpublished Version of DHL's Introduction to *Pansies.*" *Review of English Studies,* new series, 21 (May 1970): 181–84.

———. "DHL's 'The Turning Back': The Text and Its Genesis in Correspondence." *DHL Review* 5 (Summer 1972a): 121–31. (First publication of complete poem.)

———. "Textual Alterations in *Not I But the Wind. . . .* " *Notes and Queries* 19 (September 1972b): 336.

Ferrier, Carole. "The Earlier Poetry of DHL: A Variorum Text." Ph.D. diss., University of Auckland, 1971.

———. "DHL: An Ibsen Reference." *Notes and Queries* 19 (September 1972): 335–36. (Title of "Nils Lykke" taken from Ibsen's "Lady Inger of Östrat.")

———. "DHL's Pre-1920 Poetry: A Descriptive Bibliography of Manuscripts, Typescripts, and Proofs." *DHL Review* 6 (Fall 1973): 333–59.

———. "DHL's Poetry, 1920–1928: A Descriptive Bibliography of Manuscripts, Typescripts and Proofs." *DHL Review* 12 (Fall 1979): 289–304.

Ferrier, Carole, and Egon Tiedje. "DHL's Pre-1920 Poetry: The Textual Approach: An Exchange." *DHL Review* 5 (Summer 1972): 149–57.

ffrench, Yvonne. "Review of *Last Poems.*" *London Mercury* 28 (July 1933): 262–64.

Fisher, William J. "Peace and Passivity: The Poetry of DHL." *South Atlantic Quarterly* 60 (1956): 337–48.

Fletcher, John Gould. ''A Modern Evangelist.'' *Poetry* 12 (August 1918): 269–74. (*LWHCT*)
———. ''Mr. Lawrence's *New Poems.*'' *Freeman* 1 (21 July 1920): 451–52.
———. ''Night-Haunted Lover.'' *New York Herald Tribune Books* (14 July 1929): 1, 6.
Forsyth, Neil. ''DHL's 'Bavarian Gentians': A Miltonic Turn toward Death.'' *Etudes et Lettres* 4 (October–December 1992): 83–100. (*LP*)
French, Roberts W. ''Whitman and the Poetics of Lawrence.'' In *DHL and Tradition.* Edited by Jeffrey Meyers. London: Athlone, 1985, pp. 91–114.
———. ''Lawrence and American Poetry.'' In *The Legacy of DHL.* Edited by Jeffrey Meyers. London: Macmillan, 1987, pp. 109–34.
Fu, Shaw-shien. ''Death in Lawrence's *Last Poems:* A Study of Theme in Relation to Imagery.'' *Tamkang Review* (Taiwan) 1 (April 1970): 79–91.
Garcia, Leroy, and James Karabatsos, eds. *A Concordance to the Poetry of DHL.* Lincoln: University of Nebraska Press, 1970.
Garnett, Edward. ''Art and the Moralists: Mr. DHL's Work.'' *Dial* 61 (16 November 1916): 377–81. (Reprinted in his *Friday Nights: First Series.* London: Cape, 1929, pp. 117–28.)
Gifford, Henry. ''The Defect of Lawrence's Poetry.'' *Critical Quarterly* 3 (Summer 1961): 164–67. (Response to Pinto [Spring 1961], op. cit..)
———. ''Lawrence's Poetry.'' *Critical Quarterly* 3 (Winter 1961): 368–69. (Response to Pinto [Autumn 1961], op. cit.)
Gilbert, Sandra M. *Acts of Attention: The Poems of DHL.* Ithaca, N.Y., and London: Cornell University Press, 1972.
———. ''Hell on Earth: *Birds, Beasts and Flowers* as Subversive Narrative.'' *DHL Review* 12 (Fall 1979): 256–74.
———. ''DHL's Uncommon Prayers.'' In *DHL: The Man Who Lived.* Edited by Robert B. Partlow, Jr., and Harry T. Moore. Carbondale: Southern Illinois University Press, 1980, pp. 73–93. (*BBF*)
———. ''DHL.'' In *Dictionary of Literary Biography.* Vol. 19. *British Poets 1880–1914.* Edited by Donald E. Stanford. Detroit: Gale Research, 1983, pp. 274–88.
Glicksberg, Charles I. ''The Poetry of DHL.'' *New Mexico Quarterly* 18 (Autumn 1948): 289–303.
Golding, Alan. ''Lawrence and Recent American Poetry.'' In *The Challenge of DHL.* Edited by Michael Squires and Keith Cushman. Madison: University of Wisconsin Press, 1990, pp. 187–208.
Goldring, Douglas. ''The Later Work of DHL.'' In his *Reputations: Essays in Criticism.* London: Chapman and Hall, 1920, pp. 65–78.
Gregory, Horace. *Pilgrim of the Apocalypse: A Critical Study of DHL.* New York: Viking, 1933; London: Secker, 1934, passim. (Revised as *DHL: Pilgrim of the Apocalypse: A Critical Study.* New York: Grove, 1957.)
Grigson, Geoffrey. ''The Poet in DHL.'' *London Magazine* 5 (May 1958): 66–69.
Gutierrez, Donald. ''Circles and Arcs: The Rhythm of Circularity and Centrifugality in DHL's *Last Poems.*'' *DHL Review* 4 (Fall 1971): 291–300. (Reprinted in Gutierrez [1980: 118–28]. See also pp. 45–49 on ''Shadows'' and ''The Ship of Death.'')
———. ''The Pressures of Love: Kinesthetic Action in an Early Lawrence Poem.'' *Contemporary Poetry* 1 (Winter 1973): 6–20. (''Lightning,'' *LPO*)

———. "The Ancient Now: Past and Present in Lawrence's Poetry." *San Jose Studies* 7, no. 2 (1981): 35–43.

———. "Lawrence's Elemental Verse." *Essays in Arts and Sciences* 11 (September 1982): 69–85. (Reprinted in Gutierrez [1987]: 93–107.)

———. "The View from the Edge: DHL's 'Fish.' " *University of Dayton Review* 17 (Winter 1985–86): 63–68. (Reprinted in his *The Maze in the Mind and the World: Labyrinths in Modern Literature.* Troy, N.Y.: Whitston, 1985.) (*BBF*)

———. " 'Break On Through to the Other Side': DHL's 'New Heaven and Earth' as Apocalyptic." *Paunch* 63–64 (1990): 119–39. (*LWHCT*)

Hagen, Patricia L. "Astrology, Schema Theory, and Lawrence's Poetic Method." *DHL Review* 22 (Spring 1990): 23–37.

Hamalian, Leo. " 'A Whole Climate of Opinion': Lawrence at Black Mountain." In *The Challenge of DHL.* Edited by Michael Squires and Keith Cushman. Madison: University of Wisconsin Press, 1990, pp. 228–47. (Lawrence's influence on Charles Olson and Robert Creeley.)

———. "Beyond the Paleface: DHL and Gary Snyder." *Talisman* 7 (Fall 1991): 50–55.

Harding, D. W. "A Note on Nostalgia." *Scrutiny* 1 (1932): 8–19.

Hardy, Barbara. *The Advantage of Lyric.* Bloomington: Indiana University Press, 1977, pp. 12–16 and passim.

Harvey, R. W. "On Lawrence's 'Bavarian Gentians.' " *Wascana Review* 1 (1966): 74–86. (*LP*)

Hassall, Christopher. "Black Flowers: A New Light on the Poetics of DHL." In *A DHL Miscellany.* Edited by Harry T. Moore. Carbondale: Southern Illinois University Press, 1959, pp. 370–77. (Revised and extended as "DHL and the Etruscans." *Essays by Divers Hands,* new series, 31 [1962]: 61–78.) (*LP*)

Hehner, Barbara. " 'Kissing and Horrid Strife': Male and Female in the Early Poetry of DHL." *Four Decades of Poetry, 1890–1930* 1 (January 1976): 3–26.

Henderson, Philip. "*Birds, Beasts and Flowers.*" In his *The Poet and Society.* London: Secker and Warburg, 1939, pp. 172–201.

Herrick, Jeffrey. "The Vision of *Look! We Have Come Through!*" *DHL Review* 14 (1981): 217–37.

Herzinger, Kim. *DHL in His Time: 1908–1915.* London and Toronto: Associated University Presses, 1982, pp. 53–56. ("Snap-Dragon," *A*)

Heuser, Alan. "Creaturely Inseeing in the Poetry of G. M. Hopkins, DHL, and Ted Hughes." *Hopkins Quarterly* 12 (1985): 35–51.

Heywood, Annemarie. "Reverberations: 'Snapdragon.' " In *DHL: New Studies.* Edited by Christopher Heywood. London: Macmillan; New York: St. Martin's Press, 1987, pp. 158–81. (*A*)

Heywood, Christopher. "*Birds, Beasts and Flowers:* The Evolutionary Context and Lawrence's African Source." *DHL Review* 15 (1982): 87–105. (Reprinted in Brown [1990]: 151–63.)

Hobsbaum, Philip. *A Reader's Guide to Lawrence.* London: Thames and Hudson, 1981, pp. 8–22, 131–48.

Hoffpauir, Richard. "The Early Love Poetry of DHL." *English Studies in Canada* 15, no. 3 (1988): 326–42.

———. *The Art of Restraint: English Poetry from Hardy to Larkin.* Newark: University of Delaware, 1991, pp. 169–85.

Hogan, Robert. "Lawrence's 'Song of a Man Who Has Come Through.' " *Explicator* 17 (1959): Item 51. (*LWHCT*)

Holbrook, David. *Lost Bearings in English Poetry*. New York: Barnes and Noble, 1977, passim.

Höltgen, K. J. "DHL's Poem 'Masses and Classes.' " *Notes and Queries* 9 (November 1962): 428–29. (*LP*)

Honig, Edwin. "Lawrence: 'The Ship of Death.' " In *Master Poems of the English Language*. Edited by Oscar Williams. New York: Washington Square Press, 1967, pp. 954–57. (*LP*)

Hooker, Jeremy. "To Open the Mind." *Planet*, no. 5–6 (Summer 1971): 59–63. (Compares Lawrence and Charles Olson.)

Hooper, A. G., and C.J.D. Harvey. *Talking of Poetry*. London: Oxford University Press, 1961, pp. 149–56.

Hope, A. D. "Some Poems of DHL Reconsidered." *Phoenix* 23 (1981): 11–16.

Hough, Graham. *The Dark Sun: A Study of DHL*. London: Gerald Duckworth, 1956, pp. 191–216.

———. "Free Verse." *Proceedings of the British Academy* (1957): 157–77. (Warton lecture on English poetry, 5 June 1957.)

Hughes, Glenn. "DHL: The Passionate Psychologist." In his *Imagism and the Imagists: A Study in Modern Poetry*. Stanford, Calif. Stanford University Press; London: Oxford University Press, 1931, pp. 167–96.

Hughes, Richard. "Review of *Birds, Beasts and Flowers*." *Nation and Athenaeum* 34 (5 January 1924): 519–20.

Huq, Shireen. "*Look! We Have Come Through!*: A Study of the Man–Woman Relationships in the Poems of DHL." *Indian P.E.N.* 46 (September–October 1984): 10–14; (November–December 1984): 7–11.

Hyde, Virginia. *The Risen Adam: DHL's Revisionist Typology*. University Park: Pennsylvania State University Press, 1992, passim.

Iida, Takeo. "DHL's 'The Ship of Death' and Other Poems in *Last Poems*." *Studies in English Literature* (Tokyo) 58, no. 1 (September 1981): 33–47.

———. "On a Topos Called the Sun Shining at Midnight in DHL's Poetry." *DHL Review* 15 (1982): 271–90.

Ingram, Allan. "The Language of Poetry." In his *The Language of DHL*. London: Macmillan, 1990, pp. 138–58. (Mainly on "Snap-Dragon," *A*, "Bei Hennef," *LPO*, and "Bavarian Gentians," *LP*.)

Inniss, Kenneth. *DHL's Bestiary: A Study of His Use of Animal Trope and Symbol*. The Hague and Paris: Mouton, 1971; New York: Humanities Press, 1972, pp. 57–65 (*LWHCT*); 65–90 (*BBF*); 90–105 (*P* and *LP*).

Janik, Del Ivan. "Toward 'Thingness': Cézanne's Painting and Lawrence's Poetry." *Twentieth Century Literature* 19 (1973): 119–27.

———. "DHL's 'Future Religion': The Unity of *Last Poems*." *Texas Studies in Literature and Language* 16 (Winter 1975): 739–54.

———. "Poetry in the Ecosphere." *Centennial Review* 20 (Fall 1976): 395–408 (399–402).

———. "Gary Snyder, the Public Function of Poetry, and Turtle Island." *NMAL: Notes on Modern American Literature* 3 (1979), item 24.

Jansohn, Christa. "Lawrence's 'Book of French Verse.' " *Notes and Queries* 36 (1989): 201–2.

Jeffers, Robinson. “Foreword.” In *Fire and Other Poems* by DHL. San Francisco: Grabhorn Press, 1940, pp. iii–viii.

Jennings, Elizabeth. “DHL: A Vision of the Natural World.” *Seven Men of Vision: An Appreciation.* London: Vision Press, 1976, pp. 45–80.

Jones, R. T. “DHL's Poetry: Art and the Apprehension of Fact.” In *DHL: A Critical Study of the Major Novels and Other Writings.* Edited by Andor Gomme. New York: Barnes and Noble; Hassocks: Harvester Press, 1978, pp. 175–89.

Joost, Nicholas, and Alvin Sullivan. *DHL and “The Dial.”* Carbondale and Edwardsville: Southern Illinois University Press; London and Amsterdam: Feffer and Simons, 1970, pp. 38–41, 156–78, passim.

Katz-Roy, Ginette. “The Process of ‘Rotary Image-Thought’ in DHL's *Last Poems.*” *Etudes Lawrenciennes* 7 (1992): 129–38.

———. “ ‘This May Be a Withering Tree This Europe’: Bachelard, Deleuze and Guattari on DHL's Poetic Imagination.” *Etudes Lawrenciennes* 9 (1993): 219–35.

Keeley, Edmund. “DHL's ‘The Argonauts’: Mediterranean Voyagers with Crescent Feet.” *Deus Loci: The Lawrence Durrell Newsletter* 5, no. 3 (1982): 9–13. (*LP*)

Kenmare, Dallas. “Voice in the Wilderness: The Unacknowledged Lawrence.” *Poetry Review* (May–June 1943): 145–48.

———. *Fire-Bird: A Study of DHL.* London: Barrie, 1951; New York: Philosophical Library, 1952.

Kirkham, Michael. “DHL's *Last Poems.*” *DHL Review* 5 (Summer 1972): 97–120.

Laird, Holly A. “The Poems of ‘Piano.’ ” *DHL Review* 18 (1985–86): 183–99. (*NP*)

———. *Self and Sequence: The Poetry of DHL.* Charlottesville: University Press of Virginia, 1988a.

———. “Strange, Torn Edges: Reading the *Collected Poems of DHL.*” In *The Spirit of DHL: Centenary Studies.* Edited by Gāmini Salgādo and G. K. Das. London: Macmillan; New York: Barnes, 1988b, pp. 199–213.

———. “Excavating the Early Poetry of DHL.” *DHL Review* 23 (Spring 1991): 111–28.

Langbaum, Robert. *The Modern Spirit: Essays on the Continuity of Nineteenth and Twentieth Century Literature.* New York: Oxford University Press, 1970, pp. 114–18. (“Fish,” *BBF*)

Lawrence, Frieda. “Introduction” to *Look! We Have Come Through! A Cycle of Love Poems* by DHL. Marazion, Cornwall: Out of the Ark Press, 1958. 2d ed., Dallas: Ark Press for the Rare Books Collection of the University of Texas, 1959.

Leavis, F. R. “ ‘Thought’ and Emotional Quality.” In his *The Living Principle.* London: Chatto and Windus, 1975, pp. 71–93 (75–79). (Contrasts “Piano,” *NP* with Tennyson's “Break, break, break.”)

Lecercle, Jean-Jacques. “Sentimentalism and Feeling: DHL's ‘Piano’ and I. A. Richards' Reading of It.” *Etudes Lawrenciennes* 9 (1993): 201–17. (*NP*)

Lenz, William E. “Forgotten Theory? The Poetics of Three Lawrence Poems.” *Contemporary Poetry: A Journal of Criticism* 3, no. 4 (1978): 50–58.

Lerner, Laurence. “Two Views of Lawrence's Poetry: ‘How Beastly the Bourgeois Is.’ ” *Critical Survey* 1 (Spring 1963): 87–89. (Reprinted in his *The Truthtellers* [1967]: 220–24.) (*P*)

Levy, Michele Frucht. “Lawrence, Genius but . . . Poet but . . . etc.” *Publications of the Mississippi Philological Association* (1988): 95–105.

Levy, Raphael. "Lawrence's 'Song of a Man Who Has Come Through.'" *Explicator* 22 (February 1964): Item 44. (*LWHCT*)

Lockwood, M. J. *A Study of the Poems of DHL: Thinking in Poetry.* London: Macmillan; New York: St. Martin's, 1987.

Lowell, Amy. "A New English Poet." *New York Times Book Review* (20 April 1919): 205, 210–11, 215, 217. (*LWHCT*)

Lucas, F. L. "Sense and Sensibility." *New Statesman* 22 (8 March 1924): 634–35. (*BBF*)

Lucie-Smith, Edward. "The Poetry of DHL—With a Glance at Shelley." In *DHL: Novelist, Poet, Prophet.* Edited by Stephen Spender. London: Weidenfeld and Nicolson, 1973, pp. 224–33.

Mace, Hebe R. "The Achievement of Poetic Form: DHL's *Last Poems.*" *DHL Review* 12 (Fall 1979): 275–88.

———. "The Genesis of DHL's Poetic Form." In *Critical Essays on DHL.* Edited by Dennis Jackson and Fleda Brown Jackson. Boston: G. K. Hall, 1988, pp. 189–202.

Macherelli, Fabio. " 'Down the Labyrinth of the Sinister Flower': DHL's Urban Poetry." *Cahiers Victoriens et Edouardiens* 32 (October 1990): 29–39.

Mackey, Douglas A. *DHL: The Poet Who Was Not Wrong.* San Bernardino, Calif.: Burgo Press, 1986.

Mahapatra, P. K. "Cave and the Mount: Patterns of Progression and Regression in the Early Poems of DHL." *Osmania Journal of English Studies* 21 (1985): 82–95.

Mandell, Gail Porter. *The Phoenix Paradox: A Study of Renewal through Change in the "Collected Poems" and "Last Poems" of DHL.* Carbondale and Edwardsville: Southern Illinois University Press, 1984.

Marshall, Tom. *The Psychic Mariner: A Reading of the Poems of DHL.* New York: Viking, 1970.

Mason, H. A. "Wounded Surgeons." *Cambridge Quarterly* 11 (1982): 189–223. (On Leavis and Lawrence's poetry. See response by Strickland [1982] op. cit.)

Maurois, André. "DHL." In his *Poets and Prophets.* London: Cassell, 1936, pp. 173–207.

Megroz, R. L. "DHL." In his *Five Novelist Poets of Today.* London: Joiner and Steele, 1933, pp. 224–35.

Meyers, Jeffrey. *DHL and the Experience of Italy.* Philadelphia: University of Pennsylvania Press, 1982, pp. 72–93. (*BBF, LWHCT*)

Miller, James E., Jr., Karl Shapiro, and Bernice Slote. *Start with the Sun: Studies in Cosmic Poetry.* Lincoln: University of Nebraska Press, 1960, pp. 57–134, 229–38. (Lawrence as a "cosmic" poet in the tradition of Whitman, Hart Crane, and Dylan Thomas.)

Miller, W. W. *Books: An Introduction to Reading.* London: Pitman and Sons, 1932. (On "Piano," *NP*)

Mitchell, Judith. "Lawrence's 'Ballad of a Wilful Woman.'" *Explicator* 36, no. 4 (1978): 4–6. (*LWHCT*)

Mitgutsch, Waltraud. "The Image of the Female in DHL's Poetry." *Poetic Drama and Poetic Theory* (Salzburg Studies in English Literature) 27 (1981): 3–28.

Mitra, A. K. "Revisions in Lawrence's 'Wedding Morn.'" *Notes and Queries,* new series, 16 (July 1969): 260. (*LPO*)

Mittleman, Leslie B. "Lawrence's 'Snake' Not 'Sweet Georgian Brown.'" *English Literature in Transition* 9 (1966): 45–46. (Response to comments on the poem by

Neil F. Brennan in a review of *The Georgian Revolt* by Robert Ross, ''Sweet Georgian Brown.'' *English Literature in Transition* 8 [1965]: 269–71.) (*BBF*)

Monro, Harold. *Some Contemporary Poets.* London: Leonard Parsons, 1920, pp. 193–97.

Moore, Harry T. *The Life and Works of DHL.* London: Allen and Unwin; New York: Twayne, 1951, pp. 52–78 (*A, LPO*); 87–91, 108–11 (*LWHCT*); 186–87 (*NP, B*); 198–200 (*BBF*); 297–302 (*P, N*); 302–4 (*LP*).

Morgan, James. '' 'Thrice Adream': Father, Son, and Masculinity in Lawrence's 'Snake.' '' *Literature and Psychology* 39 (1993): 97–111.

Morse, Stearns. ''The Phoenix and the Desert Places.'' *Massachusetts Review* 9 (Autumn 1968): 773–84. (Lawrence and Robert Frost.)

Muir, Edwin. ''Poetry in Becoming.'' *Freeman* 8 (2 January 1924). (*BBF*)

Murfin, Ross C. '' 'Hymn to Priapus': Lawrence's Poetry of Difference.'' *Criticism* 22, no. 3 (1980): 214–29. (Revised version reprinted as part of Ch. 1 of next item.) (*LWHCT*)

———. *The Poetry of DHL: Texts and Contexts.* Lincoln: University of Nebraska Press, 1983.

Nahal, Chaman. ''The Colour Ambience of Lawrence's Early and Later Poetry.'' *DHL Review* 8 (Summer 1975): 147–54.

Niven, Alastair. *DHL: The Writer and His Work.* Harlow, Essex: Longman, 1980, pp. 94–97.

Norton, David. ''Lawrence's Baby Poems: A Practical Criticism Exercise.'' In *View of English: Victoria University Essays for English Teachers and Students.* Edited by David Norton and Roger Robinson. Wellington: Victoria University Press, 1979, pp. 19–24. (*A*)

Oates, Joyce Carol. ''Candid Revelations: On *The Complete Poems of DHL.*'' *American Poetry Review* 1 (November–December 1972): 11–13.

———. ''The Hostile Sun: The Poetry of DHL.'' *Massachusetts Review* 13 (Autumn 1972): 639–56.

———. *The Hostile Sun: The Poetry of DHL.* Los Angeles: Black Sparrow Press, 1973. (Originally published in two parts as the two preceding items. Reprinted in her *New Heaven, New Earth: The Visionary Experience in Literature.* London: Gollancz, 1976, pp. 37–81.)

Olson, Charles. *DHL and the High Temptation of the Mind.* Santa Barbara, Calif.: Black Sparrow Press, 1980.

Orrell, Herbert M. ''DHL: Poet of Death and Resurrection.'' *Cresset* 34 (March 1971): 10–13. (''The Ship of Death,'' *LP*)

Panichas, George A. *Adventure in Consciousness: The Meaning of DHL's Religious Quest.* The Hague: Mouton, 1964, pp. 180–207. (*LP*)

Parkinson, Thomas. ''Loneliness of the Poet.'' In *The Anatomy of Loneliness.* Edited by Joseph Harog, J. Ralph Audy, and Yehudi Cohen. New York: International Universities Press, 1980, pp. 467–85. (''The Ship of Death,'' *LP*)

Pathak, R. S. ''Lawrencean Poetics and the Search for Expressive Form.'' In *Essays on DHL.* Edited by T. R. Sharma. Meerut, India: Shalabh Book House, 1987, pp. 18–36.

Paulin, Tom. '' 'Hibiscus and Salvia Flowers': The Puritan Imagination.'' In *DHL in the Modern World.* Edited by Peter Preston and Peter Hoare. London: Macmillan, 1989, pp. 180–92. (*BBF*)

Perkins, David. *A History of Modern Poetry from the 1890s to the High Modernist Mode.* Cambridge: Harvard University Press, 1976, pp. 439–45 and passim.

Perloff, Majorie. “Lawrence's Lyric Theater: *Birds, Beasts and Flowers.*” In *DHL: A Centenary Consideration.* Edited by Peter Balbert and Phillip L. Marcus. Ithaca, N.Y.: Cornell University Press, 1985, pp. 108–29.

Phelps, W. L. “The Poetry of DHL.” In his *The Advance of English Poetry.* London: Allen and Unwin, 1919, pp. 145–48.

Pinion, F. B. *A DHL Companion: Life, Thought, and Works.* London: Macmillan, 1978; New York: Barnes and Noble, 1979, pp. 93–126.

Pinto, Vivian de Sola. “Imagists and DHL.” In his *Crisis in English Poetry.* London: Hutchinson's University Library, 1951, pp. 135–40.

———. “Mr. Gifford and DHL.” *Critical Quarterly* 3 (Autumn 1961): 267–70.

———. “Lawrence's Poetry.” *Critical Quarterly* 4 (1962): 81.

———. “Poet without a Mask.” *Critical Quarterly* 3, no. 1 (Spring 1961): 5–18. (Reprinted in Spilka [1963]: 127–41. Revised as “Introduction: DHL: Poet without a Mask.” In *The Complete Poems of DHL.* Edited by Vivian de Sola Pinto and Warren Roberts. London: Heinemann, 1964, pp. 1–21 [see Bibliography 62 for details of revised editions]. See also Gifford [1961], op. cit., and Pinto's response in the preceding two items.)

———. “The Burning Bush: DHL as Religious Poet.” In *Mansions of the Spirit: Essays in Literature and Religion.* Edited by George A. Panichas. New York: Hawthorne, 1967, pp. 213–35.

Pittock, Malcolm. “Lawrence the Poet.” *Times Literary Supplement* (2 September 1965): 755. (“The Bride,” *A*)

Pollnitz, Christopher. “ ‘I Didn't Know His God’: The Epistemology of ‘Fish.’ ” *DHL Review* 15 (Spring 1982): 1–50. (*BBF*)

———. “ ‘Raptus Virginis’: The Dark God in the Poetry of DHL.” In *DHL: Centenary Essays.* Edited by Mara Kalnins. Bristol: Bristol Classical Press, 1986, pp. 111–38.

———. “Craftsman before Demon: The Development of Lawrence's Verse Technique.” In *Rethinking Lawrence.* Edited by Keith Brown. Milton Keynes and Philadelphia: Open University Press, 1990, pp. 133–50.

Poole, Roger. “DHL, Major Poet.” *Texas Studies in Literature and Language* 26 (1984): 303–30.

Potter, Stephen. “Towards the Great Secret.” *Spectator* (23 October 1964): 545.

Potts, Abbie Findlay. “Pipings of Pan: DHL.” In his *The Elegiac Mode.* Ithaca, N.Y.: Cornell University Press, 1967, pp. 395–432 (410–17 on *LWHCT*).

Pound, Ezra. “Review of *Love Poems and Others* by DHL.” *Poetry* 2 (July 1913): 149–51.

———. “Review of *Love Poems and Others* by DHL.” *New Freewoman* (1 September 1913): 113.

Powell, Dilys. *Descent from Parnassus.* London: Cresset Press, 1934; New York: Macmillan, 1935, pp. 1–54.

Powell, S. W. “DHL as Poet.” *Poetry Review* 8 (September–October 1934): 347–50.

Presley, John. “DHL and the Resources of Poetry.” *Language and Style* 12 (1979): 3–12.

Press, John. “DHL.” In his *Map of Modern English Verse.* London and Oxford: Oxford University Press, 1969, pp. 93–104.

Pritchard, R. E. *DHL: Body of Darkness.* London: Hutchinson University Library, 1971, pp. 47–51, 143–47.

Pritchard, William H. “English Poetry in the 1920s: Graves and Lawrence.” In his *Seeing through Everything: English Writers 1918–1940.* Oxford: Oxford University Press, 1977, pp. 114–33.

Rajiva, Stanley F. “The Empathetic Vision.” *Literary Half-Yearly* 9, no. 2 (1968): 49–70. (*BBF*)

Rama, Moorthy P. “The Poetry of DHL.” *Commonwealth Quarterly* 2, no. 7 (1978): 69–78.

Raveendran, P. P. “The Hidden World in *Look! We Have Come Through!*” *Osmania Journal of English Studies* 21 (1985): 96–105.

Read, Herbert. “The Figure of Grammar: Whitman and Lawrence.” In his *The True Voice of Feeling: Studies in English Romantic Poetry.* London: Faber and Faber, 1953, pp. 87–100.

Rees, Richard. “Lawrence and Britannia.” *New Adelphi* 3 (June–August 1930): 317–19. (*N*)

Reeves, James. “Introduction.” In *DHL: Selected Poems.* Edited by James Reeves. London: Heinemann, 1951, pp. vii–xviii.

Rexroth, Kenneth. “Introduction.” In *DHL: Selected Poems.* New York: New Directions, 1947, pp. 1–23.

———. “Poetry, Regeneration and DHL.” In his *Bird in the Bush.* New York: New Directions, 1959, pp. 177–203.

———. “Poet in a Fugitive Cause.” *Nation* (23 November 1964): 382–83. (Review article on *The Complete Poems* and *Paintings of DHL.*)

Rich, Adrienne. “Reflections on DHL.” *Poetry* 106 (June 1965): 218–25.

Richards, Bernard. “ ‘When I Went to the Film’ and ‘Film Passion’ by DHL.” *English Review* 4, no. 3 (February 1994): 19–22. (*P*)

Richards, I. A. *Science and Poetry.* London: Kegan Paul, Trench, Trubner, 1926, pp. 72–83.

———. “Poem 8.” In his *Practical Criticism.* London: Kegan Paul, Trench, Trubner, 1929, pp. 105–17. (On “Piano,” *NP*)

———. “Lawrence as a Poet.” *New Verse* 1 (1933): 15–17. (Review of *Last Poems.* Reprinted in his *Complementarities.* Cambridge: Harvard University Press, 1976, pp. 198–200.)

Richardson, Barbara. “Philip Larkin's Early Influences.” *Northwest Review* 30, no. 1 (1992): 133–40.

Roberts, F. Warren. “DHL, The Second ‘Poetic Me’: Some New Material.” *Renaissance and Modern Studies* 14 (1970): 5–25. (Prints twelve previously unpublished poems.)

Roberts, K. R. *DHL: An Approach to His Poetry.* Huddersfield: Schofield and Sims, 1982. (School-level booklet.)

Rodway, Allan. *The Craft of Criticism.* London: Cambridge University Press, 1982, pp. 78–92. (On “Hibiscus and Salvia Flowers” and “Kangaroo,” *BBF*)

———. “Phoenix Poet.” *Renaissance and Modern Studies* 29 (1985): 78–85.

Roessel, David. “Pound, Lawrence, and ‘The Earthly Paradise.’ ” *Paideuma: A Journal Devoted to Ezra Pound Scholarship* 18 (1989): 227–30.

Romilly, G. “DHL—the Poet.” *Listener* 42 (22 September 1949): 493–94.

Rosenthal, M. L. *The Modern Poets: A Critical Introduction.* New York: Oxford University Press, 1960, pp. 160–68 and passim.

Rosenthal, Rae. ''DHL: Satire as Sympathy.'' *Studies in Contemporary Satire: A Creative and Critical Journal* 11 (1984): 10–19.

Ross, Robert H. *The Georgian Revolt.* Carbondale: Southern Illinois University Press, 1965; London: Faber and Faber, 1967, pp. 89–91 and passim.

Rubin, Merle R. '' 'Not I, But the Wind That Blows through Me': Shelleyan Aspects of Lawrence's Poetry.'' *Texas Studies in Literature and Language* 23 (1981): 102–22.

Ruggles, A. M. ''The Kinship of Blake, Vachel Lindsay, and DHL.'' *Poet Lore* 46 (Spring 1940): 88–92.

Sagar, Keith. *The Art of DHL.* Cambridge: Cambridge University Press, 1966, pp. 119–29 (*BBF*); 231–33 (*P*): 236–40 (''More Pansies,'' *LP*); 239–45 (*LP*).

———. '' 'Little Living Myths': A Note on Lawrence's *Tortoises.*'' *DHL Review* 3 (Summer 1970): 161–67.

———. ''Introduction.'' In *Selected Poems* by DHL. Edited by Keith Sagar. Harmondsworth: Penguin, 1972, pp. 11–17.

———. ''The Genesis of 'Bavarian Gentians.' '' *DHL Review* 8 (Spring 1975): 47–53. (*LP*)

———. *Ted Hughes.* London: Longman, 1977, passim.

———. *The Art of Ted Hughes.* London and New York: Cambridge University Press, 1978, pp. 38–45 and passim.

———. *DHL: Life into Art.* Harmondsworth: Penguin; New York: Penguin, 1985, pp. 194–245 (*BBF*), 324–54 (*P, N, LP*).

———. ''Which 'Ship of Death'?'' *DHL Review* 19 (Summer 1987): 181–84. (*LP*)

———. ''Open Self and Open Poem: The Stages of DHL's Poetic Quest.'' *DHL Review* 24 (Spring 1992): 43–56.

Salgādo, Gāmini. ''The Poetry of DHL.'' Ph.D. diss., University of Nottingham, 1955.

———. ''Review of *The Complete Poems of DHL.*'' *Critical Quarterly* 7 (Winter 1965): 389–92.

———. *A Preface to Lawrence.* London: Longman, 1982, pp. 134–49.

Savage, D. S. ''DHL: A Study in Dissolution.'' *The Personal Principle: Studies in Modern Poetry.* London: Routledge, 1944, pp. 131–54.

———. ''DHL as Poet.'' *Briarcliff Quarterly* 2 (July 1945): 86–95.

Savita, J. P. '' 'Snake': The Poet at His Splendid Best.'' In *Essays on DHL.* Edited by T. R. Sharma. Meerut, India: Shalabh Book House, 1987, pp. 227–34. (*BBF*)

Seligmann, Herbert J. *DHL: An American Interpretation.* New York: Seltzer, 1924, pp. 19–28. (Poetry to *BBF*)

Shakespear, O. ''The Poetry of DHL.'' *The Egoist* (1 May 1915): 81.

Shakir, Evelyn. '' 'Secret Sin': Lawrence's Early Verse.'' *DHL Review* 8 (Summer 1975): 155–75.

Shapiro, Karl. ''The Unemployed Magician.'' In *A DHL Miscellany.* Edited by Harry T. Moore. Carbondale: Southern Illinois University Press, 1959, pp. 378–95.

Sharma, Neelam. ''Lawrence's *Last Poems:* An Anti-Christian Stance.'' In *Essays on DHL.* Edited by T. R. Sharma. Meerut, India: Shalabh Book House, 1987, pp. 202–10.

Silkin, Jon. ''Narrative Distances: An Element in Lawrence's Poetry.'' *Critical Quarterly* 27 (Autumn 1985): 3–14.

Singhal, Surendra. "Man–Woman Relationship in the Later Poetry of DHL." In *Essays on DHL.* Edited by T. R. Sharma. Meerut, India: Shalabh Book House, 1987, pp. 211–26.

Smailes, T. A. "DHL: Poet." *Standpunte* 23 (1968a): 24–36.

———. "*More Pansies* and *Last Poems:* Variant Readings Derived from MS Roberts E 192." *DHL Review* 1 (Fall 1968b): 210–13. (See response, "A Note on Editing *The Complete Poems,*" by Vivian de Sola Pinto and Warren Roberts, on pp. 213–14 of the same issue.)

———. "Lawrence's *Birds, Beasts and Flowers.*" *Standpunte* 84 (1969): 26–40.

———. "The Evolution of a Lawrence Poem." *Standpunte* 89 (June 1970): 40–42. ("Embankment at Night, Before the War," *.NP*)

———. "Lawrence's Verse: More Editorial Lapses." *Notes and Queries,* new series 17 (December 1970): 465–66. ("The Man of Tyre," *LP*)

———. *Some Comments on the Verse of DHL.* Port Elizabeth, South Africa: University of Port Elizabeth, 1970.

———, ed. "DHL: Seven Hitherto Unpublished Poems." *DHL Review* 3 (Spring 1970): 42–46.

Smith, L.E.W. " 'Snake.' " *Critical Survey* 1 (Spring 1963): 81–86. (*BBF*)

Solomon, Gerald. "The Banal, and the Poetry of DHL." *Essays in Criticism* 23 (July 1973): 254–67.

Southworth, James G. "DHL: Poet; 'A Note on High Political Ideology.' " In his *Sowing the Spring: Studies in British Poetry from Hopkins to MacNeice.* Oxford: Basil Blackwell, 1940, pp. 64–75.

Spender, Stephen. "Notes on DHL." In his *The Destructive Element.* London: Cape, 1935; Boston: Houghton, 1936, pp. 176–86.

———. "Pioneering the Instinctive Life." In his *The Creative Element: A Study of Vision, Despair and Orthodoxy among Some Modern Writers.* London: Hamish Hamilton, 1953, pp. 92–107.

———. *The Struggle of the Modern.* London: Hamilton; Berkeley: University of California Press, 1963, pp. 100–109 and passim.

———. "Form and Pressure in Poetry." *Times Literary Supplement* (23 October 1970): 1226–28.

Squire, J. C. "Review of *Birds, Beast and Flowers* by DHL." *London Mercury* 9 (January 1924): 317–18.

———. "Mr. Lawrence's Poems." In his *Sunday Mornings.* London: Heinemann, 1930, pp. 64–70.

Stavrou, Constantine. "William Blake and DHL." *University of Kansas City Review* 22 (1956): 235–40.

Stearns, Catherine. "Gender, Voice, and Myth: The Relation of Language to the Female in DHL's Poetry." *DHL Review* 17 (Fall 1984): 233–42.

Stein, Robert A. "Finding Apt Terms for Lawrence's Poetry: A Critique of Sandra Gilbert's *Acts of Attention.*" *Western Humanities Review* 28 (1974): 253–59.

Steinberg, Erwin R. " 'Song of a Man Who Has Come Through'—A Pivotal Poem." *DHL Review* 11 (Spring 1978): 50–62. (*LWHCT*)

Stewart, J.I.M. *Eight Modern Writers* (Oxford History of English Literature, vol. 12). Oxford and New York: Oxford University Press, 1963, pp. 582–92.

Stilwell, Robert L. "The Multiplying of Entities: DHL and Five Other Poets." *Sewanee Review* 76 (Summer 1968): 520–35.

Strickland, Geoffrey. ''The Poems of DHL.'' *Times Literary Supplement* (24 March 1961): 185.
Strickland, G. R. ''Leavis and Lawrence: A Reply to 'Wounded Surgeons.' '' *Cambridge Quarterly* 11 (1982): 329–38. (Response to Mason [1982] op. cit.)
Strohschoen, Iris. '' 'Snake' as an Example of DHL's Poetic Style.'' *Estudos Anglo-Americanos* 1 (1977): 59–69. (*BBF*)
Sullivan, Alvin. ''DHL and *Poetry:* The Unpublished Manuscripts.'' *DHL Review* 9 (Summer 1976): 266–77.
Sword, H. ''Orpheus and Eurydice in the Twentieth Century: Lawrence, H. D., and the Poetics of the Turn.'' *Twentieth Century Literature* 35 (1989): 407–28.
Tarinayya, M. ''Lawrence's 'Snake': A Close Look.'' *Literary Criterion* 16, no. 1 (1981): 67–77. (*BBF*)
Tedlock, E. W., Jr. ''A Forgotten War Poem by DHL.'' *Modern Language Notes* 67 (June 1952): 410–13. (''Eloi, Eloi, Lama Sabachthani?'')
Thesing, William B. ''DHL's Poetic Response to the City: Some Continuities with Nineteenth-Century Poets.'' *Modernist Studies* 4 (1982): 52–64.
Thomas, David J. ''DHL's 'Snake': The Edenic Myth Inverted.'' *College Literature* 13 (1986): 199–206. (*BBF*)
Thomas, Edward. ''More Georgian Poetry.'' *Bookman* 44 (April 1913): 47.
Thomas, Michael W. ''Lawrence's 'After the Opera.' '' *Explicator* 47, no. 1 (1988): 26–29. (*B*)
Thwaite, Anthony. *Contemporary English Poetry: An Introduction.* London: Heinemann, 1959, pp. 47–51.
Tiedje, Egon. ''DHL's Early Poetry: The Composition-Dates of the Drafts in MS E 317.'' *DHL Review* 4 (Fall 1971): 227–52.
Tietjens, Eunice. ''Review of *Amores* by DHL.'' *Poetry* 9 (9 February 1917): 264–66.
Trail, George Y. ''The Psychological Dynamics of DHL's 'Snake.' '' *American Imago* 36 (1979a): 345–56. (*BBF*)
———. ''West by East: The Psycho-Geography of *Birds, Beasts and Flowers.*'' *DHL Review* 12 (Fall 1979b): 241–55.
Trikha, Manorama B. ''DHL's Poetry: A Language Experiment.'' In *Essays on DHL.* Edited by T. R. Sharma. Meerut, India: Shalabh Book House, 1987, pp. 183–201.
Underhill, Hugh. ''From Georgian Poetic to the 'Romantic Primitivism' of DHL and Robert Graves.'' *Studies in Romanticism* 22 (1983): 517–50.
Untermayer, Louis. ''Strained Intensities.'' *Bookman* 49 (April 1924): 219–22. (*BBF*)
———. ''Hot Blood's Blindfold Art.'' *Saturday Review of Literature* 6 (3 August 1929): 17–18. (*CP*)
———. ''Poet and Man.'' *Saturday Review of Literature* 9 (1933): 523–24.
Urang, Sarah. *Kindled in the Flame: The Apocalyptic Scene in DHL.* Ann Arbor, Mich.: UMI Research Press, 1983, pp. 123–37. (Includes discussion of *Last Poems.*)
Van Doren, Mark. ''Review of *Pansies* by DHL.'' *New York Herald Tribune Review of Books* (15 December 1929): 15.
Vanson, Frederic. ''DHL—The Poetry.'' *Contemporary Review* 247 (November 1985): 257–60.
Vickery, John B. ''*The Golden Bough* and Modern Poetry.'' *Journal of Aesthetics and Art Criticism* 15 (1957): 271–88.
———. ''DHL's Poetry: Myth and Matter.'' *DHL Review* 7 (Spring 1974): 1–18.

Vries-Mason, Jillian de. *Perception in the Poetry of DHL.* Berne: Peter Lang, 1982.
Wallenstein, Barry. *Visions and Revisions: An Approach to Poetry.* New York: T. Y. Crowell, 1971, pp. 246–49, 253–55.
Walsh, K. R. ''Three Puritan Poets: Milton, Blake, DHL.'' *Christian Community* 5, no. 53 (May 1936).
Whalen, Terry. ''Lawrence and Larkin: The Suggestion of an Affinity.'' *Modernist Studies* 4 (1982): 105–22.
Wilder, Amos Niven. ''The Primitivism of DHL.'' In his *Spiritual Aspects of the New Poetry.* New York: Harper and Brothers, 1940, pp. 153–65.
Wildi, Max. ''The Birth of Expressionism in the Work of DHL.'' *English Studies* (Amsterdam) 19 (December 1937): 241–59.
Williams, George G. ''DHL's Philosophy as Expressed in His Poetry.'' *Rice Institute Pamphlet* 38 (1951): 73–94.
Williams, W. E. ''Introduction.'' In *DHL: Selected Poems.* Chosen by W. E. Williams. Harmondsworth: Penguin, 1950, pp. 7–9.
Wood, Frank. ''Rilke and DHL.'' *Germanic Review* 15 (1940): 214–23.
Worthen, John. ''Appendix II: DHL's Poetry, 1897–1913.'' In his *DHL: The Early Years, 1885–1912.* Cambridge: Cambridge University Press, 1991, pp. 478–94.
Yamazi, K. ''On the Oriental Esthetic Stasis and the Occidental Creative Dynamics in Literature.'' *Cultural Science Reports* 8 (July 1959): 35–75.
Yoshino, Masaaki. ''Lawrence Descending: 'Snake' and Other Poems.'' *Studies in English Language and Literature* 36 (1986): 1–13. (*BBF*)
Young, Archibald M. ''Rhythms and Meaning in Poetry: DHL's 'Snake.' '' *English* 17 (Summer 1968): 41–47. (*BBF*)
Youngblood, Sarah. ''Substance and Shadow: The Self in Lawrence's Poetry.'' *DHL Review* 1 (Summer 1968): 114–28.
Yoxall, Henry. ''Books and Pictures.'' *Schoolmaster* 76 (25 December 1909): 1242. (On ''Dreams Old and Nascent,'' ''Discipline,'' and ''Baby-Movements.'')
Zanger, Jules. ''DHL's Three Strange Angels.'' *Papers on English Language and Literature* 1 (Spring 1965): 184–87. (''Song of a Man Who Has Come Through,'' *LWHCT*)

参考書目64　ロレンスの戯曲——一般的な選集・全集と批評作品

Brunsdale, Mitzi M. *The German Effect on DHL and His Works, 1885–1912.* Berne: Peter Lang, 1978, pp. 152–56, 215–18, 232–37.

Carlson, Susan. *Women of Grace: James's Plays and the Comedy of Manners.* Ann Arbor, Mich.: UMI Research Press, 1985, pp. 127–37. (On *The Merry-Go-Round, The Married Man,* and *The Fight for Barbara.*)

Clarke, Ian. “Lawrence and the Drama of His European Contemporaries.” *Etudes Lawrenciennes* 9 (1993): 173–86.

Draper, R. P., ed. *DHL: The Critical Heritage.* London: Routledge and Kegan Paul, 1970, pp. 261–62 and passim.

Fedder, Norman. J. *The Influence of DHL on Tennessee Williams.* The Hague: Mouton, 1966.

French, Philip. “A Major Miner Dramatist.” *New Statesman* (22 March 1968): 390. (Review of the DHL Season at the Royal Court Theatre, London, February–March 1968, directed by Peter Gill: *A Collier's Friday Night, The Widowing of Mrs. Holroyd, The Daughter-in-Law.* Reprinted in Jackson and Jackson [1988]: 214–16.)

Galenbeck, Susan Carlson. “A Stormy Apprenticeship: Lawrence's Three Comedies.” *DHL Review* 14 (1981): 191–211. (*The Merry-Go-Round, The Married Man, The Fight for Barbara.*)

Gordon, D. J. “Lawrence as Playwright.” *Nation* 202 (6 June 1966): 686–87.

Gray, Simon. “Lawrence the Dramatist.” *New Society* 11 (21 March 1968): 423–24. (Review of the Lawrence Season at the Royal Court Theatre—see under French [1968]. Reprinted in Coombes [1973]: 453–57.)

Gupta, P. C. “The Plays of DHL.” *University of Allahabad Studies* 2 (January 1970).

Hanson, Barry. “Royal Court Diary: Rehearsal Logbook.” *Plays and Players* 15 (April 1968): 47–53, 74. (Detailed log of rehearsals for the DHL Season at the Royal Court Theatre—see under French [1968].)

Hepburn, J. G. “DHL's Plays: An Annotated Bibliography.” *Book Collector* 14 (Spring 1965): 78–81.

Hobsbaum, Philip. *A Reader's Guide to DHL.* London: Thames and Hudson, 1981, pp. 149–51.

Lambert, J. W. “Plays in Performance.” *Drama* 89 (Summer 1968): 19–30. (Includes review of Royal Court Theatre Lawrence Season—see under French [1968].)

Mahnken, Harry E. “The Plays of DHL: Addenda.” *Modern Drama* 7 (February 1965): 431–32.

Malani, Hiran. *DHL: A Study of His Plays.* New Delhi, India: Arnold-Heinemann; Atlantic Highlands, N.J.: Humanities Press, 1982.

Moe, Christian. “Playwright Lawrence Takes the Stage in London.” *DHL Review* 2 (Spring 1969): 93–97. (On the Lawrence Season at the Royal Court Theatre—see under French [1968].)

Nath, Suresh. *DHL: The Dramatist.* Ghaziabad, India: Vimal Prakashan, 1979.

———. “Symbolism in the Plays of DHL.” In *Essays on DHL.* Edited by T. R. Sharma. Meerut, India: Shalabh Book House, 1987, pp. 168–82.

Nightingale, Benedict. “On the Coal Face.” *Plays and Players* (May 1968): 18–19. (Review of the Royal Court Theatre Lawrence Season—see under French [1968].)

Nin, Anais. ''Novelist on Stage.'' In *Critical Essays on DHL.* Edited by Dennis Jackson and Fleda Brown Jackson. Boston: G. K. Hall, 1988, pp. 212–14.

Niven, Alastair. *DHL: The Writer and His Work.* Harlow, Essex: Longman; New York: Scribner's, 1980, pp. 97–102.

Panter-Downes, Mollie. ''Letter from London.'' *New Yorker* (11 May 1968): 101–2. (Review of Royal Court Theatre Lawrence Season—see under French [1968].)

Parkinson, R. N. ''The Retreat from Reason or a Raid on the Inarticulate.'' In *The Spirit of DHL: Centenary Studies.* Edited by Gāmini Salgādo and G. K. Das. London: Macmillan, 1988, pp. 214–33.

Pinion, F. B. *A DHL Companion.* London and Basingstoke: Macmillan, 1978, pp. 265–74.

Pritchett, V. S. ''Lawrence's Laughter.'' *New Statesman* (1 July 1966): 18–19. (Review of *The Complete Plays of DHL.*)

Sagar, Keith. ''DHL: Dramatist.'' *DHL Review* 4 (Summer 1971): 154–82.

———. *DHL: Life into Art.* Harmondsworth: Penguin; New York: Viking, 1985, pp. 34–74.

Sagar, Keith, and Sylvia Sklar. ''Major Productions of Lawrence's Plays.'' In *A DHL Handbook.* Edited by Keith Sagar. Manchester: Manchester University Press; New York: Barnes and Noble, 1982, pp. 283–328. (Details of thirteen major productions, with photographs and extracts from reviews.)

Salgādo, Gāmini. *A Preface to Lawrence.* London: Longman, 1982, pp. 158–59.

Scheckner, Peter. *Class, Politics, and the Individual: A Study of the Major Works of DHL.* London and Toronto: Associated University Presses, 1985, pp. 70–87. (On *The Widowing of Mrs. Holroyd, Touch and Go,* and *A Collier's Friday Night.*)

Sklar, Sylvia. *The Plays of DHL: A Biographical and Critical Study.* London: Vision, 1975.

———. ''DHL.'' In *Dictionary of Literary Biography.* Vol. 10. *Modern British Dramatists, 1900–1950.* Edited by Stanley Weintraub. Detroit: Gale Research, 1982, pp. 288–93.

Spurling, Hilary. ''Old Folk at Home.'' *Spectator* (22 March 1968): 378–79. (Review of Royal Court Theatre Lawrence Season—see under French [1968].)

Waterman, Arthur E. ''The Plays of DHL.'' *Modern Drama* 2 (February 1960): 349–57. (Reprinted in Spilka [1963]: 142–50.)

Williams, Raymond. ''Introduction.'' *Three Plays by DHL: ''A Collier's Friday Night,'' ''The Daughter-in-Law,'' ''The Widowing of Mrs. Holroyd.''* Penguin: Harmondsworth, 1969, pp. 7–14.

参考書目65 『坑夫の金曜日の夜』(*A Collier's Friday Night*)

Chatarji, Dilip. ''The Dating of DHL's *A Collier's Friday Night.*'' *Notes and Queries* 23 (January 1976): 11. (Reference to the death of Swinburne suggests that the play postdates April 1909.)

Jansohn, Christa. ''Books, Music and Paintings in *A Collier's Friday Night.*'' *Cahiers Victoriens et Edouardiens,* no. 32 (October 1990): 61–79.

Kumar, Shrawan. ''DHL's Relationship: *A Collier's Friday Night.*'' In *Essays on DHL.* Edited by T. R. Sharma. Meerut, India: Shalabh Book House, 1987, pp. 162–67.

O'Casey, Sean. ''A Miner's Dream of Home.'' *New Statesman and Nation* 8 (28 July

1934): 124. (Reprinted in his *Blasts and Benedictions.* Edited by Ronald Ayling. London: Macmillan, 1967, pp. 222–25, and in Jackson and Jackson [1988]: 209–11.)

Stovel, Nora F. ‘‘DHL from Playwright to Novelist: ‘Strife in Love’ in *A Collier's Friday Night* and *Sons and Lovers.*’’ *English Studies in Canada* 13, no. 4 (1987): 451–67.

See also Modiano (1987): 47–50. Worthen (1991b): 242–46.

参考書目66 『ホルロイド夫人やもめとなる』(*The Widowing of Mrs. Holroyd*)

Coniff, Gerald. ‘‘The Failed Marriage: Dramatization of a Lawrentian Theme in *The Widowing of Mrs. Holroyd.*’’ *DHL Review* 11 (Spring 1978): 21–37.

Hartmann, Geoffrey H. ‘‘Symbolism versus Character in Lawrence's First Play.’’ In his *Easy Pieces.* New York: Columbia University Press, 1985, pp. 81–88.

Kauffmann, Stanley. ‘‘Three Cities.’’ *New Republic* 169 (15 December 1973): 22, 33–34. (Review of production at Long Wharf Theater, New Haven, Conn.)

Stovel, Nora Foster. ‘‘DHL and ‘The Dignity of Death’: Tragic Recognition in ‘Odour of Chrysanthemums,’ *The Widowing of Mrs. Holroyd,* and *Sons and Lovers.*’’ *DHL Review* 16 (1983): 59–82.

Williams, Raymond. ‘‘DHL: *The Widowing of Mrs. Holroyd.*’’ In his *Drama from Ibsen to Brecht.* London: Chatto and Windus, 1968, pp. 257–60.

See also Cushman (1978): 62–67. Modiano (1987): 69–71. Worthen (1991b): 242–46.

参考書目67 『回転木馬』(*The Merry-Go-Round*)

Davies, Cecil. ‘‘DHL: *The Merry-Go-Round,* A Challenge to the Theatre.’’ *DHL Review* 16 (1983): 133–63.

See also Worthen (1991b): 242–46, 282–83.

参考書目68 『結婚した男』(*The Married Man*)

See Worthen (1991b): 384–85.

参考書目69 『バーバラ争奪戦』(*The Fight for Barbara*)

Clarke, Ian. ‘‘*The Fight for Barbara:* Lawrence's Society Drama.’’ In *DHL in the Modern World.* Edited by Peter Preston and Peter Hoare. London: Macmillan, 1989, pp. 47–68.

Kimpel, Ben D., and T. C. Duncan Eaves. ‘‘*The Fight for Barbara* on Stage.’’ *DHL Review* 1 (Spring 1968): 72–74. (Review of the Mermaid Theatre [London] production, 9 August 1967.)

参考書目70 『義理の娘』(*The Daughter-in-Law*)

Modiano, Marko. "An Early Swedish Stage Production of DHL's *The Daughter-in-Law. DHL Review* 17 (Spring 1984): 49–59.

Sagar, Keith. "The Strange History of *The Daughter-in-Law.*" *DHL Review* 11 (Summer 1978): 175–84.

Sklar, Sylvia. "*The Daughter-in-Law* and *My Son's My Son.*" *DHL Review* 9 (Summer 1976): 254–65.

Woddis, C. "*The Daughter-in-Law.*" *Plays and Players,* no. 385 (October 1985): 32–33.

See also Modiano (1987): 71–76. Worthen (191b): 458–60.

参考書目71 『一触即発』(*Touch and Go*)

Lowell, Amy. "A Voice in Our Wilderness: DHL's Unheeded Message 'to Blind Reactionaries and Fussy, Discontented Agitators.' " *New York Times Book Review,* Section 3 (22 August 1920): 7. (Review. Reprinted in her *Poetry and Poets: Essays.* Boston and New York: Houghton Mifflin, 1930, pp. 175–86.)

See also Delany (1979): 381–83. Holderness (1982): 211–14. Panichas (1964): 33–35.

参考書目72 『ダビデ』(*David*)

Brunsdale, Mitzi M. "DHL's *David:* Drama as a Vehicle for Religious Prophecy." *Themes in Drama* 5 (1983): 123–37.

Gamache, Lawrence B. "Lawrence's *David:* Its Religious Impulse and Its Theatricality." *DHL Review* 15 (1982): 235–48.

Halverson, Marvin, ed. *Religious Drama I: Five Plays.* New York: Meridian Books, 1957. (Includes *David,* pp. 165–266, along with plays by Auden, Christopher Fry, Dorothy Sayers, and James Schevill. Halverson comments briefly on the "poetic and ecstatically religious" nature of the play on p. 7.)

Laird, Holly. "Heroic Theater in *David.*" In *Critical Essays on DHL.* Edited by Dennis Jackson and Fleda Brown Jackson. Boston: G. K. Hall, 1988, pp. 203–9.

Panichas, George A. "DHL's Biblical Play *David.*" *Modern Drama* 6
(September 1963): 164–76. (Reprinted in Panichas [1964]: 136–50.)

Roston, Murray. "W. B. Yeats and DHL." In his *Biblical Drama in England, from the Middle Ages to the Present Day.* London: Faber and Faber, 1968, pp. 264–79 (275–79).

See also Clark (1980): 342–46. Hyde (1992): 57–63, passim.

参考書目73　ロレンスのノンフィクション——一般的な選集・全集と批評作品

一般的な作品集と選集（年代順）

Phoenix: The Posthumous Papers of DHL. Edited by Edward D. McDonald. London: Heinemann; New York: Viking, 1936. (Introduction by McDonald, pp. ix–xxvii.)

Stories, Essays, and Poems: DHL. London: Dent, 1939. (Introduction by Desmond Hawkins, pp. vii–xi.)

The Portable DHL. Edited by Diana Trilling. New York: Viking, 1947. (''Travel,'' pp. 500–554; ''Essays and Critical Writing,'' pp. 604–92. Introduction by Trilling, pp. 1–32.)

DHL: Selected Essays. Harmondsworth: Penguin, 1950. (Introduction by Richard Aldington, pp. 7–10.)

The Later DHL: The Best Novels, Stories, Essays, 1925–30. Selected, with Introductions, by William York Tindall. New York: Knopf, 1952. (General introduction by Tindall, pp. v–xvii.)

DHL: Sex, Literature and Censorship: Essays. Edited by Harry T. Moore. New York: Twayne, 1953; London: Heinemann, 1955 (rev. ed.). (Introduction by Moore, pp. 9–32; rev. for the English ed., pp. 1–38.)

DHL: Selected Literary Criticism. Edited by Anthony Beal. London: Heinemann, 1955; New York: Viking, Compass, 1966. (Introduction by Beal, pp. ix–xii.)

DHL: Selected Poetry and Prose. Edited by T. R. Barnes. London: Heinemann, 1957. (Introduction by Barnes, pp. vii–xv.)

Phoenix II: Uncollected, Unpublished, and Other Prose Works by DHL. Edited by Warren Roberts and Harry T. Moore. London: Heinemann; New York: Viking, 1968. (Introduction by the editors, pp. ix–xv.)

DHL: A Selection from Phoenix. Edited by A.A.H. Inglis. Harmondsworth: Penguin, 1971.

DHL and Italy: Twilight in Italy, Sea and Sardinia, Etruscan Places. Edited by Anthony Burgess. New York: Viking; Harmondsworth: Penguin, 1972. (Introduction by Burgess, pp. vii–xiii.)

Lawrence on Hardy and Painting: ''Study of Thomas Hardy'' and ''Introduction to These Paintings.'' Edited by J. V. Davies. London: Heinemann Educational Books, 1973. (Introduction by Davies, pp. 1–9.)

DHL on Education. Edited by Joy Williams and Raymond Williams. Harmondsworth: Penguin, 1973. (Introduction by Raymond Williams, pp. 7–13.)

DHL and New Mexico. Edited by Keith Sagar. Salt Lake City, Utah: Gibbs M. Smith, 1982.

大衆の批評

最近10年ほどの間にロレンスのノンフィクションの散文に寄せられる興味がめざましく増したにもかかわらず、その分野の作品をすべてにわたって系統的に扱っている批評作品はほとんど見受けられない。そのために、次に挙げる参考書目は比較的少なく、その分野の作品をおおまかに扱った批評作品のみを含んでいる。参考書目74－84に載せた批評作品の多くは、実際、そうしたロレンスのノンフィクション作品を広範囲にわたって扱っているが、それらの興味の主な焦点が、他節の参考書目で扱われた方がより納得が行くことが判明した場合はこの参考書目には載せていない。

次の参考書目に載せた批評作品の中で、フリーマン（Freeman）のものは芸術的作品とそれ以外の作品を相互に関連させる最も包括的な試みである。一方ピニオン（Pinion）の概観は、ノンフィクション作品を最も集中的かつ組織的に扱っている。ホブズバウム（Hobsbaum）の調査は、この分野の適切な概略を提供するとともに鋭い洞察も多少含んでいるが、その対象になっている多くの作品を真に評価するには至っていない。テイト（Tait）とエドワーズ（Edwards）は、ロレンスを特にエッセイストとして評価することに集中しているし、エリス（Ellis）とミルズ（Mills）もまたロレンスのノンフィクション作品という分野によりこだわった理解をしていこうとしている。グラント（Grant）の索引は、次に挙げた批評作品のような漠然と概観したものではないが、２巻本の『フェニックス』（Phoenix）に収められているようなロレンスのノンフィクション作品の批評にとっては非常に貴重な手助けとなるので含めている。おそらく近年現れた、ロレンスのノンフィクションの作品を扱った最も学術的で刺激的な研究は、アン・ファーニハフ（Anne Fernihough）によるものであろう。それは第２部第５章「その他の作品」に網羅されている作品を完璧なまでに調査してはいないが（基本的にこの研究は、芸術と文学についてのロレンスの作品に関するものだとしている）、ロレンスのノンフィクション作品を継続的に考え続けることでロレンスの思想、つまり「イデオロギー」を首尾一貫して描き出している、おそらく唯一の完璧な研究としてこの参考書目に載せている。

Edwards, Duane. '' 'Inferences Made Afterwards': Lawrence and the Essay.'' In *Essays on the Essay: Redefining the Genre.* Edited by Alexander J. Butrym. Athens: University of Georgia Press, 1989, pp. 137–47.

Ellis, David, and Howard Mills. *DHL's Non-Fiction: Art, Thought and Genre.* Cambridge: Cambridge University Press, 1988.

Fernihough, Anne. *DHL: Aesthetics and Ideology.* Oxford: Oxford University Press, 1993.

Freeman, Mary. *DHL: A Basic Study of His Ideas.* New York: Grosset and Dunlop, 1955.

Grant, Damian. ''A Thematic Index to *Phoenix* and *Phoenix II.*'' In *A DHL Handbook.* Edited by Keith Sagar. Manchester: Manchester University Press, 1982, pp. 329–447.

Hobsbaum, Philip. *A Reader's Guide to DHL.* London: Thames and Hudson, 1981, pp. 87–103. (''Other Works.'')

Pinion, F. B. *A DHL Companion: Life, Thought, and Works.* London: Macmillan, 1978; New York: Barnes and Noble, 1979, pp. 249–84. (''Other Writings.'')

Tait, Michael S. ''DHL.'' In *Dictionary of Literary Biography.* Vol. 98. *Modern British Essayists, First Series.* Edited by Robert Beum. Detroit: Gale Research, 1990, pp. 214–23.

参考書目74　哲学、社会、並びに宗教に関する作品——『ヤマアラシの死についての諸考察とその他のエッセイ』(*Reflections on the Death of a Porcupine and Other Essays*)、『アポカリプスと黙示録についての諸作品』(*Apocalypse and the Writings on Revelation*)

ここにはロレンスの思想や哲学一般に関連した研究業績というよりは、むしろ問題となる特定の主題を扱っているものをリストアップした。この種の関連した研究業績については参考書目92と93を参照。

Bantock, G. H. ''DHL and the Nature of Freedom.'' In his *Freedom and Authority in Education.* London: Faber and Faber, 1952, pp. 133–81.

Beker, Miroslav. '' 'The Crown,' 'The Reality of Peace,' and *Women in Love.*'' *DHL Review* 2 (Fall 1969): 254–64.

Clark, L. D. ''The Apocalypse of Lorenzo.'' *DHL Review* 3 (Summer 1970): 141–60.

Corke, Helen. *Lawrence and Apocalypse.* London: Heinemann, 1933. (Reprinted in Corke [1965]: 57–132.)

Davies, Rosemary Reeves. ''DHL and the Media: The Impact of Trigant Burrow on Lawrence's Social Thinking.'' *Studies in the Humanities* 11, no. 2 (1984): 33–41.

Easson, Angus. '' 'My Very Knees Are Glad': DHL and Apocalypse Again.'' *Aligarh Journal of English Studies* 10, no. 2 (1985): 205–18.

Flay, M. ''Lawrence and Dostoevsky in 1915.'' *English Studies* 69, no. 3 (1988): 254–66. (''The Crown.'')

Gatti, Hilary. ''DHL and the Idea of Education.'' *English Miscellany* 21 (1970): 209–31.

Gutierrez, Donald. '' 'New Heaven and an Old Earth,' DHL's *Apocalypse,* Apocalyptic, and the *Book of Revelation.*'' *Review of Existential Psychology and Psychiatry* 14, no. 1 (1977): 61–85.

Henry, Graeme. ''DHL: Objectivity and Belief.'' *Critical Review* (Melbourne), no. 22 (1980): 32–43.

Herbert, Michael. ''Introduction.'' *Reflections on the Death of a Porcupine and Other Essays* by DHL. Edited by Michael Herbert. Cambridge: Cambridge University Press, 1988, pp. xix–lvii.

Hoffman, Frederick J. ''From Surrealism to 'The Apocalypse': A Development in Twentieth Century Irrationalism.'' *English Literary History* 15 (June 1948): 147–65.

Kalnins, Mara. ''Introduction.'' In *Apocalypse and the Writings on Revelation* by DHL. Edited by Mara Kalnins. Cambridge: Cambridge University Press, 1980, pp. 3–38.

———. ''Symbolic Seeing: Lawrence and Heraclitus.'' In *DHL: Centenary Essays.* Edited by Mara Kalnins. Bristol: Bristol Classical Press, 1986, pp. 173–90.

Kermode, Frank. ''Spenser and the Allegorists.'' *Proceedings of the British Academy* 48 (1962): 261–79.

Kuczkowski, Richard. ''Lawrence Enters the Pantheon.'' *Review* 4 (1982): 159–70. (Review of the Cambridge *Apocalypse* [1980].)

Paik, Nak-chung. ''Being and Thought-Adventure: An Approach to Lawrence.'' *Phoenix* 23 (1981): 43–100.

Panichas, G. A. ''DHL and the Ancient Greeks.'' *English Miscellany* 16 (1965): 195–214.

———. ''E. M. Forster and DHL: Their Views on Education.'' In *Renaissance and Modern Essays Presented to Vivian de Sola Pinto in Celebration of His Seventieth Birthday.* Edited by G. R. Hibbard. London: Routledge; New York: Barnes and Noble, 1966, pp. 193–213.

Schneider, Daniel J. ''DHL and the Early Greek Philosophers.'' *DHL Review* 17 (Summer 1984): 97–109.

Sircar, Sanjay. ''The Phallic Amoretto: Intertextuality in '. . . Love Was Once a Little Boy.' '' *DHL Review* 19 (Summer 1987): 189–93.

Steele, Bruce. ''Introduction.'' *Study of Thomas Hardy and Other Essays* by DHL. Edited by Bruce Steele. Cambridge: Cambridge University Press, 1985, pp. xvii–liv.

Walsh, William. *The Use of the Imagination: Educational Thought and the Literary Mind.* London: Chatto and Windus, 1959. (''The Writer and the Child,'' pp. 163–74 [on Ursula and *The Rainbow*]; ''The Writer as Teacher: The Educational Ideas of DHL,'' 199–228.)

Westbrook, Max. ''The Practical Spirit: Sacrality and the American West.'' *Western American Literature* 3 (Fall 1968): 193–205. (On *Apocalypse.*)

See also Carter (1972): passim. Clark (1980): 106–10, 406–10. Cornwell (1962): 208–38. Delany (1978): 146–52, 284–91. Delavenay (1972): 327–36, passim. Goodheart (1963): 42–50. Gregory (1933): 102–8. Hyde (1992): passim. Jarrett-Kerr (1951): 13–18, 96–138. Miko (1971): 204–14 (''The Crown''), passim. Milton (1987): passim. Montgomery (1994): passim. Moore (1951): 180–82. Nixon (1986): 136–52, passim (on ''The Crown''). Panichas (1964): passim. Pritchard (1971): 67–83, 197–200. Ruderman (1984): 27–32, passim (on ''Education of the People''). Schneider (1986): passim. Vivas (1960). Whelan (1988): passim.

参考書目75　心理学的作品――『精神分析と無意識』(*Psychoanalysis and the Unconscious*)、『無意識の幻想』(*Fantasia of the Unconscious*)、「トリガント・バロウの作品『意識に関する社会的基盤』の書評」("Review of *The Social Basis of Consciousness* by Trigant Burrow")

Davies, Rosemary Reeves. ''DHL and the Media: The Impact of Trigant Burrow on Lawrence's Social Thinking.'' *Studies in the Humanities* 11, no. 2 (1984): 33–41.

Ellis, David. ''Lawrence and the Biological Psyche.'' In *DHL: Centenary Essays.* Edited by Mara Kalnins. Bristol: Bristol Classical Press, 1986, pp. 89–109.

———. ''Poetry and Science in the Psychology Books.'' In David Ellis and Howard Mills. *DHL's Non-Fiction: Art, Thought and Genre.* Cambridge: Cambridge University Press, 1988, pp. 67–97.

Goodheart, Eugene. ''Freud and Lawrence.'' *Psychoanalysis and Psychoanalytical Review* 47 (1960): 56–64.

Gordon, David J. ''DHL's Dual Myth of Origin.'' *Sewanne Review* 89 (1981): 83–94.

Harper, Howard M., Jr. ''*Fantasia* and the Psychodynamics of *Women in Love.*'' In *The Classic British Novel.* Edited by Howard Harper, Jr., and Charles Edge. Athens: University of Georgia Press, 1972, pp. 202–19.

Hayles, Nancy Katherine. ''Evasion: The Field of the Unconscious in DHL.'' In her *The Cosmic Web: Scientific Field Models and Literary Strategies in the Twentieth Century*. Ithaca, N.Y.: Cornell University Press, 1984, pp. 85–110 (104–9).

Heywood, Christopher. '' 'Blood-Consciousness' and the Pioneers of the Reflex and Ganglionic Systems.'' In *DHL: New Studies*. Edited by Christopher Heywood. London: Macmillan; New York: St. Martin's Press, 1987, pp. 104–23.

Hinz, Evelyn J. ''The Beginning and the End: DHL's *Psychoanalysis* and *Fantasia*.'' *Dalhousie Review* 52 (1972): 251–65.

Hoffman, Frederick J. ''Lawrence's 'Quarrel' with Freud.'' *Quarterly Review of Literature* 1 (1944): 279–87.

MacDonald, Robert H. '' 'The Two Principles': A Theory of the Sexual and Psychological Symbolism of DHL's Later Fiction.'' *DHL Review* 11 (Summer 1978): 132–55.

Morrison, Claudia. ''DHL and American Literature.'' In her *Freud and the Critic: Early Use of Depth Psychology in Literary Criticism*. Chapel Hill: University of North Carolina Press, 1968, pp. 203–25.

Nielsen, Inge Padkaer, and Karsten Hvidtfelt Nielsen. ''The Modernism of DHL and the Discourses of Decadence: Sexuality and Tradition in *The Trespasser, Fantasia of the Unconscious,* and *Aaron's Rod*.'' *Arcadia* 25, no. 3 (1990): 270–86.

Rieff, Philip. ''Introduction.'' In *Psychoanalysis and the Unconscious* and *Fantasia of the Unconscious* by DHL. New York: Viking, 1960, pp. vii–xxiii.

Roberts, Mark. ''DHL and the Failure of Energy: *Fantasia of the Unconscious; Psychoanalysis and the Unconscious*.'' In his *The Tradition of Romantic Morality*. London: Macmillan, 1973, pp. 322–48.

Schwartz, Murray M. ''DHL and Psychoanalysis: An Introduction.'' *DHL Review* 10 (Fall 1977): 215–22.

Sewell, Ernestine P. ''Herbartian Psychology in the Developing Art of DHL.'' *Publications of the Missouri Philological Association* 5 (1980): 66–71.

Vickery, John B. ''DHL and the Fantasias of Consciousness.'' In *The Spirit of DHL: Centenary Studies*. Edited by Gāmini Salgādo and G. K. Das. London: Macmillan; Totowa, N.J.: Barnes, 1988, pp. 163–80.

Wexelblatt, Robert. ''F. Scott Fitzgerald and DHL: Bicycles and Incest.'' *American Literature: A Journal of Literary History, Criticism, and Bibliography* 59 (October 1987): 378–88.

See also Clark (1980): 390–92. Cowan (1970): 15–24. Draper (1970): 184–87, 219–20. Goodheart (1963): 103–15. Howe (1977): passim. Leavis (1976): 20–28. Moore (1951): 182–86. Murry (1933): 237–45. Pritchard (1971): 125–28, 200–205. Ruderman (1984): 23–27, 29–35, passim. Schneider (1984): 21–24, 59–65. Simpson (1982): 91–96, 105–8, passim. Sklenicka (1991): 158–67. Williams (1993): 19–31.

参考書目76　文学、芸術、並びに検閲制度に関する作品——『トマス・ハーディ研究とその他のエッセイ』(*Study of Thomas Hardy and Other Essays*)、『古典アメリカ文学研究』(*Studies in Classic American Literature*)、『『チャタレイ夫人の恋人』について』(*A Propos of "Lady Chatterley's Lover"*)、『ポルノグラフィと猥褻』(*Pornography and Obscenity*)、書評と序説

Allendorf, Otmar. ''The Origin of Lawrence's 'Study of Thomas Hardy.' '' *Notes and Queries* 17 (December 1970): 466–67.

Arnold, Armin. *DHL and America.* London: Linden Press, 1958, pp. 28–102. (On *Studies in Classic American Literature.*)

———. *DHL and German Literature: With Two Hitherto Unknown Essays by DHL.* Montreal: Mansfield Book Mart, H. Heinemann, 1963.

———. ''DHL's First Critical Essays: Two Anonymous Reviews Identified.'' *PMLA* 79 (March 1964): 185–88. (The two reviews are of Bithell's *The Minnesingers* and Fiedler's *Oxford Book of German Verse.*)

Axelrad, Allan M. ''The Order of the Leatherstocking Tales: DHL, David Noble, and the Iron Trap of History.'' *American Literature: A Journal of Literary History, Criticism, and Bibliography* 54 (May 1982): 189–211.

———. ''Wish Fulfillment in the Wilderness: DHL and the Leatherstocking Tales.'' *American Quarterly* 39 (Winter 1987): 563–85.

Beards, Richard D. ''DHL and the 'Study of Thomas Hardy,' His Victorian Predecessor.'' *DHL Review* 2 (Fall 1969): 210–29.

Beirne, Raymond M. ''Lawrence's Night-Letter on Censorship and Obscenity.'' *DHL Review* 7 (Fall 1974): 321–22. (Reprints Lawrence's letter to Thomas Seltzer on the attempt to ban *Women in Love* in the United States. This originally appeared under the heading ''Author Berates Justice John Ford'' in the *New York Times* on 11 February 1923, p. 18. It was reprinted in *Publishers Weekly* [24 February 1923]: 580.)

Bien, Peter. ''The Critical Philosophy of DHL.'' *DHL Review* 17 (Spring 1984): 127–34.

Blanchard, Lydia. ''Lawrence as Reader of Classic American Literature.'' In *The Challenge of DHL.* Edited by Michael Squires and Keith Cushman. Madison: University of Wisconsin Press, 1990, pp. 159–75.

Chandra, Naresh. ''DHL's Criticism of Poetry.'' In *Essays on DHL.* Edited by T. R. Sharma. Meerut, India: Shalabh Book House, 1987, pp. 1–17.

Chowdhary, V.N.S. ''DHL on the Craft of Fiction.'' In *Essays on DHL.* Edited by T. R. Sharma. Meerut, India: Shalabh Book House, 1987, pp. 37–46.

Clarey, JoEllyn. ''DHL's *Moby Dick:* A Textual Note.'' *Modern Philology* 84 (1986): 191–95.

Clark, L. D. ''DHL and the American Indian.'' *DHL Review* 9 (Fall 1976): 305–72 (308–10, 312–16).

Colacurcio, Michael J. ''The Symbolic and the Symptomatic: DHL in Recent American Criticism.'' *American Quarterly* 27 (October 1975): 486–501. (The influence of *Studies in Classic American Literature.*)

Cowan, James C. ''Lawrence's Romantic Values: *Studies in Classic American Literature.*'' *Ball State University Forum* 8 (Winter 1967): 30–35.

Cura-Sazdanic, Illeana. *DHL as Critic.* Delhi: Munshiram Manoharlal, 1969.

Davies, J. V. ''Introduction.'' *Lawrence on Hardy and Painting.* Edited by J. V. Davies. London: Heinemann, 1973, pp. 1–9.

Delavenay, Emile. ''Lawrence, Otto Weininger and 'Rather Raw Philosophy.' '' In *DHL: New Studies.* Edited by Christopher Heywood. London: Macmillan; New York: St. Martin's Press, 1987, pp. 137–57. (''Study of Thomas Hardy.'')

Dumitriu, Geta. ''Lawrence and Frobenius: A Reading of *Studies in Classic American Literature* in the Light of *Paideuma.*'' *Synthesis: Bulletin du Comité National de Littérature Comparée de la République Socialiste de Roumanie* 15 (1988): 23–32.

Eliot, T. S. ''American Literature and American Language.'' In his *To Criticize the Critic and Other Writings.* London: Faber and Faber, 1965, pp. 43–60. (Includes favorable comment on Lawrence's *Studies in Classic American Literature.*)

Foster, Richard. ''Criticism as Rage: DHL.'' In *A DHL Miscellany.* Edited by Harry T. Moore. Carbondale: Southern Illinois University Press, 1959, pp. 312–25.

Fraser, Keith. ''Norman Douglas and DHL: A Sideshow in Modern Memoirs.'' *DHL Review* 9 (Summer 1976): 283–95.

Gomme, Andor. ''DHL.'' In *Critics Who Have Influenced Taste.* Edited by A. P. Ryan. London: Geoffrey Bles, 1965, pp. 95–97.

———. ''Criticism and the Reading Public.'' In *The Modern Age* (Vol. 7 of the Pelican Guide to English Literature). 3d ed. Edited by Boris Ford. Harmondsworth: Penguin, 1973, pp. 368–94 (especially 385–92). (Originally published 1961.)

Gordon, David J. *DHL as a Literary Critic.* New Haven, Conn., and London: Yale University Press, 1966.

Grant, Douglas. ''Hands Up, America!'' *Review of English Literature* 4 (October 1963): 11–17.

Green, Martin. *Re-Appraisals: Some Common Sense Readings in American Literature.* New York: Norton, 1965, pp. 231–47.

Gutierrez, Donald. ''Vitalism in DHL's Theory of Fiction.'' *Essays in Arts and Sciences* 16 (May 1987): 65–71.

Ingersoll, Earl G. ''The Failure of Bloodbrotherhood in Melville's *Moby-Dick* and Lawrence's *Women in Love.*'' *Midwest Quarterly* 30 (1989): 458–77.

Johnson, Lesley. *The Cultural Critics: From Matthew Arnold to Raymond Williams.* Boston: Routledge and Kegan Paul, 1979, pp. 117–22.

Journet, Debra. ''DHL's Criticism of Modern Literature.'' *DHL Review* 17 (Spring 1984): 29–47.

Kinkead-Weekes, Mark. ''The Marble and the Statue: The Exploratory Imagination of DHL.'' In *Imagined Worlds: Essays on Some English Novels and Novelists in*

Honour of John Butt. Edited by Maynard Mack and Ian Gregor. London: Methuen, 1968, pp. 371–418 (380–86 on ''Study of Thomas Hardy'').

———. ''Lawrence on Hardy.'' In *Thomas Hardy after Fifty Years.* Edited by Lance St John Butler. Totowa, N.J.: Rowman and Littlefield, 1977, pp. 90–103.

Klingopulos, G. D. ''Lawrence's Criticism.'' *Essays in Criticism* 7 (July 1957): 294–303.

Kumar, Arun. ''DHL's Criticism as Art.'' In *Essays on DHL.* Edited by T. R. Sharma. Meerut, India: Shalabh Book House, 1987, pp. 70–78.

Langbaum, Robert. ''Lawrence and Hardy.'' In *DHL and Tradition.* Edited by Jeffrey Meyers. London: Athlone, 1985, pp. 69–90.

Leavis, F. R. ''Genius as Critic.'' *Spectator* (24 March 1961): 412, 414. (Review of *Phoenix.*)

Lee, Brian. ''America, My America.'' In *Renaissance and Modern Essays Presented to Vivian de Sola Pinto in Celebration of His Seventieth Birthday.* Edited by G. R. Hibbard. London: Routledge; New York: Barnes and Noble, 1966, pp. 181–88.

Lodge, David. ''Literary Criticism in England in the Twentieth Century.'' In *The Twentieth Century.* Edited by Bernard Bergonzi. London: Barrie and Jenkins, 1970, pp. 362–403.

Mann, Charles W. ''DHL: Notes on Reading Hawthorne's *The Scarlet Letter.*'' *Nathaniel Hawthorne Journal* (1973): 8–25.

Meyer, William E. H., Jr. ''DHL's 'Classic' Crisis with America: A Prerequisite for International Scholarship.'' *CEA Critic* (Journal of College English Association) 53 (Winter 1991): 32–45.

Meyers, Jeffrey. ''Maurice Magnus.'' In his *DHL and the Experience of Italy.* Philadelphia: University of Pennsylvania Press, 1982, pp. 29–49.

Mills, Howard. '' 'My Best Single Piece of Writing': Lawrence's *Memoirs of Magnus.*'' *English* 35 (1986): 39–53. (Reprinted in Ellis and Mills [1988].)

Montgomery, Marion. ''Prudence and the Prophetic Poet: Reflections on Art from Hawthorne to Gill.'' *Southwest Review* 65 (1980): 141–54. (*Studies in Classic American Literature.*)

Morrison, Claudia. ''DHL and American Literature.'' In her *Freud and the Critic: Early Use of Depth Psychology in Literary Criticism.* Chapel Hill: University of North Carolina Press, 1968, pp. 203–25.

Pierle, Robert C. ''DHL's *Studies in Classic American Literature:* An Evaluation.'' *Southern Quarterly* 6 (April 1966): 333–40.

Pittock, Malcolm. ''Lawrence's 'Art and the Individual.' '' *Etudes Anglaises* 26 (July–September 1973): 312–19.

Pritchard, R. E. '' 'The Way to Freedom . . . Furtive Pride and Slinking Singleness.' '' in *DHL: A Critical Study of the Major Novels and Other Writings.* Edited by Andor H. Gomme. Hassocks: Harvester; New York: Barnes and Noble, 1978, pp. 94–119 (98–105, 109–12).

Roth, Russel. ''The Inception of a Saga: Frederick Manfred's *Buckskin Man.*'' *South Dakota Review* 7 (Winter 1969–70): 87–99. (Relates to *Studies in Classic American Literature.*)

Rowley, Stephen. ''The Death of Our Phallic Being: Melville's *Moby Dick* as a Warning Which Leads to *Women in Love.*'' *Etudes Lawrenciennes* 7 (1992): 93–105.

Rudnick, Lois P. ''DHL's New World Heroine: Mabel Dodge Luhan.'' *DHL Review* 14 (Spring 1981): 85–111 (92–95).

Salgādo, Gāmini. ''DHL as Literary Critic.'' *London Magazine* 7 (February 1960): 49–57.

Salter, K. W. ''Lawrence, Hardy and 'The Great Tradition.' '' *English* 22 (Summer 1973): 60–65.

Saxena, H. S. ''The Critical Writings of DHL.'' *Indian Journal of English Studies* 2 (1961): 130–37.

Schneider, D. J. ''Richard Jefferies and DHL's 'Story of My Heart.' '' *DHL Review* 21 (Spring 1989): 37–46.

Schneiderman, Leo. ''Notes on DHL's *Studies in Classic American Literature.*'' *Connecticut Review 1* (April 1968): 57–71.

Seavey, Ormond. ''DHL and 'The First Dummy American.' '' *Georgia Review* 39 (Spring 1985): 113–28.

———. ''Benjamin Franklin and DHL as Conflicting Modes of Consciousness.'' In *Critical Essays on Benjamin Franklin.* Edited by Melvin H. Buxbaum. Boston: Hall, 1987, pp. 60–80.

Shapira, Morris. ''DHL: Art Critic.'' *Cambridge Quarterly* 10 (1982): 189–201.

Sharma, Brahma Dutta. ''DHL as a Critic of American Literature.'' In *Essays on DHL.* Edited by T. R. Sharma. Meerut, India: Shalabh Book House, 1987, pp. 47–56.

Sharma, K. K. *Modern Fictional Theorists: Virginia Woolf and DHL.* Gaziabad: Vimal Prakashan, 1981; Atlantic Highlands, N.J.: Humanities Press, 1982. (''DHL: 'The Novel Is the One Bright Book of Life,' '' pp. 99–146; '' 'Art for My Sake': DHL's Conception of Art,'' pp. 147–61.)

Singh, Tajindar. *The Literary Criticism of DHL.* New Delhi: Sterling; New York: Envoy, 1984.

———. ''Lawrence's Claim to Recognition as a Literary Critic.'' *Osmania Journal of English Studies* 21 (1985): 106–18.

Sitesh, Aruna. *DHL: The Crusader as Critic.* Delhi, Bombay, Calcutta, Madras: Macmillan, 1975.

Squires, Michael. ''Introduction.'' *Lady Chatterley's Lover [and] A Propos of ''Lady Chatterley's Lover.''* Cambridge: Cambridge University Press, 1993, pp. xvii–lx (lv–lx).

Stanley, Don. ''DHL Wrote Gonzo Criticism.'' *Pacific Sun Literary Quarterly,* no. 8 (September 1976): 9. (Review of *Studies in Classic American Criticism.*)

Steele, Bruce. ''Introduction.'' *Study of Thomas Hardy and Other Essays* by DHL. Edited by Bruce Steele. Cambridge: Cambridge University Press, 1985, pp. xvii–liv.

Swigg, Richard. *Lawrence, Hardy and American Literature.* New York: Oxford University Press, 1972, pp. 58–80, 283–308, 345–62.

Unger, Leonard. ''Now, *Now,* the Bird Is on the Wing.'' In *Eliot's Compound Ghost: Influence and Confluence.* University Park: Pennsylvania State University Press, 1981, pp. 73–76. (''Poetry of the Present.'')

Watson, Garry. ''The Real Meaning of Lawrence's Advice to the Literary Critic.'' *University of Toronto Quarterly* 55 (Fall 1985): 1–20.

Welland, D.S.R. ''Revaluations I: DHL, *Studies in Classic American Literature.*'' *Bulletin of the British Association for American Studies,* no. 5 (September 1957): 3–8.

Wellek, René. ''The Literary Criticism of DHL.'' *Sewanee Review* 91 (1983): 598–613.

West, Paul. ''DHL: Mystical Critic.'' *Southern Review,* new series, 1 (January 1965):

210–28. (Reprinted in revised form in his *The Wine of Absurdity*. University Park and London: Pennsylvania State University, 1966, pp. 19–38.)

Westbrook, Max. "The Practical Spirit: Sacrality and the American West." *Western American Literature* 3 (Fall 1968): 193–205.

White, Richard L. "DHL the Critic: Theories of English and American Fiction." *DHL Review* 11 (Summer 1978): 156–74.

Young, Virginia Hudson. "DHL and Hester Prynne." *Publications of the Arkansas Philological Association* 13 (Spring 1987): 67–78.

See also Alcorn (1977): 78–89. Burns (1980): 2–29, passim. Clark (1980): 185–206, 247–51, 277–86. Cowan (1970): 24–33. Daleski (1965): 24–32. Delany (1978): 30–36. Delavenay (1971): 170–76. Delavenay (1972): 296–27. Draper (1970): 208–13. Gregory (1933): 89–92. Herzinger (1982): 50–53. Hochman (1970): 4–21. Howe (1977): 133–34, 136–38 and passim. Jarrett-Kerr (1951): 6–12. Miko (1971): 186–204. Montgomery (1994): 80–84, passim (on "Study of Thomas Hardy"). Moore (1951): 187–90. Murfin (1983): 77–79, 84–87. Murry (1933): 245–51. Pritchard (1971): 117–25, 132–34. Ruderman (1984): 127–41. Salgādo (1982): 150–57. Schneider (1984): 34–38. Seligmann (1924): 62–73. Widmer (1992): 121–25.

参考書目77　翻訳

Arnold, Armin. "DHL, The Russians, and Giovanni Verga." *Comparative Literature Studies* 2 (1965): 249–57.

———. "Genius with a Dictionary: Re-evaluating DHL's Translations." *Comparative Literature Studies* 5 (December 1968): 389–401.

Cecchetti, Giovanni. "Verga and DHL's Translations." *Comparative Literature* 9 (Fall 1957): 333–44.

Chomel, Luisetta. "Verga: A Note on Lawrence's Criticism." *DHL Review* 13 (1980): 275–81.

De Zordo, Ornella. "Lawrence's Translations of Lasca: A Forgotten Project." In *D. H. Lawrence: Critical Assessments*. Vol. 4. Edited by David Ellis and Ornella De Zordo. East Sussex: Helm Information, 1992, pp. 169–78.

Hyde, G. M. *DHL and Translation*. London: Macmillan, 1981.

Mandrillo, P. "DHL as a Critic and Translator of Verga." In *Proceedings of the Ninth Congress of the Australasian Universities' Languages and Literature Association*. Edited by Marion Adams. Melbourne: University of Melbourne, 1964.

Meyers, Jeffrey. "Translations of Verga." In his *DHL and the Experience of Italy*. Philadelphia: University of Pennsylvania Press, 1982, pp. 50–71.

Nicolaj, Rina. "DHL as Interpreter and Translator of Giovanni Verga." *Etudes Lawrenciennes* 9 (1993): 107–25.

Wasiolek, Edward. "A Classic Maimed: *The Gentleman from San Francisco* Examined." *College English* 20 (1958): 25–28.

Zytaruk, George J. "Introduction." *The Quest for Rananim: DHL's Letters to S. S. Koteliansky, 1914 to 1930*. Edited by George J. Zytaruk. Montreal and London: McGill-Queen's University Press, 1970, pp. xi–xxxvi.

———. "DHL's Hand in the Translation of Maxim Gorki's "Reminiscences of Leonid Andreyev." *Yale University Library Gazette* 46 (July 1971): 29–34.

参考書目78　ロレンスの旅行と紀行文に関する一般的な批評作品

Arnold, Armin. “In the Footsteps of DHL in Switzerland: Some New Biographical Material.” *Texas Studies in Literature and Language* 3 (Summer 1961): 184–88. (On Lawrence's walk across Switzerland in September 1913.)

———. “DHL in Ascona?” In *DHL: The Man Who Lived.* Edited by Robert B. Partlow Jr., and Harry T. Moore. Carbondale: Southern Illinois University Press, 1980, pp. 195–98.

Bonadea, Barbara Bates. “DHL's View of the Italians.” *English Miscellany* 24 (1973–74): 271–97.

Bose, S. C. “DHL's Travel Books and Other Writings: Parallels in Themes and Style.” In *Essays on DHL.* Edited by T. R. Sharma. Meerut, India: Shalabh Book House, 1987, pp. 23–44.

Burgess, Anthony. “Introduction.” *DHL and Italy: Twilight in Italy, Sea and Sardinia, Etruscan Places.* New York: Viking; Harmondsworth: Penguin, 1972, pp. vii–xiii.

Clark, L. D. “DHL and the American Indian.” *DHL Review* 9 (Fall 1976): 305–72.

———. *The Minoan Distance: The Symbolism of Travel in DHL.* Tuscon: University of Arizona Press, 1980.

———. “Lawrence and Travel Literature.” *English Literature in Transition 1880–1920* 27 (1984): 82–84. (Review article on Tracy [1983].)

Cook, Ian G. “Consciousness and the Novel: Fact or Fiction in the Works of DHL.” In *Humanistic Geography and Literature: Essays on the Experience of Place.* Edited by Douglas C. D. Pocock. London: Croom Helm; Totowa, N.J.: Barnes and Noble, 1981, pp. 66–84.

Cowan, James C. *DHL's American Journey: A Study in Literature and Myth.* Cleveland, Ohio, and London: Press of the Case Western Reserve University, 1970.

Craig, David. “Lawrence's ‘Travel Books.’ ” *Cambridge Review* (15 June 1957): 703–7. (Review article on the 1956 Heinemann issue of the travel books in their Phoenix edition of Lawrence's works.)

Darroch, Robert. *DHL in Australia.* Melbourne: Macmillan, 1981.

Davis, Joseph. *DHL at Thirroul.* Sydney: Collins, 1989.

Dennis, N. “Angry Visitor: The Landscape and DHL.” *An Essay on Malta.* London: Murray, 1972, pp. 28–42.

Dodd, Philip, ed. *The Art of Travel: Essays in Travel Writing.* London: Frank Cass, 1982.

Edwards, Duane. “Lawrence's Travel.” *Literary Review* 28 (1984): 165–72. (Review of Hamalian [1982], Meyers [1982], and Tracy [1983].)

Fasick, Laura. “Female Power, Male Comradeship, and the Rejection of the Female in Lawrence's *Twilight in Italy, Sea and Sardinia,* and *Etruscan Places.*” *DHL Review* 21 (1989): 25–36.

Fay, Eliot. *Lorenzo in Search of the Sun: DHL in Italy, Mexico, and the American Southwest.* New York: Bookman, 1953; London: Vision, 1955.

Foster, Joseph. *DHL in Taos.* Albuquerque: University of New Mexico Press, 1972.

Garcia, Reloy. "The Quest for Paradise in the Novels of DHL." *DHL Review* 3 (Summer 1970): 93–114.

Gutierrez, Donald. "The Ideas of Place: DHL's Travel Books." *University of Dayton Review* 15, no. 1 (1981): 143–52.

Hamalian, Leo. *DHL in Italy.* New York: Tapligen, 1982.

Hofmann, Regina, and Michael W. Weithmann. *D. H. Lawrence and Germany: A Bibliography.* Passau, Germany: University Library of Passau, 1995. ("D. H. Lawrence and Germany: An Introduction," by Robert Burden, pp. 1–9.)

Hostettler, Maya. *DHL: Travel Books and Fiction.* Berne: Peter Lang, 1985.

Ingersoll, Earl G. "Lawrence in the Tyrol: Psychic Geography in *Women in Love* and *Mr Noon." Forum for Modern Language Studies* 26 (1990): 1–12.

James, Clive. "DHL in Transit." In *DHL: Novelist, Poet, Prophet.* Edited by Stephen Spender. London: Weidenfeld and Nicolson, 1973, pp. 159–69.

Janik, Del Ivan. *The Curve of Return: DHL's Travel Books.* Victoria, B.C.: University of Victoria Press, 1981.

Kalnins, Mara. " 'Terra Incognita': Lawrence's Travel Writings." *Renaissance and Modern Studies* 29 (1985): 66–77.

Landow, George P. "Lawrence and Ruskin: The Sage as Word-Painter." In *DHL and Tradition.* Edited by Jeffrey Meyers. London: Athlone; Amherst: University of Massachusetts Press, 1985, pp. 35–50.

Meyers, Jeffrey. *DHL and the Experience of Italy.* Philadelphia: University of Pennsylvania Press, 1982.

———. "Lawrence and Travel Writers." In *The Legacy of DHL: New Essays.* Edited by Jeffrey Meyers. London: Macmillan, 1987, pp. 81–108.

Michaels-Tonks, Jennifer. *DHL: The Polarity of North and South—Germany and Italy in His Prose Works.* Bonn: Bouvier, 1976.

Moore, Harry T. *Poste Restante: A Lawrence Travel Calendar.* Berkeley and Los Angeles: University of California Press, 1956. (Introduction by Mark Schorer, pp. 1–18.)

Moynahan, Julian. "Lawrence and Sicily: The Place of Places." *Mosaic: A Journal for the Interdisciplinary Study of Literature* 19 (Spring 1986): 69–84.

Nehls, Edward. "DHL: The Spirit of Place." In *The Achievement of DHL.* Edited by Frederick J. Hoffman and Harry T. Moore. Norman: University of Oklahoma Press, 1953, pp. 268–90.

Owen, Frederick D. "DHL's Italy: Allurements and Changes." *Contemporary Review* 247 (November 1985): 261–68.

Padhi, Bibhu. "DHL's New Mexico." *Contemporary Review* 260 (April 1992): 197–201.

Parmenter, Ross. *Lawrence in Oaxaca: A Quest for the Novelist in Mexico.* Salt Lake City, Utah: Smith, 1984.

Pugh, Bridget. "Locations in Lawrence's Fiction and Travel Writings." In *A DHL Handbook.* Edited by Keith Sagar. Manchester: Manchester University Press, 1982, pp. 239–82.

Sagar, Keith. "A Lawrence Travel Calendar." In *A DHL Handbook.* Edited by Keith Sagar. Manchester: Manchester University Press, 1982, pp. 229–38.

———, ed. *DHL and New Mexico.* Salt Lake City, Utah: Gibbs M. Smith, 1982.

Schorer, Mark. "Lawrence and the Spirit of Place." In *A DHL Miscellany.* Edited by

Harry T. Moore. Carbondale: Southern Illinois University Press, 1959, pp. 280–94.

Stevens, C. J. *Lawrence at Tregerthen.* Troy, N.Y.: Whitston, 1988.

Swan, Michael. “DHL: Italy and Mexico.” In his *A Small Part of Time.* London: Jonathan Cape, 1957a, pp. 279–87.

———. “Lawrence the Traveller.” *London Magazine* 4 (June 1957b): 46–51.

Tanner, Tony. “DHL and America.” In *DHL: Novelist, Poet, Prophet.* Edited by Stephen Spender. London: Weidenfeld and Nicolson, 1973, pp. 170–96.

Tindall, William York. “DHL and the Primitive.” *Sewanee Review* 45 (April–June 1937): 198–211.

Tracy, Billy T., Jr. “The Failure of Flight: DHL's Travels.” *Denver Quarterly* 12 (Spring 1977): 205–17.

———. “DHL and the Travel Book Tradition.” *DHL Review* 11 (Fall 1978): 272–93.

———. *DHL and the Literature of Travel.* Ann Arbor, Mich.: UMI Research Press, 1983.

Veitch, Douglas W. *Lawrence, Greene and Lowry: The Fictional Landscape of Mexico.* Waterloo, Ontario: Wilfred Laurier University Press, 1978. (“DHL's Elusive Mexico,” pp. 14–57.)

Wagner, Jeanie. “DHL's Neglected ‘Italian Studies.’ ” *DHL Review* 13 (1980): 260–74.

See also Brunsdale (1978). Bynner (1951). Eisenstein (1974). Hobsbaum (1981): 87–90, 102–3. Merrild (1938). Niven (1980): 88–92. Pinion (1978): 256–65.

参考書目79 『イタリアの薄明とその他のエッセイ』(*Twilight in Italy and Other Essays*)

Churchill, Kenneth. “DHL.” In his *Italy and English Literature 1764–1930.* London: Macmillan, 1980, pp. 182–98.

Eggert, Paul. “The Subjective Art of DHL: *Twilight in Italy.*” Ph.D. diss., University of Kent, 1981.

———. “DHL and the Crucifixes.” *Bulletin of Research in the Humanities* 86 (Spring 1983): 67–85.

———. “Introduction.” *Twilight in Italy and Other Essays.* Edited by Paul Eggert. Cambridge: Cambridge University Press, 1994, pp. xxi–lxxv. (For full details of the locations in these essays, see also Appendix II: “The Travel Routes,” pp. 235–48.)

Fahey, William A. “Lawrence's San Gaudenzio Revisited.” *DHL Review* 1 (Spring 1968): 51–59.

Gibbons, June. “*Twilight in Italy:* DHL and Lake Garda.” *Quaderni di Lingue e Letterature* 3–4 (1978–79): 165–71.

Janik, Del Ivan. “The Two Infinites: DHL's *Twilight in Italy.*” *DHL Review* 7 (Summer 1974): 179–98.

Nichols, Ann Eljenholm. “Syntax and Style: Ambiguities in Lawrence's *Twilight in Italy.*” *College Composition and Communication* 16 (December 1965): 261–66.

“Review of *Twilight in Italy.*” *Times Literary Supplement* 15 (June 1916): 284.

See also Bell (1992): 57–61, passim. Delany (1978): 136–40. Green (1974): 343–46. Miliaras (1987): 95–163. Pinion (1978): 257–60. Pritchard (1971): 55–60. Ruderman (1984): 17–19, 128. Worthen (1991b): 391–461.

参考書目80　『海とサルデーニャ』(*Sea and Sardinia*)

Colum, Padraic. “Review of *Sea and Sardinia.*” *Dial* (February 1922): 193–96.

Ellis, David. “Reading Lawrence: The Case of *Sea and Sardinia.*” *DHL Review* 10 (Spring 1977): 52–63.

Gendron, Charisse. “*Sea and Sardinia:* Voyage of the Post-Romantic Imagination.” *DHL Review* 15 (1982): 219–34.

Gersh, Gabriel. “In Search of DHL's *Sea and Sardinia.*” *Queen's Quarterly* 80 (Winter 1973): 581–88.

Mayne, Richard. “*Sea and Sardinia* Revisited.” *New Statesman and Nation* 59 (18 June 1960): 899–900.

Mitchell, Peter Todd. “Lawrence's *Sea and Sardinia* Revisited.” *Texas Quarterly* 8 (Spring 1965): 67–72.

Palmer, Paul R. “DHL and the ‘Q. B.’ in Sardinia.” *Columbia Library Columns* 18 (November 1968): 3–9.

Sabin, Margery. “The Spectacle of Reality in *Sea and Sardinia.*” *Prose Studies* 5 (1982): 85–104.

———. *The Dialect of the Tribe: Speech and Community in Modern Fiction.* Oxford: Oxford University Press, 1987, pp. 139–62.

Weiner, S. Ronald. “The Rhetoric of Travel: The Example of *Sea and Sardinia.*” *DHL Review* 2 (Fall 1969): 230–44.

See also Cavitch (1969): 115–20. Draper (1970): 173–76. Joost and Sullivan (1970): 40–49, 141–45. Pinion (1978): 260–62.

参考書目81　『メキシコの朝』とその他のエッセイ(*Mornings in Mexico* and Other Essays)

Aiken, Conrad. “Mr. Lawrence's Prose.” *Dial* 83 (15 October 1927) 343–46. (Reprinted in his *A Reviewer's ABC.* New York: Meridian, 1958, pp. 263–66.)

Dexter, Martin. “DHL and Pueblo Religion: An Inquiry into Accuracy.” *Arizona Quarterly* 9 (Fall 1953): 219–34.

Lewis, Wyndham. “Paleface; or, ‘Love? What ho! Smelling Strangeness.’ ” *Enemy* 2 (September 1927): 3–112. (Expanded as *Paleface: The Philosophy of the “Melting Pot.”* London: Chatto and Windus, 1929.)

Niles, Blair. “The Lawrence of the ‘Mornings.’ ” In his *Journeys in Time.* New York: Coward-McCann, 1946, pp. 292–96.

Parmenter, Ross. “Introduction.” *Mornings in Mexico* by DHL. Salt Lake City: Gibbs M. Smith, 1982, pp. ix–xxxiv.

Rossman, Charles. “DHL and Mexico.” In *DHL: A Centenary Consideration.* Edited by Peter Balbert and Phillip L. Marcus. Ithaca, N.Y., and London: Cornell University Press, 1985, pp. 181–209.

Walker, Ronald. *Infernal Paradise: Mexico and the Modern English Novel.* Berkeley, Los Angeles, and London: University of California Press, 1978, pp. 61–70.

Whitaker, Thomas R. “Lawrence's Western Path: *Mornings in Mexico.*” *Criticism* 3 (Summer 1961): 219–36.

Wilkinson, Clennell. “Review of *Mornings in Mexico.*” *London Mercury* (December 1927): 218–20.

Woodcock, George. “Mexico and the English Novelist.” *Western Review* 21 (Fall 1956):

21–32.

See also Cavitch (1969): 175–78. Pinion (1978): 262–63. Pritchard (1971): 165–68.

参考書目82 『エトルリア遺跡スケッチとその他のイタリアについてのエッセイ』(*Sketches of Etruscan Places and Other Italian Essays*)

Einersen, Dorrit. "Etruscan Insouciance." In *A Literary Miscellany Presented to Eric Jacobsen.* Edited by Graham D. Caie and Holger Norgaard. Copenhagen: University of Copenhagen, 1988, pp. 270–84.

Filippis, Simonetta de. "Lawrence of Etruria." In *DHL in the Modern World.* London: Macmillan, 1989, pp. 104–20.

———. "Introduction." *Sketches of Etruscan Places and Other Italian Essays.* Edited by Simonetta de Filippis. Cambridge: Cambridge University Press, 1992, pp. xxi–lxxiii (*Sketches of Etruscan Places,* xxi–liii; Italian Essays, 1919–27, liv–lxxiii).

Gutierrez, Donald. "DHL's Golden Age." *DHL Review* 9 (Fall 1976): 377–408. (Reprinted in Gutierrez [1980]: 61–117.)

Hassall, Christopher. "DHL and the Etruscans." *Essays by Divers Hands* 31 (1962): 61–78. (Enlarged version of "Black Flowers: A New Light on the Poetics of DHL," in Moore [1959]: 370–77.)

Janik, Del Ivan. "DHL's *Etruscan Places:* The Mystery of Touch." *Essays in Literature* (Western Illinois University) 3 (1976): 194–205.

Meyer, Horst E. "An Addendum to the DHL Canon." *Papers of the Bibliographical Society of America,* no. 67 (1973): 458–59. (On 1927 German translation and 1934 Italian translation of "Germans and English." See pp. lxx–lxxi of Filippis 1992.)

Morris, Tom. "On *Etruscan Places.*" *Paunch* 40–41 (April 1975): 8–39.

Tracy, Billy T. " 'Reading up the Ancient Etruscans': Lawrence's Debt to George Dennis." *Twentieth Century Literature* 23 (December 1977): 437–50. (Refers to George Dennis's *The Cities and Cemeteries of Etruria,* 1848.)

See also Cavitch (1969): 205–9. John (1974): 286–89. Kermode (1973): 125–28. Moore (1951): 288–91. Pinion (1978): 263–65. Pritchard (1971): 200–205. Sagar (1966): 210–13. Schneider (1986): 157–59.

参考書目83　歴史——『ヨーロッパ史における諸動向』(*Movements in European History*)

Boulton, James T. ''Introduction to the New Edition.'' *Movements in European History* by DHL. Oxford: Oxford University Press, 1971, pp. vii–xxiv.

Crumpton, Philip. ''DHL's 'Mauled History': The Irish Edition of *Movements in European History.*'' *DHL Review* 13 (Fall 1980): 105–18.

———. ''DHL and the Sources of *Movements in European History.*'' *Renaissance and Modern Studies* 29 (1985): 50–65.

———. ''Introduction.'' *Movements in European History* by DHL. Edited by Philip Crumpton. Cambridge: Cambridge University Press, 1989, pp. xvii–xlvi.

Hinz, Evelyn J. ''History as Education and Art: DHL's *Movements in European History.*'' *Modern British Literature* 2 (Fall 1977): 139–52.

Raskin, Jonah. *The Mythology of Imperialism: Rudyard Kipling, Joseph Conrad, E. M. Forster, DHL and Joyce Cary.* New York: Random House, 1971, pp. 90, 97–98.

Salgādo, Gāmini. ''Lawrence as Historian.'' In *The Spirit of DHL: Centenary Studies.* Edited by Gāmini Salgādo and G. K. Das. London: Macmillan; Totowa, N.J.: Barnes, 1988, pp. 234–47.

Schneider, Daniel J. ''Psychology in Lawrence's *Movements in European History.*'' *Rocky Mountain Review of Language and Literature* 39, no. 2 (1985): 99–106.

Scott, James F. ''DHL's *Germania:* Ethnic Psychology and Cultural Crisis in the Shorter Fiction.'' *DHL Review* 10 (Summer 1977): 142–64 (143–44 and passim).

See also Clark (1980): 207–11. Moore (1951): 171–73. Ruderman (1984): 142–53.

参考書目84　ロレンスの視覚芸術と想像力

ロレンスの絵画とエッセイ

The Paintings of DHL. London: Mandrake Press, privately printed for subscribers only, June 1929. Includes ''Introduction to These Paintings,'' pp. 7–38.

Paintings of DHL. Edited by Mervyn Levy. London: Cory, Adams, and Mackay, 1964. Includes Lawrence's ''Making Pictures'' and three critical essays by H. T. Moore, Jack Lindsay, and Herbert Read (see later for full details of these essays).

''Making Pictures.'' *Creative Art* 5 (July 1929): 466–71. Collected in *Assorted Articles.* London: Secker, April 1930, and in *Phoenix II* (1968).

''Pictures on the Walls'' as ''Dead Pictures on the Wall.'' *Vanity Fair* 3 (December 1929): 88, 108, 140. Also in *Architectural Review* (February 1930) as ''Pictures on the Wall'' and collected in *Assorted Articles* (as earlier) and *Phoenix II* (1968).

DHL: Ten Paintings. Redding Ridge, Conn.: Black Swan, 1982. (Includes ''Making Pictures'' and relevant extracts from Lawrence's letters.)

Akers, Gary. ''DHL: Painter.'' In *DHL: 1885–1930: A Celebration.* Edited by Andrew Cooper. Nottingham: DHL Society, 1985, pp. 97–113.

Alldritt, Keith. *The Visual Imagination of DHL.* London: Edward Arnold, 1971.

Betsky-Zweig, S. ''Lawrence and Cézanne.'' *Dutch Quarterly Review of Anglo-American Letters* 15 (1985): 2–24. (Reprinted in *Costerus* 58 [1987]: 104–26.)

Chambers, Jessie (''E.T.''). *DHL: A Personal Record.* London: Jonathan Cape, 1935; New York: Knight, 1936.

Clark, L. D. ''Lawrence's 'Maya' Drawing for 'Sun.' '' *DHL Review* 15 (1982): 141–46.

Coombes, H. ''The Paintings of DHL.'' *Gemini* 2 (Spring 1959): 56–59.

Crehan, Hubert. ''Lady Chatterley's Painter: The Banned Pictures of DHL.'' *Art News* 55 (February 1957): 38–41, 63–66.

Cushman, Keith. ''Lawrence and the Brewsters as Painters.'' *Etudes Lawrenciennes* 7 (1992): 39–49.

Dalgarno, Emily K. ''DHL: Social Ideology in Visual Art.'' *Mosaic* 22 (1989): 1–18.

Davies, J. V. ''Introduction.'' *Lawrence on Hardy and Painting: ''Study of Thomas Hardy'' and ''Introduction to These Paintings.''* Edited by J. V. Davies. London: Heinemann, 1973, pp. 1–9.

Edwards, Lucy I., and David Phillips, eds. *Young Bert: An Exhibition of the Early Years of DHL.* Nottingham: Nottingham Castle Museum and Art Gallery, 1972. (Illustrated catalog of event held 8 July–29 August 1972.)

Fernihough, Anne. *DHL: Aesthetics and Ideology.* Oxford: Oxford University Press, 1993.

Foehr, Stephen. ''DHL: The Forbidden Paintings.'' *Horizon* 23 (July 1980): 64–69.

Fortunati, Vita. ''The Visual Arts and the Novel: The Contrasting Cases of Ford Madox Ford and DHL.'' *Etudes Lawrenciennes* 9 (1993): 129–43.

Gee, Kathleen. ''A Checklist of DHL Art Work at HRHRC.'' *Library Chronicle of the University of Texas at Austin,* new series, 34 (1986): 60–73. (Illustrated list of holdings at the Harry Ransom Humanities Research Center at Texas.)

Gutierrez, Donald. ''The Ancient Imagination of DHL.'' *Twentieth Century Literature* 27 (1981): 178–96.

Heywood, Christopher. ''African Art and the Work of Roger Fry and DHL.'' *Sheffield Papers on Literature and Society,* no. 1 (1976): 102–13.

Hyde, Virginia. *The Risen Adam: DHL's Revisionist Typology.* University Park: Pennsylvania State University Press, 1992.

Ingamells, John. ''Cézanne in England 1910–1930.'' *British Journal of Aesthetics* 5 (October 1965): 341–50 (346–47 on Lawrence).

Ingersoll, Earl G. ''Staging the Gaze in DHL's *Women in Love.'' Studies in the Novel* 26, no. 2 (Fall 1994): 268–80.

Janik, Del Ivan. ''Towards 'Thingness': Cézanne's Painting and Lawrence's Poetry.'' *Twentieth Century Literature* 19 (1973): 119–27.

Kestner, Joseph. ''Sculptural Character in Lawrence's *Women in Love.'' Modern Fiction Studies* 21 (1975–76): 543–53.

Kushigian, Nancy. *Pictures and Fictions: Visual Modernism and the Pre-War Novels of DHL.* New York: Peter Lang, 1990.

Landow, George P. ''Lawrence and Ruskin: The Sage as Word-Painter.'' In *DHL and Tradition.* Edited by Jeffrey Meyers. London: Athlone, 1985, pp. 35–50.

Lawrence, Ada, and G. Stuart Gelder. *The Early Life of DHL Together with Hitherto Unpublished Letters and Articles.* London: Secker, 1932.

Levy, M., C. Wilson, and J. Cohen. ''The Paintings of DHL.'' *Studio* 164 (October 1962): 130–35.

Levy, Mervyn. ''Foreword.'' *Paintings of DHL.* Edited by Mervyn Levy. London: Cory, Adams, and Mackay, 1964, pp. 10–14.

Lindsay, Jack. ''The Impact of Modernism on Lawrence.'' In *The Paintings of DHL.* Edited by Mervyn Levy. London: Cory, Adams, and MacKay; New York: Viking, 1964, pp. 35–53.

Meyers, Jeffrey. *Painting and the Novel.* Manchester: Manchester University Press, 1975, pp. 46–82.

Millett, Robert W. *The Vultures and the Phoenix: A Study of the Mandrake Press Edition of the Paintings of DHL.* Philadelphia: Art Alliance Press; London and Toronto: Associated University Presses, 1983.

Mills, Howard. ''Late Turner, Hardy's Tess and Lawrence's Knees.'' In *Tensions and Transitions.* Edited by Michael Irwin, Mark Kinkead-Weekes, and A. Robert Lee. London: Faber and Faber, 1990, pp. 137–54.

———. ''Lawrence, Roger Fry and Cézanne.'' *DHL: The Journal of the DHL Society* (Spring 1991): 28–38.

———. '' 'The World of Substance': Lawrence, Hardy, Cézanne, and Shelley.'' *English* 43 (Autumn 1994): 209–22.

Moore, Harry T. ''DHL and His Paintings.'' In *Paintings of DHL.* Edited by Mervyn Levy. London: Cory, Adams, and Mackay, 1964, pp. 17–34.

Nottingham Castle Museum. *DHL and the Visual Arts.* Nottingham: Nottingham Castle Museum and Art Gallery, 1985. (Catalog of the 1985 exhibition ''Lawrence, Art and Artists.'')

Read, Herbert. ''Lawrence as a Painter.'' In *Paintings of DHL.* Edited by Mervyn Levy. London: Cory, Adams, and Mackay, 1964, pp. 55–64.

Remsbury, John. '' 'Real Thinking': Lawrence and Cézanne.'' *Cambridge Quarterly* 2 (Spring 1967): 117–47.

Remsbury, John, and Ann Remsbury. ''DHL and Art.'' *Revista da Faculdade de Letras* (University of Lisbon) Série 3, no. 12 (1971): 5–33. (Reprinted in Gomme [1978]: 190–218.)

Richardson, John Adkins, and John I. Ades. ''DHL on Cézanne: A Study in the Psychology of Critical Intuition.'' *Journal of Aesthetics and Art Criticism* 28 (Summer 1970): 441–53.

Russell, John. ''DHL and Painting.'' In *DHL: Novelist, Poet, Prophet.* Edited by Stephen Spender. London: Weidenfeld and Nicolson, 1973, pp. 234–43.

Schnitzer, Deborah. *The Pictorial in Modernist Fiction from Stephen Crane to Ernest Hemingway.* Ann Arbor, Mich.: UMI Research Press, 1988, pp. 138–58.

Schvey, Henry. ''Lawrence and Expressionism.'' In *DHL: New Studies.* Edited by Christopher Heywood. London: Macmillan, 1987, pp. 124–36.
Sepčić, Višnja. ''*Women in Love* and Expressionism.'' *Studia Romanica et Anglica Zagrabiensia* 26 (1981): 397–443; 27 (1982): 2–64.
Shapira, Morris. ''DHL: Art Critic.'' *Cambridge Quarterly* 10 (1982): 189–201.
Spender, Stephen. ''The Erotic Art of DHL.'' *Vanity Fair* (January 1986): 88–93. (On Lawrence's paintings.)
Stewart, Jack F. ''Expressionism in *The Rainbow.*'' *Novel* 13 (1980a): 296–315.
———. ''Lawrence and Gauguin.'' *Twentieth Century Literature* 26 (1980b): 385–401.
———. ''Primitivism in *Women in Love.*'' *DHL Review* 13 (Spring 1980c): 45–62.
———. ''Lawrence and Van Gogh.'' *DHL Review* 16 (Spring 1983a): 1–24.
———. ''[Review of *DHL: Ten Paintings* (1982) and Millett (1983b), op. cit.]'' *DHL Review* 17 (1984): 168–72.
———. ''The Vital Art of Lawrence and Van Gogh.'' *DHL Review* 19 (Summer 1987): 123–48.
Stroupe, John H. ''Ruskin, Lawrence and Gothic Naturalism.'' *Forum* 11 (Spring 1970): 3–9. (The influence of Ruskin's ''The Nature of Gothic.'')
Torgovnick, Marianna. ''Pictorial Elements in *Women in Love:* The Uses of Insinuation and Visual Rhyme.'' *Contemporary Literature* 21 (Summer 1980): 420–34.
———. *The Visual Arts, Pictorialism, and the Novel: James, Lawrence, and Woolf.* Princeton: Princeton University Press, 1985.
Vries-Mason, Jillian de. *Perception in the Poetry of DHL.* Berne: Peter Lang, 1982.
Williams, Linda Ruth. *Sex in the Head: Visions of Femininity and Film in DHL.* Hemel Hempstead, Hertfordshire: Harvester Wheatsheaf, 1993.
Zigal, Thomas. ''DHL Making Pictures.'' *Library Chronicle of the University of Texas* 34 (1986): 52–59.

参考書目85　基本的資料——参考書目への手引

一次的資料と主な二次的資料

Aldington, Richard. *DHL: A Complete List of His Works, with a Critical Appreciation.* London: Heinemann, 1935.

Anderson, Emily Ann. *English Poetry 1900–1950: A Guide to Information Sources.* Detroit: Gale Research, 1982, pp. 155–70.

Bateson, F. W., and Harrison T. Meserole. *A Guide to English and American Literature.* 3d ed. London and New York: Longman, 1976, pp. 204–5.

Beards, Richard D. ''The Checklist of DHL Criticism and Scholarship, 1970.'' *DHL Review* 4 (Spring 1971): 90–102.

———. ''The Checklist of DHL Criticism and Scholarship, 1972.'' *DHL Review* 6 (Spring 1973): 100–108.

———. ''The Checklist of DHL Criticism and Scholarship, 1973.'' *DHL Review* 7 (Spring 1974): 89–98.

———. ''The Checklist of DHL Criticism and Scholarship, 1974.'' *DHL Review* 8 (Spring 1975): 99–105.

———. ''The Checklist of DHL Criticism and Scholarship, 1975.'' *DHL Review* 9 (Spring 1976): 157–66.

———. ''The Checklist of DHL Criticism and Scholarship, 1976.'' *DHL Review* 10 (Spring 1977): 82–88.

———. ''The Checklist of DHL Criticism and Scholarship, 1977.'' *DHL Review* 11 (Spring 1978): 77–85.

———. "The Checklist of DHL Criticism and Scholarship, 1978." *DHL Review* 12 (Fall 1979): 332–43.

Beards, Richard D., and G. B. Crump. "DHL: Ten Years of Criticism, 1959–1968, a Checklist." *DHL Review* 1 (Fall 1968): 245–85.

Beards, Richard D., and Barbara Willens. "DHL: Criticism: September, 1968–December, 1969: A Checklist." *DHL Review* 3 (Spring 1970): 70–79. (First in a series of regular bibliographical updates published in the journal. See also under Heath, Rosenthal, and Howard.)

Beebe, Maurice, and Anthony Tommasi. "Criticism of DHL: A Selected Checklist with an Index to Studies of Separate Works." *Modern Fiction Studies* 5 (Spring 1959): 83–98.

Bell, Inglis F., and Donald Baird. *The English Novel 1578–1956: A Checklist of Twentieth-Century Criticisms.* Denver: Alan Swallow, 1958, pp. 87–93.

Burwell, Rose Marie. "A Checklist of Lawrence's Reading." *A DHL Handbook.* Edited by Keith Sagar. Manchester: Manchester University Press, 1982, pp. 59–125.

Cooke, Sheila M. *DHL: A Finding List.* 2d ed. West Bridgford, Nottingham: Nottinghamshire County Council, Leisure Services Department, 1980.

Cowan, James C. *DHL: An Annotated Bibliography of Writings about Him.* 2 vols. De Kalb: Northern Illinois University Press, 1982; 1985. (Vol. 1, covering 1909–60, has 2,061 entries; vol. 2, covering 1961–75, has 2,566 entries.)

Davies, Alistair. *An Annotated Critical Bibliography of Modernism.* Sussex: Harvester Press; Totowa, N.J.: Barnes and Noble, 1982, pp. 131–88.

Draper, R. P. "Lawrence." In *The New Cambridge Bibliography of English Literature.* Vol. 4. Edited by I. R. Willison. Cambridge: Cambridge University Press, 1972, pp. 481–503.

Ferrier, Carole. "DHL's Pre-1920 Poetry: A Descriptive Bibliography of Manuscripts, Typescripts, and Proofs." *DHL Review* 6 (Fall 1973): 333–59.

———. "DHL's Poetry, 1920–1928: A Descriptive Bibliography of Manuscripts, Typescripts and Proofs." *DHL Review* 12 (Fall 1979): 289–304.

Gertzman, Jay A. *A Descriptive Bibliography of "Lady Chatterley's Lover": With Essays toward a Publishing History of the Novel.* Westport, Conn.: Greenwood, 1989.

Heath, Alice. "The Checklist of DHL Criticism and Scholarship, 1971." *DHL Review* 5 (Spring 1972): 82–92.

Hepburn, J. G. "DHL's Plays: An Annotated Bibliography." *Book Collector* 14 (Spring 1965): 78–81.

Howard, Brad. "Checklist of DHL Criticism and Scholarship, 1989." *DHL Review* 22 (Fall 1990): 313–18.

———. "Checklist of DHL Criticism and Scholarship, 1991." *DHL Review* 24 (Fall 1992): 257–64.

Howard-Hill, T. H. *Bibliography of British Literary Bibliographies.* 2d ed., rev. and enlarged. Oxford: Clarendon Press, 1987, pp. 578–80.

Jackson, Dennis. "A Select Bibliography, 1907–79." In *A DHL Handbook.* Edited by Keith Sagar. Manchester: Manchester University Press, 1982, pp. 1–58.

Joost, Nicholas, and Alvin Sullivan. "Reviews and Advertisements in *The Dial:* A Summary." In their *DHL and "The Dial."* Carbondale and Edwardsville: Southern Illinois University Press; London and Amsterdam: Feffer and Simons, 1970, pp. 179–204. (See also the bibliography of "Reviews in *The Dial* of Lawrence's Work" in the same volume, pp. 208–9.)

Kim, Jungmai. *DHL in Korea: A Bibliographical Study, 1930–1987.* Seoul: Hanshin, 1989.

Lockwood, Margaret. ''The Criticism of DHL's Poetry: A Bibliography.'' In her *A Study of the Poems of DHL: Thinking in Poetry.* London: Macmillan, 1987, pp. 214–30.

McDonald, Edward D. *A Bibliography of the Writings of DHL.* With a Foreword by DHL. Philadelphia: Centaur, 1925.

———. *The Writings of DHL 1925–30: A Bibliographical Supplement.* Philadelphia: Centaur, 1931.

Manly, John Matthews, and Edith Rickert. *Contemporary British Literature: Outlines for Study, Indexes, Bibliographies.* 2d ed. London: Harrap, 1928, pp. 196–99. (Studies and reviews, 1914–27. Rev. and enlarged 3d ed., *Contemporary British Literature: A Critical Survey and 232 Author-Bibliographies* by Fred B. Millett. New York: Harcourt, Brace, 1935, pp. 317–22.)

Mellown, Elgin W. *A Descriptive Catalogue of the Bibliographies of Twentieth Century British Poets, Novelists, and Dramatists.* 2d ed., rev. and enlarged. Troy, N.Y.: Whitston, 1978, pp. 202–4.

Meyers, Jeffrey. ''Imaginative Portraits of DHL.'' *Bulletin of Bibliography* 45, no. 4 (1988): 271–73.

———. ''DHL: An Iconography.'' *Bulletin of Bibliography* 46 (1989): 118–19.

Poplawski, Paul. *The Works of D. H. Lawrence: A Chronological Checklist.* Nottingham: D. H. Lawrence Society, 1995.

Powell, Lawrence Clark. *The Manuscripts of DHL: A Descriptive Catalogue.* Los Angeles: Los Angeles Public Library, 1937.

———. ''DHL and His Critics. A Chronological Excursion in Bio-Bibliography.'' *Colophon* 1 (1940): 63–74. (Covers fifty-eight items, 1924–39.)

Pownall, David E. *Articles on Twentieth Century Literature: An Annotated Bibliography 1954 to 1970: An Expanded Cumulation of ''Current Bibliography'' in the Journal of Twentieth Century Literature. Volume One to Volume Sixteen 1955–1970.* New York: Kraus Thomson, 1974.

Ramaiah, L. S., and Radhe Shyam Sharma, eds. ''Indian Responses to DHL: A Bibliographical Survey.'' *Osmania Journal of English Studies* 21 (1985): 119–28. (Hyderabad, India.)

Ramaiah, L. S., and Sachidananda Mohanty, eds. *DHL Studies in India: A Bibliographical Guide with a Review Essay.* Calcutta: P. Lal (Writer's Workshop), 1990.

Rice, Thomas Jackson. *DHL: A Guide to Research.* New York and London: Garland, 1983a. (Contains 2,123 entries with terminal date of 1 January 1983.)

———. *English Fiction 1900–1950: A Guide to Information Sources.* Vol. 2. *Individual Authors: Joyce to Woolf.* Detroit: Gale Research, 1983b, pp. 49–87.

Roberts, Warren. *A Bibliography of DHL.* 2d ed. Cambridge: Cambridge University Press, 1982. (Currently, the definitive primary bibliography, incorporating a useful selective secondary bibliography. Rev. ed. forthcoming. Organized into the following sections: [A] Books and Pamphlets; [B] Contributions to Books; [C] Contributions to Periodicals; [D] Translations [of Lawrence's Works]; [E] Manuscripts [descriptions and locations, compiled by Lindeth Vasey]; [F] Books and Pamphlets about DHL [243 works listed to 1981]; Appendix 1(a): Parodies of *Lady Chatterley's Lover;* Appendix 1(b): Piracies and Forgeries of *Lady Chatterley's Lover;* Appendix 2: Other Spurious Works; Appendix 3: A Periodical—

The Phoenix. Section E can be supplemented by information in Ferrier and Worthen, op. cit., and in items in the following bibliography. See also Gekowski, R. A. ''Review of *A Bibliography of DHL* edited by Warren Roberts.'' *Modern Language Review* 79 [1984]: 170–74.)

Rosenthal, Rae, ''Checklist of DHL Criticism and Scholarship, 1986–1987.'' *DHL Review* 20 (Fall 1988): 315–30.

———. ''Checklist of DHL Criticism and Scholarship, 1988.'' *DHL Review* 21 (Fall 1989): 323–36.

Rosenthal, Rae, and Dennis Jackson. ''Checklist of DHL Criticism and Scholarship, 1984–1985.'' *DHL Review* 19 (Summer 1987): 195–218.

Rosenthal, Rae, Dennis Jackson, and Brad Howard. ''Checklist of DHL Criticism and Scholarship, 1979–1983.'' *DHL Review* 18 (Spring 1985–1986): 37–74.

Sagar, Keith. *DHL: A Calendar of His Works*. Manchester: Manchester University Press, 1979.

Spilka, Mark. ''Lawrence.'' In *The English Novel: Select Bibliographical Guides*. Edited by A. E. Dyson. London: Oxford University Press, 1974, pp. 334–48.

Stoll, John E. *DHL: A Bibliography, 1911–1975*. Troy, N.Y.: Whitston, 1977.

Tedlock, E. W., Jr. *The Frieda Lawrence Collection of DHL Manuscripts: A Descriptive Bibliography*. Albuquerque: University of New Mexico Press, 1948.

Temple, Ruth Z., and Martin Tucker, eds. ''DHL.'' In their *A Library of Literary Criticism (Modern British Literature)*. Vol. 2. New York: Frederick Ungar, 1966, pp. 144–64.

Walker, Warren S. *Twentieth-Century Short Story Explication: Interpretations, 1900–1975, of Short Fiction since 1800*. 3d ed. London: Clive Bingley; Hamden, Conn.: Shoe String Press, 1977, pp. 450–64.

White, William. *DHL: A Checklist. Writings about DHL, 1931–50*. Detroit: Wayne State University Press, 1950.

Worthen, John. ''Appendix I: DHL's Prose Works, 1906–1913.'' In his *DHL: The Early Years, 1885–1912*. Cambridge: Cambridge University Press, 1991, pp. 471–77.

———. ''Appendix II: DHL's Poetry, 1897–1913.'' In his *DHL: The Early Years* as in preceding item, pp. 478–94.

ロレンスに関する収集、展覧会、初版本の資料——カタログや解説書

Barez, Reva R. ''The H. Bacon Collamore Collection of DHL.'' *Yale University Library Gazette* 34 (1959): 16–23.

Bumpus, John, and Edward Bumpus. *DHL: An Exhibition*. London: Bumpus, 1933. (Catalog of event held April–May 1933; manuscripts, typescripts, sketches, photographs, first editions.)

Cambridge University Library. *DHL 1885–1930*. Cambridge: Cambridge University Library, 1985. (Catalog of an exhibition held September–November 1985.)

Cameron, Alan, ed. *DHL: A Life in Literature*. Nottingham: Nottingham University Library, 1985. (Catalog of Centenary Exhibition held 7 September–13 October 1985.)

Cushman, Keith, ed. *An Exhibition of First Editions and Manuscripts from the DHL Collection of J. E. Baker, Jr.* Chicago: University of Chicago, 1973. (Catalog.)

———. ''A Profile of John E. Baker, Jr., and His Lawrence Collection.'' *DHL Review* 7 (Spring 1974): 83–88.

———. ''A Profile of John Martin and His Lawrence Collection.'' *DHL Review* 7 (Summer 1974): 199–205.

Cutler, Bradley D., and V. Stiles. *Modern British Authors, Their First Editions.* New York: Greenburg; London, Allen and Unwin, 1930.

Edwards, Lucy I., and David Phillips, eds. *Young Bert: An Exhibition of the Early Years of DHL.* Nottingham: Nottingham Castle Museum and Art Gallery, 1972. (Illustrated catalog of event held July 8–August 29 1972.)

Fabes, Gilbert Henry. *David Herbert Lawrence: His First Editions: Points and Values.* London: W. and G. Foyle, 1933. (Reprinted, Folcroft Library Edition, 1971.)

Finney, Brian H. ''A Profile of Mr. George Lazarus and His Lawrence Collection of Manuscripts and First Editions.'' *DHL Review* 6 (Fall 1973): 309–12.

Gotham Book Mart. *Books by and about DHL: A Bookseller's Catalogue.* New York: Gotham Book Mart, 1961.

Hoffman, F. J. *The Little Magazine: A History and a Bibliography.* Princeton: Princeton University Press, 1947. (Reprinted, New York: Kraus Reprint Corporation, 1967.)

Hoffman, L. ''A Catalogue of the Frieda Lawrence Manuscripts in German at the University of Texas.'' *Library Chronicle of the University of Texas at Austin,* new series, 6 (1973): 87–105.

Lawrence, J. Stephan. *DHL: Supplement to Catalogue 38.* Chicago: Rare Books, 1978.

Melvin Rare Books. *A Catalogue of Valuable Books by DHL.* Edinburgh: Melvin Rare Books, 1950.

Nottingham Castle Museum. *DHL and the Visual Arts.* Nottingham: Nottingham Castle Museum and Art Gallery, 1985. (Catalog of the 1985 exhibition ''Lawrence, Art and Artists.'')

Nottingham University. *DHL Collection Catalogue.* Nottingham: University of Nottingham Manuscripts Department, 1979.

———. *DHL: A Phoenix in Flight. Notes to Accompany an Exhibition.* Nottingham: Nottingham University Library, 1980.

———. *DHL Collection Catalogue.* Vol. 2. Nottingham: University of Nottingham Manuscripts Department, 1983.

———. *Collection of Literary Manuscripts, Typescripts, Proofs and Related Papers of DHL.* Nottingham: University of Nottingham Department of Manuscripts and Special Collections, 1990.

Peterson, Richard F., and Alan M. Cohn. *DHL: An Exhibit.* Carbondale: Morris Library, Southern Illinois University, 1979.

Pinto, Vivian de Sola, ed. *DHL after Thirty Years, 1930–1960.* Nottingham: Curwen Press, 1960. (Catalog of exhibition held 17 June–30 July 1960.)

Rota, B. ''Contemporary Collectors VII: The George Lazarus Library.'' *Book Collector* 4 (Winter 1955): 279–84.

Snyder, Harold Jay. *A Catalogue of English and American First Editions, 1911–32, of DHL.* New York: Privately printed, 1932.

Tannenbaum, E., ed. *DHL: An Exhibition of First Editions, Manuscripts, Paintings, Letters, and Miscellany.* Carbondale: Southern Illinois University Library, 1958. (Catalog of event held in April 1958.)

Tarr, Roger L., and Robert Sokon, eds. *A Bibliography of the DHL Collection at Illinois State University.* Bloomington, Ill.: Scarlet Ibis Press, 1979.

Texas University Humanities Research Center. *The University of New Mexico DHL Fellowship Fund Manuscript Collection.* Austin,: University of Texas Humanities Research Center, 1960. (Catalog.)

Wade, Graham. "DHL: First Editions of Novels, Poems, Verse and Essays by the Distinguished Author Are Extremely Collectable." *Book and Magazine Collector,* no. 10 (December 1984): 4–12. (Article followed by a "Complete Bibliography of DHL U.K. 1st Editions" and their price range.)

Warren Gallery. *Exhibition 12: Paintings by DHL.* London: Warren Gallery, 1929. (Catalog of event held July–September 1929.)

参考書目86　一般的な批評作品

本参考書目は、ロレンスの全業績（作品）、批評的反響の推移との両方にわたる全般的な概観を得たいと考える読者に、その糸口を与えることを意図している。

Andrews, W. T., ed. *Critics on DHL.* London: George Allen and Unwin, 1971. (Reviews and critical essays, 1911–60s.)

Arnold, Armin. "Appendix: A History of Lawrence's Reputation in America and Europe." In his *DHL and America.* London: Linden Press, 1958, pp. 163–223.

Baker, Ernest A. "DHL." In his *The History of the English Novel.* Vol. 10. London: Witherby, 1939, pp. 345–91.

Balbert, Peter, and Phillip L. Marcus, eds. *DHL: A Centenary Consideration.* Ithaca, N.Y., and London: Cornell University Press, 1985.

Bilan, R. P. "Leavis on Lawrence: The Problem of the Normative." *DHL Review* 11 (Spring 1978): 38–49.

———. "Leavis on Lawrence." In his *The Literary Criticism of F. R. Leavis.* Cambridge: Cambridge University Press, 1979, pp. 195–272.

Black, Michael. "The Criticism of DHL." In his *DHL: The Early Fiction: A Commentary.* London: Macmillan, 1986, pp. 1–17.

Blanchard, Lydia. "DHL." In *Critical Survey of Short Fiction.* Vol. 5. Edited by Frank N. Magill. Englewood Cliffs, N.J.: Salem Press, 1981, pp. 1788–94.

Bloom, Harold, ed. *DHL: Modern Critical Views.* New York: Chelsea House, 1986.

Brown, Keith, ed. *Rethinking Lawrence.* Milton Keynes, Pa.: Open University Press, 1990.

Brunsdale, Mitzi M. "DHL." In *Critical Survey of Poetry.* Vol. 4. Edited by Frank N. Magill. Englewood Cliffs, N.J.: Salem Press, 1982, pp. 1677–78.

Caplan, Brina. "The Phoenix Observed: Recent Critical Views of DHL." *Georgia Review* 36 (1982): 194–207. (Reviews six books, 1978–80.)

Chapman, R. T. "Lawrence, Lewis and the Comedy of Literary Reputations." *Studies in the Twentieth Century* 6 (Fall 1970): 85–95.

Coombes, Henry, ed *DHL: A Critical Anthology.* Harmondsworth: Penguin, 1973.

Draper, R. P. "A Short Guide to DHL Studies." *Critical Survey* 2 (Summer 1966): 222–26.

———. "Reputation and Influence." *DHL.* New York: Twayne, 1964; London: Macmillan, 1976, pp. 161–77.

———, ed. *DHL: The Critical Heritage.* London: Routledge and Kegan Paul, 1970.
Eggert, Paul. ''Lawrence Criticism: Where Next?'' *Critical Review* (Canberra, Australia) 21 (1979): 72–84.
Ellis, David, and Ornella De Zordo, eds. *DHL: Critical Assessments.* 4 vols. East Sussex: Helm Information, 1992. (An invaluable collection that makes available a huge range of criticism, from early reviews to recent essays, surveying the whole of Lawrence's output. Vol. 1: ''The Contemporary Response.'' Vol. 2: ''The Fiction [I].'' Vol. 3: ''The Fiction [II].'' Vol. 4: ''Poetry and Non-fiction; The Modern Critical Response 1938–92: General Studies.'')
Friedman, Alan. ''The Other Lawrence.'' *Partisan Review* 37, no. 2 (1970): 239–53.
Gilbert, Sandra M. ''DHL.'' In *Dictionary of Literary Biography.* Vol. 19. *British Poets 1880–1914.* Edited by Donald E. Stanford. Detroit: Gale Research, 1983, pp. 274–88.
Goodheart, Eugene. ''Lawrence and the Critics.'' *Chicago Review* 16 (Fall 1963): 127–37.
———. ''A Representative Destiny.'' In his *The Utopian Vision of DHL.* Chicago and London: University of Chicago Press, 1963, pp. 160–73.
Green, Martin Burgess. *The Reputation of DHL in America.* Ann Arbor, Mich.: University Microfilms, 1966. (Reviews and criticism, 1911–56.)
Gregory, Horace. ''On DHL and His Posthumous Reputation.'' In his *Shield of Achilles: Essays on Beliefs in Poetry.* New York: Harcourt, Brace, 1944, pp. 156–64.
Hamalian, Leo, ed. *DHL: A Collection of Criticism.* New York: McGraw-Hill, 1973.
———. ''The DHL Industry.'' *Book Forum* 7, no. 1 (1984): 13–17.
Hayman, Ronald. ''DHL.'' In his *Leavis.* Totowa, N.J.: Rowman and Littlefield, 1976, pp. 101–10.
Heywood, Christopher, ed. *DHL: New Studies.* London: Macmillan; New York: St. Martin's Press, 1987.
Highet, Gilbert. ''Lawrence in America.'' In his *People, Places, and Books.* New York: Oxford University Press, 1953, pp. 37–44.
Hoffman, Frederick J., and Harry T. Moore, eds. *The Achievement of DHL.* Norman: University of Oklahoma Press, 1953. (See especially the editors' introduction, ''DHL and His Critics: An Introduction,'' pp. 3–45.)
Hogan, Robert. ''DHL and His Critics.'' *Essays in Criticism* 9 (October 1959): 381–87.
Hough, Graham. ''The Authentic Message of Lawrence.'' *Sunday Times* (2 March 1980): 38.
Jackson, Dennis. ''DHL in the 1970s: No More the Great Unread.'' *British Book News* (April 1980): 198–202.
———. '' 'The Stormy Petrel of Literature Is Dead': The World Press Reports DHL's Death.'' *DHL Review* 14 (1981): 33–72. (Survey and selective bibliography of obituaries and related writings of 1930.)
Jackson, Dennis, and Fleda Brown Jackson, eds. *Critical Essays on DHL.* Boston: G. K. Hall, 1988. (See especially the editors' ''Introduction: DHL's Critical Reception: An Overview,'' pp. 1–46.)
Kalnins, Mara, ed. *DHL: Centenary Essays.* Bristol: Bristol Classical Press, 1986.
Larkin, Philip. ''The Sanity of Lawrence.'' *Times Literary Supplement* (13 June 1980): 671. (Larkin's speech opening the Lawrence exhibition at Nottingham University Library in 1980.)
Littlewood, J.C.F. ''Leavis and Lawrence.'' *Standpunte* (South Africa) 7 (1955): 79–92.

———. ''Lawrence and the Scholars.'' *Essays in Criticism* 33 (1983): 175–86.
MacCarthy, Fiona. ''Centenary of Our Phallocrat.'' *London Times* (12 September 1985): 13. (Review of MacLeod and Burgess [both 1985].)
MacKillop, I. D. ''F. R. Leavis: A Peculiar Relationship.'' *Essays in Criticism* 34 (1984): 185–92.
Meyers, Jeffrey. ''Memoirs of DHL: A Genre of the Thirties.'' *DHL Review* 14 (1981): 1–32.
———, ed. *The Legacy of DHL: New Essays.* London: Macmillan, 1987. (See especially the editor's ''Introduction,'' pp. 1–13.)
Millett, Fred B. ''DHL.'' In *A History of English Literature.* Edited by William Vaughn Moody and Robert Morss Lovett. 8th ed. New York: Charles Scribner's Sons, 1964, pp. 429–31, 475–76, 497, 502.
Moore, Harry T. ''The Great Unread.'' *Saturday Review of Literature* 21 (2 March 1940): 8.
———. ''Appendix A: Books about DHL, with Some Notes on the History of His Reputation.'' In his *The Life and Works of DHL.* London: Allen and Unwin, 1951, pp. 333–48. (Bibliographical essay.)
———, ed. *A DHL Miscellany.* Carbondale: Southern Illinois University Press, 1959.
Niven, Alastair. ''DHL (1885–1930).'' In *British Writers.* Vol. 7. *Sean O'Casey to Poets of World War II.* Edited by Ian Scott Kilvert. New York: Scribner's, 1984, pp. 87–126.
Parry, Albert. ''DHL through a Marxist Mirror.'' *Western Review* 19 (1955): 85–100.
Partlow, Robert B., Jr., and Harry T. Moore, eds. *DHL: The Man Who Lived.* Carbondale: Southern Illinois University Press, 1980.
Phillips, Jill M., ed. *DHL: A Review of the Biographies and Literary Criticism* New York: Gordon Press, 1978. (A Critically Annotated Bibliography.)
Powell, Lawrence Clark. ''DHL and His Critics. A Chronological Excursion in Bio-Bibliography.'' *Colophon* 1 (1940): 63–74. (Covers fifty-eight items, 1924–39.)
Preston, Peter, and Peter Hoare, eds. *DHL in the Modern World.* London: Macmillan, 1989.
Quennell, Peter. ''The Later Period of DHL.'' In *Scrutinies II.* Edited by Edgell Rickword. London: Wishart, 1931, pp. 124–37.
Rahv, Philip. ''On Leavis and Lawrence.'' *New York Review of Books* 11 (26 September 1968): 62–68.
Reade, A. R. ''The Intelligentsia and DHL.'' In his *Main Currents in Modern Literature.* London: Nicholson and Watson, 1935, pp. 179–96.
Roberts, Walter. ''After the Prophet: The Reputation of DHL.'' *Month* 27 (April 1962): 237–40.
Robertson, P.J.M. ''F. R. Leavis and DHL.'' In *The Leavises on Fiction.* New York: St. Martin's Press, 1981, pp. 76–98.
Robinson, Jeremy. ''Introduction: The Myth and Legend of DHL.'' In his *The Passion of DHL.* Kidderminster, England: Crescent Moon, 1992, pp. 1–7.
Robson, W. W. *Modern English Literature.* London: Oxford, 1970, pp. 82–92.
Rossman, Charles. ''Lawrence on the Critics' Couch: Pervert or Prophet?'' *DHL Review* 3 (Summer 1970): 175–85. (Reviews Stoll [1968], Miles [1969], and Draper [1969].)
———. ''Four Versions of DHL.'' *DHL Review* 6 (Spring 1973): 47–70. (On Yudishtar, Clarke, Cavitch [all 1969] and Hochman [1970].)

Sagar, Keith. "Beyond Lawrence." In *DHL: The Man Who Lived.* Edited by Robert B. Partlow, Jr., and Harry T. Moore. Carbondale: Southern Illinois University Press, 1980a, pp. 258–66.

———. "A Lawrence for Today: Art for Life's Sake." *Times Higher Education Supplement* (29 February 1980b): 10.

Salgādo, Gāmini, and G. K. Das, eds. *The Spirit of DHL: Centenary Studies.* London: Macmillan, 1988.

Schorer, Mark. "DHL: Then, During, Now." *Atlantic Monthly* 233 (March 1974): 84–88.

Sitesh, Aruna, ed. *DHL: An Anthology of Recent Criticism.* Delhi, India: ACE, 1990.

Sklar, Sylvia. "DHL." In *Dictionary of Literary Biography.* Vol. 10. *Modern British Dramatists, 1900–1950.* Edited by Stanley Weintraub. Detroit: Gale Research, 1982, pp. 288–93.

Smith, Anne, ed. *Lawrence and Women.* London: Vision, 1978.

Spender, Stephen, ed. *DHL: Novelist, Poet, Prophet.* London: Weidenfeld and Nicolson, 1973.

Spilka, Mark. "Post-Leavis Lawrence Critics." *Modern Language Quarterly* 25 (June 1964): 212–17. (See also, in same journal, reply by Eugene Goodheart, September 1964: 374–75; and rejoinder by Spilka in December 1964: 503–4.)

———, ed. *DHL: A Collection of Critical Essays.* Englewood Cliffs, N.J.: Prentice-Hall, 1963.

Squires, Michael, and Keith Cushman, eds. *The Challenge of DHL.* Madison: University of Wisconsin Press, 1990.

Sullivan, Alvin. "The Phoenix Riddle: Recent DHL Scholarship." *Papers on Language and Literature* 7 (Spring 1971): 203–21.

Tait, Michael S. "DHL." In *Dictionary of Literary Biography.* Vol. 98. *Modern British Essayists, First Series.* Edited by Robert Beum. Detroit: Gale Research, 1990, pp. 214–23.

Trail, George Y. "Toward a Lawrencian Poetic." *DHL Review* 5 (Spring 1972): 67–81. (Review of Garcia and Karabatsos, Smailes, Marshall [all 1970].)

Troy, William. "The DHL Myth." In his *Selected Essays.* Edited by Stanley E. Hyman. New Brunswick, N.J.: Rutgers University Press, 1967, pp. 120–33. (Originally published in *Partisan Review* 4 [January 1938]. See also in this book, "DHL as Hero," pp. 110–19 [a review of Huxley's *Letters of DHL*], originally published in *The Symposium* 4, no. 1 [1933].)

Undset, Sigrid. "DHL." In her *Men, Women and Places.* Translated by Arthure G. Chater. New York: Knopf, 1939, pp. 33–53. (Norwegian novelist's portrait of Lawrence as genius and prophet of contemporary crises of civilization.)

Ward, A. C. *The Nineteen-Twenties: Literature and Ideas in the Post-War Decade.* London: Methuen, 1930, pp. 109–15.

———. *Twentieth-Century Literature: 1901–1950.* 12th ed. London: Methuen, 1956, pp. 15, 57, 61–64, 70, 238.

Welch, Colin. "Consecrating Lawrence." *Spectator* (13 April 1985): 24.

Weldon, Thornton. "DHL." In *The English Short Story, 1880–1945: A Critical History.* Edited by Joseph M. Flora. Boston: Twayne, 1985, pp. 39–56.

West, Geoffrey. "The Significance of DHL." *Yale Review* 22 (Winter 1933): 393–95.

Widdowson, Peter, ed. *DHL.* London and New York: Longman, 1992. (See, especially, "Introduction: Post-modernising DHL," pp. 1–27.)

Widmer, Kingsley. “Notes on the Literary Institutionalization of DHL: An Anti-Review of the Current State of Lawrence Studies.” *Paunch* 26 (April 1966): 5–13. (See also the subsequent three-sided debate on this article, involving Mark Spilka, Kingsley Widmer, and Arthur Efron, in *Paunch* 27: 83–96 passim.)

———. “DHL and Critical Mannerism.” *Journal of Modern Literature* 3 (Fall 1973): 1044–50.

———. “Laurentian Manias: A Review of Recent Studies of DHL.” *Studies in the Novel* 5 (Winter 1973): 547–58.

———. “Lawrence as Abnormal Novelist.” *DHL Review* 8 (Summer 1975): 220–32.

———. “Profiling an Erotic Prophet: Recent Lawrence Biographies.” *Studies in the Novel* 8 (Summer 1976): 234–43.

———. “Psychiatry and Piety on Lawrence.” *Studies in the Novel* 9 (Summer 1977): 195–200. (On Leavis [1976] and Howe [1977].)

———. “DHL.” In *Dictionary of Literary Biography*. Vol. 36. *British Novelists, 1890–1929: Modernists*. Edited by Thomas F. Staley. Detroit: Gale Research, 1985, pp. 115–49.

———. “Lawrence's Cultural Impact.” In *The Legacy of DHL*. Edited by Jeffrey Meyers. London: Macmillan, 1987, pp. 156–74.

Wiley, Paul L. “DHL.” In his *The British Novel: Conrad to the Present*. Northbrook, Ill.: AHM, 1973, pp. 71–77.

Williams, Raymond. “DHL.” In his *Culture and Society: 1780–1950*. London: Chatto and Windus; New York: Columbia University Press, 1958, pp. 199–213. (Reprinted in Moore [1959] as “The Social Thinking of DHL,” pp. 295–311.)

———. “DHL.” In his *The English Novel from Dickens to Lawrence*. London: Chatto and Windus; New York: Oxford University Press, 1970, pp. 169–84.

参考書目87　ロレンスに関する批評作品の年表

本参考書目はロレンスを扱った批評作品を年代順に整理した２つの年表から成り立っている。前者は単行本の批評作品や小冊子、後者はエッセイや、本事典にあって批評作品を扱った節や個所に載せた論文よりも短い論文を挙げてある。（これらは本事典の一連の年表の一部なので、年表５と６として独立した見出しを付けている。）

年表５——単行本と小冊子

本年表は1994年までのロレンスや彼の作品を主題にした単行本と小冊子の完璧な著者別リストである。批評作品の資料の完全な詳細は参考書目96から98に（アルファベット順に）挙げてあるので、ここでは著者の名前のみを示した。作品は初版の出版の日付のもとに載せている。版が改訂された場合は、最新の出版の年が著者の名前の次の括弧内に記してある。展覧会のカタログやパンフレットについてはその旨を記してある。同じ年に１人の著者が２冊の本を出した場合は、作品を区別するためにタイトルを略記してある。

1922: Seltzer (publicity leaflet).

1924: Douglas. Seligmann.

1925: McDonald.

1927: Aldington.

1929: Lewis. Warren Gallery (Catalog).

1930: Aldington. Arrow. Leavis. Murry. Potter. West.

1931: McDonald. Murry.

1932: Carswell. Carter (1972). Goodman (pamphlet) (1933). Lawrence and Gelder. Luhan. Moore. Nin (1964). Snyder (catalog).

1933: Brett (1974). Bumpus and Bumpus (catalog). Corke. Fabes (catalog) (1971). Gregory (1957). Murry.

1934: Brewster and Brewster. Lawrence, Frieda (1974).

1935: Aldington. Chambers (''E.T.'') (1980).

1937: Powell.

1938: Kingsmill. Merrild (1964).

1939: Tindall.

1948: Tedlock.

1950: Aldington *(Portrait).* Aldington *(An Appreciation).* Melvin Rare Books (catalog). West (1966). White.

1951: Bynner. Corke. Jarrett-Kerr (1961). Kenmare. Moore (1964). Pinto. Wickremasinghe.

1952: Young.

1953: Fay. Hoffman and Moore.

1954: Moore (1976).

1955: Freeman. Leavis. Spilka.

1956: Boadella (1978). Davis (pamphlet). Hough (*Dark Sun*). Hough (*Two Exiles*) (1960). Moore.

1957: Murry. Nehls (*Composite Biography,* three vols.: 1957, 1958, 1959).

1958: Arnold. Rees. Tannenbaum (catalog).

1959: Moore.

1960: Drain (pamphlet). Pinto (catalog). Texas University (catalog). Vivas.

1961: Beal. Gotham Book Mart (catalog). Lawrence, Frieda. Rolph (1990).

1962: Cornwell. Weiss. Widmer.

1963: Arnold. Daiches. Goodheart. Moynahan. Roberts (1982). Spilka. Stewart (1990). Tedlock.

1964: Clark. Draper (1976). Holbrook. Panichas. Sinzelle.

1965: Corke. Daleski. Ford. Gilbert. Shaw. Tedlock.

1966: Fedder. Gordon. Green. Hanson. Harrison. Moore and Roberts. Sagar. Salgādo.

1967: Handley. Lerner.

1968: Cooke (1980). Huttar. Moynahan. Poole (pamphlet). Schorer. Stoll. Tilak.

1969: Cavitch. Clarke (*Casebook*). Clarke (*River of Dissolution*). Consolo. Cura-Sazdanic. Deva. Draper. Miko. Miles. Rothkopf. Salgādo (*Casebook*). Salgādo (*''Sea and Sardinia''*). Slade. Yudhishtar.

1970: Cowan. Draper. Farr. Garcia and Karabatsos. Hochman. Joost and Sullivan. Krishnamurthi. Marshall. Nahal. Patmore (pamphlet). Smailes. Williams.

1971: Alldritt. Andrews. Delavenay. Inniss. Kinkead-Weekes. Mailer. Martin. Miko. Millett. Pritchard. Raskin. Stoll. Tilak. Zytaruk.

1972: Bedient. Delavenay. Edwards and Phillips (catalog). Foster. Garcia. Garcia and Karabatsos. Gilbert. Prakesh, R. Prakesh, O. Pugh (1991). Swigg.

1973: Coombes. Cushman (catalog). Hamalian. Kermode. Lucas. Mackenzie. Oates (1976). Paterson. Sale. Sanders. Spender. Trease. Tripathy.

1974: Balbert. Barrett and Erskine. Eisenstein. Green. John. Squires.

1975: Callow. Corke. Feshawy. Hahn. Russell. Sitesh. Sklar.

1976: Grant. Gravil. Harris. Hillman. Holderness. Leavis. Littlewood. Michaels-Tonks. Niven. Prasad. Salgādo.

1977: Alcorn. Aylwin. Howe. Stoll. Tenenbaum.

1978: Albright. Brunsdale. Buckton. Bunnell (1993). Cushman. Delany. Gomme. Handley and Harris. Lawrence, J. S. (catalog). Murfin. Niven. Phillips. Pinion. Smith Veitch.

1979: Bennett. Nath. Nottingham University. Peterson and Cohn (catalog). Ross. Sagar. Tarr and Sokon (catalog). Worthen.

1980: Ballin. Becker. Burns. Butler (1991). Clark. Cooke. Dix. Ebbatson. Gutierrez. Kiely. Miller (*Passionate Appreciation*). Miller (*Notes*). Niven. Nottingham University (catalog). Olson. Partlow and Moore. Prasad. Spencer. Wilt.

1981: Ben-Ephraim. Bynner. Darroch. Hobsbaum. Hyde. Janik. Lucente. McEwan. Moore and Montague. Neville. Page. Sharma, K. K. Sharma, R. S.

1982: Cowan (2 vols., 1982 and 1985). Ebbatson. Hamalian. Herzinger. Holderness. Malani. Meyers. Roberts. Sagar (*DHL and New Mexico*). Sagar (*Handbook*). Salgādo. Simpson. Vries-Mason.

1983: Baker. Crick. Davis. Millett. Murfin. Nottingham University (catalog). Rice. Squires. Tracy. Urang. Van der Veen.

1984: Davies. Dervin. Harris. Mandell. Parmenter. Ruderman. Schneider. Singh. Wright.

1985: Balbert and Marcus. Burgess. Cambridge/Nottingham University Library (catalog). Cameron (catalog). Cooper and Hughes. Davey. Hardy and Harris. Hostettler. Lea. MacLeod. Meyers. New. Norris. Nottingham Castle Museum (catalog). Philippron. Sagar (*Life into Art*). Sagar (*Life*). Scheckner. Sinha. Squires and Jackson. Storer. Torgovnick.

1986: Alden. Black. Butler. Draper. Easthope. Holderness. Kalnins. Kim. Lavrin. Lebolt. Lehman. Mackey. Nixon. Schneider.

1987: Bonds. Gamache and MacNiven. Gutierrez. Harvey. Heywood. Lockwood. Meyers. Miliaras. Milton. Modiano. Murfin. Orr. Sharma. Suter. Verhoeven. Whiteley.

1988: Bloom (ed. of four essay collections). Britton. Ellis and Mills. Greenhalgh. Holderness. Jackson and Jackson. Laird. May. Salgādo and Das. Singh. Stevens. Viinikka. Whelan.

1989: Balbert. Champion. Davis. Gertzman. Kim. Messenger. Padhi. Preston and Hoare. Templeton. Worthen.

1990: Banerjee. Brown. Cowan. Edwards. Ege (pamphlet). Finney. Humma. Hyde, H. Montgomery. Hyde, G. M. Ingram. Kushigian. Meyers. Nottingham University (catalog). Pinkney. Polhemus. Ramaiah and Mohanty. Sharma. Sitesh. Squires and Cushman. Storch.

1991: Adelman. Black. Cushman and Jackson. Dorbad. Fjagesund. Kelsey. McEwan. Mensch. Ross. Siegel. Sklenicka. Spear. Squires. Tytell. Worthen (*DHL*). Worthen (*Early Years*).

1992: Asai. Bell. Black. Ellis and De Zordo. Holbrook. Hyde. Preston. Robinson. Sipple. Spilka. Trebisz. Widdowson. Widmer.

1993: Buckley and Buckley. Feinstein. Fernihough. Hilton. Mohanty. Poplawski. Walterscheid. Williams.

1994: Lewiecki-Wilson. Maddox. Montgomery. Preston.

1995: Hofmann and Weithmann (pamphlet). Poplawski. Worthen.

年表6——エッセイと小論文

ロレンスについては何千ものエッセイや論文が出版されているので、この分野については載せるものを厳選せざるを得なかった。作家としての生涯の最初からのロレンスに関する短い批評作品のおおまか、かつ包括的な概観を提示することのみを意図している。その作品選択については、次のような優先順位に従っている。

（1）ロレンスの作品についての可能な限り多くの概観を与えてくれるもの。

（2）ある一時期と、以下の年表に記した年月全体にわたる時期で、ロレンスへの批評的評価の範囲と質的変化を挙げてあるもの 。

（3）本事典の他の個所で、特定の課題を扱った批評作品から成る参考書目には載っていないものを可能な限り多く含んでいるもの。（以下の年表にそれらを列挙してある。）

1909

Yoxall, Henry. ''Books and Pictures.'' *Schoolmaster* 76 (25 December 1909): 1242. (On the poems ''Dreams Old and Nascent,'' ''Discipline'' and ''Baby-Movements.'')

1911

Cooper, Frederic T. “The Theory of Heroes and Some Recent Novels.” *Bookman* (New York) 33 (April 1911): 193–96 (195).

Hunt, Violet. “A First Novel of Power.” *Daily Chronicle* (10 February 1911): 6.

Monkhouse, Allan. “A Promising Novel.” *Manchester Guardian* (8 February 1911): 5.

Savage, Henry. “Fiction.” *Academy* 80 (18 March 1911): 328.

1912

Anonymous. “An Interesting Novel.” *Morning Post* (17 June 1912): 2.

———. *“The Trespasser.” Saturday Review* 113 (22 June 1912): 785–86.

———. “The Woman Who Kills.” *New York Times Book Review* (17 November 1912): 677.

Selincourt, Basil de. “New Novels.” *Manchester Guardian* (5 June 1912): 5.

1913

Abercrombie, Lascelles. “The Poet as Novelist.” *Manchester Guardian* (2 July 1913): 7.

Alford, John. “Reviews.” *Poetry and Drama* 1 (June 1913): 244–47.

Field, Louise Maunsell. “Mother Love: Mr. Lawrence’s Remarkable Story of Family Life.” *New York Times Book Review* (21 September 1913): 479.

Gibbon, Perceval. “A Novel of Quality.” *Bookman* 44 (August 1913): 213.

Massingham, Harold. “A Novel of Note.” *Daily Chronicle* (17 June 1913): 3.

Pound, Ezra. “Review of *Love Poems and Others* by DHL.” *Poetry* 2 (July 1913): 149–51.

———. “Review of *Love Poems and Others* by DHL.” *New Freewoman* (1 September 1913): 113.

Thomas, Edward. “More Georgian Poetry.” *Bookman* 44 (April 1913): 47.

1914

Björkman, Edwin. “Introduction.” In *The Widowing of Mrs. Holroyd* by DHL. London: Duckworth, 1914, pp. vii–x.

George, W. L. “DHL.” *Bookman* 45 (February 1914): 244–46.

James, Henry. *Notes on Novelists.* London: ?, 1914, pp. 252–72 passim.

1915

Carswell, Catherine. [Review of *The Rainbow.*] *Glasgow Herald* (4 November 1915): 4.

Douglas, James. “Books and Bookmen.” *Star* (22 October 1915): 4.

Hale, Edward Everett, Jr. “The New Realists.” *Independent* 83 (30 August 1915): 297–99.

Lynd, Robert. *Daily News* (5 October 1915): 6.

Shakespear, O. “The Poetry of DHL.” *Egoist* (1 May 1915): 81.

Shorter, Clement. “A Literary Letter.” *Sphere* 43 (23 October 1915): 104.

Squire, J. C. (under pseudonym Solomon Eagle.) [On the suppression of *The Rainbow.*] *New Statesman* 6 (20 November 1915): 161.

Woodbridge, Homer, E. “Plays of Today and Yesterday.” *Dial* 58 (16 January 1915): 46–50.

1916

Garnett, Edward. “Art and the Moralists: Mr. DHL’s Work.” *Dial* 61 (16 November

1916): 377–81. (Reprinted in his *Friday Nights: First Series*. London: Cape, 1929, pp. 117–28.)

Kuttner, Alfred Booth. ''*Sons and Lovers:* A Freudian Appreciation.'' *Psychoanalytic Review* 3 (July 1916): 295–317. (Reprinted in Tedlock [1965]: 76–100, and Salgādo [1969]: 69–94.)

1917

Tietjens, Eunice. ''Review of *Amores* by DHL.'' *Poetry* 9 (9 February 1917): 264–66.

1918

Bickley, Francis. ''Some Tendencies in Contemporary Poetry.'' In *New Paths*. Edited by C. W. Beaumont and M.T.H. Sadler. London: Beaumont, 1918, pp. 1–6.

Fletcher, John Gould. ''A Modern Evangelist.'' *Poetry* 12 (August 1918): 269–74.

Follett, Helen Thomas, and Wilson Follett. *Some Modern Novelists: Appreciations and Estimates*. New York: Holt, 1918, pp. 353–54.

George, W. L. *A Novelist on Novels*. London: Collins, 1918, pp. 90–101.

1919

Aiken, Conrad. ''The Melodic Line.'' *Dial* 67 (August 1919a): 97–100.

———. *Skepticisms: Notes on Contemporary Poetry*. New York: Knopf, 1919b, pp. 91–104.

Lowell, Amy. ''A New English Poet.'' *New York Times Book Review* (20 April 1919): 205, 210–11, 215, 217.

Phelps, William Lyon. *The Advance of English Poetry in the Twentieth Century*. London: Allen and Unwin; New York: Dodd, Mead, 1919, pp. 145–48.

Waugh, Arthur. ''Mr. DHL.'' In his *Tradition and Change: Studies in Contemporary Literature*. London: Chapman and Hall, 1919, pp. 131–37.

1920

Fletcher, John Gould. ''Mr. Lawrence's *New Poems*.'' *Freeman* 1 (21 July 1920): 451–52.

Goldring, Douglas. ''The Later Work of DHL.'' In his *Reputations: Essays in Criticism*. London: Chapman and Hall, 1920, pp. 67–78.

Lowell, Amy. ''A Voice in Our Wilderness: DHL's Unheeded Message 'to Blind Reactionaries and Fussy, Discontented Agitators.' '' *New York Times Book Review*, Section 3 (22 August 1920): 7. (Reprinted in her *Poetry and Poets: Essays*. Boston and New York: Houghton Mifflin, 1930, pp. 175–86.)

Monro, Harold. *Some Contemporary Poets*. London: Leonard Parsons, 1920, pp. 193–97.

1921

Buermyer, L. L. ''Lawrence as Psychoanalyst.'' *New York Evening Post Literary Review* (16 July 1921): 6.

Colum, Mary M. ''The Quality of Mr. Lawrence.'' *Freeman* 3 (22 June 1921): 357–58.

Deutsch, Babette. ''Poets and Prefaces.'' *Dial* 70 (January 1921): 89–94.

Hackett, Francis. ''The Unconscious.'' *New Republic* 27 (17 August 1921): 329–30.

Murry, John Middleton. ''The Nostalgia of Mr. DHL.'' *Nation and Athenaeum* 29 (13 August 1921): 713–14.

Pilley, W. Charles. ''A Book the Police Should Ban. Loathsome Study of Sex Depravity—Misleading Youth to Unspeakable Disaster.'' *John Bull* 30 (17 September 1921): 4. (On *Women in Love*.)

West, Rebecca. “Notes on Novels.” *New Statesman* 17 (9 July 1921): 388–90.

1922

Eliot, T. S. “London Letter.” *Dial* 73 (September 1922): 329–31.

Johnson, Reginald Brimley. “DHL.” In his *Some Contemporary Novelists (Men).* London: Leonard Parsons, 1922, pp. 121–29.

Macy, John. *The Critical Game.* New York: Boni and Liveright, 1922, pp. 325–35.

1923

Collins, Joseph. “Even Yet It Can't Be Told—The Whole Truth about DHL.” In his *The Doctor Looks at Literature: Psychological Studies of Life and Letters.* New York: Doran; London: Allen and Unwin, 1923, pp. 256–288.

Shanks, Edward. “Mr. DHL: Some Characteristics.” *London Mercury* 8 (May 1923): 64–75.

1924

Aiken, Conrad. “Disintegration in Modern Poetry.” *Dial* 76 (June 1924): 535–40.

Bogan, Louise. “Review of *Birds, Beasts and Flowers.*” *New Republic* 39 (9 July 1924).

Canby, Henry Siedel. “A Specialist in Sex.” In his *Definitions: Essays in Contemporary Criticism.* Second series. New York: Harcourt, 1924, pp. 113–22.

Gould, Gerald. *The English Novel To-day.* London: John Castle, 1924, pp. 15–16, 19, 23–28.

Lucas, F. L. “Sense and Sensibility.” *New Statesman* 22 (8 March 1924): 634–35.

Squire, J. C. “Review of *Birds, Beast and Flowers* by DHL.” *London Mercury* 9 (January 1924): 317–18.

Untermayer, Louis. “Strained Intensities.” *Bookman* 49 (April 1924): 219–22.

Watson, E. L. Grant. “On Hell and Mr. DHL.” *English Review* 38 (March 1924): 386–92.

1925

Muir, Edwin. “Contemporary Writers II: Mr. DHL.” *Nation and Athenaeum* 37 (4 July 1925): 425–27.

Rosenfeld, Paul. *Men Seen: Twenty-Four Modern Authors.* New York: Dial Press, 1925, pp. 45–62.

Sherman, Stuart. “DHL Cultivates His Beard.” *New York Herald Tribune Books* (14 June 1925): 1–3. Reprinted in his *Critical Woodcuts.* New York and London: Scribner's, 1926, pp. 18–31.

1926

Aldington, Richard. “DHL as Poet.” *Saturday Review of Literature* 2 (1 May 1926): 749–50.

Drew, Elizabeth A. *The Modern Novel: Some Aspects of Contemporary Fiction.* New York: Harcourt, Brace; London: Cape, 1926, pp. 37–38, 59–60, 69, 72, 80–82 and passim.

Hervey, Grant Madison. “The Genius of Mr. DHL.” *Nation and Athenaeum* 39 (21 August 1926): 581–82.

Muir, Edwin. “DHL.” In his *Transition: Essays on Contemporary Literature.* London: Hogarth Press, 1926, pp. 49–63.

Shanks, Edward. ''Fiction.'' *London Mercury* 13 (March 1926): 549–51.
Richards, I. A. *Science and Poetry.* London: Kegan Paul, Trench, Trubner, 1926, pp. 72–83.

1927
Aiken, Conrad. ''Mr. Lawrence's Prose.'' *Dial* 83 (October 1927): 343–46.
Eliot, T. S. ''Le roman anglais contemporain.'' *La Nouvelle Revue Française* 28 (1 May 1927): 669–75.
Forster, E. M. *Aspects of the Novel.* New York: Harcourt, Brace, 1927, pp. 107, 158, 182, 196, 199, 207–9.
Harwood, H. C. ''The Post-War Novel.'' *Outlook* (7 May 1927): 497.
Shanks, Edward. ''Mr. DHL.'' In his *Second Essays on Literature.* Freeport, N.Y.: Books for Libraries Press, 1927, pp. 62–83.
Vines, Sherard. *Movements in Modern English Poetry and Prose.* Oxford: Oxford University Press, 1927, passim.

1928
Hartley, L. P. ''New Fiction.'' *Saturday Review* 145 (2 June 1928): 706, 708.
Manly, John Matthews, and Edith Rickert. *Contemporary British Literature: Outlines for Study, Indexes, Bibliographies.* London: Harrap, 1928, pp. 196–99.
Mortimer, Raymond. ''New Novels.'' *Nation and Athenaeum* 43 (9 June 1928): 332.
Read, Herbert. *English Prose Style.* London: Bell, 1928, pp. 68–70, 157–62.
Roberts, William Herbert. ''DHL; Study of a Free Spirit in Literature.'' *Millgate Monthly* (May 1928). Reprinted, with an introductory note by James T. Boulton, in *Renaissance and Modern Studies* 18 (1974): 7–16.
Suckow, Ruth. ''Two Temperaments.'' *Outlook* (New York) 149 (19 August 1928): 713.

1929
Fletcher, John Gould. ''Night-Haunted Lover.'' *New York Herald Tribune Books* (14 July 1929): 1, 6.
Chance, Roger. ''Love and Mr. Lawrence.'' *Fortnightly Review* 132 (October 1929): 500–511.
Church, Richard. ''Three Established Poets.'' *Spectator* (3 August 1929): 164–65.
Dobrée, Bonamy. ''DHL.'' In his *The Lamp and the Lute: Studies in Six Modern Authors.* Oxford: Clarendon Press, 1929, pp. 86–106.
Richards, I. A. ''Poem 8.'' In his *Practical Criticism.* London: Kegan Paul, Trench, Trubner, 1929, pp. 105–17. (On ''Piano.'')
Untermayer, Louis. ''Hot Blood's Blindfold Art.'' *Saturday Review of Literature* 6 (3 August 1929): 17–18.
Van Doren, Mark. ''Review of *Pansies* by DHL.'' *New York Herald Tribune Review of Books* (15 December 1929): 15.
West, Rebecca. ''A Letter from Abroad: DHL as Painter.'' *Bookman* (New York) 70 (September 1929): 89–91.

1930
Anderson, Sherwood. ''A Man's Mind.'' *New Republic* 63 (21 May 1930): 22–23.
Fletcher, J. G. ''DHL: The Obituary Judgements Re-valued.'' *Purpose* 2 (April–June 1930).
Forster, E. M. ''DHL.'' *Listener* 3 (30 April 1930): 753–54.

Gwynne, Stephen. "Mr. DHL." *Fortnightly* 127 (April 1930): 553–56.
MacCarthy, Desmond. "Notes on DHL." *Life and Letters* 4 (May 1930): 384–95.
Powell, D. "DHL the Moralist." *Life and Letters* 4 (April 1930): 303–20.
Thomas, J. H. "The Perversity of DHL." *Criterion* 10 (October 1930): 5–22.
Trilling, Lionel. "DHL: A Neglected Aspect." *Symposium* 1 (July 1930): 361–70.

1931

Crossman, R.H.S. "DHL: The New Irrationalism." *Farrago* 5 (February 1931): 67–78.
Hughes, Glenn. "DHL: The Passionate Psychologist." In his *Imagism and the Imagists: A Study in Modern Poetry.* Stanford, Calif.: Stanford University Press; London: Oxford University Press, 1931, pp. 167–96.
Huxley, Aldous. "To the Puritan All Things Are Impure." In his *Music at Night and Other Essays.* London: Chatto and Windus, 1931, pp. 173–83.
Kohler, Dayton. "DHL." *Sewanee Review* 39 (January–March 1931): 25–38.
Salmon, H. L. "Lawrence and a 'Sense of the Whole.' " *New Adelphi* 2 (June 1931): 241–44.
Thompson, Alan R. "DHL: Apostle of the Dark God." *Bookman* 73 (July 1931): 492–99.

1932

Beach, Joseph Warren. "Impressionism: Lawrence." In his *The Twentieth Century Novel: Studies in Technique.* New York: Appleton-Century, 1932, pp. 366–84.
Collins, N. "The Case against DHL." In his *The Facts of Fiction.* London: Gollancz, 1932, pp. 237–48.
Connolly, Cyril. "Under Which King." *Living Age* 341 (February 1932): 533–38.
Lovett, Robert Morss, and Helen Sard Hughes. *The History of the Novel in England.* Boston: Houghton Mifflin, 1932, pp. 421–27.
Soames, Jane. "The Modern Rousseau." *Life and Letters* 8 (December 1932): 451–70.
Strachey, John. *The Coming Struggle for Power.* London: Gollancz, 1932, pp. 206–16.

1933

Anderson, Sherwood. "A Man's Song of Life." *Virginia Quarterly* 9 (January 1933): 108–14.
Chesterton, G. K. "The End of the Moderns." *London Mercury* 27 (January 1933): 228–33.
Collins, Norman. "The Case against DHL." In his *Facts in Fiction.* New York: Dutton, 1933, pp. 237–48.
Cunliffe, J. W. *English Literature in the Twentieth Century.* New York: Macmillan, 1933, 209–28.
Kunitz, Stanley J., ed. *Authors Today and Yesterday.* New York: H. W. Wilson, 1933, pp. 388–93.
Mégroz, Rodolphe Louis. "DHL." In *Post Victorians.* Edited by William Ralph Inge. London: Nicholson and Watson, 1933a, pp. 317–28.
———. *Five Novelist Poets of Today.* London: Joiner and Steele, 1933b, pp. 189–235.
Rascoe, Burton. *Prometheans: Ancient and Modern.* New York: Putnam's, 1933, pp. 221–38.
Wellek, René. "DHL." *English Post* (Prague) 1 (October 1933): 109–11.

1934

Brown, Ivor. *I Commit to the Flames.* London: Hamish Hamilton, 1934, passim (but especially pp. 78–94, “Brother Lawrence,” and 95–109, “Belly and Brain”).

Eliot, T. S. *After Strange Gods: A Primer of Modern Heresy.* London: Faber and Faber; New York: Harcourt, Brace, 1934, pp. 38–43, 62–67.

Lavrin, Janko. “Sex and Eros (on Rozanov, Weininger, and DHL).” *European Quarterly* 1 (1934): 88–96.

Powell, Dilys. *Descent from Parnassus.* London: Cresset Press, 1934, pp. 1–54.

Witcutt, W. P. “The Cult of DHL.” *American Review* 3 (May 1934): 161–66.

1935

Collis, J. S. “An Inevitable Prophet.” In his *Farewell to Argument.* London: Cassell, 1935, pp. 156–95.

Maurois, André. *Prophets and Poets.* Translated by Hamish Miles. New York: Harper, 1935, pp. 245–83.

Orage, A. R. “Twilight in Mr. DHL.” In his *Selected Essays and Critical Writings.* Edited by Herbert Read and Denis Saurat. London: Allen and Unwin, 1935, pp. 65–67.

1936

Arvin, Newton. “DHL and Fascism.” *New Republic* 89 (16 December 1936): 219.

Garnett, Edward. “DHL: His Posthumous Papers.” *London Mercury* 35 (December 1936): 152–60.

Gurling, F. E. “DHL's Apology for the Artist.” *London Mercury* 33 (April 1936): 596–603.

Henderson, P. “The Primitivism of DHL.” In his *The Novel Today.* London: John Lane, 1936, pp. 60–73.

Huxley, Aldous. “DHL.” In his *The Olive Tree and Other Essays.* London: Chatto and Windus, 1936, pp. 199–238.

Maurois, André. “DHL.” In his *Poets and Prophets.* London: Cassell, 1936, pp. 173–201.

Quennell, Peter. “DHL and Aldous Huxley.” In *The English Novelists.* Edited by D. Verschoyle. London: Chatto and Windus, 1936, pp. 247–57.

1937

Muller, Herbert J. *Modern Fiction: A Study of Values.* New York: Funk and Wagnalls, 1937, pp. 262–87.

Roberts, John H. “Huxley and Lawrence.” *Virginia Quarterly Review* 13 (1937): 546–57.

Wells, Harry K. “DHL and Fascism.” *New Republic* 91 (16 June 1937): 161.

Wildi, Max. “The Birth of Expressionism in the Work of DHL.” *English Studies* 19 (December 1937): 241–59.

1938

Caudwell, Christopher. “DHL: A Study of the Bourgeois Artist.” In his *Studies in a Dying Culture.* London: Lane, 1938, pp. 44–72. (Reprinted in his *The Concept of Freedom.* London: Lawrence and Wishart, 1965, pp. 11–30.)

Clements, Richard. “The Genius of DHL.” *Central Literary Magazine* (Bucks., England) (July 1938): 272–78.

Collin, W. E. “Active Principle in the Thought of DHL.” *Canadian Bookman* 20 (December 1938): 17–21.

Hoare, Dorothy. “The Novels of DHL.” In her *Some Studies in the Modern Novel.* London: Chatto and Windus, 1938, pp. 97–112.

1939

Aldington, Richard. “DHL: Ten Years After.” *Saturday Review of Literature* 20 (June 1939): 3–4, 14, 24.

Anderson, G. K., and Eda Lou Walton. *This Generation.* Chicago: Scott, Foresman, 1939, pp. 536–60.

Ellis, G. U. *Twilight on Parnassus.* London: Joseph, 1939, pp. 287–329.

Fraenkel, M. “The Otherness of DHL.” In his *Death Is Not Enough.* London: Daniel, 1939, pp. 73–108.

Williams, C.W.S. “ ‘Sensuality and Substance’: A Study of DHL.” *Theology* 38 (1939). (Reprinted in his *The Image of the City and Other Essays.* Oxford: Oxford University Press, 1958, pp. 68–75.)

1940

Cockshut, A.O.J. *Man and Woman: A Study of Love and the Novel, 1740–1940.* New York: Oxford University Press, 1978, pp. 152–60.

Gimblett, Charles. “Protest of a Tormented Genius.” *London Quarterly and Holborn Review* 165 (January 1940): 79–81.

Lawrence, Frieda. “The Small View of Lawrence.” *Virginia Quarterly Review* 16 (Winter 1940): 127–29.

Nulle, S. H. “DHL and the Fascist Movement.” *New Mexico Quarterly* 10 (February 1940): 3–15.

Southworth, James G. “DHL: Poet; ‘A Note on High Political Ideology.’ ” In his *Sowing the Spring: Studies in British Poetry from Hopkins to MacNeice.* Oxford: Basil Blackwell, 1940, pp. 64–75.

Wood, Frank. “Rilke and DHL.” *Germanic Review* 15 (1940): 214–23.

1941

Bates, H. E. “Lawrence and the Writers of Today.” In his *The Modern Short Story: A Critical Survey.* London and New York: Nelson, 1941, pp. 194–213.

Bentley, Eric R. “DHL, John Thomas and Dionysos.” *New Mexico Quarterly Review* 12 (1941): 133–43.

Miller, Henry. *The Wisdom of the Heart.* Norfolk: New Directions, 1941, pp. 1–12, 159–72.

Spender, Stephen. “Books and the War: IX. DHL Reconsidered.” *Penguin New Writing* 10 (1941): 120–33.

Vivas, Eliseo. “Lawrence’s Problems.” *Kenyon Review* 3 (Winter 1941): 83–94.

1942

Freeman, Mary. “DHL in Valhalla.” *New Mexico Quarterly* 10 (November 1942): 211–24.

Plowman, M. “The Significance of DHL.” In his *The Right to Live: Essays.* London: Andrew Dakers, 1942, pp. 122–30.

1943

Church, R. *British Authors.* London: Longmans, 1943, pp. 101–4.

Kenmare, Dallas. “Voice in the Wilderness: The Unacknowledged Lawrence.” *Poetry Review* (May–June 1943): 145–48.

Nicholson, Norman. *Man and Literature.* London: S.C.M. Press, 1943, pp. 64–86.

Wagenknecht, E. C. “DHL: Pilgrim of the Rainbow.” In his *Cavalcade of the English Novel.* New York: Henry Holt, 1943, pp. 494–504.

1944

Bentley, Eric R. “Heroic Vitalists of the Twentieth Century.” In His *A Century of Hero-Worship.* Philadelphia: Lippincott, 1944, pp. 205–53.

Coates, T. B. *Ten Modern Prophets.* London: Muller, 1944, pp. 91–99.

Hoffman, Frederick J. “Lawrence's ‘Quarrel’ with Freud.” *Quarterly Review of Literature* 1 (1944): 279–87.

Murry, John Middleton. “On the Significance of DHL.” In his *Adam and Eve: An Essay toward a New and Better Society.* London: Andrew Dakers, 1944, pp. 88–101, and passim.

1945

Miller, Henry. “Shadowy Monomania.” *New Road* (1945): 113–45.

Savage, D. S. “DHL as Poet.” *Briarcliff Quarterly* 2 (July 1945): 86–95.

Slochower, Harry. *No Voice Is Wholly Lost.* New York: Creative Age Press, 1945, pp. 136–43.

1946

Every, George. “DHL.” In *The New Spirit.* Edited by E. Martin. London: Dennis Dobson, 1946, pp. 58–65.

Hamill, Elizabeth. *These Modern Writers.* Melbourne: Georgian House, 1946, pp. 86–99.

Mesnil, Jacques. “A Prophet: DHL.” Translated by Frieda Lawrence. *Southwest Review* 31 (Summer 1946): 257–59.

Pritchett, V. S. *The Living Novel.* London: Chatto and Windus, 1946, pp. 131–38.

Routh, H. V. *English Literature and Ideas in the Twentieth Century.* London: Methuen, 1946, pp. 153–60.

Trilling, D. “Lawrence: Creator and Dissenter.” *Saturday Review of Literature* 29 (7 December 1946): 17–18, 82–84.

1947

Allen, Walter. “Lawrence in Perspective.” *Penguin New Writing* 29 (Autumn 1946): 104–15.

Auden, W. H. “Some Notes on DHL.” *Nation* 164 (26 April 1947): 482–84.

Bartlett, N. “The Failure of DHL.” *Australian Quarterly* 19 (December 1947): 87–102.

Byngham, Dion. “DHL.” In *Modern British Writing.* Edited by Denys Val Baker. New York: Vanguard, 1947, pp. 326–31.

Ghiselin, B. “DHL and a New World.” *Western Review* 9 (Spring 1947): 150–59.

1948

Evans, B. I. *English Literature between the Wars.* London: Methuen, 1948, pp. 49–57.

Glicksberg, Charles I. ''DHL the Prophet of Surrealism.'' *Nineteenth Century* 143 (April 1948): 229–37.

Hoffman, Frederick J. ''From Surrealism to 'The Apocalypse': A Development in Twentieth Century Irrationalism.'' *English Literary History* 15 (June 1948): 147–65.

Jones, W.S.H. ''DHL and the Revolt against Reason.'' *London Quarterly and Holborn Review* 173 (January 1948): 25–31.

Schorer, Mark. ''Technique as Discovery.'' *Hudson Review* 1 (Spring 1948): 67–87.

1949

Gaunt, W. *The March of the Moderns.* London: Cape, 1949, pp. 179–86, 189–91.

Leavis, F. R. ''DHL Placed.'' *Scrutiny* 16 (March 1949): 44–47.

1950

Bowen, Elizabeth. *Collected Impressions.* London: Longmans, 1950, 156–59.

Howe, Irving. ''Sherwood Anderson and DHL.'' *Furioso* 5 (Fall 1950): 21–33.

Read, Herbert. ''An Irregular Genius: The Significance of DHL.'' *World Review,* new series, 17 (July 1950): 50–56. (Partly a review of Aldington's biography [1950].)

1951

Auden, W. H. ''Heretics.'' In *Literary Opinion in America.* Edited by M. D. Zabel. New York: Harpers, 1951, pp. 256–59.

Danby, J. F. ''DHL.'' *Cambridge Journal* 4 (February 1951): 273–89.

Glicksberg, Charles I. ''DHL and Science.'' *Scientific Monthly* 73 (August 1951): 99–104.

Greene, T. ''Lawrence and the Quixotic Hero.'' *Sewanee Review* 59 (Fall 1951): 559–73.

Leavis, F. R. ''Mr. Eliot and Lawrence.'' *Scrutiny* 18 (1951): 66–72.

Neill, S. D. *A Short History of the English Novel.* London: Jarrolds, 1951, pp. 313–25.

Scott-James, R. A. ''Interior Vision: DHL.'' In his *Fifty Years of English Literature, 1900–1951.* London: Longmans, Green, 1951, pp. 124–31.

1952

Bantock, G. H. ''DHL and the Nature of Freedom.'' In his *Freedom and Authority in Education.* London: Faber and Faber, 1952, pp. 133–81.

Ellmann, Richard. ''Lawrence and His Demon.'' *New Mexico Quarterly* 22 (Winter 1952): 385–93. (Reprinted, as ''Barbed Wire and Coming Through,'' in Hoffman and Moore [1953]: 253–67; and in his *along the riverrun: Selected Essays.* New York: Knopf, 1989.)

Schorer, Mark. ''Fiction with a Great Burden.'' *Kenyon Review* 14 (Winter 1952): 162–68.

Scott, Nathan A. ''DHL: Chartist of the Via Mystica.'' In his *Rehearsals of Discomposure: Alienation and Reconciliation in Modern Literature.* London: John Lehmann, 1952, pp. 112–77.

1953

Dataller, Roger. ''Elements of DHL's Prose Style.'' *Essays in Criticism* 3 (October 1953): 413–24.

Jones, W.S.H. ''DHL and the Revolt against Reason.'' In his *The Priest and the Siren.* London: Epworth Press, 1953, pp. 114–26.

Kettle, Arnold. *An Introduction to the English Novel.* Vol. 2. London: Hutchinson's University Library, 1953, pp. 100–120.

Miller, Milton. ''Definition by Comparison: Chaucer, Lawrence, Joyce.'' *Essays in Criticism* 3 (October 1953): 369–81.

Spender, Stephen. ''Pioneering the Instinctive Life.'' In his *The Creative Element: A Study of Vision, Despair and Orthodoxy among Some Modern Writers.* London: Hamish Hamilton, 1953, pp. 92–107.

1954

Adix, M. ''Phoenix at Walden: Lawrence Calls on Thoreau.'' *Western Humanities Review* 8 (Fall 1954): 287–98.

Hough, Graham. ''DHL and the Novel.'' *Adelphi* 30, no. 4 (1954): 365–82.

Leavis, F. R. ''Lawrence and Class.'' *Sewanee Review* 62 (Fall 1954): 535–62.

Melchiori, Giorgio. ''The Lotus and the Rose: DHL and Eliot's *Four Quartets.*'' *English Miscellany* 5 (1954): 203–16.

1955

Heppenstall, Rayner. ''Outsiders and Others.'' *Twentieth Century* 158 (November 1955): 453–59.

Kazin, Alfred. ''The Painfulness of DHL.'' In his *The Inmost Leaf.* New York: Harcourt, 1955, pp. 98–102.

Littlewood, J.C.F. ''Lawrence, Last of the English.'' *Theoria* 7 (1955): 79–92.

Maud, Ralph N. ''DHL: True Emotion as the Ethical Control in Art.'' *Western Humanities Review* 9 (1955): 233–40.

Vivante, Leone. ''Reflections on DHL's Insight into the Concept of Potentiality.'' In his *A Philosophy of Potentiality.* London: Routledge and Kegan Paul, 1955, pp. 79–115.

1956

Murry, John Middleton. ''The Living Dead I: DHL.'' *London Magazine* 3 (May 1956): 57–63.

Price, A. Whigham. ''DHL and Congregationalism.'' *Congregational Quarterly* 34 (July and October 1956): 242–52; 322–30.

Stavrou, Constantine W. ''DHL's 'Psychology' of Sex.'' *Literature and Psychology* 6 (1956): 90–95.

Woodcock, George. ''Mexico and the English Novelist.'' *Western Review* 21 (Autumn 1956): 21–32. (Lawrence, Huxley, and Greene.)

1957

Burke, Kenneth. ''In Qualified Defense of Lawrence.'' In his *Permanence and Change: An Anatomy of Purpose.* 2d ed. Los Altos, Calif.: Hermes, 1957, pp. 250–54.

Coveney, Peter. ''DHL.'' In his *Poor Monkey: The Child in Literature.* London: Rockliff, 1957. (Revised as *The Image of Childhood: The Individual and Society: A Study of the Theme in English Literature.* Harmondsworth: Penguin, 1967, pp. 320–36.)

McCormick, John. *Catastrophe and Imagination: An Interpretation of the Recent English and American Novel.* London and New York: Longman, Green, 1957, passim.

Pinto, Vivian de Sola. ''DHL, Letter-Writer and Craftsman in Verse: Some Hitherto Unpublished Material.'' *Renaissance and Modern Studies* 1 (1957): 5–34.

1958

Dataller, Roger. ''Mr. Lawrence and Mrs. Woolf.'' *Essays in Criticism* 8 (January 1958): 48–59.

Draper, R. P. ''DHL on Mother-Love.'' *Essays in Criticism* 8 (July 1958): 285–89.

Engel, Monroe. ''The Continuity of Lawrence's Short Novels.'' *Hudson Review* 11 (Summer 1958): 201–9.

1959

Bramley, J. A. ''The Significance of DHL.'' *Contemporary Review* 195 (May 1959): 304–7.

Karl, Frederick R., and Marvin Magalaner. *A Reader's Guide to Great Twentieth-Century English Novels.* New York: Noonday; London: Thames and Hudson: 1959, pp. 150–204.

Magalaner, Marvin. ''DHL Today.'' *Commonweal* 70 (12 June 1959): 275–76.

Sale, Roger. ''The Narrative Technique of *The Rainbow.*'' *Modern Fiction Studies* 5 (1959): 29–38.

Walsh, William. *The Use of the Imagination: Educational Thought and the Literary Mind.* London: Chatto and Windus, 1959. ''The Writer and the Child,'' pp. 163–74 (on Ursula and *The Rainbow*); ''The Writer as Teacher: The Educational Ideas of DHL,'' 199–228.

Widmer, Kingsley. ''The Primitivistic Aesthetic: DHL.'' *Journal of Aesthetics and Art Criticism* 17 (March 1959): 344–53.

1960

Bramley, J. A. ''The Challenge of DHL.'' *Hibbert Journal* 52 (April 1960): 281–87.

Garlington, Jack. ''Lawrence—With Misgivings.'' *South Atlantic Quarterly* 59 (Summer 1960): 404–8.

Goodheart, Eugene. ''Freud and Lawrence.'' *Psychoanalysis and Psychoanalytical Review* 47 (1960): 56–64.

Rieff, Philip. ''Introduction.'' In *Psychoanalysis and the Unconscious* and *Fantasia of the Unconscious* by DHL. New York: Viking, 1960, pp. vii–xxiii.

1961

Baldanza, Frank. ''DHL's 'Song of Songs.' '' *Modern Fiction Studies* 7 (Summer 1961): 106–14.

Foster, D. W. ''Lawrence, Sex and Religion.'' *Theology* 64 (January 1961): 8–13.

Knight, G. Wilson. ''Lawrence, Joyce and Powys.'' *Essays in Criticism* 11 (1961): 403–17.

Peerman, D. ''DHL: Devout Heretic.'' *Christian Century* 78 (22 February 1961): 237–41.

Turnell, M. ''The Shaping of Contemporary Literature: Lawrence, Forster, Virginia Woolf.'' In his *Modern Literature and Christian Faith.* London: Darton, Longman, and Todd; Westminster, Md.: Newman Press, 1961, pp. 25–45.

1962

Alvarez, A. ''The New Poetry or beyond the Gentility Principle.'' In *The New Poetry.* Edited by A. Alvarez. Harmondsworth: Penguin, 1962, pp. 21–32.

Myers, Neil. ''Lawrence and the War.'' *Criticism* 4 (Winter 1962): 44–58.

Newman, Paul B. ''DHL and *The Golden Bough.*'' *Kansas Magazine* (1962): 79–86.

Sparrow, John. ''Regina v. Penguin Books Ltd: An Undisclosed Element in the Case.'' *Encounter* 18 (February 1962): 35–43.

1963

Bodkin, Maud. *Archetypal Patterns in Poetry: Psychological Studies of Imagination.* London: Oxford University Press, 1963, pp. 289–99.

Draper, R. P. ''Great Writers 4: DHL.'' *Time and Tide* 44 (24–30 January 1963): 23–24.

Engleberg, Edward. ''Escape from the Circles of Experience: DHL's *The Rainbow* as a Modern Bildungsroman.'' *PMLA* 78 (March 1963): 103–13.

Hartt, Julian N. *The Lost Image of Man.* Baton Rouge: Louisiana State University Press, 1963, pp. 55–60.

Moore, Harry T. ''Lawrence from All Sides.'' *Kenyon Review* 25 (Summer 1963): 555–58.

O'Connor, Frank. *The Lonely Voice: A Study of the Short Story.* Cleveland: World, 1963, pp. 147–55.

Spender, Stephen. *The Struggle of the Modern.* London: Hamilton; Berkeley: University of California Press, 1963, pp. 100–109 and passim.

1964

Guttmann, Allen. ''DHL: The Politics of Irrationality.'' *Wisconsin Studies in Contemporary Literature* 5 (Summer 1964): 151–63.

Hardy, Barbara. *The Appropriate Form: An Essay on the Novel.* London: Athlone Press, 1964, pp. 132–73.

Kessler, Jascha. ''DHL's Primitivism.'' *Texas Studies in Literature and Language* 5 (1964): 467–88.

Lindsay, Jack. ''The Impact of Modernism on Lawrence.'' In *The Paintings of DHL.* Edited by Mervyn Levy. London: Cory, Adams, and McKay; New York: Viking, 1964, pp. 35–53.

Way, B. ''Sex and Language: Obscene Words in DHL and Henry Miller.'' *New Left Review,* no. 27 (September–October 1964): 164–70.

Wilde, Alan. ''The Illusion of *St. Mawr:* Technique and Vision in DHL's Novel.'' *PMLA* 79 (March 1964): 164–70.

1965

Gray, Ronald. ''English Resistance to German Literature from Coleridge to DHL.'' In his *The German Tradition in Literature 1871–1945.* Cambridge: Cambridge University Press, 1965, pp. 327–54. (Mainly on *Women in Love.*)

Hildick, Wallace. *Word for Word: A Study of Author's Alterations.* New York: Norton, 1965, pp. 58–69.

Jordan, Sidney. ''DHL's Concept of the Unconscious and Existential Thinking.'' *Review of Existential Psychology and Psychiatry* 5 (1965): 34–43.

Mayhall, Jane. ''DHL: The Triumph of Texture.'' *Western Humanities Review* 19 (Spring 1965): 161–74.

Sale, Roger. ''DHL, 1912–1916.'' *Massachusetts Review* 6 (Spring 1965): 467–80.

1966

Blissett, William. ''DHL, D'Annunzio, Wagner.'' *Wisconsin Studies in Contemporary Literature* 7 (Winter–Spring 1966): 21–46.

Draper, R. P. ''Satire as a Form of Sympathy: DHL as a Satirist.'' In *Renaissance and Modern Essays Presented to Vivian de Sola Pinto in Celebration of His Seventieth*

Birthday. Edited by G. R. Hibbard. London: Routledge and Kegan Paul, 1966, pp. 189–97.

Friedman, Alan. "DHL: 'The Wave Which Cannot Halt.' " In his *The Turn of the Novel.* New York: Oxford University Press, 1966, pp. 130–78.

Gordon, D. J. "Two Anti-Puritan Puritans: Bernard Shaw and DHL." *Yale Review* 56 (Autumn 1966): 76–90.

Kaplan, Harold J. *The Passive Voice: An Approach to Modern Fiction.* Athens: Ohio University Press, 1966, pp. 159–85.

Panichas, G. "E. M. Forster and DHL: Their Views on Education." In *Renaissance and Modern Essays Presented to Vivian de Sola Pinto in Celebration of His Seventieth Birthday.* Edited by G. R. Hibbard. London: Routledge; New York: Barnes and Noble, 1966, pp. 193–213.

1967

Cowan, James C. "Lawrence's Romantic Values: *Studies in Classic American Literature.*" *Ball State University Forum* 8 (Winter 1967): 30–35.

Craig, David. "Fiction and the Rising Industrial Classes." *Essays in Criticism* 17 (January 1967): 64–74.

Jacobson, P. "DHL and Modern Society." *Journal of Contemporary History* 2 (April 1967): 81–92.

Lee, R. H. "A True Relatedness: Lawrence's View of Morality." *English Studies in Africa* 10 (September 1967): 178–85.

Pinto, Vivian de Sola. "The Burning Bush: DHL as Religious Poet." In *Mansions of the Spirit: Essays in Literature and Religion.* Edited by George A. Panichas. New York: Hawthorne, 1967, pp. 213–35.

Remsbury, John. " 'Real Thinking': Lawrence and Cézanne." *Cambridge Quarterly* 2 (Spring 1967): 117–47.

Roy, Chitra. "DHL and E. M. Forster: A Study in Values." *Indian Journal of English Studies* 8 (March 1967): 46–58.

Spender, Stephen. "Writers and Politics." *Partisan Review* 34 (Summer 1967): 359–81.

Zytaruk, G. "The Phallic Vision: DHL and V. V. Rozanov." *Comparative Literature Studies* 4 (1967): 283–97.

1968

Benstock, Bernard. "Personalities and Politics: A View of the Literary Right." *DHL Review* 1 (Summer 1968): 149–69.

Elsbree, Langdon. "DHL, Homo Ludens, and the Dance." *DHL Review* 1 (Spring 1968): 1–30.

Hinz, Evelyn J. "DHL's Clothes Metaphor." *DHL Review* 1 (Summer 1968): 87–113.

Klein, Robert C. "I, Thou and You in Three Lawrencian Relationships." *Paunch,* no. 31 (April 1968): 52–70.

1969

Barry, J. "Oswald Spengler and DHL." *English Studies in Africa* 12, no. 2 (1969): 151–61.

Cowan, James C. "DHL's Quarrel with Christianity." *University of Tulsa Department of English Monographs,* no. 7: *Literature and Theology.* (1969): 32–43.

Daniel, John. ''DHL—His Reputation Today.'' *London Review* 6 (Winter 1969/70): 25–33.

Garrett, Peter K. *Scene and Symbol from George Eliot to James Joyce.* New Haven, Conn.: Yale University Press, 1969, pp. 181–213.

Henig, Suzanne. ''DHL and Virginia Woolf.'' *DHL Review* 2 (Fall 1969): 265–71.

Pinto, Vivian de Sola. ''William Blake and DHL.'' In *William Blake: Essays for S. Foster Damon.* Edited by Alvin H. Rosenfeld. Providence, R.I.: Brown University Press, 1969, pp. 84–106.

Zytaruk, George J. ''DHL's Reading of Russian Literature.'' *DHL Review* 2 (Summer 1969): 120–37.

1970

Alter, Richard. ''Eliot, Lawrence, and the Jews.'' *Commentary* 50 (October 1970): 81–86.

Chapman, R. T. ''Lawrence, Lewis and the Comedy of Literary Reputations.'' *Studies in the Twentieth Century,* no. 6 (Fall 1970): 85–95.

Chapple, J.A.V. *Documentary and Imaginative Literature 1880–1920.* London: Blandford Press, 1970, pp. 72–79 and passim.

Eagleton, Terry. *Exiles and Emigrés: Studies in Modern Literature.* London: Chatto and Windus; New York: Schocken, 1970, pp. 191–218.

Maes-Jelinek, Hena. *Criticism of Society in the English Novel between the Wars.* Paris: Société d'Editions ''Les Belles Lettres,'' 1970, pp. 11–100. (Impact of World War I and subsequent events on Lawrence.)

Rahv, P. *Literature and the Sixth Sense.* London: Faber and Faber, 1970, pp. 93–94, 289–306, 437–45.

Richardson, John Adkins, and John I. Ades. ''DHL on Cézanne: A Study in the Psychology of Critical Intuition.'' *Journal of Aesthetics and Art Criticism* 28 (Summer 1970): 441–53.

1971

Fairbanks, N. David. ''Strength through Joy in the Novels of DHL.'' *Literature and Ideology,* no. 8 (1971): 67–78.

Phillips, Gene D. ''Sexual Ideas in the Films of DHL.'' *Sexual Behavior* 1 (June 1971): 10–16.

Remsbury, Ann, and John Remsbury. ''DHL and Art.'' *Revista da Faculdade de Letras* (University of Lisbon), série 3, no. 12 (1971): 5–33. (Reprinted in Gomme [1978]: 190–218.)

Rudrum, Alan. ''Philosophical Implications in Lawrence's *Women in Love.*'' *Dalhousie Review* 52 (1971): 240–50.

Spilka, Mark. ''Lawrence Up-Tight, or the Anal Phase Once Over.'' *Novel: A Forum on Fiction* 4 (Spring 1971): 252–67.

———, with Colin Clarke, George Ford, and Frank Kermode. ''Critical Exchange: On 'Lawrence Up-Tight': Four Tail-Pieces.'' *Novel: A Forum on Fiction* 5 (Fall 1971): 54–70.

1972

Cox, C. B., and A. E. Dyson. *The Twentieth-Century Mind: History, Ideas and Literature in Britain.* Vol. 1: 1900–18. London: Oxford University Press, 1972, pp. 435–40.

Harper, Howard M., Jr. ''*Fantasia* and the Psychodynamics of *Women in Love*.'' In *The Classic British Novel*. Edited by Howard Harper, Jr., and Charles Edge. Athens: University of Georgia Press, 1972, pp. 202–19.

Hinz, Evelyn J. ''The Beginning and the End: DHL's *Psychoanalysis* and *Fantasia*.'' *Dalhousie Review* 52 (1972): 251–65.

Laurenson, Diana, and Alan Swingewood. *The Sociology of Literature*. London: MacGibbon and Kee, 1972, pp. 83–88 and passim.

Lee, R. ''The 'Strange Reality of Otherness': DHL's Social Attitudes.'' *Standpunte* 25 (June 1972): 3–10.

1973

Carey, John. ''DHL's Doctrine.'' In *DHL: Novelist, Poet, Prophet*. Edited by Stephen Spender. London: Weidenfeld and Nicolson, 1973, pp. 122–34.

Craig, David. *The Real Foundations: Literature and Social Change*. London: Chatto and Windus, 1973; New York: Oxford University Press, 1974. (''Shakespeare, Lawrence and Sexual Freedom,'' pp. 17–38; ''Lawrence and Democracy,'' pp. 143–67.)

Eagleton, Terry. ''Lawrence.'' In *The Prose for God*. Edited by Ian Gregor and Walter Stein. London: Sheed and Ward, 1973, pp. 86–100.

Roberts, Mark. ''DHL and the Failure of Energy: *Fantasia of the Unconscious; Psychoanalysis and the Unconscious*.'' In his *The Tradition of Romantic Morality*. London: Macmillan, 1973, pp. 322–48.

1974

Buckley, Jerome H. *Season of Youth: The Bildungsroman from Dickens to Golding*. Cambridge: Harvard University Press, 1974, pp. 204–24.

Green, Eleanor H. ''Blueprints for Utopia: The Political Ideas of Nietzsche and DHL.'' *Renaissance and Modern Studies* 18 (1974): 141–61.

Harris, Janice H. ''DHL and Kate Millett.'' *Massachusetts Review* 15 (1974): 522–29.

Humma, John B. ''DHL as Friedrich Nietzsche.'' *Philological Quarterly* 53 (1974a): 110–20.

———. ''Melville's *Billy Budd* and Lawrence's 'The Prussian Officer': Old Adams and New.'' *Essays in Literature* (Western Illinois University) 1 (1974b): 83–88.

Kleinbard, David J. ''DHL and Ontological Insecurity.'' *PMLA* 89 (January 1974): 154–63.

Winegarten, Renée. *Writers and Revolution: The Fatal Lure of Action*. New York: New Viewpoints, 1974, pp. 247–60.

1975

Bersani, Leo. ''Lawrentian Stillness.'' *Yale Review* 65 (October 1975): 38–60. (Also in his *A Future for Astyanax: Character and Desire in Literature*. Boston and Toronto: Little, Brown, 1976, pp. 156–85.)

Blanchard, Lydia. ''Love and Power: A Reconsideration of Sexual Politics in DHL.'' *Modern Fiction Studies* 21 (1975): 431–43.

Cowan, James C. ''DHL's Dualism: The Apollonian-Dionysian Polarity and *The Ladybird*.'' In *Forms of Modern Fiction*. Edited by A. W. Friedman. Austin and London: University of Texas Press, 1975, pp. 75–99.

Meyers, Jeffrey. *Painting and the Novel*. Manchester: Manchester University Press; New York: Barnes and Noble, 1975, pp. 46–82.

Ragussis, Michael. "The False Myth of *St. Mawr:* Lawrence and the Subterfuge of Art." *Papers on Language and Literature* 11 (Spring 1975): 186–96.

Rossman, Charles. " 'You Are the Call and I Am the Answer': DHL and Women." *DHL Review* 8 (Fall 1975): 255–328.

Worthen, John. "Sanity, Madness and *Women in Love.*" *Trivium* 10 (1975): 125–36.

1976

Bayley, John. *The Uses of Division: Unity and Disharmony in Literature.* New York: Viking, 1976, pp. 25–50.

Eagleton, Terry. *Criticism and Ideology: A Study in Marxist Literary Theory.* London: New Left Books, 1976, pp. 157–61.

Jennings, Elizabeth. "DHL: A Vision of the Natural World." *Seven Men of Vision: An Appreciation.* London: Vision Press, 1976, pp. 45–80.

Ross, C. L. "The Revision of the Second Generation in *The Rainbow.*" *Review of English Studies* 27 (1976): 277–95.

Stewart, Garrett. "Lawrence, 'Being,' and the Allotropic Style." *Novel* 9 (Spring 1976): 217–42. (Reprinted in *Towards a Poetics of Fiction: Essays from "Novel: A Forum on Fiction" 1967–76.* Edited by Mark Spilka. Bloomington: Indiana University Press, 1977, pp. 331–56.)

1977

Deleuze, Gilles, and Félix Guattari. *Anti-Oedipus: Capitalism and Schizophrenia.* Translated by Robert Hurley, Mark Seem, and Helen R. Lane. New York: Viking, 1977, passim. (Originally published in French as *L'Anti-Oedipe.* Paris: Les Editions de Minuit, 1972. Reprinted: Minneapolis: Minnesota University Press, 1983; London: Athlone Press, 1984.)

Goonetilleke, D.C.R.A. "DHL: Primitivism?" In his *Developing Countries in British Fiction.* Totowa, N.J.: Rowman and Littlefield, 1977, pp. 170–98.

Langbaum, Robert. "Reconstitution of Self: Lawrence and the Religion of Love." In his *Mysteries of Identity: A Theme in Modern Literature.* New York: Oxford University Press, 1977, pp. 251–353.

Lodge, David. "DHL." In his *The Modes of Modern Writing: Metaphor, Metonymy, and the Typology of Modern Literature.* London: Edward Arnold, 1977, pp. 160–76.

Meyers, Jeffrey. *Homosexuality and Literature: 1890–1930.* London: Athlone, 1977, pp. 131–61.

Mudrick, Marvin. *The Man in the Machine.* New York: Horizon Press, 1977, pp. 37–60 and passim.

Pritchard, William H. "DHL: 1920–1930." In his *Seeing through Everything: English Writers 1918–1940.* London: Faber and Faber, 1977, pp. 70–89.

Ross, C. L. "DHL's Use of Greek Tragedy: Euripedes and Ritual." *DHL Review* 10 (Spring 1977): 1–19.

1978

MacDonald, Robert H. " 'The Two Principles': A Theory of the Sexual and Psychological Symbolism of DHL's Later Fiction." *DHL Review* 11 (Summer 1978): 132–55.

Ragussis, Michael. "DHL: The New Vocabulary of *Women in Love:* Speech and Art Speech." In his *The Subterfuge of Art: Language and the Romantic Tradition.* Baltimore and London: Johns Hopkins University Press, 1978, pp. 172–225.

Robinson, Ian. "DHL and English Prose." In *DHL: A Critical Study of the Major Novels and Other Writings.* Edited by A. H. Gomme. Sussex: Harvester Press; New York: Barnes and Noble, 1978, pp. 13–29.

Walker, Ronald. *Infernal Paradise: Mexico and the Modern English Novel.* Berkeley, Los Angeles, and London: University of California Press, 1978, pp. 28–104.

Zoll, Allan R. "Vitalism and the Metaphysics of Love: DHL and Schopenhauer." *DHL Review* 11 (Spring 1978): 1–20.

1979

Eagleton, Mary, and David Pierce. "Pressure Points: Forster, Lawrence, Joyce, Woolf." In their *Attitudes to Class in the English Novel from Walter Scott to David Storey.* London: Thames and Hudson, 1979, pp. 93–129.

Goodman, Charlotte. "Henry James, DHL and the Victimised Child." *Modern Language Studies* 10 (1979–80): 43–51.

Hinz, Evelyn J. "*Ancient Art and Ritual* and *The Rainbow.*" *Dalhousie Review* 58 (1979): 617–37.

Mace, Hebe R. "The Achievement of Poetic Form: DHL's *Last Poems.*" *DHL Review* 12 (Fall 1979): 275–88.

Spanier, Sandra Whipple. "Two Foursomes in *The Blithedale Romance* and *Women in Love.*" *Comparative Literature Studies* 16 (1979): 58–69.

Stewart, Jack F. "Expressionism in *The Rainbow.*" *Novel* 13 (1979–80): 296–315. (Reprinted in Jackson and Jackson [1988]: 72–92.)

Stubbs, Patricia. "Mr. Lawrence and Mrs. Woolf." In her *Women and Fiction: Feminism and the Novel, 1880–1920.* New York: Barnes and Noble, 1979, pp. 225–35.

1980

Adamowski, T. H. "Self/Body/Other: Orality and Ontology in Lawrence." *DHL Review* 13 (Fall 1980): 193–208.

Cohen, Marvin R. "The Prophet and the Critic: A Study in Classic Lawrentian Literature." *Texas Studies in Literature and Language* 22 (1980): 1–21.

Henry, Graeme. "DHL: Objectivity and Belief." *Critical Review* (Melbourne) 22 (1980): 32–43.

Holmes, Colin. "A Study of DHL's Social Origins." *Literature and History* 6 (1980): 82–93.

Spivey, Ted R. "Lawrence and Faulkner: The Symbolist Novel and the Prophetic Song." In his *The Journey beyond Tragedy: A Study of Myth and Modern Fiction.* Orlando: University Presses of Florida, 1980, pp. 72–93.

Stewart, Jack F. "Lawrence and Gauguin." *Twentieth Century Literature* 26 (1980a): 385–401.

———. "Primitivism in *Women in Love.*" *DHL Review* 13 (Spring 1980b): 45–62.

Wilt, Judith. *Ghosts of the Gothic: Austen, Eliot, and Lawrence.* Princeton: Princeton University Press, 1980, pp. 231–303.

Young, Richard O. " 'Where Even the Trees Come and Go': DHL and the Fourth Dimension." *DHL Review* 13 (Spring 1980): 30–44.

1981

Cook, Ian G. "Consciousness and the Novel: Fact or Fiction in the Works of DHL." In *Humanistic Geography and Literature: Essays on the Experience of Place.* Edited by Douglas C. D. Pocock. London: Croom Helm; Totowa, N.J.: Barnes and Noble, 1981, pp. 66–84.

Foster, John Burt, Jr. "Holding Forth against Nietzsche: DHL's Novels from *Women in Love* to *The Plumed Serpent.*" In his *Heirs to Dionysus: A Nietzschean Current in Literary Modernism.* Princeton: Princeton University Press, 1981, pp. 189–255.

Gordon, David J. "Sex and Language in DHL." *Twentieth Century Literature* 27 (Winter 1981): 362–74.

Levine, George. "Epilogue: Lawrence, *Frankenstein,* and the Reversal of Realism." In his *The Realistic Imagination: English Fiction from "Frankenstein" to "Lady Chatterley."* Chicago: University of Chicago Press, 1981, pp. 317–28 (323–28).

McVeagh, John. *Tradefull Merchants: The Portrayal of the Capitalist in Literature.* London and Boston: Routledge and Kegan Paul, 1981, pp. 171–90.

1982

Bump, Jerome. "Stevens and Lawrence: The Poetry of Nature and the Spirit of the Age." *Southern Review* 18 (1982): 44–61.

Carter, Angela. "DHL, Scholarship Boy." *New Society* 60 (3 June 1982): 391–92.

Hayles, Nancy Katherine. "The Ambivalent Approach: DHL and the New Physics." *Mosaic* 15 (September 1982): 89–108.

Kerr, Fergus. "Russell vs. Lawrence and/or Wittgenstein." *New Blackfriars* 63 (October 1982): 430–40.

Martin, Graham. "DHL and Class." In *The Uses of Fiction: Essays in the Modern Novel in Honour of Arnold Kettle.* Milton Keynes, Pa.: Open University Press, 1982, pp. 83–97. (Reprinted in Widdowson [1992]: 35–48.)

Padhi, Bibhu. "Lawrence's Idea of Language." *Modernist Studies* 4 (1982): 65–76.

1983

Brunsdale, Mitzi M. "DHL's *David:* Drama as a Vehicle for Religious Prophecy." *Themes and Drama* 5 (1983a): 123–37.

———. "Toward a Greater Day: Lawrence, Rilke, and Immortality." *Comparative Literature Studies* 20 (1983b): 402–17.

Cianci, Giovanni. "DHL and Futurism/Vorticism." *Arbeiten aus Anglistik und Amerikanistic* 8 (1983): 41–53.

Cox, Gary D. "DHL and F. M. Dostoevsky: Mirror Images of Murderous Aggression." *Modern Fiction Studies* 29 (1983): 175–82.

Engel, Monroe. "Contrived Lives: Joyce and Lawrence." In *Modernism Reconsidered.* Edited by Robert Kiely and John Hildebidle. Cambridge and London: Harvard University Press, 1983, pp. 65–80.

Shaw, Marion. "Lawrence and Feminism." *Critical Quarterly* 25 (Autumn 1983): 23–27.

Stewart, Jack F. "Lawrence and Van Gogh." *DHL Review* 16 (Spring 1983): 1–24.

1984

Hayles, Nancy Katherine. "Evasion: The Field of the Unconscious in DHL." In her *The Cosmic Web: Scientific Field Models and Literary Strategies in the Twentieth Century.* Ithaca, N.Y.: Cornell University Press, 1984, pp. 85–110.

Martin, Graham. " 'History' and 'Myth' in DHL's Chatterley Novels." In *The British Working-Class Novel in the Twentieth Century.* Edited by Jeremy Hawthorn. London: Edward Arnold, 1984, pp. 63–74.

Schneider, Daniel. ''DHL and the Early Greek Philosophers.'' *DHL Review* 17 (Summer 1984): 97–109.

Stearns, Catherine. ''Gender, Voice, and Myth: The Relation of Language to the Female in DHL's Poetry.'' *DHL Review* 17 (Fall 1984): 233–42.

Stewart, Garrett. ''Rites of Trespass: Lawrence.'' In his *Death Sentences: Styles of Dying in British Fiction.* Cambridge: Harvard University Press, 1984, pp. 215–52.

Weinstein, Philip M. *The Semantics of Desire: Changing Models of Identity from Dickens to Joyce.* Princeton: Princeton University Press, 1984, pp. 189–251. ('' 'Become Who You Are': The Optative World of DHL,'' pp. 204–24; and see also citations under *Women in Love* and *Lady Chatterley's Lover.*)

1985

Asher, Kenneth. ''Nietzsche, Lawrence and Irrationalism.'' *Neophilologus* 69 (1985): 1–16.

Beer, John. ''DHL and English Romanticism.'' *Aligarh Journal of English Studies* 10, no. 2 (1985): 109–21.

Blanchard, Lydia. ''Lawrence, Foucault, and the Language of Sexuality.'' In *DHL's ''Lady'': A New Look at ''Lady Chatterley's Lover.''* Edited by Michael Squires and Dennis Jackson. Athens: University of Georgia Press, 1985, pp. 17–35.

Heuser, Alan. ''Creaturely Inseeing in the Poetry of G. M. Hopkins, DHL, and Ted Hughes.'' *Hopkins Quarterly* 12 (1985): 35–51.

Leavis, L. R. ''The Late Nineteenth Century Novel and the Change towards the Sexual—Gissing, Hardy and Lawrence.'' *English Studies* 66 (1985): 36–47.

Lodge, David. ''Lawrence, Dostoevsky, Bakhtin: DHL and Dialogic Fiction.'' *Renaissance and Modern Studies* 29 (1985): 16–32. (Reprinted, in slightly revised form, in Brown [1990]: 92–108; and in his own *After Bakhtin: Essays on Fiction and Criticism.* London and New York: Routledge, 1990, pp. 57–74.)

Pile, Stephen. '' 'Dirty Bertie' Makes It to the Abbey.'' *Sunday Times* (17 November 1985): 7. (On the Lawrence memorial in Poets' Corner, Westminster Abbey.)

1986

Breen, Judith Puchner. ''DHL, World War I and the Battle between the Sexes: A Reading of 'The Blind Man' and 'Tickets, Please.' '' *Women's Studies* 13 (1986): 63–74.

Daly, Macdonald. ''DHL and Walter Brierley.'' *DHL: The Journal of the DHL Society* 4 (1986): 22–29.

Pollak, Paulina S. ''Anti-Semitism in the Works of DHL: Search for and Rejection of the Faith.'' *Literature and Psychology* 32 (1986): 19–29.

Rose, Jonathan. *The Edwardian Temperament 1895–1919.* Athens: Ohio University Press, 1986, pp. 80–91.

Schneider, Daniel J. ''Alternatives to Logocentrism in DHL.'' *South Atlantic Review* 51 (May 1986): 35–47. (Reprinted in Widdowson [1992]: 160–70.)

Yanada, Noriyuki. ''Nursery Rhymes Alluded to in DHL Novels.'' *Language and Culture* 11 (1986): 32–63.

1987

Doherty, Gerald. ''White Mythologies: DHL and the Deconstructive Turn.'' *Criticism* 29 (Fall 1987): 477–96.

Meisel, Perry. "Hardy, Lawrence, and the Disruptions of Nature." In his *The Myth of the Modern: A Study in British Literature and Criticism after 1850.* New Haven, Conn.: Yale University Press, 1987, pp. 11–36.

Orr, John. "Lawrence: Passion and its Dissolution." In his *The Making of the Twentieth-Century Novel: Lawrence, Joyce, Faulkner and Beyond.* Basingstoke and London: Macmillan, 1987, pp. 20–43.

Sabin, Margery. *The Dialect of the Tribe: Speech and Community in Modern Fiction.* Oxford: Oxford University Press, 1987, passim: "The Life of Idiom in Joyce and Lawrence," pp. 25–42; "Near and Far Things in Lawrence's Writing of the Twenties" (*St. Mawr*), pp. 162–78; *Women in Love,* pp. 106–38; *Sea and Sardinia,* pp. 139–62.

Tallack, Douglas, ed. *Literary Theory at Work: Three Texts.* London: B. T. Batsford, 1987. (Three essays on *St. Mawr:* see under Giles, Poole, and Millard in Bibliography 42.)

1988

Bull, J. A. "The Novelist on the Margins: Hardy and Lawrence." In his *The Framework of Fiction: Socio-Cultural Approaches to the Novel.* Basingstoke and London: Macmillan, 1988, pp. 147–90.

Eggert, Paul. "DHL and Literary Collaboration." *Etudes Lawrenciennes* 3 (May 1988): 153–62.

Ellis, David. "Lawrence in His Letters." *Etudes Lawrenciennes* (May 1988): 41–49.

Pittock, Malcolm. "Where the Rainbow Ends: Some Reservations about Lawrence." *Durham University Journal* 80, no. 2 (1988): 295–304.

Schnitzer, Deborah. *The Pictorial in Modernist Fiction from Stephen Crane to Ernest Hemingway.* Ann Arbor, Mich.: UMI Research Press, 1988, pp. 138–58.

1989

Daleski, H. M. "Life as a Four-Letter Word: A Contemporary View of Lawrence and Joyce." In *DHL in the Modern World.* Edited by Peter Preston and Peter Hoare. London: Macmillan, 1989, pp. 90–103.

Dalgarno, Emily K. "DHL: Social Ideology in Visual Art." *Mosaic* 22 (1989): 1–18.

Doherty, Gerald. "The Metaphorical Imperative: From Trope to Narrative in *The Rainbow.*" *South Central Review* 6 (Spring 1989): 46–61.

Ingersoll, Earl G. "The Failure of Bloodbrotherhood in Melville's *Moby-Dick* and Lawrence's *Women in Love.*" *Midwest Quarterly* 30 (1989): 458–77.

Jewinski, Ed. "The Phallus in DHL and Jacques Lacan." *DHL Review* 21 (Spring 1989): 7–24.

Trotter, David. "Edwardian Sex Novels." *Critical Quarterly* 31 (1989): 92–106.

1990

Hamalian, Leo. "DHL and Black Writers." *Journal of Modern Literature* 16 (Spring 1990): 579–96. (Lawrence's influence on Ralph Ellison, Langston Hughes, Jean Toomer, Richard Wright, and others.)

MacKenzie, Donald. "After Apocalypse: Some Elements in Late Lawrence." In *European Literature and Theology in the Twentieth Century: Ends of Times.* Edited by David Jasper and Colin Crowder. New York: St. Martin's Press, 1990, pp. 34–55.

Nielsen, Inge Padkaer, and Karsten Hvidtfelt Nielsen. ''The Modernism of DHL and the Discourses of Decadence: Sexuality and Tradition in *The Trespasser, Fantasia of the Unconscious,* and *Aaron's Rod.*'' *Arcadia* 25, no. 3 (1990): 270–86.

Padhi, Bibhu. ''DHL and Europe.'' *Contemporary Review* 257 (1990): 83–87.

Polhemus, Robert M. ''The Prophet of Love and the Resurrection of the Body: DHL's *Lady Chatterley's Lover* (1928).'' In his *Erotic Faith: Being in Love from Jane Austen to DHL.* Chicago: University of Chicago Press, 1990, pp. 279–306.

1991

Dollimore, Jonathan. ''DHL and the Metaphysics of Sexual Difference.'' In his *Sexual Dissidence: Augustine to Wilde, Freud to Foucault.* Oxford: Clarendon Press, 1991, pp. 268–75.

Fjagesund, Peter. ''DHL, Knut Hamsun and Pan.'' *English Studies* (Netherlands) 72, no. 5 (October 1991): 421–25.

Goodheart, Eugene. ''Censorship and Self-Censorship in the Fiction of DHL.'' In *Representing Modernist Texts: Editing as Interpretation.* Edited by George Bornstein. Ann Arbor: University of Michigan Press, 1991, pp. 223–40.

Katz-Roy, Ginette. ''DHL and 'That Beastly France.' '' *DHL Review* 23 (1991): 143–56.

Rooks, Pamela A. ''DHL's 'Individual' and Michael Polanyi's 'Personal': Fruitful Redefinitions of Subjectivity and Objectivity.'' *DHL Review* 23 (1991): 21–29.

Ruderman, Judith. ''DHL and the 'Jewish Problem': Reflections on a Self-Confessed 'Hebrophobe.' '' *DHL Review* 23 (1991): 99–109.

Stewart, Jack F. ''Primordial Affinities: Lawrence, Van Gogh and the Miners.'' *Mosaic* 24 (Winter 1991): 92–113. (Reprinted in *DHL: The Journal of the DHL Society* [1992–93]: 22–44.)

Worthen, John. ''D. H. Lawrence: Problems with Multiple Texts.'' In *The Theory and Practices of Text-Editing: Essays in Honour of James T. Boulton.* Edited by Ian Small and Marcus Walsh. Cambridge: Cambridge University Press, 1991, pp. 14–34.

1992

Black, Michael. ''A Kind of Bristling in the Darkness: Memory and Metaphor in Lawrence.'' *Critical Review* (Melbourne) 32 (1992): 29–44.

Carey, John. *The Intellectuals and the Masses: Pride and Prejudice among the Literary Intelligentsia, 1880–1939.* London and Boston: Faber and Faber, 1992, pp. 35–36, 75–80 and passim.

Hyde, Virginia. ''The Body and the Body Politic in Lawrence.'' *Review* (Blacksburg, Va.) 14 (1992): 143–53.

Katz-Roy, Ginette. ''The Process of 'Rotary Image-Thought' in DHL's *Last Poems.*'' *Études Lawrenciennes* 7 (1992): 129–38.

Kinkead-Weekes, Mark. ''DHL and the Dance.'' *Dance Research* 10 (Spring 1992): 59–77. (Reprinted in *DHL: The Journal of the DHL Society* [1992–93]: 44–62.)

Semeiks, Joanna G. ''Sex, Lawrence, and Videotape.'' *Journal of Popular Culture* 25, no. 4 (Spring 1992): 143–52.

Williams, Linda R. ''The Trial of DHL.'' *Critical Survey* 4, no. 2 (1992): 154–61.

1993

Alldritt, Keith. ''The Europeans of DHL.'' *Etudes Lawrenciennes* 9 (1993): 11–19.

Gervais, David. “Forster and Lawrence: Exiles in the Homeland.” In his *Literary Englands: Versions of “Englishness” in Modern Writing*. Cambridge: Cambridge University Press, 1993, pp. 67–101 (84–99).

Hyde, Virginia. “To ‘Undiscovered Land’: D. H. Lawrence's Horsewomen and Other Questers.” In *Women and the Journey: The Female Travel Experience*. Edited by Bonnie Frederick and Susan H. McLeod. Pullman: Washington State University Press, 1993, pp. 171–96.

Katz-Roy, Ginette. “ ‘This May Be a Withering Tree This Europe’: Bachelard, Deleuze and Guattari on DHL's Poetic Imagination.” *Etudes Lawrenciennes* 9 (1993): 219–35.

Kim, Sung Ryol. “The Vampire Lust in DHL.” *Studies in the Novel* 25, no. 4 (Winter 1993): 436–48.

Langbaum, Robert. “Lawrence and the Modernists.” *Etudes Lawrenciennes* 9 (1993): 145–57.

Paccaud-Huguet, Josiane. “Narrative as a Symbolic Act: The Historicity of Lawrence's Modernity.” *Etudes Lawrenciennes* 9 (1993): 75–94.

Wallace, Jeff. “Language, Nature and the Politics of Materialism: Raymond Williams and DHL.” In *Raymond Williams: Politics, Education, Letters*. Edited by W. John Morgan and Peter Preston. London: Macmillan; New York: St. Martin's Press, 1993, pp. 105–28.

Zytaruk, George J. “Lawrence and Rozanov: Clarifying the Phallic Vision.” *Etudes Lawrenciennes* 9 (1993): 93–103.

1994

Ellis, David. “Lawrence, Wordsworth and ‘Anthropomorphic Lust.’ ” *Cambridge Quarterly* 23, no. 3 (1994): 230–42.

Ingersoll, Earl G. “Staging the Gaze in DHL's *Women in Love*.” *Studies in the Novel 26*, no. 2 (Fall 1994): 268–80.

Mills, Howard. “ ‘The World of Substance’: Lawrence, Hardy, Cézanne, and Shelley.” *English* 43 (Autumn 1994): 209–22.

参考書目88　歴史主義的批評Ｉ――歴史、社会、イデオロギー

本参考書目と、次の参考書目89に載せているすべての作品は、何らかの方法でロレンスの作品を脈絡化しようとするもの、あるいは史実に基づかせようとしているものであり、従って２つのリストは相互に補足的であると見るべきである。しかしながら便宜的に作品群を、主に社会歴史学的な発展と思想の潮流に沿ってロレンスを脈絡化しているものと、文学、芸術における伝統という側面から、或いは影響と共感という側面からロレンスを語っているものとの２つに分けてある。

参考書目96に載せた、省略なしの批評作品群の中で、次のものはロレンスについての社会学的、かつ、あるいは思想的視点に直接関連するものである。デラニー（Delany）1978年、デラヴネ（Delavenay）1972年、ファーニハフ（Fernihough）1993年、グッドハート（Goodheart）1963年、グリーン（Green）1974年、ハリソン（Harrison）1966年、ホウルダネス（Holderness）1982年、メンシュ（Mensch）1991年、モディアノ（Modiano）1987年、モハンティ（Mohanty）1993年、ニクソン（Nixon）1986年、サンダーズ（Sanders）1973年、シェクナー（Scheckner）1985年、シンプソン（Simpson）1982年、ウィドマー（Widmer）1962年と1992年、シンゼル（Sinzelle）1964年、ワーゼン（Worthen）1979年と1991年ｂ、（オールデン（Alden）1986年とラスキン（Raskin）1971年も参照のこと。）これらの批評作品はすべてが重要であるが、直接に社会学的な伝記的資料を求めたいならばデラニー、デラヴネ、シンゼル、ワーゼンなどの作品を推薦する。厳密な思想的解釈を欲するならば、ファーニハフ、ホウルダネス、メンシュ、ニクソン、シンプソンなどが必読の書である。

Alter, Richard. ''Eliot, Lawrence, and the Jews.'' *Commentary* 50 (October 1970): 81–86.

———. ''Eliot, Lawrence and the Jews: Two Versions of Europe.'' In his *Defenses of the Imagination: Jewish Writers and Modern Historical Crisis.* Philadelphia: Jewish Publication Society of America, 1978, pp. 137–51.

Armytage, W.H.G. ''The Disenchanted Mechanophobes in Twentieth Century England.'' *Extrapolation* 9 (1968): 33–60. (Lawrence included, along with Auden, Huxley, and Orwell.)

Arvin, Newton. ''DHL and Fascism.'' *New Republic* 89 (16 December 1936): 219. (Rejoinder to Wells [1936], op. cit.)

Atkins, John. ''Lawrence's Social Landscape.'' *Books and Bookmen* 15 (July 1970): 24–26.

Bamlett, Steve. '' 'A Way-Worn Ancestry Returning': The Function of the Representation of Peasants in the Novel.'' In *Peasants and Countrymen in Literature: A Symposium Organised by the English Department of the Roehampton Institute in February 1981.* London: Roehampton Institute of Higher Education, 1982, pp. 153–82.

Benstock, Bernard. ''Personalities and Politics: A View of the Literary Right.'' *DHL Review* 1 (Summer 1968): 149–69.

Bentley, Eric R. ''DHL, John Thomas and Dionysos.'' *New Mexico Quarterly Review* 12 (1941): 133–43.

———. ''Heroic Vitalists of the Twentieth Century.'' In his *A Century of Hero-Worship.* Philadelphia: Lippincott, 1944, pp. 205–53.

Bentley, Michael. ''Lawrence's Political Thought: Some English Contexts, 1906 19.'' In *DHL: New Studies.* Edited by Christopher Heywood. London: Macmillan; New York: St. Martin's Press, 1987, pp. 59–83.

Bloom, Alice. ''The Larger Connection: The Communal Vision in DHL.'' *Yale Review* 68 (1978): 176–91.

Bloom, Clive, ed. *Literature and Culture in Modern Britain, Volume 1: 1900–1929.* London: Longman, 1993.

Breen, Judith Puchner. ''DHL, World War I and the Battle between the Sexes: A Reading of 'The Blind Man' and 'Tickets, Please.' '' *Women's Studies* 13 (1986): 63–74.

Bull, J. A. ''The Novelist on the Margins: Hardy and Lawrence.'' In his *The Framework of Fiction: Socio-Cultural Approaches to the Novel.* Basingstoke and London: Macmillan, 1988, pp. 147–90.

Carey, John. ''DHL's Doctrine.'' In *DHL: Novelist, Poet, Prophet.* Edited by Stephen Spender. London: Weidenfeld and Nicolson, 1973, pp. 122–34.

———. *The Intellectuals and the Masses: Pride and Prejudice among the Literary Intelligentsia, 1880–1939.* London and Boston: Faber and Faber, 1992, pp. 35–36, 75–80 and passim.

Caudwell, Christopher. ''DHL: A Study of the Bourgeois Artist.'' In his *Studies in a Dying Culture.* London: Lane, 1938, pp. 44–72. (Reprinted in his *The Concept of Freedom.* London: Lawrence and Wishart, 1965, pp. 11–30.)

Chakrabarti, Anupam. ''DHL: The Socio-Cultural Critic.'' In *Essays on DHL.* Edited by T. R. Sharma. Meerut, India: Shalabh Book House, 1987, pp. 57–69.

Chapple, J.A.V. *Documentary and Imaginative Literature 1880–1920.* London: Blandford Press, 1970, pp. 72–79 and passim.

Colmer, John. *Coleridge to Catch-22: Images of Society.* New York: St. Martin's Press, 1978, pp. 130–34, 158–61.

Craig, David. ''Fiction and the Rising Industrial Classes.'' *Essays in Criticism* 17 (January 1967): 64–74.

———. *The Real Foundations: Literature and Social Change.* London; Chatto and Windus, 1973, pp. 17–38, 143–67. (Ch. 1 ''Shakespeare, Lawrence, and Sexual Freedom''; Ch. 7, ''Lawrence and Democracy.'')

Dalgarno, Emily K. ''DHL: Social Ideology in Visual Art.'' *Mosaic* 22 (1989): 1–18.

Davies, Rosemary Reeves. ''DHL and the Media: The Impact of Trigant Burrow on Lawrence's Social Thinking.'' *Studies in the Humanities* 11, no. 2 (1984): 33–41.

Delany, Paul. ''Lawrence and the Decline of the Industrial Spirit.'' In *The Challenge of DHL.* Edited by Michael Squires and Keith Cushman. Madison: University of Wisconsin Press, 1990, pp. 77–88.

Desouza, Eunice. ''DHL: Radical or Reactionary?'' *Economic Times* (16 March 1980): 7.

Dodsworth, Martin. ''Lawrence, Sex and Class.'' *English* 24 (1985): 69–80. (Review of *Mr. Noon.*)

Eagleton, Mary, and David Pierce. ''Pressure Points: Forster, Lawrence, Joyce, Woolf.'' In their *Attitudes to Class in the English Novel from Walter Scott to David Storey.* London: Thames and Hudson, 1979, pp. 93–129.

Eagleton, Terry. *Exiles and Emigrés: Studies in Modern Literature.* London: Chatto and Windus; New York: Schocken, 1970, pp. 191–218.

———. *Criticism and Ideology: A Study in Marxist Literary Theory.* London: New Left Books, 1976, pp. 157–61.

Efron, Arthur. ''Toward a Dialectic of Sensuality and Work.'' *Paunch* 44–45 (May 1976): 152–70. (''Sex and Work in Marx and *The Rainbow,*'' pp. 165–70.)

Eliot, T. S. *After Strange Gods: A Primer of Modern Heresy.* London: Faber and Faber; New York: Harcourt, Brace, 1934, pp. 38–43, 62–67.

Fairbanks, N. David. ''Strength through Joy in the Novels of DHL.'' *Literature and Ideology,* no. 8 (1971): 67–78.

Freeman, Mary. ''DHL in Valhalla.'' *New Mexico Quarterly* 10 (November 1942): 211–24.

Gervais, David. ''Forster and Lawrence: Exiles in the Homeland.'' In his *Literary Englands: Versions of ''Englishness'' in Modern Writing.* Cambridge: Cambridge University Press, 1993, pp. 67–101 (84–99).

Giles, Steve. ''Marxism and Form: DHL, *St. Mawr.*'' In *Literary Theory at Work: Three Texts.* Edited by Douglas Tallack. London: Batsford, 1987, pp. 49–66.

Gindin, James Jack. ''Society and Compassion in the Novels of DHL.'' *Centennial Review* 12 (1968): 355–74. (Reprinted in his *Harvest of a Quiet Eye: The Novel of Compassion.* Bloomington: Indiana University Press, 1971, pp. 205–21.)

Green, Eleanor H. ''Blueprints for Utopia: The Political Ideas of Nietzsche and DHL.'' *Renaissance and Modern Studies* 18 (1974): 141–61.

Green, Martin. ''Cottage Realism.'' *Month* 4 (September 1971): 85–88. (On the values of Lawrence, Raymond Williams, and Richard Hoggart.)

Griffin, A. R., and C. P. Griffin. ''A Social and Economic History of Eastwood and the Nottinghamshire Mining Country.'' In *A DHL Handbook.* Edited by Keith Sagar. Manchester: Manchester University Press, 1982, pp. 127–63.

Griffin, C. P. "The Social Origins of DHL: Some Further Evidence." *Literature and History* 7 (1981): 223–27. (Response to Holmes [1980].)

Guttmann, Allen. "DHL: The Politics of Irrationality." *Wisconsin Studies in Contemporary Literature* 5 (Summer 1964): 151–63.

Hawthorn, Jeremy. "Lawrence and Working-Class Fiction." In *Rethinking Lawrence.* Edited by Keith Brown. Milton Keynes and Philadelphia: Open University Press, 1990, pp. 67–78.

Hicks, Granville. "DHL as Messiah." *New Republic* 88 (28 October 1936): 358–59. (See rejoinder from Wells [1936], op. cit., and ensuing correspondence.)

Holderness, Graham. "Miners and the Novel: From Bourgeois to Proletarian Fiction." In *The British Working-Class Novel in the Twentieth Century.* Edited by Jeremy Hawthorn. London: Edward Arnold, 1984, pp. 19–32. (Considers novels by Zola, Walter Brierley, Lewis Jones, Barry Hines, and, pp. 23–25, Lawrence's *Sons and Lovers* and *Lady Chatterley's Lover.*)

Holmes, Colin. "A Study of DHL's Social Origins." *Literature and History* 6 (1980): 82–93. (Reprinted in Heywood [1987]: 1–15. See also Griffin [1981].)

Hoyles, John. "DHL and the Counter-Revolution: An Essay in Socialist Aesthetics." *DHL Review* 6 (Summer 1973): 173–200.

Jacobson, P. "DHL and Modern Society." *Journal of Contemporary History* 2 (April 1967): 81–92.

Kiely, Robert. "Out on Strike: The Language and Power of the Working Class in Lawrence's Fiction." In *The Challenge of DHL.* Edited by Michael Squires and Keith Cushman. Madison: University of Wisconsin Press, 1990, pp. 89–102.

Kirkham, Michael. "DHL and Social Consciousness." *Mosaic* 12 (1978): 79–92.

Kitchin, Laurence. "The Zombie's Lair." *Listener* (4 November 1965): 701–2, 704. (Lawrence on industrialism in *Women in Love* and *Lady Chatterley's Lover.*)

———. "Colliers." *Listener* 75 (28 April 1966): 617–18. (*Sons and Lovers* and *Lady Chatterley's Lover* as "colliery novels.")

Laurenson, Diana, and Alan Swingewood. *The Sociology of Literature.* London: MacGibbon and Kee, 1972, pp. 83–88 and passim.

Leavis, F. R. "Lawrence and Class: 'The Daughters of the Vicar.' " In his *DHL: Novelist.* London: Chatto and Windus, 1955, pp. 73–95. (Originally in *Sewanee Review* 62 [Autumn 1954]: 535–62.)

Lee, R. "The 'Strange Reality of Otherness': DHL's Social Attitudes." *Standpunte* 25 (June 1972): 3–10.

Lewis, Wyndham. *Paleface: The Philosophy of the "Melting Pot."* London: Chatto and Windus, 1929. (Expanded from his article "Paleface; or, 'Love? What ho! Smelling Strangeness.' " *Enemy* 2 (September 1927): 3–112.)

McCormick, John. *Catastrophe and Imagination: An Interpretation of the Recent English and American Novel.* London and New York: Longman, Green, 1957, passim.

McVeagh, John. *Tradefull Merchants: The Portrayal of the Capitalist in Literature.* London and Boston: Routledge and Kegan Paul, 1981, pp. 171–90.

Maes-Jelinek, Hena. *Criticism of Society in the English Novel between the Wars.* Paris: Société d'Editions "Les Belles Lettres," 1970, pp. 11–100. (Considers the impact of the war and subsequent events on Lawrence.)

Martin, Graham. " 'History' and 'Myth' in DHL's Chatterley Novels." In *The British Working-Class Novel in the Twentieth Century.* Edited by Jeremy Hawthorn. London: Edward Arnold, 1984, pp. 63–74.

———. ''DHL and Class.'' In *The Uses of Fiction: Essays in the Modern Novel in Honour of Arnold Kettle.* Milton Keynes and Philadelphia: Open University Press, 1982, pp. 83–97. (Reprinted in Widdowson [1992]: 35–48.)

Mellor, Adrian, Chris Pawling, and Colin Sparks. ''Writers and the General Strike.'' In *The General Strike.* Edited by Margaret Morris. London: 1980, pp. 338–57.

Merlini, Madeline. ''DHL and the Italian Political Scene.'' *Etudes Lawrenciennes* 9 (1993): 63–74.

Meyers, Jeffrey. ''Fascism and the Novels of Power.'' In his *DHL and the Experience of Italy.* Philadelphia: University of Pennsylvania Press, 1982, pp. 105–36.

Middleton, Victoria. ''In the 'Woman's Corner': The World of Lydia Lawrence.'' *Journal of Modern Literature* 13 (1986): 267–88.

Myers, Neil. ''Lawrence and the War.'' *Criticism* 4 (Winter 1962): 44–58.

Nott, Kathleen. ''Whose Culture?'' *Listener* 47 (12 April and 19 April 1962): 631–32, 677–78. (On Leavis and Lawrence.)

Nulle, S. H. ''DHL and the Fascist Movement.'' *New Mexico Quarterly* 10 (February 1940): 3–15.

Orr, Christopher. ''Lawrence after the Deluge: The Political Ambiguity of *Aaron's Rod.*'' *West Virginia Association of College English Teachers Bulletin* 1 (Fall 1974): 1–14.

Paccaud-Huguet, Josiane. ''Narrative as a Symbolic Act: The Historicity of Lawrence's Modernity.'' *Etudes Lawrenciennes* 9 (1993): 75–94.

Page, Norman. ''Hardy, Lawrence, and the Working-Class Hero.'' In *English Literature and the Working Class.* Edited by F. G. Tortosa and R. L. Ortega. Seville: University of Seville, 1980, pp. 39–57.

Parry, Albert. ''DHL through a Marxist Mirror.'' *Western Review* 19 (Winter 1955): 85–100.

Pinto, Vivian de Sola. ''DHL.'' In *The Politics of Twentieth-Century Novelists.* Edited by George Andrew Panichas. New York: Hawthorne Books, 1971, pp. 30–50.

Pollak, Paulina S. ''Anti-Semitism in the Works of DHL: Search for and Rejection of the Faith.'' *Literature and Psychology* 32 (1986): 19–29.

Poynter, John S. ''Miner and Mineowner at the Time of Lawrence's Setting for *Sons and Lovers.*'' *Journal of the DHL Society* 2, no. 3 (1981): 13–23.

Pugh, Bridget. ''Lawrence and Industrial Symbolism.'' *Renaissance and Modern Studies* 29 (1985): 33–49.

Rahv, P. *Literature and the Sixth Sense.* London: Faber and Faber, 1970, pp. 93–94, 289–306, 437–45. (On, respectively, Henry Miller and Lawrence, Leavis and Lawrence, and Harrison [1966], op. cit.).

Roberts, I. D. ''DHL and Davidson School: An Institutional Viewpoint.'' *DHL Review* 16 (1983): 195–210.

Ruderman, Judith. ''DHL and the 'Jewish Problem': Reflections on a Self-Confessed 'Hebrophobe.' '' *DHL Review* 23 (1991): 99–109.

Ruthven, K. K. ''On the So-Called Fascism of Some Modernist Writers.'' *Southern Review* (Adelaide) 5, no. 3 (September 1972): 225–30.

Rylance, Rick. ''Lawrence's Politics.'' In *Rethinking Lawrence.* Edited by Keith Brown. Milton Keynes and Philadelphia: Open University Press, 1990, pp. 163–80.

Schorer, Mark. *Lawrence in the War Years.* Stanford, Calif.: Stanford University Press, 1968. (Fifteen-page pamphlet based on a short talk.)

Seillière, Ernest. *David Herbert Lawrence et les Récentes Idéologies Allemandes.* Paris:

Boivin, 1936. (See also reviews of this book: *Times Literary Supplement* [12 September 1936]: 724; H. W. Hausermann, *English Studies* 19 [April 1937]: 86–87.)

Shrivastava, K. C. ''DHL's *Sons and Lovers* as a Proletarian Novel.'' In *Essays on DHL.* Edited by T. R. Sharma. Meerut, India: Shalabh Book House, 1987, pp. 104–8.

Southworth, James G. ''DHL: Poet; 'A Note on High Political Ideology.' '' In his *Sowing the Spring: Studies in British Poetry from Hopkins to MacNeice.* Oxford: Basil Blackwell, 1940, pp. 64–75.

Spender, Stephen. ''Writers and Politics.'' *Partisan Review* 34 (Summer 1967): 359–81.

———. ''DHL, England and the War.'' In *DHL: Novelist, Poet, Prophet.* Edited by Stephen Spender. London: Weidenfeld and Nicolson, 1973, pp. 71–76.

Stewart, Jack F. ''Primordial Affinities: Lawrence, Van Gogh and the Miners.'' *Mosaic* 24 (Winter 1991): 92–113. (Reprinted in *DHL: The Journal of the DHL Society* [1992–93]: 22–44.)

Stohl, Johan H. ''Man and Society: Lawrence's Subversive Vision.'' *Literature and Religion: Views on DHL.* Edited by Charles A. Huttar. Holland, Mich.: Hope College, 1968. (Articles independently paginated from 1.)

Storer, Ronald W. ''A Day in the Life of Arthur Lawrence: 1885.'' In *DHL 1885–1930: A Celebration.* Edited by Andrew Cooper and Glyn Hughes. Nottingham: DHL Society, 1985a, pp. 17–30.

———. *Some Aspects of Brinsley Colliery and the Lawrence Connection.* Selston, Nottinghamshire: Ronald W. Storer, 1985b.

Strachey, John. *The Coming Struggle for Power.* London: Gollancz, 1932, pp. 206–16.

Tindall, William York. ''Lawrence among the Fascists.'' In his *DHL and Susan His Cow.* New York: Columbia University Press, 1939, pp. 162–80.

Tomlinson, T. B. *The English Middle-Class Novel.* London: Macmillan, 1976, pp. 185–202 and passim. (Chapter on *Sons and Lovers* and *Women in Love,* pp. 185–98.)

Trotter, David. ''Modernism and Empire: Reading *The Waste Land.*'' *Critical Quarterly* 28 (Spring–Summer 1986): 143–53. (Discusses *Women in Love.*)

Van Herk, Aritha. ''CrowB(e)ars and Kangaroos of the Future: The Post-Colonial Ga(s)p.'' *World Literature Written in English* 30 (Autumn 1990): 42–54. (Discusses *Kangaroo* along with three works by Faulkner, David Ireland, and Robert Kroetsch.)

Wallace, Jeff. ''Language, Nature and the Politics of Materialism: Raymond Williams and DHL.'' In *Raymond Williams: Politics, Education, Letters.* Edited by W. John Morgan and Peter Preston. London: Macmillan; New York: St. Martin's Press, 1993, pp. 105–28.

Warner, Rex. ''Cult of Power.'' In his *The Cult of Power: Essays.* Philadelphia: Lippincott, 1946, pp. 11–28 (15–20).

Watkins, Daniel P. ''Labor and Religion in DHL's 'The Rocking-Horse Winner.' '' *Studies in Short Fiction* 24 (1987): 295–301.

Watson, George. ''The Politics of DHL.'' In his *Politics and Literature in Modern Britain.* London and Basingstoke: Macmillan, 1977, pp. 110–19.

Wells, Harry K. ''A Disagreement with Mr. Hicks.'' *New Republic* 89 (18 November 1936): 77. (Letter in reply to Hicks [1936], op. cit., and see also Arvin [1936], Whipple [1937], and following item by Wells.)

———. ''DHL and Fascism.'' *New Republic* 91 (16 June 1937): 161.

West, Alick. "DHL." In his *Crisis and Criticism, and Selected Literary Essays.* London: Lawrence and Wishart, 1975, pp. 259–82. (Marxist response to Caudwell.)

Whipple, T. K. "Literature in the Doldrums." *New Republic* 90 (21 April 1937): 311–14 (312–13). (On Lawrence and fascism; see reply by Wells [1937].)

Williams, Raymond. "DHL." In his *Culture and Society: 1780–1950.* London: Chatto and Windus; New York: Columbia University Press, 1958, pp. 199–213. (Reprinted in Moore [1959] as "The Social Thinking of DHL," pp. 295–311.)

———. "DHL." In his *The English Novel from Dickens to Lawrence.* London: Chatto and Windus; New York: Oxford University Press, 1970, pp. 169–84.

———. *The Country and the City.* London: Chatto and Windus; New York: Oxford University Press, 1973, pp. 264–68 and passim.

Winegarten, Renée. *Writers and Revolution: The Fatal Lure of Action.* New York: New Viewpoints, 1974, pp. 247–60.

Winnington, G. Peter. "D. H. Lawrence and Ferdinand Tönnies." *Notes and Queries* 24 (October 1977): 446–47.

Worthen, John. "Lawrence and Eastwood." In *DHL: Centenary Essays.* Edited by Mara Kalnins. Bristol: Bristol Classical Press, 1986, pp. 1–20.

参考書目89　歴史主義的批評 Ⅱ――伝統、影響、類似性

本参考書目は、より特定の個人と書物のロレンス芸術への影響、またロレンスの芸術とロレンス以外の人々の芸術との間の可能な類似性の研究などと共に、ロレンスの文化的、芸術的遺産の研究に焦点を当てている。これはロレンス批評の最大の分野の１つであり、ロレンスに関する他のほとんどすべての書物が何らかのかたちでこれに関連しているように思われる。従って、読者に長編の数多くの関連研究書を意義深く紹介するために、参考書目96からの著者と出版年による表記の批評作品列挙をここでは７つのセクションに再分類した（これらの下位区分は、本参考書目の中に含まれる他の項目を相互に参照するのにも役立つだろうと思われる）。必然的に、重複するものが多く出てくるであろうが、最も優勢と思われる論点に基づいて区分している。

1. ロレンスへの一般的な文学的、文化的影響を調査している研究書は、クラ＝サズダニック（Cura-Sazdanic）1969年、ドレイン（Drain）1960年、シンハ（Sinha）1985年、ティンダル（Tindall）1939年らのものである。これらの作品は、ロレンスが拠り所としたものについての生の情報という点ではバーウェル（Burwell）1982年によって古くさいのものにされてしまったが（本参考書目を参照）、それらによってどのようにロレンスが影響を受けたかについての推論的な説明は今だに興味を引くものである。本参考書目のドレイン（1962年）も参照のこと。

2. ロレンスの思想や信仰、そして類型あるいは様式について、ロレンスの作品の源泉となった特定の伝統をたどる研究書は次の通りである。オールコーン（Alcorn）1977年（自然小説）、バーンズ（Burns）1980年（自我と言語についての哲学）、クラーク（Clark）1969年（ロマン主義）、エバットソン（Ebbatson）1980年と1982年（進化論的思想）、ハイド（Hyde）1992年（聖書の予表論）、ジョン（John）1974年（ロマン主義的活力論）、

ラーナー（Lerner）1967年（自由主義的ヒューマニズム）、ルーセント（Lucente）1981年（リアリズムと神話）、モンゴメリー（Montgomery）1994年（ロマン主義と幻想の伝統）、ジーゲル（Siegel）1991年（女流文学の伝統）、スクワイアーズ（Squires）1974年（田園小説）、トレビツ（Trebisz）1992年（小品物語）、ウィーラン（Whelan）1988年（神話と深遠な信仰）、ホワイトリー（Whiteley）1987年（リアリズム）、ウィルト（Wilt）1980年（ゴシックの伝統）。

3. ロレンスを彼自身の時代に特有の文学的、文化的潮流と関連付けた研究書——ここではモダニズムが、それのみではないにしても、主たる関心事である——は以下のものである。コーンウェル（Cornwell）1962年、デーヴィス（Davies）1984年、ヘルツィンガー（Herzinger）1982年、キーリー（Kiely）1980年、マーフィン（Murfin）1978年、オー（Orr）1987年、ピンクニー（Pinkney）1990年、ライト（Wright）1984年。

4. 視覚芸術がロレンスに与えた影響についての研究書は、オルドリット（Alldritt）1971年（全般的影響）、ハイド（Hyde）1992年（聖書図像学）、カシジアン（Kushigian）1990年（視覚的モダニズム）、メイヤーズ（Meyers）1975年（ラファエロ前派、ルネサンス、未来派）、トゴブニック（Torgovnick）1985年（小説における「絵画の使用」のついての一般論——参考書目90のシュニッツアー（Schnitzer）1988年も参照）——らによって代表される。

5. ロレンスの作品にとっての旅、つまり、外国とそこの文化の影響は、アーノルド（Arnold）1958年と1963年（アメリカとドイツ）、ブランズデイル（Brunsdale）1978年（ドイツ）、ダロッチ（Darroch）1981年（オーストラリア）、グリーン（Green）1974年（ドイツ）、ハマリアン（Hamalian）1982年（イタリア）、ハイド（Hyde）1981年（イタリアとロシアの作家の作品のロレンスによる翻訳）、メイヤーズ1982年（イタリア）、マイケルズ＝トンクス（Michaels-Tonks）1976年（ドイツとイタリア）、ヴィーチ（Veitch）1978年（メキシコ）、ズタルック（Zytaruk）1971年（ロシア）らによって研究されてきた。

6. 個々の作家、芸術家、或いは思想家とロレンスの密接な関係に焦点を当てた綿密な研究は、ロレンスの信奉者の取る常套手段のように思われる。以下の作品は本参考書目の中の他の項目と共に、ある時期、文化人でロレンスと詳しく対照されたことのない人は希であるということを示唆している。ベディエント（Bedient）1972年（G・エリオット（G. Eliot）、フォースター（Forster））、デラヴネ（Delavenay）1971年（E・カーペンター（E.Carpenter））、フェダー（Fedder）1966年（T・ウィリアムズ（T. Williams））、ガルシア（Garcia）1972年（シュタインベック（Steinbeck））、グーティエレイス（Gutierrez）1987年、（ワーズワース（Wordsworth））、ハフ（Hough）1956年（『２つの流刑』（*Two Exiles*）バイロン（Byron））、リー（Lea）1985年（マリ（Murry））、ルイッキ＝ウィルソン（Lewiecki-Wilson）1994年（ジョイス（Joyce））、ミルトン（Milton）1987年（ニーチェ（Nietzsche））、マリ（Murry）1957年（シュヴァイツァー（Schweitzer））、プラサド

（Prasad）1976年（ハーディ（Hardy））、リーズ（Rees）1958年（ヴァイル（Weil））、シャーマ（Sharma）1982年（ウルフ（Woolf））、ストーク（Storch）1990年（ブレイク（Blake））、スウィッグ（Swigg）1972年（ハーディ（Hardy））。批評家達によって体系的に研究された、他の影響や密接な関連は以下のような人々の項目、エッセイ、作品の中にもその一端が現れている。——シャーウッド・アンダーソン（Sherwood Anderson）、アーノルド（Arnold）、オーデン（Auden）、ベネット（Bennett）、ベルグソン（Bergson）、バーンズ（Burns）、カーライル（Carlyle）、カーヴァー（Carver）、コールリッジ（Coleridge）、ディケンズ（Dickens）、ロレンス・ダレル（Lawrence Durrell）、ギンズバーグ（Ginsburg）、グリーン（Greene）、ハムスン（Hamsun）、ヘミングウェイ（Hemingway）、ヘラクライテス（Heraclitus）、ホプキンズ（Hopkins）、ヒューズ（Hughes）、カフカ（Kafka）、ローリー（Lowry）、マルロウ（Malraux）、マン（Mann）、メルヴィル（Melville）、ミラー（Miller）、チャールズ・オルソン（Charles Olson）、パウンド（Pound）、ライク（Reich）、リルケ（Rilke）、ラスキン（Ruskin）、ショーペンハウアー（Schopenhauer）、ショー（Shaw）、シェリー（Shelley）、トルストイ（Tolstoy）、ヴェルガ（Verga）、ヴァーグナー（Wagner）、ウェルティ（Welty）、ホイットマン（Whitman）、イェイツ（Yeats）、ゾラ（Zola）など。

7. それほど深刻ではない関係や影響の研究、例えば、ロレンスが他の作家達の小さなグループと結び付いているといったような状況は以下の作品によって指摘されている。オルブライト（Albright）1978年、オールデン（Alden）1986年、メイヤーズ1977年、ノリス（Norris）1985年、パターソン（Paterson）1973年、ポルヘマス（Polhemus）1990年、ラスキン（Ruskin）1971年、ラッセル（Russell）1975年セイル（Sale）1973年、テネンバウム（Tenenbaum）1977年、ティテル（Tytell）1991年。

Adix, M. ''Phoenix at Walden: DHL Calls on Thoreau.'' *Western Humanities Review* 8 (Autumn 1954): 287–98.

Alexander, Edward. ''Thomas Carlyle and DHL: A Parallel.'' *University of Toronto Quarterly* 37 (April 1968): 248–67.

Alexander, John C. ''DHL and Teilhard de Chardin: A Study in Agreements.'' *DHL Review* 2 (Summer 1969): 138–56.

Alldritt, Keith. ''The Europeans of DHL.'' *Etudes Lawrenciennes* 9 (1993): 11–19.

Alpers, Antony. *The Life of Katherine Mansfield.* New York: Viking, 1980, passim.

Ananthamurthy, U. R. ''D. H. Lawrence as an Indian Writer Sees Him.'' *The Literary Criterion* 16 (1981): 1–17.

Arbur, Rosemarie. '' 'Lilacs' and 'Sorrow': Whitman's Effect on the Early Poems of DHL.'' *Walt Whitman Review* 24 (1978): 17–21.

Armytage, W.H.G. ''Superman and the System.'' *Riverside Quarterly* 3 (August 1967): 44–51. (Includes discussion of Nietzsche's influence on Lawrence.)

Arnold, Armin. ''DHL and Thomas Mann.'' *Comparative Literature* 13 (Winter 1961): 33–38.

———. ''DHL, the Russians, and Giovanni Verga.'' *Comparative Literature Studies* 2 (1965): 249–57.

Asher, Kenneth. ''Nietzsche, Lawrence and Irrationalism.'' *Neophilologus* 69 (1985): 1–16.

Bahlke, George W. ''Lawrence and Auden: The Pilgrim and the Citizen.'' In Cushman and Jackson, op. cit. (1991): 211–27.

Baier, Clair. '' 'Mild like Mashed Potatoes': A Brief Note on Hans Carossa and DHL.'' *German Life and Letters* 32 (1979): 327–31.

Balbert, Peter. ''From Hemingway to Lawrence to Mailer: Survival and Sexual Identity in *A Farewell to Arms.*'' *Hemingway Review* 3 (Fall 1983): 30–43.

Ballin, Michael. ''The Third Eye: The Relationship between DHL and Maurice Maeterlinck.'' In *The Practical Vision: Essays in English Literature in Honour of Flora Roy.* Edited by Jane Campbell and James Doyle. Waterloo, Ontario: Wilfrid Laurier University Press, 1978, pp. 87–102.

———. ''DHL's Esotericism: William Blake in Lawrence's *Women in Love.*'' In *DHL's ''Women in Love'': Contexts and Criticism.* Edited by Michael Ballin. Waterloo, Ontario: Wilfrid Laurier University, 1980, pp. 70–87.

Banerjee, A. ''Yone Noguchi and DHL.'' *London Magazine* 26, no. 7 (October 1986): 58–62.

———. ''The 'Marriage Poems' by Lawrence and Lowell.'' *Kobe College Studies* 38 (March 1993): 15–36.

Baron, Carl E. ''Forster on Lawrence.'' In *E. M. Forster: A Human Exploration: Centenary Essays.* New York: New York University Press, 1979, pp. 86–95.

Barry, J. ''Oswald Spengler and DHL.'' *English Studies in Africa* 12, no. 2 (1969): 151–61.

Bartlett, Norman. ''Aldous Huxley and DHL.'' *Australian Quarterly* 36 (1964): 76–84.

Bayley, John. ''Lawrence and the Modern English Novel.'' In Meyers, op. cit. (1987): 14–29.

Bazin, Nancy Topping. ''The Moment of Revelation in *Martha Quest* and Comparable Moments by Two Modernists.'' *Modern Fiction Studies* 26 (1980): 87–98. (Lawrence and Joyce.)

Beach, Joseph Warren. ''Impressionism: Lawrence.'' In his *The Twentieth Century Novel: Studies in Technique.* New York: Appleton-Century, 1932, pp. 366–84.

Becket, Fiona. ''Building Dwelling Thinking: 'Extreme Consciousness' in Willa Cather and D. H. Lawrence.'' In *Willa Cather and European Cultural Influences.* Edited by Helen Dennis. Lampeter, Wales: Edwin Mellen Press, 1996.

Beer, John. ''The Last Englishman: Lawrence's Appreciation of Forster.'' In *E. M. Forster: A Human Exploration: Centenary Essays.* New York: New York University Press, 1979, pp. 245–68.

———. ''Forster, Lawrence, Virginia Woolf and Bloomsbury.'' *Aligarh Journal of English Studies* 5 (1980): 6–37.
———. ''DHL and English Romanticism.'' *Aligarh Journal of English Studies* 10, no. 2 (1985): 109–21.
Bell, Michael. ''DHL and Thomas Mann: Unbewusste Brüderschaft.'' *Etudes Lawrenciennes* 9 (1993): 185–97.
Betsky-Zweig, S. ''Lawrence and Cézanne.'' *Dutch Quarterly Review of Anglo-American Letters* 15 (1985): 2–24.
Blanchard, Lydia. ''The Savage Pilgrimage and Katherine Mansfield: A Study in Literary Influence, Anxiety, and Subversion.'' *Modern Language Quarterly* 47 (1986): 48–65.
———. ''The Fox and the Phoenix: Tennessee Williams's Strong Misreading of Lawrence.'' In Cushman and Jackson, op. cit. (1991): 15–30.
Blissett, William. ''DHL, D'Annunzio, Wagner.'' *Wisconsin Studies in Contemporary Literature* 7 (Winter–Spring 1966): 21–46.
Bobbitt, Joan. ''Lawrence and Bloomsbury: The Myth of a Relationship.'' *Essays in Literature* (University of Denver) 1 (September 1973): 31–42.
Bonds, Diane S. ''Joyce Carol Oates: Testing the Lawrentian Hypothesis.'' In Cushman and Jackson, op. cit. (1991): 167–87.
Bradbury, Malcolm. ''Phases of Modernism: The Novel and the 1920's.'' In his *Possibilities: Essays on the State of the Novel.* New York: Oxford University Press, 1973, pp. 81–90.
Brandes, Rand. ''Behind the Bestiaries: The Poetry of Lawrence and Ted Hughes.'' In Cushman and Jackson, op. cit. (1991): 248–67.
Bridgewater, Patrick. *Nietzsche in Anglosaxony.* London: Leicester University Press, 1972, pp. 104–9.
Brown, Richard. '' 'Perhaps She Had Not Told Him All the Story . . . ': Observations on the Topic of Adultery in Some Modern Fiction.'' In *Joyce, Modernity, and Its Mediation.* Edited by Christine van Boheemen. Amsterdam: Rodopi, 1989, pp. 99–111. (Discusses *Lady Chatterley's Lover.*)
Brunsdale, Mitzi M. ''Toward a Greater Day: Lawrence, Rilke, and Immortality.'' *Comparative Literature Studies* 20 (1983): 402–17.
Buckley, Jerome H. *Season of Youth: The Bildungsroman from Dickens to Golding.* Cambridge: Harvard University Press, 1974, pp. 204–24.
Bull, J. A. ''The Novelist on the Margins: Hardy and Lawrence.'' In his *The Framework of Fiction: Socio-Cultural Approaches to the Novel.* Basingstoke and London: Macmillan, 1988, pp. 147–90.
Bump, Jerome. ''Stevens and Lawrence: The Poetry of Nature and the Spirit of the Age.'' *Southern Review* 18 (1982): 44–61.
Burnett, Gary. ''H. D. and Lawrence: Two Allusions.'' *H. D. Newsletter* 1 (Spring 1987): 32–35.
Burwell, Rose Marie. ''Schopenhauer, Hardy and Lawrence: Toward a New Understanding of *Sons and Lovers.*'' *Western Humanities Review* 28 (Spring 1974): 105–17.
———. ''A Checklist of Lawrence's Reading.'' In *A DHL Handbook.* Edited by Keith Sagar. Manchester: Manchester University Press, 1982, pp. 59–125.
Calonne, David Stephen. ''Euphoria in Paris: Henry Miller Meets DHL.'' *Library Chronicle of the University of Texas at Austin,* new series, 34 (1986): 89–98.

Cardy, Michael. "Beyond Documentation: Emile Zola and DHL." *Neohelicon* 14, no. 2 (1987): 225–31.

Cavaliero, Glen. *The Rural Tradition in the English Novel, 1900–1939.* Totowa, N.J.: Rowman and Littlefield, 1977, passim.

Cazamian, L. "DHL and Katherine Mansfield as Letter-Writers: The Lamont Lecture at Yale University." *University of Toronto Quarterly* 3 (April 1934): 286–307.

Chace, William M. "Lawrence and English Poetry." In Meyers, op. cit. (1987): 54–80.

Chambers, Jessie ("E.T."). "The Literary Formation of DHL." *European Quarterly* 1 (May 1934): 36–45. (Also in Chambers [1935]: 91–123.)

Choudhury, Sheila Lahiri. "DHL and Ford Madox Ford: A Brief Encounter." *Etudes Lawrenciennes* 9 (1993): 97–109.

Cianci, Giovanni. "DHL and Futurism/Vorticism." *Arbeiten aus Anglistik und Amerikanistic* 8 (1983): 41–53.

Clarke, Bruce. "Dora Marsden's Egoism and Modern Letters: West, Weaver, Joyce, Pound, Lawrence, Williams, Eliot." *Works and Days* 2, no. 2 (1984): 27–47.

———. "The Fall of Montezuma: Poetry and History in William Carlos Williams and DHL." *William Carlos Williams Review* 12 (1986): 1–12.

———. "The Melancholy Serpent: Body and Landscape in Lawrence and William Carlos Williams." In Cushman and Jackson, op. cit. (1991): 188–210.

Clarke, Ian. "Lawrence and the Drama of His European Contemporaries." *Etudes Lawrenciennes* 9 (1993): 173–86.

Clark, L. D. "DHL and the American Indian." *DHL Review* 9 (1976): 305–72.

———. "Making the Classic Contemporary: Lawrence's Pilgrimage Novels and American Romance." In *DHL in the Modern World.* Edited by Peter Preston and Peter Hoare. London: Macmillan, 1989, pp. 193–216.

Colmer, John. "Lawrence and Blake." In *DHL and Tradition.* Edited by Jeffrey Meyers. London: Athlone, 1985, pp. 9–20.

Conrad, Peter. "Lawrence in New Mexico." *Imagining America.* New York: Oxford University Press, 1980, pp. 159–93.

Cowan, James C. "Lawrence's Romantic Values: *Studies in Classic American Literature.*" *Ball State University Forum* 8 (Winter 1967): 30–35.

Cox, Gary D. "DHL and F. M. Dostoevsky: Mirror Images of Murderous Aggression." *Modern Fiction Studies* 29 (1983): 175–82.

Cushman, Keith. "Blind, Intertextual Love: 'The Blind Man' and Raymond Carver's 'Cathedral.' " *Etudes Lawrenciennes* 3 (1988): 125–38. (Reprinted in Cushman and Jackson, op. cit. [1991]: 155–66.)

———. "Lawrence, Compton Mackenzie, and the 'Semi-Literary Cats' of Capri." *Etudes Lawrenciennes* 9 (1993): 139–53.

Cushman, Keith, and Dennis Jackson, eds. *DHL's Literary Inheritors.* London: Macmillan, 1991. (Essays cited separately. Introduction by the editors, "Lawrence and His Inheritors," pp. 1–14.)

Daleski, H. M. "Lawrence and George Eliot: The Genesis of *The White Peacock.*" In *DHL and Tradition.* Edited by Jeffrey Meyers. London: Athlone, 1985, pp. 51–68.

———. "Life as a Four-Letter Word: A Contemporary View of Lawrence and Joyce." In *DHL in the Modern World.* Edited by Peter Preston and Peter Hoare. London: Macmillan, 1989, pp. 90–103.

Daly, Macdonald. ''DHL and Walter Brierley.'' *DHL: The Journal of the DHL Society* 4 (1986): 22–29.

Das, G. K. ''Lawrence and Forster.'' In *The Spirit of DHL: Centenary Studies.* Edited by Gāmini Salgādo and G. K. Das. London: Macmillan, 1988, pp. 154–62.

Dataller, Roger. ''Mr. Lawrence and Mrs. Woolf.'' *Essays in Criticism* 8 (January 1958): 48–59.

Davie, Donald. ''On Sincerity: From Wordsworth to Ginsberg.'' *Encounter* 31, no. 4 (1968): 61–66.

———. ''A Doggy Demos: Hardy and Lawrence.'' In his *Thomas Hardy and British Poetry.* London: Routledge and Kegan Paul; New York: Oxford University Press, 1973, pp. 130–51.

———. ''Dissent in the Present Century.'' *Times Literary Supplement* (3 December 1976): 1519–20.

Davies, W. Eugene. ''The Poetry of Mary Webb: An Invitation.'' *English Literature in Transition* 11, no. 2 (1968): 95–101. (Comparisons with Lawrence.)

Davis, Philip. *Memory and Writing from Wordsworth to Lawrence.* Liverpool: Liverpool University Press, 1983, pp. 411–89.

Deakin, William. ''DHL's Attack on Proust and Joyce.'' *Essays in Criticism* 7 (1957): 383–403.

Delany, Paul. ''Lawrence and E. M. Forster: Two Rainbows.'' *DHL Review* 8 (Spring 1975): 54–62.

———. ''Lawrence and Forster: First Skirmish with Bloomsbury.'' *DHL Review* 11 (Spring 1978): 63–72.

———. ''Lawrence and Carlyle.'' In *DHL and Tradition.* Edited by Jeffrey Meyers. London: Athlone, 1985, pp. 21–34.

Delavenay, Emile. ''Lawrence and the Futurists.'' In *The Modernists: Studies in a Literary Phenomenon: Essays in Honor of Harry T. Moore.* Edited by Lawrence B. Gamache and Ian S. MacNiven. London and Toronto: Associated University Presses, 1987a, pp. 140–62.

———. ''Some Further Thoughts on Lawrence and Chamberlain.'' *DHL Review* 19 (Summer 1987b): 173–80. (Response to Schneider [1987].)

Digaetani, John Louis. ''Situational Myths: Richard Wagner and DHL.'' In his *Richard Wagner and the Modern British Novel.* Rutherford, N.J.: Fairleigh Dickinson University Press; London: Associated University Presses, 1978, pp. 58–89.

Drain, Richard Leslie. ''Formative Influences on the Work of DHL.'' Ph.D. diss., University of Cambridge, 1962.

Duryea, Polly. ''Rainwitch Ritual in Cather, Lawrence, and Momaday, and Others.'' *Journal of Ethnic Studies* 18 (Summer 1990): 59–75.

Eggert, Paul. ''Identification of Lawrence's Futurist Readings.'' *Notes and Queries* 29 (1982): 342–44.

Ellis, David. ''Lawrence, Wordsworth and 'Anthropomorphic Lust.' '' *Cambridge Quarterly* 23, no. 3 (1994): 230–42.

Empson, William. ''Swinburne and DHL.'' *Times Literary Supplement* (20 February 1969): 185.

Engel, Monroe. ''Contrived Lives: Joyce and Lawrence.'' In *Modernism Reconsidered.* Edited by Robert Kiely and John Hildebidle. Cambridge and London: Harvard University Press, 1983, pp. 65–80.

Faas, E. ''Charles Olson and DHL: Aesthetics of the 'Primitive Abstract.' '' *Boundary* 2, no. 2 (1973): 113–26.

Fenwick, Julie. ''Women, Sex, and Culture in 'The Moonlight': Joyce Cary's Response to D.H. Lawrence.'' *Ariel* 24 (April 1993): 27–42.

Firchow, Peter E. ''Rico and Julia: The Hilda Doolittle—DHL Affair Reconsidered.'' *Journal of Modern Literature* 8 (1980): 51–76.

Fjagesund, Peter. ''DHL, Knut Hamsun and Pan.'' *English Studies* (Netherlands) 72, no. 5 (October 1991): 421–25.

Flay, M. ''Lawrence and Dostoevsky in 1915.'' *English Studies* 69 (June 1988): 254–66.

Fortunati, Vita. ''The Visual Arts and the Novel: The Contrasting Cases of Ford Madox Ford and DHL.'' *Etudes Lawrenciennes* 9 (1993): 129–43.

Foster, John Burt, Jr. ''Holding Forth against Nietzsche: DHL's Novel's from *Women in Love* to *The Plumed Serpent.*'' In his *Heirs to Dionysus: A Nietzschean Current in Literary Modernism.* Princeton: Princeton University Press, 1981, pp. 189–255.

French, Roberts W. ''Whitman and the Poetics of Lawrence.'' In *DHL and Tradition.* Edited by Jeffrey Meyers. London: Athlone, 1985, pp. 91–114.

———. ''Lawrence and American Poetry.'' In Meyers, op. cit. (1987): 109–34.

Fussell, Paul. ''The Places of DHL.'' In *Abroad: British Literary Traveling between the Wars.* New York: Oxford University Press, 1980, pp. 141–64.

Gates, Norman T. ''Richard Aldington and DHL.'' In *Richard Aldington: Reappraisals.* Edited by Charles Doyle. Victoria, B.C.: University of Victoria Press, 1990, pp. 45–59.

Ghauri, H. R. ''Yeats, Pound, Eliot, Joyce: Lawrence's Secret Sharers.'' *Ariel* 7 (1981–82): 54–74.

Gifford, Henry. ''Anna, Lawrence and the Law.'' *Critical Quarterly* 1 (Autumn 1959): 203–6. (On Lawrence and Tolstoy. Response from Raymond Williams: ''Lawrence and Tolstoy.'' *Critical Quarterly* 2 [Spring 1960]: 33–39. Rejoinder from Gifford: ''Further Notes on Anna Karenina.'' *Critical Quarterly* 2 [Summer 1960]: 158–60. All three essays reprinted in *Russian Literature and Modern English Fiction: A Collection of Critical Essays.* Edited by Donald Davie. Chicago: University of Chicago Press, 1965, pp. 148–63.)

Gilchrist, Susan Y. ''DHL and E. M. Forster: A Failed Friendship.'' *Etudes Lawrenciennes* 9 (1993): 127–38.

Gindin, James. ''Lawrence and the Contemporary English Novel.'' In Meyers, op. cit. (1987): 30–53.

Glazer, Myra. ''Sex and the Psyche: William Blake and DHL.'' *Hebrew University Studies in Language and Literature* 9, no. 2 (1981): 196–229. (Revised as ''Why the Sons of God Want the Daughters of Men: On William Blake and DHL.'' In *William Blake and the Moderns.* Edited by Robert J. Bertholf and Annette S. Levitt. Albany: State University of New York Press, 1982, pp. 164–85.)

Goldknopf, David. ''DHL and Hometown Literature: Eastwood, England.'' *DHL: Journal of the DHL Society* 2, no. 2 (1980): 9–12.

Goodheart, Eugene. ''Lawrence and American Fiction.'' In Meyers, op. cit. (1987): 135–55.

Goodman, Charlotte. ''Henry James, DHL and the Victimised Child.'' *Modern Language Studies* 10 (1979–80): 43–51.

Gordon, D. J. "Two Anti-Puritan Puritans: Bernard Shaw and DHL." *Yale Review* 56 (Autumn 1966): 76–90.

———. "DHL's Dual Myth of Origin." *Sewanee Review* 89 (1981): 83–94. (Lawrence's response to Freud and Rousseau.)

Gouirand, Jacqueline. "Viennese Modernists and DHL: A Convergence of Sensibilities." *Etudes Lawrenciennes* 9 (1993): 59–78.

Gould, Eric. "Recovering the Numinous: DHL and T. S. Eliot." In his *Mythical Intentions in Modern Literature.* Princeton: Princeton University Press, 1981, pp. 199–262.

Gransden, K. W. *E. M. Forster.* Edinburgh: Oliver and Boyd, 1962, pp. 108–18.

Gray, Ronald. "English Resistance to German Literature from Coleridge to DHL." In his *The German Tradition in Literature 1871–1945.* Cambridge: Cambridge University Press, 1965, pp. 327–54. (Mainly on *Women in Love.*)

Green, Eleanor H. "Blueprints for Utopia: The Political Ideas of Nietzsche and DHL." *Renaissance and Modern Studies* 18 (1974): 141–61.

———. "Schopenhauer and DHL on Sex and Love." *DHL Review* 8 (Fall 1975a): 329–45.

———. "The *Will zur Macht* and DHL." *Massachusetts Studies in English* 10 (Winter 1975b): 25–30.

———. "Nietzsche, Helen Corke, and DHL." *American Notes and Queries* 15 (1976): 56–59.

———. "Lawrence, Schopenhauer, and the Dual Nature of the Universe." *South Atlantic Bulletin* 62 (November 1977): 84–92.

Green, Martin. "British Decency." *Kenyon Review* 21 (Autumn 1959): 505–32. (Lawrence, Leavis, Orwell, and Kingsley Amis as exemplars of the new type of "decent" man—the rebel.)

Gregor, Ian. " 'He Wondered': The Religious Imagination of William Golding: A Tribute on His 75th Birthday." In *William Golding: The Man and His Books.* London: Faber and Faber, 1986; New York: Farrar, Straus, and Giroux, 1987, pp. 84–100.

Gutierrez, Donald. "The Ancient Imagination of DHL." *Twentieth Century Literature* 27 (1981): 178–96.

———. " 'Quick, Now, Here, Now, Always': The Flaming Rose of Lawrence and Eliot." *University of Portland Review* 34, no. 2 (1982): 3–8.

Guttenberg, Barnett. "Sherwood Anderson's Dialogue with Lawrence's Dark Gods." In Cushman and Jackson, op. cit. (1991): 46–60.

Hamalian, Leo. "DHL and Black Writers." *Journal of Modern Literature* 16 (Spring 1990): 579–96. (Lawrence's influence on Ralph Ellison, Langston Hughes, Jean Toomer, Richard Wright, and others.)

———. " 'A Whole Climate of Opinion': Lawrence at Black Mountain." In Cushman and Jackson, op. cit. (1991): 228–47. (Lawrence's influence on Charles Olson and Robert Creeley.)

Hayles, Nancy Katherine. "The Ambivalent Approach: DHL and the New Physics." *Mosaic* 15, no. 3 (1982): 89–108.

Hendrick, George. "Jesus and the Osiris-Isis Myth: Lawrence's *The Man Who Died* and Williams' *The Night of the Iguana.*" *Anglia* (Tübingen) 84 (1966): 398–406.

———. " '10' and the Phoenix." *DHL Review* 2 (Summer 1969): 162–67. (Lawrence and Tennessee Williams.)

Henig, Suzanne. "DHL and Virginia Woolf." *DHL Review* 2 (Fall 1969): 265–71.

Henzy, Karl. ''Lawrence and Van Gogh in Their Letters.'' *DHL Review* 24 (Fall 1992): 145–60.

Heuser, Alan. ''Creaturely Inseeing in the Poetry of G. M. Hopkins, DHL, and Ted Hughes.'' *Hopkins Quarterly* 12 (1985): 35–51.

Heywood, Christopher. ''DHL's *The Lost Girl* and Its Antecedents by George Moore and Arnold Bennett.'' *English Studies* 47, no. 2 (1966): 131–34.

———. ''African Art and the Work of Roger Fry and DHL.'' *Sheffield Papers on Literature and Society,* no. 1 (1976): 102–13.

———. ''Olive Schreiner's Influence on George Moore and DHL.'' In *Aspects of South African Literature.* Edited by Christopher Heywood. London: Heinemann, 1976, pp. 42–53.

———. ''Olive Schreiner's *The Story of an African Farm:* Prototype of Lawrence's Early Novels.'' *English Language Notes* 14 (September 1976): 44–50.

———. ''*Birds, Beasts and Flowers:* The Evolutionary Context and Lawrence's African Source.'' *DHL Review* 15 (1982): 87–105. (Reprinted in Brown [1990]: 151–62.)

Hinchcliffe, Peter. ''*The Rainbow* and *Women in Love:* From George Eliot to Thomas Hardy as Formal Models.'' In *DHL's ''Women in Love'': Contexts and Criticism.* Edited by Michael Ballin. Waterloo, Ontario: Wilfrid Laurier University, 1980, pp. 34–46.

Hinz, Evelyn J. *''Ancient Art and Ritual* and *The Rainbow.'' Dalhousie Review* 58 (1979): 617–37.

Hinz, Evelyn J., and John J. Teunissen. '' 'They Thought of *Sons and Lovers*': DHL and Thomas Wolfe.'' *Southern Quarterly* 29, no. 3 (Spring 1991): 77–89.

Hirai, Masako. ''Forster and Lawrence: The Borderer's Vision of England.'' *Kobe College Studies* 38 (March 1992): 37–52.

Hooker, Jeremy. ''To Open the Mind.'' *Planet,* nos. 5–6 (Summer 1971): 59–63. (Compares Lawrence and Charles Olson.)

Howard, Rosemary. ''Lawrence and Russell.'' *Etudes Lawrenciennes* 9 (1993): 43–57.

Howe, Irving. ''Sherwood Anderson and DHL.'' *Furioso* 5 (Fall 1950): 21–33.

Humma, John B. ''DHL as Friedrich Nietzsche.'' *Philological Quarterly* 53 (1974a): 110–20.

———. ''Melville's *Billy Budd* and Lawrence's ''The Prussian Officer'': Old Adams and New.'' *Essays in Literature* (Western Illinois University) 1 (1974b): 83–88.

Ingamells, John. ''Cézanne in England 1910–1930.'' *British Journal of Aesthetics* 5 (October 1965): 341–50 (346–47).

Ingersoll, Earl G. ''Virginia Woolf and DHL: Exploring the Dark.'' *English Studies* 71 (1990): 125–32.

Ivker, Barry. ''Schopenhauer and DHL.'' *Xavier University Studies* 11 (1972): 22–36.

Jackson, Alan D. ''DHL, 'Physical Consciousness' and Robert Burns.'' *Scottish Literary Journal: A Review of Studies in Scottish Language and Literature* 13 (May 1986): 65–76.

Jacquin, Bernard. ''Mark Rampion: A Huxleyan Avatar of DHL.'' *Etudes Lawrenciennes* 7 (1992): 119–27. (Considers Huxley's *Point Counter Point* and its Rampion-version of Lawrence as inspired largely by *Women in Love* and Rupert Birkin.)

Janik, Del Ivan. ''Towards 'Thingness': Cézanne's Painting and Lawrence's Poetry.'' *Twentieth Century Literature* 19 (1973): 119–27.

———. ''A Cumbrian *Rainbow:* Melvyn Bragg's Tallentire Trilogy.'' In Cushman and Jackson, op. cit. (1991): 73–88.

Jarrett, James L. ''DHL and Bertrand Russell.'' In *A DHL Miscellany.* Edited by Harry T. Moore. Carbondale: Southern Illinois University Press, 1959, pp. 168–87.

Joffe, P. H. ''A Question of Complexity: The Russell–Lawrence Debate.'' *Theoria* 57 (1981): 17–37.

Jones, David A. ''The Third Unrealized Wonder—The Reality of Relation in DHL and Martin Buber.'' *Religion and Life* 44 (Summer 1975): 178–87.

Jones, Lawrence. ''Imagery and the 'Idiosyncratic Mode of Regard': Eliot, Hardy, and Lawrence.'' *Ariel* 12 (1981): 29–49.

Jones, William M. ''Growth of a Symbol: The Sun in DHL and Eudora Welty.'' *University of Kansas City Review* 26 (1959): 68–73.

Joshi, Rita. ''The Dissent Tradition: The Relation of Mark Rutherford to DHL.'' *English Language Notes* 22 (March 1985): 61–68.

Kaczvinsky, Donald P. '' 'The True Birth of Free Man': Culture and Civilization in *Tunc-Nunquam.*'' In *On Miracle Ground: Essays on the Fiction of Lawrence Durrell.* Edited by Michael H. Begnal. Lewisburg, Pa.: Bucknell University Press, 1990, pp. 140–52.

Kalnins, Mara. ''Symbolic Seeing: Lawrence and Heraclitus.'' In *DHL: Centenary Essays.* Edited by Mara Kalnins. Bristol: Bristol Classical Press, 1986, pp. 173–90.

Kane, Richard. ''From Loins of Darkness to Loins of Pork: Body Imagery in Lawrence, Eliot, and Joyce.'' *Recovering Literature: A Journal of Contextualist Criticism* 17 (1989–90): 5–18.

Karsten, Julie A. ''Self-Realization and Intimacy: The Influence of DHL on Anais Nin.'' *Anais: An International Journal* 4 (1986): 36–42.

Katz-Roy, Ginette. ''DHL and 'That Beastly France.' '' *DHL Review* 23 (1991): 143–56.

———. '' 'This May Be a Withering Tree This Europe': Bachelard, Deleuze and Guattari on DHL's Poetic Imagination.'' *Etudes Lawrenciennes* 9 (1993): 219–35.

Kay, Wallace G. ''The Cortege of Dionysus: Lawrence and Giono.'' *Southern Quarterly* 4 (January 1966): 159–71.

———. ''Dionysus, DHL and Jean Giono: Further Considerations.'' *Southern Quarterly* 6 (1968): 394–414.

Kennedy, A. *The Protean Self: Dramatic Action in Contemporary Fiction.* London: Macmillan; New York: Columbia University Press, 1974, pp. 64–66, 119–20, 123. (Lawrence, society, Joyce Cary.)

Kermode, Frank. ''Spenser and the Allegorists.'' *Proceedings of the British Academy* 48 (1962): 261–79. (Reprinted in his *Shakespeare, Spenser, Donne: Renaissance Essays.* New York: Viking Press, 1971, pp. 261–79. This also includes discussion of *Apocalypse* and discussion of connections between *The Faerie Queene* and Lawrence, pp. 12–32.)

———. ''DHL and the Apocalyptic Types.'' In his *Continuities.* London: Routledge and Kegan Paul, 1968, pp. 122–51. (Compares *Women in Love* with George Eliot's *Middlemarch.* Also published in *Critical Quarterly* 10 [1968]: 14–33; and, in shortened form, in Clarke, ed. [1969]: 203–18.)

Kernan, J. ''Lawrence and the French.'' *Commonweal* 16 (26 October 1932): 617–18.

Kerr, Fergus. ''Russell vs. Lawrence and/or Wittgenstein.'' *New Blackfriars* 63 (October 1982): 430–40.

Kinkead-Weekes, Mark. ''Lawrence on Hardy.'' In *Thomas Hardy after Fifty Years.*

Edited by Lance St. John Butler. Totowa, N.J.: Rowman and Littlefield, 1977, pp. 90–103.

Knight, G. Wilson. ''Lawrence, Joyce and Powys.'' *Essays in Criticism* 11 (1961): 403–17.

Knoepflmacher, U. C. ''The Rival Ladies: Mrs. Ward's *Lady Connie* and Lawrence's *Lady Chatterley's Lover.*'' *Victorian Studies* 4 (Winter 1960): 141–58.

Krook, Dorothea. ''Messianic Humanism: DHL's *The Man Who Died.*'' In her *Three Traditions of Moral Thought.* Cambridge: Cambridge University Press, 1959, pp. 255–92.

Landow, George P. ''Lawrence and Ruskin: The Sage as Word-Painter.'' In *DHL and Tradition.* Edited by Jeffrey Meyers. London: Athlone, 1985, pp. 35–50.

Langbaum, Robert. ''Lawrence and Hardy.'' In *DHL and Tradition.* Edited by Jeffrey Meyers. London: Athlone, 1985, pp. 69–90.

———. ''Lawrence and the Modernists.'' *Etudes Lawrenciennes* 9 (1993): 145–57.

Larrett, William. ''Lawrence and Germany: A Reluctant Guest in the Land of 'Pure Ideas.' '' In *Rethinking Lawrence.* Edited by Keith Brown. Milton Keynes and Philadelphia: Open University Press, 1990, pp. 79–92.

Lavrin, Janko. ''Sex and Eros (on Rozanov, Weininger, and DHL).'' *European Quarterly* 1 (1934): 88–96. (Reprinted in his *Aspects of Modernism, from Wilde to Pirandello.* London: Stanley Nott, 1935, pp. 141–59.)

Leavis, F. R. ''Anna Karenina.'' *Cambridge Quarterly* 1 (Winter 1965–66): 5–27.

Leavis, L. R. ''The Late Nineteenth Century Novel and the Change towards the Sexual—Gissing, Hardy and Lawrence.'' *English Studies* 66 (1985): 36–47.

Lee, R. ''Irony and Attitude in George Eliot and DHL.'' *English Studies in Africa* 16, no. 1 (1973): 15–21.

Levine, George. ''Epilogue: Lawrence, *Frankenstein,* and the Reversal of Realism.'' In his *The Realistic Imagination: English Fiction from ''Frankenstein'' to ''Lady Chatterley.''* Chicago: University of Chicago Press, 1981, pp. 317–28 (323–28).

Levy, Michele Frucht. ''DHL and Dostoevsky: The Thirst for Risk and the Thirst for Life.'' *Modern Fiction Studies* 33 (1987): 281–88. (*St. Mawr.*)

Lindenberger, Herbert. ''Lawrence and the Romantic Tradition.'' In *A DHL Miscellany.* Edited by Harry T. Moore. Carbondale: Southern Illinois University Press, 1959, pp. 326–41.

Lindsay, Jack. ''The Impact of Modernism on Lawrence.'' in *The Paintings of DHL.* Edited by Mervyn Levy. London: Cory, Adams, and McKay; New York: Viking, 1964, pp. 35–53.

Linebarger, Jim, and Lad Kirsten. ''[Dylan] Thomas's 'Shall Gods Be Said to Thump the Clouds.' '' *Explicator* 48 (Spring 1990): 212–16.

Lodge, David. ''Lawrence, Dostoevsky, Bakhtin: DHL and Dialogic Fiction.'' *Renaissance and Modern Studies* 29 (1985): 16–32. (Reprinted, in slightly revised form, in Brown [1990]: 92–108; and in David Lodge. *After Bakhtin: Essays on Fiction and Criticism.* London and New York: Routledge, 1990, pp. 57–74.)

Lucie-Smith, Edward. ''The Poetry of DHL—With a Glance at Shelley.'' In *DHL: Novelist, Poet, Prophet.* Edited by Stephen Spender. London: Weidenfeld and Nicolson, 1973, pp. 224–33.

McGuffie, Duncan. ''Lawrence and Nonconformity.'' In *DHL 1885–1930: A Celebration.* Edited by Andrew Cooper and Glyn Hughes. Nottingham: DHL Society, 1985, pp. 31–38.

MacNiven, Ian. ''Lawrence and Durrell: 'ON THE SAME TRAM.' '' In Cushman and Jackson, op. cit. (1991): 61–72.

Mann, F. Maureen. ''On Reading *Women in Love* in Light of Brontë's *Shirley.*'' In *DHL's ''Women in Love'': Contexts and Criticism.* Edited by Michael Ballin. Waterloo, Ontario: Wilfrid Laurier University, 1980, pp. 47–69.

Marcus, Phillip L. ''Lawrence, Yeats, and 'the Resurrection of the Body.' '' In *DHL: A Centenary Consideration.* Edited by Peter Balbert and Phillip L. Marcus. Ithaca, N.Y., and London: Cornell University Press, 1985, pp. 210–36.

Markert, Lawrence W. ''Symbolic Geography: DHL and Lawrence Durrell.'' *Deus Loci: Lawrence Durrell Newsletter* 5 (1981): 90–101.

———. '' 'The Pure and Sacred Readjustment of Death': Connections between Lawrence Durrell's *Avignon Quintet* and the Writings of DHL.'' *Twentieth Century Literature* 33 (Winter 1987): 550–64.

Martin, Stoddard. *Wagner to ''The Waste Land'': A Study of the Relationship of Wagner to English Literature.* Totowa, N.J.: Barnes and Noble, 1982, pp. 168–93.

Masson, Margaret J. ''DHL's Congregational Inheritance.'' *DHL Review* 22 (Spring 1990): 53–68.

Mather, R. ''Patrick White and Lawrence: A Contrast.'' *Critical Review,* no. 13 (1970): 34–50.

May, Keith M. *Nietzsche and Modern Literature: Themes in Yeats, Rilke, Mann and Lawrence.* London: Macmillan, 1988.

Meisel, Perry. ''Hardy, Lawrence, and the Disruptions of Nature.'' In his *The Myth of the Modern: A Study in British Literature and Criticism after 1850.* New Haven, Conn.: Yale University Press, 1987, pp. 11–36.

Melchiori, Giorgio. ''The Lotus and the Rose: DHL and Eliot's *Four Quartets.*'' *English Miscellany* 4 (1954): 203–16.

Mendel, S. ''Shakespeare and DHL: Two Portraits of the Hero.'' *Wascana Review* 3, no. 2 (1968): 49–60.

Meyers, Jeffrey. ''DHL and Katherine Mansfield.'' *London Magazine,* new series, 18 (May 1978a): 32–54.

———. *Katherine Mansfield: A Biography.* London: Hamilton, 1978b, pp. 78–104. (''Friendship with DHL, 1913–1923.'')

———, ed. *DHL and Tradition.* London: Athlone, 1985. (seven essays cited separately. Introduction by Meyers, pp. 1–13.)

———. ''Lawrence and the Travel Writers.'' In Meyers, op. cit. (1987): 81–108.

———, ed. *The Legacy of DHL: New Essays.* London: Macmillan, 1987.

Miller, James E., Jr., Karl Shapiro, and Bernice Slote. *Start with the Sun: Studies in Cosmic Poetry.* Lincoln: University of Nebraska Press, 1960, pp. 57–134, 229–38. (Lawrence as a ''cosmic'' poet in the tradition of Whitman, Hart Crane, and Dylan Thomas.)

Miller, Milton. ''Definition by Comparison: Chaucer, Lawrence, Joyce.'' *Essays in Criticism* 3 (October 1953): 369–81.

Mills, Howard. ''Late Turner, Hardy's Tess and Lawrence's Knees.'' In *Tensions and Transitions.* Edited by Michael Irwin, Mark Kinkead-Weekes, and A. Robert Lee. London: Faber and Faber, 1990, pp. 137–54.

———. ''Lawrence, Roger Fry and Cézanne.'' *DHL: The Journal of the DHL Society* (Spring 1991): 28–38.

———. " 'The World of Substance': Lawrence, Hardy, Cézanne, and Shelley." *English* 43 (Autumn 1994): 209–22.

Morrison, Kristin. "Lawrence, Beardsley, Wilde: *The White Peacock* and Sexual Ambiguity." *Western Humanities Review* 30 (1936): 241–48.

Morse, Stearns. "The Phoenix and the Desert Places." *Massachusetts Review* 9 (Autumn 1968): 773–84. (Lawrence and Robert Frost.)

New, Peter. *Fiction and Purpose in "Utopia," "Rasselas," "The Mill on the Floss," and "Women in Love."* London: Macmillan; New York: St. Martin's Press, 1985.

Newman, Paul B. "DHL and *The Golden Bough.*" *Kansas Magazine* (1962): 79–86.

Newton, Frances J. "Venice, Pope, T. S. Eliot and DHL." *Notes and Queries* 5 (March 1958): 119–20.

Nielsen, Inge Padkaer, and Karsten Hvidtfelt Nielsen. "The Modernism of DHL and the Discourses of Decadence: Sexuality and Tradition in *The Trespasser, Fantasia of the Unconscious,* and *Aaron's Rod.*" *Arcadia* 25, no. 3 (1990): 270–86.

Nimitz, Cheryl. "Lawrence and Kundera—'Disturbing.' " *Recovering Literature* 17 (1989–90): 43–51.

Norton, David. "Lawrence, Wells and Bennett: Influence and Tradition." *Aumla* 54 (November 1980): 171–90.

Orrell, Herbert Meredith. "DHL, New Mexico, and the American Indian." *Cresset* 44, no. 3 (1981): 7–11.

Owen, Guy. "Erskine Caldwell and DHL." *Pembroke Magazine* 11 (1979): 18–21.

Padhi, Bibhu. "DHL and Europe." *Contemporary Review* 257 (1990): 83–87.

Panichas, G. "DHL and the Ancient Greeks." *English Miscellany* 16 (1965): 195–214.

———. "E. M. Forster and DHL: Their Views on Education." In *Renaissance and Modern Essays Presented to Vivian de Sola Pinto in Celebration of His Seventieth Birthday.* Edited by G. R. Hibbard. London: Routledge; New York: Barnes and Noble, 1966, pp. 193–213.

———. *The Reverent Discipline: Essays in Literary Criticism and Culture.* Knoxville: University of Tennessee Press, 1974. ("Notes on Eliot and Lawrence, 1915–1924," pp. 135–56, "F. M. Dostoevsky and DHL: Their Visions of Evil," pp. 205–28. The two essays cited earlier are also reprinted here, pp. 335–50, 157–69.)

Parkes, H. B. "DHL and Irving Babbitt." *New Adelphi* 9 (March 1935): 328–31.

Parry, Marguerite. "Mauriac and DHL." In *François Mauriac: Visions and Reappraisals.* Edited by John E. Flower and Bernard C. Swift. Oxford: Berg, 1989, pp. 181–200.

Pascal, Roy. "The Autobiographical Novel and the Autobiography." *Essays in Criticism* 9 (April 1959): 134–50. (Brontë's *Villette, Sons and Lovers,* and Joyce's *Portrait of the Artist as a Young Man.*)

Paterson, John. "Lawrence's Vital Source: Nature and Character in Thomas Hardy." In *Nature and the Victorian Imagination.* Edited by U. C. Knoepflmacher and G. B. Tennyson. Berkeley: University of California Press, 1977, pp. 455–69.

Paulin, Tom. " 'Hibiscus and Salvia Flowers': The Puritan Imagination." In *DHL in the Modern World.* Edited by Peter Preston and Peter Hoare. London: Macmillan, 1989, pp. 180–92.

Peach, Linden. "Powys, Lawrence, and a New Sensibility." *Anglo-Welsh Review* 26 (Autumn 1977): 32–41.

Peek, Andrew. "Edgar Allan Poe's 'Ligeia,' Hermione Roddice and 'The Border Line':

Common Romantic Contexts and a Source of Correspondence in the Fiction of Poe and Lawrence.'' *Journal of the DHL Society* 2, no. 2 (1980): 4–8.
Pinto, Vivian de Sola. ''William Blake and DHL.'' In *William Blake: Essays for S. Foster Damon.* Edited by Alvin H. Rosenfeld. Providence, R. I.: Brown University Press, 1969, pp. 84–106.
Preston, Peter. '' 'Under the Same Banner'?: DHL and Catherine Carswell's *Open the Door!'' Etudes Lawrenciennes* 9 (1993): 111–26. (Considers the degree of affinity between *Women in Love* and Carswell's novel.)
Price, A. Whigham. ''DHL and Congregationalism.'' *Congregational Quarterly* 34 (July and October 1956): 242–52; 322–30.
Pritchard, William H. ''Lawrence and Lewis.'' *Agenda* 7 (Autumn–Winter 1969–70): 140–47. (See also his ''Wyndham Lewis and Lawrence.'' *Iowa Review* 2 [September 1971]: 91–96.)
Procter, Margaret. ''Possibilities of Completion: The Endings of *A Passage to India* and *Women in Love.'' English Literature in Transition* 34, no. 3 (1991): 261–80.
Pugh, Bridget L. ''The Midlands Imagination: Arnold Bennett, George Eliot, William Hale White and DHL.'' In *DHL in the Modern World.* Edited by Peter Preston and Peter Hoare. London: Macmillan, 1989, pp. 139–60.
———. ''DHL: Some Russian Parallels.'' *Etudes Lawrenciennes* 9 (1993): 81–91.
Quennell, Peter. ''DHL and Aldous Huxley.'' In *The English Novelist.* Edited by Derek Verschoyle. London: Chatto and Windus, 1936, pp. 267–78.
Quinn, Kerker. ''Blake and the New Age.'' *Virginia Quarterly Review* 13 (1937): 271–85.
Rahman, Tariq. ''Edward Carpenter and DHL.'' *American Notes and Queries* 24 (1985): 18–20.
Remsbury, John. '' 'Real Thinking': Lawrence and Cézanne.'' *Cambridge Quarterly* 2 (Spring 1967): 117–47.
Remsbury, John, and Ann Remsbury. ''Lawrence and Art.'' In *DHL: A Critical Study of the Major Novels and Other Writings.* Edited by Andor Gomme. Sussex: Harvester Press; New York: Barnes and Noble, 1978, pp. 190–218.
Renner, Stanley. ''The Lawrentian Power and Logic of *Equus.*'' In Cushman and Jackson, op. cit. (1991): 31–45. (Influence of *St. Mawr* on Peter Shaffer's play.)
Richardson, Barbara. ''Philip Larkin's Early Influences.'' *Northwest Review* 30, no. 1 (1992): 133–40.
Richardson, John Adkins, and John I. Ades. ''DHL on Cézanne: A Study in the Psychology of Critical Intuition.'' *Journal of Aesthetics and Art Criticism* 28 (Summer 1970): 441–53.
Roberts, John H. ''Huxley and Lawrence.'' *Virginia Quarterly Review* 13 (1937): 546–57.
Roberts, Adam. ''D. H. Lawrence and Wells's 'Future Men.' '' *Notes and Queries* 40 (March 1993): 67–68.
Roberts, Mark. ''DHL and the Failure of Energy: *Fantasia of the Unconscious; Psychoanalysis and the Unconscious.*'' In his *The Tradition of Romantic Morality.* London: Macmillan, 1973, pp. 322–48.
Roberts, Warren. ''London 1908: Lawrence and Pound.'' *Helix* 13–14 (1983): 45–49.
Robinson, H. M. ''Nietzsche, Lawrence and the Somatic Conception of the Good Life.'' *New Comparison: A Journal of Comparative and General Literary Studies* 5 (1988): 40–56.

Roessel, David. "Pound, Lawrence, and 'The Earthly Paradise.' " *Paideuma: A Journal Devoted to Ezra Pound Scholarship* 18 (1989): 227–30.
———. " 'Like Ovid in Thrace': DHL's Identification with a Roman Poet." *Classical and Modern Literature: A Quarterly* 10 (Summer 1990): 351–57.
Rose, Jonathan. *The Edwardian Temperament 1895–1919.* Athens: Ohio University Press, 1986, pp. 80–91.
Rosenbaum, S. P. "Keynes, Lawrence and Cambridge Revisited." *Cambridge Quarterly* 11 (1982): 252–64.
Ross, C. L. "DHL's Use of Greek Tragedy: Euripedes and Ritual." *DHL Review* 10 (Spring 1977): 1–19.
Ross, Michael L. "The Mythology of Friendship: DHL, Bertrand Russell, and 'The Blind Man.' " In *English Literature and British Philosophy: A Collection of Essays.* Edited by S. P. Rosenbaum. Chicago: University of Chicago Press, 1971, pp. 285–315.
Roston, M. "W. B. Yeats and DHL." In his *Biblical Drama in England, from the Middle Ages to the Present Day.* London: Faber and Faber, 1968, pp. 264–79.
Rowley, Stephen. "The Death of Our Phallic Being: Melville's *Moby Dick* as a Warning Which Leads to *Women in Love.*" *Etudes Lawrenciennes* 7 (1992): 93–105.
———. "Colour Implications of the Poetry of T. S. Eliot and DHL." *Etudes Lawrenciennes* 9 (1993): 159–72.
Roy, Chitra. "DHL and E. M. Forster: A Study in Values." *Indian Journal of English Studies* 8 (March 1967): 46–58.
Ruggles, A. M. "The Kinship of Blake, Vachel Lindsay, and DHL." *Poet Lore* 46 (Spring 1940): 88–92.
Russell, John. "DHL and Painting." In *DHL: Novelist, Poet, Prophet.* Edited by Stephen Spender. London: Weidenfeld and Nicolson, 1973, pp. 234–43.
Ruthven, K. K. "The Savage God: Conrad and Lawrence." *Critical Quarterly* (1968): 39–54.
Sabin, Margery. "The Community of Intelligence and the Avant-Garde." *Raritan* 4 (Winter 1985): 1–25. (On James, Lawrence, Joyce, and others.)
Sagar, Keith. "DHL and Robert Louis Stevenson." *DHL Review* 24 (Fall 1992): 161–65.
Sarvan, Charles, and Liebetraut Sarvan. "DHL and Doris Lessing's *The Grass in Singing.*" *Modern Fiction Studies* 24 (1978): 533–37.
Schapiro, Barbara. "Maternal Bonds and the Boundaries of Self: DHL and Virginia Woolf." *Soundings* 69 (1986): 347–65.
Schneider, Daniel J. "DHL and *Thus Spake Zarathustra.*" *South Carolina Review* 15, no. 2 (1983a): 96–108.
———. "Schopenhauer and the Development of DHL's Psychology." *South Atlantic Review* 48 (1983b): 1–19.
———. " 'Strange Wisdom': Leo Frobenius and DHL." *DHL Review* 16 (1983c): 183–93.
———. "DHL and the Early Greek Philosophers." *DHL Review* 17 (Summer 1984): 97–109.
———. "DHL and Houston Chamberlain: Once Again." *DHL Review* 19 (Summer (1987): 157–71. (See also Delavenay [1987].)
Schnitzer, Deborah. *The Pictorial in Modernist Fiction from Stephen Crane to Ernest Hemingway.* Ann Arbor, Mich.: UMI Research Press, 1988, pp. 138–58.

Schorer, Mark. "Two Houses, Two Ways: The Florentine Villas of Lewis and Lawrence, Respectively." *New World Writing,* no. 4 (October 1953): 136–54.

Schvey, Henry. "Lawrence and Expressionism." In *DHL: New Studies.* Edited by Christopher Heywood. London: Macmillan, 1987, pp. 124–36.

Scott, James F. "DHL's *Germania:* Ethnic Psychology and Cultural Crisis in the Shorter Fiction." *DHL Review* 10 (1977): 142–64.

———. "Thimble into *Ladybird:* Nietzsche, Frobenius, and Bachofen in the Later Works of DHL." *Arcadia* 13 (1978): 161–76.

———. " 'Continental': The Germanic Dimension of *Women in Love." Literature in Wissenschaft und Unterricht* (Kiel) 12 (1979): 117–34.

Seavey, Ormond. "Benjamin Franklin and DHL as Conflicting Modes of Consciousness." In *Critical Essays on Benjamin Franklin.* Edited by Melvin H. Buxbaum. Boston: Hall, 1987, pp. 60–80.

Sepčić, Višnja. "*Women in Love* and Expressionism." *Studia Romanica et Anglica Zagrabiensia* 26 (1981): 397–443; 27 (1982): 2–64.

Sewell, Ernestine P. "Herbartian Psychology in the Developing Art of DHL." *Publications of the Missouri Philological Association* 5 (1980): 66–71.

Shrivastava, K. C., and G. D. Mehta. "The Greatness of the Novel as an Art-Form: The Views of DHL and Albert Camus." *Prajna: Banaras Hindu University Journal* 29, no. 1 (1983): 115–24.

Siegel, Carol. "Virginia Woolf's and Katherine Mansfield's Responses to DHL's Fiction." *DHL Review* 21 (1989): 291–311.

———. "Floods of Female Desire in Lawrence and Eudora Welty." In Cushman and Jackson, op. cit. (1991): 109–30. (Reprinted in Siegel [1991]: 164–84.)

Smith, G., Jr. "The Doll-Burners: DHL and Louisa Alcott." *Modern Language Quarterly* 19 (March 1958): 28–32.

Soames, Jane. "The Modern Rousseau." *Life and Letters* 8 (December 1932): 451–70.

Spanier, Sandra Whipple. "Two Foursomes in *The Blithedale Romance* and *Women in Love." Comparative Literature Studies* 16 (1979): 58–69.

Spears, Monroe K. *Dionysus and the City: Modernism in Twentieth-Century Poetry.* London and New York: Oxford University Press, 1971, passim.

Spender, Stephen. "Pioneering the Instinctive Life." In his *The Creative Element: A Study of Vision, Despair and Orthodoxy among Some Modern Writers.* London: Hamish Hamilton, 1953, pp. 92–107.

Spilka, Mark. "Lessing and Lawrence: The Battle of the Sexes." *Contemporary Literature* 16 (Spring 1975): 218–40. (Reprinted in Spilka [1992]: 121–46.)

———. "Lawrence versus Peeperkorn on Abdication; or, What Happens to a Pagan Vitalist When the Juice Runs Out?" In *DHL: The Man Who Lived.* Edited by Robert B. Partlow, Jr., and Harry T. Moore. Carbondale: Southern Illinois University Press, 1980, pp. 105–20. (Lawrence and Thomas Mann. Reprinted in Spilka [1992]: 70–95.)

———. "Hemingway and Lawrence as Abusive Husbands." In his *Renewing the Normative DHL: A Personal Progress.* Columbia and London: University of Missouri Press, 1992, pp. 193–247.

Spivey, Ted R. "Lawrence and Faulkner: The Symbolist Novel and the Prophetic Song." In his *The Journey beyond Tragedy: A Study of Myth and Modern Fiction.* Orlando: University Presses of Florida, 1980, pp. 72–93.

Squires, Michael. ''Scenic Construction and Rhetorical Signals in Hardy and Lawrence.'' *DHL Review* 8 (1975): 125–45.

———. ''Lawrence, Dickens, and the English Novel.'' In *The Challenge of DHL.* Edited by Michael Squires and Keith Cushman. Madison: University of Wisconsin Press, 1990, pp. 42–61.

Sreenivasan, S. ''DHL and Bertrand Russell: A Study in Intellectual 'Personalities.' '' *Journal of Literary Aesthetics* 1, no. 3 (1981): 85–96.

Stanford, Raney. ''Thomas Hardy and Lawrence's *The White Peacock.*'' *Modern Fiction Studies* 5 (1959): 19–28.

Stavrou, Constantine. ''William Blake and DHL.'' *University of Kansas City Review* 22 (1956): 235–40.

Steinhauer, H. ''Eros and Psyche: A Nietzschean Motif in Anglo-American Literature.'' *Modern Language Notes* 64 (1949): 217–28.

Stewart, Jack F. ''Expressionism in *The Rainbow.*'' *Novel* 13 (1980a): 296–315.

———. ''Lawrence and Gauguin.'' *Twentieth Century Literature* 26 (1980b): 385–401.

———. ''Primitivism in *Women in Love.*'' *DHL Review* 13 (Spring 1980c): 45–62.

———. ''Lawrence and Van Gogh.'' *DHL Review* 16 (Spring 1983): 1–24.

———. ''Common Art Interests of Van Gogh and Lawrence.'' *Studies in the Humanities* 11, no. 2 (1984): 18–32.

———. ''The Vital Art of Lawrence and Van Gogh.'' *DHL Review* 19 (Summer 1987): 123–48.

———. ''Primordial Affinities: Lawrence, Van Gogh and the Miners.'' *Mosaic* 24 (Winter 1991): 92–113. (Reprinted in *DHL: The Journal of the DHL Society* [1992–93]: 22–44.)

Stoll, John E. ''Common Womb Imagery in Joyce and Lawrence.'' *Ball State University Forum* 11 (Spring 1970): 10–24.

Stovel, Nora Foster. '' 'A Great Kick at Misery': Lawrence's and Drabble's Rebellion against the Fatalism of Bennett.'' In Cushman and Jackson, op. cit. (1991): 131–54. (Discusses *The Lost Girl, Anna of the Five Towns,* and Margaret Drabble's *Jerusalem the Golden.*)

Strachey, John. *The Coming Struggle for Power.* London: Gollancz, 1932, pp. 206–16. (Discusses Lawrence along with Marcel Proust and Aldous Huxley as the most representative writers of the age.)

Stroupe, John H. ''Ruskin, Lawrence, and Gothic Naturalism.'' *Ball State University Forum* 11 (Spring 1970): 3–9. (The influence of Ruskin's ''The Nature of Gothic.'')

Stubbs, Patricia. ''Mr. Lawrence and Mrs. Woolf.'' In her *Women and Fiction: Feminism and the Novel, 1880–1920.* New York: Barnes and Noble, 1979, pp. 225–35.

Sword, H. ''Orpheus and Eurydice in the Twentieth Century: Lawrence, H. D., and the Poetics of the Turn.'' *Twentieth Century Literature* 35 (1989): 407–28.

Symons, Julian. *Makers of the New: The Revolution in Literature 1912–1939.* London: Andre Deutsch, 1987, pp. 79–91.

Taylor, Anne Robinson. ''Modern Primitives: Molly Bloom and James Joyce, with a Note on DHL.'' In her *Male Novelists and Their Female Voices: Literary Masquerades.* Troy, N.Y.: Whitston, 1981, pp. 189–228.

Tedlock, E. W., Jr. ''DHL's Annotations of Ouspensky's *Tertium Organum.*'' *Texas Studies in Literature and Language* 2 (Summer 1960): 206–18.

Thompson, Leslie M. ''A Lawrence-Huxley Parallel: *Women in Love* and *Point Counter Point.*'' *Notes and Queries* 15 (February 1968): 58–59.

Trilling, Diana. ''DHL and the Movements of Modern Culture.'' In *DHL: Novelist, Poet, Prophet.* Edited by Stephen Spender. London: Weidenfeld and Nicolson, 1973, pp. 1–7.

Turnell, M. ''The Shaping of Contemporary Literature: Lawrence, Forster, Virginia Woolf.'' In his *Modern Literature and Christian Faith.* London: Darton, Longman, and Todd; Westminster, Md.: Newman Press, 1961, pp. 25–45.

Turner, John, with Cornelia Rumpf-Worthen and Ruth Jenkins. ''The Otto Gross-Frieda Weekley Correspondence: Transcribed, Translated, and Annotated.'' *DHL Review* 22 (Summer 1990): 137–227.

Ulmer, Gregory L. ''DHL, Wilhelm Worringer, and the Aesthetics of Modernism.'' *DHL Review* 10 (Summer 1977a): 165–81.

———. ''Rousseau and DHL: 'Philosophes' of the 'Gelded' Age.'' *Canadian Review of Comparative Literature* 4 (1977b): 68–80.

Van Herk, Aritha. ''CrowB(e)ars and Kangaroos of the Future: The Post-Colonial Ga(s)p.'' *World Literature Written in English* 30 (Autumn 1990): 42–54. (Discusses *Kangaroo* along with three works by Faulkner, David Ireland, and Robert Kroetsch.)

Vickery, John B. *The Literary Impact of ''The Golden Bough.''* Princeton: Princeton University Press, 1973, pp. 294–325.

Vitoux, Pierre. ''Aldous Huxley and DHL: An Attempt at Intellectual Sympathy.'' *Modern Language Review* 69 (July 1974): 501–22.

Wajc-Tenenbaum, R. ''Aldous Huxley and DHL.'' *Revue des Langues Vivantes* 32 (1966): 598–610.

Walsh, K. R. ''Three Puritan Poets: Milton, Blake, DHL.'' *Christian Community* 5, no. 53 (May 1936).

Way, B. ''Sex and Language: Obscene Words in DHL and Henry Miller.'' *New Left Review,* no. 27 (September–October 1964): 164–70.

Weatherby, H. L. ''Old-Fashioned Gods: Eliot on Lawrence and Hardy.'' *Sewanee Review* 75 (Spring 1967): 301–16.

Weinstein, Philip M. *The Semantics of Desire: Changing Models of Identity from Dickens to Joyce.* Princeton: Princeton University Press, 1984, pp. 189–251.

Werner, Alfred. ''Lawrence and Pascin.'' *Kenyon Review* 23 (Spring 1961): 217–28. (Similarities between Lawrence and the painter.)

Wexelblatt, Robert. ''F. Scott Fitzgerald and DHL: Bicycles and Incest.'' *American Literature: A Journal of Literary History, Criticism, and Bibliography* 59 (October 1987): 378–88.

Whalen, Terry. ''Lawrence and Larkin: The Suggestion of an Affinity.'' *Modernist Studies* 4 (1982): 105–22.

Widmer, Kingsley. ''The Pertinence of Modern Pastoral: The Three Versions of *Lady Chatterley's Lover.*'' *Studies in the Novel* 5 (Fall 1973): 298–313.

———. ''Lawrence and the Nietzschean Matrix.'' In *DHL and Tradition.* Edited by Jeffrey Meyers. London: Athlone, 1985, pp. 115–31.

———. ''Desire and Denial: Dialectics of Passion in DHL.'' *DHL Review* 18 (1985–86): 139–50.

———. ''Melville and the Myths of Modernism.'' In *A Companion to Melville Studies.* Edited by John Bryant. Westport, Conn.: Greenwood, 1986.

———. ''Lawrence's Cultural Impact.'' In Meyers, op. cit. (1987): 156–74.

———. ''Desire and Negation: The Dialectics of Passion in DHL.'' In *The Spirit of DHL: Centenary Studies.* Edited by Gāmini Salgādo and G. K. Das. London: Macmillan, 1988, pp. 125–43.

———. ''Lawrence's American Bad-Boy Progeny: Henry Miller and Norman Mailer.'' In Cushman and Jackson, op. cit. (1991): 89–108.

———. *Defiant Desire: Some Dialectical Legacies of DHL.* Carbondale and Edwardsville: Southern Illinois University Press, 1992. (Five essays based on the preceding seven.)

Wildi, M. ''The Birth of Expressionism in the Work of DHL.'' *English Studies* 19 (December 1937): 241–59.

Williams, Raymond. ''Tolstoy, Lawrence, and Tragedy.'' *Kenyon Review* 25 (Autumn 1963): 633–50. (Reprinted as ''Social and Personal Tragedy: Tolstoy and Lawrence'' in his *Modern Tragedy.* London: Chatto and Windus; Stanford, Calif.: Stanford University Press, 1966, pp. 121–38.)

Wilson, Raymond J., III. ''Paul Morel and Stephen Dedalus: Rebellion and Reconciliation.'' *Platte Valley Review* 11 (Spring 1983): 27–33.

Wood, Frank. ''Rilke and DHL.'' *Germanic Review* 15 (1940): 214–23.

Woodcock, George. ''Mexico and the English Novelist.'' *Western Review* 21 (Autumn 1956): 21–32. (Lawrence, Huxley, and Greene.)

Zoll, Allan R. ''Vitalism and the Metaphysics of Love: DHL and Schopenhauer.'' *DHL Review* 11 (Spring 1978): 1–20.

Zubizarreta, John. ''T. S. Eliot and D. H. Lawrence: The Relationship and Influence.'' *English Language Notes* 31 (September 1993).

Zytaruk, George J. ''The Phallic Vision: DHL and V. V. Rozanov.'' *Comparative Literature Studies* 4 (1967): 283–97.

———. ''DHL's Reading of Russian Literature.'' *DHL Review* 2 (Summer 1969): 120–37.

———. ''Lawrence and Rozanov: Clarifying the Phallic Vision.'' *Etudes Lawrenciennes* 9 (1993): 93–103.

参考書目90　精神分析的批評

本参考書目では、厳選した項目が繰り返されているが、更なる関連項目を調べたい場合は参考書目5と75を当たればよいだろう。一貫して心理分析的視点から取り上げられた題材、或いはそれに関連した題材を含む、ロレンスに関する研究業績は以下の通りである。オルブライト（Albright）1978年、ベディエント（Bedient）1972年、ベン＝ユーフレイム（Ben-Ephraim）1981年、ボーデラ（Boadella）1956年、キャヴィチ（Cavitch）1969年、カウアン（Cowan）1970年、特に pp. 15－24、カウアン1990年、ダーヴィン（Dervin）1984年、グッドハート（Goodheart）1963年、グリーン（Green）1974年、ホッホマン（Hochman）1970年、ホルブルック（Holbrook）1964年と1992年、ハウ（Howe）1977年、ルイッキ＝ウィルソン（Lewiecki-Wilson）1994年、マリ（Murry）1931年、ニクソン（Nixon）1986年、パコード＝ヒュージェ（Paccaud-Huguet）1991年、プリチャード（Pritchard）1971年、ルダーマン（Ruderman）1984年、シュナイダー（Schneider）1984年、ストール（Stoll）1968年と1971年、ストーク（Storch）1970年、テネンバウム

(Tenenbaum) 1977年、ウォルターシェイド (Walterscheid) 1993年、ワイス (Weiss) 1962年、ウィーラン (Whelan) 1988年、特に pp. 11－99、ウィリアムズ (Williams) 1993年。

Adamowski, T. H. “Character and Consciousness: DHL, Wilhelm Reich, and Jean Paul Sartre.” *University of Toronto Quarterly* 43 (1974a): 311–34.

———. “*The Rainbow* and ‘Otherness.’ ” *DHL Review* 7 (Spring 1974b): 58–77.

———. “Intimacy at a Distance: Sexuality and Orality in *Sons and Lovers.*” *Mosaic* 13, no. 2 (1979): 71–89.

———. “Self/Body/Other: Orality and Ontology in Lawrence.” *DHL Review* 13 (Fall 1980): 193–208.

———. “The Father of All Things: The Oral and the Oedipal in *Sons and Lovers.*” *Mosaic* 14, no. 4 (1981): 69–88.

Adelman, Gary. “Beyond the Pleasure Principle: An Analysis of DHL’s ‘The Prussian Officer.’ ” *Studies in Short Fiction* 1 (Fall 1963): 8–15.

Allen, C. N., and K. Curtis. “A Sociogrammatic Study of Oedipus Complex Formation: DHL’s *Sons and Lovers.*” *Sociometry* 2 (1939): 37–51.

Arcana, Judith. “I Remember Mama: Mother-Blaming in *Sons and Lovers* Criticism.” *DHL Review* 21 (Spring 1989): 137–51.

Beharriel, Frederic J. “Freud and Literature.” *Queen’s Quarterly* 65 (1958): 118–25.

Benway, Ann M. Baribault. “Oedipus Abroad: Hardy’s Clym Yeobright and Lawrence’s Paul Morel.” *Thomas Hardy Yearbook* 13 (1986): 51–57.

Bergler, Edmund. “DHL’s *The Fox* and the Psychoanalytic Theory on Lesbianism.” *Journal of Nervous and Mental Disease* 126 (May 1958): 488–91. (Reprinted in Moore [1959]: 49–55.)

Bersani, Leo. “Lawrentian Stillness.” *Yale Review* 65 (October 1975): 38–60. (Also in his *A Future for Astyanax: Character and Desire in Literature.* Boston and Toronto: Little, Brown, 1976, pp. 156–85.)

Bhat, Vishnu. “DHL’s Sexual Ideal.” *Literary Half-Yearly* 10 (January 1969): 68–73.

Blanchard, Lydia. “*Women in Love:* Mourning Becomes Narcissism.” *Mosaic* 15 (1982): 105–18.

———. “Lawrence, Foucault, and the Language of Sexuality.” In *DHL’s “Lady”: A New Look at “Lady Chatterley’s Lover.”* Edited by Michael Squires and Dennis Jackson. Athens: University of Georgia Press, 1985, pp. 17–35.

Bleich, David. “The Determination of Literary Value.” *Literature and Psychology* 17 (1967): 19–30.

Bragan, Kenneth. “DHL and Self-Psychology.” *Australian and New Zealand Journal of Psychiatry* 20, no. 1 (1986): 23–37.

Buermyer, L. L. “Lawrence as Psychoanalyst.” *New York Evening Post Literary Review* (16 July 1921): 6.

Bump, Jerome. “D. H. Lawrence and Family Systems Theory.” *Renascence: Essays on Value in Literature* 44 (Fall 1991): 61–80.

Burrow, Trigant. *The Social Basis of Consciousness: A Study in Organic Psychology Based upon a Synthetic and Societal Concept of the Neuroses.* New York: Harcourt, Brace, 1927.

Butler, Gerald J. “Sexual Experience in DHL’s *The Rainbow.*” *Recovering Literature* 2 (1973): 1–92.

Cavitch, David. “Solipsism and Death in DHL’s Late Work.” *Massachusetts Review* 7 (1966): 495–508.

Chatterji, Arindam. “*Sons and Lovers:* Dynamic Sanity.” *Panjab University Research Bulletin* 16 (October 1985): 3–21.

Chung, Chong-wha. ''The Leadership Novels of DHL: A New Approach.'' *Phoenix* 23 (1981): 25–42.

Clayton, John J. ''DHL: Psychic Wholeness through Rebirth.'' *Massachusetts Review* 25 (Summer 1984): 200–221.

Collins, Joseph. ''Even Yet It Can't Be Told—The Whole Truth about DHL.'' In his *The Doctor Looks at Literature: Psychological Studies of Life and Letters.* New York: Doran; London: Allen and Unwin, 1923, pp. 256–88.

Conquest, Robert. ''*Lady Chatterley's Lover* in the Light of Durfian Psychology.'' *New Statesman* (22 and 29 December, 1978): 863–64.

Cowan, James C. ''DHL and the Resurrection of the Body.'' In *Healing Arts in Dialogue: Medicine and Literature.* Edited by Joanne Trautmann. Carbondale: Southern Illinois University Press, 1981, pp. 55–69.

———. ''Phobia and Psychological Development in DHL's 'The Thorn in the Flesh.' '' In *The Modernists: Studies in a Literary Phenomenon: Essays in Honor of Harry T. Moore.* Edited by Lawrence B. Gamache and Ian S. MacNiven. London and Toronto: Associated University Presses, 1987, pp. 163–70.

———, ed. *DHL Review* 10 (Fall 1977). Special Issue: ''Psychoanalytic Criticism of the Short Stories.'' (Essays cited separately.)

———. *DHL Review* 13 (Fall 1980). Special Issue: ''DHL: Psychoanalysis and Existence.'' (Essays cited separately.)

Cox, Gary D. ''DHL and F. M. Dostoevsky: Mirror Images of Murderous Aggression.'' *Modern Fiction Studies* 29 (1983): 175–82.

Davies, Rosemary Reeves. ''The Mother as Destroyer: Psychic Divisions in the Writings of DHL.'' *DHL Review* 13 (Fall 1980): 220–38.

Dawson, Eugene W. ''DHL and Trigant Burrow: Pollyanalytics and Phylobiology, an Interpretive Analysis.'' Ph.D. diss., University of Washington, 1963.

———. ''Lawrence's Pollyanalytic Esthetic for the Novel.'' *Paunch* 26 (1966): 60–68.

Deleuze, Gilles, and Félix Guattari. *Anti-Oedipus: Capitalism and Schizophrenia.* Translated by Robert Hurley, Mark Seem, and Helen R. Lane. New York: Viking, 1977, passim. (Originally published in French as *L'Anti-Oedipe.* Paris: Les Editions de Minuit, 1972. Reprinted Minneapolis: Minnesota University Press, 1983; London: Athlone Press, 1984.)

Dervin, Daniel. ''DHL and Freud.'' *American Imago* 36 (1979): 93–117.

———. ''Rainbow, Phoenix, and Plumed Serpent: DHL's Great Composite Symbols and Their Vicissitudes.'' *Psychoanalytic Review* 67 (1980): 515–41.

———. ''Placing the Body in Creativity: DHL and the Occult.'' In *The Psychoanalytic Study of Society.* Vol. 9. Edited by Werner Muensterberger and L. Bryce Boyer. New York: Psychohistory Press, 1981a, pp. 181–220.

———. ''Play, Creativity and Matricide: The Implications of Lawrence's 'Smashed Doll' Episode.'' *Mosaic* 14, no. 3 (1981b): 81–94.

———. ''A Dialectic View of Creativity.'' *Psychoanalytic Review* 70 (1983): 463–91.

Doheny, J. ''The Novel Is the Book of Life: DHL and a Revised Version of Polymorphous Perversity.'' *Paunch* 26 (1966): 40–59.

Dollimore, Jonathan. ''DHL and the Metaphysics of Sexual Difference.'' In his *Sexual Dissidence: Augustine to Wilde, Freud to Foucault.* Oxford: Clarendon Press, 1991, pp. 268–75.

Doolittle, Hilda (H. D.). *Bid Me to Live (A Madrigal).* New York: Dial, 1960.

Durham, John. ''DHL: Outline for a Psychology of Being.'' Ph.D. diss., Occidental College, 1967.

Efron, Arthur. ''The Mind-Body Problem in Lawrence, Pepper, and Reich.'' *Journal of Mind and Behavior* 1 (1980): 247–70.

Ellis, David. ''Lawrence and the Biological Psyche.'' In *DHL: Centenary Essays.* Edited by Mara Kalnins. Bristol: Bristol Classical Press, 1986, pp. 89–109.

———. ''Poetry and Science in the Psychology Books.'' In David Ellis and Howard Mills. *DHL's Non-Fiction: Art, Thought and Genre.* Cambridge: Cambridge University Press, 1988, pp. 67–97.

Englander, Ann. '' 'The Prussian Officer': The Self Divided.'' *Sewanee Review* 71 (October–December 1963): 605–19.

Fernihough, Anne. ''The Tyranny of the Text: Lawrence, Freud and the Modernist Aesthetic.'' In *Modernism and the European Unconscious.* Edited by Peter Collier and Judy Davies. Cambridge: Polity Press; New York: St. Martin's Press, 1990, pp. 47–63.

———. ''Analysing the Analyst: Lawrence's Clash with Freud.'' In her *DHL: Aesthetics and Ideology.* Oxford: Oxford University Press, 1993, pp. 61–82.

Fifield, William. ''Joyce's Brother, Lawrence's Wife, Wolfe's Mother, Twain's Daughter.'' *Texas Quarterly* 10 (1967): 69–87.

Firchow, Peter E. ''Rico and Julia: The Hilda Doolittle–DHL Affair Reconsidered.'' *Journal of Modern Literature* 8 (1980): 51–76.

Fraiberg, Louis. ''The Unattainable Self: DHL's *Sons and Lovers.*'' In *Twelve Original Essays on Great English Novels.* Edited by Charles Shapiro. Detroit: Wayne State University Press, 1960, pp. 175–201. (Reprinted in Tedlock [1965].)

Fraiberg, Selma. ''Two Modern Incest Heroes.'' *Partisan Review* 28 (1961): 646–61. (''The Rocking-Horse Winner.'')

Friedman, Alan. ''The Other Lawrence.'' *Partisan Review* 37, no. 2 (1970): 239–53.

Galbraith, Mary. ''Feeling Moments in the Work of DHL.'' *Paunch* 63–64 (December 1990): 15–38.

Gendzier, I. L. ''The Lawrence Enigma.'' *American Journal of Psychiatry* 125 (1969): 1607–9.

Goodheart, Eugene. ''Freud and Lawrence.'' *Psychoanalysis and Psychoanalytical Review* 47 (1960): 56–64.

Gordon, David J. ''DHL's Dual Myth of Origin.'' *Sewanee Review* 89 (1981a): 83–94.

———. ''Sex and Language in DHL.'' *Twentieth Century Literature* 27 (1981b): 362–75.

Gordon, Rosemary. ''Look! He Has Come Through!: DHL, Women and Individuation.'' *Journal of Analytical Psychology* 23 (1978): 258–74.

Gordon, William A. ''DHL and the Two Truths.'' In *Reconciliations: Studies in Honor of Richard Harter Fogle.* Edited by Mary Lynn Johnson and Seraphia D. Leyda. Salzburg: University of Salzburg, 1983, pp. 194–218.

Greenfield, Barbara. ''In Support of Psychoanalyzing Literary Characters.'' *Journal of the American Academy of Psychoanalysis* 12 (1984): 127–38.

Greiff, Louis K. ''Bittersweet Dreaming in Lawrence's 'The Fox': A Freudian Perspective.'' *Studies in Short Fiction* 20 (1983): 7–16.

Harper, Howard M., Jr. ''Fantasia and the Psychodynamics of *Women in Love.*'' In *The Classic British Novel.* Edited by Howard Harper, Jr., and Charles Edge. Athens: University of Georgia Press, 1972, pp. 202–19.

Harris, Lynn E. ''The Island as a Mental Image of Withdrawal, Used in a Literary Work, DHL's 'The Man Who Loved Islands.' '' In *Imagery II.* Edited by David G. Russell, David F. Marks, and John T. E. Richardson. Dunedin, New Zealand: Human Performance Associates, 1986, pp. 178–81.

Hayles, Nancy Katherine. ''Evasion: The Field of the Unconscious in DHL.'' In her *The Cosmic Web: Scientific Field Models and Literary Strategies in the Twentieth Century.* Ithaca, N.Y.: Cornell University Press, 1984, pp. 85–110.

Hepburn, James G. ''Disarming and Uncanny Visions: Freud's 'The Uncanny' with Regard to Form and Content in Stories by Sherwood Anderson and DHL.'' *Literature and Psychology* 9 (Winter 1959): 9–12. (On ''The Rocking-Horse Winner.'')

Heywood, Christopher. '' 'Blood-Consciousness' and the Pioneers of the Reflex and Ganglionic Systems.'' In *DHL: New Studies.* Edited by Christopher Heywood. London: Macmillan; New York: St. Martin's Press, 1987, pp. 104–23.

Hinz, Evelyn J. ''*Sons and Lovers:* The Archetypal Dimensions of Lawrence's Oedipal Tragedy.'' *DHL Review* 5 (Spring 1972): 26–53.

———. ''The Beginning and the End: DHL's *Psychoanalysis and Fantasia.'' Dalhousie Review* 52 (Summer 1972): 251–65.

Hirsch, Gordon D. ''The Laurentian Double: Images of DHL in the Stories.'' *DHL Review* 10 (Fall 1977): 270–76.

Hochman, Baruch. ''The Shape the Self Takes: Henry James to DHL.'' In *The Test of Character: From the Victorian Novel to the Modern.* Rutherford, N.J.: Fairleigh Dickinson University Press, 1983, pp. 132–56.

Hoerner, Dennis. ''Connie Chatterley: A Case of Spontaneous Therapy.'' *Energy and Character: Journal of Bioenergetic Research* 12 (1981): 48–55.

———. ''Ursula, Anton, and the 'Sons of God': Armor and Core in *The Rainbow's* Third Generation.'' *Paunch* 63–64 (December 1990): 173–98.

Hoffman, Frederick J. ''Lawrence's 'Quarrel' with Freud.'' *Quarterly Review of Literature* 1 (1944): 279–87.

———. ''Lawrence's Quarrel with Freud.'' In his *Freudianism and the Literary Mind.* 2d ed. Baton Rouge: Louisiana State University Press, 1957, pp. 151–76. (Originally published 1945.)

———. *The Mortal No: Death and the Modern Imagination.* Princeton: Princeton University Press, 1964, pp. 406–23.

Isaacs, Neil D. ''The Autoerotic Metaphor in Joyce, Sterne, Lawrence, Stevens and Whitman.'' *Literature and Psychology* 15 (Spring 1965): 92–106. (On ''The Rocking-Horse Winner.'')

Jewinski, Ed. ''The Phallus in DHL and Jacques Lacan.'' *DHL Review* 21 (Spring 1989): 7–24.

Jordan, Sidney. ''DHL's Concept of the Unconscious and Existential Thinking.'' *Review of Existential Psychology and Psychiatry* 5 (1965): 34–43.

Kazin, Alfred. ''Sons, Lovers and Mothers.'' *Partisan Review* 29 (Spring 1962): 373–85. (Reprinted in Tedlock [1965]: 238–50.)

Kiell, Norman. *Varieties of Sexual Experience: Psychosexuality in Literature.* New York: International Universities Press, 1976.

———, ed. *Psychoanalysis, Psychology, and Literature: A Bibliography.* 2d ed. 2 vols. Metuchen, N.J., and London: Scarecrow Press, 1982. (Supplement to the 2d ed., 1990.)

Kleinbard, David J. ''Laing, Lawrence, and the Maternal Cannibal.'' *Psychoanalytic Review* 58 (Spring 1971): 5–13.

———. ''DHL and Ontological Insecurity.'' *PMLA* 89 (January 1974): 154–63.

Kuczkowski, Richard J. ''Lawrence's 'Esoteric' Psychology: *Psychoanalysis and the Unconscious* and *Fantasia of the Unconscious.*'' Ph.D. diss., Columbia University, 1973.

Kulkarni, H. B. ''Snake Imagery and the Concept of Self in Selected Works of DHL.'' *South Asia Review* 4 (1980): 28–36.

Kuttner, Alfred Booth. ''*Sons and Lovers:* A Freudian Appreciation.'' *Psychoanalytic Review* 3 (July 1916): 295–317. (Reprinted in Tedlock [1965]: 76–100, and Salgādo [1969]: 69–94.)

Langbaum, Robert. *The Mysteries of Identity: A Theme in Modern Literature.* New York: Oxford University Press, 1977.

Levy, Eric P. ''Lawrence's Psychology of Void and Center in *Women in Love.'' DHL Review* 23 (Spring 1991): 5–19.

McCurdy, Harold G. ''Literature and Personality: Analysis of the Novels of DHL.'' *Character and Personality* 8 (March, June 1940): 181–203, 311–22.

MacDonald, Robert H. '' 'The Two Principles': A Theory of the Sexual and Psychological Symbolism of DHL's Later Fiction.'' *DHL Review* 11 (Summer 1978): 132–55.

Marks, W. S., III. ''The Psychology of the Uncanny in Lawrence's 'The Rocking-Horse Winner.' '' *Modern Fiction Studies* 11 (Winter 1965–66): 381–92.

———. ''The Psychology in DHL's 'The Blind Man.' '' *Literature and Psychology* 17 (Winter 1967): 177–92.

May, Keith M. *Out of the Maelstrom: Psychology and the Novel in the Twentieth Century.* New York: St. Martin's Press; London: Elek Books, 1977, pp. 24–61. (''The Nature of the Unconscious: Freud, Joyce and Lawrence'' and ''The Living Self: Integration of the Personality in Lawrence and Jung.'')

Mayers, Ozzie. ''The Child as Jungian Hero in DHL's *The Plumed Serpent.'' Journal of Evolutionary Psychology* 8 (1987): 306–17.

Mehta, G. D. ''The Unconscious: The Pristine Source of Man's Verbal Creativity.'' *Psycho-Lingua* 12 (1982): 65–68.

Mitchell, Giles R. ''*Sons and Lovers* and the Oedipal Project.'' *DHL Review* 13 (Fall 1980): 209–19.

Mollinger, Shermaz. ''The Divided Self in Nathaniel Hawthorne and DHL.'' *Psychoanalytic Review* 66 (1979): 79–102.

Morrison, Claudia. ''DHL and American Literature.'' In her *Freud and the Critic: Early Use of Depth Psychology in Literary Criticism.* Chapel Hill: University of North Carolina Press, 1968, pp. 203–25.

Mortland, Donald E. ''The Conclusion of *Sons and Lovers:* A Reconsideration.'' *Studies in the Novel* 3 (Fall 1971): 305–15.

Nakanishisi, Yoshihiro. ''C. G. Jung and DHL: The Pure Soul's Pilgrimage.'' *Bulletin for Languages and Literatures* (Teruri University, Japan) 121 (1982): 17–35.

Ober, William B. *Boswell's Clap and Other Essays: Medical Analyses of Literary Men's Afflictions.* Carbondale: Southern Illinois University Press, 1979.

O'Connor, Frank. ''DHL: *Sons and Lovers.*'' In his *The Mirror in the Roadway.* London: Hamilton, 1955, 270–79.

Panken, Shirley. ''Some Psychodynamics in *Sons and Lovers:* A New Look at the Oedipal Theme.'' *Psychoanalytic Review* 61 (1974–75): 571–89.

Pearson, S. Vere. ''Psychology of the Consumptive (With Special Reference to DHL).'' *Journal of State Medicine* (August 1932): 477–85.

Pollak, Paulina S. ''Anti-Semitism in the Works of DHL: Search for and Rejection of the Faith.'' *Literature and Psychology* 32 (1986): 19–29.

Poole, Roger. ''Psychoanalytic Theory: DHL, *St. Mawr.'' Literary Theory at Work: Three Texts.* Edited by Douglas Tallack. London: Batsford, 1987, pp. 89–113.

Poole, Sara. ''Horn and Ivory: Lawrence the Sandman.'' *Forum for Modern Language Studies* 28 (April 1992): 105–20.

Purdy, Strother B. ''On the Psychology of Erotic Literature.'' *Literature and Psychology* 20 (1970): 23–29.

Radford, F. L., and R. R. Wilson. ''Some Phases of the Jungian Moon: Jung's Influence on Modern Literature.'' *English Studies in Canada* 8, no. 3 (1982): 311–32.

Rees, Richard. ''Miss Jessel and Lady Chatterley.'' In his *For Love or Money: Studies in Personality and Essence.* Carbondale: Southern Illinois University Press, 1961, pp. 115–24.

Renner, Stanley. ''Sexuality and the Unconscious: Psychosexual Drama and Conflict in *The Fox.'' DHL Review* 21 (1989): 245–73.

Rieff, Philip. ''Introduction.'' In *Psychoanalysis and the Unconscious* and *Fantasia of the Unconscious* by DHL. New York: Viking, 1960a, pp. vii–xxiii.

———. ''Two Honest Men: Freud and Lawrence.'' *Listener* 62 (5 May 1960b): 794–96.

———. ''The Therapeutic as Mythmaker: Lawrence's True Christian Philosophy.'' In his *The Triumph of the Therapeutic: Uses of Faith after Freud.* New York: Harper and Row; London: Chatto and Windus, 1966, pp. 189–231.

Roberts, Mark. ''DHL and the Failure of Energy: *Fantasia of the Unconscious; Psychoanalysis and the Unconscious.*'' In his *The Tradition of Romantic Morality.* London: Macmillan, 1973, pp. 322–48.

Rooks, Pamela A. ''DHL's 'Individual' and Michael Polanyi's 'Personal': Fruitful Redefinitions of Subjectivity and Objectivity.'' *DHL Review* 23 (Spring 1991): 21–29.

Rose, Shirley. ''Physical Trauma in DHL's Short Fiction.'' *Contemporary Literature* 16 (Winter 1975): 73–83.

Ruderman, Judith G. ''*The Fox* and the 'Devouring Mother.' '' *DHL Review* 10 (Fall 1977): 251–69.

———. ''Rekindling the 'Father-Spark': Lawrence's Ideal of Leadership in *The Lost Girl* and *The Plumed Serpent.'' DHL Review* 13 (Fall 1980): 239–59.

Ryals, Clyde de L. ''DHL's 'The Horse Dealer's Daughter': An Interpretation.'' *Literature and Psychology* 12 (Spring 1962): 39–43. (Jungian rebirth archetype dramatized.)

Sale, Roger. ''DHL, 1912–1916.'' *Massachusetts Review* 6 (Spring 1965): 467–80. (Lawrence's psychological development as revealed in the early novels.)

Schapiro, Barbara. ''Maternal Bonds and the Boundaries of Self: DHL and Virginia Woolf.'' *Soundings* 69 (1986): 347–65.

Schneider, Daniel J. ''Psychology and Art in Lawrence *Kangaroo.'' DHL Review* 14 (1981): 156–71.

Schwartz, Daniel R. ''Speaking of Paul Morel: Voice, Unity, and Meaning in *Sons and Lovers.'' Studies in the Novel* 8 (Fall 1976): 255–77.
Schwartz, Murray M. ''DHL and Psychoanalysis: An Introduction.'' *DHL Review* 10 (Fall 1977): 215–22.
Scott, James F. ''DHL's *Germania:* Ethnic Psychology and Cultural Crisis in the Shorter Fiction.'' *DHL Review* 10 (1977): 142–64.
Sewell, Ernestine P. ''Herbartian Psychology in the Developing Art of DHL.'' *Publications of Missouri Philological Association* 5 (1980): 66–71.
Shuey, William A., III. ''From Renunciation to Rebellion: The Female in Literature.'' In *The Evolving Female: Women in Psychosocial Context.* Edited by Carol Landau Heckerman. New York: Human Sciences Press, 1980, pp. 138–57.
Smalley, Barbara M. ''Lawrence's 'The Princess' and Horney's 'Idealized Self.' '' In *Third Force Psychology and the Study of Literature.* Edited by Bernard J. Paris. Rutherford, N.J.: Fairleigh Dickinson University Press, 1986, pp. 179–90.
Snodgrass, William DeWitt. ''A Rocking-Horse: The Symbol, the Pattern, the Way to Live.'' *Hudson Review* 11 (Summer 1958): 191–200. (Reprinted in Consolo [1969]: 26–36 and in his *Radical Pursuit: Critical Essays and Lectures.* New York: Harper and Row, 1975.)
Sproles, Karyn Z. ''DHL and the Schizoid State: Reading *Sons and Lovers* through *The White Peacock.'' Paunch* 63–64 (December 1990): 39–70.
Stavrou, Constantine W. ''DHL's 'Psychology' of Sex.'' *Literature and Psychology* 6 (1956): 90–95.
Stoll, John E. ''Common Womb Imagery in Joyce and Lawrence.'' *Ball Sate University Forum* 11 (Spring 1970a): 10–24.
———. ''Psychological Dissociation in the Victorian Novel.'' *Literature and Psychology* 20, no. 2 (1970b): 63–73.
Tabachnick, E., and N. Tabachnick. ''The Second Birth of DHL.'' *Journal of the American Academy of Psychoanalysis* 4 (1976): 469–80.
Thornham, Susan. ''Lawrence and Freud.'' *Durham University Journal* 39 (1977): 73–82.
Trail, George Y. ''The Psychological Dynamics of DHL's 'Snake.' '' *American Imago* 36 (1979a): 345–56.
———. ''West by East: The Psycho-Geography of *Birds, Beasts and Flowers.'' DHL Review* 12 (1979b): 241–55.
Travis, Leigh. ''DHL: The Blood-Conscious Artist.'' *American Imago* 25 (1968): 163–90.
Tristram, Philippa. ''Eros and Death (Lawrence, Freud and Women).'' In *Lawrence and Women.* Edited by Anne Smith. London: Vision; Totowa, N.J.: Barnes and Noble, 1978, pp. 136–55.
Turner, John F. ''The Perversion of Play in DHL's 'The Rocking-Horse Winner.' '' *DHL Review* 15 (1982): 249–70.
Turner, John, with Cornelia Rumpf-Worthen and Ruth Jenkins. ''The Otto Gross-Frieda Weekley Correspondence: Transcribed, Translated, and Annotated.'' *DHL Review* 22 (Summer 1990): 137–227.
Van Tassel, Daniel E. ''The Search for Manhood in DHL's *Sons and Lovers.'' Costerus* 3 (1972): 197–210.
Vause, L. Mikel. ''The Death Instinct Reflected in DHL's 'Love among the Haystacks.' '' *Journal of Evolutionary Psychology* 9 (1988): 187–89.

Vredenburgh, Joseph L. ‘‘Further Contributions to a Study of the Incest Object.’’ *American Imago* 16 (Fall 1959): 263–68. (*Sons and Lovers*—Miriam and Clara as incest objects.)

Ward, Aileen. ‘‘The Psychoanalytic Theory of Poetic Form: A Content Analysis.’’ *Literature and Psychology* 17 (1967): 30–46.

Weinstein, Philip M. *The Semantics of Desire: Changing Models of Identity from Dickens to Joyce.* Princeton: Princeton University Press, 1984, pp. 189–251. (‘‘ ‘Become Who You Are’: The Optative World of DHL,’’ pp. 189–204; ‘‘ ‘The Trembling Instability’ of *Women in Love,*’’ pp. 204–24; ‘‘Choosing between the Quick and the Dead: Three Versions of *Lady Chatterley's Lover,*’’ pp. 224–51.)

Weiss, Daniel. ‘‘Oedipus in Nottinghamshire.’’ *Literature and Psychology* 7 (August 1957): 33–42.

———. ‘‘DHL's Great Circle: From *Sons and Lovers* to *Lady Chatterley's Lover.*’’ *Psychoanalytic Review* 50 (Fall 1963): 112–38. (Revision of Ch. 4 of *Oedipus in Nottingham,* following.)

———. *Oedipus in Nottingham: DHL.* Seattle: University of Washington Press, 1962. (See also review by Edwin Berry Burgum. *American Imago* 23 [1966]: 180–83.)

———. ‘‘DHL: The Forms of Sexual Hunger.’’ In *The Critic Agonistes: Psychology, Myth, and the Art of Fiction.* Edited by Eric Solomon and Stephen Arkin. Seattle: University of Washington Press, 1985, pp. 217–28.

Wheeler, Richard P. ‘‘ ‘Cunning in his overthrow’: Lawrence's Art in ‘Tickets, Please.’ ’’ *DHL Review* 10 (Fall 1977): 242–50.

Widmer, Kingsley. ‘‘Lawrence as Abnormal Novelist.’’ *DHL Review* 8 (Summer 1975): 220–32.

———. ‘‘Psychiatry and Piety on Lawrence.’’ *Studies in the Novel* 9 (Summer 1977): 195–200.

Willbern, David. ‘‘Malice in Paradise: Isolation and Projection in ‘‘ ‘The Man Who Loved Islands.’ ’’ *DHL Review* 10 (Fall 1977): 223–41.

Wolf, Howard R. ‘‘British Fathers and Sons, 1773–1913: From Filial Submissiveness to Creativity.’’ *Psychoanalytic Review* 52 (Summer 1965): 53–70. (On *Sons and Lovers.*)

参考書目91　原型批評と神話批評

本参考書目に直接関連する研究論文は以下の通りである。カーター（Carter）1932年、クラーク（Clark）1964年、カウアン（Cowan）1970年と1990年、アイゼンシュタイン（Eisenstein）1974年、ファージェサンド（Fjagesund）1991年、グーティエレイス（Gutierrez）1980年と1987年、ハイド（Hyde）1992年、アイニス（Inniss）1972年、ルーセント（Lucente）1981年 pp.　107－23、マイルズ（Miles）1969年、ミリアラス（Miliaras）1987年、ロビンソン（Robinson）1992年 pp. 32－59、ロス（Ross）1991年、シャーマ（Sharma）1981年、ティンダル（Tindall）1930年、ウーラング（Urang）1983年、ヴィニッカ（Viinikka）1988年、ウィーラン（Whelan）1988年。

Anderson, Walter E. ‘‘ ‘The Prussian Officer’: Lawrence's Version of the Fall of Man Legend.’’ *Essays in Literature* 12 (1985): 215–23.

Ballin, Michael. ‘‘The Third Eye: The Relationship between DHL and Maurice Maeterlinck.’’ In *The Practical Vision: Essays in English Literature in Honour of Flora*

Roy. Edited by Jane Campbell and James Doyle. Waterloo, Ontario: Wilfrid Laurier University Press, 1978, pp. 87–102.

———. "DHL's Esotericism: William Blake in Lawrence's *Women in Love*." In *DHL's "Women in Love": Contexts and Criticism.* Edited by Michael Ballin. Waterloo, Ontario: Wilfrid Laurier University, 1980a, pp. 70–87.

———. "Lewis Spence and the Myth of Quetzalcoatl in DHL's *The Plumed Serpent.*" *DHL Review* 13 (Spring 1980b): 63–78.

Berce, Sanda. "The Sun-Myth: A Parable of Modern Civilization." *Studia University Babes-Bolyai* 33, no. 1 (1988): 56–63. (On "The Woman Who Rode Away.")

Bodkin, Maud. *Archetypal Patterns in Poetry: Psychological Studies of Imagination.* London: Oxford University Press, 1934, pp. 289–99.

Boklund, Gunnar. "Time Must Have a Stop: Apocalyptic Thought and Expression in the Twentieth Century." *Denver Quarterly* 2 (Summer 1967): 69–98.

Broembsen, F. von. "Mythic Identification and Spatial Inscendence: The Cosmic Vision of DHL." *Western Humanities Review* 29 (Spring 1975): 137–54.

Brown, Keith. "Welsh Red Indians: DHL and *St. Mawr.*" *Essays in Criticism* 32 (April 1982): 158–79. (Reprinted in Brown [1990]: 23–37.)

Brunsdale, Mitzi M. "Lawrence and the Myth of Brynhild." *Western Humanities Review* 31 (Fall 1977): 342–48.

Clark, L. D. "The Symbolic Structure of *The Plumed Serpent.*" *Tulane Studies in English* 14 (1965): 75–96.

———. "DHL and the American Indian." *DHL Review* 9 (1976): 305–72.

———. "Making the Classic Contemporary: Lawrence's Pilgrimage Novels and American Romance." In *DHL in the Modern World.* Edited by Peter Preston and Peter Hoare. London: Macmillan, 1989, pp. 193–216.

Cowan, James C. "The Function of Allusions and Symbols in DHL's *The Man Who Died.*" *American Imago* 17 (Summer 1960): 241–53.

———. "DHL's 'The Princess' as Ironic Romance." *Studies in Short Fiction* 4 (Spring 1967): 245–51.

———. "DHL's Dualism: The Apollonian-Dionysian Polarity and *The Ladybird.*" In *Forms of Modern British Fiction.* Edited by Alan Warren Friedman. Austin and London: University of Texas Press, 1975, pp. 73–99.

Crowder, Ashby Bland, and Lynn O'Malley Crowder. "Mythic Intent in DHL's *The Virgin and the Gipsy.*" *South Atlantic Review* 49 (1984): 61–66.

Digaetani, John Louis. "Situational Myths: Richard Wagner and DHL." In his *Richard Wagner and the Modern British Novel.* Rutherford, N.J.: Fairleigh Dickinson University Press; London: Associated University Presses, 1978, pp. 58–89.

Doherty, Gerald. "The Salvator Mundi Touch: Messianic Typology in DHL's *Women in Love.*" *Ariel* 13, no. 3 (1982): 53–71.

———. "The Third Encounter: Paradigms of Courtship in DHL's Shorter Fiction." *DHL Review* 17 (1984): 135–51.

Eastman, Donald R. "Myth and Fate in the Characters of *Women in Love.*" *DHL Review* 9 (Summer 1976): 177–93.

Farr, Judith. "DHL's Mother as Sleeping Beauty: The 'Still Queen' of His Poems and Fictions." *Modern Fiction Studies* 36 (Summer 1990): 195–209.

Fiderer, Gerald. "DHL's *The Man Who Died:* The Phallic Christ." *American Imago* 25 (Spring 1968): 91–96.

Fitz, L. T. " 'The Rocking-Horse Winner' and *The Golden Bough." Studies in Short Fiction* 11 (Spring 1974): 199–200.

Fjagesund, Peter. "DHL, Knut Hamsun and Pan." *English Studies* (Netherlands) 72, no. 5 (October 1991): 421–25.

Galea, Ileana. "DHL: The Value of Myth." *Cahiers Roumains d'Etudes Littéraires* 3 (1987): 72–78.

Glicksberg, Charles I. "Myth in Lawrence's Fiction." In his *Modern Literary Perspectivism.* Dallas: Southern Methodist University Press, 1970, pp. 139–48 and passim.

Gorton, Mark. "Some Say in Ice: The Apocalyptic Fear of *Women in Love." Foundation* 28 (1983): 56–60.

Gould, Eric. "Recovering the Numinous: DHL and T. S. Eliot." In his *Mythical Intentions in Modern Literature.* Princeton: Princeton University Press, 1981, pp. 199–262.

Gutierrez, Donald. "The Ancient Imagination of DHL." *Twentieth Century Literature* 27 (1981): 178–96.

———. " 'Quick, Now, Here, Now, Always': The Flaming Rose of Lawrence and Eliot." *University of Portland Review* 34, no. 2 (1982): 3–8.

Hendrick, George. "Jesus and the Osiris-Isis Myth: Lawrence's *The Man Who Died* and Williams' *The Night of the Iguana." Anglia* (Tübingen) 84 (1966): 398–406.

Hill, Ordelle G., and Potter Woodbery. "Ursula Brangwen of *The Rainbow:* Christian Saint or Pagan Goddess?" *DHL Review* 4 (Fall 1971): 274–79.

Hinz, Evelyn J. "DHL's Clothes Metaphor." *DHL Review* 1 (Spring 1968): 87–113.

———. "Juno and *The White Peacock:* Lawrence's English Epic." *DHL Review* 3 (Summer 1970): 115–35.

———. "*The Trespasser:* Lawrence's Wagnerian Tragedy and Divine Comedy." *DHL Review* 4 (Summer 1971): 122–41.

———. "The Beginning and the End: DHL's *Psychoanalysis and Fantasia." Dalhousie Review* 52 (1972a): 251–65.

———. "*Sons and Lovers:* The Archetypal Dimensions of Lawrence's Oedipal Tragedy." *DHL Review* 5 (Spring 1972b): 26–53.

———. "Hierogamy versus Wedlock: Types of Marriage Plots and Their Relationship to Genres of Prose Fiction." *PMLA* 91 (October 1976): 900–913.

———. "*Ancient Art and Ritual* and *The Rainbow." Dalhousie Review* 58 (1979): 617–37.

Hinz, Evelyn J., and John J. Teunissen. "Savior and Cock: Allusion and Icon in Lawrence's *The Man Who Died.*" *Journal of Modern Literature* 5 (April 1976): 279–96.

———. "*Women in Love* and the Myth of Eros and Psyche." In *DHL: The Man Who Lived.* Edited by Robert B. Partlow, Jr., and Harry T. Moore. Carbondale: Southern Illinois University Press, 1980, pp. 207–20.

———. "War, Love, and Industrialization: The Ares/Aphrodite/Hephaestus Complex in *Lady Chatterley's Lover.*" In *DHL's "Lady": A New Look at "Lady Chatterley's Lover."* Edited by Michael Squires and Dennis Jackson. Athens: University of Georgia Press, 1985, pp. 197–221.

———. "Odysseus, Ulysses, and Ursula: The Context of Lawrence's *Rainbow.*" In *The Modernists: Studies in a Literary Phenomenon: Essays in Honor of Harry T.*

Moore. Rutherford, N.J.: Fairleigh Dickinson University Press, 1987, pp. 171–91.

Hughs, Richard. ''The Brangwen Inheritance: The Archetype in DHL's *The Rainbow.*'' *Greyfriar* 17 (1976): 33–40.

Humma, John B. ''Pan and 'The Rocking-Horse Winner.' '' *Essays in Literature* (Illinois) 5 (1978): 53–60.

Iida, Takeo. ''Nature Deities: Reawakening Blood-Consciousness in the Europeans.'' *Etudes Lawrenciennes* 9 (1993): 27–42.

Irwin, W. R. ''The Survival of Pan.'' *PMLA* 76 (June 1961): 159–67.

Jackson, Dennis. ''The 'Old Pagan Vision': Myth and Ritual in *Lady Chatterley's Lover.*'' *DHL Review* 11 (Fall 1978): 260–71. (Reprinted in revised form in Jackson and Jackson [1988]: 128–44.)

Kay, Wallace G. ''Lawrence and *The Rainbow:* Apollo and Dionysus in Conflict.'' *Southern Quarterly* 10 (April 1972): 209–22.

———. ''*Women in Love* and *The Man Who Died:* Resolving Apollo and Dionysus.'' *Southern Quarterly* 10 (July 1972): 325–39.

Kermode, Frank. ''DHL and the Apocalyptic Types.'' In his *Continuities.* London: Routledge and Kegan Paul, 1968, pp. 122–51. (Also published in *Critical Quarterly* 10 [1968]: 14–33; and, in shortened form, in Clarke, ed. [1969]: 203–18.)

———. ''Apocalypse and the Modern.'' In *Visions of Apocalypse.* Edited by Saul Friedlander, Gerald Holton, Leo Marx, and Eugene Skolnifoff. New York: Homes and Meier, 1985, pp. 84–106.

Kessler, Jascha. ''Descent in Darkness: The Myth of *The Plumed Serpent.*'' In *A DHL Miscellany.* Edited by Harry T. Moore. Carbondale: Southern Illinois University Press, 1959, pp. 239–61.

———. ''DHL's Primitivism.'' *Texas Studies in Literature and Language* 5 (1964): 467–88.

Larsen, Elizabeth. ''Lawrence's *The Man Who Died.*'' *Explicator* 40, no. 4 (1982): 38–40.

Ledoux, Larry V. ''Christ and Isis: The Function of the Dying and the Reviving God in *The Man Who Died.*'' *DHL Review* 5 (Summer 1972): 132–48.

MacDonald, Robert H. ''The Union of Fire and Water: An Examination of the Imagery of *The Man Who Died.*'' *DHL Review* 10 (Spring 1977): 34–51.

Makolkina, Anna. ''The Dance of Dionysos in H. Khodkevych and DHL.'' *Journal of Ukrainian Studies* 15 (1990): 31–38.

Mayers, Ozzie. ''The Child as Jungian Hero in DHL's *The Plumed Serpent.*'' *Journal of Evolutionary Psychology* 8 (1987): 306–17.

Merivale, Patricia. ''DHL and the Modern Pan Myth.'' *Texas Studies in Literature and Language* 6 (Fall 1964): 297–305. (Reprinted as Ch. 6 of her *Pan the Goat-God: His Myth in Modern Times.* Cambridge: Harvard University Press, 1969, pp. 194–219.)

Miles, Thomas H. ''Birkin's Electro-Mystical Body of Reality: DHL's Use of Kundalini.'' *DHL Review* 9 (Summer 1976): 194–212.

Miliaras, Barbara A. ''The Collapse of Agrarian Order and the Death of Thomas Brangwen in DHL's *The Rainbow.*'' *Etudes Lawrenciennes* 3 (1988): 65–77.

Miller, James E., Jr., Karl Shapiro, and Bernice Slote. *Start with the Sun: Studies in Cosmic Poetry.* Lincoln: University of Nebraska Press, 1960, pp. 57–134, 229–

38. (Lawrence as a "cosmic" poet in the tradition of Whitman, Hart Crane, and Dylan Thomas.)

Nakanishisi, Yoshihiro. "C. G. Jung and DHL: The Pure Soul's Pilgrimage." *Bulletin for Languages and Literatures* (Teruri University, Japan) 121 (1982): 17–35.

Neumarkt, Paul. "Pan and Christ: An Analysis of the *Hieros Gamos* Concept in DHL's Short Story 'The Overtone.' " *Dos Continentes* 9–10 (1971–72): 27–48.

Newman, Paul B. "DHL and *The Golden Bough." Kansas Magazine* (1962): 79–86.

Phillips, Steven R. "The Monomyth and Literary Criticism." *College Literature* 2 (Winter 1975): 1–16. ("The Horse-Dealer's Daughter," pp. 7–11.)

Piccolo, Anthony. "Sun and Sex in the Last Stories of DHL." In *HELIOS: From Myth to Solar Energy.* Edited by M. E. Grenander. Albany: Institute for Humanistic Studies, State University of New York, 1978, pp. 166–74.

———. "Ritual Strategy: Concealed Form in the Short Stories of DHL." *Mid-Hudson Language Studies* 2 (1979): 88–99.

Radford, F. L., and R. R. Wilson. "Some Phases of the Jungian Moon: Jung's Influence on Modern Literature." *English Studies in Canada* 8, no. 3 (1982): 311–32.

Raina, M. L. "The Wheel and the Centre: An Approach to *The Rainbow." Literary Criterion* (Mysore) 9 (Summer 1970): 41–55.

Rakhi. "*The Man Who Died:* A Jungian Interpretation." In *Essays on DHL.* Edited by T. R. Sharma. Meerut: Shalabh Book House, 1987, pp. 116–24.

Rieff, Philip. "A Modern Mythmaker." In *Myth and Mythmaking.* Edited by Henry A. Murray. New York: George Braziller, 1960, pp. 240–75.

———. "The Therapeutic as Mythmaker: Lawrence's True Christian Philosophy." In his *The Triumph of the Therapeutic: Uses of Faith after Freud.* New York: Harper and Row; London: Chatto and Windus, 1966, 189–231.

Ross, Charles L. "DHL's Use of Greek Tragedy: Euripedes and Ritual." *DHL Review* 10 (Spring 1977): 1–19.

Rossman, Charles. "Myth and Misunderstanding DHL." *Bucknell Review* 22 (Fall 1976): 81–101.

Ruthven, K. K. "The Savage God: Conrad and Lawrence." *Critical Quarterly* (1968): 39–54.

Ryals, Clyde de L. "DHL's 'The Horse Dealer's Daughter': An Interpretation." *Literature and Psychology* 12 (Spring 1962): 39–43. (Jungian approach.)

Sharma, Radhe Shyam. "The Symbol as Archetype: A Study of Symbolic Mode in DHL's *Women in Love.*" *Osmania Journal of English Studies* (Hyderabad) 8, no. 2 (1971): 31–53.

———. "Towards a Definition of Modern Literary Primitivism." *Osmania Journal of English Studies* 14, no. 1 (1978): 23–28. (Reprinted in Sharma [1981]: 1–44.)

Sharma, T. R. "Sun in DHL: A Hindu Archetype." In *Essays on DHL.* Edited by T. R. Sharma. Meerut: Shalabh Book House, 1987, pp. 245–59.

Smailes, T. A. "The Mythical Bases of *Women in Love.*" *DHL Review* 1 (Summer 1968): 129–36.

Smith, Bob L. "DHL's *St. Mawr:* Transposition of Myth." *Arizona Quarterly* 24 (Fall 1968): 197–208.

Spivey, Ted R. "Lawrence and Faulkner: The Symbolist Novel and the Prophetic Song." In his *The Journey beyond Tragedy: A Study of Myth and Modern Fiction.* Orlando: University Presses of Florida, 1980, pp. 72–93.

Stewart, Jack F. “Primitivism in *Women in Love.*” *DHL Review* 13 (Spring 1980): 45–62.

Stoll, John E. “Common Womb Imagery in Joyce and Lawrence.” *Ball State University Forum* 11 (Spring 1970): 10–24.

Tedlock, E. W., Jr. “DHL's Annotations of Ouspensky's *Tertium Organum.*” *Texas Studies in Literature and Language* 2 (Summer 1960): 206–18.

Tetsumura, Haruo. “DHL's Mysticism: What the Moon Signifies.” *Hiroshima Studies in English Language and Literature* 9 (1963): 51–65.

Thomas, David J. “DHL's ‘Snake’: The Edenic Myth Inverted.” *College Literature* 13 (1986): 199–206.

Thomas, Marlin. “Somewhere under *The Rainbow:* DHL and the Typology of Hermeneutics.” *Mid-Hudson Language Studies* 6 (1983): 57–65.

Troy, Mark. “ ‘. . . a Wild Bit of Egyptology’: Isis and *The Escaped Cock* of DHL.” *Studia Neophilologica* 58 (1986): 215–24.

Turner, Frederick W., III. “Prancing in to a Purpose: Myths, Horses, and True Selfhood in Lawrence's ‘The Rocking-Horse Winner.’ ” In *DHL: “The Rocking-Horse Winner.”* Edited by Dominic P. Consolo. Columbus, Ohio: Charles E. Merrill, 1969, pp. 95–106.

Vickery, John B. “*The Golden Bough* and Modern Poetry.” *Journal of Aesthetics and Art Criticism* 15 (1957): 271–88.

———. “Myth and Ritual in the Shorter Fiction of DHL.” *Modern Fiction Studies* 5 (Spring 1959): 65–82. (Reprinted in revised form in his *The Literary Impact of the Golden Bough.* Princeton: Princeton University Press, 1973, pp. 294–325.)

———. “*The Plumed Serpent* and the Eternal Paradox.” *Criticism* 5 (Spring 1963): 119–34.

———. “*Golden Bough:* Impact and Archetype.” *Virginia Quarterly Review* 39 (Winter 1963): 37–57.

———. “*The Plumed Serpent* and the Reviving God.” *Journal of Modern Literature* 2 (November 1972): 505–32.

———. “DHL's Poetry: Myth and Matter.” *DHL Review* 7 (Spring 1974): 1–18.

———. *Myths and Texts: Strategies of Incorporation and Displacement.* Baton Rouge: Louisiana State University Press, 1983, pp. 104–31.

Widmer, Kingsley. “The Primitivistic Aesthetic: DHL.” *Journal of Aesthetics and Art Criticism* 17 (March 1959a): 344–53.

———. “The Sacred Sun in Modern Literature.” *Humanist* (Antioch) 19 (1959b): 368–72.

Wilder, Amos Niven. “The Primitivism of DHL.” In his *Spiritual Aspects of the New Poetry.* New York: Harper and Brothers, 1940, pp. 153–65.

Zeng, Dawei. “The Functions and Limitations of Mythological Archetypal Criticism: A Comment on the Application of Mythological Archetypal Criticism to the Interpretation of DHL's Novels.” *Waiguoyu* 1 (1990): 24–30.

参考書目92　哲学的批評と宗教的批評

本参考書目に関連した事柄を扱った研究書は（むろん、２つのグループにわたって重複するものがかなりあるが）哲学の問題と、宗教的信仰の問題にそれぞれ焦点を当てたものの２つにおおまかに分けることができる。前者の分類に属するものは次の通りである。ベル

(Bell) 1992年、ブラック (Black) 1991年、バーンズ (Burns) 1980年、エバットソン (Ebbatson) 1980年 と1982年、ファーニハフ (Fernihough) 1993年、フリーマン (Freeman) 1955年、ゴードン (Gordon) 1966年、ミーコ (Miko) 1971年、ミルトン (Milton) 1987年、モンゴメリー (Montgomery) 1994年、ノリス (Norris) 1985年、オルソン (Olson) 1980年、シュナイダー (Schneider) 1986年、ティンダル (Tindall) 1939年、ヴェルホーヴェン (Verhoeven) 1987年、ホワイトリー (Whiteley) 1987年。

後者の分類に入るものは次の通りである。カーター(Carter)1932年、グーティエレイス (Gutierrez) 1980年と1987年、フタ (Huttar) 1968年、ハイド (Hyde) 1992年、ジャレット＝カー (Jarrett-Kerr) 1951年、ルイス (Lewis) 1929年、マーフィン (Murfin) 1978年、マリ (Murry) 1957年、ナハール (Nahal) 1970年、パニチャス (Panichas) 1964年、パターソン (Paterson) 1973年、ポプラウスキー (Poplawski) 1993年、シプル (Sipple) 1992年、サイテシュ (Sitesh) 1975年、ウィックルマシニュー(Wickremasinghe) 1951年。

Adamowski, T. H. ''Character and Consciousness: DHL, Wilhelm Reich, and Jean Paul Sartre.'' *University of Toronto Quarterly* 43 (1974a): 311–34.

———. ''*The Rainbow* and 'Otherness.' '' *DHL Review* 7 (Spring 1974b): 58–77.

———. ''Being Perfect: Lawrence, Sartre, and *Women in Love.*'' *Critical Inquiry* 2 (Winter 1975): 345–68.

———. ''Self/Body/Other: Orality and Ontology in Lawrence.'' *DHL Review* 13 (Fall 1980): 193–208.

———. ''The Natural Flowering of Life: The Ego, Sex, and Existentialism.'' In *DHL's ''Lady'': A New Look at ''Lady Chatterley's Lover.''* Edited by Michael Squires and Dennis Jackson. Athens: University of Georgia Press, 1985, pp. 36–57.

Adix, M. ''Phoenix at Walden: DHL Calls on Thoreau.'' *Western Humanities Review* 8 (Autumn 1954): 287–98.

Alcorn, Marshall W., Jr. ''Lawrence and the Issue of Spontaneity.'' *DHL Review* 15 (1982): 147–65.

Alexander, John C. ''DHL and Teilhard de Chardin: A Study in Agreements.'' *DHL Review* 2 (Summer 1969): 138–56.

Asher, Kenneth. ''Nietzsche, Lawrence and Irrationalism.'' *Neophilologus* 69 (1985): 1–16.

Baldanza, Frank. ''DHL's 'Song of Songs.' '' *Modern Fiction Studies* 7 (Summer 1961): 106–14.

Barry, J. ''Oswald Spengler and DHL.'' *English Studies in Africa* 12, no. 2 (1969): 151–61.

Bechtel, Lawrence Reid. '' 'A Question of Relationship': The Symbolic Flower of Consciousness in the Novels of DHL.'' *DHL Review* 19 (Fall 1987): 255–66.

Bishop, John Peale. ''Distrust of Ideas.'' In his *Collected Essays.* Edited by Edmund Wilson. New York: Scribners, 1948, pp. 233–37.

Boklund, Gunnar. ''Time Must Have a Stop: Apocalyptic Thought and Expression in the Twentieth Century.'' *Denver Quarterly* 2 (Summer 1967): 69–98.

Brunsdale, Mitzi M. ''Toward a Greater Day: Lawrence, Rilke, and Immortality.'' *Comparative Literature Studies* 20 (1983): 402–17.

Carey, John. ''DHL's Doctrine.'' In *DHL: Novelist, Poet, Prophet.* London: Weidenfeld and Nicolson, 1973, pp. 122–34.

Chaning-Pearce, Melville. ''Facilis Descensus Averni.'' In his *The Terrible Crystal: Studies in Kierkegaard and Modern Christianity.* London: Kegan Paul, 1940; New York: Oxford University Press, 1941, pp. 179–89.

Choudhury, Sheila Lahiri. ''DHL and the Prophetic Artist Tradition.'' *Essays and Studies* 3 (1982): 203–18.
Chung, Chong-wha. ''In Search of the Dark God: Lawrence's Dualism.'' In *DHL in the Modern World.* Edited by Peter Preston and Peter Hoare. London: Macmillan, 1989, pp. 69–89.
Coates, T. B. *Ten Modern Prophets.* London: Muller, 1944, pp. 91–99.
Collin, W. E. ''Active Principle in the Thought of DHL.'' *Canadian Bookman* 20 (December 1938): 17–21.
Cowan, James C. ''DHL's Quarrel with Christianity.'' *University of Tulsa Department of English Monographs,* no. 7: *Literature and Theology* (1969): 32–43.
———. ''DHL's Dualism: The Apollonian–Dionysian Polarity and *The Ladybird.*'' In *Forms of Modern Fiction.* Edited by A. W. Friedman. Austin and London: University of Texas Press, 1975, pp. 75–99.
Davie, Donald. ''Dissent in the Present Century.'' *Times Literary Supplement* (3 December 1976): 1519–20.
Davies, Rosemary Reeves. ''DHL and the Theme of Rebirth.'' *DHL Review* 14 (1981): 127–42.
Delany, Paul. ''Lawrence and Carlyle.'' In *DHL and Tradition.* Edited by Jeffrey Meyers. London: Athlone, 1985, pp. 21–34.
Dexter, Martin. ''DHL and Pueblo Religion: An Inquiry into Accuracy.'' *Arizona Quarterly* 9 (Fall 1953): 219–34.
Dillon, M. C. ''Love in *Women in Love:* A Phenomenological Analysis.'' *Philosophy and Literature* 2 (Fall 1978): 190–208.
Doherty, Gerald. ''The Nirvana Dimension: DHL's Quarrel with Buddhism.'' *DHL Review* 15 (1982): 51–67.
Eagleton, Terry. ''Lawrence.'' In *The Prose for God.* Edited by Ian Gregor and Walter Stein. London: Sheed and Ward, 1973, pp. 86–100.
Ebbatson, Roger. ''A Spark beneath the Wheel: Lawrence and Evolutionary Thought.'' In *DHL: New Studies.* London: Macmillan; New York: St. Martin's Press, 1987, pp. 90–103.
Ellis, David. ''Lawrence, Wordsworth and 'Anthropomorphic Lust.' '' *Cambridge Quarterly* 23, no. 3 (1994): 230–42.
Elsbree, Langdon. ''DHL, Homo Ludens, and the Dance.'' *DHL Review* 1 (Spring 1968): 1–30.
———. ''The Purest and Most Perfect Form of Play: Some Novelists and the Dance.'' *Criticism* 14 (Fall 1972): 361–72.
Engelberg, Edward. ''The Displaced Cathedral in Flaubert, James, Lawrence, and Kafka.'' *Arcadia* (Berlin) 21, no. 3 (1986): 245–62.
Fairchild, Hoxie Neale. In his *Religious Trends in English Poetry.* Vol. 5. New York: Columbia University Press, 1962, pp. 276–84.
———. In his *Religious Trends in English Poetry.* Vol. 6. New York: Columbia University Press, 1968, passim.
Foster, D. W. ''Lawrence, Sex and Religion.'' *Theology* 64 (January 1961): 8–13.
Foster, John Burt, Jr. ''Holding Forth against Nietzsche: DHL's Novels from *Women in Love* to *The Plumed Serpent.*'' In his *Heirs to Dionysus: A Nietzschean Current in Literary Modernism.* Princeton: Princeton University Press, 1981, pp. 189–255.
Furbank, P. N. ''The Philosophy of DHL.'' In *The Spirit of DHL: Centenary Studies.* Edited by Gāmini Salgādo and G. K. Das. London: Macmillan; Totowa, N.J.: Barnes, 1988, pp. 144–53.

Gamache, Lawrence B. "DHL and Religious Conflict-Dualism." *Etudes Lawrenciennes* 9 (1993): 9–25.

Gibbons, Thomas. " 'Allotropic States' and 'Fiddlebow': DHL's Occult Sources." *Notes and Queries* 35, no. 3 (1988): 338–40.

Gilbert, Sandra M. "DHL's Uncommon Prayers." In *DHL: The Man Who Lived.* Edited by Robert B. Partlow, Jr., and Harry T. Moore. Carbondale: Southern Illinois University Press, 1980, pp. 73–93. (On *Birds, Beasts and Flowers.*)

Glicksberg, Charles I. "DHL and Science." *Scientific Monthly* 73 (August 1951): 99–104.

Goodheart, Eugene. "Lawrence and Christ." *Partisan Review* 31 (Winter 1964): 42–59.

Gordon, David J. "Two Anti-Puritan Puritans: Bernard Shaw and DHL." *Yale Review* 56 (Autumn 1966): 76–90.

———. "DHL's Dual Myth of Origin." *Sewanee Review* 89 (1981): 83–94. (Lawrence's response to Freud and Rousseau.)

Gordon, William A. "DHL and the Two Truths." In *Reconciliations: Studies in Honor of Richard Harter Fogle.* Edited by Mary Lynn Johnson and Seraphia D. Leyda. Salzburg: University of Salzburg, 1983, pp. 194–218.

Gould, Eric. "Recovering the Numinous: DHL and T. S. Eliot." In his *Mythical Intentions in Modern Literature.* Princeton: Princeton University Press, 1981, pp. 199–262.

Grant, Damian. "A Thematic Index to *Phoenix and Phoenix II.*" In *A DHL Handbook.* Edited by Keith Sagar. Manchester: Manchester University Press, 1982, pp. 329–447.

Green, Eleanor H. "Blueprints for Utopia: The Political Ideas of Nietzsche and DHL." *Renaissance and Modern Studies* 18 (1974): 141–61.

———. "Schopenhauer and DHL on Sex and Love." *DHL Review* 8 (Fall 1975): 329–45.

———. "The *Will zur Macht* and DHL." *Massachusetts Studies in English* 10 (Winter 1975): 25–30.

———. "Nietzsche, Helen Corke, and DHL." *American Notes and Queries* 15 (1976): 56–59.

———. "Lawrence, Schopenhauer, and the Dual Nature of the Universe." *South Atlantic Bulletin* 62 (November 1977): 84–92.

Gregor, Ian. " 'He Wondered': The Religious Imagination of William Golding: A Tribute on His 75th Birthday." In *William Golding: The Man and His Books.* London: Faber and Faber, 1986; New York: Farrar, Straus, and Giroux, 1987, pp. 84–100.

Gutierrez, Donald. "A New Heaven and an Old Earth: DHL's *Apocalypse,* Apocalyptic and the Book of Revelation." *Review of Existential Psychology and Psychiatry* 15, no. 1 (1977): 61–85.

———. "The Ancient Imagination of DHL." *Twentieth Century Literature* 27 (1981): 178–96.

———. "Vitalism in DHL's Theory of Fiction." *Essays in Arts and Sciences* 16 (May 1987): 65–71.

Hartt, Julian N. *The Lost Image of Man.* Baton Rouge: Louisiana State University Press, 1963, pp. 55–60.

Hendrick, George. "Jesus and the Osiris–Isis Myth: Lawrence's *The Man Who Died* and Williams' *The Night of the Iguana.*" *Anglia* (Tübingen) 84 (1966): 398–406.

Henry, Graeme. ''DHL: Objectivity and Belief.'' *Critical Review* (Melbourne) 22 (1980): 32–43.

Hoffman, Frederick J. ''From Surrealism to 'The Apocalypse': A Development in Twentieth Century Irrationalism.'' *English Literary History* 15 (June 1948): 147–65.

Honig, Edwin. ''The Ideal in Symbolic Fictions.'' *New Mexico Quarterly* 23 (1953): 153–68.

Hoyt, William R., III. ''Re: 'DHL's Appraisal of Jesus' (A Response to William E. Phipps).'' *Christian Century* 88 (14 July 1971): 861–62. (See Phipps [1971].)

Humma, John B. ''DHL as Friedrich Nietzsche.'' *Philological Quarterly* 53 (1974): 110–20.

———. ''Lawrence in Another Light: *Women in Love* and Existentialism.'' *Studies in the Novel* 24, no. 4 (Winter 1992): 392–409.

Iida, Takeo. ''Lawrence's Pagan Gods and Christianity.'' *DHL Review* 23 (1991): 179–90.

———. ''Nature Deities: Reawakening Blood-Consciousness in the Europeans.'' *Etudes Lawrenciennes* 9 (1993): 27–42.

Ivker, Barry. ''Schopenhauer and DHL.'' *Xavier University Studies* 11 (1972): 22–36.

Jarrett, James L. ''DHL and Bertrand Russell.'' In *A DHL Miscellany.* Edited by Harry T. Moore. Carbondale: Southern Illinois University Press, 1959, pp. 168–87.

Joad, C.E.M. *Guide to Modern Thought.* London: Faber, 1933, pp. 233, 253–60.

Joffe, P. H. ''A Question of Complexity: The Russell-Lawrence Debate.'' *Theoria* 57 (1981): 17–37.

Jones, David A. ''The Third Unrealized Wonder—The Reality of Relation in DHL and Martin Buber.'' *Religion and Life* 44 (Summer 1975): 178–87.

Jones, W.S.H. ''DHL and the Revolt against Reason.'' *London and Quarterly and Holborn Review* 173 (January 1948): 25–31.

Jordan, Sidney. ''DHL's Concept of the Unconscious and Existential Thinking.'' *Review of Existential Psychology and Psychiatry* 5 (1965): 34–43.

Joshi, Rita. ''The Dissent Tradition: The Relation of Mark Rutherford to DHL.'' *English Language Notes* 22 (March 1985): 61–68.

Kalnins, Mara. ''Introduction.'' In *Apocalypse and the Writings on Revelation* by DHL. Edited by Mara Kalnins. Cambridge: Cambridge University Press, 1980, pp. 3–38.

———. ''Symbolic Seeing: Lawrence and Heraclitus.'' In *DHL: Centenary Essays.* Edited by Mara Kalnins. Bristol: Bristol Classical Press, 1986, pp. 173–90.

Katz-Roy, Ginette. '' 'This May Be a Withering Tree This Europe': Bachelard, Deleuze and Guattari on DHL's Poetic Imagination.'' *Etudes Lawrenciennes* 9 (1993): 219–35.

Kermode, Frank. ''DHL and the Apocalyptic Types.'' *Critical Quarterly* 10 (Spring–Summer 1968): 14–33. (Also in his *Continuities.* London: Routledge and Kegan Paul, 1968, pp. 122–51; and, in shortened form, in Clarke, ed. [1969]: 203–18.)

Kerr, Fergus. ''Russell vs. Lawrence and/or Wittgenstein.'' *New Blackfriars* 63 (October 1982): 430–40.

Kessler, Jascha. ''DHL's Primitivism.'' *Texas Studies in Literature and Language* 5 (1964): 467–88.

Klein, Robert C. ''I, Thou and You in Three Lawrencian Relationships.'' *Paunch,* no. 31 (April 1968): 52–70.

Kleinbard, David J. ''DHL and Ontological Insecurity.'' *PMLA* 89 (January 1974): 154–63.

Kort, Wesley A. *Modern Fiction and Human Time: A Study in Narrative and Belief.* Tampa: University of South Florida Press, 1985, pp. 42–57.

Krook, Dorothea. ''Messianic Humanism: DHL's *The Man Who Died.*'' In her *Three Traditions of Moral Thought.* Cambridge: Cambridge University Press, 1959, pp. 255–92.

Kunkel, Francis L. ''*The Man Who Died:* The Heavenly Code.'' In his *Passion and the Passion: Sex and Religion in Modern Literature.* Philadelphia: Westminster Press, 1975, pp. 37–57.

Langbaum, Robert. ''Reconstitution of Self: Lawrence and the Religion of Love.'' In his *Mysteries of Identity: A Theme in Modern Literature.* New York: Oxford University Press, 1977, pp. 251–353.

Lee, R. H. ''A True Relatedness: Lawrence's View of Morality.'' *English Studies in Africa* 10 (September 1967): 178–85.

MacDonald, Robert H. '' 'The Two Principles': A Theory of the Sexual and Psychological Symbolism of DHL's Later Fiction.'' *DHL Review* 11 (Summer 1978): 132–55.

McDowell, Frederick P. W. '' 'Moments of Emergence and of a New Splendour': DHL and E. M. Forster in Their Fiction.'' In *DHL's ''Lady'': A New Look at ''Lady Chatterley's Lover.''* Edited by Michael Squires and Dennis Jackson. Athens: University of Georgia Press, 1985, pp. 58–90.

McGuffie, Duncan. ''Lawrence and Nonconformity.'' In *DHL 1885–1930: A Celebration.* Edited by Andrew Cooper and Glyn Hughes. Nottingham: DHL Society, 1985, pp. 31–38.

McGuire, Errol M. ''Answer to DHL: Thoreau's Vision of the Whole Man.'' *Thoreau Journal Quarterly* 10, no. 4 (1978): 14–24.

MacKenzie, Donald. ''After Apocalypse: Some Elements in Late Lawrence.'' In *European Literature and Theology in the Twentieth Century: Ends of Times.* Edited by David Jasper and Colin Crowder. New York: St. Martin's Press, 1990, pp. 34–55.

Manicom, David. ''An Approach to the Imagery: A Study of Selected Biblical Analogues in DHL's *The Rainbow.*'' *English Studies in Canada* 11 (December 1985): 474–83.

Masson, Margaret J. ''DHL's Congregational Inheritance.'' *DHL Review* 22 (Spring 1990): 53–68.

Maud, Ralph N. ''DHL: True Emotion as the Ethical Control in Art.'' *Western Humanities Review* 9 (1955): 233–40.

Michie, James. ''Seer in the Dark.'' *London Magazine* 4 (June 1957): 52–55.

Moseley, Edwin M. *Pseudonyms of Christ in the Modern World: Motifs and Methods.* Pittsburgh: University of Pittsburgh Press, 1963, pp. 69–91.

Mueller, W. R. ''The Paradisal Quest.'' In his *The Celebration of Life.* New York: Sheed and Ward, 1972, pp. 144–68.

Murray, James G. ''Screaming in Pentecost.'' In Huttar (1968), op. cit.

Murry, John Middleton. ''On the Significance of DHL.'' In his *Adam and Eve: An Essay toward a New and Better Society.* London: Andrew Dakers, 1944, pp. 88–101, and passim.

Nicholson, Norman. *Man and Literature.* London: S.C.M. Press, 1943, pp. 64–86.

Noon, William T. ''God and Man in Twentieth Century Fiction.'' *Thought* 37 (Spring 1962): 35–56. (Lawrence, Kafka, and Joyce.)

O'Connell, Adelyn. "The Concept of Person in DHL's *The Rainbow.*" In Huttar (1968), op. cit.
Paik, Nak-Chung. "Being and Thought-Adventure: An Approach to Lawrence." *Phoenix* 23 (1981): 43–100.
Panichas, G. A. "DHL's Concept of the Risen Lord." *Christian Scholar* 47 (Spring 1964): 56–65.
———. "DHL and the Ancient Greeks." *English Miscellany* 16 (1965): 195–214.
———. "F. M. Dostoevsky and DHL: Their Visions of Evil." In his *The Reverent Discipline: Essays in Literary Criticism and Culture.* Knoxville: University of Tennessee Press, 1974, pp. 205–28.
Paulin, Tom. " 'Hibiscus and Salvia Flowers': The Puritan Imagination." In *DHL in the Modern World.* Edited by Peter Preston and Peter Hoare. London: Macmillan, 1989, pp. 180–92.
Peerman, D. "DHL: Devout Heretic." *Christian Century* 78 (22 February 1961): 237–41.
Phipps, William E. "DHL's Appraisal of Jesus." *Christian Century* (28 April 1971): 521–24. (See also Hoyt [1971] for a response.)
Pinto, Vivian de Sola. "The Burning Bush: DHL as Religious Poet." In *Mansions of the Spirit: Essays in Literature and Religion.* Edited by George A. Panichas. New York: Hawthorne, 1967, pp. 213–35.
Pitre, David. "The Mystical Lawrence: Rupert Birkin's Taoist Quest." *Studies in Mystical Literature* 3 (1983): 43–64.
Plowman, M. "The Significance of DHL." In his *The Right to Live: Essays.* London: Andrew Dakers, 1942, pp. 122–30.
Price, A. Whigham. "DHL and Congregationalism." *Congregational Quarterly* 34 (July and October 1956): 242–52; 322–30.
Roberts, Mark. "DHL and the Failure of Energy: *Fantasia of the Unconscious; Psychoanalysis and the Unconscious.*" In his *The Tradition of Romantic Morality.* London: Macmillan, 1973, pp. 322–48.
Robinson, H. M. "Nietzsche, Lawrence and the Somatic Conception of the Good Life." *New Comparison: A Journal of Comparative and General Literary Studies* 5 (1988): 40–56.
Rooks, Pamela A. "DHL's 'Individual' and Michael Polanyi's 'Personal': Fruitful Redefinitions of Subjectivity and Objectivity." *DHL Review* 23 (1991): 21–29.
Rosenbaum, S. P. "The Mythology of Friendship: DHL, Bertrand Russell, and 'The Blind Man.' " In his *English Literature and British Philosophy: A Collection of Essays.* Chicago: University of Chicago Press, 1971, pp. 285–315.
Ross, C. L. "DHL's Use of Greek Tragedy: Euripedes and Ritual." *DHL Review* 10 (Spring 1977): 1–19.
Rossman, Charles. "The Gospel according to DHL: Religion in *Sons and Lovers.*" *DHL Review* 3 (Spring 1970): 31–41.
Roston, M. "W. B. Yeats and DHL." In his *Biblical Drama in England, from the Middle Ages to the Present Day.* London: Faber and Faber, 1968, pp. 264–79.
Rudrum, Alan. "Philosophical Implications in Lawrence's *Women in Love.*" *Dalhousie Review* 51 (Summer 1971): 240–50.
Ruthven, K. K. "The Savage God: Conrad and Lawrence." *Critical Quarterly* (1968): 39–54.
Salter, Leo. "DHL and Science." *Theoria* 62 (1984): 57–61.

Sawyer, Paul W. ''The Religious Vision of DHL.'' *Crane Review* 3 (Spring 1961): 105–12.

Schneider, Daniel J. ''The Symbolism of the Soul: DHL and Some Others.'' *DHL Review* 7 (Summer 1974): 107–26.

———. ''DHL and *Thus Spoke Zarathustra.*'' *South Carolina Review* 15, no. 2 (1983): 96–108.

———. ''DHL and the Early Greek Philosophers.'' *DHL Review* 17 (Summer 1984): 97–109.

———. ''Alternatives to Logocentrism in DHL.'' *South Atlantic Review* 51, no. 2 (May 1986): 35–47. (Reprinted in Widdowson [1992]: 160–70.)

Scott, Nathan A. ''DHL: Chartist of the Via Mystica.'' In his *Rehearsals of Discomposure: Alienation and Reconciliation in Modern Literature.* London: John Lehmann, 1952, pp. 112–77.

Sharma, D. D. ''DHL's Existential Vision.'' In *Essays on DHL.* Edited by T. R. Sharma. Meerut, India: Shalabh Book House, 1987, pp. 153–61.

Sipple, James B. ''Laughter in the Cathedral: Religious Affirmation and Ridicule in the Writings of DHL.'' In *The Philosophical Reflection of Man in Literature: Selected Papers from Several Conferences Held by the International Society for Phenomenology and Literature in Cambridge, Massachusetts.* Edited by Anna-Teresa Tymieniecka. Boston: Reidel, 1982, pp. 213–44.

Smailes, T. A. ''Plato's 'Great Lie of Ideals': Function in *Women in Love.*'' In *Generous Converse: English Essays in Memory of Edward Davis.* Edited by Brian Green. Cape Town: Oxford University Press, 1980, pp. 133–35.

Smith, Elton. ''Redemptive Snobbishness in Nietzsche, Lawrence, and Eliot.'' *Newsletter of the Conference on Christianity and Literature* 18, no. 3 (Spring 1969): 30–35.

Soames, Jane. ''The Modern Rousseau.'' *Life and Letters* 8 (December 1932): 451–70.

Sreenivasan, S. ''DHL and Bertrand Russell: A Study in Intellectual 'Personalities.' '' *Journal of Literary Aesthetics* 1, no. 3 (1981): 85–96.

Stewart, Jack F. ''Primitivism in *Women in Love.*'' *DHL Review* 13 (Spring 1980): 45–62.

———. ''Lawrence and Van Gogh.'' *DHL Review* 16 (Spring 1983): 1–24.

———. ''The Vital Art of Lawrence and Van Gogh.'' *DHL Review* 19 (Summer 1987): 123–48.

———. ''Expressionism in *The Rainbow.*'' In *Critical Essays on DHL.* Edited by Dennis Jackson and Fleda Brown Jackson. Boston: G. K. Hall, 1988, pp. 72–92.

Stohl, Johan H. ''Man and Society: Lawrence's Subversive Vision.'' In Huttar (1968), op. cit.

Sturm, Ralph D. ''Lawrence: Critic of Christianity.'' *Catholic World* 208 (November 1968): 75–79.

Tedlock, E. W., Jr. ''DHL's Annotations of Ouspensky's *Tertium Organum.*'' *Texas Studies in Literature and Language* 2 (Summer 1960): 206–18.

Terry, C. J. ''Aspects of DHL's Struggle with Christianity.'' *Dalhousie Review* 54 (Spring 1974): 112–29.

Thompson, Leslie M. ''DHL and Judas.'' *DHL Review* 4 (Spring 1971): 1–19.

Tindall, William York. ''Transcendentalism in Contemporary Literature.'' In *Asian Legacy and American Life.* Edited by A. E. Christy. New York: John Day, 1945, pp. 175–92.

Tischler, Nancy M. ''The Rainbow and the Arch.'' In Huttar (1968), op. cit.

Turnell, Martin. *Modern Literature and Christian Faith.* Westminster, Md.: Newman Press; London: Darton, Longman, and Todd, 1961, pp. 25–34.

Ulmer, Gregory L. “DHL, Wilhelm Worringer, and the Aesthetics of Modernism.” *DHL Review* 10 (Summer 1977a): 165–81.

———. “Rousseau and DHL: ‘Philosophes’ of the ‘Gelded’ Age.” *Canadian Review of Comparative Literature* 4 (1977b): 68–80.

Vanderlip, E. C. “The Morality of DHL.” In Huttar (1968), op. cit.

Vivante, Leone. “Reflections on DHL's Insight into the Concept of Potentiality.” In his *A Philosophy of Potentiality.* London: Routledge and Kegan Paul, 1955, pp. 79–115.

Wallace, M. Elizabeth. “The Circling Hawk: Philosophy of Knowledge in Polanyi and Lawrence.” In *The Challenge of DHL.* Edited by Michael Squires and Keith Cushman. Madison: University of Wisconsin Press, 1990, pp. 103–20.

Walsh, K. R. “Three Puritan Poets: Milton, Blake, DHL.” *Christian Community* 5, no. 53 (May 1936).

Watkins, Daniel P. “Labor and Religion in DHL's ‘The Rocking-Horse Winner.’ ” *Studies in Short Fiction* 24 (1987): 295–301.

Widmer, Kingsley. “DHL and the Art of Nihilism.” *Kenyon Review* 20 (Fall 1958): 604–16.

———. “The Primitivistic Aesthetic: DHL.” *Journal of Aesthetics and Art Criticism* 17 (March 1959): 344–53.

———. “Lawrence and the Nietzschean Matrix.” In *DHL and Tradition.* Edited by Jeffrey Meyers. London: Athlone, 1985, pp. 115–31.

Williams, Charles. “Sensuality and Substance.” *Theology* (May 1939): 352–60.

Williams, George G. “DHL's Philosophy as Expressed in His Poetry.” *Rice Institute Pamphlet* 38 (April 1951): 73–94.

Williams, Hubertien H. “Lawrence's Concept of Being.” In Huttar (1968), op. cit.

Wilson, Colin. “Existential Criticism.” *Chicago Review* 13 (Summer 1959): 152–81.

Young, Richard O. “ ‘Where Even the Trees Come and Go’: DHL and the Fourth Dimension.” *DHL Review* 13 (Spring 1980): 30–44.

Zoll, Allan R. “Vitalism and the Metaphysics of Love: DHL and Schopenhauer.” *DHL Review* 11 (Spring 1978): 1–20.

Zytaruk, G. “The Phallic Vision: DHL and V. V. Rozanov.” *Comparative Literature Studies* 4 (1967): 283–97.

———. “The Doctrine of Individuality: DHL's ‘Metaphysic.’ ” In *DHL: A Centenary Consideration.* Edited by Peter Balbert and Phillip L. Marcus. Ithaca, N.Y.: Cornell University Press, 1985, pp. 237–54.

参考書目93　ロレンスと言語

ロレンスの言葉の使い方、または言葉についてのロレンスの考えに特に焦点を置いた単行本の研究書は次の通りである。

ベル（Bell）1992年、ボンズ（Bonds）1987年、バーンズ（Burns）1980年、ファーニハフ（Fernihough）1993年、ハマ（Humma）1990年、ハイド（Hyde）1981年、イングラム（Ingram）1990年、リーヴィス（Leavis）1976年、ミーコ（Miko）1971年、パディ（Padhi）1989年。

Andrews, W. T. “DHL's Favourite Jargon.” *Notes and Queries* 211 (March 1966): 97–98.

Baker, William E. *Syntax in English Poetry, 1870–1930.* Berkeley: University of California Press, 1967, passim.

Baldanza, Frank. "DHL's 'Song of Songs.' " *Modern Fiction Studies* 7 (Summer 1961): 106–14.

Barry, Peter. "Stylistics and the Logic of Intuition; or, How Not to Pick a Chrysanthemum." *Critical Quarterly* 27 (Winter 1985): 51–58. (Critique of Nash [1982], op. cit.)

Beckley, Betty. "Finding Meaning in Style: A Computerized Statistical Approach to the Linguistic Analysis of Form." *SECOL Review: Southeastern Conference on Linguistics* 9 (Summer 1985): 143–60.

Becket, Fiona, and Michael Bell, eds. "Lawrence and Language." *DHL Review* (Special Number), forthcoming, 1996.

Bersani, Leo. "Lawrentian Stillness." *Yale Review* 65 (October 1975): 38–60. (Also in his *A Future for Astyanax: Character and Desire in Literature.* Boston and Toronto: Little, Brown, 1976, pp. 156–85.)

Bickerton, Derek. "The Language of *Women in Love.*" *Review of English Studies* (Leeds) 8 (April 1967): 56–67.

Black, Michael. "A Kind of Bristling in the Darkness: Memory and Metaphor in Lawrence." *Critical Review* (Melbourne) 32 (1992): 29–44.

Blanchard, Lydia. "Lawrence, Foucault, and the Language of Sexuality." In *DHL's "Lady": A New Look at "Lady Chatterley's Lover."* Edited by Michael Squires and Dennis Jackson. Athens: University of Georgia Press, 1985, pp. 17–35.

Cluysenaar, Anne. *Introduction to Literary Stylistics; A Discussion of Dominant Structures in Verse and Prose.* London: Batsford, 1976, pp. 63–66, 92–99. (Stylistic analyses of, respectively, the poem "Gloire de Dijon," and the story "The Blind Man.")

Cohn, Dorrit. "Narrated Monologue: Definition of a Fictional Style." *Comparative Literature* 18 (Spring 1966): 97–112.

Dataller, Roger. "Elements of DHL's Prose Style." *Essays in Criticism* 3 (October 1953): 413–24.

DeVille, Peter. "Stylistic Observations on the Use and Appreciation of Poetry in EFL with Particular Reference to DHL." *Quaderno* 1 (1987): 151–75.

Ditsky, John M. " 'Dark, Darker than Fire': Thematic Parallels in Lawrence and Faulkner." *Southern Humanities Review* 8 (Fall 1974): 497–505.

Doherty, Gerald. "The Salvator Mundi Touch: Messianic Typology in DHL's *Women in Love.*" *Ariel* 13, no. 3 (1982): 53–71.

———. "The Darkest Source: DHL; Tantric Yoga, and *Women in Love.*" *Essays in Literature* 11 (1984): 211–22.

———. "White Mythologies: DHL and the Deconstructive Turn." *Criticism* 29 (Fall 1987): 477–96.

———. "The Metaphorical Imperative: From Trope to Narrative in *The Rainbow.*" *South Central Review* 6 (Spring 1989): 46–61.

———. "The Art of Leaping: Metaphor Unbound in DHL's *Women in Love.*" *Style* 26 (Spring 1992): 50–65.

Ellis, David, and Howard Mills. *DHL's Non-Fiction: Art, Thought and Genre.* Cambridge: Cambridge University Press, 1988.

Fleishman, Avrom. "He Do the Polis in Different Voices: Lawrence's Later Style." In *DHL: A Centenary Consideration.* Edited by Peter Balbert and Phillip L. Marcus. Ithaca, N.Y., and London: Cornell University Press, 1985, pp. 162–79.

Fogel, Daniel Mark. "The Sacred Poem to the Unknown in the Fiction of DHL." *DHL Review* 16 (1983): 45–57. (Stylistics.)

Fowler, Roger. "*The Lost Girl:* Discourse and Focalization." In *Rethinking Lawrence.* Edited by Keith Brown. Milton Keynes and Philadelphia: Open University Press, 1990, pp. 53–66.

Gerber, Stephen. "Character, Language and Experience in 'Water Party.' " *Paunch* 36–37 (April 1973): 3–29.

Goldberg, S. L. "*The Rainbow:* Fiddle-Bow and Sand." *Essays in Criticism* 11 (October 1961): 418–34.

Gordon, David J. "Sex and Language in DHL." *Twentieth Century Literature* 27 (Winter 1981): 362–75.

———. "DHL's Dual Myth of Origin." *Sewanee Review* 89 (1981): 83–94. (Reprinted in Jackson and Jackson [1988]: 238–45.)

Hagen, Patricia L. "The Metaphoric Foundations of Lawrence's 'Dark Knowledge.' " *Texas Studies in Literature and Language* 29 (Spring–Winter 1987): 365–76.

Hardy, Barbara. "DHL's Self-Consciousness." In *DHL and the Modern World.* Edited by Peter Preston and Peter Hoare. London: Macmillan, 1989, pp. 27–46.

Hayles, Nancy Katherine. "The Ambivalent Approach: DHL and the New Physics." *Mosaic* 15 (September 1982): 89–108.

Hodges, Karen. "Language and Litter-ature: Style as Process." *SECOL Review: Southeastern Conference on Linguistics* 6, no. 2 (1982): 98–109.

Hope, A. D. "Some Poems of DHL Reconsidered." *Phoenix* 23 (1981): 11–16. (Stylistic approach.)

Hortmann, Wilhelm. "The Nail and the Novel: Some Remarks on Style and the Unconscious in *The Rainbow.*" In *Theorie und Praxis im Erzählen des 19. und 20. Jahrhunderts: Studien zur englischen und amerikanischen Literatur zu Ehren von Willi Erzgräber.* Edited by Winfried Herget, Klaus Peter Jochum, and Ingeborg Weber. Tübingen: Narr, 1986, pp. 167–79.

Janik, Del Ivan. "Toward 'Thingness': Cézanne's Painting and Lawrence's Poetry." *Twentieth Century Literature* 19 (1973): 119–27.

Jones, Lawrence. "Imagery and the 'Idiosyncratic Mode of Regard': Eliot, Hardy, and Lawrence." *Ariel* 12 (1981): 29–49.

Katz-Roy, Ginette. "The Process of 'Rotary Image-Thought' in DHL's *Last Poems.*" *Etudes Lawrenciennes* 7 (1992): 129–38.

King, Debra W. "Just Can't Find the Words: How Expression Is Achieved." *Philosophy and Rhetoric* 24, no. 1 (1991): 54–72.

Kinkead-Weekes, Mark. "Eros and Metaphor: Sexual Relationship in the Fiction of DHL." In *Lawrence and Women.* Edited by Anne Smith. London: Vision, 1978, pp. 101–20.

Knight, G. Wilson. "Lawrence, Joyce and Powys." *Essays in Criticism* 11 (October 1961): 403–17.

Landow, George P. "Lawrence and Ruskin: The Sage as Word-Painter." In *DHL and Tradition.* Edited by Jeffrey Meyers. London: Athlone, 1985, pp. 35–50.

Leith, Richard. "Dialogue and Dialect in DHL." *Style* 14 (Summer 1980): 245–58.

Levenson, Michael. " 'The Passion of Opposition' in *Women in Love:* None, One, Two, Few, Many." *Modern Language Studies* 17 (Spring 1987): 22–36.

Lodge, David. "Metaphor and Metonymy in Modern Fiction." *Critical Quarterly* 17 (Spring 1975): 75–93 (86–88).

———. "DHL." In his *The Modes of Modern Writing: Metaphor, Metonymy, and the Typology of Modern Literature.* London: Edward Arnold, 1977, pp. 160–76.

———. "Lawrence, Dostoevsky, Bakhtin: DHL and Dialogic Fiction." *Renaissance and Modern Studies* 29 (1985): 16–32. (Reprinted, in slightly revised form, in Brown [1990]: 92–108; and in Lodge's own *After Bakhtin: Essays on Fiction and Criticism.* London and New York: Routledge, 1990, pp. 57–74.)

McIntosh, Angus. "A Four-Letter Word in *Lady Chatterley's Lover.*" In *Patterns of Language: Papers in General, Descriptive, and Applied Linguistics.* Edited by Angus McIntosh and M.A.K. Halliday. London: Longman; Bloomington: Indiana University Press, 1967, pp. 151–64. (Largely a statistical analysis of occurrences of the word "know.")

Mills, Howard W. "Stylistic Revision of *Women in Love.*" *Etudes Lawrencienne* 3 (1988): 99–108.

Monell, Siv. "On the Role of Case, Aspect and Valency in the Narrative Technique of *The Rainbow.*" In *Papers from the Second Scandinavian Symposium on Syntactic Variation, Stockholm, May 15–16, 1982.* Edited by Sven Jacobson. Stockholm: Almqvist and Wiksell, 1983, pp. 153–68.

Moore, Harry T. "The Prose of DHL." In *DHL: The Man Who Lived.* Edited by Robert B. Partlow, Jr., and Harry T. Moore. Carbondale and Edwardsville: Southern Illinois University Press, 1980, pp. 245–57.

Nash, Walter. "On a Passage from Lawrence's 'Odour of Chrysanthemums.' " In *Language and Literature: An Introductory Reader in Stylistics.* Edited by Ronald Carter. London: George Allen and Unwin, 1982, pp. 101–20.

Nassar, Eugene Paul. "Stylistic Discontinuity in DHL's *The Rainbow.*" In his *Essays Critical and Metacritical.* Rutherford, N.J.: Fairleigh Dickinson University Press, 1983, pp. 65–83.

Needham, John. "Leavis and the Post–Saussureans." *English* 24 (1984): 235–50.

Nichols, Ann Eljenholm. "Syntax and Style: Ambiguities in Lawrence's *Twilight in Italy.*" *College Composition and Communication* 16 (December 1965): 261–66.

Oltean, Stefan. "Functions of Free Indirect Discourse: The Case of a Novel." *Revue Roumaine de Linguistique* 31 (1986): 153–64.

Padhi, Bibhu. "Lawrence's Idea of Language." *Modernist Studies* 4 (1982): 65–76.

Peer, Willie van. "Toward a Pragmatic Theory of Connexity: An Analysis of the Use of the Conjunction 'and' from a Functional Perspective." In *Text Connexity, Text Coherence: Aspects, Methods, Results.* Edited by Emel Sozer. Hamburg: Buske, 1985, pp. 363–80. (On "The Mortal Coil.")

Poirier, Richard. *A World Elsewhere: The Place of Style in American Literature.* London: Chatto and Windus, 1967, pp. 37–49. (*Studies in Classic American Literature,* 37–40; *St. Mawr,* 40–49.)

Presley, John. "DHL and the Resources of Poetry." *Language and Style* 12 (1979): 3–12.

Ragussis, Michael. "The False Myth of *St. Mawr:* Lawrence and the Subterfuge of Art." *Papers on Language and Literature* 11 (Spring 1975): 186–96.

———. "DHL: The New Vocabulary of *Women in Love:* Speech and Art Speech." In his *The Subterfuge of Art: Language and the Romantic Tradition.* Baltimore and London: Johns Hopkins University Press, 1978, pp. 172–225.

Ramey, Frederick. "Words in the Service of Silence: Preverbal Language in Lawrence's *The Plumed Serpent.*" *Modern Fiction Studies* 27 (Winter 1981–82): 613–21.

Reddick, Bryan. “*Sons and Lovers:* The Omniscient Narrator.” *Thoth* 7 (Spring 1966): 68–76.

———. “Point of View and Narrative Tone in *Women in Love:* The Portrayal of Interpsychic Space.” *DHL Review* 7 (Summer 1974): 156–71.

Robinson, Ian. “DHL and English Prose.” In *DHL: A Critical Study of the Major Novels and Other Writings.* Edited by A. H. Gomme. Sussex: Harvester Press; New York: Barnes and Noble, 1978, pp. 13–29.

Russell, John. “DHL: *The Lost Girl, Kangaroo.*” In his *Style in Modern British Fiction: Studies in Joyce, Lawrence, Forster, Lewis and Green.* Baltimore: Johns Hopkins University Press, 1975, pp. 43–88.

Sabin, Margery. “The Life of English Idiom, the Laws of French Cliché.” Part I. *Raritan* 1, no. 2 (1981): 70–89; Part II: *Raritan* 1, no. 3 (1981): 70–89. (*Lady Chatterley's Lover,* “Daughters of the Vicar”; *Sons and Lovers, The Rainbow, Women in Love.*)

———. *The Dialect of the Tribe: Speech and Community in Modern Fiction.* Oxford: Oxford University Press, 1987, passim: “The Life of Idiom in Joyce and Lawrence,” pp. 25–42; “Near and Far Things in Lawrence's Writing of the Twenties” (*St. Mawr*), pp. 162–78; *Women in Love,* pp. 106–38; *Sea and Sardinia,* pp. 139–62.

Sale, Roger. “The Narrative Technique of *The Rainbow.*” *Modern Fiction Studies* 5 (Spring 1959): 29–38.

Schleifer, Ronald. “Lawrence's Rhetoric of Vision: The Ending of *The Rainbow.*” *DHL Review* 13 (Summer 1980): 161–78.

Schneider, Daniel J. “Alternatives to Logocentrism in DHL.” *South Atlantic Review* 51 (May 1986): 35–47. (Reprinted in Widdowson [1992]: 160–70.)

Squires, Michael. “Recurrence as a Narrative Technique in *The Rainbow.*” *Modern Fiction Studies* 21 (Summer 1975): 230–36.

Stearns, Catherine. “Gender, Voice, and Myth: The Relation of Language to the Female in DHL's Poetry.” *DHL Review* 17 (Fall 1984): 233–42.

Stewart, Garrett. “Lawrence, ‘Being,’ and the Allotropic Style.” *Novel* 9 (Spring 1976): 217–42. (Reprinted in *Towards a Poetics of Fiction: Essays from “Novel: A Forum on Fiction” 1967–76.* Edited by Mark Spilka. Bloomington: Indiana University Press, 1977, pp. 331–56.

Stewart, Jack F. “Expressionism in *The Rainbow.*” *Novel* 13 (1979–80): 296–315. (Reprinted in Jackson and Jackson [1988]: 72–92.)

———. “The Vital Art of Lawrence and Van Gogh.” *DHL Review* 19 (Summer 1987): 123–48.

———. “Dialectics of Knowing in *Women in Love.*” *Twentieth Century Literature* 37 (Spring 1991): 59–75.

Trikha, Manorama B. “DHL's Poetry: A Language Experiment.” In *Essays on DHL.* Edited by T. R. Sharma. Meerut, India: Shalabh Book House, 1987, pp. 183–201.

Wallace, Jeff. “Language, Nature and the Politics of Materialism: Raymond Williams and DHL.” In *Raymond Williams: Politics, Education, Letters.* Edited by W. John Morgan and Peter Preston. London: Macmillan; New York: St. Martin's Press, 1993, pp. 105–28.

Wright, Terence. “Rhythm in the Novel.” *Modern Language Review* 80 (January 1985): 1–15.

参考書目94　フェミニズム批評と性、セクシュアリティ、そしてジェンダーに関連した諸研究

参考書目14と90は、この参考書目94に直接関連する項目について更に調べたいという場合に参考となるであろう。また、参考書目96から98に引用してある次の作品も参照のこと。ベン＝ユーフレイム（Ben-Ephraim）1981年、ボーデラ（Boadella）1956年、ディックス（Dix）1980年、ドーバッド（Dorbad）1991年、ファインシュタイン（Feinstein）1993年、ファーニハフ（Fernihough）1993年、グリーン（Green）1974年、ハーン（Hahn）1975年、ホルブルック（Holbrook）1964年と1992年、ケルシー（Kelsey）1991年、ルイッキ＝ウィルソン（Lewiecki-Wilson）1994年、マクラウド（MacLeod）1985年、マドックス（Maddox）1994年、ミリアラス（Miliaras）1987年、マリ（Murry）1931年、ニン（Nin）1932年、ニクソン（Nixon）1986年、パットモア（Patmore）1970年、ポルヘマス（Polhemus）1990年、ルダーマン（Ruderman）1984年、ジーゲル（Siegel）1991年、シンプソン（Simpson）1982年、シン（Singh）1988年、ストーク（Storch）1990年、ウィリアムズ（Williams）1993年、ワーゼン（Worthen）1991 a 年。

Apter, T. E. ''Let's Hear What the Male Chauvinist Is Saying: *The Plumed Serpent.*'' In Smith, op. cit. (1978): 156–77.

Arcana, Judith. ''I Remember Mama: Mother-Blaming in *Sons and Lovers* Criticism.'' *DHL Review* 21 (Spring 1989): 137–51.

Arnold, Armin. ''DHL in Ascona?'' In *DHL: The Man Who Lived.* Edited by Robert B. Partlow, Jr., and Harry T. Moore. Carbondale: Southern Illinois University Press, 1980, pp. 195–98.

Balbert, Peter. ''Forging and Feminism: *Sons and Lovers* and the Phallic Imagination.'' *DHL Review* 11 (Summer 1978): 93–113. (Reprinted in Balbert [1989], pp. 16–55.)

———. ''The Loving of Lady Chatterley: DHL and the Phallic Imagination.'' In *DHL: The Man Who Died.* Edited by Robert B. Partlow, Jr., and Harry T. Moore. Carbondale: Southern Illinois University Press, 1980, pp. 143–58. (Revised as part of final chapter of Balbert [1989], pp. 133–87.)

———. '' 'Logic of the Soul': Prothalamic Pattern in *The Rainbow.'' Papers on Language and Literature* 29 (1983): 309–25. (Reprinted in revised form in Balbert and Marcus [1985]: 45–66; and in Balbert [1989], pp. 56–84.)

———. ''Ursula Brangwen and 'The Essential Criticism': The Female Corrective in *Women in Love.*'' *Studies in the Novel* 17 (1985): 267–85. (Reprinted in Balbert [1989], pp. 85–108.)

———. ''Snake's Eye and Obsidian Knife: Art, Ideology and 'The Woman Who Rode Away.' '' *DHL Review* 18 (Summer 1985–86): 255–73. (Reprinted in Balbert [1989], pp. 109–32.)

———. ''Silver Spoon to Devil's Fork: Diana Trilling and the Sexual Ethics of *Mr. Noon.*'' *DHL Review* 20 (Summer 1988): 237–50.

———. *DHL and the Phallic Imagination: Essays on Sexual Identity and Feminist Misreading.* London: Macmillan, 1989. (Reworking of preceding five previously published essays.)

———. ''From *Lady Chatterley's Lover* to *The Deer Park:* Lawrence, Mailer, and the Dialectic of Erotic Risk.'' *Studies in the Novel* 22 (1990): 67–81.

Barron, Janet. ''Equality Puzzle: Lawrence and Feminism.'' In *Rethinking Lawrence.* Edited by Keith Brown. Milton Keynes, Pa.: Open University Press, 1990, pp. 12–22.

Beauvoir, Simone de. ''DHL or Phallic Pride.'' In her *The Second Sex.* Translated by H. M. Parshley. London: Cape; New York: Knopf, 1953; Harmondsworth: Penguin, 1972, pp. 245–54. (Original French version: *Le Deuxième Sexe.* Paris: Gallimard, 1949, pp. 331–43.)

Bergler, Edmund. ''DHL's *The Fox* and the Psychoanalytic Theory on Lesbianism.'' In *A DHL Miscellany.* Edited by Harry T. Moore. Carbondale: Southern Illinois University Press, 1959, pp. 49–55.

Bhat, Vishnu. ''DHL's Sexual Ideal.'' *Literary Half-Yearly* 10 (January 1969): 68–73.

Black, Michael. *The Literature of Fidelity.* London: Chatto and Windus; New York: Barnes and Novel: 1975, pp. 169–211. (Ch. 11, ''Sexuality in Literature: *Lady Chatterley's Lover,*'' pp. 169–83. Ch. 12, ''Lawrence and 'that which is perfectly ourselves,' '' pp. 184–98. Ch. 13, ''Tolstoy and Lawrence: Some Conclusions,'' pp. 199–211.)

Blanchard, Lydia. ''Love and Power: A Reconsideration of Sexual Politics in DHL.'' *Modern Fiction Studies* 21 (1975): 431–43.

———. ''Mothers and Daughters in DHL: *The Rainbow* and Selected Shorter Works.'' In Smith, op. cit. (1978): 75–100.

———. ''The 'Real Quartet' of *Women in Love:* Lawrence on Brothers and Sisters.'' In *DHL: The Man Who Lived.* Edited by Robert B. Partlow, Jr., and Harry T. Moore. Carbondale: Southern Illinois University Press, 1980, pp. 199–206.

———. ''Lawrence, Foucault, and the Language of Sexuality.'' In *DHL's ''Lady'': A New Look at ''Lady Chatterley's Lover.''* Edited by Michael Squires and Dennis Jackson. Athens: University of Georgia Press, 1985, pp. 17–35.

Bolsterli, Margaret. ''Studies in Context: The Homosexual Ambience of Twentieth Century Literary Culture.'' *DHL Review* 6 (Spring 1973): 71–85.

Brayfield, Peg. ''Lawrence's 'Male and Female Principles' and the Symbolism of *The Fox.*'' *Mosaic* 4, no. 3 (1971): 41–65.

Breen, Judith Puchner. ''DHL, World War I and the Battle between the Sexes: A Reading of 'The Blind Man' and 'Tickets, Please.' '' *Women's Studies* 13 (1986): 63–74.

Brennan, Joseph. ''Male Power in the Work of DHL.'' *Paunch* 63–64 (1990): 199–207.

Brookesmith, Peter. ''The Future of the Individual: Ursula Brangwen and Kate Millett's *Sexual Politics.*'' *Human World* (Swansea) 10 (1973): 42–65.

Brown, Keith. ''After the Sexual Revolution.'' *Times Literary Supplement* (18 October 1985): 1171–72.

Burgan, Mary. ''Androgynous Fatherhood in *Ulysses* and *Women in Love.*'' *Modern Language Quarterly* 44 (June 1983): 178–97.

Capitanchik, Maurice. ''DHL: The Sexual Impasse.'' *Books and Bookmen* 18, no. 2 (1972): 28–31.

Carter, Angela. ''Lorenzo as Closet Queen.'' In her *Nothing Sacred: Selected Writings.* London: Virago Press, 1982, pp. 207–14. (Originally published as ''The Naked Lawrence'' in *New Society* 31 [13 February 1975]: 398–99.)

Christensen, Peter G. ''Katherine Ann Porter's 'Flowering Judas' and DHL's *The Plumed Serpent:* Contradicting Visions of Women in the Mexican Revolution.'' *South Atlantic Review* 56 (1991): 35–46.

Cockshut, A.O.J. *Man and Woman: A Study of Love and the Novel, 1740–1940.* New York: Oxford University Press, 1978, pp. 152–60.

Core, Deborah. " 'The Closed Door': Love between Women in the Works of DHL." *DHL Review* 11 (Summer 1978): 114–31.

Cornwell, Ethel F. "The Sex Mysticism of DHL." In her *The "Still Point": Theme and Variations in the Writings of T. S. Eliot, Coleridge, Yeats, Henry James, Virginia Woolf and DHL.* New Brunswick, N.J.: Rutgers University Press, 1962, pp. 208–42.

Cowan, James C., ed. *DHL Review* 8 (Fall 1975). Special issue: "DHL and Women."

Davis, Patricia C. "Chicken Queen's Delight: DHL's *The Fox." Modern Fiction Studies* 19 (Winter 1973–74): 565–71. (On homoerotic aspects of Henry Grenfel.)

Davis, William A., Jr. "Mountains, Metaphors, and Other Entanglements: Sexual Representation in the Prologue to *Women in Love." DHL Review* 22 (Spring 1990): 69–76.

Delavenay, Emile. "DHL and Sacher-Masoch." *DHL Review* 6 (Summer 1973): 119–48.

Deleuze, Gilles, and Félix Guattari. *Anti-Oedipus: Capitalism and Schizophrenia.* Translated by Robert Hurley, Mark Seem, and Helen R. Lane. New York: Viking, 1977, passim. (Originally published in French as *L'Anti-Oedipe.* Paris: Les Editions de Minuit, 1972. Reprinted Minneapolis: Minnesota University Press, 1983; London: Athlone Press, 1984.)

D'Heurle, Adma, and Joel N. Feimer. "The Tender Connection." *Antioch Review* 37 (1979): 293–310.

Dodsworth, Martin. "Lawrence, Sex and Class." *English* 24 (1985): 69–80. (Review of *Mr Noon.*)

Doheny, John. "The Novel Is the Book of Life: DHL and a Revised Version of Polymorphous Perversity." *Paunch* 26 (April 1966): 40–59.

Doherty, Gerald. "The Throes of Aphrodite: The Sexual Dimension in DHL's *The Plumed Serpent.*" *Studies in the Humanities* 12 (December 1985): 67–78.

Dollimore, Jonathan. "The Challenge of Sexuality." In *Society and Literature 1945–1970.* Edited by Alan Sinfield. London: Methuen, 1983, pp. 51–85 (52–61, on the trial of *Lady Chatterley's Lover* and its implications).

———. "DHL and the Metaphysics of Sexual Difference." In his *Sexual Dissidence: Augustine to Wilde, Freud to Foucault.* Oxford: Clarendon Press, 1991, pp. 268–75.

Donaldson, George. " 'Men in Love'?: DHL, Rupert Birkin and Gerald Crich." In *DHL: Centenary Studies.* Edited by Mara Kalnins. Bristol: Bristol Classical Press, 1986, pp. 41–68.

Doolittle, Hilda (H. D.). *Bid Me to Live (A Madrigal).* New York: Dial, 1960.

Draper, R. P. "The Defeat of Feminism: DHL's *The Fox* and "The Woman Who Rode Away." *Studies in Short Fiction* 3 (1966): 186–98.

Eagleton, Sandra. "One Feminist's Approach to Teaching DHL." *DHL Review* 19 (Fall 1987): 325–30.

Ehrstine, John W. "The Dialectic in DHL." *Research Studies* (Washington State University) 33 (March 1965): 11–26.

Faderman, Lillian. "Lesbian Magazine Fiction in the Early Twentieth Century." *Journal of Popular Culture* 11 (1978): 800–817. (Includes discussion of *The Fox.*)

Fasick, Laura. "Female Power, Male Comradeship, and the Rejection of the Female in

Lawrence's *Twilight in Italy, Sea and Sardinia,* and *Etruscan Places.'' DHL Review* 21 (Spring 1989): 25–36.

Fiedler, Leslie A. ''The Literati of the Four-Letter Word.'' *Playboy* 8 (June 1961): 85, 125–28. (Reprinted in *The Twelfth Anniversary Playboy Reader.* Edited by Hugh M. Hefner. London: Souvenir Press, 1965, pp. 193–202.)

Fraiberg, Selma. ''Two Modern Incest Heroes.'' *Partisan Review* 28 (1961): 646–61. (''The Rocking-Horse Winner.'')

Friedman, Susan Stanford. ''Portrait of the Artist as a Young Woman: H. D.'s Rescriptions of Joyce, Lawrence, and Pound.'' In *Writing the Woman Artist: Essays on Poetics, Politics, and Portraiture.* Edited by Suzanne W. Jones. Philadelphia: University of Pennsylvania Press, 1991, pp. 23–42.

Fusini, Nadia, and Sharon Wood. ''Woman-graphy.'' In *The Lonely Mirror: Italian Perspectives on Feminist Theory.* Edited by Sandra Kemp and Paola Bono. London: Routledge, 1993, pp. 38–54.

Gilbert, Sandra M. ''Costumes of the Mind: Transvestism as Metaphor in Modern Literature.'' *Critical Inquiry* 7 (1980): 391–417. (Includes discussion of *The Fox.* Reprinted in *Writing and Sexual Difference.* Edited by Elizabeth Abel. Hemel Hempstead: Harvester, 1982.)

———. ''Potent Griselda: 'The Ladybird' and the Great Mother.'' In *DHL: A Centenary Consideration.* Edited by Peter Balbert and Phillip L. Marcus. Ithaca, N.Y., and London: Cornell University Press, 1985, pp. 130–61.

———. ''Feminism and DHL: Some Notes toward a Vindication of His Rites.'' *Anais* 9 (1991): 92–100.

Gilbert, Sandra M., and Susan Gubar. *No Man's Land: The Place of the Woman Writer in the Twentieth Century.* Vol. 1: *The War of the Words.* New Haven, Conn.: Yale University Press, 1988, pp. 37–40 and passim.

Gillis, James M. ''Novelists and Sexual Perversion.'' In his *This Our Day: Approvals and Disapprovals.* New York: Paulist Press, 1933, pp. 32–37.

Glazer, Myra. ''Sex and the Psyche: William Blake and DHL.'' *Hebrew University Studies in Language and Literature* 9, no. 2 (1981): 196–229. (Revised as ''Why the Sons of God Want the Daughters of Men: On William Blake and DHL.'' In *William Blake and the Moderns.* Edited by Robert J. Bertholf and Annette S. Levitt. Albany: State University of New York Press, 1982, pp. 164–85.)

Good, Jan. ''Toward a Resolution of Gender Identity Confusion: The Relationship of Henry and March in *The Fox.'' DHL Review* 18 (1985–86): 217–27.

Gordon, David J. ''Sex and Language in DHL.'' *Twentieth Century Literature* 27 (Winter 1981): 362–74.

Green, Eleanor H. ''Schopenhauer and DHL on Sex and Love.'' *DHL Review* 8 (Fall 1975): 329–45.

Greer, Germaine. ''Sex, Lies and Old Pork Pies.'' *Independent on Sunday* (London) (3 June 1990): 9–10.

Gutierrez, Donald. ''DHL and Sex.'' *Liberal and Fine Arts Review* 3, nos. 1–2 (1983): 43–56.

Haegert, John W. ''DHL and the Ways of Eros.'' *DHL Review* 11 (Fall 1978): 199–233.

———. ''DHL and the Aesthetics of Transgression.'' *Modern Philology* 88 (1990): 2–25.

Hampson, Carolyn. ''The Morels and the Gants: Sexual Conflict as a Universal Theme.'' *Thomas Wolfe Review* 8 (Spring 1984): 27–40.

Hardy, Barbara. ''Women in DHL's Works.'' In *DHL: Novelist, Poet, Prophet.* Edited by Stephen Spender. London: Weidenfeld and Nicolson; New York: Harper, 1973, pp. 90–121.

Harris, Janice H. ''DHL and Kate Millett.'' *Massachusetts Review* 15 (1974): 522–29.

———. ''Sexual Antagonism in DHL's Early Leadership Fiction.'' *Modern Language Studies* 7 (Spring 1977): 43–52.

———. ''Lawrence and the Edwardian Feminists.'' In *The Challenge of DHL.* Edited by Michael Squires and Keith Cushman. Madison: University of Wisconsin Press, 1990, pp. 62–76.

Heath, Jane. ''Helen Corke and DHL: Sexual Identity and Literary Relations.'' *Feminist Studies* 11 (Summer 1985): 317–42.

Heath, Stephen. *The Sexual Fix.* London: Macmillan, 1982.

Hehner, Barbara. '' 'Kissing and Horrid Strife': Male and Female in the Early Poetry of DHL.'' *Four Decades of Poetry, 1890–1930* 1 (January 1976): 3–26.

Heilbrun, Carolyn G. *Toward a Recognition of Androgyny.* New York and London: Norton, 1982, pp. 101–10 and passim. (Originally published New York: Knopf, 1964.)

Heldt, Lucia Henning. ''Lawrence on Love: The Courtship and Marriage of Tom Brangwen and Lydia Lensky.'' *DHL Review* 8 (Fall 1975); 358–70.

Henig, Suzanne. ''DHL and Virginia Woolf.'' *DHL Review* 2 (Fall 1969): 265–71.

Hinz, Evelyn J., and John J. Teunissen. ''*Women in Love* and the Myth of Eros and Psyche.'' In *DHL: The Man Who Lived.* Edited by Robert B. Partlow, Jr., and Harry T. Moore. Carbondale: Southern Illinois University Press, 1980, pp. 207–20.

Hoffmann, C. G., and A. C. Hoffman. ''Re-Echoes of the Jazz Age: Archetypal Women in the Novels of 1922.'' *Journal of Modern Literature* 7 (1979): 62–86. (Includes *Aaron's Rod.*)

Hugger, Ann-Grete. ''The Dichotomy between Private and Public Sphere: Sex Roles in DHL's Novels.'' *Language and Literature* (Copenhagen) 2, no. 2 (1973): 127–36.

Hyde, Virginia. ''Will Brangwen and Paradisal Vision in *The Rainbow* and *Women in Love.*'' *DHL Review* 8 (Fall 1975): 346–57.

———. ''The Body and the Body Politic in Lawrence.'' *Review* (Blacksburg, Va.) 14 (1992): 143–53.

Jewinski, Ed. ''The Phallus in DHL and Jacques Lacan.'' *DHL Review* 21 (Spring 1989): 7–24.

Kalnins, Mara. ''Lawrence's Men and Women: Complements and Opposites.'' In *Problems for Feminist Criticism.* Edited by Sally Minogue. London: Routledge, 1990, pp. 145–78.

Kaplan, Cora. ''Radical Feminism and Literature: Rethinking Millett's *Sexual Politics.*'' *Red Letters* 9 (1979): 4–16. (Reprinted in her *Sea Changes: Essays on Culture and Feminism.* London: Verso, 1986, pp. 15–30; and in *Feminist Literary Criticism.* Edited by Mary Eagleton. London and New York: Longman, 1991, pp. 157–70.)

Kinkead-Weekes, Mark. ''Eros and Metaphor: Sexual Relationship in the Fiction of DHL.'' In Smith, op. cit. (1978): 101–20.

Knight, G. Wilson. ''Lawrence, Joyce and Powys.'' *Essays in Criticism* 11 (1961): 403–17.

Langbaum, Robert. “Lords of Life, Kings in Exile: Identity and Sexuality in DHL.” *American Scholar* 45 (Winter 1975–76): 807–15.

———. “Reconstitution of Self: Lawrence and the Religion of Love.” In his *Mysteries of Identity: A Theme in Modern Literature.* New York: Oxford University Press, 1977, pp. 251–353.

Lavrin, Janko. “Sex and Eros (on Rozanov, Weininger, and DHL).” *European Quarterly* 1 (1934): 88–96.

Leavis, L. R. “The Late Nineteenth Century Novel and the Change towards the Sexual—Gissing, Hardy and Lawrence.” *English Studies* 66 (1985): 36–47.

Lerner, Laurence. *Love and Marriage: Literature and Its Social Context.* New York: St. Martin's Press, 1979, pp. 153–64. (On *The Rainbow* and *Lady Chatterley's Lover.*)

———. “Lawrence and the Feminists.” In *DHL: Centenary Essays.* Edited by Mara Kalnins. Bristol: Bristol Classical Press, 1986, pp. 69–88.

Light, Alison. “Feminism and the Literary Critic.” *LTP: Journal of Literature, Teaching, Politics,* no. 2 (1983): 61–80. (Excerpt reprinted in *Feminist Literary Theory.* Edited by Mary Eagleton. Oxford and Cambridge, Mass.: Basil Blackwell, 1986, pp. 177–80.)

MacDonald, Robert H. “ ‘The Two Principles’: A Theory of the Sexual and Psychological Symbolism of DHL's Later Fiction.” *DHL Review* 11 (Summer 1978): 132–55.

Mahalanobis, Shanta. “Pre-War Feminism in Lawrence's *The Rainbow.*” *Journal of the Department of English* (Calcutta University) 21 (1986–87): 30–41.

Mailer, Norman. *The Prisoner of Sex.* London: Weidenfeld and Nicolson, 1971.

Malraux, André. “DHL and Eroticism.” In *From the N.R.F: An Image of the Twentieth Century from the Pages of the Nouvelle Revue Française.* New York: Farrar, Straus, and Cudahy, 1958, pp. 194–98.

Meyers, Jeffrey. “DHL and Homosexuality.” In *DHL: Novelist, Poet, Prophet.* Edited by Stephen Spender. London: Weidenfeld and Nicolson; New York: Harper, 1973, pp. 135–58. (Also in *London Magazine* 13 [October–November 1973]: 68–98.)

———. “DHL and Frieda Lawrence.” In his *Married to Genius.* New York: Barnes and Noble, 1977a, pp. 145–73.

———. *Homosexuality and Literature: 1890–1930.* London: Athlone, 1977b, pp. 131–61. (See also reviews: J. Stokes. *Modern Language Review* 74 [1979]: 397–99; Cheryl L. Walker. *Modern Fiction Studies* 24 [1978–79]: 658–60.)

Middleton, Victoria. “Happy Birthday Mrs. Lawrence.” In *DHL 1885–1930: A Celebration.* Edited by Andrew Cooper and Glyn Hughes. Nottingham: DHL Society, 1985, pp. 8–16. (Attempts to recover the “lost history” of Lawrence's mother's community involvements, especially in the Eastwood Women's Co-operative Guild.)

———. “In the ‘Woman's Corner’: The World of Lydia Lawrence.” *Journal of Modern Literature* 13 (1986): 267–88. (The “Woman's Corner” was a regular feature in the national newspaper of the Co-operative movement—see preceding item.)

Miles, Rosalind. *The Fiction of Sex.* New York: Barnes and Noble, 1974, pp. 16–21 and passim.

Millard, Elaine. “Feminism II: Reading as a Woman: DHL, *St. Mawr.*” In *Literary*

Theory at Work: Three Texts. Edited by Douglas Tallack. London: Batsford, 1987, pp. 133–57.
Millett, Kate. *Sexual Politics*. London: Rupert Hart-Davis, 1971, pp. 237–93.
Mitgutsch, Waltraud. ''The Image of the Female in DHL's Poetry.'' *Poetic Drama and Poetic Theory* (Salzburg Studies in English Literature) 27 (1981): 3–28.
Modiano, Marko. ''D. H. Lawrence: Burning Out the Shame.'' *Literatur in Wissenschaft und Unterricht* 24 (September 1991): 241–51.
Moore, Harry T. ''Bert Lawrence and Lady Jane.'' In Smith, op. cit. (1978): 178–88.
Morrison, Kristin. ''Lawrence, Beardsley, Wilde: *The White Peacock* and Sexual Ambiguity.'' *Western Humanities Review* 30 (1976): 241–48.
Moynahan, Julian. ''Lawrence, Woman, and the Celtic Fringe.'' In Smith, op. cit. (1978): 122–35.
Nazareth, Peter. ''DHL and Sex.'' *Transition* 2 (October 1962): 54–57; *Transition* 3 (March 1963): 38–43.
Nielsen, Inge Padkaer, and Karsten Hvidtfelt Nielsen. ''The Modernism of DHL and the Discourses of Decadence: Sexuality and Tradition in *The Trespasser, Fantasia of the Unconscious,* and *Aaron's Rod.*'' *Arcadia* 25, no. 3 (1990): 270–86.
Nin, Anais. *The Novel of the Future*. New York: Macmillan, 1968, passim.
Oates, Joyce Carol. '' 'At Least I Have Made a Woman of Her': Images of Women in Twentieth Century Literature.'' *Georgia Review* 37 (1983): 7–30. (Includes discussion of *The Rainbow, Women in Love,* and *Lady Chatterley's Lover.*)
Orr, John. ''Lawrence: Passion and Its Dissolution.'' In his *The Making of the Twentieth-Century Novel: Lawrence, Joyce, Faulkner and Beyond.* Basingstoke and London: Macmillan, 1987, pp. 20–43.
Perez, Carlos A. ''Husbands and Wives, Sons and Lovers: Intimate Conflict in the Fiction of DHL.'' In *The Aching Hearth: Family Violence in Life and Literature.* Edited by Sara Munson Deats and Lagretta Tallent Lenker. New York: Plenum, 1991, pp. 175–87.
Poplawski, Paul. ''Lawrence against Himself: Elitism and the Mystification of Sex.'' In his *Promptings of Desire: Creativity and the Religious Impulse in the Works of DHL.* Westport, Conn., and London: Greenwood Press, 1993, pp. 115–35.
Pratt, Annis. ''Woman and Nature in Modern Fiction.'' *Contemporary Literature* 13 (Fall 1972): 466–90 (481–83).
Pullin, Faith. ''Lawrence's Treatment of Women in *Sons and Lovers.*'' In Smith, op. cit. (1978): 49–73.
Rogers, Katherine M. *The Troublesome Helpmate: A History of Misogyny in Literature.* Seattle: University of Washington Press, 1966, pp. 237–47.
Root, Waverley Lewis. ''Literary Sexism in Action: The Femininity of DHL Emphasized by Woman Writer.'' *Anais: An International Journal* 6 (1988): 75–76.
Ross, Charles L. ''Homoerotic Feeling in *Women in Love:* Lawrence's 'Struggle for Verbal Consciousness' in the Manuscripts.'' In *DHL: The Man Who Lived.* Edited by Robert B. Partlow, Jr., and Harry T. Moore. Carbondale: Southern Illinois University Press, 1980, pp. 168–82.
Rossman, Charles. '' 'You Are the Call and I Am the Answer': DHL and Women.'' *DHL Review* 8 (Fall 1975): 255–328.
———. ''*The Boy in the Bush* in the Lawrence Canon.'' In *DHL: The Man Who Lived.* Edited by Robert B. Partlow, Jr., and Harry T. Moore. Carbondale: Southern Illinois University Press, 1980, pp. 185–94.

Ryan, Kiernan. ''The Revenge of the Women: Lawrence's '' 'Tickets, Please.' '' *Literature and History* 7 (1981): 210–22.
Schapiro, Barbara. ''Maternal Bonds and the Boundaries of Self: DHL and Virginia Woolf.'' *Soundings* 69 (1986): 347–65.
Scherr, Barry J. ''The 'Dark Fire of Desire' in DHL's *Sons and Lovers.*'' *Recovering Literature: A Journal of Contextualist Criticism* 16 (1988): 37–67.
Sedgwick, Eve Kosofsky. *Between Men: English Literature and Male Homosocial Desire.* New York: Columbia University Press, 1985, pp. 215–17.
Semeiks, Joanna G. ''Sex, Lawrence, and Videotape.'' *Journal of Popular Culture* 25, no. 4 (Spring 1992): 143–52.
Sharma, Susheel Kumar. ''Antifeminism in DHL's Short Stories.'' In *Essays on DHL.* Edited by T. R. Sharma. Meerut, India: Shalabh Book House, 1987, pp. 139–46.
Shaw, Marion. ''Lawrence and Feminism.'' *Critical Quarterly* 25 (Autumn 1983): 23–27.
Shuey, William A., III. ''From Renunciation to Rebellion: The Female in Literature.'' In *The Evolving Female: Women in Psychosocial Context.* Edited by Carol Landau Heckerman. New York: Human Sciences Press, 1980, pp. 138–57.
Siegel, Carol. ''Floods of Female Desire in Lawrence and Eudora Welty.'' In *DHL's Literary Inheritors.* Edited by Keith Cushman and Dennis Jackson. New York: St. Martin's Press; London: Macmillan, 1991, pp. 109–30. (Reprinted in Siegel [1991]: 164–84.)
Singhal, Surendra. ''Man–Woman Relationship in the Later Poetry of DHL.'' In *Essays on DHL.* Edited by T. R. Sharma. Meerut, India: Shalabh Book House, 1987, pp. 211–26.
Sircar, Sanjay. ''The Phallic Amoretto: Intertextuality in ' . . . Love Was Once a Little Boy.' '' *DHL Review* 19 (Summer 1987): 189–93.
Smith, Anne, ed. *Lawrence and Women.* London: Vision; Totowa, N.J.: Barnes and Noble, 1978a. (Nine essays cited separately—see next item and under Pullin, Blanchard, Kinkead-Weekes, Moynahan, Tristram, Apter, Moore, and Spilka.)
———. ''A New Adam and a New Eve—Lawrence and Women: A Biographical Overview.'' (In the preceding item, Smith [1978b]: 9–48.)
Sparrow, John. ''Regina v. Penguin Books Ltd: An Undisclosed Element in the Case.'' *Encounter* 18 (February 1962): 35–43.
Spender, Stephen. ''The Erotic Art of DHL.'' *Vanity Fair* (January 1986): 88–93. (On Lawrence's paintings.)
Spilka, Mark. ''Lawrence's Quarrel with Tenderness.'' *Critical Quarterly* 9 (Winter 1967): 363–77. (Reprinted in Spilka [1992], pp. 49–69, and also in Jackson and Jackson [1988]: 223–37.)
———. ''Lawrence Up-Tight, or the Anal Phase Once Over.'' *Novel: A Forum on Fiction* 4 (Spring 1971): 252–67. (Reprinted in Spilka [1992], pp. 99–120.)
———, with Colin Clarke, George Ford, and Frank Kermode. ''Critical Exchange: On 'Lawrence Up-Tight': Four Tail-Pieces'' *Novel: A Forum on Fiction* 5 (Fall 1971): 54–70.
———. ''Lessing and Lawrence: The Battle of the Sexes.'' *Contemporary Literature* 16 (Spring 1975): 218–40. (Reprinted in Spilka [1992]: 121–46.)
———. ''On Lawrence's Hostility to Wilful Women: The Chatterley Solution.'' In Smith, op. cit. (1978): 189–211. (Reprinted in Spilka [1992], pp. 147–70.)
———. ''Lawrence versus Peeperkorn on Abdication; or, What Happens to a Pagan

Vitalist When the Juice Runs Out?'' In *DHL: The Man Who Lived.* Edited by Robert B. Partlow, Jr., and Harry T. Moore. Carbondale: Southern Illinois University Press, 1980, pp. 105–20. (Reprinted in Spilka [1992], pp. 70–95.)

———. ''Lawrence and the Clitoris.'' In *The Challenge of DHL.* Edited by Michael Squires and Keith Cushman. Madison: University of Wisconsin Press, 1990, pp. 176–86. (Reprinted in Spilka [1992], pp. 171–90.)

———. *Renewing the Normative DHL: A Personal Progress.* Columbia and London: University of Missouri Press, 1992. (Includes revised versions of six of his essays cited in preceding, along with ''Hemingway and Lawrence as Abusive Husbands,'' pp. 193–247, and ''Repossessing *The Captain's Doll,*'' pp. 248–75.)

Stavrou, Constantine W. ''DHL's 'Psychology' of Sex.'' *Literature and Psychology* 6 (1956): 90–95.

Stearns, Catherine. ''Gender, Voice, and Myth: The Relation of Language to the Female in DHL's Poetry.'' *DHL Review* 17 (1984): 233–42.

Stoehr, Taylor. ''Lawrence's 'Mentalized Sex.' '' *Novel* 8 (Winter 1975): 101–22.

Storch, Margaret. ''The Lacerated Male: Ambivalent Images of Women in *The White Peacock.*'' *DHL Review* 21 (Spring 1989): 117–36.

Stubbs, Patricia. ''Mr. Lawrence and Mrs. Woolf.'' In her *Women and Fiction: Feminism and the Novel, 1880–1920.* Sussex: Harvester; New York: Barnes and Noble, 1979, pp. 223–35.

Stuhlman, Gunther. ''The Mystic of Sex: A First Look at DHL.'' *Anais: An International Journal* 4 (1986): 31–35.

Tax, Meredith. ''Sexual Politics.'' *Ramparts* 9 (November 1970): 50–58. (Review of Kate Millett.)

Taylor, Anne Robinson. ''Modern Primitives: Molly Bloom and James Joyce, with a Note on DHL.'' In her *Male Novelists and Their Female Voices: Literary Masquerades.* Troy, N.Y.: Whitston, 1981, pp. 189–228.

Tristram, Philippa. ''Eros and Death (Lawrence, Freud, and Women).'' In Smith, op. cit. (1978): 136–55.

Wasson, Richard. ''Class and the Vicissitudes of the Male Body in Works by DHL.'' *DHL Review* 14 (1981): 289–305.

Way, B. ''Sex and Language: Obscene Words in DHL and Henry Miller.'' *New Left Review,* no. 27 (September–October 1964): 164–70.

Welker, Robert H. ''Advocate for Eros: Notes on DHL.'' *American Scholar* 30 (1961): 191–202.

Wickham, Anna. ''The Spirit of the Lawrence Women.'' *Texas Quarterly* 9 (Autumn 1966): 31–50. (Reprinted in *The Writings of Anna Wickham.* Edited by R. D. Smith. London, 1984, pp. 355–72. See also Margaret Newlin. ''Anna Wickham: 'The sexless part which is my mind.' '' *Southern Review* 14 [1978]: 281–302.)

Widmer, Kingsley. ''Lawrence and the Fall of Modern Woman.'' *Modern Fiction Studies* 5 (1959): 44–56.

Williams, Linda Ruth. ''The Trial of DHL.'' *Critical Survey* 4, no. 2 (1992): 154–61.

Wood, Paul A. ''Up at the Front: A Teacher's Learning Experience with Lawrence's Sexual Politics.'' *DHL Review* 20 (Spring 1988): 71–77. (On ''Tickets, Please.'')

Woods, Gregory. *Articulate Flesh: Male Homo-Eroticism and Modern Poetry.* New Haven, Conn.: Yale University Press, 1987.

Woolf, Virginia. ''Notes on DHL.'' In her *The Moment and Other Essays.* London: Hogarth Press, 1947, pp. 93–98.

Zoll, Allan R. ''Vitalism and the Metaphysics of Love: DHL and Schopenhauer.'' *DHL Review* 11 (Spring 1978): 1–20.

Zytaruk, G. ''The Phallic Vision: DHL and V. V. Rozanov.'' *Comparative Literature Studies* 4 (1967): 283–97.

引用書目

Althusser, Louis. *Lenin and Philosophy.* London: New Left Books, 1971.

Alvarado, Manuel, Robin Gutch, and Tana Wollen. *Learning the Media: An Introduction to Media Teaching.* London: Macmillan, 1987.

Baldanza, Frank. ''*Sons and Lovers:* Novel to Film as a Record of Cultural Growth.'' *Literature/Film Quarterly* 1 (January 1973): 64–70.

Barthes, Roland. ''The Realistic Effect.'' *Film Reader* 3 (February 1978): 131–35.

Baxter, John. *An Appalling Talent: Ken Russell.* London: Michael Joseph, 1973.

Beja, Morris. *Film and Literature.* New York: Longman, 1979.

Bluestone, George. *Novels into Film.* Baltimore: Johns Hopkins University Press, 1957.

Brett, Dorothy. *Lawrence and Brett: A Friendship.* Philadelphia: Lippincott, 1933.

Brewster, Earl, and Achsah Brewster. *D. H. Lawrence: Reminiscences and Correspondence.* London: Secker, 1934.

Burch, Nöel. ''How We Got into Pictures: Notes Accompanying *Correction Please.*'' *Afterimage* 8–9 (Winter 1980–81): 24–38.

Caughie, John. ''Rhetoric, Pleasure and Art Television.'' *Screen* 22, no. 4 (1981): 9–31.

Chanan, Michael. *The Dream That Kicks: The Prehistory and Early Years of Cinema in Britain.* London: Routledge and Kegan Paul, 1980.

Chatman, Seymour. *Story and Discourse: Narrative Structure in Fiction and Film.* Ithaca, N.Y., and London: Cornell University Press, 1978.

Cook, Alistair. *Masterpieces: A Decade of Classics on Television.* London: Bodley Head, 1982.

Cook, Pam, ed. *The Cinema Book.* London: British Film Institute, 1985.

Cowan, James C. ''Lawrence and the Movies: *The Lost Girl* and After.'' In his *D. H. Lawrence and the Trembling Balance.* University Park and London: Pennsylvania University Press, 1990, pp. 95–114.

DeNitto, Dennis. ''*Sons and Lovers:* All Passion Spent.'' In *The English Novel and the Movies.* Edited by Michael Klein and Gillian Parker. New York: Ungar, 1981, pp. 235–47.

Ellis, John. ''The Literary Adaptation: An Introduction.'' *Screen* 23, no. 1 (May–June 1982): 3–5.

———. *Visible Fictions.* 2d ed. London: Routledge, 1992.

Falcon, Richard. *Classified! A Teachers' Guide to Film and Video Censorship and Classification.* London: British Film Institute, 1994.

Gontarski, S. E. ''An English Watercolor.'' In *The English Novel and the Movies.* Edited by Michael Klein and Gillian Parker. New York: Ungar, 1981, pp. 257–67.

Griffiths, Trevor. ''Introduction'' to *Sons and Lovers* Screenplay.'' Nottingham: Spokesman, 1982: pp. 7–12. (A shortened version of the same essay appeared as an article in *Radio Times* [10–16 January 1981]: 84–86.)

Izod, John. ''Words Selling Pictures.'' In *Cinema and Fiction: New Modes of Adapting 1950–1990.* Edited by John Orr and Colin Nicholson. Edinburgh: Edinburgh University Press, 1993, pp. 95–103.

Lapsley, Robert, and Michael Westlake. *Film Theory: An Introduction.* Manchester: Manchester University Press, 1988.

Kerr, Paul. ''Classic Serials: To Be Continued.'' *Screen 23,* no. 1 (May–June 1982): 6–19.

McArthur, Colin. *Television and History.* BFI Television Monograph no. 8. London: British Film Institute, 1978.

McDougal, Stuart Y. *Made Into Movies: From Literature to Film.* New York: Holt, Rinehart and Winston, 1985.

Mellen, Joan. ''Outfoxing Lawrence: Novella into Film.'' *Literature/Film Quarterly* 1 (January 1973): 17–27.

Merrild, Knud. *With D. H. Lawrence in New Mexico: A Memoir of D. H. Lawrence.* London: Routledge and Kegan Paul, 1964. (Originally published as *A Poet and Two Painters: A Memoir of D. H. Lawrence.* London: Routledge, 1938.)

Metz, Christian. ''The Imaginary Signifier.'' *Screen* 16, no. 2 (Summer 1975): 14–76.

Moore, Harry T. ''D. H. Lawrence and the Flicks.'' *Literature/Film Quarterly* 1 (January 1973): 3–11.

Mortimer, John. ''The Great British Divide.'' *Daily Telegraph* (8 January 1994).

Mulvey, Laura. ''Visual Pleasure and Narrative Cinema.'' *Screen* 16, no. 3 (Autumn 1975): 6–18. (Reprinted in slightly abridged form in *Popular Television and Film.* Edited by Tony Bennett, Susan Boyd-Bowman, Colin Mercer, and Janet Woollacott. London: British Film Institute, 1981, pp. 206–15.)

Nehls, Edward, ed. *D. H. Lawrence: A Composite Biography.* Vol. 3. Madison: University of Wisconsin Press, 1959.

Poole, Mike, and John Wyver. *Powerplays: Trevor Griffiths in Television.* London: British Film Institute, 1984.

Russell, Ken. *A British Picture.* London: Heinemann, 1989.

Scott, James F. ''The Emasculation of *Lady Chatterley's Lover.*'' *Literature/Film Quarterly* 1 (January 1973): 37–45.

Simon, John. *Movies into Film.* New York: Dial Press, 1971.

Sinyard, Neil. *Filming Literature: The Art of Screen Adaptation.* London: Croom Helm, 1986.

Smith, Julian. ''Vision and Revision: *The Virgin and the Gipsy* as Film.'' *Literature/Film Quarterly* 1 (January 1973): 28–36.

Tarrat, Margaret. ''An Obscene Undertaking.'' *Films and Filming* 17, no. 2 (November 1970): 26–30.

Taylor, Neil. ''A Woman's Love: D. H. Lawrence on Film.'' In *Novel Images: Literature in Performance.* Edited by Peter Reynolds. London: Routledge, 1993, pp. 105–21.

Truss, Lynne. ''Axles, Elbows and the Promise of Woodland Games.'' *Times* (7 June 1993): 33.

Widdowson, Peter, ed. *D. H. Lawrence.* London: Longman, 1992.

Williams, Linda Ruth. *Sex in the Head: Visions of Femininity and Film in D. H. Lawrence.* Hemel Hempstead: Harvester Wheatsheaf, 1993.

参考書目95　ポール・ポプラウスキーとナイジェル・モリスによって収集されたロレンスと映画産業に関する資料

本参考書目は、以下のように3つのパートに分かれている。

1. 製作にあたっての完全な詳細を記したロレンス作品の映画の翻案全作品系列リスト。
2. ロレンスと映画全般、更に各翻案作品に関連した批評作品、論評、研究業績。
3. 文学と翻案に関する一般的な背景となる作品のリスト。

1. 全作品系列リスト

ここではロレンスの作品の翻案と、主な伝記的映画のみリストアップしてある。ロレンスに関する更に全般的な教育的、ドキュメンタリー映画（録音に関する同様のリストも含める）については、次のパートの「一般的資料」の中のジェラード（Gerard）1982年を参照のこと。

映画はアルファベット順にリストアップされている。主な出演者はたいていの場合、出版されている配役名表にしたがってリストアップしてある。上映時間はおおよそのもの、特別な大作の場合は上映された版の時間を載せてある。映画のビデオ版は、英国で最近発売されたことが知られているものを載せた（ジョン・エリオット（John Elliot）の『エリオットのビデオ版映画ガイド第3版』（*Elliot's Guide to Film on Video*. 3d ed.）ロンドンのボックスツリー（Boxtree）より出版、1993年を参照）。項目の最後のＮＶ（「ビデオなし」）はその映画はイギリスでもアメリカでも、家庭用ビデオ版は出ていないということを示す。

翻案

The Boy in the Bush『叢林の少年』（オーストラリア、1983年）ロブ・スチュワート（Rob Stewart）監督。ヒュー・ホワイトモア（Hugh Whitemore）脚本。アイアン・ウォレン（Ian Warren）とジェフリー・ダニエルズ（Geoffrey Daniels）制作。主な配役――ケネス・ブラナー（Kenneth Branagh）（ジャック・グラント（Jack Grant））、シグリッド・ソーントン（Sigrid Thornton）（モニカ（Monica））、セリア・ド・バー（Celia de Burgh）（メアリー（Mary））、スティーヴン・ビズリー（Stephen Bisley）（エアス（Easu））、ジョン・ブレイク（Jon Blake）（トム（Tom））。カラー作品。４×50分。ロンドンのチャンネル４のためのポートマン・プロダクションズ（Portman Productions）とオーストラリア放送協会（Australian Broadcasting Corporation）の共同。ＮＶ。

The Captain's Doll『大尉の人形』（イギリス、1983年）テレビ用映画。クロード・ウォッタム（Claude Whatham）監督。ジェイムズ・ソーンダーズ（James Saunders）脚本。主な配役――ジェレミー・アイアンズ（Jeremy Irons）（アレックス・ヘップバーン大尉（Captain Alex Hepburn））、ジェイン・ラポテア（Jane Lapotaire）（ヘッ

プバーン夫人（Mrs. Hepburn））、ギラ・フォン・ヴァイターシャウゼン（Gila von Weitershausen）（ハネレ（Hannele））。カラー作品。110分。ＢＢＣテレビ。ＮＶ。

The Daughter-in-Law『義理の娘』（イギリス、1985年）テレビ用映画。マーティン・フレンド（Martyn Friend）監督。キャロル・パークス（Carol Parks）制作。主な配役――シーラ・ハンコック（Sheila Hancock）（ガスコーニュ夫人（Mrs. Gascoigne））、チェリー・ルンギ（Cherie Lunghi）（ミニー（Minnie））、デイヴィド・スレルフォール（David Threlfall）（ルーサー・ガスコーニュ（Luther Gascoigne））、ミック・フォード（Mick Ford）（ジョー・ガスコーニュ（Joe Gascoigne））。ＢＢＣテレビ。

The Fox『狐』（アメリカ、1967年）マーク・リンデル（Mark Ryndell）監督。ルイス・ジョン・カーリノ（Lewis John Carlino）とハワード・コーク（Howard Koch）脚本。主な配役――サンディ・デニス（Sandy Dennis）（バンフォード（Banford））、キール・ダリー（Keir Dullea）（ポール（Paul）（小説の中ではヘンリー（henry）））、アン・ヘイウッド（Anne Heywood）（マーチ（March））、グリン・モリス（Glyn Morris）。カラー作品。110分。クラリッジ・ピクチャーズ（Claridge Pictures）。ＮＶ。

Kangaroo『カンガルー』（オーストラリア、1986年）ティム・バーストール（Tim Burstall）監督。エヴァン・ジョウンズ（Evan Jones）脚本。ロス・ディムゼイ（Ross Dimsey）制作。主な配役――コリン・フリールズ（Colin Friels）（リチャード・サマーズ（Richard Somers））、ジュディ・デーヴィス（Judy Davis）（ハリエット・サマーズ（Hariett Somers））、ジョン・ウォルトン（John Walton）（ジャック・コールコット（Jack Callcott））、ジュリー・ニヒル（Julie Nihill）（ヴィッキー・コールコット（Vickie Collcott））、ヒュー・キーズ＝バーン（Hugh Keays-Byrne）（カンガルー（Kangaroo））、ピーター・ヘア（Peter Hehir）（ジャズ（Jaz））、ピーター・カミンズ（Peter Cummins）（ウィリー・ストラサーズ（Willie Struthers））。カラー作品。105分。シネプレックス・オデオン・フィルムズ（Cineplex Odeon Films）。ヴェストロン・ビデオ（Vestron Video）より発売。

Lady Chatterley's Lover『チャタレイ夫人の恋人』（イギリス、フランス合作、1981年）ジャスト・ジェイキン（Just Jaeckin）監督。ジャスト・ジェイキンとクリストファー・ウィッキング（Christopher Wicking）による脚本（マルク・ベイム（Marc Behm）による、原作の小説の翻案に基づいた脚本である）。主な配役――シルヴィア・クリスティル（Sylvia Kristel）（コニー（Connie））、ニコラス・クレイ（Nicholas Clay）（メラーズ（Mellors））、シェーン・ブライアント（Shane Briant）（クリフォード（Clifford））、アン・ミッチェル（Ann Mitchell）（ボルトン夫人（Mrs. Bolton））。カラー作品。105分。キャノン・ピクチャーズ（Cannon Pictures）。ＲＣＡ／ビデオコレクション（RCA/Video Collection）より発売。

Lady Chatterley『チャタレイ夫人』（イギリス、1993年）テレビ用の連続映画。ケン・ラッセル（Ken Russell）監督。ケン・ラッセルとマイケル・ハギャッグ（Michael Haggiag）による脚本。主な配役――ジョリー・リチャードソン（Joely Richardson）（チャタレイ夫人（Lady Chatterley））、ショーン・ビーン（Sean

Bean)（メラーズ)、ジェイムズ・ウィルビィ（James Wilby）（クリフォード・チャタレイ卿（Sir Clifford Chatterley))、シャーリー・アン・フィールド（Shirley Anne Field）（ボルトン夫人)。カラー作品。4×55分。ＢＢＣテレビ向けにロンドン・フィルムズ／グローバル・アーツ（London Films/Global Arts）の制作。ＢＢＣエンタープライズィズ・ビデオ（BBC Enterprises Video）より発売。

L'Amant de Lady Chatterley『チャタレイ夫人の恋人』（フランス、1956年）マルク・アレグレット（Marc Allégret）監督。ガストン・ボーン（Gaston Bonheur）とフィリップ・ド・ロスチャイルド（Philippe de Rothchild）による舞台芝居からの映画化。主な配役――ダニエル・ダリーアー（Danielle Darrieux）（チャタレイ夫人)、エルナ・クライシ（Erno Crisi）（メラーズ)、レオ・ジェン（Leo Genn）（クリフォード卿)。白黒作品。89分。コロンビア（Columbia)。ＮＶ。

（*Young Lady Chatterley*『若きチャタレイ夫人』（アメリカ、1976年）と *Young Lady Chatterley* 2『若きチャタレイ夫人２』（アメリカ、1984年）は、どちらもアラン・ロバーツ（Alan Roberts）監督作品であるが、ロレンスの小説とは直接には全く関係はなく、単に題名の評判を利用したソフトポルノ映画である。）

The Plumed Serpent『翼ある蛇』この小説を映画化しようという試みは少なくとも１度はあったようだが、全く実現はされていない。『リテラチャー／フィルム・クォータリー』誌（*Literature/Film Quarterly*）１号（1973年１月 p. 11、p. 29）と『Ｄ・Ｈ・ロレンス・レヴュー』誌（*DHL Review*）４号（1971年夏）との両方にクリストファー・マイルズ（Christopher Miles）を監督としての企画が載る。

The Rainbow『虹』（イギリス、1988年）ケン・ラッセル監督、制作。ケンとヴィヴィアン（Vivian）のラッセル夫妻による脚本。主な配役――サミー・デーヴィス（Sammi Davis）（アーシュラ・ブラングウェン（Ursula Brangwen))、ポール・マクガン（Paul McGann）（アントン・スクレベンスキー（Anton Skrebensky))、アマンダ・ドナヒュー（Amanda Donohoe）（ウィニフレッド・インガー（Winifred Inger))、クリストファー・ゲイブル（Christopher Gable）（ウィル・ブラングウェン（Will Brangwen))、デイヴィド・ヘミングズ（David Hemmings）（ヘンリー叔父（Uncle Henry）［小説中でのトム叔父さん（Uncle Tom)］)、グレンダ・ジャクソン（Glenda Jackson）（アンナ・ブラングウェン（Anna Brangwen))、ダドレイ・サットン（Dudley Sutton）（マクアリスター（MacAllister))、ジム・カーター（Jim Carter）（校長（head teacher))。カラー作品。104分。ヴェストロン・ピクチャーズ（Vestron Pictures)。ファースト・インディペンデント・ビデオ／ソニー・ミュージック・オペレーションズ・ビデオ（First Independent Video/Sony Music Operations Video）より発売。

The Rainbow『虹』（イギリス、1988年）テレビ用連続映画。スチュアート・バージ（Stuart Burge）監督。アン・デヴリン（Anne Devlin）脚本。クリストファー・バール（Christopher Barr）制作。主な配役――イモジェン・スタッブズ（Imogen Stubbs）（アーシュラ・ブラングウェン)、トム・ベル（Tom Bell）（トム・ブラングウェン（Tom Brangwen))、ケイト・バフェリー（Kate Buffery）（ウィニフレッド・インガー)、ジョン・フィンチ（Jon Finch）（トム叔父さん)、マーティン・

ヴェナー（Martin Wenner）（アントン・スクレベンスキー）、ジェイン・ガーネット（Jane Gurnett）（アンナ・ブラングウェン、コリン・タラント（Colin Tarrant）（ウィル・ブラングウェン）、クレア・ホルマン（Clare Holman）（グドルーン・ブラングウェン（Gudrun Brangwen））。カラー作品。３×55分。1993年に２×80分で再放送される。ＢＢＣテレビ。ＮＶ。

The Rocking-Horse Winner『勝ち馬を予想する少年』（イギリス、1949年）アンソニー・ペイリーシェイ（Anthony Pelissier）監督、脚本。主な配役――ヴァレリー・ホブソン（Valerie Hobson）（ヘスター・グレアム（Hester Graham））、ヒュー・シンクレア（Hugh Sinclair）（リチャード・グレアム（Richard Graham））、ロナルド・スクワイアー（Ronald Squire）（オスカー（Oscar））、ジョン・ハワード・デーヴィス（John Howard Davies）（ポール（Paul））、ジョン・ミルズ（John Mills）（バセット（Bassett））。白黒作品。91分。トゥー・シティーズ・フィルムズ（Two Cities Films）。ビデオ・コレクション（Video Collection）より発売。

The Rocking-Horse Winner『勝ち馬を予想する少年』（イギリス、1977年）ジュリアン・ボンド（Julian Bond）の脚色によるテレビ用映画。ピーター・メダク（Peter Medak）監督。主な配役――ケネス・モア（Kenneth More）、アンジェラ・ソーン（Angela Thorne）、ピーター・セリエイ（Peter Cellier）。ハーレク・テレビジョン（Harlech Television）。30分。

The Rocking-Horse Winner『勝ち馬を予想する少年』（アメリカ、1977年）教育目的のために作られた映画版でケネス・モア１人が出演。カラー作品。30分。ラーニング・コーポレーション・オブ・アメリカ（Learning Corporation of America）（ニューヨーク、10019、アメリカス街（Avenue of the Americas）1350番）。

The Rocking-Horse Winner『勝ち馬を予想する少年』（イギリス、1982年）ハワード・シューマン（Howard Schuman）による脚色。ロバート・ビアマン（Robert Bierman）監督。主な配役――エレノア・デイヴィド（Eleanor David）（グレアム夫人（物語中ではポールの母親のヘスター）、チャールズ・ハソーン（Charles Hathorn）（ポール）、チャールズ・キーティング（Charles Keating）（オスカー叔父）、ガブリエル・バーン（Gabriel Byrne）（バセット）。ビアマン・モア・オフェラル／パラマウント・ピクチャーズ（Bierman More O'Ferrall / Paramount Pictures）。33分。

Sons and Lovers『息子と恋人』（イギリス、1960年）ジャック・カーディフ（Jack Cardiff）監督。ギャヴィン・ランバート（Gavin Lambert）とＴ・Ｅ・Ｂ・クラーク（T. E. B. Clarke）による脚本。ジェリー・ウォルド（Jerry Wald）制作。主な配役――ディーン・ストックウェル（Dean Stockwell）（ポール・モレル（Paul Morel））、トレヴァー・ハワード（Trevor Howard）（ウォルター・モレル（Walter Morel））、ウェンディ・ヒラー（Wendy Hiller）（ガートルード・モレル（Gertrude Morel））、ヘザー・シアズ（Heather Sears）（ミリアム（Miriam））、メアリー・ユア（Mary Ure）（クララ・ドウズ（Clara Dawes））、ウィリアム・ルーカス（William Lucas）（ウィリアム・モレル（William Morel））、ドナルド・プレゼンス（Donald Pleasence（パプルワース氏（Mr. Pappleworth））。白黒作品。103分。20世紀フォ

ックス（Twentieth Century-Fox）。ＮＶ。

Sons and Lovers『息子と恋人』（イギリス、1981年）テレビ用連続映画。スチュアート・バージ監督。トレヴァー・グリフィス（Trevor Grifiths）脚本。主な配役――カール・ジョンソン（Karl Johnson）（ポール・モレル）、アイリーン・アトキンズ（Eileen Atkins）（ガートルード・モレル）、トム・ベル（ウォルター・モレル）、レオニー・メリンジャー（Leonie Mellinger）（ミリアム・レイヴァーズ（Miriam Leivers））、リン・ダース（Lynn Dearth）（クララ・ドウズ）、ジャック・シェパード（Jack Shepherd）（バクスター・ドウズ（Baxter Dawes））。カラー作品。6×70分。ＢＢＣテレビ。（この制作の脚本にはグリフィスによる序文がついている。次節のグリフィス（1982年）を参照。）ＮＶ。

The Trespasser『侵入者』（イギリス、1980年）ヒュー・ストダート（Hugh Stoddart）の脚色によるテレビ用映画。コリン・グレッグ（Colin Gregg）監督。主な配役――アラン・ベイツ（Alan Bates）（ジークムント（Siegmund））、ポーリン・モラン（Pauline Moran）（ヘレナ（Helena））。カラー作品。『サウス・バンク・ショー』（*South Bank Show*）のためコリン・グレッグ・フィルムズ（Colin Gregg Films）が制作。ロンドン・ウィークエンド・テレビジョン（London Weekend Television）。

The Virgin and the Gipsy『処女とジプシー』（イギリス、1970年）クリストファー・マイルズ監督。アラン・プレイター（Alan Plater）脚本。主な配役――ジョアンナ・シムクス（Joanna Shimkus）（イヴェット（Yvette））、フランコ・ネロ（Franco Nero）（ジプシー（the gipsy））、モーリス・デナム（Maurice Denham）（イヴェットの父親（Yvett's father））、オナー・ブラックマン（Honor Blackman）（フォウシット夫人（Mrs. Fawcett））マーク・バーンズ（Mark Burns）（イーストウッド少佐（Major Eastwood））、カラー作品。92分。ロンドン・スクリーンプレイズ（London Screenplays）。ＮＶ。

The Widowing of Mrs. Holroyd『ホルロイド夫人やもめとなる』（イギリス、1961年）テレビ用映画。クロード・ウォッタム監督。ケン・テイラー（Ken Taylor）脚色。主な配役――ジミー・オグデン（Jimmy Ogden）（ジャック（Jack））、ジェニファー・クォンビー（Jennifer Quamby）（ミニー（Munnie））、エドワード・ジャッド（Edward Judd）（チャーリー・ホルロイド（Charlie Holroyd））、ポール・デインマン（Paul Daneman）（トム・ブラックモア（Tom Blackmore））、ジェニファー・ウィルソン（Jennifer Wilson）（リジー・ホルロイド（Lizzie Holroyd））、マリオン・ドーソン（Marion Dawson）（ホルロイド夫人（Mrs. Holroyd））。白黒作品。グラナダ・テレビ・ネットワーク・プロダクション（Granada TV Network Production）（テレビジョン・プレイハウス・シリーズ（Television Playhouse Series））。ＮＶ。

The Widowing of Mrs. Holroyd『ホルロイド夫人やもめとなる』（イギリス、1995年）テレビ用映画。ケイティー・ミッチェル（Katie Mitchell）監督。主な配役――ゾーイ・ワナメイカー（Zoe Wanamaker）（ホルロイド夫人）、スティーヴン・ディレイン（Stephen Dillane）（トム・ブラックモア）、コリン・ファース（Colin Firth）

（チャールズ・ホルロイド）、ブレンダ・ブルース（Brenda Bruce）（祖母（Grandmother））、モーシー・スミス（Mossie Smith）（クララ（Clara））、メラニー・ヒル（Melanie Hill）（ローラ（Laura））、シェーン・フォックス（Shane Fox）（ジャック）、ローレン・リチャードソン（Lauren Richardson）（ミニー）、ウェイン・フォスケット（Wayne Foskett）（リグレイ（Rigley））、ピーター・ニーダム（Peter Needham）（炭鉱の経営者（mine manager））、ギャヴィン・アボット（Gavin Abbott）とクリストファー・ブランド（Christopher Brand）（炭坑夫（miners））。ＢＢＣテレビ。（パフォーマンス・シリーズ（Performance Series））。ＮＶ。

Women in Love『恋する女たち』（イギリス、1970年）ケン・ラッセル監督。ラリー・クレイマー（Larry Kramer）による制作、脚本。主な配役――アラン・ベイツ（バーキン（Birkin））、オリヴァー・リード（Oliver Reed）（ジェラルド（Gerald））、グレンダ・ジャクソン（グドルーン（Gudrun））、ジェニー・リンデン（Jennie Linden）（アーシュラ（Ursula））、ヴラデク・シェイボル（Vladek Sheybal）（レルケ（Leorke））、リチャード・ヘファー（Richard Heffer）（ライトナー（Leitner））、クリストファー・ゲイブル（ティビィー（Tibby））、レイチェル・ガーニー（Rachel Gurney）（ローラ（Laura））、エレノア・ブロン（Eleanor Bron）（ハーマイオニ（Hermione））。カラー作品。129分。ユナイテッド・アーティスツ（United Artists）。ワーナー・ホーム・ビデオ（Warner Home Video）より発売。

その他の作品　1965年から1967年にかけてのグラナダ・テレビジョンのロレンスシリーズ（Granada Television DHL Series）――短編の16作品のドラマ化。マーガレット・モリス（Margaret Morris）（前述の『ホルロイド夫人やもめとなる』（1960年）の配役監督）制作。制作チームにはケン・テイラーとクロード・ウォッタム（同じく『ホルロイド夫人やもめとなる』の映画化に参加した）も加わる。脚本はノッティンガム州立図書館ロレンス・コレクション（the Nottingham County Library Lawrence collection）に収められている（ドラマ化に関してはサイモン・グレイ（Simon Gray）の「サムソンとデリラ」（“Samson and Delilah”）、「プリンセス」（“The Princess”）のBBCテレビ用の２つの脚本も収められている）。シーラ・Ｍ・クック（Sheila M.Cook）の『ロレンス調査リスト』（*DHL: A Finding List*）の第２版、p. 27（ウェスト・ブリッジフォード（West Bridgford）、ノッティンガムのノッティンガムシャー州会（Nottinghamshire County Council）発行）1980年を参照。

伝記的映画

Coming Through『カミング・スルー』（イギリス、1986年）。ピーター・バーバー＝フレミング（Peter Barber-Fleming）監督。アラン・プレイター脚本。主な配役――ケネス・ブラナー（ロレンス）、ヘレン・ミラン（Helen Mirren）（フリーダ（Frieda））、アリソン・ステッドマン（Alison Steadman）（ケイト（Kate））、フィリップ・マーティン・ブラウン（Philip Martin Brown）（デイヴィド（David））。カ

ラー作品。78分。セントラル・インディペンデント・テレビジョン（Central Independent Television）。ビデオはフューチャリスティック・エンターテインメント（Futuristic Entertainment）より発売。

D. H. Lawrence in Taos『タオスのＤ・Ｈ・ロレンス』（アメリカ、1970年）。ピーター・デーヴィス（Peter Davis）による脚本、監督のドキュメンタリー映画。カラー作品。40分。16ミリフィルムによる制作。コンテンポラリー・フィルムス／マグロウ＝ヒル（Contemporary Films/McGraw-Hill）（マグロウ・ヒル・フィルムズ（McGraw Hill Films）、ニューヨーク 10020、アメリカス街1221番）。

The Priest of Love『愛の司祭』（イギリス、1980年）。クリストファー・マイルズ監督。アラン・プレイター脚本。この脚本はハリー・Ｔ・ムア（Harry T. Moore）による同じ題名のロレンスの伝記（1974年）に基づいて書かれた。主な配役――アイアン・マケレン（Ian McKelllen）（ロレンス）、ジャネット・スーズマン（Janet Suzman）（フリーダ・ロレンス（Frieda Lawrence））、エイヴァ・ガードナー（Ava Gardner）（メイベル・ドッジ・ルーハン（Mabel Dodge Luhan））、ペネロペ・キース（Penelope Keith）（ドロシー・ブレット（Drothy Brett））、ホーへイ・リーヴェイラ（Jorge Rivera）（トニー・ルーハン（Tony Luhan））、モーリシオ・マーリ（Mauricio Merli）（アンジェロ・ラヴァリ（Angelo Ravagli））、ジェイムズ・フォークナー（James Faulkner）（オルダス・ハックスリー（Aldous Huxley））、サー・ジョン・ジールグッド（Sir John Gielgud）（ハーバート・Ｇ・マスケット（Herbert G. Muskett））、サラ・マイルズ（Sarah Miles）。カラー作品。125分。（1985年に135分に再編される。）ホームビデオホールディングズ／チャンネル 5 ビデオ（Home Video Holdings/Channel 5 Video）より発売。

2. 翻案作品に関する批評作品、論評、研究業績

一般的資料

Amette, Jacques-Pierre. ''The Works of Lawrence Adapted for the Cinema.'' *La Nouvelle Revue Française* (February 1971): 108–9.

Clancy, Jack. ''The Film and the Book: DHL and Joseph Heller on the Screen.'' *Meanjin* 30 (March 1971): 96–101.

Cook, Sheila M. *DHL: A Finding List.* 2d ed. Nottingham: Nottinghamshire County Council, 1980, Section E, pp. 27–29.

Cowan, James C. ''Lawrence and the Movies: *The Lost Girl* and After.'' In his *DHL and the Trembling Balance.* University Park: Pennsylvania State University Press, 1990, pp. 95–114.

Crump, G. B. ''Lawrence and the *Literature/Film Quarterly.*'' *DHL Review* 6 (Fall 1973): 326–32.

Davies, Rosemary Reeves. ''DHL and the Media: The Impact of Trigant Burrow on Lawrence's Social Thinking.'' *Studies in the Humanities* 11, no. 2 (1984): 33–41.

Denby, David, ed. *Film 70/71: An Anthology by the National Society of Film Critics.* New York: Simon and Schuster, 1971.

Gerard, David. ''Films and Sound Recordings Relating to Lawrence.'' In *A DHL Handbook.* Edited by Keith Sagar. Manchester: Manchester University Press, 1982, pp. 449–54.

Gontarski, S. E. ''Filming Lawrence.'' *Modernist Studies* 4 (1982): 87–95.

Jackson, Dennis. ''A Select Bibliography, 1907–79.'' In *A DHL Handbook.* Edited by Keith Sagar. Manchester: Manchester University Press, 1982, pp. 1–58 (Section 9, ''Films,'' pp. 57–58).

Klein, Michael, and Gillian Parker. *The English Novel and the Movies.* New York: Ungar, 1981, pp. 235–78. (Four essays, cited separately in next section under DeNitto [*Sons and Lovers*], Gomez [*Women in Love*], Gontarski [*The Virgin and the Gipsy*], and Hanlon [*L'Amant de Lady Chatterley*].)

Literature/Film Quarterly 1 (January 1973): DHL Special Number.

Moore, Harry T. ''DHL and the Flicks.'' *Literature/Film Quarterly* 1 (January 1973): 3–11.

Phillips, Gene D. ''Sexual Ideas in the Films of DHL.'' *Sexual Behavior* 1 (June 1971): 10–16.

Phillips, Jill M. ''The Cinema and DHL.'' In her *DHL: A Review of the Biographies and Criticism.* New York: Gordon Press, 1978, pp. 155–57.

Pinion, F. B. *A DHL Companion.* London: Macmillan, 1978, p. 306 (''Lawrence Films'').

Semeiks, Joanna G. ''Sex, Lawrence, and Videotape.'' *Journal of Popular Culture* 25, no. 4 (Spring 1992): 143–52.

Sinyard, N. ''Another Fine Mess: DHL and Thomas Hardy on Film.'' In his *Filming Literature: The Art of Screen Adaptation.* London: Croom Helm, 1986, pp. 45–54.

Stacy, Paul H. ''Lawrence and Movies: A Postscript.'' *Literature/Film Quarterly* 2 (Winter 1974): 93–95. (Response to special Lawrence issue of this journal.)

Tarratt, Margaret. “An Obscene Undertaking.” *Films and Filming* 17, no. 2 (November 1970): 26–30. (On five Lawrence films: *The Rocking-Horse Winner, L’Amant de Lady Chatterley, Sons and Lovers, The Fox, Women in Love.*)

Taylor, Neil. “A Woman’s Love: DHL on Film.” In *Novel Images: Literature in Performance.* Edited by Peter Reynolds. London: Routledge, 1993, pp. 105–21.

Williams, Linda Ruth. *Sex in the Head: Visions of Femininity and Film in DHL.* Hemel Hempstead, Hertfordshire: Harvester Wheatsheaf, 1993.

映画化、テレビドラマ化された個々の作品に関する批評作品

“The Captain’s Doll” (1983)

Hutchinson, Tom. “A Man and Two Women.” *Radio Times* (5–11 February 1983): 70–72.

“Coming Through” (1986)

Ross, Harris. “Lawrence Domesticated: A Review of *Coming Through.*” *DHL Review* 18 (Spring 1985–86): 75–77.

“The Fox” (1968)

Crump, G. B. “*The Fox* on Film.” *DHL Review* 1 (Fall 1968): 238–44.

Fitzsimons, Carmel. “Return of the Star Who Shocked Birmingham.” *Guardian* (13 October 1992). (On Anne Heywood’s performance as March, which “set a record for sexual versatility.”)

Gontarski, S. E. “Mark Rydell and the Filming of *The Fox:* An Interview with S. E. Gontarski.” *Modernist Studies* 4 (1982): 96–104.

Kael, Pauline. “Review of *The Fox.*” In her *Going Steady.* Boston: Little, Brown, 1970, pp. 29–35.

Mellen, Joan. “Outfoxing Lawrence: Novella into Film.” *Literature/Film Quarterly* 1 (January 1973): 17–27. (Reprinted in her *Women and Their Sexuality in the New Film.* New York: Horizon Press, 1973, pp. 216–28.)

Sobchack, T. “*The Fox:* The Film and the Novel.” *Western Humanities Review* 23 (Winter 1969)): 73–78.

“Kangaroo” (1986)

Peek, Andrew. “Tim Burstall’s *Kangaroo.*” *Westerly* 25 (1980): 39–42.

Ross, Harris. “*Kangaroo:* Australian Filmmakers Watching Lawrence Watching Australia.” *DHL Review* 19 (Spring 1987): 93–101.

“Lady Chatterley’s Lover”

L’Amant de Lady Chatterley (1956)

Hanlon, Lindley. “*Lady Chatterley’s Lover* (1928), DHL, Marc Allegret, 1955: Sensuality and Simplification.” In *The English Novel and the Movies.* Edited by Michael Klein and Gillian Parker. New York: Ungar, 1981, pp. 268–78.

Scott, James F. “The Emasculation of *Lady Chatterley’s Lover.*” *Literature/Film Quarterly* 1 (January 1973): 37–45.

Lady Chatterley (1993)

Hebert, Hugh. "Gentlemen Retired Hurt." *Guardian* (June 1993): 8.

Hildred, Stafford. "It's All Bed and Bored." *Daily Star* (7 June 1993).

James, Brian. "No Way to Treat a Lady." *Radio Times* (5–11 June 1993): 26–29. (Page 27 features an interview, by Rupert Smith, with the actor who plays Mellors: "Sean Bean: A Lover's Guide.")

King, Jackie, and Nicky Pellegrino. "I Had a Joely Good Time!" *TV Quick* (5–11 June 1993).

O'Kelly, Lisa. "Bad Taste, Bad Sex, Bad Film." *Observer* (6 June 1993).

Parkin, Jill. "Ken Rustles Up Nasty Serial Sex." *Daily Express* (16 June 1993): 9.

Smith, Giles. "Horse Play." *Independent* (7 June 1993): 10.

Truss, Lynne. "Axles, Elbows and the Promise of Woodland Games." *Times* (7 June 1993): 33.

Worthen, John. "Coal Comfort, Tame Sex." *Times Literary Supplement* (2 July 1993): 19.

"The Rainbow"

Ken Russell (1988)

Crump, G. B. "Lawrence's *Rainbow* and Russell's *Rainbow.*" *DHL Review* 21 (1989): 187–201.

Fuller, G. "Next of Ken." *Film Comment* 25 (May–June 1989).

Kroll, Jack. [Review] *Newsweek* (8 May 1989).

Richards, Bernard. See next list.

Russell, Ken. *A British Picture.* London: Heinemann, 1989.

Travers, Peter. [Review] *Rolling Stone* (1 June 1989).

Stuart Burge (1988)

Dugdale, John. "Woman in Love." *Listener* (18 August 1988): 8–9.

Gerrard, Christine, and Imogen Stubbs. "The Actress and Her Roles." *English Review* 1 (February 1991): 5–10.

Harper, Howard. "The BBC Television Serialization of *The Rainbow.*" *DHL Review* 21 (1989): 202–7.

Richards, Bernard. "*The Rainbow* on Film and Television." *English Review* 1 (February 1991): 10–12.

"The Rocking-Horse Winner" (1949)

Barrett, Gerald R., and Thomas L. Erskine, eds. *From Fiction to Film: DHL's "The Rocking-Horse Winner."* Encino and Belmont, Calif.: Dickenson, 1974.

Becker, Henry, III. "*The Rocking-Horse Winner:* Film as Parable." *Literature/Film Quarterly* 1 (January 1973): 55–63. (Reprinted in Barrett and Erskine, pp. 204–13.)

Goldstein, R. M. "The Rocking-Horse Winner" *Film News* 34 (January–February 1977): 32.

Marcus, Fred. "From Story to Screen." *Media and Methods* 14 (December 1977): 56–58.

"Sons and Lovers"

(1960)

Baldanza, Frank. "*Sons and Lovers:* Novel to Film as a Record of Cultural Growth." *Literature/Film Quarterly* 1 (January 1973): 64–70.

DeNitto, Dennis. "*Sons and Lovers:* All Passion Spent." In *The English Novel and the Movies.* Edited by Michael Klein and Gillian Parker. New York: Ungar, 1981, pp. 235–47.

Gillett, John. "*Sons and Lovers.*" *Film Quarterly* 14 (Fall 1960): 41–42.

(1981)

Griffiths, Trevor. *"Sons and Lovers": Trevor Griffiths' Screenplay of the Novel by DHL.* Nottingham: Spokesman, 1982. "Introduction" by Griffiths, pp. 7–12. (A shortened version of this appeared as an article in *Radio Times* [10–16 January 1981]: 84–86.)

Hill, John. *Sex, Class and Realism: British Cinema 1956–1963.* London: British Film Institute, 1986, pp. 158–63.

Poole, Mike. "The Classic Gets Some Class." *Time Out* (30 January–5 February 1981): 16.

———. "Sons and Good Friends." *Time Out* (27 February–5 March 1981): 58.

Poole, Mike, and John Wyver. *Powerplays: Trevor Griffiths in Television.* London: British Film Institute, 1984, pp. 140–50, passim.

Twentieth Century-Fox. *DHL's "Sons and Lovers": Exhibitors' Campaign Manual.* (Press book of the film.) Unpublished, 1960.

"The Virgin and the Gipsy" (1970)

Alpert, Hollis. "Up the Rebels." *Saturday Review* (25 July 1970): 37.

Crump, G. B. "Gopher Prairie or Papplewick?: *The Virgin and the Gipsy* as Film." *DHL Review* 4 (Summer 1971): 142–53.

Gilliat, Penelope. "This England, This Past." *New Yorker* (4 July 1970).

Gontarski, S. E. "An English Watercolor." In *The English Novel and the Movies.* Edited by Michael Klein and Gillian Parker. New York: Ungar, 1981, pp. 257–67.

———. "Christopher Miles on His Making of *The Virgin and the Gipsy.*" *Literature/Film Quarterly* 11 (1983): 249–56.

Kauffman, Stanley. *"The Virgin and the Gipsy." New Republic* (1 August 1970).

Smith, Julian. "Vision and Revision: *The Virgin and the Gipsy* as Film." *Literature/Film Quarterly* 1 (January 1973): 28–36.

(Further reviews of this film can be found in *Newsweek* [13 July 1970], *Time* [13 July 1970], and *Vogue* [July 1970].)

"The Widowing of Mrs. Holroyd"

Sagar, Keith, and Sylvia Sklar. "Major Productions of Lawrence's Plays." In *A DHL Handbook.* Edited by Keith Sagar. Manchester: Manchester University Press, 1982, pp. 283–328 (300–301).

Times (24 March 1961): 18. [Review].

“Women in Love” (1970)

Baxter, John. *An Appalling Talent: Ken Russell.* London: Michael Joseph, 1973.

Blanchard, Margaret. “Men in Charge: A Review of *Women in Love.*” *Women: A Journal of Liberation* (Fall 1970): 31–32.

Boyum, Joy Gould. *Double Exposure: Fiction into Film.* New York: Penguin, 1985.

Crump, G. B. “*Women in Love:* Novel and Film.” *DHL Review* 4 (Spring 1971): 28–41.

Farber, Stephen. “*Women in Love.*” *Hudson Review* 23 (Summer 1970): 321–26.

Gomez, Joseph A. “*Women in Love:* Novel into Film.” In his *Ken Russell: The Adaptor as Creator.* London: Frederick Muller, 1976, pp. 78–95.

———. “*Women in Love* 1920, DHL; Ken Russell, 1969: Russell’s Images of Lawrence’s Vision.” In *The English Novel and the Movies.* Edited by Michael Klein and Gillian Parker. New York: Ungar, 1981, pp. 248–56.

Hamilton, Jack. “*Women in Love.*” *Look Magazine* 34 (February 24 1970): 32–37.

Hanke, Ken. *Ken Russell’s Films.* Metuchen, N.J.: Scarecrow Press, 1984.

Kael, Pauline. “Lust for ‘Art.’ ” *New Yorker* (28 March 1970): 97–101.

Kauffman, Stanley. “*Women in Love.*” *New Republic* (18 April 1970).

Knight, Arthur. “Liberated Classics.” *Saturday Review* (21 March 1970): 50.

Knoll, Robert F. “*Women in Love.*” *Film Heritage* 6 (Summer 1971): 1–6.

Reed, Rex. “Rex Reed at the Movies.” *Holiday* 47 (June 1970): 21. (Reprinted in his *Big Screen, Little Screen.* New York: Macmillan, 1971, pp. 282–83.)

Russell, Ken. *A British Picture.* London: Heinemann, 1989.

Simon, John Ivan. *Movies into Film: Film Criticism 1967–70.* New York: Dial Press, 1971, 57–62.

Sirkin, Elliott. “*Women in Love.*” *Film Quarterly* 24 (Fall 1970): 43–47.

Trevelyan, John. *What the Censor Saw.* London: Michael Joseph, 1972.

United Artists. “*Women in Love:* Film Production Notes.” United Artists Corporation, 1969.

Warga, Wayne. “Kramer Scripts Thinking Man’s *Women in Love.*” *Los Angeles Times* (3 May 1970): *Calendar Magazine.*

Weightman, J. “Trifling with the Dead.” *Encounter* 34 (January 1970): 50–53.

Zambrano, Ann Laura. “*Women in Love:* Counterpoint on Film.” *Literature/Film Quarterly* 1 (January 1973): 46–54.

(Further reviews of this film can be found in *America* [25 April 1970], *Christian Century* [16 September 1970], *Commonweal* [15 May 1970], *Holiday* [June 1970], *Life* [6 March 1970], *Mademoiselle* [May 1970], *Newsweek* [6 April 1970], *Time* [13 April 1970], *Vogue* [March 1970].)

3. 文学と翻案についての一般的な資料

文学と翻案についての研究は、それ自体、学問の大きな一分野であるばかりか、その成果の点ではロレンス「産業」に匹敵し得る分野である。故に、ここに完全なリストを挙げることは不可能であろう。しかし、いくつかの主な業績を始め、この分野の研究に役立つ一連の研究書を以下に記載してある。

Allen, Douglas, and Michael Voysey. "Classic Serials." *Journal of the Society of Film and Television Arts* 20 (1965): 2–3.
Beja, Morris. *Film and Literature: An Introduction.* New York: Longman, 1979.
Bluestone, George. *Novels into Film.* Baltimore: Johns Hopkins University Press, 1957.
Boyum, Joy Gould. *Double Exposure: Fiction into Film.* New York: Penguin, 1985.
Chatman, Seymour. *Story and Discourse: Narrative Structure in Fiction and Film.* Ithaca, N.Y., and London: Cornell University Press, 1978.
———. *Coming to Terms: The Rhetoric of Narrative in Fiction and Film.* Ithaca, N.Y., and London: Cornell University Press, 1990.
Cohen, Keith. *Film and Fiction: The Dynamics of Exchange.* New Haven, Conn.: Yale University Press, 1979.
Daisne, John. *A Filmographic Dictionary of World Literature.* Ghent: Story-Scientia, 1971.
Ellis, John. "The Literary Adaptation: An Introduction." *Screen* 23, no. 1 (May–June 1982): 3–5.
Ferlita, Ernest, and John R. May. *Film Odyssey.* New York: Paulist Press, 1976.
Geduld, Harry M., ed. *Authors on Film.* Bloomington: Indiana University Press, 1972.
Harrington, John, ed. *Film and/as Literature.* Englewood Cliffs, N.J.: Prentice-Hall, 1977.
Hill, John. *Sex, Class and Realism: British Cinema 1956–1963.* London: British Film Institute, 1986.
Jinks, William. *The Celluloid Literature.* 2d ed. Beverly Hills, Calif.: Glencoe Press, 1974.
Kerr, Paul. "The Origins of the Mini-Series." *Broadcast* (12 March 1979).
———. "Classic Serials: To Be Continued." *Screen* 23, no. 1 (May–June 1982): 6–19.
Klein, Michael, and Gillian Parker, eds. *The English Novel and the Movies.* New York: Frederick Ungar, 1981.
Lindell, Richard L. "Literature/Film Bibliography." *Literature/Film Quarterly* 8 (1980): 269–76.
Lodge, David. "Adapting *Nice Work* for Television." In *Novel Images: Literature as Performance.* Edited by Peter Reynolds. London: Routledge, 1993, pp. 191–203.
McConnell, Frank. *Storytelling and Mythmaking.* New York and Oxford: Oxford University Press, 1979.
McDougal, Stuart Y. *Made into Movies: From Literature to Film.* New York: Holt, 1985.
Orr, John, and Colin Nicholson. *Cinema and Fiction: New Modes of Adapting 1950–1990.* Edinburgh: Edinburgh University Press, 1993.
Poole, Mike. "Englishness for Export." *Time Out* (7–13 March 1980): 13.
Reynolds, Peter, ed. *Novel Images: Literature in Performance.* London: Routledge, 1993.
Ross, Harris. *Film as Literature, Literature as Film: An Introduction to and Bibliography of Film's Relationship to Literature.* New York: Greenwood, 1987.
Screen 23, no. 1 (May–June 1982). Special issue on literary adaptation.
Simon, John. *Movies into Film.* New York: Dial Press, 1971.
Sinyard, Neil. *Filming Literature: The Art of Screen Adaptation.* London: Croom Helm, 1986.

Spiegel, Alan. *Fiction and the Camera Eye: Visual Consciousness in Film and the Modern Novel.* Charlottesville: University Press of Virginia, 1976.

Wagner, Geoffrey. *The Novel and the Cinema.* Rutherford, N.J.: Fairleigh Dickinson University Press, 1975.

Welch, Jeffrey Egan. *Literature and Film: An Annotated Bibliography, 1909–1977.* New York: Garland, 1981.

Wicks, Ulrich. ''Literature/Film: A Bibliography.'' *Literature/Film Quarterly* 6 (1978): 135–43.

Widdowson, Peter. *Hardy in History: A Study in Literary Sociology.* London: Routledge, 1989.

Woolf, Virginia. ''The Cinema.'' In her *Collected Essays.* 4 vols. London: Hogarth Press, 1966–67.

参考書目96　ロレンスを扱った単行本と小冊子

この参考書目には本書の他のところで（特に、特定の参考書目の最後に簡略化されて挙げられている）著者名と発行年のみで短かく列挙した、ロレンスに関する批評作品、研究書の詳細を載せてある。また、1994年に至るまでのロレンスに関する研究業績や小冊子の、広範囲にわたるリストを示してある。

Adelman, Gary. *Snow of Fire: Symbolic Meaning in ''The Rainbow'' and ''Women in Love.''* New York and London: Garland, 1991.

Albright, Daniel. *Personality and Impersonality: Lawrence, Woolf, and Mann.* Chicago: University of Chicago Press, 1978, pp. 17–95.

Alcorn, John. *The Nature Novel from Hardy to Lawrence.* London: Macmillan; New York: Columbia University Press, 1977.

Alden, Patricia. *Social Mobility in the English Bildungsroman: Gissing, Hardy, Bennett, and Lawrence.* Ann Arbor, Mich.: UMI Research Press, 1986.

Aldington, Richard. *D. H. Lawrence: An Indiscretion.* Seattle: University of Washington Book Store, 1927.

———. *D. H. Lawrence.* London: Chatto and Windus, 1930. (Revised and enlarged as *D. H. Lawrence: An Appreciation.* Harmondsworth: Penguin Books, 1950.)

———. *D. H. Lawrence: A Complete List of His Works, With a Critical Appreciation.* London: Heinemann, 1935.

———. *Portrait of a Genius, But . . . The Life of D. H. Lawrence.* London: Heinemann, 1950.

Alldritt, Keith. *The Visual Imagination of D. H. Lawrence.* London: Edward Arnold, 1971.

Andrews, W. T., ed. *Critics on D. H. Lawrence.* London: George Allen and Unwin, 1971. (Reviews and critical essays, 1911–60s.)

Arnold, Armin. *D. H. Lawrence and America.* London: Linden Press, 1958.

———. *D. H. Lawrence and German Literature: With Two Hitherto Unknown Essays by D. H. Lawrence.* Montreal: Mansfield Book Mart, H. Heinemann, 1963.

Arrow, John. *J. C. Squire v. D. H. Lawrence.* London: E. Lahr, 1930.

Asai, Masashi. *Fullness of Being: A Study of D. H. Lawrence.* Tokyo: Liber Press, 1992.

Aylwin, A. M. *Notes on D. H. Lawrence's ''The Rainbow.''* London: Methuen, 1977.

Baker, Paul G. *A Reassessment of D. H. Lawrence's "Aaron's Rod."* Ann Arbor, Mich.: UMI Research Press, 1983.

Balbert, Peter. *D. H. Lawrence and the Psychology of Rhythm: The Meaning of Form in "The Rainbow."* The Hague: Mouton, 1974.

———. *D. H. Lawrence and the Phallic Imagination: Essays on Sexual Identity and Feminist Misreading.* London: Macmillan, 1989.

Balbert, Peter, and Phillip L. Marcus, eds. *D. H. Lawrence: A Centenary Consideration.* Ithaca, N.Y., and London: Cornell University Press, 1985.

Ballin, Michael G., ed. *D. H. Lawrence's "Women in Love": Contexts and Criticism.* Waterloo, Ontario: Wilfrid Laurier University Press, 1980.

Banerjee, Amitava. *D. H. Lawrence's Poetry: Demon Liberated: A Collection of Primary and Secondary Source Material.* London: Macmillan, 1990.

Barrett, Gerald R., and Thomas L. Erskine, eds. *From Fiction to Film: D. H. Lawrence's "The Rocking-Horse Winner."* Encino and Belmont, Calif.: Dickenson, 1974.

Beal, Anthony. *D. H. Lawrence.* Edinburgh: Oliver and Boyd; New York: Grove, 1961.

Becker, George J. *D. H. Lawrence.* New York: Ungar, 1980. (Selective Intro.)

Becket, Fiona. *D. H. Lawrence: The Thinker as Poet.* London and New York: Macmillan, forthcoming, 1996.

Bedient, Calvin. *Architects of the Self: George Eliot, E. M. Forster, and D. H. Lawrence.* Berkeley and London: University of California Press, 1972, pp. 98–195.

Bell, Michael. *D. H. Lawrence: Language and Being.* Cambridge: Cambridge University Press, 1992.

Ben-Ephraim, Gavriel. *The Moon's Dominion: Narrative Dichotomy and Female Dominance in Lawrence's Earlier Novels.* London and Toronto: Associated University Presses, 1981.

Bennett, Michael. *A Visitor's Guide to Eastwood and the Countryside of D. H. Lawrence.* Nottingham: Nottinghamshire County Library Service, 1979.

Black, Michael. *D. H. Lawrence: The Early Fiction: A Commentary.* London: Macmillan, 1986.

———. *D. H. Lawrence: The Early Philosophical Works: A Commentary.* London: Macmillan, 1991.

———. *D. H. Lawrence: Sons and Lovers.* Cambridge: Cambridge University Press, 1992.

Bloom, Harold, ed. *D. H. Lawrence: Modern Critical Views.* New York: Chelsea House, 1986.

———. *D. H. Lawrence's "The Rainbow."* New York: Chelsea House, 1988. (Modern Critical Interpretations.)

———. *D. H. Lawrence's "Sons and Lovers."* New York: Chelsea House, 1988. (Modern Critical Interpretations.)

———. *D. H. Lawrence's "Women in Love."* New York: Chelsea House, 1988. (Modern Critical Interpretations.)

Boadella, David. *The Spiral Flame: A Study in the Meaning of D. H. Lawrence.* Nottingham: Ritter Press, 1956. (First published serially in 1955 in the bimonthly journal *Orgonomic Functionalism* Nottingham. The Ritter Press volume seems to have been set directly from the journal with no rationalization of pagination or headings—thus, page references given in this book refer to the work's reissue as the December 1977 combined numbers 50–51 of Paunch, published in Buffalo, N.Y., 1978.)

Bonds, Diane S. *Language and the Self in D. H. Lawrence.* Ann Arbor, Mich.: UMI Research Press, 1987.
Brett, Dorothy. *Lawrence and Brett: A Friendship.* Philadelphia: Lippincott, 1933. (Reprinted, with additional material, Santa Fe: Sunstone, 1974. [Covers period 1915–26].)
Brewster, Earl, and Achsah Brewster. *D. H. Lawrence: Reminiscences and Correspondence.* London: Secker, 1934.
Britton, Derek. *''Lady Chatterley'': The Making of the Novel.* London: Unwin Hyman, 1988.
Brown, Keith, ed. *Rethinking Lawrence.* Milton Keynes and Philadelphia: Open University Press, 1990.
Brunsdale, Mitzi M. *The German Effect on D. H. Lawrence and His Works, 1885–1912.* Berne: Peter Lang, 1978.
Buckley, Margaret, and Brian Buckley. *Challenge and Renewal: Lawrence and the Thematic Novel.* Kenilworth, Warwickshire: Chrysalis Press, 1993.
Buckton, Chris. *D. H. Lawrence.* London: Longman, 1978. (*Writers in Their Time* series.)
Bumpus, John, and Edward Bumpus. *D. H. Lawrence: An Exhibition.* London: Bumpus, 1933. (Catalog of event held in April–May 1933; manuscripts, typescripts, sketches, photographs, first editions.)
Bunnell, W. S. *Brodie's Notes on D. H. Lawrence's ''The Rainbow.''* London: Pan Books, 1978. (Revised, London: Macmillan, 1993.)
Burgess, Anthony. *Flame into Being: The Life and Work of D. H. Lawrence.* London: Heinemann; New York: Arbor House, 1985.
Burns, Aidan. *Nature and Culture in D. H. Lawrence.* London: Macmillan, 1980.
Butler, Gerald J. *This Is Carbon: A Defense of D. H. Lawrence's ''The Rainbow'' against His Admirers.* Seattle: Genitron Press, 1986.
Butler, Lance St. John. *York Notes on D. H. Lawrence's ''Sons and Lovers.''* London: Longman, 1980.
Bynner, Witter. *Journey with Genius: Recollections and Reflections concerning the D. H. Lawrences.* New York: Day, 1951; London: Nevill, 1953.
———. *Witter Bynner's Photographs of D. H. Lawrence.* Santa Fe: Great Southwest Books, 1981.
Byrne, Janet. *A Genius for Living: A Biography of Frieda Lawrence.* London: Bloomsbury, 1995.
Callow, Philip. *Son and Lover: The Younger D. H. Lawrence.* London: Bodley Head; New York: Stein and Day, 1975.
Cambridge University Library. *D. H. Lawrence 1885–1930.* Cambridge: Cambridge University Library, 1985. (Catalog of an exhibition held September–November 1985.)
Cameron, Alan, ed. *D. H. Lawrence: A Life in Literature.* Nottingham: Nottingham University Library, 1985. (Catalog of Centenary Exhibition held 7 September–13 October 1985.)
Carswell, Catherine. *The Savage Pilgrimage: A Narrative of D. H. Lawrence.* London: Chatto and Windus; New York: Harcourt, Brace, 1932.
Carter, Frederick. *D. H. Lawrence and the Body Mystical.* London: Archer, 1932. (Reprinted New York: Haskell House, 1972.)
Cavitch, David. *D. H. Lawrence and the New World.* New York and London: Oxford University Press, 1969.
Chambers, Jessie (''E.T.''). *D. H. Lawrence: A Personal Record.* London: Jonathan

Cape, 1935; New York: Knight, 1936. (2d ed., with new material, London: Cass; New York: Barnes and Noble, 1965. Reprinted, Cambridge: Cambridge University Press, 1980.)

Champion, Neil. *D. H. Lawrence.* Hove, E. Sussex: Wayland, 1989. (School-level introduction.)

Clark, L. D. *Dark Night of the Body: D. H. Lawrence's "The Plumed Serpent."* Austin: University of Texas Press, 1964.

———. *The Minoan Distance: The Symbolism of Travel in D. H. Lawrence.* Tucson: University of Arizona Press, 1980.

Clarke, Colin. *River of Dissolution: D. H. Lawrence and English Romanticism.* London: Routledge and Kegan Paul, 1969.

———, ed. *D. H. Lawrence: "The Rainbow" and "Women in Love": A Casebook.* London: Macmillan, 1969; Nashville, Tenn.: Aurora, 1970.

Consolo, Dominic P., ed. *D. H. Lawrence: The Rocking-Horse Winner.* Columbus, Ohio: Charles E. Merrill, 1969.

Cooke, Sheila M. *D. H. Lawrence: A Finding List.* 2d ed. West Bridgford, Nottingham: Nottinghamshire County Council, Leisure Services Department, 1980a. (1st ed. 1968.)

———. *D. H. Lawrence and Nottinghamshire, 1885–1910.* Nottingham: Nottinghamshire County Library Service, 1980b. (Dossier of photographs, documents, background information, early works.)

Coombes, Henry, ed. *D. H. Lawrence: A Critical Anthology.* Harmondsworth: Penguin, 1973.

Cooper, Andrew, and Glyn Hughes, eds. *D. H. Lawrence 1885–1930: A Celebration.* Nottingham: D. H. Lawrence Society, 1985. (Special issue of the *Journal of the D. H. Lawrence Society.*)

Corke, Helen. *Lawrence and Apocalypse.* London: Heinemann, 1933. (Reprinted in Corke [1965], pp. 57–132.)

———. *D. H. Lawrence's "Princess": A Memory of Jessie Chambers.* London: Thames Ditton, Merle Press, 1951. (Included in Corke [1965].)

———. *D. H. Lawrence: The Croydon Years.* Austin: University of Texas Press, 1965.

———. *In Our Infancy.* Cambridge: Cambridge University Press, 1975.

Cornwell, Ethel F. *The "Still Point": Theme and Variations in the Writings of T. S. Eliot, Coleridge, Yeats, Henry James, Virginia Woolf and D. H. Lawrence.* New Brunswick, N.J.: Rutgers University Press, 1962, pp. 208–42 ("The Sex-Mysticism of D. H. Lawrence").

Cowan, James C. *D. H. Lawrence's American Journey: A Study in Literature and Myth.* Cleveland, Ohio, and London: Press of the Case Western Reserve University, 1970.

———. *D. H. Lawrence: An Annotated Bibliography of Writings about Him.* 2 vols. De Kalb: Northern Illinois University Press, 1982, 1985. (Vol. 1, covering 1909–60, has 2,061 entries; vol. 2, covering 1961–75, has 2,566 entries.)

———. *D. H. Lawrence and the Trembling Balance.* University Park: Pennsylvania State University Press, 1990.

Crick, Brian. *The Story of the "Prussian Officer" Revisions: Littlewood amongst the Lawrence Scholars.* Retford, Nottinghamshire: Brynmill Press, 1983.

Cura-Sazdanic, Illeana. *D. H. Lawrence as Critic.* Delhi: Munshiram Manoharlal, 1969.

Cushman, Keith. *D. H. Lawrence at Work: The Emergence of the "Prussian Officer" Stories.* Sussex: Harvester, 1978.

———, ed. *An Exhibition of First Editions and Manuscripts from the D. H. Lawrence Collection of J. E. Baker, Jr.* Chicago: University of Chicago, 1973. (Catalog.)
Cushman, Keith, and Dennis Jackson, eds. *D. H. Lawrence's Literary Inheritors.* London: Macmillan, 1991.
Daiches, David. *D. H. Lawrence.* Brighton, England: Privately printed at the Dolphin Press, 1963. (Pamphlet of broadcast talk.)
Daleski, H. M. *The Forked Flame: A Study of D. H. Lawrence.* London: Faber, 1965.
Darroch, Robert. *D. H. Lawrence in Australia.* Melbourne: Macmillan, 1981.
Davey, Charles. *D. H. Lawrence: A Living Poet.* London: Brentham Press, 1985.
Davies, Alistair. *Early Modernism, 1900–25: H. G. Wells, Wyndham Lewis, D. H. Lawrence, T. S. Eliot and Virginia Woolf.* Sussex: Harvester Press, 1984.
Davis, E. *The Poetry of D. H. Lawrence.* [Cape Town, South Africa]: UNISA Study Notes, 1956. (Fifty-five-page pamphlet.)
Davis, Joseph. *D. H. Lawrence at Thirroul.* Sydney: Collins, 1989.
Davis, Philip. *Memory and Writing from Wordsworth to Lawrence.* Liverpool: Liverpool University Press, 1983, pp. 411–89.
Delany, Paul. *D. H. Lawrence's Nightmare: The Writer and His Circle in the Years of the Great War.* New York: Basic Books, 1978; Sussex: Harvester, 1979.
Delavenay, Emile. *D. H. Lawrence: L'Homme and La Genèse de son Oeuvre: Les Années de Formation; 1885–1919.* 2 vols. Paris: Libraire C. Klincksieck, 1969. (Shorter English edition, translated by Katherine M. Delavenay, *D. H. Lawrence: The Man and His Work: The Formative Years: 1885–1919.* London: Heinemann; Carbondale: Southern Illinois University Press, 1972.)
———. *D. H. Lawrence and Edward Carpenter: A Study in Edwardian Transition.* London: Heinemann, 1971.
Dervin, Daniel. *A "Strange Sapience": The Creative Imagination of D. H. Lawrence.* Amherst: University of Massachusetts Press, 1984.
Deva, Som. *A Critical Study of "Sons and Lovers."* 2d ed. Beharipur, Bareilly: Literary Publication Bureau, 1969.
Dix, Carol. *D. H. Lawrence and Women.* London: Macmillan, 1980.
Dorbad, Leo J. *Sexually Balanced Relationships in the Novels of D. H. Lawrence.* New York: Peter Lang, 1991.
Douglas, Norman. *D. H. Lawrence and Maurice Magnus: A Plea for Better Manners.* Florence: Privately printed, 1924.
Drain, R. L. *Tradition and D. H. Lawrence.* Groningen: J. B. Wolters, 1960. (Inaugural lecture; pamphlet, twelve pages.)
Draper, R. P. *D. H. Lawrence.* New York: Twayne, 1964. (English Authors Series. Reprinted, London: Macmillan, 1976.)
———. *D. H. Lawrence.* London: Routledge and Kegan Paul; New York: Humanities Press, 1969. (Profiles in Literature Series.)
———. *"Sons and Lovers" by D. H. Lawrence.* Basingstoke and London: Macmillan, 1986. (Macmillan Masterguides.)
———, ed. *D. H. Lawrence: The Critical Heritage.* London: Routledge and Kegan Paul, 1970.
Easthope, Malcolm. *Students' Guide to "Choice of Poets": Wordsworth, Blake, Lawrence, Graves, Frost.* Singapore: Graham Brash, 1986.
Ebbatson, Roger. *Lawrence and the Nature Tradition: A Theme in English Fiction, 1859–1914.* Sussex: Harvester Press; Atlantic Highlands, N.J.: Humanities Press, 1980.

———. *The Evolutionary Self: Hardy, Forster, Lawrence.* Sussex: Harvester; Totowa, N.J.: Barnes and Noble, 1982, pp. 76–112.
Edwards, Duane. *''The Rainbow'': A Search for New Life.* Boston: Twayne, 1990.
Edwards, Lucy I., and David Phillips, eds. *Young Bert: An Exhibition of the Early Years of D. H. Lawrence.* Nottingham: Nottingham Castle Museum and Art Gallery, 1972. (Illustrated catalog of event held 8 July–29 August 1972.)
Ege, Ufuk. *Fusion of Philosophy with Fiction in D. H. Lawrence's ''Women in Love.''* Lancaster: Lancaster University Central Print Unit, 1990. (Pamphlet, ten pages.)
Eggert, Paul, and John Worthen, eds. *D. H. Lawrence and Comedy.* Cambridge: Cambridge University Press, forthcoming, 1996.
Eisenstein, Samuel A. *Boarding the Ship of Death: D. H. Lawrence's Quester Heroes.* The Hague: Mouton, 1974.
Ellis, David, and Howard Mills, eds. *D. H. Lawrence's Non-Fiction: Art, Thought and Genre.* Cambridge: Cambridge University Press, 1988.
Ellis, David, and Ornella De Zordo, eds. *D. H. Lawrence: Critical Assessments.* 4 vols. East Sussex: Helm Information, 1992. (Vol. 1: ''The Contemporary Response.'' Vol. 2: ''The Fiction (I).'' Vol. 3: ''The Fiction (II).'' Vol. 4: ''Poetry and Non-fiction; The Modern Critical Response 1938–92: General Studies.'')
Fabes, Gilbert Henry. *David Herbert Lawrence: His First Editions: Points and Values.* London: W. and G. Foyle, 1933. (Reprinted, Folcroft Library Edition, 1971.)
Farr, Judith, ed. *Twentieth Century Interpretations of ''Sons and Lovers'': A Collection of Critical Essays.* Englewood Cliffs, N.J.: Prentice-Hall, 1970.
Fay, Eliot. *Lorenzo in Search of the Sun: D. H. Lawrence in Italy, Mexico, and the American Southwest.* New York: Bookman, 1953; London: Vision, 1955.
Fedder, Norman. J. *The Influence of D. H. Lawrence on Tennessee Williams.* The Hague: Mouton, 1966.
Feinstein, Elaine. *Lawrence's Women: The Intimate Life of D. H. Lawrence.* London: HarperCollins, 1993.
Fernihough, Anne. *D. H. Lawrence: Aesthetics and Ideology.* Oxford: Oxford University Press, 1993.
Feshawy, Wagdy. *D. H. Lawrence: A Critical Study.* Cairo: Dar-al-Sakata, 1975.
Fielding, M. L. *Notes on D. H. Lawrence's ''Sons and Lovers.''* London: Methuen, 1975. (Study guide.)
Finney, Brian. *D. H. Lawrence: ''Sons and Lovers.''* Harmondsworth: Penguin, 1990. (Penguin Critical Studies series.)
Fjagesund, Peter. *The Apocalyptic World of D. H. Lawrence.* Oslo, Norway: Norwegian University Press, 1991.
Ford, George H. *Double Measure: A Study of the Novels and Stories of D. H. Lawrence.* New York: Holt, Rinehart, and Winston, 1965.
Foster, Joseph. *D. H. Lawrence in Taos.* Albuquerque: University of New Mexico Press, 1972.
Freeman, Mary. *D. H. Lawrence: A Basic Study of His Ideas.* New York: Grosset and Dunlop, 1955.
Gamache, Lawrence B., and Ian S. MacNiven, eds. *The Modernists: Studies in a Literary Phenomenon: Essays in Honor of Harry T. Moore.* London and Toronto: Associated University Presses, 1987. (Five essays on Lawrence.)
Garcia, Reloy. *Steinbeck and D. H. Lawrence: Fictive Voices and the Ethical Imperative.* Muncie, Ind.: John Steinbeck Society of America, Ball State University, 1972.

Garcia, Reloy, and J. Karabatsos, eds. *A Concordance to the Poetry of D. H. Lawrence.* Lincoln: University of Nebraska Press, 1970.

———. *A Concordance to the Short Fiction of D. H. Lawrence.* Lincoln: University of Nebraska Press, 1972.

Gertzman, Jay A. *A Descriptive Bibliography of "Lady Chatterley's Lover": With Essays toward a Publishing History of the Novel.* Westport, Conn.: Greenwood, 1989.

Gilbert, Sandra M. *D. H. Lawrence's "Sons and Lovers," "The Rainbow," "Women in Love," "The Plumed Serpent."* New York: Monarch Press, 1965.

———. *Acts of Attention: The Poems of D. H. Lawrence.* Ithaca, N.Y., and London: Cornell University Press, 1972.

Gomme, Andor, ed. *D. H. Lawrence: A Critical Study of the Major Novels and Other Writings.* Sussex: Harvester Press; New York: Barnes and Noble, 1978.

Goodheart, Eugene. *The Utopian Vision of D. H. Lawrence.* Chicago and London: University of Chicago Press, 1963.

Goodman, Richard. *Footnote to Lawrence.* London: White Owl Press, 1932. (Pamphlet. Reprinted in *Contemporary Essays* 1933. Edited by Sylva Norman. London: Matthews and Marrot, 1933, pp. 51–63.)

Gordon, David J. *D. H. Lawrence as a Literary Critic.* New Haven, Conn. and London: Yale University Press, 1966.

Gotham Book Mart. *Books by and about D. H. Lawrence: A Bookseller's Catalogue.* New York: Gotham Book Mart, 1961.

Grant, Damian. *D. H. Lawrence: "Women in Love."* London: British Council, 1976. (Notes on Literature no. 163.)

Gravil, Richard. *D. H. Lawrence: "Lady Chatterley's Lover."* London: British Council, 1976. (Notes on Literature no. 165.)

Green, Martin Burgess. *The Reputation of D. H. Lawrence in America.* Ann Arbor, Mich.: University Microfilms, 1966. (Reviews and criticism, 1911–56.)

———. *The von Richthofen Sisters: The Triumphant and the Tragic Modes of Love: Else and Frieda von Richthofen, Otto Gross, Max Weber, and D. H. Lawrence, in the Years 1870–1970.* London: Weidenfeld and Nicolson, 1974.

Greenhalgh, Michael John. *Lawrence's Uncollected Stories, 1907–13: A Critical Commentary.* Ruislip: M. J. Greenhalgh, 1988.

Gregory, Horace. *Pilgrim of the Apocalypse: A Critical Study of D. H. Lawrence.* New York: Viking, 1933; London: Secker, 1934. (Revised as *D. H. Lawrence: Pilgrim of the Apocalypse.* New York: Grove, 1957.)

Gutierrez, Donald. *Lapsing Out: Embodiments of Death and Rebirth in the Last Writings of D. H. Lawrence.* London and Toronto: Associated University Presses, 1980.

———. *Subject–Object Relations in Wordsworth and Lawrence.* Ann Arbor, Mich.: UMI Research Press, 1987.

Hahn, Emily. *Lorenzo; D. H. Lawrence and the Women Who Loved Him.* Philadelphia and New York: Lippincott, 1975.

Hamalian, Leo, ed. *D. H. Lawrence: A Collection of Criticism.* New York: McGraw-Hill, 1973.

———, ed. *D. H. Lawrence in Italy.* New York: Tapligen, 1982.

Handley, Graham. *Notes on D. H. Lawrence "Sons and Lovers."* Bath: J. Brodie, 1967.

Handley, Graham, and Paul Harris. *Selected Tales of D. H. Lawrence.* London: Pan, 1978. (Brodie's Notes.)

Hanson, Christopher. *Sons and Lovers.* Oxford: Basil Blackwell, 1966. (Notes on English Literature Series.)

Hardy, George, and Nathaniel Harris. *A D. H. Lawrence Album.* Ashbourne, Derbyshire: Moorland, 1985; New York: Franklin Watts, 1986.

Harris, Janice Hubbard. *The Short Fiction of D. H. Lawrence.* New Brunswick, N.J.: Rutgers University Press, 1984.

Harris, Nathaniel. *The Lawrences.* London: Dent, 1976.

Harrison, J. R. *The Reactionaries—Yeats, Lewis, Pound, Eliot, Lawrence: A Study of the Anti-Democratic Intelligentsia.* London: Gollancz; New York: Schocken, 1966, pp. 163–89.

Harvey, Geoffrey. *Sons and Lovers.* London: Macmillan; Atlantic Highlands, N.J.: Humanities, 1987. (Critics Debate Series.)

Herzinger, Kim. *D. H. Lawrence in His Time: 1908–1915.* London and Toronto: Associated University Presses, 1982.

Heywood, Christopher, ed. *D. H. Lawrence: New Studies.* London: Macmillan; New York: St. Martin's Press, 1987.

Hillman, Rodney. *D. H. Lawrence, ''Sons and Lovers.''* London: British Council, 1976. (Notes on Literature, no. 161.)

Hilton, Enid Hopkin. *More than One Life: A Nottinghamshire Childhood with D. H. Lawrence.* Stroud, Gloucestershire: Alan Sutton, 1993.

Hobsbaum, Philip. *A Reader's Guide to Lawrence.* London: Thames and Hudson, 1981.

Hochman, Baruch. *Another Ego: The Changing View of Self and Society in the Work of D. H. Lawrence.* Columbia: University of South Carolina Press, 1970.

Hoffman, Frederick J., and Harry T. Moore, eds. *The Achievement of D. H. Lawrence.* Norman: University of Oklahoma Press, 1953.

Hofmann, Regina, and Michael W. Weithmann. *D. H. Lawrence and Germany: A Bibliography.* Passau, Germany: University Library of Passau, 1995. (''D. H. Lawrence and Germany: An Introduction,'' by Robert Burden, pp. 1–9.)

Holbrook, David. *The Quest for Love.* London: Methuen, 1964.

———. *Where D. H. Lawrence Was Wrong about Women.* London and Toronto: Associated University Presses, 1992.

Holderness, Graham. *Who's Who in D. H. Lawrence.* London: Hamish Hamilton; New York: Taplinger, 1976.

———. *D. H. Lawrence: History, Ideology and Fiction.* Dublin: Gill and Macmillan, 1982.

———. *Women in Love.* Milton Keynes and Philadelphia: Open University Press, 1986. (Open Guides to Literature Series.)

———. *D. H. Lawrence: Life, Work, and Criticism.* Fredricton, N.B., Canada: York Press, 1988.

Hostettler, Maya. *D. H. Lawrence: Travel Books and Fiction.* Berne: Peter Lang, 1985.

Hough, Graham. *The Dark Sun: A Study of D. H. Lawrence.* London: Gerald Duckworth, 1956.

———. *Two Exiles: Lord Byron and D. H. Lawrence.* Nottingham: University of Nottingham Press, 1956. (Reprinted in his *Image and Experience: Studies in a Literary Revolution.* London: Duckworth; Lincoln: University of Nebraska Press, 1960, pp. 133–59.)

Howe, Marguerite Beede. *The Art of the Self in D. H. Lawrence.* Athens: University of Ohio Press, 1977.

Humma, John B. *Metaphor and Meaning in D. H. Lawrence's Later Novels.* Columbia: University of Missouri Press, 1990.
Huttar, Charles A., ed. *Literature and Religion: Views on D. H. Lawrence.* Holland, Mich.: Hope College, 1968.
Hyde, G. M. *D. H. Lawrence and Translation.* London: Macmillan, 1981.
———. *D. H. Lawrence.* London: Macmillan, 1990.
Hyde, H. Montgomery, ed. *The "Lady Chatterley's Lover Trial" (Regina v. Penguin Books Limited).* London: Bodley Head, 1990.
Hyde, Virginia. *The Risen Adam: D. H. Lawrence's Revisionist Typology.* University Park: Pennsylvania State University Press, 1992.
Ingram, Allan. *The Language of D. H. Lawrence.* London: Macmillan, 1990.
Inniss, Kenneth. *D. H. Lawrence's Bestiary: A Study of His Use of Animal Trope and Symbol.* The Hague and Paris: Mouton, 1971; New York: Humanities Press, 1972.
Jackson, Dennis, and Fleda Brown Jackson, eds. *Critical Essays on D. H. Lawrence.* Boston: G. K. Hall, 1988.
Janik, Del Ivan. *The Curve of Return: D. H. Lawrence's Travel Books.* Victoria, B.C.: University of Victoria Press, 1981.
Jarrett-Kerr, Martin. *D. H. Lawrence and Human Existence.* London and New York: Rockliffe, 1951 (under pseudonym of Father William Tiverton). (Rev. ed., London: SCM Press, 1961.)
John, Brian. *Supreme Fictions: Studies in the Work of William Blake, Thomas Carlyle, W. B. Yeats, and D. H. Lawrence.* Montreal and London: McGill-Queen's University Press, 1974, pp. 231–309.
Joost, Nicholas, and Alvin Sullivan. *D. H. Lawrence and "The Dial."* Carbondale and Edwardsville: Southern Illinois University Press; London and Amsterdam: Feffer and Simons, 1970.
Kalnins, Mara, ed. *D. H. Lawrence: Centenary Essays.* Bristol: Bristol Classical Press, 1986.
Kelsey, Nigel. *D. H. Lawrence: Sexual Crisis.* London: Macmillan, 1991.
Kenmare, Dallas. *Fire-Bird. A Study of D. H. Lawrence.* London: James Barrie, 1951.
Kermode, Frank. *Lawrence.* Suffolk: Collins Fontana, 1973.
Kiely, Robert. *Beyond Egotism: The Fiction of James Joyce, Virginia Woolf and D. H. Lawrence.* Cambridge: Harvard University Press, 1980.
Kim, Jungmai. *Themes and Techniques in the Novellas of D. H. Lawrence.* Seoul, Korea: Hanshin, 1986.
———. *D. H. Lawrence in Korea: A Bibliographical Study, 1930–1987.* Seoul: Hanshin, 1989.
Kingsmill, Hugh (H. K. Lunn). *D. H. Lawrence.* London: Methuen, 1938.
Kinkead-Weekes, Mark, ed. *Twentieth Century Interpretations of "The Rainbow."* Englewood Cliffs, N.J.: Prentice-Hall, 1971.
Krishnamurthi, M. G. *D. H. Lawrence: Tale as Medium.* Mysore: Rao and Raghavan, 1970.
Kushigian, Nancy. *Pictures and Fictions: Visual Modernism and the Pre-War Novels of D. H. Lawrence.* New York: Peter Lang, 1990.
Laird, Holly A. *Self and Sequence: The Poetry of D. H. Lawrence.* Charlottesville: University Press of Virginia, 1988.
Lavrin, Nora. *D. H. Lawrence: Nottingham Connections.* Nottingham: Astra Press, 1986.
Lawrence, Frieda. *"Not I, But the Wind . . . "* Santa Fe, N. M.: Rydal Press; New York:

Viking, 1934; London: Heinemann, 1935. (Reprinted, Carbondale: Southern Illinois University Press; London: Feffer and Simons, 1974.)

———. *Frieda Lawrence: The Memoirs and Correspondence*. Edited by E. W. Tedlock, Jr. London: Heinemann, 1961; New York: Knopf, 1964.

Lawrence, Ada, and G. Stuart Gelder. *The Early Life of D. H. Lawrence Together with Hitherto Unpublished Letters and Articles*. London: Secker, 1932.

Lawrence, J. Stephan. *D. H. Lawrence: Supplement to Catalogue 38*. Chicago: Rare Books, 1978.

Lea, F. A. *Lawrence and Murry: A Two-Fold Vision*. London: Brentham Press, 1985.

Leavis, F. R. *D. H. Lawrence*. Cambridge: Minority Press, 1930. (Reprinted in his *For Continuity*. Cambridge: Minority Press, 1933.)

———. *D. H. Lawrence: Novelist*. London: Chatto and Windus, 1955.

———. *Thought, Words and Creativity: Art and Thought in D. H. Lawrence*. London: Chatto and Windus, 1976.

Lebolt, Gladys. *D. H. Lawrence: ''The True Redeemer.''* Tuscaloosa, Ala.: Portals Press, 1986.

Lehman, Anthony L. *D. H. Lawrence, Idella Purnell and ''Palms.''* Los Angeles: George Houlé, 1986.

Lerner, Laurence. *The Truthtellers: Jane Austen, George Eliot, D. H. Lawrence*. London: Chatto; New York: Schocken, 1967.

Levy, Mervyn, ed. *Paintings of D. H. Lawrence*. New York: Viking; London: Cory, Adams, and McKay, 1964. (Includes seven essays on Lawrence and art.)

Lewiecki-Wilson, Cynthia. *Writing against the Family: Gender in Lawrence and Joyce*. Carbondale: Southern Illinois University Press, 1994.

Lewis, Wyndham. *Paleface: The Philosophy of the ''Melting Pot.''* London: Chatto and Windus, 1929. (Expanded from his article ''Paleface; or, 'Love? What ho! Smelling Strangeness.' '' *Enemy* 2 [September 1927]: 3–112.)

Littlewood, J.C.F. *D. H. Lawrence I: 1885–1914*. Harlow, Essex: Longman, 1976. (Writers and Their Work Series.)

Lockwood, M. J. *A Study of the Poems of D. H. Lawrence: Thinking in Poetry*. London: Macmillan; New York: St. Martin's Press, 1987.

Lucas, Robert. *Frieda Lawrence: The Story of Frieda von Richthofen and D. H. Lawrence*. Translated from the German original by Geoffrey Skelton. London: Secker and Warburg; New York: Viking, 1973.

Lucente, Gregory L. *The Narrative of Realism and Myth: Verga, Lawrence, Faulkner, Pavese*. Baltimore: Johns Hopkins University Press, 1981, pp. 107–23.

Luhan, Mabel Dodge. *Lorenzo in Taos*. New York: Knopf, 1932; London: Secker, 1933.

McDonald, Edward D. *A Bibliography of the Writings of D. H. Lawrence*. With a Foreword by D. H. Lawrence. Philadelphia: Centaur, 1925.

———. *The Writings of D. H. Lawrence 1925–30: A Bibliographical Supplement*. Philadelphia: Centaur, 1931.

McEwan, Neil. *York Notes on D. H. Lawrence's ''Women in Love.''* London: Longman, 1991a.

———. *York Notes on D. H. Lawrence's Selected Short Stories*. London: Longman, 1991b.

Mackenzie, Kenneth. *The Fox*. Milton Keynes, England: Open University, 1973.

Mackey, Douglas A. *D. H. Lawrence: The Poet Who Was Not Wrong*. San Bernardino, Calif.: Burgo Press, 1986.

MacLeod, Sheila. *Lawrence's Men and Women.* London: Heinemann, 1985; London: Grafton Books, 1987.

Maddox, Brenda. *The Married Man: A Life of D. H. Lawrence.* London: Sinclair-Stevenson, 1994.

Maes-Jelinek, Hena. *Criticism of Society in the English Novel between the Wars.* Paris: Société d'Editions ''Les Belles Lettres,'' 1970, pp. 11–100.

Mailer, Norman. *The Prisoner of Sex.* London: Weidenfeld and Nicolson, 1971.

Malani, Hiran. *D. H. Lawrence: A Study of His Plays.* New Delhi, India: Arnold-Heinemann; Atlantic Highlands, N.J.: Humanities Press, 1982.

Mandell, Gail Porter. *The Phoenix Paradox: A Study of Renewal through Change in the ''Collected Poems'' and ''Last Poems'' of D. H. Lawrence.* Carbondale and Edwardsville: Southern Illinois University Press, 1984.

Marshall, Tom. *The Psychic Mariner: A Reading of the Poems of D. H. Lawrence.* New York: Viking, 1970.

Martin, Graham. *D. H. Lawrence's ''The Rainbow.''* Milton Keynes, England: Open University Press, 1971.

May, Keith M. *Nietzsche and Modern Literature: Themes in Yeats, Rilke, Mann and Lawrence.* London: Macmillan, 1988.

Melvin Rare Books. *A Catalogue of Valuable Books by D. H. Lawrence.* Edinburgh: Melvin Rare Books, 1950.

Mensch, Barbara. *D. H. Lawrence and the Authoritarian Personality.* London: Macmillan, 1991.

Merrild, Knud. *A Poet and Two Painters: A Memoir of D. H. Lawrence.* London: Routledge, 1938; New York: Viking, 1939. (Reprinted as *With D. H. Lawrence in New Mexico: A Memoir of D. H. Lawrence.* London: Routledge and Kegan Paul, 1964.)

Messenger, Nigel. *How to Study a D. H. Lawrence Novel.* London: Macmillan, 1989.

Meyers, Jeffrey. *D. H. Lawrence and the Experience of Italy.* Philadelphia: University of Pennsylvania Press, 1982.

———. *D. H. Lawrence: A Biography.* New York: Alfred A. Knopf, 1990.

———, ed. *D. H. Lawrence and Tradition.* London: Athlone, 1985.

———. *The Legacy of D. H. Lawrence: New Essays.* London: Macmillan, 1987.

Michaels-Tonks, Jennifer. *D. H. Lawrence: The Polarity of North and South—Germany and Italy in His Prose Works.* Bonn: Bouvier, 1976.

Miko, Stephen J. *Toward ''Women in Love'': The Emergence of a Lawrentian Aesthetic.* New Haven, Conn. and London: Yale University Press, 1971.

———, ed. *Twentieth Century Interpretations of ''Women in Love.''* Englewood Cliffs, N.J.: Prentice-Hall, 1969.

Miles, Kathleen M. *The Hellish Meaning: The Demonic Motif in the Works of D. H. Lawrence.* Carbondale: Southern Illinois University Press, 1969.

Miliaras, Barbara A. *Pillar of Flame: The Mythological Foundations of D. H. Lawrence's Sexual Philosophy.* New York, Berne, Frankfurt: Peter Lang, 1987.

Miller, Henry. *Notes on ''Aaron's Rod'' and Other Notes on Lawrence from the Paris Notebooks.* Edited by Seamus Cooney. Santa Barbara, Calif.: Black Sparrow Press, 1980a.

———. *The World of D. H. Lawrence: A Passionate Appreciation.* Edited with an Introduction and Notes by Evelyn J. Hinz and John J. Teunissen. Santa Barbara, Calif.: Capra Press, 1980b.

Millett, Kate. *Sexual Politics.* London: Rupert Hart-Davis, 1971, pp. 237–93.

Millett, Robert W. *The Vultures and the Phoenix: A Study of the Mandrake Press Edition of the Paintings of D. H. Lawrence.* London and Toronto: Associated University Presses, 1983.

Milton, Colin. *Lawrence and Nietzsche: A Study in Influence.* Aberdeen: Aberdeen University Press, 1987.

Modiano, Marko. *Domestic Disharmony and Industrialization in D. H. Lawrence's Early Fiction.* Uppsala, Sweden: Uppsala University, 1987.

Mohanty, Sachidananda. *Lawrence's Leadership Politics and the Defeat of Fascism.* Delhi, India: Academic Foundation, 1993.

Montgomery, Robert E. *The Visionary D. H. Lawrence: Beyond Philosophy and Art.* Cambridge: Cambridge University Press, 1994.

Moore, Harry T. *The Life and Works of D. H. Lawrence.* London: Allen and Unwin; New York: Twayne, 1951. (Revised as *D. H. Lawrence: His Life and Works.* New York: Twayne, 1964.)

———. *The Intelligent Heart: The Story of D. H. Lawrence.* New York: Farrar, Straus, and Young, 1954; London: Heinemann, 1955. (Revised as *The Priest of Love: A Life of D. H. Lawrence.* Carbondale: Southern Illinois University Press; London: Heinemann, 1974. Further revised, Harmondsworth: Penguin, 1976.)

———. *Poste Restante: A Lawrence Travel Calendar.* Berkeley and Los Angeles: University of California Press, 1956.

———, ed. *A D. H. Lawrence Miscellany.* Carbondale: Southern Illinois University Press, 1959.

Moore, Harry T., and Warren Roberts. *D. H. Lawrence and His World.* New York: Viking; London: Thames and Hudson, 1966.

Moore, Harry T., and Dale B. Montague, eds. *Frieda Lawrence and Her Circle: Letters from, to and about Frieda Lawrence.* London: Macmillan; Hamden, Conn.: Shoe String, 1981.

Moore, Olive. *Further Reflections on the Death of a Porcupine.* London: Blue Moon, 1932. (Pamphlet, thirty-four pages.)

Mori, Haruhide, ed. *A Conversation on D. H. Lawrence.* Los Angeles: Friends of the UCLA Library, 1974. (Discussion between L. C. Powell, Frieda Lawrence Ravagli, Aldous Huxley, and Dorothy G. Mitchell, held on 7 March 1952.)

Moynahan, Julian. *The Deed of Life: The Novels and Tales of D. H. Lawrence.* Princeton: Princeton University Press, 1963.

———, ed. *"Sons and Lovers": Text, Background, and Criticism.* New York: Viking Press, 1968.

Murfin, Ross C. *Swinburne, Hardy, Lawrence and the Burden of Belief.* Chicago and London: University of Chicago Press, 1978.

———. *The Poetry of D. H. Lawrence: Texts and Contexts.* Lincoln: University of Nebraska Press, 1983.

———. *"Sons and Lovers": A Novel of Division and Desire.* Boston: Twayne, 1987.

Murry, John Middleton. *D. H. Lawrence.* Cambridge: Minority Press, 1930.

———. *Son of Woman: The Story of D. H. Lawrence.* London: Cape; New York: Cape and Smith, 1931.

———. *Reminiscences of D. H. Lawrence.* London: Cape, 1933.

———. *Love, Freedom and Society: An Analytical Comparison of D. H. Lawrence and Albert Schweitzer.* London: Cape, 1957, pp. 23–123.

Nahal, Chaman. *D. H. Lawrence: An Eastern View.* South Brunswick and New York: Barnes, 1970.
Nath, Suresh. *D. H. Lawrence: The Dramatist.* Ghaziabad, India: Vimal Prakashan, 1979.
Nehls, Edward, ed *D. H. Lawrence: A Composite Biography.* 3 vols. Madison: University of Wisconsin Press, 1957, 1958, 1959.
Neville, George. *A Memoir of D. H. Lawrence.* Edited by Carl Baron. Cambridge: Cambridge University Press, 1981.
New, Peter. *Fiction and Purpose in "Utopia," "Rasselas," "The Mill on the Floss," and "Women in Love."* London: Macmillan; New York: St. Martin's Press, 1985.
Nin, Anais. *D. H. Lawrence: An Unprofessional Study.* Paris: Titus, 1932.
Niven, Alastair. *D. H. Lawrence: "The Plumed Serpent."* London: British Council, 1976. (Notes on Literature no. 164.)
———. *D. H. Lawrence: The Novels.* Cambridge: Cambridge University Press, 1978.
———. *D. H. Lawrence: The Writer and His Work.* Harlow, Essex: Longman, 1980.
Nixon, Cornelia. *Lawrence's Leadership Politics and the Turn against Women.* Berkeley, Los Angeles, and London: University of California Press, 1986.
Norris, Margot. *Beasts of the Modern Imagination: Darwin, Nietzsche, Kafka, Ernst, and Lawrence.* Baltimore: Johns Hopkins University Press, 1985.
Nottingham Castle Museum. *D. H. Lawrence and the Visual Arts.* Nottingham: Nottingham Castle Museum and Art Gallery, 1985. (Catalog of the 1985 exhibition "Lawrence, Art and Artists.")
Nottingham University. *D. H. Lawrence Collection Catalogue.* Nottingham: University of Nottingham Manuscripts Department, 1979.
———. *D. H. Lawrence: A Phoenix in Flight. Notes to Accompany an Exhibition.* Nottingham: Nottingham University Library, 1980.
———. *D. H. Lawrence Collection Catalogue.* Vol. 2. Nottingham: University of Nottingham Manuscripts Department, 1983.
———. *Collection of Literary Manuscripts, Typescripts, Proofs and Related Papers of D. H. Lawrence.* Nottingham: University of Nottingham Department of Manuscripts and Special Collections, 1990.
Oates, Joyce Carol. *The Hostile Sun: The Poetry of D. H. Lawrence.* Los Angeles: Black Sparrow Press, 1973. (Reprinted in her *New Heaven, New Earth: The Visionary Experience in Literature.* London: Gollancz, 1976, pp. 37–81.)
Olson, Charles. *D. H. Lawrence and the High Temptation of the Mind.* Santa Barbara, Calif.: Black Sparrow Press, 1980.
Orr, John. *The Making of the 20th Century Novel: Lawrence, Joyce, Faulkner and Beyond.* New York: St. Martin's Press; London: Macmillan, 1987, pp. 20–43.
Paccaud-Huguet, Josiane. *"Women in Love": de la tentation perverse à l'écriture.* Grenoble: Ellug, 1991.
Padhi, Bibhu. *D. H. Lawrence: Modes of Fictional Style.* Troy, N.Y.: Whitston, 1989.
Page, Norman, ed. *D. H. Lawrence: Interviews and Recollections.* 2 vols. London: Macmillan; Totowa, N.J.: Barnes and Noble, 1981.
Panichas, George A. *Adventure in Consciousness: The Meaning of D. H. Lawrence's Religious Quest.* The Hague: Mouton, 1964.
Parmenter, Ross. *Lawrence in Oaxaca: A Quest for the Novelist in Mexico.* Salt Lake City, Utah: Smith, 1984.
Partlow, Robert B., Jr., and Harry T. Moore, eds. *D. H. Lawrence: The Man Who Lived.* Carbondale: Southern Illinois University Press, 1980.

Paterson, John. *The Novel as Faith: The Gospel according to James, Hardy, Conrad, Joyce, Lawrence and Virginia Woolf.* Boston: Gambit, 1973, pp. 143–83.
Patmore, Derek. *D. H. Lawrence and the Dominant Male.* London: Covent Garden Press, 1970. (Seven-page pamphlet. First published in *Guardian,* 10 December 1968.)
Peterson, Richard F., and Alan M. Cohn. *D. H. Lawrence: An Exhibit.* Carbondale: Morris Library, Southern Illinois University, 1979.
Philippron, Guy. *D. H. Lawrence: The Man Struggling for Love, 1885–1912.* Belgium: Centre Permanent de Documentation et de Formation Loveral, 1985.
Phillips, Jill M., ed. *D. H. Lawrence: A Review of the Biographies and Literary Criticism* (A Critically Annotated Bibliography). New York: Gordon Press, 1978.
Pinion, F. B. *A D. H. Lawrence Companion: Life, Thought, and Works.* London: Macmillan, 1978; New York: Barnes and Noble, 1979.
Pinkney, Tony. *D. H. Lawrence.* Hemel Hempstead: Harvester Wheatsheaf, 1990. (Published in the United States as *D. H. Lawrence and Modernism.* Iowa City: University of Iowa Press, 1990.)
Pinto, Vivian de Sola. *D. H. Lawrence: Prophet of the Midlands.* Nottingham: University of Nottingham, 1951. (Twenty-four-page pamphlet of public lecture.)
———, ed. *D. H. Lawrence after Thirty Years, 1930–1960.* Nottingham: Curwen Press, 1960. (Catalog of exhibition held 17 June–30 July, 1960.)
Polhemus, Robert M. *Erotic Faith: Being in Love from Jane Austen to D. H. Lawrence.* Chicago: University of Chicago Press, 1990.
Poole, R. H. *Lawrence and Education.* Nottingham: University of Nottingham Institute of Education, 1968. (Fourteen-page pamphlet.)
Poplawski, Paul. *Promptings of Desire: Creativity and the Religious Impulse in the Works of D. H. Lawrence.* Westport, Conn.: Greenwood Press, 1993.
———. *The Works of D. H. Lawrence: A Chronological Checklist.* Nottingham: D. H. Lawrence Society, 1995.
Potter, Stephen. *D. H. Lawrence: A First Study.* London: Cape, 1930.
Powell, Lawrence Clark. *The Manuscripts of D. H. Lawrence: A Descriptive Catalogue.* Los Angeles: Los Angeles Public Library, 1937.
Prakesh, Om. *"Sons and Lovers": A Critical Study.* Bareilly: Prakesh Book Depot, 1972.
Prakesh, Ravendra. *D. H. Lawrence: "Sons and Lovers": A Critical Study.* Agra: Lakshmi Narain Agarwal, 1972.
Prasad, Madhusudan. *D. H. Lawrence: A Study of His Novels.* Bereilly, India: Prakesh Book Depot, 1980.
Prasad, Suman Prabha. *Thomas Hardy and D. H. Lawrence: A Study of the Tragic Vision in Their Novels.* New Delhi, India: Arnold-Heinemann, 1976.
Preston, Peter. *A. D. H. Lawrence Chronology.* London: Macmillan, 1994.
———, ed. *D. H. Lawrence: The Centre and the Circles.* Nottingham: University of Nottingham D. H. Lawrence Centre, 1992.
Preston, Peter, and Peter Hoare, eds. *D. H. Lawrence in the Modern World.* London: Macmillan, 1989.
Pritchard, R. E. *D. H. Lawrence: Body of Darkness.* London: Hutchinson University Library, 1971.
Pugh, Bridget. *The Country of My Heart: A Local Guide to D. H. Lawrence.* 3d ed. Nottingham: Broxtowe Borough Council, 1991.
Ramaiah, L. S., and Sachidananda Mohanty, eds. *D. H. Lawrence Studies in India: A*

Bibliographical Guide with a Review Essay. Calcutta: P. Lal (Writer's Workshop), 1990.

Raskin, Jonah. *The Mythology of Imperialism: Rudyard Kipling, Joseph Conrad, E. M. Forster, D. H. Lawrence and Joyce Cary.* New York: Random House, 1971, passim.

Rees, Richard. *Brave Men: A Study of D. H. Lawrence and Simone Weil.* London: Gollancz, 1958.

Rice, Thomas Jackson. *D. H. Lawrence: A Guide to Research.* New York and London: Garland, 1983. (Bibliography, containing 2,123 entries with terminal date of 1 January 1983.)

Roberts, K. R. *D. H. Lawrence: An Approach to His Poetry.* Huddersfield: Schofield and Sims, 1982. (School-level booklet.)

Roberts, Warren. *A Bibliography of D. H. Lawrence.* 2d ed. Cambridge: Cambridge University Press, 1982. (Currently, the definitive primary bibliography.)

Robinson, Jeremy. *The Passion of D. H. Lawrence.* Kidderminster, England: Crescent Moon, 1992.

Rolph, C. H., ed. *The Trial of Lady Chatterley: Regina v. Penguin Books Limited. The Transcript of the Trial.* London: Penguin, 1961; 1990. (With a new foreword for this thirtieth anniversary edition by Geoffrey Robinson.)

Ross, Charles L. *The Composition of “The Rainbow” and “Women in Love”: A History.* Charlottesville: University Press of Virginia, 1979.

———. *“Women in Love”: A Novel of Mythic Realism.* Boston: Twayne, 1991.

Rothkopf, C. Z. *“Sons and Lovers”: A Critical Commentary.* New York: American R.D.M. Corporation, 1969.

Ruderman, Judith. *D. H. Lawrence and the Devouring Mother: The Search for a Patriarchal Ideal of Leadership.* Durham, N.C.: Duke University Press, 1984.

Russell, John. *Style in Modern British Fiction: Studies in Joyce, Lawrence, Forster, Lewis and Green.* Baltimore: Johns Hopkins University Press, 1975.

Sagar, Keith. *The Art of D. H. Lawrence.* Cambridge: Cambridge University Press, 1966.

———. *D. H. Lawrence: A Calendar of His Works.* Manchester: Manchester University Press, 1979.

———. *D. H. Lawrence: Life into Art.* Harmondsworth: Penguin; New York: Viking, 1985a.

———. *The Life of D. H. Lawrence.* London: Methuen, 1985b.

———, ed. *D. H. Lawrence and New Mexico.* Salt Lake City, Utah: Gibbs M. Smith, 1982a.

———, ed. *A D. H. Lawrence Handbook.* Manchester: Manchester University Press, 1982b.

Sale, Roger. *Modern Heroism: Essays on D. H. Lawrence, William Empson, and J. R. R. Tolkien.* Berkeley: University of California Press, 1973, pp. 16–106.

Salgādo, Gāmini. *D. H. Lawrence: “Sons and Lovers.”* London: Edward Arnold, 1966.

———. *D. H. Lawrence: “Sea and Sardinia”; “The Rainbow.”* London: British Council, 1969. (Notes on Literature no. 100.)

———. *D. H. Lawrence: “The Rainbow.”* London: British Council, 1976. (Notes on Literature no. 162.)

———. *A Preface to Lawrence.* London: Longman, 1982.

———, ed. *D. H. Lawrence: “Sons and Lovers”: A Casebook.* London: Macmillan, 1969.

Salgādo, Gāmini, and G. K. Das, eds. *The Spirit of D. H. Lawrence: Centenary Studies.* London: Macmillan, 1988.

Sanders, Scott. *D. H. Lawrence: The World of the Major Novels.* London: Vision, 1973.

Scheckner, Peter. *Class, Politics, and the Individual: A Study of the Major Works of D. H. Lawrence.* London and Toronto: Associated University Presses, 1985.

Schneider, Daniel J. *D. H. Lawrence: The Artist as Psychologist.* Lawrence: University Press of Kansas, 1984.

———. *The Consciousness of D. H. Lawrence: An Intellectual Biography.* Lawrence: University Press of Kansas, 1986.

Schorer, Mark. *D. H. Lawrence [An Anthology].* New York; Dell, 1968a. (Contains ''The Life of D. H. Lawrence,'' pp. 3–106.)

———. *Lawrence in the War Years.* Stanford: Stanford University, 1968b. (Fifteen-page pamphlet based on a short talk.)

Seligmann, Herbert J. *D. H. Lawrence: An American Interpretation.* New York: Seltzer, 1924.

Seltzer, Adele. *D. H. Lawrence: The Man and His Work.* New York: Seltzer, 1922. (Publicity leaflet.)

Sharma, K. K. *Modern Fictional Theorists: Virginia Woolf and D. H. Lawrence.* Gaziabad: Vimal Prakashan, 1981; Atlantic Highlands, N.J.: Humanities Press, 1982.

Sharma, R. S. *''The Rainbow'': A Study of Symbolic Mode in D. H. Lawrence's Primitivism.* Hyderabad, India: Trust, 1981.

Sharma, Shruti. *D. H. Lawrence, ''Sons and Lovers,'' a Critical Study.* Karnal: Natraj Publishing House, 1990.

Sharma, T. R., ed. *Essays on D. H. Lawrence.* Meerut, India: Shalabh Book House, 1987.

Shaw, Rita Granger. *Notes on Lawrence's ''Sons and Lovers.''* Lincoln, Nebr.: Cliff's Notes, 1965.

Siegel, Carol. *Lawrence among the Women: Wavering Boundaries in Women's Literary Traditions.* Charlottesville and London: University Press of Virginia, 1991.

Simpson, Hilary. *D. H. Lawrence and Feminism.* London and Canberra: Croom Helm, 1982.

Singh, Hukum. *D. H. Lawrence (Sex, Love and Life).* Kanpur, India: Aradhana Brothers, 1988.

Singh, Tajindar. *The Literary Criticism of D. H. Lawrence.* New Delhi: Sterling; New York: Envoy, 1984.

Sinha, Radha Krishna. *Literary Influences on D. H. Lawrence.* Delhi: Chanakya, 1985.

Sinzelle, Claude M. *The Geographical Background of the Early Works of D. H. Lawrence.* Paris: Didier, 1964.

Sipple, James B. *Passionate Form: Life Process as Artistic Paradigm in the Writings of D. H. Lawrence.* New York: Peter Lang, 1992.

Sitesh, Aruna. *D. H. Lawrence: The Crusader as Critic.* Delhi, Bombay, Calcutta, Madras: Macmillan, 1975.

———, ed. *D. H. Lawrence: An Anthology of Recent Criticism.* Delhi, India: ACE, 1990.

Sklar, Sylvia. *The Plays of D. H. Lawrence: A Biographical and Critical Study.* London: Vision, 1975.

Sklenicka, Carol. *D. H. Lawrence and the Child.* Columbia and London: University of Missouri Press, 1991.

Slade, Tony. *D. H. Lawrence.* London: Evans Brothers, 1969.

Smailes, T. A. *Some Comments on the Verse of D. H. Lawrence.* Port Elizabeth, South Africa: University of Port Elizabeth, 1970.
Smith, Anne, ed. *Lawrence and Women.* London: Vision, 1978.
Snyder, Harold Jay. *A Catalogue of English and American First Editions, 1911–32, of D. H. Lawrence.* New York: Privately printed, 1932.
Spear, Hilda D. *York Notes on D. H. Lawrence's "The Rainbow."* London: Longman, 1991.
Spencer, Roy. *D. H. Lawrence Country: A Portrait of His Early Life and Background with Illustrations, Maps and Guides.* London: Cecil Woolf, 1980.
Spender, Stephen, ed. *D. H. Lawrence: Novelist, Poet, Prophet.* London: Weidenfeld and Nicolson, 1973.
Spilka, Mark. *The Love Ethic of D. H. Lawrence.* London: Dennis Dobson, 1955.
———. *Renewing the Normative D. H. Lawrence: A Personal Progress.* Columbia: University of Missouri Press, 1992.
———, ed. *D. H. Lawrence: A Collection of Critical Essays.* Englewood Cliffs, N.J.: Prentice-Hall, 1963.
Squires, Michael. *The Pastoral Novel: Studies in George Eliot, Thomas Hardy and D. H. Lawrence.* Charlottesville: University Press of Virginia, 1974.
———. *The Creation of "Lady Chatterley's Lover."* Baltimore: Johns Hopkins University Press, 1983.
———, ed. *D. H. Lawrence's Manuscripts: The Correspondence of Frieda Lawrence, Jake Zeitlin and Others.* London: Macmillan, 1991.
Squires, Michael, and Dennis Jackson, eds. *D. H. Lawrence's "Lady": A New Look at "Lady Chatterley's Lover."* Athens: University of Georgia Press, 1985.
Squires, Michael, and Keith Cushman, eds. *The Challenge of D. H. Lawrence.* Madison: University of Wisconsin Press, 1990.
Stevens, C. J. *Lawrence at Tregerthen.* Troy, N.Y.: Whitston, 1988.
Stewart, J.I.M. *Eight Modern Writers* (Oxford History of English Literature, vol. 12). Oxford and New York: Oxford University Press, 1963, pp. 484–593. (Reissued as *Writers of the Early Twentieth Century: Hardy to Lawrence.* Oxford and New York: Oxford University Press, 1990.)
Stoll, John E. *D. H. Lawrence's "Sons and Lovers": Self-Encounter and the Unknown Self.* Muncie, Ind.: Ball State University Press, 1968.
———. *The Novels of D. H. Lawrence: A Search for Integration.* Columbia: University of Missouri Press, 1971.
———. *D. H. Lawrence: A Bibliography, 1911–1975.* Troy, N.Y.: Whitston, 1977.
Storch, Margaret. *Sons and Adversaries: Women in William Blake and D. H. Lawrence.* Knoxville: University of Tennessee Press, 1990.
Storer, Ronald W. *Some Aspects of Brinsley Colliery and the Lawrence Connection.* Selston, Nottinghamshire: Ronald W. Storer, 1985.
Suter, Andreas. *Child and Childhood in the Novels of D. H. Lawrence.* Zürich: Juris Druck and Verlag Zürich, 1987.
Swigg, Richard. *Lawrence, Hardy and American Literature.* New York: Oxford University Press, 1972.
Tedlock, E. W., Jr. *The Frieda Lawrence Collection of D. H. Lawrence Manuscripts: A Descriptive Bibliography.* Albuquerque: University of New Mexico Press, 1948.
———. *D. H. Lawrence: Artist and Rebel: A Study of Lawrence's Fiction.* Albuquerque: University of New Mexico Press, 1963

———, ed. *D. H. Lawrence and "Sons and Lovers": Sources and Criticism.* New York: New York University Press; London: University of London Press, 1965.
Tannenbaum, E., ed. *D. H. Lawrence: An Exhibition of First Editions, Manuscripts, Paintings, Letters, and Miscellany.* Carbondale: Southern Illinois University Library, 1958. (Catalog of event held in April 1958.)
Tarr, Roger L., and Robert Sokon, eds. *A Bibliography of the D. H. Lawrence Collection at Illinois State University.* Bloomington, Ill.: Scarlet Ibis Press, 1979.
Templeton, Wayne. *States of Estrangement: The Novels of D. H. Lawrence, 1912–1917.* Troy, N.Y.: Whitston, 1989.
Tenenbaum, Elizabeth Brody. *The Problematic Self: Approaches to Identity in Stendhal, D. H. Lawrence, and Malraux.* Cambridge: Harvard University Press, 1977, pp. 65–112.
Texas University Humanities Research Center. *The University of New Mexico D. H. Lawrence Fellowship Fund Manuscript Collection.* Austin: University of Texas Humanities Research Center, 1960. (Catalog.)
Thornton, Weldon. *D. H. Lawrence: A Study of the Short Fiction.* New York: Twayne, 1993.
Tilak, Raghukul. *D. H. Lawrence, "Sons and Lovers."* New Delhi: Aarti Book Centre, 1968.
———. *D. H. Lawrence, "The Rainbow."* New Delhi: Aarti Book Centre, 1971.
Tindall, William York. *D. H. Lawrence and Susan His Cow.* New York: Columbia University Press, 1939.
Torgovnick, Marianna. *The Visual Arts, Pictorialism, and the Novel: James, Lawrence, and Woolf.* Princeton: Princeton University Press, 1985.
Tracy, Billy T., Jr. *D. H. Lawrence and the Literature of Travel.* Ann Arbor, Mich.: UMI Research Press, 1983.
Trease, Geoffrey. *D. H. Lawrence: The Phoenix and the Flame.* London: Macmillan; New York: Viking, 1973.
Trebisz, Małgorzata. *The Novella in England at the Turn of the XIX and XX Centuries: H. James, J. Conrad, D. H. Lawrence.* Wrocław, Poland: Wydawnictwo Uniwersytetu Wrocławskiego, 1992. ("D. H. Lawrence's Novellas," pp. 53–64; *The Fox,* pp. 54–58, *St. Mawr,* pp. 59–62, *The Man Who Died,* pp. 62–64.)
Tripathy, Biyot K. *The Major Novels of D. H. Lawrence: An Approach to His Art and Ideas.* Bhubaneshwar: Pothi, 1973.
Tytell, John. *Passionate Lives: D. H. Lawrence, F. Scott Fitzgerald, Henry Miller, Dylan Thomas, Sylvia Plath—In Love.* New York: Birch Lane Press, 1991.
Urang, Sarah. *Kindled in the Flame: The Apocalyptic Scene in D. H. Lawrence.* Ann Arbor, Mich.: UMI Research Press, 1983.
Van der Veen, Berend Klass. *The Development of D. H. Lawrence's Prose Themes, 1906–1915.* Gröningen, Netherlands: University of Gröningen, 1983.
Veitch, Douglas W. *Lawrence, Greene and Lowry: The Fictional Landscape of Mexico.* Waterloo, Ontario: Wilfrid Laurier University Press, 1978. ("D. H. Lawrence's Elusive Mexico," pp. 14–57.)
Verhoeven, W. M. *D. H. Lawrence's Duality Concept: Its Development in the Novels of the Early and Major Phase.* Groningen, The Netherlands: Phoenix, 1987.
Viinikka, Anja. *From Persephone to Pan: D. H. Lawrence's Mythopoeic Vision of the Integrated Personality.* Turku, Finland: Turun Yliopisto Julkaisuja, 1988.
Vivas, Eliseo. *D. H. Lawrence: The Failure and the Triumph of Art.* London: George Allen and Unwin, 1960.

Vries-Mason, Jillian de. *Perception in the Poetry of D. H. Lawrence.* Berne: Peter Lang, 1982.

Walterscheid, Kathryn A. *The Resurrection of the Body: Touch in D. H. Lawrence.* New York: Peter Lang, 1993.

Warren Gallery. *Exhibition 12: Paintings by D. H. Lawrence.* London: Warren Gallery, 1929. (Catalog of event held in July 1929.)

Weiss, Daniel. *Oedipus in Nottingham: D. H. Lawrence.* Seattle: University of Washington Press, 1962.

West, Anthony. *D. H. Lawrence.* London: Barker; Denver: Alan Swallow, 1950.

West, Rebecca. *D. H. Lawrence: An Elegy.* London: Secker, 1930.

Whelan, P. T. *D. H. Lawrence: Myth and Metaphysic in "The Rainbow" and "Women in Love."* Ann Arbor, Mich., and London: UMI Research Press, 1988.

White, William. *D. H. Lawrence: A Checklist. Writings about D. H. Lawrence, 1931–50.* Detroit, Mich.: Wayne State University Press, 1950.

Whiteley, Patrick J. *Knowledge and Experimental Realism in Conrad, Lawrence, and Woolf.* Baton Rouge: Louisiana State University Press, 1987.

Wickremasinghe, Martino de Silva. *The Mysticism of D. H. Lawrence.* Colombo: M. D. Gunasena, 1951.

Widdowson, Peter, ed. *D. H. Lawrence.* London: Longman, 1992.

Widmer, Kingsley. *The Art of Perversity: D. H. Lawrence's Shorter Fictions.* Seattle: University of Washington Press, 1962.

———. *Defiant Desire: Some Dialectical Legacies of D. H. Lawrence.* Carbondale: Southern Illinois University Press, 1992.

Williams, Linda Ruth. *Sex in the Head: Visions of Femininity and Film in D. H. Lawrence.* Hemel Hempstead, Hertfordshire: Harvester Wheatsheaf, 1993.

Williams, Raymond. *The English Novel from Dickens to Lawrence.* London: Chatto, 1970, pp. 169–84.

Wilt, Judith. *Ghosts of the Gothic: Austen, Eliot, and Lawrence.* Princeton: Princeton University Press, 1980, pp. 231–303.

Worthen, John. *D. H. Lawrence and the Idea of the Novel.* London: Macmillan; Totowa, N.J.: Rowman, 1979.

———. *D. H. Lawrence: A Literary Life.* London: Macmillan, 1989.

———. *D. H. Lawrence.* London: Edward Arnold, 1991a.

———. *D. H. Lawrence: The Early Years 1885–1912.* Cambridge: Cambridge University Press, 1991b.

———. *Cold Hearts and Coronets: Lawrence, the von Richthofens and the Weekleys.* Nottingham: D. H. Lawrence Centre, 1995. (Worthen's inaugural lecture as Professor of D. H. Lawrence Studies at Nottingham.)

Wright, Anne. *Literature of Crisis, 1910–1922: "Howard's End," "Heartbreak House," "Women in Love," and "The Wasteland."* London: Macmillan; New York: St. Martin's Press, 1984.

Young, Kenneth. *D. H. Lawrence.* London, New York, Toronto: Longmans, Green, 1952. (Writers and Their Work Series.)

Yudhishtar. *Conflict in the Novels of D. H. Lawrence.* Edinburgh: Oliver and Boyd; New York: Barnes and Noble, 1969.

Zytaruk, George J. *D. H. Lawrence's Response to Russian Literature.* The Hague: Mouton, 1971.

参考書目97　ロレンスを扱った雑誌とロレンスの特集を組んだ雑誌

The Aligarh Journal of English Studies 10 no. 2 (1985). Special D. H. Lawrence Number.

The D. H. Lawrence Review. Edited by Dennis Jackson. Newark: University of Delaware, 1968–　.

Etudes Lawrenciennes. Edited by Ginette Roy. University of Paris X—Nanterre.

Japan D. H. Lawrence Studies. Kyoto University.

Journal of the D. H. Lawrence Society. Edited by Catherine Greensmith. Nottingham: D. H. Lawrence Society, 1976–　. (See also under Cooper and Hughes in preceding bibliography.)

The Laughing Horse 13 (April 1926). Special D. H. Lawrence Number. Edited by Willard Johnson.

Library Chronicle of the University of Texas at Austin, new series, 34 (1986). Special D. H. Lawrence Number.

Literature/Film Quarterly 1, no. 1 (January 1973). Special D. H. Lawrence Number. Edited by Thomas L. Erskine.

Modern Fiction Studies 5 (Spring 1959). Special D. H. Lawrence Number. Edited by Maurice Beebe.

Modernist Studies 4 (1982). ''A Special Issue on D. H. Lawrence, 1885–1930.''

The New Adelphi (June–August 1930). Lawrence memorial issue. Edited by John Middleton Murry.

Osmania Journal of English Studies 21 (1985). D. H. Lawrence Special Number. Edited by Adapa Ramakrishna Rao and R. S. Sharma. (Hyderabad, India.)

Paunch 26 (April 1966). Special D. H. Lawrence Number. Edited by Arthur Efron.

Paunch 63–64 (December 1990). *The Passional Secret Places of Life: New Studies in D. H. Lawrence.* Edited by Arthur Efron.

Phoenix 23 (1981). ''A Special D. H. Lawrence Issue in Commemoration of the 50th Anniversary of the Writer's Death.'' (English Literature Society, Korea University, Seoul, Korea.)

Rananim: Journal of the D. H. Lawrence Society of Australia. 1993–　.

Renaissance and Modern Studies 29 (1985). Lawrence Centennial issue. Guest editor, James T. Boulton.

Staple Magazine (Derbyshire College School of Humanities). Special Number: *Lawrence and the Real England.* Edited by Donald Measham. Matlock, Derbyshire: Arc and Throstle Press, 1985.

参考書目98　ロレンスの作品

ロレンス作品すべての完全な出版年月、版等の詳細は、本書の第２部の中の作品に対してそれぞれ個別の項目で挙げられているので、この参考書目は単に一般的な参照目的用に構成されている。故にここでは出版に関しては限られた詳細、主にケンブリッジ版に関してと、主要な作品に関してのみを挙げてある。ケンブリッジ版に未収録のペンギン版による作品に関しては、初版の情報もあたえている。（以下のロレンス作品の掲載にあたって、ケンブリッジ版に未収録の作品についてはペンギン版に拠っている。）

これらに関連するロレンスの書簡や参考文献の詳しい情報は、参考書目１の中にあるので、ここではケンブリッジ版の書簡集のみを引用してある。

ロレンス作品のケンブリッジ版テキストはジョン・ワーゼン（John Worthen）を編集

助言者として、現在ペーパーバックでペンギンの「20世紀古典作品集」("Twentieth-Century Classics") シリーズ（ペンギン版ロレンス）として出版される予定である。これらの版は、相当するケンブリッジ版の巻を編集したそれぞれの学者による、原文への訂正や新たな解説、説明を施すための注などが加えられることがあるかもしれないが、原則としてケンブリッジ版と同じ原文と丁付けがなされることになっている。

Aaron's Rod. Edited by Mara Kalnins. Cambridge: Cambridge University Press, 1988.

Apocalypse and the Writings on Revelation. Edited by Mara Kalnins. Cambridge: Cambridge University Press, 1980.

A Propos of ''Lady Chatterley's Lover.'' London: Mandrake Press, 1930.

Assorted Articles. London: Secker 1930.

Birds, Beasts and Flowers. London: Secker 1923.

The Boy in the Bush [with M. L. Skinner]. Edited by Paul Eggert. Cambridge: Cambridge University Press, 1990.

The Complete Plays of D. H. Lawrence. London: Heinemann, 1965. New York: Viking, 1966.

The Complete Poems of D. H. Lawrence. Rev. ed. Edited by Vivian de Sola Pinto and Warren Roberts. London: Heinemann, 1967.

England, My England and Other Stories. Edited by Bruce Steele. Cambridge: Cambridge University Press, 1990.

Fantasia of the Unconscious. London: Secker, 1923. (*Fantasia of the Unconscious* and *Psychoanalysis and the Unconscious.* Harmondsworth: Penguin, 1971.)

The First Lady Chatterley. New York: Dial, 1944. London: Heinemann, 1972. Harmondsworth: Penguin, 1973.

The Fox, The Captain's Doll, The Ladybird. Edited by Dieter Mehl. Cambridge University Press 1992.

John Thomas and Lady Jane. London: Heinemann; New York: Viking, 1972. Harmondsworth: Penguin 1973. (First published in Italian as *La Seconda Lady Chatterley* in *Le Tre ''Lady Chatterley.''* Translated by Carlo Izzo. Italy: Mondadori, 1954.)

Kangaroo. Edited by Bruce Steele. Cambridge: Cambridge University Press, 1994.

Lady Chatterley's Lover. Edited by Michael Squires. Cambridge: Cambridge University Press, 1993.

Last Poems. Edited by Richard Aldington. Florence: G. Orioli, 1932.

The Letters of D. H. Lawrence. Vol. 1: September 1901–May 1913. Edited by James T. Boulton. Cambridge: Cambridge University Press, 1979.

The Letters of D. H. Lawrence. Vol. 2: June 1913–October 1916. Edited by George J. Zytaruk and James T. Boulton. Cambridge: Cambridge University Press, 1982.

The Letters of D. H. Lawrence. Vol. 3: October 1916–June 1921. Edited by James T. Boulton and Andrew Robertson. Cambridge: Cambridge University Press, 1984.

The Letters of D. H. Lawrence. Vol. 4: June 1921–March 1924. Edited by Warren Roberts, James T. Boulton, and Elizabeth Mansfield. Cambridge: Cambridge University Press, 1987.

The Letters of D. H. Lawrence. Vol. 5: March 1924–March 1927. Edited by James T. Boulton and Lindeth Vasey. Cambridge: Cambridge University Press, 1989.

The Letters of D. H. Lawrence. Vol. 6: March 1927–November 1928. Edited by James T. Boulton and Margaret H. Boulton with Gerald Lacy. Cambridge: Cambridge University Press, 1991.

The Letters of D. H. Lawrence. Vol. 7: November 1928–February 1930. Edited by Keith Sagar and James T. Boulton. Cambridge: Cambridge University Press, 1993.

The Letters of D. H. Lawrence. Vol. 8: Index. Edited by James T. Boulton. Cambridge: Cambridge University Press, forthcoming.

Look! We Have Come Through! London: Chatto and Windus, 1917.

The Lost Girl. Edited by John Worthen. Cambridge: Cambridge University Press, 1981.

Love Among the Haystacks and Other Stories. Edited by John Worthen. Cambridge: Cambridge University Press, 1990.

Mr Noon. Edited by Lindeth Vasey. Cambridge: Cambridge University Press, 1984.

Mornings in Mexico. London: Secker 1927. (*Mornings in Mexico* and *Etruscan Places.* Harmondsworth: Penguin, 1960.)

Movements in European History. Edited by Philip Crumpton. Cambridge: Cambridge University Press, 1989.

Phoenix: The Posthumous Papers of D. H. Lawrence. Edited by Edward D. McDonald. New York: Viking; London: Heinemann, 1936.

Phoenix II: Uncollected, Unpublished and Other Prose Works by D. H. Lawrence. Edited by Warren Roberts and Harry T. Moore. London: Heinemann, 1968.

The Plumed Serpent (Quetzalcoatl). Edited by L. D. Clark. Cambridge: Cambridge University Press, 1987.

Pornography and Obscenity. London: Faber and Faber, 1929.

The Princess and Other Stories. Edited by Keith Sagar. Harmondsworth: Penguin, 1971.

The Prussian Officer and Other Stories. Edited by John Worthen. Cambridge: Cambridge University Press, 1983.

Psychoanalysis and the Unconscious. London: Secker, 1923. (*Fantasia of the Unconscious* and *Psychoanalysis and the Unconscious.* Harmondsworth: Penguin, 1971.)

The Rainbow. Edited by Mark Kinkead-Weekes. Cambridge: Cambridge University Press, 1989.

Reflections on the Death of a Porcupine and Other Essays. Edited by Michael Herbert. Cambridge: Cambridge University Press, 1988.

Sea and Sardinia. London: Secker, 1923. (Harmondsworth: Penguin, 1944.)

Sketches of Etruscan Places and Other Italian Essays. Edited by Simonetta de Filippis. Cambridge: Cambridge University Press, 1992.

Sons and Lovers. Edited by Carl and Helen Baron. Cambridge: Cambridge University Press, 1992.

Sons and Lovers: A Facsimile of the Manuscript. Edited by Mark Schorer. Berkeley, Los Angeles, London: University of California Press, 1977.

St. Mawr and Other Stories. Edited by Brian Finney. Cambridge: Cambridge University Press, 1983.

Studies in Classic American Literature. London: Secker, 1924. (Harmondsworth: Penguin, 1971.)

Study of Thomas Hardy and Other Essays. Edited by Bruce Steele. Cambridge: Cambridge University Press, 1985.

The Symbolic Meaning: The Uncollected Versions of ''Studies in Classic American Literature.'' Edited by Armin Arnold. London: T. J. Winterson, 1962.

The Trespasser. Edited by Elizabeth Mansfield. Cambridge: Cambridge University Press, 1981.

Twilight in Italy and Other Essays. Edited by Paul Eggert. Cambridge: Cambridge University Press, 1994.

The Virgin and the Gipsy. Florence: Orioli, 1930. (*St. Mawr and The Virgin and the Gipsy.* Harmondsworth: Penguin, 1950.)

The White Peacock. Edited by Andrew Robertson. Cambridge: Cambridge University Press, 1983.

The Woman Who Rode Away and Other Stories. Edited by Dieter Mehl and Christa Jansohn. Cambridge: Cambridge University Press, 1995.

Women in Love. Edited by David Farmer, Lindeth Vasey, and John Worthen. Cambridge: Cambridge University Press, 1987.

原著者追加書目

Sea and Sardinia by D. H. Lawrence. Edited by Mara Kalnins. 1997.

The First '*Women in Love*' by D. H. Lawrence. Edited by Lindeth Vasey and John Worthen. 1998.

The First and Second Lady Chatterley Novels by D. H. Lawrence. Edited by Dieter Mehl and Christa Jansohn. 1999.

D. H. Lawrence: The Plays. Edited by Hans-Wilhelm Schwarze and John Worthen. 1999.

Biography

D H Lawrence, Volume II: Triumph to Exile, 1912-1922 by Mark Kinkead-Weekes. 1996.

D. H. Lawrence, Volume 111: Dying Game, 1922-1930 by David E1lis. 1998.

Critical works

1993

'Lady Chatterley's Lover': Loss and Hope, William K. Buckley. Twayne, New York.

Metaphor's Way of Knowing: The Poetry of D. H. Lawrence and the Church of Mechanism, Patricia L. Hagen. Peter Lang, New York.

Rananim: Journal of the D. H. Lawrence Society of Australia, first number.

D. H. Lawrence: A Study of the Short Fiction, Weldon Thornton. Twayne, New York.

1994

Revisionist Resurrection Mythologies: A Study of D. H. Lawrence's Italian Works, Jill Franks. Peter Lang, New York.

D. H. Lawrence Studies:'The Plumed Serpent', Kyoto Study Circle of D. H. Lawrence. Asahi Shuppansha, Tokyo. (Includes English synopses.)

D. H. Lawrence 1994 Special Collection Catalog, [Deborah Sherman]. Taos Book Shop, Taos, New Mexico.

1995

The Holy Ghost: A Study of the Novels of D. H. Lawrence, Jagroop Singh Birring Harman Publishing House, India.

A Genius for Living: The Life of Frieda Lawrence, Janet Byrne Harper Collins New York.

D. H. Lawrence: A Study on Mutual and Cross References and Interferences, Carla Comellini.

Club Editrice, Bologna.

The Sayings of D. H. Lawrence. Ed. Stoddard Martin. Duckworth, London.

D. H. Lawrence and the Pense'e, Christopher Pollnitz. Alyscamps Press, Paris.

D. H. Lawrence's Response to Plato: A Bloomian Interpretation, Barry Scherr. New York, Lang.

1996

Into the Isle of Self: Nietzschean Patterns and Contrasts in D. H. Lawrence's 'The Trespasser', Cecilia Björkén. Lund University Press, Lund, Sweden.

D. H. Lawrence and Comedy. Ed. Paul Eggert and John Worthen. Cambridge University Press, Cambridge.

L. N. Tolstoy and D. H. Lawrence: Cross-Currents and Influence, Dorthe G.A. Engelhardt. Peter Lang, New York.

D. H. Lawrence: The Cosmic Adventure. Studies of His Ideas, Works and Literary Relationships. Ed. Lawrence B. Gamache, with Phyllis Perakis (associate editor). Borealis Press, Nepean, Ontario. Essays from the Fifth International D. H. Lawrence Conference, Ottawa 1993.

D. H. Lawrence and Nine Women Writers, Leo Hamalian. Fairleigh Dickinson University Press, Madison; Associated University Presses, London. (The nine wrrters are Mansfield H.D., West, LeSueur, Nin, Boyle, Plath, Drabble, and Oates.)

D. H. Lawrence: Future Primitive, Dolores La Chapelle. University of North Texas Press, Denton, Texas.

Language, Art and Reality in D. H. Lawrence's 'St. Mawr'. A Stylistic Study, Paul Poplawski. Edwin Mellen Press, Lewiston, Queenston, Lampeter.

Editing D. H. Lawrence, New Versions of a Modern Author. Ed. Charles L. Ross and Dennis Jackson. University of Michigan Press, Ann Arbor.

'Sons and Lovers'.' Contemporary Critical Essays. Ed. Rick Rylance. Macmillan, London.

1997

D. H. Lawrence: The Thinker as Poet, Fiona Becket Macmillan London and New York.

D. H. Lawrence: 'The Rainbow'/ 'Women in Love'. Ed. Richard Beynon. Icon Books, Duxford, Cambridge. (Icon Critical Guides.)

Jessie: D. H. Lawrence's 'Princess'- A Biography, Bridget Dunseith. Merimna Publications, Surrey.

Out of Sheer Rage: In the Shadow of D. H. Lawrence, Geoff Dyer. Little, Brown and Company, London.

World Anew: Themes and Modes in the Poetry of D. H. Lawrence, Rita Saldanha Creative,

India.

Who Paid for Modernism ? Art, Money, and the Fiction of Conrad, Joyce, and Lawrence, Joyce Piell Wexler. University of Arkansas Press, Fayetteville.

D. H. Lawrence, Linda R. Williams. Northcote House, Plymouth.

1998

D H Lawrence Studies on "Lady Chatterley's Lover", D. H. Lawrence Association in Japan. Asahi Shuppan, Tokyo.

Sisters in Literature: Female Sexuality in Antigone, Middlemarch, Howard's End and Women in Love, Masako Hirai. Macmillan, London.

The Major Short Stories of D. H. Lawrence: A Handbook, Martin F. Kearney. Garland Publishing, New York.

1999

Theorizing Lawrence: Nine Meditations on Tropological Themes, Gerald Doherty. Peter Lang, New York.

D. H. Lawrence in Italy and England. Ed. George Donaldson and Mara Kalnins. Macmillan, London.

The Reception of D. H. Lawrence Around the World. Ed. Takeo Iida. Kyushu University Press, Fukuoka, Japan.

D. *H. Lawrence and the Paradoxes of Psychic Life*, Barbara Schapiro. SUNY Press, Albany.

The Vital Art of D. H. Lawrence: Vision and Expression, Jack F. Stewart Southern Illinois University Press. Carbondale and Edwardsville.

D. H. Lawrence on Screen.' Re-Visioning Prose Style in the Films of "The Rocking Horse Winner", Sons and Lovers, and Women in Love, Jane Jaffe Young. Peter Lang, New York.

参考資料

大衆のイメージ――ロレンスと映画産業

ロレンスが今日の読者を魅了し続けるとともに、その影響や重要性が批評家達によって取り上げられ続ける理由の１つに、現代に対するロレンスの複雑な関わり方――現代の世界に対してロレンスが両義的な姿勢をとっているのと同時に、現代世界もロレンスに対して同じような対し方をしていること――が挙げられる。この両方向の両義性は、現代の大衆文化の分野において最も見事に浮き彫りにされる。この大衆文化の中では、ロレンスの作品と、ロレンスという人物の「大衆版」が映画、テレビ、ラジオ、新聞などで容赦なく繰り返し作り出されているが故に、大衆受けする芸術や娯楽に対する彼のあからさまな憎悪は、なんとも居心地悪そうにしているというわけである。しかし同時に、どこかでロレンスが「高度な」文化的価値のイコンとして大衆文化に頑固に敵対するものとして見られるようになってきたとしても、彼のルーツが労働者階級にあったということ、つまりイギリス国民のうちでも最も庶民的な輩の中にあったことを決して忘れるべきではないだろう（ロレンス自身、このことをついぞ忘れることはなかったと思われる)。またその大衆の中において、ある種の評判を得ることをロレンスが渇望していたこと、実際、誰にもわかりやすい書き方をすることを常に心掛け、自らの思想の伝達手段として大衆的なメディアを用いてきた（例えば、晩年の数年間には雑誌等にどんどん作品を発表したことを見てもわかるように）ことにも十分に注意の目を向けるべきだろう。映画産業やテレビが、ロレンスの死後彼を題材にしたものを作り出したことは、ロレンス自身にとってはひどく嫌なことであろうと考えるのが正当になってきているが、もし映画やテレビ等の技術が今日ほど全盛を極めるのをロレンスが生きて目の当たりにしたとしたら、果たして映画を自分自身の芸術表現のために割り当てられた、芸術的な創造性を発揮するための今１つの分野と見なさなかったと言い切れるだろうか？

ともかく、このことは次に挙げたナイジェル・モリス（Nigel Morris）による２つの論文から納得することができよう。ナイジェル・モリスは主に読者に、映画やテレビに関連したロレンスについての基本的な情報を与えることを目的としながらも、ロレンスが映画を正統な創造的芸術の様式としては全く拒絶していたという、ロレンス研究において受け入れられている考えに対してあえて物議を醸してまで挑戦しようとしているのである。２つの論文を通じて、批評作品は著者と出版年のみの表記によって参照できるようにしてあるが、正式な題名は２つ目の論文の後の「引用書目」の項目に載せている。ロレンスの作品と書簡は、本書の巻末の参考書目98で調べがつく。扱ったロレンスの映画化については、関連する批評作品のリストと共に参考書目95に詳しく載せている。最後に、ロレンスの生涯はほとんど映画産業の誕生や成長と時を同じくするとともに、映画に対するロレンスの反応には、手法や制度上の要因で左右される部分があるので、映画（と関連するメディア）の重要な進歩を特に挙げた、ナイジェル・モリスの編纂によるその当時の年表（年表７）が、参考資料の最後に載せてある。

ナイジェル・モリスによる、ロレンスの映画産業への反応について

映画と大衆文化に対するロレンスの予想される姿勢というのは、彼の映画化作品についての批評的言説と、「高尚」と「低俗」、「本格的」文化と「大衆的」文化という視点から見た20世紀の文化基準に関する、F・R・リーヴィス（F. R. Leavis）と彼の支持者の批評作品を有力な媒体にした広範囲にわたる論争の両方にあっても解決を見ない部分である。しかし不運なことに、批評家たちは普通、ロレンスが大衆受けする芸術や娯楽の有り方を敵視していたというリーヴィスらによって当然のごとく打ち建てられた通説を喜んで受け入れてきたのである。そしてこのことによって、ロレンスの意見が現代文明批評の信頼すべき筋である例として挙げられたりする段になるといつもそうであるように、彼の映画化作品を取り沙汰する時は決まって、必然的にリーヴィスの新鮮味のない短絡的な見解をただ繰り返してきたのである。従って、映画化それ自体を考える前に、また映画化された作品の周辺の批評的言説を考える前に、ロレンスが彼の時代の映画に対してどのような姿勢を示していたかを詳しく調べることは有益であろう。

H・T・ムア（H. T. Moore）がロレンスは「メディアを最も激しく嫌った.... 少なくとも彼の晩年においては」（ムア 1973年 p. 4）と書いた時、彼は一般に受け入れられている批評的姿勢をただ口にしていたに過ぎない。ロレンスの映画産業に対する姿勢は確かにしばしば否定的であったことは無視できないが、証拠を挙げてみると、その姿勢は決してムアが我々に連想させるような型にはまったものではなかったのである。実際、私が示そうとしているように、ロレンスの姿勢は柔軟的で――時には自己矛盾していることさえあったが――その他のいろいろなことに対する姿勢と同様に極めて両義的であった。

まず最初に、ロレンスはただ単純に映画を攻撃するなどということはしなかった。攻撃したとすれば、それは常にその他の機械製品と絡んだもっと深い症候故であった。だからメラーズ（Mellors）――『チャタレイ夫人の恋人』（*Lady Chatterley's Lover*）の中の生気に満ちた活力と純朴な率直さの化身――は、どの階級においても世代を追うごとに虚弱化してくる人々の有り様を次のようにコメントするのである。「彼らの活力は死に絶えてしまった――自動車や映画、飛行機などが活力の最後の一滴まで彼らから吸い取ってしまったのだ」（p. 217）と。メラーズは物語の他の場面でも道義の堕落をオートバイやジャズと結び付けて語り、人間の技術や手工芸へ回帰するべきだと提案している。安易なノスタルジアと相まって、優れた映画やジャズ、あるいは移動範囲の広がりへの肯定的な可能性を認めないというこの欠点は、間違いなくリーヴィス主義に見られるやり方、目隠しを施した偏見を示すものである。しかしメラーズのコメントは、いろいろな対立意見を含んだ論争の１つの立場に過ぎず、物語の登場人物の意見がそのまま著者の見解であるとする見方には注意を要しよう。どちらかと言えば否定的な考え方が強いとはいえ、ロレンスの映画についての立場は一枚岩ではない。例えば、1922年に太平洋を渡る定期船（『書簡集』（*Letters*）Ⅳ、p. 287, p. 303）の上で出会った映画俳優達にロレンスはぞっとするのだが、船を下りて２日と経たぬうちに彼は映画を見ることを決心するのである（『書簡集』Ⅳ、p. 290）。また、ほんの何週間か後に――その申し出は結局没になってしまうが――『恋する女たち』（*Women in Love*）を映画化する権利として１万ドルを支払うという申し出に大

喜びしたりもしている（メリル（Merrild）1964年、pp. 124－28)。またロレンスの芸術家仲間であるクヌド・メリル（Knud Merrild）とカイ・ゴーッツェ（Kai Götzsche）はハリウッドに仕事で出掛けるが、ロレンスは1923年には彼らと一緒にそこで過ごし（メリル1964年、p. 321)、映画スターのジャック・ホウルト（Jack Holt）と友人にさえなっている（ムア 1973年、p. 3)。

ロレンスは『幌馬車』(*The Covered Wagon*)（1923年）という、多額の制作経費をかけ大々的に宣伝をした大作ウエスタンに魅了された。ゆっくりとした動きで、慎重なペースで進む、野外撮影によって制作された感動的な半ドキュメンタリータッチのこの映画は、西部への移住と進展する開拓の歴史を映画のジャンルに加えた記念すべき作品であろう。ロレンスは紋切り型のヒーロー像には異議を唱えたけれども、ニューメキシコで暮らした経験を経た後にロンドンで見たこの映画自体には大いに感動し、「本当にこの通りなんだ」と何度も繰り返したり、楽譜を見て「おお、スザンナ！」(“Oh, Susannah!”）を鼻歌で歌ったりしていたという（ブレット（Brett）1933年、pp. 26－27)。ロレンスとフリーダはまた『バグダットの盗賊』(*The Thief of Bagdad*, 1924年）のダグラス・フェアバンクス（Douglas Fairbanks）も気に入ったようだった（ブレット 1933年、p. 189）――彼らはその映画監督、ラウール・ウォルシュ（Raoul Walsh）が『キャプテン・ブラックバード』(*Captain Blackbird*)（1923年に『南海の島での災難』(*Lost and Found on a South Sea Island*）という題名で封切られた）の制作者だとは全く知らなかった。実は当時の俳優陣が何時ぞや英国郵船タヒチ号（*RMS Tahiti*）にロレンスが乗り合わせた際に彼を狼狽させた連中だったのである。『幌馬車』と『バグダットの盗賊』は、大衆にも批評家の間でも不朽の評判を得て、ロレンスの眼識の確かさを証明することとなった。今日でもこの2作品は見ることができる。(『幌馬車』は空前の収益をあげたので、ロレンスがあからさまなエリート意識を持っていたにもかかわらず、この映画の世間的評判のみがロレンスを苛つかせた原因ではなかったことがこのあたりにも窺える。)

1928年にアクサ・ブルースター（Achsah Brewster）によって語られた、『ベン・ハー』(*Ben Hur*)（1926年）の上映に対するロレンスの反応についての思い出は、ロレンスの映画嫌いの証拠として頻繁に引用される。彼女によると、ロレンスは映画が虚偽に満ちており、観客がそれに易々と騙されているとして“吐き気を覚えた”というのである。「もし私たちがロレンスを即座に外へ連れ出さなかったら、彼はことのほか気分を悪くしていたでしょう。映画のあのような虚偽性が彼の気分を害したのです。彼は、他の人々が口をぽかんと開けて真実だと思い込んでその虚偽性を鵜呑みにしているのを見ることに耐えられませんでした」(ブルースター夫妻（Brewster and Brewster）1934年、pp. 298－99)。映像の効果（海上での戦闘シーンや、熱狂的二輪馬車レース、2色のけばけばしい色彩の画面の連続など）がロレンスに文字通り目眩を起こさせたという可能性は別としても、ブルースターの率直で遠まわしな文体による報告から、ロレンスがよく計算された誇張表現を用いていたことがよくわかるのである。もしこれがロレンスの映画に対しての姿勢全般を表しているとしたなら、1928年に何故彼は映画館になどに現れたのだろうか？　おそらくロレンスが本当に気分を悪くしたことと言うのは、『ベン・ハー』がそれまで製作されたうちで最も金を掛けた作品だったということであろう。映画界の悩める歴史の中で、この作品が何年間もの放映権を得ることで生み出した巨大な利益も、ただ生活するだけでも四苦八苦している貧しい作家の気分をおそらく害したのであろう。実際、自分の収入が微々たるもので、しかも作品が中傷されたり発禁処分を受けたりしている時に、チャップリン（Chaplin）やピックフォード（Pickford）がそれぞれ１年間に100万ドル以上も稼ぐ世界一の給料取りとなり、ヴァレンチノ（Valentino）のくだらない詩が何万部も売れるなどという事態を招いた映画人気に憤慨を覚えたとしても、それは許されることではないだろうか。ロレンスはこれらのような一世を風靡した映画作品そのものよりも、映画産業界の顔ぶれ、観客、手法的な短所やマンネリ化した制作などを彼の作品中で引き合いに出している。映画に対するロレンスの明らかな興味や、断続的に語られる喜びを見ると、彼が映画を全く拒絶していたと考えるのは間違っている。むしろ、ロレンスの抱いた疑問は映画産業の最悪の側面に関してであり、大規模に産業化された社会についての一般的な懸念を頻繁に例証しており、その懸念とても当時の一般的傾向を投影しているに過ぎない。ロレンスが文章を通じて映画について直接コメントしたり、あるいは映画的技法で――諷刺的なもじりであろうと、実験的な調子であろうと――屈折した語り口になる時には、それは決まって産業化、機械化、大規模化、民主化といった、広く現代に行き渡る懸念を含んでいる。例えば、『ロストガール』（*The Lost Girl*）の中の映画館経営者がそうである。彼のような、かつては「文盲の取るに足らぬ何者でもないつまらぬ男」（p. 85）が、今や車を所有していても驚くに足らぬご時世だというわけなのだ。

『ロストガール』に登場するハフトン氏（Mr. Houghton）の映画館の支配人、メイ氏（Mr. May）の通俗さや平凡さについては繰り返しコメントされ（例えばp. 95）、アルヴァイナ（Alvina）の方はというと、映画の伴奏員になるとして「立派な商店主の娘たち」（p. 117）から避けられるようになる。「アメリカ的な性質を持った」（p. 86）メイ氏という人物像は、容赦のない利益追求によりその土地古来の文化が破壊されるのではないかというロレンスの恐れを端的に表すものであり、第１次大戦後の映画産業におけるアメリカの優勢をロレンスが意識していたことを示唆している。反アメリカ主義（Anti-Americanism）は、当時世間に広まっていた（トーキー映画の出現によって激化し、後にリーヴィス主義の中心的柱となった）。1929年までには、ＢＢＣ（英国放送協会）は、「トランスアトランティック・オクトパスの分派（アメリカ資本による、大西洋を横断して英国に忍び寄る有害な勢力）」（“the ramifications of the Transatlantic Octopus”）を考慮し、「我が国の外観と共に、国の特色が全般的にアメリカ的になりつつある」ことを（オルヴァラード（Alvarado）その他のところで、1985年、p. 16）危惧していた。1930年代から今に至る文芸作品のラジオ放送はそれへの１つの返答である。

しかし、ロレンスは、またアメリカ文学とアメリカ西部の風景の中に具体化された価値に強く引きつけられてもいた。ドイツ人女性と結婚したロレンスには外国嫌いに不信を抱く充分な理由もあった。外国嫌いは『チャタレイ夫人の恋人』で面白おかしく諷刺されている（p. 184）。実際、メイ氏のアメリカ化した卑しむべき物の考え方は、彼のビジネスにみる「自分さえ良ければよいといった、無節操さや、破廉恥さ」、また炭坑夫や働く女性達から――彼の意識していたことについて言えば――「映画というちらちらする画面による目の痛み」（『ロストガール』、p. 86）に過ぎない下等な楽しみを提供するお返しに金を巻き上げることを偽善者らしく嬉々として行なう場面に窺われる。

ますます偏見を固めることで更に苛々した気持ちを覚えるようになったとはいえ、英国郵船に乗っていた映画人達へのロレンスの反発は、彼らの職業に対するというよりも主に彼らのマナーに対するものであった。ロレンスはとりわけ女性を店の売り子になぞらえ、男性を「他より特に秀でたところがあるわけでもない」として片付け、もっと後には酒に酔ったときの態度と絶え間のない内輪もめ故に彼らを非難している（『書簡集』Ⅳ、p. 287、p. 303)。もし、ロレンス本人、あるいは伝記作家が、個人間の強い憎しみをこれらの人々の作り出す作品に対する自らの態度と混同して考えるようになったら、その混乱は確実に芸術家本人ではなく、その芸術自体への信頼という至上命令を無視していることになる。(『古典アメリカ文学研究』(*Studies in Classic American Literature*)、p.8)

創作家自身の行動に照らし合わせてみての芸術批評が生まれたせいで――「低俗」な文化のために取って置かれればよいものであり、素晴らしい天与の才能が、その人物の難解で不愉快な行動を大目に見させるような「高尚な」文化様式を有する芸術家達には適用できない芸術批評の形式なのだが――道徳的に1922年には検閲制度のためのヘイズ・オフィス（the Hays Office）が設立され、ハリウッドによる厳格な自己規制が全盛を極めるに至った。このような措置は、１つには市民グループや宗教的な圧力団体が起こした、特に映画にみる性を称えるような風潮を気にしての検閲の要求に答えたものだった。しかし、それはまたファッティ・アーバックル（Fatty Arbuckle）の強姦と殺人（1920年）容疑での起訴に端を発した長年にわたるスキャンダルへの回答の１つでもあった。

1896年頃には既に、害のない芝居を基に映画化した『メイ・アーウィンとジョン・C・ライスの接吻』(*May Irwin－John C. Rice Kiss*) なる作品が人々の怒りをかい、検閲制度の必要性を求める声を喚起した。その30年後、ロレンスは、クローズアップで映し出されるキスシーンが「密かな個別的自慰行為」を奨励するとして非難している（『フェニックス』(Phoenix)、p. 326)。ロレンスは、集団的に欲望が刺激されること――しかも満たされないことになっている欲望――に反対し、実際には感じることのできない、映像の上だけでのアップのキスシーンに刺激され悶えている映画の観客についていろいろなところで言及しており（『パンジー』(*Pansies*)、p. 444)、当てつけにメイ氏に「この盛り上がりは単に一時的なものだろう」(『ロストガール』、p. 101）などと言わせたりもしている。『クローズアップ（接吻)』(*Close-up* (*Kiss*))（1927－28年）と題されたロレンスの絵画には、性的な抱擁を交わしながら、全く触れ合いそうにないのにグロテスクに唇を突き出し、そうしなければ互いへの情熱などほとんど示せない１組の男女が描かれている。画面いっぱいに、その当時では珍しい油彩で、明らかに映画のスクリーンを仄めかしているような縦横の割合のカンヴァスを用いたこの絵によっても、映画は機械的な公式へと感情を縮小してしまうものであるという彼の見解が伝えられているのである。

強調すべきことは、そのような極端な反応は映画の目新しさと関係があるということである。今日の観客は、クローズアップの手法が――1915年になって確立したものなのだが――それ以前には親や恋人同士だけに許されていた距離だったことに気づいていない。ロレンスの心配したことは、一般に当時の誰もが心配したことであり、それを彼独特の表現で示したに過ぎないのだ。他にも急速にいろいろなメディアが出現してきた1900年代の英国にあって、映画のせいで未成年者が犯罪を起こしたかのように書かれる新聞の大見出しが見掛けられるようになった。可燃性フィルムによる火事が数件起こり、そのうちの１件では140人が亡くなったことから、映画館の数の著しい増加と相まって、英国に1909年映画条例（the 1909 Cinematograph Act）が導入されることになった。これにより、映画を上映するにはライセンスが必要となり、地元の当局に検閲をする権限が与えられた。堕落の匂いは一般に映画業界を包み、特にアメリカで顕著だった。（実際、映画制作の本拠地としてハリウッドが選ばれたのは、１つには映画制作者達が――パテントを得た機材のコピーを使っていたので――自分達とエジソンのエージェント達の間に大陸１つ分の距離を置き、もしもの時にメキシコへ急いで逃げるルートを確保するという必要性からだった。）機材の起こす火災と違法が横行する騒ぎとが容易に入り交じり、これらがより一層の規制を求める理由として引き合いに出されたのである。

『チャタレイ夫人の恋人』の中で、語り手が大衆小説を拒絶したすぐ後で、ロレンスはふざけて、ボルトン夫人（Mrs. Bolton）にその当時一般的であった映画についての道徳上の懸念を口にさせている。ボルトン夫人は、メロドラマと恋愛小説を非難し、特に子供には良くないと言うのである。しかし、（『ロストガール』のミス・ピネガー（Miss Pinnegar）のように）教育的な映画なら（p. 102）許可する気持ちを持っている。教育的な映画と、娯楽映画の区別は一般にも広まりつつあった――例えば、ニュース映画と宣伝映画は、戦後英国で検閲を免除された。そして、リチャード・ファルコン（Richard Falcon）は、「この処置は、映画とは娯楽作品から利益を得ることを目的とする事業だという信念を反映し、その信念に基づき、（大衆向け）映画には教育的あるいは芸術的特質など有り得ないとされた」（1993年、p. 13）と述べている。これはロレンスの確信と一致するが、ボルトン夫人の口を借りて諷刺されているように思えるロレンスの信念でもある。

劇場に比べて、映画館にはずっと厳しい規制が設けられた。それは映画の観客がほとんど都会の労働者階級の人々であるという事実に裏打ちされた配慮に依るものであった。革命が起こる恐れ――アイルランド、ロシア、ギリシャなどでの出来事や、1926年の英国のゼネストによって捲き起こり、『チャタレイ夫人の恋人』の発禁処分が理解できるような時代背景――が、ソビエトの映画監督プドフキン（Pudovkin）やアイゼンシュタイン（Eisenstein）らによって価値を認められた文学作品の名作を発禁とする処分に繋がったのだ。しかしその恐れは政治的であるのと同様に文化的でもあった。というのも、新しいメディアは民主化、つまり嗜好の画一化の先駆けとなったからである。他の分野にみる大規模生産のための新しい方法は、「群集というのは優美さ」や「独自性を追求することを嫌悪し」、「通俗な興奮.... 機械生産の興奮、烏合の衆には打って付けの興奮」の方を好むのだと言った、『ロストガール』のジェイムズ・ハフトン氏（James Houghton）が手掛ける洋服販売の件に見られるような懸念を生んだのである。

チャナン（Chanan）によれば、子供達がしばしば映画好きの大人のお供をして映画を見に行くのは、娯楽や教養のためではなくて、子供達の方が字幕を読むのがうまかったからである（1980年、p. 255）。子供が観客の大部分を構成していたという事実は、検閲の理由として誰にでも肯ける正当性を与えてくれるが、それはまた初期に制作された映画の見物がどれほど騒々しい思いをする経験であったか――ロレンスのような人物には必ずや疎外感を与えることになる子供じみた経験であったろうこと――を示唆している。

しかし、ロレンスの詩「私が映画に行った時」（"When I went to the film"）（『全詩集』（*The Complete Poems*）のなかの『パンジー』、p. 443－44）は、一般に考えられているような、映画を攻撃した単純な詩ではないかもしれない。『パンジー』（1973年、p. 3）でシェイクスピア（Shakespeare）とトルストイ（Tolstoy）が同じように手厳しく攻撃されているというムアの見解はさておき、過去形で表現されたこの詩のタイトルから、それはロレンスが何度も習慣的に（時には必然的であったにせよ）明らかに楽しんだ映画ではなく、ごく初期に制作された１本の映画鑑賞を詠んだ詩であることがわかる。この詩は、観衆がスクリーンの映像によって煽られた情熱に「身を任せて」いることはもとより、人工的な悦びや集団的な幻惑をも非難しているのではないだろうか。しかしながら、それはコールリッジ（Coleridge）のいうところの積極的な不信への停止という伝統の内に、自分の経験の質を説明しようとする試みかもしれない。実際は感じられてもいない感情に「この上もなく素晴らしい」、「うっとりする」感覚を付与するというという概念が逆説的に映画の楽しみを作り出しているのは明らかである。心理分析的な映画理論が、ラカンの言う想像界や象徴界、また、物語中に描かれた出来事の“不在の現前”（“present absence”）などの点から、見る側の認識を試問することによって、その逆説を探求するという方法を見い出すようになるまでには半世紀掛かった（メッツ（Metz）1975年）。これに基づいて主体配置が考慮され、質問要求の概念によって情報が与えられるのだが（アルチュセール（Althusser）1971年）、これは自主的な個人という伝統的な考え方への大胆な挑戦である。ロレンスはほとんど決まって、彼の小説の探求において登場人物とアイデンティティーの問題に気を配り、重要な知的風潮をしばしば先取りして描いている。例えば『ロストガール』でアルヴァイナ（Alvina）を「彼女自身ではなく.... 芯のない、ただ散漫な」（p. 66）人物として描いていることでも明らかだろう。

『パンジー』の中の「私が映画に行った時」の次に来る詩、「私がサーカスに行った時」（“When I went to the circus”）は、その経験の本質的な肉体性によって、その中に入り込めずに意気消沈した（p. 445）「安らげない人々」（p. 444）を描いている。この詩には、映画館に見られる「感情の噴出するような」反応は全く見られない。そしてこの詩は、映画は条件付けられた反応を引き起こすのみだが、実際に目の前で行なわれている生の公演はより深い無意識の感情に直接に訴えかけるものだという、『ロストガール』で３度指摘された点を繰り返している。ロレンスが他の作品でも強調しているように、「視覚というのはあらゆる感覚の中でも最も官能的でない感覚」（『無意識の幻想』（*Fantasia of the Unconscious*）、p. 65）であり、リンダ・ルース・ウィリアムズ（Linda Ruth Williams）が言うように「完全にその中に浸る」（1993年、p. 20）ことを可能にするというよりも、見る側と見られる側との間に距離を作ってしまうものなのである。

しかしながら、ロレンスの考えは精神分析的映画理論によって完全に否定されよう。その理論によれば、物語形式の映画は、第１次認識、第２次認識という過程を通じて完全に幻想に浸った状態を創造することが多々ある。つまり、第１次認識は、見るという行為（カメラの目）と自分を同一化する認識の仕方であり、第２次認識は、見られる登場人物と自分を重ねるという認識の仕方のことである。これは心理的な退行——つまり、象徴的な概念構築物として、テクストとして経験された映画から、仮想のものとして見る側をその中へ組み込んでいく総合的統一体としての映画への退行という過程——を経て、映画の持つ無意識に訴える力から起きてくるのである。この過程は子供の、鏡像段階を通しての推移（エディプス的危機の当然の結果）を再現している。映画のスクリーンが鏡、つまり他者の役割をし、観客はそこで自分自身を誤認するのだ。

ここで重要なのは、優れた映画においてはテクストが下敷きとなりそこから物語が語り出されるように思える統一地点として観客を中心に据える、という正式な手法が1920年頃までは確立されていなかったことである。これらの手法が使えるためには、コンテの編集技術によって首尾一貫して辻褄の合う物語空間と時間が寸断された2次元の映像から創り出されるような、それと気づかれない方法が必要なのである。短いシーンの会話が気づかれないように組み立てられるショット／リヴァースショット（shot/reverse-shot）という今や一般的な方法が不可欠な技術となったのは、映画に音が入るようになった1920年代終わりになってからのことだった。ロレンスがその事に気づいたとは思われないが、彼の是認した映画は「ハフトン・エンデヴァー館」（“Houghton’s Endeavour”）の中で示されたタイプとは全く違った制作技術によるものだった。ずかずかと割り込んでくるような字幕、騒々しい観客、メロドラマ的な演技、初期の物語映画（古代ギリシャ、ローマの劇場の前舞台に画面を据えたかのように切れ目なしのロング・ショットで延々とすべてを見せていたような手法の映画）は、観客を中心に置いたり、並置によって意味を創り出したりするよりもむしろ絵画のような静止状態の絵を結び付けたり、（最も洗練された手法としても）異なった場所の場面を交差法で編集したりする程度であり、これらが原因で観客と物語の間にしらけた距離を創り出してしまうというロレンスの反感を生んだのである。

ロレンスはそれとは対照的に、演劇に見られるような全体の連帯によって成り立つ儀式的側面を深く意識した。例えば『海とサルデーニャ』（*Sea and Sardinia*）は、ロレンスがマリオネットのショー（pp. 207－13）に魅了されている場面で終わっている。彼は自分の目が「大して重要でない」ということ、自分をしかと拘束して「血に直接に働きかけてくる」（p. 211）のは人形遣いの声だということを発見するのである。『イタリアの薄明』（*Twilight in Italy*）にあっては、ロレンスは芝居を見ながらこう考える――「この荒れて見捨てられた教会は良い劇場になった。この教会は宗教的な儀式を劇的に行なうことを考えて非常に都合よく建てられていたことに私は気づいた」（p. 133）。演劇は映画と異なって、精神よりも感覚に訴えるのだというこの説は、確かに個々の見せ物の質による。もし観客と舞台上の役者が有機的な活力によって結び付けられるなら、『ロストガール』の中のヴォードヴィルショーなどには啓発や教化を示唆するものはほとんどない。逆に初期の映画の特徴として、メロドラマは静止した映像でクローズアップを用いず、自然の光で撮影されていたが、それは「19世紀の演劇の伝統の継承、それを完成させたもの」（クック（Cook）1985年、p. 81）として理解され得る。いくら陳腐とはいえ生の公演に比べれば、それに匹敵する経験を与えようと試みた初期の映画は必然的に劣ったものに見えるだろう。ロレンスは芸術として、あるいは娯楽として、その後の映画を全く拒絶したのではなかった。彼の意見は、機械化と画一化――出来上がりはどれも似たりよったりで、完結してしまっていて手応えのない当時の社会全体の症候例としての映画――の拒絶として見なされるべきなのである。

「性対愛らしさ」（“Sex versus Loveliness”）（1928年）、「ポルノグラフィと猥褻」（“Pornography and Obscenity”）（1929年）、『『チャタレイ夫人の恋人』について』（*A Propos of “Lady Chatterley’s Lover”*）（1930年）で、ロレンスは感受性豊かな精神への映画の悪影響について述べている。メディアとイデオロギーについての非常に先見の明のある、空想的霊感を得て書いた理論の中で、ロレンスは映画を、個人と実体との間に立ち入って、洞察力や自然性を破壊する先入観を作り出すもとになるような誤った価値観や虚像を押し付けるものとして非難している。既に『アーロンの杖』(*Aaron's Rod*)(1922年)の中に皮肉な例が存在しており、それは、この物語の主人公がノヴァラ(Novara)のサー・ウィリアム・フランクス(Sir William Franks)の家に到着したすぐ後で、最近の便利な品々で満ちている贅沢な設備のバスルームの方へと「白人と黒人の2人の小間使」の案内によって「廊下をずっと進んで行きたい誘惑にかられる」(ジェイムズ・C・カウアン(James C. Cowan 1990年、p. 102)によれば、時代的には合わないかもしれないが、今で言う「トラッキング・ショット」であるかのような)場面に見られる。

(カウアンの独自の示唆によれば、これはセシル・B・デミル(Cecil B. DeMille)の喜劇に見る、流行を極端に追い求める様子のパロディーではなかろうかというのである。この喜劇はアメリカの中流階級に広まっていた、給水管や便器、浴槽、流しなどの水周りの品を盲目的に崇拝するというもので、もしカウアンの指摘が正しいとすれば、これはロレンスがそうした状況を知りぬいた映画ファンだったことを確証させてくれるであろう。)バスルームと同様に贅沢なブルーの絹を用いたベッドルームに戻って、アーロンは「驚いてはっと息を呑むべきだ」と感じるのである。

> しかし、ああ、映画はしばしば驚きで私たちに息を呑ませ、私達を素晴らしいアメリカの大金持ち、あるいはソンム川や北極の英雄詩や奇跡の壮麗さの中に投げ込んでくれるので、今や人生は私達が映画の上で持つ以上の豊かな輝きを持たなくなっている!私達以上に高貴な英雄はどこにもいないのだ!(既に知っている、周知のことだ!)人生が提供してくれるものすべては私達には周知のことだ。映画ほど私達にそれを徹底して知らしめてくれるものはないのだ!(『アーロンの杖』、pp. 134−35)

この場面は明らかに喜劇的な場面であり、読者はアーロンがおしゃれなバスルームの調度品等(『処女とジプシー』(*The Virgin and the Gipsy*)の配管をネタにした皮肉なコメディーをここで思い出すのである)に感激すべきだという示唆を厳粛には受け止めはしない。それでも、この部分の逆説的なユーモアが、アーロンが実は条件反射的な方法で反応してはいないことを示すことによって会話体で描写されているにせよ、映画が身のまわりのものに対する人々の反応をあらかじめ決定するようになり始めてしまっているという概念は良く理解できる。

ロレンスにとって、機械化は個人と世界の間に介入してくるだけではなくて、人間関係の中にも入り込んで、生気溢れる有機的な直接性を妨げるものである。この地点から、肉体美に関する映画的概念や愛に関する一般的観念へのロレンスの反論が生まれてくる。ロレンスは主張する——『国民の創生』(*The Birth of a Nation*)(1915年)の悪名高い例がもしその典型だとすると、もっともなことに——「映画のヒロインは決まって中性的で、洗いざらしの純粋さで出来たような、性を持たない存在で」、「現実感のある性的感情はいつも悪漢や悪女によって示される低級な劣情である」(『フェニックス』、p. 176)と。「性対愛らしさ」ではロレンスは画一化に反対している。「魅力的な女とはリリアン・ギッシュ(Lillian Gish)のような女で、いい男とはヴァレンチノのような男でなければならないと私達は考えている」(『フェニックス』、p. 529)。この傾向はもちろんあらゆる時代に当てはまり、古典的ギリシャ彫刻や油絵に伝統的に描かれる裸体の変化が示すように、映画によって始まったこととは言い切れない。ロレンスは対照的なものとして、チャップリンを選び、「美というのは1つの経験である.... 決められたパターンや、目鼻の配置ではないのだ」(p. 529) と述べている。従って、ロレンスが映画の可能性を否定しているとは言えないのだ。映画は、適切に利用すればそのような経験を生み出し得るかもしれないものなのである。彼は「紋切り型の属性」(p. 529) や上っ面の外見を取り沙汰して高く評価することを拒絶するのであって特に映画を拒絶しているわけではないし、ミセス・ラントリー (Mrs. Langtry) (ヴォードヴィルのスターであり、映画女優ではないが) を標準的美貌の一例として引き合いに出してもいる (p. 530)。ロレンスにとって、肉体美は性欲と切り離せないものであった。映画の中で性と言えば、男を誑し込む妖婦の脅威と同一のものと見なされるが、それこそが猥褻であり、偽善なのである。それが本当は生命の中心を成す、倫理にかなった力であるはずの性を秘密の胡散臭いものにしてしまったのだ。妖婦と対照的にヒロインは、単に無垢というだけでなく無感覚の存在であった。ロレンスは生き生きとした情熱を求めているのであり、冷たい完璧さを欲しているわけではないのである。

> 外見の美しい女性は、性の炎が彼女の中で純粋にかつ繊細に燃え上がり、その顔に煌きとなって現れるが、その炎が私の中の炎と触れた時、本当に魅力的になる。
> そんな時、彼女は私にとって素敵な女性となるのだ。そういう時、彼女は単に写真に写った美しい女というのではなくて、生きた肉体として魅惑的女性となるのである。(『フェニックス』 II、p. 530)

従ってメラーズはコニー (Connie) を「昨今のセルロイド製の女性たち」と対照的だと感じるのだ。(『チャタレイ夫人の恋人』、p. 119)

何度か旅行する以前から、ロレンスはアメリカ先住民の文化を、退廃した文明にとっての希望の宝庫として見なしていた。この文脈で考えると、『ロストガール』のアルヴァイナがナッチャ・キー・タワラ座 (the Natcha-Kee-Tawaras) という「アメリカインデアン」の部族と称する人々で構成された一座と別れた後、精神的に清められた感覚を持つのは注目すべきである。彼女の肌は「光輝くような清らかさと白さと」(p. 252) で生き生きと見える。彼女はチッチョ (Cicco) との暗黒の血の交わりを、文字通り看護婦としての見掛けだけで充実感のない人生と引き換えにするのである。ここでの用語からは映画のヒロインに対してのロレンスの尻込みが汲み取れる——「光輝くような」という言葉は映画のヒロインとの類似性を持つからだ。そうしてみるとミッチェル医師 (Dr. Mitchell) の「上品な、少年のような魅力」と常に繰り返される「白いきれいな歯並び」も、映画スターの歯を思い起こさせるものとして容易に解釈できるのである。彼のひどい胡瓜嫌い、薄いお茶を好むこと、自意識の強い態度などから、ミッチェル医師はロレンスが映画の中で軽蔑する無味乾燥さや、作り物っぽさと結び付くのである (pp. 258–60)。

映画本来の性質を生かすのではなく、むしろ画一化に向かうことこそをロレンスは嫌悪していたのだが、それは非視覚的メディアをロレンスが批判していることでも確認される。ロレンスはラジオの「感情的白痴」を攻撃しており、そのことがコニーをしてクリフォード（Clifford）に次のように言わせている――「人々は感情を持っている振りをしている」、本当には「何も感じていないのに」（『チャタレイ夫人の恋人』、p. 139）と。それ以前にコニーは、スピーカーが「ばかみたいに滑らかで優しげな声で呼び売り商人の声、昔の呼び売り商人の声を真似したとびきりの優しさを気取った声」（p. 122）を発しているのを耳にする。ここでロレンスは、ＢＢＣのアクセントのわざとらしさ（「ヴェルヴェティ」（“velvety”）というのを「ヴェルヴェティーン」（“velveteen”）と発音する）で労働者の逞しい方言が滑稽に模倣されているのを非難している。

ロレンスの抱いた懸念を理解するためには、次のようなことを覚えておかなければならない。それは、大部分の映画は短編作品で、しばしばスタジオ撮りで、週に１本の割合で制作された代物であったということである。これには脚本や場面のセット、衣装も使い回しをして、同じ配役とスタッフを何度も起用する方法でなければ出来ないことで、必然的に紋切り型の登場人物や手法を生み出すことになり、観客にあまり多くのことを求めない作品ばかりとなってしまったのである。更に、音楽の伴奏はほぼいつものレパートリーから演奏され、字幕のリズムを決めるのに用いられた。感情はお定まりの音楽によって喚起されるだけではなく、特定の状況、ムード、あるいは、あるタイプの人物の登場とともに必ず流れるお定まりの表現やメロディーが合図となって、次に何が起きるかあらかじめわかってしまうのである。こういうわけで、アルヴァイナはピアノの前に座って、「『メリー・ウイドー・ワルツ』（*Merry Widow Waltz*）を元気よく演奏するかと思えば、もっと穏やかな物語展開の時は『ロザリー』（*The Rosary*）を弾く。何度も何度も『ロザリー』を弾く」（『ロストガール』、p. 99）自分を見る時、その偏見は皮肉的というよりも文字通り何度も、という意味なのである。ほんの２、３の名声のある映画のみが、演技と一致するように作曲されたオーケストラの曲を特別注文で用いたのであり、このような映画の中にはロレンスが賞賛した映画が含まれている。

『ロストガール』に登場するマダム・ロカルド（Madame Rochard）は、評判の良くない女性に対してよく用いる形容詞を用いて、映画を「安っぽく」「安易な」（p. 148－9）ものだと述べている。ウィリアムズ（Williams 1993年）で述べられているように、映画が引き起こす「神経的な興奮」についてのロレンスの懸念は彼の考えの中では、現代女性の性の有り方が、生命力に溢れた肉体的なエネルギーとしての性が希薄になり、代わりに「頭の中で捏造した性」へと変わってきていることと深いところで繋がっているのである。ウィリアムズの批評はやや女性嫌悪の傾向があるようで、皮肉にも、カメラの眼を女性の眼と解釈することによって――積極的に女性の力の台頭という見方でこう言っているのではないのだが――現代の映画理論とは矛盾する考え方になっている。カメラを女性の眼だとする見方は、暗黒の血の意識というもっぱら男性特有のものとしてロレンスが主張するところの男性優位的な認識の様式とはむしろ対照的である。しかしながら、女性の眼による凝視は１つの脅威である。ロレンスの詩「映画への情熱」（“Film Passion”）は、ヴァレンチノの客体化された外見に熱狂する女性ファンを取り上げ、スクリーンに映ったヴァレンチノの「虚像」（“shadow”）への彼女らの崇拝と、彼の「実在」（“substance”）に対する嫌悪とを対照させている。「視覚的楽しみと物語映画」（“Visual Pleasure and Narrative Cinema”）と題し、「男性のたくましさを描いた」映画をよく見ることで、嗜虐的な去勢不安がなくなると提唱しているローラ・マルヴィ（Laura Mulvey）の独創的なエッセイとは逆に、ロレンスのこの詩は、女性の眼差しを、「腰を突き通す」（『全詩集』、p. 538）原始的魔力として捉えている。女性の観客への懸念は1920年代においては一般的なものとなっており（偶然にではなくて、この時期は婦人が参政権を得た時期だった）、映画館には女性がどっと押し寄せ、男性の映画スターは女性をターゲットにして売り出されるようになった（ウィリアムズ 1993年、p. 7）。既に牛の群れのようであると軽蔑されていた一般の映画の観客の中でも、夢中になった女性ファンの存在は、まさにロレンスにとって決定的な屈辱であった。『イタリアの薄明』の中でロレンスは、子供を含む農民達が「感情の響きの虜になって」、「その神秘に」、「呪術にかかったように」、「全く没頭して」（p. 138）熱心に芝居に耳を傾けている劇場の場面を描写する際に、伝統的な演劇を観賞する大衆の素朴な威厳を称えている。『ロストガール』における映画上映の場面と比較してみよう。

> 明かりが消える。ゴロゴロ喉を鳴らすような声、キスをする音――それからぱたぱたちらつく画面に「鳥人間」（“The Human Bird”）というひどく震える文字が浮き出る。映写機があまり良くないのだ。しかもメイ氏の操作の腕も大したことはないときている。観客があけすけに文句を言っている。明かりがつき――「チョコレート１本１ペニー」という売り子の声が響く。（p. 110）

「画面がはっきりと写らなくなってしまった様な時には、アルヴァイナは自分がウッドバインズの煙草やオレンジなどの匂いのする悪い空気の中で、炭坑夫の無骨者達のコーラスの指揮をしているような気になった」（p. 100）。そして語り手は映画と同じくらい否定的にその場の実際の行動を扱っているのである。

アルヴァイナは、もっとましな娯楽が好ましいことに気づくのである――「私達の見る画面はひどく揺れるし、フィルムはぼろぼろだ」と彼女は説明する（p. 117）のだが、ハフトン氏は、新しい映写機と「もっと良いレンズ」（p. 115）を買うのをぐずぐずと先延ばしする。これらのことは、ロレンスが実際に体験したと思われる初期の頃の映画の技術的な質の低さを示しており、この頃には上映技師が常に観客とスクリーンの間に入って映像を遮ったりしたので、集中して映画を見ることを妨げられ、観客の騒がしい振る舞いを助長することにもなったりした。従って、映画に関するロレンスの見解が「私が映画に行った時」に見られるように憤慨というより欲求不満を訴えていても、それはありそうなことである。彼は映画を見るという経験にすっかり浸りたいのであり、大部分の映画がそうであるような愚鈍さ、ばかばかしさ、映画を（へたくそに）作ってはそれらを上映する人々のシニシズム（cynicism）、その程度のことしか要求しない観客の自己満足などに腹が立ったのである。しかし、ロレンス夫妻はメキシコで『キリストの受難』（*The Passion of Christ*）なる映画を1923年のイースターの期間に見た時、（カウアンによれば、1902年制作の作品であろうということだが、それならばごく初期の作品になる）バンドがスイングの曲「午前３時」（“Three O'Clock in the Morning”）を磔刑のシーンで演奏したが、それでもそれ以後映画に行くのを思い止りはしなかったのである！（カウアン 1990年、p. 97と注３）

1917年に映画技師協会（Society of Motion Picture Engineers）は、１秒間に16コマを標準とした映写の基本速度を決定した。しかしながら、これはめったに守られたことがなく、速度は1928年に音声が入るようになるまでに徐々に最大24コマに増していった。1928年頃では、もっと高い数値でも受け入れられるようになった。結果として、金をかけた一流の劇場は、カメラの撮影スピードで映像を映し出す機械を備えるようになり、一方、ハフトン氏のような低所得者向けの会社はそれほど整備もせず、習慣的により古い（従って安っぽい）映画を自己裁量によるスピードで、これまでより50%も速くして上映していたのである。そのようなでたらめな機械の操作はどたばた喜劇の大騒ぎの面白さを高めはしたけれども、真面目な題材の映画には全く不向きであった。継ぎ接ぎだらけの古いフィルムでは画面の引っ掻き傷や、画面が飛んだりするトラブルが起こり、それが原因で発火するようなことが起きた。というのは、反対に映写技師が疲れ果ててしまった場合など、機械のクランクをひどくゆっくり回すようなことをしたので、セルロイド製のフィルムが映写機の光源にごく近い位置に長く留まり過ぎてしまうためだった。画面がちらちらするのは、１コマにつき２個所穴の空いた部分がついた映写機が導入されるまでは止むを得ぬことだった。こういうわけで、「ぼろぼろでぱたぱたする画面」はまさに当時の様子を正確に要約した表現だと言えよう。（『ロストガール』、p. 143）

『幌馬車』は特別な作品で、最高に設備の整った映画館のみに上映が限定されていた。更に、そのような高額予算の作品が巷で上映されることになって、ロレンスは一般大衆の観客を軽蔑するようなことは遠慮するようになったのである。例えば、『国民の創生』は――手作業で着色され、オーケストラが演奏するオリジナルの曲がついて、その長いストーリーを通して真面目な主題を追っていく、かなりの集中力を必要とする作品なのだが――試写会の行なわれたニューヨークでは、チケット代が通常の10～25セントから驚くなかれ、２ドルにまで跳ね上がった。（クック 1985年、p. 5）

『ロストガール』を、最初に「エルザ・カルヴァウェル」（“Elsa Culverwell”）（1912年）と「ハフトン嬢の反逆」（“The Insurrection of Miss Houghton”）（1913年）に分けて構想した時から、実際にそれらを書いて発表する（1920年）までの間というのは、ノエル・バーチ（Noel Burch）の用語を用いれば（1980年、p. 81）「初期の映画」から、制度化した上映様式（IMR）へとその傾向が移行してゆく時期でもあった。観客と制作者への評価はほとんど変わらなかっただろうが、一方で、美学上の手法的な欠点についてのロレンスの批評は既に、全面的とは言い難いが、かなり急速な進歩によって効力のないものとなりつつあった。例えば、「芸術と道徳」（“Art and Morality”）（1925年）の中で言及されている「機械的にずたずたにされた」イメージと『セント・モア』（*St. Mawr*）（1925年）における、西部劇によってだいなしにされ、歪められたテキサスのカウボーイのイメージ――「自意識の強い映画のヒーロー.... ぺちゃくちゃ喋り.... スクリーン上でだけの平面な存在」（p. 131）――は、最新の映画の認識のされ方とは一致しないものなのである。ＩＭＲとは、コンテ編集と（音声が導入されて、モニターの音を消すために厄介な作りのシャフトの覆い部分を必要とするまでは）カメラの可動性を高めることだとされてきた。この２つが観客を中心とした３次元的場面構成という空想の世界を作り出すのである。この変化は、対話を組み込むにあたり集中力が必要とされるものの、話の筋に音が入ることで完成に至り、コンテ編集と相まって、ロレンスの見解に反して、断片像を連続性のある１つの流れとして眺めることのできるものへとまとめ上げる。映画に関するロレンスの意見表明は、かつては部分的には的を射ているところがあったかもしれないが、後になって、批評としては通用しなくなっている。『ロストガール』は、暗に初期の白黒映画で散漫なちらちらする映像を、ロレンス自身の文章が喚起する素晴らしくまとったイメージと対照させているが（アルヴァイナが教会で花を生けている（p. 74）場面がよい例であろう）、ロレンスの熱望した官能的な効果をその通りに実現する可能性は現代の映画には確かに存在しているので、もはやそれらの間には差がなくなってしまっている。

おそらく、あらゆる洗練された美学的な価値意識にもかかわらず、ロレンスは映画について素朴に模倣的な理解を示す程度だったことから、映画とは現実を機械的に薄めたもの程度にしか思っていなかったのではないだろうかと考えられる。しかし、1927年に書いた、『マンハッタン乗り換え』（*Manhattan Transfer*）の書評では、その記述の中でドス・パソス（Dos Passos）の意識的に映画的な描写を「とても複雑な映画のようだ」として認め、30年も前にドキュメンタリー式の映画（cinéma-vérité）を予見している。というのはロレンスはドス・パソスの手法を、ニューヨークの住人達のあるグループの無作為の相互作用を記録するためにしつらえられたマイクロホンやカメラになぞらえているからだ。「それは個別のストーリーが複雑に絡み合った映画、クローズアップや字幕のない映画のようである。ドス・パソス氏は字幕を省いている」（『フェニックス』、pp. 364－65）と、ロレンスは言っている。キスはさておき、おそらくクローズアップは感情を操作するものとして、ロレンスにとって賛成しがたいことだったのであろう。字幕はストーリーとの一体化を邪魔し、解釈の可能性を閉じ込めてしまうことによって観客を侮辱するものだと感じていたのではないか。もちろん、字幕は三流の映画メーカーに、視覚でストーリーを語るという課題への「安上がりで安易な」解決を与えることにはなったが。ロレンスはよく「映画的」な作家と呼ばれる。例えば、リンダ・ルース・ウィリアムズは、ロレンスがショット／リヴァース ショットを『恋する女たち』のジェラルド（Gerald）と馬のシーンで用いていることをわかりやすく分析している。そして彼女は原作に見られる視点構造を踏襲していることでラッセル（Russell）の映画を賛美している（1993年、p. 66、pp. 88－89）。ロレンスは文字通り視覚において女性の視点を用いて物語を進めており、焦点調整がナレーターの声で表現され、決定されているとしても（ウィリアムズ 1993年、p. 67）、見る側のポジションがカメラと１人あるいはそれ以上の登場人物とに分かれる（２者の位置は偶然に一致することも有り得るが）第１、第２次的認識に類似した手法を使っている。ロレンスは一方で男性の凝視の力――例えばチッチョ、メラーズ、狐などと結び付いた――を鋭く意識しながら、それは必ず女性の側からも感じ取られるように工夫している。

ウィリアムズが書いているように、ロレンスは壁に貼った写真のように男性の登場人物を女性の視点から客体的に距離をおいて眺めるといった、特徴を提示している（1993年、p. 86）。（ジェイキン（Jaeckin）監督の『チャタレイ夫人の恋人』（*Lady Chatterley's Lover*）（1981年）の中に、このことを例証している１つのシーンがある。それはメラーズが体を洗っているところにコニーが偶然に出くわす場面である。メラーズを裸で見せることで原作を越え、大腿と腰を石鹸で擦る彼の両手のクローズアップのリヴァース・ショットを使いながら彼の体をコニーの視点から詳細に分析することにより、女性の欲望を示唆する、普通ならば女性を客体化して描く時のスタイルを用いているのである。しかしながら、この圧倒するような潜在的可能性は維持されない。映画のこの他の残りの部分は、観客を覗き見趣味の男性として位置づけているのが予想されてしまう。）『ロストガール』の中で、アルヴァイナが自分たちの出発に先立って、領事館で「宙ぶらりんの状態」になっているかのようにチッチョを「写真的に」眺めるシーン（pp. 290－91）があるが、これなどはロレンスの「映画」的スタイルが、彼の作品のあらゆる視点と同様に、多分に両義的であることを見せつけてくれる。ある解釈をすれば、その瞬間は「暗黒の」、「宙ぶらりん状態の」、「震える」、「無意識の」などの言葉の繰り返しによって喚起される、血の意識と神秘によって沸き立つ突然の顕現であり、また別な解釈では、そのシーンは映画を通して経験したようなものとして人生を諷刺しているともとれよう。アルヴァイナは、暗黒のラテンの血を持つ恋人が自分を見知らぬ土地へ連れて行ってくれるのを想像する。恋人のイメージは、光り輝き、透明で、自分の前にちらちらと光りながら、クローズアップされてぶら下がり、「あたかも」（「何故なら」ではなく）「それが、彼女が耐えられる以上のものであるかのように」、彼女を（安っぽいロマンス作品に出てくる用語で言えば）震え慄かせるのである。

こうしてみると、ロレンスのあからさまな映画非難は映像という幻想の魅惑と矛盾する。彼の小説の中に、映画の観客としての自らの体験を反映させたり、映画的な手法を意識しているように思える部分が数々あることからも、これは明白である。もし映画が成熟期を迎えるのをロレンスが生きて目にすることができたとしたら、映画の優れた点を認めただろうと考える理由は充分にある。「壁の絵」（“Pictures on the Walls”）の中で、彼は「機械で造ったくだらない、持つ価値のないもの以外ならすべて」備えている、図書館の絵画版とでも言うような絵画貸し出し施設「pictuaries」を提案している（『フェニックスⅡ』、p. 612）。ここでは一般大衆に対する彼の姿勢は他の作品に見られるほど拒絶的ではないし、時代に則して常に変化し続ける絵を、所有するためではなく見て楽しんでもらうために供給するというアイディアは、映画によって実現される楽しみと大して変わらないのである。不運なことに、この論点に関しては批評家達は、往々にしてロレンスを表面的にしか読まず、視覚的な楽しみに対するロレンスのもっと積極的な姿勢を見過ごしている。彼の作品を活気ある、いつの時代にも批評するのに魅力あるものとしている数々の矛盾や緊張が、映画のこととなると自分達の好みを確立することばかりを求める――そして必然的にそれを見つけ出す――ような人々によって無視されているように思えるのである。

追　記

主な調査を行なった、エジンバラのスコットランド国立図書館（National Library of Scotland）のスタッフの皆さんに感謝の意を表したい。また、ロンドンの英国映画協会のインフォメーション・サービス（Information Service of the British Film Institute）の方々には、なかなか得られない資料と映画関係文献の詳細を調べる手伝いをして下さったこと、またレイヴァー（Laver）家と、リー（Lee）家の方々にも調査中に温かいおもてなしと励ましをいただいたことをお礼申し上げたい。そしてとりわけても、ジャニス（Janice）、エリオット（Elliott）、そしてビーヴァン（Bevan）にここに記したことを捧げます。

ナイジェル・モリスによる、ロレンスの作品の映画化について

翻案――映画、批評、問題点

文学批評界にあって様々に変化するロレンス解釈に加えて、彼の大衆文化的イメージはその作品の映画化とそれらに伴う言説（論評や批評的討論だけでなく、市場関係資料、新聞の特集記事、映画の脚本、撮影台本、そのほか制作と消費にまつわる出版済み、あるいは未出版のもろもろのものなど）によっても強く決定されてきた。故に、もしロレンスの文化的価値について過去から現在に至る進展を理解しようとするなら、彼と彼の作品がどのような形で映像化されてきたかを考えることが不可欠であるように思われる。しかしながら、文学作品の映画化についての批評議論は、その理論と実際の両方において、映画化するということのまさに本質に関わるような、充分に吟味や考慮のされていない前提や偏見といった大荷物を背負う傾向があり、結果的に、それらを取り巻く特定の翻案や言説を、映画化自体に関する情報に基づく理論的な根拠なしで検討することは困難となる。この問題について包括的な議論をするのにはここでは紙面が足りないが、映画化されたロレンスの作品に対し、それらをそれ自体で充足した統一体とか、文学作品の代用品としてではなく、映画やテレビ産業の制度的、技法的決定素によって形作られたものとしてアプローチすることで、いくらかでもこの主題をはっきりさせたいと思う。これには、２つの典型的な間違いを明らかにすることが必要である。つまり、映画の言説に文学評論を介入させたり、映画産業が活字で表現されたテクストをいたずらに映画に利用して本物でない文学を作り上げてしまうという間違いである。

制度的決定素と文化的価値

文学作品の翻案を評価するには、生産、配給、消費、そして批評などといった、経済的、思想的文脈を知っていることが必要である。例えば、英国の文芸作品の連続ドラマは映画と違って、公共放送（Public Service Broadcasting (PSB)）の国民を教育し、楽しませそして情報を与えるという要求の枠内で運営されている（つまり放映権と引き換えに、ＢＢＣとインディペンデント・テレビジョン（Independent Television— ITV）はただ視聴率を追求するというよりも、認知された文化的必要性に奉仕しなければならないのである）。そのような文芸作品の連続ドラマは、既に確立した過去の文学の社会的地位を商売の種にしているようなものなのだが、例外なく、歴史上実在の場所や舞台の伝統に基づく「偉大なる」演技や、リアリズムと美的な仕上げとの両方を追求した高度に視覚的技法や専門技術を用い、高額の予算をかけた作品なのである。大衆的娯楽という楽しみを通じて、それらは過去と過去に結び付いた文化的価値について「教育し」、「情報を与え」、ノスタルジアと歴史と芸術の遺産を装って、国家主義的アイデンティティーという神話を提供する。対話への依存と、正統であるという折り紙付きの原典に対するあからさまな畏敬のおかげで、書物をすぐれた文化の基盤であると考える保守的な価値観の枠組みの中で判断した時に、

これらの番組は英国の放送界の「王冠に戴いた宝石」(“jewel in the crown”) となっているのである。政治家や教育者達が、元になるペーパーバックシリーズを褒め称える一方で、放送当局者達はおふざけ番組を作り続けたり、メロドラマを海外から輸入し続けている。毎日のネタをテレビに頼っているタブロイド紙は、特集記事やインタヴュー、写真や噂話などを掲載させてもらっている代わりに、愛国心を発揮してこの特権的な番組、連続ドラマを宣伝するかと思えばこのジャンルが掲げていると思われる価値を攻撃していたりもする。実際コリン・マッカーサー (Colin McArthur) が考えるところによれば、文芸作品の連続ドラマ——明らかに、全体として社会の自己イメージが上昇傾向にあり、楽天的な時代にわざわざ設定されている——は、英国文化の中の思想的なひびや亀裂のうわべを繕っているというのである。それらは、「植民地時代以後の勢力となること、経済を動かすようになった平凡な人々、社会的、政治的に受け入れられる行動のコンセンサスがバラバラになっている多民族社会」に適応していくことの難しさなどとは対照的な国家主義的なプライドを主張している (1978年、p. 40)。アメリカ人にとっても、自分達なりの不確かさを経験しているので、英国の文芸作品の連続ドラマは安定と伝統の心地よいイメージを与え続けてくれるものというわけである。

「王冠に戴いた宝石」というジャーナリズムの使う常套的表現は、1980年代の喝采を浴びた文芸作品の連続ドラマ (ポール・スコット (Paul Scott) の『ラジ・カルテット』(*The Raj Quartet*) をもとにしたドラマ) のことを仄めかしている。これはITV (グラナダ) によって放映権の更新を確保するために制作された。1981年のBBCで放映された『息子と恋人』(*Sons and Lovers*) も、同じような動機でITVの企画として始まった。アソシエイテッド・テレビジョン (Associated Television — ATV) は、ロレンスの死後50年目の記念を、彼の長編小説の1つを初めて連続テレビドラマ化することで飾りたいと考えた。英国中部地方向けの放送局であるATVは、来たるべき放映権の再検討の際に、ロレンスの地元である東部ミッドランド (the East Midlands) に本拠地のあるメルシャンTV (Mercian TV) に放映権を取られるのではないかと危惧したのだ。『息子と恋人』は、ATVには文化的名声を、放映権所有者には引き続き再び放映権が与えられるチャンスをもたらしてくれるかもしれなかった。ところがストライキによって制作が遅れた後にATVは何週間かのリハーサルをしたにもかかわらず、説明なしに援助を撤回してしまったのである。監督のスチュアート・バージ (Stuart Burge) はその決定が為された理由は、今や放映権の再配置——「私の見解では、ATVが番組制作を決意した主な理由がまずそこにあったと思われるのだが」と、言っている (プールとウァイヴァー (Poole and Wyver) 1984年、p. 141) ——に影響を与えるには遅過ぎたことにATV側が気づいたからであると強調している。

『フォーサイト・サーガ』(*The Forsyte Saga*) (1967年) を始め、アメリカでは遂に教育テレビ (National Educational Television) の名作劇場 (“Masterpiece Theatre”) となったその他の時代劇の成功に追随して、文芸作品の連続ドラマは海外に売り込んで収益を上げた。そしてその結果、他の国との共同制作にあたって金がかけられるようになった。テレビドラマの文化的名声は上がり、英国放送のフラッグシップとしての地位を確立したのだ。しかしながら、文芸作品の連続ドラマはこれまでも歴史に関する最も一般的で支配的な見解を採用し、それに異議を唱えたりしたことはなかったが、今や意識的により多くの利益を得ることを旨とするような、あまり価値観に大差のない国際的観客に狙いをつけたものになってしまった。『息子と恋人』の場合は、20世紀フォックス（20th Century-Fox）――1960年代の映画制作と上映権の所有者達――が編集のことで介入し、明らかに性的描写のある場面はカットすることを強調したが（プールとウァイヴァー、p. 142）、おそらくこれはアメリカの中流階級の人々の感情を害さないようにとの配慮であろう。

文芸作品の連続ドラマはいかなる場合も、一般に受け入れられている文学批評的解釈を疑問視することはめったになく、1980年代までには、新解釈を施されることもないままにすっかり理想化された、過去の再現に固まってしまった。（この傾向が維持されたのは――１つには、制作スケジュールを極端に切り詰めた結果、セットのデザインや構成、照明、カメラワーク、フィルムの量などさえも画一化を余儀なくさせられる効率効果のせいなのだが――放送会社側の権力のある、右寄りの政治家達を恐れてのことであった。1982年に出版された、絵や写真の多いアリステア・クック（Alistair Cook）の大型の豪華版「名作劇場の手引」は、文芸作品の連続ドラマでは絵画的な美しさが中心となっていること、消費文化としての番組の地位の高さなどを巧妙に示している。銅製のプレートに書かれたタイトル、イタリック体のキャプションなどは、本質的には英国の俳優、デザイナー、セットなどを絵画的に賞賛するといった点で「文学であること」を意味しており、一方それぞれの章は主に原著者やドラマ化された歴史的人物（エリザベス・R（Elizabeth R）のように）の安直に要約された伝記などで構成されているのである。制作のスチール写真が、油絵や彫刻、写真などと並んで置かれ、王、女王、そして著者の役にはよく知られた俳優達が割り当てられているという具合だ。番組のタイトルそれ自体が明らかにしてくれている――これは結局のところテレビであり、劇場での芝居ではない。そして「名作」という言葉は 実際、英国でその芝居が画面で見られる俳優達が舞台で演じるシェイクスピアがそうであるように、王や女王などを連想させる古い絵画に言及する場合に最も普通に使われる言葉だ。歴史や原著者、そしてテレビの言説はこうして合体し、偉大な個人の壮麗なページェントとして作り上げられた、歴史と文学を含む旅行者用の小冊子のような英国らしさを普及させるというわけである。

文芸作品の連続ドラマは、「文芸作品」の翻案であるとともに、ある見地から考察され、普及され、出来合いの「文芸作品」として受け入れられた連続ドラマそのものでもある。歴史や文学の安易な代用品として、それは消費され、所有されるばかりか、認知できるような文化的資本を提供してくれる。文芸作品の連続ドラマは歴史と文学を解釈し評価することに付き物の苦闘を抑え、一番優勢な文化の最大公約数的な価値を流通させ、本格的芸術と単に「大衆受けする」ものとの橋渡しをしたのである（モーティマー（Mortimer）1994年）。それらは「我々の」相続した遺産、「我々の」国の優れた才能を賞賛している 。だが、同時に（小説の、あるいは決断力のあるリーダーシップによる歴史の）原作者性を強調すること――強調しなければ、お決まりの手順を通じて、厳密に境界区分のはっきりした、集団的な制作によって編成されたメディアであるテレビドラマには大いに欠如してしまうものを強調すること――によって、個人主義のイデオロギーを再度刻み込むのである。

そのような編成の経済学的側面が文芸作品の連続ドラマを番組スケジュールの基盤にしている。それ故、「文芸作品の連続ドラマが英国のテレビの中にしっかりとはまりこみ、同時に英国のテレビの権化のように思えたとしても」(カー(Kerr)1982年、p. 6)驚くには当たらない。そして1つの劇(すでに文芸作品として知られている、あるいは、テレビのために制作依頼された)の高い文化的価値と、大衆娯楽のシリーズ化の形式との間に両義的に位置しているため、これらのドラマはメディアの矛盾を具現化している。全体の統一性、まとまりが価値とされる芸術作品を放映しながら、テレビは観客を継続して引き付けておかなければならないので、軽いメロドラマのように、はらはらどきどきする場面で終わるような構成を必要としがちなのである。例えば、BBCの3部構成の『虹』(*The Rainbow*)(1988年)は、ケン・ラッセル(Ken Russell)の『チャタレイ夫人』(*Lady Chatterley*)のすぐ後で、今度は2部に分けて再放送されたのだが(BBC 2、1993年)、第1部がアーシュラ(Ursula)とウィニフレッド(Winifred)の、今にもレスビアンになるかと思わせるようなエロチックなヌードのシーンで最高潮に達して終わるのに、次の第2部は、その結果を描くところから始まるのである。この2人の関係は、小説の中では間接的に扱われているだけでなく、テレビでは描かれなかった章の中で扱われている。

1994年にBBC 2によって制作された『ミドルマーチ』(*Middlemarch*)が、だんだん利益志向になりつつあるBBCはもし失敗したら金のかかるドラマの制作を打ち切るだろうという説のささやかれるなかで、前代未聞の視聴率と批評家の絶賛を得たことは意義深い。そのような競争心の旺盛さ(そしてそれを取り巻く論争)それ自体が、文芸作品の連続ドラマが英国においてイデオロギーの中心に位置していることを強調している。トロロープ(Trollope)の『ウォーデン』(*Warden*)(BBC 1951年)は、ポール・カー(Paul Kerr)が指摘しているように、「ただ単にテレビでの最初の文芸作品の連続ドラマというだけではなく——あらゆる種類のドラマを通じての最初の連続ドラマであった」(1982年、p. 14)。ITVは1995年1月の最初の週に『緋文字』(*The Scarlet Letter*)をドラマ化した。BBC 2は、1964年1月、最初の週に『ボヴァリー夫人』(*Madame Bovary*)の連続ドラマ化を始めた。そしてチャンネル4で最初にテレビ化した主なドラマは、ロイヤル・シェイクスピア・カンパニー(Royal Shakespeare Company)の4部構成の『ニコラス・ニックルビー』(*Nicholas Nickleby*)だった。何年間も、BBCは文芸作品の連続ドラマを毎週土曜日の夜の時間帯のレギュラー番組にし、もう1つの神聖な英国の慣習とも言える、神話的なものの考え方をする視聴者家庭と手を結ぶことによって、それらの恭しい、儀式的側面を強調した。同じ時間帯の他のドラマ——それらに続いて「名作劇場」("Masterpiece Theatre")(これもまた土曜日の夜に放送する制度になっている)となった、時代的なセッティングとスタイルをうまく使った歴史的、伝記的文芸作品の連続ドラマなど——も、文学の偉大なる伝統の同一線上にはないとしても、同じ様なジャンル、同じ様な価値を示してくれる1つの規範と見なされるようになった。

映画は、技術的な歴史と経済的側面との両方から、文学に対してテレビ放送とは違った関わり方をしている。ジョン・コヒー(John Caughie)が特筆しているように、初期の放送には画面がなく、初期の映画には音がなかった(1981年、p. 31)。映画は写真に起源があるのだが、言葉が余計であるような「高度に精巧に作り上げられた視覚的修辞学」をしばしば発達させた。このことから、現実主義の映画と芝居がかった演技との間にしっくりこない部分が生まれ、文学作品の持つ妙味の多くがたとえ文字で書かれた通りに描写がなされたとしても、翻案の中では失われてしまうという感覚がしばしば持たれるのであろう。

逆にテレビはラジオから派生したものなので、「話される言葉、脚本、そして作家」に対する敬意を、言葉を基礎としたラジオドラマの伝統とともに継承している。更に、生放送はビデオが使われるようになる以前は仕方がなかったのだが、質の良くない画面とスタジオのセットで撮影するという制限のせいもあって、演技と会話が強調され、それが明らかにテレビを劇場と結び付け、テレビに多少とも劇場の持つ文化的地位を与えたのである。何週間かにわたって放送時間を埋める必要がある場面にそれを容易にしてくれるのは会話なので、テレビによる翻案は今日でさえもこういった習慣の外へ踏み出すことはほとんどない。

長編の映画作品は商業的収入を得るために巨額の費用を投じて制作したものなので、普通はあらかじめ費用が賄われているテレビに比べると非常な経済的リスクを背負うことになる。5作品中利益の上がる作品は1作品ぐらいで、制作に投資した人々からの支援で、ほとんど大博打を打つのようなものなのである。

制作者達は以前に観客に好評だった物語を使って成功を導くやり方をすぐに学んだ。それはその人気が既に明らかであるからというだけではなく、原作を読んだことがあるとか、少なくとも原作のことを聞いたことのある人々の内で既に観客になり得る人々を確保できるからである（イゾッド（Izod）1993年、p. 96）。こういうわけで、ハリウッドの時代物の映画のうち30％ほどが翻案であった（エリス（Ellis）1982年、p. 3）。知名度の高いものの翻案はそのタイトルだけでも既に存在している文化的記憶を呼び起こし、売り込み宣伝のための「物語のイメージ」をすぐに抱かせてくれる（エリス 1992年、p. 30）。潜在的な客を引きつけるに充分な好奇心を呼び起こしてくれる割合が高いので、この宣伝もさほど周到である必要はない。20世紀フォックスは、『チャタレイ夫人の恋人』（*Lady Chatterley's Lover*）を手掛けるのに先んじて『息子と恋人』（1960年）を作ったのだが、ハリウッドのいくつかの大手の映画会社の中でもその当時ロレンスの小説を選んだのはこの20世紀フォックスだけであった（プールとウァイヴァー1984年、p. 140）。ロレンスにまつわる悪名の高さはそのタイトルのきわどさも手伝って、充分に成功の見込みがありそうだった。特に、最初の翻案7作品のうち5作品――『チャタレイ夫人の恋人』（*L'Amant de Lady Chatterley*）（1956年）、『息子と恋人』（1960年）、『恋する女たち』（*Women in Love*）（1970年）、『処女とジプシー』（*The Virgin and the Gipsy*）（1970年）、『チャタレイ夫人の恋人』（1981年）――が、好色な輩を引き付けそうなタイトルであり、一方、『狐』（*The Fox*）（1967年）はこれらの内のいくつかと同様に、その性的内容で急速に評判を得た。

似たような方法として、厳密に異なったグループをターゲットにして映画を制作するやり方がある。この目的のためには、翻案を制作するに際し、3つの個別のアプローチが考えられる。まず第1に、現存の（あるいは制作を依頼したばかりの）有名な小説の翻案を作ること、それも広範囲にわたって観客に狙いをつけることである。このよく知られた例として、『ジョーズ』（*Jaws*）（1977年）やジェイムズ・ボンド（James Bond）のシリーズなどが挙げられるが、一般には翻案であるとはあまり知られていないかなりの数の映画もこれにあたる。『偉大なるギャツビー』（*The Great Gatsby*）（1974年）のように、高額な予算でオールスターキャストの文芸作品を製作したものまで含むことになるかもしれない。第2に、初期のマーチャント／アイボリー・プロダクション（Merchant/Ivory production）のようにもっと小規模で、もっと文学的な「アートシアター」向けに翻案を作ることである。第3に、個性的な監督による個人的なプロジェクトとして開発された文芸作品の翻案によって、文学と映画と両方のファンを獲得することである。例えば、ポランスキー（Polanski）の『テス』（*Tess*）（1979年）や、スコセッシ（Scorsese）の『エイジ・オブ・イノセンス』（*The Age of Innocence*）（1994年）などがそれである。

第1のアプローチは英国のテレビのそれとは異なっている。オリジナルに制作を依頼したドラマと比べた時の文化的信用度や安上がりさというよりもむしろ、制作者側にとってこの種の翻案を手掛ける1番の魅力は、あらかじめ出来上がっているはっきりとした物語展開と、空想的で話題性があり評判を呼びそうな、つまり原作の持つ、壮観な映像になりえそうな期待を潜在的に抱かせ得るところにある。2番目のアプローチは、テレビのそれに類似している。このアプローチは、著者の名前を付加価値とすることで映画の文学的「内容」の威光を売り物にする。しかるにこの種の映画は、『愛と宿命の泉・フロレット家のジャン』（*Jean de Florette*）（1986年）や『リトル・ドリット』（*Little Dorritt*）（1988年）や『バベットの晩餐会』（*Babette's Feast*、1987年）などが典型的だが、しばしばハリウッドのそれとは反するような国家的文化と価値に結び付いている。ジョン・イゾッド（John Izod）は、予測される有害な映画の影響に反対のキャンペーンをする人々の評判を落とし、中流階級の人々の嗜好にアピールするために1910年代に既に意図的に翻案が作られており、それによって、金をかけて制作した長編映画が上映される際に、その利益の大部分をもたらす「一流の」劇場に裕福な常連を引きつけようとした、と説明している（1993年、p. 36）。意味深いことに、いまだにアカデミー賞にノミネートを受けている多くは映画化された文学作品なのである。3番目のアプローチは、テレビと共通するところはほとんどない。テレビでは監督の名前はほとんど視聴者に知られないし、既に小説家として、または脚本家として有名というのでなければ、翻案者がその功績を大きく称えられることはないのである。

実際、これらのアプローチは相互に関与しあっており、例えば、ケン・ラッセルは、『虹』（1988年）の創作動機について、「『恋する女たち』は私の大ヒット作の内の1つとなった。だから、そのタイトルの「女たち」の10代の頃に焦点を当てて描いた、もっと以前の小説である『虹』も同じように成功するだろうと思ったのだ」（1989年、p. 134）と悪びれずに白状している。極めて個性的な監督であるという自分の地位を、その作品の市場性を高いものにしている1要素として仄めかすラッセルの主張は、商売上の冷笑癖によって和らげられている――「『虹』の中で、私はロレンスの故郷であるホーム・グラウンドに戻った。裸のレスリング（今度は男と女の）や駆け出す動物たち（今度はシャイヤー種の馬）も出てきたし、素敵な風景、それにいつもの好色な炭坑夫たちも登場した」（p. 141）。小説の悪名の高さ、監督を取り巻く名声と論争、そしてセンセーショナルに描かれた内容に加え、市場価値から見たもう1つの重要な要素は、プロデューサーのデイヴィド・パトナム（David Puttnam）へ、ラッセルがうまく援助を求められなかったことを弁明するラッセルの言葉「結局のところ、D・H・ロレンス以上に英国的なものなどどこにあろうか？」に垣間見ることができるのである。

技術的な決定素

文学のテクストを始めとして、映画やテレビのテクスト数が増えるとともに多様になっていることから、表面的には物語形式を踏襲しているものの、これらのメディア間の関係を一般化するのは無益だということがわかる。モリス・ベジャ（Morris Beja）が書いているように、「翻案と文学の可能な関係を探求することの少なからぬ面白味」は、「それが議論の的になることが多いから」（p. 51）である。しかし、それが議論を呼ぶのは、討論の焦点がしかと明確化されないままになっているからだ。

最初に、翻案というのは、その定義からして変化を含むものであることを批評家はしばしば忘れている。翻案というのは、メディア間のニュートラルな移動ではあり得ないのである。というのは、テーマ、キャラクター、プロット、シンボリズムなどといった要素は、読み解かれて活性化する枠組みの外には存在し得ないからである。意味というのは意味化の過程を通じて、つまりコードの知識も含め、自分自身で推論的に構成していこうとする読者によって活性化される記号の相互作用を通じて初めて生み出される。従って、その意味は個々の場合にあって独自のものなのだ。そうでないようにすべきだとするのは、習慣化した読書にあってリアリズムの支配、言葉の透明性という神話を強調するためである。物語は少なくとも置き換え可能である（1978年、p. 20）というシーモア・チャットマン（Seymour Chatman）の意見に同意したとしても、最も単純素朴な読み方でさえ、精神的な内的枠組み（テクストの慣習により指示された、文化的に同化された思考のパターン）を、年代順でも日常的でもないプロットに適用していくことが必要となり、そこから物語は精神的構成体として生み出されるのである。もし、物語が読み手の精神の中で構築されるのならば、それは、読書が相互主観的で、文化的に決定される範囲を超えた地点には独自に成立しないことになる。つまり、物語がメディア間を移動するのは客観的には不可能なのである。

翻案は、まさに最低限、原本から生み出される意味に対応するような客観的な相互関係を、新しいメディアの記号と慣習の内に作り出されなければならない。小説の、言葉による語りによって生まれた意味は、映画の中ではカメラワーク、配役、照明、音楽、音響効果などを通じて表現される必要が出てくるのである。実際、これらのことは、原文の助けなしに処理されなければならないことがよくある。例えば、小説の中では車という言葉で説明し尽くされるものが、映画ではある特定の型、年代、色を定めなければならないし、ある特定の時刻に、特定の場所で、特定な方法でそのシーンを撮影しなければならないのである。そのような明確さは、言外の暗示的意味を固定する。というのは、カメラは形容詞なしで名詞を表すことはできないし、副詞なしで動詞を表すこともできないからである。

あらゆる意味での翻訳である翻案は、その目的が単なる複製であるかのように扱われることがしばしばある。更には、翻案の意図とは解釈すること――批評すること――であるとはっきり宣言している翻案は不審の目で見られることがよくあるのだ。例えば、『息子と恋人』の連続ドラマ化（ＢＢＣテレビ　1981年）は、トレヴァー・グリフィス（Trevor Griffiths）によって脚本が書かれたのだが、現実主義的ドラマが持つ客観化の傾向を利用して、物語の中心をポールという個人から前面の社会－歴史的な影響力の場へとずらす描き方をした。階級政策に重点を置くために、脇役のバクスター・ドウズ（Baxter Dawes）という人物を強調することにより、グリフィスは小説では抑制されていると感じられる老モレル氏（old Morel）への声を「復活」させた。この新版はあえてこうした論争を醸しつつ、ロレンスの言説と当時習慣的にその中でロレンスが理解されていたリーヴィス主義批評の枠組みとの両方に挑んでいる（プールとウァイヴァー 1984年、pp. 146－47）。

ジュリアン・スミス（Julian Smith）は、半世紀経た後、『処女とジプシー』（1970年）の映画の観客は今日、官能性と個人の自由に対する意識的な態度という点においては、ロレンスの原作の読者を少なくとも表面的にははるかに超えたところまで至っている」と、重要な発言をしている。従って、「ロレンスの目的と観客は.... 映画制作者の目的と観客とはかなり異っていた」というのである。自動的に、原作と翻案の差を映画制作者による明らかな失敗の証拠として、或いはそのメディアに本来備わっている欠陥として見なすことは、「再現――ロレンスの見たものをもう１度見ること」もしくは、「小説の中に含まれている多くの可能な映像の中の単に１つ」（スミス 1973年、p. 28）として、映画の可能性を割引いてしまうことにつながるとスミスは言う。ジョージ・ブルーストーン（George Bluestone）の示唆するように、翻案されたものは実際、一種のパラフレーズ――「生の素材として眺められた小説」なのだ。彼は実践的にこう続ける――「なぜならこういうことが有り得るのだ、つまり、映画の翻案家が原作である小説を読んだこともなく、その代わりに彼の秘書や脚本家によって解釈されたストーリーに頼っていたなどということをしばしば発見するのである」（1957年、p. 62）。このようなことがいかに容易に起こり得るかは、ラッセルがスクリプトの完成後に、原作を読まずに映画を監督することになった『恋する女たち』のケースで確認されよう。彼は脚本に不満足な部分があった時のみ原作の小説に立ち返って、その部分を読んでみるが、それでも脚本の方が彼に「なにかしら神秘的でいつまでも心に残るもの.... 表層下のどこかに潜む何か」を与えてくれるのだという（バクスター（Baxter）1973年、p. 169）。彼は伝記を読み、バーキン（Birkin）がロレンスに似ているところがあること、ジェラルド（Gerald）、グドルーン（Gudrun）、アーシュラは実在の人々を基にした人物であること、ハーマイオニ（Hermione）は、レディー・オトライン・モレル（Lady Ottoline Morrell）がモデルであることなどを発見した。彼は登場人物の性格描写を発展させるためにこれらの人物について調べた。「ロレンスの経験において、牛の群れに向かって踊る女性に匹敵する唯一のものは、海岸で彼に向かって踊るイサドラ・ダンカン（Isadora Duncan）であろうと考え、彼はグドルーンを部分的に彼女をモデルにして、それに従って振り付けをした」（バクスター 1973年、p. 175）。小説にはない、無花果を食べながらのバーキンの独白は、ロレンスの詩の１つから直接取られたものだった。というのは、小説が何千語も要して表現するものを詩は要約してくれると思えたからなのだという。結果として常になく成功し広く評判を得ている翻案は、ロレンスを取り巻く他の言説から多くを採用したものである。翻案が原作にどれほど忠実であるかは、原作のテクストと直接的に関連しているのと同じ位にこれらの言説と一致しているかどうかによるのである。

翻案はその原典に対して、それを解釈したり、置き換えたりしながら対話的な関係の内に存在している。翻案は単なる導管ではない。異なった言説――商業、高度な文化、作者としての監督――が、文学的言説と絡み合って、原典に類似した何か新しいものを作り出すのである。『恋する女たち』において、ロレンスの原文はそれが最も説得力のある時、そして既に現代性、性、検閲制度などの事柄を巡る一般的言説の焦点ともなっていた時（もっと初期のロレンスの翻案の中で部分的に具現化されていたように）、個性的人物としてのロレンス崇拝と合致した。それはまたラッセル自身の、偶像破壊的でしかしなお（その当時）畏敬されていたイメージとも一致したのである。

翻案すれば必然的に異なったテクストになり、新しいメディアの慣習の支配下に入るものだと気づいているはずなのに、両者の主な違いを説明する段になると、コメンテイター達が数学的な議論を持ち出すようなことをするところをみると、翻案とは正確な複製であるという神話を彼らは知らず知らずのうちに真実であると思い込まされているようにみえる。ジョン・サイモン（John Simon）は何故彼が『恋する女たち』よりも『処女とジプシー』の方を好むかについてこう説明している。

> 『処女とジプシー』は100ページほどの中編小説である。一方、『恋する女たち』はゆうに500ページを超える長編小説だ。中編小説は映画化の材料として難なく拝借できるフィクションの唯一の形かもしれない。というのは、拡大したり削ったりする豊富な素材を映画制作者に提供するのに充分の長さがあるものの、容赦なく小説の魅力を損なってしまうような削り方を強要するほどに長くはないし、かといってすっかり新しいものを考え出したり、付け加えたりしなければならないほど短くもないからである。（1971年、p. 62）

この理論はベジャ（1979年、pp. 83－84）によって繰り返されるのだが、ニール・テイラー（Neil Taylor）によって再び取り上げられている。

> 『処女とジプシー』はたった86ページで、映画の中でも一番短い（92分）ものになった。しかし一方、長編『恋する女たち』は中編『処女とジプシー』の６倍以上の長さがあるが、映画の『恋する女たち』は『処女とジプシー』よりも33分長いに過ぎない。メディアの慣習と、メディアがその中で機能する制度のために、翻案者の頭の中に入ってくるものは何であれ、同じ長さの作品として放出されることになる。（1993年、pp. 106－7）

確かに、長編映画が芸術的な理由のために更にどんどん長くなるということはなかった。（人間の膀胱の容量が映画の長さを決める要因だ、とアルフレッド・ヒッチコック（Alfred Hitchcock）は述べた。また、映画を上映する側にとって、１日の上映回数を最大にし、利益の上がる菓子類、飲み物類を売る時間を確保することがもう１つの要因であるというのだ。）しかし同様に、読書をする際に１分間で読める「情報単位」の標準的数値が文学や映画やテレビにおいてもあるかのように、テクストから均等に配給される有限の情報量を設定する数学的な公式を支持する論理的理由は見当たらない。それぞれのメディア内での異なった説話様式というような点に還元してみたところで――チャットマン（1978年、p. 64）は、ジェラード・ジェネット（Gérard Genette）の作品に則って、読書の速度と物語の速度との間に、（要約、省略、場面、引き延ばし、間《ま》の）５つの異なった関係を弁別しているが——それらは例えば、「勝ち馬を予想する少年」（“The Rocking-Horse Winner”）でロレンスの用いている語の単純さと比較した時の『虹』の抽象的、融合的語り口が持つ異なった効果を全く説明しようとはせず、ましてや原文と映画の複雑な関連を個々に説明することなど思いも及ばない。

既に示唆したように、基になる原作に再度解釈を加えたり、再構築したりすることは翻案の逃れ得ぬ機能のように思われる一方で、一般に普及した信念として、内容の正確な複製が翻案の目的であるという考え、つまり原作への忠実さがしばしば評価の基準となっている。しかし、これもさほど批評に耐え得る概念ではない。

原作への忠実さを主張する翻案は、場面のセットや衣装などといった描写された細部を視覚的に再現することを通じて、対話と装飾を原作から直接に引用している。しかしながら、言葉で簡単に描写された細部は、背景がなければリアルに映像化することはできない。例えば装飾、家具などは、小説ではその所有者の個性、身分、好みなどを表しているだろう。しかし、翻案は（重要な物にハイライトを当てるという工夫を用いつつも）それらが置かれた部屋全体の印象を創り出さねばならない。ローラン・バレセ（Roland Barthes）はこれを「現実効果」、つまり、物語では「取り込まれて」いない品々を過剰にそこに設定することで既存感覚（つまりノンフィクション的な）を創り出そうとすることだとしている（1978年、p. 134）。この効果によって生まれる幻想は、必ずしも著者が書いたことに依るのではなくて、ある特定の場所や時代がどのような外観をしていたかについての文化的な前提となる知識に依っているのである。映画や文芸作品の連続ドラマの中のヴィクトリア時代、エドワード時代のセットは、慣習化した撮影技術、照明、フィルム量、演技スタイルや更に同じような小道具、装飾、衣装を用いているせいで、互いに似通ってしまう傾向がある。大変な苦労をしての時代考証がなされているとしてしばしば褒め称えられることがあるけれども、それらは単に神話的過去に対する、人々の頭の中にある最も一般的なイメージを再び用い、それに肉付けしているに過ぎないのだ。時代劇は「事実に基いたドキュメンタリー」（“factual documentaries”）を垣間見せ、（それに照らして今度は時代劇作品自身が評価される）集合的な歴史を作り出す（プールとウァイヴァー1984年、p. 47）。そのような循環性の過程の結果として生じる歪みのせいで、グリフィスは、時間を超越した個人のドラマの背景としてよりもむしろ、歴史を仲介者と見なし、特に労働者階級の体験を通じて『息子と恋人』を描くという自分の試みがＢＢＣの製作慣例によって強奪されたと憤慨した。時代めかした外観によって周到に、個々の多くが細部にわたって忠実に再生されたけれども、彼の感じではそれらの寄せ集め効果はあまりに完璧過ぎて、安全で刺激の少ない中流階級好みの歴史になってしまっているということだった（プールとウァイヴァー1984年、p. 145）。このことは、柔らかな水彩のタッチで描かれた冒頭の部分で、労働者階級のヒーローからブルジョワの文化を目指す個人の旅をした原作者の肖像を示唆することによって更に揺るぎ無いものになっている。グリフィスはロレンスのヴィジョンを更に急進的に描いたにもかかわらず、タイトル部分は単に慣習的で標準的な嗜好と慎み——至る所、無意識にテレビ的なスタイルの指標となる規準——を強調するものだった。

文学作品における大雑把な概略的情景を、安上がりではあるにせよ人々をはっとさせるように描き出すために、現地でのロケーションが徐々に行なわれるようになっている。

『虹』の中のユー・ツリー・コテッジ（Yew Tree Cottage）のインテリアについては、ＢＢＣのテレビ版ではかつてのロレンスの婚約者で、一部分アーシュラのモデルとなったルイ・バロウズ（Louie Burrows）の以前の家で撮影された。これによって本物の社会的階級を示し、その地域に合ったスタイルの古めかしい建築様式の家の映像が撮られたのだった。しかしながら、宣伝材料としてそのような情報を中心に据えることは、翻案というものに対する姿勢の特徴である「原作への忠実さ」という強迫観念を強調するとともに、明らかに利用できる翻案可能な文学的「内容」を断定してしまうことにもなる。言葉による言説の象徴的な構造を表すために具体的な類似品を必要とすることは、小説、伝記、歴史を互いに交換可能でぴったり一致するものとして扱い、更にそれらは客観的に“そこに”固定されてあるもの、それ故に論議の余地のないものだと仄めかすことに繋がってしまう。その理屈でいくと、小説の「内容」を現実そのものだとして扱うような批評の方法が生まれてくるのである。ムア（Moore）は、ラッセルの『恋する女たち』についてこのような苦情を述べている――「おまけにショートランズ（Shortlands）のジェラルドの家は、実際にイーストウッドの郊外にあるラムクロス・ハウス（Lamb Close House）が舞台だ。一方、ハーマイオニのブレッダルビー（Breadalby）もまた、その原作よりはずっと凝っていて、オックスフォードシャー（Oxfordshire）のガーシントンマナー（Garsington Manor）が舞台である」（1973年、p. 10――強調個所は筆者による）。

ロレンスの翻案においては、同じ様な理論が配役や演技についてのコメントの根拠となっている。配役や演技といった純粋に映画の技法的問題を、あたかも、ロレンスの作品中の登場人物が客観的に存在していて、それらがそのままスクリーン上に再現されたかのように扱う批評家達がいるのである。そのようなアプローチの仕方は、一般的には、批評家自身の心に描かれたイメージに依存しており、批評が急に平俗に堕ちたかのような感じをしばしば与えてしまう――「『息子と恋人』の配役は．．．．誉めるに足る．．．．自分の演じる役割と、衝突してしまうような肉体的特徴を持つ俳優は１人としていない」（デニート（DeNitto）1981年、p. 242）。ムアは『狐』の中のキール・ダリー（Keir Dullea）を「かつてハリウッドに溢れていた、俳優とは呼べないような俳優の１人．．．．変化のない表情と田舎者の声をした、ぐずぐずした輩の１人」と言い表している。彼はまた、『処女とジプシー』の中で、「ぱっとした、生気に溢れた人物が１人もいない」ことを嘆いている。そしてフランコ・ネロ（Franco Nero）のことを――私の考えでは、全く公平を欠いていると思われるのだが――「ぽっちゃりした、ラテン系の、役者とは言えない役者」（1973年、pp. 8－9）と言っている。ヒッチコックの、評判の悪い格言「すべての役者は家畜の牛のようなものだ」――これは映画的芸術を監督の演出と編集の賜物と定義しているわけなのだが――これを無視してムアは、テレビの多くの文芸作品の連続ドラマにおける、静止して冗漫に台詞をしゃべるやり方と、型にはまった演技を称える文学／ドラマの前提を採用しているのだ。

リアリズムの作品では、１人の登場人物に１人の役者を用いる手段で人物を描いているのが普通である。そしてこれが深い無意識の力によって動かされ、中心を失って分散する流動的な登場人物という概念を有するロレンス作品の翻案を手掛ける際の課題になってくるのだ。ロレンスの翻案にあって無意識を喚起するためによく用いられる唯一の手法は夢の場面で、これはテイラーが述べているように、これ自体は必ず誰がどうして夢を見ているのかをはっきりさせる現実的な様式で演出される（1993年、p. 110）。リアリズムを用いるテクストにおいては、『チャタレイ夫人の恋人』の一場面で長々と描かれるばかばかしさを見てもわかるように、夢の具体的な抽出は愚かしく見える可能性がある。

> すべてが非常に特異であり、おそらく、寝る前にチーズを食べた結果かもしれない。特に、チャタレイ夫人（Lady Chatterley）が対岸の方を見やって、そこにむっつりとしたメラーズ（Mellors）が無表情で、磨き上げられた茶色いブーツと大きな長いショットガンを持って立っている姿を目にする夢は。うーん。種馬、トンネル、ショットガン、ブーツ。何故いつも必要な時に『初心者向けのフロイト』（*Freud for Beginners*）が見つからないのだろうか？（トラス（Truss）1993年、p. 33）

哀れな翻案者に同情申し上げる。性を直接的に扱うことを避けようとする、英国の気取りに面と向かわねばならないのだから。性的行動を表現する確立した言説はポルノや恋愛劇、低俗なお笑いの他にないのである。そして、名声のある国で制作した映画や文芸作品の連続ドラマの伝統は、「３つのＲ——現実主義、合理性、そして抑制」（シンヤード（Sinyard）1986年、p. 50）によって特徴付けられるが、これはロレンスやラッセルとは著しく対照的である。

登場人物の無意識の動機について何かを示唆するのに、リアリズムを延長させた手法を巧みに用いた翻案が『処女とジプシー』（1970年）だ。繰り返される一連の場面では、ジプシーがイヴェット（Yvette）を彼女の友人の車から連れ出し、後に彼女がコートを脱ぐのを手伝い、そして次第に、下着を脱ぐのを手伝う姿が描かれる。空想と記憶の見分けがつかなくなるので、洪水の後、彼女がジプシーと一緒に眠る時、一連の場面をもう１度見せる技法によって、どれが現実の出来事かに関する原作の曖昧さを保っているのである。映画では、ヴィクトリア時代のダムが現実に洪水を起こすのだが、ダムが巨大で力強く、野性の肥沃な土地に対してどっしりと威圧的で、建造物として見た目も牧師館に似ていることから、それはまたセイウェル（Saywell）家の不毛な純理性と厳格な道徳の支配をも強烈に象徴している。それが遂には洪水によって象徴されるところの抑圧できない自然の力によって押し流されてしまうというわけである。

ＢＢＣテレビの『虹』に出てくる、アーシュラの悪夢と対照してみよう。山高帽と燕尾服に身を包み、漫画に描かれるような資本家の格好をしたトム叔父さん（Uncle Tom）がシャンデリアの下でウィニフレッド・インガー（Winifred Inger）と踊るかたわらで、炭坑夫たちは棺桶を積み上げる。次に彼は、けばけばしく照らし出された炭鉱を背景に、花嫁衣装を着たウィニフレッドをエスコートしながら炭坑夫たちを鞭打つのである。人工的な色彩と徐々に味気ない機械的なリズムに変わっていく屋外市の耳障りな音楽がすべてを１つの主観的な空想に置き換えていくのだ。産業主義の恐怖と堕落に関するロレンスの社会批判（アーシュラが知覚していることをドキュメンタリー風の場面により、最初の方で伝えるというわかりやすい演出がされている）は、こういうわけで、純真な少女の、熱に浮かされたような空想という地位にまで縮小される。結果として、産業にまつわる文脈全体はその時代背景の一部として写実的に演出され、主題としては脇にまわされることになる。運河や蒸気機関車、バスや自動車、それらすべてがその出所から安全に分離された博物館の美しい展示物——文芸作品の連続ドラマシリーズの、古風で趣のある、全編目を楽しませてくれる品々——に見えるのである。

ロレンスの翻案の批評を更に複雑にしているものは、ロレンスが視覚的作家かどうかについて、また、リアリズムとの関連について——原作への忠実さにこだわる批評家達にとっての2つの中心的問題なのだが——互いに対立する意見があることから生じている。「ロレンスは偉大な視覚的作家ではない」と、シンヤードは強調する。「ロレンスの特質は、彼が無意識ということを説明するために、用語とイメジャリーを工夫する実験を行なっている点である（1986年、p. 50）。タラット（Tarrat）は、逆に、「ロレンスの描くいくつかの場面にみる、強烈に視覚的な質を見れば、翻案家達にとっての誘惑がどこに潜んでいるかがはっきりわかる」（1970年、p. 30）と考えている。しかしながら、ロレンスの描くイメージがスクリーンの上で再現されると、重要なニュアンスが失われてしまうという点で彼らの意見は一致しており、両者とも『狐』を例として挙げ、映画はただ実際の狐の姿を写しているだけで、それが象徴として表しているものを描いてはいないと主張する。

繰り返すが、1つの特殊な例から一般的な結論を引き出すのは賛成しかねる。もしもロレンスという具象主義の画家でもあった人物が視覚的な鋭敏さを持っていなかったとしたら、またある程度、絵画的に物事を考えていなかったとしたら、それは驚くべきことであろう。写象主義の詩人であったこともあるロレンスは、概念を鋳造するための並置の効力については充分気がついており——多くの映画のように——彼の小説は思想や形式や主調を支えるイメジャリーの螺旋構造を作り出している。象徴的に狐を扱えなかったのは、その映画における失敗であり、ロレンスの作品が翻案には向かないとか、ロレンスを翻案する能力が映画にはないという証拠ではない。そればかりか、『狐』という映画には、とても素晴らしい場面もあるのだ。例えば、映画の全編を通じて描かれる数々の野外の風景の中でも一番圧巻である、氷が雨で溶けるところを表現する最終場面では、マーチ（March）の解放、彼女の人生における新たな局面を非常に的確に視覚化している。『チャタレイ夫人の恋人』（1956年）においてもその他の視覚的効果が、ロレンスが言葉で表わした意味をうまく翻訳している。

> ゆったりとしたカメラのパン撮りによって.... コニー（Connie）がクリフォード（Clifford）の後継ぎを得る計画における後知恵に過ぎない役を演じていることがよくわかる。ラグビー（Wragby）邸の後継者のための大きな揺り篭を持ってくるように指示している時に、コニーの夫は明らかに家事を取り仕切る召使達とのみ一緒にいるのである。しかし、彼らが棺桶のような揺り篭を部屋へ運び込む時、カメラはゆっくりと右へ視線を移し、初めてこの場面にコニーの姿を取り込むのである。彼女の顔と距離が沈黙のうちに、チャタレイ家の名を不滅にさせるというクリフォードの企みに関して、彼女が否定的な気持ちを抱いていることを伝えている。（スコット（Scott）1973年、p. 43）

棺桶のような、という子供用ベッドの描写は、小説の中ではこじつけのように見えるが、映画では、生きながらの死になってしまった結婚が効果的に伝えられている。

文学的イメジャリーに関して映画で困難さを覚える部分では、映画はそのイメジャリーの表すところに接近するために、異なった手段で映画自身のイメジャリーを創り出すことが可能である。ゴンタルスキー（Gontarski）は、『処女とジプシー』の映画の中のダムに溜められた水のイメジャリーがどのように19世紀の風景画の田園の牧歌的静けさ（イヴェットが反抗した、人工的な調和を示唆する）を創り出しているかを示している。その中に、「生の性的本能のエネルギーの力が常に潜んで」おり、それがクライマックスで解放されるのである。ゴンタルスキーに言わせると、物語の筋全体を通して、「映画制作者側は、ロレンスよりももっとあからさまであるという——それは１つには映画というメディアそのものに原因があり、映画が現実に大衆向けの芸術様式だからである（1981年、p. 267)。

リアリズムの映画の明白なわかりやすさは、異なった記号と慣習への移行と相まって、必然的に歪みを生じる——そして、時々、嘆かわしい結果を伴うこともあるのである。『虹』に関して言えば、ロレンスの虹は、元素的な力の統合というロレンスの個人的シンボルなのだが、ラッセルの虹は、「映画を対称的に始め、そして終わらせるための装飾的道具」であり、せいぜいアーシュラの楽観主義のシンボルであるとテイラーは述べている（1993年、p. 118)。『チャタレイ夫人の恋人』のジェイキン（Jaeckin）版も、ラッセル版も同様に、コニーが顔にベールをかけ、鏡で自分の裸体をまじまじと見る場面も含めて、『最初のチャタレイ夫人の恋人』（*The First Lady Chatterley*）の場面を用いている。小説においては、彼女は自分自身の凝視の対象——彼女の意識の中から提示された視線の対象——であるが、一方、映画やテレビでは、彼女は姿の見えない観客の覗き趣味的視線の対象となっており、その観客に対して彼女の身体は見せつけられ、その反射によって観客の視覚的楽しみは倍増されるのだ。女性は、（それと仄めかされた）男性の視線に晒される。しかし、女性が虚栄心故に咎められ得るように鏡を与えられて晒されるという慣例に従ってもいるので、片方の版はわざわざ計算されて、もう一方はおそらく不覚にも、両版共にポルノグラフィの言説で取り沙汰されてしまうことになる。

しかし、映画が原作に忠実でないことが明白だからといって映画が劣っているのだとするならば、これらやもっと初期の映画の例は、映画というメディアそれ自体ではなく、制作者の限界のせいだという、また別な視点を示唆する。つまり、定評のある偉大な著者が、業界での地位も確かでない無名な監督によって映画化されてきたというものだ。映画それ自体は、散文と同じくらい微妙な部分まで表現可能であり、適切な見解や技術や制作資金を持った制作者の手に渡れば、ロレンスの翻案は他の映画と同様にその核心部分を明確に描くことが可能なのである。

特にラッセルの『恋する女たち』は、産業主義の不快さやいやらしさを強調するために、単に絵のように美しいだけの映画となることに陥っていないカラー作品の１つであるのと同時に、ロレンスの複雑な思想を示唆するのに映画的な方法を名人技のように駆使している。水上パーティーのエピソードの最後に、バーキンとアーシュラが性的関係を結んだ後の姿が映し出されるが、それは水を抜かれた湖の底で発見された溺死したカップルを映すのと同じ角度、同じように絡み合った格好で映し出されるのである。セックスにおいて互いが自己本位な自我を捨てること、並びに性的関係において完全に自我を捨て去ることの可能性、というこの２点を示唆しながら、一瞬、視覚的に２つの場面を並置する手法は、原作の小説の中の「星の均衡」（"star-equilibrium"）議論という重要な部分を巧みに凝縮して見せている。バーキンの粉引き小屋で２度目に２人が性的関係を結ぶ際、太陽に浸された麦畑を背景に２人が互いに近よる映像を、90度傾けた位置で映し出す場面がある。シャンプーのコマーシャルに似ていると批判される向きもある（ゴメス（Gomez）1981年、p. 254）のだが、異常な傾斜はアーシュラの少女趣味的な、ありきたりの家庭に収まることを夢見る幻想を諷刺していると解釈できそうな距離効果を生んでいる。映画の最後の場面の会話は、原作の最後にあるバーキンとアーシュラの粉引き小屋での会話を再現しているが、映画では満足した表情でアーシュラがカメラの方を見るというリアクションが付け加えられている。このショットはそのまま静止し、その上に俳優やスタッフの名表が写し出され、（小説ではバーキンが最後の台詞を言うので）アーシュラに最後の言葉をかけているような効果が感じられる。しかしもっと重要なのは、彼らの会話が更に継続することを暗に示すために、小説の物語が更に続いていくような印象を残すあの有名な終わり方をいくぶんか取り入れているという点である。

ロレンスの原作にみるジェラルドとは対照的な、オリヴァー・リード（Oliver Reed）の浅黒い肌の外見は、映画の光と色の図式の中では適切である。アーシュラとバーキンは、野外の空気、太陽、暖かいパステル調の色彩を連想させる。グドルーンとジェラルドの病的な関係は、陰気な街路、陰になった森、夜のじめじめした地下道、カーテンをはずしたグドルーンの寝室などといった場所で発展していき、２人とも黒っぽい服をまとっている。ジェラルドは、炭鉱の労働者達の間で石炭で煤けて見える。物語の最初の姉妹の会話は、グドルーンの「なにも成就しないわ！」（*"Nothing materializes !"*）という叫びも含めて、小説の中では一家の居間で行なわれる場面が、映画ではクライチ（Crich）家の結婚式の行なわれている教会の墓地へとその背景を変えている。彼らの関係の悲劇的クライマックスで、ジェラルドが降りしきる雪の中へと出て行く時、彼の心の中の幻想として、グドルーンが頭をのけぞらせて、太陽を遮る逆行のシルエットが示される。暖炉の火に照らされたレスリングのシーンは、バーキンを連想させる金色の色合いと、ジェラルドを連想させる暗い影や石炭とを結び付け、融合できない友愛と対立、互いの差異により維持しえない結び付きを強調している。セックスをしている最中の、グドルーンへのジェラルドの暴力は、１つには彼の発狂した母親の姿が心に浮かぶ場面を挿入することで説明されている。また、スチュアート・Y・マクドウグル（Stuart Y. McDougal）が述べているように、その場面は、グドルーンが牛を追った後の彼らの最初の出会いの場面の扱い方と呼応するような、フェードやズームによって終わり、彼らを隔てている象徴的な距離を終始視覚的に強調している（1985年、p. 285）。この映画的創意工夫に対して、――特に私が先に何度かコメントしたので――シンヤードが、映画を原作に対する「忠実さ」を明らかに欠いているとして非難しているのは皮肉である。

> ロレンスの象徴的な麗句は視覚化されると、明白過ぎたり、ばかばかしく見えたりしてしまうことがよくある。自然対産業、男対女.... 雷鳴のような音をたてて列車が通り過ぎる時、ジェラルドが残虐にも彼の怯えきった雌馬を、無理矢理その場から逃げ出させまいとする場面などは、ケン・ラッセルによって映像化されるとよりこじつけが過ぎてつまらなく見えてしまう。（高校生用の）象徴主義への手引書のように見えてしまうのだ。ラッセルの映画でのグドルーンの牛の前でのダンスはばかげて見えるだけでなく、小説のこの場面の意味を逆にしてしまっている。グドルーンは恍惚としているというよりは愚かしく見え、ジェラルドは無感動というよりも道理をわきまえているように見え

てしまう。(1986年、p. 50)

「親愛なるD・H・ロレンスに乾杯」——「ロレンス」の一般的解釈

テクストの翻案はどれも筋の通ったものに見えるならば、それはテクストの原著者の新たなる版と言えよう。つまり、読者が読者自身の主体の位置を見つけるのに必要な当然のなりゆきとしてそれと同一化する、人格化された「態」を構築することになる(ラプスリーとウェストレイク(Lapsley and Westlake) 1988年、p. 127)。独創的な監督や脚本家の個性が翻案に押しつけられて、翻案が主にその監督や脚本家の世界へのほんの付け加えのように見えてしまうというようなことがなければ、翻案は原著者の進化するイメージの一部となり、それ自身その後の読み込み方の決定素となるだろう。この点から見て、ロレンスの作品の映画化も決して例外ではない。この節で触れている個々の映画や連続ドラマ化が、原著者とその作品に対して常に変化するイメージを生む原因なのである。しかし、これらの翻案によって一部定義されてしまうようなロレンスに対しての大衆の評判に関する広範囲にわたる軌跡を要約するために、我々の主題に沿う、知名度的にはやや低いいくつかのメディアでの描かれ方を手短かに観察して締めくくりにするのが適当であろう。

『イージー・ライダー』(*Easy Rider*)(1969年)に出てくる2人のヒッピーのオートバイ乗りは、アメリカ大陸横断という壮大なバイクでの旅の資金を得るために麻薬を売る。型破り故に迫害された彼らは、自分達に共感を寄せる刑務所仲間、弁護士のくせに何度も酔っ払って逮捕されている男(ジャック・ニコルソン(Jack Nicholson))に手助けされて刑務所から自由の身になる。自由を祝う彼の最初の行動は、こう言って乾杯をすることだった——「親愛なるD・H・ロレンスに」。

アドリブだったという評判であったのだが、この喜劇的瞬間は、南西部の風景を祝福する説明的な文脈を提供することによって、この映画の重大な主張を強調している。(有機体と循環的継続性に祈りを捧げるやせ衰えて顎鬚をたくわえたリーダーのいる、とあるニューメキシコ(New Mexico)の集団農場をオートバイ乗り達は訪れる。)この映画には、権威と慣習への不信がある——その象徴主義は繰り返し繰り返し生命の力を主張するが、どちらの側に加担することもせず、継続と相補性の方に傾斜する。そしてその明らかに自然発生的な(しかし高度に巧みな)様式と構成は、アメリカの映画制作に革命をもたらす助けとなった。それは瞬間的で目に見えるものの向こうにある意味を主張する。一方、そこに充満している暗喩は発見の旅としての人生の意味である。『古典アメリカ文学研究』(*Studies in Classic American Literature*)の神話を誇りとして、この映画はアメリカの意味、自由の意味に疑問を投げかけ、両義性を主張し、更に彼らの逃避が主に自分からの逃避であることに気がついていながらもアウトサイダー達を擁護している。映画は、サンタフェ(Santa Fe)近くの砂漠の朝に再び目覚めた自分の魂について書いたフロンティア神話の支持者を記念しているのである。

批評的名声と人気がピークだった時に、ロレンスはウッドストック反体制文化(Woodstock counterculture)の同胞であるかのように仄めかされた。預言者、神秘主義者、空想家、自由(言語的にも性的にも)の提唱にあたってのチャンピオン、理解のない当局によって抑圧された殉教者は、早過ぎた死によって永遠不滅の存在となったのである。同じような要素が、イギリス映画『長距離走者の孤独』(*The Loneliness of the Long Distance Runner*)（1962年）の中で、２人の反逆者が道徳体系についてもったいぶって語る政治家が出ているテレビの音を小さくしてはしゃぐシーンにより現実的に仄めかされている――最後に聞こえるその政治家の言葉が、『チャタレイ夫人の恋人』を非難する言葉なのだ。

ピーター・ウィドソン（Peter Widdowson）は1968年のスーパーマーケットの主婦向けの雑誌から採った広告を再現している（1992年）。全ページカラーの光沢ある雑誌は「製本用の子牛の皮の外観と手触り」を持った「美しい皮目の、深い緑色のローン革の表紙」で装丁されたロレンスの作品を提供しているのだ。売り込み用の誘い文句（「世界でも最も美しい本で心を豊かにし、家の中をも美しくする楽しみへと私を案内して」）は、教養のある文化の安っぽい既成のイメージ――『イージー・ライダー』を支持している価値のアンチ・テーゼ――を含む、装飾的なアクセサリーを提供する一方で、そこに投影されたロレンスは驚くほど似通っている。「心を伸びやかにするような、しかも危険な」と、太い活字の小見出しは謳っており、禁止されている麻薬に使われる用語がそのまま真似て繰り返されているのだ。社会的に向上心に燃えている主婦達は「彼があなたの心に注ぎこむ思想故に危険な」――「大部分の主婦が不満ながら甘んじている事柄よりも、ずっと多くの事が夫婦の関係にはあり得る」という発見を含む思想のせいで危険だと思われているような――作家の本を買うように勧められているというわけだ！

文化産業が利益のために、対立する言説と手を組む（そしてその過程で対立の緊張を和らげる）のは珍しいことではない。しかしここでは、矛盾は著しいものだ。ロレンスの若々しさと独自性は確かに好ましいが、利用された現代の革命は往年のフラワー・パワーといったような（ロレンスの作品はこの運動に安易に流用された）一時的な気まぐれによるものではなく、５月のパリの大事件や、ヴェトナム戦争への抗議などの基調となる、もっと深刻で政治的な解放運動推進者の潮流を成すものなのだ。もう一方で、まさに宣伝の文脈やセールスポイントは、実際にロレンスのイメージがもはや特に人を脅かすようなものではないことを――ある意味では今や、1960年の猥褻裁判で有罪とされたことで新しい時代の幕を切って落とした頃の風潮を心地よく思い起こさせるものであることを――面白おかしく示している。

４半世紀後になって、ＢＢＣラジオは、地元の市議会がその地域の街路を『チャタレイ夫人の恋人』に因んで、メラーズ通り（Mellors Road）とか、コンスタンス街（Constance Avenue）とか、テヴァサル大通り（Tevershall Drive）などと名付けたらどうかという提案をしたことを報道した。（『トゥデイ』紙（*Today*）、1994年１月21日）これに反対する議員が、地元の怒りをこのように伝えた――「この小説は、1968年まではポルノだとされていたんだ」と。次の報道は、道や建物を通常の体制側の人物ではなくて、例えばネルソン・マンデラ（Nelson Mandela）とかボブ・マーリー（Bob Marley）とかマルカス・ガーヴィー（Marcus Garvie）とか、黒人のヒーローに因んで名付ける風潮を伝えた。すると、ある労働党の議員は、それらの「新しい」名前は一般の労働者階級の人々を称えている名前だと主張した。

霊的な力を有するものとしての言葉（これは特に『チャタレイ夫人の恋人』において、ロレンスの言葉の重要な用法である）は、これを再確認することとは別に、ロレンスを大衆ジャーナリズムにみる悪魔研究の同一線上に位置づける原因ともなるので注目に値する。

英国の文化（すなわち「我々」）の暗黙の絶対的規範に照らして、それに反する価値を持つすべてのもの（つまり「彼ら」）が位置づけられると、ロレンス＝ポルノ＝非英国的＝よそ者／黒人＝ＰＣ＝左翼＝労働者階級＝モラルの退化という連環が生まれるのである。

1960年代のロレンスと1990年代のロレンスとの差は、大衆文化全般における変化を幾分か示していると言えよう。それはまた、どんな重要な人物をもその時代のイメージの中で、あるいはそれが定義する「他者」の中の１人として絶えず再創造してゆく、あの必然的な文化の過程を反映している。しかしながら１つはっきりしている事は、ロレンスが現在でも重要な人物であるとともに、我々の文化が「高尚な学問的」文化であろうと、「大衆的」文化であろうと、それ自体をロレンスに再適合させる作業を未だ終えていないということだ。映画やテレビに最もしばしば翻案化される本格的な作家の１人として、その名前は人々によく知られるとともに、終わりのない葛藤の永久の具現化で在り続けているのである。

引用書目➡581ページ

参考書目95　ポール・ポプラウスキーとナイジェル・モリスによって収集されたロレンスと映画産業に関する資料➡583ページ

年表７――ナイジェル・モリスによる、映画と放映について

本年表にリストアップされた技術的発達は、ロレンスの死までの時期の映画と放映における発展の鍵となる進歩を示している。

この進歩を例証するために選ばれた映画の題名は、必然的にこの時期に作られた何百もの映画の中のほんの一部に過ぎない（それらの映画の中の多くは――質の悪いフィルムで作られていたので――永久に失われてしまった）。しかしながら、作品の選択は次のような目的を考えてなされた――美学的にも技術的にも革新的だとみなされる一連の映画を含むこと、世界的に映画制作の拡大の様子を示すこと、映画がどのようにその時代の出来事やライバル会社の作品に反応したかといったこと、それに、影響力をもつ創造的な人物の貢献を示すこと。

映画の日付は大体１年刻みで一応正確だが決定的ではない、というのは、それぞれの資料が異なった日付規準に頼っている場合が多いからである（例えば、資料によっては完成した年、上映した年、アメリカでの上映の年、英国での上映の年など日付の規準がばらばらであったりする）。

ロレンスの生涯と作品の映画化との関連は、当該個所で括弧内に手短に記してある（「Ｄ・Ｈ・ロレンス」は全体を通して「ロレンス」と略記してある）。

1885年　イーストマン・ウォーカー社（Eastman Walker Company）が紙の写真フィルム

の販売を始める。

1887年　ハンニバル・グッドウィル尊師（Rev. Hannibal Goodwill）が透明なセルロイドの巻きフィルムの特許を申請する。映画の撮影カメラと映写機を改良する競争が始まる。

1888年　トマス・エジソン（Tomas Edison）がアシスタントのウィリアム・ケネディ・ローリー・ディクソン（William Kennedy Laurie Dickson）によって考案された投写型音声映画をおそらく目にしたと言われる。ジョン・カーバット（John Carbutt）が感光乳化剤付きのセルロイドフィルムを普及させる。コダックの箱型カメラが紹介される。

1890年　エジソンがスプロケット付きのフィルムを発明し、映画の発展における最後の障害を取り除く。

1891年　エジソンが水平なフィルムの動きと覗き穴から見る仕掛けを用いてキネトスコープ（kinetoscope）の実演をする。

1893年　エジソンが「ブラック・マライア」（Black Maria）スタジオを完成し、キネトスコープ映画の上映を始める。

1894年　ニューヨーク、パリ、ロンドンに最初のキネトスコープの映画館ができる。レコードの蓄音機が実演される。

1895年　多様な競争する映画システムを使っていくつかの公共的な催しがいくつも記録される。多くの特許が申請される。ベルギー、英国、フランス、ドイツ、アメリカの学識者層に実演される。アウグスタとルイ・リュミエール（Auguste and Louis Lumière）の兄弟が世界最初の公共映画館をパリにオープンする（12月28日）。マルコーニ（Marconi）が無線電信の実演をする。映画作品――『ラ・シオタ駅への列車の到着』（*L'Arrivée d'un train en gare de La Ciotat*）（リュミエール、フランス）――機関車が近付く場面で観客が椅子から逃げ出したと言われている。『水をかけられた撒水夫』（*L'Arroseur arrosé*）（リュミエール、フランス）―短い一場面の舞台化された喜劇である。

1896年　ロバート・ウィリアム・ポール（Robert William Paul）が手で彩色した映画をロンドンで上映する。教育的メリットと、産業のいくつかの分野、特にパテ（Pathé）社での不道徳を糾弾する目的での映画の推進を開始するパリっ子の宗教活動家達がボン・プレス映写部（La Service des Projections Lumineuses de la Maison de la Bonne Presse）を結成する。ボンベイでリュミエールの映画館がオープンする。映画作品――『アーウィンとライスの接吻』（*The Irwin-Rice Kiss*）（エジソン、アメリカ）。

1897年　パリの映画館で映写機から起こった火事で140人が死亡する。同じような火事が繰り返し起き、映画館の安全性に対する関心が世界的に広まる。ロンドンでのヴィクトリア女王の即位60周年祭の模様が競い合う映画会社によって映像に収められる。エジソンが映画撮影カメラのパテントを取る。ベルリンのH・インゼー（H. Insee）が異なるフィルターを用いた天然色加工の特許権を取る。

1898年　最初の戦争記録映画の特派員がキューバから（米西戦争の）フィルムを送ってくる。エジソンがライバル達を相手に特許権を巡る裁判を起こす。

1899年　標準以下の寸法のフィルムを用いたアマチュアの映画システムが導入される。磁気による録音が発明される。映画作品――『ドレフュス事件』（*L'Affaire Dreyfus*）（ジョージ・メリエス（George Méliès）、フランス）。『キス・イン・ザ・トンネル』（*The Kiss in the Tunnel*）（G・A・スミス（G. A. Smith）、英国）。『ボーア人スパイを撃つ』（*Shooting a Boer Spy*）（サー・ロバート・アッシュ／R・W・ポール（Sir Robert Ashe/R. W. Paul）、英国）。『ジェフリーズ＝シャーキー戦』（*The Jeffries-Sharkey Fight*）（アメリカ）。

1900年　パリ万博で、巨大スクリーン、10台の映写機と手彩色の70ミリフィルム、映像と音声が同時に再生できるディスクサウンドを用いた360度パノラマ画面、などの目覚ましい技術的な進歩が披露される。アメリカではR・A・フェセンデン（R. A. Fessenden）が無線を使って人の声を送信する。映画作品――『十字架の兵士たち』（*Soldiers of the Cross*）（ジョーゼフ・ペリー（Joseph Perry）／救世軍（Salvation Army）、オーストラリア）。『ジャンヌ・ダルク』（*Jeanne d'Arc*）（メリエス、フランス）。『自動車の爆発』（*The Explosion of a Mortor Car*）（セシル・ヘップワース（Cecil Hepworth）、英国）。『ポンペイ最後の日』（*The Last Days of Pompeii*）（ポール、英国）。『中国におけるキリスト教徒大虐殺』（*Chinese Massacring Christians*）（シグマンド・ルービン（Sigmund Lubin）、アメリカ）。

1901年　ヴィクトリア女王の葬儀が世界中に映像で送られる。航海で無線電信が使われる。エジソンが特許権を巡る裁判で勝訴。ヨーロッパとアメリカの間で無線のシグナルが送られる。映画作品――『大飲み』（*Big Swallow*）（ジェイムズ・ウィリアムソン（James Williamson）、英国）。『火事！』（*Fire!*）（ウィリアムソン、英国）。『ジャックと豆の木』（*Jack and the Beanstalk*）（エドウィン・S・ポーター（Edwin S. Porter）、アメリカ）。『ミセス・ネイションと彼女の鉞旅団』（*Mrs. Nation and Her Hatchet Brigade*）（ルービン、アメリカ）。

1902年　スタジオ制作の多様な特撮効果を用いたメリエスの『月世界旅行』（*Voyage to the Moon*）がフィクション／ファンタジー映画の伝統を確立し、リアリズムの伝統に発展することになる、既に広まっていたドキュメンタリー（現実性や再構成の）傾向と対照をなす。テノール歌手、カルーソ（Caruso）の最初のレコーディングが行なわれる。マルコーニが北アメリカから英国のエドワードⅦ世に電報のメッセージを送る。映画作品――『イエス・キリストの生涯と受難』（*Vie et Passion de N. S. Jesus Christ*）（ルシアン・モジェ（Lucien Monguet）、フェルディナンド・ゼッカ（Ferdinand Zecca）／パテ、フランス）。『電話予約』（*Appointment by Telephone*）（ポーター、アメリカ）。

1903年　ポーターの『大列車強盗』（*The Great Train Robbery*）（エジソンのために作られた）がウエスタンのジャンルの先駆けとして、それまでで一番長い映画となる（12分）。東京に世界でも最初の、特定の目的に応ずるように作られた映画館がオープンする。ニューヨーク―ロンドン間にマルコーニの無線電信を用いた通信が始まる。映画作品――『火星からのメッセージ』（*Message from Mars*）（W・F・ブラウン（W. F. Brown）、ニュージーランド）。『ロンドンの大火』（*The Great City Fire*）（ウォウイック（Warwick）、英国）。『メアリー・ジェーンの災難』(*Mary Jane's Mishap or Don't Fool with the Paraffin*)(スミス、英国)。『アメリカ消防夫の生活』(*The Life of an American Fireman*)(ポーター、アメリカ)。

1904年　ジョン・フレミング(John Fleming)が真空管の発明を発表する。

1905年　マサチューセッツ州(Massachusetts)が映画館の安全規制法を可決する。ピッツバーグの起業家が店舗を常設の映画館に変え、それをニッケルオデオン(Nickelodeon)と呼ぶ。そのアイデアが急速に広まり、ヴォードヴィルの催しや安っぽいアーケードの見せ物離れの傾向が始まる。ネオンサインが導入される。映画作品――『ロシア革命』(*Revolution en Russie*)(モジェ/パテ、フランス)。『チャールズ・ピース』(*Charles Peace*)(W・R・ハガー(W. R. Haggar)、英国)。『チャールズ・ピースの生涯』(*The Life of Charles Peace*)(フランク・モタショー(Frank Mottershaw)/シェフィールド、英国)。『ロシア戦艦の反乱』(*Mutiny on a Russian Battleship*)(アルフレッド・コリンズ(Alfred Collins)、英国)。『ローヴァーに救われて』(*Rescued by Rover*)(レヴィン・フィッツァモン(Lewin Fitzhamon)/ヘップワース、英国)。

1906年　ロンドンのエンパイア・シアター(Empire Theatre)に、毎日定期的にニュース映画が上映される。

1907年　シカゴ市議会は猥褻と不道徳取り締まりのための、最初の統制的な映画検閲制度を導入する。バラム・エンパイア(Balham Empire)(1908－11年までロレンスの住んでいたクロイドン(Croydon)からバスで2、3分のところにある)は、英国で最初の映画専用の劇場となる。いくつかの機械的音声同時化システムが導入される。マルコーニが大西洋横断公共無線通信を開始する。パリからロンドンへ、ケーブルによりニュース写真が送られる。映画作品――『シネマトフォン・シンギング・ピクチャーズ(*Cinematophone Singing Pictures*)(英国)。

1908年　室内を暗くした映画館をなくすという道徳上の目的で「日中光による映写」が試みられる。ニューヨーク市長が、おそらく公共の安全のために、市内の5ヵ所のニッケルオデオンの閉鎖を命令するが、即座に差し止め命令が出て再開される。アメリカに推定8000軒のニッケルオデオンができる。パテ社が定期的ニュース映画を開始する。イーストマン・コダック社が燃えにくいアセテートのフィルム(「安全フィルム」("Safety Film"))を導入するが、質の悪さと高価格のせいで、1940年代までは主にアマチュア専用だった。映画作品――『ロミオとジュリエット』(*Romeo and Juliet*)(ゴーモン社(Gaumont)、英国)。『クリスマス・キャロル』(*Christmas Carol*)(エッサネイ社(Essanay)、アメリカ)。『ジュリアス・シーザー』(*Julius Caesar*)(ヴァイタグラフ社(Vitagraph)、アメリカ)。文学作品の最初の翻案ではないにしろ、これらの映画が作られたことは、社会的信用を求めることを狙いとし、裕福な中流階級の観客向けの企画が増えつつあることを示すものである。

1909年　ジェイムズ・ジョイス(James Joyce)がアイルランドで最初の常設映画館を創設しオープンさせる。最初のマルチリールフィルムが使われる。映画会社がカリフォルニアに定着し始める。英国で映画条例(Cinematograph Films Act)によって映画館の安全性を規制し、検閲制度を促進することとなる。映画作品――

『モーツァルトのレクイエム』(*Le Dernier Requiem de Mozart*)(E・アルノー(E. Arnaud)/ゴーモン、フランス)。『ドン・ファン結婚す』(*Don Juan heiratet*)(ハインリッヒ・ボルトン＝ベッカーズ(Heinrich Bolten-Baeckers)/ダスケス(Duskes)、ドイツ)。『ベアトリーチェ・チェンチ』(*Beatrice Cenci*)(マリオ・カセリーニ(Mario Caserini)、イタリア)。『カルメン』(*Carmen*)(ジェローラモ・ロ・サヴィオ(Gerolamo Lo Savio)/フィルム・ダルテ・イタリアーナ(Film d'Arte Italiana))。『ジュリオ・チェザーレ』(*Giulio Cesare*)(ジョヴァンニ・パストローネ(Giovannni Pastrone)、イタリア)。『マクベス』(*Macbeth*)(マリオ・カセリーニ、イタリア)。『オセロ』(*Othello*)(ロ・サヴィオ、イタリア)。『狂気のサロメ』(*Salome Mad*)(テオ・バウミースタ(Theo Bouwmeester)/ヘップワース、英国)。『狂気のサロメ』(*Salomé Mad*)(A・E・コールビー(A. E. Coleby)/クリックスとマーティン(Cricks and Martin)、英国)。『ラマムーアの花嫁』(*The Bride of Lammermoor*)、『リア王』(*King Lear*)、『ジョージ・ワシントンの生涯』(*The Life of George Washington*)、『モーゼ一代記』(*The Life of Moses*)、『夏の夜の夢』(*A Midsummer Night's Dream*)、『ナポレオン、運命の男』(*Napoleon, the Man of Destiny*)(すべてヴァイタグラフ社、アメリカ)。

1910年　英国映画条例(U.K. Cinematograph Act)が正式に法律化される。宣伝キャンペーンが明らかに大衆の多大な興味に応えて「バイオグラフ・ガール」("The Biograph Girl"(以前にはスタジオ映画の名もなきヒロインだった))をフローレンス・ロレンス(Florence Lawrence)として再度デビューさせる。アメリカのスターシステム始まる。(以前には俳優達は映画の仕事をいかがわしい場所に出入りするようなことと見なし、匿名扱いであるのを幸いに思っていたが、これは低い賃金しか払わない制作者には都合が良かったのである。)黒人ボクサー、ジャック・ジョンソン(Jack Johnson)(1908年の黒人最初のヘビー級チャンピオン)がジム・ジェフリーズ(Jim Jeffries)を負かした様子を写した映画に激しい怒りが寄せられ、アメリカでは上映禁止となる。才能のある映画監督フランシス・ボグズ(Francis Boggs)が殺される。カルーソがニューヨーク・メトロポリタン・オペラハウス(New York Metropolitan Opera House)から無線で生の舞台を放送する。マルコーニが大西洋縦断無線通信をアイルランドからロンドン、ノヴァスコシア(Nova Scotia)からカナダの内陸地域へと拡大する。映画作品——『ハムレット』(*Hamlet*)(アウグスト・ブロム(August Blom)、デンマーク)。『白痴』(*The Idiot*)(ピョートル・チャルディーニン(Pyotr Chardynin)、ロシア)。『お転婆ティリー』(*Tilly the Tomboy*)シリーズ(フィッツァモン、英国)。

1911年　アメリカで映画スターの写真入りはがきが売り出される。最初の映画ファン雑誌がアメリカで出版される。マック・セネット(Mack Sennett)がキーストーン社喜劇映画(Keystone Comedies)を始める。ハリウッドに最初に設立されたものを含めて、南カリフォルニアに多くの常設スタジオが開設される。ボクサーが映画スターとしてのキャリアをスタートさせるために名声を活用し、興行師と接触し始める。映画作品――『マンショウセン男爵の幻影』（*Les Hallucinations du Baron de Munchausen*）（フランス）。『ああ、無情』（*Les Misérables*）（アルバート・カペラーニ（Albert Capellani）、フランス）。『ヘンリーⅧ世』（*Henry VIII*）（ウィル・バーカー（Will Barker）、英国）。『リチャードⅢ世』（*Richard III*）（フランク・ベンソン（Frank Benson）、英国）。『ローンズデイル・オペレーター』（*The Lonesdale Operator*）（D・W・グリフィス（D. W. Griffith）、アメリカ）。

1912年　フェイマス・プレイズ社（Famous Plays Company）のフェイマス・プレイヤーズ（Famous Players）が設立され、『エリザベス女王』（*Queen Elizabeth*）が配給される。主演はサラ・ベルナール（Sarah Bernhardt）（ルイ・メルカントン（Louis Mercanton）、フランス・英国合作）。テクニカラー社（Technicolor Company）が創立される。映画作品――『ファウスト』（*Faust*）（アントニン・ペック（Antonin Pech、チェコスロバキア）。『極地征服』（*A la conquête du pôle*）（メリエス、フランス）。『エージェントNo.13』（*Agent No. 13*）（アルベルト・エリクセン（Alberto Eriksen）、ノルウェー）。『オリヴァー・ツイスト』（*Oliver Twist*）（トマス・ベントレー（Thomas Bentley）――英国で最初の大作）。『ゼンダ城の虜』（*The Prisoner of Zenda*）（ポーター、アメリカ）。

1913年　（『息子と恋人』（*Sons and Lovers*）でポールとクララは映画館で数分を過ごし、初めて暗がりで手を握り合う。語り手は「ちらちらする」、「細かに揺れる」映像のことに触れる［p.347］。）英国映画検閲委員会（British Board of Film Censors）が始動する。世界中で推定6万の映画館が誕生し、うち1万5700はアメリカ、3500が英国、400がロンドンにある。アメリカでは1日に500万人が映画館を訪れる。スコット（Scott）の南極大陸探検が映像に収められる。映画作品――『ロマノフ王朝統治三百年記念祭（1613－1913）』（*Tercentenary of the Rule of the House of Romanov (1613－1913)*）（ニコライ・ラーリン（Nikolai Larin）とアレクサンダー・ウラルスキー（Alexander Uralski）、ロシア）。『吸血鬼』（*Vampyren*）（マウリッツ・スティルレル（Mauritz Stiller）、スウェーデン）。『アイヴァンホー』（*Ivanhoe*）（リーダム・バントック（Leedham Bantock）、英国）。ディケンズの翻案4作、デイヴィド・ギャリック（David Garrick）についての映画2作（英国）。『アイヴァンホー』（ハーバート・ブレノン（Herbert Brenon）、アメリカ）。『スコウ・マン』（*The Squaw Man*）（セシル・B・デミル（Cecil B. DeMille）とオスカー・アプフェル（Oscar Apfel）、アメリカ）。

1914年　チャップリンの最初の2本の映画が上映される。2本目の作品、『ヴェニスにおける子供用自動車レース』（*Kid Auto Races at Venice*）で浮浪者のコスチュームが登場する。ヴァイタグラフ劇場（Vitagraph Theater）がブロードウェイにオープンし、ニューヨークの最初の豪華な劇場となる。アメリカで推定1万4000のニッケルオデオンができ、毎週3千万枚の切符が売れる。コダック社の最初のコダクローム（Kodachrome）のカラー加工が完成される。第一次世界大戦（1914－18年）の詳細にわたるニュース映画報道がなされる。映画作品――『アンナ・カレーニナ』（*Anna Karenina*）（ウラジミール・ガーディン（Vladimir Gardin）、ロシア）。『ドイツ人スパイの危険』（*The German Spy Peril*）（バーカー（Barker）、英国)。『ヴァージニアン』(*The Virginian*)(デミル、アメリカ)。

1915年　D・W・グリフィスが『国民の創生』(Birth of a Nation)(アメリカ)において クローズアップを制度化する。ヴェイチェル・リンゼイ(Vachel Lindsay)の本『映画芸術』(*The Art of the Moving Picture*)があらゆる芸術の中心に映画があると主張する。映画作品——『ドリアン・グレイの肖像』(*The Picture of Dorian Gray*)(フセヴォロド・エミリヴィッチ・メイエルホルド(Vsevolod Emilievich Meyerhold)、ロシア)。『戦争と平和』(*War and Peace*)(ウラジミール・ガーディン、ロシア)。

1916年　映画作品——『ソンム河の戦い』(*The Battle of the Somme*)(ジェフリー・マリンズ(Geoffrey Malins)とJ・B・マクダウェル(J. B. McDowell)、英国)。『イントレランス』(*Intolerance*)(グリフィス、アメリカ)。チャップリンの8本の作品が上映される(アメリカ)。

1917年　最初の2色彩色映画が上映される。チャップリンが年間で100万ドルの給料を取り、世界で最も収入の多い人物となる。まもなくメアリー・ピックフォード(Mary Pickford)がそれに並ぶ。アメリカで映画産業をモーションピクチャー・パテンツ・カンパニー(Motion Picture Patents Company)(エジソンによって設立されたトラスト会社で、小さなライバル会社を業界から締め出すためのもの)との問題から解放する法律ができる。1秒間に16コマの映写速度が映画技師協会(Society of Motion Picture Engineers)により標準とされるが、1928年に音声が入るようになり、1秒に24コマが標準になるまでは一般にはばらつきがあった。映画作品——『革命家』(*The Revolutionary*)(エフゲニ・バウアー(Evgeni Bauer)、ロシア)。『クレオパトラ』(*Cleopatra*)(J・ゴードン・エドワーズ(J. Gordon Edwards)、アメリカ)。『チャップリンの移民』(*The Immigrant*)(チャップリン、アメリカ)。

1918年　映画条例が英国の検閲制度と規制標準をインドにも導入する。映画作品——『カルメン』(*Carmen*)(エルンスト・ルビッシュ(Ernst Lubitsch)、ドイツ)。『ドンビィと息子』(*Dombey and Son*)(モーリス・エルヴィー(Maurice Elvey)、英国)。『担へ銃』(*Shoulder Arms*)(チャップリン、アメリカ——最初の喜劇作品)。『スコウ・マン』(*The Squaw Man*)(改作版、デミル、アメリカ)。『プライト技師の計画』(*Engineer Prite's Project*)(レヴ・クレショフ(Lev Kuleshov)、ソ連)。

1919年　(「切符を拝見」(“Tickets Please”)[1918年執筆]——主人公夫妻は屋外の映画館を訪れたが、映写機が故障する度に辺りは真っ暗になった。その後に「荒々しいブーイングの声、キスの真似事の音が騒々しく聞こえ」、その間、主演俳優達がキスをしようとするシーンが映し出されるが、突然明かりが点き、妨げられる。(『イングランドよ、僕のイングランドよ』(*England, My England*) p. 38)映画界の最も有力な創造者達——チャップリン、ピックフォード、グリフィス、そしてダグラス・フェアバンクス——がユナイテッド・アーティスツ社(United Artists)を設立し、彼ら自身の作品の配給を管理するようになる。『猫のフィリックス』(*Felix the Cat*)の漫画が初めて登場する。ソ連の映画が国営化し、映画学校が設立され、実験的、革命的映画制作の黄金時代の始まりとなる。映画作品

――『カリガリ博士』(*The Cabinet of Dr. Caligari*)(ロベルト・ヴィーネ(Robert Wiene)、ドイツ)。サンドー(Sandor)(後のアレクサンダー・コルダ(Alexander Korda)による 3 作品(ハンガリー)。『散り行く花』(*Broken Blossoms*)(グリフィス、アメリカ)。『何故妻を換へる』(*Why Change Your Wife*)(デミル、アメリカ)。

1920年　(『ロストガール』(*The Lost Girl*)では、映画は低俗さ、アメリカ化、商業的シニシズムと同一視される。上映の際の技術の稚拙さが、観客の騒々しさや俗悪な趣味と同様に繰り返し強調される。登場人物の何人かが、映画を生の演劇と比べて劣ったものだとする。にもかかわらず、文章のスタイルはしばしば映画の手法に借りた部分がある。)ハリウッドは毎年800近くの映画を生産する。チャップリンがハリウッドのホテルのダイニングルームでルイス・B・メイヤー(Louis B. Mayer)と殴り合いの喧嘩をする。ロスコー(ファッティ)・アーバックル(Roscoe “Fatty” Arbuckle)がヴァージニア・ラップ(Virginia Rappe)をハリウッドのパーティーで強姦し殺した疑いで逮捕される。マルコーニが英国で最初の公共放送局を開局する。映画作品――『エロティコン』(*Erotikon*)(マウリッツ・スティルレル、スウェーデン)。『嵐が丘』(*Wuthering Heights*)(A・V・ブランブル(A. V. Bramble)、英国)。『狂える悪魔』(*Dr. Jekyll and Mr Hyde*)(ジョン・S・ロバートソン(John S. Robertson)、アメリカ)。『モヒカン族の最後』(*The Last of the Mohicans*)(クラレンス・ブラウン(Clarence Brown)とモーリス・ターナー(Maurice Tourneur)、アメリカ)。『奇傑ゾロ』(*The Mark of Zorro*)(フレッド・ニブロ(Fred Niblo)、アメリカ)。

1921年　(『恋する女たち』は視点を並置することによって映画的構成を用いていると論じる余地がある。)ルドルフ・ヴァレンチノ(Rudolph Valentino)(以前は物乞い、庭師、皿洗い、ウエイター、罪を自覚したこそ泥で恐喝犯、タクシー運転手、ダンサーの端役などをこなしていた)が『黙示録の四騎士』(*The Four Horsemen of the Apocalypse*)(レックス・イングラム(Rex Ingram)、アメリカ)で突然スターダムにのしあがる。『シーク』(*The Sheik*)(ジョージ・メルフォード(George Melford)、アメリカ)の上映中に失神する女性達が出る。アラビア風のデザインがファッションやインテリアの装飾に浸透する。アーバックルが無罪放免になるが仕事に復帰することはなかった。一流の知識人や映画制作者によってパリに第 7 芸術友好クラブ(Club des Amis du 7me Art)(カサ(Casa))が作られ、英語圏以外でも映画が本格的に考慮され始めたことの証となる。宣言書には真に国家的で純粋に映画的アプローチの必要性が謳われ、文学の翻案は拒絶される。フランスの前衛的映画がキュービスト、フューチャリスト、ダダイスト、シュールレアリストたちによる芸術的文学的実験と相互に実りある影響を与え始める。映画作品――『運命』(*Destiny*)(フリッツ・ラング(Fritz Lang)ドイツ)。『帰ってきたイングランド』(*England Returned*)(ディーレン・ガンガリー(Dhiren Ganguly)、インド)。『ユトランド沖海戦』(*The Battle of Jutland*)(H・ブルース・ウルフ(H. Bruce Woolfe)、英国)。『バスカーヴィル家の犬』(*The Hound of the Baskervilles*)(エルヴィー、英国)。『アナトール』(*The Affairs of*

Anatol）（デミル、アメリカ）。『キッド』（*The Kid*）（チャップリン、アメリカ）。『ゼンダ城の虜』（*The Prisoner of Zenda*）（レックス・イングラム、アメリカ）。『ハンガー』（*Hunger*）（ガーディンとＶ・Ｉ・プドフキン（V. I. Pudovkin）、ソ連）。

1922年　（９月、ロレンスは太平洋横断定期船で映画のクルーに出会う。彼らの振る舞いに仰天し、口論となるが彼らはロレンスを嘲笑うだけだった。にもかかわらず、上陸して２日もしないうちにサンフランシスコの映画会社を訪問する。秋、ロレンス夫妻は『恋する女たち』の映画化の権利に１万ドル支払うという申し出に喜んだと伝えられる。出版社がその額の２倍を要求し、この一件は取り止めとなる。「落花生」（“Monkey Nuts”）（1919年５月に執筆）で、２人の兵士が第１次世界大戦の終わり頃、サーカスを訪れる。その壮観さに喜びながらも映画と比べると、映画の与えてくれるセンセーショナルな体験の方を優れている、と評価する（『イングランドよ、僕のイングランドよ』、p. 69）。『アーロンの杖』（*Aaron's Rod*）では映画を、間違った物質的欲望を奨励し、神秘的驚きを感じとる能力を減少させるとして諷刺している（pp. 134－35）。）レーニン（Lenin）が人民教育委員会（People's Commissar for Education）に通知する——「すべての芸術の中でも、私達にとっては映画が一番重要である」。ハリ ウッドのスキャンダルは未解決のウィリアム・デズモンド・テイラー（William Desmond Taylor）監督殺人事件がメアリー・マイルズ・ミンター（Mary Miles Minter）とメイベル・ノーマンド（Mabel Normand）を巻き込んでなお続く。アメリカ映画制作者配給者協会（Motion Picture Producers and Distributors of America Inc.）（ＭＰＰＤＡ）が設立される。社長のウィル・Ｈ・ヘイズ（Will H. Hays）は、映画の上映とスクリーンを離れた時の行動に対する圧力団体の異議申し立てを和らげるために、目に見える自己規制という責任を負うことになる。アマチュアの映画制作には、標準の規格として16ミリが用いられることとなる。英国放送協会（ＢＢＣ）が設立する。映画作品——『ノスフェラートゥ』（*Nosferatu*）（Ｆ・Ｗ・ムルナウ（F. W. Murnau）、ドイツ。『極北の怪異』（*Nanook of the North*）（ロバート・フラハティ（Robert Flaherty）、アメリカ）。『キノ・プラウダ』（*Kino Pravda*）シリーズが始まる（ジガ・ヴェルトフ（Dziga Vertov）、ソ連）。

1923年　（８月、ロレンスはロサンジェルスで、芸術家の友人のクヌド・メリル（Knud Merrild）とカイ・ゴーツッェ（Kai Götzsche）と共に過ごす。２人は『ノートルダムのせむし男』（*The Hunchback of Notre Dame*）（ウォレス・ウォルスレー（Wallace Worsley）、アメリカ）のセットに楽しんで取り組んでいた。スタジオを訪問しスター達に会うが、感動はなく、一流の男性俳優には退屈させられる。だが『恋する女たち』を読んだ、人気上昇中の女優の肉体的美しさには（「言葉を失うほど」）驚く——しかし、彼女はロレンスには「愚か者」として片付けられてしまう。）ウォルト・ディズニー（Walt Disney）がスタジオを設立する。ヴァレンチノの空想的詩、『白昼夢』（*Day Dreams*）が何万部も売れる。モルヒネ中毒で映画俳優のウォレス・リード（Wallace Reid）が死亡する。英国映画検閲委員会と内務省が、『マリッド・ラブ』（*Married Love*）（空想的長編作品の形で出産制限の問題を扱っている）の検閲について討論する。映画作品――『ラスコルニコフ』（*Raskolnikov*）（ヴィーネ、ドイツ）。『ヴァージン・クイーン』（*Virgin Queen*）、（J・スチュアート・ブラックトン（J. Stuart Blackton）、英国）。『幌馬車』（*The Covered Wagon*）（ジェイムズ・クルーズ（James Cruze）、アメリカ）。『要心無用』（*Safety Last*）（フレッド・ニューメイヤー（Fred Newmeyer）とサム・テイラー（Sam Taylor）、アメリカ）―ハロルド・ロイド（Harold Lloyd）主演。『十誡』（*The Ten Commandments*）（デミル、アメリカ）。

1924年　（『バグダッドの盗賊』（The Thief of Bagdad）（ラウール・ウォルシュ（Raoul Walsh）、アメリカ）のフェアバンクスがロレンスとフリーダを“わくわく”させる。ロレンスは『幌馬車』に感激する。）ヘイズが「定則」を導入し、論議を呼びそうな内容の映画の自主検閲の便宜を前もって図る。映画作品――『バレエ・メカニック』（*Ballet mécanique*）（フェルナンド・レゲー（Fernand Léger）、フランス）。『幕間』（*Entr'acte*）（レネ・クレア（René Clair）、フランス）。『グリード』（*Greed*）（エリック・フォン・シュトロハイム（Erich Von Stroheim）、アメリカ）。『ストライキ』（*Strike*）（セルゲイ・M・アイゼンシュタイン（Sergei M. Eisenstein）、ソ連）。

1925年　（「道徳と芸術」（“Art and Morality”）で映像の機械的性質を嘆く。『セント・モア』（*St. Mawr*）では、映画の中で矮小化されて描かれてしまった自分達のイメージと、それに負けまいとするテキサスのカウボーイ達の悲哀に満ちた姿を描いている（pp. 131－32））。喜劇映画俳優のマックス・リンダー（Max Linder）と彼の若い妻がパリのホテルの部屋で死んでいるのが見つかるが、明らかに自殺であった。ヴァレンチノが重婚罪で逮捕される。帝国空軍が初めて飛行中の映像を撮影する。映画協会（The Film Society）（ロンドン）が映画を、重大な芸術的、政治的威力を持ったものとして奨励し、映画協会としての活動を開始する。初期のメンバーにはアルフレッド・ヒッチコック（Alfred Hitchcock）がいる。映画作品――『チャップリンの黄金狂時代』（*The Gold Rush*）（チャップリン、アメリカ）。『ビッグ・パレード』（*The Big Parade*）（キング・ヴィドー（King Vidor）、アメリカ）。『戦艦ポチョムキン』（*Battleship Potyomkin*）（アイゼンシュタイン、ソ連）。

1926年　ヴァレンチノが31才にして急死する。穿孔性の胃潰瘍だった。葬儀に集まった何千人もの女性の列でニューヨークの街路はほとんど暴動にでもなりそうな様子だった。捨てられた愛人による毒殺ではないかという噂のなかで死体愛好の流行する。ローレル（Laurel）とハーディ（Hardy）が永久的なコンビを組む。プドフキンが『映画の技術』（*Film Technique*）（ソ連）を出版する。英国が、ジョン・ロジー・ベアード（John Logie Baird）の実演によるテレビの発明を発表する。ニューヨークでＮＢＣが設立される。映画作品――『ナポレオン』（Napoleon）（アベル・ガンス（Abel Gance）、フランス）―３重の映像場面を１つにまとめるという、技術的にも美的にも革新的な大作である。『メトロポリス』（*Metropolis*）（ラング、ドイツ）、『魂の秘密』（*Secrets of a Soul*）（ゲオルグ・ヴィルヘルム・パブスト（Georg Wilhelm Pabst）、ドイツ）―フロイトの理論を探求した作品である。『下宿人』（*The Lodger*）（ヒッチコック、英国。彼の最初のスリラー映画である）。『ベン・ハー』（*Ben Hur*）（ニブロ、アメリカ）―これまでで最も制作費をかけた作品である。『将軍』（*The General*）（バスター・キートン（Buster Keaton）、アメリカ）。『南海のモアナ』（*Moana of the South Seas*）（フラハティ、アメリカ）——最初の「ドキュメンタリー」作品。

1927年　ヘイズが「べからず集」と「注意事項集」を発行する。禁止事項は裸体、売春宿、異種族混交、出産をはじめ、教会、国家、家族に対する不敬等を含む。ブリティッシュ・インターナショナル・ピクチャーズ（British International Pictures）がアメリカの独占を阻むために設立される。インド映画委員会（Indian Cinematograph Committee）がアメリカの支配に対抗するため、「帝国映画」（Empire films）を推進することを検討する。ニューヨークにロキシー劇場（Roxy Theater）がオープンする。5920席の劇場である。フォックス・ムービートーン（Fox Movietone）が定期のニュースを含む、音楽と語り同時音声の短編作品を発表し始める。『ジャズ・シンガー』（*The Jazz Singer*）（アラン・クロスランド（Alan Crosland）、アメリカ）が、会話を組み込んでの初めての完全な音声映像同時方式長編作品となる。ＢＢＣが帝国放送（世界中への短波放送）を始める。ＣＢＳが設立する。ベアードが画像をケーブルで放送する。ビデオディスクの実演を行なう。映画作品——『浦水の薔薇』（*The Rose of Pushui*）（ホウ・ヤオ（Hou Yao）とリー・ミンウェイ（Li Minwei）、中国）。『コンゴ旅行』（Voyage au Congo）（マルク・アレグレット（Marc Allégret）、フランス）。『懺悔の刃』（*Sword of Penitence*）（小津安二郎、日本）。『女性の流儀』（*Fashions for Women*）（ドロシー・アーズナー（Drothy Arzner）、アメリカ）。『肉体と悪魔』（*Flesh and the Devil*）（クラレンス・ブラウン（Clarence Brown）、アメリカ）―グレタ・ガルボ（Greta Garbo）主演。『キング・オブ・キングス』（*The King of Kings*）（デミル、アメリカ）。

1928年　（ロレンスが『ベン・ハー』を見て、「吐き気を催した」と伝えられる。「恋して」（"In Love"）（1926年に書かれる）で、ある若いカップルの男性の方が、彼の婚約者に対してこれ見よがしに愛情を表現し始めた時、婚約が破談になりそうな気配になる件が描かれる。彼は相手の女性が、ヴァレンチノのように振る舞うことを自分に期待していると思い込んでしまうのである。（『馬で去った女』（*The Woman Who Rode Away*）p. 151、p. 160）。『チャタレイ夫人の恋人』（*Lady Chatterley's Lover*）では、メラーズがいろいろな新しい機械技術の中でも、映画を文化と道徳の衰退を招くとして非難する（p. 217、p. 300）。英国中部のひどい荒廃を描写する一節で、映画の果たす役割は顕著である（p. 152）。ラジオもまた、真の経験の陳腐で空しい代用品であるとして攻撃されている（p. 122、p. 139）。「性対愛らしさ」（"Sex versus Loveliness"）では、映画が肉体の美しさに関して、表面的な画一化された概念を奨めるものだとして非難される（p.122、p. 139））。ハリウッドのスタジオが、専らファンからの手紙を処理するために秘書を何人も雇う。英国は、放映される外国映画に輸入の定数制限を課す。アメリカで、テレビが１台75ドルで売り出される。ベアードが、カラーテレビを実演し、大西洋をまたいで画像を送って見せる。映画作品——『リトル・マッチ・ガール』（*Little Match Girl*）（ジャン・ルノワール（Jean Renoir）、フランス）。『プレーン・クレイジー』（*Plane Crazy*）と『蒸気船ウィリー』（*Steamboat Willie*）（ディズニー、アメリカ）。ミッキー・マウス（Mickey Mouse）の初めての漫画が出る。『ニューヨークの灯』（*The Lights of New York*）（ブライアン・フォイ（Bryan Foy）、アメリカ）は、初めての全編会話で進行する長編作品である。『カメラを持った男』（*The Man with a Movie Camera*）（ヴェルトフ、ソ連）。『10月』（*October*）（アイゼンシュタイン、ソ連）、『アジアの嵐』（*Storm over Asia*）（プドフキン、ソ連）。

1929年　（『パンジー』（*Pansies*）には「私が映画に行った時」（"When I went to the Film"）を含む、明らかな映画への攻撃がいくつか見られる。人工的に作り出された経験に刺激されることに浸っているとして観客を非難しているのである。『いらくさ』（*Nettles*）の中の「映画への情熱」（"Film Passion"）は、明らかに、ヴァレンチノをめぐる熱狂的な女性ファンを選んで描いている。）トーキーが無声映画に取って代わる。コダック社が、16ミリのフィルムを生産する。政治的に急進的な映画を労働者階級の観客にもたらそうという目的で、ロンドンに労働者映画協会連合（Federation of Workers' Film Society）が生まれる。映画作品——『アンダルシアの犬』（*Un Chien Andalou*）（ルイ・ブネル（Luis Bunuel）とサルヴァドール・ダリ（Salvador Dali）フランス）—ブネルとダリは、パリでの特別映写会の後、即座にシュールレアリズムの活動に受け入れられる。『パンドラの箱』（*Pandora's Box*）（パブスト、ドイツ）。『脅迫状』（*Blackmail*）（アルフレッド・ヒッチコック—英国で最初のトーキー映画。『漂流者たち』（*Drifters*）（ジョン・グリアスン（John Grierson）、英国）—最初のマルクス・ブラザース（Marx Brothers）の映画。『ココナッツ』（*The Cocoanuts*）（ジョーゼフ・サントレー（Joseph Santley）とロバート・フロリー（Robert Florey）、アメリカ）。『ヴァージニアン』（*The Virginian*）（ヴィクター・フレミング（Victor Fleming）、アメリカ）。

1930年　ＭＰＰＤＡが「ヘイズ規準」を批准する。国際協定により、音響システムが規格化される。フォックス社がニューヨークで、70ミリの大画面システムを導入する。右翼の反対者達が、ブネルの『黄金時代』（*L'Age d'or*）（後に上映禁止となる）の上映のあと、パリジャン・シネマを破壊する。『西部戦線異状無し』（*All Quiet on the Western Front*）（ルイス・マイルストーン（Lewis Milestone）、アメリカ）がナチの抗議にあってベルリンで上映禁止になる。ボストンで毎日のテレビ放送が開始される。映画作品——マレーネ・ディートリッヒ（Marlene Dietrich）主演の『青き天使』（*The Blue Angel*）（ジョセフ・フォン・スタンバーグ（Josef Von Sternberg）、ドイツ）と『モロッコ』（*Morocco*）（フォン・スタンバーグ、アメリカ）。『殺人！』（*Murder!*）（ヒッチコック、英国）。『リトル・シーザー』（*Little Caesar*）（マーヴィン・リロイ（Mervyn LeRoy）、アメリカ）。

1932年　（ロレンスの死後２年経って、フリーダはハリー・Ｔ・ムア（Harry T. Moore）に、翻案に関してハリウッド側との交渉を引き受けさせた。ＲＫＯ社は公式に、ロレンス本人のイメージの方が強烈なので、彼の作品に手をつけるスタジオはないだろうと述べている。）

索　　引

D・H・ロレンス――生涯、作品、場所

この索引を通じて、「D・H・ロレンス」は「ロレンス」と略記してある。ロレンスの生涯と彼の人格を構成する主要な要素については、以下のような項目ごとにまとめてある。(特徴、幼年時代・青年時代における成長、教育、就職、病気、知的向上と芸術的発展、旅行、戦争、作家としての経歴、フリーダ・ロレンス(Frieda Lawrence)、ロレンス一家とチェインバーズ一家(the Lawrence and Chambers families)、絵画、大衆雑誌、宗教と信仰、『チャタレイ夫人の恋人』(*Lady Chatterley's Lover*)、『息子と恋人』(*Sons and Lovers*)などの項目も参照)。「作品」と「場所」の項では、ロレンスの作品を始めとして、彼の生涯と芸術に関連のある様々な場所を詳しく載せてある。

生涯

A

A Propos of "Lady Chatterley's Lover" 『『チャタレイ夫人の恋人』について』、80

Aaron's Rod 『アーロンの杖』、6, 40, 45−47, 50, 52, 61

Adelphi 『アデルフィ』誌、53, 55, 86

Aldington, Richard オールディントン、リチャード、ロレンスをポールクロウ島(the island of Port Cros)に招待する、75 ロレンスに関する様々な回想録を書く、83 『天才だが、...』(*Portrait of a Genius, But...*)を書く、85 『D・H・ロレンス... 無分別な男』(*D. H. Lawrence: An Indiscretion*)を書く、83

Altitude 『高度』、52, 75, 79

Andrews, Esther アンドルーズ、エスター、38, 83, 85

Apocalypse 『アポカリプス』、8, 65, 80, 86

Arlen, Michael アーレン、マイケル、8, 73

Arroyo Seco, New Mexico アロヨセコ、ニューメキシコ、「馬で去った女」("The Woman Who Rode Away")の舞台、57

"Art and the Individual" 「芸術と個人」、17

Asquith, Cynthia アスクィス、シンシア、5, 31

Athenaeum 『アセナム』誌、マリ(Murry)がロレンスの作品の掲載を拒否する、90

Australia オーストラリア、49

B

Baden-Baden バーデン・バーデン、65, 69, 72, 75, 79, 81

Bandol バンドル、8, 78, 80

Barber Walker & Co. バーバー・ウォーカー会社、イーストウッド(Eastwood)の炭鉱を所有する、9

Baudelaire, Charles ボードレール・シャルル、19

Baynes, Godwin ベインズ、ゴドウィン、ロザリンド・ベインズ(Rosalind Baynes)の夫、42

Baynes, Rosalind ベインズ、ロザリンド、6, 44 ロレンスと少しの間関係を持つ、46 ロレンスの創作に影響を与える、46 ロレンスとフリーダ(Frieda)に会う、42

Beals, Carleton ビールズ、カールトン、84

Beardsall, George and Lydia ジョージとリディアのビアゾル夫妻、ロレンスの母方の祖父母、10

Beardsall, Lydia ビアゾル、リディア、ロレンスの母親。ロレンス、リディアの項目を参照。

Becker, Sir Walter ベッカー卿、ウォルター、43

Bennett, Arnold　ベネット、アーノルド、64
Beresford, J. D.　ベレスフォード、Ｊ・Ｄ、37
Beveridge, Millicent　ベヴァリッジ、ミリセント、69
Biographies and memoirs of DHL　ロレンスに関する様々な評伝や回想録、役者や物まね芸人としてのロレンス、89　創作の困難さ、82, 83, 92　ロレンスの外見の多様性、82, 83　ロレンスの人格に関して、84, 89－92　ハックスリー（Huxley）の編纂によるロレンス書簡集、88　病気のせいで苛々する、91, 92　1930年代に書かれた回想録の影響、85, 86
Birds, Beasts and Flowers　『鳥と獣と花』、6, 7, 45, 52
Birth of DHL（1885）　ロレンス（1885年に）生まれる、3, 9　バート（Bert）と呼ばれる、10
Bow Street Magistrates　ボウ通りの警察裁判所の判事達、『虹』（*The Rainbow*）とウォレン・ギャラリー（Warren Gallery）でのロレンスの絵画展に対する訴訟事件、36, 79
The Boy in the Bush　『叢林の少年』、7, 49, 54, 61, 81
Brangwen, Ella/Ursula and Gudrun（"The Sisters"）　エラ／アーシュラとグドルーンのブラングウェン姉妹（「姉妹」）、31, 34
Brett, Dorothy　ブレット、ドロシー、5, 66, 83　ロレンスに付き添ってニューメキシコ（New Mexico）に行く、55　ロレンスと関係を持つ、7, 67　移民許可を申請する、68　『ロレンスとブレット―ある友情』（*Lawrence and Brett : A Friendship*）を書く、86
Brewster, Earl and Achsah　アールとアクサのブルースター夫妻、6, 75　『Ｄ・Ｈ・ロレンス―回想録と書簡』（*D. H. Lawrence, Reminiscences and Correspondence*）、86
Brinsley colliery　ブリンズリー炭鉱、9
Brown, Curtis　ブラウン、カーティス、ロレンスの出版代理人、46, 48, 52
Burrows, Louie　バロウズ、ルイ、4, 16, 25　ロレンスと婚約する、23, 24
Bynner, Witter　ビナー、ウィター、7

C

Café Royal, London　カフェ・ロイヤル、ロンドン、ロレンスがホスト役を務める、7, 55
Cannan, Mary　カナン、メアリー、55
Capri, Italy　カプリ、イタリア、6, 44, 45, 47, 67, 69　国外追放された人たちの移住地、44
The Captain's Doll　『大尉の人形』、6, 47, 48
Carossa, Hans　カロッサ、ハンス、詩人兼結核治療医、72, 77
Carrington, Dora　カーリントン、ドラ、72
Carswell, Catherine　カーズウェル、キャサリン、5, 55, 58, 83, 84, 90　ロレンスが初めて出会う、32　『野蛮な巡礼』（*The Savage Pilgrimage*）、86
Carswell, Donald　カーズウェル、ドナルド、55
Carter, Frederick　カーター、フレデリック、80　『Ｄ・Ｈ・ロレンスと神秘的な肉体』（*D. H. Lawrence and the Body Mystical*）、86
Ceylon　セイロン、48
Chambers, Jessie　チェインバーズ、ジェシー、3, 14－18, 21－26, 28, 87, 92　「ポール・モレル」（"Paul Morel"）の執筆に協力する、23－25　『Ｄ・Ｈ・ロレンス―私記』（*D. H. Lawrence: A Personal Record*）を書く、86　『イングリッシュ・レヴュー』誌（*English Review*）との関わり、19　詩と小説に興味を感じる、14　ロレンスにとって重要な人物、14－16, 21　「春の陰影」（"The Shades of

Spring")を書くきっかけを与える、24
Chambers, May　チェインバーズ、メイ、ジェシーの姉、14
Chambers family　チェインバーズ一家、ロレンスとの親交、14
Channing, Minnie ("Puma")　チャニング、ミニー（「プーマ」）、フィリップ・ヘセルタイン（Philip Heseltine）の愛人、37
Chapala, Mexico　チャパラ、メキシコ、7, 53, 61, 92
Chaplin, Charlie　チャップリン、チャーリー、デイヴィド・ガーネット（David Garnett）、89
Characteristics　特徴、物まね芸人、89　自らの芸術に関して、22, 43　怒り、27, 41, 52, 67, 68, 79, 90　人間を変える力への信念、36　生活における「原始的特質」("aboriginal quality")への信念、57, 58　フリーダ（Frieda）との関わり、92, 93　他人への同情、21, 81, 92　異常心理、多面的人格、性質、18, 54, 84, 91－93　イングランドに関して、42, 43, 55, 64　ヨーロッパ、43, 47, 48　タオス（Taos）の農場で解放感を覚える、57　皮肉や当てこすり、45　「希望を見失い、国外で流浪生活を送る」、43, 44　戦争に反対する、35　外見、82, 83　自分を笑い者にする、89　セクシュアリティ、21, 23, 45, 70, 71　教師として、14, 15　ジェシー・チェインバーズ（Jessie Chambers）の処遇、16, 21, 22　交際と結婚に関する見方、46, 47, 50
Chesterton, Gilbert Keith　チェスタトン、ギルバート・キース、17
Childhood and early development　幼年時代・青年時代の成長、勉学上の成功、14－17　数学に秀でる、14　既成宗教への反論、16, 17　母親の様々な期待、13　書物への情熱、14　男の子とよりも女の子と遊び、書物の世界を好む、12　キリスト教への反抗、17　小柄だったが、ひょろ長い体格になりつつある、13
Chronology　年表、3－8
Clark, Eddie　クラーク、エディ、エイダ・ロレンス（Ada Lawrence）の婚約者、24
Coal mining　石炭採掘、9　作品のテーマとなる、20
『坑夫の金曜日の夜』（*A Collier's Friday Night*）、4, 20
Columbus, Christopher　コロンブス、クリストファー、伝記、82
Conrad, Joseph　コンラッド、ジョセフ、19
Cooley, Ben（*Kangaroo*）　クーリー、ベン（『カンガルー』）、50
Cooper, Gertrude　クーパー、ガートルード、76, 77
Corke, Helen　コーク、ヘレン、4, 83　「リティシア」("Laetitia")の手直しを手伝う、20　『侵入者』（*The Trespasser*）の創作に影響を与える、21　ロレンスとの関わり、21, 23　『ロレンスとアポカリプス』（*Lawrence and Apocalypse*）を書く、86
Cornwall　コーンウォール、6, 36－39, 41, 53
Crosby, Caresse　クロズビー、カレス、夫の自殺の後で、81
Crosby, Harry　クロズビー、ハリー、心中する、81

D

Daily News　『デイリー・ニューズ』紙、17
"The Dance of the Sprouting Corn"　「発芽のコーン・ダンス」、56
The Daughter-in-Law　『義理の娘』、5, 30
David　『ダビデ』、7, 63, 67, 69, 71, 74　「ステージ・ソサエティー（Stage Society）」による上演リハーサル、69
Davies, Rhys　デーヴィス、リース、ロレンスをバンドル（Bandol）に訪れる、78
Dax, Alice　ダックス、アリス、4　ロレンスと関係を持つ、23　ロレンスと別れる、

26

Death of DHL　ロレンスの死、死体が発掘され、火葬に処される、8

Dégas, Edgar　ドガ、エドガー、93

Del Monte ranch, Taos　タオスのデルモンテ農場、7, 58

Doolittle, Hilda (H. D.)　ドゥーリトル、ヒルダ、39

Douglas, Norman　ダグラス、ノーマン、8, 84

E

Eastwood　イーストウッド、3, 4, 9, 13－18, 22－25, 40, 50, 52, 76　ロレンスの実家、ヴィクトリア通り（Victoria Street）8a に生まれる、9 「ブリーチ住宅」（"The Breach"）、10　ウォーカー通り（Walker Street）、12

Eastwood Congregational Chapel　イーストウッド組合教会、17

Education　教育 イルケストン（Ilkeston）の見習い教員養成所に通う、14　ボーヴェイル公立小学校（Board School in Beauvale）、12　学費、13, 15　州会の設けたノッティンガム・ハイスクール（Nottingham High School）進学奨学金、3, 12　高得点、16　中産階級の人達の学校、12　ノッティンガム・ユニヴァーシティ・カレッジ（Nottingham University College）に通う、15　イーストウッド（Eastwood）の英国学校（British Schools）の見習い教員となる、3, 14　勅定奨学生試験（King's Scholarship examination）を受ける、3, 15

Employment　就職、クロイドン（Croydon）で教職に就き、扱いにくい子供達を懲らしめる、18　作家になるために教師を辞める、24　教員免許状を取得してから職探しをする、17, 18　地元の肉屋で帳簿付けをする、14　イーストウッド（Eastwood）の英国学校（British Schools）の見習い教員となる、14　ノッティンガム（Nottingham）の外科用衣類製造工場で働く、13　自分に向いた仕事に就く、14　クロイドン（Croydon）のデイヴィドソン・ロード・ボーイズ・スクール（Davidson Road Boys' School）の教師となる、18

England　イングランド、最後の訪問、7

"England, My England"　「イングランドよ、僕のイングランドよ」、35

English Review　『イングリッシュ・レヴュー』誌、4, 19, 23, 39

The Escaped Cock (*The Man Who Died*)　『逃げた雄鶏』（『死んだ男』）、8, 65, 71, 74

Etruscan Places　『エトルリア遺跡』、8, 65, 80　アール・ブルースター（Earl Brewster）と遺跡を見て回る、71

F

Fantasia of the Unconscious　『無意識の幻想』、6, 47, 48

Farr, Florence　ファー、フローレンス、ロレンスが物まねをする、89

The Fight for Barbara　『バーバラ争奪戦』、30

Florence, Italy　フィレンツェ、イタリア、6－8, 44－47, 68, 69, 73－76, 79, 86

"The Flying-Fish"　「飛魚」、ブルースター夫妻（the Brewsters）に読んで聞かせる、75　病気中に執筆する、62

Forster, Edward Morgan　フォースター、エドワード・モーガン、5, 59

Forum　『フォーラム』誌、『逃げた雄鶏』（*The Escaped Cock*）を掲載するが、その作品に関する論争が起こる、72

The Fox　『狐』、6, 41, 48

"A Fragment of Stained Glass"　「ステンドグラスのかけら」、17

Freudians　フロイト派の学徒達、1914年に最初の会合を行なう、32

G

Garnett, David　ガーネット、デイヴィド、29, 83　ロレンスが物まねをする、89

Garnett, Edward　ガーネット、エドワード、4, 31, 32　ロレンスとフリーダに住まいを提供する、26, 31　「姉妹」（“The Sisters”）を批判する、32　『息子と恋人』（*Sons and Lovers*）を編集する、30　「ジークムント・サーガ」（“The Saga of Siegmund”）の執筆を勧める、24　文学に関する助言者、23　「ポール・モレル」（“Paul Morel”）をダックワース（Duckworth）に薦める、28　ロレンスとの仕事上の付き合いが終わる、33

Gerhardi, William　ジェラーディ、ウィリアム、84

Gertler, Mark　ガートラー、マーク、5, 35, 55

Gibbon, Edward　ギボン、エドワード、『ローマ帝国衰亡史』（*The History of the Decline and Fall of the Roman Empire*）、41

Goldring, Douglas　ゴールドリング、ダグラス、83

Götzsche, Kai　ゴーッツェ、カイ、54

Gray, Cecil　グレイ、セシル、39, 66, 85　フリーダとの関係が考えられる、40

Gregory, Horace　グレゴリー、ホレイス、『アポカリプスの巡礼者』（*Pilgrim of the Apocalypse*）、86

H

Haeckel, Ernst　ハッケル、エルンスト、17

Haggs Farm, Underwood　ハッグズ農場、アンダーウッド、57　初めて訪問する、14

Halliday and the Pussum（*Women in Love*）ハリデイとプサム嬢（『恋する女たち』）、47

Hardy, Thomas　ハーディ、トマス、34

Harrison, Austin　ハリソン、オースティン、63

Hawk family　ホーク一家、タオス（Taos）の隣人、58, 62

Heinemann, William　ハイネマン、ウィリアム、4　「リティシア」（“Laetitia”）と「ポール・モレル」（“Paul Morel”）、28

Heseltine, Philip　ヘセルタイン、フィリップ、37, 39, 47

Hilton, Enid　ヒルトン、イーニッド、ウィリーとサリーのホプキン夫妻（Willie and Sallie Hopkin）の娘、84

Hobson, Harold　ホブソン、ハロルド、29, 66

Holbrook, Will　ホルブルック、ウィル、メイ・チェインバーズ（May Chambers）の夫、26

Holderness, George　ホウルダネス、ジョージ、イーストウッド（Eastwood）の英国学校（British School）校長、14, 18, ロレンスを教える、14

Holt, Agnes　ホウルト、アグネス、4　ロレンスとの関わり、19, 21

Hopi Indians, and “The Hopi Snake Dance”　ホピ・インディアンと「ホピ・スネーク・ダンス」、59

Hopkin, Sallie　ホプキン、サリー、17　死、52

Hopkin, Willie　ホプキン、ウィリー、17, 84　サリー・ホプキン（Sallie Hopkin）の死について、52

Huebsch, Benjamin　ヒュブシュ、ベンジャミン、42

Hueffer, Ford Madox　ヘファー、フォード・マドックス、4, 24, 83　「ジークムント・サーガ」（“The Saga of Siegmund”）を批判する、23　『イングリッシュ・レヴュー』誌（*English Review*）にロレンスの詩を載せる、19　「リティシア」（“Laetitia”）を出版するように薦める、20

Hunt, Violet　ハント、ヴァイオレット、20, 83

Huxley, Aldous　ハックスリー、オルダス、8, 77, 78　ロレンスとの晩年の友情、71　『D・H・ロレンス書簡集』（*The Letters of D. H. Lawrence*）を編纂する、88

Huxley, Maria　ハックスリー、マリーア、8, 71, 78　ロレンスの死を看取る、82　ロレンスとの晩年の友情、71　ロレンスの晩年にあって絵画活動に着手させる、71

I

Icking, Bavaria　イッキング、バヴァリア、28, 40, 72

Illnesses　病気、肺炎、インフルエンザ、結核、腸チフス、喀血、4, 6, 7　幼少時代から病弱、12　肺炎に罹る、13, 24　ボーンマス（Bourmemouth）で養生する、24　1919年にインフルエンザが全国的に流行する、41　腸チフス、マラリア、インフルエンザなどに罹り死にそうになる、62　初めて結核だと診断される、62　喀血、59, 67, 72　合衆国（United States）には戻らない、68　バーデン・バーデン（Baden-Baden）で吸入療法を受ける、72　人生残りの18ヵ月、76　イタリアのブルースター家（the Brewsters）を訪問、67　砒素と燐を使用した治療を受ける、80　結核の専門 医であるアンドルー・モーランド（Andrew Morland）から忠告を受ける、80　アド・アストラ・サナトリウム（Ad Astra sanatorium）に入院、81, 82　1930年3月2日に死去、82　短気の原因、76, 77, 91, 92　フリーダが看護人を務める、76

"Indians and Entertainment"　「インディアンと娯楽」、56

Intellectual and artistic development　知的向上と芸術的発展、ロンドンの知識人仲間、32　ロレンスにとって、芸術は人生を映し出すもの、24, 25, 45　ジェシー・チェインバーズ（Jessie Chambers）によって読書への熱意が高められる、14　内面世界に目を向ける、68　神話、伝説、古代文明などに興味を抱く、65, 71, 80　絵画に興味を抱く、71, 79　社会主義に興味を抱く、16, 50　『カンガルー』（*Kangaroo*）に描かれた孤独な個人主義、50　男性優位の考え方に関心を持つ、40　オトライン・モレル（Ottoline Morrell）を通じて、芸術家や知識人と出会う、34　バートランド・ラッセル（Bertrand Russell）によって哲学的な考え方が鼓舞される、35　雑誌を企画し、J・M・マリ（J. M. Murry）と会合する、36　ボードレール（Baudelaire）やヴェルレーヌ（Verlaine）を読む、19　カーライル（Carlyle）、ショーペンハウアー（Schopenhauer）、エマソン（ Emerson）などを読む、15　個人と宇宙との関わりを最大のテーマとする、65　『チャタレイ夫人の恋人』（*Lady Chatterley's Lover*）の中で焦点が移る、70　戦争に影響される、33, 41　創作が場所への感覚と結び付く、48

Italy　イタリア、44

J

Jaffe, Edgar　ヤッフェ、エドガー、28, 31

Jaffe, Friedel　ヤッフェ、フリーデル、フリーダ（Frieda）の甥でドイツ人、63

James, Henry　ジェイムズ、ヘンリー、19

James, William　ジェイムズ、ウィリアム、17

John Thomas and Lady Jane　『ジョン・トマスとレディー・ジェイン』、『チャタレイ夫人の恋人』（*Lady Chatterley's Lover*）の別名、73

Johnson, Willard　ジョンソン、ウィラード、7

Jones, John William and Marie　ジョン・ウ

ィリアムとマリーのジョウンズ夫妻、19
“Just Back from the Snake Dance — Tired Out”「スネーク・ダンスから帰ったばかりで—疲れ果てて」、60
Juta, Jan　ユタ、ヤン、89

K

Kandy, Ceylon, and the Pera-Hera　カンディ、セイロン、ペラ・ヘラ、48, 49
Kangaroo　『カンガルー』、6, 50－53, 61
Kennerley, Mitchell, and *The Widowing of Mrs. Holroyd*　ケナリー、ミッチェルと『ホルロイド夫人やもめとなる』、31
King, Margaret (later Needham)　キング、マーガレット（後のニーダム）、ロレンスの姪、75
Kiowa ranch, Taos　カイオア農場、タオス、65
Koteliansky, S. S.　コテリアンスキー、S・S、5　ロレンスと会合する、32, 33
Kouyoumdjian, Dikran (Michael Arlen)　クユムジャン、ディクラン（マイケル・アーレン）、37, 73
Krenkow family　クレンコブ一家、ドイツの親戚、26　ハナ・クレンコブ（Hannah Krenkow）、28
Krug, Emil von (second husband of Johanna von Richthofen)　クルーク、エーミール・フォン（ヨハンナ・フォン・リヒトホーフェンの再婚の相手）、47

L

Lady Chatterley's Lover　『チャタレイ夫人の恋人』、46, 65, 70, 71, 73－75, 77－80, 88　長めの短編小説として書き始められる、70　普及版が出版される、78　作家としての評判が高まる、70, 74, 79　その後、階級制度から性の問題に焦点が移る、70　完成に手間取る、71　発禁への法的圧力が強まる、75　私家版が出回る、73
The Ladybird　『てんとう虫』、6, 48
“Laetitia” (early version of *The White Peacock*)「リティシア」、(『白孔雀』の初期の版、4, 15, 16, 19－21
Lahr, Charles　ラー、チャールズ、『パンジー』（*Pansies*）の無削除版を出版する、79
Lake District, Westmoreland　湖水地方、ウェストモアランド、33
Lake Garda, Italy　ガルダ湖、イタリア、30, 37, 40, 53
Last Poems　『最後の詩集』、8, 80, 81
Lambert, Cecily　ランバート、セシリー、83
Lawrence, Arthur John, father　ロレンス、アーサー・ジョン、父親、3, 9　兄弟にジェイムズ（James）、ジョージ（George）、ウォルター（Walter）がいる、9, 10　坑夫で採炭請負人、10　死、60　ロレンスとは仲が悪い、11　リディア・ビアゾル（Lydia Beardsall）との結婚（1875年）、9, 10　両親はジョン（John）とルイーザ（Louisa）、9
Lawrence, Emily Una, older sister　ロレンス、エミリー・ウーナ、長女、12, 60, 75
Lawrence, Ernest, older brother　ロレンス、アーネスト、次男、12, 13
Lawrence, Frieda, née von Richthofen (Emma Maria Frieda Johanna)　ロレンス、フリーダ、（旧姓）フォン・リヒトホーフェン（エマ・マリア・フリーダ・ヨハンナ）、4－8, 25－33, 35, 37, 39, 40, 42－49, 51, 53－70, 72, 75－80, 86, 87, 90－93　ロレンスの最後の数週間を記録する、82　セシル・グレイ（Cecil Gray）との関係、40　ハロルド・ホブソン（Harold Hobson）との関係、29　ジョン・マリ（John Murry）との関係、55　アンジェロ・ラヴァリ（Angelo Ravagli）との関係、65　子供達、26, 30, 31　ロレンスに頼る、66　婚外交渉を持つ、26　ロレンスとの最初の出会い、26　ロレ

ンスにとって大事な人、93 「ヘネフにて」（“Bei Hennef”）に影響を与える、27 「姉妹」（“The Sisters”）を書くきっかけを与える、30 ロレンスとの結婚、30, 32 アーネスト・ウィークリー（Ernest Weekley）との結婚、25, 27, 28, 31 『私ではなく、風が...』（“*Not I, But The Wind...*”）を書く、86 ロレンスとの諍い、54, 62, 66, 67 「ポール・モレル」（“Paul Morel”）を読む、26 『ダビデ』（*David*）を翻訳する、67

Lawrence, George, eldest brother ロレンス、ジョージ、長男、12

Lawrence, Lettice Ada, younger sister ロレンス、レティス・エイダ、妹、7, 11, 66, 67, 75, 87 ミドルトン・バイ・ワークスワース（Middleton-by-Wirksworth）に住む、40 病気のロレンスを看護する、24 婚約者とロレンスを訪ねる、24 ロレンスを訪ねる、67, 78 ロレンスの訪問を受ける、69 1913年8月に結婚する、31 『若きロレンツォー』（*Young Lorenzo*）を書く、86

Lawrence, Lydia, née Beardsall, mother ロレンス、リディア、（旧姓）ビアゾル、母親、4, 9, 11, 25, 28, 60, 63 野心家、9 死、22 母親へのロレンスの愛情、11 ジェシー・チェインバーズ（Jessie Chambers）を嫌う、22 次男のアーネスト（Ernest）を可愛がる、12 アーサー・ロレンス（Arthur Lawrence）との結婚、9, 10 両親はジョージとリディアのビアゾル夫妻（George and Lydia Beardsall）、10 小説を読み、詩を書く、14 『白孔雀』（*The White Peacock*）を目にする、22

Lawrence, Walter, uncle ロレンス、ウォルター、叔父、裁判にかけられる、12, 13

Leslie, Kate (*The Plumed Serpent*) レズリー、ケイト（『翼ある蛇』）、61

“Letter from Germany” 「ドイツからの手紙」、56

Lincolnshire リンカンシャー、若き日の生活を思い起こさせる場所、69

London ロンドン、知的向上と芸術的発展にとっての重要な場所、18

Look! We Have Come Through! 『見よ！ 僕らはやり抜いた！』、39

The Lost Girl 『ロストガール』、6, 42, 45, 46, 53, 61

Luhan, Mabel Dodge Sterne ルーハン、メイベル・ドッジ・スターン、7, 51, 59, 60, 63, 66, 67, 72, 82, 90 ロレンスに贈り物として、ロボ（Lobo）山の農場を与える、56 ニューメキシコ（New Mexico）のタオス（Taos）にロレンス夫妻を招待する、47 ロレンスを苛立たせる、52 『タオスのロレンツォー』（*Lorenzo in Taos*）を書く、86 トニー・ルーハン（Tony Luhan）との結婚、56 『息子と恋人』（*Sons and Lovers*）の原稿を手に入れる、56

Luhan, Tony ルーハン、トニー、51, 56, 57, 59

M

Macbeth 『マクベス』、『ケツァルコアトル』（*Quetzalcoatl*）との関わり、61

Mackenzie, Compton マッケンジー、コンプトン、44, 85

Mackenzie, Faith Compton マッケンジー、フェイス・コンプトン、85, 87 「二羽の青い鳥」（“Two Blue Birds”）と「島を愛した男」（“The Man Who Loved Islands”）に影響を与える、69 悔恨、43

McLeod, Arthur マクラウド、アーサー、小学校の教師仲間で友人、19

Magnus, Maurice マグナス、モーリス、44 『外人部隊の思い出』（*Memoirs of the Foreign Legion*）を書く、44

“The Man Who Loved Islands” 「島を愛した

O

Oaxaca　オアハカ、7, 61, 65, 92

"Odour of Chrysanthemums"　「菊の香」、20

Orioli Giuseppe ("Pino")　オリオリ、ギュセッペ（「ピーノ」）、8, 73, 79

P

Paintings　絵画、一連の絵を描き始める、71　『ボッカッチョ物語』（*Boccaccio Story*）、71　ロンドンのウォレン・ギャラリー（Warren Gallery）で絵画展を開く、79　画集を出す、79　絵画展の絵が警察によって押収される、79

Pansies　『パンジー』、8, 76, 78－80

Paris　パリ、8, 56, 70, 78

A Passage to India　『インドへの道』、E・M・フォースター（E. M. Forster）の作品、59

Patmore, Brigit　パットモア、ブリジット、70, 75

"Paul Morel" (early version of *Sons and Lovers*)　「ポール・モレル」（『息子と恋人』の初期の版）、4, 11, 23, 25, 26, 28, 30

Pini, Giulia　ピニ、ジュリア、スポトルノ（Spotorno）のミレンダ荘（Villa Mirenda）の家政婦、68

Pinker, J. B.　ピンカー、J・B、5, 32, 34, 38, 40－42　ロレンスにメシュエン（Methuen）と契約させる、32　ロレンスから関係を絶たれる、45

The Plumed Serpent　『翼ある蛇』、7, 53, 61, 63, 65, 69, 71

Popular journalism　大衆雑誌、ロレンスが定期的に記事を書く、74　収入源の1つとなる、78

"Pornography and Obscenity"　「ポルノグラフィと猥褻」、79

Porthcothan, Cornwall　ポースコサン、コーンウォール、37

Potter, Stephen　ポッター、スティーヴン『D・H・ロレンス―最初の研究』（*D. H. Lawrence: A First Study*）、85

Pound, Ezra　パウンド、エズラ、19, 89

"A Prelude"　「序曲」、4, 17

"The Princess"　「プリンセス」、7, 60

"The Prussian Officer"　「プロシア士官」、5, 30, 33, 72

Psychoanalysis and the Unconscious　『精神分析と無意識』、6, 45

Q

Quetzalcoatl (The Plumed Serpent)　『ケツァルコアトル』（『翼ある蛇』）、7, 53, 61

R

Radford, Dollie　ラドフォード、ドリー、85

The Rainbow　『虹』、5, 18, 30, 34－38, 42, 45　非難、弾圧、告発などが起きる、36　「姉妹」（"The Sisters"）の項目も参照。

Rauh, Ida　ロー、アイダ、ロレンスの面倒を見る、62

Ravagli, Angelo　ラヴァリ、アンジェロ、7, 8, 66, 75　フリーダ（Frieda）との関係、66

"The Reality of Peace"　「平安の実相」、39

Reflections on the Death of a Porcupine　『ヤマアラシの死についての諸考察』、63

Reid, Reverend Robert　レイド、尊師ロバート、17

Religion and beliefs　宗教と信仰、教会とキリスト教に対する反抗、17　ロレンスはウィリアム・ジェイムズ（William James）のような実用主義者で、無神論者というより、不可知論者である、17

"Return to Bestwood"　「ベストウッドへの帰還」、69

Richthofen, Anna von　リヒトホーフェン、アンナ・フォン、フリーダ（Frieda）の母親、25, 64, 81　誕生日、79　ロレンスが紹介される、27

Richthofen, Else von　リヒトホーフェン、エ

ルゼ・フォン、フリーダ（Frieda）の姉、28, 72, 77　エドガー・ヤッフェ（Edgar Jaffe）との結婚に失敗し、アルフレート・ヴェーバー（Alfred Weber）と関係を持つ、28
Richthofen, Johanna von　リヒトホーフェン、ヨハンナ・フォン、フリーダ（Frieda）の妹、28, 47, 72　マックス・フォン・シュライベルスホーフェン（Max von Schreibershofen）、28
Richthofen, Friedrich von, Baron　リヒトホーフェン男爵、フリードリヒ・フォン、フリーダ（Frieda）の父親、25, 27　プロシア軍のために事務的な仕事をする、25
Rickards, Edward　リカーズ、エドワード、61
Russell, Bertrand　ラッセル、バートランド、5, 35, 39

S

"The Saga of Siegmund" (early version of *The Trespasser*)「ジークムント・サーガ」（『侵入者』の初期の版）、4, 21, 23, 24
Sardinia　サルデーニャ、6, 46
The Schoolmaster　会報誌『教師』、15
Schopenhauer, Arthur　ショーペンハウアー、アルトゥール、15, 17
Scotland　スコットランド、69
Sea and Sardinia　『海とサルデーニャ』、6, 46
Secker, Martin　セッカー、マーティン、42　『太陽』（*Sun*）に影響を与える、65　『新詩集』（*New Poems*）を出版する、40　『恋する女たち』（*Women in Love*）に対する中傷に脅かされる、47
Secker, Rina　セッカー、リーナ、65　『太陽』（*Sun*）に影響を与える、65
Seligmann, Herbert J.　セリマン、ハーバート・J、『D・H・ロレンス――アメリカ人の解釈』（*D. H. Lawrence, An American Interpretation*）、85
Seltzer, Thomas　セルツァー、トマス、45, 52, 53, 69　『恋する女たち』（*Women in Love*）の出版に同意する、45　出版社が倒産しそうになる、56
The Signature　『シグネチャー』誌、ロレンスとJ・M・マリ（J. M. Murry）によって発刊される、36
"The Sisters" (early source of *The Rainbow* and *Women in Love*)「姉妹」（『虹』と『恋する女たち』に分裂する以前の初期草稿）、5, 34, 38, 53　エドワード・ガーネット（Edward Garnett）によって厳しく批判される、32　第1草稿、30　「結婚指輪」（"The Wedding Ring"）という題名で書き直される、32
Sitwell, Lady Ida, and Sir George Sitwell　シットウェル、レディー・アイダとジョージ・シットウェル卿、69
Sketches of Etruscan Places　『エトルリア遺跡スケッチ』、8, 65, 71, 78
Skinner, Jack　スキナー、ジャック、モリー・スキナー（Mollie Skinner）の弟、81
Skinner, Mollie　スキナー、モリー、81　「エリス一族」（"The House of Ellis"）を書く、7　西オーストラリア（Western Australia）に住む、49
Smith, Philip　スミス、フィリップ、クロイドン（Croydon）の学校長、18
"Snake"　「蛇」、45
Socialism　社会主義、16, 17, 51　社会主義者と国粋主義者、50
"Society for the Study of Social Questions"「社会問題研究会」にロレンスも参加する、17
Somers, Richard Lovatt　サマーズ、リチャード・ラヴァット、『カンガルー』（*Kangaroo*）、50, 54
Sons and Lovers　『息子と恋人』、4, 5, 7, 11, 20, 32, 53, 56, 61　自伝的な資料に基づく、

22, 25 エドワード・ガーネット(Edward Garnett)によって削除される、30 フリーダ(Frieda)が影響を与える、30 ジェシー・チェインバーズ(Jessie Chambers)が創作過程に介入し、影響を与える、23 出版と様々な書評、31 ハイネマン(Heinemann)から拒否される、28 「ポール・モレル」("Paul Morel")の頃目も参照。

Spotorno, Italy スポトルノ、イタリア、7, 65, 68

St. Mawr 『セント・モア』、58, 59, 73

The Story of Dr. Manente by Il Lasca イル・ラスカによる『マネンテ博士の物語』、ロレンスが翻訳する、76

Studies in Classic American Literature 『古典アメリカ文学研究』、6, 38

"Study of Thomas Hardy"「トマス・ハーディ研究」、34

Sun 『太陽』、7, 34, 65

T

"Things" 「家財」、72

Tindall, William York ティンダル、ウィリアム・ヨーク、『D・H・ロレンスと雌牛スーザン』(*D. H. Lawrence and Susan His Cow*)、87

Touch and Go 『一触即発』、6, 41

Travels 旅行、ドイツに行く(1912年5月)、26 バヴァリア(Bavaria)からアルプスを越えてイタリアに入る(1912年)、29 ドイツ経由でイングランドに戻る(1913年)、30 ドイツ経由でイタリア(レリーチ(Lerici))に戻る(1913年秋)、31 ロンドンからコーンウォール(Cornwall)に行く、37 アメリカ行きのパスポートが手に入らない、36, 38 コーンウォールを追い立てられ、ロンドンに戻る、39 ダービーシャー(Derbyshire)のミドルトン・バイ・ワークスワース(Middleton-by-Wirksworth)に移る、40 『ロストガール』(*The Lost Girl*)で再現されたアブルッツィ山脈(Abruzzi mountains)を旅する、44 シチリア(Sicily)のタオルミーナ(Taormina)に行く、45 『海とサルデーニャ』(*Sea and Sardinia*)でやがて再現されるサルデーニャ(Sadinia)に行く、46 シチリアからイタリアとドイツに行く、47 ヨーロッパを発ち、アメリカに行く途中でセイロン(Ceylon)に立ち寄る(1922年2月)、48 セイロンから西オーストラリア(Western Australia)とシドニー(Sydney)に行く、49 オーストラリアからニュージーランド(New Zealand)と太平洋諸島(Pacific Islands)を経由して、合衆国に行く(1922年8月)、51 タオス(Taos)を出て、ロボ農場(Lobo ranch)に向かう、52 タオスからメキシコに行く(1923年の春)、53 合衆国とメキシコに行く(1923年の秋)、54 メキシコからイングランドに戻る(1923年11月)、55 ドイツとパリを訪問する、56 ロンドンからニューヨークへ、その後タオスに向かう(1924年3月)、56 カイオア農場(Kiowa ranch)からメキシコに行く(1924年10月)、60 メキシコからタオスに向かう(1925年2月から4月)、63 ニューヨークからイングランドに戻る(1925年9月)、64 イングランドからバーデン・バーデン(Baden-Baden)を経て、スポトルノ(Spotorno)に向かう(1925年11月)、65 バーデン・バーデン経由で英国に行き、滞在を延ばす(1926年の夏)、69 古代のエトルリア遺跡(Etruscan sites)を訪れる(1927年4月)、71 バヴァリア(Bavaria)のイルシェンハウゼン(lrschenhausen)(1927年9月)に行く、72 健康への配慮が必要になる、74 スイスで過ごす(1928年1月から3月と、6月から9月まで)、75 南フ

ランスで過ごす（1928年10月から1929年3月まで）、75　マリョルカ（Majorca）で過ごす（1929年4月から6月まで）、78　ロレンスはマリョルカからイタリアへ、フリーダ（Frieda）はロレンスの絵画展を見にイングランドへ行く、79　病状が優れないままにバーデン・バーデンを訪問する（1929年7月から8月まで）、79
The Trespasser　『侵入者』、4, 30, 63　「ジークムント・サーガ」（“The Saga of Siegmund”）の項目も参照。
Twilight in Italy　『イタリアの薄明』、6
“Two Blue Birds”　「二羽の青い鳥」、69

U

Untermeyer, Jean　アンターメイヤー、ジーン、84

V

Verga, Giovanni　ヴェルガ、ジョヴァンニ、ロレンスがヴェルガの作品を翻訳する、72
Verlaine, Paul　ヴェルレーヌ、ポール、19
“The Vicar’s Garden”　「牧師の庭」、17
The Virgin and the Gipsy　『処女とジプシー』、ウィークリー家（Weekly family）のフリーダ（Frieda）の娘達の生活に基づいている、67

W

War　戦争、ロレンスにとっての戦争の結果、34, 36, 41　戦争反対と絶望的態度、33, 35　第1次世界大戦（World War I）の勃発、33　英国を脱出し、流浪生活を送る、43　スパイ容疑をかけられ、コーンウォール（Cornwall）から追い立てられる、39
Weber, Alfred　ヴェーバー、アルフレート、28
“The Wedding Ring” (revision of “The Sisters”)　「結婚指輪」（「姉妹」の改訂版）、5, 32, 34
Weekley, Agnes and Charles　アグネスとチャールズのウィークリー夫妻、アーネスト（Ernest）の両親、31
Weekley, Barbara (“Barby”)　ウィークリー、バーバラ（「バービー」）、フリーダ（Frieda）の娘、26, 66, 76　ロレンスとフリーダの諍いの原因、66　ロレンスの死を看取る、82
Weekley, Elsa　ウィークリー、エルザ、フリーダ（Frieda）の娘、26, 53, 67
Weekley, Ernest　ウィークリー、アーネスト、4　フリーダ（Frieda）と子供達、26, 27　ロレンスがウィークリーにフリーダとの愛を伝える、27　『処女とジプシー』（*The Virgin and the Gipsy*）のモデルとしての家族、67　フリーダとの結婚、25　ノッティンガム大学（University of Nottingham）の近代言語学教授（Professor of Modern Languages）、25
Weekley, Montague (“Monty”)　ウィークリー、モンタギュー（「モンティー」）、フリーダ（Frieda）の息子、26, 53, 83
Wells, H. G.　ウェルズ、H・G、19
West, Rebecca　ウェスト、レベッカ、83　『D・H・ロレンス―挽歌』（*D. H. Lawrence: An Elegy*）、86
“The White Stocking”　「白いストッキング」、17
The White Peacock　『白孔雀』、4, 15, 21－24　「リティシア」（“Laetitia”）の項目も参照。
The Widowing of Mrs. Holroyd　『ホルロイド夫人やもめとなる』、4, 20, 31
Wilkinson family　ウィルキンソン一家、フィレンツェ（Florence）のスカンディッチ（Scandicci）の隣人、68
Wilson, Ada　ウィルソン、エイダ、ロレンスの兄ジョージ（George）と結婚する、12
“The Woman Who Rode Away”　「馬で去った女」、57, 59

The Woman Who Rode Away 『馬で去った女』、7, 74
Women in Love 『恋する女たち』、5, 30, 38, 41, 42, 45－47, 53, 63, 88 「姉妹」（“The Sisters”）の項目も参照。
Wordsworth, William ワーズワース、ウィリアム、72
Worthen, John ワーゼン、ジョン、『若き日のD・H・ロレンス1885－1912』（*D. H. Lawrence: The Early Years 1885－1912*）、88
Writing career 作家としての経歴、ジェシー・チェインバーズ（Jessie Chambers）の影響、14 1905年の春に詩を書く、15 大学時代、17 1906年のイースター（Easter）に最初の小説を書く、15 1907年の秋に初めて短編小説を書く、16 初期の詩を書き付けた大学ノート、19 「序曲」（“A Prelude”）が（ジェシー・チェインバーズの名前で）初めて公表される、4, 17 ロレンスの名前で初めて詩が出版される、19 ロンドンの文学サロンに初めて姿を現す、20 労働者階級の共同社会を舞台にした劇やその他の作品を初めて書く、20 職業作家として出発する、24 『侵入者』（*The Trespasser*）の出版で50ポンド受け取る、30 『息子と恋人』（*Sons and Lovers*）出版直後、いくつかの出版社に見込まれる、32 結婚が主なテーマとなる、32 新たな出版代理人ピンカー（Pinker）を通じてメシュエン（Methuen）と契約する、32 エドワード・ガーネット（Edward Garnett）との仕事上の付き合いが終わる、33 『虹』（*The Rainbow*）の私家版を出す計画を立てる、37 『恋する女たち』（*Women in Love*）がいくつかの出版社から拒否される、38 出版代理人J・B・ピンカー（J. B. Pinker）との関わりに疑問を持つ、42 『入江』（*Bay*）が1919年に出版される、42 『ヨーロッパ史における諸動向』（*Movements in European History*）が営利目的で書かれる、41 ピンカーとの関わりを絶つ、45 アメリカの出版代理人ロバート・マウンツィア（Robert Mountsier）と関わりを持つ、45 『ロストガール』（*The Lost Girl*）と『恋する女たち』の検閲問題が生じる、46 既成文壇に対する怒りの表明としての『ミスター・ヌーン』（*Mr Noon*）、46 英国の出版代理人カーティス・ブラウン（Curtis Brown）、46 『恋する女たち』への中傷行為に脅かされる、47 アメリカに未来を託す、47 1923年には収入が増える、53 1926年には収入が減少する、69, 70 『チャタレイ夫人の恋人』（*Lady Chatterley 's Lover*）によって作家としての名誉が損なわれることはない、70, 79

Y

Yeats, W. B. イェイツ、W・B、19, 89
Yorke, Arabella ヨーク、アラベラ、リチャード・オールディントン（Richard Aldington）、75

Z

Zennor ゼナー、37

作品

A

A Propos of “Lady Chatterley's Lover” 『『チャタレイ夫人の恋人』について』、80, 172, 297, 303, 306－8, 403, 408, 410, 411, 475, 617
Aaron's Rod 『アーロンの杖』、6, 40, 43, 45－47, 50, 52, 61, 157－61, 307, 471, 519, 525, 540, 576, 578, 598, 607, 617, 631
“Accumulated Mail” 「溜まった郵便」、299, 300
“Adolf” 「アドルフ」、212, 228, 229

"All There" 「正気で」、315

All Things Are Possible by Leo Shestov 『何事もレオ・シェストフで解決がつく』、ロレンスが翻訳する、308, 312

Altitude 『高度』、52, 75, 79, 294, 295

"America, Listen to Your Own" 「アメリカよ、汝自身の声に従え」、322

"American Heroes: A Review of *In the American Grain* by William Carlos Williams" 「アメリカの英雄たち—ウィリアム・カルロス・ウィリアムズの作品『根っからのアメリカ人』の書評」、311

Amores 『恋愛詩集』、6, 283, 284, 446, 461, 500

Apocalypse 『アポカリプス』、8, 65, 80, 86, 297, 298, 301, 309, 336, 354, 451, 518, 537, 557, 562－64, 600, 603, 617, 662

"Aristocracy" 「貴族精神」、172, 299

"Art and Morality" 「芸術と道徳」、305, 327, 635, 664

"Art and the Individual" 「芸術と個人」、17, 304, 327

Art Nonsense and Other Essays by Eric Gill エリック・ギルの作品『芸術の無意味さとその他のエッセイ』、ロレンスが書評を書く、312

Assorted Articles 『小論集』、314－17, 617

"Au Revoir, U. S. A." 「合衆国よ、さらば」、322

"Autobiographical Fragment" ("A Dream of Life") 「自伝風の断片」(「人生の夢」)、276, 277

"Autobiographical Sketch" 「自伝風のスケッチ」、314, 315

"Autobiographical Sketch" ("Myself Revealed") 「自伝風のスケッチ」(「自己暴露」)、314, 315

B

"The Bad Side of Books" (Foreword to *A Bibliography of the Writings of DHL*) 「書物の悪質な側面」(『D・H・ロレンス著者目録作品の参考書目』の前書き)、309

Bay: A Book of Poems 『入江—詩集』、286

Birds, Beasts and Flowers 『鳥と獣と花』、6, 7, 45, 52, 283, 287, 288, 446, 448, 451－53, 457, 460, 461, 501, 536, 553, 562, 617

"Bits" ("War Films") 「粉々」(「戦争映画」)、396

Black Swans by Mollie Skinner モリー・スキナーの作品『黒い白鳥』、ロレンスがはしがきを書く、309

"Blessed Are the Powerful" 「力ある者は幸いなるかな」、299

"The Blind Man" 「盲目の男」、41, 212, 216, 217, 551, 568

"The Blue Moccasins" 「青いモカシン」、75, 270, 279－81, 444

The Book of Revelation by Dr. John Oman ジョン・オマーン博士の作品『黙示録』、ロレンスが書評を書く、301, 310, 562

"Books" 「書物」、299, 300

"The Border Line" 「国境線」、55, 248, 254, 255, 437

Bottom Dogs by Edward Dahlberg エドワード・ダールベルグの作品『敗者』、ロレンスが序説を書く、309

The Boy in the Bush 『叢林の少年』、7, 49, 54, 61, 81, 164－68, 578, 583, 617

"A Britisher Has a Word with an Editor" 「一英国人と一編集者の口論」、304

"Burns Novel" (fragments) 「バーンズの小説」(断片の寄せ集め)、178, 194, 195

C

The Captain's Doll 『大尉の人形』、6, 47, 48, 176, 231, 232－35, 365, 426, 428, 429, 580, 583, 584, 591, 617

Cavalleria Rusticana and Other Stories by Giovanni Verga ジョヴァンニ・ヴェルガの作品『カヴァレリア・ラスティカー

ナとその他の短編』、ロレンスが序説を書く、309
Cavalleria Rusticana and Other Stories by Giovanni Verga　ジョヴァンニ・ヴェルガの作品『カヴァレリア・ラスティカーナとその他の短編』、ロレンスが翻訳する、313, 476
“Certain Americans and an Englishman” 「いく人かのアメリカ人たちと一人のイギリス人」、322
“Chaos in Poetry” (Introduction to *Chariot of the Sun* by Harry Crosby) 「詩の混沌」(ハリー・クロズビーの作品『太陽の二輪馬車』の序説)、309
“A Chapel Among the Mountains” 「山間の教会」、320
“The Christening” 「命名式」、196, 209－11
“Christs in the Tyrol” 「チロルのキリスト」、319
“Climbimg Down Pisgah” 「ピスガを下る」、300
“Clouds” 「雲」、299
“Coast of Illusion: A Review of *Gifts of Fortune* by H. M. Tomlinson” 「幻想の岸辺 ― H・M・トムリンソンの作品『幸運の贈り物』の書評」、311
“Cocksure Women and Hensure Men” 「自惚れの強い女と小心者の男」、315
The Collected Poems of DHL 『D・H・ロレンス詩選集』、283, 285, 308, 445, 446, 448, 454, 455, 607
A Collier's Friday Night 『坑夫の金曜日の夜』、4, 20, 291, 365, 463－65
The Complete Plays of DHL 『D・H・ロレンス全戯曲集』、291, 294, 295, 464, 617
The Complete Poems of DHL 『D・H・ロレンス全詩集』、28, 70, 81, 282, 446, 450, 456－60, 617, 628
Contemporary German Poetry 『現代ドイツ詩歌』、ジェスロ・ビゼル (Jethro Bithell) によって編纂される。ロレンスが書評を書く、310
“The Crown” 「王冠」、36, 63, 299, 308, 376, 469, 470
“The Crown” 「王冠」、覚書、299

D

“The Dance of the Sprouting Corn” 「発芽のコーン・ダンス」、56, 321
The Daughter-in-Law 『義理の娘』、5, 30, 294, 463, 464, 584
“Daughters of the Vicar” (“Two Marriages”) 「牧師の娘」(「二つの結婚」) 195, 199－202, 212, 413, 524, 571
David 『ダビデ』、7, 63, 67, 69, 71, 74, 291, 295, 466
“David” 「ダビデ」、325
“Dear Old Horse: A London Letter” 「拝啓オールド・ホース――一通のロンドン書簡」、323
“Delilah and Mr. Bircumshaw” 「デリラとバーカムショー氏」、178, 179, 191, 192
“Democracy”「民主主義」、299, 300
“Do Women Change?” (“Women Don't Change”) 「女性は変わるか？」(「女性は変わらない」)、316
“Dostoevsky” (fragment) 「ドストエフスキー」(断片)、299, 300, 469
The Dragon of the Apocalypse by Frederick Carter　フレデリック・カーターの作品『アポカリプスの悪魔』、ロレンスが序説を書く、301, 309
“The Duc de Lauzun” 「ローザンの公爵」、309
“Dull London” 「退屈なロンドン」、316

E

“Education of the People” 「国民の教育」、299, 300
“Elsa Culverwell” 「エルザ・カルヴァウェル」、149, 635
“England, My England” 「イングランドよ、

F

G

H

I

J

K

L

M

"Men Must Work and Women As Well" ("Men and Women") 「男女共に働くべし」(「男性と女性」)、317
"Mercury" 「マーキュリー」、270, 271
The Merry-Go-Round 『回転木馬』、293, 463, 465
"The Miner at Home" 「家庭の坑夫」、178, 188, 189
The Minnesingers by Jethro Bithell ジェスロ・ビゼルの作品『中世ドイツの抒情詩人』、ロレンスが書評を書く、310
"Model Americans" (Review of *Americans* by Stuart Sherman) 「模範とすべきアメリカ人」(スチュアート・シャーマンの作品『アメリカ人』の書評)、310
"A Modern Lover" 「当世風の恋人」、154, 177－79, 182, 183, 204, 413, 416
"Monkey Nuts" 「落花生」、42, 212, 217, 218, 232, 663
"Morality and the Novel" 「道徳と小説」、305
"More Pansies" 「もっとパンジーを」、79, 282, 289, 459, 460
Mornings in Mexico 「メキシコの朝」、7, 61, 74, 297, 316, 317, 321, 322, 480, 618
"The Mortal Coil" 「煩わしき人生」、177, 212, 226, 227, 232, 413, 425, 570
"Mother and Daughter" 「母と娘」、270, 278, 279
The Mother by Grazia Deledda グラツィア・デレダの作品『母親』、ロレンスが序説を書く、309
Movements in European History 『ヨーロッパ史における諸動向』、6, 41, 297, 308, 325, 326, 482, 618
Mr Noon 『ミスター・ヌーン』、6, 45, 46, 53, 61, 153－57, 390－92, 407, 618
"My Skirmish with Jolly Roger" (early version of *A Propos of "Lady Chatterley's Lover"*) 「僕とジョリー・ロジャーの小論争」(『『チャタレイ夫人の恋人』について』の初期の版)、171, 306, 307

N

Nettles 『いらくさ』、8, 79, 80, 282, 288, 289, 446, 447, 666
"New Eve and Old Adam" 「新しきイヴと古きアダム」、178, 193, 416
"New Mexico" 「ニューメキシコ」、316, 323, 480, 481
New Poems 『新詩集』、6, 40, 283, 285, 286, 308, 445, 446, 451, 500
Nigger Heaven by Carl Van Vechten, *Flight* by Walter White, *Manhattan Transfer* by John Dos Passos, and *In Our Time* by Ernest Hemingway カール・ヴァン・ヴェヒテンの作品『黒人天国』、ウォルター・ホワイトの作品『飛行』、ジョン・ドス・パソスの作品『マンハッタン乗り換え』、アーネスト・ヘミングウェイの作品『われらの時代に』、ロレンスが書評を書く、311
"The Nightingale" 「ナイチンゲール」、325, 463, 481
Noah's Flood 『ノアの洪水』、71, 295, 466
"Nobody Loves Me" 「誰も僕を愛してくれない」、317
"None of That" 「そんなものに用はない」、72, 248, 263, 264
"A Note on Giovanni Verga" (Introduction to *Little Novels of Sicily* by Giovanni Verga) 「ジョヴァンニ・ヴェルガへの覚書」(ジョヴァンニ・ヴェルガの作品『シチリア小品』の序説)、308, 309
"Nottingham and the Mining Countryside" 「ノッティンガムと炭鉱地帯」、316, 317
"The Novel" 「小説」、299, 305

O

"Odour of Chrysanthemums" 「菊の香」、4, 20, 196, 211, 212
"The Old Adam" 「古きアダム」、178, 185,

186, 193, 416, 417
"On Being a Man"「人間であることについて」、299, 300, 314
"On Being in Love"(fragment)「恋することについて」(断片)、299, 300
"On Being Religious"「宗教的であることについて」、299, 300
"On Coming Home"「帰国することについて」、55, 299, 300
"On Human Destiny"「人間の運命について」、299, 300, 314
"On Taking the Next Step"(fragment)「次の段階に進むことについて」(断片)、299, 300
"Once — !"「一度だけ—!」、178, 179, 192, 193
Origins of Prohibition by J. A. Krout J・A・クラウトの作品『酒類製造販売禁止の起源』、ロレンスが書評を書く、311
"The Overtone"「オーヴァートーン」、237, 238, 429, 558
"Ownership"「所有権」、315
Oxford Book of German Verse, edited by H. G. Fiedler H・G・フィードラーによる編纂『オックスフォード版ドイツ詩集』、ロレンスが書評を書く、310, 472

P

"Pan in America"「アメリカのパン神」、57, 323, 480
Pansies『パンジー』、8, 76, 78－80, 260, 288, 308, 446, 450, 459－61, 477, 502, 627－29, 666
Pansies『パンジー』、ロレンスが序説と前書きを書く、288
"Paris Letter"「パリの手紙」、323, 480
Pedro de Valdivia by R. B. Cunninghame Graham R・B・カニンガム・グレアムの作品『ヴァルディヴィアのペドロ』、ロレンスが書評を書く、311
Peep Show by Walter Wilkinson ウォルター・ウィルキンソンの作品『いかがわしいショー』、ロレンスが書評を書く、311, 472
Phoenix: The Posthumous Papers of DHL『フェニックス—D・H・ロレンス遺稿集』、51, 56, 188, 244, 270, 275, 276, 287, 295, 297, 298, 300, 303－5, 307－9, 311, 315, 323, 325, 467, 468, 618
Phoenix II: Uncollected, Unpublished and Other Prose Works by DHL『フェニックスII —D・H・ロレンスの未収録、未刊の散文とその他の散文』、45, 64, 83, 179, 298, 300, 307, 309, 325, 467, 468, 482, 618
"Pictures on the Walls"("Dead Pictures on the Wall")「壁の絵」(「面白味のない壁の絵」)、316, 327, 483, 637
The Plumed Serpent (Quetzalcoatl)『翼ある蛇』(『ケツァルコアトル』)、7, 53, 60, 61, 63, 65, 69, 71, 168－71, 283, 361, 369, 379, 389, 430, 449, 516, 534, 548, 551, 552, 555, 557, 559, 561, 570, 572－74, 585, 600, 603, 609, 618
"Poetry of the Present"(Preface to American edition of *New Poems*)「現在の詩」(アメリカ版『新詩集』の序文)、285, 475
"...polite to one another..."(fragment)「... お互いに礼儀正しく...」(断片)、299, 300
Pornography and Obscenity『ポルノグラフィと猥褻』、79, 297, 303, 307, 403, 405, 618, 630
"A Prelude"「序曲」、4, 17, 178－80, 442
"The Primrose Path"「サクラ草の径」、212, 222, 223, 230
"The Princess"「プリンセス」、7, 60, 177, 237, 239, 241－43, 276, 336, 433, 588, 600, 618
"The Proper Study"「適切な研究」、299, 300
"The Prussian Officer"("Honour and Arms")「プロシア士官」(「名誉と武器」)、5, 30,

Touch and Go 『一触即発』、6, 41, 291, 294, 308, 464, 466
The Trespasser 『侵入者』、4, 21, 23, 24, 30, 63, 132－34, 185, 266, 334, 355－58, 373, 393, 471, 499, 519, 540, 556, 578, 587, 619
Twilight in Italy 『イタリアの薄明』、6, 317－20, 479, 619
"Two Blue Birds" 「二羽の青い鳥」、69, 248－50, 435
"The Two Principles" 「二つの原理」、306
"Two Schools" (fragment) 「二つの学校」(断片)、178, 194

U

"The Undying Man" 「不死の男」、270, 275, 276, 444

V

The Virgin and the Gipsy 『処女とジプシー』、67, 176, 245－47, 405, 413, 433, 434, 555, 582, 587, 590, 593, 619, 631, 642, 645, 646, 648, 649, 651

W

"War Films" 「戦争映画」、396
"We Need One Another" 「僕らはお互いを必要としている」、317
"Whistling of Birds" 「鳥の囀り」、299, 300
The White Peacock 『白孔雀』、4, 15, 16, 21－24, 129－32, 139, 175, 224, 327, 355－57, 365, 397, 532, 540, 544, 553, 556, 578, 580, 619
"The White Stocking" 「白いストッキング」、17, 196, 208, 413, 419
"Why the Novel Matters" 「小説が重要とされる理由」、305
The Widowing of Mrs. Holroyd 『ホルロイド夫人やもめとなる』、4, 5, 20, 31, 291, 292, 365, 420, 463－65, 499, 587, 593
"The Wilful Woman" (fragment) 「気ままな女」(断片)、237, 243, 244, 455
"Wintry Peacock" 「冬の孔雀」、212, 218, 219
"The Witch à la Mode" 「当世風の魔女」、178, 184, 185, 416
"With the Guns" 「銃を携えて」、320
"The Woman Who Rode Away" 「馬で去った女」、7, 57, 59, 61, 74, 248, 251－53, 425, 555, 572, 574
The Woman Who Rode Away and Other Stories 『馬で去った女とその他の短編』、176, 248, 251－53, 435, 436, 619, 665
"Women Are So Cocksure" 「女性はあまりにも自惚れが強い」、315
Women in Love 『恋する女たち』、5, 6, 30, 38, 41, 42, 45, 47, 53, 63, 88, 144－49, 175, 307, 327, 354, 361, 365, 367－74, 390, 391, 400, 442, 469, 470, 472－74, 478, 500, 510, 512－18, 524, 526, 530, 534－36, 539－45, 547, 549, 551, 554－61, 563, 565, 566, 568－74, 576, 578, 588, 591, 594, 597, 598, 600, 602－4, 606, 607, 609, 611, 615, 619, 624, 636, 642, 643, 646, 648, 651, 662, 663 「生涯」の項の「姉妹」("The Sisters")の項目も参照。
Women in Love 『恋する女たち』、ロレンスが序文を書く、145
Women in Love 『恋する女たち』、ロレンスが前書きを書く、145, 379
Women in Love 『恋する女たち』、「結婚式」の章、145, 379
The World of William Clissold by H. G. Wells H・G・ウェルズの作品『ウィリアム・クリソルドの世界』、ロレンスが書評を書く、311

Y

"You Touched Me" ("Hadrian") 「触れたのは君の方だ」(「ヘイドリアン」)、42, 220

場所

A

AUSTRALIA　オーストラリア、オールバニー（Albany）、166－68　ダーリントン（Darlington）、116, 167　ジェラルトン（Geraldton）、168　ニューサウスウェールズ（New South Wales）、50, 116, 163　シドニー（Sydney）、6, 49, 50, 116, 161, 163, 395, 396, 398　サーロウル（Thirroul）、6, 50, 116, 163, 395　西オーストラリア（Western Australia）、6, 49, 164, 165, 398

AUSTRIA　オーストリア、カプラン（Kaprun）、234　マイルホーフェン（Mayrhofen）、29, 114, 149, 157, 193　シュテルツィング（Sterzing）、29, 114, 157　トゥーメルスバッハ（Thumersbach）、116, 234　チロル（Tyrol）、149, 157, 192, 193, 234, 319, 343, 381, 391　フィラハ（Villach）、72, 119　ツェル・アム・ゼー（Zell-am-See）、116, 234

C

CANADA　カナダ、188, 201, 220, 231

CEYLON (Sri Lanka)　セイロン（スリランカ）コロンボ（Colombo）、49, 116　カンディ（Kandy）、49, 116

CHANNEL ISLANDS　チャネル諸島、ハーム（Herm）、ジェゾウ（Jethou）、266

COOK ISLANDS　クック諸島、ララトンガ（Raratonga）、116

CUBA, Havana　キューバ、ハヴァナ、240, 245

E

EGYPT　エジプト、スエズ運河（Suez Canal）、48

ENGLAND　イングランド、アルフレトン（Alfreton）、153, 188, 195　アンバーゲイト（Ambergate）、139, 144, 188, 247　アニズリー（Annesley）、132, 144　アシュボーン（Ashbourne）、247, 346　ベークウェル（Bakewell）、144, 247　バールバラホール（Barlborough Hall）、175　ドンカスター（Doncaster）近くのベントリー（Bentley）、144　バークシャー（Berkshire）、6, 40, 42, 83, 112, 115, 160, 162, 218, 232, 268　ブルームズベリー（Bloomsbury）、279　ボルソヴァー城（Bolsover Castle）、175　ボンサル（Bonsall）、247　ボーンマス（Bournemouth）、4, 24, 112, 113　ブリンズリー（Brinsley）、9, 100, 137, 143, 202, 212, 346　ブロードステアーズ（Broadstairs）、114　バッキンガムシャー（Buckinghamshire）、112, 114, 118　ブルウェル（Bulwell）、188, 191　チャツワースハウス（Chatsworth House）、247　チェッサム（Chesham）、5, 34, 35, 112, 114　チェスターフィールド（Chesterfield）、174, 175, 188　チズィック（Chiswick）、31, 247　コドノー（Codnor）、247　コーンウォール（Cornwall）、6, 36－39, 53, 112, 114, 115, 134, 163, 222, 231, 397　コスル（Cossall）、16, 143　コヴェントガーデン（Covent Garden）、133, 160　クライチ（Crich）、139, 188　クロムフォード（Cromford）、247　クロイドン（Croydon）、4, 18－22, 24, 83, 112, 113, 132, 133, 181, 184－86, 658　水晶宮（Crystal Palace）、94　ダーリー（Darley）、247　ダービー（Derby）、13, 117, 143, 144, 163, 175　ダービーシャー（Derbyshire）、12, 41, 100, 102, 112, 115, 118, 139, 143, 149, 153, 174, 175, 245, 247, 261, 263, 277　ドンカスター（Doncaster）、144, 153　エークリング（Eakring）、157　イーストウッド（Eastwood）、3, 4, 9－18, 22－25, 40, 50, 52, 76, 100, 107, 112, 113, 122, 130－32, 139, 144, 149, 153, 157, 160, 174, 175, 180, 183, 188－92, 194, 195, 202－5, 209－12, 216, 221, 224, 226, 229, 230, 257, 277,

I

M

ロレンスと映画産業

次の索引は、参考資料“大衆のイメージ——ロレンスと映画産業”、（pp. 623－666）とその引用書目、参考書目95（pp. 581－96）にのみ関連したものである。規定通りに、年表 7（“ナイジェル・モリスによる、映画と放映について”、pp. 655－666）と、特に映画の題名に載っている項目は、それらが何らかの点で議論され、あるいはどこかで言及されている場合にのみ挙げていることを明記しておく。批評家の名前は、“Critics（批評家）”という見出しで挙げてあるが、ページの照会はしていない、というのはそれらは人名索引に見つかるからである。（これらの批評家には本事典のどこか他の個所にも登場してくる者がいるので、人名索引と相互照会をする時には上記のページの範囲を心に留めておくこと。）

A

Adaptations（翻案）——評価の基準としての信頼性について、647　配役と演技、648, 651, 652　文芸作品の連続ドラマ、626, 638　経済的側面について、641, 643　イデオロギーについて、626, 638, 639, 642　制度的決定素と文化的価値、638　リアリズム、638, 641, 644, 645, 647－49　象徴主義、644, 649, 651, 652　技術的な決定素、644

Adaptations of DHL's works（ロレンスの作品の翻案）——批評作品と論評、590　グラナダ テレビジョンの16の短編物語、588　*The Boy in the Bush*『叢林の少年』、583　*TheCaptain's Doll*『大尉の人形』、583, 584　*The Daughter-In-Law*『義理の娘』、584　*The Fox*『狐』、584, 642, 648, 650　*Kangaroo*『カンガルー』、584　*Lady Chatterley's Lover*『チャタレイ夫人の恋人』、584, 585, 636, 641, 642, 649, 650　*The Rainbow*『虹』、585, 586, 641, 643, 647－49, 651　“The Rocking-Horse Winner”「勝ち馬を予想する少年」、586, 647　*Sons and Lovers*『息子と恋人』、586, 587, 639, 640, 642, 644, 647, 648　*The Trespasser*『侵入者』、587　*The Virgin and the Gypsy*『処女とジプシー』、587, 642, 645, 646, 648, 649, 651　*The Widowing of Mrs Holroyd*『ホルロイド夫人やもめとなる』、587, 588　*Women in Love*『恋する女たち』、588, 636, 642, 645, 646, 648, 651

Adaptations of DHL's works, film personnel（ロレンスの作品の翻案、映画の人員）——Marc Allégret（マルク・アレグレット）、585　Eileen Atkins（アイリーン・アトキンズ）、587　Peter Barber-Fleming（ピーター・バーバー=フレミング）、588　Christopher Barr（クリストファー・バール）、585　Alan Bates（アラン・ベイツ）、587　Sean Bean（ショーン・ビーン）、584　Marc Behm（マルク・ベイム）、584　Tom Bell（トム・ベル）、585, 587　Robert Bierman（ロバート・ビアマン）、586　Stephen Bisley（スティーヴン・ビズリー）、583　Honor Blackman（オナー・ブラックマン）、587　Jon Blake（ジョン・ブレイク）、583　Julian Bond（ジュリアン・ボンド）、586　Gaston Bonheur（ガストン・ボーン）、585　Kenneth Branagh（ケネス・ブラナー）、583, 588　Shane Briant（シェーン・ブライアント）、584　Eleanor Bron（エレノア・ブロン）、588　Philip Martin Brown（フィリップ・マーティン・ブラウン）、588　Stuart Burge（スチュアート・バージ）、585, 587

Eliot ジョージ・エリオット）、641 *Nicholas Nickleby*『ニコラス・ニックルビー』（Charles Dickens チャールズ・ディケンズ）、641 *The Raj Quartet*『ラジ・カルテット』（Paul Scott ポール・スコット）、639 The Scarlet Letter『緋文字』（Nathaniel Hawthorne ナサニエル・ホーソーン）、641 *Tess of the D'Urbervilles*『ダーバヴィル家のテス』（Thomas Hardy トマス・ハーディ）、643 *The Warden*『ウォーデン』（Anthony Trollope アンソニー・トロロープ）、641

Anti-Americanism 反アメリカ主義、626

Arbuckle, Roscoe “Fatty” アーバックル、ロスコー（“ファッティ”）、627, 662

L'Arrivée d'un train en gare de La Ciotat、『ラ・シオタ駅への列車の到着』、656

L'Arroseur arrosé,『水をかけられた撒水夫』、656

Associated Television（ATV） アソシエイテッド・テレビジョン、639

Audiences 観客、視聴者、628, 634, 642

Authorship（Auteurism） 原作者性（オトゥール説）、640, 645

B

Baird, John Logie ベアード、ジョン・ロジー、664

Balham Empire cinema, near Croydon クロイドン近くのバラム・エンパイア・シネマ、658

Ben Hur 『ベン・ハー』、625, 665

Biographical films 伝記体の映画（*Coming Through*『カミング・スルー』、*D. H. Lawrence in Taos*『タオスのＤ・Ｈ・ロレンス』、*The Priest of Love*『愛の司祭』）、588, 589

Birth of a Nation 『国民の創生』、635

Boggs, Francis ボグズ、フランシス、659

British Board of Film Censors 英国映画検閲委員会、660, 663

British Broadcasting Corporation（BBC） 英国放送協会（ＢＢＣ）、584－88, 592, 626, 633, 638, 641, 647, 654, 663, 665

Burge, Stuart バージ、スチュアート、585, 592, 639

C

Captain Blackbird/Lost and Found on a South Sea Island 『キャプテン・ブラックバード／南海の島での災難』 625

Caruso, Enrico カルーソ、エンリコ、659

Censorship 検閲制度、627

Chaplin, Charlie チャップリン、チャーリー、626, 632

Cinéma-vérité シネマヴェリテ（ドキュメンタリー式の映画）、636

Cinematic qualities of work 作品の映画的品質、625, 627, 628, 630, 636

Cinematograph Act 映画条例（1909年）、627, 628

Cook, Alistair クック、アリステア、640

The Covered Wagon 『幌馬車』、625, 635

Critics（批評家）（ページは人名索引を参照）――Allen, D.（アレン、Ｄ）、Alpert（アルパート）、Alvarado（オルヴァラード）、Amette（アメテ）、Baldanza（ボルダンザ）、Barett, G.R.（バレット、Ｇ・Ｒ）、Barthes（バルセ）、Baxter, J.（バクスター、Ｊ）、Becker, H.（ベッカー、Ｈ）、Beja（ベジャ）、Blanchard, M.（ブランチャード、Ｍ）、Bluestone（ブルーストーン）、Boyd-Bowman（ボイド＝バウマン）、Boyum（ボイアム）、Burch（バーチ）、Caughie（コヒー）、Chanan（チャナン）、Chatman（チャットマン）、Clancy（クランシー）、Cohen, K.（コウイン、Ｋ）、Cook, P.（クック、Ｐ）、Cowan, J. C.（カウアン、Ｊ・Ｃ）、Crump（クランプ）、Daisne（デイスン）、Davies, R. R.（デーヴィス、Ｒ・Ｒ）、

Denby（デンビー）、DeNitto（デニート）、Dugdale（ダグデイル）、Ellis, J.（エリス、J）、Erskine（アースキン）、Falcon（ファルコン）、Faber（フェイバー）、Ferlita（ファーリタ）、Fitzsimons（フィッシモンズ）、Fuller（フラー）、Geduld（ゲダルド）、Gerard（ジェラード）、Gerrard（ジェラード）、Gillett（ジレット）、Gilliat（ギリアット）、Goldstein（ゴールドシュタイン）、Gomez（ゴメス）、Gontarski（ゴンタルスキー）、Gutch（グッチ）、Hamilton, J.（ハミルトン、J）、Hanke（ヘンケ）、Hanlon（ハンロン）、Harper, H.（ハーパー、H）、Harrington（ハリントン）、Hebert（エイベール）、Hildred（ヒルドレッド）、Hill, J.（ヒル、J）、Hutchinson（ハッチンソン）、Izod（イゾッド）、James, B.（ジェイムズ、B）、Jinks（ジンクス）、Kael（カール）、Kauffman（カウフマン）、Kerr, P.（カー、P）、King, J.（キング、J）、Knight, A.（ナイト、A）、Knoll, R. F.（クノル、R・F）、Kroll（クロル）、Lapsley（ラプスリー）、Lindell（リンデル）、Marcus, F.（マーカス、F）、McArthur（マッカーサー）、McConnell（マコネル）、McDougal（マクドウグル）、Mellen（メリン）、Mercer（マーサー）、Metz（メッツ）、Moore, H. T.（ムア、H・T）、Mortimer, J.（モーティマー、J）、Mulvey（マルヴィ）、O'Kelly（オケリー）、Orr, J.（オー、J）、Parkin（パーキン）、Peek（ピーク）、Pellegrino（ペレグリノ）、Phillips, G. D.（フィリップス、G・D）、Poole, M.（プール、M）、Reed, R.（リード、R）、Reynolds, P.（レイノルズ、P）、Richards, B.（リチャーズ、B）、Ross, H.（ロス、H）、Scott, J. F.（スコット、J・F）、Semeiks（セメイク）、Simon, J.（サイモン、J）、Sinyard（シンヤード）、Sirkin（サーキン）、Smith, G.（スミス、G）、Smith, J.（スミス、J）、Sobchack（ソブチャック）、Spiegel（シュピーゲル）、Stacy（ステイシー）、Tarrart（タラット）、Taylor, N.（テイラー、N）、Travers（トラヴァーズ）、Trevelyan（トレヴェリアン）、Truss（トラス）、Voysey（ヴォイジー）、Wagner, G.（ヴァーグナー、G）、Warga（ウォーガ）、Welch, J. E.（ウェルチ、J・E）、Westlake（ウェストレイク）、Wicks（ウィックス）、Widdowson, P.（ウィドソン、P）、Williams, L. R.（ウィリアムズ、L・R）、Wollen（ウォレン）、Woollacott（ウラコット）、Wyver（ウァイヴァー）、Zambrano（ザンブラノー）

D

DeMille, Cecil B.　デミル、セシル B、631
Dickson, William Kennedy Laurie　ディクソン、ウィリアム・ケネディ・ローリー、656
Disney, Walt　ディズニー、ウォルト、663
Dos Passos, John　ドス・パソス、ジョン、636
Dullea, Keir　ダリー、キール、584, 648

E

Eastman Walker Company　イーストマン・ウォーカー社、655, 658
Easy Rider　『イージー・ライダー』、653, 654
Edison, Thomas エジソン、トマス、656, 657, 661
Edward Ⅶ　エドワード Ⅶ、657
Eisenstein, Sergei　アイゼンシュタイン、セルゲイ、628, 664, 666
Elizabeth R, 『エリザベス・R』、640

F

Fairbanks, Douglas, Jr.　フェアバンクス、ダグラス・Jr、625, 661, 664

Fessenden, R. A.　フェセンデン、R・A、657
Film Industry　映画産業、個人的接触、スキャンダル、624, 625, 627
"Film Passion"（poem）「映画への情熱」（詩）、633
Fleming, John　フレミング、ジョン、658
The Four Horsemen of the Apocalypse『黙示録の四騎士』、662

G

Garvie, Marcus　ガーヴィー、マルカス、654
Gish, Lillian　ギッシュ、リリアン、631
The Great Train Robbery『大列車強盗』、657
Griffith, D. W.　グリフィス、D・W、660, 661
Griffiths, Trevor　グリフィス、トレヴァー、644

H

Hays Office　ヘイズ・オフィス（1922年）、627
Hitchcock, Alfred　ヒッチコック、アルフレッド、646, 664, 665
Hollywood　ハリウッド、625, 627, 642, 643, 648, 659－63, 665, 666

I

Independent Television（ITV）　インディペンデント・テレビジョン、638, 641
Insee, H.　インゼー、H、656
Institutional Mode of Representation（Burch）　制度化した上映形式（バーチ）630, 635

J

Jaeckin, Just　ジェイキン、ジャスト、584
James Bond　ジェイムズ・ボンド、642
Jaws『ジョーズ』、642
Jeffries, Jim　ジェフリーズ、ジム、659
Johnson, Jack　ジョンソン、ジャック、659
Joyce, James　ジョイス、ジェイムズ、658

L

Langtry, Lily　ラントリー、リリー、632
Laurel and Hardy　ローレルとハーディ、664
Leavis, F.R.　リーヴィス、F・R、624
Leavisism　リーヴィス主義、624, 626, 645
Lenin, Vladimir Ilyich　レーニン、ウラジミール・アイリック、663
Linder, Max　リンダー、マックス、664
Lumière, Auguste and Louis　リュミエール、アウグスタとルイの兄弟、656

M

Mandela, Nelson　マンデラ、ネルソン、654
Manhattan Transfer by John Dos Passos　ジョン・ドス・パソスの作品『マンハッタン乗り換え』ロレンスが書評を書く、636
Marconi, Guglielmo　マルコーニ、ガリエルモ、656－59, 662
Marley, Bob　マーリー、ボブ、654
Mass culture　大衆文化、ロレンスが記述をする、626, 628, 630, 636, 637
Masterpiece Theatre（National Educational Television ）　名作劇場（国民教育テレビ）、639, 641
The May Irwin-John C. Rice Kiss『メイ・アーウィンとジョン・C・ライスの接吻』、627, 656
Mayer, Louis B.　メイヤー、ルイス・B、662
Mechanization　機械化、ロレンスが機械化を拒否する、624, 627, 631
Mercian TV　メルシャン テレビ、639
Mickey Mouse　ミッキー・マウス、666
Minter, Mary Miles　ミンター、メアリー・マイルズ、663
Misogyny, alleged　女性嫌悪の疑い、633
Modernism　現代的傾向、626

N

Nero, Franco　ネロ、フランコ、587, 648
Nicholson, Jack　ニコルソン、ジャック、653
Normand, Mabel　ノーマンド、メイベル、663

P

The Passion of Christ『キリストの受難』、634
Paul, Robert William　ポール、ロバート・ウィリアム、656
Pickford, Mary　ピックフォード、メアリー、626, 661
"Pictures on the Walls"（essay）「壁の絵」（エッセイ）、637
Polanski, Roman　ポランスキー、ロマン、643
Popular images of DHL　ロレンスの大衆のイメージ、642, 643, 645, 652－54
Psychoanalytic approaches to film　映画への精神分析的アプローチ、629, 633, 634
Public Service Broadcasting（PSB）　公共放送、638
Pudovkin, V.I.　プドフキン、V・I、628, 663, 664, 666
Puttnam, David　パトナム、デイヴィド、643

R

Rappe,Virginia　ラップ、ヴァージニア、662
Reed,Oliver　リード、オリヴァー、588, 652
Reid,Wallace　リード、ウォレス、663
Royal Shakespeare Company　ロイヤル・シェイクスピア・カンパニー、641
Russell, Ken　ラッセル、ケン、581, 582, 584, 585, 588, 592, 594, 641, 643, 645, 649, 651, 652,

S

Scorsese, Martin　スコセッシ、マーティン、643
Sennett, Mack　セネット、マック、659
Shakespeare, William　シェイクスピア、ウィリアム、628, 640
The Sheik　『シーク』、662
Society of Motion Picture Engineers　映画技師協会、634
Standardization　画一化、ロレンスは画一化を拒否する、628, 630

T

Theater　劇場、ロレンスの視点、630, 634, 635
The Thief of Bagdad『バグダッドの盗賊』、625
Tolstoy, Leo　トルストイ、レオ、629
Twentieth Century-Fox　20世紀フォックス、640, 642

U

United Artists　ユナイテッド・アーティスツ社、588, 594, 661

V

Valentino, Rudolph　ヴァレンチノ、ルドルフ、626, 633
Voyage to the Moon　『月世界旅行』、657

W

"When I went to the film"（poem）「私が映画に行った時」（詩）、628
Woodstock　ウッドストック、653

人　名

A

B

Davis, Herbert　デーヴィス、ハーバート、378, 445, 449
Davis, Joseph　デーヴィス、ジョーゼフ、335, 336, 395, 396, 477, 498, 601
Davis, Patricia C.　デーヴィス、パトリシア・C、425, 574
Davis, Philip　デーヴィス、フィリップ、497, 533, 601
Davis, Robert Gorham　デーヴィス、ロバート・ゴアム、418, 439
Davis, William A., Jr.　デーヴィス、ウィリアム・A、ジュニア、378, 574
Dawson, Eugene W.　ドーソン、ユージーン・W、428, 548
Dax, Alice　ダックス、アリス、4, 23, 26, 361
De Zordo, Ornella　デ・ゾルド、オーネラ、476, 492, 498, 602
Deakin, William　ディーキン、ウィリアム、533
Dekker, E. D. (“Multatuli”)　デッカー、E・D、(“マルタチューリ”)、308
Dekker, George　デッカー、ジョージ、435
Delany, Paul　デラニー、ポール、335, 336, 348, 360, 368, 375, 378, 388, 390, 397, 423, 466, 470, 476, 479, 497, 521, 523, 533, 561, 601
Delavenay, Emile　デラヴネ、エミール、334, 337, 340, 342, 345, 346, 360, 366, 375, 388, 419, 422, 423, 470, 473, 476, 497, 521, 528, 533, 542, 574, 601
Delbaere-Garant, J.　デルベア＝ガラント、J、389
Deledda, Grazia　デレダ、グラツィア、309
Deleuze, Gilles　ディリューズ、ギルズ、454, 514, 520, 537, 548, 563, 574
Denby, David　デンビー、デイヴィド、590
DeNitto, Dennis　デニート、デニス、581, 590, 593, 648
Dennis, N.　デニス、N、477
Denny, N. V. E.　デニー、N・V・E、429
Dervin, Daniel　ダーヴィン、ダニエル、360, 412, 497, 546, 548, 601
Desouza, Eunice　デスーザ、ユーニス、523
Deutsch, Babette　ドイッチェ、バベット、449, 500
Deva, Som　ディーヴァ、サム、360, 497, 601
DeVille, Peter　デヴィル、ピーター、368, 378, 449, 568
Devlin, Albert J.　デヴリン、アルバート・J、425
Dexter, Martin　デクスター、マーティン、435, 442, 480, 561
DiBattista, Maria　ディバティスタ、マリア、368, 378
Diethe, C.　ディエーゼ、C、368, 378
Dietrich, Carol E.　ディートリッヒ、キャロル・E、449
Dietz, Susan　ディーツ、スーザン、360
Digaetani, John Louis　ディゲターニ、ジョン・ルイス、357, 416, 533, 555
Dillon, Martin C.　ディロン、マーティン・C、378, 561
DiMaggio, Richard　ディマジオ、リチャード、360, 366
Ditsky, John M.　ディッキイ、ジョン・M、368, 568
Dix, Carol　ディックス、キャロル、366, 375, 388, 389, 394, 402, 412, 497, 572, 601
Dobrée, Bonamy　ドブレー、ボナミー、502
Dodd, Philip　ドッド、フィリップ、477
Dodsworth, Martin　ドッズワース、マーティン、390, 523, 574
Doheny, John　ドウヒーニ、ジョン、360, 405, 548, 574
Doherty, Gerald　ドゥーエイティー、ジェラルド、360, 368, 378, 399, 405, 413, 425, 428, 430, 434, 438, 517, 518, 555, 561, 568, 574
Dollimore, Jonathan　ドリモア、ジョナサン、405, 519, 548, 574
Donald, D. R.　ドナルド、D・R、405

E

F

555, 604
Fasick, Laura　ファシック、ローラ、477, 574
Faulkner, Thomas C.　フォークナー、トマス・C、398
Faulkner, William　フォークナー、ウィリアム、368, 372, 382, 383, 397, 442, 515, 518, 526, 543, 545, 558, 568, 578, 606, 609
Faustino, Daniel　フォスチーノ、ダニエル、424
Fawcett, Henry F.　フォーシット、ヘンリー・F、103
Fay, Eliot　フェイ、エリオット、334, 337, 402, 477, 496, 602
Fedder, Norman J.　フェダー、ノーマン・J、463, 497, 528, 602
Feimer, Joel N.　ファイマー、ジョエル・N、574
Feinstein, Elaine　ファインシュタイン、エレーン、335, 337, 498, 572, 602
Felheim, Marvin　フェルハイム、マーヴィン、444
Fenton, James　フェントン、ジェームズ、390
Fenwick, Julie　フェニック、ジュリー、534
Ferlita, Ernest　ファーリタ、アーネスト、595
Fernihough, Anne　ファーニハフ、アン、140, 369, 388, 468, 483, 498, 521, 549, 560, 567, 572, 602
Ferreira, Maria Aline　フェリーラ、マリア・アリーン、390
Ferrier, Carole　フェリア、カロール、283, 450, 487, 489
Feshawy, Wagdy　フェショーイ、ウェジィ、497, 602
ffrench, Yvonne　フレンチ、イヴォーン、289, 450
Fiderer, Gerald　フィダラー、ジェラルド、442, 555
Fiedler, Leslie A.　フィドラー、レズリー・A、575
Field, Louise Maunsell　フィールド、ルイス・モーンセル、499
Fielding, M. L.　フィールディング、M・L、360, 602
Fifield, William　フィフィールド、ウィリアム、549
Filippis, Simonetta de　フィリピス、シモネッタ・ド、324, 481, 618
Finney, Brian H.　フィニー、ブライアン・H、177, 237, 259, 360, 414, 416, 426, 429, 436, 439, 441, 444, 490, 498, 602, 619
Firchow, Peter E.　ファショウ、ピーター・E、341, 534, 549
Fisher, Herbert　フィッシャー、ハーバート、98
Fisher, William J.　フィッシャー、ウィリアム・J、445, 450
Fitz, L. T.　フィッツ、L・T、439, 556
Fitzsimons, Carmel　フィッシモンズ、キャメル、591
Fjagesund, Peter　ファージェサンド、ピーター、388, 402, 405, 412, 498, 519, 534, 554, 556, 602
Flay, M.　フレイ・M、469, 534
Fleishman, Avrom　フライシュマン、エイヴロム、361, 379, 430, 568
Fletcher, John Gould　フレッチャー、ジョン・ゴウルド、285, 286, 451, 500, 502
Foehr, Stephen　フォイアー、スティーヴン、483
Fogel, Daniel Mark　フォーゲル、ダニエル・マーク、569
Follett, Helen Thomas　フォリット、ヘレン・トマス、500
Ford, Ford Madox　フォード、フォード・マドックス、ヘファー、フォード・マドックス（Hueffer, Ford Madox）を参照。
Ford, George　フォード、ジョージ、145, 341, 343, 352, 356, 366, 369, 375, 379, 383, 386, 388, 398, 411, 414, 497, 512, 579, 602

Forster, E. M.　フォースター、E・M、5, 35, 59, 341, 355, 368, 384, 389, 397, 399, 408, 431, 470, 482, 502, 509, 511, 515, 520, 523, 528, 530, 531, 533－35, 540, 542, 545, 564, 571, 598, 602, 611
Forsyth, Neil　フォーシス、ニール、290, 451
Fortunati, Vita　フォーチゥナティ、ヴィタ、483, 534
Foster, D. W.　フォスター、D・W、509, 561
Foster, John Burt, Jr.　フォスター、ジョン・バート、ジュニア、395, 516, 534, 561
Foster, Joseph　フォスター、ジョーゼフ、334, 337, 477, 497, 602
Foster, Richard　フォスター、リチャード、473
Fowler, Roger　ファウラー、ロジャー、361, 389, 569
Fraenkel, M　フランケル、M、505
Fraiberg, Louis　フライベルク、ルイス、361, 546
Fraiberg, Selma　フライベルク、セルマ、439, 549, 575
Frakes, James R.　フレイクス、ジェイムズ・R、423
Fraser, Grace Lovat　フレイザー、グレイス・ロヴァット、341
Fraser, J. T.　フレイザー、J・T、369, 379, 387
Fraser, Keith　フレイザー、キース、346, 473
Freeman, Mary　フリーマン、メアリー、356, 358, 390, 397, 402, 413, 443, 468, 496, 505, 523, 560, 602
French, A. L.　フレンチ、A・L、379
French, Philip　フレンチ、フィリップ、463, 464
French, Roberts W.　フレンチ、ロバーツ・W、451, 534
Friederich, Werner P.　フリードリッヒ、ヴェルナー・P、395
Friedland, Ronald　フリードランド、ロナルド、405
Friedman, Alan　フリードマン、アラン、369, 379, 383, 428, 492, 511, 513, 549, 555, 561
Fu, Shaw-shien　フー、シャウ＝シェン、289, 451
Fuller, Cynthia　フラー、シンシア、390
Fuller, G.　フラー、G、592
Fulmer, Bryan O.　フルマー、ブライアン・O、426
Furbank, P. N.　ファーバンク、P・N、341, 561
Furness, Raymond　ファーネス、レイモンド、357
Fusini, Nadia　フシーニ、ナディア、575
Fussell, Paul　ファセル、ポール、341, 534

G

Gajdusek, Robert E.　ガジュセック、ロバート・E、355
Galbraith, Mary　ガルブレイス、メアリー、361, 379, 549
Galea, Ileana　ガリー、イレーナ、400, 435, 556
Galenbeck, Susan Carlson　ゲイレンベック、スーザン・カールソン、463
Gamache, Lawrence B.　ゲイマッハ、ロレンス・B、369, 418, 466, 498, 533, 548, 562, 602
Garcia, Reloy　ガルシア、リロイ、393, 395, 400, 414, 430, 445, 451, 478, 494, 497, 528, 602
Gardiner, Rolf　ガーディナー、ロルフ、341, 342, 346
Gardner, John　ガードナー、ジョン、426
Garlington, Jack　ガーリントン、ジャック、509
Garnett, David　ガーネット、デイヴィド、34, 83, 89, 339, 340, 341, 426

H

Hillman, Rodney　ヒルマン、ロドニー、361, 497, 604
Hilton, Enid Hopkin　ヒルトン、イーニッド・ホプキン、77, 84, 334, 335, 337, 361, 498, 604
Hinchcliffe, Peter　ヒンチクリフ、ピーター、370, 380, 536
Hines, Barry　ハインズ、バリー、524
Hinz, Evelyn J.　ハインツ、エヴェリン・J、338, 355, 357, 361, 370, 380, 406, 442, 471, 482, 511, 513, 515, 536, 550, 556, 576, 607
Hirai, Masako　ヒライ、マサコ、536
Hirsch, Gordon D.　ハーシュ、ゴードン・D、414, 550
Hitchcock, Alfred　ヒッチコック、アルフレッド、664, 665
Hoare, Dorothy　ホー、ドロシー、505
Hoare, Peter　ホー、ピーター、371, 388, 427, 456, 465, 493, 498, 518, 532, 540, 541, 555, 561, 565, 569, 610
Hobman, J. B.　ホブマン、J・B、341
Hobsbaum, Philip　ホブズバウム、フィリップ、352, 358, 366, 375, 388, 389, 394, 397, 398, 402, 412, 414, 432, 434, 452, 463, 468, 479, 497, 604
Hobson, Harold　ホブソン、ハロルド、29, 66
Hochman, Baruch　ホッホマン、バルッヒ、354, 366, 375, 388, 397, 402, 413, 443, 476, 493, 497, 546, 550, 604
Hocking, Stanley　ホッキング、スタンリー、163, 344, 397
Hodges, Karen　ホッジズ、カレン、420, 569
Hoerner, Dennis　ホーナー、デニス、370, 406, 550
Hoffman, Frederick J.　ホフマン、フレデリック・J、344, 359, 386, 401, 413, 415, 439, 450, 469, 471, 478, 490, 492, 496, 506, 507, 550, 563, 604
Hoffman, L.　ホフマン、L、490
Hoffmann, C. G.　ホフマン、C・G、393, 576
Hofmann, Regina　ホフマン、レジーナ、498
Hoffpauir, Richard　ホフポアール、リチャード、452
Hogan, Robert　ホーガン、ロバート、285, 396, 453, 492
Holbrook, David　ホルブルック、デイヴィド、391, 413, 453, 496, 498, 546, 572, 604
Holbrook, May (née Chambers)　ホルブルック、メイ（旧姓チェインバーズ）、26, 138, 336
Holbrook, Will　ホルブルック、ウィル、26
Holderness, George　ホウルダネス、ジョージ、14, 16, 18
Holderness, Graham　ホウルダネス、グレアム、317, 352, 354, 356, 358, 366, 375, 380, 388, 412, 416, 427, 466, 497, 498, 521, 524, 604
Holland, Norman　ホランド、ノーマン、440
Holliday, R.　ホリデイ、R、361
Holloway, John.　ホロウェイ、ジョン、416
Holloway, M.　ハロウェイ、M、342
Holmes, Colin　ホームズ、コリン、515, 524
Holroyd, Michael　ホルロイド、マイケル、341
Holt, Agnes　ホウルト、アグネス、4, 19, 21
Höltgen, K. J.　ヘルトゲン、K・J、289, 453
Honig, Edwin　ホニ、エドウィン、290, 453, 563
Hooker, Jeremy　フッカー、ジェレミー、453, 536
Hooper, A. G.　フーパー、A・G、453
Hope, A. D.　ホープ、A・D、396, 453, 569
Hopkin, O. L.　ホプキン、O・L、345
Hopkin, Sallie　ホプキン、サリー、17, 52, 350
Hopkin, Willie　ホプキン、ウイリー、17, 350
Hopkins, Eric　ホプキンズ、エリック、351
Hortmann, Wilhelm　ホートマン、ウィルへ

I

J

K

L

M

N

ース、362
Nahal, Chaman　ナハール、カーマン、354, 356, 366, 375, 389, 394, 398, 402, 413, 438, 441, 443, 445, 456, 497, 560, 609
Nakanishi, Yoshihiro　ナカニシ、ヨシヒロ、551, 558
Nash, Thomas　ナッシュ、トマス、362
Nash, Walter　ナッシュ、ウォルター、420, 570
Nassar, Eugene Paul　ナサール、ユージン・ポール、372, 570
Nath, Suresh　ナス、シュレッシュ、292, 463, 497, 609
Nazareth, Peter　ナザレス、ピーター、578
Needham, Margaret　ニーダム、マーガレット、338
Nehls, Edward　ネールズ、エドワード、43, 62, 65, 67－70, 72, 76, 77, 82－85, 89, 91, 92, 332－34, 336, 398, 478, 496, 582, 609
Neider, Charles　ナイダー、チャールズ、426
Neill, S. D.　ニール、S・D、507
Nelson, Jane A.　ネルソン、ジェイン・A、426
Nero, Franco　ネロ、フランコ、587, 648
Neumarkt, Paul　ノイマーク、ポール、429, 558
Neville, George Henry　ネヴィル、ジョージ・ヘンリー、155, 334, 338, 391, 497, 609
New, Peter G.　ニュー、ピーター・G、383, 497, 540, 609
New, William H.　ニュー、ウィリアム・H、362
Newman, Franklin　ニューマン、フランクリン、444
Newman, Paul B.　ニューマン、ポール・B、509, 540, 558
Newmarch, David　ニューマーチ、デイヴィド、363
Newton, Frances J.　ニュートン、フランシス・J、409, 540
Nicholas, Brian　ニコラズ、ブライアン、406
Nichols, Ann Eljenholm　ニコルス、アン・エルジェンホルム、479, 570
Nichols, Marianna da Vinci　ニコルス、マリアンナ・ダ・ヴィンチ、383
Nichols, Robert　ニコルス、ロバート、349
Nicholson, Colin　ニコルソン、コリン、581, 595
Nicholson, Jack　ニコルソン、ジャック、653
Nicholson, Norman　ニコルソン、ノーマン、506, 564
Nicolaj, Rina　ニコライ、リーナ、476
Nielsen, Inge Padkaer　ニールセン、インゲ・パドカー、357, 393, 471, 519, 540, 578
Nietzsche Friedrich　ニーチェ、フリードリヒ、513, 516, 517, 528, 531, 541, 543－45, 562, 566, 607－9
Nightingale Benedict　ナイチンゲール、ベネディクト、463
Niles, Blair　ナイルズ、ブレアー、480
Nimitz, Cheryl　ニミッツ、シェリル、540
Nin, Anais　ニン、アナイス、375, 389, 398, 413, 433, 464, 496, 537, 572, 578, 609
Niven, Alastair　ニーヴェン、アラステア、353, 356, 358, 366, 375, 388－91, 394, 398, 402, 412, 413, 456, 464, 479, 493, 497, 609
Nixon, Cornelia　ニクソン、コーネリア、372, 375, 388, 470, 498, 521, 546, 572, 609
Noon, William T.　ヌーン、ウィリアム・T、564
Norris, Margot　ノリス、マゴット、431, 497, 529, 560, 609
Norton, David　ノートン、デイヴィド、456, 540
Nott, Kathleen　ノット、キャスリーン、525
Nottingham Castle Museum　ノッティンガム城博物館、483, 484, 490, 497, 602, 609

O

P

Roy, Ginette ロイ、ジネッテ、454, 519, 520, 537, 563, 569
Rozanov, V. V. ロザノフ、V・V、312, 504, 511, 520, 538, 546, 567, 577, 581
Rubin, Merle R. ルビン、マーレ・R、285, 459
Ruderman, Judith ルダーマン、ジュディス、230, 232, 354, 389, 394, 397, 398, 401, 402, 412, 423, 427－29, 432, 434, 436, 470, 471, 476, 479, 482, 497, 519, 525, 546, 552, 572, 611
Rudikoff, Sonya ルディコフ、ソニア、410
Rudnick, Lois P. ルードニック、ロア・P、401, 431, 436, 437, 474
Rudrum, Alan ルードラム、アラン、512, 565
Ruffolo, Lara R. ルーフォロ、ララ・R、373
Ruggles, A. M. ラグレス、A・M、459, 542
Rumpf-Worthen, Cornelia ランプフ＝ワーゼン、コーネリア、545, 553
Russell, Bertrand ラッセル、バートランド、5, 35, 39, 217, 339, 340, 342, 344, 347, 349, 516, 536, 537, 544, 563, 565, 566
Russell, David G. ラッセル、デイヴィド・G、438, 550
Russell, John ラッセル、ジョン、389, 396, 484, 497, 529, 542, 571, 611
Russell, Ken ラッセル、ケン、582, 584, 585, 592, 594, 645, 649, 652
Ruthven, K. K. ルースヴァン、K・K、373, 525, 542, 558, 565
Ryals, Clyde de L. ライアルズ、クライド・ド・L、424, 552, 558
Ryan, A. P. ライアン、A・P、473
Ryan, Kiernan ライアン、キーナン、422, 579
Rylance, Rick ライランス、リック、525

S

Sabin, Margery, サビン、マージェリー、385, 418, 431, 480, 518, 542, 571
Sagar, Keith セイガー、キース、111, 134, 176, 177, 237, 244, 276, 287, 290, 335, 338, 344, 346, 348, 350, 351, 353, 354, 363, 366, 373, 375, 385, 388－90, 394, 398, 402, 413, 415, 416, 420, 427, 432, 433, 435, 443, 445, 459, 464, 466－68, 478, 481, 487, 489, 494, 497, 523, 531, 542, 562, 590, 593, 611, 618
Saje, Natasha サージ、ナターシャ、364
Sale, Roger セイル、ロジャー、366, 373, 375, 389, 417, 497, 509, 510, 529, 552, 571, 611
Sale, William セイル、ウィリアム、419
Salgādo, Gāmini サルガード、ガーミニ、333, 350, 359, 364, 366, 373, 375, 385, 409, 420, 425, 431, 443, 445, 449, 454, 459, 464, 471, 475, 476, 482, 494, 497, 498, 500, 533, 546, 551, 561, 611, 612
Salmon, H. L. サーモン、H・L、503
Salter, K. W. ソールター、K・W、475
Salter, Leo ソールター、レオ、565
Samuels, Marilyn Schauer サミュエルズ、マリリン・シャウアー、397
San Juan, E., Jr. サン・ジュアン、E、ジュニア、424, 439, 441
Sanders, Scott R. サンダーズ、スコット・R、353, 366, 375, 389, 402, 410, 413, 497, 521, 612
Sarvan, Charles サーヴァン、チャールズ、410, 542
Savage, D. S. サヴィジ、D・S、445, 459, 506
Savage, Henry サヴィジ、ヘンリー、499
Savita, J. P. サヴィタ、J・P、288, 459
Sawyer, Paul W. セイヤー、ポール・W、566
Saxena, H. S. サクスナ、H・S、364, 475
Schapiro, Barbara シャピロウ、バーバラ、364, 542, 552, 579
Scheckner, Peter シェクナー、ピーター、354, 366, 375, 388, 394, 397, 402, 412, 464,

W

Waller, Gary F.　ウォラー、ギャリー・F、387
Walsh, K. R.　ウォルシュ、K・R、462, 545, 567
Walsh, Raoul　ウォルシュ、ラウール、587, 664
Walsh, Sylvia　ウォルシュ、シルヴィア、387
Walsh, William　ウォルシュ、ウィリアム、374, 470, 509
Walterscheid, Kathryn A.　ウォルターシェイド、キャスリン・A、498, 547, 615
Walton, Eda Lou　ウォルトン、イダ・ルウ、134, 505
Ward, A. C.　ウォード、A・C、494
Ward, Aileen　ウォード、アイリーン、554
Warga, Wayne　ウォーガ、ウェイン、594
Warner, Rex　ワーナー、レックス、526
Warren, Robert P.　ウォレン、ロバート・P、422
Warren, Gallery　ウォレン、ギャラリー、79, 327, 491, 496, 615
Warschausky, Sidney　ヴォルシャウスキー、シドニー、423, 441
Wasiolek, Edward　ワシオレック、エドワード、476
Wasserman, Jerry　ワッサーマン、ジェリー、432
Wasserstrom, William　ワッサーシュトローム、ウィリアム、436
Wasson, Richard　ヴォスン、リチャード、374, 580
Waterfield, Lina　ウォーターフィールド、リーナ、344
Waterman, Arthur E.　ウォーターマン、アーサー・E、464
Waters, Frank　ウォーターズ、フランク、401
Watkins, Daniel P.　ワトキンズ、ダニエル・P、441, 526, 567
Watson, E. L. Grant　ワトソン、E・L・グラント、501
Watson, Garry　ワトソン、ギャリー、434, 475
Watson, George　ワトソン、ジョージ、526
Watson-Williams, Helen　ワトソン＝ウィリアムズ、ヘレン、387, 398
Waugh, Arthur　ウォー、アーサー、500
Way, Brian　ウェイ、ブライアン、412, 510, 545, 580
Weber, Ingeborg　ヴェーバー、インゲボルグ、370
Weekley, Agnes　ウィークリー、アグネス、31
Weekley, Barbara ("Barby")　ウィークリー、バーバラ（"バービー"）、26, 64, 66, 67, 76, 82
Weekley, Charles　ウィークリー、チャールズ、31
Weekley, Elsa　ウィークリー、エルザ、26, 53, 67
Weekley, Ernest　ウィークリー、アーネスト、4, 25, 27, 67
Weiss, Daniel　ワイス、ダニエル、354, 365, 412, 416, 418, 443, 496, 547, 554, 615
Weithmann, Michael W.　ヴァイスマン、マイケル・W、498
Welch, Colin　ウェルチ、コリン、412, 494
Welch, Jeffrey Egan　ウェルチ、ジェフリー・イーガン、596
Weldon, Thornton　ウェルドン、ソーントン、494
Welker, Robert H.　ウェルカー、ロバートH、412, 580
Welland, D. S. R.　ウェランド、D・S・R、475
Wellek, René　ウェレック、ルネ、475, 503
Wells, H. G.　ウェルズ、H・G、19, 105, 311, 540, 601
Wells, Harry K.　ウェルズ、ハリー・K、504, 522, 524, 526, 527
Werner, Alfred　ワーナー、アルフレッド、

Y

Z

訳編者紹介

木村公一（きむら・こういち）

1946年 大阪府生まれ。
1975年 早稲田大学大学院文学研究科英文学専攻博士課程修了。
1994年～96年 ロンドン大学・ノッティンガム大学特別研究員。
現在、早稲田大学商学部教授。
訳著書　ジョン・ワーゼン：ケンブリッジ版評伝『若き日のＤ．Ｈ．ロレンス』（共訳、彩流社）、『フェニックスを求めて』（共著、南雲堂）、『文学とことば』（共著、荒竹出版）、『英米小説序説』（共著、松柏社）。

倉田雅美（くらた・まさみ）

1947年 東京都生まれ。
1972年 立教大学大学院文学研究科英米文学専攻修士課程修了。
1977年 ノッティンガム大学大学院修了。
現在、東洋大学文学部英語コミュニケーション学科教授。
訳著書　ルイス・クローネンバーガー『壮大への渇仰』（共訳、法政大学出版局）、『身体のイメージ—イギリス文学からの試み』（共著、ミネルヴァ書房）。

宮瀬順子（みやせ・よりこ）

1960年 東京都生まれ。
1985年 立教大学大学院文学研究科英米文学専攻修士課程修了。
現在、立教大学講師。
著書『変容する悲劇—英米文学からのアプローチ』（共著、松柏社）、『英米文学の原風景—起点に立つ作家たち』（共著、音羽書房鶴見書店）。

D・H・ロレンス事典《じてん》

2002年 4 月15日　初版発行

編著者　ポール・ポプラウスキー

訳編者　木《き》村《むら》公《こう》一《いち》

倉《くら》田《た》雅《まさ》美《み》

宮《みや》瀬《せ》順《より》子《こ》

発行者　寺《てら》内《うち》由《ゆ》美《み》子《こ》

発行所　鷹《たか》書《しょ》房《ぼう》弓《ゆみ》プレス

〒162-0811　東京都新宿区水道町2-14

電　話　東京(03)5261－8470

ＦＡＸ　東京(03)5261－8474

振　替　00100－8－22523

ISBN4-8034-0468-2　C3598

印刷：萩原印刷　　製本：誠製本